ALISTAIR MACLEAN

ALISTAIR MACLEAN

DIE ERPRESSUNG
DER SANTORIN-SCHOCK
DAS GEHEIMNIS DER SAN ANDREAS

VERLEGT BEI

KAISER

Die Erpressung – Titel des Originals: »Floodgate«
Einzig berechtigte Übertragung aus dem Englischen von Sepp Leeb
Der Santorin-Schock – Titel des Originals: »Santorini«
Einzig berechtigte Übertragung aus dem Englischen von Ingeborg F. Meier
Das Geheimnis der San Andreas – Titel des Originals: »San Andreas«
Einzig berechtigte Übertragung aus dem Englischen von Wulf Bergner

ISBN 3-7043-4049-9

Berechtigte Lizenzausgabe für den Neuen Kaiser Verlag – Buch und Welt,
Hans Kaiser, Klagenfurt, mit Genehmigung der
Wilhelm Heyne Verlag GmbH & Co. KG, München

Schutzumschlag: Volkmar Reiter unter Verwendung
eines Fotos von Hubertus Mall, Stuttgart
Reproduktion: Schlick KG, Graz
Satz: Times 9 Punkt
Gesamtherstellung: Ebner Ulm

DIE ERPRESSUNG

Für
David und Judy

PROLOG

Zwischen den beiden merkwürdig ähnlichen Vorkommnissen bestand, obwohl beide sich in der Nacht zum 3. Februar ereigneten und militärische Waffenlager betrafen, kein erkennbarer Zusammenhang.

Der Vorfall bei De Doorns in Holland war mysteriös, aufsehenerregend und tragisch; dem Ereignis bei Metnitz in Deutschland hingegen haftete kaum etwas Sensationelles oder Geheimnisvolles an; es entbehrte nicht einmal einer gewissen Komik.

Das holländische Waffendepot in einem Betonbunker anderthalb Kilometer nördlich des kleinen Ortes De Doorns wurde von drei Soldaten bewacht. Wie die beiden einzigen Dorfbewohner, die zur Tatzeit noch wach waren, später berichteten, waren um ein Uhr dreißig morgens ein paar Feuerstöße aus Maschinenpistolen zu hören – später wurde festgestellt, daß die Wachen Maschinenpistolen trugen –, gefolgt von einer gewaltigen Detonation, die einen sechzig Meter breiten und zwölf Meter tiefen Krater in die Erde sprengte.

Die Häuser des Dorfes wurden schwer beschädigt; Menschenleben waren nicht zu beklagen.

Man nahm an, daß die Wachen auf irgendwelche Eindringlinge geschossen hatten und eine verirrte Kugel dabei die Detonation ausgelöst hatte. Weder von den Wachsoldaten noch von den mutmaßlichen Tätern fand sich auch nur die geringste Spur.

In der Bundesrepublik erklärte die Rote Armee Fraktion, eine berüchtigte und gut organisierte Terroristenvereinigung, es sei für sie ein leichtes gewesen, die beiden Wachen des amerikanischen Waffendepots bei Metnitz zu überwältigen. Beide Männer, hieß es, seien betrunken gewesen und von den Waffenräubern beim Verlassen des Lagers in Decken gehüllt worden – es war eine bitterkalte Nacht. Die US Army stritt die angebliche Trunkenheit der Wachsoldaten ab, ohne sich jedoch zu den Decken zu äußern. Die Eindringlinge behaupteten, eine größere Menge Angriffswaffen an sich gebracht zu haben, darunter mehrere Exemplare eines hochmodernen Typs, der noch auf der Liste der Geheimwaffen geführt wurde. Dies dementierte die US Army entschieden.

Im großen und ganzen neigte die westdeutsche Presse dazu, dem Bericht der Waffenräuber Glauben zu schenken. Die Rote Armee Fraktion konnte, was Überfälle auf Einrichtungen der US Army anbelangte, mit beachtlichen Erfolgen aufwarten. Die Amerikaner dagegen hatten – den Schutz ihrer Stützpunkte vor solchen Überfällen betreffend – wenig Beeindruckendes vorzuweisen.

Normalerweise gehörte es zu den Gepflogenheiten der RAF, eine genaue Aufstellung der erbeuteten Waffen bekanntzugeben. Über die in diesem Fall angeblich erbeuteten Geheimwaffen wurden jedoch keine näheren Einzelheiten veröffentlicht. Allerdings wurden Vermutungen laut, die US Army habe – sofern die Angaben der RAF stimmten – die Presse entweder direkt oder über die deutsche Regierung um Stillschweigen zu diesem Vorfall gebeten.

1

»Eindeutig das Werk eines Wahnsinnigen.« Jon de Jong, groß, schlank, grauhaarig, asketisch und Generaldirektor des Flughafens Schiphol, wirkte sichtlich bekümmert. Unter den gegebenen Umständen hatte er dazu auch allen Grund.

»Wahnsinn. Man muß verrückt, geistesgestört sein, um einen derart verantwortungslosen, gedankenlosen, sinnlosen und planlosen Willkürakt zu begehen.« In seiner professoralen Art neigte de Jong zu einer Exaktheit, die fast an Pedanterie grenzte, und zeigte überdies eine Vorliebe für pompöse Tautologien.

»Ein Irrer.«

»Ihr Standpunkt ist begreiflich«, entgegnete de Graaf. Oberst van de Graaf, ein kräftig gebauter Mann mittlerer Größe mit einem braungebrannten, tiefgefurchten Gesicht, strahlte gelassene Ruhe und unmißverständliche Autorität aus, wie sie dem Polizeichef der Hauptstadt eines europäischen Landes gut zu Gesicht stand. »Ich kann Sie verstehen und stimme Ihnen bis zu einem gewissen Grad auch zu. Ich weiß, wie Ihnen zumute sein muß. Ihr Flughafen, einer der besten in Europa . . .«

»Der Amsterdamer Flughafen ist der beste in Europa.« De Jong sprach mechanisch, als wäre er mit seinen Gedanken ganz woanders. »Das heißt, er war es!«

»Und wird es wieder sein. Der hierfür verantwortliche Verbrecher ist kein Durchschnittstyp, wenn ihm das auf den ersten Blick auch nicht anzusehen sein dürfte. Vielleicht kann er Sie nicht leiden, vielleicht hegt er einen alten Groll gegen Sie. Vielleicht ist es ein ehemaliger Angestellter, der von einem Ihrer Abteilungsleiter gefeuert wurde, aus Gründen, die zwar dem Abteilungsleiter völlig hinreichend erschienen, nicht aber dem betroffenen Angestellten. Vielleicht ist es ein Bürger, der irgendwo hier in der Nähe wohnt, am Stadtrand von Amsterdam oder zwischen Flughafen und Aalsmeer, und der die Lärmbelästigung durch die Flugzeuge unerträglich findet. Vielleicht ist es ein Umweltschutzfanatiker, dem es gegen den Strich geht, daß die Düsenriesen die Luft verschmutzen – was sie zweifellos tun. Wie Sie selbst wissen, gibt es in unserem Land unverhältnismäßig viele Umweltschützer. Vielleicht ist es jemand, dem die Politik unserer Regierung nicht gefällt.« De Graaf fuhr sich mit der Hand durch sein dichtes, eisengraues Haar. »Doch was auch immer seine Motive waren, könnte der Täter geistig genau so gesund sein wie Sie oder ich.«

»Aber sehen Sie doch noch einmal hin«, sagte de Jong. Seine Hände ballten und streckten sich; dabei zitterte er heftig – unwillkürliche Reaktionen, denen jedoch unterschiedliche Ursachen zugrunde lagen. Das eine war eine reine Reflexbewegung, ausgelöst durch Wut und Enttäuschung. Das andere dagegen deutete an, daß es nicht eben angenehm war, sich auf dem Dach des Hauptgebäudes des Flughafens Schiphol aufzuhalten, wenn vom Ijsselmeer ein eiskalter sibirischer Ostnordostwind darüber hinwegfegte. »Geistig gesund wie Sie und ich? Finden Sie, Ihnen oder mir wäre eine solche Greueltat zuzutrauen? Sehen Sie doch, Oberst, schauen Sie sich das an!«

De Graaf ließ seine Blicke über die Szenerie vor ihm schweifen. Hätte er in der Haut des Flughafendirektors gesteckt, dachte er, so hätte dieser Anblick auch sein Herz kaum höher schlagen lassen. Schiphol-Airport war verschwunden. An seiner Stelle erstreckte sich, fast so weit das Auge reichte, eine bewegte Wasserfläche. Die Ursache dieser Überflutung war unschwer zu erkennen. In der Nähe der großen Treibstofftanks am äußersten Rand des Flughafengeländes war in den Damm des nach Süden führenden Kanals eine breite Bresche gesprengt; die Steine und das auf beiden Seiten der Lücke über den Damm verstreute Erdreich schlossen natürliche Ursachen für den Dammbruch eindeutig aus.

Die hereinbrechenden Wassermassen hatten verheerende Zerstörungen angerichtet. Die Flughafengebäude waren zwar nicht betroffen, obgleich sie bis zum ersten Stock unter Wasser standen. Der Schaden an den empfindlichen elektronischen Geräten dagegen war beträchtlich; es würde sicherlich Millionen von Gulden kosten, ihn zu beheben. Die Bausubstanz der Anlage war jedoch nicht angegriffen; der Flughafen Schiphol war solide gebaut und fest in seinen Fundamenten verankert.

Flugzeuge sind, sofern sie sich nicht in der Luft befinden, äußerst empfindliche Fortbewegungsmittel. Sie verfügen über keinerlei Verankerungsvorrichtungen – ein Umstand, der de Graaf schon bei flüchtigem Hinsehen schmerzlich klar wurde. Mehrere Maschinen waren nach Norden abgetrieben. Einige schwammen immer noch ziellos umher. Andere waren offenbar gesunken und daher nicht mehr zu sehen. Von zwei Maschinen ragten lediglich die Leitwerke aus dem Wasser; einmotorige Flugzeuge vermutlich, deren Nasen durch das Gewicht der Motoren nach unten gedrückt wurden. Einige zweistrahlige Passagiermaschinen vom Typ der 737 und DC-9, aber auch mit drei Triebwerken ausgerüstete Trident-3 und 727 waren fortgerissen worden und fanden sich nun kreuz und quer über das gesamte Rollfeld verstreut. Zwei waren zur Seite gekippt, zwei weitere teilweise gesunken, so daß nur noch die oberen Rumpfteile zu sehen waren; ihre Fahrwerke waren eingeknickt. Nur die Großflugzeuge vom Typ 747 und DC-10 sowie die Tri-Stars standen aufgrund ihres enormen Gewichts noch auf ihrem alten Platz; vollgetankt wiegen diese Maschinen zwischen drei- und vierhundert Tonnen. Zwei davon waren jedoch seitlich umgestürzt, vermutlich hatten die Fahrwerke dem Druck der Wassermassen nicht standgehalten. Man mußte kein Flugzeugspezialist sein, um zu erkennen, daß diese beiden Maschinen nicht mehr eingesetzt werden konnten. Bei beiden waren die linken Tragflächen in einem Winkel von ungefähr zwanzig Grad nach oben gebogen, und von den rechten Tragflächen waren nur noch abgebrochene Stümpfe zu sehen.

In einigen hundert Metern Entfernung ragte auf einer der Hauptstartbahnen ein Fahrwerk aus dem Wasser. An dieser Stelle war eine Fokker Friendship bei dem Versuch zu starten vom Wasser erfaßt worden. Es war nicht auszuschließen, daß der Pilot der Unglücksmaschine die heranflutenden Wassermassen nicht bemerkt hatte; wahrscheinlicher erschien jedoch, daß er sie gesehen und deshalb weiter beschleunigt hatte, ohne jedoch die zum Abheben erforderliche Geschwindigkeit erreicht zu haben, als ihn das Wasser einholte. Das kleine Flugzeug war zwar nicht von den Fluten verschlungen worden – laut Augenzeugenberichten stand das Wasser in diesem Augenblick nur zwei bis fünf Zentimeter hoch auf der Startbahn –, aber auch das hatte schon verheerende Folgen für die Fokker.

Sämtliche Flughafenfahrzeuge waren im Wasser versunken. Nur die Einfüllstutzen eines Tanklastzugs waren noch zu sehen und die obersten drei oder vier Stufen der fahrbaren Gangways, die vereinzelt aus dem Wasser ragten. Auch die Ziehharmonikabälge zweier ausfahrbarer Fluggastbrücken dümpelten ziellos in dem trüben Wasser.

Seufzend schüttelte de Graaf den Kopf und wandte sich de Jong zu, der seine Blicke abwesend über den verwüsteten Flugplatz wandern ließ, als begriffe er noch immer nicht das volle Ausmaß dessen, was da geschehen war.

»In einem Punkt haben Sie durchaus recht, Jon. Sie und ich, wir sind geistig normal; zumindest würde man uns, denke ich, dafür halten. Eine solche Tat wäre uns wohl kaum zuzutrauen. Das heißt aber nicht, daß es sich bei dem Mann, der für dieses willkürliche Chaos verantwortlich ist, um einen Wahnsinnigen handelt. Früher oder später werden wir feststellen – entweder im Verlauf unserer eigenen Bemühungen um eine Aufklärung dieses Vorfalls, oder weil es dem Täter beliebt, uns seine Motive mitzuteilen –, daß der oder die Verantwortlichen durchaus zwingende Gründe dafür hatten. Ich hätte in diesem Zusammenhang das Wort ›willkürlich‹ und Sie Ausdrücke wie ›gedankenlos‹ und ›planlos‹ vermeiden sollen. Hier handelt es sich nicht um die spontane, einer zufälligen Laune entsprungene Tat eines entwichenen Geisteskranken; wir haben es mit einer sorgsam geplanten und vorzüglich organisierten Aktion zu tun, mit der eine genau vorherberechnete Wirkung erzielt werden sollte.«

Als wäre dazu eine gewaltige Willensanstrengung nötig, wandte de Jong seinen Blick von dem überfluteten Rollfeld ab. »Aber was wollten die Täter damit erreichen? Auf mich macht das Ganze nur den Eindruck einer sinnlosen Greueltat. Was könnten diese Verrückten Ihrer Meinung nach sonst noch bezweckt haben? Haben Sie schon irgendwelche Vermutungen?«

»Ich weiß noch nicht so recht. Leider hatte ich bisher noch nicht die Zeit, mir das alles durch den Kopf gehen zu lassen. Schließlich bin ich eben erst hier angekommen. Gewiß – diese Wahnsinnstat wurde schon gestern mehrfach angekündigt, aber wie jedem anderen kam auch mir das Ganze einfach so absurd vor, daß ich es nicht für nötig hielt, mich ernsthaft damit auseinanderzusetzen. Aber ich habe zwei andere Vorschläge. Einmal werden wir kaum etwas erreichen, wenn wir weiter auf den Schiphol-See hinausstarren, und zum anderen glaube ich nicht, daß wir jemandem damit nützen, wenn wir noch länger hier herumstehen und uns eine Lungenentzündung holen.«

De Jongs gequälte Miene ließ keinen Zweifel daran, was er bei dem Ausdruck »Schiphol-See« empfand, auch wenn er sich dazu nicht äußerte.

In der Belegschaftskantine war es insofern etwas erträglicher als auf der Dachterrasse, als hier kein Wind wehte; viel wärmer war es deshalb nicht. Infolge eines Kurzschlusses war die gesamte elektrische Heizung ausgefallen, und die Butan-Heizöfen, die man in die Kantine gebracht hatte, zeigten bis jetzt in der frostigen Luft noch kaum Wirkung. Allein heißer Kaffee schuf Abhilfe, obwohl de Graaf fand, daß unter den gegebenen Umständen auch etwas Hochprozentigeres nicht hätte schaden können. Die Anwesenheit des Flughafenleiters jedoch übte auf alle, denen nach einem kräftigen Schnaps oder einem Jonge Jenever zumute war, eine deutlich spürbare hemmende Wirkung aus. Entsprechend seiner asketischen Erscheinung war de Jong zeit seines Lebens Abstinenzler gewesen – eine Leistung, die gerade einem Holländer nicht leichtfallen dürfte. Obwohl er sich zu diesem Punkt nie in irgendeiner Form geäußert hatte, war es doch so, daß in de Jongs Anwesenheit nie etwas Stärkeres getrunken wurde als Kaffee oder Tee.

»Lassen Sie mich die bisherigen Erkenntnisse kurz zusammenfassen«, schlug de Graaf vor. »Notgedrungen wird diese Zusammenfassung sehr kurz ausfallen, da wir im Augenblick noch bedauerlich wenig über die ganze Geschichte wissen. Gestern nachmittag gingen drei gleichlautende Botschaften ein; eine bei einer Zeitung, eine bei den Flughafenbehörden – genauer gesagt, bei Mijnheer de Jong – und eine beim Rijkswaterstaat vom Ministerium für Transportwesen und öffentliche Bauten.« Er machte eine kurze Pause und blickte zu einem stämmigen Mann mit dunklem Bart hinüber, der mit dem Rauch aus seiner offensichtlich sehr alten Pfeife seelenruhig die Luft verpestete. »Ach! Natürlich – Mijnheer van der Kuur vom Rijkswaterstaat. Stellvertretender Projektbauleiter. Wie lange werden Sie brauchen, um dieses Chaos wieder in Ordnung zu bringen?«

Van der Kuur nahm seine Pfeife aus dem Mund. »Wir haben bereits mit den Aufräumungsarbeiten begonnen. Die Einbruchstelle im Damm dichten wir mit Spundwänden ab – das ist selbstverständlich nur eine provisorische Maßnahme, die jedoch äußerst wirksam ist. Danach, nun, wir verfügen über die besten und größten Pumpen, die es auf der Welt gibt. Eine reine Routineangelegenheit also.«

»Wie lange wird das Ganze voraussichtlich dauern?«

»Sechsunddreißig Stunden. Im Höchstfall.« Van der Kuurs gelassene und sachliche Art wirkte beruhigend auf die Runde. »Vorausgesetzt natürlich, wir bekommen von den Mannschaften der Schlepper und Lastkähne und von den privaten Schiffseignern, deren Boote zur Zeit auf dem Kanalboden festsitzen, ein gewisses Maß an Unterstützung. Die Boote, die nur auf Kiel liegen, stellen weiter kein Problem dar; diejenigen, die gekentert sind, könnten allerdings vollaufen. Ich nehme aber an, daß sich die betroffenen Schiffer schon aus eigenem Interesse zur Mitarbeit bereit erklären werden.«

»Gibt es am Kanal irgendwelche Menschenleben zu beklagen?« fragte de Graaf. »Wurde jemand verletzt?«

»Einer meiner Inspektoren hat zwar über erheblichen Bluthochdruck bei den Skippern und Mannschaften der festsitzenden Schiffe berichtet; aber sonst ist niemand zu Schaden gekommen.«

»Vielen Dank. Die besagten Mitteilungen kamen von einer Person oder einer Gruppe und waren mit FFF unterzeichnet. Wofür diese Initialen stehen sollen, wurde nicht näher erläutert. Im weiteren hieß es, die Verantwortlichen beabsichtigten, mit ihrer Aktion zu demonstrieren, daß sie, wann und wo immer sie es wollten, durch Sprengung eines strategisch wichtigen Damms jeden beliebigen Teil unseres Landes überfluten könnten. Und eben das wollten sie mit einer kleineren Aktion beweisen, durch die niemand gefährdet und so wenig Sachschaden wie möglich angerichtet würde.«

»So wenig Sachschaden wie möglich! Eine kleinere Aktion!« De Jongs Hände öffneten und schlossen sich unaufhörlich. »Ich möchte nur wissen, was diese Leute dann als größere Aktion bezeichnen.«

De Graaf nickte. »Ganz meiner Meinung. Sie haben also geschrieben, daß Schiphol als Ziel ihrer kleinen ›Leistungsschau‹ ausgesucht worden sei und mit der Überflutung Punkt elf Uhr begonnen werden sollte. Nicht eine Minute vor elf, und auch nicht eine Minute nach elf. Und wie wir wissen, wurde der Damm tatsächlich Punkt elf Uhr gesprengt. Im Polizeipräsidium haben wir die Sache, ehrlich gesagt, für einen schlechten Witz gehalten; welcher halbwegs vernünftige Mensch sollte den Flughafen Schiphol in einen Binnensee verwandeln? Vielleicht lagen ihrer Wahl historische Gesichtspunkte zugrunde; schließlich hat die holländische Flotte eben hier den Spaniern eine vernichtende Niederlage beigebracht, als das jetzige Flughafengelände noch Seegebiet war. Dummer Scherz hin oder her – wir wollten auf keinen Fall ein Risiko eingehen. Eines war klar: Sollte der Saboteur seine Drohung tatsächlich wahrmachen, würde sein Anschlag dem Kanal gelten, weshalb wir beide Seiten seines Norddamms sorgfältig absuchen ließen. Dabei trat nicht das Geringste zutage, was auf irgendwelche Vorbereitungen für eine Sprengung hätte schließen lassen. Wir nahmen daher an, daß es sich bei der Drohung tatsächlich nur um einen schlechten Scherz gehandelt hatte.« Die Handflächen in einer hilflosen Geste ausbreitend, zuckte de Graaf die Achseln. »Wie wir leider zu spät gemerkt haben, war der FFF keineswegs nach Späßen zumute.«

Er wandte sich an den Mann zu seiner Linken. »Peter, Sie hatten doch inzwischen Zeit, nachzudenken. Haben Sie irgendwelche Vermutungen – entschuldigen Sie, meine Herren, entschuldigen Sie bitte vielmals. Ich habe vergessen, Ihnen meinen Kollegen vorzustellen, Leutnant Peter van Effen, den einige von Ihnen vielleicht noch nicht kennen. Leutnant van Effen ist Leiter der Kriminalpolizei. Außerdem ist er Sprengstoffexperte und Leiter des Bombenentschärfungskommandos unserer Stadt. Peter, haben Sie schon irgendwelche Vermutungen, wie sie das gemacht haben könnten?«

Peter van Effen war eine unauffällige Erscheinung. Wie sein Vorgesetzter war er kaum mehr als mittelgroß und kräftig gebaut; er neigte eher zur Fülle. Mitte oder Ende Dreißig, hatte er dichtes, dunkles Haar und einen dunklen Schnurrbart. Auffallend war sein fast immer freundlicher Gesichtsausdruck. Man hätte in ihm kaum einen Polizeibeamten vermutet, schon gar nicht den Chef der Kriminalpolizei. Viele Leute, darunter auch mehrere, die in holländischen Gefängnissen saßen, neigten dazu, van Effens unbekümmerte, leutselige Art für bare Münze zu nehmen.

»So besonders schwierig war das alles nicht. Hinterher läßt sich natürlich immer leicht reden. Und selbst wenn wir dergleichen vorausgeahnt hätten, wir hätten nichts dagegen unternehmen können. Aller Wahrscheinlichkeit nach wird sich herausstellen, daß irgendwo am Norddamm zwei Schiffe Bug an Heck vertäut lagen. Das ist zwar etwas ungewöhnlich, aber es gibt schließlich kein Gesetz, das einem verbietet, mit Maschinenschaden liegenzubleiben. Und wieso sollte nicht der hilfsbereite Kapitän eines vorbeifahrenden Kahns stoppen und bei der Behebung des Schadens behilflich sein? Ich kann mir vorstellen, daß sich beide Schiffe mit ziemlicher Sicherheit als gestohlen erweisen werden. Auf dem Kanal herrscht reger Verkehr, und jeder regelmäßige Benutzer des Kanals hätte sie mit Sicherheit erkannt.

Vermutlich lagen die beiden Boote sehr nahe beieinander, und wahrscheinlich überdeckten sie sich zum Teil sogar, damit blieb ein Teil des Kanals neugierigen Blicken entzogen, so daß auch Taucher dort ungestört arbeiten konnten. Wenn dieses Manöver bei hereinbrechender Dunkelheit oder bei Nacht über die Bühne ging, was mit ziemlicher Sicherheit der Fall war, hatten sie vermutlich das Deck hell erleuchtet; dann lag alles, was sich unterhalb des Dollbords befand, in undurchdringlichem Dunkel. Wahrscheinlich hatten sie eine Bohrmaschine – eines von den Dingern, wie sie zum Ölbohren benutzt werden, ein relativ kleines Gerät, das auch horizontal und nicht nur vertikal eingesetzt werden kann. Vermutlich wurde es elektrisch betrieben – entweder mit einem Generator oder mit Batterien –, die Kompressoranlage eines Benzin- oder Dieselmotors hätte zuviel Lärm gemacht. Für einen Experten, und davon gibt es in unserem Land im wahrsten Sinne des Wortes Hunderte, wäre das kaum ein Problem gewesen. Sie haben den Damm bis auf, sagen wir, dreißig Zentimeter in seiner Breite durchbohrt – wir können mit Sicherheit davon ausgehen, daß sie dafür sehr genaue Messungen vorgenommen haben; dann wurde die Bohrwelle herausgezogen und statt dessen ein wasserdichter, mit Sprengstoff gefüllter Schlauch in die Öffnung geschoben. Vielleicht haben sie nur ganz altmodisches Dynamit oder TNT verwendet, obwohl ein Experte eher eine Amatol-Hohlraumladung benutzt hätte. Danach brauchten sie nur noch einen elektrischen Zeitzünder anzubringen – nichts Raffiniertes, ein alter Küchenwecker genügte vollauf –, das Loch mit Erde und Steinen wieder zuzustopfen und weiterzufahren, wobei die Chance, daß jemand die Öffnung bemerken würde, nicht einmal eins zu einer Million stand.«

»Man könnte fast denken, Mijnheer van Effen, Sie hätten diese Operation selbst geplant und in die Tat umgesetzt«, bemerkte van der Kuur. »So haben sie es also gemacht.«

»Sagen wir, so hätte ich es gemacht; und bis auf ein paar geringfügige Abweichungen werden sie es auch so gemacht haben. Es gibt keine andere Möglichkeit.« Van Effen sah de Graaf an. »Wir haben es hier mit einem Team echter Profis zu tun, und ihr leitender Kopf ist mit Sicherheit alles andere als dumm. Diese Leute wissen, wie man ein Boot stiehlt; sie wissen, wie man damit umgeht; sie wissen, wo man sich eine Bohrausrüstung beschafft; schließlich wissen sie, wie man eine Bohrmaschine handhabt und mit Sprengstoff umgeht. Das sind keine wild dreinschauenden, Sprüche klopfenden Spinner, das sind Profis. Ich habe im Präsidium darum gebeten, uns sofort zu benachrichtigen, wenn von irgendwelchen Firmen, Groß- oder Einzelhändlern eine oder mehrere Bohrmaschinen als gestohlen gemeldet werden. Ebenfalls habe ich darum ersucht, uns sofort über sämtliche Bootsdiebstähle in dieser Gegend zu unterrichten.«

»Sonst noch etwas?« fragte de Graaf.

»Leider nein. Wir haben bisher keinerlei Spuren.«

De Graaf nickte und blickte auf das Blatt Papier in seinen Händen. »Die Botschaft dieser mysteriösen FFF. Keinerlei Hinweise auf die Gründe für diesen angedrohten – und soeben in die Tat umgesetzten – Sabotageakt. Nur die Aufforderung, das Flughafengelände bis heute vormittag elf Uhr zu räumen und den gesamten Flugverkehr auf benachbarte Flughäfen ausweichen zu lassen, da es nicht im Sinne der FFF wäre, unnötig weiteren Sachschaden zu verursachen. Wie rücksichtsvoll, kann ich nur sagen. Und wie rücksichtsvoll war doch auch dieser Anruf, Jon, den Sie heute früh um neun Uhr erhielten, mit der Aufforderung, sofort sämtliche Maschinen zu evakuieren. Wir dachten natürlich alle, daß es sich dabei nur um einen Scherz handelte. Deshalb haben wir den Drohungen keine weitere Beachtung geschenkt. Würden Sie diese Stimme am Telefon wiedererkennen, Jon?«

»Ausgeschlossen. Es war eine Frauenstimme – eine junge Frau –, und sie sprach englisch. Alle englischsprechenden Frauen hören sich für mich gleich an.« Mit geballter Faust hämmerte de Jong auf den Tisch. »Sie deuten nicht einmal an, warum sie diese – diese monströse Aktion durchgeführt haben. Was haben sie damit erreicht? Nichts. Absolut nichts. Ich kann nur wiederholen, daß jemand, der einer solchen Tat fähig ist, geistesgestört sein muß.«

»Tut mir leid, Mijnheer«, widersprach ihm van Effen, »aber in diesem Punkt bin ich anderer Meinung. Ich stimme völlig mit dem überein, was der Oberst vorhin auf dem Dach gesagt hat. Diese Leute sind mit Sicherheit geistig so gesund wie wir alle hier. Ein Geistesgestörter hätte diese Operation unmöglich durchführen können. Und wie ich bereits erwähnte, haben wir es hier nicht mit einer wilden Schar von Terroristen zu tun, die

Bomben in eine Menschenansammlung werfen. Immerhin haben sie uns sogar zweimal gewarnt, um zu gewährleisten, daß keine Menschenleben gefährdet werden und kein unnötiger Sachschaden entsteht. Unzurechnungsfähige verhalten sich wohl kaum so.«

»Wer war denn dann verantwortlich für den Tod der drei Menschen, die ums Leben kamen, als die Fokker Friendship sich beim Start überschlug und zu Bruch ging?«

»Die Saboteure, indirekt. Man könnte auch sagen, daß auch Sie an dem Vorfall eine gewisse – indirekte – Schuld trifft. Man könnte Ihnen vorhalten, Sie hätten zumindest die Möglichkeit in Erwägung ziehen müssen, daß diese Drohung kein Scherz war. Sie hätten den Ankündigungen der FFF nicht jeglichen Wahrscheinlichkeitsgehalt absprechen dürfen und der Fokker die Starterlaubnis für Punkt elf Uhr verweigern sollen. Aber die Starterlaubnis wurde erteilt; soviel ich weiß, sogar von Ihnen persönlich. Es steht völlig außer Zweifel, daß die Saboteure die regulären Lande- und Starttermine sorgfältig überprüft und sich davon überzeugt hatten, daß zu diesem Zeitpunkt – sowie kurz davor und danach – keine Maschine starten oder landen würde. Die Fokker war das Privatflugzeug eines deutschen Industriellen und daher nicht im Flugplan vermerkt. Meiner Ansicht nach hat es keinen Sinn, Mijnheer de Jong, irgend jemandem die Schuld am Tod dieser drei Menschen zuzuschieben. Es war einfach Pech, ein unglückliches zeitliches Zusammentreffen, höhere Gewalt – nennen Sie es, wie Sie wollen. Diese drei Todesfälle waren weder geplant, noch einkalkuliert, noch steckte eine Absicht dahinter. Niemand ist unmittelbar schuld daran.«

Statt wie bisher mit der Faust auf den Tisch zu hämmern, ging de Jong nun zu nervösem Fingertrommeln über. »Wenn diese feinen Herren so rücksichtsvoll waren, wie Sie eben festgestellt haben – warum haben Sie dann den Zeitpunkt der Explosion nicht verschoben, als sie diese Leute in ihre Maschine steigen sahen?«

»Weil sie sie vermutlich nicht gesehen haben. Und selbst wenn sie sie gesehen hätten, wären sie wahrscheinlich nicht in der Lage gewesen, das Unheil abzuwenden. Wäre die Sprengladung per Fernsteuerung gezündet worden, hätte sich das Unglück natürlich verhindern lassen. Aber wie ich Ihnen schon sagte, bin ich ziemlich sicher, daß sie einen elektrischen Zeitzünder benutzt haben. Um die Ladung also rechtzeitig zu entschärfen, hätten sie binnen weniger Minuten ein Boot und einen Taucher einsatzbereit haben müssen – und das am hellichten Tag. Angesichts der ihnen zur Verfügung stehenden Zeit war das ein Ding der Unmöglichkeit.«

Auf de Jongs Stirn zeigte sich ein feiner, aber deutlich sichtbarer Schweißschimmer. »Sie hätten uns telefonisch warnen können.«

Van Effen bedachte de Jong mit einem vielsagenden Blick, bevor er erwiderte: »Wieviel Beachtung haben Sie denn der Warnung von heute morgen geschenkt?«

De Jong gab keine Antwort.

»Sie haben eben gesagt, die Saboteure hätten mit ihrer Tat nichts erreicht – absolut nichts. Ich weiß, daß Ihnen das alles sehr zu Herzen geht, und es erscheint vielleicht unfair, wenn ich nochmals auf diesen Punkt hinweise. Aber können Sie wirklich so naiv sein, das zu glauben? Diese Leute haben doch schon sehr viel erreicht. Sie haben ein Klima der Angst und Verunsicherung geschaffen – ein Zustand, der sich mit jeder weiteren Stunde nur noch zuspitzen wird. Wenn sie einmal zugeschlagen haben – und zwar offenbar ohne das geringste Motiv –, besteht dann nicht die Möglichkeit, daß sie es noch einmal tun werden? Und wann? Und wo? Und vor allem, warum? Welche Gründe haben sie, sich so zu verhalten?« Er sah de Graaf an. »Das Opfer zermürben, indem man es über die Absichten, die man verfolgt, im ungewissen läßt – das ist eine neuartige Erpressungsmethode, und ich sehe keinen Grund, weshalb sie nicht funktionieren sollte. Ich habe den dringenden Verdacht, daß wir schon sehr bald wieder von der FFF hören werden. Sicherlich werden sie uns dabei nicht die Gründe für ihr Vorgehen mitteilen, und ganz gewiß werden sie auch keine Forderungen stellen. Bei Gott, nein! Das werden sie bestimmt nicht tun. So betreibt man keine psychologische Kriegführung. Zunächst dreht man das Rad, das die Folterbank streckt, sehr, sehr langsam. Man läßt dem Opfer Zeit, die Ausweglosigkeit seiner Lage zu überdenken, bis sein Durchhaltevermögen schwächer wird. Meines Wissens ist man zumindest im Mittelalter auf diese Weise verfahren, als diese Art von Folterinstrument tatsächlich noch in Gebrauch war.«

»Sie scheinen sich hervorragend in die Gedankenwelt eines Kriminellen einfühlen zu können«, bemerkte de Jong verstimmt.

»Ein wenig.« Van Effen lächelte liebenswürdig. »Umgekehrt würde ich mir nicht anmaßen, Ihnen irgendwelche Ratschläge zu erteilen, was die Leitung eines Flughafens anbelangt.«

»Wie soll ich das verstehen?«

»Mijnheer van Effen wollte damit nur so etwas andeuten wie: Schuster, bleib bei deinem Leisten«, bemühte de Graaf sich einzulenken. »Er ist Autor eines inzwischen weithin anerkannten Lehrbuchs über die Psychologie des kriminellen Denkens. Ich habe es nie gelesen. Also, Peter, Sie scheinen sicher zu sein, daß die FFF sich schon sehr bald wieder mit uns in Verbindung setzen wird – allerdings nicht, um uns etwas über ihre Absichten zu verraten. Was sollten sie uns in diesem Fall jedoch mitteilen? Etwa Ort und Zeit ihrer nächsten – äh – Demonstration?«

»Was sonst?«

Das bedrückende Schweigen, das auf diesen Wortwechsel folgte, wurde durch einen Kellner unterbrochen, der die Kantine betrat und auf de Jong zukam. »Telefon, Mijnheer. Ist ein Leutnant van Effen hier?«

»Ja.« Van Effen verließ mit dem Kellner den Raum, um jedoch bereits eine Minute später zurückzukehren. Er wandte sich an de Graaf.

»Ein Anruf aus dem Präsidium. Wie es scheint, haben vor ein paar Stunden zwei Leute ihre Boote als vermißt gemeldet. In beiden Fällen handelte es sich um Privatboote. Der Beamte, der die Verlustanzeigen aufnahm, hielt es nicht für nötig, unsere Abteilung zu benachrichtigen. Völlig zu

Recht, natürlich. Die Boote – eines wurde offensichtlich unter Gewaltanwendung gestohlen – befinden sich in unseren Händen. Ich habe Anweisung erteilt, ein paar Spezialisten für Fingerabdrücke an Bord zu schicken und die Boote ihren Eigentümern zurückzubringen, ohne sie jedoch an Bord zu lassen. Wenn Sie Zeit haben, können wir noch mit den beiden Besitzern sprechen, sobald wir hier fertig sind; sie wohnen kaum einen Kilometer von hier entfernt.«

»Eine verheißungsvolle Spur also?«

»Ich fürchte, nein.«

»Das habe ich mir auch gedacht. Trotzdem, wir dürfen nichts unversucht lassen. An sich könnten wir doch gleich aufbrechen und . . .«

Mitten im Satz brach er ab, da der Kellner noch einmal in die Kantine kam und diesmal auf ihn zutrat. »Schon wieder Telefon. Diesmal für Sie, Oberst.«

Schon nach wenigen Augenblicken war de Graaf wieder zurück. »Jon, gibt es hier so etwas wie eine Stenotypistin?«

»Natürlich. Jan?«

»Mijnheer?« Ein blonder, junger Mann war aufgesprungen.

»Haben Sie gehört, was der Oberst gesagt hat?«

»Ja.« Er blickte de Graaf an. »Was soll ich ihr sagen?«

»Bitten Sie sie, den Anruf entgegenzunehmen und für mich abzuschreiben. Peter, Sie sind ja ein richtiger Hellseher; ein klarer Fall von zweitem Gesicht.«

»Die FFF?«

»Allerdings. Die Presse – versteht sich wohl von selbst. Die FFF legt großen Wert auf Publicity. Der übliche anonyme Anruf. Der Redakteur, der ihn entgegengenommen hat, war zum Glück so geistesgegenwärtig, ihn auf Band aufzunehmen. Es würde mich jedoch wundern, wenn uns das Ganze auch nur einen Schritt weiterbringen würde. Eine ziemlich lange Erklärung, heißt es. Und da Kurzschrift nicht gerade meine Stärke ist, werden wir uns wohl oder übel noch eine Weile in Geduld üben müssen.«

Keine vier Minuten hatten sie sich in dieser löblichen Tugend geübt, als ein Mädchen die Kantine betrat und de Graaf ein maschinenbeschriebenes Blatt überreichte. Er bedankte sich, warf einen kurzen Blick auf das Geschriebene und sagte schließlich: »Das Motto des heutigen Tages heißt anscheinend ›Aktion‹. Wie ich annehme, handelt es sich hier um den vollen Wortlaut einer Erklärung, die in auffallend arrogantem Tonfall gehalten ist. Die FFF teilt uns folgendes mit:

›Das nächste Mal werden die verantwortlichen Bürger Amsterdams vielleicht auf das hören, was wir sagen, und entsprechend handeln. Für den heutigen Unglücksfall ist nach unserem Dafürhalten ganz allein Mijnheer de Jong verantwortlich. Er wurde rechtzeitig gewarnt, aber er hat diese Warnung einfach ignoriert. Wir bedauern den unnötigen Tod der drei Passagiere an Bord der Fokker Friendship, lehnen aber jede Verantwortung dafür ab. Es war uns nicht mehr möglich, die Explosion zu verhindern.‹«

De Graaf legte eine kurze Pause ein und blickte van Effen an. »Interessant, nicht wahr?«

»Sehr sogar. Sie hatten also einen Beobachter. Allerdings werden wir kaum herausfinden, wer dieser Mann war. Er könnte sich irgendwo auf dem Flughafengelände aufgehalten haben. Tag für Tag kommen Hunderte von Besuchern, die nicht hier beschäftigt sind. Nach allem, was wir wissen, könnte sich auch ein Beobachter mit einem Fernglas am Rand des Flughafens postiert haben. Aber das ist nicht unbedingt das Interessante an der Sache. Die vier Sanitäter, die die schwerverletzten Passagiere in die Klinik einlieferten, wußten zu diesem Zeitpunkt noch nicht, ob die drei Männer, deren Tod erst später festgestellt wurde, bereits tot oder noch am Leben waren. Zwei starben, soweit ich informiert bin, erst nach der Einlieferung in die Klinik, und keiner wurde offiziell für tot erklärt, bevor nicht ein Arzt ihren Tod bestätigt hatte. Woher konnte die FFF also davon wissen? Weder der Arzt noch die Männer der Rettungsmannschaft dürften dafür verantwortlich sein, daß diese Information an die Öffentlichkeit gedrungen ist, sie wären als erste verdächtigt worden und problemlos zu überprüfen gewesen. Von ihnen abgesehen, befinden sich alle Personen, die von den Toten wissen, in diesem Raum.« Van Effen sah sich gelassen unter den sechzehn Männern und drei Frauen um, die an den Kantinentischen saßen; dann wandte er sich de Jong zu.

»Es erübrigt sich wohl von selbst, Ihnen den Sachverhalt eingehender zu erläutern, Mijnheer. Unter uns befindet sich ein Spitzel, ein Informant. Der Feind hat einen Spion in unserem Lager.« Noch einmal blickte er sich in aller Ruhe im Raum um. »Ich frage mich, wer es sein könnte.«

»In diesem Raum?« De Jongs Miene spiegelte gleichzeitig Ungläubigkeit und Besorgnis wider.

»Diese Tatsache ist so offensichtlich, daß ich sie nicht noch einmal zu wiederholen brauche, oder?«

De Jong starrte gequält auf seine Hände, die krampfhaft ineinander verschränkt auf dem Tisch vor ihm ruhten. »Nein. Nein. Natürlich nicht. Aber – ich meine – so etwas muß sich doch feststellen lassen. Sie müssen das doch feststellen können.«

»Mit den üblichen rigorosen Verhören? Meinen Sie das? Indem ich herauszufinden versuche, was jede einzelne Person in diesem Raum getan hat, nachdem die Fokker verunglückt war? Indem ich Nachforschungen anstelle, ob jemand Zugang zu einem Telefon hatte oder es benutzt hat? Sicher, das ließe sich machen; ich könnte meine Nachforschungen anstellen. Das Ergebnis wäre jedoch mit Sicherheit gleich Null.«

»Wieso das?« De Jong war sichtlich verwundert. »Wie können Sie das schon im voraus sagen? Wie können Sie das mit solcher Gewißheit behaupten?«

»Weil der Leutnant«, antwortete de Graaf für seinen Kollegen, »wie ein Polizist denkt. Diese Leute sind auf keinen Fall zu unterschätzen, nicht wahr, Peter?«

»Sie sind sehr clever.«

De Jong blickte von de Graaf zu van Effen und dann wieder zu de Graaf. »Wenn jemand so freundlich wäre, mir zu erklären . . .«

»Das Ganze ist doch sehr einfach«, kam ihm de Graaf zu Hilfe. »Ist Ihnen noch nicht der Gedanke gekommen, daß die FFF es nicht im geringsten nötig gehabt hätte, uns davon in Kenntnis zu setzen, daß sie über die Todesfälle Bescheid wußte? Eine Gratisinformation sozusagen. Sie wußten, daß uns das klar sein würde. Sie wußten, daß wir, wie Mijnheer van Effen uns eben dargelegt hat, zu dem Schluß kommen würden, daß jemand sie davon in Kenntnis gesetzt haben mußte und daß dieser Jemand einer hier von uns sein muß. Sie gingen völlig richtig davon aus, daß wir überprüfen würden, ob jemand von hier aus telefoniert hat. Der Betreffende gab die Nachricht jedoch nur an einen Komplizen weiter, der sich nicht in diesem Raum aufhält. Und dieser Komplize hat sie dann telefonisch verständigt. Ich fürchte also, Jon, daß sich unter Ihren Leuten noch ein zweiter Maulwurf befindet. Schlimmeres schließe ich nicht aus. Sie sind sich hoffentlich darüber im klaren, daß jedes Wort unserer Unterhaltung an die FFF weitergeleitet wird, wer immer das auch sein mag. Selbstverständlich werden wir das Zeremoniell wahren und die nötigen Routineuntersuchungen anstellen. Aber wie Leutnant van Effen bereits bemerkt hat, werden wir damit nicht weit kommen.«

»Aber ich sehe hinter all dem keinen rechten Sinn«, warf de Jong ein. »Wozu all diese Umstände, wenn sie doch gar nichts erreichen wollen?«

»Wer sagt denn, daß diese Organisation nichts erreichen will? Zum einen arbeiten sie auf eine allgemeine Demoralisierung der Öffentlichkeit hin, und zum anderen, was eindeutig der wichtigere Punkt ist, geben sie uns zu verstehen, daß sie eine Macht darstellen, die nach Belieben unsere sämtlichen Sicherheitsvorkehrungen und Gegenmaßnahmen umgehen kann. Sie lassen keinerlei Zweifel an der Tatsache, daß sie eine hervorragend organisierte Gruppe sind, die sehr wohl in der Lage ist, ihre Drohungen in die Tat umzusetzen. Kurzum, sie präsentieren sich uns als eine Organisation, die zu ignorieren eindeutig gefährlich ist.

Und da wir nun schon von Drohungen und Risiken sprechen, lassen Sie uns noch einmal auf diesen letzten Anruf der FFF zurückkommen. Da heißt es: ›Unseres Erachtens ist sich das holländische Volk der Tatsache sehr wohl bewußt, daß es einem Angreifer, der es mit allen Mitteln in die Knie zwingt, völlig wehrlos gegenübersteht. Ihr wahrer Feind ist nicht die See. Das sind wir, und die See ist unser Verbündeter.

Es erübrigt sich wohl, noch einmal darauf hinzuweisen, daß die Küsten der Niederlande durch Deiche von insgesamt eintausenddreihundert Kilometern Länge vom Meer abgeschirmt werden. Cornelius Rijpma, der Vorsitzende des Seepolderausschusses in Leeuwarden, hat vor einigen Monaten erklärt, daß die Deiche in seinem Zuständigkeitsbereich nur aus übereinandergehäuften Sandschichten bestehen und möglicherweise bei einem schweren Sturm den Wellen nicht mehr standhalten. Mit einem ›schweren Sturm‹ dürfte eine Naturkatastrophe wie die von 1953 gemeint sein, bei der die Deiche der Deltabefestigungen brachen und in deren Verlauf 1850 Menschen ums Leben kamen. Die Informationen, die wir vom Rijkswaterstaat erhielten, besagen . . .‹«

»Wie?! Was ?!« Van der Kuur sprang auf. Sein Gesicht lief puterrot an, er hatte Mühe, einen zusammenhängenden Satz zu bilden. »Wollen diese Halunken etwa behaupten, sie hätten diese Informationen von uns erhalten? Das ist doch völlig ausgeschlossen! Absolut unmöglich!«

»Wenn Sie mich liebenswürdigerweise erst zu Ende lesen lassen, Mijnheer van der Kuur. Merken Sie denn nicht, daß sie auch hier wieder auf ihre altbewährten Methoden zurückgreifen, jedes Vertrauen zu unterminieren und uns zu demoralisieren? Die Tatsache, daß unseres Wissens einer oder mehrere von Mijnheer de Jongs Leuten für diese Organisation arbeiten, ist noch lange kein Beweis, daß dies auch auf Ihre Mitarbeiter zutrifft. Wie dem auch sei, es kommt noch schlimmer. Im weiteren heißt es: ›Unsere Informationen besagen, daß bereits ein Sturm mit siebzig Prozent der Stärke des Sturms von 1953 ausreichen würde, besagte Deiche zum Brechen zu bringen. Mijnheer Rijpma hat auf den besorgniserregenden Zustand verschiedener Deiche hingewiesen. Von den eintausenddreihundert Kilometern niederländischer Deiche befinden sich nahezu dreihundert in einem Zustand, der eindeutig als kritisch zu bezeichnen ist. Selbst die wohlmeinendsten Schätzungen lassen nicht darauf schließen, daß während der nächsten zwölf Jahre mit den Ausbesserungsarbeiten begonnen werden kann. Wir schlagen deshalb nichts weiter vor, als das Eintreten des Unvermeidlichen ein wenig zu beschleunigen.‹«

De Graaf blickte sich im Raum um. Drückendes Schweigen beherrschte die Atmosphäre. Nur zwei Personen sahen ihn an; alle anderen starrten betreten zu Boden oder ließen ihre Blicke ins Unendliche schweifen; in beiden Fällen bedurfte es keines allzu großen Einfühlungsvermögens, um festzustellen, daß der Anblick, der sich ihnen bot, alles andere als erfreulich war.

»›Die Deiche können nicht repariert werden, weil es an den nötigen Geldmitteln fehlt‹«, fuhr de Graaf fort. »›Alle verfügbaren Mittel werden in den Bau des sturmflutsicheren Deichs an der Oosterschelde gesteckt, das letzte Glied im sogenannten Delta-Projekt, das eine immense Landfläche vor den Fluten der Nordsee schützen soll. Die Kosten für dieses Projekt sind enorm. Nachdem sie bei Baubeginn wesentlich zu niedrig eingeschätzt wurden – hinzu kommen die allgemeinen Kostensteigerungen und die Auswirkungen der Inflation –, wird besagtes Projekt neueren Schätzungen zufolge vermutlich über neun Milliarden Gulden verschlingen – eine stattliche Summe, die noch dazu für einen Bau aufgebracht werden soll, dessen Effektivität von einer Reihe nahmhafter Fachleute ernsthaft in Frage gestellt wird. Das Projekt umfaßt dreiundsechzig Schleusentore, welche an gigantischen, achtzehntausend Tonnen schweren, freistehenden Betonpfeilern befestigt werden sollen. Kritische Stimmen verlauten, daß sich diese Pfeiler bei extremer Belastung verschieben. Dadurch würden sich die Schleusentore verklemmen, womit wiederum der Sinn und Zweck der gesamten Anlage verfehlt wäre. Im übrigen würde dafür bereits eine Verschiebung um zwei Zentimeter ausreichen. Fragen Sie Mijnheer van der Kuur vom Rijkswaterstaat.‹«

De Graaf machte eine Pause und blickte auf. Van der Kuur war erneut aufgesprungen und schien – wie schon kurz zuvor – einem Schlaganfall nahe, was vermuten ließ, daß seine scheinbar unerschütterliche Ruhe recht oberflächlicher Natur war.

»Lügen!« tobte er. »Unsinn! Dummes, leeres Geschwätz! Verleumdungen! Falsche Behauptungen! Lügen, sage ich, nichts als Lügen!«

»Sie sind doch der zuständige Mann dafür. Sie müssen es wissen. Ich sehe also keinen Grund, weshalb Sie sich darüber so aufregen.« De Graafs Ton war milde, versöhnlich. »Diese Kritiker, auf die sich die FFF beruft – sind das keine qualifizierten Wasserbauingenieure?«

»Die Gegner dieses Projekts? Nichts weiter als ein paar Wichtigtuer. Ob sie qualifiziert sind? Natürlich, auf dem Papier! Nicht einer von ihnen verfügt über praktische Erfahrungen, was diese Angelegenheit betrifft.«

»Verfügt darüber denn überhaupt einer von den an diesem Projekt beteiligten Ingenieuren?« wollte van Effen wissen. »Praktische Erfahrungen, meine ich. Soweit ich informiert bin, kommen im Zuge des Oosterschelde-Projekts bisher in der Praxis noch nicht erprobte Techniken zum Einsatz, womit in dieser Hinsicht also völliges Neuland betreten wird.« Er hob beschwichtigend seine Hand, denn van der Kuur schien schon wieder im Begriff aufzuspringen. »Entschuldigen Sie. All das steht hier im Augenblick ja nicht im geringsten zur Debatte. Weit interessanter ist für uns die Tatsache, daß die FFF über einen oder auch mehrere Köpfe verfügt, die nicht nur hochintelligent sind, sondern auch noch einiges von praktisch angewandter Psychologie verstehen. Erst säen sie hier in Schiphol Zweifel und Zwietracht und schüren allgemeine Unruhe, dann machen sie dasselbe mit dem Rijkswaterstaat. Mit Hilfe von Presse, Rundfunk und Fernsehen wird diese Saat zweifellos binnen kürzester Zeit unter der gesamten Bevölkerung des Landes aufgehen. Wenn Sie also mich fragen: diese Leute haben in der kurzen Zeit sehr viel erreicht oder werden es in Bälde erreicht haben. Wirklich eine beachtliche Leistung. Ich kann nicht umhin, dieser Organisation, was ihre strategischen Fähigkeiten betrifft, meine Bewunderung zu zollen – was ich allerdings nicht auf den menschlichen Bereich ausweiten möchte. Ich bin sicher, daß der Verräter in unserer Mitte diese Worte weitergeben wird.«

»Allerdings«, pflichtete ihm de Graaf bei. »Ich bin auch sicher, daß der Verräter Verständnis dafür aufbringen wird, wenn wir unser zur Abwendung dieser Gefahr geplantes Vorgehen nicht hier diskutieren. Und nun, meine Damen und Herren, kommen wir zum letzten Abschnitt der Botschaft, der sicherlich noch weitere Zweifel und Zwietracht, wie Mijnheer van Effen es ausdrückte, säen wird. Im folgenden heißt es: ›Zum Beiweis Ihrer Ohnmacht und unserer Macht, unsere Vorhaben nach Belieben in die Tat umzusetzen, setzen wir Sie hiermit davon in Kenntnis, daß wir heute um sechzehn Uhr dreißig eine Lücke in den Texel-Deich sprengen werden.‹«

»Was?« schrie mindestens ein halbes Dutzend der Versammelten gleichzeitig auf.

»Ich muß gestehen, dies hat auch mich betroffen gemacht«, fuhr de Graaf ernst fort. »Das also haben sie vor. Und ich zweifle nicht im geringsten daran, daß sie ihr Versprechen wahr machen werden. Brinkman«, wandte er sich an den jungen Polizisten in Uniform, »setzen Sie sich mit dem Präsidium in Verbindung. Ich nehme an, es besteht keine unmittelbare Dringlichkeit, aber sorgen Sie dafür, daß die Bewohner der Insel davon benachrichtigt werden, was ihnen bevorsteht. Ich gehe davon aus, Mijnheer van der Kuur, daß ich, was die Bereitstellung der erforderlichen Mannschaften und technischen Hilfsmittel anbelangt, alles weitere Ihnen überlassen kann.« Er blickte wieder auf das Blatt Papier in seiner Hand. »Nichts von Bedeutung, meinen sie. ›Wir sind überzeugt, daß der entstehende Sachschaden minimal sein wird, aber es wäre vielleicht doch ratsam, wenn sich die Bewohner von Oosterend und De Waal kurz nach sechzehn Uhr dreißig – und zwar sehr kurz – in der Nähe ihrer Boote aufhielten oder in die Dachgeschosse ihrer Häuser begäben.‹ Ganz schön arrogant, muß ich sagen. Und zum Schluß heißt es dann noch: ›Wir sind uns im klaren, daß Sie sich aufgrund dieser Ortsangaben ein ziemlich genaues Bild machen können, wo wir die Sprengladungen anbringen. Versuchen Sie ruhig, sie zu finden.‹«

»Und das ist alles?« fragte van der Kuur.

»Ja, das ist alles.«

»Keine Gründe, keinerlei Erklärungen für dieses Wahnsinnsvorhaben? Keine Forderungen? Nichts?«

»Nichts.«

»Ich bin immer noch der Ansicht, daß wir es hier mit einer Bande von Irren zu tun haben.«

»Und ich bin der Ansicht, daß wir es mit hochintelligenten und raffinierten Kriminellen zu tun haben, die sich fürs erste vollauf damit zufriedengeben, uns in unserem eigenen Saft schmoren zu lassen. Was ihre Forderungen betrifft, würde ich mir an Ihrer Stelle keine unnötigen Sorgen machen. Die werden sie noch früh genug stellen – wenn sie den Zeitpunkt für gegeben halten. Nun, das wäre so ziemlich alles, was wir im Augenblick tun können – womit ich nicht sagen wollte, daß wir bisher besonders viel erreicht hätten. Mijnheer de Jong, ich verabschiede mich und hoffe, daß Sie im Lauf des morgigen Tages den Flughafenbetrieb wiederaufnehmen können. Die zerstörten elektronischen Apparaturen in den Kellerräumen zu ersetzen, wird vermutlich noch einige Tage in Anspruch nehmen.«

Beim Verlassen des Flughafengebäudes gab van Effen de Graaf mit einer Handbewegung zu verstehen, er solle langsamer gehen. Um sich zu überzeugen, daß sich niemand in Hörweite befand, blickte er sich um und sagte dann:

»Ich würde gern zwei der Herren, die in der Kantine waren, beschatten lassen.«

»Sie gehen aber ran, das muß ich sagen. Und wie ich Sie kenne, haben Sie auch schon Ihre Gründe dafür.«

»Ich habe die beiden beobachtet, als Sie uns die Nachricht von der geplanten Sprengung des Texel-Deichs vorlasen. Alle Anwesenden waren sichtlich betroffen. Die meisten starrten einfach ins Leere – oder auf den Boden. Bestimmt gingen ihnen die verheerenden Folgen dieser Tat durch den Kopf. Zwei der Herren zeigten jedoch keine derartige Reaktion; ihre Blicke waren weiter auf Sie gerichtet. Eine plausible Erkärung ihres Verhaltens bestünde für mich darin, daß die Nachricht für die beiden keineswegs überraschend kam.«

»Aber das ist doch nicht mehr als ein winziger Strohhalm.«

»Von einem Ertrinkenden erwartet man, daß er sich an einen Strohhalm klammert.«

»Angesichts der entfesselten Wassermassen um uns herum, der tatsächlichen wie der angekündigten, hätten Sie ruhig auf eine weniger drastische Metapher zurückgreifen können. Wer sind die beiden?«

»Alfred van Rees und . . .«

»Der Mann vom Rijkswaterstaat, der das Ressort Schleusen, Wehre und Kanäle leitet? Völlig ausgeschlossen. Alfred ist ein Freund von mir – ein absolut zuverlässiger Mann und so ehrlich, wie der Tag lang ist.«

»Vielleicht kommt sein wahres Selbst erst nach Sonnenuntergang an den Tag. Der andere ist Fred Klassen.«

»Klassen? Der Sicherheitschef von Schiphol? Das ist doch absurd.«

»Wieso? Ist er auch ein Freund von Ihnen?«

»Ach was! Aber das ist doch einfach unmöglich. Zwanzig Jahre lang hat er nicht den geringsten Anlaß zu irgendeiner Beanstandung gegeben. Der Sicherheitschef?«

»Wenn Sie ein Krimineller wären und die Wahl zu treffen hätten, irgendeinen Mitarbeiter eines größeren Unternehmens für sich zu gewinnen – für wen würden Sie sich in diesem Fall entscheiden?«

De Graaf sah van Effen lange an und ging dann schweigend weiter.

2

Die beiden Bootsbesitzer, denen in der Nacht zuvor ihre Boote gestohlen worden waren, hießen Bakkeren und Dekker. Wie sich herausstellte, waren sie miteinander verschwägert. Bakkeren reagierte relativ gelassen auf die Tatsache, daß sich jemand sein Boot ausgeliehen hatte und daß ihm nun von der Polizei der Zutritt an Bord verwehrt wurde. Dekker dagegen kochte vor Wut, was übrigens durchaus verständlich war. Man war, wie er de Graaf und van Effen binnen zwanzig Sekunden nach ihrem Eintreffen in seinem Vorstadthaus klarmachte, am Abend zuvor ziemlich grob mit ihm umgesprungen.

»Kann man denn in dieser verdammten Stadt nicht in Sicherheit leben?« schrie er die beiden Besucher an, die vernünftigerweise annahmen, daß dies nicht sein üblicher Umgangston war. »Sie sind von der Polizei, sagen Sie. Von der Polizei! Daß ich nicht lache! Von der Polizei! Toll, wie Sie die ehrbaren Bürger von Amsterdam schützen. Da sitze ich in meinem Boot und will niemandem etwas Böses, als diese vier Gangster ...«

»Einen Augenblick«, unterbrach ihn van Effen. »Trugen die Männer Handschuhe?«

»Handschuhe?« Dekker, ein kleiner, dunkler Mann, starrte ihn in fassungsloser Wut an. »Handschuhe? Hier stehe ich, Opfer eines brutalen Überfalls, und alles, was Ihnen dazu einfällt, sind ...«

»Handschuhe.«

Irgend etwas in van Effens Tonfall schien den kleinen Mann zu beruhigen; man sah förmlich, wie sein Blutdruck um einige Millibar sank. »Ob sie Handschuhe trugen, hm? Komisch, nicht? Ja, sie hatten welche an. Und zwar alle.«

Van Effen wandte sich an einen Sergeanten in Uniform. »Bernhard.«

»Wird gemacht, Leutnant. Ich schicke die Männer vom Erkennungsdienst nach Hause.«

»Entschuldigen Sie, Mijnheer Dekker. Wenn Sie uns vielleicht erzählen würden, wie sich das Ganze zugetragen hat. Und wenn Ihnen etwas Ungewöhnliches aufgefallen ist, dann ist gerade das von besonderem Interesse für uns.«

»Alles war ziemlich merkwürdig«, begann Dekker verdrießlich. Er hatte, wie er bereits erzählt hatte, in seiner kleinen Kajüte gesessen, ohne jemandem etwas Böses zu wollen, als vom Ufer her nach ihm gerufen wurde. Er war an Deck gestiegen, worauf ihn ein langer Kerl – seine Gesichtszüge waren in der Dunkelheit nicht zu erkennen gewesen – gefragt hatte, ob er das Boot für die Nacht mieten könnte. Er behauptete, er sei von einer Filmgesellschaft und wolle ein paar Nachtaufnahmen von der Stadt machen. Er bot ihm tausend Gulden an. Dekker fand es äußerst merkwürdig, daß ihm jemand so kurzfristig und bei Einbruch der Dunkelheit ein solches Angebot machte, und lehnte ab. Dann erinnerte er sich nur noch, daß plötzlich drei weitere Männer auftauchten, ihn von Bord zerrten, in ein wartendes Auto verfrachteten und zu seinem Haus fuhren.

»Haben Sie ihnen denn gesagt, wohin sie fahren sollten?« wollte van Effen wissen.

»Sind Sie wahnsinnig?« Ein Blick auf den aufgebrachten kleinen Mann ließ unmißverständlich erkennen, daß er so schnell niemandem freiwillig eine Auskunft erteilt hätte.

»Demnach haben diese Leute Sie also schon seit einiger Zeit beobachtet. Ist Ihnen nicht aufgefallen, daß Sie beschattet wurden?«

»Daß ich was?«

»Daß Sie beschattet wurden; daß Ihnen jemand gefolgt ist? Ist Ihnen vielleicht irgendein Fremder aufgefallen, den Sie in letzter Zeit unverhältnismäßig oft gesehen haben?«

»Ich bitte Sie – wer sollte schon einen Fischhändler beschatten? Wie sollte jemand auf so eine verrückte Idee kommen? Na ja, jedenfalls haben sie mich dann ins Haus geschleppt ...«

»Haben Sie nicht versucht, Ihren Entführern zu entkommen?«

»Würden Sie mir vielleicht erst mal zuhören?« Dekker war zu Recht verärgert. »Wie weit, glauben Sie, wäre ich dabei wohl gekommen – mit den Händen in Handschellen auf dem Rücken?«

»In Handschellen?«

»Sie haben wohl gedacht, nur die Polizei hätte solche Dinger, wie? Jedenfalls wurde ich ins Bad geschleppt, wo sie mir mit einer Wäscheleine die Beine gefesselt und mit Klebstreifen den Mund verklebt haben. Dann wurde die Tür von außen abgeschlossen.«

»Sie waren also völlig hilflos?«

»Völlig.« Bei dem Gedanken daran verfinsterte sich das Gesicht des kleinen Mannes. »Irgendwie habe ich es geschafft, aufzustehen; und das hat mir wirklich verdammt viel genützt! Im Bad gibt es nämlich kein Fenster. Aber selbst wenn es dort eines gegeben hätte, weiß ich nicht, wie ich es hätte einschlagen sollen. Und wenn mir auch das gelungen wäre, können Sie mir vielleicht sagen, wie ich dann um Hilfe hätte schreien sollen – mit einigen Metern Klebstreifen vor dem Mund? Drei oder vier Stunden später – wie lange genau, kann ich nicht sagen –, nach einigen Stunden jedenfalls kamen sie zurück und haben mich befreit. Dieser lange Kerl hat mir gesagt, sie hätten fünfzehnhundert Gulden auf den Küchentisch gelegt – tausend für das Boot und fünfhundert für die zusätzlichen Kosten.«

»Welche zusätzlichen Kosten?«

»Woher soll ich das wissen?« Dekkers Stimme klang müde. »Sie haben es mir nicht genauer erklärt. Sie sind einfach weggegangen.«

»Haben Sie sie wegfahren sehen? Was für einen Wagen hatten sie? Oder haben Sie sich vielleicht sogar die Nummer gemerkt?«

»Ich habe sie nicht wegfahren sehen. Und ich habe auch nicht gesehen, was für einen Wagen sie hatten, geschweige denn welche Autonummer.« Dekker sprach in einem Tonfall, der vermuten ließ, daß es ihm schwerfiel, sich zu beherrschen. »Wenn ich gesagt habe, daß sie mich freigelassen haben, meine ich damit nur, daß sie mir die Handschellen abgenommen haben. Es hat eine Weile gedauert, bis ich diesen verdammten Klebstreifen ab hatte. Und ich kann Ihnen sagen, das hat nicht schlecht weh getan. Außer meinem Schnurrbart hat es mich ein paar Fetzen Haut gekostet. Als nächstes bin ich in die Küche gehopst und habe mit dem Brotmesser die Wäscheleine um meine Beine aufgeschnitten. Das Geld lag übrigens tatsächlich auf dem Küchentisch, und ich wäre Ihnen dankbar, wenn Sie es an sich nehmen würden; mit diesem schmutzigen Geld will ich nichts zu tun haben. Außerdem ist es mit ziemlicher Sicherheit sowieso gestohlen. – Ja, und bis dahin waren sie natürlich längst über alle Berge.«

Van Effen zeigte diplomatisches Mitgefühl: »In Anbetracht dessen, was Sie durchgemacht haben, Mijnheer, sind Sie wirklich sehr ruhig und beherrscht. Könnten Sie uns diese Männer vielleicht genauer beschreiben?«

»Sie trugen ganz gewöhnliche Sachen und Regenmäntel. Das wäre schon so ziemlich alles.«

»Und ihre Gesichter?«

»Auf dem Boot und im Wagen war es dunkel, und bis wir hier waren, hatten sich alle Masken übergestülpt. Das heißt, drei von ihnen. Einer blieb auf dem Boot.«

»Hatten sie Sehschlitze in den Masken?« Van Effen war keineswegs enttäuscht, er hatte nichts anderes erwartet.

»Eher runde Löcher.«

»Haben sie miteinander gesprochen?«

»Nicht ein einziges Wort. Nur ihr Anführer hat mit mir gesprochen.«

»Woher wissen Sie, daß er ihr Anführer war?«

»Nun, in der Regel gibt doch der Anführer die Befehle, oder nicht?«

»Da haben Sie allerdings recht. Würden Sie die Stimme dieses Mannes wiedererkennen?«

Dekker zögerte. »Ich weiß nicht. Nun ja, ich glaube doch, wenn ich mir's recht überlege.«

»Aha. Ist Ihnen an dieser Stimme irgend etwas Ungewöhnliches aufgefallen?«

»Ja, das schon. Sein Holländisch war ziemlich komisch.«

»Komisch?«

»Es war – wie soll ich sagen –, es war kein normales Holländisch.«

»Meinen Sie, schlechtes Holländisch?«

»Nein. Eher das Gegenteil. Er sprach sehr gutes Holländisch. Zu gutes. So, wie die Nachrichtensprecher im Radio oder im Fernsehen.«

»Zu gestochen also? Schulbuchholländisch? War der Mann vielleicht Ausländer?«

»Ja, ich würde sagen, das war es.«

»Haben Sie eine Ahnung, aus welchem Land er kommen könnte?«

»Da muß ich leider passen. Wissen Sie, ich war nie im Ausland. Ich höre oft Leute in der Stadt Englisch oder Deutsch sprechen – oder sogar beides. Aber ich kann keine Fremdsprache. Schließlich hat man als Fischhändler keine Touristen als Kunden. Ich verkaufe meine Fische auf holländisch.«

»Trotzdem besten Dank. Vielleicht hilft uns das weiter. Ist Ihnen an dem Anführer sonst noch etwas aufgefallen – das heißt, falls er tatsächlich ihr Anführer war?«

»Er war ziemlich groß.« Dekker versuchte ein erstes zaghaftes Lächeln an diesem Nachmittag. »Man muß ja nicht gerade besonders groß sein, um mir auf den Kopf spucken zu können, aber diesem Kerl bin ich nicht mal bis zur Schulter gegangen. Er war sicher noch zehn, zwölf Zentimeter größer als Sie. Und dünn – ja, fast schon mager. Er hatte einen langen, blauen Regenmantel an, der ihm bis weit unter die Knie ging. Irgendwie sah dieser Kerl in dem Ding aus wie eine Vogelscheuche.«

»Die Masken hatten Löcher, sagten Sie, keine Schlitze? Konnten Sie die Augen von diesem Langen erkennen?«

»Nicht mal die konnte ich sehen. Er trug eine dunkle Brille.«

»Eine Sonnenbrille? Ich habe Sie doch gefragt, ob Ihnen an diesen Männern etwas aufgefallen ist. Fanden Sie es nicht etwas eigenartig, daß dieser Mann mitten in der Nacht eine Sonnenbrille trug?«

»Eigenartig? Wieso hätte ich das eigenartig finden sollen? Wissen Sie, Leutnant, ich bin Junggeselle und sitze deshalb häufig vor dem Fernseher. Und die Ganoven in den Krimis tragen immer dunkle Brillen. Auf diese Weise erkennt man, daß sie Gangster sind.«

»Da haben Sie allerdings recht.« Van Effen wandte sich nun an Dekkers Schwager. »Wie ich höre, Mijnheer Bakkeren, blieben Sie von den Aufmerksamkeiten dieser Herren verschont?«

»Meine Frau hatte Geburtstag. Wir waren aus, in der Stadt, zu einem gemütlichen Abendessen, und dann noch in einer Show. Abgesehen davon hätten diese Burschen mein Boot jederzeit klauen können, ohne daß ich was davon gemerkt hätte. Wenn sie schon Maks hier eine Weile beobachtet haben, dann bin ich sicher auch überwacht worden. Und dann hätten sie eigentlich wissen müssen, daß ich nur an den Wochenenden auf meinem Boot bin.«

Van Effen wandte sich an de Graaf. »Möchten Sie jetzt vielleicht die Boote sehen, Mijnheer?«

»Glauben Sie, das wird uns irgendwie weiterbringen?«

»Nein. Aber vielleicht findet sich ein Anhaltspunkt dafür, wie sie bei ihrer Operation vorgegangen sind. Ich möchte wetten, daß sie zumindest eine kleine Spur für einen fleißigen Polizeispürhund zurückgelassen haben.«

»Ebensowenig ist allerdings ausgeschlossen, daß wir nur kostbare Zeit vergeuden.«

Die beiden Schwäger fuhren in ihrem eigenen Wagen, die Polizeibeamten nahmen van Effens Dienstwagen, einen alten, verbeulten Peugeot, dessen Motor jedoch sein Aussehen Lügen strafte. Nichts deutete darauf hin, daß es sich um einen Polizeiwagen handelte; selbst das Funktelefon war versteckt angebracht. Vorsichtig ließ sich de Graaf auf dem quietschenden und mehr oder weniger federlosen Sitz nieder.

»Ich möchte ja nicht unhöflich sein, Peter. Ich weiß, daß es in Amsterdam und Umgebung Hunderte ähnlicher Klapperkisten gibt, und ich weiß auch Ihr Bemühen um Unauffälligkeit zu schätzen. Aber würde es Ihnen wirklich das Herz brechen, bei Gelegenheit Ihren Beifahrersitz auswechseln oder zumindest neu polstern zu lassen?«

»Ich finde, das gibt der Kiste den letzten Schliff an Authentizität. Aber wenn Sie meinen . . . Ist Ihnen übrigens im Haus von Dekker etwas aufgefallen?«

»Nichts, worauf Sie nicht schon gestoßen wären. Interessant, daß dieser große, schmale Mann von einer Gruppe von Stummen begleitet wurde. Nachdem Sie die Vermutung geäußert haben, daß ihr Anführer – so hat ihn Dekker zumindest bezeichnet – Ausländer sein könnte, wäre doch keineswegs ausgeschlossen, daß dies auch auf seine Kumpane zutrifft. Womöglich spricht keiner von ihnen auch nur ein Wort Holländisch.«

»Das ist durchaus möglich. Dekker sagte allerdings, daß der Anführer seinen Leuten Anweisungen erteilt hat, was darauf schließen ließe, daß seine Begleiter Holländisch sprachen – oder zumindest verstanden. Doch das muß nicht unbedingt der Fall sein. Die Anweisungen können völlig bedeutungslos gewesen sein und möglicherweise nur dem Zweck gedient haben, Dekker davon zu überzeugen, daß es sich bei den Männern um Holländer handelte. Nur schade, daß Dekker nie im Ausland war. In diesem Fall hätte er nämlich unter Umständen – ich betone: unter Umständen – feststellen können, aus welchem Land der Sprecher der Gruppe kam. Ich spreche zwei oder drei Fremdsprachen, Peter, Sie sogar mehr. Glauben Sie, wir hätten erkennen können, woher dieser Mann kam, wenn wir seine Stimme gehört hätten?«

»Durchaus möglich, wenn auch keinesfalls mit Sicherheit. Ich weiß übrigens, woran Sie gerade denken, Mijnheer. An die Tonbandaufnahme, die dieser Zeitungsredakteur von dem Anruf der FFF gemacht hat. In diesem Fall sind die Chancen allerdings noch schlechter. Sie wissen ja selbst, wie sehr das Telefon eine Stimme verändern kann. Im übrigen glaube ich, daß dieser Organisation keinesfalls ein derart plumper Fehler unterlaufen würde. Und selbst wenn wir etwas über das Herkunftsland dieses Mannes herausfinden könnten, würde uns das entschieden vorwärtsbringen?«

De Graaf steckte sich einen tiefschwarzen Stumpen an. Van Effen kurbelte sein Fenster herunter. Ohne darauf zu achten, sagte de Graaf: »Welch tröstende Worte Sie doch immer finden, Peter. Aber wenn wir noch ein paar Anhaltspunkte mehr hätten – das heißt allerdings, wir müßten sie erst einmal finden –, könnte uns das doch durchaus weiterhelfen. Abgesehen von der Tatsache, daß er ein Ausländer sein könnte, wissen wir über diesen Kerl bisher nur, daß er auffallend groß und dünn ist, und daß mit seinen Augen etwas nicht stimmt.«

»Wieso soll er etwas mit den Augen haben? Bisher wissen wir doch nur, daß er nachts eine Sonnenbrille trägt. Das kann alles oder nichts bedeuten. Vielleicht auch nur ein Tick dieses Burschen. Möglicherweise findet er sich mit Sonnenbrille besonders schick. Oder er hält, wie Dekker bereits angedeutet hat, eine Sonnenbrille einfach für ein unerläßliches Requisit eines echten Gangsters. Vielleicht trägt er wie die Leibwächter des amerikanischen Präsidenten nur deshalb eine Sonnenbrille, damit potentielle Attentäter in einer Menschenmenge nicht sehen können, ob die Augen der Sicherheitsbeamten auf sie gerichtet sind oder nicht. Oder er leidet an Nyktalopie.«

»Aha. Nyktalopie. Jedes Kind weiß, was das ist. Aber ich hoffe doch, daß Sie die Güte haben werden, mich in meiner Unwissenheit aufzuklären.«

»Ein altmodisches Fremdwort, um einen bekannten, etwas eigenartigen Sachverhalt zu beschreiben. Es handelt sich dabei um ein Wort mit zwei genau gegensätzlichen Bedeutungen. Einerseits bedeutet das Wort Nachtblindheit, also die Unfähigkeit, nach Einbruch der Dunkelheit noch etwas zu sehen; über die Ursachen ist sich die Medizin bisher noch im unklaren. Und zum anderen kann dieses Wort auch Tagblindheit bedeuten, das heißt, das Unvermögen, zu einer anderen Tageszeit als nachts deutlich sehen zu können. Die Ursachen sind auch in diesem Fall ungeklärt. Ein sehr seltenes Leiden, einerlei, um welche der beiden Erscheinungsformen es sich handelt; ihre Existenz ist jedoch eindeutig erwiesen. Die Sonnenbrille könnte also durchaus mit speziellen Gläsern ausgestattet gewesen sein.«

»Für einen Kriminellen müßte dieses Leiden – egal, in welcher Form – doch ein erhebliches berufliches Handicap darstellen. Ein Einbrecher zum Beispiel wäre bei seinen Unternehmungen durch eine solche Nacht- beziehungsweise Tagblindheit erheblich behindert. Mir scheint diese Theorie etwas zu sehr an den Haaren herbeigezogen, Peter. Ich muß zugeben, daß ich in diesem Punkt eher zu einer der herkömmlichen Erklärungen neige. Vielleicht hat er auffällige Narben um die Augen – oder er schielt. Oder er hat eine ungewöhnlich gefärbte Iris, oder die Iris ist so hell, daß sie sich kaum vom umgebenden Weiß abhebt. Oder er hat verschiedenfarbige Pupillen. Vielleicht hat er auch nur *ein* Auge. Auf alle Fälle würde ich sagen, daß er an einer physischen Abnormität leidet, aufgrund derer er ohne Sonnenbrille sofort zu identifizieren wäre.«

»Also brauchten wir nur bei Interpol, weltweit, eine Liste aller Kriminellen mit irgendwelchen Augenleiden anzufordern. Ich nehme an, diese Liste würde Zehntausende von Namen enthalten. Und selbst wenn nur zehn Personen darauf stünden, brächte uns das keinen Schritt weiter, zumal keineswegs auszuschließen ist, daß dieser Mann bisher gar nicht in den Akten der Polizei geführt wird.« Van Effen überlegte kurz. »Vielleicht sollten wir uns eine Liste sämtlicher kriminellen Albinos zusammenstellen lassen. Die tragen doch auch Sonnenbrillen, um ihre Augen zu verstecken.«

»Der Herr Leutnant belieben zu scherzen«, erwiderte de Graaf mürrisch. Er paffte an seinem Stumpen und sagte dann, nachdenklich und als spräche er zu sich selbst: »Also wirklich, Peter. Sie könnten sogar recht haben.«

Inzwischen hatte Dekker im Wagen vor ihnen seine Fahrt verlangsamt und angehalten. Van Effen stellte seinen Peugeot hinter Dekkers Wagen ab. An einem Kanaldamm waren zwei Boote vertäut; beide waren elf bis zwölf Meter lang, beide hatten Kajüten und ein offenes Achterdeck. Die Polizisten folgten Dekker an Bord seines Boots. Bakkeren kletterte an Deck des seinen, das unmittelbar vor dem seines Schwagers lag.

»Nun, meine Herren, was möchten Sie sich zuerst ansehen?« begrüßte Dekker die beiden Polizisten an Bord.

»Wie lange haben Sie das Boot schon?« wollte de Graaf wissen.

»Sechs Jahre.«

»In diesem Fall glaube ich nicht, daß Leutnant van Effen oder ich uns die Mühe machen werden, das Boot mit eigenen Augen zu inspizieren. Nach sechs Jahren kennen Sie doch sicher jede Ecke und jeden Winkel Ihres Bootes wie Ihre Westentasche. Wir wären Ihnen also sehr dankbar, wenn Sie das Boot selbst überprüfen würden. Sie sollen uns lediglich sagen, ob Ihnen auch nur die geringste Kleinigkeit auffällt, die Ihnen an dem Boot verändert erscheint: etwas, das vorher noch nicht da war, oder etwas, das abhanden gekommen ist. Und wenn Sie vielleicht zuerst so gut wären, Ihren Schwager zu bitten, genau das gleiche an Bord seines Bootes nachzuprüfen.«

Etwa zwanzig Minuten später erklärten beide, daß die Täter nichts auf den Booten zurückgelassen hätten und in beiden Fällen nur zwei Dinge vermißt würden: Bier aus dem Kühlschrank und Treibstoff aus den Tanks. Weder Dekker noch Bakkeren konnten mit Sicherheit sagen, wie viele Dosen Bier fehlten. Was die Treibstofftanks betraf, waren sich jedoch beide absolut sicher, daß sie mindestens zwanzig Liter weniger Diesel enthielten.

»In jedem Tank fehlen zwanzig Liter?« meinte van Effen verwundert. »Von hier bis zum Flughafen hätten sie doch nicht einmal zwei Liter gebraucht. Demnach müssen sie die Maschinen zu einem anderen Zweck verwendet haben. Könnten Sie vielleicht die Luke zum Maschinenraum öffnen? Und haben Sie eine Taschenlampe?«

Van Effens Überprüfung der Batterie im Maschinenraum nahm nur wenige Sekunden in Anspruch, die jedoch vollauf genügten. Er wandte sich an die beiden Bootsbesitzer: »Benutzen Sie Überbrückungskabel mit gezahnten Federhalterungen, wenn Sie die Batterien anzapfen oder aufladen? Nein? Nein, gestern nacht hat aber jemand diese Dinger verwendet. Man kann die Einkerbungen an den Kontakten erkennen. Demnach haben sie also die Batterien der beiden Boote aneinandergekoppelt; ob nun in Reihe oder parallel geschaltet, ist für uns ohne Belang. Jedenfalls haben sie die Motoren laufen lassen, um die Batterien aufzuladen. Daher die fehlenden vierzig Liter.«

»Das hat diese Bohnenstange wohl mit den zusätzlichen Kosten gemeint«, bemerkte Dekker.

»Wahrscheinlich.«

Gerade als sich de Graaf ein wenig zögernd auf dem ungefederten, quietschenden Beifahrersitz des alten Peugeot niederließ, läutete das Funktelefon. Van Effen nahm ab und gab den Hörer an de Graaf weiter, der nur kurz telefonierte und dann wieder auflegte.

»Hab' ich es mir doch fast gedacht.« De Graaf wirkte sichtlich frustriert. »Mein Minister möchte, daß ich mit ihm nach Texel fliege. Wenn ich richtig verstanden habe, befindet sich das halbe Kabinett in seinem Gefolge.«

»Meine Güte! Diese alten Duckmäuser. Was wollen die da oben schon groß erreichen? Sie werden höchstens den Einsatztrupps im Weg stehen und sie bei der Arbeit behindern; erreichen werden sie nichts. Andererseits handelt es sich natürlich um etwas, worin sie seit eh und je wahre Meister sind.«

»Ich möchte Sie doch darauf aufmerksam machen, Leutnant van Effen, daß Sie über vom Volk gewählte Minister der Krone sprechen.« Falls diese Worte als Tadel gelten sollten, war es de Graafs Tonfall nicht unbedingt anzumerken.

»Für mich sind sie eine unnütze, unfähige Gesellschaft. Die wollen sich doch nur wichtigmachen. Hauptsache, ihre Namen stehen wieder mal in der Zeitung; es ist ja auch nicht ausgeschlossen, daß ihnen so etwas ein paar zusätzliche Wählerstimmen eintragen könnte. Ich bin sicher, daß Sie den kleinen Ausflug sogar genießen werden.«

De Graaf runzelte düster die Stirn und meinte zurückhaltend: »Ich vermute, daß Sie keine besondere Lust haben, mich zu begleiten, Peter?«

»Sie vermuten richtig, Mijnheer. Davon abgesehen, habe ich verschiedene andere Dinge zu erledigen.«

»Glauben Sie nicht, daß das auch auf mich zutrifft?«

»Ach was! Ich bin schließlich nur Polizist. Sie sind Polizist und Diplomat. Ich bringe Sie in Ihr Büro.«

»Haben Sie noch Zeit, mit mir zu Mittag zu essen?«

»Leider nein, Mijnheer. Ich bin bereits in einem Lokal verabredet, in das der Polizeichef von Amsterdam kaum freiwillig seinen Fuß setzen würde. Es nennt sich La Caracha und fände mit Sicherheit nicht die Zustimmung Ihrer Frau und Ihrer Töchter.«

»Eine dienstliche Verabredung?«

»Selbstverständlich. Ein kleines Treffen mit ein paar von unseren Freunden unter den Krakern. Sie haben mich vor einigen Monaten doch selbst gebeten, neben dem offiziellen auch ein persönliches Auge auf sie zu werfen. Und diese Leute teilen mir gelegentlich mit, was es Neues gibt – meistens im La Caracha.«

»Ach, die Kraker. In den letzten beiden Monaten hatte ich nicht viel Zeit, mir ihretwegen den Kopf zu zerbrechen. Und wie geht es unserer desillusionierten Jugend – den Studenten, die gegen alles und jeden sind, den Blumenkindern, den Hippies und Hausbesetzern?«

»Und den Drogendealern und Waffenhändlern? Ich muß sagen, daß dieses Volk in letzter Zeit mehr und mehr verkommt. Mir waren sie, ehrlich gesagt, lieber – oder besser: ich fand sie weniger beunruhigend, als sie sich noch mit unserer Polizei die eine oder andere Straßenschlacht geliefert und dabei ein paar Autos umgekippt und angezündet haben. Da wußten wir wenigstens, woran wir waren. Aber jetzt ist plötzlich alles so still und friedlich geworden, ich kann mich nicht so recht des Gefühls erwehren, daß sich da etwas ziemlich Unangenehmens zusammenbraut.«

»Haben Sie etwa schon irgendwelche konkreten Anhaltspunkte in dieser Richtung, Peter?«

»Zumindest habe ich das ungute Gefühl, daß mir die Anzeichen dafür früher oder später in die Augen springen werden, ob ich sie nun sehen will oder nicht. Als gestern nachmittag dieser Anruf von der FFF kam, habe ich sofort zwei meiner besten Leute losgeschickt. Vielleicht stoßen sie auf irgend etwas, das uns weiterhilft. Ausgeschlossen wäre es nicht. Jedenfalls konzentriert sich in Amsterdam das Verbrechen mehr und mehr auf das Krakerviertel. Wie schätzen Sie eigentlich diese FFF ein?«

»Nun ja, das scheinen eindeutig recht helle Köpfe zu sein; vielleicht zu clever, um sich mit den Krakern zusammenzutun, die man nicht unbedingt als die geistige Elite unter den Kriminellen bezeichnen kann.«

»Die FFF. Bisher haben wir einen ziemlich langen Kerl, möglicherweise Ausländer, und möglicherweise stimmt etwas mit seinen Augen nicht. Was wollen wir mehr? Der Fall ist so gut wie geklärt.«

»Der Sarkasmus steht Ihnen schlecht zu Gesicht, Peter. Aber gut, wir dürfen nichts unversucht lassen. Irgend etwas zu unternehmen ist immer noch besser als gar nichts. Wie ist übrigens das Essen im La Caracha?«

»Ich würde sagen, für diese Gegend erstaunlich gut. Ich habe schon mehrfach dort gegessen ...« Mitten im Satz brach er ab und sah de Graaf an: »Sie werden uns doch nicht etwa mit Ihrer Gesellschaft beehren, Mijnheer?«

»Nun, ich dachte, ich wollte sagen, als Polizeichef ...«

»Aber selbstverständlich. Es ist mir ein Vergnügen.«

»Und kein Mensch wird wissen, wo ich bin.« Diese Aussicht schien de Graaf sichtlich zu erheitern. »Dieses verdammte Autotelefon soll sich meinetwegen dumm und dämlich klingeln. Ich kann es jedenfalls nicht hören.«

»Und es wird auch sonst niemand hören. Ich werde dieses verdammte Telefon – wie Sie es nennen – nämlich sofort abschalten, sobald ich den Wagen geparkt habe. Was glauben Sie wohl, würden die Bewohner dieser lauschigen Hafengegend denken, wenn in dieser Schrottmühle plötzlich ein Telefon läutet?«

Sie fuhren los. Unterwegs steckte sich de Graaf einen frischen Stumpen an, und van Effen kurbelte wieder das Fenster herunter. Nach einer Weile sagte der Polizeichef: »Sie haben doch über den Besitzer dieses Lokals Ihre Erkundigungen eingezogen? Wie heißt der Mann?«

»Er zieht es vor, nur unter dem Namen George bekannt zu sein. Ich kenne ihn verhältnismäßig gut. Bei den Leuten in seinem Viertel genießt er hohes Ansehen.«

»Ein sympathischer Mann? Wohltätig? Ein aufrechter Bürger? Würden Sie ihn so bezeichnen?«

»Er gilt als namhaftes Mitglied von drei – vielleicht auch vier – florierenden kriminellen Organisationen. Mit Drogen und Prostitution hat er nichts zu tun. Das sind sogar Dinge, die er verabscheut. Wie es heißt, ist sein Spezialgebiet Raub, in der Regel bewaffnet, wobei die Tatsache, ob es zu Gewaltanwendung kommt, davon abhängt, in welchem Umfang die Gegenseite Widerstand leistet. Er selbst kann extrem gewalttätig werden, was ich aus eigener Erfahrung bestätigen kann, wenngleich ich auch nicht selbst das Ziel seiner Aggressionen war. Schließlich müßte man schon auf den Kopf gefallen sein, um einen Polizeibeamten tätlich anzugreifen. Und George ist alles andere als auf den Kopf gefallen.«

»Sie haben wirklich ein Talent, sich Ihre Freunde und Bekannten auszusuchen, oder wie immer Sie diese auch nennen wollen.« De Graaf paffte an seinem Stumpen; wenn die eben geführte Unterhaltung ihn schockiert hatte, so ließ er sich das nicht anmerken. »Wie kommt es, daß diese Bedrohung der Gesellschaft noch nicht hinter Schloß und Riegel ist?«

»Sie können niemanden nur dem Hörensagen nach verhaften, anklagen und vor Gericht stellen. Ich kann nicht gut mit einem Paar Handschellen zu George kommen und sagen: ›Mir ist da so einiges zu Ohren gekommen, ich muß dich leider deshalb einlochen.‹ Davon abgesehen, sind wir Freunde.«

»Sie haben doch selbst gesagt, daß er extrem gewalttätig werden kann. Würde das denn nicht ausreichen?«

»Nein. Schließlich ist er berechtigt, jede Person aus dem Lokal zu weisen, die betrunken ist, ausfallend wird, unziemliche Reden führt oder eine Schlägerei provoziert. George wahrt nur den Ruf seines Lokals, wenn er unliebsame Gäste vor die Tür setzt – in der Regel zwei auf einmal. Weiter geht George in seiner Gewaltanwendung nie. Das steht ihm von Gesetzes wegen zu. Und wir sind das Gesetz.«

»Klingt recht interessant. Oder ungewöhnlich, könnte man auch sagen. Immer zwei auf einmal, ja?«

»Warten Sie erst mal, bis Sie George gesehen haben.«

»Und wie wollen Sie mich ihm vorstellen?«

»Wir brauchen Ihre Verbindungen zur Polizei ja nicht besonders zu betonen. Einfach Oberst de Graaf. Ich würde sagen, das Ganze ist eine Art halboffizieller Besuch.«

»Aber vielleicht erkennt mich jemand.«

»Dazu kann ich Ihnen nur sagen, daß es in dieser Stadt keinen Ganoven gibt, der Sie nicht auf einen halben Kilometer Entfernung erkennen würde. Vermutlich drohen sie sogar ihren Kindern mit einem Foto von Ihnen, wenn sie nicht parieren. Wahrscheinlich sagen sie ihnen, dies wäre der Schwarze Mann, der sie holen wird, wenn sie nicht brav sind.«

»Sehr witzig. Zumal Sie selbst nicht gerade ein Unbekannter sind, Peter. Mich würde wirklich interessieren, was die – äh – kriminellen Elemente hier von Ihnen halten.«

»Ihre Neugier ist völlig unnötig. Sie halten mich für korrupt.«

Der wenig einladende Eingang zum La Caracha lag in einer engen Gasse, so schmal, daß nicht einmal ein Auto darin Platz gefunden hätte. Der rissige Putz des winzigen Vorbaus am Eingang und die abblätternde Farbe ließen den Barraum im Inneren kaum erwarten: er wirkte gut beleuchtet und sauber, und die Wände waren mit Kiefernholz vertäfelt. Um das halbe Dutzend Tische gruppierten sich jeweils vier behagliche Sessel, nicht die üblichen Stühle aus Metall und Plastik. Die halbrunde Bar war von Hockern umringt, und hinter der Bar stand ein Mann. Wenn man ihn ansah, vergaß man sofort den restlichen Raum.

Er war riesig. Nicht nur sehr groß, sondern auch ziemlich breit, wog er sicher an die hundertdreißig Kilo. Er trug einen ausladenden Sombrero – der vermutlich den Zusammenhang zu dem südamerikanisch angehauchten Namen des Lokals herstellen sollte –, ein weißes Hemd, eine schwarze Fliege, eine offene, schwarze Weste und schwarze Lederhosen. Das Fehlen eines Patronengürtels und eines Colt Peacemaker störte nahezu das Gesamtbild. Der Mann hatte dunkle Augen und schwarze, buschige Augenbrauen. Sein nicht minder schwarzer Schnurrbart, ebenso buschig, dicht und weit über die Mundwinkel herabhängend, bildete die ideale Ergänzung zu seinem Sombrero. Das kantige Gesicht wirkte, als wäre es von einem enthusiastischen, aber unbegabten Bildhauer aus einem Granitblock gemeißelt worden. Die ganze Erscheinung verkörperte den Inbegriff all jener Steckbriefporträts, die im Amerika des neunzehnten Jahrhunderts die Wände der Saloons zierten.

»Ist das George?« Van Effen machte sich nicht die Mühe, diese überflüssige Frage zu beantworten. »Ich glaube, er braucht nur eine Hand, wenn er zwei Gäste gleichzeitig hinauswirft.«

Als George auf die neuen Gäste aufmerksam wurde, eilte er mit einem breiten Lächeln, das zwei Reihen bemerkenswert weißer Zähne enthüllte, um die Theke herum auf sie zu. Je näher er kam, desto größer schien er zu werden. Er streckte seine Hand bereits aus, als er noch ein gutes Stück von ihnen entfernt war. »Willkommen, Peter, mein Freund, willkommen. Und Oberst van de Graaf. Ich muß schon sagen: welche Ehre!« Er schüttelte de Graaf die Hand, als wäre er sein Zwillingsbruder, den er seit zwanzig Jahren nicht mehr gesehen hatte.

Der Polizeichef lächelte: »Sie kennen mich?«

»Falls es in Amsterdam einen Menschen gibt, der unseren Polizeipräsidenten nicht kennt, dann muß er entweder blind sein, oder er hat nie auch nur einen Blick in eine Zeitung geworfen. Peter, von diesem Augenblick an ist der Ruf meines Lokals unantastbar.« Mit einem Blick auf de Graaf senkte er seine Stimme. »Vorausgesetzt natürlich, es handelt sich nicht um einen offiziellen Besuch.«

»Ich bin absolut inoffiziell hier«, beruhigte ihn de Graaf. »Betrachten Sie mich als Gast von Mijnheer van Effen.«

»Es soll mir ein Vergnügen sein, dieses denkwürdige Ereignis gebührend zu feiern«, erwiderte George. »Borreltje, Jonge Jenever, Whisky, Bier, Wein? Das La Caracha verfügt übrigens über einen hervorragenden Weinkeller. Sie finden in ganz Amsterdam keinen besseren. Allerdings würde ich den Herren meinen Bessen Jenever empfehlen. Mit einem Hauch von Eis am Glasrand.« Er führte die Fingerspitzen an seine Lippen. »Einfach unvergleichlich.«

Das war er dann tatsächlich, und in den Mengen, in denen George ihn einschenkte, erwies sich der Bessen Jenever – Johannisbeerschnaps – als ebenso wirksam wie unvergleichlich. George leistete ihnen ein paar Minuten Gesellschaft und plauderte mit ihnen über alle möglichen Dinge; Hauptgesprächsstoff jedoch war der Deichbruch, der den längst verschwundenen Haarlem-See wieder hergestellt hatte.

»Völlig überflüssig, die Urheber dieses Verbrechens unter den professionellen Kriminellen zu suchen«, meinte George sehr bestimmt. »Ich spreche absichtlich von ›professionellen‹, weil man diese jämmerlichen Amateurganoven unter den Krakern von vornherein ausschließen kann. Das sind doch nur verrückte Hitzköpfe, jeder Greueltat fähig, ganz gleich, wie viele Unschuldige dabei für ihre versponnenen, weltfremden Ideen büßen müssen – absolut unmoralische Wahnsinnige, hirnlose Idioten, die die Zerstörung nur um der Zerstörung willen betreiben. Das sind doch keine Holländer, auch wenn sie in diesem Land geboren sind. Für mich sind das die Bannerträger einer kranken Subkultur, wie sie es auch in vielen anderen Ländern gibt.

Ich kann mir einfach nicht vorstellen, daß die für die Überflutung von Schiphol verantwortlich sein könnten. Auch wenn man die Tat dieser Saboteure verabscheut, muß man doch anerkennen, daß sie ihren Plan perfekt durchorganisiert haben. Kein vernünftiger Mensch käme auf die Idee, sich mit diesen zurückgebliebenen Trotteln von Krakern zusammenzutun; die kann man nur für untergeordnete Aufgaben verwenden, wenn man sie nur so weit über die ganze Geschichte aufklärt, daß sie keinen Schaden anrichten können. Aber für so etwas kann kein Holländer, kriminell oder nicht, verantwortlich gewesen sein. Jeder Holländer ist mit dem Glauben und in der Gewißheit groß geworden, daß unsere Deiche unantastbar sind; das ist ein Glaubenssatz. Ich möchte mich hier nicht dem Vorwurf der Ausländerfeindlichkeit aussetzen – ganz sicher nicht, meine Herren –, aber dieser Plan kann nur von Ausländern gefaßt und ausgeführt worden sein. Und das ist erst der Anfang, sage ich Ihnen. Es wird zu weiteren Sabotageakten kommen. Warten Sie nur ab.«

»So lange werden wir gar nicht warten müssen«, sagte de Graaf. »Heute nachmittag sechzehn Uhr dreißig werden sie den Texel-Deich sprengen.«

George nickte, als überrasche ihn diese Neuigkeit keineswegs. »So bald schon. Und dann der nächste Deich, und der nächste, und der nächste. Und wenn sie dann mit ihren Forderungen herausrücken – und irgendwann werden sie das tun –, werden diese mit Sicherheit horrend sein. Wenn Sie mich fragen, steht hinter dem Ganzen nichts weiter als eine massive Erpressung.« Er warf einen Blick zur Bar hinüber, wo eine Gruppe von Männern eindringlich signalisierte, daß sie dem Verdursten nahe wären. »Wenn Sie mich einen Augenblick entschuldigen würden, meine Herren.«

»Ein ungewöhnlicher Mann«, bemerkte de Graaf, als sie wieder allein am Tisch saßen. »Er gäbe einen hervorragenden Politiker ab; zumindest ist er nicht auf den Mund gefallen. Eigenartig, daß dieser intelligente und offensichtlich gebildete Mann ein Krimineller ist, der auch vor Gewaltanwendung nicht zurückzuschrecken scheint. Nun, das trifft natürlich auf eine ganze Reihe von berühmten – oder berüchtigten – und auch höchst erfolgreichen Kriminellen aus der Vergangenheit zu. Aber ihn finde ich besonders bemerkenswert. Er scheint sich sehr gut in die Gedankenwelt eines Kriminellen einfühlen zu können, aber zugleich redet und denkt er wie ein Polizist. In einem Bruchteil der Zeit, die wir dafür gebraucht haben, ist er zu dem Schluß gelangt, daß die Täter aus dem Ausland kommen müssen. Anhaltspunkte dafür hatte er nicht – im Gegensatz zu uns. Vielleicht sind wir beide doch nicht ganz so schlau, wie wir uns immer einbilden.«

»Vielleicht sollten Sie George auf ad-hoc-Basis unter Vertrag nehmen und ihn als Deichbruchinspektor anstellen. Was halten Sie im übrigen von dieser Berufsbezeichnung? Klingt gar nicht schlecht, oder?«

»Gegen den Titel hätte ich nichts einzuwenden, den Vorschlag finde ich nicht so gut. Setzen Sie einen Dieb auf einen Dieb an – diese Methode hat noch nie Erfolg gehabt. Außerdem sollten Sie sich in der Stunde der Not nicht über Ihren Vorgesetzten lustig machen. Apropos Stunde der Not; wann essen wir eigentlich?«

»Wir brauchen nur zu bestellen.« Inzwischen kam George mit neuem Bessen Jenever an ihren Tisch zurück. »Wir hätten gern etwas zu essen, George.«

»Der Oberst möchte hier speisen? Das La Caracha fühlt sich doppelt geehrt. Wollen Sie diesen Tisch behalten?«

»Ich erwarte Vasco und Annemarie.«

»Aha.« George nahm das Tablett mit den Getränken und führte sie in einen hellen, freundlichen Nebenraum, der jedoch so klein war, daß nur zwei Tische Platz hatten. Er überreichte ihnen die Speisekarte. »Empfehlen kann ich alles. Vor allem möchte ich Ihnen den Rodekool met Rolpens ans Herz legen.«

»Sollen wir seinem Rat folgen, Peter?« fragte de Graaf.

»Gern. Und, George, wenn sich schon der Polizeichef in unserer Mitte befindet, dürfte die Rechnung doch auch eine ordentliche Flasche Wein vertragen?«

»Eine ordentliche Flasche Wein? Ich höre doch wohl nicht recht! Zu einem exquisiten Mahl gehört auch ein exquisiter Tropfen, selbstverständlich auf Kosten des Hauses. Wie wär's mit einem Château Latour? Wenn ich vorhin behauptet habe, mein Weinkeller wäre der beste der ganzen Stadt, so steht ebenso außer Frage, daß in meinem Keller die besten Bordeaux lagern.« George stellte die Aperitifs auf den Tisch. »Ein kleiner Appetitanreger, meine Herren. Annelise, das kann ich Ihnen versichern, wird sich selbst übertreffen.«

Als George gegangen war, fragte de Graaf: »Wer ist Annelise?«

»Seine Frau. Obwohl sie nicht einmal halb so groß ist wie er, hat er Angst vor ihr. Sie ist eine großartige Köchin.«

»Weiß sie über seine, wie soll ich sagen, nebenberufliche Erwerbsquelle Bescheid?«

»Nein, davon weiß sie absolut nichts.«

»Sie haben vorhin auch einen Vasco und eine Annemarie erwähnt. Das sind vermutlich Ihre Informanten. George scheint über sie im Bilde zu sein.«

»Und ob. Sie sind miteinander befreundet.«

»Weiß er auch, daß sie für Sie arbeiten?« Van Effen nickte, was de Graaf zu einem Stirnrunzeln veranlaßte. »Ist das klug? Ist das diplomatisch? Nennen Sie so etwas vielleicht professionell?«

»Ich vertraue George.«

»Das trifft vielleicht auf Sie zu, aber nicht notwendigerweise auf mich. Zu behaupten, man habe die besten Bordeaux-Weine Amsterdams in seinem Keller, ist nicht gerade eine Kleinigkeit. Das kostet Geld, und nicht gerade wenig. Ist Ihr Freund auch in Sachen Schmuggel tätig, oder sind seine Nebenerwerbsquellen so einträglich, daß er seine Weine regulär beziehen kann?«

»Entschuldigen Sie, Mijnheer, ich habe nie behauptet, George wäre ein Ganove, Dieb, Gauner, Gangster oder was auch immer. Ich habe nur weitergegeben, was die Leute in diesem Viertel von ihm denken. Ich wollte, daß Sie sich bezüglich seiner Person selbst eine Meinung bilden, und das haben Sie, glaube ich, auch bereits getan. Natürlich haben Sie noch Bedenken, denn Sie sind ja sicherlich nicht aufgrund Ihrer Gutgläubigkeit Polizeipräsident von Amsterdam geworden. Annelise weiß deshalb nichts über Georges Nebenerwerbsquellen, weil es sie gar nicht gibt. George hat in seinem ganzen Leben nicht einen Gulden widerrechtlich in seine Tasche gesteckt. Er ist absolut korrekt und ehrlich, und wenn jeder Bewohner Amsterdams so wäre, dann wären wir beide arbeitslos. Sie haben doch selber festgestellt, daß er spricht und denkt wie ein Polizist. Er ist beziehungsweise war bei der Polizei und stand kurz vor der Beförderung, als er letztes Jahr seinen Abschied einreichte. Rufen Sie den Polizeichef von Groningen an und erkundigen Sie sich, für wen er einen Sack Gold bieten würde, um ihn wieder in seiner Mannschaft zu haben.«

»Das überrascht mich allerdings«, entgegnete de Graaf, machte jedoch keineswegs diesen Eindruck, denn er saß friedlich an seinem Platz, paffte in aller Seelenruhe seinen Stumpen und nippte an seinem Jenever, als hätte er mit van Effen eben übers Wetter gesprochen. »Etwas war anders an ihm. Ja, irgend etwas war anders.« Er äußerte sich jedoch nicht weiter dazu, was nun anders war. »Das hätte mich eigentlich stutzig machen sollen.«

»Dachte ich mir's doch, daß Ihnen das nicht entgehen würde, Mijnheer. Der Polizist ist ihm doch auf den ersten Blick anzusehen – zumindest war es so, bis er sich nach seiner Pensionierung den Schnurrbart wachsen ließ.«

»Und seine Spezialgebiete?«

»Drogen und Terrorismus. Eigentlich hätte ich sagen sollen: Drogen und dann Terrorismus.«

»Drogen? Außer Gin gibt es doch in Groningen keine Drogen. Da wäre er hier eher am Platz; das heißt, er wäre es gewesen, wenn ich Sie richtig verstanden habe. Warum hat er eigentlich seinen Abschied genommen? Wer hat ihn dazu bewegt?«

»Niemand. Aber sehen Sie ihn sich doch einmal an. Wenn man als Drogenfahnder Erfolg haben will, muß man sich möglichst unauffällig in der Szene einfügen können. Können Sie sich bei George vorstellen, daß er sich irgendwo unauffällig einfügt?«

»Aber Terroristen gibt es da oben doch auch nicht.«

»Wie Sand am Meer sind sie ja hier auch nicht anzutreffen, Mijnheer. Möglicherweise hat sich George ja gerade deshalb ins Privatleben zurückgezogen. Vielleicht stellte sein Job keine genügende Herausforderung für ihn dar.«

»Was für eine Verschwendung. So ein heller Kopf, und dann weiß er nichts Besseres, als sowieso schon übergewichtigen Amsterdamern überflüssige Kalorien aufzutischen. Aber vielleicht läßt sich noch eine Verwendung für ihn finden. Unter Umständen war Ihre Idee mit seiner Rekrutierung doch nicht so dumm. Im Notfall könnte man einen Mann wie George vorübergehend hinzuziehen.«

»Das finde ich auch, Mijnheer; nur, brauchen Sie dazu nicht die Zustimmung des Rekrutierungsausschusses?«

»Bei der Amsterdamer Polizei gibt es nur einen Rekrutierungsausschuß, und der bin ich. Falls Sie glauben, wir könnten ihn sinnvoll einsetzen, wenden Sie sich an mich. Im Grunde können Sie sich die Mühe sparen, meine Genehmigung einzuziehen. Und jetzt habe ich Hunger.«

»Ach so, natürlich. In der Regel serviert George immer ein Hors-d'œuvre.« Er bedachte de Graafs massige Gestalt mit einem kurzen, prüfenden Blick. »Überflüssige Kalorien. Allerdings . . .« Er stand auf und öffnete die Tür eines Holzschranks, hinter der ein Kühlschrank zum Vorschein kam. Van Effen inspizierte seinen Inhalt und zählte auf: »Ein halber Räucherlachs. Geräucherte Forelle. Luftgetrockneter Schinken. Gouda, Edamer und sonst noch allerhand Leckereien.«

»Auf diese Weise, van Effen, werden Sie noch Karriere machen.« Etwas später, als die stärksten Hungergefühle einigermaßen besänftigt waren, kam de Graaf wieder auf ein leidiges Thema zurück: »Nachdem Sie schon zu beschäftigt beziehungsweise zu feige sind, mich nach Texel zu begleiten, dürfte ich dann zumindest fragen, was Sie währenddessen vorhaben?«

»Das hängt ganz davon ab, was Annemarie und Vasco berichten – wenn sie überhaupt etwas berichten. Sonst werde ich genau das tun, was der gute George nicht kann: ich werde mich unauffällig unter die Kraker mischen.«

»Sie? Sie müssen verrückt sein. Der unangefochtene Popanz des Krakertums! Zwei Minuten nach Ihrem Erscheinen werden sämtliche Aktivitäten und Gespräche ersterben wie die Reben an einem Weinstock.«

»Ich habe mich dort erst kürzlich des öfteren herumgetrieben, und besagter Weinstock ist nach wie vor nicht verdorrt. Allerdings werde ich zu diesem Anlaß nicht diesen Nadelstreifenanzug tragen, geschweige denn Uniform. Für solche Gelegenheiten habe ich eine andere Uniform. Meine Krakeruniform. Ich glaube nicht, daß ich schon einmal über meine Kleidung mit Ihnen diskutiert habe.« Van Effen nippte an seinem Jenever. »Ich besitze nämlich eine Seehundjacke mit Unmengen von Quasten und eine Waschbärmütze mit einem Wolfsschwanz. Verdammt elegant, kann ich Ihnen sagen.« De Graaf schloß seine Augen, rollte sie unter den geschlossenen Lidern und schlug sie schließlich wieder auf. »Die Hose ist aus irgendeinem besonderen Leder – aus welchem genau, weiß ich auch nicht – und mit einer Menge Fransen an der Seite. Und selbstverständlich Mokassins. Keine besonders gute Idee – die Mokassins, meine ich. Sie werden ziemlich schnell naß. Außerdem sind meine Haare und mein Schnurrbart blond – nicht wasserstoffblond, versteht sich; das wäre zu auffällig.«

»Und auf Ihre übrige Ausstattung trifft das nicht zu, wie?«

»Das Färbemittel hält selbst dem stärksten Platzregen stand. Um es wieder zu entfernen, brauche ich ein Spezialshampoo. Eine mühsame Sache, kann ich Ihnen sagen. Dazu trage ich noch ein halbes Dutzend Ringe an meiner rechten Hand, echtes Messing.«

»Ist das die Hand, mit der Sie zuschlagen?«

»Wo denken Sie hin? Ich bin Sympathisant von Greenpeace, Atomkraftgegner und Umwelt-Pazifist. Darüber hinaus trage ich ein buntes Perlenhalsband und einen Ohrring. Nur einen. Zwei sind out.«

»In diesem Aufzug würde ich Sie zu gern mal sehen.«

»Ich kann Ihnen auch einen beschaffen, wenn Sie möchten.« De Graaf schloß wieder die Augen. Da George mit dem Essen kam, blieb ihm ein weiterer Kommentar erspart. George servierte den Rodekool met Rolpens, öffnete stilvoll den Château Latour und verließ sie wieder. Das Gericht war sehr einfach – Rotkohl und Rouladen mit Apfelscheiben –, aber, wie George angekündigt hatte, vorzüglich zubereitet. Wie in Amsterdam üblich, hätten von den Portionen vier Leute satt werden können. Auch was den Wein betraf, hatte George nicht zu viel versprochen.

Sie waren mit dem Essen fertig, und George servierte den Kaffee. »Annemarie ist draußen.«

»Dann hol sie bitte herein.«

Annemarie war eine junge Dame von fraglos auffallendem Äußeren. Sie trug einen Rollkragenpullover undefinierbarer Farbe, der vermutlich einmal weiß gewesen war. Er war ihr etwa vier Nummern zu groß, was sie mit einem zehn Zentimeter breiten Nietengürtel, den sie sich um die Taille geschnallt hatte, zu kaschieren versuchte. Da sie an dieser Stelle ziemlich schmal war, glich das Ganze am ehesten einem in der Mitte zusammengeschnürten Kartoffelsack. Die verblichenen und geflickten Jeans waren modisch ausgefranst, und die kurzen, fleckigen Lederstiefel mit lächerlich spitzen hohen Absätzen schienen sie beim Gehen zu behindern. Ihr strähniges, blondes Haar ließ darauf schließen, daß sie Kämme als unnötigen Luxus betrachtete. Lidschatten und pechschwarze Wimperntusche waren mit kräftiger Hand aufgetragen. Die gespenstische Blässe ihres Gesichts, die nur auf die großzügige Verwendung billigen Puders zurückzuführen sein konnte, stand in auffälligem Kontrast zu den beiden kreisrunden roten Flecken auf ihren Wangen, die ebenfalls nicht natürlichen Ursprungs waren. Ihr Lippenstift war purpurn und ihr blutroter Nagellack bereits zur Hälfte abgesplittert. Der Duft ihres billigen Parfüms erweckte den Eindruck, als hätte sie darin gebadet, wenn man auch sonst vermuten konnte, daß sie schon längere Zeit überhaupt nicht gebadet hatte. Ihre Messingohrringe klimperten leise, als sie auf den Tisch zutrat.

Van Effen sah de Graaf an, der jedoch seinen Blick nicht erwiderte. Die Erscheinung vor ihm schien ihn magisch anzuziehen. Van Effen räusperte sich geräuschvoll.

»Das ist Annemarie, Mijnheer.«

»Ach ja, Annemarie.« De Graaf starrte sie immer noch an, und es kostete ihn sichtlich Mühe, sich endlich van Effen zuzuwenden. »Aber natürlich. Natürlich. Annemarie. Ich hätte nur noch gern ein paar Punkte mit Ihnen geklärt, über die zu sprechen wir bis jetzt nicht die Gelegenheit hatten . . .«

»Aber selbstverständlich, Mijnheer. Annemarie, mein Schatz, könntest du vielleicht noch ein paar Minuten warten? George wird dir sicher inzwischen einen Drink spendieren.« Sie blies eine mächtige Rauchwolke aus, lächelte und stöckelte aus dem Raum.

»Annemarie, mein Schatz.« De Graaf klang ebenso schockiert, wie er aussah. »Annemarie, mein Schatz! Sie in Ihrer Krakeruniform und diese – Kreatur. Sie gäben in der Tat ein prächtiges Paar ab. Ich habe Sie bisher immer für ausgesprochen vernünftig gehalten, aber das kann ja wohl nur ein schlechter Witz sein. Wo in aller Welt haben Sie denn dieses Flittchen aufgetrieben, dieses Strichmädchen, diese gespenstische Erscheinung? Mein Gott, dieses Make-up, dieses Bordellparfüm!«

»Es ist doch sonst nicht Ihre Art, Mijnheer, nach dem Äußeren zu gehen. Voreilige Urteile . . .«

»Voreilige Urteile! Diese wahnwitzigen Schuhe! Und dieser dreckige Pullover, der wohl eher für einen Gorilla gedacht war . . .«

»Dieser Pullover ist zumindest sehr praktisch, Mijnheer. Niemand käme auf die Idee, daß sie darunter eine Beretta versteckt haben könnte.«

»Eine Beretta! Diese Karikatur eines menschlichen Wesens trägt eine Schußwaffe? Sie müssen wahnsinnig geworden sein.« Er sog heftig an seinem Stumpen. »Nein, natürlich sind Sie nicht wahnsinnig geworden. Ich will mich ja nicht beklagen, Peter, aber für mich ist das doch ein ganz schöner Schock.«

»Das sehe ich. Ich hätte Sie vorher warnen sollen. Aber ich denke, Annemarie ist es gewöhnt, einen nachhaltigen Eindruck zu hinterlassen. Sie ist im übrigen eine recht sympathische junge Dame, sie könnte es jedenfalls sein, wenn man sie erst einmal in der Badewanne abschrubben würde. Sie ist wirklich sehr nett – sogar reizend. Sie ist intelligent, spricht vier Sprachen, hat studiert und gehört zur Polizei von Rotterdam. Begreifen Sie, worauf ich hinauswill, Mijnheer? Wenn sie den Polizeichef täuschen kann, der diesen Posten unter anderem deshalb innehat, weil er sich von weniger Leuten hinters Licht führen läßt als sonst jemand, dann kann sie jeden täuschen.«

»Und wie sind Sie zu diesem Paradiesvogel gekommen?«

»Auf Austauschbasis. Nicht unbedingt ein faires Geschäft. Ich wußte, daß sie sechs Monate im Rotterdamer Untergrund tätig war; und wir hier hatten niemanden mit vergleichbarer Erfahrung. Es war nicht gerade einfach, sie zu bekommen, aber der zuständige Mann in Rotterdam ist ein Freund von mir.«

»Warum hat man mich darüber nicht informiert?«

»Weil Sie mir völlig freie Hand gelassen haben, wie Sie sich vielleicht noch erinnern werden. Außerdem hätte ich Ihnen sofort Bericht erstattet, wenn etwas Interessantes vorgefallen wäre. Das war bisher nicht der Fall. Und mit Nebensächlichkeiten wollte ich Sie nicht belästigen.«

De Graaf lächelte. »Ich möchte bezweifeln, daß die junge Dame damit einverstanden wäre, als Nebensächlichkeit bezeichnet zu werden. Rufen Sie sie doch bitte wieder herein.«

Das tat van Effen, worauf de Graaf die Dame in aller Höflichkeit auf einen Platz an ihrem Tisch winkte. »Tut mir leid, daß wir Sie warten lassen mußten. Ich nehme an, Sie wissen, wer ich bin?«

»Sicher. Oberst van de Graaf. Mein Chef.« Die leicht rauchige Stimme war tief und angenehm und stand in auffallendem Gegensatz zu ihrer äußeren Erscheinung.

»Hat Leutnant van Effen Ihnen das gesagt?«

»Das war nicht nötig, Mijnheer. Ich arbeite für ihn und weiß, daß er für Sie arbeitet. Außerdem habe ich oft genug Ihr Foto gesehen.«

»Dieser Aufzug, in dem Sie herumlaufen, Annemarie – ist das nicht ein bißchen auffällig?«

»Sie meinen, unter den Leuten, auf die ich mein Auge werfen soll? Ich kann Ihnen nur versichern, daß meine Sachen im Vergleich zu dem, was manche andere dort anhaben, noch richtig bieder sind; und selbst das ist noch untertrieben. Habe ich recht, Peter?«

»Aha! Peter, nicht wahr? Ein Untergebener spricht den Vorgesetzten mit seinem Vornamen an?«

»Auf ausdrücklichen Befehl, Mijnheer. Wir waren ein paarmal zusammen ...«

»Im Kreise Ihrer – äh – Freunde?«

»Ja, Mijnheer.«

»Das hätte ich zu gerne gesehen.«

»Wir sind ein reizendes Paar, das kann ich Ihnen versichern. Und es wäre höchst unklug, mich in solcher Gesellschaft Leutnant zu nennen. Deshalb habe ich sie gebeten, mich nicht nur Peter zu nennen, sondern auch als Peter von mir zu denken. Auf diese Weise kann einem kein Fehler unterlaufen. Soweit ich mich erinnern kann, hat mir das vor Jahren einmal jemand eingebleut.«

»Das dürfte ich gewesen sein. Aber wenn Sie schon eine Schußwaffe führen, junge Dame – können Sie denn auch damit umgehen?«

»Ich habe die übliche Ausbildung auf dem Polizeischießstand hinter mir.«

»Haben Sie je davon Gebrauch gemacht?«

»Nein. Und ich hoffe, es auch nie tun zu müssen.«

»Würden Sie denn davon Gebrauch machen?«

»Ich weiß nicht. Vielleicht, wenn es darum ginge, jemanden daran zu hindern, einen anderen Menschen umzubringen – dann ja. Aber ich könnte keinen Menschen töten. Ich mag keine Schußwaffen. Ich bin nicht sonderlich mutig.«

»Unsinn. Ihre Einstellung macht Ihnen alle Ehre. Mir geht es genauso. Abgesehen davon würde ich doch sagen, daß es einigen Mutes bedarf, sich ins Reich der Kraker zu wagen, noch dazu als Frau.«

Sie lächelte leicht. »In dieser Hinsicht ist mein Rollkragenpullover besonders nützlich. Man kann nicht sehen, wie mir das Herz manchmal vor Angst bis zum Hals hochschlägt.«

»Ach was. Was tut sich denn so bei Ihren Freunden? Haben sie irgend etwas Ungewöhnliches oder Interessantes vor?«

»Damit Sie sich kein falsches Bild von diesen Leuten machen, Mijnheer – so aufregend sind sie gar nicht. Ich finde sie sogar eher langweilig. Die meisten von ihnen sind keineswegs die Rebellen und Weltverbesserer, als die sie gern gelten möchten. Natürlich fehlt es nicht an Drogendealern und ihren Abnehmern, und es gibt auch einen harten Kern, der sich auf Waffenschmuggel verlegt hat; sie verkaufen russische Kleinfeuerwaffen an die IRA und andere aufrührerische Elemente. Peter hat mir allerdings gesagt, ich sollte diesen Waffenschiebereien nicht allzuviel Beachtung schenken.«

»Aufrührerische Elemente? Das gefällt mir! Die junge Dame befaßt sich also nicht mit Waffenschiebereien, Peter? Warum nicht?«

»Das fragen Sie mich, Mijnheer? Amerika, Rußland, England, Frankreich, alle diese Länder handeln Jahr für Jahr mit Waffen im Wert von ich weiß nicht wie vielen Milliarden Dollar. Auch die Israelis tun das, die Perser, die Libyer und weiß Gott wie viele Länder noch. Selbstverständlich mit dem Segen ihrer Regierungen. Wer sind wir schon, daß wir uns päpstlicher gebärden als der Papst persönlich, wenn irgendwelche privaten Organisationen zumindest ein kleines Stück von diesem Kuchen abhaben wollen? Im übrigen weiß ich, daß dieses Thema Sie nicht sonderlich interessiert. Das einzige, womit man Sie hinter dem Ofen hervorlocken kann, sind Drogen und die Bedrohung der königlichen Familie und der Mitglieder des Parlaments.«

»Ja, natürlich. Gibt es in dieser Hinsicht interessante Neuigkeiten?«

Annemarie schüttelte den Kopf. »Vasco – haben Sie schon von Vasco gehört?«

»Ja. Aber ich kenne ihn noch nicht. Ich sollte ihn eigentlich heute treffen, und zwar dachte ich, zusammen mit Ihnen.«

»So war das auch geplant. Wir hatten uns für eine Stunde zuvor in einem Café hier in der Nähe verabredet. Er hat sich jedoch nicht blicken lassen, was sehr ungewöhnlich ist.«

»Ist Ihr Freund tatsächlich ein richtiger, waschechter Kraker?«

»Er hat zumindest den Anschein, aber andererseits, wie sollte er das schaffen? Es gibt bei ihnen so etwas wie eine Führungsspitze, so eine Art lockere Ratsversammlung. Vasco scheint dazuzugehören. Aber er behauptet, daß er im Prinzip gegen sie ist. Und das glaube ich ihm. Schließlich arbeitet er ja auch für Sie, in gewisser Weise . . .«

»Sie trauen ihm aber nicht so recht?«

»Mein Verstand, falls ich einen habe, sagt mir – nun ja, ich weiß nicht recht. Aber mein Gefühl sagt mir, daß ich ihm trauen kann.«

»Peter?«

»Ihr Gefühl trügt nicht. Er ist einer von unseren Leuten, Detektiv-Sergeant.«

»Ein Polizist?« Annemaries Lippen spannten sich, ihre Augen funkelten zornig. »Vielen Dank. Also wirklich, vielen Dank.«

»Sei doch nicht kindisch«, versuchte van Effen sie zu beruhigen. »Hast du ihm gesagt, daß du von der Polizei bist?«

Als sie die Antwort schuldig blieb, beeilte de Graaf sich, festzustellen: »Offensichtlich befolgt Peter das Prinzip, niemandem, wenn nicht unbedingt nötig, zu viele Informationen aufzubürden. Er hat davon nicht einmal mir etwas erzählt. Ich nehme an, er dachte, ich müßte nicht unbedingt darüber informiert sein. Aber Sie wollten doch noch etwas über Vasco sagen?«

»Ja, und vielleicht ist das gar nicht so unwichtig. Gestern nacht hat er mir noch ziemlich spät gesagt, er dächte, er hätte eine Spur. Eines der Ratsmitglieder wäre an ihn herangetreten – ein Mann, der wußte, daß Vasco sich relativ häufig auch in der Welt draußen bewegte; für sie ist nämlich alles, was sich jenseits ihrer Vorstadtgrenzen befindet, draußen. Er hat gesagt, er würde an einem mitternächtlichen Treffen teilnehmen, zu dem sich auch eine wichtige Persönlichkeit einfinden sollte. Wer diese Person allerdings ist, weiß ich nicht.«

»Wer war der Mann, der an Vasco herangetreten ist?« schaltete sich van Effen ein. »Kannst du ihn vielleicht beschreiben?«

»Und ob ich ihn beschreiben kann! Klein, schütteres Haar, graumelierter Bart. Außerdem schielt er.«

De Graaf streifte van Effen mit einem kurzen Seitenblick.

»Schon wieder jemand mit einem Augenleiden, diesmal allerdings mit einem wirklichen. Hat dieser Mann auch einen Namen?«

»Julius.«

»Julius, und wie weiter?«

Sie zögerte. »Julius Cäsar. Ich weiß, das klingt verrückt, aber diese Leute sind nun mal verrückt. Niemand benutzt dort seinen richtigen Namen. Was die Namen betrifft, durchlaufen sie übrigens im Augenblick gerade die historische Phase. Da sind Namen in Umlauf wie Alexander der Große, Dschingis-Khan, Karl der Große, Nelson, die Schöne Helena, Kleopatra – ich könnte die Liste noch endlos fortsetzen. Sie stehen vor allem auf Machos und schöne Frauen – eben auf alles, was sie selbst nicht sind. Der Mann also heißt Julius Cäsar.«

»Und mehr weißt du nicht?« hakte van Effen nach. »Hat er auch keine Andeutungen gemacht, um welche Art von Spur es sich dabei gehandelt haben könnte?«

»Nein«, erwiderte sie immer noch schmollend. »Was allerdings nicht heißt, daß er es nicht gewußt hätte.«

»Das verstehe ich nicht ganz«, warf de Graaf ein. »Wie meinen Sie das?«

»Ich kann nicht sagen, ob er Genaueres darüber gewußt hat.«

»Du meine Güte!« De Graaf betrachtete sie mit einem prüfenden Blick. »Sie vertrauen Ihrem Kollegen nicht?«

»Er vertraut mir nicht.«

»Das ist doch genauso schlimm. Was für tröstliche Arbeitsbedingungen.«

»Sergeant Westenbrink mißtraut ihr nicht«, warf van Effen erklärend ein. »Es ist nur einfach so, daß man allgemein etwas zurückhaltend und verschwiegen wird, wenn man drei Jahre lang unter Tarnung Dienst tut.«

»Westenbrink heißt der Mann? Ich dachte, ich kenne alle meine Sergeanten.«

»Er kommt aus Utrecht, Mijnheer.«

»Sie werfen Ihre Netze sehr weit aus, Leutnant van Effen. Aber mich muß man ja nur über das Allernotwendigste informieren . . .«

In diesem Augenblick trat George mit einer Entschuldigung ein, nahm einen Telefonapparat von einem kleinen Beistelltisch und stellte ihn vor Annemarie. Sie nahm ab und konzentrierte sich volle zwei Minuten auf die blecherne Stimme am anderen Ende.

Schließlich sagte sie: »In Ordnung, in fünf Minuten«, und legte auf.

»Wahrscheinlich das Jagdhorn«, warf van Effen erläuternd ein. »Was gibt es Neues von Vasco?«

»Das Jagdhorn?« De Graafs Stirn legte sich in Falten. »Ich nehme doch an, daß es sich dabei wohl kaum um das Jagdhorn handelt, das . . .«

»Es gibt in Amsterdam nur ein – ein – Etablissement dieses Namens. In der Not darf man nicht wählerisch sein. Abgesehen vom La Caracha ist es unser einziger sicherer Stützpunkt. Die Beziehungen, denen wir dies zu verdanken haben, sind allerdings rein privater Natur. Seien Sie also ohne Sorge, die weiße Weste der Amsterdamer Polizei bleibt auf jeden Fall sauber.«

»Soll mir das mal einer sagen«, murmelte de Graaf. »Soll mir das mal einer sagen.«

»Zur Hälfte hattest du recht«, teilte ihnen Annemarie fast widerstrebend mit. »Es war das Jagdhorn. Aber nicht Vasco.«

»Das habe ich auch nicht behauptet. Ich habe nur gefragt: ›Was gibt es Neues von Vasco?‹ Es war Henri. Henri, Mijnheer, ist der Besitzer. Vasco wird überwacht; aber wer auch immer ihn beschattet hat, wußte nicht, daß es praktisch unmöglich ist, Vasco zu beschatten, ohne daß er davon Wind bekommt. Deshalb konnte er nicht hierherkommen. Die Person oder die Personen, die ihn überwacht haben, wären mit Sicherheit verwundert gewesen, ihn hier zusammen mit dir zu treffen, Annemarie. Ganz zu schweigen von dem Schock, den ihnen dazu auch noch meine Anwesenheit versetzt hätte. Jedenfalls wäre das für uns eine ziemliche Katastrophe gewesen; wir hätten sowohl Vasco wie dich aus dem Verkehr ziehen müssen. Vasco blieb also nichts anderes übrig, als das Jagdhorn aufzusuchen, obwohl er selbst dort nicht telefonieren konnte; man hätte ihn auch dort im Auge behalten. Also schrieb er Henri alles auf einen Zettel, und Henri hat dann für ihn angerufen. Du wirst mir jetzt eine Frage stellen und in fünf Minuten Henri meine Antwort übermitteln.«

Annemarie seufzte. »Mußtest du mir denn den ganzen Spaß verderben?« Dann wurde sie wieder freundlicher. »Aber alles hast du doch nicht herausgekriegt, oder?«

»Wenn es gilt, das Offensichtliche zu erraten, bin ich unübertrefflich. Doch deswegen bin ich noch lange kein Hellseher. Der Rest, den ich nicht herausbekommen habe, kann vorerst warten, einschließlich der Gründe, weshalb Vasco mich zurückrufen wird.«

»Das habe ich nicht gesagt.«

»Aber Henri. Wie lautet die Nachricht?«

»Folgendermaßen: Von zweien beschattet. Kann sie nicht abschütteln. Treffe zwei . . .«

»Was soll dieses Kauderwelsch denn heißen?« unterbrach sie de Graaf.

»Westenbrinks Kürzelsprache«, erklärte van Effen. »Er hat nur zwei Möglichkeiten, seine Beschatter loszuwerden. Er könnte sie in den nächsten Kanal werfen, wozu er ohne weiteres in der Lage wäre, oder er hätte sie abschütteln können, was ebenfalls kein Problem für ihn gewesen wäre. In beiden Fällen hätte er damit jedoch einen Kontakt unterbrochen, den er mühsam hergestellt hatte.«

Annemarie fuhr fort: »Treffe zwei, drei Männer um sechzehn Uhr dreißig im Jagdhorn.« Sie schob einen Zettel über den Tisch.

»Stephan Danilow«, las van Effen vor. »Pole. Aus Radom. Sprengstoffexperte. Ölquellenbrände. Texas. Aha, so ist das also. Was halten Sie davon, Mijnheer?«

»Höchst interessant. Keine schlechte Aussicht, künftig Deiche in die Luft zu sprengen.«

»Dürfte sehr lehrreich sein, das Gesetz einmal von der anderen Seite zu erleben. Selbstverständlich werden sie jemanden mitbringen, der polnisch spricht.«

»Glauben Sie denn, das sind Polen?« warf Annemarie ein.

»Nein. Aber sie werden mich überprüfen wollen.«

»Aber wenn sie auf polnisch ...«

»Falls sie ihn auf polnisch ansprechen, meine Liebe«, erklärte de Graaf, »wird er eben auf polnisch antworten. Er beherrscht diese Sprache nämlich fließend. Und Ihr Freund aus Utrecht hat das natürlich gewußt.«

»Aber – aber sie werden dich doch mit Sicherheit erkennen«, wandte sich Annemarie an van Effen. »In diesem – in diesem Ghetto kennt dich doch jeder, ich meine, die wissen doch alle, wer du bist.«

»Stell dich doch nicht dümmer, als du bist. Wenn du glaubst, ich werde mich dort als Leutnant van Effen vorstellen, wäre deine Sorge natürlich berechtigt. Aber ich werde mich traditionsgemäß und den Umständen entsprechend bis zur Unkenntlichkeit verkleiden. Ich werde etwa zwanzig Kilo zunehmen, meine Backen etwas fülliger erscheinen lassen, mir Haar und Schnurrbart färben, mir eine üble Narbe zulegen – und einen schwarzen Lederhandschuh tragen, der die schrecklichen Verbrennungsnarben verbergen soll, die ich mir – Moment mal, ach ja, natürlich – in Saudi-Arabien beim Löschen eines Ölquellenbrandes zugezogen habe. Wirklich erstaunlich, wozu so ein einzelner schwarzer Lederhandschuh gut ist. Mehr oder weniger wird er für jeden zum Hauptidentifikationsmerkmal, und wenn man das Ding mal nicht anhat, ist man gar nicht man selbst – wenn du verstehst, was ich meine. Und nenne das Krakerreich nicht Ghetto; das ist eine Beleidigung für jeden achtbaren Juden. – Und jetzt ruf Henri an und sag ihm Bescheid, es wäre alles klar – und er soll ein paar Minuten warten, bevor er Vasco verständigt.«

Sie rief an und legte danach wieder auf. »Es scheint alles glattzulaufen. Noch ein paar Minuten.« Sie sah van Effen an. »Du hast doch schon alle Details, die du brauchst. Warum läßt du dann Vasco anrufen?«

»Warum ich Vasco anrufen lasse?« Van Effen gab sich Mühe, eine geduldige Miene zu wahren. »Vasco erscheint doch jeden Nachmittag in diesem leerstehenden Häuserblock, den sie gemäß ihrer sogenannten Hausbesetzerrechte in Beschlag genommen haben. Er wird seit gestern abend beschattet, und wir dürfen ruhig davon ausgehen, daß sie ihn bis zu dem Treffen im Jagdhorn weiter im Auge behalten werden. Wie soll er sich denn mit mir in Verbindung gesetzt haben, um das Treffen zu vereinbaren? Auf telepathischem Weg vielleicht?«

De Graaf räusperte sich und wandte sich an Annemarie. »Sie müssen dem Leutnant seine etwas antiquierte Galanterie vergeben. Kehren Sie jetzt gleich wieder an diesen schrecklichen Ort zurück?«

»Ja, bald.«

»Und Sie bleiben dort über Nacht?«

Sie mimte ein Erschaudern. »Gewisse Grenzen sind meiner Loyalität der Polizei gegenüber nun doch gesetzt. Nein, die Nächte verbringe ich nicht dort.«

»Gibt das innerhalb der Bruderschaft keinen Anlaß zum Stirnrunzeln?«

»Keineswegs, Mijnheer. Ich habe einen Freund – einen durchaus solide wirkenden Herrn, der mich jeden Abend abholt. Für so etwas haben die Kraker Verständnis.«

»Und am Morgen tauchen Sie dort dann wieder auf?«

»Ja.« Sie legte ihre Hand an den Mund, um ein Lächeln zu verbergen, das de Graaf jedoch nicht entgangen war.

»Sie finden das wohl lustig.« Sein Ton hatte an Herzlichkeit verloren.

»Nun ja, ein bißchen schon, Mijnheer. Ihre Stimme und Ihr Gesichtsausdruck, so voll des Tadels und der Enttäuschung. Aber dieser Freund ist ein richtiger Gentleman. Außerdem ist er verheiratet.«

»Etwas anderes hätte ich kaum erwartet.« De Graaf zeigte sich keineswegs amüsiert.

»Er bringt mich in das Haus seiner Cousine, fährt dann nach Hause und holt mich am nächsten Morgen wieder ab. Und das ist der Grund, weshalb er ein Gentleman ist; er liebt nämlich seine Frau über alles. Und seine Cousine, Mijnheer de Graaf, ist eine richtige Dame.«

»Der Herr Polizeichef«, sagte de Graaf, »ist wieder einmal baff.« Er wirkte sichtlich erleichtert. »Aber Sie haben diese Cousine doch sicher einer genaueren Überprüfung unterzogen, oder nicht, Peter?«

»Nein, das habe ich nicht.« Van Effen sprach nicht ohne Nachdruck. »Das würde ich nicht wagen.«

De Graaf runzelte kurz die Stirn, um sich schließlich laut lachend zurückzubeugen. »Sieh mal einer unseren furchtlosen Leutnant an, Annemarie, der vor nichts zurückschreckt. Um so mehr Angst hat er vor seiner Schwester. Sie wohnen also bei Julie?«

»Kennen Sie sie denn, Mijnheer?«

»Sie ist die wunderbarste Frau in ganz Amsterdam – mit Ausnahme meiner Frau und meiner beiden Töchter. Ich bin ihr Pate. Also so was!«

Das Telefon klingelte. Van Effen nahm ab und sagte, nachdem er etwa eine halbe Minute zugehört hatte: »Kann mich jemand hören, wenn ich jetzt spreche?«

Offensichtlich war das nicht der Fall, denn er fuhr fort: »Sag, daß du mir eine halbe Minute Zeit läßt, mir die Sache durch den Kopf gehen zu lassen.« Nachdem diese Zeitspanne verstrichen war, sprach van Effen neuerlich: »Sag jetzt zu mir: ›Stephan, ich schwöre dir, das ist keine Falle der Polizei. Dafür lege ich meine Hand ins Feuer. Außerdem wäre mein Leben keinen Pfifferling mehr wert, wenn es eine Falle wäre. Also, was denkst du?‹«

Kurz darauf sagte van Effen: »Das war sehr gut. Kommst du mit ihnen? Prima. Und erzähle deinen Begleitern – ich bin sicher, daß es nicht die Herren sein werden, die dich im Augenblick beschatten –, erzähle ihnen also auf jeden Fall, daß ich in Polen vorbestraft bin und daß die Amerikaner einen Auslieferungsantrag für mich gestellt haben. Ich werde einen schwarzen Lederhandschuh tragen.« Dann hängte er ein.

»Nicht schlecht, das mit den Vorstrafen und dem Auslieferungsantrag«, nickte de Graaf anerkennend. »Gibt Ihnen einen kriminellen Anstrich, der nicht überprüfbar ist. Sie werden doch eine Waffe bei sich haben?«

»Selbstverständlich. Etwas anderes würde man doch von mir gar nicht erwarten. Ich werde mir ein Schulterhalfter umschnallen, daß es sogar einem Kurzsichtigen auffallen muß, daß ich bewaffnet bin.«

Annemarie bemerkte nachdenklich: »Vielleicht nehmen sie dir deine Knarre ab, bevor eure Unterhaltung überhaupt beginnt. Das wäre doch eine mögliche Vorsichtsmaßnahme, oder nicht?«

»In solchen Dingen muß man eben immer ein gewisses Risiko eingehen. Ich werde wohl oder übel Mut beweisen müssen.«

»Er will damit nur sagen«, warf de Graaf trocken ein, »daß er immer eine zweite Waffe bei sich hat. Das hängt mit seiner Theorie bezüglich dieses einzelnen schwarzen Handschuhs zusammen: daß sich nämlich die meisten Leute immer nur auf eine Sache konzentrieren. Ich bin mir sicher, daß auch das in seinem Buch steht. Wenn jemand eine Schußwaffe bei Ihnen entdeckt, wird ihn eine nahezu pathologische Neugier befallen, nach einer weiteren zu suchen.«

»Das steht nicht in meinem Buch. Glauben Sie, ich würde unseren Herren Kriminellen solche Gedanken nahelegen? Eigenartig ist nur, Mijnheer, daß wir heute beide um sechzehn Uhr dreißig höchst interessante Termine haben. Sie werden zusammen mit dem Minister, ein Glas Schnaps in der Hand, aus einer Hubschrauberkanzel auf den Texel-Deich hinunterschauen, und ich wage mich in die Höhle des Löwen.«

»Ich würde jederzeit mit Ihnen tauschen«, erwiderte de Graaf pikiert. »Ich denke, daß ich bis spätestens gegen sechs wieder von Texel zurück bin. Ich frage mich wirklich, was ich da oben überhaupt soll. Wollen wir uns um sieben treffen?«

»In Ordnung. Das heißt, falls wir beide überleben – Sie den Schnaps und ich die Löwen. Wäre die 444 in Ordnung, Mijnheer?«

De Graaf bestätigte zwar nicht, daß die 444 in Ordnung wäre; aber er äußerte auch nichts Gegenteiliges.

3

Der Chinook-Helikopter, ein großes, schnelles Testmodell, das die US Army zu Demonstrationszwecken leihweise zur Verfügung gestellt hatte, wies die gleichen Nachteile auf wie die kleineren und weniger fortschrittlichen Modelle. Er war extrem laut, und das Dröhnen der Motoren machte jede Unterhaltung schwierig, wenn nicht zeitweilig sogar unmöglich.

Die Passagiere waren in der Tat eine bunt zusammengewürfelte Gesellschaft. Außer de Graaf und dem Justizminister befanden sich vier weitere Minister unter ihnen, wobei lediglich für die Anwesenheit des Verteidigungsministers ein berechtigter Anlaß gegeben war. Die übrigen drei, unter ihnen erstaunlicherweise auch der Kultusminister, nahmen an dieser Exkursion nur teil, weil sie offensichtlich ihren Einfluß geschickt zur Geltung gebracht hatten und prinzipiell gern ihre Nase in Dinge steckten, ob diese sie nun etwas angingen oder nicht. Ähnliches hätte man auch von den Oberbefehlshabern der Luftwaffe, der Marine und des Heeres behaupten können, die gemeinsam hinter de Graaf saßen. Sie begründeten ihre Anwesenheit mit der Behauptung, sie wollten sich ein Bild von den Flugeigenschaften des Hubschraubers machen. Die entsprechenden Tests waren jedoch bereits seit einer Woche abgeschlossen. Auch sie waren also ganz einfach nur neugierig. Das gleiche traf auf die beiden Experten vom Rijkswaterstaat und die beiden Vertreter des Delfter Wasserbau-Instituts zu. Oberflächlich betrachtet schien ihre Anwesenheit durchaus berechtigt, aber nachdem der Pilot kategorisch erklärt hatte, er beabsichtige nicht, mit dem Chinook auf dem überfluteten Gelände niederzugehen, und die Experten, lauter stattliche Herren, angedeutet hatten, daß sie ihrerseits nicht vorhätten, sich an einer Winde oder Strickleiter zu Boden zu lassen, um dort nur davongespült zu werden, erschien ihre Anwesenheit schon weniger gerechtfertigt. Vielleicht hätten die paar Journalisten, Fotografen und Kameraleute triftige Gründe für ihr Erscheinen anführen können, obgleich selbst sie später zugeben sollten, daß sich die weite Fahrt kaum gelohnt hatte.

Der Chinook – er flog in einer Höhe von knapp zweihundert Metern und etwa einen halben Kilometer von der Küstenlinie entfernt – befand sich direkt gegenüber von Oosterend, als der Deich brach. Es war keine spektakuläre Explosion – nur ein schwaches Geräusch, kaum Rauchentwicklung, ein bißchen Geröll, ein bißchen Gischt; aber ihre Wirkung ließ nichts zu wünschen übrig. Die Waddenzee schoß bereits durch den schmalen Spalt in den dahinterliegenden Polder. Kaum einen halben Kilometer von der Deichbruchstelle entfernt dampfte bereits ein hochseetüchtiger Schlepper auf die Bruchstelle im Deich zu. Der Pilot wendete den Hubschrauber westwärts, vermutlich, um den Wassereinbruch im Polder beobachten zu können, als de Graaf sich zu einem der Männer vom Rijkswaterstaat hinüberbeugte. Er mußte schreien, um sich verständlich zu machen.

»Wie schlimm ist es, Mijnheer Okkerse? Wie lange, denken Sie, wird es dauern, die Bruchstelle abzudichten?«

»Verdammt sollen sie sein! Diese Halunken, diese Teufel!« Okkerses Hände schlossen und öffneten sich. »Das sind wahre Unmenschen, sage ich Ihnen, Unmenschen sind das!« Okkerse war begreiflicherweise außer sich. Deiche, ihr Bau, ihre Pflege und ihre Instandhaltung waren sein Lebensinhalt.

»Ja, ja, Unmenschen«, brüllte de Graaf zurück. »Wie lange wird es dauern, den Schaden zu beheben?«

»Einen Augenblick.« Okkerse erhob sich von seinem Sitz, ging nach vorn in die Kanzel, um kurz mit dem Piloten zu sprechen, und kehrte dann wieder zu seinem Platz zurück. »Ich muß mir das erst genauer ansehen. Der Pilot geht ein Stück runter.«

Der Chinook zog eine weite Kurve über das Wasser, das bereits die ersten Abschnitte des Polders überflutete, dann schwebte er, etwa zwanzig Meter von der Durchbruchstelle entfernt, fünfzehn Meter über dem Boden. Okkerse preßte seine Nase gegen ein Fenster. Bereits nach nur wenigen Sekunden wandte er sich wieder ab und gab dem Piloten ein Zeichen, weiterzufliegen. Der Hubschrauber drehte vom Meer ab ins Landesinnere.

»Wirklich schlau, diese Burschen«, übertönte Okkerse das Dröhnen der Motoren. »Wirklich schlau haben sie das gemacht. Die Durchbruchstelle ist nur ganz schmal, aber sie haben genau den richtigen Zeitpunkt dafür ausgewählt.«

»Was hat der Zeitpunkt damit zu tun?«

»Sehr viel. Es kommt auf den Stand der Gezeiten an. Sie haben den Deich nicht zur Zeit der höchsten Flut gesprengt. Das hätte schwere Überschwemmungen und gewaltige Zerstörungen nach sich gezogen.«

»So bösartig können sie demnach also gar nicht sein?«

Okkerse schien diese Bemerkung nicht zu hören. »Ebensowenig haben sie bei Ebbe gesprengt, weil sie nämlich wußten – woher, ist mir allerdings ein Rätsel –, was wir vorhatten und nun auch gerade durchführen, um die Bruchstelle abzudichten: Wir werden die Öffnung im Deich mit dem Bug dieses Ozeanschleppers abdichten. Um diese Stelle zu erreichen, wäre der Wasserstand bei Ebbe für den Schlepper zu niedrig gewesen.« Er schüttelte den Kopf. »Das gefällt mir ganz und gar nicht.«

»Glauben Sie denn, unsere Freunde verfügen über Informationen aus erster Hand?«

»Das habe ich nicht gesagt.«

»Ich habe diese Vermutung auch schon Ihrem Freund Jon de Jong nahegelegt. Die Leute haben einen Informanten im Rijkswaterstaat.«

»Ausgeschlossen! Das ist doch absurd! In *unserer* Organisation? Also wirklich!«

»Mit beinahe den gleichen Worten hat auch Jon auf meine Feststellung reagiert. Aber weshalb sollte so etwas unmöglich sein? Wieso sind Sie so sicher, daß Ihre Leute gegen eine solche Unterminierung gefeit sind? Sehen Sie sich doch den britischen Geheimdienst an, dessen Loyalität und Undurchdringlichkeit schon fast zum Credo geworden ist. Und doch wird auch er in regelmäßigen Abständen und mit schmerzlicher Häufigkeit von fremden Elementen unterwandert. Wenn denen trotz all ihrer Sicherheitsvorkehrungen so etwas passieren kann, warum nicht auch Ihnen? Aber das steht hier nicht zur Debatte. Wie lange wird es dauern, den Deich abzudichten?«

»Der Schlepper dürfte etwa achtzig Prozent der Wassermassen abhalten. Die Flut geht gerade zurück. Wir haben alles zur Hand: Betonblöcke, Matten, Taucher, Stahlplatten, Schnellbeton. Eine Sache von wenigen Stunden; im Grunde eine Kleinigkeit. Was mir Sorgen macht, ist etwas ganz anderes.«

Mit einem Nicken bedankte sich de Graaf bei dem Mann und nahm wieder seinen Platz neben dem Minister ein. »Okkerse meint, die Wiederinstandsetzung wäre kein Problem. Nichts Ernsthaftes.«

»Das habe ich auch gar nicht anders erwartet. Diese Halunken haben angekündigt, daß sich der Schaden auf ein Minimum beschränken würde, und sie haben tatsächlich Wort gehalten. Aber das ist es nicht, was mir Sorgen macht.«

»Genau dasselbe hat auch Okkerse gemeint. Das Problem liegt darin, daß sie ihre Drohungen ungehindert und ungestraft wahrmachen können. Diese Situation ist untragbar. Was würden Sie wetten, Mijnheer, daß wir noch vor heute abend mit einer neuerlichen Drohung konfrontiert werden?«

»Nichts. Aber es hat gar keinen Sinn, sich weiter den Kopf zu zerbrechen, was diese Organisation vorhaben könnte. Sie werden zweifellos von sich aus rechtzeitig über ihr nächstes Vorhaben unterrichten. Ebenso wenig Sinn dürfte es vermutlich haben, Sie nach den Fortschritten Ihrer bisherigen Ermittlungen zu fragen.«

De Graaf konzentrierte sich auf das Anzünden seines Stumpens und gab keine Antwort.

Sergeant Westenbrink trug einen weißlichen Overall, der bis zum Gürtel offenstand, um den Blick auf ein grellfarbenes Hawaiihemd freizugeben, dazu eine typisch holländische Bootsmannsmütze und einen Messingohrring. Im Vergleich zu dem Volk, unter dem er lebte, war Vasco in van Effens Augen noch relativ unauffällig gekleidet; aber er wirkte exotisch genug, um van Effen und die beiden Männer, die ihnen an einem Tisch in einer Nische des Jagdhorns gegenübersaßen, wie regelrechte Stützen der Gesellschaft erscheinen zu lassen. Einer von ihnen, mit einem maßgeschneiderten, dunkelgrauen Anzug bekleidet, war ungefähr in van Effens Alter – ein leicht dunkelhäutiger, gutaussehender Mann mit schwarzem Kraushaar, schwarzen Augen und, wenn er lächelte – was oft der Fall war –, makellosen Zähnen. Er stammte vermutlich aus einem Mittelmeerland, dachte van Effen, oder war höchstens seit zwei Generationen in Holland eingebürgert. Sein Begleiter, ein kleiner Mann mit schütterem Haar, vielleicht zehn bis fünfzehn Jahre älter, trug einen konservativen, dunklen Anzug. Das einzige auffällige Merkmal in seinem sonst wenig eindrucksvollen Gesicht war ein strichdünner Schnurrbart. Keiner von beiden wirkte auf den ersten Blick wie ein typischer Krimineller – aber das war bei erfolgreichen Kriminellen allenfalls die Regel.

Der Jüngere von beiden – er nannte sich Romero Agnelli, was durchaus sein richtiger Name sein konnte – holte ein Ebenholzetui, gefüllt mit türkischen Zigaretten, und ein mit Gold eingelegtes Onyxfeuerzug aus seiner Tasche. Bei den meisten Männern hätten diese Requisiten affektiert, wenn nicht sogar ausgesprochen feminin gewirkt; was Agnelli betraf, schienen sie jedoch unvermeidlich als Bestandteil seiner Person. Er steckte sich eine Zigarette an und bedachte van Effen mit einem gewinnenden Lächeln.

»Sie werden es mir hoffentlich nicht übelnehmen, wenn ich Ihnen ein paar Fragen stelle?« Er hatte eine angenehme Baritonstimme und sprach englisch. »Man kann heutzutage nicht vorsichtig genug sein.«

»Wem sagen Sie das? Falls Ihre Frage zur Sache gehört, werde ich sie beantworten; sonst nicht. Steht mir eigentlich – äh – dasselbe Privileg zu?«

»Gewiß.«

»Es sei denn, Sie stellen mehr sachliche Fragen als ich.«

»Ich fürchte, das verstehe ich nicht ganz.«

»Ich gehe nur davon aus, daß unser Gespräch hier auf einer möglichen Arbeitgeber-Arbeitnehmer-Basis stattfindet, wobei der Arbeitgeber in der Regel befugt ist, mehr Fragen zu stellen.«

»Aha, jetzt verstehe ich. Natürlich werde ich daraus keinen Vorteil zu schlagen versuchen. Ich muß schon sagen, Mister Danilow, daß Sie nicht unbedingt wie ein Arbeitnehmer auftreten.« Und tatsächlich verliehen van Effens ausgestopfter Anzug und die künstlich aufgeplusterten Backen ihm ein gewisses Flair von Wohlhabenheit, so wie sie ihn auch auffallend heiter und zuversichtlich erscheinen ließen. »Gehe ich fehl in der Annahme, daß Sie eine Waffe tragen?«

»Im Gegensatz zu Ihnen, Mister Agnelli, fröne ich nicht der Angewohnheit, teure Schneider aufzusuchen.«

»Wissen Sie, diese Dinger machen mich einfach nervös.« Sein entwaffnendes Lächeln zeigte jedoch keine Spur von Nervosität.

»Mich auch. Und das ist auch der Grund, weshalb ich eine Waffe trage – für den Fall, daß ich auf jemanden treffe, der ebenfalls bewaffnet ist. Das macht mich nämlich ganz besonders nervös.« Mit einem Lächeln zog van Effen seine Beretta aus dem Schulterholster, ließ das Magazin herausgleiten, um es Agnelli zu übergeben, und steckte dann die Pistole wieder an ihren Platz zurück. »Hilft das, Ihre Nerven etwas zu beruhigen?«

»Allerdings«, erwiderte Agnelli lächelnd.

»Dann sind Ihre Nerven etwas zu gut.« Van Effens Hand fuhr unter den Tisch und kam mit einer winzigen Automatik wieder zum Vorschein. »Eine Liliput, eigentlich nur ein Spielzeug, aber dennoch bis auf sechs Meter tödlich, wenn man damit umzugehen weiß.« Er klopfte das Magazin heraus, übergab es Agnelli und steckte die Liliput in ihr Knöchelholster zurück. »Das ist aber nun wirklich alles. Drei Kanonen mit sich rumzuschleppen, wäre doch ein wenig übertrieben.«

»Das finde ich auch.« Agnellis Lächeln, das für einen Moment verschwunden war, erstrahlte wieder in altem Glanz. Er schob die zwei Magazine über den Tisch zurück. »Ich glaube nicht, daß wir heute nachmittag auf unsere Waffen zurückgreifen werden.«

»Allerdings. Aber etwas anderes wäre vielleicht nicht schlecht«, bemerkte van Effen und ließ die Magazine in seine Jackentasche gleiten. »Ich finde immer, daß man vom Reden . . .«

»Für mich ein Bier«, bestellte Agnelli. »Und für Helmut auch eines.«

»Dann also vier Bier«, zog van Effen nach. »Vasco, wenn du vielleicht so nett wärst . . .« Vasco stand auf und verließ die Nische.

»Kennen Sie Vasco schon lange?« wollte Agnelli wissen.

Van Effen dachte kurz nach. »Eine angemessene Frage. Zwei Monate. Warum?« Ob sie Vasco wohl die gleiche Frage gestellt hatten, überlegte van Effen.

»Einfach so, reine Neugier.« Agnelli war keinesfalls der Mann, der sich reiner Neugier hingab, fand van Effen. »Ihr wirklicher Name ist Stephan Danilow?«

»Keineswegs. Aber so nenne ich mich in Amsterdam.«

»Aber Sie sind Pole?« Die Stimme von Agnellis Begleiter, spröde und präzis, paßte vorzüglich zu seinem Gesicht, das einem mäßig erfolgreichen Anwalt hätte gehören können. Er sprach polnisch.

»Selbstverständlich.« Van Effen runzelte die Stirn. »Hat Vasco Ihnen das erzählt?«

»Ja. Wo sind Sie geboren?«

»In Radom.«

»Ich kenne die Stadt. Allerdings nicht sehr gut. Ein ziemlich verschlafenes Provinznest.«

»Das habe ich auch gehört.«

»Das haben Sie gehört? Ich dachte, Sie hätten dort gelebt.«

»Vier Jahre. Und für einen vierjährigen Jungen ist selbst das verschlafenste Provinznest der Mittelpunkt der Welt. Mein Vater – er war Drucker – ist umgezogen, weil er eine bessere Stelle angeboten bekam.«

»Und wohin?«

»Nach Warschau.«

»Aha!«

»Selber aha.« Van Effens Tonfall war leicht gereizt. »Das hört sich an, als ob Sie Warschau gut kennen und nun herausfinden wollten, ob auch ich die Stadt kenne. Sie sind doch nicht etwa Anwalt, Mister . . . ich fürchte, Sie haben sich noch gar nicht vorgestellt.«

»Paderewski. Ich bin Anwalt.«

»Paderewski. Also ich finde, da hätten Sie schon mit was Besserem aufwarten können. Hatte ich also doch recht. Ein Anwalt also. Ich allerdings würde mich kaum von Ihnen verteidigen lassen; von Verhören verstehen Sie wirklich nicht allzu viel.«

Agnelli lächelte, im Gegensatz zu Paderewski. Mit verkniffenem Gesicht fragte er unvermittelt: »Sie kennen doch sicher den Blechdachpalast?«

»Selbstverständlich.«

»Und können Sie mir auch sagen, wo er ist?«

»Meine Güte. Was soll denn das? Ist das vielleicht die Inquisition? Oh, vielen Dank.« Er nahm ein Glas von einem Tablett, das ein Kellner gebracht hatte, der Vasco in ihre durch einen Vorhang abgeschirmte Nische gefolgt war, und hob es. »Zum Wohl, meine Herren. Dieser Bau, an dem Sie anscheinend so brennend interessiert sind, Mister – äh – Paderewski, liegt in der Nähe der Wista, an der Wybrzeze Gdanskie und der Slasko-Dabrowski-Brücke.« Er nahm einen weiteren Schluck Bier. »Es sei denn, sie haben ihn verlegt. Schließlich ist es einige Jahre her, daß ich das letzte Mal in Warschau war.«

Paderewski fand das keineswegs amüsant. »Und der Kulturpalast?«

»Am Paradeplatz. Er ist allerdings zu groß.«

»Wie meinen Sie das?«

»Zu groß, um ihn zu verlegen. Zweitausenddreihundert Räume sind schließlich nicht gerade eine Kleinigkeit. Ein gräßliches Gebäude. Man nennt das Ding auch die Hochzeitstorte. Aber was Architektur betrifft, hat Stalin nie Geschmack gehabt.«

»Stalin?« fragte Agnelli, der also auch Polnisch sprach.

»Nun ja, sein persönliches Geschenk an meine Landsleute.«

»Wo liegt das Ethnographische Museum in Warschau?«

»Das ist nicht in Warschau, sondern in Mlociny, zehn Kilometer nördlich.« Van Effens Stimme klang nun genauso barsch wie die von Paderewski vorher. »Und wo ist die *Nike*? Das wissen Sie nicht? Was ist die *Nike* überhaupt? Wissen Sie auch nicht? Dabei weiß jeder Warschauer Bürger, daß das der volkstümliche Name für das Denkmal der Helden von Warschau ist. Wofür ist die Zamenhofa-Straße bekannt?« Zunehmend verunsichert, gab Paderewski keine Antwort. »Dort steht das Ghetto-Mahnmal. Ich habe Ihnen doch gesagt, Sie gäben einen lausigen Anwalt ab, Paderewski. Ein tüchtiger Anwalt bereitet sich auf seine Verhöre vor. Sie haben das nicht getan. Sie sind ein Schwindler. Ich sage Ihnen auf den Kopf zu, daß Sie nie in Ihrem Leben in Warschau gewesen sind. Wahrscheinlich haben Sie nur mal kurz in einem Reiseführer geblättert.« Van Effen legte seine Hände auf den Tisch, als wollte er gleich aufstehen. »Ich finde nicht, daß wir hier unsere Zeit verschwenden sollten, meine Herren. Diskrete Nachforschungen sind eine Sache, plumpe Verhöre durch eine in jeder Hinsicht inkompetente Person eine andere. Ich sehe hier nicht die geringste Basis für gegenseitiges Vertrauen und, ehrlich gesagt, ich brauche weder einen Job noch Geld.« Er stand auf. »Ich empfehle mich, meine Herren.«

Agnelli streckte seine Hand aus. Er berührte van Effen nicht, es war nur eine Geste, die ihn zurückhalten sollte. »Bitte, nehmen Sie wieder Platz, Mister Danilow. Vielleicht ist Helmut tatsächlich etwas zu weit gegangen, aber haben Sie jemals einen Anwalt kennengelernt, der nicht krankhaft argwöhnisch und mißtrauisch war? Helmut – beziehungsweise wir – haben hier eindeutig den Falschen verdächtigt. Helmut war zwar in Warschau, aber, wie Sie richtig vermutet haben, nur kurz und als Tourist. Ich persönlich hege nicht den geringsten Zweifel, daß Sie sich in Warschau wie in Ihrer Westentasche auskennen.« Man sah Paderewski an, daß er in diesem Augenblick lieber an jedem anderen Ort als hier gewesen wäre. »Wir möchten uns in aller Förmlichkeit für diesen plumpen Trick entschuldigen.«

»Sehr freundlich von Ihnen.« Van Effen setzte sich wieder und nahm einen Schluck aus seinem Glas. »Also gut.«

Agnelli lächelte. Ein hintertriebener Bursche, dachte van Effen, aber zumindest nicht ohne Charme. »Nachdem Sie nun sozusagen eine gewisse moralische Überlegenheit uns gegenüber demonstrieren konnten, werde ich ein weiteres Zugeständnis machen: Ich gebe zu, daß wir mehr auf Sie angewiesen sind als Sie auf uns.«

Van Effen, der seinem Gegenüber in nichts nachstand, lächelte gewinnend. »Ihre Lage muß ja recht verzweifelt sein.« Er hob sein leeres Glas mit einem prüfenden Blick. »Vasco, würdest du vielleicht mal kurz deinen Kopf nach draußen stecken und den üblichen Notruf abgeben?«

»Gern, Stephan.« Seine Erleichterung war ihm deutlich anzumerken. Er tat, wie gebeten, und ließ sich dann wieder auf seinem Platz nieder.

»Wir werden also auf weitere Verhöre verzichten«, erklärte Agnelli. »Kommen wir zum Thema. Ihr Freund Vasco hat mir erzählt, daß Sie sich ein bißchen mit Sprengstoffen auskennen.«

»In diesem Punkt ist Vasco nicht unbedingt gerecht gewesen. Ich kenne mich mit Sprengstoffen sehr gut aus.« Er bedachte Vasco mit einem tadelnden Blick. »Ich hätte nicht gedacht, daß du mit Fremden über einen Freund sprechen würdest. Und dieser Freund bin ich, Vasco, falls du das vergessen haben solltest.«

»Das habe ich auch gar nicht. Nun ja, ich habe schon von dir gesprochen, aber ich habe nur durchblicken lassen, es sei jemand, den ich kenne.«

»Schon gut. Wie gesagt, mit Sprengstoff kenne ich mich ziemlich gut aus. Auch mit der Entschärfung von Bomben. Außerdem bin ich Spezialist für Ölbrände, aber deswegen sind Sie wohl kaum an mich herangetreten. In diesem Fall hätten Sie bestimmt Texas an der Strippe, wo ich mir meine diesbezüglichen Kenntnisse angeeignet habe.«

»Nein, um Ölbrände geht es hier nicht«, lächelte Agnelli. »Aber Bomben entschärfen, das ist schon eine andere Sache. Wo haben Sie denn dieses gefährliche Metier erlernt?«

»Beim Militär«, erwiderte van Effen knapp, ohne genauer darauf einzugehen, bei welchem Militär.

»Haben Sie tatsächlich Bomben entschärft?« Agnellis Respekt war echt.

»Und nicht gerade wenige.«

»Dann müssen Sie ja etwas von diesem Geschäft verstehen.«

»Wieso?«

»Sonst säßen Sie wohl kaum mehr hier unter uns.«

»Natürlich verstehe ich was davon. Außerdem habe ich Glück gehabt. Denn ganz gleich, wie gut man ist: jede Bombe, die man gerade zu entschärfen versucht, kann die letzte sein. Sich nach einem ereignisreichen Leben friedlich zur Ruhe zu setzen, ist nichts für Bombenentschärfungsexperten. Aber da ich einmal davon ausgehe, daß weder eine Bombe zu entschärfen noch eine brennende Ölquelle zu löschen ist, muß das Ganze etwas mit Sprengstoff zu tun haben. Hier in Holland gibt es nicht gerade wenig Sprengstoffexperten. Sie brauchen nur eine Annonce in die Zeitung zu setzen. Die Tatsache, daß Sie in dieser Weise an mich herangetreten sind, kann nur bedeuten, daß die Aktivitäten, die Sie betreiben, illegaler Natur sind.«

»So ist es. Waren Sie denn nie in so etwas verwickelt?«

»Das hängt ganz davon ab, wie man selbst definiert, was legal oder illegal ist. Manche Leute sind in diesem Punkt anderer Ansicht als ich und wollen sich zu diesem Thema des langen und breiten mit mir auseinandersetzen. Diese angeblichen Verfechter der Gerechtigkeit können manchmal sehr ermüdend sein. Wissen Sie, was die Briten darüber denken? Das Gesetz ist ein Esel, das denken sie.« Van Effen überlegte kurz. »Ich würde sagen, damit ist der Sachverhalt wirklich sehr treffend beurteilt.«

»Sie haben sich also auf dergleichen Querelen nicht eingelassen. Darf man vielleicht fragen – in aller Höflichkeit, versteht sich –, ob Ihr gegenwärtiger Aufenthalt in Amsterdam damit zu tun hat, daß Sie irgendwelchen leidigen Auseinandersetzungen zu diesem Thema aus dem Weg zu gehen versuchen?«

»Sie dürfen. Ja, es hat damit zu tun. Was soll ich für Sie in die Luft jagen?«

Agnellis Augenbrauen hoben sich. »Aber, aber, Sie können wirklich ganz schön direkt sein. Ich würde sagen, fast so direkt wie diplomatisch.«

»Nennen Sie das vielleicht eine Antwort? Ein Sprengstoffexperte taugt doch vor allem dazu, irgend etwas in die Luft zu sprengen. Soll ich für Sie irgend etwas in die Luft sprengen? Ja oder nein?«

»Ja.«

»Zwei Dinge: Banken, Schiffe, Brücken – alles in der Richtung sprenge ich garantiert zu Ihrer vollsten Zufriedenheit. Handelt es sich jedoch um Aufträge, bei denen Personen verletzt oder gar getötet werden könnten, möchte ich damit nichts zu tun haben.«

»Etwas Derartiges wird man mit Sicherheit nicht von Ihnen verlangen. Das können wir garantieren. Und der zweite Punkt?«

»Es steht keineswegs in meiner Absicht, Ihnen zu schmeicheln, Mister Agnelli, wenn ich sage, daß Sie ein höchst intelligenter Mann sind. Wirklich höchst intelligent. Leute wie Sie verfügen in der Regel auch über ein hervorragendes Organisationstalent. Die Tatsache allerdings, daß Sie nun in letzter Minute einen Unbekannten um seine Hilfe bei der Durchführung eines Projekts angehen, das schon einige Zeit in Planung sein dürfte, läßt nicht unbedingt auf professionelle Vorbereitung dieses Vorhabens schließen, wenn ich das einmal so sagen darf.«

»Ganz wie Ihnen beliebt. Sie haben recht – an Ihrer Stelle würde ich das genauso bezweifeln und in Frage stellen. Leider werden Sie sich in diesem Punkt mit meinem Wort zufriedengeben müssen, daß ich für eine bestens organisierte Gruppe arbeite. Aber wie Sie vielleicht aus eigener Erfahrung wissen, nutzen oft die besten Vorbereitungen nichts. Ein unvorhergesehener Unglücksfall. Ich werde Ihnen die Sache zum gegebenen Zeitpunkt gerne näher erläutern, nur im Augenblick ist mir das noch nicht möglich. Nehmen Sie das Angebot an?«

»Bis jetzt haben Sie noch keines gemacht.«

»Sind Sie an einem Job in unserer Organisation auf, wenn Sie das wünschen, dauerhafter Basis interessiert? Gegen Zahlung eines, wie ich glauben möchte, angemessenen Festgehalts, zuzüglich Provision, wobei Ihre Aufgabe in der Zerstörung bestimmter Bauten besteht, über die wir Sie später noch ausführlich unterrichten werden.«

»Klingt ja sehr geschäftsmäßig. Und die Sache mit der Provision gefällt mir ganz besonders. Einverstanden. Wann soll ich anfangen? Und womit?«

»Sie müssen etwas Geduld mit mir haben, Mister Danilow. Mein Auftrag für diesen Nachmittag ist begrenzt. Ich sollte nur in Erfahrung bringen, ob Sie grundsätzlich bereit wären, mit uns zusammenzuarbeiten, was zu meiner Freude der Fall zu sein scheint. Ich muß zuerst Rücksprache halten. Wir werden uns jedoch in Kürze – ich denke, morgen – wieder mit Ihnen in Verbindung setzen.«

»Sie sind nicht der Leiter dieser Organisation?«

»Nein.«

»Das überrascht mich. Ich würde wirklich gerne einmal Ihren Chef kennenlernen.«

»Das werden Sie früh genug.«

»Wie wollen Sie sich mit mir in Verbindung setzen? Bitte, kein Telefon.«

»Wo denken Sie hin. Wollen Sie den Kurier spielen, Vasco?«

»Mit Vergnügen, Mister Agnelli. Sie wissen ja, wo Sie mich erreichen können.«

»Vielen Dank.« Agnelli stand auf und reichte van Effen die Hand. »Es war mir ein Vergnügen, Mister Danilow. Ich sehe unserem morgigen Zusammentreffen mit Freuden entgegen.« Helmut Paderewski schien an einem Händedruck nicht interessiert.

Kaum hatte sich die Tür hinter ihnen geschlossen, stöhnte Sergeant Westenbrink: »Jetzt brauche ich erst mal ein neues Bier. – Das war verdammt knapp, wirklich verdammt knapp.«

»Nicht für einen geübten Lügner wie mich. Ich nehme an, du hast mich ihnen als einen international gesuchten Verbrecher geschildert?«

»Ich habe erwähnt, daß ein Auslieferungsantrag für dich gestellt wäre. Aber ich habe auch immer wieder betont, daß du im allgemeinen ein aufrechter und ehrlicher Mensch wärst. Natürlich nur im Umgang mit deinesgleichen.«

»Natürlich. Bevor du uns noch ein Bier besorgst, muß ich noch einen

Anruf erledigen. Na ja, aber du kannst ja inzwischen schon mal eines holen.«

Van Effen trat an die Bar und sagte zu dem Mann, der hinter der Theke stand: »Henri, könnte ich mal ein Privatgespräch führen?«

Henri, der Inhaber, war ein großer, hagerer Mann mit einem eingefallenen, bekümmerten Gesicht. Er wies wortlos auf eine Tür im Hintergrund.

Van Effen ging ins Büro und wählte eine Nummer. »Ist dort das Trianon? Ich hätte gern den Geschäftsführer gesprochen. Es interessiert mich nicht, ob er gerade in einer Besprechung ist. Holen Sie ihn raus. Leutnant van Effen am Apparat.« Er wartete eine Weile. »Charles, sind Sie's? Könnten Sie mir einen Gefallen tun? Könnten Sie mich unter dem Namen Stephan Danilow in Ihr Anmelderegister eintragen, und zwar vierzehn Tage zurückdatiert? Und wenn Sie auch den Portier und den Türsteher davon in Kenntnis setzen würden? Ja, ich erwarte, daß jemand darüber Nachforschungen anstellen wird. Mehr brauchen Sie nicht zu wissen. Besten Dank. Alles weitere erkläre ich Ihnen später.«

Er kehrte in ihre Nische zurück. »Ich habe mich – das heißt, als Stephan Danilow – in einem Hotel angemeldet. Agnelli hat keinerlei Fragen darüber gestellt, wo ich wohne, aber ich möchte wetten, daß er einen seiner Leute beauftragen wird, herumzutelefonieren – und wenn es sein muß, mehrere Stunden –, um herauszufinden, in welchem Hotel oder in welcher Pension in Amsterdam ich abgestiegen bin.«

»Demnach wird er also wissen, wo du zu finden bist – beziehungsweise, wo du angeblich zu finden bist«, seufzte Vasco. »Zur Abwechslung wäre es auch mal ganz angenehm, zu wissen, wo sie zu finden sind.«

»Das kann nicht mehr allzu lange dauern. Die beiden werden nämlich, seit sie uns verlassen haben, von zwei Teams beschattet.«

Inzwischen wieder in seinem gewohnten äußeren Aufzug, erkundigte sich van Effen bei dem Mädchen an der Rezeption des Telegraaf nach dem Redakteur, der den ersten Anruf der FFF entgegengenommen hatte. Es war ein energiegeladener junger Mann mit einem munteren Gesicht.

»Mijnheer Morelis?« begrüßte ihn van Effen. »Polizei.«

»Jawohl, Mijnheer. Sie sind Leutnant van Effen, nicht wahr? Ich habe Sie erwartet. Möchten Sie die Bänder hören? Aber vielleicht sollte ich Ihnen noch mitteilen, daß wir gerade einen neuerlichen Anruf von der FFF bekommen haben, wie sie sich nennen.«

»Tatsächlich? Ich sollte überraschter wirken, obwohl ich dies, ehrlich gestanden, überhaupt nicht bin. Das war doch gar nicht anders zu erwarten. Sie hatten Ihnen sicherlich erfreuliche Neuigkeiten mitzuteilen?«

»Kaum. In der ersten Hälfte der Botschaft haben sie sich selbst zum Erfolg ihres Unternehmens ›Texel‹ beglückwünscht; alles wäre genau nach Plan verlaufen und keine Menschenleben zu beklagen. Die zweite Hälfte besagte, daß es morgen früh, neun Uhr, am Nordholland-Kanal, zwei Kilometer nördlich von Alkmaar, zu ähnlich aufsehenerregenden Szenen kommen würde.«

»Auch das war nicht anders zu erwarten. Selbstverständlich nicht der genaue Schauplatz, aber die Drohung als solche. Haben Sie auch diesmal wieder alles auf Band aufgenommen?«

»Ja.«

»Sehr gut. Könnte ich die Aufnahmen hören?«

Van Effen hörte sich die Bänder zweimal in voller Länge an. Als sie zu Ende waren, wandte er sich an Morelis: »Sie haben sich das doch sicher auch angehört?«

»Natürlich. Viel zu oft sogar.« Morelis lächelte. »Ich habe mich schon als großen Detektiv gesehen und mir eingebildet, Sie würden mir sofort eine Stelle anbieten. Aber vielleicht ist das doch nicht ganz so einfach, wie man immer denkt.«

»Ist Ihnen an keinem der Bänder irgend etwas aufgefallen?«

»Sie sind von derselben Frau besprochen. Aber das ist auch schon alles.«

»Ist Ihnen an ihrer Sprechweise, ihrem Tonfall nichts aufgefallen – kein Akzent?«

»Nein, Mijnheer. Aber in diesem Punkt bin ich wohl kaum maßgebend. Wissen Sie, ich höre nicht besonders gut; nichts Ernsthaftes, aber doch ausreichend, um meine Urteilsfähigkeit zu beeinträchtigen. – Ist Ihnen denn etwas aufgefallen?«

»Die Frau ist Ausländerin. Aus welchem Land sie kommt, könnte ich nicht sagen. Aber plaudern Sie das nicht aus, ja?«

»Natürlich nicht. Schließlich möchte ich meine Stelle behalten.«

»Wir sind hier nicht in Moskau, junger Mann. Können Sie mir die Bänder für ein paar Tage mitgeben? Sie bekommen sie in ein paar Tagen zurück.«

Wieder in seinem Büro, verlangte van Effen den diensthabenden Sergeanten zu sprechen. Als er schließlich kam, wandte sich van Effen an ihn: »Ich habe vor ein paar Stunden zwei Männer angefordert, die einen Fred Klassen und einen Alfred van Rees überwachen sollten. Wissen Sie darüber Bescheid? Und wenn ja, wer sind die beiden Männer?«

»Jawohl, Leutnant. Voight und Tindeman.«

»Hat sich schon einer von ihnen gemeldet?«

»Beide. Vor etwa zwanzig Minuten. Tindeman hat durchgegeben, van Rees befände sich in seiner Wohnung und würde wohl den restlichen Abend dort verbringen. Klassen ist noch im Dienst; zumindest hält er sich noch im Flughafen auf. Das ist bis jetzt alles.«

Van Effen sah auf seine Uhr. »Ich muß jetzt noch mal weg. Falls Sie von den beiden noch etwas hören, rufen Sie mich im Dikker en Thijs an. Und nach neun bei mir zu Hause.«

Oberst van de Graaf entstammte einer sehr alten, sehr aristokratischen und sehr wohlhabenden Familie und hielt viel auf die Wahrung alter Traditionen; so überraschte es van Effen keineswegs, daß er im Dinnerjacket mit schwarzer Fliege und roter Nelke im Knopfloch an ihren Tisch trat. Sein Auftritt hatte etwas Majestätisches: er schien jeden zu grüßen, blieb gelegentlich an einem Tisch stehen, um einige Worte zu wechseln, und winkte verschiedenen Personen, die etwas entfernter saßen, gönnerhaft zu. Es hieß, daß de Graaf jeden kannte, der in Amsterdam etwas galt. Mit Sicherheit kannte er jeden Gast im Dikker en Thijs. Vier Schritte von van Effens Tisch entfernt blieb er plötzlich wie gebannt stehen.

Daß das Mädchen, das sich zusammen mit van Effen erhoben hatte, diese vorübergehend lähmende Wirkung nicht nur auf de Graaf ausübte, sondern auf die gesamte männliche Bevölkerung von Amsterdam und Umgebung, war nicht schwer zu verstehen. Sie war mittelgroß und trug zu ihrem knöchellangen, grauseidenen Abendkleid keinerlei Schmuck. Was dagegen die Aufmerksamkeit auf sich zog, war die makellose und klassische Vollkommenheit ihres Gesichts; eine Vollkommenheit, erhöht, wenn überhaupt noch möglich, durch einen ganz leicht schrägstehenden Eckzahn, der zu sehen war, wenn sie lächelte. Ihre ganze Erscheinung vermittelte einen Ausdruck von Intelligenz und menschlicher Wärme. Sie hatte kastanienbraun schimmerndes Haar und große, rehbraune Augen. Ihr Lächeln faszinierte den Polizeichef. Van Effen räusperte sich.

»Oberst van de Graaf, darf ich Ihnen Juffrouw Meijer vorstellen? Juffrouw Anne Meijer.«

»Sehr erfreut, sehr erfreut.« De Graaf ergriff mit beiden Händen ihre ausgestreckte Rechte und schüttelte sie enthusiastisch. »Also wirklich, Peter, dazu kann man Ihnen nur gratulieren. Wo haben Sie denn dieses zauberhafte Geschöpf entdeckt?«

»Das war nicht weiter schwierig, Mijnheer. Sie brauchen nur auf die dunklen Straßen von Amsterdam hinauszugehen, Ihre Hand auszustrekken und – schon sind Sie fündig geworden.«

»Ja, ja, natürlich; so einfach ist das.« Er hatte keine Ahnung, was er eigentlich sagte. Erst jetzt schien ihm langsam bewußt zu werden, daß er ihre Hand schon weiß Gott wie lange geschüttelt hatte, um sie schließlich doch, nicht ohne sichtliches Widerstreben, loszulassen. »Bemerkenswert, wirklich höchst bemerkenswert.« Er erläuterte nicht näher, was er so bemerkenswert fand; und es wäre auch keineswegs nötig gewesen. »Sie können unmöglich in Amsterdam leben. Wissen Sie, in meiner Funktion als Polizeichef dieser Stadt entgeht mir kaum etwas, und ich kann mir schwerlich vorstellen, daß ich gerade Sie hätte übersehen sollen.«

»Ich komme aus Rotterdam.«

»Aha, damit hätten wir also bereits den Grund für diese Informationslücke! Und Peter, ich glaube, ohne Zögern sagen zu können, daß es in ganz Amsterdam keine atemberaubendere junge Dame geben dürfte.« Er senkte die Stimme. »Ich würde sogar behaupten, sie ist die schönste Frau der ganzen Stadt, aber schließlich habe ich eine Frau und zwei Töchter, und Restaurantwände haben bekanntlich Ohren. Sie müssen ungefähr das Alter meiner Töchter haben – darf ich fragen, wie alt Sie sind?«

»Du darfst Mijnheer van de Graaf nicht böse sein«, warf van Effen ein.

»Polizisten haben es nun einmal an sich, Fragen zu stellen. Und es soll Polizeichefs geben, die damit gar nicht aufhören können.«

Während van Effen sprach, lächelte das Mädchen de Graaf an; van Effen hätte ebensogut gegen eine Wand sprechen können. »Siebenundzwanzig«, antwortete die junge Dame.

»Siebenundzwanzig. Wie meine ältere Tochter. Juffrouw Anne Meijer. Das bestätigt erneut meine Auffassung, daß die junge Generation männlichen Geschlechts ein erbärmlicher, rückständiger, lahmer Verein ist.« Er bedachte van Effen mit einem kurzen Seitenblick, als verkörperte der Leutnant den Inbegriff all dessen, was an der jungen Generation zu bemängeln war, und wandte sich dann wieder dem Mädchen zu. »Seltsam. Ich bin absolut sicher, Sie nie zuvor gesehen zu haben, obgleich mir Ihre Stimme beinahe vertraut vorkommt.« Mit einem leichten Stirnrunzeln blickte er noch einmal zu van Effen hinüber. »Es ist mir die größte Freude, mit Ihnen dinieren zu dürfen, wenngleich ich eigentlich dachte – nun ja, Peter, wir hätten doch ein paar streng vertrauliche dienstliche Angelegenheiten zu besprechen.«

»Aber sicher, Mijnheer. Als Sie heute nachmittag vorschlugen, wir sollten uns um sieben Uhr hier treffen, haben Sie dabei, soweit ich mich erinnern kann, niemanden ausgeschlossen.«

»Wie soll ich das verstehen?«

»Oberst!« sagte das Mädchen.

»Ja, meine Liebe?«

»Bin ich denn wirklich so ein Flittchen, so ein Strichmädchen, so eine gespenstische Erscheinung? Oder vertrauen Sie mir einfach nicht? Möchten Sie lieber mit Peter unter vier Augen sprechen?«

Unvermittelt machte de Graaf einen Schritt nach vorn, faßte das Mädchen an beiden Schultern, nahm jedoch gleich darauf eine Hand wieder zurück, um einen vorbeigehenden Kellner anzuhalten: »Einen Jonge Jenever, und zwar einen Doppelten.«

»Sofort, Mijnheer.«

De Graaf legte seine Hand wieder zurück auf die Schulter und betrachtete prüfend ihr Gesicht; vermutlich versuchte er gerade, die Realität mit der Erscheinung aus dem La Caracha in Einklang zu bringen. Schließlich schüttelte er den Kopf, murmelte etwas Unverständliches vor sich hin und sank auf den nächsten Stuhl.

Van Effen war ganz Mitgefühl. »Ich weiß, Mijnheer, mir ist es beim erstenmal nicht anders gegangen. Eine Meisterleistung auf dem Gebiet der Maskenbildnerei, finden Sie nicht auch? Falls es Sie tröstet, Mijnheer: sie hat auch mich einmal so hinters Licht geführt. Diesmal haben Sie es allerdings nicht mit einer Maske zu tun; was Sie hier vor sich sehen, ist lediglich das Ergebnis intensiver Befassung mit Badeschwamm und Haarbürste.« Er bedachte sie mit einem prüfenden Blick. »Und ich würde sagen, das Resultat kann sich sehen lassen.«

»Kann sich sehen lassen!« De Graaf nahm seinen Jenever vom Tablett des Kellners und kippte ihn zur Hälfte hinunter. »Wissen Sie, in meinem

Alter sollte man von solchen Schockerlebnissen verschont bleiben. Anne? Annemarie? Wie darf ich Sie nennen?«

»Wie Sie wollen.«

»Also gut, Anne, meine Liebe. Ich habe vor kurzem ganz entsetzliche Dinge über Sie gesagt. Schlechthin unmögliche Dinge.«

»Das finde ich auch. Ich konnte Peter einfach nicht glauben, als er mir erzählte, Sie hätten das gesagt.«

Van Effen hob abwehrend die Hand. »Sagen wir, daß ich das Ganze etwas frei wiedergegeben habe?«

»Sehr frei, möchte ich meinen.« Klugerweise blieb de Graaf nicht bei diesem Thema. »Und was um alles in der Welt hat ein Mädchen wie Sie in so einem Job zu suchen?«

»Ich dachte, das wäre ein ehrbarer Beruf?«

»Ja, ja, selbstverständlich ist er das. Aber ich wollte damit eher sagen – äh ...«

»Der Oberst meint«, schaltete sich van Effen erklärend ein, »du solltest ein international bekannter Bühnen- oder Filmstar sein, über einen Pariser Salon gebieten oder mit einem englischen Vertreter des Hochadels oder einem amerikanischen Ölmillionär – oder auch Milliardär – verheiratet sein. Dein Problem ist ganz einfach, daß du zu schön bist. Ist es nicht so, Oberst?«

»Besser hätte ich es auch nicht ausdrücken können.«

»Meine Güte«, lächelte Anne. »Das ist ja nicht gerade ein Kompliment für die Mädchen von Amsterdam. Stellen Sie denn nur häßliche Frauen an?«

Zum erstenmal an diesem Abend spielte ein Lächeln um de Graafs Lippen. »Das möchte ich mir nun nicht gerade nachsagen lassen. Gerade in diesem Punkt bin ich für mehr Gespür bekannt. Aber Sie – Sie – unter diesen Krakern, und dann auch noch angezogen wie eine – wie ...«

»Ein Flittchen? Eine Stricherin?«

»Wenn Sie meinen ...« Er legte seine Hand auf ihre. »Das ist keine Arbeit für ein Mädchen wie Sie. So kann das unmöglich weitergehen. Bei der Polizei hat jemand wie Sie eindeutig nichts zu suchen.«

»Aber von irgend etwas muß man doch leben.«

»Sie? Darum sollten Sie sich nie die geringsten Sorgen machen müssen, Anne. Und das ist ausschließlich als Kompliment gemeint.«

»Aber meine Arbeit macht mir Spaß.«

De Graaf schien sie nicht gehört zu haben. Er starrte ziellos in die Ferne, was van Effen zu der Bemerkung veranlaßte: »Nimm dich in acht, Anne. Wenn er in Trance ist, muß man vor ihm besonders auf der Hut sein.«

»Ich bin keineswegs in Trance«, widersprach de Graaf kühl. »Wie, sagten Sie, war doch gleich Ihr Familienname?«

»Meijer.«

»Haben Sie Familie?«

»Aber natürlich. Eltern, Schwestern, zwei Brüder.«

»Teilen Ihre Geschwister Ihr Interesse an Recht und Ordnung?«

»Wenn Sie damit die Polizei meinen – nein.«

»Und Ihr Vater?«

»Ob er bei der Polizei ist?« Sie lächelte, als dächte sie an eine Person, die ihr sehr nahe stand. »Das kann ich mir kaum vorstellen. Er ist im Baugeschäft.«

»Weiß er denn, was Sie hier treiben?«

Sie zögerte. »Eigentlich nicht.«

»Was meinen Sie damit: eigentlich nicht? Weiß er davon oder nicht? Und warum?«

»Warum?« Sie wollte sich verteidigen. »Er sieht es gern, wenn wir selbständig und unabhängig sind.«

»Wäre er damit einverstanden, wenn er wüßte, was Sie machen? Darauf sind Sie mir eine Antwort schuldig. Wäre er damit einverstanden, daß seine entzückende Tochter sich unter die Kraker mischt?«

»So muß man sich wohl fühlen, wenn man ins Kreuzverhör genommen wird? Soll das heißen, daß ich etwas Schlechtes getan habe?«

»Selbstverständlich nicht. Aber wäre er damit einverstanden?«

»Nein.«

»Sie bringen mich in eine unangenehme Lage, was mir ganz und gar nicht gefällt. Ihr Vater wäre damit also nicht einverstanden. Auf wen soll ich nun Rücksicht nehmen – auf Sie oder auf Ihren Vater?«

»Diese Frage dürfte sich kaum konkret stellen. Schließlich kennen Sie meinen Vater gar nicht.«

»Kind!«

»Was soll das nun? Langsam verstehe ich wirklich nichts mehr.«

»Natürlich kenne ich Ihren Vater, sehr gut sogar. Wir sind seit mehr als dreißig Jahren befreundet.«

»Unmöglich! Wie wollen Sie meinen Vater kennen? Sie haben doch eben erst meine Bekanntschaft gemacht und wissen so gut wie nichts über mich.« Sie war keine gute Schauspielerin und wirkte sichtlich aufgebracht. »Das ist – das ist sicher nur irgendein Trick von Ihnen.«

»Annemarie.« Van Effen legte beruhigend seine Hand auf ihren Arm. »Wenn der Oberst sagt, er ist ein Freund deines Vaters, dann ist er das auch. Also, gestehen Sie schon, Mijnheer.«

»Gut. Wenn Sie das nächstemal mit Ihrem Vater telefonieren oder ihm schreiben – falls Sie das tun –, bestellen Sie doch David Joseph Karlmann Meijer die besten Grüße.«

Ihre Augen weiteten sich. Sie öffnete den Mund, als wollte sie etwas sagen, machte ihn jedoch gleich wieder zu und wandte sich an van Effen. »Ich glaube, jetzt bin ich mit einem Jenever an der Reihe.«

De Graaf sah van Effen an. »Mein alter Freund David – wie oft waren wir gemeinsam zum Segeln, Angeln, Jagen und Skifahren, sogar den Amazonas sind wir hinaufgefahren, bevor diese junge Dame hier geboren wurde! Er ist Besitzer einer großen Baufirma. Außerdem gehören ihm eine der größten Zementfabriken Hollands, verschiedene Ölraffinerien und Tanker, eine Elektronikfirma und Gott weiß was sonst noch alles. ›Aber von irgend etwas muß man doch leben, Mijnheer‹«, äffte er Anne nach. »›Von irgend etwas muß man doch leben!‹ Der Rabenvater, der sein armes Kind ohne einen Heller vor die Tür jagt!« Er wandte sich an den Oberkellner an seiner Seite. »Guten Abend. Die jungen Herrschaften wählen für mich. Aber erst möchte ich noch einen Jenever.« Und mit einem Blick auf Annemarie: »Irgendein Gefäß brauche ich schließlich, um meine Tränen darin aufzufangen. Man sagt, ein Glas Schnaps eignet sich am besten dafür.«

Nachdem der Oberkellner die Bestellung aufgenommen und sich zurückgezogen hatte, erklärte van Effen: »Sie befürchten wieder gleich das Schlimmste, Mijnheer.«

»Keineswegs. An der Geschichte gefallen mir vor allem zwei Dinge nicht. Falls dieser jungen Dame etwas zustoßen sollte – nun, es ist schon schlimm genug, Zeuge von David Meijers Zorn zu werden. Zweitens, Tarnung hin oder her, könnte Annes Identität aufgedeckt werden. So etwas geht schneller, als man denkt, wie Sie selbst sehr wohl wissen, Peter: ein Versprecher, eine unvorsichtige Bemerkung, eine unbedachte Handlung, der Möglichkeiten gibt es in dieser Hinsicht unzählige. Welche Gelegenheit für einen abgebrannten Kraker oder – schlimmer noch – einen professionellen Entführer! Ihr Vater würde fünf, zehn Millionen Gulden zahlen, um sie wieder zurückzubekommen. Finden Sie wirklich, ich sehe in diesem Punkt nur schwarz, Peter?«

Van Effen wollte gerade etwas erwidern, als sein Blick auf einen Kellner fiel, der auf ihn zutrat.

»Telefon für Mijnheer van Effen.«

Während van Effen sich entschuldigte und den Tisch verließ, wandte de Graaf sich an Annemarie: »Ist das wirklich nur Schwarzmalerei?«

»Nicht, wie Sie den Sachverhalt darstellen; allerdings – nun, ich möchte mir nicht anmaßen, meinem Chef zu widersprechen, aber ich finde doch, daß Sie das Ganze etwas zu kraß dargestellt haben. Ich habe diese Art von Arbeit schon mehrere Monate in Rotterdam gemacht, und mir ist nie etwas zugestoßen. Und wenn es in Rotterdam auch vielleicht keine Kraker gibt, so ist die Unterwelt dort auf jeden Fall um einiges brutaler als hier. Es tut mir leid, Oberst, aber ich finde, Sie übertreiben die Gefahren ein wenig. Und wie Sie eben selbst festgestellt haben, bin ich eine Verkleidungskünstlerin. Außerdem trage ich eine Waffe. Und das beste ist natürlich, daß mich in Amsterdam niemand kennt.«

»Und was ist mit mir?«

»Das ist etwas anderes, zumal Peter behauptet, daß Sie sowieso Gott und die Welt kennen. Sie werden wohl selbst zugeben, daß es ein Riesenzufall war, daß Sie meinen Vater kennen.«

»Trotzdem hätte ich problemlos alles über Sie herausfinden können. Wußte Peter darüber Bescheid?«

»Nein, er wußte bis eben nichts. Allerdings muß ich gestehen, daß er keinen sonderlich überraschten Eindruck machte.« Sie lächelte. »Es könnte doch sein, daß ihn das Ganze herzlich wenig interessiert.«

»Sie fischen nach Komplimenten, meine Liebe.« Sie wollte protestieren, doch er winkte mit einer kurzen Handbewegung ab. »Desinteresse dürfte in Ihrem Fall wohl ausgeschlossen sein. Van Effen liegt sehr viel an Menschen. Was nicht heißt, daß er sich das ständig und überall anmerken läßt. Das hat er sich so angewöhnt. Ich bin sicher, daß er nichts davon gewußt hat. Genauso sicher bin ich mir allerdings, daß Julie davon gewußt hat.«

»Ach, Julie? Die wunderbarste Frau von ganz Amsterdam?«

»Diesen Titel teilen sich im Augenblick zwei Damen – unter Berücksichtigung der üblichen Einschränkungen, versteht sich.«

»Natürlich, Ihre Frau und Ihre Töchter.«

»Allerdings. Aber lenken Sie nicht schon wieder vom Thema ab, meine Liebe, darin sind Sie eine wahre Meisterin. Und lassen Sie bitte den blauäugigen Blick.«

»Julie weiß es also«, lenkte sie ein. »Woher wissen Sie das, Mijnheer?«

»Schließlich kenne ich Julie. Sie ist eine Frau. Wenn Sie schon bei ihr wohnen, sind ihr sicher verschiedene Dinge aufgefallen, die ein Mann nicht unbedingt bemerkt hätte: Kleider, Schmuck, persönliche Gebrauchsgegenstände – lauter Dinge, die eine durchschnittliche Angestellte nicht hätte. Ganz abgesehen von Ihrer Art zu sprechen. Mich soll es freilich nicht weiter stören, wenn Julie Bescheid weiß; sie wird sicher niemandem davon erzählen, und ich könnte sogar wetten, daß sie nicht einmal ihren Bruder eingeweiht hat. Wohnen Sie gern bei ihr?«

»Sehr sogar. Julie ist mir sehr sympathisch; ich glaube, das beruht auf Gegenseitigkeit. Ich darf sogar in Peters ehemaligem Zimmer schlafen. Soviel ich weiß, ist er vor sechs Jahren ausgezogen.« Ihre Stirn legte sich in Falten. »Ich habe sie gefragt, weshalb er ausgezogen ist, da sie sich offensichtlich zerstritten hatten. Schließlich mögen sich die beiden sehr gern. Aber sie wollte mir den Grund nicht nennen und meinte nur, ich solle mich an Peter wenden.«

»Und? Haben Sie ihn gefragt?«

»Nein.« Sie schüttelte sehr entschlossen den Kopf. »Man stellt seinem Vorgesetzten keine persönlichen Fragen.«

»Ich muß zugeben, daß seine Art nicht dazu ermutigt. Aber so unzugänglich ist er gar nicht. Der Grund für seinen Auszug ist übrigens keineswegs ein Geheimnis. Er hatte geheiratet. Marianne. Das entzückendste Mädchen in ganz Amsterdam, auch wenn ich von meiner eigenen Nichte spreche.«

»Sie ist Ihre Nichte?«

»Sie war es.« De Graafs Stimme wurde ernster. »Peter war schon damals der fähigste Polizist der ganzen Stadt – mit Sicherheit um vieles besser als ich. Aber sagen Sie ihm das um Himmels willen nicht. Er hatte damals eine besonders gefährliche Bande ausgehoben, die sich auf eine Mischung von Erpressung und Folter spezialisiert hatte. Sie bestand aus vier Brüdern, den Annecys. Weiß Gott, woher sie diesen Namen hatten. Peter brachte zwei von ihnen für fünfzehn Jahre hinter Gitter. Die anderen zwei verschwanden spurlos. Kurz nach der Verurteilung der beiden gefaßten Annecys versteckte jemand, vermutlich einer der Brüder, in Peters Motorboot eine Bombe, die mit dem Zündschloß gekoppelt war – die gleiche Technik, die von den Mördern Lord Mountbattens angewandt wurde. Wie es der Zufall wollte, war Peter an besagtem Wochenende nicht an Bord seines Bootes. Nur seine Frau und ihre beiden Kinder.«

»Mein Gott!« Die Hände des Mädchens verkrampften sich. »Das ist ja schrecklich. Wie fürchterlich!«

»Seitdem bekommt er etwa alle drei Monate von einem in der Freiheit lebenden Annecy-Brüder eine Postkarte, auf der sich nichts weiter als die Zeichnung einer Schlinge und eines Sargs befindet – keinerlei Text. Ein kleiner Hinweis sozusagen, daß er nicht mehr lange zu leben hat. Wirklich reizend, nicht?«

»Entsetzlich! Das ist ja entsetzlich! Er muß doch ständig Todesängste ausstehen. Zumindest würde ich das. Ich würde mich jeden Abend beim Schlafengehen fragen – falls ich überhaupt schlafen könnte –, ob ich am nächsten Morgen wieder aufwachen würde.«

»Ich glaube nicht, daß er sich das Ganze sonderlich zu Herzen nimmt. Zumindest läßt er sich nichts anmerken. Und ich weiß auch, daß er einen guten Schlaf hat. Aber das ist der Grund, weshalb er nicht wieder zu Julie zieht, auch wenn er nie davon spricht. Er möchte nicht, daß ihr etwas passiert, wenn ihm plötzlich jemand eine Bombe durchs Fenster wirft.«

»Wie kann man unter solchen Umständen leben? Wieso wandert er nicht aus und nimmt einen anderen Namen an?«

»Falls Sie Peter van Effen jemals richtig kennenlernen sollten, werden Sie sich bestimmt fragen, wie Sie diese Frage je stellen konnten. Anne, Ihr Lächeln ist einfach bezaubernd. Lassen Sie es mich noch einmal sehen.«

Sie erwiderte mit einem zaghaften, verwirrten Lächeln. »Das verstehe ich nicht.«

»Er kommt zurück. Jetzt zeigen Sie mal, ob Sie eine gute Schauspielerin sind.«

Und als van Effen wieder Platz nahm, lächelte sie tatsächlich. Sie wirkte wie jemand, der eins ist mit sich und der Welt. Als sie jedoch aufsah und den Ausdruck – oder genauer, das Fehlen jeglichen Ausdruckes – in Peters Gesicht bemerkte, erstarb ihr Lächeln weider.

»Sie wollen uns wohl dieses wunderbare Abendessen verderben, Peter?« bemerkte de Graaf kopfschüttelnd. »Und dabei haben Sie doch so ein großartiges Menü zusammengestellt.«

»So schlimm ist es auch wieder nicht.« Van Effen lächelte schwach. »Möglicherweise wird es uns unsere dritte Flasche Bordeaux oder Burgunder vermiesen. Vielleicht auch schon die zweite. Die Sache ist folgende. Lassen Sie mich erst einmal kurz berichten, was zu einem früheren Zeitpunkt heute geschehen ist. Ja, Mijnheer, im Moment könnte ein Schluck Wein nicht schaden. Wie gesagt, man hat mir also einen Job angeboten – was die finanzielle Seite betrifft, dürfte ich bei der Polizei wohl kaum annähernd so viel verdienen. Ich soll irgend etwas in die Luft sprengen. Was, weiß ich noch nicht.

Zum Beispiel die Amsterdam-Rotterdam-Bank – oder auch ein Boot, eine Brücke, einen Lastkahn, eine Kaserne – die Liste ließe sich beliebig fortsetzen. Über das Objekt hat man mich noch nicht aufgeklärt.

Wie Sie wissen, hat Vasco die beiden Herren heute nachmittag ins Jagdhorn gebracht. Wohlhabende, ehrbare Bürger. Doch welchem erfolgreichen Ganoven ist schließlich der Gauner schon anzusehen? Wir verhielten uns ausnahmslos alle sehr vorsichtig und zurückhaltend; sozusagen ein erster Schlagabtausch, ohne daß irgend jemand groß Farbe bekannt hätte. Schließlich haben sie mir diesen Job angeboten, und ich habe zugesagt. Sie erklärten, sie müßten erst mit ihren Vorgesetzten Rücksprache nehmen, um mich dann morgen in die Einzelheiten meines Auftrags einzuweihen und die Honorarfrage zu klären. Vasco sollte bei diesem Geschäft den Kurier spielen. Danach haben wir uns wie richtige Gentlemen die Hände gereicht und trennten uns im gegenseitigen Einvernehmen und Vertrauen.

Seit Verlassen des Jagdhorns ließ ich die beiden von zwei Teams beschatten. Nun habe ich eine Meldung erhalten . . .«

»Im gegenseitigen Einvernehmen und Vertrauen?« fragte Annemarie.

De Graaf machte eine beschwichtigende Geste. »Wir neigen in unserem Beruf manchmal zum Gebrauch umschreibender Redewendungen. Erzählen Sie weiter, Peter.«

»Eben ist Nachricht von beiden Überwachungsteams eingegangen. Das erste teilt uns mit, daß sie Agnelli und Paderewski aus den Augen verloren haben . . .«

»Gütiger Gott!« entfuhr es de Graaf. »Agnelli und Paderewski! Ein berühmter Großindustrieller und ein berühmter Pianist. Sie haben diese beiden Herren doch wohl kaum ernsthaft beschatten lassen?«

»Doch. Aber meine Leute sagen, daß sie die beiden im Verkehrsgewühl aus den Augen verloren haben. Sie behaupten, die beiden Herren mit den illustren Namen hätten nicht bemerkt, daß sie ihnen gefolgt seien. Reiner Zufall also. Der Bericht über die beiden anderen stimmt mich bedenklich, um es gelinde auszudrücken.«

»›Über‹ die beiden anderen? Wieso nicht ›von‹?«

»Nein, über. Sie wurden in einem dunklen Hinterhof gefunden, nur halb bei Bewußtsein und nicht mehr in der Lage, um Hilfe zu rufen – absolut bewegungsunfähig und vor Schmerzen fast von Sinnen. Beiden Männern waren die Kniescheiben zertrümmert worden. Auf Sizilien und in verschiedenen amerikanischen Großstädten ist das ein Zeichen, daß jemand sich nicht gern beschatten läßt. Auf diese Weise sorgen sie dafür, daß ihre Beschatter eine Zeitlang nicht mehr in der Lage sein werden, hinter irgend jemandem herzuschnüffeln. Für diese Prozedur bedienten sich die feinen Herren übrigens keiner Schußwaffen, sondern ganz gewöhnlicher Eisenstangen. Die beiden Betroffenen werden gerade operiert. Keiner von beiden wird vor Ablauf einiger Monate wieder gehen können, und keiner von beiden wird ohne bleibenden Schaden davonkommen. Großartig, nicht wahr? Die Zeit bleibt offensichtlich auch in Amsterdam nicht stehen. Wie man sieht, ist der Siegeszug der amerikanischen Kultur unaufhaltsam.«

»Verkrüppelt?« Annemaries Stimme war kaum mehr als ein Flüstern. »Für den Rest ihres Lebens verkrüppelt? Wie kannst du – wie kannst du über so etwas Witze reißen?«

»Entschuldigung.« Van Effen sah sie kurz an und stellte fest, daß etwas Farbe aus ihrem Gesicht gewichen war. Er schob ihr Weinglas näher auf sie zu. »Trink erst mal einen Schluck. Glaubst du im Ernst, mir ist im Moment zum Spaßen zumute? Im übrigen handelt es sich dabei nicht nur um ein amerikanisches Verfahren, Mijnheer. Während der letzten zwei, drei Jahre hat sich diese Praktik auch in Nordirland zu einem beliebten Zeitvertreib entwickelt.«

»Ihre beiden anderen Leute haben diese zwei also rein zufällig aus den Augen verloren? Pech sozusagen.« De Graaf nippte an seinem Bordeaux, die Nachricht schien ihn nicht sonderlich mitgenommen zu haben, da er anerkennend mit den Lippen schnalzte. »Ausgezeichnet. Unsere Freunde scheinen ja etwas vom Geschäft zu verstehen. Eindeutig Profis. Und sie schrecken vor nichts zurück. Aha – da kommt unser Chateaubriand. Sie haben versprochen, es mit mir zu teilen, meine Liebe.«

Sie schien leicht zu erschaudern. »Ich weiß, es ist dumm von mir, aber ich kann jetzt unmöglich etwas essen.«

»Vielleicht kommen die Maulwürfe morgen aus ihren Löchern«, kam van Effen wieder zum Thema zurück. »Ich hoffe trotzdem, daß sie ihr Versprechen wahrmachen und sich mit mir in Verbindung setzen werden.«

Fast ausdruckslos starrte Annemarie ihn an. »Du mußt wahnsinnig geworden sein«, flüsterte sie leise. Sie schien wirklich entsetzt. »Entweder sie treffen sich mit dir, um mit dir ebenso umzuspringen oder um dich für immer auszuschalten, oder sie lassen gar nichts mehr von sich hören. Nachdem sie so brutal gegen diese armen Teufel vorgegangen sind, haben sie sich die beiden doch bestimmt näher unter die Lupe genommen. Sie wissen inzwischen längst, daß sie von der Polizei waren. Irgend etwas hatten sie sicher bei sich, das sie als Polizisten auswies. Haben sie eigentlich Schußwaffen getragen?« Van Effen nickte. »Dann wissen sie auch, daß du von der Polizei bist, denn für sie steht außer Zweifel, daß du sie hast beschatten lassen, seit sie das Jagdhorn verlassen haben. Offensichtlich hast du Selbstmordabsichten?« Sie streckte ihre Hand nach de Graafs Handgelenk aus. »Sie dürfen auf keinen Fall zulassen, daß er sich mit diesen Männern trifft. Sie werden ihn umbringen.«

»Deine Besorgnis in allen Ehren«, schaltete sich van Effen ein, durch ihre Bitte keineswegs beeindruckt. »Wenn sie auch etwas fehl am Platze ist. Wie sollten diese Burschen darauf kommen, daß ich sie habe beschatten lassen? Möglicherweise haben sie das auch erst lange nach Verlassen des Jagdhorns bemerkt, so daß für sie also kein notwendiger Zusammenhang zwischen mir und ihren Verfolgern besteht. Das zum einen. Zum anderen gibt dir die Tatsache, daß dein Vater ein Freund von Mijnheer de Graaf ist, noch keineswegs das Recht, dem Polizeichef gute Ratschläge zu erteilen. Für eine einfache Beamtin wäre das absolut lächerlich und zugleich reichlich anmaßend.«

Sie sah ihn mit einem verletzten Ausdruck an, als hätte er sie geschlagen. Dann senkte sie ihren Blick auf den leeren Teller vor sich. De Graaf bedachte van Effen mit einem kopfschüttelnden Blick und ergriff dann Annes Hand.

»Sie brauchen sich Ihrer Sorge um unseren Freund nicht im geringsten zu schämen. Nicht im geringsten. Zugleich bringen Sie dadurch jedoch unmißverständlich zum Ausdruck, daß Sie nicht sonderlich viel von mir halten. Nein, wirklich nicht viel. Sehen Sie mich bitte an.« Sie blickte ihn an, ernst und aufmerksam waren ihre braunen Augen auf ihn gerichtet. »Der Leutnant hat vollkommen recht. Wir müssen diese Bande aus ihrer Dekkung hervorlocken. Im Augenblick scheint mir dies die einzige Möglichkeit zu sein. Peter wird also hingehen. Ich würde ihm zwar nie befehlen, sich mit ihnen zu treffen, aber ich werde ihm auf keinen Fall meine Zustimmung verweigern. Mein Gott, Mädchen, glauben Sie denn allen Ernstes, ich würde ihn als lebenden Köder benutzen, als Lamm auf der Schlachtbank, ein Daniel in der Löwengrube, eine angepflockte Ziege für den Tiger? Ich muß selbst sagen, heute habe ich es aber wirklich mit den Metaphern. Jedenfalls garantiere ich Ihnen, mein Kind, daß sowohl das Jagdhorn sowie seine nähere Umgebung bis auf den letzten Quadratmeter von bewaffneten Männern abgesichert werden, falls dieses Treffen zustande kommt. Und diese Männer werden für die Halunken nicht zu sehen sein. Peter wird sicher sein wie in Abrahams Schloß.«

»Ich weiß, das war eben dumm von mir. Sie müssen entschuldigen.«

»Gib lieber nicht zu viel auf diese tröstenden Worte«, warf van Effen ein. »Vermutlich werde ich durchlöchert werden wie ein Sieb. Und zwar von den Kugeln unserer Polizeischarfschützen. Es sei denn, sie werden ausdrücklich darauf hingewiesen, daß ich verkleidet auftrete. Es würde mich nicht wundern, wenn sie den Falschen abknallten. Sie sollen sich nur immer schön auf den schwarzen Handschuh konzentrieren. Das bin nämlich ich.«

Ein Kellner kam an ihren Tisch. »Entschuldigung, Mijnheer van Effen, noch ein Anruf für Sie.«

Nach zwei Minuten war van Effen wieder zurück. »Nun ja, nichts großartig Überraschendes. Wieder einmal die FFF. Eine etwas nebulöse Nachricht, vermutlich ein weiterer Schritt im Rahmen ihrer Demoralisierungskampagne. Sie kündigen an, daß es morgen vormittag neun Uhr am Nordholland-Kanal bei Alkmaar zu einem beträchtlichen Chaos kommen *könnte*, wenn sie auch keine Garantie dafür übernommen haben. Eindeutig festgelegt haben sie sich nur insofern, als sich dort einiges tun wird.«

»Das war alles?« wollte de Graaf wissen.

»Ja, das war alles.«

»Klingt ziemlich vage und unbestimmt. Was, glauben Sie, haben sie inzwischen vor?«

»Mir ist das alles ziemlich klar. Wir sollen uns Sorgen machen und den Kopf zerbrechen, was zum Teufel sie vorhaben könnten. Sie wollen eine Atmosphäre allgemeiner Verunsicherung schaffen, wozu sie meiner Meinung nach bereits auf dem besten Wege sind. Weil wir gerade von der FFF sprechen, Mijnheer: wie war übrigens ihr kleiner Ausflug nach Texel heute nachmittag?«

»Reine Zeitverschwendung. Ich war, wie Sie mehr oder weniger vorhergesagt haben, von einem Haufen alter Waschweiber umgeben.«

»Sie beabsichtigen also nicht, morgen vormittag um neun Uhr in Alkmaar zu sein?«

»Ich beabsichtige, mich morgen um neun Uhr in Amsterdam aufzuhalten. Was sollte ich denn dort? Ununterbrochen alle und jeden argwöhnisch beäugen, ob er vielleicht etwas mit dem geplanten Verbrechen zu tun haben könnte?«

»In der Tat kein besonders erfolgversprechendes Vorgehen. Aber Sie haben doch Freunde an der Universität, Mijnheer. Unter anderem auch in der linguistischen Abteilung.«

De Graaf wandte sich an Annemarie: »Ich nehme an, ich sollte mich über diesen plötzlichen Themawechsel wundern und eine Frage stellen wie etwa: ›Was um alles in der Welt soll das damit zu tun haben?‹« Er sah wieder van Effen an. »Also gut. Was um alles in der Welt soll das damit zu tun haben?«

»Ich habe mir heute abend diese Bänder mit den Nachrichten der FFF in der Redaktion des Telegraaf angehört. Eine Frauenstimme. Eine junge Frau, würde ich sagen. Und keine Holländerin, dessen bin ich absolut sicher.«

»Interessant. Sehr sogar. Womit wir wieder bei unserem mysteriösen Fremden wären. Weiter? Irgendwelche Vermutungen hinsichtlich der Herkunft der Sprecherin?«

»Genau das ist das Problem, Mijnheer. Sicher, ich spreche ein paar Fremdsprachen, aber ich bin alles andere als ein Fachmann für Linguistik. Regionale Unterschiede in Aussprache, Akzent und Wortwahl – das ist mit Sicherheit nicht mein Spezialgebiet.«

»Und Sie denken, an der Universität könnte man uns weiterhelfen?«

»Ausgeschlossen ist es zumindest nicht. Und man sollte nichts unversucht lassen. Die Bänder sind in meinem Büro.«

»Ich werde sehen, was sich machen läßt. Aber Sie können sich schon wieder auf den Weg machen, Peter. Eben kommt ein Kellner auf Sie zu.«

Van Effen stand auf, unterhielt sich kurz mit dem Kellner und ging dann weiter. Als er wieder am Tisch Platz nahm, sagte er: »Die Opposition rührt sich, wer immer das auch sein mag. Das war übrigens gerade mein Hotel, das Trianon. Die Nachricht wurde durch mein Büro weitergeleitet.«

Geduldig erkundigte sich de Graaf: »Und wie lange wohnen Sie schon im Trianon? Hat man Sie aus Ihrem Appartement hinausgeworfen?«

»Im Gästebuch steht, daß ich seit zwei Wochen dort ein Zimmer habe. Alles Nötige habe ich heute nachmittag gegen fünf Uhr in die Wege geleitet.«

»Aber, aber! Falsche Eintragungen in ein Melderegister sind ein nicht unerhebliches Vergehen.«

»Um mich verhaften zu lassen, fehlt mir im Augenblick leider die Zeit. Romero Agnelli oder einer seiner Männer muß sich wohl mit Feuereifer hinters Telefon geklemmt und dabei herausgefunden haben, daß ich im Trianon abgestiegen bin. Sie haben sogar einen Aufpasser vor dem Hotel postiert – in einem kleinen, alten Fiat. Ich habe veranlaßt, daß dieser Mann seinerseits überwacht wird. Später am Abend werde ich wohl dort noch auftauchen müssen. Schließlich kann ich meine Freunde nicht enttäuschen, wenn sie schon solches Interesse an meiner Person zeigen.«

»Sie haben ja, weiß Gott, einen vollen Stundenplan«, bemerkte de Graaf. »Ich nehme allerdings nicht an, daß Sie vorhaben, die ganze Nacht dort zu verbringen.«

»Ihre Annahme ist richtig, Mijnheer. Ich werde meinen Wagen hinter dem Hotel parken und mich dort von einem Polizeitaxi abholen und vor dem Eingang absetzen lassen. Dann gehe ich durch die Eingangshalle des Hotels, um es durch den Hintereingang wieder zu verlassen und nach Hause zu fahren. Ein kleiner Umweg, nichts weiter.«

»Meine Güte, Sie scheinen sich heute abend vor Beliebtheit kaum retten zu können«, bemerkte de Graaf mit einem Blick über van Effens Schultern.

Van Effen drehte sich um, stand seufzend auf, sprach wieder kurz mit dem Kellner und entfernte sich in Richtung der Telefonzellen.

»Unsere Opposition scheint weiterhin den Wahlspruch zu befolgen: Wer rastet, der rostet«, erklärte er bei seiner Rückkehr. »Oh, ein Brandy. Besten Dank. Das war übrigens Vasco – Sergeant Westenbrink. Auch diese Nachricht ist mir natürlich durch das Büro übermittelt worden. Agnelli hat sich mit ihm in Verbindung gesetzt. Sie sagen, sie würden sich morgen vormittag elf Uhr gern mit mir treffen. Am selben Ort. Das kann zweierlei bedeuten.«

»Ich weiß, was das zu bedeuten hat«, entgegnete de Graaf. »Entweder sind sie uns auf die Schliche gekommen, oder sie sind uns nicht auf die Schliche gekommen. Es ist durchaus möglich, daß sie keine Ahnung haben, daß sie beschattet worden sind, seit sie das Jagdhorn verlassen haben. Andererseits ist ebensowenig ausgeschlossen, daß sie davon wußten. Wenn letzteres zutrifft, kann es nur einen Grund geben, weshalb sie sich mit Ihnen treffen wollen: Sie werden versuchen herauszufinden, wieviel Sie wissen, welche Gefahr Ihr Wissen für sie darstellt und wie sie diese Gefahr am besten ausschalten können. Ich kann mir vorstellen, daß sie dabei höchst feinfühlig vorgehen. Falls sie nämlich einen Argwohn gegen Sie hegen und befürchten, daß Sie ihnen mißtrauen könnten, handeln sie völlig richtig. In diesem Fall hätte man nämlich vernünftigerweise von ihnen erwartet, daß sie auf einem neutralen Treffpunkt bestanden hätten. Wenn sie nämlich die Vermutung hätten, daß Sie von der Polizei sind oder für die Polizei arbeiten, müßten sie auch davon ausgehen, daß es sich beim Jagdhorn um eine Falle der Polizei handelt. Andererseits hätte natürlich ihr Vorschlag für einen anderen Treffpunkt eindeutig zu verstehen gegeben, daß sie Bescheid wissen.« De Graaf seufzte. »Ganz schön verworren und kompliziert, diese Geschichte. Wie geschaffen, um uns völlig im unklaren zu lassen. Vielleicht haben sie in dieser kurzen Zeit bereits einiges von der FFF gelernt. Oder umgekehrt. Noch einen Brandy, Peter? Nein? Dann würde ich vorschlagen, wir brechen auf. Morgen steht uns ein langer und anstrengender Tag bevor. Haben Sie eigentlich bereits irgendwelche speziellen Pläne, was diese reizende junge Dame betrifft?«

»Ich werde mir schon noch eine entsprechend lästige Aufgabe für sie ausdenken. Bis auf weiteres kann ich ihr jedoch noch keine spezifischen Anweisungen erteilen.«

»Hm.« De Graaf dachte kurz nach. »Anne, Sie werden natürlich relativ häufig in Begleitung von Sergeant Westenbrink gesehen.«

Sie lächelte. »Wissen Sie, für mich ist er einfach nur Vasco. Aber ja, natürlich. Wir werden miteinander sprechen müssen, wobei es mir am besten – und auch am einfachsten – erscheint, das ganz offen zu tun.«

»Das finde ich auch. Kommen und gehen Sie dort eigentlich, wann Sie wollen?«

»Selbstverständlich. Das ist doch in diesen Kreisen das wichtigste. Man kennt keine Termine, Regeln und Verpflichtungen. Man tut, was man will; man ist völlig frei und ungebunden.«

»Es würde also keinerlei Aufmerksamkeit erregen, wenn Sie einmal einen Tag – oder vielleicht auch zwei – nicht dort erscheinen?«

»Nein.« Sie zögerte. »Darf ich vielleicht mal kurz meine Intelligenz beweisen und eine Vermutung äußern, worauf Sie hinauswollen, Mijnheer?«

»Ihre Intelligenz steht hier völlig außer Frage. Ihnen mangelt es lediglich an der entsprechenden Erfahrung, um sich eine negative, argwöhnische und menschenverachtende Denkweise anzueignen, wie zum Beispiel Mijnheer van Effen – wobei ich nur hoffen kann, daß Sie diesen Nachteil nie aufholen werden.«

Fast unmerklich schüttelte Annemarie den Kopf und sah van Effen fragend an, der de Graaf beipflichtete: »Der Oberst hat recht. Das weißt du selbst am besten.«

»Ich weiß nicht. Das heißt, ich bin sicher, daß er recht hat, wenn auch nicht in welcher Hinsicht. Falls ihr euch über mich lustig machen wollt, finde ich das alles andere als fair.«

»Wir machen uns keineswegs über dich lustig, Annemarie. Unter Spaß verstehen wir etwas anderes, als andere Leute herabzusetzen und uns auf ihre Kosten zu amüsieren. Versteh doch, das Ganze ist eine Frage der Querverbindungen. Jedenfalls ist nicht auszuschließen – die Chancen stehen fünfzig zu fünfzig –, daß Agnelli und Co. uns auf die Schliche gekommen sind. In diesem Fall stünde auch Vasco unter Verdacht, weil er mich mit ihnen bekannt gemacht hat. Und da du nun wiederum oft mit Vasco zusammen gesehen worden bist, würden sie auch dich verdächtigen. Der Oberst schlägt doch nur vor, daß du für einen, vielleicht auch zwei Tage etwas kürzer trittst. Je nachdem, wie sich alles Weitere entwickelt. Wobei ich – möglicherweise völlig widersinnig – das Gefühl habe, daß sich die Dinge in nächster Zeit sehr schnell entwickeln werden. Weder für mich noch für den Oberst ist es eine erfreuliche Vorstellung, daß du in die Hände dieser rücksichtslosen Bande fallen könntest. Denk doch nur mal an diese beiden Detektive. Daß diese Leute kein Pardon kennen, haben wir inzwischen deutlich genug erfahren. Die Anwendung physischer Gewalt scheint für sie keineswegs etwas Ungewöhnliches zu sein; womöglich bereitet es ihnen ein gewisses Maß an perverser Freude. Wie fändest du es, von ihnen geschnappt und gefoltert zu werden? Ich will dir damit nicht unnötig Angst machen, Annemarie. Ich spreche nur von Dingen, die durchaus im Bereich des Möglichen und Wahrscheinlichen liegen.«

»Ich glaube, ich habe dir bereits gestanden, daß ich nicht sonderlich mutig bin.« Ihre Stimme klang sehr ruhig.

»Und wenn sie dann noch herausfänden, welcher fette Fisch ihnen ins Netz gegangen ist – etwas Besseres könnten sie sich doch gar nicht wünschen. Ein weiterer Trumpf neben ihren bisher nicht gerade spärlich gesäten Trümpfen. Ganz abgesehen von den Gefahren für deine Person, brächtest du damit auch uns in eine unangenehme Zwangslage.«

»Besser hätte auch ich das nicht ausdrücken können«, sagte de Graaf.

Sie lächelte schwach. »Ich war doch immer schon ein Feigling. Also werde ich tun, was Sie sagen.«

»Nur damit wir uns nicht mißverstehen«, erwiderte de Graaf. »Das ist kein Befehl, nur ein gutgemeinter Rat.«

Wieder das zaghafte Lächeln. »Der mir sehr vernünftig erscheint. Und wo soll ich währenddessen bleiben?«

»Bei Julie natürlich. Wo sonst?« schlug van Effen vor. »Außerdem werden wir in der Nähe ihrer Wohnung einen unauffälligen Bewacher postieren. Aber bevor du dich für eine Weile in die Frauengemächer zurückziehst, möchte ich dich bitten, mir noch einen Gefallen zu tun.«

»Aber selbstverständlich.«

»Ich möchte, daß du morgen früh zu Vasco gehst. Erzähl ihm, worüber wir eben gesprochen haben, und sag ihm, er soll sich aus dem Staub machen. Ich weiß, wo er untertauchen wird; sobald die Luft rein ist, setze ich mich wieder mit ihm in Verbindung.«

»Gut, wird gemacht.« Sie schwieg einen Augenblick. »Als du mich fragtest, ob ich dir einen Gefallen tun würde, und ich ja gesagt habe – nun, inzwischen wäre es mir lieber, ich wäre nicht so voreilig gewesen. Siehst du denn nicht, was du aus mir gemacht hast, Peter? Ich bin nur noch ein zitterndes Nervenbündel.«

»Soviel ich feststellen kann, zitterst du keineswegs, und für ein Nervenbündel machst du einen ganz passablen Eindruck. Kannst du dir vorstellen, daß deine sauberen Freunde, die Kraker, einfach wegschauen, wenn jemand über dich herfiele?«

»Allerdings.«

»Na ja, die Welt ist eben brutal und ungerecht, oder nicht, Mijnheer? Wir sind das ja inzwischen gewöhnt. Aber sei unbesorgt, Anne. Dir wird kein Härchen gekrümmt. Wir werden dich dauernd überwachen, und mit dauernd meine ich sechzig Sekunden pro Minute. Der Musterknabe van

Effen, entsprechend verkleidet – natürlich nicht in der Maskierung aus dem Jagdhorn – und mit dem üblichen Waffenarsenal ausgestattet. Da fällt mir übrigens noch etwas ein, Oberst. Ich glaube, ich werde morgen sicherheitshalber eine dritte Waffe mitnehmen, wenn ich mich mit Agnelli und seinem Begleiter beziehungsweise Begleitern treffe. Sei wissen bereits, daß ...«

»Daß Sie zwei Waffen bei sich haben«, beendete de Graaf den Satz für ihn, »weshalb sie selbstverständlich auf die Vorstellung fixiert sein werden, daß Sie eben nur zwei Waffen bei sich tragen und keine dritte. Ich bin sicher, daß auch das in Ihrem Buch steht.«

»Das steht dort natürlich nicht. Man muß die Unterwelt nicht noch auf dumme Gedanken bringen. Aber im Prinzip haben Sie damit schon recht. Mach dir also keine Sorgen, Annemarie. Ich werde mich keinen Augenblick weiter als fünf Meter von dir entfernen.«

»Wie nett von dir. Allerdings hast du mich jetzt auf eine ganze Reihe höchst unangenehmer Gedanken gebracht. Nach deinen Worten könnte ich jederzeit und an jedem beliebigen Ort zwischen hier und Julies Wohnung überfallen werden.«

»Um so schlimmer. Aber sei auch in diesem Punkt unbesorgt. Ich bringe dich höchstpersönlich und im Schutz meiner Limousine nach Hause.«

»Limousine!« schnaubte de Graaf verächtlich. »Daß ich nicht lache!« Er zwinkerte dem Mädchen vertraulich zu. »Ich hoffe, Sie haben ein Luftkissen bei sich.«

»Das verstehe ich nicht, Mijnheer.«

»Warten Sie nur ab. Sie werden noch früh genug verstehen.«

Sie verließen das Restaurant und gingen ein Stück die Straße hinunter, wo der Wagen des Polizeichefs, wie üblich, im Parkverbot stand. Ganz väterlicher Freund, küßte de Graaf Annemarie zum Abschied auf die Wange und stieg in seinen funkelnden Mercedes – und zwar auf den Rücksitz. Wie hätte es auch anders sein können – Oberst de Graaf hatte einen Chauffeur.

»Jetzt verstehe ich, was der Oberst mit dem Luftkissen gemeint hat«, stellte Annemarie fest, nachdem sie sich auf dem Beifahrersitz von van Effens Peugeot niedergelassen hatte.

»Ja, eine kleine Unbequemlichkeit«, pflichtete ihr van Effen bei. »Ich werde den Sitz reparieren lassen – auf ausdrücklichen Befehl des Chefs.«

»Offensichtlich schätzt der Oberst die Annehmlichkeiten des Lebens?«

»Es ist deiner Aufmerksamkeit sicher nicht entgangen, daß er geradezu dafür geschaffen ist, das Leben zu genießen.«

»Aber er ist wirklich sehr nett, findest du nicht? Nett, höflich und sehr bemüht.«

»Ich weiß nicht, ob ihm diese Vorzüge wirklich so hoch anzurechnen sind, wenn die Person, der sie gelten, so hübsch ist wie du.«

»Wie elegant Sie sich doch immer auszudrücken verstehen, Mijnheer van Effen.«

»Nun, das ist eben einer meiner Vorzüge.«

Nach kurzem Schweigen sagte sie: »Aber er ist doch ein Snob, oder nicht? Wirklich ein Snob.«

»Im Interesse der Wahrung der Disziplin muß ich mich dagegen ernsthaft verwahren. Du erwartest doch wohl nicht von mir, daß ich herabsetzende Äußerungen über unseren Polizeichef dulde, geschweige denn ihnen auch noch zustimme.«

»Das war keineswegs herabsetzend gemeint. Es war nur eine einfache Feststellung. Ich möchte hoffen, daß wir noch nicht an dem Punkt sind, wo jedes Wort, das man sagt, gleich auf die Waagschale geworfen wird. Wir leben doch in einer freien Gesellschaft? Oder vielleicht doch nicht?«

»Das nenne ich ein Wort.«

»Nur zu. Sag's schon. ›Welch beherzte Äußerung.‹ Oder etwas in der Art.«

»Ich glaube nicht, daß ich das tun werde. Aber ich würde sagen, daß du dich bezüglich seines Snobismus ebenso täuschst wie hinsichtlich seiner netten Arthur-Nummer.«

»Arthur?«

»Sein Vorname, den er allerdings nie verwendet. Ich habe nie herausgefunden, warum er das nicht tut. Natürlich ist er nett und zuvorkommend. Aber genauso ist er rücksichtslos, hart und hintertrieben. Wie, glaubst du, wäre er sonst auf diesem Posten? Und ganz sicher ist er kein Snob. Snobs geben vor, etwas zu sein, was sie nicht sind. Sein Stammbaum läßt sich sehr weit zurückverfolgen, seine Familie ist sehr wohlhabend und sehr aristokratisch. Ich versuche deshalb auch gar nicht erst, mich auf eine Auseinandersetzung hinsichtlich der Frage einzulassen, wer nun im Restaurant die Rechnung bezahlt. Er wurde mit dem Wissen geboren, daß er etwas Besonderes ist – sozusagen die Crème de la crème. Dies in Frage zu stellen, käme ihm nie in den Sinn. Er ist davon überzeugt, daß er den Geist der Demokratie ausstrahlt.«

»Rücksichtslos oder nicht, Snob oder nicht, ich finde ihn sympathisch.« Ihr Tonfall gab zu verstehen, daß die Sache damit ein für alle Mal erledigt war, ohne daß dabei freilich das Thema genauer umrissen worden wäre.

»Wie du eben selbst feststellen konntest, hat er so seine Art, mit Damen umzugehen; das gilt besonders dann, wenn er nicht im Dienst ist. Und was ihn betrifft, war dies heute abend eindeutig der Fall.«

»Hast du dieses Gefühl denn nie? Ich meine, nicht im Dienst zu sein? Bin ich denn immer eine Dienstperson?«

»Von dieser Seite habe ich das noch nie betrachtet. Aber ich werde es mir durch den Kopf gehen lassen.«

»Wie nett.« Sie verfiel in Schweigen. Für den Rest der Fahrt sprach nur noch van Effen. Er rief in seinem Büro an und forderte einen bewaffneten Bewacher für die Wohnung seiner Schwester an.

De Graafs hohe Meinung von Julie van Effen war nicht weiter schwer zu verstehen. Mit ihrem dunklen, schimmernden Haar, dem fein geformten Gesicht und den hohen, slawisch wirkenden Backenknochen war sie mit

Sicherheit einiges mehr als nur gutaussehend; ihr Hauptanziehungspunkt für de Graaf – wie für viele andere auch – waren vor allem ihre strahlenden dunklen Augen und ihr lachender Mund. Sie wirkte fast immer gut gelaunt – es sei denn, sie sah sich mit Ungerechtigkeit, Brutalität, Bosheit, Selbstsucht und verschiedenen anderen menschlichen Eigenschaften konfrontiert, die sie verabscheute und über die sie in der Tat sehr aufgebracht werden konnte. Sie schien für alles und jeden eine ausgesprochene Warmherzigkeit und Freundlichkeit zu empfinden, mit Ausnahme derer, die bei ihr auf Abneigung stießen. Sie war einer der seltenen Menschen, die so etwas wie Glück und Zufriedenheit ausstrahlten – ein Wesenszug, der nicht auf den ersten Blick erkennen ließ, daß diese Eigenschaft mit einem äußerst scharfsinnigen und intelligenten Verstand gepaart war. Minister des Kabinetts tendieren in der Regel nicht dazu, geistig anspruchslose Sekretärinnen für sich arbeiten zu lassen, und Julie war die Sekretärin eines Ministers: zuverlässig, tüchtig und diskret.

Überdies war sie sehr gastfreundlich und wollte ihnen sofort etwas zum Essen machen, als sie in ihre Wohnung kamen. Es war nicht schwer, sich diese vielseitig begabte junge Dame als eine hervorragende Köchin vorzustellen, was sie auch tatsächlich war. Und sie zog ihr Angebot auch erst zurück, als sie erfuhr, daß die beiden bereits gegessen hatten.

»Im Dikker en Thijs? Nun, bekanntlich sind bei der Polizei die leiblichen Genüsse noch nie zu kurz gekommen, während sich ein armes, berufstätiges Mädchen mit Hering, Rotkohl und Würstchen zufriedengeben muß.«

»Für dieses spezielle berufstätige Mädchen«, protestierte van Effen, »gibt es doch die Kantine im Ministerium. Ein wahres Feinschmeckerparadies, wie man mir gesagt hat. Wir von der Polizei sind leider von den Genüssen, denen man dort frönt, rigoros ausgeschlossen. Nur schade, daß Julie sich so schlecht beherrschen kann – wie man auf den ersten Blick sieht.« In Wahrheit war Julies Figur so perfekt, wie sie nur sein konnte. Sie tat diesen Affront mit verächtlicher Herablassung ab, fuhr ihm im Vorbeigehen mit der Hand durchs Haar und ging in die Küche, um Kaffee zu machen.

Annemarie blickte ihr nach und wandte sich dann mit einem Lächeln an van Effen: »Sie kann dich wohl um den Finger wickeln, wie es ihr paßt, ja?«

»Das allerdings«, erwiderte van Effen gutgelaunt. »Das Dumme ist nur, daß sie das auch nur zu gut weiß. Sie ist ein richtig freches Luder. Übrigens muß ich dir noch etwas zeigen – für den Fall, daß du dich mal allein im Haus aufhalten solltest.« Er führte sie zu einem Bild an der Wand, das er leicht zur Seite schob, so daß ein roter Knopf zum Vorschein kam. »In Fachkreisen ist so etwas als Auslöseknopf für eine Alarmanlage bekannt. Falls du dich bedroht fühlst – auch wenn du es nur vermutest –, dann drück auf diesen Knopf. In fünf Minuten ist ein Streifenwagen da.«

Sie versuchte, das Ganze von der spaßigen Seite zu nehmen. »Eigentlich sollte jede Hausfrau in Amsterdam so ein Ding haben, nicht?«

»Nachdem es in Amsterdam meines Wissens an die hunderttausend Hausfrauen gibt – vielleicht auch zweihunderttausend –, dürfte das etwas teuer werden.«

»Allerdings.« Sie sah ihn an und konnte oder wollte nun nicht mehr lächeln. »Ich habe euch beide nun schon einige Male gemeinsam erlebt, und man müßte wirklich blind sein, um nicht zu merken, daß du völlig vernarrt bist in deine kleine Schwester.«

»Was soll man darauf antworten? Ist das so offensichtlich?«

»Einen Augenblick, bitte. Ich bin noch nicht ganz fertig. Du hast diese Alarmanlage doch nicht nur hier anbringen lassen, weil du deine Schwester liebst. Sie ist doch in Gefahr, oder nicht?«

»In Gefahr?« Er faßte sie so heftig an den Schultern, daß sie zusammenzuckte. »Entschuldige.« Er lockerte seinen Griff, ließ jedoch seine Hände, wo sie waren. »Woher weißt du das?«

»Es stimmt also? Sie ist in Gefahr, nicht wahr?«

»Wer hat dir das gesagt? Julie?«

»Nein.«

»Der Oberst?«

»Ja. Heute abend.« Sie sah ihn an; ihr Blick wanderte zwischen seinen Augen hin und her. »Du bist doch hoffentlich nicht wütend?«

»Nein. Nein, meine Liebe. Ich bin nicht wütend. Ich mache mir nur Sorgen. Mit mir näher bekannt zu sein, ist tatsächlich nicht unbedingt gesundheitsförderlich.«

»Weiß Julie von dieser Gefahr?«

»Selbstverständlich.«

»Weiß sie auch über diese Postkarten Bescheid?« Er sah sie nachdenklich an; sein Gesichtsausdruck änderte sich auch nicht, als sie ihre Hände auf seine Schultern legte und so tat, als wollte sie ihn wutentbrannt schütteln – angesichts von van Effens Statur sichtlich ein eher vergebliches Unterfangen. »Weiß sie auch darüber Bescheid?«

»Ja. Es wäre alles andere als einfach, ihr so etwas zu verheimlichen, zumal die Postkarten hierher adressiert sind. Auf diese Weise wollen es mir die Annecy-Brüder eben heimzahlen.«

»Mein Gott. Das ist doch entsetzlich. Wie – wie kann sie trotzdem so – so glücklich sein?« Sie legte ihren Kopf an seine Schulter. »Wie ist das möglich?«

»Nun, was bleibt ihr anderes übrig? Du hast doch nicht etwa vor, in Tränen auszubrechen?«

»Nein.«

»Abgesehen davon war Julie schon seit jeher eine Frohnatur, wenn sie sich jetzt auch etwas bemühen muß, die Dinge von der positiven Seite zu sehen.«

Indessen kam Julie mit dem Kaffee aus der Küche. Abrupt blieb sie stehen und räusperte sich geräuschvoll. »Ist es dafür nicht noch ein bißchen früh . . .« Sie stellte das Tablett ab. »Ich hoffe allerdings, eure Taubheit ist vorübergehender Natur. Ich habe eben gesagt . . .« Sie blieb erneut stehen

– ihre Miene verriet Besorgnis. Dann trat sie schließlich rasch auf die beiden zu, legte einen Arm um Annemaries Schultern und drehte sanft ihr Gesicht zu sich herum. »Du weinst ja.« Sie zog ein großes Taschentuch aus ihrem Ärmel. »Was hat dieser Grobian wieder angestellt?«

»Dieser Grobian hat ausnahmsweise einmal gar nichts angestellt«, entgegnete van Effen sanft. »Annemarie weiß über alles Bescheid, Julie. Über Marianne, die Kinder, dich, mich und die Annecys.«

»Mijnheer de Graaf, vermute ich.«

»Du vermutest richtig.«

Julie wandte sich an Annemarie: »Ich weiß, was für ein Schock das für dich sein muß, vor allem, wenn alles auf einmal kommt. Ich habe wenigstens nur Stück für Stück erfahren. Komm, dafür weiß ich eine hervorragende Medizin. Nimm gleich mal einen doppelten Cognac in deinen Kaffee.«

»Das ist lieb von dir. Wenn ihr mich bitte einen Augenblick entschuldigen würdet . . .« Sie wandte sich um und verließ rasch den Raum.

»Und?« Julies Tonfall war keineswegs mehr sanft. »Siehst du nicht, was du da angestellt hast?«

»Ich?« Van Effen war ehrlich verdutzt. »Was soll ich denn schon angestellt haben? Schließlich hat ihr der Oberst . . .«

»Es geht hier nicht darum, was du getan hast, sondern darum, was du nicht getan hast.« Sie legte ihre Hände auf seine Schultern, ihre Stimme wurde plötzlich wieder ganz sanft. »Aber man kann dir keinen Vorwurf machen. Du hast es offensichtlich nicht gemerkt.«

»Sicher. Das heißt, jetzt verstehe ich gar nichts mehr.« Der argwöhnische Unterton in van Effens Stimme war nicht zu überhören. »Was soll ich nicht gemerkt haben?«

»Mein Gott, wie dumm ihr Männer doch manchmal sein könnt.« Julie schüttelte den Kopf. »Annemarie. Es ist ihr doch von den Augen abzulesen. Sie ist verliebt in dich.«

»Wie bitte? Dir geht es wohl nicht gut.«

»Mein lieber, kluger und welterfahrener Bruder – du brauchst ja nicht auf mich zu hören. Frag sie jetzt, auf der Stelle, ob sie dich heiraten würde. Du brauchtest nur eine Sondergenehmigung – für dich wohl kein Problem –, und ihr seid noch vor Mitternacht Mann und Frau.«

Van Effen konnte seine Verblüffung nicht verbergen. »Du bist aber ganz schön sicher, das muß ich schon sagen.«

»Ich bin nicht nur ganz schön sicher, ich bin absolut sicher.«

»Aber sie kennt mich doch kaum.«

»Auch das ist mir nicht neu. Schließlich habt ihr euch bisher vielleicht – wie oft? – zwanzig-, dreißig-, vierzigmal getroffen.« Sie schüttelte den Kopf. »Der gefürchtete Kriminalist beim Verhör, der Autor psychologischer Werke, der Mann, der mit einem Blick die geheimsten Gedanken seiner Mitmenschen erkennt – nun ja, was die Theorie betrifft, mit Sicherheit unübertrefflich; was die Praxis anbelangt, möchte ich mich allerdings meiner Meinung enthalten.«

»Du bist ja wieder einmal voll in deinem Element. Die große Ehevermittlerin – oder sollte ich lieber sagen: Kupplerin? Ach ja, sechs geeignete und heiratswillige Damen – es hätten auch zwanzig sein können –, und keine von ihnen hat dir gepaßt. Hier spricht in der Tat die Stimme der Erfahrung.«

»Weiche jetzt nicht vom Thema ab.« Sie lächelte gewinnend. »Ja, tatsächlich, hier spricht die Stimme der Erfahrung. Von all den anderen hat mir keine gefallen. Aber sie, sie liebt dich wirklich. Warum allerdings, verstehe ich auch nicht ganz.«

»Jetzt brauche ich einen Schnaps.« Van Effen trat an die kleine Hausbar.

»Hier, ich habe doch Kaffee mit Cognac gemacht.«

»Nein, erst mal brauche ich einen richtigen Schnaps. Und dann kommt der Kaffee mit Cognac.«

»Glaubst du nicht, daß du vielleicht eher einen Psychiater brauchtest? Warum, denkst du, hat sie das alles so aufgewühlt?«

»Sie hat eben ein weiches Herz. Das ist es wahrscheinlich.«

»Dann paßt du ja großartig zu ihr.« Sie nahm sein Gesicht zwischen ihre Hände und sah ihn prüfend an. »Der scharfsinnige Kriminalist, dem nichts entgeht. Ich glaube, du brauchst wirklich eine Brille. Und dein Stichwort hast du auch verpaßt. Ich würde sogar sagen, mindestens ein halbes dutzendmal.«

»Was für ein Stichwort?«

»Meine Güte! Mit diesem gehetzten, argwöhnischen Blick siehst du eher wie ein Krimineller aus als wie ein Vertreter des Gesetzes. Was für ein Stichwort? ›Nicht einmal wenn sie der letzte Mensch auf der Welt wäre, würde ich sie heiraten.‹ Das wäre deine Antwort auf das Stichwort gewesen. Die Standardantwort zu diesem Theam – oder habe ich etwa nicht recht?« Sie lächelte. »Aber natürlich bist du nicht der Mann, der sich mit Standardantworten zufriedengibt.«

»Ach, hör doch auf.«

»Eine wohlüberlegte Antwort, in der Tat.« Sie setzte sich und nahm einen Schluck Kaffee. »Mentale Kurzsichtigkeit nennt man so etwas – ein Leiden, das meines Wissens unheilbar sein soll.«

»Ach was! Ich bin mir sicher, daß du eine Antwort darauf finden wirst.« Van Effen war allmählich wieder er selbst: ruhig, gelassen, zuversichtlich und einigermaßen im Besitz seiner gewohnten Ausgeglichenheit. »In der Regel halte ich nicht sehr viel von distanzierten, unnahbaren, leicht überlegenen und leicht herablassenden Ärzten, aber ich muß doch zugeben – in meinem Fall hast du dir eine absolut wirksame Therapie einfallen lassen. Du hast mich nämlich von jeglichem Interesse geheilt, das ich möglicherweise an besagter junger Dame hätte zeigen können. Oder vielleicht war es sogar das, was du beabsichtigt hast. Ich weiß nicht.« Sie sah ihn mit leicht geöffnetem Mund und verständnislosem Blick an. »Ich brauche keine – ich sollte wohl besser sagen: Ich will keine Hilfe oder gute Ratschläge von dir, und dies nicht nur, weil ich dich nicht darum gebeten habe, sondern auch, weil ich sehr wohl in der Lage bin, im Leben auch ohne den Beistand meiner fürsorglichen Schwester zurechtzukommen. Ich werde mal nachsehen, ob der Bewacher inzwischen da ist.«

Er ging nach draußen, so daß Julie nichts anderes übrigblieb, als wie erstarrt und ebenso ungläubig wie bestürzt auf die Tür zu starren, die sich hinter ihm geschlosssen hatte. Und sie hatte immer noch dieselbe Haltung inne, starrte immer noch blicklos auf die Tür und hatte immer noch diesen Ausdruck der Bestürzung und Verletztheit im Gesicht, als Annemarie das Zimmer betrat.

»Was ist denn, Julie? Was hast du denn?«

Ganz langsam wandte Julie ihren Blick von der Tür ab. »Nichts. Es ist nichts.«

»Erzähl mir doch nichts. Julie! Erst ich, und jetzt du. Deine Augen sind doch ganz feucht. Und du siehst so – so bekümmert aus.« Annemarie schloß ihre Arme um sie. »Nichts soll sein, Julie? Mach mir doch nichts vor. Halte mich nicht für dümmer, als ich bin.«

»Wenn hier jemand dumm ist, dann bin ich das. Ich habe eben einen großen Fehler gemacht.«

»Du? Das kann ich mir nicht vorstellen. Was solltest du für einen großen Fehler gemacht haben?«

»Ich habe den Fehler gemacht, zu vergessen, daß Peter nicht nur mein Bruder ist, sondern auch mit Leib und Seele Polizist und designierter Nachfolger des Obersten. Du hast das sicher nicht gewußt, oder?« sagte Julie.

»Das pfeifen inzwischen doch schon beinahe die Spatzen von den Dächern. De Graaf soll noch dieses Jahr in Pension gehen, aber solange Peter ihm sowieso die meiste Arbeit abnimmt, hat er es damit gar nicht so eilig.«

»Ach was, laß doch den Polizeichef aus dem Spiel. Wo steckt dieser Grobian?«

Julie bemühte sich zu lächeln. »Das ist heute abend schon das zweite Mal, daß er von einer Frau als Grobian beschimpft wird. Ich möchte wetten, daß das noch nie vorgekommen ist. Er ist weg.«

»Weg? Für den ganzen Abend?«

»Nein. Er wollte sich nur nach dem Aufpasser erkundigen, den sie von der Polizei herschicken wollten.« Julies Versuch zu lächeln hatte diesmal etwas mehr Erfolg. »Er mag durchaus ein Talent haben, andere Leute zum Weinen zu bringen, aber daß ihm etwas an uns liegt, steht völlig außer Zweifel.«

»Dann hat er aber eine etwas eigenartige Art, dies zu zeigen. Was hat er dir denn getan, Julie? Was hat er gesagt?«

»Was er mir getan hat? Nichts natürlich. Und gesagt? Ich bin etwas zu weit gegangen, würde ich sagen, und er hat mich wieder in meine Schranken verwiesen. Das dürfte es gewesen sein.«

»Du glaubst doch hoffentlich nicht im Ernst, daß ich mich mit dieser Erklärung zufriedengebe?«

»Nein, das tue ich nicht, meine Liebe. Aber wenn wir es für den Augenblick darauf beruhen lassen könnten? Bitte.«

Sie hatten ihren Kaffee bereits ausgetrunken, als van Effen zurückkam. Ihm erschien die Situation keineswegs angespannt, und wenn ihm etwas auffiel, so äußerte er sich nicht weiter dazu.

»Der Mann ist inzwischen eingetroffen«, teilte er den beiden Frauen mit. »Bis an die Zähne bewaffnet. Ich muß jetzt leider gehen.«

»Aber du hast doch deinen Kaffee . . .«

»Ein andermal. Mein Typ wird verlangt, wie es so schön heißt. Julie, da ist noch etwas, was du für mich tun mußt. Könntest du . . .«

»Was ich tun muß?« entgegnete sie mit einem Lächeln. »Ist das ein Befehl oder eine Bitte?«

»Das ist doch völlig egal.« Van Effen klang gereizt, was ungewöhnlich für ihn war. »Bitte tu, um was ich dich bitte – ich hoffe, du hast das ›bitte‹ bemerkt –, sonst muß ich Annemarie wieder mitnehmen.«

»Was für Drohungen! Und falls sie es vorziehen sollte, hierzubleiben?«

»Wird sie spätestens morgen früh wieder in Rotterdam sein und erzählen können, daß sie mal bei der Polizei war. Befehlsverweigerung wird bei der Polizei in der Regel mit Entlassung geahndet, falls dir das bis jetzt entgangen sein sollte. Entschuldigung, Annemarie, das war nicht an dich gerichtet. Du mußt wissen, Julie hat heute nicht unbedingt ihren stärksten Tag. Du brauchst gar nicht diese empörte Miene aufzusetzen, Schwesterlein, denn falls du noch nicht gemerkt haben solltest, daß das mein voller Ernst ist, bist du tatsächlich unverzeihlich dumm. Leg dir nach Möglichkeit für die nächsten paar Tage eine Erkältung oder etwas Ähnliches zu. Annemarie schwebt in ebenso großer Gefahr wie du, und ich möchte, daß ihr beide euch hier aufhaltet. Annemarie, wie gehabt, neun Uhr fünfzehn, ja?«

Er ging auf die Tür zu und öffnete sie, wandte sich dann jedoch mit einem Kopfschütteln noch einmal zu den beiden Frauen um, die ihm mit betretenen Gesichtern nachsahen.

»Und damit tritt der unerschrockene Kriminalist in die schreckliche, dunkle Nacht hinaus.«

Leise schloß sich die Tür hinter ihm.

4

Der große, schlanke Mann in dem dunklen, tropfnassen Regenmantel hätte kaum mehr als einen flüchtigen Blick auf sich gelenkt und höchstens zu einem kurzen Kommentar Anlaß gegeben, der sich auf sein wenig anziehendes Äußeres bezog – ein Eindruck, der noch verstärkt wurde durch sein schwarzes Haar, das ihm regennaß am Kopf klatschte, und den schlecht gestutzten, schwarzen Schnurrbart. Eigentlich war der Schnurrbart überhaupt nicht gestutzt, und da der junge Mann an diesem Morgen in ungewöhnlicher Eile gewesen war, hatte er ihn sogar ein wenig schief angeklebt.

Er stand fast in der Mitte des Platzes, als er sie sah. Sie kam direkt auf ihn zu. Annemarie – sie hatte inzwischen wieder ihre Kriegsbemalung angelegt – wirkte nicht weniger abgerissen und schmutzig als der junge Mann, der nun auf sie zutrat.

»Sie sind doch Annemarie?«

Ihre Augen weiteten sich, sie blickte sich kurz um. Trotz des wolkenbruchartigen Regens waren einige Leute unterwegs; außerdem befanden sich, nur wenige Meter von ihnen entfernt, die Stände eines Blumen- und Gemüsemarkts. Sie betrachtete noch einmal den jungen Mann, der sie anlächelte – übrigens ein angenehmes Lächeln, das in auffälligem Gegensatz zu seiner sonstigen Erscheinung stand.

»Seien Sie unbesorgt, Juffrouw. Dies ist wohl kaum der Ort, um jemanden zu entführen. Sie müssen Annemarie sein. Die Beschreibung, die man mir gegeben hat, kann kaum auf zwei Personen zutreffen. Ich bin Detektiv Rudolph Engel.« Er zog seinen Dienstausweis aus der Tasche und zeigte ihn ihr. »Natürlich könnte ich ihn auch gestohlen haben. Leutnant van Effen möchte Sie sprechen. Er ist in seinem Wagen.«

»Weshalb sollte ich Ihnen glauben? Warum hat er Sie geschickt? Er wußte doch, wo ich zu treffen bin. Er hätte doch selbst kommen können. Was hat er denn für einen Wagen?«

»Einen schwarzen Peugeot.«

»Das könnten Sie auch so wissen, oder nicht?«

»Sicher.« Der junge Mann war nicht aus der Ruhe zu bringen. »Wenn man fünf Jahre lang für jemanden gearbeitet hat, weiß man schließlich einiges über ihn. Der Leutnant hat zu mir gesagt: ›Juffrouw Meijer ist sehr argwöhnisch und vorsichtig. Erwähnen Sie ihr gegenüber den Amazonas, ihren Vater, den Polizeichef und jemandes Mangel an Mut.‹ Ich habe allerdings nicht die geringste Ahnung, was er damit gemeint hat.«

»Aber ich.« Sie ergriff seinen Arm. »Entschuldigen Sie.«

Van Effen – er saß entspannt am Steuer seines Wagen – trug an diesem Morgen einen Homburg und einen mächtigen, schwarzen Bart, wie ihn chassidische Rabbiner tragen. Er wandte sich Annemarie zu, als sie die Beifahrertür öffnete und ins Wageninnere sah.

»Guten Morgen, meine Liebe.«

»Ebenfalls einen guten Morgen. Was machst du hier?«

»Mich vor dem Regen schützen. Schließlich gießt es in Strömen, wie dir wohl kaum entgangen sein dürfte. Los, steig ein.«

Sie nahm Platz und bedachte ihn mit einem anklagenden Blick. »Fünf Meter hast du gesagt. Du würdest dich nie weiter als fünf Meter entfernen. Und sechzig Sekunden die Minute. Das hast du gesagt! Wo hast du gesteckt? Dein Versprechen, auf mich aufzupassen! Ich muß schon sagen – ein sauberes Versprechen!«

»Der Mensch denkt, Gott lenkt.« Falls van Effen Gefühle der Reue spürte, wußte er es hervorragend zu verbergen. »Außerdem hat man ja auf dich aufgepaßt. In Vertretung. Erzähl mir bloß nicht, dir wäre dieser ältere

Herr nicht aufgefallen, der sich immer in deiner Nähe herumgetrieben hat. Grauer Bart, grauer Mantel, weißer Stock, und er ging leicht vornübergebeugt. Der hat auf dich aufgepaßt.«

»Diesen feinen Herrn habe ich allerdings gesehen! Der hätte doch nicht einmal auf sich selbst aufpassen können.«

»Täusche dich mal nicht. Dieser feine Herr ist ein durchtrainierter Judoexperte und dazu noch ein hervorragender Schütze.«

»Bärte«, murmelte sie fast. »Bärte, Schnurrbärte, das ist wohl alles, was euch einfällt. Verkleidungen! Vielen Dank. Es hat also doch jemand auf mich aufgepaßt; aber du hast dein Versprechen nicht gehalten.«

»Es war nur klug, das zu tun. Ich war dicht hinter dir, und du warst kaum hundert Meter von eurem Treffpunkt entfernt, als mir kein anderer als unser Freund Mister Paderewski ins Auge stach; er war dir noch dichter auf den Fersen als ich. Mister Paderewski ist gerissen und wachsam, und er mag mich nicht – eine unerfreuliche Kombination. Er hätte mich ohne weiteres erkennen können, vor allem, wenn ich mich in deiner Nähe aufgehalten hätte. Zum Glück hatte ich zwei meiner Detektive dabei – was natürlich nicht das geringste mit unserer Sorge um dich zu tun hat –, und so entschied ich mich auf Kosten der von dir geforderten Prinzipientreue für einen Austausch deines Bewachers. Angesichts der veränderten Umstände schien mir das durchaus gerechtfertigt.«

»Sonst noch etwas, Mijnheer?« fragte Engel durch das offene Fenster auf van Effens Seite.

»Nein. Aber verlieren Sie unseren Freund nicht aus den Augen.«

»Ich habe ihn schon gesehen, Mijnheer. Einen zweiten schielenden Glatzkopf mit graumeliertem Bart wird es kaum geben.«

»Julius Cäsar?« fragte Annemarie.

»Höchstpersönlich. Ich habe Rudolph seinen Namen noch nicht gesagt, weil ich mir nicht vorstellen konnte, daß er mir geglaubt hätte. Und sorgen Sie dafür, daß immer ein paar Leute in der Nähe sind. Lieber ließe ich ihn laufen, als Sie zu verlieren. Sie wissen ja selbst, wie es Ihren beiden Kollegen gestern ergangen ist.«

»Das vergesse ich nicht, Leutnant.« Der Ausdruck in seinem Gesicht bestätigte eindeutig, was er gesagt hatte. Er drehte sich um und ging durch den Regen davon.

»Beruhigt?« Van Effen startete den Wagen und fuhr los.

»Ein bißchen.« Sie lächelte leicht. »Aber mußtest du ihm denn unbedingt sagen, daß ich ein Feigling bin?«

»Habe ich doch gar nicht. Ich habe nur von jemandem gesprochen.«

»Das ist doch egal, ich bin es nämlich. Es gefällt mir zum Beispiel auch nicht, in dieser Kiste durch die Gegend zu fahren.«

»Es braucht eben seine Zeit, einen Sitz zu reparieren. Was hat das außerdem damit zu tun, ob ...«

»Peter, ich bitte dich. Dein Wagen ist doch stadtbekannt. In der Unterwelt, meine ich.«

»Ach was! Es gibt in Amsterdam Hunderte solcher Autos.«

»Und die haben alle das gleiche Nummernschild?« fragte sie mit zukkersüßer Stimme.

»Was hat das damit zu tun? Weißt du denn die Nummer dieses Wagens?«

»So ungefähr schon. Rotterdam, neun, neun, neun. Auf so etwas zu achten gehört schließlich zu unserer Ausbildung.«

»Dann war deine Ausbildung offensichtlich nicht gut genug. Dir ist nämlich entgangen, daß die Nummernschilder nur aufgesteckt und nicht angeschraubt sind. Für heute ist dieser Wagen in Paris angemeldet; außerdem klebt noch ein großes F hinten drauf, um auch nicht die geringsten Zweifel an seiner Herkunft aufkommen zu lassen. Ich verfüge über ein unbegrenztes Arsenal an verschiedenen Nummern.« Sie schnitt eine Grimasse, ohne jedoch etwas zu entgegnen. »Ich finde, du solltest dein Augenmerk wichtigeren Dingen zuwenden, wie zum Beispiel den jüngsten Possen der FFF.«

»So?«

»Das Besondere war in diesem Fall, daß sie den Damm des Nordholland-Kanals *nicht* gesprengt haben. Es ist keine zehn Minuten her, daß sie sich, wie üblich, bei der Presse und bei der Polizei gemeldet und sich vor Selbstbeweihräucherung förmlich überschlagen haben. Sie meinten, sie hätten nie angekündigt, sie würden den Kanal sprengen, was völlig richtig ist. Sie hätten nur erklärt, daß an der angegebenen Stelle heute vormittag um neun Uhr einiges los sein würde, was ebenfalls richtig ist. Es hat dort nur so gewimmelt von Rettungs- und Ausbesserungstrupps, ganz zu schweigen von dem riesigen Aufgebot an Polizei und Sondereinheiten des Heeres mit ihren Hubschraubern. Sie haben auch behauptet, sie hätten eine Reihe von Luftaufnahmen vom Schauplatz des Geschehens gemacht – sozusagen zur Erinnerung.«

»Und du glaubst auch das?«

»Sicher. Weshalb sollte ich daran zweifeln?«

»Aber wie sollten sie an Luftaufnahmen kommen?«

»Nichts einfacher als das. Heute morgen sind dort sicher Unmengen von Hubschraubern durch die Gegend geschwirrt, einer mehr oder weniger ist in der allgemeinen Aufregung sicher nicht aufgefallen, wenn er, worüber ich mir sicher bin, offizielle Kennzeichen trug.«

»Und was könnten sie mit dieser idiotischen Aktion bezweckt haben?«

»Ich glaube nicht, daß diese Aktion idiotisch war. Ganz im Gegenteil. Und für den Fall, daß wir zu dumm sind, das zu begreifen, haben sie es uns auch klipp und klar auseinandergelegt. Sie erklärten, sie könnten das Land binnen vierundzwanzig Stunden in einen Zustand völliger Hilflosigkeit versetzen. Die einzelnen Behörden – sie ließen einige zynische und höchst unfreundliche Bemerkungen über die Regierung, die Polizei, das Militär und alle die fallen, zu deren Aufgabenbereich die Instandhaltung und Sicherheit der Deiche, Schleusen, Wehre, Dämme und weiß Gott was sonst noch alles gehören –, diese Behörden seien völlig außerstande, irgend etwas gegen sie zu unternehmen. Von nun an, erklärten sie, hätten sie nichts mehr zu tun, als zu Hause in aller Ruhe eine Nadel in eine Landkarte zu stecken, die Presse zu informieren, um sich dann gemütlich in ihrem Sessel zurückzulehnen und zu warten, daß sich ein Riesenaufgebot an Polizei, Militär und Rettungsteams an Ort und Stelle einfinden würde, ohne daß sie selbst auch nur noch einen Finger zu rühren brauchten. Ihren Äußerungen zufolge ist dieser Sachverhalt für sie ebenso unterhaltsam wie nützlich. Wobei schwer nachzuvollziehen sein dürfte, weshalb das so ist.«

»Und nicht ein Wort, was sie damit bezwecken? Kein noch so kleiner Hinweis auf die Gründe ihres Vorgehens?«

»Kein Hinweis, aber zumindest eine Andeutung, daß wir möglicherweise bald über die Natur ihrer Forderungen in Kenntnis gesetzt werden sollten. Sie haben zwar in diesem Zusammenhang nicht das Wort ›Forderungen‹ gebraucht, aber etwas anderes kann damit wohl kaum gemeint gewesen sein. Morgen, kündigten sie an, würden sie ein sehr ausgedehntes Gebiet überfluten, und danach vielleicht mit der Regierung Kontakt aufnehmen. Stell dir das einmal vor! Allein die Arroganz des Ganzen. Diese Leute treten auf, als stellten sie einen unabhängigen, souveränen Staat dar. Als nächstes, könnte man fast meinen, werden sie ihr Problem vielleicht auch noch vor die UNO bringen.« Er sah auf seine Uhr. »Wir haben noch etwas Zeit, zwei Minuten, um diese Tracht hier abzulegen – zu waschen brauche ich mich nicht extra –, und fünf Minuten, um mich in meine Jagdhorn-Uniform zu werfen. Wie wär's mit einer Tasse Kaffee?«

Sie legte ihre Hand auf seinen Arm. »Du willst dich also wirklich mit ihnen treffen, Peter?«

»Natürlich. Das habe ich doch gesagt. Irgend jemand muß es ja schließlich tun, und da ich die einzige Person bin, die mit ihnen in Kontakt steht, fällt die Wahl notgedrungen auf mich. Wohin, glaubst du, würde das Gesetz denn kommen, wenn es nicht hin und wieder die Bereitschaft zeigte, die Initiative zu ergreifen?«

»Mir wäre es lieber, du würdest nicht hingehen. Ich habe das ungute Gefühl, daß irgend etwas passiert. Etwas Schreckliches. Du könntest verletzt werden oder sogar getötet oder, was noch schlimmer wäre, für den Rest deines Lebens ein Krüppel. Du weißt doch selbst, was sie diesen beiden Männern getan haben. Ach, Peter!« Nach kurzem Schweigen fuhr sie fort: »Wenn ich deine Frau wäre, würde ich dich zurückhalten.«

»Wie?«

»Das weiß ich auch nicht«, erwiderte sie bedrückt. »Vielleicht würde ich an dein wahres Wesen appellieren – irgend etwas in der Art wie: ›Wenn dir auch nur das geringste an mir liegt, geh nicht! Bitte, um meinetwillen!‹ Ich glaube nicht, daß mir etwas Klügeres einfiele«, schloß sie bitter.

»Nun ja, erstens bist du nicht meine Frau, und selbst wenn dem so wäre, würde ich trotzdem gehen. Tut mir leid, wenn das hart und grausam und selbstsüchtig klingt, aber schließlich ist das mein Job. Ich habe gar keine andere Wahl.« Er legte seine Hand auf ihren Arm. »Du bist wirklich ein nettes Mädchen, und ich weiß deine Besorgnis durchaus zu schätzen.«

»Nett? Besorgnis?« Sie schob seine Hand von ihrem Arm.

»Annemarie!« Van Effens Verwunderung war nicht geheuchelt. »Was um alles in der Welt hast du denn?«

»Nichts. Ach, nichts.«

Van Effen starrte ein paar Augenblicke vor sich hin und bemerkte schließlich mit einem Seufzen: »Ich glaube, ich werde euch Frauen nie verstehen.«

»Das kann ich mir auch nicht vorstellen.« Und nach kurzem Zögern fügte sie hinzu: »Im übrigen habe ich keine besondere Lust, mich jetzt in ein Café zu setzen.«

»Das brauchen wir ja auch nicht. Aber warum?«

»Ich bin nicht unbedingt scharf darauf, in diesem Aufzug unter die Leute zu gehen. Ich meine, unter normale Leute. Bei den Krakern ist mir das egal. Außerdem kann ich mir nicht vorstellen, daß dir besonders viel daran liegt, mit einer Person wie mir in der Öffentlichkeit gesehen zu werden.«

»Da ich weiß, was unter dieser Kriegsbemalung steckt, macht es mir nicht das geringste aus.« Er zögerte kurz. »Kann ja sein, daß ich nicht viel von Frauen verstehe, aber eines merke ich zumindest immer – wenn sie mir nämlich mit irgendwelchen Ausflüchten kommen.«

»Du meinst, ich komme dir mit Ausflüchten?«

»Sicher tust du das.«

»Na gut, wenn du meinst. Könnten wir nicht bei Julie Kaffee trinken? Von hier sind das doch nur fünf Minuten.«

»Sicher. Genügend Zeit habe ich ja. Außerdem weiß ich, daß du Julie sehr gern magst. Aber machst du dir ihretwegen vielleicht auch Sorgen?«

»Ich denke eher, daß sie sich meinetwegen Sorgen macht. Obwohl sie wußte, daß du auf mich aufpassen würdest, war ihr bei der Vorstellung, daß ich wieder hierherkommen würde, keineswegs wohl zumute.«

»Du hast meine Frage noch nicht beantwortet. Du machst dir nicht vielleicht – na ja, ein bißchen Sorgen ihretwegen?« Sie schwieg.

»Die Annecy-Brüder. Kannst du dir vorstellen, daß ich bisher noch keinen von ihnen zu Gesicht bekommen habe? Ich betrachte die beiden als eine eher ferne Bedrohung.«

»Die Bedrohung, die mir dabei in den Sinn kommt, liegt deinem Heim wesentlich näher. Nun, es ist nicht unbedingt eine Bedrohung – eher ein Problem.«

»Das ist ja etwas völlig Neues. Sicher eine Kleinigkeit. Du brauchst mir nur den Namen der Person zu nennen, um die es dabei geht, und vielleicht auch, worum es sich überhaupt handelt, dann werde ich das Ding schon schaukeln.«

»Selbstverständlich, Leutnant.« Irgend etwas in ihrem Tonfall ließ van Effen aufhorchen, und er sah sie lange forschend an. »Und wie willst du diese Kleinigkeit aus der Welt schaffen, wenn du selbst ihre Ursache bist?«

»Ach, schon wieder ich? Ich nehme an, es wird wohl kaum einen Sinn haben, diese altbekannte Frage erneut zu stellen?«

»Die wäre?«

»Was zum Teufel ich diesmal wieder angestellt habe?«

»Deinen Maßstäben entsprechend, absolut nichts.«

»Schon wieder dieser leicht sarkastische Unterton? Oder ist es Ironie? Mir ist aufgefallen, daß das in letzter Zeit immer häufiger vorkommt. Das steht dir alles andere als gut zu Gesicht, Annemarie. Ich finde, du solltest das abstellen. Aber nun zurück zum Thema – was habe ich also angestellt?«

»Eine wunderbare Frau zum Weinen gebracht: nicht nur einmal, sondern gleich dreimal. Und wenn ich von wunderbar spreche, dann meine ich damit nicht nur, daß sie schön ist. Ich meine damit die netteste, freundlichste, sympathischste Person, die ich je kennengelernt habe. Dreimal. Aber wie gesagt, deinen Maßstäben nach zu urteilen, eine reine Bagatelle.«

»Julie?«

»Julie! Wer sonst? Oder hast du eine ganze Sammlung von Damen, die du ständig zum Weinen bringst?«

»Weswegen hat sie denn geheult?«

»Weswegen? Ich weiß wirklich nicht mehr, was ich darauf sagen soll. Ich kann einfach nicht glauben, daß du so teilnahmslos und gleichgültig bist. Ist es dir denn völlig egal, daß sie sich Sorgen macht?«

»Natürlich ist mir das nicht gleichgültig. Allerdings könnte ich mit Sicherheit mehr Interesse zeigen, wenn ich endlich wissen dürfte, weshalb sie sich Sorgen macht.«

»Das wage ich zu bezweifeln. Sicher findest du das Ganze nur komisch. Zum einen bist du gestern abend gegangen, ohne ihr einen Abschiedskuß zu geben. Das hast du noch nie zuvor getan, hat sie mir versichert.«

»Komisch? Ich würde eher sagen, lächerlich. Meine Leute werden krankenhausreif geschlagen; eine Bande von Irren droht, das ganze Land unter Wasser zu setzen; eine andere Bande von Irren will mich engagieren, damit ich für sie den Königlichen Palast oder was weiß ich in die Luft jage; die Weltlage ist sowieso immer mehr gespannt, und dann soll ich mich auch noch darum kümmern, ob meine liebe Schwester genügend Streicheleinheiten bekommt? Wenn es weiter nichts ist, dürfte sich dieses Problem ohne allzu große Schwierigkeiten lösen lassen.«

»Für einen Mann wie dich stellt so etwas doch nicht das geringste Problem dar.« Ihr Ton hatte inzwischen erheblich an Schärfe zugenommen. »Vielleicht ist das Ganze tatsächlich nur eine Bagatelle. Aber was wirklich ein Problem ist: sie meint, sie hätte zwei Menschen, die ihr sehr am Herzen liegen, geschadet, weil sie sich in ihre Angelegenheiten gemischt hat. Dabei nehme ich an, daß mit diesen beiden Menschen du und ich gemeint sind. Sie sagt, sie hätte uns helfen wollen; aber letztlich hätte sie es nur zu gut gemeint und damit alles noch kompliziert.«

»Das ist ihr Problem. Ein bißchen Selbsterkenntnis hat noch niemandem geschadet.«

»Selbsterkenntnis! Du warst es, der gesagt hat, daß sie sich nicht in Dinge einmischen soll, die sie nichts angehen.«

»Das hat dir Julie gesagt?«

»Natürlich nicht. Dafür ist sie viel zu loyal, wenn ihre Loyalität in diesem Fall vielleicht auch fehl am Platz war. Julie hätte so etwas nie gesagt, sie ist viel zu selbstlos, um nur an sich zu denken. Aber so etwas sieht dir absolut ähnlich.«

»Gut, ich werde ihr sagen, daß es mir leid tut – sehr leid sogar.«

»Und natürlich wirst du ihr auch erzählen, daß ich dich darum gebeten habe.«

»Nein. Ich muß schon sagen, es ist ganz schön traurig, wenn die zwei Frauen, die man wirklich liebt, eine so schlechte Meinung von einem haben.«

»Mijnheer belieben zu scherzen«, erwiderte sie kalt.

»Zu scherzen? Nichts läge mir ferner. Du glaubst mir also nicht?«

»Nein, ich glaube dir nicht.«

»Du bist mir sehr sympathisch, aber aus Prinzip und im Interesse der Disziplin muß einfach zwischen den verschiedenen Dienstgraden eine gewisse Distanz gewahrt bleiben.«

»Ach, laß mich bloß damit in Frieden!« Sie ließ ihrem Ärger freien Lauf.

»Prinzipientreue scheint bei dir nicht sonderlich hoch im Kurs zu stehen«, bemerkte van Effen verdrießlich. »Und die Distanz ist nicht besonders groß. Soviel zur Disziplin.«

Annemarie gab durch nichts zu verstehen, daß sie auch nur ein Wort von dem Gesagten gehört hatte.

Höflich, aber reserviert war Julie in der Küche verschwunden, um Kaffee zu kochen. Annemarie hatte sich ins Bad begeben, und van Effen unterhielt sich mit dem Bewacher, der Thyssen hieß und ihm versicherte, daß nichts Verdächtiges vorgefallen war und daß auch der Mann, den er eben abgelöst hatte, nichts Besonderes zu melden hatte. Julie betrat gleichzeitig mit van Effen das Wohnzimmer. Sie war nach wie vor sehr still und ohne das gewohnte Lächeln auf ihren Lippen.

»Julie?«

»Ja?«

»Es tut mir leid.«

»Was?«

»Daß ich meiner Julie weh getan habe.«

»Du? Mir weh getan? Wieso?«

»Ganz recht. Mach es mir nur recht einfach. Ich weiß doch, daß du dich ziemlich geärgert hast; wahrscheinlich bist du mir immer noch böse. Annemarie hat es mir erzählt.«

»Hat sie dir auch erzählt, warum?«

»Nein. Es war allerdings nicht allzu großer Scharfsinn nötig – eine Eigenschaft, die dir an mir sowieso nicht recht gefällt –, um den Grund dafür zu erraten. Im nachhinein betrachtet, hätte ich mich wirklich etwas taktvoller verhalten können. Aber im Augenblick gehen mir eben eine Menge anderer Dinge durch den Kopf. Abgesehen davon macht Annemarie sich

Sorgen, weil du verärgert bist, und ich wiederum mache mir Vorwürfe, weil ihr beide verärgert seid. Ich muß gleich los, um mich mit ein paar ziemlich rücksichtslosen Verbrechern zu treffen, in meiner Situation kann ich es mir nicht leisten, mit meinen Gedanken bei euch zu sein und mir euretwegen Sorgen zu machen. Ich muß hellwach, geschickt, berechnend, listig, vorsichtig und rücksichtslos sein, was mir nicht gelingen wird, wenn ich euretwegen in Sorge bin, und sei es nur, weil ihr euch beide entschlossen habt, euch in den Schmollwinkel zurückzuziehen. Ihr werdet mich also für den Rest eures Lebens auf dem Gewissen haben, wenn mir etwas zustößt: wenn man mir zum Beispiel entweder eine Kugel verpaßt, mich von einem Hochhaus wirft oder in einer Gracht ertränkt. Bist du also immer noch böse auf mich?«

Sie trat ganz nahe an ihn heran, verschloß ihre Hände hinter seinem Nacken und legte ihren Kopf an seine Schulter. »Natürlich bin ich dir immer noch böse. Aber nicht wegen gestern abend, sondern um dessentwillen, was du eben gesagt hast. Du bist der einzige Bruder, den ich habe, und irgend jemanden muß ich doch lieben.« Ihr Griff festigte sich. »Eines Tages wird unser furchtloser Kriminalist in die, wie er sich auszudrücken pflegt, schreckliche, dunkle Nacht hinaustreten, um nie wieder zurückzukehren.«

»Im Augenblick ist es noch Vormittag, Julie.«

»Bitte, Peter. Du weißt ganz genau, was ich meine. Ich habe da so ein ungutes Gefühl, daß heute etwas Schreckliches passieren wird.« Ihr Griff wurde noch fester. »Ich würde mir so wünschen, daß du dich nicht mit diesen Männern triffst. Ich würde alles darum geben, dich davon zurückzuhalten. Du weißt, daß dies nicht das erste Mal ist – daß ich dieses Gefühl habe, meine ich –, es ist mir schon drei-, viermal so gegangen. Und ich hatte jedesmal recht mit meinen Vorahnungen. Bitte, Peter, gehe nicht zu dieser Verabredung. Ich weiß, ich weiß einfach, daß morgen wieder alles anders sein wird. Morgen werde ich keine solche Angst mehr haben.«

»Ich komme doch zurück, Julie. Ich liebe dich, und du liebst mich. Und ich weiß, wie traurig du wärst, wenn ich nicht zurückkäme. Schon allein deshalb komme ich zurück.«

»Bitte, Peter. Bitte!«

»Julie, meine Julie.« Er strich ihr sanft übers Haar. »Ihr beide seid ja wirklich eine großartige Rückenstärkung.«

»Wieso ›ihr beide‹?«

»Annemarie liegt mir doch genauso in den Ohren. Mit ihren bösen Vorahnungen, habe ich gemeint. Sie prophezeit mir Tod, Unheil und Verderben. Unschwer vorzustellen, wie mir das die Sache leichter macht, ja? Weißt du was? Wie wäre es mit einem Kompromiß? Ich verspreche dir, daß ich mich von diesen Ganoven auf keinen Fall vom Jagdhorn weglokken lasse. Ich werde mir nur schön anhören, was sie zu sagen haben, und dann meine Vorkehrungen treffen. Insgesamt gehe ich davon aus, daß ich mit ihnen an einem Ort und zu einem Zeitpunkt meiner Wahl ein neuerliches Treffen vereinbaren werde – dies natürlich erst, wenn ich weiß, was sie von mir wollen. Das wäre doch ein Vorschlag. Falls du mir eines von deinen phantastischen Mittagessen versprichst, selbstverständlich mit einem guten französischen Wein, werde ich pünktlich um eins, wenn das Essen auf dem Tisch steht, hier sein.«

Die Hände immer noch in seinem Nacken verschränkt, lehnte sie sich leicht zurück und sah ihm in die Augen. »Wirst du das wirklich?«

»Hast du nicht gehört, was ich eben gesagt habe? Du hast so komische Augen, du wirst doch nicht etwa für den furchtlosen Kriminalisten auch nur eine Träne vergießen?«

»Ich hatte es beinahe vor.« Sie lächelte. »Aber ich habe es mir inzwischen doch anders überlegt. Ich werde mir statt dessen den Kopf zerbrechen, was ich heute mittag kochen soll.«

In diesem Augenblick betrat Annemarie den Raum. Sie trug einen Bademantel, der ihr viel zu groß war, und hatte sich um ihr nasses Haar ein Handtuch gewunden. Mit einem Lächeln wandte sie sich an die beiden: »Es ist sehr schwer, sich in diesem Haus zu bewegen, ohne dabei irgendwelche vertraulichen Gespräche zu stören. Ihr müßt mein schreckliches Aussehen entschuldigen.«

»Das wird jederzeit entschuldigt«, entgegnete van Effen gutgelaunt. »Sie sieht wirklich nicht übel aus, findest du nicht auch, Julie?«

»Ich würde sagen, sie ist das schönste Mädchen, das du je gesehen hast.«

»In meinem Job bekommt man nicht allzu viele Mädchen zu sehen, ob schön oder nicht schön.« Er bedachte Julie mit einem kurzen Blick. »Und so übel siehst du ja nun auch nicht gerade aus. Aber an dein Gesicht habe ich mich natürlich inzwischen gewöhnt. Wirklich, eine schwere Entscheidung. Aber wer bin ich schließlich, um mir anzumaßen, in – oder über – solche Gesellschaft ein Urteil zu fällen?«

»Dem Herrn Leutnant beliebt es wohl, sich sorglos und gutgelaunt zu geben, Julie«, bemerkte Annemarie säuerlich. »Bis vor kurzem war er noch alles andere als das. Wie hast du das angestellt?«

»Wir haben sozusagen einen kleinen Stehempfang in gegenseitiger Bewunderung abgehalten«, erklärte van Effen.

»Nein, das haben wir nicht. Und ich habe auch nicht an seine bessere Natur appelliert – ganz abgesehen davon, daß ich nicht wüßte, wo ich bei ihm nach so etwas suchen sollte. Ich glaube fast, wir waren diesem armen Mann gegenüber nicht ganz fair. Wir beide haben, wie es scheint, nichts als schlechte Vorzeichen gesehen und ihm alles mögliche Schlimme prophezeit, das ihm zustoßen würde. Er war nur verzagt und mutlos, nichts weiter.«

»Da war er wohl nicht der einzige«, entgegnete Annemarie. »Allerdings scheinen sich die Gewitterwolken inzwischen etwas verzogen zu haben.«

»Ich bin zu Tränen gerührt«, bemerkte van Effen ironisch.

»Ach!« Julie nahm ihre Hände von seinem Nacken. »Peter hat verprochen, heute nicht den starken Mann zu spielen. Er wird sich nur mit den Leuten im Jagdhorn treffen, ein weiteres Treffen vereinbaren und dann wieder gehen. Er wird nur herauszufinden versuchen, was sie eigentlich mit ihm vorhaben. Jedenfalls wird er also direkt dorthingehen – von weiß Gott wie vielen bewaffneten Detektiven bewacht – und dann sofort wieder hierher zurückkommen.«

Annemarie lächelte. Ihre Erleichterung war nicht minder offensichtlich als die Julies. »Das läßt sich hören.« Langsam verschwand ihr Lächeln wieder. »Woher weißt du, daß er Wort halten wird?«

»Das Wort eines Polizeibeamten . . .«, protestierte van Effen.

»Er will nämlich bis ein Uhr zurück sein. Zum Mittagessen. Es wird ein Festmahl werden – mit französischem Wein. Und er weiß sehr wohl, was jemandem blüht, der zu spät zum Essen erscheint; oder noch schlimmer: gar nicht. Unter anderem würde ich für einen solchen Menschen nie wieder kochen.«

»Sozusagen lebenslang dieses Privilegs beraubt? Nein, nur das nicht. Ich werde auf jeden Fall rechtzeitig hier sein. Ehrenwort.«

»Kommt er eigentlich des Essens oder unseretwegen?« fühlte Annemarie sich bemüßigt zu fragen.

»Natürlich des Essens wegen. Uns kann er ja schließlich jederzeit sehen.«

»Laß bloß diese Sticheleien, oder . . .«, drohte van Effen im Spaß. »Ich hoffe, daß ihr wenigstens für eine Stunde eure spitze Zunge im Zaum halten werdet. Es könnte nämlich sein, daß mich bereits um zwei wieder wichtige Dinge rufen. Ich meine die FFF.«

»Ich dachte«, entgegnete Annemarie, »sie wollten bis zu einem noch nicht bekanntgegebenen Zeitpunkt des morgigen Tages nichts unternehmen.«

»Das wollte ich gerade erzählen. Allerdings wurde ich unterbrochen.«

»Du wurdest unterbrochen?« bemerkte Julie.

»Ja, sie hat mich unterbrochen. Entweder erging sie sich in schlimmen Vorahnungen, oder sie ist mir wegen aller möglichen anderen Dingen auf den Pelz gerückt.«

»Was?« fuhr Annemarie auf.

»Wie kann sich jemand nur an einen bestimmten Moment unter so vielen erinnern? Jedenfalls hat die FFF angekündigt, uns heute nachmittag um zwei Uhr wieder einmal ein kleines Unterhaltungsprogramm zu bieten. An irgendeiner Stelle des Nordholland-Kanals, nördlich von Alkmaar, wo sie bereits für heute morgen eine Aktion angekündigt hatten – sie behaupten, die Sprengladungen wären bereits seit gestern angebracht; sie hätten sich allerdings entschlossen, sie vorerst noch nicht zu zünden, um uns noch eine Chance zu geben, sie vielleicht doch zu entdecken. Und dann haben sie es noch auf die Hagestein-Schleuse abgesehen.«

»Worauf?«

»Auf die Hagestein-Schleuse. Das ist ein Stauwehr im Niederrhein, südlich von Utrecht, das der Wasserstandsregelung dient. Sie haben gedroht, entweder eine der beiden Anlagen zu sprengen – oder beide – oder auch keine. Der alte Grundsatz, uns im ungewissen zu lassen. Aber jetzt wird es langsam Zeit, mich für meine Verabredung fertigzumachen.«

Er drückte kurz die Schultern seiner Schwester, gab ihr einen Kuß, wiederholte dies auch bei einer verwunderten Annemarie und verabschiedete sich mit den Worten: »Irgendwer muß den Arm des Gesetzes doch schließlich hochhalten.«

Kopfschüttelnd blickte Julie auf die sich hinter ihm schließende Tür. »Manchmal, denke ich, sollte vor allem gegen ihn ein Gesetz eingebracht werden.«

Im gleichen Aufzug wie am Nachmittag zuvor parkte van Effen seinen Wagen – nicht den schwarzen Peugeot – in einer Seitenstraße, drei Häuserblocks vom Jagdhorn entfernt, und machte sich auf den Weg zum Hintereingang des Restaurants. Da das Jagdhorn in einer alles andere als respektablen Wohngegend lag, war die Tür ständig abgeschlossen. Van Effen hatte einen Zweitschlüssel. Er trat in das Halbdunkel des dahinterliegenden Gangs und wollte eben wieder abschließen, als etwas Hartes mit schmerzhaftem Druck gegen seinen Rücken gepreßt wurde.

»Keine Bewegung.«

Van Effen rührte sich nicht und fragte: »Wer sind Sie?«

»Polizei.«

»Haben Sie auch einen Namen?«

»Hände hoch.« Hinter ihm leuchtete eine Taschenlampe auf. »Jan, sieh mal nach, ob er eine Knarre einstecken hat.«

Hände betasteten seine Jacke, und er spürte, wie die Waffe aus seinem Schulterholster gezogen wurde.

»Also gut«, sagte van Effen, »ich habe meine Hände hochgenommen, ihr habt meine Kanone – darf ich mich jetzt vielleicht umdrehen?«

»Aber bitte.« Van Effen drehte sich um. »So bringen Sie also Ihren Leuten bei, nach versteckten Schußwaffen zu suchen, Sergeant Koenis?« Er bückte sich und zog beide Hosenaufschläge hoch. An jedem Bein war ein Schienbeinholster mit einer Liliput befestigt. »Schalten Sie das Ganglicht ein.«

Das Licht ging an. Der Mann mit der Waffe sah ihn bestürzt an. »Großer Gott, Leutnant van Effen. Das tut mir aber leid, Mijnheer.«

»Solange Sie mich nicht mit Kugeln durchsiebt haben, Sergeant, ist das kein Grund, sich zu entschuldigen. Im Halbdunkel, Ihnen den Rücken zugewandt, konnten Sie meine Erkennungsmerkmale, die Narbe und den schwarzen Handschuh, gar nicht sehen. Außerdem haben Sie natürlich nicht erwartet, daß ich mir auf diese Weise Zutritt zu diesem Etablissement verschaffen würde. Im Gegenteil, für mich ist es ein beruhigendes Gefühl, daß Sie und Ihre Männer wirklich auf der Hut sind.«

»Ich habe nicht einmal Ihre Stimme wiedererkannt.«

»Das sind meine Schaumgummibacken. Ich muß zugeben, daß sie die Stimme ziemlich verändern. Wie viele Leute haben Sie insgesamt hier, Sergeant?«

»Fünf, Leutnant. Zwei mit Maschinenpistolen.«

»Und draußen auf der Straße?«

»Weitere fünf. Hinter Fenstern im Parterre. Mit zwei weiteren Maschinenpistolen.«

»Äußerst beruhigend zu sehen, wie sehr dem Polizeichef an der Sicherheit des Leiters der Kriminalpolizei gelegen ist.« Er wandte sich dem jungen Polizisten zu, der seine Waffe in der Hand hielt. »Könnte ich jetzt mein Eigentum zurückhaben?«

»Aber selbstverständlich, Leutnant. Entschuldigung, Leutnant. Selbstverständlich.« Der junge Beamte war sichtlich verlegen. »So ein Fehler wird mir sicher nicht noch einmal unterlaufen.«

»Das weiß ich. Sagen Sie doch bitte Henri Bescheid, ob er nicht kurz hierherkommen könnte. Henri ist der Mann mit den traurigen Augen, der hinter der Bar steht.«

Als Henri, bekümmert wie eh und je, erschien, sagte er: »Ich habe gehört, man hat Ihnen Ihre Waffe abgenommen, Peter. Muß ein ziemlich ungewöhnliches Erlebnis für Sie gewesen sein. Das war natürlich mein Fehler. Ich habe vergessen, dem Sergeanten zu sagen, daß Sie einen eigenen Schlüssel haben. Ich habe nicht damit gerechnet, daß Sie durch diese Tür kommen.«

»Macht doch nichts, Henri. Wie viele Gäste sind im Augenblick im Lokal?«

»Nur drei. Und – ja, Stammgäste. Falls noch Leute auftauchen sollten, während Sie mit diesen Burschen verhandeln, werde ich sie schon auf Abstand halten, damit sie nicht hören können, was Sie zu bereden haben.«

»Was natürlich nicht auf Sie zutrifft.«

Henri lächelte beinahe. »Sicher, für mich gilt das natürlich nicht. Der Herr, der vorhin hier war, hat gesagt, sie würden das Mikrophon nicht mal finden, wenn sie danach suchten. Er hat mich gefragt, ob ich es finden könnte, und ich hab's einfach nicht gefunden. In meiner eigenen Bar. Er hat gemeint, er hielte es außerdem für ziemlich ausgeschlossen, daß sie danach suchen würden.«

»Das glaube ich auch. Schalten Sie das Tonbandgerät im Büro sofort ein, wenn sie das Lokal betreten. Ich werde inzwischen von hier verschwinden und durch den Haupteingang hereinkommen, wie es sich gehört. Sie haben sicher einen Beobachter postiert.«

Van Effen saß in der Nische, die der Tür am nächsten lag, als die drei Männer eintraten. Agnelli als erster. Van Effen stand auf und schüttelte Agnelli die Hand, der ebenso freundlich wirkte wie beim ersten Zusammentreffen.

»Es ist mir wirklich eine Freude, Sie wiederzusehen, Mister Danilow«, begrüßte ihn Agnelli. »Helmut kennen Sie ja bereits.« Paderewski schien auch diesmal nicht an einem Händedruck interessiert. »Und das hier ist mein Bruder Leonardo.«

Leonardo Agnelli jedoch schüttelte van Effen die Hand. Er wies nicht die geringste Ähnlichkeit mit seinem Bruder auf. Er war klein und gedrungen und hatte buschige, schwarze Augenbrauen. Mit seinem häßlichen Äußeren wirkte er ebenso harmlos wie sein Bruder. Nach der Vorstellung nahm van Effen wieder Platz. Agnelli und seine beiden Begleiter blieben stehen.

»Ist das Ihr Lieblingsplatz, Mister Danilow?« fragte Agnelli.

Van Effens Miene zeigte Verwunderung. »Ich habe keinen Lieblingsplatz. Diese Nische – nun, sie ist am weitesten von den anderen Gästen im Lokal entfernt. Ich dachte, Sie würden eventuell auf Diskretion Wert legen.«

»Das allerdings, kein Zweifel. Würde es Ihnen trotzdem etwas ausmachen, wenn wir uns in eine andere setzen?«

Van Effen legte seine Stirn verständnislos in Falten. »Keineswegs. Aber ich denke doch, daß ich ein Recht habe, den Grund dafür zu erfahren. Halt! Ich hab's. Das versteckte Mikrophon. Eine großartige Basis gegenseitigen Vertrauens.« Er schien kurz nachzudenken. »Eigentlich hätte ich das sogar machen sollen.«

»Sie sind doch Sprengstoffexperte.« Agnellis Tonfall klang entschuldigend. »Solche Leute verfügen in der Regel über beträchtliche Kenntnisse in der Elektronik; ich würde sogar sagen, daß solche Kenntnisse für Leute wie Sie unerläßlich sind.«

Mit einem Lächeln stand van Effen auf, trat auf den Gang hinaus und deutete mit einer Handbewegung in die leere Nische. »Tausend Gulden dem, der das versteckte Mikrophon findet, das ich in mehrstündiger Arbeit unter den neugierigen Blicken des Inhabers und seiner Gäste installiert habe. Tausend Gulden für ein paar Sekunden Arbeit. Was wollen Sie mehr, meine Herren?«

Agnelli lachte. »In diesem Fall erübrigt es sich wohl, einen anderen Tisch zu suchen.« Er nahm Platz und deutete seinen beiden Begleitern mit einer kurzen Handbewegung an, seinem Beispiel zu folgen. »Sie wollen sich nicht zu uns setzen, Mister Danilow?«

»Diese langen Gespräche . . .«

»Ach ja, natürlich. Ich denke, wir können alle einen guten Schluck Bier vertragen.«

Nachdem van Effen bestellt hatte, nahm er Platz und begann: »Nun, meine Herren, kommen wir zur Sache.«

»Aber gewiß.« Agnelli lächelte. »Auch ich halte nichts von langen Vorreden. Also, wir haben mit unserem Chef Rücksprache gehalten; er scheint mit unserer Wahl einverstanden zu sein.«

»Ich hatte eigentlich gehofft, ihn heute vormittag hier zu treffen.«

»Sie werden seine Bekanntschaft heute abend machen. Am Dam. Genauer gesagt, vor dem Königlichen Palast, den wir mit Ihrem fachkundigen Beistand heute nacht zum Teil in die Luft zu sprengen gedenken.«

»Was!« Van Effen verschüttete etwas Bier aus seinem Glas, als er gerade zum Trinken ansetzen wollte. »Den Königspalast! Habe ich recht gehört? Den Königlichen Palast?«

»Ja, Sie haben recht gehört.«

»Sie sind verrückt. Sie müssen wahnsinnig sein.« Van Effens Empörung war nicht im geringsten geheuchelt.

»In diesem Punkt sind wir anderer Meinung. Und was Sie gehört haben, ist kein Witz. Werden Sie uns dabei behilflich sein?«

»Ich denke nicht daran.«

Agnelli stellte sein gewinnendstes Lächeln zur Schau. »Sollte Sie im letzten Augenblick doch noch ein Anfall von Gewissensnot überwältigt haben? Die Anerkennung von Recht und Ordnung? Der schmale und beschwerliche Pfad der Tugend?«

»Nichts dergleichen. Aber Sie werden verstehen, daß ich im großen und ganzen ein recht normales bürgerliches Leben führe, auch wenn ich mich des öfteren außerhalb der Grenzen des Gesetzes bewegt habe und meine Vergangenheit einer genaueren Überprüfung kaum standhält. Die Holländer sind mir ans Herz gewachsen, und in keinem geringeren Maße gilt das auch für ihr Königshaus.«

»Ihre Gefühle in Ehren, Mister Danilow – Sie können mir glauben, daß ich der letzte wäre, der sie nicht mit Ihnen teilte –, aber ich kann mir nur nicht recht vorstellen, daß dies die wahren Gründe für Ihren Rückzug sind. Sie haben gestern geäußert, Sie verweigerten die Mitarbeit an jeder Operation, in deren Verlauf Menschen getötet oder auch nur verletzt werden könnten. Habe ich Sie in diesem Punkt richtig verstanden?« Van Effen nickte. »Ich versichere Ihnen, daß mit unserer Aktion von heute nacht keinerlei derartige Risiken verbunden sein werden.«

»Dann wollen Sie also nur im Innern des Palasts eine harmlose Detonation auslösen ...?«

»Genau.«

»Und weshalb sollten Sie daran interessiert sein, im Innern des Palasts eine harmlose Explosion zu verursachen?«

»Das ist nicht Ihr Problem. Wie Sie sich vielleicht selbst denken können, handelt es sich dabei sozusagen um eine Art psychologischer Geste.«

»Woher soll ich wissen, daß die ganze Sache wirklich so harmlos ist?«

»Davon werden Sie sich mit eigenen Augen überzeugen können, an Ort und Stelle. Die Explosion wird in einem leeren Keller stattfinden. Zu beiden Seiten dieses leeren Kellers befinden sich weitere leere Keller. Sämtliche vier Türen lassen sich abschließen, und wir werden die Schlüssel abziehen, sobald sie abgeschlossen sind. Auch darüber liegen noch leere Kellerräume. Es besteht also absolut keine Gefahr für irgend jemanden.«

»Aber für uns dürfte das doch keineswegs so ungefährlich sein. Schließlich wird der Palast scharf bewacht. Außerdem habe ich gehört, daß die Wächter irgendwelchen Eindringlingen erst dann Fragen stellen, nachdem sie geschossen haben. Meine Abneigung gegen jegliche Gefährdung von Menschenleben bezieht sich auch auf meine Person.«

»Ich bitte Sie, Mister Danilow. Wofür halten Sie uns eigentlich? Sehe ich vielleicht aus wie ein Mann, der sich auf ein Unternehmen wie dieses einließe, ohne zuvor jedes noch so geringfügige Detail bis ins kleinste geplant und ausgefeilt zu haben?«

»Das stimmt allerdings. Diesen Eindruck erwecken Sie nicht.«

»Dann kann ich Ihnen nur noch einmal versichern, daß das Ganze völlig problemlos vonstatten gehen wird. Zu Ihrer weiteren Beruhigung noch dies: sowohl unser Anführer wie auch ich werden Ihnen dort zur Seite stehen. Wir sind genausowenig daran interessiert, hinter Gittern zu landen, wie Sie.«

»Demnach haben also auch Sie nicht gerade die weißeste Weste?«

»Weiße Weste hin oder her. Das dürfte kaum einen Unterschied machen, wenn man im Palastbereich mit einer Ladung Sprengstoff in der Tasche angetroffen wird.«

»Sieh mal einer an.« Van Effen klang verärgert. »Demnach wissen Sie also, daß ich ein Vorstrafenregister habe, während ich nicht die geringste Ahnung habe, ob das auch auf Sie zutrifft.«

»Ist das denn in diesem Zusammenhang von irgendwelcher Bedeutung?«

»Wenn ja, dann wüßte ich im Augenblick tatsächlich nicht, warum. Aber wenn es zu spät ist, wird es mir sicher noch einfallen. An was für eine Bombe haben Sie gedacht?«

»Das kann ich Ihnen nicht so genau sagen.« Agnelli lächelte. Van Effen hatte sich praktisch zur Mitarbeit bereit erklärt. »Ich bin leider kein Sprengstoffexperte. Meine Talente beweisen sich eher auf anderen Gebieten – wie zum Beispiel im organisatorischen Bereich, wenn man es einmal so nennen will. Ich weiß nur, daß sie drei bis vier Kilo wiegt und aus einem Material besteht, das Amatol heißt.«

»Aus welchem Material sind die Kellerräume?«

»Aus welchem Material? Sie meinen die Wände?«

»Was sollte ich denn sonst damit meinen?«

»Das kann ich Ihnen beim besten Willen nicht sagen.«

»Ich glaube auch nicht, daß es wichtig ist. Ich versuche nur, mir ein Bild von der Sprengwirkung zu machen. Falls diese Keller ziemlich tief liegen und . . .«

»Die Keller liegen sehr tief.«

»Aha. Und mit dem Palast darüber haben sie ein ganz erhebliches Gewicht zu tragen. Ich weiß zwar nicht, wie alt dieser spezielle Teil des Palasts ist – im Grunde weiß ich überhaupt nichts über den Palast –, aber die Mauern sind mit Sicherheit sehr massiv. Stahlbeton dürfte ziemlich unwahrscheinlich sein. Am ehesten würde ich behauenes Steinmauerwerk vermuten – von entsprechender Stärke. Mit Ihrem kleinen Feuerwerk könnten Sie also kaum großen Schaden anrichten. Alles, was den Personen, die sich zum Zeitpunkt der Detonation im Palast aufhalten, auffallen wird, dürfte ein leichtes Beben sein, das selbst in der nächsten seismographischen Station, wo immer sie sich befinden mag, kaum ein verwundertes Stirnrunzeln hervorrufen würde. Auch was die Geräuschentwicklung der Detonation anbelangt, ist der Effekt unerheblich.«

»Sind Sie sicher?« Agnellis Tonfall war ungewöhnlich schneidend.

»Falls meine Vermutungen richtig sind – und ich sehe keinen Grund, weshalb das nicht der Fall sein sollte –, bin ich sicher.«

»Es gäbe also keinen lauten Knall?«

»In den Salons des Palasts würde man nicht das geringste bemerken – geschweige denn auf dem Dam.«

»Und wie könnte man gewährleisten, daß doch etwas zu hören ist?«

»Bringen sie ausreichend Amatol mit und lassen Sie mich die Mauern genauer untersuchen, dann werde ich es Ihnen sagen. Übrigens – haben Sie eigentlich nur vor, den Sprengstoff zu deponieren, die Türen zu verschließen, die Schlüssel wegzuwerfen – haben Sie eigentlich daran gedacht, daß mit Sicherheit Zweitschlüssel vorhanden sind?«

»Die befinden sich in unserem Besitz.«

»Auch daran, alle nötigen Vorkehrungen für den großen Knall zu treffen, sobald Sie sich genügend weit vom Tatort entfernt haben?« Agnelli nickte. »Aber dann verstehe ich wirklich nicht, weshalb Sie für diesen simplen Job ausgerechnet mich haben wollen? Ich bin nun wirklich nicht gerade schnell mit Schuldgefühlen bei der Hand, aber es bereitet mir Gewissensnöte, für so einen einfachen Auftrag Geld zu nehmen. Das macht Ihnen doch jeder Oberschüler mit einem Jahr Physik und Chemie genausogut. Sie brauchen dazu nichts weiter als eine Batterie, einen alten Wekker, ein ganz normales Kabel, einen Knallquecksilberzünder, eine Sprengkapsel – und schon haben Sie's. Noch einfacher, Sie nehmen lediglich ein Stück langsam brennende RDX-Lunte. Für so etwas engagiert man doch keinen Sprengstoffexperten! Ich muß Sie doch sehr bitten, Mister Agnelli; schließlich habe ich auch noch so etwas wie beruflichen Stolz.«

»Das ist ein Auftrag für einen Experten. Die Detonation soll über Funk ausgelöst werden.«

»Na gut, dann nehmen Sie eben einen Schüler mit zwei Jahren Physik. Wieso machen Sie das nicht selbst?«

»Wir haben unsere Gründe, einen Experten heranzuziehen.«

»Also gut. Haben Sie die technischen Daten für diese funkgesteuerte Zündvorrichtung?«

»Ein Experte, der eine Gebrauchsanweisung braucht?«

»Nur ein absoluter Amateur kann einem Profi eine so törichte Frage stellen. Natürlich brauche ich eine Gebrauchsanweisung, wie Sie es nennen, wenn es mir auch nicht um die Anleitung geht. Wenn man weiß, wie sie funktionieren, sind diese Systeme leicht zu bedienen. Das Problem ist nur, daß es eine ganze Anzahl solcher Systeme gibt. Ich brauche nicht so sehr die Bedienungsanleitung als vielmehr die technischen Daten – Angaben über Volt- und Wattzahl, Wellenlänge, Funkreichweite, Zündertyp, Art des Auslösemechanismus, den Abschirmungstyp und ein paar andere Kleinigkeiten. Haben Sie die? Ich meine die Daten.«

»Die haben wir. Ich bringe sie heute nacht mit.«

»Das werden Sie nicht tun. Ich möchte mich hier nicht aufspielen, Mister Agnelli, aber nur ein absoluter Amateur würde den Vorschlag machen, daß ich mich erst an Ort und Stelle über den ferngesteuerten Auslöser informiere. Ich muß mit den einzelnen Daten so gründlich vertraut sein, daß ich sie im Kopf habe, bevor ich mich an die Arbeit mache. Ich muß die Daten mindestens eine Stunde vorher einsehen können.«

»Sie meinen, wir würden uns sonst nicht einig werden?«

»Ich will Sie nicht erpressen, aber ich nehme doch an, daß Sie meine Forderung als durchaus berechtigt und vernünftig anerkennen.«

»Also gut. Wir werden Ihnen die nötigen Informationen heute abend – sagen wir gegen halb sieben? – zukommen lassen.«

»In Ordnung.« Van Effen machte eine kurze Pause. »Also gut. Haben Sie auch sonst sorgfältige Nachforschungen angestellt?«

»Ach, so schwierig war das gar nicht. Aber nun zu der delikaten Frage Ihres Honorars. Ich habe ja schon angedeutet, daß es durchaus großzügig ausfallen sollte.«

»Sie sprachen auch von der Möglichkeit einer Anstellung auf permanenter Basis?«

»In der Tat.«

»Dann lassen Sie uns das doch als eine Art Demonstrationsvorstellung betrachten – in bezug auf Wirksamkeit, Zuverlässigkeit, fachkundige Durchführung und so weiter. Falls ich Ihren Anforderungen genüge, könnten wir uns zumindest auf einer realistischen Basis über eine weitere Vergütung meiner Dienste unterhalten.«

»Das nenne ich ein faires Angebot. In der Tat so fair, daß es mir beinahe unangenehm ist, auf den nächsten strittigen Punkt zu sprechen zu kommen.«

»Nichts läge mir ferner, als Sie in Verlegenheit zu bringen. Darf ich vielleicht für Sie dieses Thema anschneiden?«

»Das wäre mehr als zuvorkommend.«

»So bin ich nun mal. Sie haben mir gerade ebenso streng vertrauliche wie wertvolle Informationen anvertraut, für die ich bei der Polizei sicherlich eine hübsche Summe einstreichen könnte.« Aus Agnellis kurzem Stirnrunzeln, das jedoch sofort wieder seinem gewohnten Lächeln wich, konnte van Effen schließen, daß er einen wunden Punkt getroffen hatte. »Ich werde diese Informationen nicht an die Polizei weitergeben. Meine Gründe? Zum einen treibe ich kein doppeltes Spiel. Zweitens mag ich die Polizei nicht – was auf Gegenseitigkeit beruht –, und ich möchte nach Möglichkeit nichts mit diesen Herren zu tun haben. Der dritte Grund schließlich ist rein selbstsüchtiger und finanzieller Natur. Ich kann mir vorstellen, daß es für mich wesentlich einträglicher sein wird, mehrfach für Sie zu arbeiten, als Sie einmal zu verraten. Viertens möchte ich mich nicht für den Rest meines Lebens vor Leuten verstecken müssen, die ich einmal übers Ohr gehauen habe.« Bei diesem Punkt zeigte Agnelli ein breites Lachen. »Der fünfte Grund schließlich dürfte der zwingendste sein. Nach allem, was Sie mir erzählt haben, müssen Sie Informanten haben, Kontakte zu Personen im Palast selbst, die Sie selbstverständlich auch sofort auf die Anwesenheit der Polizei aufmerksam machen würden. Da es dann aber nur einen gibt, der Sie verraten haben könnte – nämlich ich –, wäre es für Sie sicherlich nicht weiter schwierig, sich meiner schlicht zu entledigen. Die eleganteste Lösung wäre, mich der Polizei in die Hände zu spielen – mit einem diskreten Hinweis auf Auslieferungsanträge von seiten Polens und der Vereinigten Staaten. Ich glaube, ich würde in diesem Fall den Staaten den Vorzug geben. Dort hätte ich eher ein faires Verfahren zu erwarten. Natürlich werde ich nicht unter dem Namen Danilow gesucht, aber die Personenbeschreibungen gesuchter Krimineller sind in der Regel sehr genau, zumal es nicht allzu viele Leute geben dürfte, die mit einer so auffälligen Narbe und einer verkrüppelten linken Hand herumlaufen, wie ich. Sie werden also verstehen, Mister Agnelli, warum ich um die Polizei nach Möglichkeit einen weiten Bogen schlage.«

»Ich muß sagen, mit Gesetz und Recht haben Sie recht wenig gemein. Außerdem vielen Dank, daß Sie mir zuvorkommenderweise diese unerfreuliche Aufgabe abgenommen haben. Genau das war es nämlich, was ich zur Sprache bringen wollte. Ich bin sicher, daß wir Sie in Zukunft als ein äußerst wertvolles Mitglied unseres Teams betrachten können.«

»Sie glauben, man könnte mir trauen?«

»Zweifellos.«

»Ich fühle mich doppelt geehrt.« Fragend hob Agnelli eine Augenbraue. »Immerhin mußte ich heute nicht meine Magazine herausnehmen.« Van Effen tätschelte kurz die Stelle seiner Jacke, unter der sein Schulterhalfter steckte.

Mit einem Lächeln stand Agnelli auf, reichte ihm zum Abschied die Hand und verließ mit seinen beiden Begleitern das Lokal. Van Effen begab sich ins Büro, um sich die Bandaufnahme des Gesprächs anzuhören. Als er damit fertig war, bedankte er sich bei Henri für seine Hilfe. Dann steckte er das Band in die Tasche und ging.

Wie inzwischen bereits gewohnt, parkte van Effen seinen Wagen hinter dem Trianon, um das Hotel dann durch den Vordereingang zu betreten. Ein unauffälliger, kleiner Mann saß, sichtlich in die Lektüre seiner Zeitung vertieft, in der Nähe der Rezeption. Van Effen wandte sich an den Portier.

»Die Speisekarte bitte.« Er schenkte dem Zeitungsleser keinerlei Beachtung. »Danke.« Er kreuzte verschiedene Gerichte auf der Karte an. »Das wär's. Ach ja, und eine Flasche Burgunder. Um halb eins, auf mein Zimmer, bitte. Danach möchte ich nicht mehr gestört werden – also keine Anrufe. Und dann wäre ich Ihnen sehr dankbar, wenn Sie mich um vier Uhr wecken ließen.«

Mit dem Lift fuhr van Effen zum ersten Stock hinauf, ging dann sofort wieder über die Treppe ins Foyer hinunter und lugte vorsichtig um die Ecke. Der kleine Mann war verschwunden. Van Effen wandte sich wieder an die Rezeption.

»Wie ich sehe, haben Sie einen treuen Kunden verloren, Charles.«

»Na, ich weiß nicht, Leutnant. Er trinkt kaum mehr als einen kleinen Jenever pro Stunde. Das ist übrigens schon das dritte Mal seit gestern nacht, daß er hier herumsitzt. Er ist doch nicht gerade unauffällig, oder?«

»Vermutlich ist er in diesem Punkt anderer Meinung. Würden Sie bitte meine Bestellung wieder zurücknehmen, Charles?«

Charles lächelte. »Ist bereits geschehen.«

Wenige Minuten später verließ van Effen, wieder in sein gewohntes Selbst zurückverwandelt, das Hotel.

»Nun?« wollte van Effen wissen. »Habt ihr euch wenigstens ordentlich Sorgen um mich gemacht?«

»Wo denkst du hin?« erwiderte Julie. »Hast du uns nicht versichert, es bestünde keinerlei Grund zur Besorgnis?«

»Lügnerin! Und du auch.«

»Ich?« Annemarie tat erstaunt. »Ich habe doch noch gar nichts gesagt.«

»Das wolltest du aber gerade. Eure Besorgnis ist im übrigen verständlich. Einen Jenever bitte, aber einen doppelten. Ich bin sozusagen gerade den Klauen des Todes entronnen.«

»Dann erzähl uns doch von den Großtaten des tapferen Daniel«, forderte ihn Julie auf.

»Gleich. Erst muß ich den Oberst anrufen. Er vergeht sicher schon vor Angst um seinen treuen Untergebenen.«

»Es ist gerade halb eins«, bemerkte Julie. »Wie ich unseren geschätzten Polizeichef kenne, interessiert ihn im Augenblick allenfalls, welchen Aperitif er zum Mittagessen nehmen soll.«

»Du tust ihm Unrecht. Und mir.« Van Effen nahm den Drink, den Julie brachte. »Darf ich dein Schlafzimmer benutzen?«

»Selbstverständlich.«

»Ich dachte ...«, begann Annemarie.

»Es gibt dort ein Telefon«, unterbrach sie van Effen.

»Ach so. Austausch von Staatsgeheimnissen.«

»Keineswegs. Kommt ruhig mit – beide. Auf diese Weise brauche ich nicht alles zweimal zu erzählen.«

Er setzte sich auf Julies Bett, öffnete ihren Nachtschrank und zog ein Telefon heraus. »Das ist aber ein merkwürdiges Ding«, sagte Annemarie.

»Ein Scrambler, abhörsicher. Wenn jemand versucht, diese Leitung anzuzapfen, bekommt er nur ein furchtbares Kauderwelsch zu hören. Um zu verstehen, was ich sage, muß in den Apparat am anderen Ende der Leitung ein entsprechender Entzerrmechanismus eingebaut sein. In Geheimdienst- und Spionagekreisen benutzt man fast ausschließlich solche Apparate. Auch bei Kriminellen, die auf sich halten, sind diese Dinger sehr beliebt. Die ursprüngliche Verbindung bestand eigentlich mit meiner Wohnung, aber ich kann de Graaf auch über diesen Apparat anrufen.«

Er kam sofort durch. »Guten Tag, Oberst ... Nein, man hat mich weder tätlich angegriffen noch entführt, gefoltert, ermordet oder mir sonst in irgendeiner Weise übel mitgespielt ... Ganz im Gegenteil, sogar ausgesprochen herzlich ... Nein, sie hatten einen Neuen dabei. Romero Agnellis Bruder. Ein Mafia-Typ, aber sonst durchaus umgänglich; er trägt den klangvollen Namen Leonardo Agnelli ... Ja, wirklich besser, als ich gedacht hätte. Wir haben einige Vereinbarungen getroffen. Ich soll heute abend um acht Uhr den Königlichen Palast sprengen ... Nein, Mijnheer, das ist keineswegs ein Witz.« Er wandte sich den beiden sichtlich erstaunten Frauen zu. »Ich glaube, der Colonel hat seinen Aperitif in den falschen Hals gekriegt. – Ja, Mijnheer, Amatol. Gezündet durch einen ferngesteuerten Auslösemechanismus, über dessen Details ich heute abend eingehende Informationen erhalte ... Sicher werde ich es tun. Sie sind auf mich angewiesen ... Nein, irgendwo tief unten in einem Keller. Menschenleben werden dabei auf keinen Fall gefährdet ... Sehr gut.«

Mit einer Hand verdeckte er die Sprechmuschel, mit der anderen reichte er Julie sein leeres Glas. »Ich habe erst einmal respektvolles Schweigen zu bewahren, während er mit sich selbst zu Rate geht. Erst dann wird er mir weitere Anweisungen erteilen. Allerdings kann ich darauf gern verzichten; ich weiß ohnehin, daß ich mit seinen Vorschlägen kaum einverstanden sein werde.«

»Den Königlichen Palast in die Luft sprengen!« Annemarie sah Julie an, die gerade die Flasche mit dem Jenever ins Schlafzimmer gebracht hatte. »Den Palast in die Luft jagen! Er muß verrückt sein. Du – du bist doch Polizist!«

»Das Los eines Polizisten ist nicht immer leicht. Es bleibt einem eben nichts erspart. Ja, ich höre!« Verstohlen, aber sehr aufmerksam, studierten Julie und Annemarie sein Gesicht; es gab jedoch keinerlei Aufschlüsse über das, was in ihm vorging, sah man von einem gelegentlichen sorgenvollen Stirnrunzeln ab, wenn er an seinem Jenever nippte.

»Ja, ich verstehe. Sie haben mehrere Möglichkeiten. Sie können mich entweder ganz zurückpfeifen oder mir strikten Befehl erteilen, genau Ihren Anweisungen entsprechend zu handeln – eine Entscheidung, die ich akzeptieren müßte. Allerdings besteht ein kleiner Unterschied, ob Sie mir diesen Fall nun vollkommen entziehen oder mich dann wieder damit betrauen wollen. Sollte sich herausstellen, daß dies der erste einer Reihe von Bombenanschlägen ist – und Sie wissen besser als jeder andere, daß es nie bei einem einzigen Anschlag bleibt –, dann müßte ich mich allerdings weigern, mit den Ermittlungen in diesem Fall betraut zu werden; und zwar aufgrund der Tatsache, daß sich mir eine glänzende Gelegenheit geboten hätte, hinsichtlich der Aktivitäten dieser Organisation Nachforschungen anzustellen – eine Gelegenheit, die Sie mir jedoch ausdrücklich verwehren wollen ... Gewiß, Mijnheer, Sie könnten mir den Rücktritt nahelegen, falls ich mich weigere, Ihrem Befehl nachzukommen. Allerdings würde ich in diesem Fall darauf verzichten, meinen Abschied einzureichen. Sie müßten mich dann schon selbst feuern. Und dann müßten Sie Ihrem Minister gegenüber eingestehen, daß Sie mich gefeuert haben, weil Sie mir keine Chance geben wollten, eine neue Welle von Verbrechen zu stoppen, bevor sie überhaupt ins Rollen kam, und weil Sie in diesem Punkt nicht auf mich hören wollten und Ihrer Meinung gegenüber meiner den Vorzug gaben, was natürlich ein Fehler war. Werfen Sie so viele Kastanien ins Feuer, wie Sie wollen, Oberst. Ich werde sie jedenfalls nicht herausholen. Und ich werde auch meinen Abschied nicht einreichen. Tut mir leid, Mijnheer.«

Julie hatte sich neben ihn aufs Bett gesetzt und beide Hände auf seinen Arm, mit dem er den Hörer hielt, gelegt, als wollte sie ihn wegziehen.

»Laß doch, Peter, laß doch.« Obwohl van Effen klugerweise die Sprechmuschel verdeckt hielt, sprach sie leise, angespannt und drängend. »So kannst du einfach nicht mit dem Oberst reden. Begreifst du denn nicht, daß du den armen Mann in eine unmögliche Situation bringst?«

Van Effen sah Annemarie an. Ihren angespannten, fest aufeinandergepreßten Lippen und ihrem langsamen Kopfschütteln nach zu schließen, war sie mit Julie einer Meinung. Van Effen wandte seinen Blick wieder seiner Schwester zu, die vor dem Ausdruck auf seinem Gesicht merklich zurückschreckte.

»Warum laßt ihr mich nicht erst einmal zu Ende reden, anstatt euch in Dinge zu mischen, von denen ihr nichts versteht, und mir das Leben noch zusätzlich schwerzumachen? Ihr findet also, ich bringe ihn in eine unmögliche Lage? Dann hört euch doch zunächst mal an, was ich zu sagen habe, damit ihr euch ein Bild von meiner Situation machen könnt.« Julie nahm ganz langsam ihre Hände von seinem Arm und sah ihn verständnislos an. Van Effen sprach nun wieder in den Hörer.

»Entschuldigen Sie bitte die Unterbrechung, Oberst. Julie meint, ich hätte kein Recht, so mit Ihnen zu reden, und ich brächte Sie in eine unmögliche Lage. Leider weiß Julie nicht, wovon sie spricht. Annemarie, die ebenfalls hier ist, stimmt mit ihr überein, obwohl auch sie nicht im geringsten weiß, wovon sie eigentlich redet. Der Gerechtigkeit halber muß ich allerdings sagen, daß sie den Eindruck erwecken, als glaubten sie auch von mir, daß ich nicht weiß, was ich sage. Sie sind von all dem nur oberflächlich betroffen; ich dagegen stecke mittendrin. Eine unmögliche Situation, hat meine Schwester gemeint. Lassen Sie sich Ihre Vorschläge also noch einmal durch den Kopf gehen.

Ich werde mit Agnelli und seinen Leuten wie geplant weitermachen. Sie, so machen Sie zumindest geltend, sind für meine Sicherheit verantwortlich. Außerdem sind Sie – behaupten Sie – in erster Linie verpflichtet, die Bewohner des Königlichen Palastes von dem Anschlag in Kenntnis zu setzen – eine Entscheidung, die Sie mit den zahlreichen Drohungen gegen die Königliche Familie während der letzten Monate rechtfertigen. Sie wollen den Dam heimlich von Scharfschützen umstellen lassen. In den Palast wollen sie Spezialeinheiten der Polizei zur Terroristenbekämpfung einschleusen. Offensichtlich ist Ihnen dabei nie der Gedanke gekommen, daß diese Gangster über ein dichtes Netz von Spitzeln und Informanten verfügen und daß sie sofort über das Auftauchen auch nur eines einzigen zusätzlichen Polizisten informiert würden. Man hat mich ausdrücklich gewarnt, daß sie, sollte etwas Derartiges passieren, sofort wüßten, durch wen die Polizei über dieses Vorhaben Kenntnis bekommen hat. Und ich glaube – das heißt, ich bin sicher –, daß es um die Sicherheitsvorkehrungen innerhalb des Palasts recht erbärmlich bestellt ist und die Spione sich dort völlig frei bewegen können. Ich weiß, Sie brauchen nur die Nummer des Palasts zu wählen – oder die Ihrer Einheiten zur Terrorismusbekämpfung oder auch nur eines zusätzlichen Polizeitrupps; ebensogut können Sie gleich ein Blatt Papier und einen Bleistift zur Hand nehmen und mein Todesurteil aufsezten.« Das war, dessen war sich auch van Effen bewußt, reichlich dick aufgetragen; doch andererseits war dies nicht der Augenblick, sich gegenseitig mit Höflichkeiten zu überschütten.

»Sie wollen meine Sicherheit gewährleisten? Sie gewährleisten meinen Tod. Unter diesen Umständen befinde ich mich noch vor Mitternacht im Jenseits. Aber auf einen Beamten mehr oder weniger kommt es ja schließlich nicht an, solange nur Ihre kleinkarierten Bestimmungen und Dienstanweisungen gewahrt bleiben. Kann schon sein, daß Julie und Annemarie im Augenblick nicht gerade viel für mich übrig haben, aber ich hoffe doch, daß sie die Güte haben werden, mir zu bescheinigen, daß ich mein Bestes tue, um meinen Kopf aus der Schlinge zu ziehen.

Das ist natürlich der denkbar schlechteste Vorschlag, und ich habe keineswegs vor, mich auf dergleichen einzulassen. Ich habe im Verlauf unseres Gesprächs über Verschiedenes nachgedacht und meine Meinung in einem Punkt geändert. Sie haben zwei Alternativen vorgeschlagen. Eine führt zu meiner Entlassung, die andere in eine dunkle Bretterkiste. Ich sehe mich noch keineswegs auf dem Abstellgleis und bin der Überzeugung, daß es mir nicht allzu schwer fallen dürfte, eine Arbeit zu finden, die mir andere Entscheidungsmöglichkeiten läßt als die zwischen Entlassung und Tod. Wenn Sie einen Ihrer Leute hierher zu Julie schicken, werde ich ihm mein schriftliches Kündigungsgesuch überreichen. Gleichzeitig werde ich ihm eine Tonbandaufnahme übergeben, die ich heute vormittag im Jagdhorn gemacht habe. Ich hoffe, daß Sie und Ihre Freunde von der Universität etwas damit anfangen können; das gleiche gilt auch für die Aufnahmen von den Anrufen der FFF. Es tut mir leid, Oberst, aber Sie lassen mir keine andere Wahl. Eine andere Möglichkeit sehe ich nicht.« Van Effen legte auf, schob das Telefon in den Schrank zurück und verließ das Schlafzimmer.

Als Annemarie und Julie nachkamen, saß er bereits völlig entspannt in einem Sessel im Wohnzimmer, die Beine übereinandergeschlagen und ein Glas Jenever in der Hand. Für einen Mann, der eben eine so schwerwiegende spontane Entscheidung getroffen hatte, schien er auffallend unbeteiligt.

»Darf ich etwas sagen?« fragte Julie.

»Aber sicher. Verglichen mit dem, was der Oberst gesagt hat und was er im Augenblick zweifellos denkt, dürften deine Vorhaltungen relativ harmlos ausfallen.«

Sie lächelte gequält. »Ich habe weder den Verstand noch mein Erinnerungsvermögen verloren. Und ich beabsichtige nicht im geringsten, ein – wie hast du das doch gestern abend so reizend ausgedrückt – kühles, herablassendes und überlegenes Verhalten an den Tag zu legen und dir unerwünschte gute Ratschläge zu erteilen. Es tut mir leid, was ich eben im Schlafzimmer gesagt habe. Ich hatte doch keine Ahnung, daß du in einer derart verzwickten Lage steckst. Dennoch möchte ich weiterhin behaupten, daß du Mijnheer van de Graaf in eine nicht minder verzwickte Lage gebracht hast, worauf du mir sicher erwidern wirst, daß das Leben eines

Polizisten, verglichen mit den Gefühlen des Polizeichefs, nichts ist. Also, es tut mir nach wie vor leid, aber gleichzeitig . . .«

»Julie?« Annemarie unterbrach sie.

»Ja?«

»Ich an deiner Stelle würde mir nicht die Mühe machen, mich bei ihm zu entschuldigen. Glaubst du wirklich, er sitzt in so einer schrecklichen Klemme? Sieh ihn dir doch an. Ihm platzt doch schon fast der Kragen vor Anstrengung, sich das Lachen zu verbeißen.« Sie bedachte ihn mit einem prüfenden Blick. »Du sprühst nicht gerade vor Aktivität, mein Lieber. Dabei dachte ich, du wärst hierhergekommen, um dein Abschiedsgesuch aufzusetzen.«

Er runzelte kurz die Stirn und erwiderte: »Ich kann mich nicht erinnern, das gesagt zu haben.«

»Natürlich nicht. Weil du auch nie die Absicht hattest, deinen Abschied einzureichen.«

»Sehr scharfsinnig. Aus dir könnte ja tatsächlich noch einmal eine gute Detektivin werden. Ich muß gestehen, daß du vollkommen recht hast. Wie könnte ich an so etwas denken! Ich kann Onkel Arthur doch nicht einfach im Stich lassen. Wie sollte er ohne mich der zunehmenden Kriminalität in Amsterdam Herr werden?«

Annemarie wandte sich wieder an Julie: »Glaubst du, er würde mich feuern, wenn ich ihm sagen würde, daß er ebenso rücksichtslos wie großkotzig ist? Oder würde er nur versuchen, mich wieder einmal in Tränen ausbrechen zu lassen?«

Van Effen nippte an seinem Jenever. »Zum Glück stehe ich über derlei Unzulänglichkeiten. Außerdem möchte ich doch darum bitten, Rücksichtslosigkeit nicht mit diplomatischem Geschick und Großkotzigkeit nicht mit Intelligenz zu verwechseln.«

»Du hast recht, Annemarie. Es tut mir schon wieder leid, daß ich mich bei diesem Ekel entschuldigt habe.« Sie warf ihrem Bruder einen verärgerten Blick zu. »Und was gedenkst du nun zu tun?«

»Einfach hier sitzen zu bleiben. Und zu warten.«

»Und worauf gedenkst du zu warten?«

»Daß das Telefon klingelt. Daß der Oberst anruft.«

»Der Oberst!« entfuhr es Julie. »Nach dem, was du vorhin zu ihm gesagt hast?«

»Nach dem, was er zu mir gesagt hat, meinst du wohl?«

»Da wirst du aber lange warten müssen.« Annemaries Stimme klang durchaus überzeugt.

»Meine Lieben – ich muß doch sagen, daß ihr den Oberst unterschätzt. Er ist um einiges schlauer als ihr beide zusammen. Er weiß sehr wohl, was auf dem Spiel steht. Er läßt sich mit seinem Anruf nur etwas Zeit, weil er sich gerade eine Rückzugstaktik überlegt, die es ihm erlaubt, sich aus der Affäre zu ziehen, ohne dabei das Gesicht zu verlieren. Er ist derjenige, der letztlich über Leichen geht – was könnte man nach vierzigjährigem Kampf mit der Unterwelt auch anderes erwarten? Ich habe dem Oberst zu verstehen gegeben, daß er keine Wahl hat. Und de Graaf wäre nicht de Graaf, wenn er nicht sofort begriffen hätte, was ich damit sagen wollte – daß er nämlich tatsächlich keine Wahl hat.«

»Nachdem du nun schon einmal so furchtbar schlau bist, würdest du vielleicht ...«, begann Julie.

»Es besteht nicht der geringste Anlaß, ausfallend zu werden, liebes Schwesterlein. Schau doch mich an. Ich behandle dich mit aller mir zu Gebote stehenden Höflichkeit – oder sollte ich sagen: Galanterie?«

»Du kannst einen manchmal – na gut. Also, was denkst du, wird der Oberst sagen?«

»Das überlegt er sich gerade. Nun ja, er wird mir völlige Handlungsfreiheit lassen. Schließlich habe ich für heute abend, acht Uhr, meine Vereinbarungen getroffen.«

»Ich würde nur zu gern einmal erleben, daß du nicht recht hast«, grollte Julie. »Nein, so habe ich das nicht gemeint. Ich hoffe nur, daß du dich diesmal täuschst.«

Eine Zeitlang sprach keiner ein Wort. Die zwei Mädchen starrten auf das Telefon auf dem Couchtisch neben van Effen. Van Effen selbst blickte nirgendwohin. Das Telefon klingelte.

Van Effen nahm den Hörer ab. »Ach! Ja ... Zugegeben, ich bin etwas zu weit gegangen. Aber Sie haben mich provoziert.« Er zuckte zusammen und hielt den Hörer in gebührendem Abstand von seinem Ohr. »Jawohl, Mijnheer, auch Sie wurden provoziert ... Ja, dem stimme ich voll zu. Eine kluge Entscheidung, wenn ich das einmal so sagen darf ... Natürlich werde ich Sie auf dem laufenden halten ... Nein, sie trauen mir nicht ... Jawohl, Mijnheer, hier. Auf Wiederhören.«

Er legte auf und schaute Julie an. »Wieso bist du eigentlich nicht in der Küche, geliebte Schwester? Wenn mich nicht alles täuscht, riecht es hier leicht angebrannt. War ich nicht zum Mittagessen eingeladen?«

»Sei bloß still. Was hat er gesagt?«

»Völlige Handlungsfreiheit. Acht Uhr abends.«

Mit reglosem Gesicht sah Julie ihn lange an. Dann drehte sie sich um und ging in die Küche. Annemarie trat ein paar Schritte auf ihn zu, zögerte und sagte schließlich: »Peter.«

»Sag es bitte nicht. Ich habe mich gerade erst aus einer schwierigen Situation herausgewunden. Jetzt bringt ihr beide mich nicht schon wieder in eine neue.«

»Das werden wir nicht tun. Ehrenwort. Du weißt ganz genau, daß wir nichts für unsere Gefühle können und daß du uns das auch nicht zum Vorwurf machen kannst. Das könntest du nur, wenn wir anfingen, darüber zu sprechen. Gut, wir sprechen nicht darüber.« Sie lächelte. »Sind wir nicht rücksichtsvoll?«

»Sehr sogar. Weißt du was, Annemarie? Langsam fange ich an, dich zu mögen.«

»Mich zu mögen?« Sie sah ihn mit einem fragenden Blick an. »Dann hast du mich also nicht mal gemocht, als du mich heute früh geküßt hast?

Vermutlich ist dir das nur aus reiner Zerstreutheit passiert? Oder gehört es zu deinen dienstlichen Gepflogenheiten, Polizistinnen zu küssen? Sozusagen zur moralischen Stärkung ihres Rückgrats?«

»Wenn es so ist, bist du die erste.«

»Und zweifellos auch die letzte. Wir alle machen Fehler, was auch immer ich mit dieser merkwürdigen Andeutung gemeint haben mag. Wer traut dir übrigens nicht?«

»Wer mir nicht – was?«

»Du hast doch vorher dem Oberst gegenüber etwas in dieser Richtung erwähnt.«

»Ach so! Meine Freunde aus der Unterwelt. Wir haben uns im Jagdhorn im gegenseitigen Einvernehmen und Vertrauen getrennt, was sie allerdings nicht davon abgehalten hat, im Trianon einen Aufpasser zu postieren. Etwas ärgerlich, aber sonst kein Problem.«

»Und was wirst du nach dem Essen machen?«

»Noch ein wenig hierbleiben. Der Oberst wird mich anrufen. Dann werden wir erfahren, was sich die FFF für heute nachmittag zwei Uhr ausgedacht hat. Der Chef ist überzeugt, daß sie die Hagestein-Schleuse nicht sprengen werden. Er hat alles durch Froschmänner absuchen lassen; sie haben keinerlei Spuren von unter Wasser angebrachten Sprengladungen entdeckt.«

Van Effen rief in seinem Büro an und verlangte nach dem Mann an der Rezeption. »Haben sich die Beschatter von Fred Klassen und Alfred van Rees inzwischen wieder gemeldet?« Er hörte seinem Teilnehmer kurz zu. »Also hat van Rees unseren Mann abgeschüttelt. Ob durch Zufall oder absichtlich, ist gleichgültig. Ich hoffe, Sie haben die Autonummer. An alle Streifenwagen. Sie sollen melden, wenn sie einen Wagen mit dieser Nummer sichten. Notieren Sie sich meine Telefonnummer hier und verständigen Sie mich sofort.«

Das Mittagessen war vorzüglich, ohne daß es jedoch zur Hebung der allgemeinen Stimmung beigetragen hätte. Julie und Annemarie waren entschieden etwas zu zuversichtlich und gutgelaunt, und für wenige Momente machte sich ihre innere Anspannung deutlich bemerkbar. Falls van Effen dies bemerkte, so äußerte er sich nicht dazu. Julie wußte aber, daß ihrem Bruder dergleichen nur selten entging.

Nach dem Essen tranken sie im Wohnzimmer Kaffee. Kurz nach zwei Uhr kam ein junger Polizist auf einem Motorrad vorbei, um das Band mit dem Gespräch im Jagdhorn abzuholen.

Das veranlaßte Julie zu der Bemerkung: »Ich habe gehört, du wartest auf einen Anruf des Obersten. Auch jetzt noch?«

»Darf ich vielleicht dein Bett benutzen, meine Liebe? Ich weiß nicht, ob ich heute nacht zum Schlafen kommen werde. Es könnte nicht schaden, wenn ich mich jetzt noch für ein paar Stunden hinlege. Dabei wäre natürlich ein kleiner Brandy, den du mir bis jetzt ohne ersichtlichen Grund anzubieten versäumt hast, eine große Hilfe.«

De Graafs Anruf kam, als van Effen gerade seinen Brandy trank. Der Anruf war kurz und einseitig. Van Effen sagte mehrere Male »ja«, ein paarmal »ich verstehe«, dann verabschiedete er sich und legte auf.

»Die FFF hat Punkt zwei Uhr den Nordholland-Deich gesprengt. In der Folge kam es zu ausgedehnten Überflutungen, die jedoch keinerlei Menschenleben gekostet haben. An der Hagestein-Schleuse hat sich nicht das geringste getan; der Oberst meint, er hätte das auch nicht anders erwartet. Seine Froschmänner haben keine Sprengladungen entdeckt, weshalb er glaubt, daß die FFF nicht in der Lage gewesen wäre, sich der Anlage unbemerkt zu nähern oder die Ladungen so anzubringen, daß sie nicht entdeckt werden konnten. Des weiteren ist er überzeugt, daß ihre Sprengtechniken recht primitiv und auf Operationen beschränkt sind, bei denen sie Deiche und Kanaldämme in die Luft jagen.«

»Wovon du nicht überzeugt zu sein scheinst?« entgegnete Julie.

»Das würde ich nicht unbedingt sagen. Ich weiß davon auch nicht mehr als du. Vielleicht findet unser Herr Polizeipräsident diese Überzeugung einfach tröstlicher und beruhigender. Und vielleicht will die FFF den Oberst – oder uns, das ganze Land – in diesem Glauben lassen. Schließlich deutet alles darauf hin, daß es sich um eine heimtückische und hinterhältige Bande handelt. Wobei natürlich nicht ausgeschlossen ist, daß auch dieser Eindruck täuscht. Handelt es sich um eine eher unbedarfte Organisation, die uns weismachen will, sie wären besonders schlau und gerissen, oder handelt es sich um eine sehr gerissene Gruppe, die in uns den Eindruck erwecken will, sie wäre eher unbedarft? Eine Antwort auf diese Frage könnt ihr euch selbst überlegen. Ich bin, was das betrifft, im Augenblick noch eindeutig überfordert. Gut, ich werde mich jetzt schlafen legen. Könntest du bitte währenddessen das Radio anstellen? Die FFF hat offensichtlich die Angewohnheit, nach jedem ihrer Anschläge eine öffentliche Verlautbarung herauszugeben. Macht euch allerdings nicht die Mühe, mich zu wecken, um mich in ihr nächstes Vorhaben einzuweihen. Wenn nicht unbedingt nötig, möchte ich nicht gestört werden.«

Er war kaum eingeschlafen, als Julie ins Schlafzimmer kam und ihn wachrüttelte. Er schlug die Augen auf und war wie immer auf der Stelle hellwach.

»Ich dachte, du wolltest mich unter keinen Umständen wecken?« bemerkte er ärgerlich. »Ist die Welt am Untergehen?«

»Es tut mir leid, aber eben ist ein Brief für dich gekommen.«

»Ein Brief? Deswegen raubst du einem zu Tode erschöpften Mann seinen kostbaren Schlaf ...«

»Er kam per Eilboten«, erklärte sie geduldig. »Offensichtlich ist es wichtig.«

»Laß sehen.« Er nahm ihr den Umschlag aus der Hand, warf einen kurzen Blick auf Adresse und Poststempel, öffnete ihn und zog den Inhalt zur Hälfte heraus, um das Ganze jedoch gleich wieder zurückzustecken und unter sein Kopfkissen zu schieben. »Und deswegen weckst du mich! So ein Trottel von einem Kollegen – er fand das wohl witzig. Sieh bitte nächstes Mal zu, daß du wirklich einen triftigen Grund hast, mich zu wecken.«

»Laß sehen, was in dem Brief ist«, forderte Julie in bestimmtem Ton. Sie setzte sich neben ihn aufs Bett, legte ihm die Hand auf den Arm und sagte leise: »Bitte, Peter.«

Van Effen wollte etwas sagen, überlegte es sich aber doch anders, griff unter sein Kopfkissen und gab Julie den Brief. Der Umschlag enthielt nur eine Postkarte. Auf die eine Seite waren ein Sarg und eine Schlinge gezeichnet.

Julie lächelte gequält.

»Ach ja, es ist jetzt drei Monate her, seit du die letzte bekommen hast, nicht wahr?«

»So?« Van Effen klang gleichgültig. »Es ist, wie du eben bemerkt hast, drei Monate her. Und was ist während dieser drei Monate passiert? Nichts. Und es gibt keinen Grund, weshalb in den nächsten drei Monaten etwas passieren sollte.«

»Wenn das Ganze so belanglos ist, warum hast du den Brief dann versteckt?«

»Ich habe ihn gar nicht versteckt. Ich habe ihn nur vor den Augen meiner lieben Schwester weggesteckt, um sie nicht unnötig zu beunruhigen.«

»Dürfte ich vielleicht das Kuvert sehen? Bitte?« Sie sah es sich kurz an und gab es ihm wieder zurück. »Die anderen sind alle aus dem Ausland gekommen. Aber dieser Brief wurde in Amsterdam aufgegeben. Das ist dir sofort aufgefallen, und deshalb hast du ihn auch weggesteckt. Die Annecy-Brüder sind in Amsterdam.«

»Vielleicht. Vielleicht auch nicht. Sie können den Brief doch von jedem beliebigen Ort der Welt an einen Freund oder Komplizen in Amsterdam geschickt haben, der ihn dann hier aufgegeben hat.«

»Das glaube ich nicht. Du solltest mir allmählich keine solchen Märchen mehr erzählen. Ich bin doch nicht auf den Kopf gefallen. Ich bin absolut sicher, daß sie in Amsterdam sind. Und davon bist du nicht weniger überzeugt als ich. Ach, Peter, das ist zuviel! Erst droht eine Bande von Irren damit, unser Land unter Wasser zu setzen; die nächste will den Königlichen Palast in die Luft jagen; und jetzt das.« Sie schüttelte den Kopf. »Warum muß immer alles auf einmal kommen? Warum?«

»Wir haben es hier tatsächlich mit einer ungewöhnlichen Fülle von Ereignissen zu tun.«

»Hör bloß auf. Hast du denn gar keine Ahnung, was das alles eigentlich soll?«

»Nicht mehr und nicht weniger als du.«

»Nun, ich weiß nicht, ob ich dir das abnehmen soll. Was sollen wir jetzt tun? Beziehungsweise, was willst du jetzt tun?«

»Was denkst du denn, daß ich tun soll? Vielleicht die Straßen Amsterdams durchstreifen, bis ich auf einen Burschen stoße, der mit einem Sarg und einer Schlinge durch die Gegend rennt?« Er legte ihr begütigend die Hand auf den Arm. »Bitte, entschuldige meine Gereiztheit. Es gibt nichts, was ich tun kann. Wenn ich es mir genauer überlege – doch. Ich kann mich wieder schlafen legen. Paß aber auf, daß es wirklich dringend ist, wenn du mich das nächste Mal weckst.«

»Du bist wirklich nicht zu retten.« Mit einem schwachen Lächeln stand sie auf, schüttelte den Kopf, als sie sah, daß seine Augen bereits wieder geschlossen waren, und verließ den Raum.

Er war kaum eingeschlafen, als Julie abermals an sein Bett trat. »Es tut mir leid, Peter, daß ich dich schon wieder stören muß. Der Oberst. Ich habe ihm gesagt, daß du schläfst, aber er meinte, ich sollte dich unter allen Umständen ans Telefon schaffen. Er hat mir ziemlich eindeutig zu verstehen gegeben, daß es sich um eine höchst dringende Angelegenheit handelt.«

Van Effen klopfte kurz an den Nachtschrank neben dem Bett. »Er hätte doch auch das abhörsichere Telefon benutzen können.«

»Wahrscheinlich ruft er von einer Zelle aus an.«

Van Effen ging ins Wohnzimmer, nahm den Hörer, lauschte kurz der Stimme am anderen Ende der Leitung und sagte schließlich: »Ich mache mich sofort auf den Weg.« Dann legte er auf.

»Wo willst du hin?« fragte Julie.

»Ich treffe mich mit einem Mann, den ich nach Ansicht des Obersten kennen könnte. Seinen Namen weiß ich leider nicht.« Van Effen legte Schulterhalfter, Jacke und Krawatte an. »Wie du vorhin so treffend bemerkt hast, kommt in der Regel selten ein Ding allein. Erst diese Kerle, die es auf die Deiche abgesehen haben, dann diese Irren, die den Palast in die Luft jagen wollen, dann die Annecy-Brüder – und jetzt das noch.«

»Und was ist denn jetzt noch dazugekommen? Wo steckt denn dieser Bekannte?«

»Kannst du dir das nicht denken? Im Leichenschauhaus.«

5

Mochte die Amsterdamer Altstadt mit ihren von Bäumen gesäumten Grachten, ihrem mittelalterlichen Charme, ihrer allgegenwärtigen Geschichte und ihrem nostalgischen Zauber von einzigartigem Reiz sein, so galt dies keineswegs für das städtische Leichenschauhaus. Ihm haftete keinerlei Zauber an – weder mittelalterlich noch neuzeitlich. Es war einfach häßlich von Grund auf. Es war steril, funktionell, unmenschlich und total abweisend. Nur ein Toter, dachte man in dieser Umgebung unwillkürlich, konnte es hier aushalten. Doch die weißbemäntelten Angestellten dieser Institution, die bei ihrer Arbeit sicher nicht viel zu lachen hatten, schienen sich in nichts von gewöhnlichen Büroangestellten, Fabrikarbeitern oder Handwerkern zu unterscheiden. Dies war ihr Job, und sie verrichteten ihn, so gut sie konnten.

Bei seiner Ankunft fand van Effen bereits den Polizeichef und einen ernsten jungen Mann vor, der ihm als Dr. Prins vorgestellt wurde. Dr. Prins trug die ärztlichen Amtsinsignien – weißen Kittel und Stethoskop. Es war nicht unbedingt einleuchtend, was ein Stethoskop in einem Leichenschauhaus zu suchen hatte. Möglicherweise wurde damit überprüft, ob die Eingelieferten tatsächlich tot waren. Aber vielleicht war es auch nur Bestandteil der ärztlichen Uniform. De Graafs Laune war nicht die beste, was jedoch nicht unbedingt auf die bedrückende Umgebung zurückzuführen war, in der er in den langen Jahren seiner Tätigkeit bei der Polizei sicher nicht wenige Stunden zugebracht hatte. Woran er sich jedoch noch immer nicht gewöhnen konnte, waren Enttäuschungen wie die, von seinem Tisch in einem guten Restaurant aufstehen und den ersten Gang seines Menüs und eine Flasche Chablis fast unberührt zurücklassen zu müssen.

Dr. Prins führte sie in eine längliche, gewölbte, grabartige Kammer, deren Einrichtung – ausschließlich Beton, weiße Fliesen, Marmor und Metall – der unterkühlten Atmosphäre entsprach. Ein Angestellter öffnete eine Metalltür und zog eine fahrbare Bahre heraus, auf der eine verhüllte Gestalt lag. Dr. Prins ergriff den oberen Teil des weißen Tuchs.

»Ich muß Sie darauf aufmerksam machen, meine Herren – das ist kein Anblick für empfindliche Mägen.«

»Ich kann mir nicht vorstellen, daß sich der Zustand meines Magens noch verschlechtern könnte, als es im Augenblick schon der Fall ist«, meinte de Graaf. Prins bedachte ihn mit einem neugierigen Blick – de Graaf hatte es offensichtlich bisher vermieden, das vorzügliche Mahl zu erwähnen, das ihm entgangen war – und zog das Laken zurück. Was darunter zum Vorschein kam, war tatsächlich, wie der Arzt versprochen hatte, kein Anblick für empfindliche Mägen. Dr. Prins studierte die Gesichter der beiden Herren von der Polizei und war vage enttäuscht. Sie ließen sich nicht anmerken, was dieser Anblick in ihnen hervorrief.

»Todesursache?« wollte de Graaf wissen.

»Mehrfache schwere Verletzungen. Die genaue Todesursache? Die Autopsie wird zeigen, ob . . .«

»Autopsie!« Van Effens Stimme war so eisig wie das Leichenschauhaus. »Ich möchte nicht persönlich werden, Herr Doktor, aber wie lange arbeiten Sie hier schon?«

»Seit einer Woche.« Die leichte Blässe in Dr. Prins' Gesicht deutete darauf hin, daß auch er einige Schwierigkeiten mit seinen Magenfunktionen hatte.

»Dann haben Sie also noch nicht allzu viele Fälle wie diesen hier gesehen? Dieser Mann wurde ermordet. Er ist weder von einem hohen Gebäude gefallen, noch wurde er von einem schweren Laster überfahren. In diesem Fall wären nämlich der Schädel oder der Brustkorb oder das Bekken oder die Oberschenkelknochen oder das Schienbein gebrochen, was hier alles nicht zutrifft. Er ist mit Eisenstangen zu Tode geknüppelt worden. Sein Gesicht ist bis zur Unkenntlichkeit zerstört, seine Kniescheiben sind zerschmettert, die Unterarme gebrochen. Zweifellos hat er versucht, sich mit den Armen vor den Eisenstangen zu schützen.«

De Graaf wandte sich an den Arzt: »Er war sicher noch bekleidet, als er eingeliefert wurde. Hat sich jemand seine Sachen näher angesehen?«

»Wegen der Identifizierung, meinen Sie?«

»Natürlich.«

»Nicht daß ich wüßte.«

»Macht nichts«, schaltete sich van Effen ein. »Ich weiß, wer der Mann ist. Ich erkenne diese Narbe an seiner Schulter. Es ist Detektiv Rudolph Engel. Er hat einen Mann namens Julius Cäsar beschattet. Vielleicht erinnern Sie sich noch. Annemarie hat seinen Namen im La Caracha kurz erwähnt.«

»Woher wissen Sie das?«

»Weil ich es war, der Engel den Auftrag gegeben hat, diesen Mann zu beschatten. Ich habe ihn auch gewarnt, daß das keineswegs ungefährlich wäre und er sich auf keinen Fall in eine Situation begeben sollte, in der keine anderen Personen in der Nähe wären. Ich habe ihn daran erinnert, was mit den beiden Detektiven passiert war, die Agnelli beschattet hatten. Entweder hat er das vergessen, oder er hat sich von seiner Neugier fortreißen lassen. Einerlei – es hat ihn das Leben gekostet.«

»Aber ihn auf so bestialische Weise umzubringen?« De Graaf schüttelte den Kopf. »Überhaupt, ihn zu töten. Ein unglaublicher Fall von Überreaktion.«

»Vielleicht werden wir die wahren Gründe hierfür nie herausfinden, Mijnheer. Andernfalls dürfte sich mit ziemlicher Sicherheit herausstellen, daß er nicht nur deshalb beiseite geräumt wurde, weil er diese Leute beschattet hat. Vielmehr ist anzunehmen, daß er etwas entdeckt hatte, und daß sie ihn deshalb keinesfalls lebend davonkommen lassen durften. Dies ist ein Spiel um sehr hohe Einsätze, Oberst.«

»Das kann man allerdings sagen. Vielleicht wäre es ganz nützlich, sich mal mit diesem – äh – Julius Cäsar näher zu unterhalten.«

»Ich kann mir nicht vorstellen, daß Sie diesen Burschen im Augenblick so leicht finden werden. Er ist sicher schon längst untergetaucht. Oder, was wahrscheinlicher ist, er hat seinen Bart abrasiert, sich ein Toupet zugelegt und eine dunkle Brille gekauft, um sein Schielen zu verbergen. Und selbst wenn wir ihn fassen würden – was könnten wir schon gegen ihn vorbringen?«

Sie dankten Dr. Prins und gingen. Beim Durchqueren der Eingangshalle rief der Mann an der Rezeption nach dem Polizeichef und hielt ihm einen Telefonhörer entgegen. Der Oberst sprach kurz, gab den Hörer zurück und gesellte sich wieder zu van Effen.

»Heute scheint nicht gerade unser Glanztag zu sein«, bemerkte er düster. »Anruf vom Präsidium. Eine Nachricht aus dem Krankenhaus. Einer unserer Leute ist dort eben eingeliefert worden. Wie es scheint, hat man ihn gerade aus einer Gracht gefischt.«

»Was hat er dann im Krankenhaus zu suchen? Ist er nicht ertrunken?«

»Nein, aber es hätte wohl nicht viel daran gefehlt. Vielleicht sollten wir ihn uns mal ansehen.«

»Hat man ihn identifiziert?«

»Bis jetzt noch nicht. Er ist bewußtlos. Keine Papiere, kein Dienstausweis. Er hatte jedoch eine Schußwaffe und ein Paar Handschellen bei sich. Deshalb hat man im Krankenhaus vermutet, daß der Mann Polizist ist.«

In der Klinik wurden sie zu einem Privatzimmer im ersten Stock geführt, aus dem gerade ein grauhaariger Arzt kam. Als er de Graaf bemerkte, lächelte er.

»Na, altes Haus! Du verlierst heute aber wirklich keine Zeit, muß ich sagen. Einem deiner Leute hat man ganz schön übel mitgespielt. Wirklich knapp, sehr knapp sogar, aber er wird durchkommen. Er wird sogar in ein paar Stunden schon wieder nach Hause gehen können.«

»Das heißt also, er ist wieder bei Bewußtsein.«

»Nicht nur das, er ist auch ganz schön am Kochen. Er heißt Voight.«

»Mas Voight? entfuhr es van Effen erstaunt.

»Genau. Ein kleiner Junge hat ihn mit dem Gesicht nach unten im Wasser treiben sehen. Zum Glück waren ein paar Dockarbeiter in der Nähe. Sie haben ihn aus dem Wasser gefischt und hierhergebracht. Er kann höchstens eine Minute im Wasser gelegen haben.«

Voight saß in seinem Bett und wirkte sehr aufgebracht. De Graaf hielt sich nicht mit Fragen nach seinem Befinden auf. »Wie zum Teufel konnten Sie in eine Gracht fallen?«

»Fallen?« platzte Voight los. »Ich in eine Gracht fallen!«

»Pssst!« versuchte ihn der Arzt zu beruhigen. »Sie wollen sich doch nicht auch noch selbst etwas antun.« Vorsichtig drehte er Voights Kopf herum. Die blaue und rote Wunde hinter seinem rechten Ohr sah aus, als würde sie eine spektakuläre Narbe hinterlassen.

»Offensichtlich sind ihnen langsam die Eisenstangen ausgegangen«, bemerkte van Effen.

De Graaf runzelte die Stirn. »Was soll denn das nun wieder bedeuten?«

»Unsere Freunde sind wieder in Aktion getreten. Voight sollte ein Auge auf Alfred van Rees werfen und . . .«

»Auf Alfred van Rees!«

»Sie wissen doch, den Herrn von Rijkswaterstaat. Schleusen, Wehre, Dämme, und was Sie sonst noch wollen. Allem Anschein nach hat Voight es nicht geschafft, auf van Rees und sich selbst gleichzeitig aufzupassen. Die letzte Meldung von Ihnen, Voight, lautete doch, Sie hätten van Rees aus den Augen verloren.«

»Ein Streifenbeamter hat ihn kurz darauf gesehen und die Stelle durchgegeben. Ich bin sofort losgefahren, habe meinen Wagen an einer Gracht geparkt, und als ich ausstieg . . .«

»Wo war das genau?« fragte van Effen.

»An der Croquiskade.«

»An der Croquiskade! Dort soll sich van Rees herumgetrieben haben? Das wundert mich aber. Schließlich ist es für jemanden wie van Rees nicht gerade ungefährlich, sich dort aufzuhalten.«

Voight rieb sich den Hals. »Für mich war es das auch nicht. Ich sah also van Rees und einen anderen Mann aus einer Tür kommen; gleich darauf gingen sie wieder hinein. Warum, weiß ich nicht. Ich bin ihm nicht in einem Polizeiauto nachgefahren, und soweit ich feststellen konnte, hat er mich nicht bemerkt. Und dann – dann weiß ich nur noch, daß ich in diesem Bett hier wieder aufgewacht bin. Nicht einmal Schritte habe ich hinter mir gehört.«

»Wissen Sie noch die Hausnummer?«

»Ja. Achtunddreißig.«

Van Effen nahm den Hörer des Telefons auf dem Nachttisch ab und ließ sich von der Zentrale mit seinem Büro verbinden. Dann wandte er sich an de Graaf: »Ich kann mir nicht vorstellen, daß wir noch jemanden von diesen Kerlen in Nummer achtunddreißig antreffen werden. Aber vielleicht finden wir dort etwas, was uns weiterbringt – falls sie nicht mitbekommen haben, daß Voight aus der Gracht gefischt wurde. Falls doch, werden sie natürlich dort aufgeräumt haben. Wie sieht es mit einem Haussuchungsbefehl aus, Mijnheer?«

»Ach was, einen Haussuchungsbefehl.« De Graaf war offensichtlich erschüttert, daß sein alter Freund van Rees in derlei Aktivitäten verwickelt sein sollte. »Verschaffen Sie sich unter allen Umständen Zutritt zu dem Gebäude.«

Als van Effens Büro sich meldete, verlangte er nach einem Sergeanten Oudshoorn. Er wurde mit ihm verbunden, gab ihm die Adresse und die entsprechenden Anweisungen durch und hörte Oudshoorn dann kurz zu.

»Nein, Sergeant, nehmen Sie vier Mann. Einen an der Eingangstür, einen am Hintereingang ... Kein Haussuchungsbefehl. Auf ausdrückliche Anweisung des Chefs. Ja. Heben Sie diese verdammte Tür aus den Angeln, wenn es sein muß. Oder schießen Sie das Schloß auf. Halten Sie jede Person fest, die sich noch in dem Gebäude befindet, aber verlassen Sie es auf keinen Fall. Setzen Sie sich über Funk mit der Zentrale in Verbindung und warten Sie auf weitere Instruktionen.« Er legte auf. »Sergeant Oudshoorn scheint sich auf diesen Einsatz regelrecht zu freuen.«

Sie empfahlen Voight, zu Hause anzurufen und sich trockene Kleider bringen zu lassen, damit er nach Hause fahren und sich von dem Schock erholen konnte. Dann verabschiedeten sie sich von ihm. Draußen auf dem Gang sagte de Graaf: »Das ist doch unmöglich. Der Mann ist eine Stütze der Gesellschaft. Mein Gott, ich habe ihn sogar für die Mitgliedschaft in meinem Club vorgeschlagen.«

»Vielleicht gibt es eine ganz harmlose Erklärung für den Vorfall, auch wenn der Zustand von Voights Kopf und sein Bad in der Gracht nicht unbedingt darauf schließen lassen. Erinnern Sie sich noch daran, daß ich draußen in Schiphol die Vermutung geäußert habe, van Rees könnte ein Doppelleben führen.« Sie näherten sich dem Ausgang, als van Effen abrupt stehenblieb. De Graaf sah ihn verwundert an.

»Was machen Sie denn für ein Gesicht, Peter? Stimmt etwas nicht?«

»Ich hoffe nicht. Mir geht ständig irgend etwas im Kopf herum, aber ich hatte noch nicht genug Zeit gehabt, genauer darüber nachzudenken. Zumindest nicht bis eben jetzt. Dieser Anruf, den Sie beim Mittagessen bekommen haben – genaugenommen, als Sie gerade mit dem Mittagessen anfangen wollten –, kam der aus dem Präsidium?«

»Natürlich. Von Sergeant Bresser.«

»Und woher hatte er diese Information?«

»Aus der Klinik, nehme ich an. Bresser hat gesagt, er hätte erst Sie zu erreichen versucht und dann Leutnant Valken. Und da er keinen von Ihnen erreichen konnte, hat er mich verständigt. Wieso? Ist das von Bedeutung?«

»Und ob. Unser junger Dr. Prins vom Leichenschauhaus ist weder besonders erfahren noch sonderlich aufgeweckt. Ihm war doch keineswegs auf den ersten Blick klar, daß Engel nicht vom Dach des Havengebouw gefallen oder das Opfer eines Verkehrs- oder Betriebsunfalls gewesen sein konnte. Und das Leichenschauhaus verständigt doch in der Regel nicht den Polizeichef persönlich, wenn nicht alles darauf hindeutet, daß der Betreffende ein unnatürliches Ende gefunden hat. Es ist also möglich, daß dieser Anruf nicht aus dem Leichenschauhaus kam. Und Bresser ist auch nicht besonders einfallsreich. Denken war noch nie seine Stärke. War es eigentlich Ihre Idee, mich bei Julie anzurufen und mich dorthin zu bestellen?«

»Langsam machen Sie mir wirklich Sorgen, Peter, wenn ich auch nicht weiß, wieso. Bei diesem Anruf fiel zwar Ihr Name, aber ich könnte nicht mit Sicherheit behaupten, ob es nun meine oder Bressers Idee war, daß Sie mitkommen sollten. Diese verfluchten Mittagessen.«

»Moment mal, Mijnheer.« Van Effen ging zum nächsten Telefon und wählte eine Nummer. Er ließ es etwa fünfzehn Sekunden läuten und wählte dann noch einmal. De Graaf sah ihm verwundert zu, bis auch ihm schließlich ein unangenehmer, ahnungsvoller Gedanke zu kommen schien. Als van Effen den Hörer auflegte, war er bereits an der Eingangstür und hielt sie auf.

Van Effen nahm sich nicht die Zeit, an Julies Tür zu klopfen, sondern schloß sie sofort mit einem Schlüssel auf, den er schon im Lift aus seiner Tasche gefischt hatte. Das Wohnzimmer schien unverändert, was jedoch nicht zu bedeuten hatte. Auch an Julies Schlafzimmer war nichts Ungewöhnliches festzustellen. Erst im Bad wurden sie fündig. Thyssen, ihr Bewacher, lag bei vollem Bewußtsein auf dem Boden und schien offensichtlich einem Schlaganfall nahe – sei es vor Wut oder vor Anstrengung, sich von seinen Fesseln zu befreien, die ihm um Handgelenke und Beine gebunden waren. Vielleicht hatte er auch nur Schwierigkeiten, durch seinen Knebel Luft zu bekommen. Sie befreiten ihn und mußten ihm auf die Beine helfen; er war im ersten Augenblick nicht in der Lage, aus eigenen Kräften aufzustehen. Seinen blau angelaufenen Händen nach zu schließen, konnte es auch um die Blutzirkulation in seinen Beinen nicht gerade bestens bestellt sein. Wer auch immer ihn gefesselt hatte, hatte ganze Arbeit geleistet.

Sie brachten ihn ins Wohnzimmer und halfen ihm in einen Sessel. Van Effen massierte ihm Hände und Füße, um die Blutzirkulation wieder anzuregen, was für Thyssen – sein wiederholtes Stöhnen und seine krampfhaft geschlossenen Augen deuteten darauf hin – keineswegs eine schmerzlose Prozedur war. De Graaf hatte indessen ein Glas Brandy geholt. Er mußte es Thyssen an die Lippen halten, da dessen Hände nach wie vor den Dienst versagten.

»Van der Hum«, bemerkte de Graaf mit einem Blick auf das Flaschenetikett. »Ein Universalheilmittel und unter diesen Umständen selbst gegen die Bestimmungen vollauf zu rechtfertigen . . .«

Van Effen lächelte. Es war nicht das gezwungene Lächeln eines Mannes, der seine wahren Gefühle unterdrückt. Er schien vom Gang der Ereignisse erstaunlich wenig berührt. »Wer sich diese Bestimmungen ausgedacht hat, darf sie auch brechen. Ich würde auch sagen, daß ein ordentlicher Brandy im Augenblick nicht schaden kann, Mijnheer.«

Sie hatten kaum an ihren Gläsern genippt, als Thyssen wieder so weit zu Kräften kam, daß er sein Glas halten und mit zitternder Hand an den Mund führen konnte, um die Hälfte seines Inhalts in einem Zug hinunterzukippen. Er hustete und spuckte erst eine Weile, bis er schließlich wieder die ersten Worte sagen konnte.

»Mein Gott, Leutnant, es tut mir schrecklich leid! Ich kann Ihnen gar nicht sagen, wie leid mir das tut! Ihre Schwester – und diese andere entzückende Dame!« Er trank den Rest aus seinem Glas. »Man sollte mich auf der Stelle erschießen.«

»So weit wird es wohl nicht kommen, Jan«, beruhigte ihn van Effen. »Sie trifft an all dem keine Schuld. Aber erzählen Sie erst einmal, wie alles passiert ist.«

Thyssen war vor Wut, Ärger und Selbstvorwürfen völlig außer sich, seine Schilderung der Vorfälle hörte sich recht wirr und unzusammenhängend an. Offensichtlich war ein Major der holländischen Armee auf ihn zugekommen – wer schöpft schon Verdacht gegen einen hohen Offizier? – und hatte dann eine Pistole mit einem höchst unmilitärischen Schalldämpfer gezogen und Thyssen aufgefordert, die Tür zur Wohnung aufzuschließen. Dann hatte er ihn hineingestoßen, war ihm gefolgt und hatte die beiden Frauen mit seiner Waffe in Schach gehalten. Fast unmittelbar hinter dem Major kamen drei Möbelpacker in die Wohnung – zumindest ließen die typischen schweren Lederschürzen darauf schließen, daß sie diesem Berufsstand angehörten. Untypisch waren allerdings ihre Gesichtsmasken und Handschuhe. Und mehr konnte ihnen Thyssen auch gar nicht erzählen, da er gleich darauf ins Bad geschleppt, gefesselt, geknebelt und auf dem Boden liegengelassen wurde.

Van Effen ging in Annemaries Schlafzimmer, das früher einmal seines gewesen war, sah sich kurz um und kehrte wieder ins Wohnzimmer zurück.

»Auf dem Bett liegt ein ganzer Berg von Annemaries Kleidern. Außerdem fehlt ein Schrank. Offensichtich wurden die beiden gefesselt hineingepackt und aus der Wohnung geschafft. Das Ganze mußte ausgesehen haben wie ein normaler Möbeltransport. Offensichtlich haben sie mich genau beobachtet. Sie warteten bereits mit einem Möbelwagen vor dem

Haus, und als ich dann nach Ihrem Anruf aus dem Restaurant die Wohnung verließ, Mijnheer, sind sie hier eingedrungen. Wirklich nicht schlecht. Und für die beiden jungen Damen alles andere als eine angenehme Reise. Ich nehme jedoch an, daß sie vor Angst kaum Zeit gehabt haben dürften, sich über Unbequemlichkeiten zu beklagen. Ist es nicht eigenartig, Mijnheer, heute früh waren beide voll böser Vorahnungen. Sie haben mir regelrecht Unheil prophezeit. Zum Teil hatten sie damit gar nicht so unrecht, wenn sie sich auch hinsichtlich der betroffenen Personen etwas getäuscht haben.«

Ein zweites Glas Van der Hum in seiner Hand, schritt de Graaf im Raum auf und ab. Selbst in den vierzig Jahren bei der Polizei hatte er nicht gelernt, seine Gefühle zu verbergen. Ärger und Besorgnis waren ganz deutlich in seinem Gesicht abzulesen.

»Was haben diese Teufel nur vor? Was wollten sie – und wen wollten sie? Annemarie? Julie? Oder beide?«

»Julie.« Van Effen reichte ihm die Postkarte, die an diesem Nachmittag zu der kleinen Auseinandersetzung zwischen ihm und Julie geführt hatte. De Graaf nahm den Umschlag mit der Karte, betrachtete beides sorgfältig und fragte schließlich: »Wann haben Sie das bekommen?«

»Kurz nach dem Mittagessen. Julie war deswegen sehr besorgt, aber ich habe ihr ihre Angst auszureden versucht. Der gewiefte van Effen. Der scharfsinnige van Effen.«

»Demnach sind Ihre Freunde also wieder im Land. Die Annecys halten sich wieder in Amsterdam auf. Und sie haben keine Zeit verloren, ihre Ankunft entsprechend anzukündigen. Mein Gott, Peter, das tut mir wirklich leid.«

»Mir tun eher die Mädchen leid. Vor allem Annemarie. Es war reines Pech, daß sie ausgerechnet hier sein mußte, als sie kamen, um Julie zu holen. Und natürlich war es dieser superschlaue van Effen, der darauf bestanden hatte, daß sie um ihrer Sicherheit willen ausgerechnet hier bleiben sollte. Ich nehme an, sie werden uns in Bälde über ihre Forderungen in Kenntnis setzen. Wie Sie sicher noch nicht vergessen haben, Mijnheer, sind die Annecys Experten auf dem Gebiet der Erpressung.« De Graaf schüttelte den Kopf, ohne jedoch etwas zu erwidern. »Und Sie werden auch nicht vergessen haben«, fügte van Effen hinzu, »daß sie auch nicht vor Folter zurückschrecken; das war im übrigen der Hauptgrund, weshalb ich ihnen das Handwerk legen wollte.«

»Bisher können wir uns nicht gerade viel auf unsere Schlauheit einbilden«, meinte de Graaf. »Die Lage wird immer verwirrender.«

»Wie nett von Ihnen, ›wir‹ zu sagen, Mijnheer, auch wenn Sie mich damit meinen.« Van Effen schenkte Thyssen nach, füllte dann auch sein Glas wieder und ließ sich in einen Sessel fallen.

Nach etwa zwei Minuten sah de Graaf ihn an und sagte: »Nun, irgend etwas müssen wir doch tun können? Sollen wir die Wohnungsnachbarn in unsere Nachforschungen einbeziehen?«

»Um uns Klarheit über die Arbeitsmethode der Entführer zu verschaffen? Reine Zeitverschwendung! Wir würden nicht mehr herausfinden, als wir sowieso schon wissen. Wir haben es mit Profis zu tun. Aber selbst Profis unterläuft hin und wieder ein Fehler.«

»Davon habe ich bis jetzt noch nichts gemerkt«, entgegnete der Polizeichef finster.

»Leider haben Sie recht. Ich gehe einmal davon aus, daß sie es auf Julie abgesehen hatten.« Van Effen griff nach dem Telefon. »Mit Ihrer Erlaubnis, Mijnheer, werde ich das jetzt herauszufinden versuchen. Vasco – Sergeant Westenbrink – war der einzige, der wußte, wo Annemarie gewohnt hat. Sie – wer immer sie auch sein mögen – haben ihn vielleicht beschatten lassen und besagte Informationen womöglich auf eine Weise von ihm erhalten, an die ich erst lieber gar nicht denken will.«

»Halten Sie das für wahrscheinlich? Oder möglich?«

Van Effen wählte eine Nummer. »Möglich, ja. Wahrscheinlich, nein. Ich kann mir nicht vorstellen, daß es in ganz Amsterdam einen Menschen gibt, der Vasco unbemerkt folgen könnte. Umgekehrt kann ich mir nicht vorstellen, daß es in unserer Stadt jemanden geben könnte, der von Vasco beschattet wird und es merken würde. Vasco? Hier Peter. Hat sich seit heute früh irgend jemand für dich interessiert? ... Du hast mit niemandem gesprochen? Annemarie und meine Schwester Julie sind entführt worden ... Während der letzten Stunde ... Nein, keine Ahnung. Wirf dich in Schale und komm sofort hierher, ja?« Van Effen legte auf und wandte sich wieder an de Graaf: »Das Ganze galt also Julie. Vasco ist von niemandem mit einer Eisenstange belästigt worden.«

»Und Sie haben ihn gebeten, sich Ihnen anzuschließen?«

»Uns, Mijnheer. Vasco ist ein viel zu tüchtiger Mann, als daß wir es uns in dieser Situation leisten könnten, ihn untätig herumsitzen zu lassen. Außerdem würde ich – mit Ihrer Erlaubnis – auch gern George rekrutieren.«

»Ihren Freund aus dem La Caracha? Aber Sie haben doch selbst gesagt, er hätte Schwierigkeiten in der Unterwelt, nicht aufzufallen.«

»Das wollen wir Vasco überlassen. Aber George ist ein höchst kluger und scharfsinniger Denker, der sich besser als irgend jemand sonst, den ich kenne, in das Denken eines Kriminellen hineinversetzen kann. Und was seine physische Präsenz anbetrifft, so ist er zumindest eine nicht zu verachtende Lebensversicherung. Nicht gerade viel, aber immerhin etwas. Im übrigen glaube ich, wir können mit ziemlicher Sicherheit davon ausgehen, daß die Annecy-Brüder und dieser Verein, der den Palast sprengen will, gemeinsame Sache machen. Woher hätten die Annecys sonst wissen sollen, daß Rudolph Engel, der einem Mitglied der Palastbande gefolgt war, ins Leichenschauhaus eingeliefert worden ist?«

»Vielleicht ist die Palastbande, wie Sie sie nennen, auch für die Entführung der beiden Frauen verantwortlich. Die Annecys könnten sie doch auf Ihre Schwester aufmerksam gemacht haben.«

»Zwei Dinge sprechen dagegen, Mijnheer. Agnelli und Co. haben kein vernünftiges Motiv, Leutnant van Effens Schwester zu entführen. Kein einziges. Die Annecys dagegen haben dafür einen triftigen Grund. Zweitens ist es völlig gleichgültig, ob die Annecys unserem Freund Agnelli Julies Adresse gegeben haben oder nicht. Tatsache ist, daß die beiden sich kennen müssen.«

»Und wie soll uns dieses Wissen weiterhelfen, Peter?«

»Im Augenblick hilft es uns nicht im geringsten weiter. Möglicherweise kann sich die Sache dadurch noch zusätzlich komplizieren. Diese Burschen sind schließlich nicht auf den Kopf gefallen und haben womöglich längst herausbekommen, daß uns dieser Umstand auch klar werden würde; deshalb werden sie mit doppelter Vorsicht vorgehen.«

»Ja, die Lage ist alles andere als erfreulich. Im Moment wüßte ich nicht, was wir dagegen tun könnten.«

»Wir müssen eben klein anfangen. Und am besten gleich mit Alfred van Rees.«

»Was hat van Rees mit Agnelli und den Annecys zu tun?«

»Nichts. Das heißt, soviel wir wissen. Aber wir sollten zumindest nichts unversucht lassen. Ich würde vorschlagen, van Rees durch zwei Teams zu überwachen. Das erste soll van Rees im Auge behalten, das zweite soll das erste beobachten. Ich meine, Mas Voight kann wirklich von Glück reden, daß er noch am Leben ist. Dann würde ich vorschlagen, daß wir uns die Bankauszüge von Mijnheer van Rees einmal anschauen.«

»Wozu denn das?«

»Vielleicht gibt unsere Stütze der Gesellschaft und des Rijkswaterstaat Informationen an die Deichsprenger weiter, die sie sonst nirgendwoher bekommen könnten – und zwar gegen ein kleines Entgelt. Wobei natürlich nicht ausgeschlossen ist, daß er sich dieses Geld – falls wir mit unseren Vermutungen richtig liegen – unter einem anderen Namen auf ein anderes Konto überweisen läßt. Allerdings übersehen Kriminelle – und dies gilt vor allem für Leute, die keine Gewohnheitsverbrecher sind, wofür ich van Rees nicht halte – oft gerade das Naheliegendste.«

»Das geht nicht. Gesetzwidrig. Schließlich ist gegen den guten Mann noch nicht einmal Anklage erhoben worden.«

»Sie haben immerhin Julie und Annemarie.«

»Na und? Was hat das mit van Rees zu tun?«

»Nichts – soviel wir bisher wissen. Wobei mir gerade etwas einfällt, was Julie am Schluß noch gesagt hat; daß es doch wirklich komisch wäre, wie wieder einmal alles auf einmal käme: die Deichbrüche, das Palastattentat und die Annecy-Brüder. Könnte natürlich reiner Zufall sein. Oder etwas mehr als ein Zufall. Oder auch nichts. Vielleicht ist es einfach nur mein Haß gegen diese ganze vom Verbrechen unterwanderte Welt. Also, lassen wir das, Mijnheer. Nur so eine Vermutung.«

Das Telefon klingelte. Van Effen nahm ab, hörte zu, bedankte sich und legte wieder auf. »Das dürfte uns alle etwas aufmuntern. In etwa zehn Minuten wird im Rundfunk die jüngste Verlautbarung der FFF durchgegeben.«

»Das war nicht anders zu erwarten. Immer Ihre Ahnungen, Peter. Normalerweise sollte ich sie ja von vornherein abtun, aber sie haben es nun einmal so an sich, mich hin und wieder doch auf eine Fährte zu stoßen.« Er lächelte bitter. »Vielleicht teilen Sie diese – wie nennt man das gleich wieder? – präkognitiven Fähigkeiten Ihrer Schwester. Wir werden diese zwei Teams auf van Rees ansetzen – mein Gott, allein die Vorstellung, van Rees beschatten zu lassen – und verschaffen uns, diskret natürlich, Einblick in seine Vermögensverhältnisse. Es ist zu erwarten, daß ich deswegen noch vors Parlament zitiert werde. Aber Sie können sicher sein, daß ich Sie mit mir ins Verderben reiße, Peter.« Er griff nach dem Telefon. »Lassen Sie mich mal machen.«

Nachdem er die Angelegenheit auf seine gewohnt gebieterische Art geregelt und den Hörer wieder aufgelegt hatte, sagte van Effen: »Danke. Sagen Sie, Mijnheer, haben Ihre Freunde von der Universität, die Sprachwissenschaftler, eigentlich sämtliche Bänder? Auch das aus dem Jagdhorn?« De Graaf nickte. »Und wann erwarten Sie ein Resultat von dieser Seite?«

»Sobald sie zu einem Ergebnis gekommen sind. Die akademischen Mühlen arbeiten langsam. Sie können in diesem Fall nicht Ihre Geschwindigkeitsmaßstäbe ansetzen, Peter.«

»Denken Sie, Sie könnten ihnen ein bißchen Dampf machen, Mijnheer? Vielleicht ein diskreter Hinweis auf einen nationalen Notstand – oder etwas in der Art?«

»Versuchen kann ich es ja mal.« De Graaf wählte eine Nummer und sprach kurz mit einer Person namens Hector und wandte sich dann, den Hörer immer noch in der Hand, wieder an van Effen. »Sechs Uhr? Ist das recht?«

»Viertel vor sechs wäre mir lieber.«

De Graaf sprach noch einmal kurz ins Telefon und legte dann auf: »Nun, das nenne ich exakte Termine.«

»Um halb sieben kommt jemand ins Trianon, um mir die technischen Details für den ferngesteuerten Auslösemechanismus der Bombe im Palastkeller zu bringen.«

»Das ist ja etwas ganz Neues. Für mich ist es schon schwer genug, mit dem überstürzten Lauf der Dinge Schritt zu halten. Und dann muß ich feststellen, daß Ihnen nichts mehr am Herzen liegt, als Ihre Verabredungen mit diesen Ganoven pünktlich einzuhalten.«

»Ja, Mijnheer. Kennen Sie übrigens – ich meine, persönlich – einen Schönheitschirurgen?«

»Einen Schönheitschirurgen! Was um alles in der Welt wollen Sie von einem ... nun ja, ich sollte es inzwischen wohl besser wissen; Sie werden sicher Ihre Gründe dafür haben. Aber einen Schönheitschirurgen? Glauben Sie denn, ich kenne jeden in dieser Stadt?«

»Meines Wissens schon, Mijnheer. Ja. Zumindest fast jeden.«

»Ich könnte mal mit unserem Polizeichirurgen sprechen.«

»De Wit ist aber kein Schönheitschirurg, Mijnheer.«

»Ach, ich hab's. Mein alter Freund Hugh. Großartig! Professor Hugh Johnson.«

»Klingt aber nicht gerade so, als ob er Holländer wäre.«

»Vollkommen richtig. Er ist Engländer. Hat in East Grinstead studiert. Man hat mir gesagt, er leitete die beste Abteilung für Plastische Chirurgie in ganz Europa, wenn nicht sogar in der ganzen Welt. Der Mann ist ein Genie.« De Graaf lächelte. »Wenn er auch nicht unbedingt so clever ist wie die Holländer – oder besser: wie eine gewisse Dame holländischer Abstammung, geboren in Amsterdam, die er während eines Austauschaufenthalts hier kennengelernt hat. Sie waren kein halbes Jahr verheiratet, da war er auch schon in diesem Land ansässig. Und ich glaube, er weiß jetzt noch nicht so recht, wie ihm eigentlich geschehen ist. Ich würde sagen, er ist genau der richtige Mann.« De Graaf räusperte sich dezent. »Wenn Sie mir vielleicht die leiseste Andeutung geben könnten, Peter, was Sie von ihm wollen ...«

»Aber selbstverständlich. In meiner Verkleidung, in der ich mich mit Agnelli treffe, habe ich Narben im Gesicht und an den Händen – lassen Sie mich übrigens nicht vergessen, Ihnen zu sagen, wie ich heute abend bei unserem Treffen in der Universität aussehen werde; Sie würden mich sonst kaum erkennen. Ich möchte, daß diese Narben noch realistischer aussehen und daß sie sich auch – was im Augenblick besonders wichtig ist – nicht so leicht abziehen oder abwaschen lassen.«

»Ach, jetzt verstehe ich. Das heißt, ich verstehe gar nichts.« De Graaf dachte kurz nach. »Das gefällt mir ganz und gar nicht. Sie nehmen damit selbstverständlich Bezug auf Agnelli und seine Kumpane und jeglichen Verdacht, den sie gegen Sie hegen könnten. Sie glaubten doch, Ihr Status als international gesuchter Verbrecher wäre eine ausreichende Vertrauensbasis.«

»Zu dieser Überzeugung gelange ich mehr und mehr, Mijnheer. Andererseits erwecken meine netten Freunde nicht unbedingt den Eindruck von Leuten, mit denen man ungestraft irgendwelche Risiken eingehen kann. Es ist nicht ausgeschlossen, daß die Echtheit meiner Narben heute nacht etwas eingehender überprüft werden könnte.«

De Graaf seufzte. »Mein Gott, in was für einer gemeinen und hinterhältigen Welt leben wir doch, Peter! Ich will Sie nicht beleidigen, aber ich muß sagen, daß Sie sich in dieser Welt recht gut zurechtzufinden scheinen. Ich werde sehen, was sich tun läßt. Ach, schon wieder dieses verdammte Telefon.«

Van Effen nahm ab, hörte kurz zu und sagte dann: »Schicken Sie noch einen Mann mit, ja? Und warten Sie noch einen Moment.« Er wandte sich de Graaf zu. »Sergeant Oudshoorn. Er sagt, das Haus Nummer achtunddreißig stünde leer. Die Nachbarn behaupten, daß dort seit Jahren niemand mehr wohnt. Das meiste Mobiliar ist weggebracht. Sergeant Oudshoorn hat sich ein paar verschlossene Schränke und Schreibtischschubladen näher angesehen. Ich sagte Ihnen ja schon, daß er noch jung und begeisterungsfähig ist und sich über diesen Auftrag regelrecht gefreut hat, zumal wir ihm mehr oder weniger völlige Handlungsfreiheit gelassen haben.«

»Und er hat dabei wohl auf Brecheisen und Meißel zurückgegriffen?«

»Anzunehmen. Aber wir werden kaum mit einer Beschwerde zu rechnen haben. Jedenfalls sagt er, er wäre dabei auf verschiedene seltsame Landkarten, Zeichnungen und Pläne gestoßen, aus denen er jedoch nicht recht schlau geworden wäre. Wahrscheinlich haben sie auch weiter nichts zu bedeuten. Aber wir können es uns in unserer augenblicklichen Lage nicht leisten, auch nur die geringste Chance ungenutzt zu lassen. Deshalb habe ich Oudshoorn gebeten, den ganzen Kram hierherbringen zu lassen. Könnte dieser Bote unterwegs noch jemanden vom kartographischen Amt mitnehmen, der sich mit solchen Dokumenten auskennt und uns bei der Entschlüsselung dieser Karten behilflich sein kann?«

»Man sollte nichts unversucht lassen. Und die ganze Dreckarbeit darf in diesem Fall wohl wieder einmal ich übernehmen?«

»Ja, so habe ich mir das gedacht, Mijnheer«, entgegnete van Effen; dann sprach er wieder ins Telefon: »Sagen Sie dem Mann, der die Papiere hier vorbeibringt, er soll vorher noch im kartographischen Amt vorbeischauen und jemanden abholen, der ihn hierher begleiten wird. Der Oberst wird alles Nötige veranlassen.«

Während de Graaf seine Anweisungen erteilte, schaltete van Effen das Radio ein und drehte es sofort auf geringste Lautstärke. Auch als de Graaf aufgelegt hatte, stellte er noch nicht lauter – die neueste Nummer eins der Hitparade war nicht unbedingt nach seinem Geschmack –, sondern wartete, bis dieser Lärm zu Ende war. Nach kurzer Pause ertönte die Stimme eines Radiosprechers.

»Wir unterbrechen unser Programm für eine Sonderankündigung. Die FFF, über deren Aktivitäten Sie im Verlauf der letzten achtundvierzig Stunden sicher alle gehört oder gelesen haben, hat eine weitere öffentliche Erklärung abgegeben. Sie lautet wie folgt:

›Wir haben versprochen, den Nordholland-Kanal oder die Hagestein-Schleuse zu sprengen – oder auch beide. Wir haben uns für den Kanal entschieden. Der Grund, weshalb wir die Hagestein-Schleuse nicht gesprengt haben, liegt darin, daß wir uns ihr nie auf weniger als fünfzig Kilometer genähert haben. Dennoch müssen wir gestehen, daß das Aufgebot an Militär, Polizei und Hubschraubern der Luftwaffe äußerst beeindruckend war, ganz zu schweigen von den zahlreich versammelten Experten vom Rijkswaterstaat.

Inzwischen dürfte nicht mehr zu bezweifeln sein, daß es in unserer Macht steht, ungestraft und unbehelligt im ganzen Land Überflutungen zu verursachen, über deren Ausmaß, Zeitpunkt und Ort wir frei entscheiden können. Den staatlichen Behörden und Institutionen ist es offensichtlich nicht möglich, unser Tun aufzudecken oder gar zu verhindern; sie sind, wie wir von neuem auf eindrucksvollste Weise beweisen konnten, gänzlich machtlos.

Wir sind davon überzeugt, daß die Bevölkerung der Niederlande eine Fortdauer dieses Zustandes unter keinen Umständen wünscht. Dies gilt auch für uns. Nur bestehen unsererseits gewisse Interessen, die wir von staatlicher Seite gern berücksichtigt fänden und über die wir uns mit einem verantwortlichen Regierungsvertreter unterhalten möchten. Wir schlagen deshalb vor, daß die genaueren Umstände eines solchen Treffens – Zeitpunkt: heute abend; Ort: unerheblich – heute abend um achtzehn Uhr über Funk oder Fernsehen bekanntgegeben werden. Als Verhandlungspartner werden wir keine Person unter dem Rang eines Ministers akzeptieren.

Wir setzen dabei voraus, daß unser Unterhändler weder verhaftet noch als Geisel genommen oder sonst irgendwie in seiner Bewegungsfreiheit eingeschränkt werden darf. Sollten sich die Behörden dennoch zu einem derartigen Vorgehen verleiten lassen, möchten wir sie bereits jetzt darauf hinweisen, daß sowohl südlich wie nördlich von Lelystad größere Sprengladungen deponiert sind. Wie weit genau nördlich und südlich, möchten wir in diesem Fall nicht bekanntgeben. Besagte Sprengladungen sind außerdem wesentlich stärker als bei den hinlänglich bekannten früheren Gelegenheiten, und die Wiederinstandsetzung der davon betroffenen Deiche wird einige Tage, wenn nicht Wochen in Anspruch nehmen. Falls unser Mann bis zu einem noch näher festzulegenden Zeitpunkt nicht zu uns zurückgekehrt sein wird, werden weite Teile von Oostelijek Flevoland überflutet werden. Der genaue Zeitpunkt der Deichbrüche wird nicht bekanntgegeben; sie werden sich irgendwann im Laufe der Nacht ereignen.

Wir halten es für überflüssig, darauf hinzuweisen, daß die Verantwortung für die Sicherheit von Oostelijek Flevoland und seinen Bewohnern ausschließlich in den Händen der Regierung liegt. Wir fordern nicht mehr, als mit einem Regierungsvertreter sprechen zu dürfen.

Sollte die Regierung unserer bescheidenen Bitte nicht nachkommen und die Entsendung eines Unterhändlers ablehnen, werden wir das Polderland unter Wasser setzen. Wenn wir uns nach diesem Ereignis dann erneut mit einer ähnlichen Bitte und einem ähnlichen Versprechen an die Regierung wenden werden, wird diese es vielleicht eher für geraten halten, sich in einem gewissen Maß kooperationsbereit zu zeigen. Wir sind davon überzeugt, daß die Bürger der Niederlande mit uns einer Meinung sind, daß es ebenso unzulässig wie unverzeihlich wäre, einzig und allein aufgrund des verletzten Stolzes und des Starrsinns der Regierung dieses umfangreiche Gebiet und das Leben seiner Bewohner solchen Gefahren auszusetzen.

Der Zeitpunkt einer friedlichen Zusammenarbeit ist jetzt gegeben – nicht erst, nachdem ebenso unberechenbarer wie vermeidbarer Schaden angerichtet worden ist.

Die Sprengladungen befinden sich an Ort und Stelle und brauchen nur gezündet zu werden.‹

Das ist der vollständige Wortlaut der Botschaft. Die Regierung hat uns gebeten – ich wiederhole ausdrücklich, gebeten –, keinerlei Kommentar zu dieser unerhörten Forderung abzugeben, bis eine offizielle Entscheidung darüber gefällt wurde, was in dieser Sache zu unternehmen ist. Sie möchte den Bewohnern dieses Landes versichern, daß sie der festen Überzeugung ist, über die entsprechenden Mittel zu verfügen, dieser oder jeder anderen Drohung dieses Ausmaßes wirkungsvoll entgegenzutreten.«

Van Effen schaltete das Gerät wieder aus. »Gott bewahre uns vor den Politikern. Die Regierung zeigt sich wieder einmal von ihrer stärksten Seite, das heißt, sie klopft große Sprüche. Die ganze Geschichte hat sie reichlich unvorbereitet getroffen. Unsere Staatsdiener hatten bisher noch nicht viel Zeit zum Nachdenken – vorausgesetzt, eine derartige Tätigkeit fällt überhaupt in ihren Zuständigkeitsbereich –, und natürlich haben sie nun nichts Besseres zu tun, als die altbekannten, abgedroschenen und nichtssagenden Phrasen großzügig zu verstreuen. Sie sind der festen Überzeugung, behaupten sie. Der festen Überzeugung? In diesem Fall möchte ich wirklich nur zu gern wissen, wovon sie eigentlich so fest überzeugt sind. Habt Vertrauen in uns, wollen sie damit doch sagen. Ich für meinen Teil würde allerdings eher den Insassen einer Nervenheilanstalt Vertrauen schenken.«

»Gefährliche Worte, Leutnant van Effen. Was Sie da sagen, grenzt an Hochverrat. Dafür könnte ich Sie inhaftieren lassen.« De Graaf seufzte. »Das Problem ist nur, daß ich mich gleich mit einsperren lassen müßte, da ich mit jedem Ihrer Worte voll übereinstimme. Falls die Regierung tatsächlich der ehrlichen Überzeugung ist, daß die Bevölkerung ihre leeren Behauptungen für bare Münze nimmt, dann stecken sie in einer noch schlimmeren Klemme, als ich bisher dachte. Was allerdings, ehrlich gesagt, kaum noch möglich ist. Ihre Lage ist bereits schlimm genug. Und halten Sie auch nur im entferntesten für möglich, daß sie sich dessen bewußt werden?«

»Natürlich werden sie ihre Augen davor nicht verschließen können. Zumindest wenn sie vom Standpunkt ihres politischen Überlebens aus zu denken beginnen. Falls sie jedoch ihre Köpfe in den Sand stecken, werden sie sich binnen einer Woche entmachtet finden. Ein akutes Interesse, den Status quo zu wahren – in diesem Fall: ihren Status quo –, kann oft Wunder wirken. Den ersten Bock haben sie bereits geschossen, indem sie den Sprecher erklären ließen, sie hätten darum gebeten – nicht angeordnet –, sich jeglichen Kommentars zu dieser Geschichte zu enthalten. Diese Bitte kann allerdings nur in Form einer strikten Anordnung erteilt worden sein, sonst hätte der Nachrichtensprecher nicht den Ausdruck ›unerhörte Forderung‹ verwendet. An dieser Forderung ist nicht das geringste unerhört. Unerhört werden erst die Forderungen sein, die bei dem für heute abend anberaumten Treffen gestellt werden. Ich bin sicher, daß in diesem Fall die Bezeichnung ›unerhört‹ keineswegs übertrieben sein dürfte.«

»Sämtliche Diskussionen zu diesem Thema können nur spekulativer Natur sein«, bemerkte de Graaf finster. »Wenden wir uns also lieber konkreteren und wichtigeren Dingen zu.«

»Ach, weil wir gerade von wichtigen Dingen reden. Ich hätte da noch etwas zu erledigen«, sagte van Effen. »Ich habe eine Verabredung im Trianon; oder zumindest eine Art Verabredung. Ein Herr wartet dort auf mich – ohne freilich zu wissen, daß ich über sein Interesse an meiner Person informiert bin. Einer von Agnellis Schnüfflern. Er nimmt an, daß ich in voller Kriegsbemalung auftrete. Überdies ist er der Auffassung, ich hätte dort den ganzen Nachmittag geschlafen – übrigens gar keine so schlechte Idee –, und ich darf den guten Mann natürlich nicht enttäuschen.«

Das Telefon klingelte. De Graaf nahm ab und reichte den Hörer an van Effen weiter.

»Ja. Ja, Leutnant van Effen ... gut, ich warte ... Weshalb sollte ich das?« Er hielt den Hörer mehrere Zentimenter von seinem Ohr entfernt. »Irgend so ein Clown, der meint, ich sollte meine Trommelfelle schonen und ...« Er brach ab, als ein schriller Schrei – der Schrei einer Frau – aus dem Hörer drang. Van Effen preßte den Hörer wieder an sein Ohr, lauschte ein paar Sekunden und legte dann auf.

»Was, um Himmels willen, war denn das?« wollte de Graaf wissen.

»Julie. Zumindest hat der Anrufer das behauptet. Er sagte: ›Ihre Schwester ist, was ihre Kooperationsbereitschaft betrifft, etwas träge. Sobald sie sich als etwas gefügiger erweisen wird, rufen wir Sie wieder an.‹«

»Sie foltern sie«, sagte der Polizeichef. Seine Stimme klang beherrscht, aber seine Augen verrieten seinen Zorn. »Sie foltern meine Julie.«

Van Effen lächelte gequält. »Auch meine, vergessen Sie das bitte nicht. Den Annecy-Brüdern wäre so etwas durchaus zuzutrauen. Nur kam mir das Ganze eine Spur zu plump, zu offensichtlich, zu theatralisch vor.«

»Peter, ich bitte Sie. Sie sprechen von Ihrer Schwester!«

»Selbstverständlich, Mijnheer. Daran werde ich auch die Annecys noch einmal ausdrücklich erinnern, wenn ich mich mit ihnen treffe.«

»Lassen Sie feststellen, von woher der Anruf kam, Mann! Lassen Sie das sofort feststellen!«

»Das hätte, glaube ich, wenig Sinn, Mijnheer. Schließlich habe ich gute Ohren. Deshalb konnte ich auch das schwache Rauschen des Tonbands hören. Der Anruf könnte also von jedem x-beliebigen Ort aus inszeniert worden sein. Und genau deshalb glaube ich auch, daß das Ganze nur ein fauler Trick ist.«

»Und welchen Zweck haben sie dann mit diesem Anruf verfolgt?«

»Möglicherweise gab es dafür zwei Gründe, wobei ich mir freilich nur hinsichtlich des ersten einigermaßen sicher bin. Ich kann mir nicht vorstellen, daß sie auch nur im entferntesten vermutet haben, ich könnte bemerken, daß es sich bei dem Anruf um eine Tonbandaufnahme handelte. Sie gehen mit Sicherheit davon aus, daß Julies Entführung mich so verwirrt hat, daß ich alles für bare Münze nehme. Ein weiterer wichtiger Punkt ist natürlich, daß sie es nicht auf Julie abgesehen haben, sondern auf mich. Das Ganze ist also – zumindest im Rahmen ihrer höchst suspekten psychologischen Taktik – nichts weiter als ein Teil des allgemeinen Zermürbungsprozesses.«

De Graaf saß schweigend in seinem Sessel. Nach einer Weile stand er auf, um sich noch mal ein Glas Van der Hum einzuschenken, und nahm wieder Platz. Nach kurzem Nachdenken begann er schließlich: »Es ist mir zwar höchst unangenehm, diesen Punkt zur Sprache zu bringen, van Effen, aber ist Ihnen noch nicht in den Sinn gekommen, daß sich die Annecys beim nächsten oder meinetwegen auch übernächsten Mal durchaus dazu entschließen könnten, ihre psychologische Zermürbungstaktik aufzugeben und ganz einfach zu sagen: ›Liefern Sie sich uns aus, Leutnant van

Effen, oder Ihre Schwester wird sterben. Und wir werden dafür sorgen, daß sie sehr, sehr langsam stirbt.‹ Würden Sie das dann tun?«

»Was?«

»Sich ihnen ausliefern.«

»Natürlich. Aber meine Verabredung im Trianon ist überfällig. Falls irgendwelche Nachrichten an mich eingehen, würden Sie mich bitte im Hotel anrufen? Verlangen Sie nach Stephan Danilow. Wie lange werden Sie noch hier bleiben, Mijnheer?«

»Bis ich diese Karten und Pläne, oder was immer Sergeant Oudshoorn gefunden hat, gesehen habe, und bis Leutnant Valken hier übernehmen kann. Ich werde ihn, soweit dies möglich ist, über alles ins Bild setzen.«

»Sie kennen alle Fakten, Mijnheer.«

»Hoffen wir das«, erwiderte de Graaf rätselhaft.

Als van Effen gegangen war, wandte sich Thyssen an den Polizeichef: »Ich weiß, es geht mich eigentlich nichts an, Mijnheer; aber glauben Sie, der Leutnant würde das tatsächlich tun?«

»Was?«

»Sich ausliefern.«

»Sie haben doch selbst gehört, was er gesagt hat.«

»Aber – aber das wäre doch glatter Selbstmord, Mijnheer.« Thyssen schien sichtlich besorgt. »Das wäre doch sein Ende.«

»Irgend jemandes Ende wäre es auf jeden Fall«, erwiderte de Graaf scheinbar gelassen.

Van Effen begab sich durch den Hintereingang des Hotels auf sein Zimmer, rief die Rezeption an und verlangte Charles.

»Charles? Van Effen. Ist unser Freund inzwischen wieder aufgetaucht? ... Gut. Er kann mit Sicherheit jedes Wort hören, das Sie sagen. Wenn Sie also freundlicherweise folgende Worte in den Hörer sprechen würden: ›Aber selbstverständlich, Mister Danilow. Der Kaffee wird Ihnen sofort aufs Zimmer gebracht; ich sorge dafür, daß Sie dann nicht mehr gestört werden. Sie erwarten für achtzehn Uhr dreißig Besuch.‹ Und geben Sie mir Bescheid, wenn er weg ist.«

Etwa eine halbe Minute später rief Charles an, um dem Kommissar mitzuteilen, daß das Foyer leer war.

Van Effen hatte sich gerade wieder in Stephan Danilow verwandelt, als das Telefon abermals klingelte. Es war de Graaf, der sich immer noch in Julies Wohnung aufhielt. Er teilte van Effen mit, daß er ihm etwas Interessantes zu zeigen hätte und ob er nicht kurz vorbeikommen könnte. In zehn Minuten, antwortete van Effen.

Als er wieder in der Wohnung seiner Schwester eintraf, war Thyssen gegangen; seinen Platz nahm nun Leutnant Valken ein. Valken, ein kleiner, gedrungener Mann mit frischer Gesichtsfarbe, war den Freuden des Lebens keineswegs abgeneigt – ein Umstand, auf den vielleicht auch zurückzuführen war, daß er, obwohl einige Jahre älter, van Effen unterstellt war.

Dies schien Valken jedoch nicht im geringsten zu stören. Die beiden waren sogar gute Freunde. Valken unterzog van Effens Maskerade gerade einer genauen Überprüfung und sagte zu de Graaf: »Na, was sagen Sie dazu, Chef? Eine Kreuzung zwischen Gauner und Sklavenhändler, das Ganze mit einem Schuß Spieler von einem Mississippi-Dampfer gewürzt. Jedenfalls bis auf die Knochen suspekt, finden Sie nicht auch?«

Ein kurzer Blick auf van Effen ließ de Graaf zusammenzucken. »Ich würde ihn nicht einen Kilometer an meine beiden Töchter heranlassen. Ehrlich gesagt, traue ich nicht einmal dem Klang seiner Stimme.« Er deutete auf einen Stapel Papiere auf dem Tisch vor sich. »Möchten Sie sich das vielleicht mal ansehen, Peter? Oder soll ich Ihnen gleich nur die Blätter zeigen, die mein Interesse geweckt haben?«

»Zeigen Sie mir nur die, Mijnheer.«

»Mein Gott, diese Stimme. Also gut, die obersten fünf.«

Van Effen sah sich jedes genau an. Die Blätter enthielten Pläne von verschiedenen Stockwerken desselben Gebäudes, wobei die Anzahl der Räumlichkeiten auf jedem Grundriß keinen Zweifel daran ließ, daß es sich um einen sehr weitläufigen Bau handelte. Van Effen sah auf und fragte: »Hatte van Rees also doch etwas mit der Sache zu tun?«

»Also, das ist doch wirklich die Höhe!« De Graaf war sichtlich verärgert. »Woher wußten Sie, daß das die Pläne des Königlichen Palasts sind?«

»Wußten Sie das denn nicht?«

»Nein.« De Graaf schmollte, was er nur in den seltensten Fällen tat. »Zumindest nicht, bis mich dieser junge Architekt vom karthographischen Amt darauf aufmerksam gemacht hat. Sie rauben einem alten Mann seine letzten Freuden, Peter.« De Graaf neigte gewöhnlich durchaus nicht dazu, sich für einen alten Mann zu halten.

»Nun, gewußt habe ich es auch nicht. Ich habe es nur vermutet. Wenn ich mich schon in den nächsten drei Stunden im Inneren dieses Gebäudes aufhalten werde, ist vielleicht durchaus verständlich, daß ich mich in Gedanken hin und wieder damit befasse. Und was ist mit van Rees?«

»Mein alter Freund, dem ich vertraut habe.« De Graaf war verständlicherweise verbittert. »Ich habe ihn für meinen Club vorgeschlagen, mein Gott! Ich hätte wirklich früher auf Sie hören sollen. Und vor allem hätten wir uns sein Bankkonto eher ansehen sollen.«

»Hat er es denn aufgelöst?«

»Ja, das ganze Geld ist weg.«

»Und das gilt vermutlich auch für van Rees.«

»Vier Millionen Gulden«, fuhr de Graaf verärgert fort. »Vier Millionen. Der Leiter der Bank fand diesen Schritt etwas ungewöhnlich, aber . . . nun ja . . .«

»Die Motive und die Integrität einer Stütze der Gesellschaft stellt man eben nicht in Frage; wollten Sie das sagen?«

»Wie soll ich nach dem, was geschehen ist, noch vor die Mitglieder meines Clubs treten?« bemerkte de Graaf düster.

»Ach, es gibt auch noch andere Clubs, Mijnheer. Hat man eigentlich in Schiphol den Flugverkehr wiederaufgenommen?«

»Leider ja.« De Graafs Miene entspannte sich. »Ich habe es vor etwa zehn Minuten erfahren. Die erste Maschine, eine KLM nach Paris, ist vor etwa zwanzig Minuten gestartet.«

»Und van Rees hat es sich, mit seinen Millionen im Handgepäck, sicher in der ersten Klasse bequem gemacht?«

»In der Tat.«

»Und wir haben keine Möglichkeit, einen Auslieferungsantrag zu stellen. Es bestehen keinerlei Anklagepunkte gegen ihn. Wir haben ja nicht einmal irgendwelche konkreten Beweise gegen ihn. Aber dabei wird es zweifellos nicht lange bleiben. Und dann werde ich mir den feinen Herrn schon kaufen. Natürlich erst, wenn das hier alles vorbei ist.«

»Ihre Vorliebe für illegale Praktiken ist inzwischen hinreichend bekannt.«

»Selbstverständlich, Mijnheer. Nur denke ich, daß es im Moment wichtigere Dinge gibt als meine Vorlieben, Ihre Probleme mit Ihrem Club und die Tatsache, daß van Rees sich im Augenblick vermutlich gerade im französischen Luftraum befindet. Uns hat im Moment wesentlich mehr zu interessieren, daß van Rees auch mit unseren Palastbombern zu tun hat. Daß er den Deichattentätern inzwischen sämtliche Informationen über unsere Schleusen, Deiche und Wehre hat zukommen lassen, die für sie von Interesse sind, dürfte außer Zweifel stehen. Und andererseits sind wir davon überzeugt, daß sich die Annecy-Brüder mit den Palastbombern zusammengetan haben. Wenn mich nicht alles täuscht, war es Julie, die als erste den Gedanken geäußert hat, daß zu viele Zufälle auf einmal kein Zufall mehr sein können, wobei ich jedoch – in aller Bescheidenheit, versteht sich – gestehen muß, daß diese Möglichkeit auch mir keineswegs ausgeschlossen schien.«

»Ihre Bescheidenheit macht Ihnen alle Ehre.«

»Vielen Dank, Mijnheer. Nun, wir sehen uns also mit einiger Wahrscheinlichkeit – wenn nicht sogar mit ziemlicher Gewißheit – mit der Tatsache konfrontiert, daß wir es nicht mit drei verschiedenen Organisationen zu tun haben, sondern mit einer einzigen. Unter diesen Umständen sollte doch einiges einfacher werden.«

»Aber sicher, selbstverständlich.« De Graaf bedachte van Effen mit einem alles andere als bewundernden Blick. »Und wie? Hätten Sie vielleicht die Güte, mir das zu erklären?«

»Wie?« sinnierte van Effen. »Ja, das ist die Frage.«

»Der Himmel stehe Amsterdam bei«, murmelte de Graaf.

»Mijnheer?«

Ein Klopfen an der Tür enthob de Graaf weiterer Stoßgebete. Valken öffnete, ein großer, schlanker Herr mit ergrauendem Haar und randloser Brille trat ein. De Graaf erhob sich und begrüßte den Neuankömmling mit spürbarer Herzlichkeit.

»Hugh, alter Freund. Wirklich sehr freundlich von Ihnen, so rasch und unverzüglich hierherzukommen. Ich hoffe nur, Ihnen nicht allzu viele Umstände gemacht zu haben.«

»Keineswegs, mein lieber Polizeipräsident, keineswegs. Die Patienten eines Schönheitschirurgen sterben ihm nicht unter dem Skalpell weg, wenn man sich nicht sofort um sie kümmert. Bei einer Warteliste von sechs Monaten kann man schon hier und da einen Patienten einschieben.«

De Graaf stellte die Anwesenden einander vor. »Professor Johnson. Leutnant van Effen. Leutnant Valken.«

»Aha, Sie sind also van Effen. Der Oberst hat mir bereits von Ihren Wünschen erzählt. Ziemlich ungewöhnlich, möchte ich sagen, sogar für mein an seltsame Ansprüche durchaus gewöhntes Gewerbe. In der Regel wendet man sich an uns, um Narben entfernen – nicht, um sie sich beibringen zu lassen. Aber, nun ja.«

Er betrachtete die Narbe in van Effens Gesicht und holte schließlich eine Lupe aus seiner Tasche, um sie näher in Augenschein zu nehmen. »Nicht schlecht, wirklich nicht schlecht. Sie haben eindeutig eine künstlerische Ader. Mich könnten Sie damit zwar nicht täuschen – schließlich habe ich mein halbes Leben damit verbracht, mich mit Narben der unterschiedlichsten Natur zu befassen. Aber ich kann mir nicht vorstellen, daß einem Laien, der sich nicht ausgiebig damit beschäftigt hat, Zweifel an der Echtheit Ihrer Narbe kommen würden. Lassen Sie mich doch auch noch die schreckliche Verletzung an Ihrer linken Hand sehen, die Sie unter diesem schwarzen Handschuh verbergen.« Er unterzog auch die Hand einer eingehenden Untersuchung. »Meinen Glückwunsch, sogar noch besser. Und vor allem sehr praktisch, daß nur Ihre linke Hand in Mitleidenschaft gezogen wurde, nicht wahr? Könnte das dem argwöhnischen Verstand eines Kriminellen nicht verdächtig erscheinen? Wobei ich doch annehme, daß Sie Rechtshänder sind.«

Van Effen mußte lächeln. »Können Sie das feststellen, indem Sie mich nur ansehen?«

»Ich weiß zumindest soviel, daß Linkshänder in der Regel keine Schußwaffe unter ihrer linken Achsel tragen.«

»Schade, dafür ist es nun leider zu spät. Inzwischen ist nämlich hinreichend bekannt, daß ich an meiner linken Hand einen Handschuh trage.«

»Na ja, da kann man eben nichts machen. Aber Ihre Narben halten auch einer eingehenderen Überprüfung stand. Ihr Problem ist vermutlich nur, daß man diese Narben einem ebenso plumpen wie wirksamen Test unterziehen könnte – zum Beispiel mit einer Bürste oder einem Schwamm und einem Stück Seife?«

»Ein bißchen Seife mit heißem Wasser würde vollauf genügen.«

»In der Regel, müssen Sie wissen, würde eine perfekte, nicht zu entfernende Narbe mehrere Wochen Arbeitszeit in Anspruch nehmen, ich nehme jedoch an, daß Sie augenblicklich wohl kaum so großzügig über Ihre Zeit disponieren können. Ach, van de Graaf, sticht mir da nicht unser guter, alter Bekannter Van der Hum in die Augen?«

»Allerdings.« De Graaf schenkte dem Doktor ein Glas ein.

»Besten Dank. Wir hängen das ja nicht unbedingt an die große Glocke, aber die Mitglieder des Ärztestandes – nun ja, vor einer größeren Operation –, Sie werden sicher verstehen?«

»Habe ich recht gehört? Operation?« fragte van Effen argwöhnisch.

»Nur eine Kleinigkeit«, beruhigte ihn Johnson. Er nahm einen Schluck Brandy und öffnete dann einen kleinen Metallkoffer, der ein blitzendes chirurgisches Besteck enthielt. »Ein paar subkutane Injektionen mit verschiedenen inaktiven Farbstoffen. Es wird zu keinerlei Anschwellung kommen, das verspreche ich Ihnen. Ich werde Ihnen allerdings kein Lokalanästhetikum verabreichen. Auf diese Weise ist die Wirkung besser.« Er sah sich die Gesichtsnarbe genau an. »Sie werden sicher verstehen, daß die Narbe dieselbe Größe, Farbe und Position haben muß wie zuvor. Bei ihrer linken Hand dagegen ist das nicht weiter von Bedeutung. Ich nehme nicht an, daß bisher jemand die Narbe gesehen hat. In diesem Fall kann ich Sie also sogar mit einer noch eindrucksvolleren Verletzung ausstatten, als Sie sie bereits haben. Wenn ich jetzt vielleicht etwas heißes Wasser, einen Schwamm und Seife haben könnte?«

Zwanzig Minuten später war Johnson fertig. »Nicht unbedingt ein Glanzstück, aber es wird seinen Zweck erfüllen. Zumindest kann man diese Narben nicht mehr abziehen oder abwaschen. Sehen Sie sich doch mal im Spiegel an.«

Van Effen ging kurz ins Bad, nickte und kam wieder zurück.

»Wirklich phantastisch, Professor. Dagegen war die gemalte wirklich nur ein schwacher Abklatsch.« Dann begutachtete er trübsinnig seine schrecklich entstellte linke Hand. »Ich habe wirklich einiges mitgemacht. Nachdem Sie so großartige Arbeit geleistet haben, ist es vielleicht undankbar, zu fragen: wie lange bleiben solche Narben eigentlich?«

»Seien Sie unbesorgt – auf keinen Fall für immer. Diese Farbstoffe sind von einer völlig anderen chemischen Zusammensetzung als die Tinten, die man zum Tätowieren verwendet. Die Absorptionszeit schwankt zwischen zwei und drei Wochen. Ich würde mir deswegen also keine Sorgen machen; außerdem stehen sie Ihnen hervorragend zu Gesicht.«

De Graaf und van Effen trafen sich mit den Professoren Hector van Dam, Bernard Span und Thomas Spanraft im Wohnzimmer von van Dams Haus. Die drei Herren sahen nicht im geringsten so aus, wie man sich Professoren gemeinhin vorstellt. Sie wirkten eher wie eine Mischung aus wohlhabenden Geschäftsleuten und ehrenwerten holländischen Bürgern, die einander mit ihrer Leibesfülle, ihrer guten Laune und den leicht geröteten Wangen erstaunlich ähnlich waren; letzteres hätte man jedoch ebensogut auf den überheizten Raum zurückführen können wie auf die große Flasche Wein, die regelmäßig die Runde unter ihnen machte.

»Nun, meine Herren«, erklärte van Dam, »wir glauben, eine Antwort auf Ihre Fragen zu haben. Das Ganze war nicht allzu schwierig. Wir haben in diesem Land Linguisten – für östliche wie für westliche Sprachen –, die in Europa ihresgleichen suchen. Vor allem auf dem Gebiet der asiatischen

Sprachen können wir auf eine jahrhundertealte Tradition zurückblicken. Professor Spanraft ist eigens aus Rotterdam angereist. Er hat übrigens mit den asiatischen Sprachen nichts zu tun. Aber vielleicht darf ich mit meinem eigenen bescheidenen Beitrag beginnen.«

Er sah van Effen an. »Dieser Herr mit dem etwas ungewöhnlichen Namen Paderewski, den Sie in diesem Lokal getroffen haben, ist kein Holländer und schon gar nicht Pole. Er stammt zweifelsfrei aus Südirland. Wir können diese Feststellung sogar noch weiter spezifizieren: Er kommt aus Dublin. Worauf ich diese präzise Behauptung stütze? Ich war ein Jahr als Gastdozent am Trinity in Dublin tätig. Bernard?«

Professor Span machte eine entschuldigende Geste. »Mein Beitrag ist noch bescheidener als der Hectors. Die Sache war tatsächlich höchst simpel. Man hat mir zu verstehen gegeben, daß die beiden Herren mit den ebenso wohlklingenden wie etwas unwahrscheinlichen Namen Romero und Leonardo Agnelli dunkelhaarig und dunkeläugig sind – also vom Typ her mediterraner Herkunft. Menschen mit diesen Attributen finden wir jedoch keineswegs nur in Regionen südlich der Alpen. Sie sind sogar unter unserer vorwiegend blonden und hellhäutigen Bevölkerung anzutreffen. Und die Agnellis sind zwei davon.«

»Sind Sie sich dessen auch ganz sicher, Professor?« warf van Effen ein. »Ich kenne Italien relativ gut und . . .«

»Leutnant van Effen!« unterbrach ihn Professor van Dam, sichtlich schockiert. »Wie können Sie an der Aussage meines Kollegen . . .«

Professor Span hob beschwichtigend die Hand. »Nein, nein, Hector, die Frage war keineswegs so unberechtigt. Ich nehme doch an, daß die Nachforschungen, denen er und der Oberst nachgehen, von größter Wichtigkeit sind.« Er lächelte entschuldigend. »Aber wie dem auch sei, Leutnant van Effen, seien Sie versichert: diese beiden Herren sind ebenso Holländer wie Sie und ich. Dafür lege ich meine Hand ins Feuer. Und ich möchte mir erlauben, meine Aussage dahingehend zu spezifizieren – selbstverständlich eine rein akademische Vermutung –, daß die beiden Herren aus Utrecht kommen dürften. Mein Scharfsinn verwundert Sie? Ich bitte Sie, meine Herren! Und meine Qualifikationen? Ich bin Holländer. Aus Utrecht. Und jetzt sind Sie dran, Thomas.«

Spanraft konnte sich ein Grinsen nicht verwehren. »Meine Qualifikationen sind denen Hectors auffallend ähnlich. Die Dame, die all diese mysteriösen Anrufe tätigt, ist zweifellos jung. Gebildet. Vielleicht sogar in hohem Maße. Nordirland, genauer Belfast. Meine Qualifikationen? Nun, auch ich war als Gastdozent im Ausland tätig, und zwar am Queen's in Belfast.« Er lächelte. »Mein Gott, vielleicht habe ich die junge Dame sogar selbst unterrichtet.«

»Dann hat sie allerdings nichts Gutes von Ihnen gelernt«, bemerkte de Graaf ernst.

Der Polizeichef wandte sich van Effen zu, der an diesem Abend einen Volkswagen fuhr. Da nicht auszuschließen war, daß er später einen oder mehrere von Agnellis Leuten in seinem Wagen mitnehmen mußte, schien es nicht angeraten, auf den Peugeot zurückzugreifen; ein neugieriger Mitfahrer hätte vielleicht das Funksprechgerät entdecken können. Die Wagenpapiere waren auf den Namen Stephan Danilow ausgestellt.

»Können Sie mit diesen Querverbindungen zu Irland eigentlich etwas anfangen, Peter?«

»Bis jetzt noch nicht. Wir wissen zwar, daß in letzter Zeit in geringfügigem Umfang Waffen aus Rußland und dem Ostblock an die Irisch-Republikanische Armee verkauft worden sind. Aber dabei handelte es sich um relativ harmlose Waffenschiebereien. Hier haben wir es, fürchte ich, mit einer Operation größeren Ausmaßes zu tun. Die IRA war in Holland nie in nennenswertem Umfang vertreten, während die FFF eine Organisation von recht beachtlicher Tragweite darstellt. Wo kann ich Sie später heute abend erreichen, Mijnheer?«

»Es wäre mir lieber, Sie wären nicht auf diesen Punkt zu sprechen gekommen«, erwiderte de Graaf verdrießlich. »Bis vor kurzem hatte ich noch gehofft, den Abend im Kreis meiner Lieben zu verbringen. Aber nun? Falls die Regierung sich dazu entschließen sollte, sich auf Verhandlungen mit der FFF einzulassen – meine Güte, Peter, wir haben völlig vergessen, die Sechs-Uhr-Nachrichten anzuhören beziehungsweise die Regierungsverlautbarung, in der bekanntgegeben werden sollte, wann und wo die Regierung sich zu diesen Vehandlungen bereit erklärt.«

»Wozu gibt es das Telefon? Wir brauchen doch nur anzurufen.«

»Das ist allerdings wahr. Wer, glauben Sie, wird folgerichtig als Unterhändler der Regierung fungieren?«

»Der Justizminister?«

»Der und kein anderer. Mein Herr und Meister, den Sie bei verschiedenen Gelegenheiten ebenso unverzeihlich wie richtig als altes Waschweib bezeichnet haben. Von einem gewissen Alter ab brauchen solche Leute ja immer so etwas wie ein Kindermädchen. Und wer, glauben Sie, käme dafür wohl am ehesten in Frage?«

»Ich würde sagen, Sie sind der geborene Mann für diese Aufgabe. Vergessen Sie nicht, einen Regenschirm mitzunehmen, der für Sie beide groß genug ist.« Es hatte zu regnen begonnen, und zwar so ergiebig, daß die Scheibenwischer des Volkswagens Schwierigkeiten hatten, der Wassermassen Herr zu werden. »Ich hoffe, Sie wissen dieses Privileg zu schätzen, Mijnheer. Sie wohnen einem Ereignis, das durchaus zu einem Wendepunkt in der Geschichte werden könnte, aus nächster Nähe bei.«

»Nun, darauf könnte ich liebend gern verzichten.« De Graaf sog heftig an seinem Stumpen. »Aber ich will nicht klagen. Verglichen mit dem, was Ihnen heute abend bevorsteht, wird das immer noch ein Honiglecken sein.« De Graaf schien voll darauf konzentriert, den blauen Dunst im Wageninnern noch zu verdichten. Nach einer Weile bemerkte er nachdenklich: »Das gefällt mir nicht, Peter. Diese ganze Geschichte gefällt mir ganz und gar nicht. Sie hat einfach zu viele Haken und Ösen.«

»Zugegeben – ich sehe dem heutigen Abend auch nicht mit ungetrübter

Begeisterung entgegen. Aber wie wir beide festgestellt haben, bleibt uns keine andere Wahl, wenn wir der Sache wirklich auf den Grund gehen wollen. Und da ist noch etwas, über das ich nicht sonderlich erfreut bin und weshalb ich es durchaus begrüße, daß Ihr Freund meinen Narben zu größerer Dauerhaftigkeit verholfen hat. Ich meine, sie könnten, was meine Person betrifft, inzwischen Bedenken haben, die sie bis vor kurzem nicht hatten.«

»Wie kommen Sie darauf?«

»Eine beunruhigende Feststellung, die einer dieser Herren vorhin getroffen hat – es war Professor Span. Er hat gesagt, er wäre aus Utrecht. Und er war doch der festen Überzeugung, die Agnellis stammten ebenfalls aus dieser Stadt.«

»Na und?«

»Es mag Ihnen vielleicht entfallen sein, Mijnheer, aber Sergeant Westenbrink stammt ebenfalls aus Utrecht.«

»Oh, verdammt!« entfuhr es de Graaf leise. Ihm war schlagartig klar, was van Effen damit hatte sagen wollen. »Verdammt!« konnte er nur noch einmal wiederholen.

»Allerdings. Herausragende Persönlichkeiten in Kreisen der Polizei und der Unterwelt kennen einander in der Regel recht gut. Dem widersprächen in diesem speziellen Fall möglicherweise zwei Umstände. Vasco hat schon in Utrecht die meiste Zeit in Tarnung gearbeitet, was auch für seine Zeit in Amsterdam gilt, seit er sich in Krakerkreisen herumtreibt. Aber man kann natürlich nie wissen.«

»Diese Unsicherheit betrifft natürlich auch die Frage, inwieweit Ihr – wie soll ich es nennen? – Fortleben gewährleistet ist«, entgegnete de Graaf sorgenvoll. »Glauben Sie nicht . . .«

»Wie heißt es doch so schön? Wer wagt, gewinnt. Ich muß eben ein gewisses Risiko eingehen, wobei die Chancen, soweit ich sie übersehe, nach wie vor nicht schlecht für mich stehen.« Er hielt vor de Graafs Haus.

»Eine Wette würde ich darüber lieber nicht abschließen.« Der Polizeichef sah auf seine Uhr. »Achtzehn Uhr siebzehn. Falls ich Sie innerhalb der nächsten Stunde erreichen möchte, sind Sie doch auf Ihrem Zimmer im Trianon?«

»Ich werde aber nur ganz kurz dort bleiben, Mijnheer. Dafür bin ich – sagen wir, ab Viertel vor sieben – für etwa vierzig Minuten im La Caracha.«

»Wie stellen Sie sich das vor? Im La Caracha? Ich dachte, um halb sieben wollte Ihnen jemand ein paar Daten, oder was weiß ich, ins Trianon bringen? Wollten Sie sich die denn nicht näher ansehen?«

»Das ist nicht nötig. Ich weiß, wie man mit ferngesteuerten Zündern umgeht. Als ich unseren Freunden die Probleme eines solchen Verfahrens auseinandersetzte, war das nur zu unser beider Vorteil. Sie konnten sich davon überzeugen, daß ich tatsächlich bin, was ich zu sein vorgab – nämlich ein Hexenmeister in Sachen Sprengstoff. Und ich konnte mich davon überzeugen, wieviel sie tatsächlich über dieses Thema wissen – nämlich herzlich wenig. Lassen Sie sich die Frage mal durch den Kopf gehen,

Mijnheer, weshalb eine so hervorragend organisierte Gruppe in einem derart wichtigen – wenn nicht sogar entscheidenden – Punkt so auffallend schlecht unterrichtet ist. Das ist übrigens einer der Gründe, weshalb ich meinte, meine Chancen stünden gar nicht so schlecht. Ich glaube nämlich, daß sie mich dringend brauchen und deshalb, was meine Glaubwürdigkeit betrifft, geneigt sind, nicht allzu großes Mißtrauen an den Tag zu legen.

Aber die eigentliche Ursache für meinen Optimismus liegt im La Caracha. Wie Sie sich vielleicht erinnern, habe ich Vasco gebeten, sich in Julies Wohnung mit mir zu treffen. Das habe ich mir inzwischen anders überlegt. Ich denke, je größer der Bogen ist, den wir um Julies Wohnung schlagen, desto besser. Deshalb habe ich mich im La Caracha mit ihm verabredet. Außerdem habe ich mir die Freiheit genommen, George anzurufen und ihn zu fragen, ob er bereit ist, uns etwas unter die Arme zu greifen. Seine Antwort: er wäre sogar höchst erfreut. Ich habe ihn nicht in Ihrem Namen rekrutiert, Mijnheer. Ich dachte nämlich, es gäbe vielleicht verschiedene Dinge, von denen Sie offiziell nichts wissen sollten.«

»So ist das also. Manchmal frage ich mich wirklich, über wie vieles ich eigentlich nicht informiert bin, offiziell *und* inoffiziell. Aber das ist nicht der Zeitpunkt, sich über derlei den Kopf zu zerbrechen. Sie haben sich im Augenblick mit Wichtigerem zu befassen. Und wie, glauben Sie, werden diese beiden dazu beitragen, die Chancen Ihres Fortlebens zu erhöhen?«

»Indem sie ein wachsames Auge auf mich werfen. Wie ich bereits erwähnt habe, ist Vasco ein unübertrefflicher Beschatter. Und George, nun, er hat andere Vorzüge.«

»Das ist auch mir nicht entgangen. Dann können wir also nur hoffen, daß uns der Himmel gnädig ist.«

Agnellis Bote traf pünktlich um halb sieben ein, kaum zwei Minuten, nachdem van Effen die Tür seines Zimmers im Hotel Trianon hinter sich geschlossen hatte. Der Mann, stellte van Effen fest, war für seine Aufgabe wie geschaffen: ein unscheinbares, graues Männchen, das durchaus ein Cousin ersten Grades dieser anderen Null hätte sein können, die in der Nähe der Rezeption immer so auffallend wenig Jenever getrunken hatte. Der Mann überreichte van Effen einen gelben Umschlag, teilte ihm mit, daß er um Viertel vor acht abgeholt würde, und ging wieder, keine zwanzig Sekunden nach seinem Eintreffen.

»Nein«, sagte Sergeant Westenbrink. Er saß mit van Effen und George in dem kleinen privaten Raum im La Caracha. »Die Annecys kenne ich nicht – jedenfalls nicht die beiden, die du nicht hinter Gitter gebracht hast.«

»Kennen sie dich denn?«

»Mit Sicherheit nicht. Ich hatte nie mit ihnen zu tun. Sie sind schon vor drei Jahren aus Utrecht verschwunden.«

»Richtig, das hätte ich fast vergessen. Hat jemand von euch die Verlautbarung der Regierung gehört, die heute abend um sechs Uhr im Rundfunk durchgegeben werden sollte?«

»Ja, ich habe sie gehört«, bemerkte George. »Sie wollen sich um acht Uhr im Haus des Justizministers treffen. Sie haben dem Unterhändler der FFF Immunität zugesichert. Ich nehme an, die Regierung hat die Drohungen, Oostelijk Flevoland unter Wasser zu setzen, ernstgenommen.«

»Nun, das berührt uns im Augenblick nicht weiter. Bist du auch sicher, George, daß du mitmachen willst?«

George schien nachzudenken. »Könnte schwierig werden, sogar gefährlich. Gewaltanwendung ist nicht auszuschließen.« Nach einem kurzen Stirnrunzeln hellte sich sein Gesicht wieder auf. »Aber auf die Dauer ist es einfach langweilig, immer nur Rodekool met Rolpens zu servieren.«

»Gut. Wenn du dann vielleicht bis zwanzig vor acht mit deinem Wagen – in unauffälliger Entfernung – vor dem Trianon warten könntest. Es kann sein, daß ich mich in meinem Volkswagen auf den Weg mache; eventuell auch in dem Wagen, der mich abholen kommt. Ich kann mir nicht vorstellen, daß du uns aus den Augen verlieren wirst; auf jeden Fall werden wir in Richtung Königlicher Palast fahren.«

»Weiß der Polizeichef von unserem Vorhaben?« fragte George.

»Er weiß, daß ihr beide sehr gut – hoffe ich zumindest – auf mich aufpassen werdet. Alles Weitere entzieht sich seiner Kenntnis. Schließlich würde er unter keinen Umständen zulassen, daß wir uns eine Gesetzesübertretung zuschulden kommen lassen.«

»Selbstverständlich nicht«, nickte George.

Punkt neunzehn Uhr fünfundvierzig erschien kein Geringerer als Romero Agnelli persönlich, um van Effen aus dem Trianon abzuholen.

6

Soweit sich das beurteilen ließ, war Romero Agnelli bester Laune; freilich war Romero Agnelli, äußerlich betrachtet, immer bester Laune. Selbst das Trommeln des Regens auf dem Wagendach konnte seine Lebensfreude nicht dämpfen. Sie fuhren übrigens in Agnellis Wagen; es war ein großer und, zu van Effens Freude, ziemlich auffällig grüner Volvo.

»Scheußliches Wetter heute«, bemerkte Agnelli. »Wirklich scheußlich. Und es soll noch schlimmer werden. Aber was will man um diese Jahreszeit auch schon anderes erwarten. Stürme, Springfluten, Nordwind – am besten hören wir uns den Wetterbericht nach den Acht-Uhr-Nachrichten an.« Für van Effens Gefühl schien sich Agnelli in ungewöhnlichem Maß für die Wetterlage zu interessieren. »Hatten Sie einen anstrengenden Tag, Mister Danilow?«

»Wenn Sie Schlafen anstrengend finden, hatte ich einen anstrengenden Tag. Gestern abend – oder besser, heute früh – ist es ein bißchen spät geworden. Und weil ich nicht wußte, wie lange Sie heute abend meine Dienste in Anspruch nehmen wollen ... Immerhin waren Sie bisher nicht gerade gesprächig, was Ihre Pläne für den heutigen Abend betrifft, Mister Agnelli.«

»Wären Sie das denn an meiner Stelle gewesen? Aber seien Sie unbesorgt, wir werden Sie nicht unnötig im ungewissen lassen. Die Daten, die ich Ihnen zukommen ließ – haben sie sich als nützlich erwiesen?«

»Alles, was ich benötige.« Van Effen zog den gelben Umschlag unter seinem Mantel hervor. »Hiermit gebe ich Ihnen alles mit bestem Dank zurück. Ich möchte nämlich nicht unbedingt damit erwischt werden. Wo ist der Auslösemechanismus?«

»Im Kofferraum. In einwandfreiem Zustand.«

»Das bezweifle ich nicht. Trotzdem würde ich ihn mir gern ansehen. Ich hoffe doch, daß Sie das Amatol, die Sprengkapseln und den übrigen Kram nicht im Kofferraum haben?«

Agnelli warf ihm einen kurzen, amüsierten Blick zu. »Allerdings nicht. Aber warum?«

»Ich denke dabei vor allem an den Sprengsatz. In der Regel besteht so etwas aus Knallquecksilber. Das Zeug ist ziemlich empfindlich. Man sollte es besser nicht schütteln. Und wenn das doch geschieht, möchte ich lieber nicht in der Nähe sein.«

»Das Ganze befindet sich in einem Zimmer, das wir in der Nähe der Kalverstraat gemietet haben.«

»Darf ich fragen, weshalb sich der Auslösemechanismus nicht bei den übrigen Zutaten befindet?«

»Gewiß doch. Ich möchte die Ladung im Palast vom Dam aus zünden. Sie möchten vielleicht gern wissen, weshalb.«

»Ob ich das wissen möchte oder nicht – ich frage jedenfalls nicht nach dem Grund. Je weniger ich weiß, desto besser. Ich halte nämlich viel von dem Grundsatz, daß man nie mehr wissen sollte, als unbedingt nötig ist.«

»In der Regel trifft das auch für mich zu.« Agnelli schaltete das Autoradio ein. »Wetterbericht. Neunzehn Uhr dreißig.« Die Wettervorhersage verhieß nichts Gutes. Windstärke sieben, schwankend zwischen Nord und Nordost, zunehmend, schwere Regenfälle, Temperaturabfall. Darauf folgten meteorologische Fachausdrücke über stationäre Tiefdruckzonen und ein ebenso bestimmter wie unerfreulicher Hinweis, daß sich die Wetterlage im Laufe der nächsten achtundvierzig Stunden weiter verschlechtern würde.

»Klingt nicht gerade gut«, meinte Agnelli. Seine Miene verriet keinerlei innere Beteiligung. »Es dürfte einige Leute geben, vor allem ältere Personen, die bei dieser Nachricht ein ungutes Gefühl beschleichen wird – besonders, wenn man den bedenklichen Zustand unserer Deiche in Betracht zieht. Wir haben es ungefähr mit denselben Bedingungen zu tun, die in den fünfziger Jahren verheerende Überschwemmungen zur Folge hatten. Und die Deiche sind durchaus nicht in besserem Zustand als damals.«

»Ist das nicht ein bißchen übertrieben, Mister Agnelli? Denken Sie doch an die gewaltigen Sturmschutzanlagen in der Delta-Region im Südwesten.«

»Und wer garantiert uns, daß die Nordsee so rücksichtsvoll ist, die Hauptwucht ihres Anpralls ausgerechnet auf die Delta-Region zu richten? Es hat doch wenig Sinn, die Eingangstür zu verriegeln, wenn die Hintertür schon halb aus den Angeln kracht.«

Agnelli parkte am Voorburgwal, langte auf den Rücksitz und brachte zwei Regenschirme zum Vorschein.

»Nicht, daß die Dinger uns bei diesem Regen viel nützen. Warten Sie noch einen Augenblick, bis ich die Fernsteuerung aus dem Kofferraum geholt habe.«

Eine Minute später standen sie vor einer Tür, für die Agnelli einen Schlüssel hatte. Dahinter erstreckte sich ein schmutziger, schwach erleuchteter Flur, dessen Boden mit brüchigem Linoleum ausgelegt war. Agnelli klappte seinen Regenschirm zusammen und klopfte gegen die erste Tür auf der rechten Seite – drei Schläge, Pause, dann einer, wieder Pause, und dann noch einmal drei. Die Tür wurde von dem Mann geöffnet, der sich Helmut Paderewski nannte und vergeblich versuchte, ein Stirnrunzeln zu unterdrücken, als er die Person erkannte, die Agnelli begleitete.

»Helmut kennen Sie ja schon«, sagte Agnelli und trat in den dahinterliegenden Raum. Im Gegensatz zum Flur war er hell erleuchtet, groß und erstaunlich komfortabel eingerichtet. Leonardo Agnelli begrüßte van Effen mit einem Lächeln.

Außer Leonardo befanden sich weitere vier Personen in dem Raum. Sie waren ausnahmslos jung und gutaussehend und machten einen durchaus anständigen Eindruck. Zwei Männer und zwei Frauen, die ebensogut Teilnehmer an einem Doktorandencolloquium einer angesehenen Universität hätten sein können, wie sie auch in einen der großen Pariser Salons gepaßt hätten. Leute ihres Schlages waren im vergangenen Jahrzehnt nicht nur Mitglieder, sondern auch die führenden Köpfe der zahlreichen, politisch motivierten kriminellen Vereinigungen, die sich vor allem in Deutschland und Italien breitgemacht hatten. Sie waren wesentlich gefährlicher als der normale Durchschnittsverbrecher, dem es nur um eine größtmögliche Anhäufung von materiellem Reichtum innerhalb kürzester Zeit ging und der nur zu gern auf seine Beute verzichtete, sobald persönliche Risiken damit verbunden waren. Leute dieses Schlags dagegen, ihrer Sache fanatisch verschworen, schreckten vor nichts zurück, wenn es galt, ihre Utopien zu verwirklichen – einerlei, wie verrückt, abstrus und unerwünscht diese Vorstellungen dem Großteil ihrer Umwelt erscheinen mochten. Sie hätten auch nur ganz gewöhnliche Salonintellektuelle sein können, denen der Sinn nach nichts Größerem stand, als Proust und Stendhal oder die Philosophien Kants oder Hegels zu diskutieren. Allerdings versammelten sich Sucher nach höheren Wahrheiten in der Regel nicht auf derart geheime Weise, und vor allem auch nicht in unmittelbarer Nähe von Sechzehn-Kilo-Blöcken Amatol-Sprengstoff, die van Effen sofort, sauber in einer Ecke aufgestapelt, ins Auge gefallen waren.

Agnelli deutete auf die beiden jungen Männer. »Joop und Joachim. Das sind natürlich nicht ihre richtigen Namen.« Joop und Joachim ähnelten sich auf seltsame Weise, sie waren beide groß, hielten sich leicht vornübergebeugt und trugen Hornbrillen. Sie verneigten sich und lächelten. Allerdings enthielten sie sich eines Kommentars zu van Effens Feststellung, er wäre erfreut, ihre Bekanntschaft zu machen. Agnelli wandte sich darauf einem dunkelhaarigen Mädchen zu. »Und das ist Maria, die ebenfalls für eine Weile ihren Namen abgelegt hat.«

»Na, so was«, schüttelte van Effen den Kopf. »Wie kann man nur einen so klangvollen Namen wie Agnelli ablegen.«

Agnelli lächelte. »Dachte ich mir's doch beinahe, daß Ihnen die Ähnlichkeit nicht entgehen würde, Mister Danilow. Ja, meine Schwester. Und das hier ist Kathleen.« Kathleen, zierlich und schlank, hatte blaue Augen, dunkles Haar und war nicht weniger hübsch als Maria.

»Kathleen?« fragte van Effen. »Ist das nicht ein irischer Name? Außerdem sind Sie doch – ich hoffe, Sie nehmen es mir nicht krumm – der Inbegriff all dessen, was man sich unter einem irischen Mädchen vorstellt. Kennen Sie vielleicht sogar das alte Lied ›I'll take you home again, Kathleen‹?«

Sie machte einen spöttischen Knicks. »Sie belieben mir zu schmeicheln. Ich fühle mich geehrt. Meine Mutter ist Irin. Und darauf bin ich sehr stolz.«

Professor Spanrafts mutmaßliche ehemalige Schülerin, schoß es van Effen durch den Kopf. Zweifellos war sie die junge Frau, die am Telefon die Verlautbarungen der FFF durchgegeben hatte.

»Man hat mir versprochen, ich sollte heute abend die Bekanntschaft Ihres Chefs machen«, bemerkte van Effen. »Er ist nicht hier.«

»Er hat mich gebeten, ihn zu entschuldigen«, erklärte Agnelli. »Er hatte eine wichtige Verabredung, die er auf keinen Fall absagen konnte.« In der Tat, dachte van Effen, eine Verabredung mit dem Justizminister kann man kaum absagen.

»Ist das Ihre ganze Gruppe?«

»Nein.« Agnelli wedelte mit der Hand durch die Luft. »Das sind nur alle, die an der heutigen Aktion beteiligt sein werden.«

»Schade, daß sich dann unsere gegenseitige Bekanntschaft nicht vertiefen wird«, entgegnete van Effen barsch. »Beteiligen Sie sich getrost an dieser Aktion – aber ohne mich.« Er wandte sich zur Tür. »Ich bin sicher, daß Ihnen der kleine Ausflug in die Keller des Palasts einen Höllenspaß machen wird. Tut mir leid, Mister Agnelli. Gute Nacht.«

»Warten Sie doch. Warten Sie doch wenigstens einen Augenblick!« Agnelli, dem das Lachen vergangen war, schien sichtlich verblüfft. Seiner Miene nach verstand er nicht das geringste.

»Keine Sekunde länger bleibe ich hier. Nicht in dieser Gesellschaft.« Van Effen ließ seinen Blick über die nicht minder verdutzten Anwesenden schweifen; seine Augen, seine ganze Miene zeigten Verachtung. »Wenn Sie geglaubt haben, daß ich mich in feindliches Gebiet vorwage, mit ein paar Kilo Sprengstoff auf dem Buckel, und dazu noch in Begleitung dieser Amateurterroristen, dann haben Sie sich gründlich getäuscht.« Er streckte die Hand nach dem Türgriff aus. »Suchen Sie sich einen anderen Sprengstoffexperten. Am besten gleich einen aus einer Irrenanstalt.«

»Wenn es nur das ist.« Agnelli lächelte erleichtert. »Mein lieber Freund, diese Leute kommen doch gar nicht mit uns. Glauben Sie, ich wäre einer Irrenanstalt entsprungen? Außer uns beiden ist nur noch Leonardo mit von der Partie.«

»Was wollen dann alle diese Leute hier? Erzählen Sie mir nur nicht, das ginge mich nichts an. Das geht mich sehr wohl etwas an. Ich schätze meine Freiheit über alles, und meine Freiheit wird ernsthaft gefährdet, wenn ich unnötige Risiken eingehe. Wissen Sie denn nicht, daß schon die Anzahl der Leute gefährlich ist? Glauben Sie, es zeugt von überaus großem Scharfsinn, wenn Sie Ihren ganzen Verein in unmittelbarer Nähe des Orts zusammenkommen lassen, an dem Sie eine strafbare Handlung begehen wollen? Handeln Sie nie nach dem Grundsatz, daß niemand mehr als unbedingt nötig wissen sollte?«

»Dies ist nicht unser Hauptquartier, Mister Danilow. Wir treffen uns hier nur heute abend.« Agnelli war sichtlich verlegen; er befand sich in der Defensive. »Diese Leute sind nur als Beobachter hier.«

»Und was wollen sie beobachten, wenn ich fragen darf?«

»Die Auswirkungen der Explosion.«

»Die Auswirkungen? Sie erwarten wohl, die Mauern von Jericho einstürzen zu sehen? Leider wird es heute abend nichts zu beobachten geben.«

»Ich meinte damit psychologische Auswirkungen, Reaktionen. Sozusagen als Anregung für zukünftige Pläne.«

»An wem wollen Sie hier irgendwelche Auswirkungen beobachten? An der Menge, die sich auf dem Dam versammeln wird?« Van Effen sah Agnelli ungläubig an. »Bei diesem Wolkenbruch wird sich heute abend kein Mensch dort einfinden.« Langsam ließ er seine Blicke über die ernsten Gesichter um ihn herum wandern. »Was soll das alles? Ein dummer Streich auf einem Schulausflug? Ein bißchen Spannung ins Leben bringen? Oder ist es das Gefühl, sie hätten nicht wirklich einen Beitrag zu dem Ganzen geleistet, wenn sie nicht an Ort und Stelle Zeuge des Geschehens sind? Du meine Güte! Und jetzt zeigen Sie mir schon den ganzen Kram, den wir brauchen.« Das reicht, dachte van Effen insgeheim, diese moralische Standpauke genügt.

»Aber selbstverständlich.« Agnelli gab sich Mühe, sich seine Erleichterung nicht anmerken zu lassen. »Joop?«

»Ja, Mijnheer.« Joop öffnete einen Schrank und entnahm ihm einige Schachteln, die er auf den Teppich stellte und öffnete. »Sprengkapsel. Zünder. Batterie. Auslösemechanismus. Die Fassung – hier – wird damit verbunden ...«

»Joop?«

»Ja?«

»Wollen Sie das Ganze in Betrieb setzen?«

»Nein, natürlich nicht.«

»Und warum nicht?«

»Weil ich davon nicht allzuviel Ahnung habe. Ach, ich verstehe. Entschuldigung.« Leicht verlegen zog sich Joop zurück. Van Effen sah Agnelli an.

»Haben Sie den Schlüssel für den Koffer mit der Sendeeinrichtung?«

»Ja, natürlich.« Er reichte ihn van Effen. »Wenn Sie Leonardo und mich einen Augenblick entschuldigen.« Die beiden verließen den Raum durch eine Seitentür. Van Effen hob den Deckel des Senders ab und studierte die Knöpfe und Schalter an der Oberseite. Er schaltete ihn ein, drehte hier an einem Knopf, legte dort einen Schalter um, eichte ein paar Anzeigeskalen und justierte die Bandeinstellung. Allen Anwesenden, die ihn dabei beobachteten, war klar, daß sie einen echten Fachmann vor sich hatten. Darauf überprüfte van Effen die Zeitanzeige des Auslösemechanismus, zog Bleistift und Papier aus der Tasche, kritzelte ein paar kurze Berechnungen darauf und richtete sich dann sichtlich zufrieden auf.

»Ist wohl tatsächlich nur eine Kleinigkeit?« Kathleen lächelte.

»Allerdings. Ich begreife immer noch nicht recht, was ich eigentlich hier zu suchen habe.« Er bückte sich, verschloß den Deckel des Metallbehälters und ließ den Schlüssel in eine Innentasche gleiten.

»Sie sind aber gar nicht mißtrauisch, ja?« sagte Kathleen.

»O doch, das bin ich, und vor allem Kindern gegenüber. Aber wenn man die lieben Kleinen nicht erst in Versuchung führt, machen sie auch keine Dummheiten. Jedenfalls habe ich nicht die geringste Lust, mich im Keller des Palasts selber in die Luft sprengen zu lassen.«

Er wandte sich um, als Agnelli und sein Bruder wieder eintraten. Beide waren als Polizisten verkleidet: Romero Agnelli als Sergeant, sein Bruder als Detektiv. Van Effen musterte sie eingehend.

»Sie gäben einen großartigen Sergeanten ab, Mister Agnelli. Steht Ihnen wirklich nicht schlecht. Auch Ihr Bruder macht keine schlechte Figur – mit einer Ausnahme: er ist mindestens zehn Zentimeter zu klein, um in den Polizeidienst aufgenommen zu werden.«

»Das sind nur seine kurzen Beine«, erklärte Agnelli tröstend. »Wenn er am Steuer eines Streifenwagens sitzt, wirkt er nicht kleiner oder größer als irgend jemand sonst.«

»Sie haben immer wieder eine neue Überraschung parat. Wegen des Streifenwagens, meine ich. Wie – äh – wie sind Sie denn daran gekommen?«

»Nun, es ist kein richtiger Streifenwagen. Unser Wagen sieht nur so aus, was nicht schwer zu bewerkstelligen war.« Er schaute auf seine Uhr. »Im Palast erwartet man in etwa zwanzig Minuten das Eintreffen eines Wagens der Polizei.«

»Sie werden erwartet?«

»Natürlich. Schließlich haben wir unsere Beziehungen. Wir haben sie entsprechend spielen lassen. Joop, packen Sie bitte unsere Ausrüstung ein?« Er deutete auf zwei graulackierte Metallkoffer.

»Demnach fahren Sie also nur vor und gehen rein?« fragte van Effen.

»Es ist unser Grundsatz, immer den direktesten und einfachsten Weg zu beschreiten.«

»Natürlich. Einen Grund für Ihre Ankunft brauchen Sie wohl nicht? Sie kommen also einfach an und marschieren in den Palast.«

»Ja.« Er deutete auf die beiden Metallkoffer. »Und zwar damit.«

»Worauf mir wieder einmal keine schlauere Bemerkung als ›natürlich‹ einfällt. Was geben Sie als Inhalt an?«

»Elektronische Instrumente zur Aufspürung verborgener Sprengladungen.«

»Ich wußte bisher nicht, daß es so etwas gibt.«

»Womit Sie völlig recht haben. Aber in unserem vollelektronischen, computergesteuerten Zeitalter glauben die Leute alles. Die Sprengladung, nach der wir suchen, ist irgendwo im Kellergeschoß angebracht worden. Ein Tip aus der Unterwelt. Also gehen wir in den Keller und sehen dort nach.«

»Sie haben wirklich Nerven«, bemerkte van Effen mit einem Kopfschütteln.

»Halb so schlimm. Wir haben ein gewisses Risiko durchaus einkalkuliert, das jedoch ziemlich gering ist. Schließlich kündigt man nicht in aller Öffentlichkeit etwas an, dessen genaues Gegenteil man zu tun vorhat. Angesichts dieser Uniformen, unseres Polizeiautos und unserer sicherlich eindrucksvollen Beglaubigungsschreiben dürften wir kaum mit Schwierigkeiten zu rechnen haben. Sogar für Sie haben wir so ein Papier mit verschiedenen Stempeln.«

»Großartig. Papiere, Stempel! Nur mir werden die herzlich wenig nützen. Eine Uniform haben Sie mir wahrscheinlich auch nicht beschafft. Wie stellen Sie sich . . .«

»Sie bekommen keine Uniform. Sie sind ein Experte in Zivil. Wie in den Papieren vermerkt ist.«

»Lassen Sie mich erst mal zu Ende reden. Sie beide werden mit Ihrer Verkleidung sicher gar nicht so schlecht fahren. Aber können Sie mir vielleicht sagen, wie ich meine Narbe im Gesicht und meine verkrüppelte Hand tarnen soll? Morgen früh können Sie vermutlich in jeder Zeitung meine Personenbeschreibung nachlesen.«

Agnelli studierte mit einem prüfenden Blick die Narbe in van Effens Gesicht. »Wenn Sie mir diese eher grobe Bemerkung verzeihen, aber das ist wirklich ein Ding. Joachim?« Er wandte sich an einen der beiden jungen Männer. »Was hältst du davon, Joachim? Sie müssen wissen, Mister Danilow, Joachim ist Kunststudent und Maskenbildner einer Theatergruppe. Er hat immer einen großen Koffer mit seinen Utensilien bei sich. Wie Sie sich unschwer vorstellen können, wissen wir seine Dienste durchaus zu schätzen.«

»Haben Sie etwas gegen Bärte, Mister Danilow?« wollte Joachim wissen.

»Nicht, solange ich damit nicht noch schlimmer aussehe, als es sowieso schon der Fall ist.«

»Ich habe verschiedene in Ihrer Haarfarbe. In diesem Fall werde ich allerdings auf ein besonders prächtiges Stück zurückgreifen müssen. Ich trage schon mal etwas Klebstoff auf.«

»Also gut – wenn ich das Ding auch wieder abkriege.«

»In achtundvierzig Stunden wird er von ganz allein abfallen.« Joachim verließ den Raum.

»Nun zu Ihrem schwarzen Handschuh, Mister Danilow«, sagte Agnelli.

»Ich fürchte, da wird sich wenig machen lassen.«

»Sind Sie so sicher?«

»Sie sind gut. Wenn Sie so eine Hand hätten – was glauben Sie, was ich alles versucht habe, sie wieder einigermaßen hinzukriegen?« In van Effens Stimme lag genau das richtige Maß an Bitterkeit.

»Könnte ich sie nicht trotzdem mal kurz sehen?« Agnellis Ton war freundlich, aber bestimmt. »Ich verspreche Ihnen, daß ich mich weder zu einer Bemerkung wie ›gütiger Gott‹ hinreißen lassen noch gar in Ohnmacht fallen werde.«

Mit einer fast bescheidenen Gebärde wandte van Effen den anderen den Rücken zu, streifte den Handschuh ab und hielt Agnelli seine entblößte Hand unter die Augen.

Agnellis Gesicht erstarrte. »Ich habe Ihnen zwar versprochen, nicht in Ohnmacht zu fallen, aber ich muß doch sagen: so etwas habe ich tatsächlich noch nicht gesehen. Wie ist denn das passiert?«

Van Effen grinste. »Unter völlig regulären Umständen – ob Sie's glauben oder nicht. Irgendwer beging einen Fehler, als wir in Saudi-Arabien einen Ölquellenbrand zu kappen versuchten.«

»Man darf doch annehmen, daß er für seinen Fehler gebüßt hat?«

»An Ort und Stelle. Er wurde eingeäschert.«

»Ach so. Dann können Sie ja fast noch von Glück reden.« Agnelli ergriff van Effens Handgelenk und strich mit den Fingernägeln über die Narben. »Das muß doch weh tun.«

»Nicht im geringsten. Die Haut ist völlig gefühllos. Benutzen Sie meine Hand als Nadelkissen oder schlitzen Sie die Haut mit einem Skalpell auf. Ich würde nichts spüren.« Insgeheim hoffte van Effen, daß Agnelli ihn nicht beim Wort nehmen würde. »Aber das ist nicht weiter schlimm. Hauptsache, ich kann Zeigefinger und Daumen noch gegeneinander bewegen.«

Als Joachim zurückkam, fragte Agnelli: »Hätten Sie etwas dagegen, wenn sich Joachim Ihre Hand ansähe?«

»Als sensibler Künstler wäre er vielleicht besser beraten, anderswohin zu schauen.«

Joachim ließ sich dennoch nicht abhalten und konnte dann auch seine Abscheu nicht verbergen. »Das – das ist ja schrecklich! Ich könnte – ich meine, wie können Sie mit so einer Hand herumlaufen?«

»Was soll's! Es ist die einzige linke Hand, die ich habe.«

»Ziehen Sie lieber Ihren Handschuh an«, schlug Joachim daraufhin vor. »In diesem Fall kann ich wirklich nichts machen.«

»Zeit zum Aufbruch«, verkündete Agnelli. »Helmut, wir treffen uns in einer halben Stunde, vielleicht werden es auch vierzig Minuten, auf dem Dam. Und vergessen Sie den Sendekoffer nicht.«

»Den Sendekoffer?« Van Effen schien verdutzt. »Wie wollen Sie das Gerät bei diesem Regen einsetzen?«

»Wir haben einen Kleinbus. Wo ist der Schlüssel für den Koffer?«

»In meiner Tasche«, antwortete van Effen. »Ich dachte, dort wäre er am besten aufgehoben.«

»Womit Sie gar nicht so unrecht haben dürften.«

Dann machten sie sich mit den Metallkoffern auf den Weg. Vor einer Tür nahe dem Eingang blieb Agnelli kurz stehen und ging in den dahinterliegenden Raum. Als er wieder herauskam, hatte er einen Dobermann an der Leine, der nicht gerade einen sehr menschenfreundlichen Eindruck machte. Zum Glück trug er einen Maulkorb.

»Ist der Hund tatsächlich so scharf, wie er aussieht?« wollte van Effen wissen.

»Das festzustellen, blieb mir bisher zum Glück erspart. Wir nehmen ihn allerdings auch nicht zu Verteidigungs- oder Angriffszwecken mit. Bekanntlich können Dobermänner darauf abgerichtet werden, Sprengstoff ausfindig zu machen, weshalb man sie zum Beispiel auf allen größeren Flughäfen einsetzt.«

»Ich weiß. Ist dieser Hund tatsächlich dafür ausgebildet?«

»Ehrlich gestanden könnte ich Ihnen das beim besten Willen nicht sagen. Selbst wenn das Tier überhaupt keinen Geruchssinn hätte, ich hätte davon nicht das geringste bemerkt.«

»Na, wenn ich mir's recht überlege, könnte das Ganze tatsächlich klappen«, bemerkte van Effen.

Durch den strömenden Regen eilten sie zu der Stelle am Voorburgwaal, wo Agnelli den Volvo geparkt hatte. Van Effen hatte bereits seine Hand am Türgriff, als er merkte, daß es sich dabei nicht um den Wagen handelte, in dem sie gekommen waren: Es war eindeutig ein Streifenwagen der Polizei. Van Effen ließ sich neben Agnelli auf dem Rücksitz nieder und sagte: »Sie stellen Ihren Wagen hier ab, und wenn Sie zurückkommen, steht plötzlich ein Polizeiwagen an seiner Stelle. Wissen Sie, langsam glaube ich wirklich, daß diese Sache heute abend klappen wird. Ihre Organisation kann sich sehen lassen.«

»Organisation ist alles«, bestätigte Agnelli.

Alles verlief nach Agnellis Wünschen. Im Palast erwartete man sie bereits, ihre Papiere wurden nur recht oberflächlich überprüft. Mit ihrem Wagen erweckten sie einen derart offiziellen Eindruck, daß jede genauere Kontrolle überflüssig schien. Abgesehen davon regnete es nach wie vor in Strömen, so daß den Wachposten vor allem daran lag, möglichst schnell wieder in den Schutz ihres Häuschens zurückzukommen.

Agnelli führte sie zu einer Tür, die völlig im Dunkeln lag; sie brauchten eine Taschenlampe, um das Schlüsselloch zu finden. Agnelli verfügte über einen passenden Schlüssel. Im Verlauf ihres Abstiegs über zwei Treppenfluchten sollte Agnelli noch verschiedene Male von seinem umfangreichen Schlüsselbund Gebrauch machen, bis sie schließlich das unterste Kellergeschoß erreichten. Agnelli wußte über die Lage jeder einzelnen Tür, jedes einzelnen Lichtschalters Bescheid.

»Haben Sie hier mal gewohnt?« wollte van Effen wissen.

»Nun, ich habe mich des öfteren hier unten umgesehen. Man kann in solchen Dingen nie gewissenhaft genug sein.« Durch einen völlig leeren Kellerraum führte er sie in einen anderen Raum, der gleichfalls leerstand, und erklärte: »Da wären wir. So schwierig war das doch gar nicht, oder?«

»Ich kann es noch nicht glauben«, murmelte van Effen. »Gibt es hier denn keine Alarmanlage?«

»Doch, und sogar eine hervorragende, wie man mir versichert hat. Aber haben Sie schon einmal von einer Alarmanlage gehört, die sich nicht außer Funktion setzen ließe? Nehmen Sie zum Beispiel den Buckingham Palace. Das ist eines der am besten abgesicherten Gebäude der Welt, und dennoch hat sich im Laufe der letzten Jahre nicht nur bei einer Gelegenheit gezeigt, daß jede halbwegs intelligente Person – und wie sich herausgestellt hat, sogar Personen mit unterdurchschnittlichem IQ – dort ein- und ausgehen kann, wie es ihr gerade paßt. Nun, Mister Danilow, jetzt sind Sie an der Reihe.«

»Es dauert nur ein paar Minuten. Wenn Sie mir bitte die Tür dort drüben aufsperren könnten – falls Sie einen Schlüssel dafür haben.«

Agnelli hatte einen Schlüssel. Van Effen holte ein Metermaß aus seiner Tasche und machte sich daran, die Stärke der Mauern zu messen. Schließlich fragte er: »Wieso stehen diese Keller eigentlich alle leer?«

»Bis vor wenigen Tagen waren sie es nicht. Sie waren mit allem möglichen Gerümpel vollgestopft – alte Möbel, Akten und was sich eben sonst noch alles im Lauf der Jahre in einem Palast ansammelt. Nicht, daß uns viel an der Erhaltung dieser Antiquitäten gelegen hätte, mit denen zum Großteil sowieso nichts mehr anzufangen gewesen wäre. Wir wollten nur vermeiden, daß der ganze Palast in Brand gerät.«

Van Effen nickte wortlos, verließ, von Agnelli begleitet, den Raum und stieg eine Treppe hoch, um die Stärke der Decke auszumessen. Wieder im Keller, machte er ein paar Berechnungen auf einem Blatt Papier und erklärte schließlich: »Wir werden eine ganz ordentliche Ladung brauchen. Die Mauern sind wesentlich massiver, als ich erwartet habe. Aber der Knall wird sich hören lassen.«

»Es macht richtig Spaß, einem Könner bei der Arbeit zuzusehen«, erklärte Agnelli bewundernd.

»Das gilt ebenso für einen guten Maurer, der gerade eine Mauer hochzieht. Er hat seine Lehrzeit hinter sich, wie ich die meine.«

»Aber es ist doch ein kleiner Unterschied, ob man einen Ziegel fallen läßt oder einen Zündsatz.«

»Ein guter Handwerker läßt nie etwas fallen.« Van Effen war noch keine zwei Minuten an der Arbeit, als er sich an Agnelli wandte: »Soweit ich mich erinnern kann, haben Sie doch behauptet, Sie hätten auch die Zweitschlüssel für die Keller, durch die wir eben gekommen sind?«

»Sehr richtig.«

»Dann kann also niemand auch nur annähernd in die Nähe dieses Raums kommen?« Agnelli schüttelte den Kopf. »So. Das wär's auch schon gewesen.«

Ihre Abfahrt verlief genauso ereignislos wie ihre Ankunft. Kaum zehn Minuten, nachdem van Effen den Zündsatz in die Sprengkapsel eingesetzt hatte, hielt der Streifenwagen hinter dem schwach beleuchteten Bus.

Während sie ausstiegen, löste sich ein Schatten aus dem Dunkel. Der Mann trat auf Agnelli zu. »Alles in Ordnung?«

»Ja, John, alles klar.«

»Dann gute Nacht.« Der Mann stieg in den Polizeiwagen und fuhr davon.

»Ein erneuter Beweis Ihres Organisationstalents«, erklärte van Effen. »Also, ich muß schon sagen ...«

In dem Bus, der über vierzehn Sitze verfügte, saßen die fünf Leute, die sie in dem Raum am Voorburgwal zurückgelassen hatten. Van Effen und Agnelli nahmen auf der hintersten Sitzbank Platz.

»Darf ich fragen, wie lange Sie hier zu warten gedenken?« erkundigte sich van Effen.

»Selbstverständlich.« Während der letzten Minuten wuchs Agnelli, was die Zuversicht betraf, die ihn ständig zu umgeben schien, förmlich über sich selbst hinaus. Seine gute Laune stand außer Zweifel. Er hatte zwar auch in den Kellern des Palasts keinerlei Anzeichen innerer Anspannung gezeigt, obgleich sie in diesem Fall sicher unvermeidlich war. »Ehrlich gesagt, ich kann das selbst noch nicht mit Sicherheit sagen. Ein paar Minuten vielleicht. Jedenfalls nicht mehr als zwanzig. Aber erst gilt es noch, nach argwöhnischen Polizisten Ausschau zu halten, die irgendwo im Dunkeln lauern könnten. Leonardo? Da, fang.«

Er warf seinem Bruder einen Gegenstand zu und stand dann auf, um sich in einen langen Regenmantel zu zwängen. Dann griff er unter den Sitz und zog etwas hervor, das sich als Sprechfunkgerät entpuppte. Er legte einen Schalter um, so daß ein rotes Licht aufleuchtete, und holte unter dem Sitz einen Kopfhörer hervor, den er sich übers Knie hängte. Dann bückte er sich noch einmal und brachte ein Mikrophon zum Vorschein, das durch ein Kabel mit dem Funkgerät verbunden war.

»Tut mir leid, daß ich Sie warten lassen muß«, erklärte Agnelli entschuldigend. »Aber ich habe auf einen Funkspruch zu warten.«

»Sie und Ihre Organisation.« Van Effen schüttelte anerkennend den Kopf. »Wirklich bewundernswert. In einem Punkt läßt Ihr Organisationstalent allerdings zu wünschen übrig.«

»Unvermeidbar.« Agnelli lächelte. »Und der wäre?«

»In diesem Bus scheint es keine Heizung zu geben.«

»Ein reines Versehen. Maria?«

»Neben dem Funkgerät.«

Agnelli griff neuerlich unter den Sitz und förderte, nicht ohne einige Mühe, einen großen Korb zutage, den er zwischen sich und van Effen auf die Sitzbank stellte. Er klappte den Deckel zurück, so daß van Effen einen Blick auf den Inhalt werfen konnte.

»Na, was sagen Sie dazu, Mister Danilow? Ein Picknickkorb gehört nun einmal zu so einem Schulausflug, oder nicht? Wenn es schon um die äußere Wärme nicht allzu gut bestellt ist, dann nehmen wir eben mit etwas innerer vorlieb.« Der Inhalt des Korbs konnte sich sehen lassen. Neben zwei Reihen blitzender Gläser und sauber in Zellophan eingewickelten Sandwiches fand sich auch eine vielversprechende Anzahl von Flaschen. »Wir dachten uns schon, daß heute abend eine kleine Feier durchaus am Platze sein könnte«, erklärte Agnelli fast entschuldigend. »Wie wär's mit einem Schnaps, Mister Danilow?«

»Ich ziehe jede Kritik an Ihrer Organisation, die ich geäußert haben mag, uneingeschränkt zurück.«

Agnelli hatte noch nicht die Zeit gefunden, einzuschenken, als der Summer des Funkgeräts ertönte. Er setzte den Kopfhörer auf, meldete sich und hörte dann fast eine Minute lang schweigend zu. Schließlich sagte er: »Ja, sie sind wirklich verbohrt. Sie haben doch nicht die geringste Wahl. Sollen wir ihnen die Entscheidung etwas erleichtern? Rufen Sie in einer Minute noch einmal zurück.« Er nahm den Kopfhörer wieder ab. »Nun, irgendwelche freiwilligen Meldungen? Jemand, der gern aufs Knöpfchen drükken möchte?« Es fand sich kein Freiwilliger. »Gut, dann würde ich vorschlagen, diese Aufgabe Ihnen zuzuteilen, Mister Danilow. Sie haben schließlich die Sprengladung angebracht, wofür wir selbstverständlich auch Ihnen die Schuld in die Schuhe schieben werden, falls sich das Ganze nur als ein feuchter Furz herausstellen oder der Palast nach der Detonation in Schutt und Asche sinken sollte. Ich finde es durchaus angebracht, daß Sie die Ladung zünden. Auf diese Weise können wir alle unsere Hände in Unschuld waschen, während Sie . . .«

Agnelli fand keine Gelegenheit, seinen Satz zu beenden. Van Effen ließ seinen Finger auf den Auslöseknopf niederstoßen, und keine zwei Sekunden später rollte das dumpfe Donnern des detonierenden Amatols, fern und gedämpft wie eine Unterwasserexplosion, über den Platz. Das unverkennbare Geräusch war mit Sicherheit im Umkreis von einem Kilometer deutlich zu hören. Van Effen nahm die Flasche aus Agnellis erstarrter Hand und goß sich einen Schnaps ein. Agnelli – er lächelte ausnahmsweise nicht – schien in die Betrachtung eines Gegenstands versunken, der sich in weiter Ferne befand.

»Sieht ganz so aus, als dürfte ich mich selbst beglückwünschen. Ein schöner, lauter Knall, und der Palast steht auch noch. Genau, wie ich versprochen habe. Zum Wohl.«

»Das war großartig«, schwärmte Agnelli begeistert. »Wirklich großartig, Mister Danilow. Und trotz dieses Riesenlärms haben wir nicht den geringsten Schaden angerichtet. Einfach unglaublich.«

»Vielleicht wurde etwas königlicher Wein auf das königliche Tischtuch verschüttet.« Van Effen machte eine wegwerfende Handbewegung. »Ich will nicht den Bescheidenen spielen – nichts läge mir ferner –, aber das war wirklich eine Kleinigkeit. Vielleicht haben Sie das nächste Mal – falls es zu einem nächsten Mal kommen sollte – eine etwas anspruchsvollere Aufgabe für mich?«

»Und ob es dieses nächste Mal geben wird. Das verspreche ich Ihnen. Und es wird etwas schwieriger sein. Auch darauf gebe ich Ihnen mein Wort.« Er nippte an seinem Glas, während die anderen, offensichtlich hellauf begeistert, sich van Effen zuwandten, um ihm zu gratulieren. Das plötzliche Ertönen des Summers brachte sie jedoch wieder zum Schweigen.

»Aha! Sie haben es also auch gehört? Wirklich sehr, sehr gut. Mister Danilow hat keineswegs zu viel versprochen.« Agnelli schwieg fast eine Minute lang und sagte dann. »Ja, ganz meiner Meinung. Daran habe auch ich schon gedacht. In Ordnung . . . Vielen Dank. Dann also bis zehn Uhr.«

Er packte Kopfhörer und Mikrophon weg und lehnte sich dann in seinem Sitz zurück. »So, nun machen wir es uns mal ein bißchen gemütlich.«

»Tun Sie das ruhig«, erwiderte van Effen. »Aber ohne mich. Auf meine Gesellschaft werden Sie dabei leider verzichten müssen.« Er schickte sich an, aufzustehen, als ihn ein verdutzter Agnelli am Arm festhielt.

»Was haben Sie denn plötzlich?«

»Nichts. Wie ich Ihnen bereits gesagt habe, verfüge ich lediglich über einen gesunden Selbsterhaltungstrieb. Sobald sich die Polizei von ihrem Schock erholt hat, was nicht allzu lange dauern dürfte, wird sie doch jeden, den sie in der Nähe des Palasts antrifft, genauer unter die Lupe nehmen. Und ich kann mir gut vorstellen – nein, ich bin ganz sicher –, daß zum Beispiel ein Bus mit acht solchen Insassen, der im Regen auf dem Dam parkt, sozusagen ein gefundenes Fressen für sie wäre.« Er schüttelte Agnellis Hand ab und erhob sich. »Ich habe eine akute Abneigung gegen polizeiliche Verhöre. Ein Krimineller – und wir sind Kriminelle – muß schon geistig nicht ganz auf der Höhe sein, wenn er länger am Tatort bleibt als unbedingt nötig.«

»Setzen Sie sich wieder. Sie haben natürlich recht. Wirklich dumm von mir. Man sollte nie zu übermütig werden. Helmut?«

Paderewski, der ausnahmsweise einmal voll auf van Effens Seite war, ließ sofort den Motor an und fuhr los.

Wieder in dem Raum, den sie erst vor kurzem verlassen hatten, sank Agnelli in einen Sessel. »Besten Dank, meine Damen, besten Dank. Ein Schnaps ist jetzt genau das richtige. Halten Sie es jetzt für angebracht, Mister Danilow, daß wir es uns ein bißchen gemütlich machen?«

»Ungefährlicher als vorhin ist es hier sicher. Aber es sich gemütlich machen? Ohne mich. Mir ist das immer noch zu nahe am Tatort. Mein Instinkt? Oder pure Feigheit? Ich weiß es nicht. Aber ich habe heute abend noch einen Termin. Um halb zehn.«

Agnelli lächelte. »Sie scheinen sich aber sehr sicher gewesen zu sein, diese Verabredung auch einhalten zu können?«

»Es bestand keinerlei Grund, daran zu zweifeln. Nein, das ist nicht ganz richtig. Für mich stand zwar außer Zweifel, daß das Ganze, was die pyrotechnischen Probleme anbetrifft, reibungslos über die Bühne gehen würde; ich hatte aber doch gewisse Zweifel bezüglich der Frage, ob Sie uns unbemerkt in den Palast hinein- und auch wieder herausbringen würden. Allerdings hatte ich bisher auch noch keine Gelegenheit, mich von Ihren organisatorischen Fähigkeiten zu überzeugen. In Zukunft werde ich also etwas vertrauensvoller an die Sache herangehen.«

»Das gilt auch für uns, nachdem wir Zeuge dieser Meisterleistung geworden sind. Ich hatte Ihnen gegenüber doch die Möglichkeit einer Anstellung auf permanenter Basis erwähnt. Inzwischen ist das keine Möglichkeit mehr, sondern unsererseits sogar eine erwünschte Tatsache – wenn Sie es sich inzwischen nicht anders überlegt haben.«

»Keineswegs. Nachdem Sie heute abend in den Genuß einer kostenlosen Vorführung meines Könnens gekommen sind, wäre auch ich an einem dauerhaften Arbeitsverhältnis interessiert.«

»Nun wäre da nur noch ein Punkt. Ich glaube, wir sollten Sie langsam voll ins Vertrauen ziehen.«

Van Effen sah Agnelli schweigend an, nippte nachdenklich an seinem Glas und meinte schließlich mit einem Lächeln: »Aber doch sicher nicht in Ihr volles Vertrauen. Sie werden mich kaum in die letzten Ziele Ihrer Organisation einweihen. Und Sie werden mir auch kaum erzählen, wie Sie sich zusammengefunden haben; wie und durch wen Sie finanziert werden und wo Sie sich aufhalten. Gut, Sie werden mir für unsere weitere Zusammenarbeit wohl oder übel eine Nummer nennen müssen, über die ich Sie erreichen kann. Und Sie werden mir nicht verraten, weshalb Sie in letzter Sekunde auf meine Dienste zurückgreifen mußten.«

Agnelli wirkte nachdenklich. »Das sind ja eine Menge Punkte, über die wir Sie Ihrer Meinung nach im unklaren lassen werden. Wie kommen Sie darauf?«

Van Effen zeigte sich etwas ungeduldig. »Weil ich an Ihrer Stelle nicht anders verfahren würde. Mein alter Grundsatz: Keiner darf mehr wissen als unbedingt nötig. Aber ich bin überzeugt, daß Sie mich in ein recht begrenztes Vertrauen ziehen werden, was Ihre Pläne für die unmittelbare Zukunft betrifft. Um zu dieser Erkenntnis zu gelangen, bedurfte es freilich nicht unbedingt seherischer Fähigkeiten. Schließlich bleibt Ihnen gar keine andere Wahl – das heißt, wenn ich für Sie von irgendwelchem Nutzen sein soll.«

»Völlig richtig, Ihre Vermutung. – Sagen Sie, Mister Danilow, ist es Ihnen möglich, in den Besitz von Sprengstoff zu gelangen?«

»Du lieber Gott! Was für eine Frage!«

»Ist es denn so abwegig, einem Sprengstoffexperten eine solche Frage zu stellen?«

»Meine Verwunderung galt nicht dem Umstand, daß Sie diese Frage gestellt haben. Mich überrascht vielmehr, daß – nun ja, daß sich eine so hervorragend organisierte Gruppe auf ein allem Anschein nach recht ehrgeiziges Projekt einläßt, ohne über die entsprechenden Grundvoraussetzungen zu verfügen.«

»Diese Grundvoraussetzungen, wie Sie sie nennen, fehlen uns durchaus nicht. Nur könnten sie sich als nicht ganz ausreichend erweisen. Wären Sie in diesem Punkt in der Lage, Abhilfe zu schaffen?«

»Nicht direkt.«

»Indirekt?«

»Schon möglich. In diesem Fall müßte ich allerdings erst meine Nachforschungen anstellen.«

»In aller Diskretion, versteht sich.«

Van Effen seufzte. »Seien Sie doch bitte nicht so naiv. Wenn es möglich wäre, sich in den Niederlanden ohne offizielle Genehmigung Sprengstoff zu beschaffen, so hätten Sie doch längst von dieser Möglichkeit Gebrauch gemacht.«

»Allerdings. Entschuldigen Sie meine törichte Bemerkung. Aber natürlich wollen wir auch keine Risiken eingehen. Ihr Mittelsmann könnte die Ware also auf keinen Fall auf legalem Wege beschaffen?«

»Ich mache mich wohl kaum einer Indiskretion schuldig, wenn ich behaupte, daß mein Mittelsmann meines Wissens noch nie in seinem ganzen Leben in legale Geschäfte verwickelt war. Das wäre für ihn ein eindeutiger Verstoß gegen seine Berufsehre. Im übrigen ist er der einzige Mann in ganz Holland, der mehr über Sprengstoff weiß als ich.«

»Klingt ja ganz so, als könnte es sich als lohnend erweisen, die nähere Bekanntschaft dieses Mannes zu machen.« Agnelli betrachtete den Inhalt seines Glases und wandte sich dann wieder van Effen zu. »Es handelt sich dabei doch nicht etwa um Ihren Freund Vasco, der Sie mit uns bekannt gemacht hat?«

»Um Himmels willen, nein. Man könnte Vasco schwerlich meinen Freund nennen, Mister Agnelli. Ich habe ihm einmal aus einer üblen Klemme geholfen. Seitdem spanne ich ihn hin und wieder für kleinere Aufgaben ein, die nicht allzu hohe Anforderungen stellen. Sonst haben wir wenig miteinander gemein. Ich bin ziemlich sicher, daß Vasco weder etwas von Sprengstoff versteht noch weiß, wie man ihn beschafft. Er hätte vermutlich sogar Schwierigkeiten, sich in einem Spielzeugladen eine Wasserspritzpistole zu beschaffen.«

Mit einem Achselzucken wandte Agnelli sich an seinen Bruder. »Wenn wir das gewußt hätten, Leonardo, hätten wir uns die Mühe ersparen können, den ganzen Nachmittag nach diesem Burschen zu suchen.«

»Vasco verschwindet recht häufig von der Bildfläche«, warf van Effen ein. »Soviel ich weiß, hat er in Utrecht eine Freundin. Aber Sie werden doch nicht daran gedacht gaben, Vasco in Ihre Dienste zu nehmen?«

»Nicht wirklich, aber . . .«

»Wenn er hier anrückt, bin ich auf schnellstem Wege verschwunden; darauf können Sie Gift nehmen.« Van Effen klang bestimmt. »Der Kerl ist unzuverlässig, unberechenbar und höchst gefährlich, ob das nun in seiner Absicht liegt oder nicht.«

»Ich verstehe nicht ganz, was Sie meinen.«

»Und ich habe Schwierigkeiten, Sie zu verstehen. Wollen Sie damit sagen, daß Sie nie Ihre Erkundigungen über ihn eingezogen haben?«

»Auch in Ihrem Fall haben wir das nicht getan.«

»Das war ja auch nicht unbedingt nötig«, entgegnete van Effen gereizt. »Bei meinen Auslieferungsanträgen.«

Agnelli lächelte. »Ich würde vorschlagen, daß wir das auf sich beruhen lassen. Offensichtlich wissen Sie jedoch etwas von Vasco, das sich unserer Kenntnis entzieht.«

»Allerdings. Ein ganz übler Bursche. Äußerst gefährlich. Das typische Beispiel eines Wildhüters, der zu den Wilderern übergelaufen ist. Er ist hinterhältig, ein Mensch voller Haß auf alles und jeden. Vor allem haßt er das Gesetz und die Gesellschaft, die dieses Gesetz schützt oder zu schützen vorgibt. Er ist der gefährlichste Typ, den man sich nur denken kann – ein ehemaliger Polizist, der zur anderen Seite übergewechselt ist.«

»Ein Polizist?« Agnellis Überraschung, fand van Effen, war glänzend gespielt. »Er ist bei der Polizei?«

»Er war. Allerdings wurde weder öffentliche Anklage gegen ihn erhoben noch ein Verfahren eröffnet. Er wurde ohne weitere Erklärungen entlassen – obwohl man bei der Polizei sicher seine Gründe hatte. Stellen Sie doch mal bei der Polizei von Utrecht ganz diskrete Nachforschungen über einen gewissen Sergeanten Westenbrink an. Dann werden Sie schon sehen, welch vage Auskünfte Sie bekommen. Mein Freund George ist in dieser Hinsicht von etwas anderem Schrot und Korn. Für ihn gibt es noch so etwas wie einen Ehrenkodex. George ist ein ehrlicher Gauner, falls das nicht einen Widerspruch in sich darstellt.«

»Dieser George – ist das Ihr Freund, der sich so gut mit Sprengstoffen auskennt?«

Van Effen nickte.

»Hat George einen Nachnamen?«

»Nein.«

»Glauben Sie, daß er für uns arbeiten würde?«

»George arbeitet nie für jemanden. Er würde sich unter Umständen bereit erklären, *mit* jemandem zu arbeiten. Und noch etwas. George läßt sich nicht vermitteln. Nicht einmal durch mich. Er ist sehr vorsichtig. Er hat noch kein Vorstrafenregister und möchte, daß es dabei bleibt. Er verhandelt nur mit den maßgeblichen Leuten, und auch das nur von Angesicht zu Angesicht.«

»Das gefällt mir. Glauben Sie, Sie könnten ihn dazu bringen, sich mit mir zu unterhalten?«

»Versuchen kann ich es. Das Treffen sollte allerdings nicht hier stattfinden.«

»Warum?«

»Weil ich ihm davon abraten würde. George wäre sich im klaren darüber, daß ich so etwas nicht ohne einen guten Grund täte. Wo kann ich Sie erreichen?«

»Ich werde mich mit Ihnen in Verbindung setzen. Im Trianon.«

»Ich enthalte mich jeglichen Kommentars bezüglich Ihres rührenden Vertrauens in meine Person. Also gut, morgen früh.«

»Nein, schon heute nacht. Zweiundzwanzig Uhr.«

»Sie haben's aber eilig. Ich nehme an, daß es zwecklos ist, Sie nach irgendwelchen zwingenden Gründen für Ihre plötzliche Eile zu fragen. Im übrigen habe ich Ihnen doch gesagt, daß ich um halb zehn eine Verabredung habe.«

»Es bleibt bei zehn Uhr.« Agnelli stand auf. »Sie werden selbstverständlich sofort versuchen, sich mit Ihrem Freund in Verbindung zu setzen. Ich werde Ihnen einen Wagen zur Verfügung stellen.

»Ich bitte Sie, Mister Agnelli. Seien Sie doch nicht so naiv.«

7

»Sie stehen da auf einem echten Isfahan«, bemerkte de Graaf. »Sehr selten und entsprechend teuer.«

»Auf irgend etwas muß ich schließlich tropfen«, entgegnete van Effen, keineswegs zu Unrecht. Er stand vor dem Kamin in de Graafs großzügig eingerichteter Bibliothek, von seinen nassen Kleidern stieg leichter Dampf auf. »Leider habe ich weder eine elegante Limousine noch einen Chauffeur, der mich nach Wunsch durch die Gegend fährt. Statt dessen muß ich mich mit Taxifahrern herumschlagen, die nach Hause fahren und Feierabend machen, sobald der erste Regentropfen fällt – und mit Leuten, die nur zu gern gewußt hätten, wohin ich meine Schritte lenke. Ich hielt es nicht für geraten, sie wissen zu lassen, daß mein Ziel das Haus des Polizeichefs war.«

»Traut Ihnen Ihr Freund Agnelli immer noch nicht?«

»Schwer zu sagen. Natürlich war es Agnelli, der mich beschatten ließ. Wer hätte es sonst sein sollen? Aber ich weiß nicht, ob er mir immer noch nicht traut. Eher glaube ich, daß er einfach aus Prinzip argwöhnisch ist. Schwer zu durchschauen, dieser Bursche. An der Oberfläche macht er einen absolut sympathischen und liebenswürdigen Eindruck. Man muß sich förmlich anstrengen, ihn mit Dingen wie Erpressung und Folter in Verbindung zu bringen – geschweige denn, sich das auch noch konkret vorzustellen. Aber was hat das schon zu bedeuten? Ich nehme an, Sie hatten einen angenehmen Abend, Mijnheer – und mußten nicht gegen das Toben der Elemente ankämpfen oder sich mit der Vorstellung herumschlagen, jeden Augenblick eine Kugel verpaßt zu bekommen.«

De Graaf antwortete mit einer Handbewegung, die entweder bedeuten konnte, daß es sich bei derlei Erwägungen um kleinliches Aufrechnen handelte oder daß sie gar völlig unberechtigt waren. »Ein interessantes Treffen, allerdings nur bis zu einem gewissen Grad. Ich fürchte, Bernhard war nicht besonders verständnisvoll, von Kooperationsbereitschaft ganz zu schweigen.« Mit Bernhard war der Justizminister Bernhard Dessens gemeint.

»Ein altes Waschweib, ständig auf der Flucht vor Verantwortung und persönlichem Engagement. Und unablässig auf der Suche nach jemandem, dem er das Ganze aufbürden kann.«

»Genau so war es. Ich hätte es nicht besser – Peter, ich habe Ihnen doch schon einmal gesagt, das ist keine Art, über einen Kabinettsminister zu sprechen. Sie waren zu zweit. Ein gewisser Riordan und ein Samuelson. Der Mann, der sich Riordan nannte, könnte verkleidet gewesen sein. Der andere hatte offensichtlich keinerlei Bemühungen in dieser Richtung unternommen, was nur bedeuten kann, daß er sich seiner Sache ziemlich sicher ist. Riordon hatte langes, schwarzes Haar – Schulterlänge. Ich glaubte, diese lächerliche Haartracht wäre schon längst wieder aus der Mode gekommen. Seine Haut war auffallend braun. Außerdem trug er eine Schiffermütze und eine Sonnenbrille.«

»Das kann doch nur eine Verkleidung gewesen sein.« Van Effen dachte kurz nach. »Er war nicht zufällig sehr groß und auffallend schlank?«

De Graaf nickte. »Ich wußte, daß Sie diese Frage stellen würden. Sie denken an den Mann, der dieses Boot ausgeliehen hat, wie sie es so schön nannten. Wie hieß doch der Besitzer?«

»Dekker.«

»Richtig, Dekker. Das muß der Mann gewesen sein, den Dekker uns beschrieben hat. Ich komme immer wieder auf Ihre bizarre Idee zurück, daß dieser Riordan – oder wie er heißen mag – Albino ist. Die dunkle Brille. Die intensive Bräunung, um die weiße Haut zu verbergen. Das schwarze Haar anstatt des weißen. Der andere – Samuelson – hatte dichtes, stark gelocktes, weißes Haar und einen Spitzbart. Mit Sicherheit kein Albino; er hatte blaue Augen. Ein älterer Mann, aber so gut wie ohne Falten im Gesicht. Andererseits war er ziemlich rundlich, was vielleicht die jugendlich glatte Haut erklären könnte. Er sah aus wie eine Kreuzung zwischen einem amerikanischen Senator und einem aufgedunsenen Ölmilliardär.«

»Vielleicht hat er nur einen besseren Maskenbildner als Riordan.«

»Möglich. Beide sprachen übrigens englisch, woraus ich schließe, daß Samuelson kein Holländisch versteht. Beide erklärten ausdrücklich, Amerikaner irischer Abstammung zu sein; ich habe keinen Grund, das zu bezweifeln. Man mußte nicht Hector oder einer seiner Professorenfreunde sein, um ihren auffallenden New Yorker Akzent herauszuhören. Das Reden übernahm fast ausschließlich Riordan.

Er bat – nein, er verlangte, daß wir uns mit der britischen Regierung in Verbindung setzen. Genauer gesagt: wir sollten als Mittler zwischen der FFF und Whitehall fungieren, da Whitehall sich eher mit einer anderen Regierung zu Verhandlungen bereit erklären würde als mit einer Gruppe ihres Schlages. Als Bernhard wissen wollte, worüber um alles in der Welt sie mit Whitehall zu verhandeln gedächten, erklärten sie, es handle sich um die Nordirlandfrage. Auf nähere Einzelheiten werde man erst eingehen, wenn die holländische Regierung ihre Einwilligung zur Mitarbeit gegeben hätte.« De Graaf seufzte. »Worauf unser Justizminister, der natürlich gleichzeitig verdammt gut wußte, daß sie ihn in der Hand hatten, sich aufs hohe Roß setzte und erklärte, es wäre unvorstellbar, ja undenkbar, daß eine souveräne Nation die Belange einer terroristischen Gruppe vertreten sollte. In diesem Stil hat er sich etwa fünf Minuten lang in ausführlichen Erläuterungen ergangen, die ich Ihnen ersparen will. Schließlich schloß er mit den Worten, er würde eher sterben, als dies zuzulassen.

Riordan meinte daraufhin, er könnte sich kaum vorstellen, daß Dessens sich in diesem Umfang engagieren würde; außerdem wäre er überzeugt, daß vierzehn Millionen Holländer in diesem Punkt sicher anderer Meinung seien. Dann wurde er plötzlich unangenehm persönlich und stieß wüste Drohungen aus. Falls er, Dessens, Selbstmord begehen wollte, so würde das kaum etwas ändern. Wenn sich die Regierung bis zweiundzwanzig Uhr nicht zur Mitarbeit bereit erklärt hätte, würde um Mitternacht der Oostelijk-Flevoland-Deich in der Nähe von Lelystad in die Luft gehen. Danach zog er ein Papier mit einer Liste von Orten hervor, die jeden Augenblick unter Wasser gesetzt werden könnten. Er hat zwar nicht gesagt, ob die Sprengladungen bereits angebracht waren, aber angesichts ihrer Taktik, uns im ungewissen zu lassen, ist das ja nicht weiter verwunderlich.

Unter den aufgeführten Orten – es waren so viele, daß ich die Hälfte davon schon wieder vergessen habe – befanden sich unter anderem Leeuwarden, das Noordoost-Polderland in der Umgebung von Urk, das Amstelmeer, das Wieringermeer, Putten, das Polderland südlich von Petten, Schouwen, Duiveland und Walcheren. Ob wir uns noch erinnern könnten, was mit Walcheren im Krieg passiert sei? Auch die östliche und westliche Scheldemündung stand auf ihrer Liste – er vergaß nicht, uns an die Ereignisse vom Februar 1953 zu erinnern. Dies wäre nur ein konkretes Beispiel für die möglichen Ausmaße einer solchen Katastrophe. Darauf erging sich Riordan in recht düsteren Hinweisen auf die allgemeine Wetterlage. Ob wir bemerkt hätten, wie hoch der Wasserstand der Nordsee gestiegen wäre, daß sich der Wind nach Norden gedreht hätte und daß mit schweren Springfluten zu rechnen sei? Und daß gleichzeitig der Wasserstand des Rheins, des Waal, der Maas und der Schelde nahe dem Tiefststand läge – also ähnliche Bedingungen wie im Februar 1953?

Dann verlangte Riordan, mit einem Minister oder mehreren Ministern zu sprechen, die den Mut hätten und in der Lage wären, Entscheidungen zu fällen. Er sei es satt, sich von einem jämmerlichen Hinterbänkler hinhalten zu lassen, dem nur daran läge, seine klägliche politische Karriere nicht zu gefährden, womit er Bernhard, wie ich finde, doch ein wenig Unrecht tat.

Des weiteren erklärte Riordan, daß sie, um ihrem Mißvergnügen an dieser völlig unnötigen Verzögerung der Verhandlungen Ausdruck zu verleihen, eine der Bomben zünden würden, die sie in verschiedenen öffentlichen Bauten der Hauptstadt plaziert hatten. An diesem Punkt berieten sich die beiden flüsternd. Dann erklärte Riordan, ihre Wahl wäre auf den Königlichen Palast gefallen, und es sei völlig zwecklos, nach der Bombe zu suchen. Gleichzeitig versicherten sie, daß durch die Explosion, die sich binnen fünf Minuten nach ihrem Weggehen ereignen würde, keinerlei Menschenleben gefährdet seien. Fast beiläufig fügte Riordan noch hinzu, jeder Versuch, sie in irgendeiner Weise in ihrer Bewegungsfreiheit einzuschränken, hätte unweigerlich die Sprengung des Oostelijk-Flevoland-Deichs zur Folge – und zwar nicht erst um Mitternacht, sondern bereits um einundzwanzig Uhr. Mit diesem erfreulichen Nachsatz gingen sie. Die Explosion im Palast hat dann, wie Sie wissen dürften, plangemäß stattgefunden.«

»Das kann man wohl sagen.« Van Effen verzichtete darauf, de Graaf zu erzählen, daß er selbst auf den roten Knopf gedrückt hatte. Mit leichtem Schaudern suchte er sich einen etwas weniger feuchten Standplatz auf dem Isfahan. »Ich fürchte, ich hole mir noch eine Lungenentzündung.«

»Da steht Brandy.« Mit einer ungeduldigen Handbewegung deutete de Graaf auf eine Reihe von Flaschen, als wäre es ihm unverständlich, wie jemand die Existenz der verschiedenen Universalheilmittel gegen Pneumokokken übersehen könnte. »Jenever, Scotch . . .« Ein Klopfen an der Tür unterbrach ihn; ein uniformierter Polizist ließ George und Vasco ein, die beide noch gründlicher durchweicht waren als van Effen. »Zwei noch fortgeschrittenere Fälle, würde ich sagen.«

»Wie bitte, Oberst?« fragte George verdutzt.

»Von Lungenentzündung, meine ich. Bitte, bedienen Sie sich. Ich muß allerdings sagen, daß ich nicht mit Ihrem Erscheinen gerechnet habe.«

»Mijnheer van Effen hat gemeint . . .«

»Ich weiß. Es ist ihm lediglich entfallen.«

»Ich habe schließlich eine Menge wichtiger Dinge im Kopf«, entschuldigte sich van Effen. »Und?«

»Wir haben sie uns gut angesehen, als sie das Haus verließen und zum Bus gingen. Auch auf dem Dam haben wir sie im Auge behalten. Ich würde sie überall wiedererkennen.« George machte eine kurze, nachdenkliche Pause. »Ich muß sagen, daß sie mir ziemlich harmlos vorkamen.«

»Habt ihr schon einmal Fotos von Mitgliedern der Baader-Meinhof-Bande gesehen? Auch denen fehlten nur noch Harfe und Heiligenschein. Als ich eben ›Und?‹ sagte, meinte ich etwas anderes.«

»Ach so! Natürlich.« George schien etwas verlegen. »Als du aus dem Haus kamst – wir sahen dich weggehen, sind aber nicht näher gekommen, weil du uns das verboten hast, falls dir jemand folgen sollte. Weißt du, daß man dich beschattet hat?«

»Ja.«

»Wir haben zehn Minuten auf der anderen Straßenseite gewartet. Dann gingen wir über die Straße und auf das erleuchtete Fenster zu. Dieser Regen! Unter den Niagarafällen zu stehen, kann auch nicht schlimmer sein.« Er wartete auf eine tröstende Bemerkung; als sie ausblieb, fuhr er fort. »Dann haben wir noch mal zehn Minuten gewartet. Wir konnten Musik und Stimmen hören.«

»Das kann ich mir denken. Als euch das Ganze dann doch zu dumm wurde, seid ihr rein. Das Licht war an. Eine Kassette im Kassettenrecorder. Die Vögel waren durch die Hintertür ausgeflogen. Nicht sehr originell. Demnach wissen wir immer noch nicht, wo sie ihren Stützpunkt haben. Aber das ist nicht eure Schuld – Agnelli ist ein Sicherheitsfanatiker.«

»Ganz so dumm hätten wir uns trotzdem nicht anstellen müssen«, brummte Vasco. »Das nächste Mal . . .«

Das Telefon klingelte. De Graaf nahm den Hörer ab und sagte nach einer Weile: »Einen Augenblick bitte, Mijnheer.« Er legte die Hand vor die Sprechmuschel. »Das war zu erwarten. Dessens. Die Explosion im Palast hat ihre Wirkung auf das Kabinett offensichtlich nicht verfehlt; sie sind überzeugt, daß der Oostelijk-Flevoland-Deich um Mitternacht gesprengt wird. Sie wollen einlenken, legen aber auf meine Anwesenheit Wert und schlagen als Zeitpunkt dreiundzwanzig Uhr vor. Ich hätte Sie gern dabei. Elf Uhr? Einverstanden?«

»Wäre halb zwölf auch noch möglich, Mijnheer? Ich habe vorher noch ein paar Termine.«

De Graaf sprach noch eine Weile und legte dann auf. »Sie scheinen ja wirklich einen sehr vollen Terminkalender zu haben, Leutnant. Ich kann mich nicht erinnern, daß Sie mich über den Zweck dieser Verabredungen in Kenntnis gesetzt hätten.«

»Dazu hatte ich bisher noch keine Gelegenheit. Um zehn Uhr muß ich im Trianon sein, um einen Anruf von Agnelli entgegenzunehmen. Seine Sprengstoffvorräte sind etwas knapp, und ich habe ihm versprochen, Abhilfe zu schaffen.«

»Sprengstoff. Natürlich. Selbstverständlich.« De Graaf schenkte sich einen Brandy ein, ohne dabei einen Tropfen zu verschütten. »Nachdem Sie schon mal eben den Palast in die Luft gesprengt haben« – dies war zwar eine Übertreibung, angesichts der Umstände jedoch durchaus verständlich –, »kann man natürlich nicht von Ihnen erwarten, daß Sie sich auf diesen unbedeutenden Lorbeeren ausruhen. Und wo gedenken Sie, sich diese Sprengstoffvorräte zu beschaffen? Ich bin sicher, Sie werden höchstens ein paar hundert Kilo TNT oder etwas in der Art brauchen?«

»Ich? Dazu hätte ich weder die Zeit noch die Befugnis. Deshalb dachte ich, Mijnheer, Sie könnten vielleicht wieder einmal Ihren Einfluß spielen lassen . . .«

»Ich? Der Polizeichef? Ich soll einer terroristischen Vereinigung behilflich sein, ihre Sprengstoffvorräte zu decken?« De Graaf überlegte kurz. »Vermutlich gehen Sie auch davon aus, daß ich die Lieferung persönlich überbringe?«

»Um Himmels willen, nein. Das wird Georges großer Auftritt werden. Tut mir leid, George, aber ich hatte bisher weder Zeit noch Gelegenheit, dich in die ganze Geschichte einzuweihen. Ich habe mich heute abend mit Agnelli ausführlich über dich und Vasco unterhalten. Ich fürchte allerdings, Vasco, daß ich deine Person in so düsteren Farben geschildert habe, daß deine Rehabilitation – wenn überhaupt noch möglich – einige Zeit in

Anspruch nehmen dürfte. Du bist ein unehrenhaft entlassener Polizist – hinterhältig, unberechenbar, knapp vor der Einlieferung in eine Nervenheilanstalt. Agnelli hatte mir seine Fragen in etwas zu beiläufigem Ton gestellt. Ich bin sicher, er weiß, daß du bei der Polizei bist oder warst. Er kommt nämlich auch aus Utrecht. Das heißt jedoch nicht, daß er in nicht allzu ferner Zukunft trotzdem deine Dienste in Anspruch nehmen wird – natürlich erst, nachdem wir dein Äußeres und deine Vergangenheit ein wenig verändert haben.

George, du bist Waffenhändler. Gott weiß, daß es davon nicht gerade wenige gibt. Aber du bist etwas Besonders. Der dicke Hecht. Einen Panzer vom Typ Leopard? Eine SAM-Rakete? Wenn's sein muß, auch ein Torpedoboot? In diesem Fall ist George genau der richtige Mann. Und da du dich nun einmal ausschließlich mit größeren Posten abgibst, setzt du dich auch nur mit deinesgleichen an einen Tisch. Keine Mittelsmänner – nicht einmal mich. Du schließt deine Geschäfte nur mit dem Boß persönlich ab – oder gar nicht.«

»Ich soll mich mit diesem Agnelli treffen?« George grinste zufrieden. »Du willst mich ganz groß ins Geschäft bringen?«

»Ich habe das Gefühl, daß mir diese Sache über den Kopf wachsen könnte. Wahrscheinlich brauche ich Hilfe. Und im Grunde habe ich gar nicht das Recht, dich um so etwas zu bitten. Du hast schließlich Annelise und die Kinder. Die Sache könnte nicht ganz unproblematisch werden ...«

»Nicht ganz unproblematisch!« Wenn er wollte, konnte de Graaf seiner Stimme einen recht sarkastischen Klang verleihen. »Nicht ganz unproblematisch. Ich will nicht sagen, es ist schlechtweg verrückt, weil nichts verrückt ist, solange eine gewisse Chance der Durchführbarkeit besteht. Aber das Ganze gefällt mir ganz und gar nicht. Schließlich basiert alles auf der Annahme, daß sie Ihnen noch nicht auf die Schliche gekommen sind; aber was, bitte, berechtigt Sie zu dieser Annahme? Sicher, Sie sind bisher recht gut miteinander ausgekommen, aber nur, weil beide Seiten davon ihren Vorteil hatten. Falls sie aber doch über Sie Bescheid wissen und irgendwann einmal zu dem Schluß kommen, daß Sie für sie nicht mehr von Nutzen sind, werden sie sich Ihrer vielleicht auf recht dauerhafter Basis entledigen. Haben Sie also ein Recht, George in diese Sache hineinzuziehen?«

»Ich habe ihn gefragt, ob er ...«

Van Effen wurde durch das Telefon unterbrochen. De Graaf nahm ab. »Ach, Leutnant Valken ... ja, ja.« De Graafs Gesicht war völlig reglos, während er Valken zuhörte. »Tut nichts zur Sache, wenn Sie das bisher nicht gewußt haben. Warten Sie, ich hole mir nur schnell Papier und Bleistift.« De Graaf notierte ein paar Worte, verabschiedete sich von Valken und legte auf. Dann griff er nach seinem Glas.

»Julie und Annemarie?« fragte van Effen.

»Ja. Woher wissen Sie das?«

»Valken, Ihr Gesicht, der Brandy. Schlimm?«

»Allerdings. Die Annecys haben wieder angerufen. Sie behaupten, den

Mädchen ginge es den Umständen entsprechend gut, was alles oder nichts bedeuten kann. Außerdem haben sie uns mitgeteilt, daß sie bereits ein Beileidstelegramm nach Rotterdam aufgegeben haben.« Er ergriff das Blatt Papier, auf das er eben geschrieben hatte. »An David Joseph Karlmann Meijer.«

Van Effen nahm wortlos einen Schluck Brandy. George und Vasco tauschten verständnislose Blicke. Nach einer Weile frage George: »Und wer soll das sein?«

»Ach«, entschuldigte sich de Graaf, »das können Sie nicht wissen. Ich vergaß, Ihnen das zu sagen. Es ist Annes – Annemaries Vater.«

»Ja«, erwiderte George. »Das heißt nein. Ich verstehe immer noch nicht, Oberst. Was soll mit Annemarie sein?«

De Graaf starrte van Effen ungläubig an. »Soll das heißen, daß Sie ihnen noch nichts davon erzählt haben?«

»Soweit ich mich erinnern kann, nein.«

»Gütiger Gott!« De Graaf schüttelte den Kopf. »Wieder einmal Ihr Grundsatz: Keiner soll mehr wissen als nötig. Eines Tages vergessen Sie noch, sich selbst an etwas zu erinnern, Peter, und das wird Ihr Ende sein.« De Graaf sah von George zu Vasco. »Annemarie und Julie – Leutnant van Effens Schwester – sind entführt worden. Von den Annecy-Brüdern.«

»Von den Annecy-Brüdern.« Für einen Moment verschlug es George die Sprache. »Diese brutalen Kerle, die du für fünfzehn Jahre hinter Gitter gebracht hast?«

»An diesem Punkt muß ich eine kleine Korrektur anbringen. Leutnant van Effen hat zwei der vier Brüder hinter Gitter gebracht. Zwei sind ihm jedoch entkommen, und diese beiden drohen seither damit, ihn umzubringen. Und sie machen Fortschritte. Inzwischen haben sie Julie in ihrer Gewalt.«

»Ich kenne Julie sehr gut. Aber was soll dieses Telegramm an Annemaries Vater?«

»Der entscheidende Punkt ist in diesem Fall Annemaries Vater. Sie werden es kaum für möglich halten, George, aber der Vater dieser schrecklichen Schachtel, die Sie sicherlich des öfteren in Ihrem Lokal gesehen haben, ist einer der reichsten Männer der Niederlande. Vielleicht sogar der reichste. Ein sehr einflußreicher Mann. Die Regierung kann es sich nicht leisten, nicht auf ihn zu hören. Seine Position ist vergleichbar mit der des Flugzeugfabrikanten Dassault in Frankreich. Es gibt Regionen, in denen nichts geschieht, ohne daß man zuerst seinen Rat eingezogen oder ihn zumindest um seine Meinung gefragt hat. Er besitzt Macht und Einfluß und eine Tochter; und nachdem sich seine Tochter nun in ihrer Gewalt befindet, werden sie versuchen, seinen Einfluß für ihre eigenen Zwecke einzusetzen. Anne Meijer ist sozusagen die Traumgeisel jedes Verbrechers.«

Van Effen setzte sein Glas ab und blickte auf seine Uhr. »Zeit, zu gehen, George.«

»Herr im Himmel! Das ist doch wirklich nicht zu fassen! Sie sehen auf Ihre verdammte Uhr und sagen: Zeit, zu gehen. Haben Sie sich eigentlich noch nicht überlegt, woher die Annecys wissen könnten, daß Annemarie die Tochter von David Meijer ist?«

»Ich vermute, sie haben ihre Überredungskünste spielen lassen.«

»Überredungskünste! Sie haben das arme Mädchen gefoltert!«

»Welches arme Mädchen?«

»Sind Sie noch zu retten? Annemarie natürlich.«

Van Effen schüttelte entschieden den Kopf. »Nein. Nicht Annemarie. Die Annecy-Brüder haben nie jemanden ohne Grund gefoltert, wie pervers dieser Grund auch gewesen sein mochte. Zu dieser Methode griffen sie immer nur dann, wenn sie etwas wissen oder sich an jemandem rächen wollten. Weshalb sollten sie sich an Annemarie rächen? Sie hat keinem von ihnen etwas zuleide getan. Und andererseits, was hätten sie von ihr wissen wollen? Sie wußten doch nicht, wer sie ist, wer ihr Vater ist. Für sie ist Annemarie eine Freundin von Julie, und sie haben sie nur deshalb mitgenommen, weil sie gerade zufällig in der Wohnung war. Falls sie jemanden gefoltert haben – wobei ich glaube, daß sie nur mit Folter gedroht haben, um Informationen über mich zu bekommen –, dann wäre es Julie gewesen. Ich vermute eher, daß Annemarie mit dieser Information freiwillig herausgerückt ist, um die Annecys von meiner Schwester abzulenken. Sie hat ihnen den Mund mit der Aussicht auf ein unvorstellbar hohes Lösegeld wäßrig gemacht; vielleicht hat sie sogar den Einfluß ihres Vaters auf die Regierung zur Sprache gebracht. Annemarie ist schließlich nicht auf den Kopf gefallen. Sie weiß sehr gut, daß all die Annecys dieser Welt in erster Linie Pragmatiker sind und daß alles, was ihren Plänen förderlich sein könnte, sie wesentlich mehr interessieren würde, als es mir heimzuzahlen – in Person meiner Schwester, natürlich.«

»Sie haben wohl keinen Tropfen Blut in den Adern«, murmelte de Graaf mehr zu sich selbst.

»Wie bitte, Mijnheer?«

»Sie könnten sogar recht haben. In beiden Fällen wäre es jedoch schlimm genug. Falls Sie recht haben, ist die Position der Annecys jetzt natürlich erheblich gestärkt, und David Meijers Säckel dürfte um einiges erleichtert werden. Aber wenn Sie allerdings nicht recht haben, stecken Sie schon Ihren Kopf in diese bezaubernde Schlinge, die Ihnen die Annecys auf diese Postkarten gemalt haben. Außerdem könnte Annemarie ihnen noch eine Reihe anderer interessanter Dinge erzählt haben: zum Beispiel, daß Stephan Danilow im Privatleben Peter van Effen heißt. Diesmal kann ich mich nicht darauf verlassen, daß Sie sich nicht täuschen. Ich ordne deshalb an, daß Sie von Ihrem Vorhaben Abstand nehmen.«

»Normalerweise würde ich mir nie träumen lassen, mich einer Anordnung von Ihrer Seite zu widersetzen, Mijnheer«, meldete sich George zu Wort. »Aber wir haben es hier mit höchst ungewöhnlichen Umständen zu tun. Indem ich mich also Ihren Anweisungen widersetze, stelle ich mich damit weder außerhalb des Gesetztes noch gebe ich damit zu verstehen, daß ich meinen Dienst bei der Polizei quittiere. Ich gehe nur meinen eigenen Weg.«

De Graaf nickte. »Sie kann ich nicht aufhalten. Aber ich kann . . .«

»Sie können auch ihn dazu zwingen, seinen eigenen Weg zu gehen«, unterbrach ihn George. »Indem er seinen Abschied einreicht. Allerdings kann ich mir nicht vorstellen, daß Sie sich das je verzeihen könnten.«

Mit einem Stirnrunzeln schenkte sich de Graaf nach, ließ sich in einen Sessel sinken und starrte wortlos ins Feuer. Van Effen nickte Vasco kurz zu; dann verließen die drei Männer den Raum.

Bei ihrer Rückkehr ins Trianon stellten van Effen und George fest, daß der übliche Wachhund verschwunden war. Seinen Platz hatte jedoch ein anderer, noch unscheinbarerer Mann eingenommen; er saß in einiger Entfernung von der Rezeption und hatte ein Glas Bier vor sich stehen. Für van Effen stand außer Zweifel, daß er aus dem gleichen Stall kam. Der Portier rief hinter ihnen her, als sie an der Rezeption vorbeikamen.

»Eine Nachricht für Sie, Mister Danilow.« Er reichte van Effen einen kleinen Zettel, auf dem stand: »Kann ich Sie auf Ihrem Zimmer sprechen? In zwei Minuten?«

»Ja, natürlich. Vielen Dank.« Van Effen steckte den Zettel in die Tasche und ging mit George zum Lift. Zwei Minuten später erschien der Portier in van Effens Zimmer. Er schloß die Tür hinter sich und warf einen fragenden Blick auf George.

»Seien Sie unbesorgt«, beschwichtigte ihn van Effen. »Mein Freund hier steht auf der richtigen Seite. George, das ist Charles. Er leitet das Hotel hier. Charles, das ist George. Er ist von der Polizei.«

»Ach so. Ich wollte nur sagen, daß Sie heute abend den Hintereingang lieber nicht benutzen sollten – dort treibt sich schon seit einiger Zeit ein Fremder herum. Er sitzt in einem alten DAF. Und wie Sie sicher schon festgestellt haben, ist Ihr Aufpasser im Foyer ausgewechselt worden; sein Vertreter macht nicht unbedingt einen unauffälligeren Eindruck. Außerdem ist da noch ein Mann, der sitzt so, daß er jeden sehen kann, der das Foyer durchquert. Er kennt Ihren neuen Schatten. Sie haben zwar nicht miteinander gesprochen, sich dafür aber vielsagende Blicke zugeworfen und sich gegenseitig zugenickt. Sie dachten wohl, dies ungestraft tun zu können. Woher sollten sie auch wissen, daß ich ein gewisses Interesse an ihren Aktivitäten habe? Deshalb habe ich übrigens auch zwei Minuten gewartet, ich wollte sehen, ob einer von den beiden etwas unternimmt. Sie haben mich nicht enttäuscht. Unser Freund aus dem Restaurant war schon in der Telefonzelle, als sich die Lifttür kaum hinter Ihnen geschlossen hatte. Ich habe gewartet, bis er mit seinem Anruf fertig war. Vermutlich hat er jemandem Ihr Eintreffen gemeldet. Ich habe den Mann im Spiegel beobachtet, wie er die Telefonzelle verließ. Auch diesmal hat er dem anderen kurz zugenickt.«

»Falls Sie hier mal gefeuert werden sollten, Charles, wüßte ich schon einen Job für Sie. Ich werde die beiden Burschen im Auge behalten. Und vielen Dank.« Charles verließ das Zimmer.

»So«, meinte George. »Nun kann jeden Augenblick das Telefon klingeln. Der Mann aus dem Restaurant hat Agnelli benachrichtigt, daß Danilow in Begleitung seines Freundes, des Sprengstoffexperten und Waffenschiebers, ins Hotel zurückgekehrt ist. Jetzt würde mich nur noch interessieren, an welchem lauschigen Ort unser kleines Treffen stattfinden soll.«

»Du wirst staunen. Dieser lauschige Ort dürfte mit ziemlicher Sicherheit Zimmer zweihundertdrei sein, wo wir uns gerade befinden. Charles hat doch eben erzählt, daß Agnelli – wer könnte es schließlich sonst sein? – zwei zusätzliche Spürhunde beordert hat, hier herumzuschnüffeln. Warum wohl? Um ihn über unsere Ankunft im Hotel zu informieren, hätte doch ein Aufpasser genügt. Bei den anderen beiden handelt es sich sozusagen um Leibwächter – Bestandteil seiner Versicherungspolice. Vergiß nicht, daß Agnelli keinerlei Grund zu der Annahme hat, daß wir von ihrer Anwesenheit wissen. Möglicherweise gibt es noch zusätzliche Bewacher, von denen auch Charles nichts weiß. Außerdem wäre dies hier der letzte Ort, den er, unserer Ansicht nach, als Treffpunkt auswählen könnte – das muß zumindest Agnelli denken –, so daß wir also auch nicht auf die Idee gekommen wären, ein Empfangskomitee hierherzubestellen. Wenn er anruft, wird er uns sicher mitteilen, daß er in wenigen Minuten hier eintreffen wird, so daß wir keine entsprechenden Vorkehrungen mehr treffen können.«

Van Effen sollte in beiden Fällen recht behalten. Agnelli rief höchstpersönlich an, um mitzuteilen, daß die Unterredung im Trianon stattfinden sollte, und daß er mit seinen Freunden in weniger als fünf Minuten dort eintreffen würde.

»Er bringt Freunde mit, man beachte den Plural«, wandte sich van Effen an George, nachdem er aufgelegt hatte. »Romero Agnelli traut wirklich niemandem.«

Agnellis herzlicher, argloser Gesichtsausdruck bei seiner Ankunft sollte van Effens Behauptung eigentlich Lügen strafen; man hatte hier offenkundig einen Mann vor sich, dem man Vertrauen schenken mußte. Agnelli wurde von drei Männern begleitet, darunter seinem Bruder Leonardo, der diesmal noch mehr wie ein Mitglied der Mafia aussah als sonst. Die beiden anderen hatte van Effen bis dahin noch nie gesehen. Einer von ihnen, ein stämmiger Mann unbestimmten Alters mit freundlichem Gesicht – obwohl er schwer zu schätzen war, hätte van Effen ihn zwischen vierzig und fünfzig eingestuft –, wurde als Liam O'Brien vorgestellt. Sein Akzent und in nicht geringerem Maße auch sein Name ließen auf irische Abstammung schließen. Der andere, ein gutaussehender junger Mann mit dunklem Teint, wurde ihnen als Heinrich Daniken vorgestellt; er hätte jeder Nationalität angehören können. Was die Funktion seiner beiden Begleiter betraf, ließ sich Agnelli auf keinerlei nähere Erläuterungen ein.

Nachdem man einander vorgestellt war und van Effen etwas zu trinken angeboten hatte, eröffnete Agnelli die Verhandlungen: »Soll ich Sie George nennen, oder haben Sie noch einen anderen Namen?«

»George genügt.« Er lächelte. »Ich lege Wert auf Anonymität.«

Agnelli musterte die imposante Gestalt vor sich. »Die zu wahren Ihnen wohl nicht leicht fallen dürfte. Bei Ihrer Statur. Wirkt sich das in Ihrem Beruf nicht eher nachteilig aus?«

»Nachteilig? Ganz im Gegenteil. Ich bin ein friedliebender Mensch – und wenn man so aussieht wie ich, kommt niemand auf die Idee, sich mit einem anzulegen.« George, stellte van Effen zufrieden fest, war ein überzeugender Lügner. »Und natürlich glaubt jeder, oder zumindest fast jeder – dabei denke ich vor allem an die sogenannten Vertreter des Gesetzes –, daß jemand, der so groß und kräftig und nett und freundlich ist wie ich, ganz gut zurechtkommen muß, auch wenn er keine besondere Leuchte ist. Das ist eine Art Naturgesetz. Gut, ich bin zwar kein Einstein, aber auf der Sonderschule war ich auch nicht gerade. Aber wir sind hier doch kaum zusammengekommen, um über persönliche Dinge zu sprechen. Habe ich nicht recht, Mister Agnelli? Fünf Fragen: Was wollen Sie? In welchen Mengen? Wann? Wo? Preis?«

Das Verblassen von Agnellis gutgelauntem Lächeln war so kurz, daß es nur einem sehr aufmerksamen Beobachter aufgefallen wäre, und selbst dann hätte dieser Eindruck auf Einbildung beruhen können. »Sie kommen aber rasch zur Sache, George. Offenbar halten Sie nicht viel von einem vorhergehenden kleinen Austausch von Höflichkeiten. Ehrlich gesagt – mir geht es nicht anders. Wie Sie habe auch ich nicht die Zeit, lange um den heißen Brei zu reden, und wie Sie betrachte auch ich mich als Geschäftsmann.« Er zog ein Blatt Papier aus der Innentasche seines Anzugs. »Das ist meine Einkaufsliste. Ziemlich lang, finden Sie nicht auch?«

George studierte sie kurz. »Ziemlich. Aber durchaus innerhalb meiner begrenzten Möglichkeiten. Die meisten Bestellungen sind weiter kein Problem. Das gilt vor allem für die Sprengstoffe. Die ferngesteuerten Bodengeschosse – Sie meinen wohl Panzerabwehrraketen, wenn Sie dies auch nicht ausdrücklich sagen – und die SAM-Luftabwehrraketen dürften relativ einfach zu beschaffen sein. Für Plastikminen, Handgranaten und Rauchbomben gilt das gleiche.« Er nahm einen Schluck von seinem Brandy und runzelte nachdenklich die Stirn. »Nur eins verstehe ich nicht ganz. Und zwar handelt es sich dabei um einen Punkt, der mir keineswegs gefällt. Ich meine nicht die Tatsache, daß Sie offensichtlich vorhaben, für einen mittleren Privatkrieg aufzurüsten, einen reinen Defensivkrieg selbstverständlich. Das ist schließlich Ihre Sache.« Er reichte die Liste an van Effen weiter. »Was meinst du dazu?«

Van Effen studierte die Liste eine Weile und gab sie dann wieder an George zurück. »Was ist mit den näheren Spezifikationen?«

»Genau.« Der Reihe nach musterte George ohne ein Lächeln die vier Männer, bis sein Blick schließlich auf Agnelli haften blieb. »Eine gefährliche Liste, muß ich sagen. Was auch für die Personen gelten könnte, die sie zusammengestellt haben. Die Bestellung könnte durchaus in die falschen Hände geraten.«

Auch Agnelli war das Lachen vergangen. Ihm schien nicht sonderlich wohl in seiner Haut. »Ich fürchte, ich verstehe Sie nicht recht.«

»Dann sollte ich Sie vielleicht besser erst einmal aufklären. Es geht um nähere Spezifikationen, wie mein Freund Stephan bereits festgestellt hat. Sprengstoff – keine Spezifikationen. Raketen dasselbe – und zwar im Falle beider Typen. Was für Zündsätze? Welche Sprengkapseln? Die Zünder – Sie geben nicht einmal an, ob elektrisch oder chemisch, ob schnell wirkend oder verzögert. Diese Liste hat nie und nimmer ein Sprengstoffexperte zusammengestellt. Sie kann nur das Werk eines stümperhaften Anfängers sein.«

Agnelli versank für eine Weile in die Betrachtung seines Glases, bis er schließlich erwiderte: »Dieser Anfänger bin ich. Allerdings haben mich meine drei Begleiter hier bei der stümperhaften Zusammenstellung etwas unterstützt.«

»Gott steh uns bei«, seufzte van Effen. »Ihnen sollte man nicht mal eine Kiste mit Feuerwerkskörpern anvertrauen. Ich muß schon wieder einmal fragen – und nicht zum erstenmal: Wo haben Sie eigentlich Ihre Experten?«

Agnelli lächelte verlegen und breitete in einer entschuldigenden Geste seine Hände aus. »Ich muß Ihnen reinen Wein einschenken, meine Herren.« Für van Effen stand völlig außer Zweifel, daß Agnelli das Blaue vom Himmel herunterlügen würde. »Wir stecken in einem vorübergehenden Engpaß. Die beiden Männer, auf die wir uns in diesem Bereich stützen, werden für andere Aufgaben benötigt, so daß wir eine Weile ohne sie auskommen müssen. Aber wir dachten – nun ja, Sie beide sind ja ebenfalls bestens mit diesen Belangen vertraut, und ...«

»Das ist nicht das Problem«, fiel ihm George ins Wort. »Sprengstoff zum Beispiel können wir Ihnen ohne weiteres besorgen und Ihnen auch erklären, wie Sie damit umgehen müssen, ohne sich selbst in die Luft zu sprengen. Mit den Raketen ist das eine andere Sache. Damit kann nur ein Mann umgehen, der wirklich etwas davon versteht.«

»Wie lange würde es denn dauern, so etwas zu lernen?«

»Eine Woche vielleicht, zehn Tage.« George übertrieb mit voller Absicht. Er konnte es sich leisten: von militärischen Waffen verstanden die vier Männer offenbar überhaupt nichts. »Aber wenden Sie sich deswegen bitte nicht an uns. Wir sind keine Militärs und kennen uns mit diesen Dingen kaum besser aus als Sie.«

Nach längerem Schweigen sagte Agnelli unvermittelt: »Kennen Sie jemanden, der dafür in Frage käme? Ich meine jemanden, der sich mit diesen Waffentypen auskennt?«

»Meinen Sie damit, was ich denke, daß Sie meinen?«

»Ja.«

»Ich kenne jemanden.« George sagte dies in einem leicht ungeduldigen Tonfall, der keinen Zweifel daran ließ: für ihn war selbstverständlich, daß er einen solchen Mann kannte.

»Wer ist dieser Mann?«

George bedachte Agnelli mit einem mitleidigen Blick. »Er hat keinen Namen.«

»Aber irgendwie müssen Sie ihn doch nennen.«

»Ja. Leutnant.«

»Wieso?«

»Weil er Leutnant ist.«

»Entlassen natürlich.«

»Eben nicht. Ein entlassener Leutnant würde mir herzlich wenig nützen. Ich glaubte eigentlich, Ihnen wäre klar, daß ein Mann wie ich nur Waren aus zweiter oder dritter Hand vertreiben kann. Ein Zwischenhändler, wenn Sie wollen.«

»Ach, jetzt verstehe ich. Ihr Lieferant?«

»Mister Agnelli. Sie werden doch nicht allen Ernstes erwarten, daß Sie auf diese naive Frage eine Antwort bekommen. Ich werde sehen, was sich machen läßt. Wohin soll die Ware denn geliefert werden?«

»Das hängt davon ab, wie bald Sie liefern können.«

»Bis morgen mittag.«

»Gütiger Gott!« Auf Agnellis ungläubigem Gesicht breitete sich ein Lächeln aus. »Sieht ja ganz so aus, als wäre ich genau im richtigen Laden. Wie wird die Lieferung erfolgen?«

»Mit einem Lastwagen der Armee selbstverständlich.«

»Selbstverständlich«, wiederholte Agnelli leicht verwirrt. »Das macht die Sache natürlich etwas schwierig. Ich hatte mit der Lieferung nicht vor übermorgen gerechnet. Könnte ich Sie morgen noch einmal anrufen, um endgültig über den Ort und den genauen Zeitpunkt zu entscheiden? Und wäre es möglich, die Lieferung um ein paar Stunden zu verschieben?«

»Das läßt sich machen.« George sah van Effen an. »Kann Mister Agnelli hier anrufen? Sagen wir, um zehn?« Van Effen nickte, und George lächelte Agnelli zu. »Den genauen Preis kann ich Ihnen noch nicht nennen, aber Sie sollten mit zehn- bis zwölftausend Dollar rechnen. Wir haben die besten Angebote in ganz Europa. Zahlbar in Dollar, Gulden oder D-Mark. Falls Sie allerdings unsere – äh – Dienste in Anspruch nehmen sollten, wird Sie das Ganze natürlich etwas mehr kosten.«

Mit einem Lächeln stand Agnelli auf, wieder ganz er selbst – gelassen und gutgelaunt. »Selbstverständlich, zumal Ihr Preis, wie ich zugeben muß, keineswegs übermäßig hoch ist.«

»Da wäre nur noch eines«, bemerkte van Effen freundlich. »Sie sind sich doch sicher klar darüber, Mister Agnelli, daß Ihre Chancen, wieder Kontakt mit mir aufzunehmen, relativ gering wären, falls ich mich aus dem einen oder anderen Grund dazu entschließen sollte, in ein anderes Hotel zu ziehen und mich dort unter einem anderen Namen anzumelden?«

»Relativ gering? Sie wären gleich Null. Wie kommen Sie darauf?«

»Nun, zwischen uns besteht doch so etwas wie gegenseitiges Vertrauen, oder vielleicht doch nicht?«

»Natürlich.« Die Verwunderung war noch immer nicht aus seinem Gesicht gewichen.

»Also gut, wenn es so ist, dann pfeifen Sie doch bitte Ihre Wachhunde im Foyer, im Restaurant und hinter dem Hotel zurück.«

»Meine Wachhunde?« Aus Agnellis Miene war schwerlich zu ersehen, daß er in seiner Verblüffung gleichzeitig Zeit zu gewinnen versuchte.

»Sollten Sie sich dazu nicht bereit erklären, werden wir sie leider in die nächste Gracht werfen müssen – entsprechend verschnürt, versteht sich –, und ich werde mich gezwungen sehen, das Hotel zu wechseln.«

Agnelli starrte ihn mit ausdruckslosem Gesicht an. »Sie sind wirklich auf der Hut. Das muß man Ihnen lassen.« Mit einem Lächeln streckte er van Effen seine Hand entgegen. »Tut mir leid. Also gut, die Wachhunde werden zurückgepfiffen. Tut mir ehrlich leid. Die haben ihre Sache tatsächlich nicht gut gemacht.«

Nachdem sie gegangen waren, wandte sich van Effen an George: »Ich glaube, du hättest es in der Unterwelt zu etwas bringen können. Unter anderem wäre unser werter Polizeichef schon vor Jahren einem Schlaganfall erlegen. Ich möchte wetten, Annelise hat nicht die leiseste Ahnung, was für ein gigantischer Lügner du bist. Du hast diesen Agnelli so an der Nase herumgeführt, daß er dir am Schluß regelrecht aus der Hand gefressen hat. Hoffen wir nur, daß es dabei bleibt. Könntest du dich noch heute abend mit Vasco in Verbindung setzen und ihm sagen, daß du einen Job für ihn hast – und zwar als Leutnant des Heeres. Selbstverständlich muß er vorher sein Äußeres erheblich verändern. Wir dürfen nicht vergessen, daß Agnelli bereits Gelegenheit hatte, ihn aus nächster Nähe in Augenschein zu nehmen.«

»Das dürfte weiter kein Problem darstellen.« George reichte van Effen Agnellis Einkaufsliste. »Ich gäbe viel darum, das Gesicht des Obersten zu sehen, wenn er morgen zum Einkaufen geschickt wird. Du kommst ja schon in einer Stunde in den Genuß dieses Vergnügens. Hast du übrigens daran gedacht, das Riordan und Samuelson sehr gut von Agnelli begleitet werden könnten?«

»Eine reizvolle Vorstellung. Ja, ich habe auch schon an so etwas gedacht.«

»Und?«

»Was und?«

»Was und, fragt er! Wir wissen, daß Agnelli Annecy ist.«

»Zumindest sind wir uns dessen zu neunundneunzig Prozent sicher. Vergiß nicht, daß ich keinen der beiden Brüder, die wir nicht erwischt haben, je zu Gesicht bekommen habe.«

»Daß du ihn nicht kennst, heißt noch lange nicht, daß er dich nicht kennt. Im Gegenteil, er kennt dich sogar mit ziemlicher Sicherheit. Schließlich muß er dein Foto während des Prozesses gegen seine Brüder mehrmals in der Zeitung gesehen haben. Wie, glaubst du, wird er wohl reagieren, wenn er nicht nur den verhaßten Leutnant van Effen vor sich sieht, sondern auch den Mann, dessen Schwester er in irgendeinem dunklen Verlies eingekerkert hat – eben jene Schwester, an der er in seiner Freizeit die neuesten Daumenschraubenmodelle ausprobiert?«

»Dürfte allerdings interessant werden.«

»Der Oberst hatte also doch recht«, murmelte George. »Du scheinst tatsächlich keinen Tropfen menschliches Blut in den Adern zu haben.«

»›Ihre zehn Cents werden dazu beitragen, einen englischen Soldaten zu töten. Ist das kein Angebot? Was wollen Sie für den Preis noch mehr verlangen?‹ Mit diesem Spruch ziehen die Mitglieder ganz besonderer Sammeltrupps mit ihren Blechbüchsen durch die irischen Bars der Vereinigten Staaten. Vor allem in Städten im Nordosten Amerikas. Und hier wiederum vor allem in New York, und in New York vor allem in Queens, wo es die meisten Iren gibt. Zehn Cents. Mehr wollen sie nicht. Nur zehn Cents. Und selbstverständlich rasseln sie vor allem dann mit ihren Sammelbüchsen, wenn irgendeine irische Nacht stattfindet, ein irisches Fest, ein irischer Ball, ein irisches Sonst-irgend-etwas.

Wenn Sie noch nicht gehört haben, daß es wohltätige Organisationen gibt – ja, sie nennen sich wohltätig –, die für den Ankauf von Waffen sammeln, dann leben Sie im vergangenen Jahrhundert, oder Sie stecken Ihren Kopf in den Sand. Sie behaupten, daß die Millionen Dollar, die sie im Laufe der Jahre gesammelt haben, an die Witwen und Kinder der IRA-Mitglieder gehen, die von der brutalen Hand der Briten gefallen sind. Als Unterstützung von Witwen und Waisen! Der Gründer solch einer verabscheuungswürdigen Organisation beging einmal den Fehler, die Wahrheit zu sagen. Er erklärte: ›Je mehr britische Soldaten in einem Sarg aus Ulster in ihre Heimat zurückkehren, desto besser.‹ Jack Lynch, ein ehemaliger irischer Premierminister, hat erwiesenermaßen gesagt, daß dieses Geld nur einem einzigen Zweck diente – nämlich Witwen und Waisen zu schaffen. Und zwar britische Witwen und Waisen.«

Riordan, ein ungewöhnlich großer und ungewöhnlich dürrer dunkelhaariger Mann, tief gebräunt und mit einem schwarzen, fast knöchellangen Regenmantel bekleidet, der die imposante Größe seines Trägers unterstrich, zitterte buchstäblich vor Wut, als er vor seinen Zuhörern stand. Die Knöchel seiner geballten Fäuste auf dem Tisch vor ihm traten auffallend weiß hervor. Die Echtheit und das Ausmaß seiner Erregung waren über jeden Zweifel erhaben, und sein Engagement hatte etwas Beeindruckendes.

»Weiß Gott, es ist schlimm genug, daß die Spenden für diese infamen Organisationen von ehrbaren, gottesfürchtigen, gläubigen Katholiken kommen, die in dem Glauben gelassen werden, sie unterstützten eine gute Sache! In Wirklichkeit spenden sie für eine Organisation, im Vergleich zu der selbst die Mafia ein harmloser Haufen spielender Kinder ist. Das Geld geht direkt an die verschiedenen IRA-Einheiten. Ein Teil davon dient dem Ankauf von Waffen auf den New Yorker Schwarzmärkten – Auktionen, die in der Regel in Abbruchvierteln oder auf leeren Parkplätzen, und natürlich ausnahmslos nachts, abgehalten werden. Bevorzugte Gegenden für diese Transaktionen sind die Bronx, Queens und Brooklyn. Und wie sich vielleicht selbst Ihrer Kenntnis nicht entzogen haben dürfte, meine Herren, sind Waffen in New York alles andere als schwer zu bekommen.« In seiner

Verbitterung schien Riordan die Worte fast auszuspucken. »Mit dem restlichen Geld reisen dann verschiedene Funktionäre in aller Öffentlichkeit in die Staaten des Mittelwestens und Südens, wo es so etwas wie Waffenscheine nicht gibt. Ganz gleich, wo sie sich die Waffen beschaffen, sie landen alle im Gebiet um New York, wo sie, meistens von New Jersey oder Brooklyn aus, mit den wärmsten Empfehlungen und unter der Mitwirkung der Stauergewerkschaften und der Zollbehörden verschifft werden; schließlich sind zahlreiche Mitglieder dieser Organisationen irischer Abstammung – ein Umstand, der bereits völlig auszureichen scheint, die mörderischen Aktivitäten der IRA zu unterstützen. Da der Zoll dem Schatzamt der USA unterstellt ist, ergibt sich die logische Schlußfolgerung, daß diese Händler ihr Unwesen mit dem Wissen, wenn nicht sogar stillen Einverständnis der amerikanischen Regierung treiben. Der irische Einfluß im Kongreß ist ebenso sattsam bekannt wie maßgeblich.«

»Wenn ich Sie vielleicht einen Augenblick unterbrechen dürfte, Mister Riordan«, schaltete sich Aaron Wieringa, der Verteidigungsminister, ein. Der große, blauäugige Mann mit dem rosigen, Ruhe ausstrahlenden Gesicht erfreute sich in ganz Holland enormer Beliebtheit und hätte vor wenigen Jahren ohne weiteres Premierminister werden können, stünde er nicht in dem für einen Politiker alles andere als förderlichen Ruf totaler Unbestechlichkeit. »Man wird wohl kaum seine Augen vor der Tatsache verschließen können, daß diese Mißstände Ihr ehrliches Mißfallen erregen. Aber ich kann Ihnen versichern, auch wir leben nicht im vergangenen Jahrhundert, und ich glaube behaupten zu können, daß sich kein Mann in diesem Raum befindet, der Ihre Erregung nicht verstehen wird. Zwar würde ich nicht so weit gehen, auch Ihrer Verdammung Washingtons und des Kongresses zuzustimmen, aber darum geht es im Augenblick auch wohl kaum. Abgesehen von Ihrer Aufzählung verschiedener durchaus den Tatsachen entsprechender Fakten, haben wir uns hier mit einem ganz anderen Problem auseinanderzusetzen.

Uns hat vor allem zu interessieren, weshalb sich Ihr Zorn auf unsere bedauernswerte Nation im allgemeinen und im speziellen auf die Stadt Amsterdam richtet. Im Augenblick kann ich die Gründe dafür noch nicht einmal ahnen; ich bin sicher, daß Sie uns nicht länger darüber im unklaren lassen werden. Nichts von dem, was Sie bisher vorgebracht haben, rechtfertigt den Umstand, daß Sie uns auf erpresserische Weise dazu bringen wollen, als Mittler zwischen Ihrer Organisation und der britischen Regierung zu fungieren. Ich weiß sehr wohl zu würdigen, daß Sie vermutlich sehr triftige Gründe haben, einen Rückzug sämtlicher britischen Truppen aus Nordirland zu fordern. Andererseits verstehe ich jedoch nicht, was Sie zu der Annahme verleitet, wir hätten in diesem Punkt irgendeine Möglichkeit der Einflußnahme auf die britische Regierung. Ich wüßte keinen Grund, weshalb die Briten in irgendeiner Form auf die von Ihnen über unsere Vermittlung an sie gestellten Forderungen eingehen sollten.«

»Dafür gibt es einen einsichtigen Grund. Rein menschliche Gesichtspunkte. Und zwar sowohl was Holländer wie die Briten selbst betrifft.«

»Sie meinen, die Regierungen der beiden betroffenen Nationen sähen es nicht gern, wie die Niederlande überflutet und Tausende – möglicherweise sogar Hunderttausende – von Menschen in den Fluten ums Leben kommen würden? Bevor wir diese Möglichkeit in Erwägung ziehen, hätte ich doch gern eine Antwort auf die Frage: Warum ausgerechnet wir? Sind der Grund einzig und allein die speziellen geographischen Gegebenheiten dieses Landes – das heißt, der Umstand, daß wir für Völkermord besonders anfällig sind?«

»Unsere Wahl ist auf Amsterdam gefallen, weil es der Dreh- und Angelpunkt des Waffenhandels ist. Amsterdam ist seit Jahren der illegale Hauptumschlagplatz Nordeuropas, wie es auch das Zentrum des Drogenhandels ist. Das ist eine weithin bekannte Tatsache. Der uneingeschränkte Fortbestand dieser beiden verdammenswerten Praktiken kann nur auf ein hohes Maß an Korruption innerhalb von Regierung und Exekutive hindeuten.« Ein indignierter Wieringa wollte Einspruch erheben, aber Riordan verbot ihm mit einer energischen Geste das Wort. »Gewiß sind auch andere Städte in illegale Waffengeschäfte verwickelt, dies gilt vor allem für Antwerpen, aber dennoch kann Antwerpen, was diesen Punkt betrifft, Amsterdam nicht annähernd das Wasser reichen.«

Diesmal ließ sich Mijnheer Wieringa nicht mehr das Wort verbieten. Er schrie fast, was für ihn höchst ungewöhnlich war, als er sagte: »Sie wollen also sagen, Belgien unter Wasser zu setzen, wäre praktisch unmöglich.«

Riordan fuhr fort, als hätte er diesen Einwand gar nicht gehört: »Natürlich gehen nicht alle Waffen, die in Amsterdam umgeschlagen werden, nach Irland. Ein Teil davon wird an die RAF weitergeleitet. Ein anderer Teil geht ...«

»An die RAF!« Wie kaum anders zu erwarten, kam dieser Einwurf von Bernhard Dessens, dem Justizminister, der bisher kaum Nennenswertes zum Gespräch beigetragen hatte. »Sie wollen behaupten, die britische Luftwaffe ...«

»Seien Sie doch still, Sie Trottel.« Riordan schien sich also durchaus auch auf anderen, weniger gewählten rhetorischen Ebenen bewegen zu können als auf der, die er gemeinhin bevorzugte. »Ich spreche von der Roten-Armee-Fraktion, der Nachfolgeorganisation der Baader-Meinhof-Bande aus den frühen siebziger Jahren. Ein Teil der Waffen geht an die mafiaähnlichen kriminellen Organisationen, die in jüngster Vergangenheit über ganz Deutschland verstreut entstanden sind. Aber das Hauptkontingent der Waffen wird an die Republik Irland geliefert.

Kennen Sie die Lage in Nordirland, Herr Minister?« Niemand machte sich die Mühe, seinen Blicken zu folgen, um sich zu vergewissern, daß er sich mit diesen Worten an den Verteidigungsminister wandte und nicht an den Justizminister. »Sind Sie über die verheerenden Zustände im Bilde, die dort herrschen, über die Folterpraktiken sowohl der IRA wie der UVF, über den mörderischen Wahnsinn, der nun schon seit vierzehn Jahren die Geschicke dieses Landes bestimmt? Eines Landes, das langsam in Stücke gerissen wird? Nordirland wird nie von Vertretern beider dort vertretenen

Volksgruppen regiert werden können; die religiöse Kluft und in einem gewissen Maße auch die rassische Kluft zwischen Protestanten und Katholiken ist unüberbrückbar. Auf einem relativ kleinen Gebiet leben anderthalb Millionen Menschen zusammen, aber trotz der scheinbar unüberwindbaren Gegensätze innerhalb der Führungsschicht haben sich neunundneunzig Prozent dieser Bevölkerung nie etwas zuleide getan. Diese in zwei Gruppen aufgespaltenen neunundneunzig Prozent haben eines gemeinsam: den Abscheu vor jeglicher Form von Terrorismus und den Wunsch nach Frieden. Angesichts der gegenwärtig herrschenden Verhältnisse scheint die Erfüllung dieses Wunsches in immer weitere Ferne zu rücken. Wie viele Fehler und Schwächen man den Politikern im allgemeinen auch anlasten mag, so halten sie sich doch an gewisse Abmachungen. In Ulster scheinen Vertreter dieser Spezies jedoch ausgestorben zu sein. Die Herrschaft liegt in den Händen von Demagogen und Heckenschützen, denen jedes Gefühl für Mäßigung abhanden gekommen ist. Das Land ist in der Hand fanatischer Mörder.«

An diesem Punkt machte Riordan zum erstenmal eine Pause, vermutlich vor allem, um Atem zu schöpfen. Aber niemand schien diese Unterbrechung nutzen zu wollen.

»Aber Mörder, selbst fanatische Mörder, können nur mit Waffen morden, oder etwa nicht?« fuhr Riordan in seiner Tirade fort. »Und diese Waffen werden von Amsterdam aus verschifft, und zwar meistens in plombierten Containern mit Möbeln. Falls dieser Umstand sich der Kenntnis des Amsterdamer Zolls entziehen sollte, dürfte er die unfähigste, blindeste, korrupteste und habgierigste Behörde dieser Art in ganz Europa sein. In neun von zehn Fällen werden Schiffe mit solcher Fracht in Dublin gelöscht. Wie diese Container durch den Zoll in Dublin kommen, entzieht sich zwar meiner Kenntnis, aber es läßt sich unschwer vorstellen, daß auch dies in stillschweigendem Einverständnis mit den zuständigen Behörden geschieht. Selbstverständlich wird der Form halber hin und wieder ein größeres Schmuggelgeschäft aufgedeckt, aber die meisten Lieferungen gehen reibungslos an die IRA weiter. Von Dublin aus werden die Container – die Angaben bezüglich ihres Inhalts variieren, Haushaltswaren sind besonders beliebt – mit Sattelschleppern zu einem Lagerhaus in County Monaghan geschafft und von dort zu einer Baumschule in County Louth. Fragen Sie mich nicht, woher ich diese Informationen habe. Aber es wäre eher schwierig, darüber nicht informiert zu sein; die Leute in dieser Gegend wissen davon, wenn sie auch nicht darüber sprechen. Von dort werden die Waffen dann nach Nordirland weitergeleitet. Sie werden keineswegs bei Nacht und Nebel von tollkühnen IRA-Kämpfern über die Grenze geschmuggelt, sondern am hellichten Tag von – meistens jungen – Frauen, umgeben von einer lustig lärmenden Kinderschar, in ganz gewöhnlichen Privatwagen eingeführt. Das Ganze macht also einen durchaus harmlosen Eindruck.

Eine Maschinenpistole hat einen weiten Weg zurückzulegen, bis sie von den Fabriken im amerikanischen Mittelwesten in die Hände eines fanatischen Killers gelangt, der in irgendeiner Seitenstraße in Belfast oder Londonderry im Hinterhalt lauert. Wirklich ein weiter Weg. Aber auf diesem weiten Weg stellt Amsterdam den entscheidenden Umschlagplatz dar. Und deshalb ist unsere Wahl auf Amsterdam gefallen.« Mit diesen Worten schloß Riordan und setzte sich.

Das darauf eintretende Schweigen hielt eine Weile an. Insgesamt waren in Dessens' großzügig ausgestattetem Konferenzraum acht Männer anwesend. Riordan war in Begleitung dreier Männer erschienen – Samuelson, den de Graaf van Effen bereits geschildert hatte; O'Brien, den van Effen während seines letzten Treffens mit Agnelli im Trianon kennengelernt hatte; und Agnelli, dessen Erscheinen George bereits vorhergesagt hatte. Samuelson und O'Brien waren offensichtlich der Meinung, daß sie Riordans Worten nichts Wesentliches hinzufügen konnten, Agnelli dagegen hatte es anscheinend die Sprache verschlagen. Als sein Blick beim Eintreten auf van Effen gefallen war, der, sein Aussehen wieder wie gewohnt, in einem der bequemen Sessel saß, hatten sich für einen Moment seine Augenbrauen gehoben und seine Lippen geöffnet. Gleichzeitig war er sichtlich blasser geworden – dies allerdings nicht nur für einen kurzen Augenblick. Van Effen war wohl der einzige gewesen, dem diese leichte Veränderung aufgefallen war. Aber er war auch wohl der einzige gewesen, der darauf geachtet hatte.

Auch auf der anderen Seite des Verhandlungstisches saßen vier Männer: die beiden Minister, de Graaf und van Effen. Sie hatten dem von Riordan Gesagten nichts entgegenzuhalten. Dafür gab es zwei triftige Gründe. Zum einen wußten sie nichts zu erwidern, was zu einer Klärung der Situation hätte beitragen können, und zum anderen mußten sie sich alle ausnahmslos eingestehen, daß Riordan sein Anliegen keineswegs ohne ein gewisses Maß an logischer Folgerichtigkeit vorgetragen hatte, wie irrational, bedrohlich und absurd seine daraus resultierenden Forderungen auch erscheinen mochten. Es war schließlich Aaron Wieringa, der das Schweigen brach, nachdem er einen flüchtigen Blick über seine drei Begleiter hatte wandern lassen.

»Bevor ich zu sprechen beginne, möchte jemand von Ihnen dazu noch etwas sagen?«

»Ja«, meldete sich van Effen zu Wort.

»Mijnheer?«

»In einem Punkt fand ich Mister Riordans Ausführungen überraschend knapp. Er hat nicht erklärt, weshalb er Nordirland von jeglichem britischem Einfluß befreit sehen möchte. Wenn wir schon seine Interessen vertreten sollen, steht es uns doch wohl zu, etwas über seine Motive und Absichten zu erfahren. Seine Ziele könnten doch so abscheulich und entsetzlich sein, daß wir eher riskieren würden, daß das angedrohte Verderben über unser Land hereinbricht, als uns seinen Wünschen zu fügen. Allerdings haben wir keinen Grund zu der Annahme, daß Mister Riordan uns in dieser Hinsicht die Wahrheit sagen wird.«

»Ein berechtigter Einwand«, stimmte Wieringa zu. »Nun, Mister Riordan?«

»Es dürfte wenig Sinn haben, einen Eid zu leisten, daß ich die Wahrheit sagen werde, da dies für Sie keinerlei Garantie darstellen würde.« Er hatte sich wieder zu seiner imposanten Größe erhoben, da ihm auf diese Weise das Sprechen offensichtlich leichterfiel. »Ich habe vorhin die neunundneunzig Komma neun Prozent friedliebender und anständiger Menschen in jenem vom Krieg heimgesuchten Land zur Sprache gebracht, das im großen und ganzen von den restlichen null Komma ein Prozent beherrscht wird – einer Gruppe von fanatischen Mördern. Unser Ziel ist, diese Mörderbande zu eliminieren und die Bevölkerung von Ulster in die Lage zu versetzen, in Zukunft in einer Atmosphäre des Friedens, der Ruhe und der Hoffnung selbst über ihr Geschick zu bestimmen.«

»Sie sprechen von Eliminierung?« warf Wieringa behutsam ein. »Was genau meinen Sie damit?«

»Wir werden auf beiden Seiten die Übeltäter auslöschen, sie wie ein Krebsgeschwür ausrotten. Ist Ihnen das eindeutig genug?« Riordan nahm wieder Platz.

»Das hört sich an, als wäre es ein edler Zweck«, bemerkte van Effen, ohne ein gewisses Maß an verächtlicher Ungläubigkeit zu verbergen, das in seiner Stimme mitschwang. »Wie edel, wie menschlich! Lassen wir die Bevölkerung Nordirlands also selbst über ihre Geschicke bestimmen. Wie wollen Sie diesen Wunsch mit Ihrer früheren Feststellung vereinbaren, daß Nordirland nie von Vertretern beider Seiten regiert werden wird? Ist es Ihnen noch nicht in den Sinn gekommen, daß der tollwütigste IRA-Anführer, säße er in Ihrem Sessel, genau dasselbe von sich geben würde sie Sie eben, um dasselbe zu erreichen wie Sie – nämlich die Briten um jeden Preis aus Nordirland zu vertreiben. Welche Garantien können Sie uns geben, daß Sie nicht in Wirklichkeit dieser tollwütige IRA-Anführer sind?«

»Keine.« Diesmal war Riordan nicht aufgestanden, und seine Stimme klang bemerkenswert ruhig und gelassen. »Mehr kann ich nicht tun. Falls Ihnen immer noch nicht klargeworden ist, daß ich die IRA aufs tiefste verabscheue, müssen Sie blind sein. Ich finde diese Vorstellung im Gegenteil so ungeheuerlich, daß mir die Worte fehlen, etwas darauf zu erwidern.«

Erneutes Schweigen trat ein, und diesmal dauerte es länger, bis Wieringa es schließlich brach: »Ich glaube, wir sind in eine Sackgasse geraten.«

»Allerdings«, pflichtete ihm Riordan bei. Er saß immer noch. Offenbar war die Zeit der großen rhetorischen Gesten vorbei. »Aber es gibt noch Faktoren, die uns aus dieser Sackgasse heraushelfen werden. Oostelijk Flevoland zum Beispiel. Oder Leeuwarden. Das Noordoost-Polderland. Das Wieringermeer, Putten, Petten, Schouwen, Walcheren und andere Orte. Habe ich eigentlich schon erwähnt, daß wir im Königlichen Palast weitere Sprengladungen angebracht haben?«

»Im Palast?« Wieringa schien nicht sonderlich überrascht.

»Die kleine Demonstration von heute abend war nichts weiter als eine Kostprobe. Wir wollten damit nur beweisen, wie leicht es ist, Ihre sogenannten Sicherheitsvorkehrungen zu umgehen.«

»Sparen Sie sich Ihre Worte, Riordan«, fiel im Wieringa ins Wort, wobei er diesmal bewußt auf die Anrede »Mister« verzichtete. »Die Zeit der Drohungen ist vorbei. Jetzt gelten nur noch moralische Überlegungen.«

»Halbe-halbe«, korrigierte ihn van Effen.

Wieringa sah ihn kurz an und nickte schließlich.

»Ganz richtig. Vielen Dank für die kleine Korrektur. Es ist schließlich nicht gerade einfach, auf der Basis einer Pokerpartie die Entscheidung zu fällen, sein eigenes Land unter Wasser setzen zu lassen.« Er sah Riordan an. »Ich bin befugt, Entscheidungen zu treffen. Ich werde mich mit dem britischen Botschafter in Verbindung setzen. Er wiederum wird mit dem Außenministerium in London Kontakt aufnehmen. Wir werden im Hörfunk eine Erklärung veröffentlichen – es versteht sich von selbst, daß sie sehr vorsichtig formuliert sein wird. Diese drei Dinge kann ich Ihnen versprechen. Über den Ausgang dieser Verhandlungen zu bestimmen, entzieht sich meinem Einfluß. Könnten wir uns auf dieser Basis einig werden?«

»Wir könnten. Ich danke Ihnen.« In Riordans Stimme machten sich keinerlei Anzeichen des Triumphs oder auch nur der Zufriedenheit bemerkbar. Er erhob sich. »Sie sind für Ihre absolute Integrität bekannt. Ich bin mit Ihrem Vorschlag einverstanden. Meine Herren – gute Nacht.«

Niemand verspürte den Wunsch, seinen Gruß zu erwidern.

Nach Riordans und seiner Begleiter Abfahrt herrschte Schweigen, bis für Wieringa die gewünschte telefonische Verbindung hergestellt war. Nachdem er den Hörer wieder aufgelegt hatte, nippte der Verteidigungsminister behutsam an seinem Brandy und wandte sich mit einem Lächeln an die Runde: »Irgendein Kommentar, meine Herren?« Seine Ruhe war bemerkenswert.

»Das ist doch absolut empörend, entwürdigend und maßlos«, platzte Dessens erwartungsgemäß heraus. Da es nun nicht mehr galt, Entscheidungen zu treffen und konkret etwas zu unternehmen, lebte er wieder auf. »Das Ansehen und der gute Ruf der gesamten Niederlande werden in den Schmutz gezogen.«

»Möglicherweise immer noch besser, als wenn die Bewohner dieser stolzen und angesehenen Nation von eisigen und salzigen Meeresfluten überspült würden«, entgegnete Wieringa. »Was meinen Sie, Oberst?«

»Sie mußten die verschiedenen Möglichkeiten gegeneinander abwägen«, antwortete de Graaf. »Meiner Meinung nach war Ihre Entscheidung nicht nur die richtige, sondern auch die einzig mögliche.«

»Vielen Dank, Oberst. Und Sie, Leutnant?«

»Was sollte ich dem noch hinzufügen, Mijnheer?«

»Ehrlich gesagt, ich wüßte es nicht. Aber nach Aussage des Obersten stehen Sie doch – wie er es so schön zweideutig ausgedrückt hat – diesen Halunken näher als irgend jemand sonst in Amsterdam.« Er lächelte. »Ich verwende das Wort ›näher‹ in diesem Zusammenhang selbstverständlich nicht in einem für Sie herabsetzenden Sinn.«

»Vielen Dank, Mijnheer. Das hätte ich auch nicht erwartet.«

»Ich habe den Eindruck, daß Sie mit Ihrer Meinung etwas hinter dem Berg halten, Leutnant?«

»Schüchternheit wäre für mich etwas Ungewöhnliches, Mijnheer. Ich mag zwar der Leiter der Kriminalpolizei dieser Stadt sein, aber in dieser erlauchten Runde fühle ich mich doch eher als ein Niemand. In welcher Hinsicht sollte ich Ihrer Ansicht nach mit meiner Meinung etwas weniger hinter dem Berg halten, Mijnheer?«

Wieringa blickte zur Decke und antwortete, auf den ersten Blick eher unzusammenhängend: »Ich mußte eben eine äußerst wichtige Entscheidung fällen.« Dann senkte er den Blick und sah van Effen an. »Haben Sie Riordan geglaubt?«

Van Effen ergriff sein Glas und betrachtete es, ohne daraus zu trinken. Offensichtlich ordnete er seine Gedanken. Schließlich sagte er: »Da sind vier Punkte. In zwei Punkten kann ich Riordan glauben, in einem bin ich nicht sicher, und beim vierten weiß ich positiv, daß er lügt.«

»Ach, daher also Ihre rätselhafte Bemerkung ›halbe-halbe‹?«

»Ja. Erstens, ich bin überzeugt, daß er nicht zur IRA gehört.«

»Tatsächlich? Dann verstehe ich allerdings nicht, weshalb Sie ihn provoziert haben?«

»Um mich zusätzlich zu vergewissern. Aber eigentlich war ich schon vorher sicher. Seine Ansprache – diese leidenschaftliche und engagierte Verdammung der IRA und ihrer Praktiken. Man müßte schon ein außergewöhnlich begabter Schauspieler sein, um so viel Haß in seinen Ausdruck legen zu können – ganz zu schweigen von dem rasenden Puls in seiner Halsschlagader.«

»Das ist mir völlig entgangen«, gab Wieringa zu. Er blickte de Graaf und Dessens an. »Und Sie, meine Herren? Haben Sie ...« Ihr stummes Kopfschütteln ließ ihn den Satz nicht mehr zu Ende sprechen.

»Zweitens«, fuhr van Effen darauf fort, »glaube ich nicht, daß Riordan der Anführer ist; er ist nicht die treibende Kraft hinter dem Ganzen. Wie ich darauf komme? Beweisen kann ich es Ihnen nicht. Er ist einfach nur zu hitzköpfig, zu unausgeglichen und zu unbeherrscht, um wirklich der Kopf einer so gut organisierten Gruppe zu sein.«

»Sie würden sich also von diesem Mann keine Anweisungen erteilen lassen?« Wieringas Miene war halb belustigt, halb neugierig.

»Nein, Mijnheer. Es muß noch einen anderen geben, mit Sicherheit ist es nicht Agnelli. Und ich würde wetten, daß es nicht O'Brien ist, ihm ist die Rechte-Hand-Funktion zu deutlich ins Gesicht geschrieben. Samuelson dagegen ist mir ein Rätsel. Seine Funktion ist mir völlig unerklärlich. Mit diesem Mann muß es eine ganz besondere Bewandtnis haben.

Der Punkt, in dem ich unschlüssig bin, ob ich Riordans Aussagen Glauben schenken soll oder nicht, betrifft Nordirland. Riordan hat erklärt, sein einziges Ziel wäre, diese Monster zu vernichten. Der aufgebrachte Tonfall seiner Stimme klang ziemlich echt und ungekünstelt; ich halte ihn, wie bereits angedeutet, nicht für einen allzu guten Schauspieler.« Van Effen seufzte kurz, schüttelte den Kopf und nahm einen Schluck Brandy. »Ich weiß, das klingt jetzt vielleicht etwas verworren. Aber lassen Sie mich zumindest versuchen, Ihnen zu erklären, was ich meine. Ich bin der Ansicht, daß Riordan an das glaubt, was er sagt; gleichzeitig bin ich jedoch auch der Ansicht, daß das, woran er glaubt, nicht unbedingt der Wahrheit entsprechen muß. Das ist einer der Gründe, weshalb ich der Überzeugung bin, daß er nicht der Kopf dieser Gruppe ist. Dazu zwei Dinge. Er ist einem offensichtlichen Widerspruch aufgelaufen, ohne sich dieses Widerspruchs bewußt zu sein. Ihm scheint noch nicht in den Sinn gekommen zu sein, daß es drei Gruppen von Fanatikern geben könnte – nämlich die extremistischen Protestanten, die extremistischen Katholiken und die Vermittler, die Gruppe also, die er selbst vertritt. Diese sogenannten Vermittler könnten nun durchaus die größte Gefahr für das Land darstellen. Zur Durchsetzung ihrer Forderungen wären die Vermittler gewillt, eine Million unschuldige Menschen in den Fluten des Meeres umkommen zu lassen. Angesichts dessen ließe sich wohl unschwer vorstellen, wie die Erfüllung dieser Forderung für Ulster aussehen würde. Nein. Ich muß mich korrigieren. Das kann ich mir eigentlich nicht vorstellen.«

»Ähnliches ist auch mir schon durch den Kopf gegangen«, stimmte ihm Wieringa zu. »Nur hätte ich diesen Gedanken noch nicht so klar formulieren können.« Er lächelte. »Aber Sie sprachen doch auch noch von einem vierten Punkt, in dem Sie ihm nicht glaubten.«

»Ja, Mijnheer. Ich glaube ihm nicht, was seine Drohungen betrifft. Das heißt, seine unmittelbaren Drohungen. Auf lange Sicht ist das allerdings eine andere Sache. Aber die Drohungen, die er heute abend ausgesprochen und vorher auch schon dem Polizeipräsidenten gegenüber geäußert hat, nehme ich ihm nicht ab – mit Ausnahme derjenigen, die Lelystad in Oostelijk Flevoland gelten. Die übrigen sind reiner Bluff. Da denke ich vor allem an die Ankündigung, den Palast in Schutt und Asche zu legen.«

»Wenn Sie das sagen, Leutnant«, entgegnete Wieringa, »dann werde ich Ihnen das wohl oder übel glauben müssen. Aber wie kommen Sie darauf?«

»Weil ich nicht glaube, daß sie im Palast Bomben gelegt haben. Sie waren allzusehr daran interessiert, daß die Explosion im Palast von heute abend in einigem Umkreis zu hören war, um uns davon zu überzeugen, daß es tatsächlich in ihrer Macht steht, ihre Drohungen wahrzumachen.«

Wieringa bedachte den Kommissar mit einem erstaunten Blick. »Sie scheinen sich Ihrer Sache aber sehr sicher zu sein, Leutnant.«

»Jawohl, Mijnheer. Ich bin mir meiner Sache sogar absolut sicher.«

»Und worauf stützen Sie sich dabei?«

»Ich verfüge über Informationen aus erster Hand.«

Wieringa sah ihn fragend an, ohne jedoch etwas zu sagen. Anders hingegen Dessens. Er hatte den ganzen Abend gekuscht, aber nun hielt er, nachdem die Situation wieder ungefährlich schien, den Zeitpunkt für gekommen, sich wieder in den Vordergrund zu spielen.

»Und woher haben Sie diese Informationen, Leutnant van Effen?«

»Das ist vertraulich.«

»Vertraulich!« Ob Dessens sich über van Effens Antwort ärgerte oder darüber, daß van Effen ihm die obligatorische Anrede »Herr Minister« oder »Mijnheer« vorenthielt, war schwer zu sagen. Vermutlich wußte er es selbst nicht. »Vertraulich!«

»Ich bin nur um Diskretion bemüht, Mijnheer, das ist alles. Ich kann meine Informationsquellen nicht an die große Glocke hängen. Das werden Sie doch sicher verstehen. In Polizeikreisen ist diese Praktik so weit verbreitet, daß es sich wohl erübrigen dürfte, weiter auf diesen Punkt einzugehen. Warum geben Sie sich nicht mit meinem Wort zufrieden?«

»Mich mit Ihrem Wort zufriedengeben!« Dessens' leicht fleckiges Gesicht nahm zusehends die Färbung eines Truthahnhalses an. »Sie – Sie arroganter – Sie ...« Er schien einem Schlaganfall nahe. »Ich muß Sie in diesem Zusammenhang daran erinnern, Leutnant«, er legte deutliche Betonung auf das Wort »Leutnant«, »daß Sie mit dem Justizminister sprechen«, auch diesen Titel betonte er nachdrücklich, »während Sie doch nur ein untergeordneter Beamter der Polizei sind, die ich persönlich ...«

»Das entspricht nicht ganz den Tatsachen, Mijnheer«, unterbrach ihn de Graaf. »Nach mir ist Leutnant van Effen der ranghöchste Polizeibeamte der Stadt ...«

»Mischen Sie sich nicht ein, de Graaf.« Dessens gab sich Mühe, seiner Stimme einen eisigen Unterton zu verleihen. »Van Effen! Haben Sie gehört?«

»Ich habe gehört«, antwortete van Effen und fügte wohlweislich noch gleich ein »Mijnheer« hinzu. »Ich weiß, wovon ich spreche. Ich war es nämlich selber, der die Bombe im Keller des Palasts angebracht hat.«

»Was? Wie bitte?« Neben Dessens' Gesicht hätte jetzt selbst der aufgebrachteste Truthahn blaß gewirkt. »Mein Gott! Ist das zu fassen?« Er war halb aufgesprungen. »Ich traue doch wohl meinen Ohren nicht recht.«

»Doch, doch, Mijnheer, Sie haben vollkommen richtig gehört. Ich habe auch auf den Knopf gedrückt, der die Bombe hochgehen ließ.«

Für einen Moment verschlug es Dessens die Sprache. Das Entsetzen über diese Bedrohung der königlichen Familie schien eine lähmende Wirkung auf ihn auszuüben. Van Effen wandte sich wieder seinem Brandy zu und machte keinerlei Anstalten zu verbergen, was er vom Justizminister hielt.

»Verhaften Sie diesen Mann, de Graaf«, brüllte Dessens schließlich los. »Auf der Stelle!«

»Warum, Mijnheer?«

»Warum! Sind Sie auch noch verrückt geworden – ja, verrückt –, Landesverrat, natürlich, Landesverrat!«

»Jawohl, Mijnheer. Allerdings würden sich dadurch verschiedene Probleme für uns ergeben.«

»Probleme? Tun Sie Ihre Pflicht, Mann, Ihre Pflicht!«

»So einfach ist das leider nicht, Mijnheer. Ich bin der Polizeipräsident der Stadt. Demnach unterstehen sämtliche Polizisten in Amsterdam meiner Befehlsgewalt.« Jedes Jahrhundert von de Graafs aristokratischem

Stammbaum kam hier zum Ausdruck. »Niemand in Amsterdam ist befugt, mich zu verhaften.«

Dessens starrte den Polizeichef an. Seine Wut machte allmählich unverhohlener Verblüffung Platz. Er schüttelte den Kopf und schwieg.

»Ich wollte damit nur sagen, Mijnheer, daß Sie auch mich einsperren lassen müßten, wenn Sie Leutnant van Effen wegen Landesverrats verhaften lassen wollen, da ich mich dieses Vergehens unter diesen Umständen nicht weniger schuldig gemacht habe als er.« De Graaf dachte kurz nach. »Und sogar noch mehr. Schließlich habe ich zu allen Unternehmungen des Leutnants meine Zustimmung erteilt.« Obwohl der Grund hierfür nicht recht ersichtlich war – vermutlich wollte er dem Justizminister nur etwas Zeit lassen, seine Fassung wiederzugewinnen –, wandte sich de Graaf nun an van Effen. »Sie haben vergessen, mich darüber zu informieren, daß Sie die Bombe im Palast persönlich gezündet haben.«

Entschuldigend zuckte van Effen mit den Achseln. »Sie wissen ja, wie es manchmal geht, Mijnheer.«

»Ja, das weiß ich«, seufzte de Graaf. »Schließlich haben Sie so viele andere wichtige Dinge im Kopf. Mir das mitzuteilen, haben Sie allerdings nicht vergessen.«

»Wieso haben Sie sich außerhalb des Gesetzes gestellt, Oberst?« Wieringa stellte diese Frage ohne den geringsten vorwurfsvollen Unterton. Überhaupt schien sich der Verteidigungsminister durch nichts aus der Ruhe bringen zu lassen.

»Wir haben uns keineswegs außerhalb des Gesetzes gestellt, Mijnheer. Wir haben alles in unserer Macht Stehende getan, um Recht und Ordnung aufrechtzuerhalten. Wir haben uns Zutritt – einen höchst riskanten Zutritt im übrigen – zu den Reihen der FFF verschafft. Meiner Meinung nach kommt das mehr oder weniger freiwilligem Selbstmord nahe. Allerdings hat Leutnant van Effen mich davon überzeugt – und ich muß ihm in diesem Punkt, wenn auch höchst widerwillig, zustimmen –, daß wir keine andere Wahl haben. Es ist unsere letzte Chance.«

Wie betäubt starrte Dessens die beiden Polizeibeamten an. Langsam schien sein Verstand jedoch wieder seine Arbeit aufzunehmen, zumindest in seinen gewohnten Bahnen.

»Wie ist das möglich? Es gibt doch kaum einen Ganoven in ganz Amsterdam, der van Effens Gesicht nicht erkennen würde.«

»Das ist richtig. Aber van Effen verfügt über erstaunliche Fähigkeiten, sein Aussehen zu verändern. Ich wette meine Pension, daß nicht einer von Ihnen den Leutnant in der Maske des Stephan Danilow erkennen würde – dies ist ein Pseudonym, unter dem er in letzter Zeit hin und wieder in Erscheinung tritt.« Er hätte ruhig um einen etwas höheren Einsatz wetten können, dachte van Effen insgeheim; de Graaf war so begütert, daß seine Pension für seinen Haushalt kaum eine nennenswerte Rolle spielte. »Ob die FFF diesem Stephan Danilow mit ungetrübtem Vertrauen entgegenkommt, entzieht sich bis auf weiteres unserer Kenntnis. Vorerst scheint es tatsächlich der Fall zu sein. Wäre es anders, so würde ich mich in Bälde nach einem Nachfolger für ihn umsehen müssen. Sie müßten sich dann auch nach einem neuen Polizeipräsidenten umsehen, da ich in diesem Fall meinen Rücktritt einzureichen hätte – was Leutnant van Effen jedoch nicht weiter beunruhigen dürfte. Außerdem würde die Nation einen neuen Justizminister brauchen, da auch Sie, Mijnheer Dessens, in diese Angelegenheit verwickelt wird. Nur Mijnheer Wieringa kann, was seine Amtsausübung anbelangt, einer ungetrübten Zukunft entgegensehen.«

Dessens schien sichtlich verwirrt. »Was soll ich mit Ihren Machenschaften zu tun haben?«

Wieringa nahm seinen Ministerkollegen sanft beim Arm. »Bernhard, ich hätte Sie gerne einmal unter vier Augen gesprochen.« Die beiden gingen in eine entfernte Ecke des Raumes, wo sie sich leise unterhielten. Den größten Teil ihrer Konversation schien Wieringa zu bestreiten.

Van Effen wandte sich an de Graaf: »Was, denken Sie, haben unsere Herren Minister wohl so Wichtiges zu besprechen?«

De Graaf vergaß völlig, van Effen für seine unziemliche und wenig respektvolle Redeweise zu tadeln. »Das dürfte nicht allzu schwer zu erraten sein. Mijnheer Wieringa erläutert Mijnheer Dessens gerade die Grundbegriffe der Hobsonschen Entscheidungstheorie. Hätte Dessens Sie nicht gezwungen, Ihre vertraulichen Informationen preiszugeben, befände er sich nicht in der Zwickmühle, in der er jetzt nun einmal sitzt. Er ist sozusagen in seine eigene Grube gefallen.« De Graaf schien diese Vorstellung halbwegs amüsant zu finden. Er machte es sich in seinem Sessel bequem und griff mit einem Seufzer nach der Flasche mit dem Brandy. »Nun ja, zum Glück wären wir für heute zumindest fertig.«

Zuvorkommenderweise ließ van Effen de Graaf erst einen kräftigen Schluck Brandy nehmen, bevor er ihm Agnellis Einkaufszettel präsentierte. »Leider nicht ganz vollständig, Mijnheer. Da wäre noch etwas – eine Lappalie, versteht sich.«

Mit starrem Gesicht studierte de Graaf die Liste und las sie dann noch einmal von vorne durch. Seine Lippen bewegten sich zwar, aber es war kein Ton zu vernehmen. Bis sich Wieringa und Dessens wieder zu ihnen gesellten, war seine Sprache immerhin wieder so weit zurückgekehrt, daß er zu murmeln imstande war: »Eine Lappalie, versteht sich; eine Lappalie.« Wieringa war ganz der alte, durch nichts aus der Ruhe zu bringen, während Dessens an einen christlichen Märtyrer erinnerte, der eben einen ersten Blick auf die Löwen in der Arena geworfen hatte.

»Was für eine Lappalie, Oberst?« wollte Wieringa wissen.

»Das hier.« De Graaf reichte ihm die Liste, stützte seinen Ellbogen auf der Sessellehne auf und legte seine Hand an die Stirn, als müsse er seinen Augen einen unerträglichen Anblick ersparen.

»Hochbrisante Sprengstoffe«, las Wieringa vor. »Zünder, Sprengkapseln, Granaten, Bodenabwehrraketen, Luftabwehrraketen.« Er warf van Effen einen besorgten, aber keineswegs verblüfften Blick zu. »Was soll das?«

»Das ist ein kleiner Einkaufszettel. Ich wollte den Oberst eben bitten, mir die aufgeführten Gegenstände zu besorgen.« Dessens, der genau die gleiche Haltung wie de Graaf eingenommen hatte, gab ein leises Stöhnen von sich. »Da Sie der Verteidigungsminister sind, hätte sich der Oberst ohnehin an Sie wenden müssen. Wenn möglich, würde ich mir auch gern einen Lastwagen der Armee ausleihen. Mit ein bißchen Glück werde ich ihn sogar wieder zurückgeben können.«

Wieringa sah zuerst van Effen an, dann die Liste und schließlich wieder den Kommissar. »Verglichen mit den Waren auf Ihrer Einkaufsliste, wie Sie es nennen, scheint mir der Lastwagen ein recht bescheidener Wunsch zu sein. Natürlich kann ich die gewünschten Gegenstände problemlos beschaffen. Ich habe schon von Ihnen gehört, Leutnant, und ich habe heute abend noch einiges dazugelernt. Ich würde Ihr Urteil nicht leichtfertig in Frage stellen.« Er überlegte kurz. »Eher würde ich das meine anzweifeln. Natürlich ist Neugier in diesem Fall unziemlich, aber ich hätte doch ganz gern gewußt, wofür Sie all das brauchen.«

»Der FFF scheint es an Sprengstoff und Angriffswaffen zu fehlen, weshalb ich mich bereit erklärt habe, sie damit zu versorgen.«

»Ach so, natürlich«, nickte Wieringa. »Natürlich.« Der Verteidigungsminister schien sich tatsächlich durch nichts aus der Ruhe bringen zu lassen; jedenfalls ließ er sich nicht das geringste anmerken. Auch de Graaf und Dessens war nichts dergleichen anzumerken – sie verdeckten immer noch mit ihren Händen ihre Augen.

»Da in den Reihen der FFF auch Sprengstoffexperten Mangelware zu sein scheinen, habe ich ihnen meine Dienste angeboten.«

»Sie kennen sich mit Sprengstoff aus?«

Widerstrebend nahm de Graaf seine Hand von seiner Stirn, um dem Verteidigungsminister zu bestätigen: »Sehr gut sogar. Außerdem ist er Spezialist für die Entschärfung von Bomben. Ich wünschte nur«, versetzte er bitter, »es handelte sich dabei um etwas so Einfaches wie die Entschärfung einer Fünfhundert-Kilo-Bombe mit tickendem Zeitzünder.«

»Keine Sorge, Mijnheer«, wandte sich van Effen an den Polizeichef. »Ich habe außerdem George und Vasco rekrutiert; George als weiteren Sprengstoffexperten und Vasco als korrupten Leutnant der Armee, der sich mit der Handhabung der gewünschten Geschoßtypen auskennt. Sie werden verstehen, daß ich nicht die Zeit hatte, Sie darüber zu unterrichten.«

»Nein, nein, schließlich können Sie nicht an alles denken«, entgegnete de Graaf düster. Zu seiner offensichtlichen Enttäuschung stellte er fest, daß sein Brandyglas leer war, und er machte sich daran, dem Abhilfe zu schaffen.

»An der Mitarbeit dieser beiden Männer ist nichts auszusetzen, Mijnheer Wieringa. Es handelt sich dabei um Polizisten. Außerdem haben sie sich freiwillig gemeldet. Sie sind über die mit diesem Auftrag verbundenen Gefahren im Bilde. Was den Sprengstoff betrifft, läßt sich leider nichts machen, Mijnheer, aber wenn Sie vielleicht durch einen Techniker die Raketen deaktivieren lassen könnten, wäre ich Ihnen zu großem Dank verpflichtet.«

De Graaf stellte sein Glas ab. »Ganz meinerseits. Ganz meinerseits.« In seine Stimme war jedoch noch keineswegs mehr Leben zurückgekehrt.

»Vermutlich ist es wieder einmal nur meine Neugier«, sagte Wieringa, »aber weshalb gehen Sie und Ihren beiden Freunde diese enormen Risiken ein?«

»Die Risiken halten sich durchaus in Grenzen, Mijnheer. Ich hoffe es zumindest. Aber die Gründe hierfür sind ganz einfach. Der Oberst hat vorhin gesagt, wir hätten uns Zutritt in die Reihen der FFF verschafft. Das ist nicht ganz richtig. Wir sind lediglich in den Randbereichen akzeptiert – oder zumindest scheint es so, daß wir dort akzeptiert werden. Wir befinden uns sozusagen erst am äußeren Rand des Spinnennetzes und wissen nicht einmal, wo die Spinne überhaupt zu suchen ist. Aber wenn wir die gewünschten Waren liefern können, werden wir das herausfinden. Es ist nicht anzunehmen, daß sie ihre Raketen und Abschußbasen in einem Schließfach am Hauptbahnhof aufbewahren werden.«

»Ihr Scharfsinn ist wirklich unübertrefflich, van Effen, wirklich unübertrefflich. Nur hat die Sache einen ganz kleinen Haken.«

»Und der wäre?«

»Zum Beispiel könnten Sie der Spinne ins Netz gehen. Dieser Plan ist komplett verrückt – einfach wahnsinnig. Andererseits ist das jedoch genau der Grund, weshalb er möglicherweise gelingt. Ich hätte nur zu gern gewußt, wo und wann Sie das alles so schön eingefädelt haben.«

»Vor etwa eineinhalb Stunden. Ich habe mich mit Agnelli auf einen Drink zusammengesetzt.«

An diesem Punkt geriet Wieringas unerschütterliche Gemütsruhe zum erstenmal ins Wanken.

»Sie haben sich mit Agnelli getroffen? Mit Agnelli? Mit einem der Männer, die uns eben ihre Forderungen vorgetragen haben?«

»Diese Unterredung habe ich als Stephan Danilow geführt. Da es im Augenblick hier nichts weiter zu tun gibt, werde ich mich jetzt, mit Ihrer Erlaubnis, auf den Weg machen. Übrigens, der Wetterbericht von heute abend hört sich höchst interessant an. Den letzten Meldungen zufolge sind die allgemeinen Witterungs- und Wasserstandsbedingungen sogar noch schlimmer als im Februar 1953. Besser hätte es doch für unsere Freunde gar nicht kommen können – und uns bleibt nicht allzuviel Zeit für die Verhandlungen mit der britischen Regierung. Wie Sie sich vielleicht erinnern, sagte ich schon, daß ich von Riordans Drohungen, die die nächste Zukunft betreffen, nicht viel halte. Andererseits bin ich davon überzeugt, daß seine langfristige Drohung, die ausgedehnte Überflutung des Landes, durchaus ernst zu nehmen ist. Und noch etwas, Mijnheer. Riordans Anschuldigungen gegen unsere Zollbehörden sind aus der Luft gegriffen. Das wissen Sie so gut wie ich. Auf die Allgemeinheit trifft dies jedoch nicht zu. Ich bin überzeugt, daß die Übergabe der Waffen im Ijsselmeer, auf der Waddenzee oder auf offener See erfolgt. Das ist dann Sache der Marine. Weiß Gott, unser Ruf als Waffenumschlagplatz ist schon schlecht genug; ich frage mich, wie das erst sein wird, wenn das alles vorbei ist.« Van Effen grinste. »Jedenfalls ist das kein Problem, das in den Zuständigkeitsbereich eines Polizeibeamten in untergeordneter Position fällt. Diese Angelegenheit betrifft wohl eher das Verteidigungs- und das Justizministerium. Guten Abend, meine Herren.«

»Halt, Peter, einen Augenblick noch«, hielt ihn de Graaf mit offensichtlicher Besorgnis zurück. »Irgend etwas müssen wir doch tun können, um Ihnen zu helfen.«

»Jawohl, Mijnheer, das können Sie. Indem Sie absolut nichts tun. Jeder Versuch Ihrerseits, uns zu helfen, dürfte uns nur ins Grab bringen. Wir haben es hier mit ebenso klugen wie entschlossenen Männern zu tun; also versuchen Sie um Himmels willen nicht, es ihnen gleichtun zu wollen, indem Sie etwa auf die Idee verfallen, den Lastwagen überwachen zu lassen. Unterlassen Sie also bitte alles in der Richtung, wie raffiniert und gerissen es Ihnen auch erscheinen mag. Also: keinen Hubschrauber, keinen blinden Leierkastenmann oder was Ihnen sonst noch alles einfallen könnte. Und bitte auch nicht einen dieser pubertären Tricks, einen versteckten Sender in dem Laster anzubringen. Wenn diese Leute nicht gerade geistig zurückgeblieben sind, ist das nämlich das erste, wonach sie suchen werden. Tun Sie also bitte nichts dergleichen. Absolut *nichts*.«

»Wie Sie meinen«, entgegnete Wieringa trocken. »Wir werden nichts unternehmen.« Der Tonfall seiner Stimme veränderte sich. »Nach allem, was Sie uns eben erzählt haben, würde Lloyd's in London Sie nicht einmal für eine neunundneunzigprozentige Prämie versichern. Aber letztlich ist das Ihre Sache. Trotzdem würde ich noch einmal gern wissen – warum tun Sie das?«

»Sie haben doch gehört, was Mijnheer Dessens gesagt hat. Das Ansehen und der gute Ruf der Niederlande werden in den Schmutz gezogen und die Bürger des Landes – einschließlich Ihrer Person – fünf Faden tief unter Wasser gesetzt. Das können wir uns doch nicht bieten lassen, finden Sie nicht?«

»Und Ihre Schwester?«

»Was soll mit meiner Schwester sein?«

»Der Oberst hat mir alles erzählt. Gott allein weiß, wie Sie trotz allem so weitermachen können. Ich an Ihrer Stelle könnte es sicher nicht.«

»Sie ist eine der ersten Leidtragenden dieser höchst unangenehmen Geschichte.«

»Ich möchte lieber nicht in der Haut des Mannes stecken, der sie entführt hat, wenn Sie antreten, um Rechenschaft von ihm zu fordern.«

»Sie haben die Bekanntschaft des Bedauernswerten bereits gemacht.«

»Wie bitte?« Zum zweitenmal an diesem Abend wurde Wieringa von seiner Selbstbeherrschung im Stich gelassen, aber er faßte sich rasch wieder. »Wann war das?«

»Heute abend.«

»Wo?«

»Hier. Es ist Agnelli.«

»Agnelli!«

»Hätte ich ihn mit Blei vollpumpen sollen? Dagegen gibt es ein Gesetz. Und als Polizist ist es meine Aufgabe, für die Einhaltung des Gesetzes einzutreten. Darauf habe ich sogar einen Eid abgelegt.«

Mit diesen Worten ging van Effen, worauf Wieringa sich an die anderen wandte: »Langsam beginne ich einige dieser Geschichten zu glauben, die man sich über van Effen erzählt. Ich meine damit die nicht so erfreulichen. Mein Gott, Arthur, es ist doch seine Schwester. Fließt denn in seinen Adern gar kein menschliches Blut?«

»Lassen Sie uns nur hoffen, daß Agnelli Julie nichts zuleide getan hat.«

»Wie meinen Sie das?«

»In diesem Fall ist er bereits jetzt ein toter Mann. Natürlich, van Effen hat einen Eid darauf geschworen, für die Aufrechterhaltung des Gesetzes einzutreten. Daran hält er sich. Aber nur in Anwesenheit von Zeugen.«

Wieringa starrte ihn kurz an, nickte dann langsam und griff nach seinem Glas.

8

An diesem Februartag war es auf den Straßen Amsterdams schon mittags so dunkel, als wäre die Dämmerung hereingebrochen. Und diese Straßen waren so verlassen und menschenleer wie die einer Geisterstadt. Die Wolkenschicht, die ein eisiger Nordwind über die Stadt trieb, muß schwarz und schwer und Hunderte von Metern dick gewesen sein, auch wenn sie nicht zu erkennen war. Der strömende, vom Sturm gepeitschte Regen, der auf die verlassenen Straßen niederprasselte, behinderte bis auf wenige Meter jede Sicht. Es war kein Mittag, an dem gut beraten war, wer den Schutz seiner vier Wände verließ.

Van Effen, George und Vasco gehörten zu den wenigen, die schlecht beraten waren. Sie standen im Eingang des Hotels Trianon und schützten sich hinter den seitlich angebrachten Glasscheiben vor dem Regen. Van Effen unterzog Vasco einer kritischen Überprüfung.

»Nicht schlecht, Vasco, wirklich nicht übel. Ich glaube nicht, daß ich dich erkannt hätte, wenn ich nicht gewußt hätte, daß du es sein mußt. Wenn wir uns zufällig auf der Straße begegnet wären, wäre ich einfach an dir vorbeigegangen, ohne etwas zu bemerken. Vergiß trotzdem nicht, daß Romero Agnelli Gelegenheit hatte, dich über den Tisch im Jagdhorn hinweg recht genau zu fixieren. Andererseits hast du bei dieser Gelegenheit derart ausgefallene und exotische Sachen angehabt, daß er dadurch völlig von deinem Gesicht abgelenkt wurde. Und das wäre nur gut für uns.«

Vasco hatte in der Tat eine erstaunliche Metamorphose durchgemacht. Seine langen, blonden Locken waren ebenso sorgfältig wie kurz gestutzt und in einem haarscharfen, leicht links liegenden Scheitel geteilt worden. Auch hatte er jetzt schwarzes Haar, von derselben Farbe wie seine Augenbrauen und sein makellos geformter Schnurrbart – Attribute, die zu den etwas schmaler erscheinenden, tief gebräunten Gesichtszügen paßten. Sämtliche Färbemittel waren garantiert waschecht. Vasco war sozusagen der Wirklichkeit gewordene Traum-Offizier junger Mädchen. Hemd, Krawatte, Anzug und der mit einem Gürtel geschlossene Trenchcoat – alles war makellos.

»In diesem Aufzug wäre er genau richtig für die Werbeplakate vom Militär«, witzelte George. »Offizier, ein Beruf mit Zukunft – so etwa in dem Stil.« George selbst war nach wie vor unverändert. Für ihn wäre es ein Ding der Unmöglichkeit gewesen, sich zu verkleiden.

»Aber die Stimme macht mir Sorgen«, sagte van Effen nachdenklich. »Nicht, daß Agnelli sie wiedererkennen könnte, schließlich hat er dich nur ein paar Worte sprechen hören. Es ist wegen Annemarie. Ich weiß nicht, ob sie eine gute Schauspielerin ist und ihre Gefühle fest im Griff hat. Aber ich glaube, daß wir besser nicht davon ausgehen. Es wäre nicht gerade wünschenswert, wenn sie dir mit dem Aufschrei: ›Mein Retter!‹ um den Hals fiele.«

»Dann habe ich eben eine schlimme Erkältung«, antwortete Vasco heiser. »Meine Stimmbänder sind wie Sandpapier.« Mit seiner normalen Stimme fuhr er mürrisch fort: »Bei diesem Sauwetter ist das wohl kaum verwunderlich. Außerdem werde ich den harten Mann markieren und nur so viel wie unbedingt nötig reden.«

»Und ich«, versetzte George, »halte mich diskret im Hintergrund, bis einer von euch die beiden Damen – falls sie tatsächlich da sind – auf meine Anwesenheit aufmerksam gemacht hat. Aber beeilt euch.«

»Wir tun, was wir können, George«, versicherte van Effen. »Uns ist völlig klar, daß es dir schwerfallen wird, dich für längere Zeit irgendwo diskret im Hintergrund zu halten. Daß die Damen da sein werden, daran hege ich nicht die geringsten Zweifel.« Er tippte kurz auf die Zeitung unter seinem Arm. »Was nützen einem schließlich ein paar Trümpfe, wenn man sie nicht in der Hand hat.«

Die letzte Verlautbarung der FFF war kurz und bündig gewesen. Ohne Umschweife hatten sie erklärt, bei ihnen befänden sich zwei Damen – Worte wie »entführt« oder »gekidnappt« wurden dabei tunlichst vermieden –, eine von ihnen sei die Tochter eines führenden holländischen Großindustriellen, die andere die Schwester eines hochgestellten Polizeibeamten. Darauf hatten sie die Namen besagter Damen genannt. Den Äußerungen der FFF zufolge waren sowohl an die Eltern wie an den Bruder Beileidstelegramme verschickt worden, gepaart mit der Versicherung, daß es den beiden gutginge. Des weiteren wurde der Hoffnung Ausdruck verliehen, daß sich die jungen Frauen weiterhin bester Gesundheit erfreuen würden.

»Ich kann es kaum noch erwarten, diesen Halunken endlich gegenüberzustehen«, zischte George böse. »Verdammt hintertriebenes Pack, diese Bande. Ich möchte nur wissen, an welcher amerikanischen Universität – oder sollte es eine irische sein? – wohl Seminare für Terrorismus und Psychologie angeboten werden?«

»Sie sind wirklich nicht auf den Kopf gefallen«, pflichtete ihm van Effen bei. »Aber davon sind wir auch nie ausgegangen. Mit diesem Schlag haben sie auch die Regierung in eine untragbare Situation manövriert. Und ihre Verlautbarung einfach mit diesen frommen Wünschen enden zu lassen. Keinerlei Drohungen, keinerlei Hinweise auf Repressalien, Folter oder Tod. Nichts darüber, was mit den Mädchen geschehen sein könnte. Nicht das geringste. Womit das altbewährte Prinzip der Ungewißheit wieder einmal voll funktioniert. Und wir können uns den Kopf zerbrechen, was sie wohl im Schilde führen. Unserer Phantasie sind in diesem Punkt keinerlei Grenzen gesetzt, und wie nicht anders zu erwarten, werden wir natürlich, was im übrigen durchaus menschlich ist, nur die schlimmsten Befürchtungen hegen. Schlimm genug, daß dem Land mit Überschwemmungen gewaltigen Ausmaßes gedroht wird, und nun noch die Vorstellung, daß sie zwei unbeteiligte junge Mädchen in der Hand haben – eine Vorstellung, die mit Sicherheit vielen Holländern, nicht nur den an sich schon feinfühlig und romantisch veranlagten Bewohnern dieser Nation, ans Herz gehen wird.«

»Na, einen Trost haben wir zumindest.« Vasco testete seine Reibeisenstimme. »Das ist bestimmt die letzte Drohung, die sie dir, was deine Schwester betrifft, zuspielen werden, Peter.«

»Stephan«, verbesserte ihn van Effen.

»Natürlich, Stephan. Ich weiß. Aber diesmal werde ich mich nicht entschuldigen.« Vasco sprach wieder mit seiner normalen Stimme. »In Gegenwart dieser Halunken werde ich mir mit Sicherheit nicht den leisesten Fehler erlauben.«

»Dann liegt es jetzt wohl an mir, mich zu entschuldigen«, erwiderte van Effen. »Diesmal bin ich der Vergeßliche – zumindest was die Jahre betrifft, in denen du schon getarnt Dienst tust. Ich bin völlig deiner Meinung. Sie werden keine Drohungen gegen Julie mehr aussprechen. Aus demselben Grund glaube ich auch, daß sie nicht mehr versuchen werden, David Meijer um Bargeld zu erleichtern. Abgesehen von der Tatsache, daß sie über unerschöpfliche Geldmittel zu verfügen scheinen, dürfte David Meijer in seiner Funktion als David Meijer wesentlich wichtiger für sie sein. Als der Mann also, der, wenn auch nur inoffiziell, beachtlichen Einfluß auf die Regierung hat und demzufolge auch deren Entscheidungen in die von ihm gewünschten Bahnen lenken kann. Womit ich nicht behaupten wollte, daß unsere Regierung im Augenblick noch in der Lage wäre, irgendwelche Entscheidungen zu fällen. Sich darüber den Kopf zu zerbrechen, dürfte den Herren Ministern bis auf weiteres erspart bleiben; damit sind im Augenblick die Engländer an der Reihe.«

»Ich könnte allerdings nicht behaupten, daß ich gern in der Haut der Engländer stecken möchte«, warf George ein. »Sie stehen vor einer Entscheidung, die möglicherweise noch schwieriger ist als das Dilemma, mit dem unsere Regierung konfrontiert war. Sollen sie sich, noch dazu aus zweiter Hand, von einem Haufen Terroristen – was sind diese Burschen schließlich, selbst eingedenk ihrer hehren Motive, schon anderes – vorschreiben lassen, was sie tun und lassen sollen? Was wird in Nordirland passieren, wenn sie sich dort zurückziehen? Käme es dort zu gewaltsamen Auseinandersetzungen, vielleicht sogar zu Massakern, die womöglich mehr Menschenleben kosten würden als die angedrohten Überflutungen der Niederlande? Dabei können wir nicht einmal abschätzen, wie hoch diese Verluste sein werden, ob sie in die Tausende gehen oder in die Hunderttausende? Oder schalten sie einfach auf stur, indem sie keinerlei Bereitschaft einzulenken zeigen und einfach zusehen, wie die Holländer ersäuft werden wie die Ratten, geächtet, vielleicht über Generationen hinweg, von all den Nationen, die sich nach wie vor den alten Idealen von Anständigkeit und Menschlichkeit verpflichtet fühlen?«

»Mir wäre lieber, wenn du damit aufhören würdest, George.« Van Effen wirkte gereizt, was bei ihm nur selten vorkam. »Du hast das Ganze wieder einmal zu deutlich ausgedrückt. Im Grunde genommen läuft das alles auf die eine Frage hinaus, ob man nun größeren Wert auf eine im voraus nicht näher zu bestimmende Anzahl von Bürgern in Ulster oder von Bürgern der Niederlande legt. Es ist nicht gerade einfach, eine Gleichung mit zwei Unbekannten zu lösen. Diese verdammten, im voraus nicht zu bestimmenden Faktoren! So etwas müßte doch für die Physiker mit ihren Wahrscheinlichkeitsfaktoren das gefundene Fressen sein. Ich würde in diesem Fall lieber eine Münze werfen.«

»Kopf oder Zahl?« fragte George. »Auf welche Seite, glaubst du, würde die Münze fallen?«

»Keine Ahnung. Aber es gibt einen Faktor, der zumindest bis zu einem gewissen Grade vorherbestimmbar ist, wenn auch nicht mit hoher Wahrscheinlichkeit, und dieser Faktor ist die menschliche Natur. Deshalb nehme ich fast an – wobei ich sehr wohl weiß, daß diese Annahme auf ziemlich wackligen Beinen steht –, daß die Engländer nachgeben werden.«

George schwieg eine Weile nachdenklich, massierte mit einer seiner Riesenhände sein Kinn und sagte schließlich: »Die Engländer stehen nicht gerade in dem Ruf, ein besonders nachgiebiges Völkchen zu sein. Gib auch nur einem von ihnen genügend Bier oder Scotch oder sonst etwas Alkoholisches, und früher oder später wird er dir erzählen, daß seit tausend Jahren kein Fremder ungebeten seinen Fuß auf ihre geheiligte Heimaterde gesetzt hat. Was auch tatsächlich stimmt; es gibt kein einziges Land auf der Erde, das gleiches von sich behaupten könnte.«

»Sicher. Aber das ist in diesem Zusammenhang völlig unerheblich. Wir haben es hier nicht mit einer Situation zu tun, in der Churchill sich auf den Durchhaltewillen seiner Nation berufen könnte. So etwas läßt sich auf einen normalen, handfesten Krieg anweden. Aber hier haben wir es doch ganz offensichtlich mit psychologischer Kriegführung zu tun. Glaubst du, die Engländer verstehen etwas von psychologischer Kriegführung? Ich wäre mir da nicht so sicher. Im übrigen gibt es wohl keine Nation, die in diesem Punkt große Stücke auf sich halten könnte. Dafür spielen einfach zu viele nicht im voraus bestimmbare Faktoren eine Rolle.

Konventioneller Krieg oder psychologische Kriegführung – ich glaube nicht, daß es hier wirklich darum geht. Ich kann mir schon vorstellen, wie das Ganze ablaufen wird. Zuerst werden die Briten bluffen, was das Zeug hält – ihr müßt schließlich zugeben, daß sie sich in der Regel zunächst auf gar nichts einlassen –, sie werden ihre Arme zu einem unbekümmerten Himmel hochwerfen, um Gerechtigkeit und allgemeine Menschlichkeit bitten und erklären, sie wären so unschuldig wie frisch gefallener Schnee. Was haben wir getan, werden sie vorwurfsvoll fragen, daß man uns vor eine derart untragbare Entscheidung stellt? Sie werden sich als die absoluten Unschuldslämmer aufspielen, die gezwungen werden, die Lösung für ein unlösbares Problem zu finden, an dessen Entstehen sie nicht die geringste Schuld trifft. Wieso, werden sie jammern, rührt denn kein Mensch auf der ganzen Welt auch nur einen Finger, um uns zu helfen? Und dies gilt vor allem für diese rückgratlosen, feigen, unfähigen Holländer, die sich nicht einmal für die wenigen Augenblicke, die es braucht, um sich dieser Schurken zu entledigen, von ihren Tulpen und ihrem Käse und ihrem Jenever losreißen können.

Selbstverständlich wird kein Mensch dem, was sie sagen, auch nur die geringste Beachtung schenken. Und mit ›sie‹ meine ich nicht die englische Bevölkerung, sondern Whitehall, ihre Regierung. Das ist der Punkt, an dem der menschliche Aspekt zum erstenmal zum Tragen kommt. Die Briten haben sich schon seit jeher mit ihrem Verständnis, ihrer Fairneß und ihrer ungebrochenen Sympathie für die Unterdrückten gebrüstet – was einige hundert Millionen Ex-Untertanen des British Empire dazu sagen würden, steht hier nicht zur Debatte – und mit ihrer Liebe zu Hunden, Katzen und was sonst auch immer sie vorübergehend in ihr Herz schlossen. Daß sie in einer reinen Traumwelt leben, scheint sie nicht weiter zu interessieren; was sie allerdings zu interessieren scheint, ist die Tatsache, daß für sie unverbrüchliche Wahrheit ist, was andere Nationen möglicherweise als pure Heuchelei betrachten. Das ist eine unabänderliche Tatsache des Lebens – das heißt, britischen Lebens –, und ihre moralische Entrüstung wird fürchterlich sein, selbst wenn wir armen Holländer etwas nasse Füße bekommen sollten. Ihrem Ärger wären keine Grenzen gesetzt; schließlich sähen sie auf diese Weise ihre höchsten Prinzipien und unverrückbaren Grundsätze in den Schmutz getreten. Die Leserbrief-Abteilung der Times würde in einer Flut von postalischer Entrüstung untergehen, deren Grundtenor lauten würde, daß die Verbrecher, die für diese allumfassende Beleidigung die Verantwortung tragen, zur Rechenschaft gezogen werden müssen.

Und nun der zweite Punkt, an dem der menschliche Aspekt zum Tragen käme. Whitehall ist sich völlig im klaren, welche Köpfe rollen sollen. Die Mitglieder der Regierung – und das gilt natürlich für jede Regierung – mögen sich zwar als Staatsmänner oder Minister betrachten, aber irgendwo, im tiefsten Innern ihrer Herzen, wissen diese Herren sehr wohl, daß sie eben nur ihren großen Auftritt auf der Bühne der Weltpolitik haben und schon in Bälde wieder in der Versenkung verschwinden werden. In diesem Bewußtsein fällen Politiker ihre Entscheidungen. Und angesichts dieses engstirnigen und kleinkarierten politischen Karrieredenkens interessiert diese Männer – Ausnahmen gibt es nur wenige, wie zum Beispiel unseren Verteidigungsminister – nichts anderes als sich, koste es, was es wolle, im Amt zu halten.

Nun wird ihre Entscheidung in dieser Angelegenheit den Ausgang der nächsten Wahl nachhaltig beeinflussen; das heißt, sie könnten damit rechnen, daß sie ihren Posten verlieren würden – allein die Vorstellung dürfte schon ausreichen, dem durchschnittlichen Minister kalten Angstschweiß auf die Stirn treten zu lassen. Und genau deshalb werden wir auch keine nassen Füße bekommen. Sich den simpelsten Grundregeln schlichter Menschlichkeit beugend, wird Whitehall den Forderungen dieser Terroristen stattgeben, wobei diese Entscheidung nicht im geringsten durch so selbstsüchtige Motive wie Karrieredenken, Feigheit, Gier und Machthunger beeinflußt sein wird.«

Diesen Ausführungen folgte längeres Schweigen, untermalt vom beständigen Rauschen und Prasseln des Regens und dem fernen Donnergrollen eines Gewitters. Nach einer Weile bemerkte George: »Du hast wohl noch nie eine sehr hohe Meinung von den Politikern gehabt, wie?«

»Mein Job bringt es leider mit sich, daß ich zu häufig mit zu vielen Herren dieser Sorte zu tun haben.«

»Kann schon sein.« George schüttelte den Kopf. »Aber siehst du die Dinge nicht ein bißchen sehr schwarz?«

»Ich weiß nicht, ob man in unserer Welt die Dinge überhaupt schwarz genug sehen kann.«

Keiner von ihnen wußte darauf noch etwas zu sagen, bis ein Kleinbus vor dem Hoteleingang vorfuhr – jener, den sie am Abend zuvor auf dem Dam benutzt hatten. Romero Agnelli, der am Steuer saß, kurbelte das Seitenfenster herunter und schob die Einstiegstür neben sich zurück.

»Steigen Sie ein. Dann können Sie mir ja sagen, wohin ich fahren soll.«

»Steigen Sie lieber aus«, entgegnete van Effen. »Wir möchten mit Ihnen reden.«

»Sie wollen – was zum Teufel ist denn jetzt schon wieder?«

»Wir möchten nur mit Ihnen reden.«

»Das können wir doch im Bus.«

»Wer hat gesagt, daß wir mit dem Bus fahren werden?«

»Haben Sie etwa . . .«

»Keine Sorge, wir haben alles. Sollen wir eigentlich noch länger hier stehen und uns durch den Regen anbrüllen?«

Agnelli schloß die Tür wieder und stieg aus. Leonardo, Daniken und O'Brien folgten ihm. Hastig eilten sie die Stufen zum Vordach über dem Hoteleingang hinauf.

»Was soll das eigentlich?« Agnellis glatte, verbindliche Maske hatte leichte Sprünge bekommen. »Und was zum Teufel . . .«

»Mit wem, glauben Sie, reden Sie hier eigentlich?« schnitt ihm van Effen das Wort ab. »Wir sind nicht Ihre Angestellten. Wir sind gleichberechtigte Partner – oder zumindest glaubten wir, wir wären es.«

»Wenn Sie denken, Sie...« Agnelli brach mitten im Satz ab, nach einem kurzen Stirnrunzeln kehrte seine gewohnt verbindliche Art wieder zurück. »Wenn es tatsächlich etwas zu besprechen gibt – und offenbar ist es so –, könnten wird das nicht vielleicht drinnen erledigen?«

»Aber gewiß. Das ist übrigens der Leutnant.« Van Effen machte die Anwesenden miteinander bekannt, worauf Vasco mit heiserer Stimme auf seinen etwas angegriffenen Gesundheitszustand aufmerksam machte. Es stand außer Zweifel, daß Agnelli hinsichtlich seiner Identität nicht den geringsten Verdacht schöpfte.

Nachdem sie in einer Ecke des Salons Platz genommen hatten, breitete van Effen eine Zeitung auf dem Tisch vor ihnen aus. »Ich nehme an, Sie kennen diese Schlagzeilen?« wandte er sich an Agnelli.

»Ja, natürlich kenne ich sie.« Die Schlagzeile lautete schlicht und einfach: »FFF ERPRESST ZWEI NATIONEN.« Darauf folgte eine Reihe kleinerer Schlagzeilen, die vor allem die Perfidie der FFF, den heroischen Entschluß der holländischen Regierung, den furchtlosen Widerstand der britischen Regierung und ein paar Lügen zum Inhalt hatten.

»Nun, wir haben uns schon fast gedacht, daß Ihnen diese Meldungen nicht entgangen sein würden«, begann Agnelli. »Und wir dachten uns auch, daß diese Nachrichten Sie ein wenig beunruhigen könnten. Allerdings nur ein bißchen. Ich für meinen Teil sehe zumindest keinen Grund zur Besorgnis, oder weshalb sich dadurch irgend etwas an der Sache ändern sollte. Sie kannten die Gründe für Ihre Einstellung – verzeihen Sie, für Ihr Engagement –, und Sie wußten, auf was Sie sich einließen. Was soll also über Nacht plötzlich so ganz anders geworden sein?«

»Ich würde sagen, einiges«, warf George ein. »Diese Geschichte nimmt plötzlich ganz andere Dimensionen an. Wir haben es mit einer Angelegenheit von internationaler Tragweite zu tun. Ich bin Holländer, Mister Agnelli. Das gleiche gilt für den Leutnant. Und Stephan Danilow mag zwar kein gebürtiger Holländer sein, aber er ist trotzdem mehr Holländer als alles andere. Sie werden doch nicht im Ernst glauben, daß wir zusehen werden, wie unser eigenes Land unter Wasser gesetzt wird, geschweige denn, daß wir uns daran beteiligen. Und wenn ich von unserem Land spreche, dann meine ich die Menschen, die darin wohnen, Mister Agnelli. Es steht außer Zweifel, daß keiner von uns sich innerhalb der Bahnen des Gesetzes bewegt, und ebenso steht außer Zweifel, daß keiner von uns etwas tun würde, wodurch andere Menschen in Gefahr kämen. Abgesehen davon finden wir das wirklich ein starkes Stück. Wir gehören zwar nicht unbedingt zu den kleinen Fischen in den Kreisen der Unterwelt, aber wir können nicht gerade behaupten, daß wir auf internationaler Ebene agieren. Was haben Sie eigentlich mit Nordirland vor? Weshalb wollen Sie die Engländer dort unbedingt hinauswerfen? Warum erpressen Sie unsere Regierung – und die britische? Warum drohen Sie uns damit, Tausende von uns zu ertränken? Warum drohen Sie damit, den Königlichen Palast in die Luft zu sprengen? Oder wollen Sie vielleicht sagen, Sie hätten die Zeitung nicht gelesen? Sind Sie komplett verrückt geworden?«

»Wir sind keineswegs verrückt«, sagte Agnelli fast gelangweilt. »Das trifft eher auf Sie zu – wenn Sie tatsächlich alles glauben, was in der Zeitung steht. Die Zeitungen haben einfach nur gedruckt, was die Regierung ihnen zu drucken befohlen hat. Angesichts der besonderen Umstände sah sie sich zu dieser kleinen Zwangsmaßnahme genötigt. Die Regierung hat an die Presse nur weitergegeben, was wir ihr gesagt haben. Sie hat sich an unsere Anweisungen gehalten. Es steht keineswegs in unserer Absicht, auch nur einer Menschenseele etwas zuleide zu tun.«

»Nordirland – das ist doch etwas ganz anderes, als die holländische Regierung um etwas Bargeld zu erleichtern«, warf van Effen ein. »Das, dachten wir, wäre Ihre ursprüngliche Absicht gewesen, an der nichts auszusetzen gewesen wäre. Ganz im Gegenteil, wir sind nicht im geringsten um das Wohlergehen der Regierung besorgt.« Er richtete seinen Blick in weite Ferne. »Und das gilt keineswegs nur für die holländische.«

»Angesichts dessen, was Sie mir erzählt haben«, erwiderte Agnelli, »kann ich das nur zu gut verstehen.« Mit einem Lächeln holte er eine Ebenholzzigarettenspitze und eine seiner türkischen Zigaretten hervor, steckte sie mit einem Onyx-Feuerzeug mit Goldeinlegearbeiten an und demonstrierte damit, daß er die Situation unter Kontrolle und seine Fassung wiedererlangt hatte. – »Es dreht sich hier einzig und allein um Geld, meine Herren, um nichts anderes als um Geld. Um wieviel, kann ich im Augenblick noch nicht sagen, aber ich kann Ihnen versichern, daß Geld der einzige Beweggrund dieses großangelegten Unternehmens ist. Und bei dieser Gelegenheit möchte ich Ihnen auch noch versichern – ob Sie mir glauben, ist Ihre Sache –, daß wir nicht die geringste Absicht hegen, irgend jemanden zu Schaden kommen zu lassen. Ehrlich gesagt, sehen wir uns dabei, im Gegensatz zu Ihnen, nicht durch humanitäre Gesichtspunkte bewegt. Organisiertes Verbrechen in großem Umfang unterliegt den Gesetzen der Geschäftswelt, und deshalb wickeln wir unsere Unternehmungen auf einer rein geschäftlichen Basis ab. Hier zählt nur eiskaltes Kalkül. Mord ist unrentabel. Ein Räuber wird vom Gesetz zur Rechenschaft gezogen, allerdings nur in begrenztem Rahmen. Ein Räuber jedoch, der gemordet hat, wird wesentlich unerbittlicher bestraft. Nein, nein, meine Herren, was wir betreiben, ist rein psychologische Kriegführung.«

George streckte die Hand über den Tisch und tippte auf eine weitere Schlagzeile. »Handelt es sich bei der Entführung zweier junger Mädchen ebenfalls um psychologische Kriegführung?«

»Aber natürlich. Eines der wirksamsten aller psychologischen Druckmittel. So etwas geht doch jedem ans Herz, oder etwa nicht?«

»Sie sind ein kaltblütiger Dreckskerl«, platzte George ganz unverstellt heraus. Wenn George sich nicht verstellte, wirkte er besonders bedrohlich; das leichte Zucken um Agnellis Lippen deutete an, daß ihm in diesem Moment bewußt wurde, daß sein Gegenüber durchaus gefährlich werden konnte. »Ich würde nur gern wissen, wie Ihnen zumute wäre, wenn jemand Ihre Frau oder Ihre Schwester mit einem Revolver oder einem Messer an der Kehle gefangenhalten würde? Und spielen Sie jetzt bloß nicht den Mitleidigen und Entsetzten. Erpresser halten ihre Geiseln nie fest, ohne zu drohen, was ihren Opfern zustoßen wird, wenn die Erpreßten ihren Forderungen nicht nachkommen. Leider werden solche Drohungen nicht selten wahrgemacht. Und was wäre das in diesem Fall? Würden Sie die beiden einigen Ihrer weniger von Skrupeln behafteten ›Angestellten‹ überlassen, damit die sich ein paar vergnügliche Stunden machen? Würden Sie sie foltern lassen? Oder gar bis zum äußersten gehen? Wie wir Ihnen schon mehrmals zu verstehen gegeben haben, verabscheuen wir jede Gewalt. Wenn also diesen beiden jungen Damen etwas zuleide getan werden sollte, dann geschieht etwas, das von Gewalt nicht sehr weit entfernt sein wird. Ich hoffe nur, daß Sie mir in diesem einen Punkt glauben, Mister Agnelli.«

Agnelli glaubte ihm ganz offensichtlich. Auf seiner Stirn hatte sich unvermittelt ein dünner Schweißfilm ausgebreitet.

»Warum haben Sie zum Beispiel diese Anne Meijer entführt?« fuhr George fort. »Weil ihr Vater in den Niederlanden ein einflußreicher Mann ist und beträchtlichen Einfluß auf die Regierung haben soll?« Agnelli nickte wortlos. »Und diese . . .«, er drehte die Zeitung zu sich herum, um besser lesen zu können, »diese Julie van Effen? Sie ist doch nur die Schwester eines Polizeibeamten. Es gibt doch meines Wissens Tausende von Polizisten in den Niederlanden.«

»Aber nur einen van Effen.« Agnelli sprach mit auffallender Anteilnahme. »Wir wissen, daß wir in ganz Holland gesucht werden, und der Mann, der die Suche leitet, ist dieser van Effen. Mit seiner Schwester in unserer Gewalt könnten wir ihm die Flügel ein wenig stutzen.«

»Das klingt nicht gerade so, als hielten Sie sonderlich viel von diesem Mann.« Agnelli erwiderte nichts, aber seine Blicke sprachen Bände. »Und Sie wollen mich immer noch glauben machen, Sie würden an diesen beiden Mädchen nicht Ihre Überredungskünste – wie subtil sie auch sein mögen – anwenden, um Ihre Ziele zu erreichen?«

»Ich kann Ihnen nur versichern, daß es mir völlig egal ist, ob Sie mir glauben oder nicht. Ich zweifle nicht im geringsten an der Tatsache, daß Sie zu tun imstande wären, was Sie uns eben angedroht haben – für den Fall, daß wir Sie hintergehen. Deshalb würde ich vorschlagen, daß Sie mitkommen und sich selbst davon überzeugen, daß wir die Wahrheit sagen. Sie können sich heute nachmittag unsere Geiseln persönlich ansehen. Falls Ihnen nicht gefallen sollte, was Sie zu sehen bekommen, können Sie aussteigen oder die Ihnen angebracht erscheinenden Maßnahmen ergreifen. Mehr kann ich in diesem Punkt nicht für Sie tun, und ich möchte doch behaupten, daß das ein faires Angebot ist.«

»Was meinst du, Stephan«, wandte sich George an van Effen.

»Wir kommen mit. Wenn wir Mister Agnellis Ausführungen im großen und ganzen glauben können – und dagegen spricht meiner Meinung nach eigentlich nichts –, dann hätten wir, finde ich, doch einiges zu verlieren. Warum sollten wir uns ins eigene Fleisch schneiden? Überzeugen wir uns also mit eigenen Augen, wie Mister Agnelli vorgeschlagen hat.«

»Ich danke Ihnen, meine Herren.« Agnelli wischte sich den Schweiß von der Stirn. »Ich war keineswegs überzeugt, daß Sie die Sache aus meiner Sicht betrachten würden – Sie sind ziemlich harte Verhandlungspartner, wenn ich so sagen darf –, aber jetzt bin ich doch froh, daß wir uns einig werden konnten. – Übrigens, wo ist der Lastwagen?«

»In einer Garage, ganz in der Nähe.«

»In einer Garage? Ist er dort auch vor neugierigen Blicken ...«

»Die Garage gehört mir«, unterbrach George ihn ärgerlich. »Glauben Sie denn, ich mache so was zum erstenmal?«

»Natürlich, was für eine dumme Frage.«

»Wir hätten da noch ein paar Fragen«, meldete sich van Effen wieder zu Wort. »Wir haben uns also auf diese Geschichte eingelassen und sind natürlich bereit, Risiken einzugehen. Ich nehme also an, daß wir nicht wissen werden, wohin Sie uns schaffen wollen, bis wir an Ort und Stelle eingetroffen sind. Haben Sie ein geeignetes Versteck für den Laster?«

»Ja.«

»Wie viele Personen werden dorthin mitkommen?«

»Außer Ihnen selbst? Drei unserer Leute. Mister Riordan, von dem Sie in der Zeitung gelesen haben, Joop und Joachim. Warum wollen Sie das wissen?«

»Ich dachte, ich wäre an der Reihe, Fragen zu stellen. Sie fahren mit dem Bus?«

»Nein. Wir hatten gehofft, in dem Laster wäre Platz genug für uns alle.«

Natürlich, dachte van Effen. Sie wollen uns und die kostbare Ladung des Lastwagens möglichst nicht aus den Augen lassen. »Wie viele Wagen?«

»Was für Wagen?« Agnelli wirkte leicht überrascht. »Keine Wagen natürlich. Wieso?«

»Wieso?« Van Effen verdrehte seine Augen in Richtung Decke, um schließlich nach einem kurzen Blick auf George wieder Agnelli anzusehen. »Wieso? Sagen Sie, Mister Agnelli, haben Sie eigentlich jemals gestohlenes Eigentum der Regierung transportiert?«

»Nein, das ist eine völlig neue Erfahrung für mich.«

»Ich brauche zwei Wagen. Einer soll dem Laster in zwei-, dreihundert Metern Abstand folgen, der zweite soll im gleichen Abstand hinter dem ersten herfahren.«

»Ach so! Jetzt verstehe ich. Natürlich, Sie wollen nicht, daß Ihnen jemand folgt.«

»Ich habe eine tiefe Abneigung dagegen, beschattet zu werden. Die Chancen sind zwar gering, aber wir dürfen trotzdem kein Risiko eingehen.«

»Sehr gut. Joop und Joachim. Ich werde gleich telefonieren.«

»Letzte Frage: Kommen wir heute nacht noch in die Stadt zurück?«

»Nein.«

»Das hätten Sie uns sagen sollen. Wir werden ein paar Zahnbürsten brauchen. Da wir jedoch richtig vermutet haben, haben wir schon ein paar Sachen zusammengepackt. In drei Minuten im Foyer, einverstanden?«

Auf seinem Zimmer wandte sich van Effen an George: »Ich kann es nur immer wieder von neuem sagen. Du hast wirklich deinen Beruf verfehlt, George. Das war eben wieder großartig, wirklich toll.«

George machte eine wegwerfende Handbewegung. »Ach was, das war doch nichts.«

»So manövriert man sich auf schnellstem Weg in eine Position moralischer Überlegenheit. Sie werden sich förmlich überschlagen, uns nicht in die Quere zu kommen. Und hast du nicht auch den Eindruck, George, daß sie dringender auf uns angewiesen sind als wir auf sie?«

»Ja. Eine beruhigende Vorstellung.«

»Allerdings. Und zweitens sind sie nun sicher, daß sie nicht beschattet werden. Nachdem wir selbst den Vorschlag gemacht haben, stehen wir nur um so vertrauenswürdiger da.«

»Das liegt doch auf der Hand. Und ich denke auch, daß das ihre Wachsamkeit ein wenig mindern wird.«

»Na, das wollen wir hoffen. Drittens steht nun eindeutig fest, daß Agnelli nicht die geringste Ahnung hat, wer ich bin. Agnelli könnte noch einiges von dir lernen. Er kann sich schlecht verstellen und verliert viel zu schnell die Beherrschung. Es ist absolut ausgeschlossen, daß er so ruhig und gelassen mit uns am Tisch gesessen wäre, wenn er gewußt hätte, wer ich in Wirklichkeit bin. Wir dürfen also davon ausgehen, daß uns keine Gefahr droht, solange sie nicht herausfinden, wer wir wirklich sind. Bedrohlich wird es erst, wenn sie uns nicht mehr brauchen – das heißt, wenn sie erreicht haben, was sie erreichen wollten. Das halte ich jedoch für unwahrscheinlich. Die Gefahr, daß sie sich uns vom Hals schaffen wollen, weil wir ihre Identität preisgeben könnten, besteht nicht mehr. Ihre Identität ist ja inzwischen sattsam bekannt. Die Namen der Männer, die gestern den Verhandlungen in Dessens' Haus beiwohnten, dürften heute morgen in jeder größeren Zeitung Europas zu lesen gewesen sein. Oder zumindest in den Abendausgaben. Ganz zu schweigen von Funk und Fernsehen. Ich habe Mijnheer Wieringa darum gebeten, dafür zu sorgen. Und was hältst du übrigens von diesem Geschwafel, sie beschränkten sich lediglich auf psychologische Kampftaktiken und wären einzig und allein an Bargeld interessiert? Du hast ihm das natürlich sicher alles aufs Wort geglaubt, oder?«

»Einem Mann wie Agnelli kann man bedenkenlos sein vollstes Vertrauen schenken.«

Agnelli, O'Brien und Daniken warteten in der Hotelhalle, als van Effen und George wieder nach unten kamen. »Alles klar?« fragte van Effen.

»Ja. Nur eines haben wir übersehen – beziehungsweise habe ich übersehen. Ich habe gesagt, ich würde sie zurückrufen. Jetzt weiß ich nicht, ob ich ihnen sagen soll, daß sie hierherkommen sollen oder nicht.«

»Wir geben Bescheid, sobald wir mit dem Laster losfahren.«

»Wieso rufen wir sie nicht gleich von hier an?«

Van Effen sah ihn mit einem Ausdruck leichter Überraschung an. »Rufen Sie immer zweimal hintereinander vom selben Apparat aus an?«

»Ob ich ...« Agnelli schüttelte den Kopf. »Und ich habe immer gedacht, ich wäre der argwöhnischste, der am meisten auf Sicherheit bedachte Mensch. Gehen wir?«

»Die Heizung in holländischen Militärlastern ist ziemlich schlecht. Ich schlage deshalb vor, daß wir uns vorher noch einen Schnaps genehmigen. Haben wir noch genügend Zeit?«

»Haben wir. Vermutlich, bis der Leutnant auftaucht, oder nicht?«

»Er stößt nicht zu uns. Wir treffen ihn. Deswegen habe ich auch den Vorschlag mit dem Schnaps gemacht. Er wird noch eine Weile brauchen.«

»Ich verstehe. Oder – eigentlich verstehe ich das nicht ganz. Er stößt nicht zu uns ...«

»Er hat sich über die Feuerleiter entfernt. Der Leutnant, müssen Sie verstehen, hat eine Vorliebe für etwas unorthodoxe Abgänge. Außerdem ist er sehr schüchtern und lenkt nicht gern die allgemeine Aufmerksamkeit auf sich.«

»Unorthodox. Schüchtern. Jetzt verstehe ich.« Vor einem anscheinend frisch gespritzten Militärlastwagen in einer sonst leeren, hell erleuchteten Garage stehend, musterte Agnelli die ziemlich eindrucksvolle Gestalt Vascos, der inzwischen in der funkelnagelneuen Uniform eines Hauptmanns des holländischen Heeres steckte. »Jetzt verstehe ich. Die Leute im Hotel hätten diese Veränderung wohl etwas verwunderlich gefunden. Aber ich dachte, der – äh – Leutnant wäre Leutnant?«

»Wissen Sie, es dauert immer eine Weile, bis man seine alten Gewohnheiten ablegt. In der Regel nennt man einen Freund nicht plötzlich anders, nur weil er sich ein neues Kleidungsstück zugelegt hat. Er ist letzten Monat befördert worden – für seine Verdienste um Königin und Vaterland.«

»Für seine Verdienste um – ach, so ist das also.« Agnelli begriff nicht das geringste. »Und was bedeutet dieser orange Blitz am Kühler?«

»Das heißt so viel wie: ›Manöverfahrzeug. Achtung, Abstand halten!‹«

»Sie denken wirklich an alles«, erklärte Agnelli anerkennend. »Darf ich ihn mir mal von innen ansehen?«

»Selbstverständlich. Ich möchte auf keinen Fall, daß Sie das Gefühl haben, eine Katze im Sack zu kaufen.«

»Dann wäre dies hier die eigenartigste Katze im Sack, die ich je gesehen habe, Mister Danilow.« Agnelli hatte den ordentlich verstauten Inhalt des Lasters inspiziert und rieb sich zufrieden die Hände. »Großartig, wirklich großartig. George liefert wirklich prompt. Ehrlich gestanden, hätte ich nicht geglaubt, daß er alle meine Wünsche erfüllen könnte.«

George machte eine wegwerfende Handbewegung. »Mit Unterstützung des Leutnants war das weiter kein Problem. Das nächste Mal können Sie sich ruhig etwas Ausgefalleneres ausdenken.«

»Großartig, wirklich großartig.« Agnelli blickte in Richtung Führerhaus. Die Bank hinter dem Fahrersitz war an den Seiten mit dicken Vorhängen verhängt. »Wie ich sehe, Mister Danilow, teilen Sie meine Vorliebe für Abgeschiedenheit und Anonymität.«

»Nicht ich. Das gilt bei Manövern auch für Offiziere der holländischen Armee.«

»Um so besser. Mister Riordan wird begeistert sein. Sie werden das verstehen, sobald Sie seine Bekanntschaft gemacht haben. Er ist nämlich ein Mann von eher auffälligem Äußeren, und es fällt ihm oft schwer, seine Anonymität zu wahren, an der ihm jedoch sehr viel gelegen ist.« Agnelli schwieg kurz, dann räusperte er sich verlegen und fuhr schließlich fort: »Angesichts all dessen und angesichts der sehr, sehr gründlichen Sicherheitsvorkehrungen Ihrerseits, Mister Danilow, fällt es mir in der Tat etwas schwer, Sie – äh – zu fragen, ob Sie – äh – etwas dagegen hätten, wenn Mister O'Brien den Laster noch einmal genau inspizierte?«

Van Effen mußte grinsen. »Ich habe mich schon die ganze Zeit gewundert, was wohl Mister O'Briens Funktion sein könnte. Wenn das so ist, muß ich zugeben, daß mich das etwas verwundert. Wenn Mister O'Brien sich besser mit Sprengstoffen und Waffen auskennt als wir drei, dann müßte er zu den führenden Fachleuten in Europa zählen. Und in diesem Fall wären Sie doch wohl kaum auf unsere Dienste angewiesen.«

»Wer hat hier etwas von Sprengstoff gesagt, Mister Danilow?« O'Brien lächelte amüsiert; er hatte eine angenehme Baritonstimme. »Jede Art von Sprengstoff macht mir Angst. Nur auf dem Gebiet der Elektronik kenne ich mich ein bißchen aus.«

»Mister O'Brien ist zu bescheiden«, warf Agnelli ein. »Er ist einer der besten seines Faches. Alarmanlagen. Installation – oder Deaktivierung.«

»Ach so. Mit Alarmanlagen kennt Mister O'Brien sich also aus! Lichtschranken, Druckauslöser und dergleichen. So jemanden wollte ich schon immer mal kennenlernen. Dann kann ich ihm ja gleich bei der Arbeit zusehen. Allerdings dürfte so ein Armeelaster nicht unbedingt das ideale Betätigungsfeld für einen Elektronikfachmann darstellen.« Van Effen machte eine kurze Pause und fuhr dann lächelnd fort: »Fangen Sie ruhig an, Mister O'Brien. Ich kann mir allerdings kaum vorstellen, daß Sie einen finden werden.«

»Daß ich was finden werde, Mister Danilow?«

»Einen von diesen kleinen Ortungssendern.«

Agnelli und O'Brien tauschten vielsagende Blicke aus, worauf Agnelli stotterte: »Einen von diesen kleinen – woher wissen Sie ...«

»Weil ich heute morgen eines von diesen Dingern entfernt habe. Genau gesagt, hat der Leutnant das für mich besorgt.«

Agnelli wäre nie als Anwärter auf einen Oscar in Frage gekommen, wie van Effen bereits festgestellt hatte. Er wirkte perplex, besorgt und argwöhnisch, und das alles auf einmal. »Aber wieso sollte – ich meine, wie kamen Sie darauf ...«

»Kein Grund zur Aufregung«, beruhigte ihn van Effen lächelnd. »Es gibt eine ganz simple Erklärung dafür. Sie wissen doch ...«

»Aber das ist doch ein Armeefahrzeug!«

»Eben. Und bei Armeefahrzeugen ist das keineswegs ungewöhnlich. Sie benutzen diese Dinger für ihre Kriegsspiele, und zwar vor allem nachts, wenn sie keine Lichter anmachen dürfen und strikte Funkstille herrscht. Dann ist das die einzige Möglichkeit, sich über die jeweiligen Standorte zu informieren. Der Leutnant weiß, wo sie diese Dinger in der Regel anbringen und hat auch tatsächlich eines entdeckt und entfernt.«

Vasco öffnete das Handschuhfach neben dem Fahrersitz und nahm einen kleinen metallenen Gegenstand heraus. Er reichte ihn van Effen, der ihn seinerseits an O'Brien weitergab.

»Ja, er hat recht, Romero. Das ist so ein Ding.« O'Brien sah Agnelli mit einem fragenden Blick an. »In diesem Fall . . .«

»Nein, nein«, fiel ihm van Effen ins Wort. »Sehen Sie ruhig auch selbst noch einmal nach, damit Sie wirklich beruhigt sind. Könnte schließlich durchaus sein, daß die Kiste regelrecht mit diesen Dingern gespickt ist. Ich für meine Person hätte allerdings nicht die geringste Ahnung, wo ich anfangen sollte, danach zu suchen.«

Nach einem erfolglosen Versuch, seine Erleichterung zu verbergen, nickte Agnelli O'Brien zu. Van Effen und George gingen währenddessen, in eine belanglose Unterhaltung verstrickt, in der Garage auf und ab, Agnelli interessierte sich zwar, wie sie sehen konnten, lebhaft für O'Briens Arbeit, schenkte jedoch ihnen keinerlei Beachtung. In einer entfernten Ecke sagte van Effen: »Muß ein interessanter Beruf sein, sich als professioneller Entschärfer von Alarmanlagen zu verdingen.«

»Sehr sogar, und auch recht nützlich. Stell dir vor, du hättest es auf die Kunstsammlung irgendeines Milliardärs abgesehen. Oder auf irgendein besonders interessantes Waffendepot der Armee. Oder auf die Schließfächer einer Bank.«

»Ob einem so etwas aber viel nützt, wenn man einen Deich oder einen Kanaldamm sprengen will?«

»Nein.«

»Habe ich mir auch gedacht.«

Obwohl es erst kurz nach ein Uhr mittags war, als sie die Garage verließen, hätte es, was die Helligkeit draußen betraf, ebensogut Nacht sein können. Der Regen hatte sich noch verstärkt. Die Scheibenwischer des Lastwagens waren zweistufig einstellbar, aber selbst auf der schnellsten Stufe wurden sie des strömenden Regens nicht Herr. Auch der Nordwind hatte an Stärke zugenommen. Abgesehen von einer gelegentlichen Trambahn waren die Straßen völlig verlassen. Man hätte die Bemühungen der FFF für vergeblich halten können – es war, als würde Holland vom Regen fortgespült.

Agnelli hatte seinen Anruf von der Garage aus gemacht. Kurz nachdem sie losgefahren waren, hielt Vasco, der den Lastwagen steuerte, auf Agnellis Anweisung vor einem unscheinbaren Café in der Utrechtsestraat, vor dem zwei Kleinwagen geparkt waren – beides Renaults. Agnelli stieg aus und sprach kurz mit den nicht erkennbaren Fahrern der beiden Wagen. Seine Eile war begründet: er hatte keinen Regenschirm, und sein Gabardinemantel bot kaum Schutz vor dem Regen.

»Das waren Joachim und Joop«, erklärte er bei seiner Rückkehr. »Sie folgen uns zu einem Restaurant in Amstelveen. Auch die FFF braucht ab und zu etwas zu essen.« Agnellis Gesicht zeigte inzwischen sicher wieder das vertraute Lächeln, auch wenn sich das in der Dunkelheit im Innern des Lasters kaum feststellen ließ.

»Falls sie es schaffen, uns zu folgen«, warf van Effen ein. »Durch dieses Wetter haben sich meine Vorsichtsmaßnahmen mehr oder weniger erübrigt. Ich dachte allerdings, wir würden uns mit Ihrem Bruder und Mister Riordan treffen. Ich muß schon sagen, daß ich sehr gespannt bin, Mister Riordans Bekanntschaft zu machen. Nach den Zeitungsmeldungen zu urteilen, muß er ein außergewöhnlicher Mann sein.« Den kräftigen Rippenstoß, den ihm George versetzte, ignorierte er einfach.

»Das ist er. Sie haben es vorgezogen, im Auto sitzen zu bleiben. Vermutlich hatten sie keine allzu große Lust, naß zu werden. Wir werden uns in De Groene Lanteerne treffen.«

Riordan war tatsächlich ein außergewöhnlicher Mann. Er trug einen weiten, hochgeschlossenen, schwarz-weiß karierten Hirtenumhang mit passender Mütze – ein Kleidungsstück, wie es vor allem bei Gutsbesitzern im schottischen Hochland oder bei Sherlock Holmes beliebt war. Da der Umhang zwanzig Zentimeter über seinen Knien endete und ihn noch größer und dünner erscheinen ließ als sonst, diente das Kleidungsstück kaum der Absicht, möglichst wenig Aufmerksamkeit zu erregen. Er hatte allen höflich seinen Gruß entboten – wenn er nicht gerade gegen die IRA wetterte, war er offensichtlich ein ernster und höflicher Mensch. Beim Anblick von Vascos Uniform legte er zwar seine Stirn für einen Moment in Falten, aber nachdem man ihm erklärt hatte, welche Bewandtnis es damit hatte, nickte er verständnisvoll und verfiel fortan in Schweigen. Nicht, daß er sich von der Gesellschaft bei Tisch absondern wollte; er hatte vielmehr ein großes, ziemlich teuer und kompliziert aussehendes Radiogerät bei sich, auf dem er sich, Agnellis Angaben zufolge, über Kopfhörer die Wettervorhersagen und holländische sowie internationale Nachrichtensendungen anhörte. Den Grund hierfür brauchte Agnelli nicht näher zu erläutern.

Nach dem Essen entschied sich Riordan dafür, die Fahrt im Lastwagen fortzusetzen; die Kopfhörer trug er nach wie vor. Er drückte sich in die rechte hintere Ecke des Führerhauses und zog den Vorhang am Seitenfenster so weit wie möglich nach vorn. Vasco fuhr durch den dunklen Nachmittag in Richtung Süden, wobei er aufgrund der schlechten Sichtverhältnisse nur sehr langsam vorwärtskam. Besonders beeindruckt zeigte sich van Effen durch die betont dienstbeflissene Aufmerksamkeit, mit der Vasco Agnelli bedachte, als ihm dieser erklärte, wie er durch Utrecht zu fahren hatte. Es sprach für Vascos heroische Geduld, daß er, der in dieser Stadt groß geworden war und mehrere Jahre eine Funkstreife gefahren hatte, sich dreimal an Richtungsangaben hielt, die offensichtlich falsch waren.

Im Laufe des Nachmittags nahm Riordan schließlich seine Kopfhörer ab. »Gute Nachrichten, meine Freunde, gute Nachrichten. Der holländische Außenminister und der Verteidigungsminister – unser vortrefflicher Mijnheer Wieringa – sind in London eingetroffen und verhandeln mit ihren britischen Amtskollegen. Die Tatsache, daß ein offizielles Kommuniqué erwartet wird, beweist, daß man uns ernst zu nehmen scheint.«

Das veranlaßte van Effen zu der Bemerkung: »Haben Sie denn nach den Schlagzeilen in der Presse und den Katastrophenmeldungen in Funk und Fernsehen allen Ernstes erwartet, man würde Sie nicht ernst nehmen?«

»Nein. Aber ein beruhigendes Gefühl ist es trotzdem.« Riordan setzte die Kopfhörer auf und machte es sich wieder in seiner Ecke bequem. Sein Gesichtsausdruck spiegelte eine Mischung aus Erwartung und Zufriedenheit wider. Als ein Mann, der voll hinter seiner Mission stand, wollte er sich nicht die geringste Einzelheit entgehen lassen.

Zwanzig Minuten später bog der Lastwagen nach rechts in eine Landstraße ab und wenige Kilometer weiter nach links, in eine kleine Seitenstraße. Schließlich hielten sie vor einem Gebäude mit einer vorgebauten Veranda, die hell erleuchtet war.

»Da wären wir«, verkündete Agnelli. »Unser Hauptquartier – und unsere Unterkunft für die Nacht. Ich glaube, Sie werden über mangelnden Komfort nicht klagen können.«

»Das ist ja eine Windmühle«, entfuhr es van Effen.

»Das wundert Sie?« entgegnete Agnelli. »Nun, in dieser Gegend ist das keineswegs ungewöhnlich. Nicht mehr in Gebrauch, aber noch betriebsfähig, was ebenfalls nichts Ungewöhnliches ist. Innen sehr geräumig und natürlich modernisiert. Ein zusätzlicher Vorteil ist, daß sie sehr abgeschieden liegt. Schauen Sie einmal dort hinüber – das versprochene Versteck für den Lastwagen. Eine alte Scheune.«

»Und was ist mit der anderen Scheune daneben?«

»Staatsgeheimnis.«

»Steht da Ihr Hubschrauber?«

Agnelli lachte im Dunkeln. »Womit das Staatsgeheimnis keines mehr wäre. Vermutlich ist es ziemlich offenkundig, seit wir öffentlich erklärt haben, wir hätten von den aufregenden Szenen am Nordholland-Kanal nördlich von Alkmaar Luftaufnahmen gemacht.«

»Demnach sind Sie jetzt also glücklicher Besitzer von Eigentum sowohl des Heeres wie der Luftwaffe?«

»Nein, nicht der Luftwaffe. Obwohl kaum jemandem der Unterschied auffallen dürfte. Ein paar Pinselstriche hier, ein paar Pinselstriche da, ein paar sorgfältig ausgewählte Kennzeichen – aber das soll uns hier nicht weiter interessieren. Gehen wir lieber hinein, um zu sehen, wie es hier um die altbewährte holländische Gastfreundschaft bestellt ist.« Nach hundertprozentig erfolgreich abgeschlossener Mission strahlte er förmlich vor liebenswerter Herzlichkeit. Nicht ausgeschlossen, dachte van Effen, daß dieses Verhalten seinem wahren Wesen eher entsprach als der prinzipielle Argwohn und die Taktiererei, zu der er den ganzen Nachmittag über Zuflucht genommen hatte.

»Ohne mich«, erklärte George. »Ich bin Geschäftsmann, und als Geschäftsmann ziehe ich es vor ...«

»Falls Sie damit den finanziellen Aspekt zur Sprache bringen wollen, George, kann ich Ihnen versichern ...«

»Ich spreche hier nicht von den Finanzen«, unterbrach ihn George. »Ich berufe mich nur auf die üblichen Geschäftspraktiken. Leutnant, gibt es hier eigentlich ein Licht? Danke.« George zog ein Papier aus der Tasche und reichte es Agnelli. »Der Lieferschein. Wenn Sie bitte unterschreiben würden. Allerdings möchte ich mich vorher noch persönlich vom ordnungsgemäßen Zustand sämtlicher Waren überzeugen – Sie werden sicher verstehen, daß ich dazu heute morgen nicht die Zeit fand – und mich vergewissern, ob sie den Transport unbeschadet überstanden haben. Das ist gewöhnliche Geschäftsmoral.« Niemand schien Anstoß daran zu nehmen, daß George in Zusammenhang mit gestohlener Ware auf seine hohe Geschäftsmoral pochte. »Aber so ganz wäre ich Ihrer Gastfreundschaft nicht abgeneigt. Wenn ich vielleicht ein Bier haben könnte?«

»Aber selbstverständlich«, lächelte Agnelli und fügte dann vorsichtig hinzu: »Brauchen Sie dabei Hilfe?«

»Eigentlich nicht. Aber es ist nun mal üblich, daß dabei auch der Käufer beziehungsweise ein Vertreter des Käufers anwesend ist. Ich würde Mister O'Brien vorschlagen. Elektronikexperten sind doch an diesen Kleinkram gewöhnt. Bei Zündsätzen ist das nicht anders. Lassen Sie so ein Ding mal aus Versehen fallen, Mister Agnelli – von Ihrer Windmühle hier wäre nicht mehr viel übrig. Und das gleiche gälte auch für die Leute, die sich darin aufhalten.«

Agnelli nickte zustimmend und ging auf die Veranda zu. Ein großer, unrasierter junger Mann mit strubbeligem Haar, dessen auffälligstes Gesichtsmerkmal der geringe Abstand zwischen Augenbrauen und Haaransatz war, stellte sich ihnen in den Weg. In seiner Rechten hielt er in lockerem Griff eine Maschinenpistole.

»Laß uns schon durch, Willi«, schnauzte ihn Agnelli an. »Ich bin's.«

»Das sehe ich selbst.« Willis Stirn legte sich in Falten. Mit einem argwöhnischen Blick auf van Effen fragte er: »Wer ist das?«

»Ach ja, Ihre vielgerühmte Gastfreundschaft«, bemerkte van Effen sarkastisch. »Zweifellos unser reizender Gastgeber. Meine Güte, Sie haben wirklich ein tolles Team.«

Willi tat einen drohenden Schritt nach vorn und brachte seine Waffe in Anschlagposition. Im nächsten Augenblick sank er jedoch schon zu Boden und hielt sich den Bauch. Der Schlag, der ihm versetzt worden war, war keineswegs nur ein freundschaftlicher Klaps gewesen. Van Effen nahm ihm die Maschinenpistole ab, entfernte das Magazin und warf die Waffe auf den sich am Boden krümmenden jungen Mann. Er starrte Agnelli an, der Ausdruck in seinem Gesicht war eine Mischung aus Verblüffung und Verständnislosigkeit.

»Ehrlich gesagt, ich muß gestehen, daß ich entsetzt bin. Das gefällt mir ganz und gar nicht. Ist dieser – ich meine, sind die anderen auch so? Besteht Ihr Team aus lauter solchen zurückgebliebenen Idioten? Leute, die zwei Nationen zwingen, auf ihre Forderungen einzugehen, arbeiten – arbeiten ... ich muß sagen, mir fehlen die Worte. Haben Sie noch nie etwas von dem sprichwörtlich schwächsten Glied einer Kette gehört?«

»Ganz meine Meinung«, nickte Riordan ernst. »Wie Sie sich sicher erinnern werden, Romero, habe ich bereits mehrfach meine Bedenken bezüglich dieses Burschen geäußert. Selbst als Wächter – dies war sowieso die einzige Tätigkeit, die ihm mit gutem Gewissen zugeteilt werden konnte – hat er versagt.«

»In der Tat, Mister Riordan, das ist auch ganz meine Meinung.« Man konnte zwar nicht sagen, Agnelli hätte die Fassung verloren, aber seine strahlende Laune wirkte gedämpft. »Willi ist ein Versager. Wir werden auf seine Dienste verzichten müssen.«

Willi hatte sich inzwischen auf die Seite gewälzt und den Ellbogen aufgestützt. Er war bei Bewußtsein und verzog vor Schmerzen das Gesicht. Über die am Boden liegende Gestalt hinweg konnte van Effen auf die im Hintergrund offenstehende Tür sehen. Sein Blick fiel auf seine Schwester, neben ihr Annemarie, Samuelson dicht hinter den beiden Mädchen. Der Ausdruck auf den Gesichtern der beiden wies auffallende Ähnlichkeiten auf – etwas erstaunt, etwas schockiert und völlig verständnislos. Van Effen musterte sie nur kurz und wandte sich dann wieder teilnamslos ab.

»Sie wollen auf seine Dienste verzichten, Mister Agnelli? Wie stellen Sie sich das vor? Sie können den Burschen doch nicht einfach nach Hause schicken. So einfach dürfte das nicht sein. Das erste, was er tun wird, ist doch, zur nächsten Polizeistation zu rennen und Sie hinzuhängen. Es muß auf jeden Fall gewährleistet werden, daß er den Mund hält, wenn ich Ihnen damit auch nicht zu der einfachsten und drastischsten Methode raten möchte. Ich will nur hoffen, daß der Rest Ihrer Prätorianergarde von etwas anderem Zuschnitt ist.«

»Der Rest der Prätorianergarde, wie Sie sie zu nennen belieben, ist in der Tat von anderem Schrot und Korn.« Samuelson, wohlgenährt, lächelnd und noch blühender als am Abend zuvor, hatte die Mädchen sanft beiseitegedrängt und war auf die Veranda herausgetreten. Er duftete nach einem teuren Rasierwasser. Mit makellos manikürter Hand sein Kinn reibend, betrachtete er zunächst Willi und wandte sich dann van Effen zu. »Sie habe eine sehr direkte Art, mein Freund. Zugleich muß man zugestehen, daß Sie in bemerkenswert kurzer Zeit zu erstaunlich raschen Schlußfolgerungen gelangen. Zugegeben – ich war schon mehrere Male versucht, genau das zu tun, was Sie eben getan haben; aber spontane Gewalttätigkeit ist nicht unbedingt meine Stärke. Ich habe alles beobachtet. Ich kann nur sagen: nicht schlecht, wirklich nicht schlecht.« Darauf streckte er seine Hand aus und stelle sich vor. »Samuelson.«

»Danilow.« Sein Auftreten und seine Ausdrucksweise überzeugten van Effen davon, daß er vor dem Mann stand, in dessen Hand alle Fäden zusammenliefen. Am Abend zuvor hatte Samuelson so wenig gesprochen, daß sie hinsichtlich seines Herkunftslandes zu keinerlei Gewißheit gelangen konnten. De Graaf hatte ihn für einen Amerikaner irischer Abstammung gehalten. De Graaf, fand van Effen, hatte sich getäuscht. Dieser Mann war Amerikaner englischer Abstammung. Vielleicht war er sogar gebürtiger Engländer, hatte aber lange genug in den Staaten gelebt, um einen leicht amerikanischen Akzent anzunehmen. Van Effen deutete auf den am Boden liegenden Mann. »Tut mir leid, Mister Samuelson. In der Regel behandelt man das Personal seines Gastgebers nicht derart rabiat. Aber Sie werden zugeben müssen, daß man sich als Gast auch nicht mit einer Maschinenpistole konfrontiert sieht.«

»Ein berechtigter Einwand, Mister Danilow.« Wie Agnelli lächelte auch Samuelson viel und herzlich. »Ein Verstoß gegen die Grundregeln der Gastfreundschaft. Aber dergleichen wird in Zukunft nicht mehr vorkommen. Dafür haben Sie ja selbst bereits ausgiebig gesorgt. Alles in Ordnung, Romero?«

»Jawohl, Mister Samuelson. Es ist alles da, ganz nach Wunsch. Mister Danilow hat nicht zuviel versprochen.«

»Großartig. Auf Mister Danilow scheint offensichtlich Verlaß zu sein. Er hat etwas Professionelles. Aber treten Sie doch bitte ein! Wie konnte ich Sie bei diesem Wetter überhaupt so lange vor der Tür stehen lassen.« Er wandte sich Vasco zu. »Und auch Ihnen einen guten Abend, Herr Hauptmann. Ich dachte allerdings, Sie seien Leutnant.«

»Ich bin erst vor kurzem befördert worden«, krächzte Vasco heiser. »Entschuldigen Sie meine Stimme, ich bin etwas erkältet.«

Samuelsons Stimme klang ehrlich besorgt. »Ein heißer Grog wird Ihnen guttun.« Samuelson schien absolut nichts Ungewöhnliches daran zu finden, daß sich ein Hauptmann des Heeres in ihrer Gesellschaft befand. »Darf ich Ihnen die beiden Damen vorstellen, die bei uns zu Gast sind. Miß Meijer, Miß van Effen.«

Van Effen verneigte sich kurz. »Sind das die beiden, die heute morgen Schlagzeilen gemacht haben? Die Fotos haben ihnen kaum Gerechtigkeit widerfahren lassen.«

»Mister Danilow und seine Freunde zeigten sich um das Wohlergehen unserer Gäste sehr besorgt, Mister Samuelson«, warf Agnelli ein.

»Aber natürlich. Sie sind schließlich Landsleute. Es besteht jedoch nicht der geringste Anlaß zur Besorgnis. Wie Sie selbst sehen, erfreuen sich beide Damen bester Gesundheit.«

In dem Raum befanden sich noch fünf weitere Personen, ausnahmslos Männer. Zwei davon waren junge Männer vom Typ Joachims und Joops – junge, ernsthafte Intellektuelle. Die übrigen drei waren älter, kräftiger gebaut und sahen um einiges brutaler aus, was nicht unbedingt hieß, daß sie auch tatsächlich gefährlicher waren. Abgesehen davon, daß sie keine Sonnenbrillen trugen, glichen sie in auffallender Weise den Geheimdienstmännern, die den amerikanischen Präsidenten bewachen. Ihrem Äußeren haftete nichts Kriminelles an. Samuelson hatte offensichtlich nicht die Absicht, sie vorzustellen. Vielmehr verließen sie, wie auf ein geheimes Zeichen, das van Effen jedoch entgangen war, wortlos den Raum.

»Also gut.« Van Effen sah der Reihe nach Samuelson, Agnelli und Riordan an. »Ich weiß nicht, an wen von Ihnen ich mich nun wenden soll. Aber darum geht es wohl auch kaum. Wir haben die bestellte Ware geliefert – einer von uns ist gerade dabei, sich davon zu überzeugen, daß alles in funktionstüchtigem Zustand ist. Wenn ich Sie richtig verstanden habe, könnten Sie unter Umständen Wert auf unsere Dienste legen – oder auf unsere Sachkenntnis, wenn man es so nennen will. Aber wenn Sie uns nicht brauchen, haben wir keinen Grund, länger zu bleiben. Wir wollen uns schließlich niemandem aufdrängen.«

Samuelson lächelte. »Sie möchten also lieber gehen?«

Van Effen erwiderte sein Lächeln. »Ich glaube, Sie wissen recht gut, daß wir lieber bleiben möchten. Neugier ist ein Laster, aber ein verzeihliches. Es hat schon seinen Reiz, über den Verlauf der Ereignisse Bescheid zu wissen, ehe man in den Zeitungen darüber lesen kann.«

»Sie sollen auch bleiben«, entgegnete Samuelson. »Wir werden auf Ihren Sachverstand zurückgreifen müssen. Wir haben sogar schon Pläne, was Sie betrifft. Aber was würden Sie von einem *borreltje* halten? Leonardo?« Er wandte sich Agnellis Bruder zu, der eben mit Daniken den Raum betreten hatte. »Lassen Sie uns doch aus der Küche etwas heißes Wasser bringen.« Nun stand für van Effen eindeutig fest, daß Samuelson der Mann war, der hier das Sagen hatte. »Und etwas Honig. Schließlich müssen wir etwas gegen die Erkältung des Hauptmanns unternehmen. Kommen Sie, nehmen Sie Platz.«

Im offenen Kamin an der fensterlosen Rückwand brannte ein Feuer. Daran schloß sich eine runde Eichenholzbar an, die zwar klein, aber vorzüglich bestückt war. Während Samuelson hinter die Bar trat, sagte Riordan: »Sie werden entschuldigen, wenn ich mich Ihnen nicht anschließe.«

»Aber selbstverständlich, James, selbstverständlich.« Van Effen war etwas überrascht, daß Samuelson Riordan mit dem Vornamen ansprach – Riordan sah nicht aus wie jemand, der überhaupt einen hatte. Er nickte den übrigen Anwesenden zu und stieg eine Wendeltreppe hoch.

»Mister Riordan scheint nicht allzuviel von dem heidnischen Brauch zu halten, sich um die Stunde ein *borreltje* zu Gemüte zu führen?« bemerkte van Effen.

»Nicht, daß Mister Riordan etwas dagegen einzuwenden hätte. Er trinkt zwar nicht und raucht auch nicht. Aber er hat nichts dagegen, wenn andere es tun. Bei dieser Gelegenheit kann ich Ihnen auch gleich sagen – herausfinden werden Sie es früher oder später sowieso –, daß Mister Riordan um diese Zeit regelmäßig nach oben geht, um zu beten und zu meditieren. Er tut das mehrmals am Tag, und man kann einen Mann, der seinen Glauben so ernst nimmt, nur respektieren. Er ist ein sehr religiöser Mensch und darüber hinaus sogar ordinierter Priester seiner Kirche.«

»Ich muß sagen, Sie überraschen mich«, sagte van Effen. Und nach kurzem Nachdenken: »Nein, wenn ich es mir recht überlege, finde ich es doch nicht so überraschend. Immerhin hat der Reverend, möchte ich einmal sagen, für einige Aufregung unter den Nationen Europas gesorgt.«

»Sie dürfen über Mister Riordan nicht schlecht denken oder ihn gar unterschätzen.« Samuelson sprach in vollem Ernst. »Er ist ein Evangelist, ein Missionar, der sich ganz in den Dienst seiner Sendung stellt. Die Vorgänge in Nordirland erregen sein Mißfallen aufs äußerste, und er ist der Überzeugung, daß es eben Gottes Wille ist, wenn diesem Land nur durch Blutvergießen zum Frieden verholfen werden kann. Er schreckt – nach seinen eigenen Worten – nicht davor zurück, den Teufel mit den Mitteln des Teufels zu bekämpfen.«

»Und Sie unterstützen ihn?«

»Natürlich. Was täte ich sonst hier?«

Das wäre in der Tat interessant zu wissen, dachte van Effen; allerdings schienen ihm Ort und Zeit kaum gegeben, eine solche Frage zu stellen. Er setzte sich statt dessen auf einen der Barhocker und sah sich im Raum um.

Die beiden Mädchen unterhielten sich flüsternd. Die beiden Hocker am hinteren Ende der Bar hatten bereits Agnelli und Daniken in Beschlag genommen. Vasco, der im Raum umhergeschlendert war, um sich die Gemälde und die zahlreichen Antiquitäten anzusehen, kam nun ebenfalls an die Bar; er setzte sich neben Daniken und verwickelte ihn in ein heiseres Gespräch.

»Mister Samuelson.« Das war Julies Stimme. »Ich glaube, ich gehe auf mein Zimmer. Ich habe Kopfschmerzen.«

Van Effen trommelte gelangweilt mit seinen Fingern auf die Bar, als könnte ihn nichts aus der Ruhe bringen. Um seine innere Ruhe jedoch war es anders bestellt. Seine Pläne hätten einen argen Rückschlag erlitten, wenn sich die beiden Mädchen auf ihre Zimmer zurückzogen. Samuelson, der sich gerade hinter der Bar nach einigen Flaschen gebückt hatte, kam ihm jedoch zu Hilfe.

»Aber meine liebe Julie!« Wenn er nicht mit absoluter Sicherheit gewußt hätte, was Samuelson als nächstes sagen würde, hätte van Effen ihn vermutlich niedergeschlagen. »Wo denken Sie hin! Wozu haben wir schließlich diesen großartigen Tio Pepe. Die beste Medizin gegen Kopfschmerzen. Sie werden es mir doch nicht antun, auf Ihre Gesellschaft verzichten zu müssen?«

Genau das hätte sie sicher mit Vergnügen getan, aber offensichtlich schien es ihr angeraten, seinem Wunsch nachzukommen. Gefangene tendieren in der Regel dazu, den Anweisungen ihrer Wächter Folge zu leisten. Julie trat jedenfalls widerstrebend an die Bar und setzte sich neben ihren Bruder. Sie blickte ihn kurz an – wobei ihr Gesichtsausdruck keinen Zweifel daran ließ, was sie von solchen gewalttätigen Charakteren hielt, die in einem Nebensatz davon sprachen, wie man sich am besten unerwünschter Personen entledigte – und wandte dann den Blick von ihm ab. Unmittelbar darauf sah sie ihn erneut an – zum Glück nicht zu schnell. Irgend etwas hatte ihren rechten Schenkel berührt. Sie sah ihn mit einem leichten Stirnrunzeln an und senkte dann den Blick zu Boden. Im nächsten Augenblick wandte sie sich jedoch wieder von ihrem Nachbarn ab und machte eine kurze Bemerkung zu Annemarie, während Samuelsons Kopf erneut hinter der Bar verschwand. Sie ist einfach Klasse, dachte van Effen, einsame Klasse. Das sollte ihr mal einer nachmachen.

Mit einem freundlichen, wenn auch etwas gequälten Lächeln nahm sie aus Samuelsons Hand einen Sherry entgegen, nippte kurz daran, stellte das Glas ab, öffnete ihre Handtasche und holte Zigaretten und Feuerzeug heraus. Sie war wirklich großartig, dachte van Effen. Sie zündete sich eine Zigarette an, steckte die Zigarettenschachtel, nicht jedoch das Feuerzeug, in die Handtasche zurück und ließ dann ihre Hand so weit sinken, bis sie die von van Effen berührte. Gleichzeitig unterhielt sie sich weiter mit Annemarie und behielt unauffällig die übrigen Männer an der Bar im Auge. Einen Augenblick später befanden sich das Feuerzeug und der zusammengefaltete Zettel, der ein Stück zwischen van Effens Zeige- und Mittelfinger hervorstand, in ihrer Handtasche. Er hätte sie umarmen und küssen können und nahm sich vor, dies bei der ersten besten Gelegenheit ausgiebig nachzuholen. In der Zwischenzeit tat er genau das, was dem noch am nächsten gekommen wäre – er kippte sein *borreltje* in einem Zug hinunter. Er hatte dieses Zeug nie sonderlich gemocht, aber diesmal kam es ihm vor wie Nektar. Samuelson, ganz aufmerksamer Gastgeber, beeilte sich, ihm nachzuschenken, wofür ihm van Effen höflich dankte. Das zweite *borreltje* folgte dem ersten.

Julie verschloß die Tür ihres Zimmers hinter sich und holte den Zettel aus ihrer Handtasche. Annemarie beobachtete sie neugierig dabei.

»Was hast du denn da? Und warum zittern deine Hände so, Julie?«

»Einen Liebesbrief, den mir eben ein Verehrer an der Bar zugesteckt hat. Würde das deine Hände nicht auch zum Zittern bringen?« Sie strich das Papier glatt, so daß sie es gemeinsam lesen konnten. Der Text war mit der Maschine geschrieben – es war also nicht eine in letzter Sekunde hingekritzelte Nachricht.

»Entschuldigt mein Aussehen und den Akzent, aber ihr werdet verstehen, daß ich hier nicht in meinen normalen Kleidern herumlaufen und meine normale Stimme gebrauchen kann.

Der junge Hauptmann ist Vasco. Ihr werdet verstehen, weshalb er sich eine Erkältung zulegen mußte. Seine richtige Stimme hätte Annemarie vielleicht zu einer unüberlegten Reaktion hinreißen können. Außerdem wäre auch Agnelli unter Umständen etwas aufgefallen.

George ist auch bei uns. Ich konnte ihn aber nicht gleich zu Anfang hereinkommen lassen. Schließlich kann er sich nicht verkleiden; und was wäre gewesen, wenn ihr euch in eurer ersten Begeisterung auf ihn gestürzt und vor aller Augen umarmt hättet?

Ihr kennt uns nicht, und ihr wollt uns auch keinesfalls kennenlernen. Bleibt weg von uns, aber macht das nicht zu auffällig. Zeigt uns gegenüber genausoviel distanzierte Höflichkeit, wie sie jeder andere gewöhnliche Kriminelle zu erwarten hätte.

Unternehmt auf keinen Fall etwas auf eigene Faust. Die Männer dürften kaum eine Gefahr darstellen, aber nehmt euch vor den anderen Mäd-

chen in acht. Sie sind nicht auf den Kopf gefallen, und sie haben den hinterhältigen Verstand von Frauen.

Vernichtet diesen Zettel sofort. Ich liebe euch beide!«

»Und mit seiner Unterschrift«, frohlockte Julie. »Es ist unverkennbar seine Unterschrift.« Ihre Hände zitterten immer noch.

»Du hast ja gesagt, daß er kommen würde.« Annemaries Stimme bebte nicht weniger als Julies Hände.

»Ja, habe ich das nicht die ganze Zeit gesagt? So früh hätte ich ihn allerdings nicht erwartet. Aber was sollen wir jetzt tun – vor Erleichterung heulen?«

»Lieber nicht.« Annemarie schniefte bereits. »Diese Hinweise auf unsere Begeisterungsausbrüche und den hinterhältigen Verstand von Frauen hätte er sich allerdings sparen können.« Sie beobachtete Julie, wie sie den Zettel über dem Waschbecken anzündete und dann die Asche hinunterspülte. »Und? Was machen wir jetzt?«

»Feiern.«

»In der Bar?«

»Wo sonst?«

»Und wir werden sie total ignorieren.«

»Total.«

9

Die Scheune, die als Garage diente, war kalt und zugig. Außerdem war das Dach undicht; der Bau war sicher schon einige Jahre nicht mehr als Scheune benutzt worden. Die Luft war schwer vom Geruch modrigen Heus, obwohl davon keine Spur zu sehen war. Im Gegenteil: die Scheune war sauber und hell erleuchtet.

Neben dem dreckverspritzten Laster standen George und O'Brien gerade über eine Art Checkliste gebeugt, als van Effen eintrat. George blickte ihn über O'Briens Schulter hinweg an und hob fragend eine Augenbraue. Als Antwort nickte ihm van Effen kurz zu und fragte dann: »Seid ihr fertig?«

»Wir sind durch«, antwortete George. »Alles da und in einwandfreiem Zustand, denke ich.«

»Denkt er«, witzelte O'Brien. »Ich weiß nicht, wie oft er den ganzen Kram eigentlich noch überprüfen wollte. Ich habe mit Sicherheit noch nie so einen gründlichen Menschen gesehen.« Julie und Annemarie hatten, wie es van Effen erschienen war, eine halbe Ewigkeit gebraucht, bis sie endlich gegangen waren. »Dafür habe ich allerdings eine Menge über Sprengstoff gelernt – und vor allem übers Biertrinken.«

Sie schalteten das Licht aus, verriegelten das Tor – George steckte den Schlüssel mit einer Bemerkung, daß er erst eine Empfangsbestätigung sehen wollte, demonstrativ in seine Tasche – und betraten die Mühle. Julie und Annemarie saßen inzwischen wieder, jede mit einem kleinen Glas vor sich, an einem Tisch vor dem Kamin. Das war der Beweis dafür, daß sie seine Nachricht gelesen hatten. Zu seiner Zufriedenheit stellte er fest, daß die Mädchen ihr Eintreten mit unverhohlener Neugier registrierten. Es wäre in der Tat ungewöhnlich gewesen, wenn jemand beim ersten Anblick von Georges hünenhafter Gestalt nicht erstaunt gewesen wäre. Samuelson saß vor dem Kamin an einem anderen Tisch und nahm den Kopfhörer eines komplizierten Funkgeräts ab. Offensichtlich hatte es die FFF nicht nötig, beim Einkauf ihrer Ausrüstung auf den Preis zu achten.

»Alles in Ordnung?« fragte Samuelson.

»Alles in Ordnung«, entgegnete O'Brien. »Ich konnte George gerade noch davon abhalten, die Zündsätze mit den Zähnen zu testen. Sie haben sich da ein prächtiges Waffenarsenal zugelegt, Mister Samuelson.«

»Wenn Sie bitte hier unterschreiben würden.« George legte drei Ausfertigungen des Lieferscheins vor Samuelson auf den Tisch. Dieser unterzeichnete sie, womit endgültig feststand, daß er der Kopf der Organisation war, und gab die drei unterschriebenen Kopien lächelnd an George zurück, der ihm mit ernster Miene den Schlüssel für das Schloß des Garagentors aushändigte.

»Es ist wirklich ein Vergnügen, mit Ihnen Geschäfte zu machen, George. Wie hätten Sie das Geld denn gern ausbezahlt?«

»Das hat noch Zeit«, bremste ihn George. »Der Lieferschein ist nur ein Versprechen. Warten Sie ab, ob auch die Garantiebedingungen erfüllt werden – das heißt, ob das Zeug tatsächlich funktioniert.«

Samuelson lächelte erneut. »Ich dachte, in Geschäftskreisen wäre Barzahlung bei Lieferung üblich.«

»Nicht bei mir. Falls Sie sich jedoch entschließen sollten, von all dem keinen Gebrauch zu machen, würde ich Ihnen selbstverständlich sofort eine Rechnung ausstellen. Sie werden verstehen, daß ich den ganzen Kram schlecht wieder zurückgeben kann. Das gilt auch für den Fall, daß Sie unsere Dienste nicht weiter in Anspruch nehmen.«

»Wo denken Sie hin, George. Ich bin sicher, daß wir sowohl auf Ihre Lieferung wie auf Ihre Dineste zurückgreifen werden. Nun, meine Herren, wir werden jetzt etwas hören, das ...« Er brach ab und sah van Effen an, während er leicht gegen das Funkgerät klopfte. »Sie wissen, was das ist, oder nicht?«

»Ein Sender. RCA. Das beste Gerät seiner Art. Wenn Sie wollten, könnten Sie mit dem Ding bis zum Mond funken.«

»Zumindest liegt Amsterdam innerhalb seiner Reichweite. Mehr will ich gar nicht. Und zwar Helmut. Helmut Paderewski, dessen Bekanntschaft Sie meines Wissens bereits gemacht haben.«

»Allerdings. Ich habe mich schon die ganze Zeit gewundert, wo er wohl stecken mag.«

»Er ist sozusagen unsere Stimme in der Hauptstadt und hat die nötigen Vorkehrungen für die Bekanntgabe unserer letzten Ankündigung getroffen.« Er warf einen Blick auf die Wanduhr. »Sie wird in genau acht Minuten in Rundfunk und Fernsehen verlesen. Wir haben beschlossen, uns nicht weiter um die Presse zu kümmern. Es ist kaum eine Übertreibung, wenn ich sage, daß wir uns, was Publizität betrifft, keine Sorgen mehr zu machen brauchen. Ich kann mir vorstellen, daß Sie unsere Ankündigung recht interessant finden werden – genauer gesagt, unsere Ankündigungen. Glauben Sie nicht, Romero, daß wir sie vorher schon einweihen und ihre Nerven nicht unnötig auf die Folter spannen sollten? Zumal Mister Danilow doch den Wunsch geäußert hat, er wüßte ganz gern über gewisse Dinge Bescheid, bevor er darüber in der Zeitung liest oder im Radio davon hört.«

»Wenn Sie meinen – ich habe nichts dagegen einzuwenden.« Agnelli hatte sein strahlendstes Lächeln aufgesetzt. »Aber ich fände es doch reizvoller, wenn sie es im Fernsehen sähen. Müßte doch auch für uns interessant sein, die Reaktionen normaler holländischer Bürger auf unsere Ankündigungen unmittelbar mitzuerleben.«

»Also gut, warten wir. So wichtig ist das Ganze nun auch wieder nicht. Obwohl ich diese drei Herren nicht unbedingt als ganz normale holländische Durchschnittsbürger bezeichnen würde. Ah! Unser Nachschub ist eingetroffen.«

Die beiden Mädchen, die van Effen am Abend zuvor in dem Raum in der Nähe des Voorburgwal zum erstenmal gesehen hatte, betraten, beladen mit Einkaufstüten, den Raum. Ihnen folgte ein junger Mann, der mit dem riesigen Delikatessenkorb, den er trug, sichtlich Schwierigkeiten hatte.

»Willkommen«, begrüßte Samuelson sie salbungsvoll. »Eine erfolgreich abgeschlossene Expedition, wie ich sehe. Ach! Fast hätte ich vergessen, Sie miteinander bekannt zu machen. Mister Danilow kennen Sie bereits. Das ist George, und das ist der Herr Hauptmann, der seltsamerweise Leutnant genannt wird. Maria. Kathleen. Sie machen ein verdutztes Gesicht, Mister Danilow?«

»Das ist ja eine ganz schöne Menge Essen.«

»Das will ich meinen. Schließlich haben wir auch einige hungrige Mäuler zu stopfen.«

»Bis Utrecht ist es aber doch ziemlich weit.«

»Utrecht? Mein lieber Freund, wir kaufen im Dorf ein. Für die Geschäftsleute dort sind wir eine ausgezeichnete Kundschaft. Ach, jetzt verstehe ich, Sie denken dabei an die Wahrung der Anonymität.« Er lachte. »Romero, wenn Sie so freundlich wären.«

Romero führte van Effen zur Eingangstür, öffnete sie und deutete nach draußen. Vor der Treppe zur Veranda stand ein dunkelblauer Kombi. An seinen Seiten prangte in goldenen Lettern ein Emblem mit der Aufschrift *Golden Gate-Filmproduktion.*

»Keine schlechte Idee«, murmelte van Effen.

»Allerdings. Nicht unbedingt ein Name, der nationales Aufsehen erregen könnte; dafür sind wir jedoch in der näheren Umgebung hinreichend bekannt. Wir sind nun schon fast einen Monat hier. Zum Beispiel lassen wir ständig ein Kamerateam durch die Gegend fahren. Die Umgebung hier ist recht einsam, und wir bringen sozusagen etwas Farbe in das Leben der Leute. Bei der Anstellung von Hausangestellten gibt es keinerlei Probleme; wir zahlen gut und stehen als Arbeitgeber bereits weithin in gutem Ruf.«

»Man würde sogar noch mehr von Ihnen halten, wenn die Leute wüßten, daß dies hier wahrscheinlich das einzige Gebiet in ganz Holland ist, das vor Überschwemmungen sicher ist.«

»Das kommt noch dazu, natürlich.« Agnelli schien dieser Gedanke Vergnügen zu bereiten. »Wir drehen einen Kriegsfilm. Darauf hinzuweisen, erübrigt sich wohl von selbst. Daher der Hubschrauber. Wir mußten uns natürlich eine behördliche Genehmigung beschaffen, aber das war reine Formsache.«

»Ich habe mich schon gefragt, wie Sie das geschafft haben. Also, ich muß sagen, Sie haben wirklich Nerven.«

»Ich hatte da gerade eine Idee, was den neuen Laster betrifft. Wir brauchten ihn nur neu zu spritzen und könnten bedenkenlos damit in der Gegend herumfahren. Zu einem Kriegsfilm gehört doch ein Lastwagen der Armee, oder etwa nicht? Das ist doch eine absolut logische Schlußfolgerung?«

»Aber ja. Diese Idee konnte doch nur von Ihnen kommen?«

»Sie stammt von mir. Aber wieso sollte sie nur von mir sein?«

»Nun, Sie haben doch offensichtlich ein ganz besonderes Talent dafür, zwei Fliegen mit einer Klappe zu schlagen.«

Der Nachrichtensprecher im Fernsehen, in dunklem Anzug und Krawatte, mit prophetisch düsterem Gesichtsausdruck, erweckte den Eindruck, als wollte er gleich eine Grabrede halten.

»Wir haben soeben ein vorläufiges Kommuniqué aus London erhalten. Sein Inhalt lautet, daß die Verhandlungen über die holländische Krise fortgesetzt werden und daß binnen einer Stunde mit einem weiteren Kommuniqué zu rechnen ist.

Wie nicht anders zu erwarten, sind inzwischen weitere Verlautbarungen dieser terroristischen Organisation, die sich FFF nennt, bei uns eingegangen. Es handelt sich dabei nicht so sehr um Ankündigungen als vielmehr um Drohungen ernsthafterer Natur.

Die erste Verlautbarung besagt, daß die FFF bis Mitternacht eine Zusicherung darüber verlangt, daß noch vor morgen früh acht Uhr eine definitive Zusage bezüglich der Erfüllung ihrer Forderungen öffentlich bekanntgegeben wird. Falls ihnen bis Mitternacht diese Zusicherung nicht erteilt werden sollte, wird fünf Minuten nach Mitternacht der Oostelijk-Flevoland-Deich gesprengt. Die Bürger von Lelystad werden bereits jetzt angewiesen, die entsprechenden Vorkehrungen zu treffen. Falls sie dieser Aufforderung nicht nachkommen, lehnt die FFF jede Verantwortung für ihr weiteres Schicksal kategorisch ab.

In ihrer zweiten Verlautbarung kündigt die FFF an, daß sich eine Anzahl nuklearer Sprengkörper in ihrem Besitz befindet, die einzusetzten sie nicht zögern werden, sollte dies zur Erreichung ihrer Ziele erforderlich sein. Gleichzeitig beeilt die FFF sich jedoch hinzuzufügen, daß es sich bei diesen nuklearen Sprengkörpern nicht um Kampfwaffen vom Ausmaß einer Atom- oder Wasserstoffbombe handelt. Es handelt sich um taktische Gefechtswaffen, die per Flugzeug, Rakete oder Granate an ihr Ziel gelangen. Alle sind amerikanischen Ursprungs und stehen zum Teil noch auf der Liste der Geheimwaffen. Sie stammen ausnahmslos aus NATO-Stützpunkten in der Bundesrepublik Deutschland. Sie verfügen über die Seriennummern dieser Sprengkörper – sie sind in aller Deutlichkeit auf jedem einzelnen Exemplar angebracht – und die amerikanischen Streitkräfte in der Bundesrepublik Deutschland können bestätigen, daß besagte Kampfwaffen abgängig sind, selbstverständlich den Fall vorausgesetzt, die zuständigen Stellen erklären sich bereit, dies zu bestätigen.«

Darauf trat eine kurze Pause ein, in der der Nachrichtensprecher einen kurzen Blick auf ein Blatt Papier warf, das ihm eben von einem Studioangestellten übergeben worden war. Dem entsetzten Gesichtsausdruck dieses Mannes nach zu schließen, hatte er den Inhalt der Meldung bereits gelesen.

Van Effen sah sich im Raum um. Kein Nachrichtensprecher, stellte er fest, hatte die Aufmerksamkeit seiner Zuhörer je so nachhaltig auf sich gezogen. Die Gesichter von George und dem Leutnant waren ausdruckslos; nur ihre Augen wirkten auffallend starr. Julie und Annemarie machten einen sichtlich schockierten Eindruck. Kathleen und Maria lächelten; doch ihr Lächeln war halbherzig und von bösen Vorahnungen überschattet. Zweifelsohne hatten sie bereits gewußt, was sie eben noch einmal durch das Fernsehen bestätigt fanden; sie schienen es trotzdem nicht gern zu hören. Agnelli, O'Brien und Daniken wirkten nachdenklich und nicht unbedingt freudig erregt. Nur Samuelson genoß jeden einzelnen Augenblick der Durchsage. Zwar lächelte er immer noch, aber sein Lächeln war ohne jede Wärme; es war das Lächeln eines hungrigen Krokodils, das eben eine unachtsame Beute entdeckte.

»Wir haben eben«, fuhr der Sprecher fort, »eine weitere Nachricht der FFF erhalten. Sie erklären, sie könnten dieses Waffenpotential jederzeit zum Einsatz bringen, wenn sie es auch zum gegebenen Zeitpunkt wesentlich weniger aufwendig und sinnvoller fänden, lediglich durch eine kleine, harmlose Demonstration den Beweis zu erbringen, daß sie über nukleare Waffen verfügen. Dementsprechend beabsichtigen sie, am frühen Nachmittag des morgigen Tages einen solchen Sprengkörper im Ijsselmeer zu zünden. Die Sprengkraft wird ungefähr der Wirkung von tausend Tonnen TNT entsprechen.

Das genaue Ausmaß der dadurch entstehenden Flutwelle ist nicht genau vorherbestimmbar. Man verleiht der Hoffnung Ausdruck, daß den Bewohnern der Siedlungen an den Küsten des Ijsselmeers dadurch nicht allzu große Unannehmlichkeiten erwachsen. Unannehmlichkeiten!« Der Nachrichtensprecher spie das letzte Wort, das offensichtlich – zumindest in seiner Wiederholung – nicht in seinem Text stand, förmlich aus. »Der Zeitpunkt dieser Demonstration wurde ausdrücklich auf den Nachmittag angesetzt, damit die britischen Minister ausreichend Zeit haben, in die Niederlande zu fliegen und gemeinsam mit ihren holländischen Amtskollegen dieser Demonstration beizuwohnen. Ort und Zeitpunkt werden später noch genau bekanntgegeben. Der Sprengkörper, fügen sie hinzu, befindet sich bereits an Ort und Stelle.

Schließlich fordern sie eine gewisse Summe Geld. Dieses Geld, erklären sie, wird später zurückerstattet werden. Es handelt sich dabei nicht um ein Lösegeld oder erpreßtes Geld, sondern um einen kurzfristigen Kredit zur Deckung der laufenden Kosten. Die genaueren Details über die Zahlungsform werden noch heute abend bekanntgegeben. Bis dahin soll den in die Transaktion verwickelten Parteien Zeit gelassen werden, alle nötigen Schritte in die Wege zu leiten. Die Forderungen belaufen sich auf hundert Millionen Gulden von der Regierung und zwanzig Millionen von Mijnheer David Joseph Karlmann Meijer, einem Rotterdamer Großindustriellen.« Der Sprecher legte das Blatt beiseite. »Wir brauchen unsere Fernsehzuschauer wohl nicht eigens daran zu erinnern, daß Mijnheer Meijers Tochter Anne sich als Geisel in den Händen der Terroristen befindet.« Samuelson drückte auf einen Knopf vor sich, worauf das Bild erlosch.

»Ich sähe es lieber«, bedauerte Samuelson, »wenn sie uns nicht als ›Terroristen‹ bezeichnen würden. ›Menschenfreunde‹ wäre wesentlich angebrachter. Aber das mit den laufenden Kosten hat mir sehr gut gefallen. Anne, meine Liebe, setzen Sie sich doch wieder. Sie regen sich nur unnötig auf.«

Annemarie, deren Erregung nur allzu verständlich war, war von ihrem Sessel aufgesprungen. Mit blassem Gesicht, die Lippen aufeinandergepreßt, öffnete und schloß sie abwechselnd ihre Fäuste, bis die Knöchel weiß hervortraten.

»Sie Satan«, hauchte sie. »Sie widerlicher Satan.«

»Denken Sie wirklich so schlecht von mir, meine Liebe?« Mit einem Lächeln ließ er seine Blicke über die im Raum anwesenden Personen gleiten. Van Effen gehörte zu denen, die sein Lächeln erwiderten; schließlich gab es Zeugen. »Ich glaube, Sie täuschen sich in mir. Ich fühle mich als Wohltäter der Menschheit. Ich trete für eine gleichmäßige und gerechte Verteilung überschüssigen Reichtums ein. Außerdem handelt es sich, wie Sie selbst gehört haben, nur um einen kurzfristigen Kredit. Und sagen Sie mir nicht, für den reichsten Mann der Niederlande wäre diese Forderung zu hoch. Ich weiß über Ihren Vater recht genau Bescheid.«

»Sie Mörder«, entgegnete sie leise und ließ die Arme hängen. »Sie Mörder.« Tränen liefen ihr über die Wangen. Im selben Augenblick war Julie auch schon aufgesprungen, um dem Mädchen tröstend ihren Arm um die Schultern zu legen. »Wenn Sie schon so gut über meinen Vater Bescheid wissen, dann wissen Sie sicher auch, daß er in diesem Jahr bereits zwei schwere Herzinfarkte erlitten hat. Und Sie wissen genau, daß er nach seinem letzten Infarkt erst vor vier Tagen aus dem Krankenhaus entlassen worden ist. Sie haben ihn umgebracht.« Ihre Schultern bebten nicht weniger als ihre Stimme. »Sie haben ihn umgebracht.«

Samuelson hatte aufgehört zu lächeln. Mit einem Stirnrunzeln erklärte er: »Das habe ich nicht gewußt. So wahr mir Gott helfe, das habe ich nicht gewußt.« Ohne, wie es schien, auch nur einen Moment zu überlegen, griff er nach dem Kopfhörer seines Funkgeräts und drückte auf einen Knopf. Offensichtlich war der Funkkontakt fast unverzüglich zustande gekommen, da er sofort sehr hastig und überstürzt in das Mikrophon zu sprechen begann. Obwohl niemand die Sprache verstand, deren er sich dafür bediente, stand außer Zweifel, daß er Anweisungen erteilte. Nur George erriet anhand einiger Wörter, die er kannte, daß Samuelson jiddisch sprach. Samuelson nahm den Kopfhörer wieder ab, stand auf und ging hinter die Bar, wo er sich einen nicht gerade kleinen Brandy einschenkte, den er in wenigen Schlucken hinunterstürzte. Die Anwesenden beobachteten ihn nicht ohne Verwunderung, ohne daß jedoch einer von ihnen etwas dazu gesagt hätte. Auch van Effen erhob sich, ging an die Bar und schenkte ein Glas Brandy ein – genauer: zwei Gläser. Er brachte sie Anne und Julie, wartete, bis sie gehorsam daran genippt hatten, und nahm wieder Platz.

»Wirklich ein sauberer Haufen seid ihr, was Damen in Not betrifft.« Er blickte Agnelli an. »Und mit Ihren Drohungen sind Sie ja auch nicht gerade zurückhaltend.«

»Glauben Sie etwa, diese Drohungen wären nur so dahingesagt, Mister Danilow?« Agnelli schien nichts dagegen zu haben, etwas sagen zu dürfen; wie verschiedenen anderen im Raum anwesenden Personen war es auch ihm sichtlich unangenehm, Samuelson ansehen zu müssen, der sich gerade über seinen zweiten Brandy hermachte, ohne sich um die Umstehenden zu kümmern. »Ich kann Ihnen versichern, daß sie ausnahmslos in die Tat umgesetzt werden.«

»So viel kann man also auf Ihr Wort geben, Agnelli.«

»Ich verstehe nicht recht.«

»Dann müssen Sie aber ein verdammt schlechtes Gedächtnis haben. Wenn ich mich recht entsinne, haben Sie doch noch vor wenigen Stunden versprochen, daß keine Holländer zu Schaden kommen würden. Sie machen alle Bewohner von Lelystad darauf aufmerksam, sich entsprechend auf den Deichbruch vorzubereiten. Meine Güte, Mann, wie stellen Sie sich das eigentlich vor? Es ist stockdunkel draußen, außerdem gießt es in Strömen. Die Leute können doch nicht einmal sehen, was für Vorkehrungen sie zu treffen haben.«

»Dazu werden sie nicht viel zu sehen brauchen. Der Wasserstand wird an keiner Stelle einen halben Meter überschreiten. Wir haben genaue Erkundigungen eingezogen. Die meisten Häuser haben einen ersten Stock oder zumindest ein Dachgeschoß. Die Leute können ebenso im Erdgeschoß bleiben, wenn es ihnen nichts ausmacht, nasse Füße zu bekommen. Außerdem gibt es genügend Boote. Auch davon haben wir uns überzeugt. Diese Meldung sollte also vor allem einen gewissen Einschüchterungseffekt haben. Das sehen Sie doch ein?«

»Na ja, kann schon sein. Wo steckt übrigens der hochwürdige Reverend? Warum hat er sich das Ganze nicht im Fernsehen angesehen?«

Agnelli lächelte gequält. »Er hält das Fernsehen für ein Werk des Teufels. Womit er gar nicht einmal so unrecht haben könnte. Wie Sie selbst gesehen haben, ist er praktisch nicht von seinen Kopfhörern zu trennen. Unsere Ankündigung wurde gleichzeitig auch im Rundfunk durchgegeben.«

»Verfügen Sie eigentlich tatsächlich über diese Atomwaffen? Mir kommt das eher unwahrscheinlich vor.«

»Ich kann sie Ihnen zeigen, wenn Sie wollen.«

»Aha, so ist das also. Also würde dieser Mann des Friedens und des guten Willens nicht davor zurückschrecken, diese Waffen einzusetzen.«

»Sie haben doch gehört, was Mister Samuelson ihnen gesagt hat.«

Agnelli warf einen kurzen Blick zur Bar hinüber. Samuelson, der nach wie vor ins Leere starrte und dessen Haltung eine starke innere Anspannung ausdrückte, war gerade mit einem weiteren Brandy beschäftigt. »Mister Riordan ist stets bereit, mit den Waffen des Teufels gegen den Teufel zu kämpfen.«

»Zu so später Stunde erscheint es mir nicht unbedingt mehr angebracht, derlei bigotte und heuchlerische Platitüden auszutauschen. Wie haben Sie sie sich beschafft – ich meine, diese atomaren Kampfwaffen?«

»Sie haben es doch selbst gehört. Von der NATO. Aus Deutschland. Genauer: aus den dort befindlichen US-Stützpunkten.«

»Das habe ich natürlich gehört. Aber ich habe ja auch nicht gefragt, wo? Ich habe gefragt, wie?« Van Effen wandte seinen Blick kurz von Agnelli ab. »Ich weiß. Mit Hilfe der RAF, der Rote-Armee-Fraktion.«

»Ja, das hätte ich Ihnen auch gesagt; aber da Sie es sowieso schon wissen beziehungsweise geahnt haben – ja.«

»Mein Gott! Hochwürden da oben müssen tatsächlich über ein extrem dehnbares Gewissen verfügen. Mit der RAF arbeiten Sie also zusammen! Dabei hat er noch gestern abend, den Zeitungsberichten zufolge – korrigieren Sie mich bitte, wenn ich hier etwas Falsches sage – Verteidigungsminister Wieringa gegenüber erklärt, bei der RAF handle es sich um die Nachfolgeorganisation des harten Kerns der Baader-Meinhof-Bande. Der Gedanke, mit überführten Mördern verbündet zu sein, scheint Hochwürden wohl nicht im geringsten zu stören. Mein Gott, eigentlich hätte ich mir das gleich denken können. Es liegt ja höchstens ein paar Wochen zurück, daß in dieses Waffenlager der US Army bei Hannover eingebrochen wurde. Die Verantwortung dafür hat die RAF übernommen, und niemand hat an dieser Tatsache ernsthaft gezweifelt. Schließlich versteht sich die RAF recht gut auf derlei Aktionen, und die Amerikaner bewachen ihre Stützpunkte auch nicht gerade gut. Von atomaren Kampfwaffen war dabei zwar nicht die Rede, obwohl es durchaus im Stil der RAF gewesen wäre, dies groß auszuposaunen. Vielleicht haben sie das auch getan, nur hat die US Army beziehungsweise die amerikanische Regierung sofort dafür gesorgt, daß nichts davon an die Öffentlichkeit drang. Die Zahl der Atomwaffengegner in der Bundesrepublik ist nicht gerade gering. Aber jetzt stellen Sie sich vor, es würde bekannt, daß ein wilder Haufen von Terroristen über eine ganze Reihe atomarer Sprengköpfe verfügt!«

»Ihren Scharfsinn und Ihre Kombinationsgabe in allen Ehren, Mister Danilow, aber es ging einfach nicht anders. Woher hätten wir diese Waffen sonst nehmen sollen?«

»Und Ihre Informationen stammen selbstverständlich aus derselben Quelle wie Ihre atomaren Knallfrösche?«

»Woher sollten sie sonst stammen?«

»Joachim und Joop. Und diese anderen beiden milchgesichtigen Chorknaben, die sich hier herumgetrieben haben, als wir heute nachmittag in der Mühle ankamen.«

»Wer sonst?«

»Die Freizeitterroristen also, die nur nachts und an den Wochenenden aus ihren Löchern hervorkommen. Seit dieser Christian Klar zusammen mit seinen beiden sauberen Genossinnen verhaftet und des Mordes an verschiedenen Politikern, Staatsanwälten, Bankiers und Industriellen angeklagt wurde, sollen die restlichen Mitstreiter ihre Zelte abgebrochen und sich in die benachbarten Länder abgesetzt haben. Ich kann mir gut vorstellen, daß sich Holland als Exil geradezu aufgedrängt hat. Vermutlich fühlen diese Banditen sich hier wie zu Hause.« Van Effen dachte kurz nach und lächelte dann. »Auf der einen Seite die RAF, auf der anderen Ihre erpresserischen Forderungen an die holländische Regierung. Ist das nicht eine recht amüsante Vorstellung, Mister Agnelli, daß die holländische Regierung die RAF für die Lieferung von Atomwaffen bezahlt, die gegen die holländische Bevölkerung eingesetzt werden sollen?«

Agnelli fand keine Gelegenheit, seine Meinung dazu zu äußern, weil im selben Augenblick der Summer des RCA-Funkgeräts ertönte. Er setzte sich den Kopfhörer auf, meldete sich und wandte sich dann an Samuelson: »Für Sie, Mister Samuelson.«

Samuelson eilte auf ihn zu, nahm ihm den Kopfhörer ab, horchte kurz hinein und sagte dann: »Danke, Helmut, vielen Dank.« Er nahm den Kopfhörer ab und sah auf seine Uhr. »Vier Minuten noch. Ich gehe jetzt auf mein Zimmer, Romero, komme aber zum Abendessen wieder herunter. Das gilt auch für Mister Riordan. In vier Minuten wird im Fernsehen eine Meldung durchgegeben. Sehen Sie bitte zu, daß Sie sie nicht versäumen.« Auf dem Weg zur Treppe blieb er kurz an Annemaries Tisch stehen. »Es tut mir leid, Miß Meijer.« Kein »meine Liebe«, kein »Anne«. »Das habe ich nicht gewußt.«

Als dann die Durchsage kam – sie unterbrach eine angemessene, in Moll gehaltene Komposition von Händel, dargeboten vom Concertgebouw-Orchester –, entsprach sie ziemlich genau dem, was van Effen erwartet hatte. »Die terroristische Gruppe FFF«, verlas der Sprecher, »hat angekündigt, daß aus Gründen, die hier nicht weiter erläutert werden sollen, die Forderung über zwanzig Millionen Gulden an Mijnheer David Meijer zurückgezogen ist. Anne Meijer wird freigelassen, sobald sich dafür eine Gelegenheit bietet. Dementsprechend wurde die von der Regierung geforderte Summe auf hundertundzwanzig Millionen Gulden erhöht.«

Abgesehen von einem langsamen Kopfschütteln, das alles mögliche hätte bedeuten können, aber vermutlich nichts anderes als vollkommenes Unverständnis ausdrückte, zeigte Annemarie keinerlei Reaktion. Julie umarmte sie freudig. George klatschte seine mächtige Pranke auf van Effens Knie und sagte: »Na, mein Freund, was hältst du davon?«

»Nicht schlecht«, entgegnete van Effen. »Wirklich nicht schlecht, Aber nicht ganz fair gegenüber der Schwester dieses Polizisten. Sie sollten sie jetzt eigentlich auch laufen lassen.«

»Ich muß zugeben«, sagte van Effen, »daß es mir jetzt etwas schwerer fallen würde, ihn zu töten, wenn es sich als notwendig erweisen sollte – gesetzt den Fall natürlich, Samuelson hat sich bei dieser Entscheidung von menschlichen Beweggründen leiten lassen. Aber wir dürfen diesen Burschen nicht unterschätzen. Es ist nicht ausgeschlossen, daß er sich an die Zeiten zurückerinnert hat, als er noch auf dem Schoß seiner Mutter saß und brav seine Gebete aufsagte. Ebensogut ist es möglich, daß er ein noch hinterhältigerer und berechnenderer Halunke ist, als wir bisher angenommen haben.«

»Ich verstehe nicht recht, wie du das sagen kannst«, erwiderte Vasco. Sie gingen auf der Veranda auf und ab. Es war bitterkalt, und der Wind war zum Sturm angewachsen. Hier draußen waren sie relativ ungestört, während es drinnen unmöglich gewesen wäre, auch nur ein vertrauliches Wort zu wechseln. Über der Garage befand sich ein Dachgeschoß, das, wie in dieser Gegend üblich, nur über eine Treppe von außen zu erreichen war. Und dort hatten sie zwei Männer beobachtet: einer war nach oben gegangen und kurz darauf ein anderer nach unten gekommen. Offensichtlich stand hinter einem der Fenster im Dachgeschoß ein Wachposten, der bei dieser Gelegenheit abgelöst worden war. Vermutlich gab es auch in der anderen Scheune und womöglich sogar in der Mühle ähnliche Wachposten. Ob es ihre Aufgabe war, Mitglieder der Organisation daran zu hindern, sich abzusetzen, oder Fremden den Zutritt zum Hauptquartier der Gruppe zu verwehren, war nicht schlüssig zu erkennen. Fest stand nur, daß diese Bewachung höchst unauffällig durchgeführt wurde. In der Mühle waren schließlich Hausangestellte aus den umliegenden Dörfern beschäftigt, und auch nur der Verdacht, daß es auf dem Anwesen – selbstverständlich bewaffnete – Wachen gab, hätte der Vertrauenswürdigkeit der Golden-Gate-Filmproduktion erheblichen Abbruch getan.

»Ich gehe nicht nur so weit, zu sagen, daß er ein verdammt hintertriebener Halunke sein könnte«, fuhr van Effen in seinen Überlegungen fort. »Ich bin sicher, daß er das tatsächlich *ist.* Was für ein herzerweichender, rührender Anblick – dieser im Grunde seines Herzens hochanständige Mann, überwältigt von einem Anfall von Mitgefühl. Du kannst dich doch sicher noch an den Wortlaut des Kommuniqués erinnern. Anne Meijer soll freigelassen werden, sobald sich hierfür eine Gelegenheit bietet. Die Frage ist nur, wann sich diese Gelegenheit je bieten wird. Aber die Bevölkerung der Niederlande wird natürlich vor Rührung darüber fast zerfließen, daß dieser Mann nichts unversucht lassen wird, Annemarie wieder ihrer Familie zurückzugeben. Das wird ihm aber nicht möglich sein, ohne dadurch seine eigene Sicherheit und seine Pläne für die Zukunft ernsthaft zu gefährden. Aber er hat dieses Angebot gemacht. David Meijer, der vermutlich nicht ohne ein gewisses Maß an Intelligenz in den Besitz seiner Millionen, Milliarden oder was auch immer gelangt ist, weiß ganz genau, was auf dem Spiel steht, und daß seine Tochter nach wie vor als Geisel festgehalten wird. Der Druck auf ihn wird nur etwas subtiler ausgeübt, damit er auch ja seinen Einfluß auf die Regierung geltend macht, und dies natürlich so, wie es den Zielen und Zwecken der FFF förderlich erscheint. Die Regierung, auf deren Entscheidung es letzten Endes jedoch ankommt, ist die britische. Und auf die hat er keinerlei Einfluß. Er kann lediglich die holländische Regierung zwingen, die britische dahingehend zu beeinflussen, daß sie eine Entscheidung in seinem Sinn fällt.

Und stell dir erst mal vor, was passiert wäre, wenn David Meijer tatsächlich gestorben wäre, während seine Tochter sich in den Händen der FFF befand. Das ist zwar unwahrscheinlich, aber darum geht es nicht. Die Leute sind doch, wenn nicht gerade sträflich gutgläubig, so doch hoffnungslos sentimental. An gebrochenem Herzen zu sterben – das hat noch nie seine Wirkung verfehlt. Sicher stirbt ab und zu jemand an gebrochenem Herzen, aber so etwas dauert in der Regel Monate, wenn nicht Jahre, und geschieht mit Sicherheit nicht über Nacht. Aber das steht hier gar nicht zur Debatte. Falls Meijer tatsächlich gestorben wäre, hätte die FFF mit schärfster Abneigung und intensivem Abscheu der Bevölkerung rechnen müssen. Der Widerstand hätte sich in der Folge verhärtet, der Durchschnittsbürger auf der Straße hätte Dinge geäußert wie: ›Zum Teufel mit diesen kaltblütigen, rücksichtslosen und mordgierigen Ungeheuern. Wir dürfen auf keinen Fall klein beigeben. Sollen die doch sehen, was sie uns anhaben können, und ob wir letzten Endes nicht doch am längeren Hebel sitzen.‹ Und das wäre doch so ziemlich das letzte, was Samuelson und Co. erreichen möchten.

Um noch einmal auf das Kommuniqué zurückzukommen: man beachte die noble, großzügige Art, in der auf die Nennung der Gründe für diese selbstlose Entscheidung verzichtet wird. Ich wußte zwar nicht, daß David Meijer mit seinem Herzen Probleme hat, aber es könnte durchaus sein, daß es allgemein bekannt ist. Und wenn es nicht so sein sollte, möchte ich wetten, daß sich das in Kürze ändern wird. Paderewski – Samuelson hat ihn so schön ›unsere Stimme in Amsterdam‹ genannt – wird mit Sicherheit dafür sorgen, daß dies und noch einiges mehr, was in Samuelsons Interesse liegt, allgemein bekannt wird. Funk und Presse werden anonym und diskret informiert werden, daß David Meijers Gesundheitszustand Anlaß zur Besorgnis gibt – was sich schnellstens überprüfen läßt –, und dann werden diskrete Andeutungen gemacht, daß seine entzückende Tochter um Schonung seines Lebens gefleht hat. Für die Presse wäre das doch das gefundene Fressen. Sie könnten den sogenannten ›menschlichen Aspekt‹ ins Spiel bringen und Hunderttausende zu Tränen rühren. Entsprechend verpackt, wird das alles nur Wasser auf Samuelsons Mühle sein und ihm in der öffentlichen Meinung zwar nicht gerade zu einem Heiligenschein verhelfen, den Grad seiner Beliebtheit aber doch beträchtlich heben. Einerlei, was er bis dahin getan oder womit er gedroht haben wird, die Öffentlichkeit wird hinter ihm stehen und ein Eingehen auf seine Forderungen eher befürworten. Wer könnte schließlich schon einem bekehrten Sünder widerstehen, einem Ganoven mit einem goldenen Herzen. Hoch lebe der Robin Hood von Amsterdam.«

»Du hast völlig recht«, schaltete sich George ein. »Im Gegensatz zu euch beiden verstehe ich nämlich etwas Jiddisch. Nicht gerade viel, aber es reicht. Ich habe mich schon die ganze Zeit gewundert, was für sinnlose Anweisungen er diesem Paderewski in Amsterdam durchgegeben hat. Aber jetzt wundert mich das nicht mehr. Jetzt fange ich an, zu verstehen.«

»Nicht zuletzt spielt auch noch die Ehrfurcht der Holländer vor dem Gulden mit. Was, werden die Leute sagen, kann man schon gegen einen Mann vorbringen, der, ohne mit der Wimper zu zucken, auf zwanzig Millionen Gulden verzichtet – die Frage, ob er diese Summe überhaupt bekommen hätte, interessiert hier niemanden –, nur weil in den Augen eines entzückenden jungen Mädchens Tränen stehen. Zugegeben, er hat die zwanzig Millionen der Regierung auf die Rechnung geschlagen, aber wen kümmert es schon, wenn eine Regierung ausgenommen wird? Glaubst du wirklich immer noch, Vasco, daß sich Samuelson von menschlichen Beweggründen hat leiten lassen?«

»So betrachtet, muß ich allerdings zugeben, daß ich das für höchst unwahrscheinlich halte. Er muß wirklich ein gerissener und hintertriebener Bursche sein; du hast mich davon überzeugt. Nur schade, daß dich eben nicht auch die restlichen vierzehn Millionen holländischen Staatsbürger hören konnten. Inzwischen bin ich sogar davon überzeugt, daß sie zu unserem Leidwesen genau an der gegenteiligen Meinung festhalten werden.«

»Nicht alle. Laß ihnen ein bißchen Zeit; einige werden auch von selbst darauf kommen. Aber das gilt nicht für die breite Mehrheit. Und genau das ist es, was ich an Samuelson so beängstigend finde. Selbst ich habe eine Weile gebraucht, um seine Winkelzüge zu durchschauen, und ich stehe hier mitten im Zentrum des Geschehens. Dieser Samuelson muß ein Hirn wie ein Computer haben. Er hat diese Entscheidung völlig aus dem Stegreif getroffen, binnen weniger Sekunden. Das Ganze schien mehr oder weniger spontan und automatisch, obwohl es das keineswegs war. Dieser Mann ist wirklich sehr klug, was ihn nur um so gefährlicher macht. Wir werden verdammt auf der Hut sein müssen, wenn wir es mit ihm aufnehmen wollen.«

»Demnach ist er also eindeutig die Schlüsselfigur?« warf George ein. »Es muß doch Tausende von Dollars kosten, diese Organisation am Leben zu erhalten – vielleicht sogar Zehntausende. Agnellis finanzielle Möglichkeiten überschreiten das doch auf alle Fälle, und Riordan sieht auch nicht gerade so aus, als wäre er gewohnt, mit solchen Summen umzugehen.«

»Der Geldgeber ist zweifellos Samuelson.«

»Schade, daß es uns nicht möglich ist, bei Interpol ein paar Erkundigungen über diesen Gentleman einzuziehen.«

»Ich glaube nicht, daß uns das weiterbringen würde. Falls der Bursche wirklich so clever ist, wie ich denke, hat Interpol sicher noch nie von ihm gehört. Interpol hat nicht die geringste Ahnung, wer die internationalen Topverbrecher sind. Und gerade deshalb sind diese Leute echte Profis. Möglicherweise hat dieser Samuelson nicht einmal eine kriminelle Vergangenheit – ich meine damit nicht nur, daß er kein Vorstrafenregister hat. Das hat er mit Sicherheit nicht. Aber vielleicht nicht einmal eine kriminelle Vergangenheit. Er könnte sogar tatsächlich genau das sein, wofür Onkel Arthur ihn gehalten hat – ein aufgeblasener Plutokrat, ein Mann, der sich seinen Reichtum auf völlig legale Weise beispielsweise mit Öl oder als Reeder erworben hat.«

»In diesem Fall hätten wir aber sicher schon mal von ihm gehört.«

»Wir könnten sehr wohl schon von ihm gehört haben – aber unter einem anderen Namen. Vielleicht gibt es nicht einmal ein Foto von ihm. Bekanntlich existieren von einigen der reichsten Männer der Welt keine Fotos.«

»Wenn er wirklich so reich ist, wie wir denken«, wandte George ein, »warum versucht er dann, sich aus anderen Quellen Geld zu beschaffen?«

»Das ist reine Show. Ich bin überzeugt, daß Samuelson weder Geld will noch braucht. Aber ich kann mir gut vorstellen, daß er seinen Partnern weisgemacht hat, daß ihm das Geld ausgeht. Er sorgt dafür, daß sich plötzlich alles ums Geld dreht – aber nur, um von dem Umstand abzulenken, daß Geld für ihn nicht die geringste Rolle spielt und seine Interessen ganz woanders liegen. Agnelli macht kein Geheimnis daraus, daß ihm sehr viel am schnöden Mammon gelegen ist, und so versucht Samuelson vielleicht, ihn auf diese Weise bei Laune zu halten. Schließlich hat er einen recht umfangreichen Mitarbeiterstab bei der Stange zu halten, und die meisten seiner Leute werden darauf bedacht sein, daß auch die finanzielle Seite nicht außer acht gelassen wird. Uns scheint er ganz offensichtlich sehr notwendig zu brauchen – wozu, wissen wir im Augenblick noch nicht, es kann auch gut sein, daß unsere Anstellung lediglich auf Honorarbasis beruht – und wir brauchen auch Geld. Und vor allem muß natürlich Riordan bei Laune gehalten werden, denn auch der gute Riordan ist auf den schnöden Mammon angewiesen, um seine edlen Ziele in die Tat umzusetzen.«

»Schnöder Mammon für edle Ziele«, bemerkte George. »Das ist ein Widerspruch in sich. Mit dieser irisch-amerikanischen Allianz hat es schon eine spezielle Bewandtnis. Wir wissen, daß es zum Beispiel Leute gibt, die mit Heroin dealen, um den Gewinn dann für eine sogenannte gute Sache zu spenden. Die Welt mit Scheuklappen sehen nennt man doch so etwas, oder nicht?«

»Du kannst es nennen, wie du willst; wir müssen jedenfalls sehen, wie wir damit zurechtkommen.«

»Und? Hat der gute Onkel Doktor schon eine Idee, wie wir dieser Krankheit zu Leibe rücken können?« Trotz seiner hünenhaften Gestalt zitterte George in dem eisigen Wind. »Ist dir schon ein wirksames Heilmittel eingefallen, eine gute Medizin?«

»Ich glaube, mit Medikamenten läßt sich in diesem Stadium nichts mehr erreichen.«

»Du schlägst einen chirurgischen Eingriff vor? Aber ich weiß nicht mal, wie man ein Skalpell in die Hand nimmt.«

»Das ist auch gar nicht nötig. Im Gegenteil, für einen chirurgischen Eingriff besteht, um beim medizinischen Fachjargon zu bleiben, eine eindeutige Kontraindikation.«

George räusperte sich behutsam, was angesichts des tobenden Sturms nicht gerade einfach war. »Du hast wohl plötzlich eine bisher ungekannte Rücksichtnahme für das Wohlergehen von Menschen entwickelt, die auch vor Mord nicht zurückschrecken? Es handelt sich hier doch immerhin um Leute, die nicht zögern würden, weiß Gott wie viele unserer Landsleute in den Fluten umkommen zu lassen?«

»Von Gesinnungswandel ist nicht die Rede, George. Ich weiß zwar, daß sie hier ein recht umfangreiches Kontingent an Gorillas und schießwütigen Psychopathen haben, aber würdest du ernsthaft bezweifeln, daß wir Riordan, Samuelson und Agnelli nicht trotzdem erledigen und die Mädchen unverletzt von hier fortschaffen könnten?«

»Ich weiß, daß wir das schaffen würden, und nehme meine idiotische Behauptung über deinen Sinneswandel zurück. Ich würde eher sagen, daß du noch unerbittlicher geworden bist.«

Vascos Gesichtsausdruck spiegelte nicht unbedingt Erschütterung wider, aber doch ein gewisses Maß an Besorgnis und Zweifel.

»Aber du bist doch Polizist, Peter – äh, Stephan. Du hast doch geschworen, für die Wahrung des Gesetzes einzutreten. Ich meine, wir sollten ihnen einen fairen Prozeß machen und sie am nächsten Morgen aufknpüfen.«

»Ich bin mein eigener Gerichtshof, und ich würde sie wie tollwütige Hunde abknallen, wenn ich das Gefühl hätte, daß das Problem damit gelöst wäre. Aber das ist leider nicht der Fall. Aus zwei Gründen – einem psychologischen und einem praktischen. Der psychologische – reine Neugier, wenn ihr es so wollt. Ich bin keineswegs davon überzeugt, daß es sich bei diesen dreien um Verbrecher im herkömmlichen Sinn handelt. Ich bin auch nicht davon überzeugt, daß Romero Agnelli der rücksichtslose und brutale Killer ist, für den wir ihn halten. Er weist keinerlei Ähnlichkeit mit seinen beiden Brüdern auf, die ich hinter Gitter gebracht habe; die beiden waren wirklich hochgradige Sadisten. Dafür spricht eindeutig der Umstand, daß er Julie und Annemarie bis jetzt noch kein Haar gekrümmt hat. Oder nehmt Riordan. Er ist auf keinen Fall ein Psychopath. Zugegeben, er mag etwas verschroben und eigenartig erscheinen; außerdem hat er einen gewissen Hang zum Demagogen, der allerdings nur gelegentlich zum Ausbruch kommt. Aber ein gewisses Maß an Verschrobenheit reicht noch lange nicht aus, um als geistesgestört zu gelten. Es gibt nicht wenige Leute, die man in Nervenheilanstalten aus dem Verkehr gezogen hat – offiziell wird das natürlich etwas dezenter ausgedrückt – und die vollkommen davon überzeugt sind, daß sie die einzigen normalen Menschen auf der Welt sind und daß es eine ganze Menge Leute gibt, nämlich diejenigen, die für Krieg, Hunger, Seuchen, Völkermord, Drogenhandel und die Möglichkeit einer atomaren Vernichtung der Welt verantwortlich sind, ganz zu schweigen von verschiedenen anderen Belanglosigkeiten – diese Leute sind also überzeugt, daß genau diese Herren ihren Platz einnehmen sollten. Und wer könnte schließlich behaupten, daß sie damit völlig falsch liegen?«

»Aber dann hätten wir doch noch den Vorwurf der Demagogie.«

»Dema . . . was?« fragte Vasco.

»Leute, die sich voll für die Durchsetzung einer Idee engagieren. Das Wort Demagogie ist in letzter Zeit eher in Verruf geraten, da es automatisch mit Männern wie Hitler, Mussolini und anderen Diktatoren in Verbindung gebracht wird. Aber es gibt gute wie schlechte Demagogen. Ursprünglich waren damit nur Leute gemeint, die sich gegen eine etablierte Rechtsstaatlichkeit auflehnen – in der Regel gegen eine ungerechte. Man könnte auch Jesus als einen Demagogen bezeichnen. Zugegebenermaßen würde ich Riordan zwar nicht unbedingt der Heiligen Dreifaltigkeit zurechnen, aber ich halte ihn für einen aufrichtigen und integren Demagogen, wie irregleitet er auch sein mag. Ich halte ihn zumindest nicht für böse. Die eigentlich rätselhafte Figur ist Samuelson. Wußtet ihr übrigens, daß er Engländer ist?«

Beide Männer schüttelten den Kopf.

»Doch, er ist Engländer. Ein reicher Mann. Offensichtlich außergewöhnlich reich. Natürlich unterliegen auch reiche Männer dem Zwang, noch reicher werden zu wollen, aber irgendwann ist diesem Bedürfnis eine Grenze gesetzt, und Samuelson hat meiner Meinung nach diese Grenze erreicht. Ein so vernünftiger und ausgeglichener Mann, wie man sich das nur vorstellen kann. Aber unter dieser dünnen Oberfläche von Bonhomie und Freundlichkeit steckt ein Besessener. Ich würde nur gern wissen, was diesen Mann antreibt, was seine Motvie sind. Was haltet ihr übrigens von Kathleen?«

Beide Männer starrten ihn eine Weile an, bis George schließlich sagte: »Moment mal.« Er verschwand nach drinnen und kam kurz darauf mit drei großen Gläsern Brandy zurück. »Falls wir uns hier weiter bei sibirischen Temperaturen unterhalten wollen – aber jetzt zurück zu Kathleen, was soll mit ihr sein?«

»Was habt ihr für einen Eindruck von ihr?«

»Wir kennen sie doch kaum«, entgegnete George. »Ein entzückendes junges Ding, natürlich. Was sonst?«

»Du und die Auswüchse deiner Midlife-crisis. Und was ist mit dir, Vasco?«

»Ich bin einer Meinung mit George. Ich habe noch nie . . .« Er brach mitten im Satz ab. »Sie macht einen sehr netten und sympathischen Eindruck und . . .«

»Eine hervorragende Schauspielerin? Eine erfahrene Spionin?« Vasco wußte darauf nichts zu erwidern. »Das weibliche Gegenstück zu dem freundlich lächelnden Herrn mit dem Dolch im Gewande?«

»Nein!« erhob Vasco Einspruch.

»Tatsächlich nicht«, stimmte ihm van Effen zu. »Als sie heute abend die Durchsage im Fernsehen anhörte, hast du sie beobachtet. Nicht, daß ich dir das zum Vorwurf machen würde, sie ist wirklich eine Augenweide. Aber das ist nicht der Grund, weshalb du sie beobachtet hast. Übrigens würdest du, wie ich finde, einen großartigen Polizeipsychologen abgeben; selbstverständlich unter den wachsamen Augen von George, den ich davon zu überzeugen hoffe, daß er als Gastronom eindeutig seinen Beruf verfehlt hat.«

»Was?« George starrte ihn an, als hätte er den Verstand verloren.

»Aber sicher hast du den Beruf verfehlt. Das La Caracha kannst du natürlich behalten. Schließlich ist Annelise die beste Köchin von ganz Amsterdam, aber um den Leuten das Essen zu servieren, könntest du doch genausogut ein paar Ganoven, vorzugsweise entlassene Sträflinge, anstellen. Aber das nur so nebenbei. Was haben dir ihre Augen verraten, Vasco?«

»Ihre Augen?« Vasco machte ein verdutztes Gesicht.

»Kathleens. Du hast doch auf ihre Augen geachtet, nicht auf ihr Gesicht.«

»Woher wußtest du ...«

»Es geht eben nichts über eine langjährige Praxis. Was hast du also gesehen? Angst, Besorgnis?«

»Ja, etwas in der Art. Sie fühlte sich eindeutig nicht wohl in ihrer Haut. Sie war nervös. Komischerweise war sie das auch schon, bevor die Durchsage im Fernsehen kam. Sie wußte vorher, was dann bekanntgegeben wurde, oder zumindest glaubte sie bereits zu wissen, was bekanntgegeben würde. Und offensichtlich war sie damit nicht im geringsten einverstanden.«

»Also noch eine Person, unter deren scheinbar glatter Oberfläche nicht unbedingt alles so friedlich ist, wie man auf den ersten Blick meinen könnte«, nickte van Effen.

»Auch ich könnte eurer schönen Liste noch jemanden hinzufügen«, meldete sich George zu Wort. »Und zwar Maria Agnelli. Sie hat sich geradezu zwanghaft die Lippen geleckt. Wir alle haben schon Leute gesehen, die sich in sadistischer Vorfreude die Lippen geleckt haben, nur deren Lippen haben dann nicht so sichtbar gezittert. Sie schien von bösen Vorahnungen geplagt – oder auch von Entsetzen.«

»Das ist mir völlig entgangen«, bemerkte van Effen.

»Na ja, schließlich haben wir alle nur zwei Augen«, tröstete ihn George. »Andererseits hätte auch schon ein halbes Auge ausgereicht, um festzustellen, daß Samuelson jede Sekunde der Durchsage regelrecht genossen hat. Wir haben also drei Personen, die den Eindruck erwecken, als würden sie in ihrem Handeln von irgendwelchen noch nicht näher zu definierenden Antrieben bestimmt, wobei einer von diesen dreien, nämlich Samuelson, gleichzeitig selbst eine treibende Kraft darstellt. Man könnte fast sagen, das Gleis, aus dem auszubrechen ihnen unmöglich erscheint, führt geradewegs in die Hölle, und zwar über einen verdammt steilen Bergabhang mit gefährlichen Haarnadelkurven. Und die beiden Mädchen haben ganz offensichtlich Angst, sie könnten in der nächsten Kurve entgleisen.«

»Könntet ihr vielleicht etwas langsamer machen, damit ich auch noch mitkomme«, beschwerte sich Vasco. »Ihr tut so, als wären diese beiden Mädchen relativ harmlos, ja sogar sympathisch. Joop und Joachim und die beiden anderen Jünglinge hier sind doch mit Sicherheit alles andere als ein paar nette, sympathische Jungen.«

»In diesem Punkt wären sie gewiß anderer Meinung«, widersprach van Effen. »Sie halten sich bestimmt für Garanten der Zukunft, die für die Schaffung einer gerechteren und besseren Welt kämpfen. Es ist auf den blinden Wahnsinn dieser irregeleiteten Welt zurückzuführen, daß sie zur Erreichung ihrer hehren Ziele auf gewöhnlichen Mord und die Anwendung nuklearer Kampfwaffen zurückgreifen müssen.«

»Aber die beiden Mädchen sind doch ihre Genossinnen und Verbündeten«, beharrte Vasco. Er klang sehr bitter. »Oder wollt ihr vielleicht behaupten, ihr könntet sie aus diesem Hexenkessel aus Mord, Terror, Erpressung, Aufruhr und Diebstahl herausholen, und sie würden vor euch stehen, unschuldig wie ein neuer Tag?«

»Vielleicht, wenn man den Ruß abkehren würde – oder die Tarnfarbe. Ein bißchen Nötigung hier, ein bißchen Erpressung da, dazu mißbrauchte Liebe, mißbrauchte Treue, ein leicht angeschlagener Ehrenkodex, falsche Sentimentalität und eine kluge Mischung aus Wahrheit und Lügen.«

»›Hinters Licht geführt‹ ist wohl das Wort, nach dem du suchst«, meinte George. »Aber man kann wohl kaum davon sprechen, sie hätten nur jemanden hinters Licht führen wollen, als sie Julie entführt haben.«

»Das finde ich schon. Sie wollten mir den Wind aus den Segeln nehmen; aber das war nur ihre vordergründige Absicht. Romero Agnelli wäre nie von selbst auf diese Idee gekommen, und ich kann mir gut vorstellen, daß er schon Schwierigkeiten hätte, eine Fliege zu erschlagen, geschweige denn, meiner Schwester etwas anzutun. Die Anweisungen kamen von seinen Brüdern Giuseppe und Orlando, diesem reizenden Duo, das ich vor Jahren hinter Gitter gebracht habe.«

»Aber die beiden sitzen doch im Gefängnis.«

Van Effen seufzte. »Vasco! Einige der mächtigsten und einflußreichsten kriminellen Organisationen werden von Männern geleitet, die vorübergehend in den Hochsicherheitstrakts der verschiedensten Gefängnisse sitzen – in Palermo, Cagliari, Ajaccio, Marseille oder einem halben Dutzend Städten in den Vereinigten Staaten, ja sogar in London, Amsterdam und Neapel. Da sitzen viele Herren der Unterwelt – Herren, im wahrsten Sinn des Wortes, über Leben und Tod – in ihren Gefängniszellen. Es waren Romeros Brüder, die den Befehl erteilt haben, die Drohbriefe an mich abzuschicken und Julie zu kidnappen. Aber sie haben es nicht auf Julie abgesehen. Sonderbarerweise richtet sich der Groll eingesperrter Krimineller in der Regel nicht gegen die Polizisten, die sie gefaßt haben; die bedauernswerten Opfer ihres Hasses sind vielmehr die Richter, die sie verurteilt haben. Italien ist ein klassisches Beispiel dafür.«

»Wenn sie es weder auf dich noch auf Julie abgesehen haben«, sagte George nachdenklich, als spräche er zu sich selbst, »dann sagt mir mein überragender Verstand, daß sie es auf etwas anderes abgesehen haben müssen. Und dann stelle man sich noch vor, daß Samuelson die Frechheit hatte zu behaupten, Riordan hätte sich damit abgefunden, den Teufel mit den Mitteln des Teufels zu bekämpfen.«

»Weil gerade vom Teufel die Rede ist«, schaltete sich Vasco ein. »Von welchem Teufel sprecht ihr beide eigentlich?«

»Vom Teufel eben«, zuckte George mit den Achsenln. »Oder auch von mehreren Teufeln. Ob das Land unter Wasser gesetzt wird oder nicht, wird möglicherweise zum Teil auch davon abhängen, ob die beiden netten Brüder Romeros aus dem Gefängnis entlassen und vielleicht sogar, Gott steh uns bei, offiziell begnadigt werden.«

Darauf trat eine kurze Pause in ihrer Unterhaltung ein, in der George nach drinnen ging, um prophylaktisch Medizin gegen Lungenentzündung zu holen. Als er wieder auf die Veranda kam, sagte van Effen: »Soviel also zur Theorie. Ich würde sagen, damit wäre – bis auf Samuelsons letztes Ziel – so ziemlich alles klar. Dieses Ziel liegt nach wie vor im dunkeln. Doch jetzt zum praktischen Teil der Übung, der im übrigen nicht allzuviel Zeit in Anspruch nehmen dürfte, da unsere Möglichkeiten begrenzt sind und es außerdem verdammt kalt ist.

Wir sind uns einig, daß der Zeitpunkt noch nicht gekommen ist, mit den drei Drahtziehern abzurechnen. Dafür gibt es noch andere Gründe. Samuelson muß nicht unbedingt der oberste Kopf der Organisation sein, obwohl ich überzeugt bin, daß er es ist. Dennoch könnte es noch andere geben. Er muß irgend jemanden in der Nähe des Ijsselmeers postiert haben, der den Atomsprengkopf hochgehen läßt. Unklugerweise haben sie uns außerdem erzählt, daß dies nur ihr vorübergehendes Hauptquartier ist. Ihr Hauptstützpunkt befindet sich also anderswo, und von dort aus werden sie auch zu ihrem letzten Schlag ausholen. Wir müssen herausfinden, wo das ist, und folglich müssen wir das Spiel bis auf weiteres mitspielen.

Ich gehe inzwischen davon aus, daß sie die Deiche im Norden und Süden von Lelystad sprengen und den Osten und Süden von Flevoland kurz nach Mitternacht überfluten werden. Die Briten werden versuchen, Zeit zu gewinnen, und das Handtuch erst werfen, wenn die Lage wirklich ernst wird. Mit ein wenig Glück werden wir keine Menschenleben zu beklagen haben. Was allerdings den Viehbestand in dieser Gegend betrifft – daran möchte ich lieber gar nicht erst denken. Der Atomsprengkopf, der morgen nachmittag im Ijsselmeer gezündet werden soll, stellt eine wesentlich ernsthaftere Bedrohung dar. Ich schätze, daß sie dafür die Markerwaard ausgesucht haben, und ich muß sagen, daß ich nicht gerade erpicht darauf wäre, morgen nachmittag in der Nähe von Marken oder Volendam zu sein. So eine Flutwelle kann höchst unangenehm werden, vor allem, wenn man nicht weiß, wie hoch sie ist. Vielleicht bekommt man sogar in Hoorn und Amsterdam etwas davon zu spüren, obwohl ich das bezweifle. Schließlich ist das Ganze nur als eine Art Entscheidungshilfe für die britische Regierung gedacht. Der große Knall folgt erst später, wenn man in Betracht zieht, daß das Wetter nach dem nächsten Höchststand der Flut nur noch schlechter werden kann. Oder nach dem übernächsten. Außerdem wird sich alles auf jeden Fall bei Tageslicht abspielen.«

»Wieso bei Tageslicht?« fragte Vasco.

»Glaubst du, die haben diesen Hubschrauber nur, um einen imaginären Film zu drehen? Sie wollen damit Stellen erreichen, die auf dem Landweg unzugänglich sind. Vielleicht eine Insel, obwohl mir das unwahrscheinlich vorkommt. Jedenfalls ist es bei dieser Windstärke nicht gerade einfach, mit einem Hubschrauber zu landen, obwohl Hubschrauberpiloten, die für den Seerettungsdienst ausgebildet sind, das ständig machen. Aber dieses riskante Manöver dann auch noch bei Regen und in totaler Dunkelheit zu unternehmen, das grenzt doch an Selbstmord – vor allem dann, wenn man ein paar höchst empfindliche Atomsprengköpfe an Bord hat. Die Sache wird also auf jeden Fall bei Tag über die Bühne gehen.«

»Dann werden wir unter Umständen noch ein paar Tage hierbleiben müssen?« meinte George.

»Ich nehme an, daß wir morgen in aller Frühe aufbrechen werden. Sie werden sich in ihrem eigentlichen Hauptquartier einnisten wollen, das näher am Schauplatz des Geschens liegt. Die Raketen – sind die Dinger entschärft?« George nickte. »Hast du eigentlich eine Ahnung, wie man nukleare Kampfwaffen entschärft?«

»Ich habe so ein Ding noch nicht einmal gesehen. Aber mit Hilfe eines Schaltplans würde ich mir das schon zutrauen. Sonst jedoch auf keinen Fall. Ich weiß zwar, daß ich absolut nichts spüren würde, wenn das Ding in die Luft ginge, aber ich habe trotzdem keine Lust, mich zerstäuben zu lassen.«

»Na, wir werden uns die Dinger später noch genauer ansehen können. Sie müssen irgendwo hier herumliegen. Wir werden übrigens gar nicht extra nachsehen müssen. Ihr habt ja selbst gehört, was Agnelli gesagt hat. ›Ich kann sie Ihnen jetzt zeigen.‹«

»Werden sie deswegen nicht Verdacht schöpfen?« fragte George. »Ich meine, daß wir nicht danach gefragt haben, ob wir sie gleich sehen dürfen. Sie werden vielleicht denken, wir hätten uns untereinander beraten und irgendeinen teuflischen Plan ausgeheckt.«

»Sollen sie doch denken, was sie wollen. Uns kann hier nicht das geringste passieren, weil wir für unsere Freunde unersetzlich sind.« George und Vasco sahen sich zuerst gegenseitig an, dann van Effen, sagten aber nichts. »Außerdem sind wir bis jetzt ganz schön begriffsstutzig gewesen. Joop und Joachim oder sonst ein paar dieser RAF-Psychopathen haben die atomaren Sprengköpfe in der Nacht des dritten Februar aus diesem Waffendepot der US Army bei Metnitz gestohlen. Und in dieser Nacht ist doch noch etwas passiert.«

»Natürlich, der dritte Februar«, nickte George eifrig. »Das hätte uns tatsächlich einfallen können. Das war doch die Nacht, in der dieses Waffenlager bei De Doorns in die Luft flog, aus dem Samuelsons Sprengstoffexperten ihre Vorräte auffüllen wollten. Das einzige, was davon übrig blieb, war ein Riesenloch in der Erde. Mit dem Nachschub an Sprengstoff war es natürlich nichts, und ihre Fachleute waren sie ebenfalls los. Kein Wunder, daß die FFF solches Interesse an uns hat. Wir sind wahrscheinlich weit und breit die einzigen, die einen Knallfrosch in die Luft jagen können. Darauf würde ich jede Wette eingehen.«

»Eine bessere Lebensversicherung könnten wir uns nicht wünschen«, warf Vasco ein. »Aber ist es nicht möglich, daß Joop oder sonst einer dieser Knaben weiß, wie man mit Raketen umgeht?«

»Der Gedanke ist mir auch schon gekommen«, erwiderte van Effen. »Wir werden auf diese Knaben und ihr gefährliches Spielzeug ein wachsames Auge werfen müssen. Aber bevor wir damit anfangen, schlage ich vor, daß wir erst mal nach drinnen gehen und uns für den Abend frisch machen. Bei dieser Gelegenheit können wir auch gleich nachsehen, wie gründlich sie unser Gepäck durchsucht haben. Dann werden wir uns die nächste Verlautbarung der holländischen und englischen Regierung oder der FFF zu Gemüte führen und uns schließlich unseren bezaubernden Gastgebern beim Abendessen anschließen. Ich könnte mir gut vorstellen, daß ein Mann von Samuelsons Kaliber auch einen hervorragenden Küchenchef beschäftigt.«

Als sie das Haus betraten, wurden sie von Romero Agnelli überschwenglich begrüßt. Er drängte ihnen einen Jenever auf. »Den werden Sie jetzt brauchen können – Sie waren lange genug draußen, und dazu bei dieser Kälte.«

»Uns macht so etwas nichts aus«, entgegnete van Effen. »Wir sind Frischluftfanatiker.«

»Ich dachte, das träfe nur auf die Engländer zu. Aber ich hoffe doch, Sie hatten einen angenehmen Spaziergang.«

»Wenn Sie es einen Spaziergang nennen, auf Ihrer Veranda auf und ab zu gehen, kann man dem durchaus beipflichten.« Van Effen wußte recht gut, daß Agnelli nicht entgangen war, daß sie die Veranda nicht einen Augenblick verlassen hatten.

»Und Sie hatten auch sicher eine nette Unterhaltung unter vier Augen. Oder sollte ich sagen: unter sechs Augen?« Agnelli lächelte nach wie vor.

»Aber ja. Wir haben uns Gedanken über unsere Zukunft gemacht; schließlich wissen wir herzlich wenig, wie es nun eigentlich weitergehen soll. Sie und Ihre Freunde sind nun einmal nicht sehr mitteilsam. Wir wissen weder, weshalb wir hier sind und was man von uns erwartet, noch haben wir auch nur die geringste Ahnung, wohin wir fahren werden oder wann wir aufbrechen.«

»Was den letzten Punkt betrifft, kann ich Ihre Neugier stillen. Wir brechen morgen um acht Uhr früh auf. Und der Rest – nun, wir sind doch beide Anhänger des Grundsatzes: Niemand soll mehr als nötig wissen.«

»Ganz recht. Aber eines müßten wir doch noch wissen. Wo sollen wir heute nacht schlafen? Auf dem Fußboden?«

»Wo denken Sie hin! Natürlich nicht. Wir können uns hier zwar nicht mit dem Amstel-Hotel messen, aber für Ihre Unterbringung ist gesorgt. Kommen Sie, ich werde Ihnen Ihr Zimmer zeigen. Ihr Gepäck habe ich bereits hinaufbringen lassen.«

Er führte sie die Wendeltreppe hinauf und vor eine Tür am Ende eines Flurs. Dahinter lag ein mäßig großer Raum mit drei Betten. Agnelli deutete auf eine Tür in einer Seitenwand des Zimmers.

»Das Bad. Zwar keine Marmorkacheln und Goldarmaturen, aber es erfüllt seinen Zweck.« Er warf einen kurzen Blick auf seine Uhr. »In zwanzig Minuten gibt es Abendessen.« Dann ging er, immer noch lächelnd.

In eine belanglose Unterhaltung vertieft, setzten sich van Effen und George auf ihre Betten, während Vasco sich im Raum umsah. Diese besondere Art, sich in einem Raum umzusehen, war Vascos Spezialität. Er ging dabei sehr sorgfältig und sehr gründlich vor. Nach ein paar Minuten sagte er: »Alles in Ordnung. Keine Wanzen.«

George wuchtete seinen Koffer auf seine Knie. Es war ein eleganter Koffer mit vierstelligen Kombinationsschlössern. George unterzog sie einer genauen Überprüfung.

»Und?« wollte van Effen wissen. »Ist die Kombination unverändert?«

»Unverändert schon, aber nicht unberührt. Sie haben ein paar winzige Kratzer hinterlassen. Der Koffer ist nämlich nagelneu, ich habe ihn noch nie benutzt. Normalerweise würde ich mich mit diesem Statussymbol eines Jungmanagers nicht in der Öffentlichkeit blicken lassen, aber nachdem mir Annelise das Ding nun mal zum Geburtstag geschenkt hat, konnte ich schlecht mit meinem alten Koffer losziehen. Er ist in kürzester Zeit geöffnet und wieder geschlossen worden. Ich kenne in ganz Holland keinen Safeknacker, dem ich das zutrauen würde. Ein konventionelles Kombinationsschloß kann jeder aufbekommen, der etwas von seinem Job versteht; wenn man gute Ohren hat oder ein Stethoskop, kann man die Nocken klicken hören. Dieses Schloß hat allerdings keine Nocken.«

»Ich möchte wetten«, warf van Effen ein, »daß dieser O'Brien nur eine verbogene Haarnadel braucht, um sich Zutritt zu den Kellergewölben der Amsterdam-Rotterdam-Bank zu verschaffen.«

»Kann ich mir auch gut vorstellen«, pflichtete ihm George bei. Er stellte die richtige Zahlenkombination ein und klappte den Kofferdeckel hoch. »Der Kerl, der sich mein Gepäck angesehen hat, muß wirklich ein sehr ordentlicher Mensch sein. Alles am richtigen Platz. Aber nicht da, wo es beim Transport hingeraten sein müßte.«

»Was ist mit deinen Sachen, Vasco?«

Vasco schloß seinen Koffer auf. »Völlig unberührt. Auch die zusätzlichen Smith & Wesson-Magazine sind noch da.«

»Das war auch nicht anders zu erwarten.« Van Effen öffnete nun seinen Koffer – er war nicht einmal verschlossen gewesen –, nahm einen ziemlich schäbigen Toilettenbeutel heraus und holte aus diesem eine burgunderrote Spraydose hervor. Sie trug die Aufschrift: Yves Saint Laurent – Pour Homme – Mousse à Raser. Natürlich enthielt die Spraydose keinen Rasierschaum.

»Nun«, bemerkte George, »offenbar hat niemand herauszufinden versucht, was in dieser Dose ist.«

»Offensichtlich.« Van Effen steckte die Spraydose in den Beutel zurück. »Sonst wären die Schnüffler nämlich noch hier, und zwar in horizontaler Lage auf dem Teppich. Ich glaube fast, daß sie nicht einmal meinen Toilettenbeutel untersucht haben. Sie müssen wohl gedacht haben, wenn es sich irgendwo lohnen könnte, nachzusehen, dann in Georges diebstahlsicherem Koffer.« Er nahm ein kleines Stück Seife aus seinem Toilettenbeutel und reichte es Vasco. »Du weißt, wofür das gut ist.«

»Sauberkeit ist alles.« Vasco ging ins Bad, während van Effen und George das Fenster neben den Betten öffneten. Soweit sich das in der Dunkelheit abschätzen ließ, befanden sie sich etwa vier Meter über dem gepflasterten Hof unter ihnen, der fast völlig im Dunkeln lag.

»Besser hätte es fast nicht kommen können, findest du nicht auch, George?«

»Allerdings. Der einzige Nachteil ist, daß du einen ziemlich langen Umweg machen mußt, wenn du auf dem Weg zur Scheune im Dunkeln bleiben willst. Hast du übrigens an Bodenminen gedacht? Du weißt schon, diese fiesen Dinger, die erst mal einen Meter in die Luft schnellen, bevor sie losgehen?«

»Aber George, hier wimmelt es doch nur so von Hausangestellten aus dem Dorf. Kannst du dir vorstellen, was wäre, wenn plötzlich eine Putzfrau ganz aus Versehen auf eine Mine tritt?«

»Natürlich, du hast recht. Und was ist, wenn du in einen von ihren Gorillas rennst, der gerade seinen Inspektionsgang macht, oder . . .«

»Wer sollte sich denn bei dem Wetter schon draußen rumtreiben? Bei dem Wind und bei dieser Kälte und dem Regen . . .«

»Aber . . .«

»Ich laufe schon niemandem in die Hände. Höchstens läuft mir jemand in die Hände. Selbstverständlich werde ich den Unglücklichen mit Samthandschuhen anfassen. Vasco läßt sich aber Zeit, findest du nicht?« Sie gingen auf die Badezimmer zu, fanden sie jedoch verschlossen. Van Effen rüttelte am Türgriff.

»Schaltet erst das Licht im Zimmer aus«, rief ihnen Vasco aus dem Bad zu. Nachdem sie das getan hatten, öffnete Vasco die Tür, das Bad dahinter lag in völliger Dunkelheit. »Ihr müßt entschuldigen, aber ich wollte nicht, daß der Beobachter im Dunkeln merkt, daß er von einem anderen Beobachter im Dunkeln beobachtet wird. Was jedoch nicht heißt, daß sich unser Beobachterkollege sehr gut verborgen hält.«

Das Badezimmerfenster lag genau gegenüber der Tür im Dachgeschoß der Scheune, in welcher der Armeelastwagen stand. Der Mann, der in dieser Tür stand, unternahm keine besonderen Anstrengungen, seine Anwesenheit zu verbergen; die Lampe über der Veranda tauchte den ganzen Hof in schwaches, diffuses Licht.

»Der Bursche macht nicht gerade den Eindruck, als nähme er seine Aufgabe ernst«, bemerkte van Effen. »Aber seine mangelnde Begeisterungsfähigkeit ist unschwer zu verstehen. Bei diesem Wetter muß ihm seine Aufgabe ziemlich überflüssig erscheinen.«

»Außerdem ist es kalt.«

»Für die nötige Wärme hat er vorgesorgt«, warf Vasco ein. »Wartet mal.«

Sie mußten nicht lange warten. Nach kaum zwei Minuten griff der Wachposten hinter sich und hob eine Flasche an seine Lippen, aus der er einen recht kräftigen Schluck nahm.

»Und das ist mit Sicherheit kein Mineralwasser«, kicherte van Effen zufrieden. »Gehen wir wieder zurück.«

Sie schlossen die Badezimmertür hinter sich und schalteten das Licht im Zimmer wieder ein. Vasco reichte van Effen einen kleinen, in Plastik eingewickelten Gegenstand, den dieser in seine Tasche gleiten ließ.

»Ich habe die beiden Seifenhälften wieder zusammengesteckt und in heißes Wasser gelegt«, erklärte Vasco. »Es dauert nicht lange, und man wird nicht mehr erkennen können, daß sie je getrennt waren. Ich habe übrigens eine Idee. Gleich nachdem ich ins Bad ging, sah ich einen Mann über den Hof zur Scheune gehen. Deshalb habe ich auch das Licht ausgeschaltet. Er ist hinter der Scheune verschwunden – ihr wißt schon, wo diese Außentreppe ist –, und dann sah ich, daß er bei dem Mann an der Tür zum Dachgeschoß stand. Sozusagen die Wachablösung. Das war genau um sieben Uhr. Ich habe mir gedacht, daß es vielleicht ganz praktisch wäre, wenn sich meine Erkältung so weit verschlechtern würde, daß ich nicht zum Abendessen nach unten kommen kann. Und es ist vielleicht ebenso praktisch, herauszufinden, wie oft die Wachen abgelöst werden.«

»Das wäre nicht schlecht«, nickte van Effen. »Eine gute Idee, Vasco. Daß mir das nicht selbst eingefallen ist! Deine Beförderung ist dir sicher – falls wir hier wieder lebend herauskommen. Aber Samuelson wird sicher um dein Wohlergehen besorgt sein. Wahrscheinlich wird er dir einen neuen Grog aufs Zimmer bringen lassen.«

»Na, dann sorgt mal dafür, daß er schön stark ist. Ich fühle mich nämlich verdammt schwach.«

»Mister Danilow. George.« Als van Effen und George die Treppe zum Wohnzimmer hinunterstiegen, eilte Samuelson ihnen lächelnd entgegen, als wären sie gute Freunde, die er schon lange nicht mehr gesehen hatte. »Sie kommen gerade rechtzeitig für die nächste Durchsage im Fernsehen. Danach werden wir zu Abend essen. Aber wo ist denn unser schneidiger, junger Leutnant geblieben?«

»Unserem jungen Leutnant ist alles andere als schneidig zumute. Seine Erkältung hat sich verschlimmert. Eine Grippe, fürchte ich.«

Samuelson schnalzte mit der Zunge und schüttelte den Kopf. »Alle haben Grippe. Bei diesem Wetter ist das auch kein Wunder. Aber morgen muß er jedenfalls wieder fit sein. Herta!« Dies galt einem strohblonden Mädchen, das eben den Tisch fürs Abendessen deckte. »Machen Sie einen kräftigen Grog und bringen Sie ihn dem Leutnant aufs Zimmer. Du liebe Zeit! Ach, du liebe Zeit!«

Agnelli hatte gerade den Fernseher lauter gestellt. Eine Rockband, die dort eben ihren Auftritt hatte, verschwand vom Bildschirm, um dem Nachrichtensprecher Platz zu machen, der noch düsterer und bedrückter wirkte als bei der vorhergehenden Durchsage, falls so etwas überhaupt noch möglich war.

»Im Hinblick auf die Drohungen von seiten einer bis auf weiteres nicht näher identifizierten Gruppe, die sich FFF nennt, hat das Verteidigungsministerium soeben eine Erklärung veröffentlicht. Die britische Regierung steht in ständigem Kontakt mit unserer Regierung, aber solange der Ausgang der Gespräche zwischen Whitehall und Stormont noch unklar ist, können die Ergebnisse dieser Verhandlungen nicht veröffentlicht werden. Stormont ist das Parlament beziehungsweise die regierende Körperschaft von Nordirland, dem Land also, das nach den Niederlanden am nachhaltigsten vom Ausgang dieser Verhandlungen betroffen ist. Dabei befindet sich Whitehall in einer äußerst schwierigen Situation. Ulster, das heißt Nordirland, ist zwar integrierter Bestandteil Großbritanniens, verfügt aber zugleich über ein gewisses Maß an Autonomie, was die Entscheidungen über die Zukunft des Landes betrifft. Sobald die Verhandlungen zu einem Ergebnis geführt haben, werden wir unverzüglich darüber berichten.

Die FFF hat uns mitgeteilt, daß sie nach dieser Durchsage ein weiteres Kommuniqué veröffentlichen wird. Es wird um zwanzig Uhr übertragen.

Angesichts der allgemeinen Lage dürfte auch der letzte Bericht des meteorologischen Instituts von Bedeutung sein. Der aus Norden kommende Wind hat inzwischen Stärke neun erreicht und nimmt noch zu. Weite Teile Skandinaviens werden von wolkenbruchartigen Regenfällen heimgesucht. Am stärksten jedoch ist Holland davon betroffen. Es ist zu erwarten, daß die Nordsee innerhalb der nächsten achtundvierzig Stunden ihren höchsten Wasserstand seit mindestens dem letzten Vierteljahrhundert erreicht.«

Das Bild des Sprechers verblaßte, und Agnelli stellte den Apparat ab.

»Das klingt ja nicht gerade verheißungsvoll.« Samuelson schüttelte den Kopf. »Oder sehr verheißungsvoll – je nachdem, von welcher Seite man die Angelegenheit betrachtet.« Er deutete zur Bar hinüber. »Romero, sorgen Sie bitte dafür, daß unsere Freunde sich nicht vernachlässigt fühlen. Wenn Sie mich einen Augenblick entschuldigen würden – ich bin gleich zurück.« Er verschwand die Treppe hinauf.

Während die Agnelli-Brüder hinter der Bar beschäftigt waren, wanderte van Effen scheinbar ziellos im Zimmer auf und ab, um die Gemälde und Kunstgegenstände an den Wänden zu betrachten. Vor allem dem Telefonapparat schenkte er dabei kurz seine Beachtung. Die Nummer war sorgfältig unkenntlich gemacht worden, was ihn weder überraschte noch störte. Etwas später an diesem Abend hätte er diese Nummer ohne weiteres an das Polizeipräsidium in der Marnixstraat in Amsterdam durchgeben können, so daß es dort möglich gewesen wäre, den genauen Standort der Mühle festzustellen. Aber das lag nicht in seiner Absicht. Die Antwort auf die Machenschaften der FFF lag anderswo. Vermutlich war Samuelson – aus Gründen, die er selbst am besten kannte – nach oben gegangen, um von einem anderen Apparat aus den Text des nächsten FFF-Kommuniqués durchzugeben.

Das Abendessen verlief seltsam. Nicht, daß am Essen selbst etwas ungewöhnlich gewesen wäre. Offensichtlich gab es im näheren Umkreis der Mühle keinen Küchenchef, der in einem Drei-Sterne-Restaurant eine Chance gehabt hätte. Im großen und ganzen sind die Holländer auch keineswegs Feinschmecker. Der holländische Durchschnittskoch betrachtet es als Ehrensache, daß unter den Unmengen von Essen, das sich auf dem Teller türmt, vom Teller selbst auch nicht mehr das winzigste Fleckchen zu entdecken ist. Das Essen war zwar genießbar, aber die Vertreter des Guide Michelin hätten sich wohl kaum die Mühe gemacht, hier ein zweites Mal zu speisen.

Ungewöhnlich war dagegen das gegensätzliche Verhalten der Anwesenden. Samuelson, Romero Agnelli, van Effen und George waren sichtlich bester Laune und sehr gesprächig. Daniken ließ zwar hin und wieder ein paar Brocken fallen, beteiligte sich aber sonst kaum an der Unterhaltung. Reverend Riordan – sah man von einem langen und den Umständen entsprechend nahezu gotteslästerlichen Tischgebet ab – verharrte während des Essens in nachdenklichem und ernstem Schweigen. Van Effen stellte fest, daß Riordan, wenn auch nicht gerade geistesgestört, so doch vollkommen realitätsfremd und naiv war. Leonardo war ebenso still. Auch er dachte nach, wenn auch nur über seinen Magen: er aß, als handelte es sich um seine Henkersmahlzeit. Die drei Schweiger sprachen nur, wenn man sich ausdrücklich an sie wandte; sie lächelten selten und wirkten abwesend und in sich gekehrt, wenn nicht sogar niedergeschlagen.

An einem Punkt der Unterhaltung fragte van Effen Romero Agnelli: »Wo ist denn unser Freund O'Brien heute abend? Er hat doch nicht etwa auch die Grippe?«

»Keineswegs. O'Brien erfreut sich bester Gesundheit. Er hat anderswo zu tun.«

»Ach so«, nickte van Effen.

Samuelson lächelte. »Sie sind wirklich nicht sehr neugierig, Mister Danilow.«

»Würde es jemandem nützen, wenn ich wüßte, wo er sich aufhält oder was er treibt?«

»Das allerdings nicht. Romero hat mir schon verschiedene Male von Ihrer Philosophie erzählt, jeder sollte nur so viel wie unbedingt nötig wissen. Ich muß sagen, in diesem Punkt bin ich völlig Ihrer Meinung.« Er sah auf seine Uhr. »Romero, in einer Minute ist es acht.«

Es war wieder derselbe Nachrichtensprecher. Er sah aus, als hätte er eben die Nachricht erhalten, daß seine gesamte Familie bei einem Flugzeugabsturz ums Leben gekommen sei.

»Wir haben nun das letzte Kommuniqué der FFF in Händen.« Er klang keineswegs wie ein Nachrichtensprecher; eher erinnerte er an einen Priester während einer Grabrede. »Es ist sehr kurz und lautet wie folgt: ›Wir schenken der Aussage des Verteidigungsministers keinen Glauben. Wir sind der Überzeugung, daß die Regierungen Großbritanniens und der Niederlande uns entweder hinhalten oder unsere Drohungen nicht ernst nehmen. Wir lassen uns jedoch nicht hinhalten und beabsichtigen demzufolge, sie von der Glaubwürdigkeit unserer Drohungen zu überzeugen. Die Deiche im Norden und Süden von Lelystad werden wenige Minuten nach Mitternacht gesprengt werden. Morgen, vierzehn Uhr, zünden wir außerdem den nuklearen Sprengkopf im Ijsselmeer. Wir empfehlen Ihnen, sich nicht darüber hinwegtäuschen zu lassen, daß diese beiden Vorfälle nichts als eine Lappalie darstellen werden im Vergleich zu der Katastrophe, welche innerhalb der nächsten vierundzwanzig Stunden nach der Detonation des atomaren Sprengkopfs über die Niederlande hereinbrechen wird.‹ Damit schließt das Kommuniqué.

Ferner ist uns eine weitere Verlautbarung des Verteidigungsministeriums übermittelt worden. Darin heißt es, daß es sich jeglichen Kommentars zu diesem jüngsten Kommuniqué enthält, da sich über das irrationale und unberechenbare Verhalten dieser terroristischen Vereinigung keinerlei Voraussagen treffen lassen.« Betrübt schnalzte Samuelson mit der Zunge und schüttelte den Kopf. »Im Verteidigungsministerium neigt man zu der Annahme, daß diese terroristische Vereinigung wahnsinnig genug ist, ihre Drohungen wahr zu machen.« Erneutes Zungenschnalzen und Kopfschütteln von Samuelson. »Von ministerieller Seite könne demnach nichts weiter getan werden, als die zuständigen Stellen aufzufordern, alle ihnen zu Gebote stehenen Sicherheitsvorkehrungen zu treffen.

In Fachkreisen sowohl der Niederlande wie Großbritanniens ist man sich einig, was die Auswirkungen einer solchen nuklearen Explosion betrifft. Man geht davon aus, daß sie in der Markerwaard stattfinden wird. Falls die Explosion ungefähr im Mittelpunkt der Markerwaard erfolgen sollte, würde die Höhe der dadurch entstehenden Flutwelle im Küstenberich durchschnittlich zwischen sechzig und siebzig Zentimeter betragen. Sollte die Explosion allerdings in Küstennähe erfolgen, könnte die Flutwelle um ein Vielfaches ansteigen. Die Folgen würden entsprechend katastrophale Ausmaße annehmen.

Die Nation wird über den weiteren Fortgang des Geschehens unverzüglich in Kenntnis gesetzt werden.«

Agnelli schaltete das Gerät aus. Mit einem leichten Lächeln sah Samuelson van Effen an und fragte: »Täusche ich mich, oder habe ich da eben ein leichtes Stirnrunzeln bei Ihnen beobachtet?« Van Effen gab keine Antwort. »Romero hat mir erzählt, Sie hätten gedroht, äußerst gewalttätig zu reagieren, falls das Leben irgendwelcher Bewohner Ihrer Wahlheimat gefährdet werden sollte. Romero ist der festen Überzeugung, daß mit Ihnen und Ihren beiden Freunden nicht zu spaßen ist. Dieser Meinung bin im übrigen auch ich. Sie sind doch bestimmt schwer bewaffnet.«

Van Effen öffnete sein Jackett, um zu demonstrieren, daß er das Schulterholster mit seiner Smith & Wesson nicht umgeschnallt hatte. Dann wandte er sich Agnelli zu, der neben ihm saß, überkreuzte die Beine und zog sein rechtes Hosenbein hoch – er hatte auch auf die Liliput verzichtet. »Ich fand nicht, daß Schußwaffen notwendigerweise zur Kleiderordnung für ein festliches Abendessen gehören. Glauben Sie wirklich, ich wäre so verrückt, in Anwesenheit von vier jungen Damen eine Schießerei anzufangen?«

»Nein. Sie müssen meine schlechte Meinung entschuldigen. Der atomare Sprengkopf ist übrigens genau im Zentrum der Markerwaard plaziert. Glauben Sie mir das?«

»Wenn ich so argwöhnisch wäre wie Sie, würde ich sagen: Warten wir bis morgen, fünf nach zwei; dann werden wir ja sehen. Aber ich glaube Ihnen. Mister Samuelson, Sie wissen ja inzwischen, daß ich meine Nase nicht unnötig in Dinge stecke, die mich nichts angehen, aber ich muß dennoch gestehen, daß ich mir wegen dieser atomaren Sprengkörper Sorgen mache. Meine beiden Freunde und ich sind zwar anerkannte Sprengstoffexperten, aber mit nuklearen Sprengkörpern kennen wir uns nicht aus. Wir würden so ein Ding nicht mal erkennen, wenn wir es sähen, geschweige denn, daß wir es aktivieren oder deaktivieren könnten. Wir wissen nur, daß diese Dinger ziemlich empfindlich sind und oft recht unberechenbar reagieren. Inzwischen weiß ich, daß sie eine ganze Anzahl davon hier gelagert haben. Ich habe einen gesunden Überlebenstrieb. Außerdem nehme ich an, daß Sie die Dinger wegschaffen werden; hier können Sie wohl kaum viel damit anfangen. Und ich bin nicht im geringsten darauf aus, in dem Gefährt zu sitzen, mit dem Sie diese Sprengköpfe an welchen Bestimmungsort auch immer schaffen werden.«

Samuelson mußte grinsen. »In diesem Punkt scheint Mister Daniken hier mit Ihnen einer Meinung zu sein.«

»Was hat Mister Daniken damit zu tun?«

»Mister Daniken ist unser Hubschrauberpilot. Aber er will diese Sprengsätze auch nicht transportieren.«

»Geweigert habe ich mich nicht, Mister Samuelson«, sagte Daniken. »Ich habe nur gesagt, daß ich sie angesichts des damit verbundenen Risioks nur höchst ungern transportieren würde. Ich kann Mister Danilow nur beipflichten. Ich habe auch keine Ahnung, wie empfindlich diese Dinger eigentlich sind. Die Flugbedingungen sind katastrophal – wirklich an der Grenze des Möglichen. Bei den gegenwärtigen Verhältnissen können wir in einer Turbulenz binnen zwei Sekunden gute dreißig Meter nach oben oder unten gerissen werden. Es könnte also ohne weiteres zu einer etwas unsanften Landung kommen; nicht einmal die Gefahr eines Absturzes wäre ausgeschlossen. Und was das bedeuten würde, können Sie sich ja selbst denken.«

»Sie und Mister Danilow können beruhigt sein. Eigentlich hätte ich schon früher darauf zu sprechen kommen sollen, aber wir haben erst kurz vor dem Abendessen eine endgültige Entscheidung getroffen. Anstelle des Hubschraubers werden wir für den Transport den Armeelaster benutzen, den uns Mister Danilow und seine Freunde zur Verfügung gestellt haben. Die Sprengköprer sind relativ klein und lassen sich problemlos in ein paar Zusatztanks verstecken. Drei Männer in Uniform werden den Transport begleiten; Ylvisaker als Oberstleutnant, und die anderen beiden . . .«

»Wo haben Sie denn die Uniformen her?« wollte van Effen wissen.

»Habe ich Ihnen nicht gesagt«, erwiderte Samuelson geduldig, »daß wir einen Kriegsfilm drehen? Alle übrigen fliegen mit dem Hubschrauber.«

»Der muß aber ziemlich groß sein.«

»Wie gesagt, wir drehen einen Kriegsfilm. Es handelt sich um einen ausrangierten Kampfhubschrauber der US Air Force, die vom Ende des Vietnamkriegs etwas unvorbereitet getroffen wurde und nicht wußte, wohin mit den Dingern. Wir haben die Kiste sozusagen für einen Apfel und ein Ei bekommen. Wenn es sich auch nicht mehr um das neueste Modell handelt, reicht es für unsere Zwecke voll aus. Die Bewaffnung wurde selbstverständlich ausgebaut, wir haben uns Attrappen besorgt. – Aber ich schlage vor, wir suchen uns für unsere Brandys oder was auch immer etwas bequemere Sitzgelegenheiten.«

»Wenn Sie mich einen Augenblick entschuldigen«, warf van Effen ein. »Ich möchte nach dem Leutnant sehen.«

»Überbringen Sie ihm meine herzlichen Genesungswünsche«, entgegnete Samuelson. »Ich nehme an, daß er noch einen Grog vertragen kann.«

»Besten Dank. Das kann ich mir allerdings auch gut denken. Das heißt, falls er nicht schon schläft.«

Vasco schlief noch nicht. Er hatte es sich in einem kleinen Sessel bequem gemacht, den er ins Bad geschafft hatte. Im matten Lichtschein einer verstellbaren Taschenlampe, einem höchst nützlichen Requisit, reichte van Effen Vasco den Grog.

»Mit den besten Empfehlungen von Mister Samuelson.«

»Wie zuvorkommend von ihm. Es ist jetzt zwanzig nach acht, und noch immer schiebt derselbe Kerl Wache. Der Häufigkeit nach zu schließen, mit der er nach seiner Flasche greift, müßte er eigentlich schon halb hinüber sein. Außerdem ist er, wie du siehst, meinem Beispiel gefolgt und hat sich ebenfalls einen Sessel geholt. Es ist sowieso ein Wunder, daß er noch nicht eingeschlafen ist. Ich werde jedenfalls den Posten halten, bis sich die Wachen ablösen. Und mit dem Grog werde ich mir dabei ein wenig die Zeit verkürzen.«

Van Effen beschrieb ihm in kurzen Worten den Inhalt der Erklärung des Verteidigungsministeriums und der Antwort der FFF und versprach, bis neun Uhr mit George zurückzukommen. Dann ging er wieder.

Bei seiner Rückkehr ins Wohnzimmer hatte sich die Runde etwas verkleinert.

»Der Grog scheint dem Leutnant gut getan zu haben. Seine Stimme klang zumindest nicht mehr ganz so heiser. Zwar war er etwas schläfrig, aber nicht zu müde, um nicht seinen zweiten Grog in Angriff zu nehmen. Er läßt Ihnen danken. Aber was sehe ich, unsere jungen Damen haben uns verlassen. Schade. Aber das überrascht micht nicht. Heute abend bei Tisch konnte man sie wohl kaum als lebhaft und gutgelaunt bezeichnen.«

»Sie haben gesagt, sie wären müde«, sagte Samuelson. Van Effen wußte, daß Julie sicher nicht müde war. Sie hatte eine entschiedene Abneigung gegen Flugreisen; allein die Vorstellung, in einem Hubschrauber fliegen zu müssen, ließ sie in kalten Angstschweiß ausbrechen.«

»Wovon sind sie denn so müde geworden?«

»Ich glaube, sie sind einfach aufgeregt und machen sich Sorgen.«

»Wie George und ich.«

Samuelson betrachtete ihn ruhig. »Ich kann mir kaum vorstellen, daß Sie und Ihr Freund sich jemals aus der Ruhe bringen lassen.«

»Was nicht ist, kann immer noch kommen. Wo steckt übrigens Hochwürden?«

»Sie wissen doch, daß der Reverend nicht trinkt. Aber das ist nicht der eigentliche Grund für sein Fehlen. Er betet und meditiert jeden Abend vor dem Schlafengehen eine Stunde auf seinem Zimmer.«

»Hoffen wir, daß er auch die Seelen der Opfer seiner nuklearen Spielsachen in sein Gebet einschließt«, erwiderte van Effen finster.

Das Schweigen, das darauf folgte und das van Effen nicht im geringsten zu bemerken schien, war höchst peinlich. In dem Bemühen, es zu brechen, versetzte Romero Agnelli hastig: »Weil gerade von den atomaren Sprengköpfen die Rede ist – ich habe Ihnen doch vorhin gesagt, Sie könnten sie sehen. Als Sprengstoffexperten interessiert Sie vielleicht . . .«

»Nicht im mindesten.« Van Effen winkte ab. »Sie sollten meine Prinzipien inzwischen zur Genüge kennen. Keiner soll mehr wissen als nötig. Außerdem: Hätte es einen Sinn, wenn ich sie sehen würde?« Er war sich Georges flüchtigen Stirnrunzelns bewußt, das jedoch sonst niemandem aufgefallen war. Van Effen zögerte einen Moment und fügte dann, als wäre ihm plötzlich noch etwas eingefallen, hinzu: »Irgend jemand muß diese Sprengköpfe doch zünden können. Sagen Sie mir jetzt bitte nicht, es handle sich um Joop und Konsorten.«

»Es handelt sich tatsächlich, wie Sie es etwas abschätzig auszudrücken belieben, um Joop und Konsorten.« Seine Worte enthielten zwar ein gewisses Maß an Tadel; der Tonfall seiner Stimme jedoch ließ erkennen, daß Samuelson van Effens Auffassung hinsichtlich der Roten-Armee-Fraktion teilte. »Als sie in Metnitz diese Sprengköpfe in ihren Besitz brachten, fielen auch Kopien der Bedienungsanleitungen in ihre Hände. Das eine ohne das andere hätte uns herzlich wenig geholfen.«

»Wenn Sie mich freundlicherweise daran erinnern würden, daß ich mich nicht in einem Umkreis von weniger als fünf Kilometern von Joop und Co. aufhalte, wenn sie ihre Knallfrösche scharf machen. Eine Wahrsagerin hat mir zwar einmal ein langes Leben prophezeit, aber sie könnte sich auch getäuscht haben. Wie wollen Sie denn diesen Sprengkopf in der Markerwaard zünden?«

»Per Zeitzünder.«

»Und die beiden anderen?«

»Per Funksignal.«

»Gott steh uns bei. Ich erhöhe auf zehn Kilometer.«

»Sie trauen ihnen so wenig?«

»Joop und seinen Freunden würde ich guten Gewissens nicht mal ein paar Feuerwerkskörper in die Hände drücken. Diese Burschen sind doch ausnahmslos Fanatiker, und Fanatiker sind in der Regel unberechenbar. Nein, ich traue diesen Burschen nicht im geringsten. Und ich kann mich des Verdachts nicht recht erwehren, daß es Ihnen nicht anders geht.«

»Sie wollen sich die Sprengkörper noch immer nicht ansehen?«

»Ich hoffe doch, Sie sind nicht so wahnsinnig, die Dinger hier in der Mühle aufzubewahren.«

»Sie befinden sich in einem sicheren Keller, etwa einen Kilometer von hier.«

»Ich habe auch nicht die Absicht, bei diesem Hundewetter ins Freie zu gehen. Und wenn Sie vielleicht auch nicht vollkommen wahnsinnig sind, muß ich Ihnen doch eine schwerwiegende Fehleinschätzung der Lage vorhalten. Um einen Nuklearsatz per Funksignal hochgehen zu lassen, braucht man zwar nicht unbedingt einen Einstein, aber es ist jedenfalls eine Arbeit für Experten. Joop und sein zuverlässiges Team von Experten haben doch in ihrem ganzen Leben noch keine einzige Sprengladung gezündet.«

»Woher wollen Sie das wissen?«

»Halten Sie mich nicht für dümmer, als ich bin. Weshalb hätten Sie mich wohl sonst für diesen Job im Palast hinzugezogen?«

»Natürlich, völlig richtig. Würden Sie Ihre Skrupel oder Ihre Abneigung gegen dieses Hundewetter auch davon abhalten, sich die Bedienungsanleitung näher anzusehen? Die haben wir nämlich in diesem Raum.«

Van Effen sah ihn kurz an, wandte sich dann aber gleich wieder ab. Der Fernseher lief. Auf dem Bildschirm vollführte ein seltsam gekleidetes Quartett eine bizarre Gesangspantomime – der Ton war ausgeschaltet. Samuelson und seine Freunde warteten offensichtlich auf eine neue Durchsage. Van Effen sah wieder Samuelson an.

»Skrupel? So haben Sie sich das also gedacht. Daß wir Ihnen anstelle dieser erbärmlichen Amateure die ganze Drecksarbeit machen. Wissen Sie eigentlich, was los wäre, wenn diese Explosionen auch nur ein Menschenleben fordern würden?«

»Ja, Sie würden dafür Sorge tragen, daß ich den Betroffenen im Jenseits Gesellschaft leiste. Und diese Vorstellung gefällt mir ganz und gar nicht.«

»Zeigen Sie Ihre Pläne schon her.«

Romero holte die Unterlagen und reichte George und van Effen jeweils eine Kopie. Nach wenigen Sekunden ergriff George als erster das Wort.

»Von einer Ladung von tausend Tonnen kann hier aber nicht die Rede sein. Das hier entspricht doch lediglich fünfzig Tonnen TNT.«

Samuelson grinste. »Mir persönlich hätte auch das Äquivalent von zehn Tonnen TNT genügt. Aber es hat bekanntlich noch nie geschadet, etwas zu übertreiben, wenn man jemandem einen gehörigen Schreck einjagen will, finden Sie nicht auch?«

George verzichtete darauf, seine Meinung zu äußern. Nach einer Minute sah er wieder von den Schaltplänen auf und sagte: »Relativ unkompliziert und bemerkenswert präzise. Die Sache hat allerdings zwei Haken. Der erste ist, daß Joop nicht genug Englisch kann. Der zweite ist der Jargon.«

»Der Jargon?«

»Die technischen Fachausdrücke«, kam van Effen erklärend zu Hilfe. »Was Joop betrifft, könnte das alles auch in Sanskrit verfaßt sein.«

»Und?«

Van Effen gab seinen Plan an Agnelli zurück. »Wir müssen uns das erst mal durch den Kopf gehen lassen.«

Samuelson gab sich Mühe, ein Lächeln zu unterdrücken; er wußte, daß er seine Absicht erreicht hatte. Während der nächsten paar Minuten saßen sie nun in wechselseitigem und scheinbar Einverständnis signalisierendem Schweigen um den Tisch, bis die stummen Sänger langsam vom Bildschirm verschwanden. An ihre Stelle trat nun wieder die vertraute Gestalt des Nachrichtensprechers.

»Die Regierung hat eben bekanntgegeben, daß sie zwei weitere Mitteilungen von seiten der FFF erhalten hat. Die erste bezog sich auf die Forderung von hundertzwanzig Millionen Gulden und darauf, wie die Zahlung zu erfolgen hat. Die Regierung hat nicht bekanntgegeben, ob sie dieser Forderung nachkommen wird. Sie weigert sich, sich auf Diskussionen bezüglich der Zahlungsform einzulassen. Die zweite Forderung betrifft die Freilassung zweier Strafgefangener, die vor mehreren Jahren wegen verschiedener Verbrechen extremer Gewalttätigkeit inhaftiert wurden. Die Regierung weigert sich, die Namen der Häftlinge bekanntzugeben.

Wir weisen unsere Zuschauer darauf hin, daß wir uns um Mitternacht wieder melden werden, um darüber zu berichten, ob die FFF tatsächlich die Flevoland-Deiche gesprengt hat.«

Agnelli schaltete das Fernsehgerät aus. »Sehr zufriedenstellend.« Samuelson rieb sich die Hände. »Wirklich in höchstem Maße zufriedenstellend.«

»Ich muß sagen, daß ich diese Durchsage ziemlich töricht fand«, bemerkte van Effen.

»Keineswegs.« Samuelson strahlte übers ganze Gesicht. »Die Nation weiß nun, daß der Regierung unsere detaillierten Forderungen unterbreitet worden sind. Und da sie sie nicht ausdrücklich zurückgewiesen hat, kann das eigentlich nur bedeuten, daß sie ihnen nachkommen wird. Des weiteren kommt dadurch zum Ausdruck, wie schwach die Position der Regierung ist und wie stark umgekehrt die unsere.«

»Das habe ich damit nicht gemeint. Ich meine, die Durchsage war sinnlos, weil es doch gar nicht nötig gewesen wäre, sie zu machen.«

»Oh, doch, das war durchaus nötig, weil wir ihnen nämlich verständlich gemacht haben, daß wir unsere Mitteilungen nach Warschau weiterleiten würden, von wo aus man sie mit dem größten Vergnügen nach Mitteleuropa ausgestrahlt hätte.«

»Sie haben einen Sender, der bis Warschau reicht?«

»Wir haben keinen solchen Sender. Ebensowenig haben wir einen Mittelsmann in Warschau. Dafür hat einzig und allein unsere Drohung ausgereicht.« Samuelson sprach mit sichtlicher Befriedigung. »Ihre Regierung ist inzwischen dermaßen eingeschüchtert, daß sie alles für bare Münze nimmt, was wir von uns geben. Abgesehen davon würde sie doch wirklich etwas dumm dastehen, wenn die Verlautbarung auf dem Umweg über Polen an die Öffentlichkeit gelangte.«

Van Effen schlug einen zweiten Brandy aus – schließlich hatte er allen Grund, für die nächsten paar Stunden einen klaren Kopf zu behalten – und wünschte allen eine gute Nacht.

Samuelson sah ihn nicht ohne Erstaunen an. »Aber Sie werden doch noch einmal herunterkommen, um sich die Mitternachtsdurchsage anzuhören?«

»Das glaube ich kaum. Schließlich zweifle ich nicht im geringsten daran, daß Sie imstande sind, ihre Drohung wahrzumachen.«

»Ich gehe auch nach oben«, kündigte George an. »Aber ich komme noch mal runter. Wollte nur mal sehen, wie es dem Leutnant geht. Ach, und noch was, Mister Samuelson; wenn ich vielleicht . . .«

»Noch einen Grog für den Leutnant. Aber selbstverständlich, mein Freund, selbstverständlich.«

»Vermutlich wird er morgen einen ziemlich schweren Kopf haben«, meinte George, »aber zumindest dürfte er wieder halbwegs auf den Beinen sein.«

Vasco erfreute sich jedoch bester Gesundheit und zeigte noch keinerlei Anzeichen seiner für den morgigen Tag angekündigten Kopfschmerzen.

»Immer noch derselbe. Ich kann mir gut vorstellen, daß die Wachablösung um neun stattfindet. Das ist vielleicht eine Wache! Die meiste Zeit döst er vor sich hin, und wenn er dann doch ab und zu aus dem Schlaf hochschreckt, ist er gleich wieder eingenickt.«

»Hoffen wir, daß die neue Wache ihre Aufgabe ebenso ernst nimmt. Ich werde mich jetzt mal hinlegen. Falls er bis – sagen wir mal – zwanzig nach neun immer noch da ist, dann weckt mich bitte, ja? Wenn er um neun abgelöst wird, kannst du damit bis zehn warten. Wie funktioniert das Funkgerät im Laster? Und was hat es für eine Reichweite?«

»Praktisch unbegrenzt. Ich denke, hundert bis zweihundert Kilometer. Die Bedienung ist ganz einfach. Man hebt den Hörer ab und drückt auf den roten Knopf. Der Sender ist automatisch auf den nächsten Militärstützpunkt eingestellt, und der ist rund um die Uhr bemannt.«

»Ich möchte aber nicht mit den Leuten vom Militär verbunden werden. Ich spräche lieber mit der Marnixstraat.«

»Kein Problem. Der übliche Drehknopf, die üblichen Wellenlängen, außerdem gibt es einen Schalter für die Beleuchtung der Wellenlängen, so daß man sie ganz einfach erkennen kann.«

Van Effen nickte, legte sich aufs Bett und schloß sie Augen.

10

George weckte van Effen um zehn Uhr.

»Die neue Wache hat um neun übernommen. Ich würde sagen, der Bursche steht seinem Vorgänger in nichts nach. Er ist ziemlich fett, mittleren Alters, trägt zwei Mäntel und sitzt mit einer Decke über den Knien in seinem Sessel. Außerdem ist er auch mit einer Flasche ausgerüstet.«

»Klingt ja recht vielversprechend.« Van Effen stand auf und zog sich statt seiner Hose Jeans an.

»Was soll das denn?« fragte Vasco. »Ist das dein Kampfanzug?«

»Was soll Samuelson denken, wenn er mich in einer Hose sieht, die so naß und verknittert ist, als wäre ich damit gerade in eine Gracht gefallen?«

»Ach so, klar. Du wirst bestimmt ziemlich naß werden. Der Regen ist noch stärker geworden. Manchmal kann man den Kerl dort drüben im Eingang zum Dachgeschoß kaum sehen.«

»Besser hätte es gar nicht kommen können. Diese Scheune ist nicht mehr die jüngste, und alte Fußbodenbretter knarren in der Regel recht laut. Aber wenn der Regen weiter so aufs Dach trommelt, wird er so gut wie nichts hören. Außerdem dürfte der Posten nach Georges Beschreibung sowieso halb taub sein.« Van Effen schnallte sich seine Smith & Wesson um, schlüpfte in sein Jackett und verstaute die Spraydose in der einen und seine Taschenlampe in der anderen Tasche.

»Die Samthandschuhe«, bemerkte George dazu.

»Was?« fragte Vasco verwundert.

»Die schallgedämpfte Pistole und das Betäubungsgas – das nennt er seine Samthandschuhe.«

Van Effen langte in eine Innentasche und brachte einen kleinen Lederbeutel zum Vorschein, aus dem er verschiedene Metallgegenstände schüttelte. Nachdem er sie überprüft hatte, steckte er sie wieder zurück.

»Seine Schlüssel und Dietriche«, erklärte George. »Kein Detektiv, der etwas auf sich hält, sollte ohne diese kleinen Hilfsmittel zum Dienst erscheinen.«

»Was ist, wenn du nicht zurückkommst, Peter?« fragte Vasco.

»Ich werde zurückkommen. Es ist jetzt fünf nach zehn. Bis halb elf müßte ich wieder da sein. Falls ich bis elf nicht zurück bin, dann geht nach unten. Sagt aber nichts. Keine düsteren Prophezeiungen, keine Vorwarnungen, daß sie ausgespielt haben. Legt Samuelson um. Die Agnellis und Daniken braucht ihr nur bewegungsunfähig zu schießen. Das gleiche gilt auch für Riordan, falls er da ist. Nehmt ihnen sämtliche Waffen ab; einer von euch soll sie dann im Auge behalten und dafür sorgen, daß keiner nach draußen rennt und um Hilfe schreit, während ihr die Mädchen holt. Und dann seht zu, daß ihr wegkommt. Falls euch jemand in die Quere kommt, wißt ihr ja, was ihr zu tun habt.«

»Aha.« Vasco machte einen nicht wenig schockierten Eindruck. »Und wie sollen wir hier wegkommen?«

Van Effen klopfte auf die Tasche, in der er eben den Beutel mit seinen Schlüsseln hatte verschwinden lassen. »Was glaubst du wohl, wofür die sind?«

»Für den Laster?«

»Genau. Sobald ihr losgefahren seid, verständigt die Polizei oder das Militär. Gebt ihnen die ungefähre Lage der Mühle durch – sie muß irgendwo zwischen Leerdam und Gorinchem liegen – und überlaßt ihnen alles weitere.«

»Und wenn sie mit dem Hubschrauber zu entkommen versuchen?« warf Vasco ein.

»Ihr habt die Wahl. Entweder ihr schießt Daniken in beide Schultern, oder ihr nehmt ihn mit. Ich glaube nicht, daß es so weit kommen wird. Ich möchte auch gar nicht, daß es so weit kommt, wobei der Grund hierfür nicht nur der ist, daß ich dann bereits längst tot wäre. Das käme nämlich einem Eingeständnis unseres Versagens gleich, und ich möchte mir nicht nachsagen lassen, daß ich versagt habe. Unter diesen Umständen wäre die ganze Operation mehr oder weniger sinnlos gewesen. Schließlich hat Samuelson noch ein anderes Hauptquartier und andere Helfer. O'Brien ist heute abend sicher schon zur anderen Hälfte des Teams gestoßen. Obwohl ich dies eigentlich bezweifle, könnte diese andere Hälfte Samuelsons Pläne auch ohne ihn zu dem geplanten Abschluß bringen.« Er öffnete das Fenster. »Bis halb elf bin ich wieder zurück.«

Er ließ sich an zwei zusammengeknoteten Laken auf den Hof hinunter und verschwand im Dunkeln. George und Vasco gingen in das verdunkelte Badezimmer.

Vier Minuten später packte Vasco George am Arm. »Sieh mal!«

Der Wachposten hatte eben einen kräftigen Schluck aus seiner Flasche genommen und diese neben sich auf den Boden gestellt; dann faltete er die Hände im Schoß und nahm eine yoga-ähnliche Meditationspose ein. Der Schatten, der sich hinter ihm erhoben hatte, nahm unverkennbar die Gestalt van Effens an, dessen rechte Hand mit der Spraydose für ein paar Sekunden auf das Gesicht des Postens gerichtet war. Dann steckte van Effen die Dose wieder in die Tasche und packte den Mann an den Knien, um ihn ein paar Zentimeter nach vorn zu ziehen, damit er nicht seitwärts aus dem Sessel kippen konnte. Dann hob er die Flasche vom Boden auf, goß dem Wachposten etwas von ihrem Inhalt übers Gesicht und den Rest über seine Kleider, legte die Finger des Bewußtlosen um die leere Flasche, schob die Hand mit der Flasche unter die Decke, damit sie nicht verrutschte, und verschwand schließlich wieder im Dunkeln.

»Gut«, meinte Vasco. »Der Bursche wird sich bestimmt nicht wegen Dienstvernachlässigung melden, weil er im Suff eingepennt ist.«

»Unser Peter macht keine halben Sachen. Jetzt warten wir mal ab. Vermutlich kommt er in etwa einer halben Stunde wieder zu sich. Peter hat mir das alles genau erklärt.«

»Aber wird er denn nicht merken, daß man ihm eine Ladung Betäubungsgas verpaßt hat?«

»Das ist doch das Beste daran! Das Gas hinterläßt keine Spuren. Abgesehen davon, was würdest zu denken, wenn du, über und über nach Schnaps stinkend, mit einer leeren Flasche in der Hand aufwachst?«

Die breite Treppe – sie knarrte ziemlich laut und lag direkt hinter der Stelle, wo der Wachposten friedlich schlummerte – führte in die Scheune hinunter, die zu einer Garage umfunktioniert worden war. Die Taschenlampe in der Hand, stieg van Effen rasch nach unten, löste die Verriegelung des Tors und wandte sich dann dem Lastwagen zu. Das Äußere war unverändert, nur die Nummernschilder waren ausgewechselt worden. Van Effen kroch unter den Wagen, kratzte an einer Stelle am Fahrgestell, vor der Hinterachse, den Schmutz weg und befestigte den kleinen metallenen Gegenstand, den Vasco aus dem Stück Seife hervorgezaubert hatte, mit einer Magnetklammer an dem Chassis. Dreißig Sekunden später saß er auf dem Fahrersitz und setzte sich per Funk mit der Marnixstraat in Verbindung.

»Geben Sie mir bitte Oberst de Graaf.«

»Wer ist am Apparat?«

»Das tut nichts zur Sache. Geben Sie mir den Polizeichef.«

»Er ist zu Hause.«

»Das ist er nicht. Er ist im Präsidium. Sie haben zehn Sekunden Zeit, oder Sie sind die längste Zeit Polizist gewesen.«

Genau zehn Sekunden später war de Graaf am Apparat. »Sie sind mit dem armen Kerl etwas grob umgesprungen.« In seiner Stimme schwang ein leicht vorwurfsvoller Unterton.

»Entweder ist er ein Trottel und absolut unfähig, oder er ist nicht entsprechend instruiert worden. Er hatte doch Anweisung, eine anonyme Leitung freizuhalten.« Van Effen sprach polnisch, das der Polizeichef ebensogut verstand wie er. Der Polizeifunk wechselte in unregelmäßigen Abständen immer wieder die Frequenz, weil er in jeder größeren Stadt auf der Welt von der Unterwelt abgehört wird. Auch an diesem Tag hatte man wieder einmal die Wellenlänge verändert. Selbst wenn irgendein Ganove die neue Frequenz bereits entdeckt haben sollte, war doch die Wahrscheinlichkeit astronomisch gering, daß er auch Polnisch verstand. »Schalten Sie bitte ihr Tonbandgerät ein. Ich weiß nicht, wieviel Zeit mir noch bleiben wird, und ich möchte mich nicht wiederholen müssen.«

»Schießen Sie los.«

»Ich werde die Ortsnamen rückwärts buchstabieren. Wir befinden uns südlich von – jetzt kommt ein Ortsname – Utrecht und zwischen – zwei weiteren Ortsnamen – Leerdam und Gorinchem. Haben Sie das?»

»Ja.«

»Versuchen Sie nicht, die genaue Lage festzustellen oder gar einen Angriff zu starten. Die führenden Köpfe der Organisation befinden sich an einem anderen Ort.« Das war eine glatte Lüge, was der Oberst natürlich nicht ahnen konnte. »Sie würden damit nichts weiter erreichen als den Tod von fünf unschuldigen Menschen. Sie wissen hoffentlich, wen ich damit meine?«

»Natürlich.«

»Der Lastwagen, den wir uns vom Militär ausgeliehen haben, befindet sich ebenfalls hier. Sie haben die Nummernschilder ausgetauscht. Ich gebe ihnen jetzt die neue Nummer durch. Er wird die Atomsprengkörper befördern, von denen Sie ja wissen.«

»Was!«

»Ich habe unter dem Fahrzeug einen Sender befestigt. Sorgen Sie dafür, daß sich ab – sagen wir – sieben Uhr früh eine Zivilstreife in der Nähe aufhält. Sie soll dem Lastwagen in gebührendem Abstand folgen und den Funkkontakt mit zwei oder drei Einsatzwagen der Militärpolizei aufnehmen, die sich etwas westlich der angegebenen Stelle postieren werden. Ich bin in zunehmendem Maße davon überzeugt, daß der Lastwagen in Richtung Scheldt fahren wird. Er wird mit drei Mann besetzt sein, die Uniformen der holländischen Armee tragen, darunter auch ein falscher Oberstleutnant namens Ylvisaker, der vielleicht sogar diesen Namen beibehalten wird. Ich möchte, daß der Lastwagen zusammen mit seinen Insassen konfisziert wird – natürlich in aller Stille. Diese Aktion muß unbedingt geheimgehalten werden. Falls dennoch etwas an die Öffentlichkeit gelangen sollte, tragen Sie die Verantwortung für die Überflutung des ganzen Landes.«

De Graafs Stimme klang nun eindeutig vorwurfsvoll. »Sie brauchen mir nicht zu drohen, mein Junge.«

»Dann bitte ich um Entschuldigung. Ich stehe unter großer Anspannung und greife deshalb zu recht drastischen rhetorischen Mitteln, wie Sie sicher verstehen können. Noch etwas. Lassen Sie außerdem über Funk und Fernsehen durchgeben, daß kein Grund zur Besorgnis besteht und daß sich unsere Bemühungen auf die Gegend um Rotterdam und Scheldt konzentrieren. Geben Sie als Grund für diese Durchsage an, daß Sie damit die Bürger in dieser Region zu besonderer Wachsamkeit aufrufen wollen. Irgendwelche auffälligen oder verdächtigen Vorkommnisse sollen sofort der nächsten Polizeistation gemeldet werden. Der Effekt dieser Maßnahme ist rein psychologischer Natur, und ich glaube nicht, daß unsere Freunde in Psychologie sonderlich gut sind. Aber bitte, schreiten Sie sonst in keiner Weise ein. Kassieren sie in aller Stille diesen Lastwagen, aber sonst keine weiteren Maßnahmen – bitte!«

»Ich habe verstanden. Übrigens, ich habe gerade Besuch von einem

Herrn, der sich gern einen Moment mit Ihnen unterhalten möchte. Er spricht besser Polnisch als wir beide zusammen.«

»Buchstabieren Sie mir seinen Namen rückwärts.«

De Graaf buchstabierte, worauf Wieringas Stimme im Hörer ertönte. »Herzlichen Glückwunsch, Leutnant.«

»Lassen Sie sich damit lieber noch etwas Zeit, Mijnheer. Ich werde nämlich die Sprengung der Flevoland-Deiche und des Atomsprengkopfs in der Markerwaard nicht verhindern können. Mir ist übrigens noch etwas eingefallen. Könnten Sie veranlassen, daß die Medien im Rahmen ihrer Durchsage bezüglich der Gegend um Scheldt und Rotterdam darauf aufmerksam machen, daß sich Whitehall und Stormont einig geworden sind, sofortige Verhandlungen aufzunehmen.«

»Ich weiß nicht, was man im Parlament davon halten wird.«

»Dann sorgen Sie eben dafür, daß Sie Gefallen daran finden werden.«

»Sicher wieder so ein obskures psychologisches Motiv. Also gut, ich werde mein Bestes versuchen. Und jetzt einmal ganz ehrlich, Leutnant, wie schätzen Sie unsere Chancen ein?«

»Die Vorzeichen stehen günstig, Mijnheer. Sie vertrauen uns. Das heißt, sie müssen uns vertrauen.« Er weihte ihn kurz über den Vorfall in dem Waffendepot bei De Doorns ein und über die Unfähigkeit der RAF, mit per Funk gezündeten Sprengkörpern umzugehen. »Abgesehen davon gehe ich jetzt davon aus, daß sie keinerlei Mißtrauen oder Verdacht mehr gegen uns hegen. Im großen und ganzen sind sie naiv, selbstgefällig, überzuversichtlich und sich ihrer Sache zu sicher. Ihnen fehlt einfach der prinzipielle Argwohn eines guten Detektivs. Ich muß jetzt weitermachen, Mijnheer. Ich werde mich wieder melden, sobald mir dies möglich ist.«

Im Büro des Polizeichefs in der Marnixstraat wandte sich Wieringa an de Graaf: »Sind Sie mit van Effen einer Meinung, was die Einschätzung der Lage betrifft, Oberst?«

»Wenn er so darüber denkt, dann trifft das auch auf mich zu.«

»Warum ist dieser junge Mann – jung natürlich nur im Vergleich zu uns – nicht schon längst irgendwo Polizeichef?«

»Weil er in nicht allzu ferner Zukunft meinen Posten hier übernehmen wird. Und bis dahin brauche ich ihn noch.«

»Trifft das nicht auf uns alle zu?« seufzte Wieringa.

Van Effen stieg indessen wieder zum Dachgeschoß hinauf. Er tätschelte dem Wachposten leicht die Wange, um sich zu überzeugen, daß der Mann noch nicht zu sich gekommen war. Drei Minuten später war er wieder in der Mühle. Vasco sah demonstrativ auf seine Uhr.

»Zehn Uhr dreiunddreißig«, sagte er vorwurfsvoll.

»Tut mit leid. Ich wurde aufgehalten. Ich muß schon sagen, eine nette Art, einen Mann zu begrüßen, der gerade den Klauen des Todes entronnen ist.«

»Hat es denn Probleme gegeben?«

»Nein. Alles lief wie vorgesehen.«

»Aber du hast das Schloß am Garagentor nicht aufgekriegt«, warf George, ebenfalls in vorwurfsvollem Ton, ein.

»Welch herzliche Willkommensgrüße! Wo bleiben eure Glückwünsche für eine erfolgreich durchgeführte Mission? Hättet ihr euch vielleicht an diesem Schloß zu schaffen gemacht, wenn ihr hinter dem Fenster gleich neben dem Bad Hochwürden Riordan gesehen hättet, wie er im Stehen meditiert und mit weit offenen Augen angestrengt auf den Hof hinuntergestarrt hat? Statt dessen habe ich die Verriegelung des Garagentors von der Innenseite gelöst.«

»Ich hoffe, du hast daran gedacht, sie dann wieder anzubringen.«

»George!«

»Entschuldige. Wer hat dich eigentlich aufgehalten?«

»Wieringa, der Verteidigungsminister. Er war bei de Graaf in der Marnixstraat. Wenn ihr euch aller Zwischenfragen enthaltet, erzähle ich euch unsere Unterhaltung Wort für Wort.«

Das tat er, und als er damit fertig war, nickte George. »Gut. Du hast natürlich die Wanze angebracht. Aber warum hast du dich eigentlich auf diesen ganzen Quatsch eingelassen, um die Bedienungsanleitungen für die Sprengkörper in die Finger zu kriegen?«

»Hast du noch nie von einem Polizisten – oder Soldaten in diesem Fall – gehört, der mal einen Fehler gemacht hat?«

Nach kurzem Nachdenken erwiderte George: »Anwesende ausgenommen, nein. Und vielleicht können wir diese Informationen trotzdem noch brauchen. Vielleicht gehen ihnen Ylvisaker und seine Leute doch durch die Lappen. Aber du hast ihnen doch nicht erzählt, daß wir mit dem Hubschrauber fliegen?«

»Nein, das habe ich nicht. Aus dem gleichen Grund, weshalb ich auch nicht auf Samuelsons Angebot eingegangen bin, uns zu sagen, wohin wir morgen fahren werden. Wenn ich ihnen das nämlich erzählt hätte, hätte unser Verteidigungsminister spontan seinen Amtskollegen in Whitehall um die Entsendung einer Nimrod gebeten. Diese Bomber sind ja mehr oder weniger fliegende Radarstationen und hätten unsere Flugroute genauestens bestimmen können, ohne daß wir auch nur das geringste davon gemerkt hätten.« Er grinste. »Was machst du denn für ein Gesicht, George? Hattest du denn schon dieselbe Idee?«

»Allerdings.« George wirkte sichtlich durcheinander. »Und ich hielt sie eigentlich für recht gut.«

»Im Gegensatz zu mir. Ich bezweifle zwar nicht im geringsten, daß sich die Royal Air Force mit dem größten Vergnügen zur Mitarbeit bereit erklärt hätte, aber ich bezweifle ebensowenig, daß kurz nach unserem Eintreffen am Bestimmungsort ganz plötzlich ein paar militärische Sonderkommandos aufgetaucht wären, die bekannt dafür sind, nicht viel Federlesens zu machen. Und von einem solchen Besuch halte ich nicht viel aus drei Gründen. Ich möchte ein Feuergefecht vermeiden, das notgedrungen mit einem Blutbad verbunden wäre. Samuelson und seine

Freunde zu töten oder gefangenzunehmen, wobei ich ersteres für wahrscheinlicher halte, scheint mir keine gute Lösung. In diesem Fall könnten durchaus noch genug von seinen Leuten übrigbleiben, um seine Drohungen wahrzumachen. Und ich bin mir ziemlich sicher, daß dem so ist, wenn ich dir auch nicht sagen kann, was mich zu dieser unerfreulichen Annahme verleitet. Drittens finde ich die Vorstellung, den jungen Damen könnte etwas zustoßen, alles andere als erfreulich. Ich möchte nicht unbedingt einen Landsmann niederschießen müssen, weil er eines der Mädchen bedroht.«

»Meinst du Julie und Annemarie?« wollte Vasco wissen.

»Nein, alle vier.«

»Die beiden anderen sind doch eindeutig Kriminelle«, wandte George vorsichtig ein.

»Sie verkehren mit Kriminellen. Was noch keineswegs auch sie zu Kriminellen macht. Einerlei – wenn die Regierung auf diese dumme Idee käme, sähen wir uns gezwungen, sie einer unnötigen Gefährdung auszusetzen. Aber dazu wird es nicht kommen. Wieringa und de Graaf stehen voll hinter uns, und sie sind die einzigen, die in diesem Fall zählen. Abgesehen davon sind diese Überlegungen rein theoretischer Natur. Fast hätte ich noch etwas vergessen, meine Herren. Meine Jeans sind tatsächlich ziemlich naß geworden.«

Nachdem er sich umgezogen hatte, sagte van Effen: »Unser abwesender Freund O'Brien fehlt uns in mehr als einer Hinsicht – er nimmt nämlich im Augenblick die Schlüsselposition ein. Ich gäbe viel darum, zu wissen, wo er sich jetzt gerade befindet. Er wird kaum zu ihrem anderen Stützpunkt aufgebrochen sein, weil seine Erfahrungen, was Alarmanlagen, Wanzen und dergleichen betrifft, dort kaum gefragt sein dürften. Man könnte endlos spekulieren, wohin er wohl gegangen sein könnte, um seine Erfahrungen auf diesem Gebiet sinnvoll zur Anwendung zu bringen. Allerdings wäre dies reine Zeitverschwendung.«

»Ich vernachlässige meine Pflicht«, warf Vasco ein. »Wenn ihr mich entschudligen würdet. George, könntest du bitte kommen und das Licht wieder einschalten?«

Er schaltete das Licht aus, ging ins Bad und schloß die Tür hinter sich. George hatte kaum das Licht wieder angeschaltet, als Vasco schon gegen die Tür klopfte. George schaltete das Licht wieder aus, worauf die Badezimmertür wieder aufging. »Das könnte euch vielleicht interessieren«, winkte Vasco die beiden anderen ins Bad.

In unregelmäßigen Abständen versuchte der Wachposten seinen Kopf leicht zu bewegen und zu drehen. Nach einer Weile war der Mann schließlich in der Lage, ihn aufrecht zu halten, um ihn dann mehrere Male zu schütteln. Wieder etwas später – es war zu dunkel, um seinen Gesichtsausdruck erkennen zu können, aber vermutlich war er sichtlich verwirrt und durcheinander – zog er seine rechte Hand unter der Decke hervor und stierte auf die Flasche, die er immer noch fest umklammert hielt. Nachdem er sie umgedreht und festgestellt hatte, daß sie leer war, stellte er sie auf den Boden und richtete sich in seinem Sessel ein Stück auf.

»Wartet nur, gleich pennt der Kerl wieder ein«, flüsterte Vasco.

»Keineswegs«, entgegnete van Effen. »Er trifft jetzt eine wichtige Entscheidung.«

Und der Wachposten traf seine Entscheidung. Er schlug die Decke zurück, rappelte sich müsahm hoch und machte ein paar taumelnde Schritte, die ihn in gefährliche Nähe der Dachgeschoßtür brachten.

»Er ist besoffen«, raunte Vasco.

»Du schätzt den Burschen falsch ein, Vasco. Er hat gesehen, daß seine Flasche leer ist, und aufgrund dessen und der Tatsache, daß er nach Schnaps stinkt, nimmt er an, daß er betrunken sein muß. Folglich verhält er sich auch entsprechend. Autosuggestion nennt man so etwas, glaube ich. Hätte unangenehm für uns werden können, wenn der Mann, der ihn ablösen wird, gemerkt hätte, daß der Kerl nicht wachzukriegen ist. Aber jetzt haben wir genug gesehen.«

Wieder im Zimmer, erklärte van Effen. »Ich glaube, wir sollten kurz nach unten gehen. Auch du, Vasco; natürlich nur, wenn du dich bereits wieder kräftig genug fühlst.«

»Ich bin schließlich Hauptmann der niederländischen Armee. Ich bin ein tapferer Krieger.«

»Aber du hast doch zu Samuelson gesagt, du kämst nicht mehr nach unten«, warf George ein.

»Meine Pläne ändern sich eben den Umständen entsprechend. Es war ganz schön kalt da draußen. Ich brauche dringend einen Brandy. Außerdem würde ich gern ihre Reaktion auf die Nachricht sehen, daß sich die Jagd auf die FFF nun auf die Gegend um Rotterdam und Scheldt konzentriert. Und endlich möchte ich erreichen, daß die Raketen und Sprengkörper vom Lastwagen in den Hubschrauber geschafft werden.«

»Wieso denn das?« wollte George erstaunt wissen.

»Morgen früh wird es auf den Straßen zwischen hier und Rotterdam nur so von Kontrollposten der Polizei und des Militärs wimmeln; vor allem Militär, vermute ich. Ich bin davon überzeugt, daß Ylvisaker geschnappt werden wird. Wenn der Laster dann also tatsächlich kassiert wird, gibt ihnen das die Gewißheit, daß auf uns hundertprozentig Verlaß ist, während wir nichts zu verlieren haben, weil die Raketen ohnehin nicht funktionsfähig sind.«

»Du hättest Anwalt oder Politiker werden sollen oder Börsenmakler. Als Betrüger hättest du auch keine schlechte Figur abgegeben«, meinte George anerkennend.

»In den Reihen der Polizei sollten solche Leute wie ich jedenfalls nichts zu suchen haben.«

»Noch etwas. Wenn ich mir's recht überlege, könnte ihr ganzes Waffen- und Sprengstoffarsenal im Endeffekt für uns sogar von größerem Nutzen sein als für sie. Nur so eine Idee. Vasco, was weißt du eigentlich über die Bestimmungen bezüglich des Transports von Raketen?«

»Absolut nichts.«

»Dann werden wir uns ein paar einfallen lassen.«

»Wetten, daß ich mir bessere Bestimmungen ausdenken kann als ihr beide zusammen?«

»Meine Herren, meine Herren!« Samuelsons Krokodilslächeln hätte einen Erzengel vor Neid erblassen lassen. »Welche Freude, Sie doch noch in unserer Mitte zu sehen! Ich dachte schon, Sie wollten sich heute abend gar nicht mehr sehen lassen, Mister Danilow.«

»Ich konnte einfach nicht schlafen!« erwiderte van Effen mit einer Ehrlichkeit, die besagten Erzengel nicht minder beschämt hätte. »Als überzeugter – nun ja – Wahlholländer konnte ich einfach nicht – na ja, Sie wissen schon – Flevoland.«

»Natürlich, natürlich. Das kann ich sehr gut verstehen. Und der Herr Hauptmann – entschuldigen Sie, Leutnant. Welch eine Freude, zu sehen, daß es Ihnen wieder bessergeht. Der Grog hat also geholfen?«

»Nicht, was meine Stimme betrifft«, entgegnete Vasco heiser. »Aber sonst fühle ich mich schon wieder auf dem Damm. Dank Ihrer Hilfe, Mister Samuelson.«

»Sag mir noch einer etwas gegen bewährte Universalheilmittel. Vielleicht noch ein Glas davon?« Er warf auch van Effen und George einen kurzen Blick zu. »Einen Brandy, meine Herren? Einen doppelten?«

»Danke, sehr gern«, nickte van Effen. Er wartete, bis Samuelson Leonardo die entsprechenden Anweisungen erteilt hatte. »Sie wissen ja selbst, daß ich in der Regel nicht neugierig bin, aber zwei Dinge haben doch mein Interesse geweckt. Die Damen sind wieder nach unten gekommen. Man hat mir zu verstehen gegeben, sie wären mit ihren Nerven so ziemlich am Ende.«

»Soweit ich das beurteilen kann, ist das immer noch der Fall. Und Ihre zweite Frage?«

Van Effen lächelte. »Meine zweite Frage könnte die Antwort auf die eigentliche Absicht, die hinter meiner ersten Frage stand, geben. Wie ich sehe, läuft der Fernseher wieder. Offensichtlich hat das zu bedeuten, daß Sie in nächster Zukunft wieder eine Durchsage erwarten.«

»Sie haben völlig richtig kombiniert.« Samuelson lächelte. »Womit beide Fragen beantwortet wären. Wenn Sie mich für einen Augenblick entschuldigen, meine Herren. Ich muß dem Reverend sagen, daß Kopfhörerzeit ist.«

Leonardo brachte ihre Drinks. Van Effen dankte ihm und ging mit den beiden anderen auf die Veranda hinaus. Niemand nahm daran Anstoß.

Van Effen schloß die Tür hinter sich. »Nun? Was sollen wir davon halten?«

»Von den vier jungen Damen, die angeblich mit den Nerven am Ende sind? Sie unterhalten sich miteinander, zwar nicht besonders angeregt und nicht unbedingt herzlich, aber sie reden miteinander. Ich kann einfach nicht glauben, daß sie wieder nach unten gekommen sind, um sich die nächste Durchsage anzuhören.« Nachdenklich nippte George an seinem Brandy. »Offensichtlich will da jemand mit uns reden.«

Van Effen nickte zustimmend. »Julie. Vielleicht auch Annemarie, aber ich tippe eher auf Julie.« Er sah zur Dachgeschoßtür hinüber, wo der Posten nun sicheren Schritts auf und ab ging. Er schien voll in seine Aufgabe vertieft. »Wenn wir wieder nach drinnen gehen – was gleich der Fall sein wird, denn hier draußen ist es wirklich eisig –, wartet erst ein paar Minuten, schlendert dann scheinbar ziellos im Zimmer umher und seht zu, ob ihr Julie nicht in ein Gespräch verwickeln könnt. Aber nur ganz kurz, höchstens ein paar Worte. Wenn nötig, laßt einfach das Stichwort ›Hubschrauber‹ fallen. Sie wird dann schon wissen, was ich meine. Ich halte mich in eurer Nähe auf, so daß niemand eure Unterhaltung zu hören bekommt. Ich selbst kann mich allerdings nicht an Julie heranwagen. Wenn Samuelson auf einen von uns ein argwöhnisches Auge geworfen hat, dann auf mich.«

»Das dürfte nicht weiter schwer sein«, nickte George.

Sie kamen wieder ins Wohnzimmer. Van Effen und Vasco schüttelten sich theatralisch, um auf die Kälte draußen aufmerksam zu machen. George war dafür allerdings etwas zu kräftig gebaut und gut gepolstert.

Romero Agnelli begrüßte sie mit einem Lächeln. »Diesmal haben Sie es aber nicht lange ausgehalten da draußen?«

»Frischluft ist eine Sache«, erwiderte van Effen, »Temperaturen wie in einem Gefrierfach eine andere.« Er warf einen kurzen Blick auf die stumm vor sich hinflimmernde Mattscheibe. »Ist Mister Samuelson noch nicht wieder heruntergekommen?«

»Er hat doch noch kaum Zeit gehabt, nach oben zu gehen und wieder herunterzukommen«, warf Agnelli ein. »Ihre Gläser, meine Herren.«

An der Bar begann van Effen: »Ein Hundewetter da draußen. Und allen Anzeichen nach wird es noch schlimmer. Glauben Sie wirklich, es ist ratsam, morgen den Hubschrauber zu benützen?«

»Haben Sie Flugerfahrung?«

»Als Passagier ja, sogar eine Menge. Ich hatte sogar mal den Flugschein. In einem Hubschrauber bin ich jedoch mein ganzes Leben noch nicht geflogen.«

»Ich habe sogar einen Hubschrauberschein. Flugstunden – insgesamt drei. Bei einem Wetter wie diesem brächten Sie mich keine hundert Meter an den Pilotensitz in einem Hubschrauber heran. Daniken hat allerdings schon tausend Flugstunden absolviert. Er ist ein hervorragender Pilot.«

»Na, dann bin ich ja beruhigt.« Van Effen merkte, daß Vasco und George sich abgesetzt hatten. Er folgte ihnen jedoch nicht mit den Augen. »Ein beruhigendes Gefühl, heil anzukommen.«

»Wenn Daniken sich seiner Sache nicht absolut sicher wäre, würde er nicht starten.«

Sie setzten ihr Gespräch zu diesem Thema noch weitere zwei, drei Minuten angeregt fort, bis Samuelson wieder erschien. Wie eh und je strahlte er gute Laune und Herzlichkeit aus.

»Es kann jeden Moment losgehen, meine Damen und Herren. Nehmen Sie doch schon Platz.«

Es war wieder der bekannte Nachrichtensprecher, der jedoch in der letzten Stunde um Jahre gealtert schien.

»Wir haben zwei weitere Mitteilungen bekanntzugeben, die beide die FFF betreffen. Die erste lautet: London und Stormont, das Parlament der Republik Nordirland, sind übereingekommen, unverzüglich mit unserer Regierung in Verhandlungen zu treten. Die Verhandlungen sind sogar bereits im Gange.«

Samuelson strahlte.

»Die zweite besagt, daß die Regierung alle Bürger der Niederlande auffordert, der Zukunft zuversichtlich entgegenzusehen. Im Verteidigungsministerium hegt man den Verdacht – ohne freilich Gewißheit zu haben –, daß die FFF nach den Deichsprengungen und der Zündung des atomaren Sprengkörpers, die für morgen im Ijsselmeer angekündigt ist, ihr Operationsgebiet in einen anderen Teil der Niederlande verlegen wird, zumal sich im bisherigen Verlauf des Geschehens gezeigt hat, daß die FFF den Grundsatz zu befolgen scheint, nie zweimal am selben Ort zuzuschlagen. Überwiegend ist man der Ansicht, daß sie sich in nächster Zukunft auf die Region um Rotterdam–Scheldt konzentrieren wird. Wir geben dies bekannt, weil die Regierung jeden Bürger in diesem Gebiet – ich wiederhole: jeden – zu verstärkter Wachsamkeit auffordern möchte; sie bittet des weiteren darum, alle auffälligen und ungewöhnlichen Vorkommnisse unverzüglich der nächsten zuständigen Polizeistation zu melden. Es besteht kein Zweifel an der Tatsache, daß diese Ankündigung auch der FFF zu Ohren kommen wird; allerdings betrachtet die Regierung diesen Umstand als das geringere Übel im Vergleich zu dem Nutzen, den die FFF aus dieser Bekanntgabe ziehen könnte.«

Samuelson war das Lachen vergangen. Mit sorgenvoll gerunzelter Stirn warf van Effen einen kurzen Blick auf George, dann, ohne seinen Ausdruck zu verändern, auf Samuelson und sagte: »Das gefällt mir nicht.«

»Mir gefällt es auch nicht.« Samuelsons Ausdruck glich dem van Effens beinahe wie ein Spiegelbild. Nervös trommelte er mit den Fingerspitzen auf die Lehne seines Sessels. Schließlich wandte er sich van Effen zu. »Was halten Sie von dieser Entwicklung der Dinge?« Van Effen fand es höchst aufschlußreich, daß Samuelson sich zuerst an ihn wandte. Wie es schien, hielt er nicht viel von seinen Mitarbeitern. Van Effen ließ sich etwa zwanzig Sekunden Zeit für seine Antwort. Er hatte zwar bereits die Antworten auf die meisten möglichen Fragen parat, aber eine unverzügliche Antwort hätte Samuelson sicher nicht hinreichend beeindruckt.

»Ich schätze, sie bluffen – zumindest um mehrere Ecken herum. Möglicherweise glauben sie tatsächlich, daß Sie beim nächsten Mal an einem anderen Punkt zuschlagen werden. Deshalb hoffen sie vielleicht, daß Sie sich auf Grund dieser Ankündigung in Sicherheit wähnen und unvorsichtig werden. Die andere Möglichkeit: sie bluffen nicht und wollen damit nur Ihren Aktionsradius einschränken. Ich persönlich halte keine dieser beiden Möglichkeiten für unbedingt intelligent, aber andererseits standen der Justizminister, der Verteidigungsminister und der Polizeichef von Amsterdam noch nie in dem Ruf, besondere Geistesgrößen zu sein.« George hüstelte leise hinter vorgehaltener Hand, verzog jedoch sonst keine Miene.

Samuelson schien nachdenklich. »Vergessen Sie nicht, daß ich Verteidigungsminister Wieringa kennengelernt habe. Er scheint mir keineswegs ein Narr zu sein.«

»Das ist er auch nicht. Er ist ehrlich, absolut integer und das beliebteste Mitglied des Kabinetts; was ihm fehlt, ist die nötige Gerissenheit, um den Sprung nach ganz oben zu schaffen. Intrigen und Bluffs sind nicht seine Stärke. Abgesehen davon, falls tatsächlich irgend jemand wüßte, wo wir uns befinden, glauben Sie nicht, wir hätten schon längst Besuch von Fallschirmjägern oder militärischen Sonderkommandos bekommen?«

»Allerdings!« Dieser Gedanke schien Samuelsons Stimmung wieder etwas zu heben.

»Und noch etwas. Soviel ich weiß, haben Sie noch einen anderen Stützpunkt. Warum rufen Sie Ihre Leute dort nicht an und erkundigen sich, ob irgend etwas Besorgniserregendes vorgekommen ist?«

»Eine ausgezeichnete Idee.« Samuelson nickte Romero Agnelli zu, der ans Telefon ging, wählte, kurz hineinsprach und wieder auflegte.

»Nichts«, teilte er den Anwesenden mit.

»Großartig.« Samuelson fand allmählich wieder zu seiner früheren guten Laune zurück. »Also sind wir aus dem Schneider.«

»Nein, das sind wir nicht«, verneinte van Effen entschieden. »Ist es möglich, daß das Fehlen des Lastwagens und seiner Ladung in dem Waffendepot, aus dem sie stammen, bemerkt wurde, Leutnant?«

»Der Laster?« Vascos Stimme war unverändert heiser. »Möglich, aber kaum anzunehmen. Das Fehlen der Waffen ist bestimmt nicht aufgefallen. Die nächste Bestandsaufnahme ist erst in zwei Wochen fällig.«

Van Effen machte einen Vorschlag. »Eigentlich ist das ja nicht meine Sache, Mister Samuelson, aber finden Sie nicht, wir sollten die Nummernschilder des Lastwagens auswechseln?«

Samuelson grinste zufrieden. »Bereits geschehen.«

»Sehr gut. Aber damit ist es noch nicht getan.« Vascos Stimme klang unruhig und besorgt. »Wie Mister Danilow bereits erwähnt hat, müssen wir in diesem Gebiet mit verstärkten Aktivitäten der Polizei und des Militärs rechnen. Das heißt, wir werden auf verschiedene Straßensperren der Polizei *und* der Armee stoßen. Von der Polizei haben wir nichts zu befürchten, beim Militär ist das anders. Die wissen nämlich, daß Raketentransporte, die an sich schon selten genug durchgeführt werden, immer im Konvoi stattfinden. Wenn Sie den ganzen Kram zum Einsatzort schaffen wollen, müssen Sie das per Hubschrauber machen.«

»Aber nicht in meinem Hubschrauber«, erklärte Daniken in aller Entschiedenheit.

»Ich zweifle nicht im geringsten an Ihren Fähigkeiten als Hubschrauberpilot, Mister Daniken.« Seine Heiserkeit machte es Vasco nicht leicht, seiner Stimme einen eisigen Unterton zu verleihen; dafür sprachen jedoch seine Augen Bände. »Ich würde in diesem Fall nach dem Grundsatz vorgehen: Schuster bleib bei deinen Leisten. Ich kenne mich mit Raketen und Sprengkörpern aus. Eine Rakete wird erst scharf, nachdem sie abgeschossen worden ist. Offensichtlich haben Sie noch nie in Ihrem Leben in einem Militärhubschrauber gesessen. Was denken Sie, haben wohl die russischen Transporthubschrauber in Afghanistan an Bord? Spielzeugpistolen?« Daniken erwiderte nichts. »Ich finde, daß Sie auch den übrigen Kram nicht mit dem Lastwagen transportieren sollten. Wenn Sie damit nämlich in eine Straßensperre des Militärs geraten, werden die genau wissen wollen, aus welchem Waffendepot die Ladung kommt und zu welcher Einheit sie weiterbefördert werden soll. Diese Militärpatrouillen sind nämlich verdammt neugierig, wachsam und hartnäckig – vor allem, wenn eine nationale Notstandssituation gegeben ist.«

Daniken schien bedrückt. »Aber die Zünder . . .«

»Die Zünder«, tröstete ihn George, »werden, in Watte eingepackt und in einer mit Samt ausgeschlagenen, lederüberzogenen Stahlkiste verstaut, auf meinem Schoß ruhen.« Seine Stimme nahm einen leicht gereizten Tonfall an. »Glauben Sie denn, ich bin scharf darauf, in die Luft zu fliegen?«

»Das kann ich mir allerdings auch nicht vorstellen«, schaltete sich Samuelson ein. »Was halten Sie von dem Ganzen, Romero?«

»Ich würde sagen, der Fall ist klar, Mister Samuelson.«

»Ganz meiner Meinung. Also, einverstanden, meine Herren. Großartige Sicherheitsvorkehrungen. Wir werden mit dem Lastwagen vor die Scheune fahren, in der unser Hubschrauber untergebracht ist, und die Raketen und das restliche Zeug umladen, sobald die Hausangestellten zu Bett gegangen sind, was im übrigen noch etwas dauern dürfte, da sich bestimmt alle noch um Mitternacht die Durchsage im Fernsehen anhören werden. Sie würden aber wohl auch dann kaum Verdacht schöpfen, wenn sie etwas mitbekommen sollten. Schließlich sind sie inzwischen daran gewöhnt, daß bei einer Filmproduktion ständig etwas Unvorhergesehenes passiert.« Er machte eine kurze Pause. »Ob einer von Ihnen dreien, meine Herren, wohl die Güte hätte, die Verladung des Materials zu überwachen?«

»Das mache ich«, erklärte sich George spontan bereit; und mit einem Blick auf Daniken meinte er. »Sieht aus, als hätten wir morgen einen etwas unruhigen Flug. Ihr Hubschrauber ist doch eine ehemalige Militärmaschine – ich nehme an, daß sie entsprechend ausgestattet ist, um empfindliche Materialien, die nicht allzuviel Bewegung vertragen, sicher zu verstauen?«

»Das ist kein Problem.« Daniken wirkte noch immer recht unglücklich.

»Das dürfte im Augenblick alles sein«, erklärte van Effen abschließend. »Vor der Durchsage um Mitternacht hätte ich mich noch gern ein bißchen hingelegt. Ich glaube nicht, daß wir dabei viel Neues erfahren werden. Selbst wenn sie mit Schiffen und Hubschraubern mit Suchscheinwerfern anrücken sollten, ist bei diesem Regen die Sicht gleich Null. George? Leutnant? Was ist?«

Ich komme auch mit nach oben«, nickte George. »Noch mehr von diesem Brandy, und ich werfe nachher mit Zündern durch die Gegend.«

Vasco war bereits aufgestanden. Ohne die vier Mädchen auch nur eines Blicks zu würdigen, gingen sie nach oben. Auf dem Flur vor ihrem Zimmer sagte van Effen anerkennend: »Also – lügen könnt ihr beide wie kaum sonst jemand. Hast du mit Julie gesprochen, George?«

»Wo denkst du hin«, erwiderte George überlegen. »Als echter Profi macht man so etwas wesentlich eleganter.« Er zog einen zusammengefalteten Zettel aus der Tasche.

»Großartig. Wir kommen an unsere Zimmertür, Vasco. Fällt dir irgend etwas Ungewöhnliches auf?«

»Wir hatten Besuch.«

Nachdem sie ihr Zimmer betreten hatten, inszenierte van Effen eine kurze Unterhaltung über das Wetter, die sichersten Methoden, Raketen und Sprengkörper an Bord des Hubschraubers zu verstauen, und über seine Überzeugung, daß der Lastwagen keinerlei Probleme haben dürfte, seinen Bestimmungsort zu erreichen. Gleichzeitig überprüfte Vasco das Zimmer. Nach wenigen Minuten kam er aus dem Bad zurück und legte seinen Finger an die Lippen.

»Ich lege mich jedenfalls mal lang«, erklärte van Effen schließlich. »Irgendwelche Freiwilligen, die mich um Mitternacht wecken?«

»Dazu brauchen wir keine Freiwilligen«, entgegnete Vasco. »Ich habe schließlich meinen Reisewecker dabei.«

Wenige Sekunden später standen alle drei im Bad. Van Effen und George waren als erste hineingegangen, gefolgt von Vasco, der sofort die Dusche laufen ließ.

»Man muß nicht unbedingt ein Genie sein, um sich zusammenzureimen, daß O'Brien nicht hier sein kann«, sagte Vasco. »Jedenfalls für diese primitiv angebrachte Wanze unter meinem Bett dürfte er kaum verantwortlich sein. Die einzige Wanze, die sich nicht entfernen läßt, ohne daß ein Lauscher es merkt, steckt im Duschkopf – der Mann, der die Mikrophone abhört, kann hören, wenn sie herausgeschraubt wird. Aber selbst wenn sie hier drinnen noch andere Wanzen angebracht hätten, könnte kein Mensch bei laufender Dusche etwas hören.«

»Für dich gilt das gleiche wie für unseren Muskelprotz hier«, entgegnete van Effen. »Du hättest dich längst auf die Seite der Unterwelt schlagen sollen. Da hättest du es zu etwas gebracht. Nun, die FFF wird auf diese Weise in den Besitz einer Tonbandaufnahme gelangen, die sie in dem Glauben bestärkt, daß auf uns Verlaß ist. Aber jetzt zeig doch mal diesen Zettel her, George.«

Van Effen las vor: *»Irgend etwas geht hier vor, über das weder ich noch Annemarie uns recht im klaren sind, aber vielleicht könnt ihr etwas damit anfangen. Wir haben uns mit den beiden Damen unter unseren Entführern etwas angefreundet und dabei festgestellt, daß sie ebensowenig kriminell sind wie Annemarie oder ich. Abgebrühte Verbrecher schleichen nicht durch die Gegend, als stünde das Jüngste Gericht unmittelbar vor der Tür, und würden auch kaum versuchen, ständig mit Mühe und Not ihre Tränen zurückzuhalten.«*

Van Effen warf George einen nachdenklichen Blick zu. »Hat irgend jemand gesehen, wie Julie dir diesen Zettel zugesteckt hat?«

»Nein.«

Vasco war sichtlich verwundert. »Was ist, wenn Julie ihnen etwas von uns erzählt hat?«

»Quatsch!« fiel ihm George ins Wort.»Wenn du Peters Schwester kennen würdest, würdest du nicht solchen Unsinn daherreden. Auf ihren Scharfsinn, ihre Urteilskraft und ihren Instinkt kann man sich verlassen. Ich würde sogar sagen«, fügte George in spöttisch vertraulichem Ton hinzu, »daß sie etwas schlauer ist als ihr Bruder.«

»Ich glaube nicht, dich um deine Meinung gebeten zu haben«, sagte van Effen. Dann las er weiter: *»Kathleen steht zweifellos am stärksten unter Druck. Sie hat Angst vor Samuelson. Maria steht nicht in gleichem Maß unter Druck, obwohl sie nicht mit dem einverstanden zu sein scheint, was ihr Bruder Romero vorhat. Aber offensichtlich mag sie ihn sehr, und ich muß zugeben, daß er auch zu uns sehr freundlich und zuvorkommend war, seit sie uns entführt haben.*

Ich glaube fast, daß sie auf ihre spezielle Weise ebenso Gefangene sind wie wir. Meiner Meinung nach wird auch auf Kathleen und Maria ein gewisser Zwang ausgeübt – nicht derselbe Zwang, dem wir ausgesetzt sind, aber doch ein bestimmter Zwang.«

»Zwang«, wiederholte Vasco. »Das klingt ja fast so wie das, was du vorhin auf der Veranda gesagt hast, Peter.«

»Ich weiß. *Wir – Annemarie und ich – sind hier, weil wir entführt worden sind. Sie dagegen befinden sich hier – davon bin ich fest überzeugt –, weil sie hintergangen, belogen und getäuscht worden sind und weil man vielleicht an ihre Liebe, ihre Loyalität oder ihr Ehrgefühl appelliert hat. Ich glaube, daß die beiden, vor allem Kathleen, unter Vorspiegelung falscher Tatsachen in diese Geschichte hineingezogen worden sind.«*

»Meine Güte!« Zum erstenmal ließ George sich aus der Ruhe bringen. »Ich habe ja schon von Fällen von Gedankenübertragung bei Zwillingen gehört, aber sie ist doch nur deine jüngere Schwester. Fast das gleiche hast du doch vorhin draußen auf der Veranda gesagt, beinahe Wort für Wort.«

»Mit Telepathie hat das herzlich wenig zu tun. Große Geister neigen eben dazu, ähnliche Gedanken zu haben. Zweifelst du jetzt immer noch an ihrem Scharfsinn, ihrer Urteilskraft und ihrer Intuition, Vasco?«

Vasco schüttelte mehrere Male langsam den Kopf, ohne etwas zu erwidern.

Van Effen sah George an. »So! Und du denkst also immer noch, Julie wäre schlauer als ich, was?« George rieb sich das Kinn und blieb ihm ebenfalls eine Antwort schuldig. Van Effen las die Nachricht seiner Schwester stumm weiter. »Aber vielleicht hattest du doch recht, George. Hört euch mal an, was Julie hier im letzten Absatz schreibt.

Ich weiß, weshalb Maria sich hier befindet. Obwohl sie mit Romeros Vorhaben keineswegs einverstanden ist, besteht zwischen den beiden eine sehr innige Beziehung. Was Kathleen betrifft, habe ich geschrieben, daß sie vor Samuelson und vor dem, was er vorhaben könnte, Angst hat. Des weiteren habe ich das Thema mißbrauchte Liebe und Loyalität angeschnitten. Ich bin davon überzeugt, daß Kathleen Samuelsons Tochter ist.«

Darauf trat kurzes Schweigen ein, das George mit folgenden Worten brach: »Ich nehme zurück, was ich vorhin gesagt habe – daß Julie schlauer wäre als du, Peter. Sie ist sogar schlauer als wir drei zusammen. Sie muß recht haben. Zumindest wüßte ich keine andere Erklärung.«

Van Effen zündete den Zettel an und spülte die Aschenreste ins Waschbecken. Dann drehten sie die Dusche wieder ab und verließen das Bad.

Vasco schüttelte van Effen an der Schulter. »Zeit zum Aufstehen, Mister Danilow.«

Van Effen schlug die Augen auf und war, wie gewohnt, sofort hellwach. »Ich habe den Wecker gar nicht gehört.«

»Ich habe ihn abgestellt, weil ich schon eine Weile wach bin. George!«

Als sie ins Wohnzimmer herunterkamen, trafen sie dort nur noch Samuelson, die beiden Agnellis und Daniken an.

»Sie kommen genau rechtzeitig, meine Herren«, begrüßte sie Samuelson. Obwohl er allgemein eine Frohnatur zu sein schien, wirkte er an diesem Abend besonders gut gelaunt, ein Umstand, der möglicherweise auf die Flasche Brandy neben ihm zurückzuführen war; der Hauptgrund war sicher seine Vorfreude auf die bevorstehende Durchsage. »In zehn Minuten können wir dann endgültig beruhigt zu Bett gehen.«

»Ich werde aufbleiben«, warf George ein. »Schließlich muß ich die Verladung der Raketen überwachen. Wann fangen wir eigentlich damit an?«

»Ich würde sagen, in einer halben Stunde. Leonardo, wir vernachlässigen unsere Gäste.«

Während Leonardo sich daran machte, dem Abhilfe zu schaffen, sah sich van Effen Samuelson genauer an. Er zeigte keinerlei Ähnlichkeit mit Kathleen, aber das hatte nichts zu besagen; vermutlich war sie nach ihrer irischen Mutter geraten. Van Effen stellte die Meinung seiner Schwester nicht in Frage.

Kurz nach Mitternacht erschien der Sprecher wieder auf dem Bildschirm.

»Zu unserem Bedauern müssen wir bekanntgeben, daß es uns nicht möglich sein wird, in einer Direktübertragung von den Flevoland-Deichen zu berichten. Angesichts der verheerenden Witterungsbedingungen sehen wir uns leider nicht in der Lage, am Schauplatz des Geschehens Filmaufnahmen zu machen. Wir stehen in ständigem Funkkontakt mit einer Reihe von Beobachtern und werden Sie sofort benachrichtigen, sobald die ersten Meldungen eingehen.« Sein Gesicht verschwand wieder vom Bildschirm.

»Schade«, meinte Samuelson, obwohl er keineswegs enttäuscht wirkte. »Das Ganze wäre sicher ein höchst spektakulärer Anblick gewesen. Jedenfalls wird es nicht mehr lange dauern.«

Und damit sollte er durchaus recht behalten. Es war kaum eine Minute verstrichen, als das Bild des Nachrichtensprechers wieder eingeblendet wurde. Er legte eben den Hörer eines neben ihm stehenden Telefons auf.

»Vor etwa neunzig Sekunden wurden genau gleichzeitig der Oostelijk-Flevoland-Deich und der Zuidelijk-Flevoland-Deich gesprengt. Beide Einbruchstellen scheinen ziemlich groß zu sein, obgleich es aufgrund des katastrophalen Wetters bisher nicht möglich ist, ihr genaues Ausmaß zu bestimmen. Wie aus amtlicher Quelle verlautet, ist mit detaillierteren Angaben über den genauen Umfang der Überschwemmungen und des daraus resultierenden Schadens erst bei Tagesanbruch zu rechnen. Wir werden unsere Zuschauer jedoch stündlich über die Ereignisse auf dem laufenden halten.« Er warf einen Blick auf ein Blatt Papier, das ihm eben gereicht worden war. »Soeben ist ein Anruf der FFF eingegangen. Die Mitteilung lautet: ›Heute vierzehn Uhr, Markerwaard.‹«

11

In den frühen Morgenstunden dieses Tages sollten zwei Männer eine besonders wichtige Rolle spielen.

Einer von ihnen war Sergeant Druckmann, begleitet von zwei Polizeibeamten. Alle drei waren in Zivil. Ihr Polizeiwagen, natürlich nicht als solcher gekennzeichnet, strotzte von Schmutz und war an einigen Stellen verbeult. Allerdings war das Gefährt mit einer ungewöhnlich umfangreichen elektronischen Ausrüstung ausgestattet – zwei Funkgeräten und einem Radarsuchgerät. Die Apparate nahmen so viel Platz in Anspruch, daß sie zum Teil sogar, was höchst ungewöhnlich war, auf dem Wagenboden vor dem rechten hinteren Sitz aufgestellt waren. Eine genaue Straßenkarte vor sich auf den Knien, saß der Mann, der sie bediente, auf dem linken hinteren Sitz. Im Augenblick waren die elektronischen Geräte noch mit einer achtlos darübergeworfenen Decke vor neugierigen Blicken verborgen. Der Wagen stand seit halb sieben Uhr früh in einer kleinen Seitenstraße nördlich von Gorinchem.

In einem Abstand von wenigen Kilometern waren noch zwei weitere, ähnlich ausgerüstete Polizeiwagen postiert. Aber es war Druckmanns Wagen, der an diesem Morgen eine entscheidende Rolle spielen sollte.

Der andere Mann, auf den es an diesem Tag noch besonders ankommen sollte, war ein gewisser Gropious; er trug die Uniform eines Feldwebels der holländischen Armee und saß neben einem Soldaten auf dem Beifahrersitz eines Jeeps. Auf dem Rücksitz saßen zwei weitere Soldaten. Mit Gropious hätte man kaum für die holländische Armee Reklame machen können. Seine Uniform war schäbig und zerknittert, und unter seiner schiefsitzenden Mütze quollen lange, blonde Locken hervor, was in den Reihen der holländischen Armee nicht unbedingt ungewöhnlich war, da sie ihren Soldaten keinerlei Vorschriften bezüglich ihrer Haarlänge auferlegt. In diesem Fall waren die blonden Locken allerdings nicht echt.

Wie die Perücke war auch die Uniform Tarnung. Gropious war kein Feldwebel. Oberstleutnant Gropious gehörte einem Sonderkommando der holländischen Armee an, das mit Vorliebe für solche Spezialaufträge herangezogen wurde.

Die Sieben-Uhr-Nachrichten an diesem Tag – die erste Nachrichtensendung in der Geschichte des holländischen Fernsehens, die zu einem so frühen Zeitpunkt ausgestrahlt wurde – hatten gleichzeitig eine ebenso düstere wie eine zuversichtliche Stimmung geweckt. Hunderte von Quadratkilometern von Flevoland waren überschwemmt worden, allerdings nicht sehr hoch. Soweit bekannt, waren keinerlei Menschenleben zu beklagen. Was die Schäden am Viehbestand betraf, sollten genauere Angaben erst im Laufe des Tages veröffentlicht werden. Hunderte von Ingenieuren und Helfern blockierten die Einbruchstellen in den Deichen mit Tausenden von Tonnen Bruchsteinen und Schnellbeton, verstärkt durch in aller Eile und zugegebenermaßen nur notdürftig verankerte Spundwände. Durch diese Maßnahmen würden sich, wie von offizieller Seite verlautete, die Auswirkungen der nächsten Flut nur geringfügig eindämmen lassen. Außerdem würde man die Ausbesserungsarbeiten spätestens drei Stunden vor dem nächsten Fluthöchststand abbrechen müssen.

Im Wohnzimmer der Windmühle saßen währenddessen ein gutes Dutzend Leute beim Frühstück. Samuelson war bester Laune.

»Genau wie geplant, meine Damen und Herren. Genau wie geplant.« Triumphierend sah Samuelson van Effen, George und Vasco an. »Ich halte Wort, meine Herren, oder etwa nicht? Maximale psychologische Wirkung, ohne daß auch nur ein einziges Menschenleben zu beklagen gewesen wäre. Jetzt bestimmen wir den Verlauf des Geschehens.« Er machte eine Pause und lauschte dem Prasseln des Regens auf der Veranda. Mehr und mehr verschwand die gute Laune aus seinem Gesicht. Schließlich wandte er sich, nervös mit den Fingern auf die Tischplatte trommelnd, an Daniken: »Was glauben Sie?«

»Mir gefällt das ganz und gar nicht«, erwiderte Daniken. Er stand auf, trat auf die Veranda hinaus und schloß die Tür hinter sich. Schon nach zehn Sekunden war er wieder zurück.

»Der Wind hat noch kein bißchen nachgelassen«, berichtete er. »Wenn es nur der Sturm wäre, könnte ich vielleicht gerade noch fliegen, aber so einen Regen habe ich in meinem ganzen Leben noch nicht erlebt; dagegen ist sogar das Einsetzen des Monsuns in Indien ein harmloser Nieselregen. Die Sicht ist gleich Null. Unter diesen Bedingungen kann ich nicht fliegen und unseren Flugplan einhalten.«

»Sie meinen, Sie wollen nicht fliegen?« fragte Samuelson. »Sie weigern sich, zu fliegen?« Samuelson schien nicht sehr aufgebracht.

»Selbst wenn Sie mir den Befehl dazu erteilen würden, würde ich bei diesem Wetter nicht fliegen. Ich möchte nicht für das Scheitern Ihrer Pläne verantwortlich sein. Ich bin der Pilot, und ich bin nicht gewillt, die Verantwortung für den Tod von zweiundzwanzig Menschen zu tragen. Wenn Sie Selbstmord begehen wollen – bitte, aber ohne mich.«

Van Effen räusperte sich vorsichtig. »Wie Sie wissen, gehört Neugier nicht zu meinen Tugenden, aber dieses Gerede über Selbstmord gefällt mir nicht. Schließlich betrifft es auch mich. Ist es denn wirklich so wichtig, daß wir pünktlich von hier aufbrechen?«

»Eigentlich nicht«, schaltete sich Romero Agnelli in das Gespräch ein. »Aber Mister Samuelson hat die gesamte organisatorische Planung unseres Unternehmens in meine Hände gelegt.«

»Womit er nicht die schlechteste Wahl getroffen hat.«

»Danke.« Agnelli lächelte fast entschuldigend. »Und ich halte nun einmal sehr viel auf Pünktlichkeit.«

»Ich glaube fast, darüber sollten Sie sich in diesem Fall keine unnötigen Sorgen machen«, entgegnete van Effen. »Ich kenne dieses Land besser als ihr Holländer, die ihr hier aufgewachsen seid. George und der Leutnant werden mir bestätigen, daß Platzregen von dieser Intensität selten länger als eine Stunde anhalten. Und da ich – was ja eigentlich nicht meine Art ist – schon am Fragen bin: Was heißt in diesem Zusammenhang eigentlich Pünktlichkeit und Einhaltung des Flugplans?«

»Es gibt keinen Grund, Ihnen das zu verheimlichen«, erklärte Samuelson. Offensichtlich war er über van Effens Einschreiten sehr erleichtert. »Daniken hat per Funk einen Flugplan nach Valkenburg bei Maastricht durchgegeben, der bestätigt worden ist. Wir filmen heute in hügeligem Gelände, und die einzigen Hügel, die es in Holland gibt, befinden sich in der Provinz Limburg, wo auch Valkenburg liegt. Außerdem hat Romero in einem Hotel schon Zimmer für uns gebucht.«

»Obwohl Sie natürlich keineswegs beabsichtigen, dorthin zu fliegen.« Van Effen nickte zweimal mit dem Kopf. »Nicht schlecht, wirklich nicht schlecht. Sie starten also in Richtung Limburg, das südsüdöstlich von hier liegt, und dann geht Mister Daniken auf Bodenhöhe herunter und ändert den Kurs. Die Niederlande sind ein extrem flaches Land, und man muß ziemlich tief fliegen, um nicht mehr vom Radar erfaßt zu werden. Da ich selbst mal geflogen bin, weiß ich nur zu gut, daß die Höhenmesser in sehr geringen Höhen nicht mehr zuverlässig arbeiten. Es würde uns also nicht sehr gut bekommen, wenn wir plötzlich in einem Luftloch nach unten sakken und einen von diesen hohen Wohnblöcken oder auch nur eine von diesen gigantischen Fernsehantennen streifen würden, die inzwischen ein besonderes Kennzeichen dieses Landes geworden sind. Mister Daniken muß also nach Sicht fliegen, und ich kann nur sagen, daß ich seine Bedenken unter diesen Gesichtspunkten vollauf verstehe.«

»Mister Danilow hat das besser und klarer ausgedrückt, als ich es gekonnt hätte«, pflichtete ihm Daniken bei. »Ich bin absolut seiner Meinung.«

»Und ich stimme euch beiden zu«, nickte Samuelson. »Leonardo, sagen Sie Ylvisaker, daß er mit dem Lastwagen erst aufbrechen soll, wenn wir die entsprechende Anweisung erteilen. Ich möchte nicht, daß er vor uns am Bestimmungsort eintrifft.«

Ylvisaker – in der gepflegten Uniform eines Oberstleutnants – und seine beiden Begleiter im Rang eines Feldwebels und eines gewöhnlichen Soldaten der holländischen Armee brachen um acht Uhr fünfundvierzig auf. Der Wind blies noch in voller Stärke, aber der Regen hatte nachgelassen.

Um acht Uhr sechsundvierzig meldete der Polizeibeamte auf dem Rücksitz von Sergeant Druckmanns Wagen: »Sie fahren los, Sergeant.« Druckmann griff nach dem Mikrophon des Funkgeräts.

»Hier Sergeant Druckmann, Zielobjekt Null hat sich in Bewegung gesetzt. Bitte A, B, C, D und E um Rückbestätigung.«

Die fünf Kontrollfahrzeuge der Armee bestätigten in alphabetischer Reihenfolge: »Verstanden.«

Druckmann fuhr fort: »In zwei, spätestens drei Minuten können wir feststellen, welchen Weg Zielobjekt Null einschlägt. Danach melden wir uns in Abständen von einer Minute.«

Um acht Uhr siebenundvierzig begaben sich zweiundzwanzig Personen an Bord des großen Hubschraubers. Mit Ausnahme von van Effen, George und den vier Mädchen trugen alle Insassen Uniformen der holländischen Armee. Samuelson verabschiedete sich von vier Hausangestellten, die sie mit Regenschirmen an die Einstiegsluke begleitet hatten, und versicherte ihnen, daß sie spätestens am nächsten Abend zurück sein würden. Mit einer Ausnahme waren alle Soldaten mit Maschinenpistolen bewaffnet. Die Ausnahme war Willi, der forsche Wachposten, den man statt dessen mit einem Paar Handschellen bedacht hatte.

Um acht Uhr neunundvierzig startete Daniken in Richtung Südsüdost.

Ebenfalls um acht Uhr neunundvierzig meldete Sergeant Druckmann: »Verfolgen Zielobjekt Null im Abstand von zwei Kilometern. Zielobjekt Null befindet sich im Augenblick einen Kilometer nördlich von Gorinchem. Dort gabeln sich die drei Hauptausfallstraßen nach Osten, Süden und Westen. In zwei Minuten wissen wir, in welche Richtung sie fahren.«

Van Effen wandte sich Romero Agnelli zu, der neben ihm saß, legte seine Hand an dessen Ohr und sagte: »Zwei Dinge würden mich interessieren.«

Agnelli hob lächelnd die Augenbrauen.

»Man hat mir zu verstehen gegeben, die Bewaffnung dieses Hubschraubers wäre ausgebaut und durch Attrappen ersetzt worden. Aber diese Kanonen hier sind eindeutig echt.«

»Die Bewaffnung wurde ausgebaut und durch Attrappen ersetzt. Dann haben wir die Attrappen wieder ausgewechselt. Wenn man sich auskennt, ist so etwas ja nicht allzu schwer zu beschaffen. Und der zweite Punkt?«

»Warum fliegt Daniken nicht höher? Wir liegen doch immer noch unter hundert Meter?«

»Schauen Sie doch mal nach links, dann werden Sie schon sehen, warum.«

Van Effen schaute: kaum fünfzig Meter von ihnen entfernt flog ein anderer, kleinerer Hubschrauber neben ihnen her. Gerade als van Effen ihn beobachtete, schob der Pilot sein Seitenfenster zurück und winkte. Van Effen blickte nach vorn zur Kanzel, wo Daniken zurückwinkte. Darauf schloß der Pilot des kleinen Hubschraubers sein Fenster wieder und begann zu steigen. Daniken seinerseits änderte den Kurs und flog in südlicher Richtung weiter.

»Nicht schlecht«, nickte van Effen anerkennend. »Wirklich nicht schlecht. Bei diesem Wetter wird sich der private Flugverkehr auf ein Minimum beschränken, und irgendein gelangweilter Fluglotse könnte sich, um nicht ganz einzuschlafen, unter Umständen die Mühe machen, den Hubschrauber auf seinem Flug nach Valkenburg zu überwachen. Und dieser Hubschrauber fliegt natürlich nach Valkenburg.« Agnelli nickte. »Das war sicher wieder Ihre Idee.«

Agnelli lächelte und machte eine wegwerfende Handbewegung.

»Zielobjekt Null bewegt sich auf der Straße nach Sliedrecht in nördlicher Richtung«, gab Druckmann durch. »Welche Patrouille ist in der Nähe?«

»Patrouille A.«

»Oberstleutnant Gropious?«

»Ja. Ich kann einen Kilometer östlich von Sliedrecht eine Straßensperre erkennen. Fahren Sie heran, bis Sie sie sehen können. Aber nicht zu nahe.«

»Verstanden. Zielobjekt Null bewegt sich sehr gemächlich voran. Die Geschwindigkeit liegt knapp unter fünfzig Stundenkilometer. Meinen Schätzungen zufolge dürften sie in etwa zwanzig Minuten bei Ihnen ankommen.«

»Vielen Dank, Sergeant.«

Ylvisaker lehnte sich in seinem Sitz zurück und steckte sich eine Zigarre an. »Das«, seufzte er, »nenne ich ein Leben. Gott sei Dank hocken wir jetzt nicht in diesem verdammten Hubschrauber.«

Der verdammte Hubschrauber arbeitete sich schaukelnd und schlingernd in südwestlicher Richtung voran. Daniken war peinlichst darauf bedacht, jede menschliche Behausung, ob Stadt, Dorf oder kleine Ansiedlung, zu meiden. In van Effens Augen eine absolut überflüssige Vorsichtsmaßnahme. Weshalb um alles in der Welt hätte zum Beispiel ein Bauer, der einen Hubschrauber vorbeifliegen sah, daran etwas ungewöhnlich finden und dies melden sollen. Hubschrauber gab es in Holland wie Sand am Meer.

Van Effen sah sich im Innern der Maschine um. Die meisten Passagiere wirkten auffällig bedrückt, und zwar jeder auf seine besondere Weise. Annemarie und Julie, die nebeneinander saßen, hatten so ziemlich die gleiche Haltung eingenommen – die Fäuste geballt und die Augen krampfhaft zusammengekniffen. Van Effen selbst war unbesorgt: Daniken war ein hervorragender Pilot.

Er legte seine Hand wieder an Agnellis Ohr. »Wie weit noch?«

»In fünfzehn Minuten sind wir da.«

»Und wie ist die Unterbringung dort?«

Agnelli lächelte. »Ein behagliches, kleines Häuschen.«

Gemessen an Samuelsons Maßstäben war dieses behagliche, kleine Häuschen sicher ein Prachtbau von den Ausmaßen des königlichen Palastes am Dam, dachte van Effen.

Auf dem blau-gelben Schild stand: »ACHTUNG! KONTROLLE! HALTEN SIE VOR DEM ROTEN LICHT.«

Ylvisakers Fahrer trat auf die Bremse und fragte: »Was machen wir jetzt?«

Ylvisaker paffte gelassen an seiner Zigarre. »Fahr weiter.«

Gropious' Fahrer senkte sein Fernglas. »Das ist eindeutig Zielobjekt Null, Oberstleutnant.« Er hob den Feldstecher wieder an seine Augen. »Auch die Nummer stimmt.«

Gropious' Wagen stand auf der linken Fahrbahnseite, dem entgegenkommenden Verkehr zugewandt. Auf der rechten Straßenhälfte, ein Stück hinter ihnen, parkte ein zweiter Wagen. Zwei Soldaten, die sich mit Schirmen gegen den Regen schützten, standen an den Wagen gelehnt. Beide rauchten.

»Seht euch mal diesen liederlichen Haufen an«, witzelte Ylvisaker. »Regenschirme! Zigaretten! Ich möchte wetten, daß sich hier im Umkreis von Meilen kein Offizier herumtreibt. Und das wollen vereidigte Kämpfer fürs Vaterland sein, die die Rote Gefahr von uns abwenden sollen.«

Als sie vor dem Rotlicht stoppten, traten Gropious und seine zwei Männer – alle drei hielten Maschinenpistolen in der Linken – auf den gestohlenen Militärlastwagen zu. Gropious ging vorne um den Laster herum, die anderen beiden hinten. Ylvisaker öffnete die Tür.

»Was ist los, Feldwebel?«

»Herr Oberstleutnant!« Gropious zuckte sichtlich zusammen und salutierte mit einer Korrektheit, wie sie von einem Feldwebel, der plötzlich einem Oberstleutnant gegenüberstand, nicht anders zu erwarten war. »Herr Oberstleutnant, wenn ich gewußt hätte . . .«

Ylvisaker lächelte nachsichtig. »Also, was ist los, Feldwebel?«

»Befehl, Herr Oberstleutnant. Wir haben Anweisungen, jedes Fahrzeug, einschließlich Militärfahrzeuge, anzuhalten und nach gestohlenen Waffen zu durchsuchen. Man hat uns in diesem Zusammenhang die Nummer eines speziellen Transporters gegeben. Allerdings nicht die Ihre.«

Ylvisaker zeigte ein gewisses Interesse. »Suchen Sie irgend etwas Bestimmtes?«

»Jawohl, Herr Oberstleutnant. Raketen. Boden- und Luftabwehrgeschosse. Zugegeben, Herr Oberstleutnant, ich weiß nicht mal, wie diese Dinger aussehen, außer daß sie kupferfarben und über zwei Meter lang sind.«

»Pflicht ist Pflicht, Feldwebel. Wie ich sehe, haben Sie an der Rückseite zwei Männer stehen. Geben Sie ihnen Anweisung, hinten aufzumachen und nachzusehen. Einfach so, der Form halber.«

Gropious erteilte den entsprechenden Befehl, worauf die Hintertüren des Lastwagens aufgeklappt, aber keine Raketen gefunden wurden.

»Entschuldigung, Herr Oberstleutnant.« Er zögerte kurz und zog dann einen Notizblock und Kugelschreiber aus der Brusttasche. »Ich habe Anweisung, jede Person zu notieren, die diese Kontrollstelle passiert.«

Ylvisaker griff in die Innentasche seiner Uniformjacke. »Nein, nein, Herr Oberstleutnant, nicht nötig«, kam ihm Gropious zuvor. »In Ihrem Fall muß ich keine Papiere sehen. Wenn Sie mir nur Ihren Namen nennen würden.«

»Ylvisaker.«

»Oberstleutnant Ylvisaker.« Sorgfältig vermerkte Gropious den Namen auf seinem Notizblock. Welch spaßige Begegnung, dachte er insgeheim: ein Oberstleutnant, der sich als Feldwebel ausgibt, trifft auf einen Zivilisten, der sich als Oberstleutnant ausgibt. Er steckte seinen Notizblock weg und brachte im selben Augenblick, als seine beiden Soldaten hinter dem Lastwagen zum Vorschein kamen, seine Maschinenpistole in Anschlag.

»Eine Bewegung«, knurrte Gropious, »und Sie sind ein toter Mann.«

Gropious und seine Männer hatten Ylvisaker und seine Begleiter kaum aus dem Lastwagen steigen lassen, als auch schon Sergeant Druckmanns Wagen hinter ihnen hielt. Druckmann und seine Männer sprangen aus dem Wagen, wobei Druckmann eine beträchtliche Anzahl von Metallgegenständen in der Hand hielt. Er bedachte den zerzausten Feldwebel mit den strähnigen, blonden Locken mit einem mißtrauischen Blick und fragte schließlich zögernd: »Oberstleutnant Gropious?«

»Der bin ich.« Gropious nahm seine Mütze ab, riß sich die Perücke vom Kopf und schleuderte sie in den Straßengraben. »Dieses verdammte Ding hat vielleicht gejuckt.«

»Herzlichen Glückwunsch, Herr Oberstleutnant«, gratulierte ihm Druckmann zu seinem Fang.

Gropious, der ohne seine langen Locken schon eher wie ein Oberstleutnant aussah, schüttelte dem Sergeanten die Hand. »Auch Sie dürfen sich gratulieren lassen, Sergeant. Wie war noch Ihr Name? Man hat mir nur mitgeteilt, daß sämtliche Polizeistreifen mit Sergeanten bemannt wären.«

»Druckmann, Herr Oberstleutnant.«

»Das haben Sie gut gemacht, Sergeant Druckmann. Wirklich gekonnt. Wozu führen Sie eigentlich diese Eisenwarenhandlung mit sich, Sergeant, wenn Sie mir die Frage gestatten?«

»Handschellen und Fußeisen, Herr Oberstleutnant. Soweit ich weiß, sind Sie beim Militär in der Regel nicht damit ausgerüstet.«

»Großartig. Wenn Sie dann auch gleich einen Ihrer Männer bitten könnten, davon Gebrauch zu machen.« Er wandte sich einem seiner Soldaten zu. »Erteilen Sie sämtlichen Patrouillen Anweisung, zu Ihrem Stützpunkt zurückzukehren. Ich würde vorschlagen, Sergeant, daß auch Sie einen Ihrer Leute damit beauftragen, Ihre Streifenwagen nach Hause zu schicken. Natürlich nicht ohne den Hinweis auf strikteste Geheimhaltung.«

»Wird gemacht, Herr Oberstleutnant. Auf Geheimhaltung werde ich kaum hinweisen müssen. Der Polizeichef hat uns in dieser Hinsicht die Teufelsinsel angedroht.«

»Oberst de Graaf, der Polizeichef von Amsterdam?«

»Jawohl, Herr Oberstleutnant. Wer übernimmt jetzt eigentlich die Verantwortung für die Gefangenen? Sie oder wir?«

»Ich würde sagen, sie sind Eigentum der Nation. Wir fahren zu meinem Stützpunkt und telefonieren mit Verteidigungsminister Wieringa und Oberst de Graaf. Alles weitere ergibt sich. Inzwischen sollten wir uns Ylvisakers Lastwagen etwas genauer ansehen.«

Im Innern des Lasters sagte Druckmann: »Ich weiß ja kaum etwas über die ganze Angelegenheit, aber sind diese drei tatsächlich von der FFF?«

»Das sind sie, und wir haben bereits drei Anklagepunkte gegen sie. Der erste: Sie haben sich fälschlicherweise als Angehörige des Heeres ausgegeben. Zweitens befanden sie sich im Besitz eines gestohlenen Militärfahrzeugs.« Gropious öffnete die Verschlüsse der beiden zusätzlichen Treibstofftanks, so daß darunter die gedrungenen, zylindrischen Umrisse zweier bronzefarbener Metallgegenstände zum Vorschein kamen. »Und drittens werden sie uns erklären müssen, wie sie dazu kommen, eine Ladung Atomraketen durch die Gegend zu fahren.«

Gropious brachte den Verschluß wieder an und stieg von der Ladefläche auf die Straße hinunter. Druckmann folgte ihm und fragte dann: »Darf ich in Ihrer Gegenwart rauchen?«

»Tun Sie sich keinen Zwang an. Ich glaube, ich könnte jetzt auch eine Zigarette vertragen.«

Nach einer Weile erklärte Druckmann schließlich: »Also gut, ich melde mich freiwillig, Herr Oberstleutnant.«

Gropious lächelte. »Sie wollen den Laster zum Stützpunkt zurückfahren?«

»Ich bin ein schrecklicher Feigling, Herr Oberstleutnant. Deshalb werde ich bestimmt sehr vorsichtig fahren.«

»Nun, Zeit haben wir ja genügend. Sergeant. Bis wir ankommen, sind sicher schon die beiden amerikanischen Experten aus Deutschland da, die uns die verdammten Dinger entschärfen werden. Ich fahre voraus – mit Rotlicht natürlich und dem üblichen Brimborium –, und Ihre Leute bilden die Nachhut. Einen Trost haben Sie allerdings, Sergeant Druckmann. Wenn Sie in die Luft fliegen, fliegen wir alle mit.«

Dieses Gespräch fand um neun Uhr siebenundzwanzig statt.

Und Punkt neun Uhr siebenundzwanzig setzte Daniken den Hubschrauber auf dem Gelände vor einem einsam gelegenen Gehöft mit zugehöriger Windmühle auf, das jedoch beträchtlich größer war als das Anwesen, von dem sie kurz zuvor aufgebrochen waren. Zwei Männer und zwei Frauen, ausgerüstet mit Regenschirmen, kamen auf den Hubschrauber zu. Dem Lächeln auf den Gesichtern dieses Empfangskomitees nach zu schließen, waren Samuelson und seine Leute erwartet worden.

Nachdem die Motoren des Hubschraubers verstummt waren, breitete sich im Innern erdrückende Stille aus. Van Effen wandte sich zu Agnelli: »Ihr Organisationstalent ist wirklich bewundernswert.«

Agnelli lächelte, ohne etwas zu erwidern.

Der Wohnraum der Windmühle, dem ebenfalls eine Veranda vorgebaut war, war wesentlich größer und sogar noch luxuriöser eingerichtet als das Haus, von dem sie aufgebrochen waren. In dem Raum hielten sich zehn Personen auf – Samuelson und die Agnelli-Brüder, van Effen und seine Freunde und die vier Mädchen. Daniken, so vermutete van Effen, brachte wahrscheinlich den Hubschrauber in einem der zu dem Gehöft gehörenden Wirtschaftsgebäude unter. Riordan war bereits wieder im oberen Stockwerk verschwunden – vermutlich, um zu beten.

Samuelson, der es sich in einem Sessel vor dem Kamin bequem gemacht hatte, seufzte wie ein Mann, der mit sich zufrieden ist.

»Das hat ja wieder einmal wie am Schnürchen geklappt. Damit wäre die vorletzte Phase unseres Unternehmens erfolgreich abgeschlossen. Ich weiß, daß es noch relativ früh ist, aber wir werden eben dann auch früh zu Mittag essen. Was würden Sie also von einem Schluck Jonge Jenever halten?«

»Wieso essen wir schon früh zu Mittag?« wollte van Effen wissen. »Müssen wir noch weiter?«

»Kurz nach zwei.« Samuelson deutete auf das Fernsehgerät. »Nachdem wir gesehen haben, was sich in der Markerwaard abgespielt hat.«

»Ach so.« Durch seine Mimik gab van Effen jedoch unmißverständlich zu verstehen, daß er nicht das geringste begriffen hatte. »Nun, wie Sie meinen.« Er zuckte mit den Achseln. »Wie viele solcher Behausungen haben Sie eigentlich in den Niederlanden?«

»Keine mehr. Die Besitzer dieses Hauses zum Beispiel räkeln sich im Augenblick gerade auf den Bahamas in der Sonne. Die Golden-Gate-Filmproduktion ist immerhin recht zahlungskräftig. Wie Sie sicher wissen werden, gibt es in der Landwirtschaft um diese Jahreszeit wenig zu tun. Um die Kühe und Schafe kümmert sich inzwischen ein Landwirt aus der näheren Umgebung – auch gegen entsprechendes Entgelt natürlich. Das Ganze stellt also keinerlei Problem dar. Wissen Sie eigentlich, wo wir uns jetzt befinden, Mister Danilow?«

»Ehrlich gesagt, ich habe nicht die geringste Ahnung.« In langjähriger Erfahrung hatte van Effen überzeugend lügen gelernt. Er wußte genau, wo sie sich befanden. »Der Kürze des Fluges nach zu schließen, dürften wir uns jedenfalls noch in Holland befinden. Also, was soll's?«

»Sie sind wirklich bemerkenswert wenig neugierig. Wir befinden uns in der Nähe von Middelharnis. Sagt Ihnen das etwas?«

»Middelharnis?« Van Effen runzelte die Stirn. »Das liegt doch oberhalb von Flakkee.«

Samuelson nickte lächelnd, ohne sich weiter dazu zu äußern.

Van Effen setzte das Glas ab, das Leonardo ihm gebracht hatte. Sein Gesicht wirkte steinern und bleich; seine Augen waren sehr kalt.

»Der Haringvliet-Damm also«, flüsterte er. »Sie haben es auf Haringvliet abgesehen.« Dieser Tatsache war er sich jedoch schon seit einiger Zeit bewußt gewesen.

Man bezeichnete den Haringvliet-Damm als das Ventil der Niederlande. Er blockierte den Zugang zum Haringvliet-Delta. Im Frühling und im Frühsommer, der Zeit der Schneeschmelze in den Alpen, leitete der Staudamm vermittels seiner gewaltigen, hydraulischen Schleusentore das Wasser der stark angestiegenen Flüsse Rhein, Waal und Maas an Rotterdam vorbei in die Neue Wasserstraße, die beim Europort in die Nordsee mündete. Wenn der Wasserstand der Flüsse zu weit anstieg und der Wasserstand der Nordsee erheblich geringer war, konnte das Wasser auch direkt in die Nordsee abgeleitet werden, indem man die entsprechenden Schleusentore öffnete. Um diese Jahreszeit, wenn die Flüsse extrem wenig Wasser führten, bestand die Hauptaufgabe des Staudamms jedoch darin, die Wassermassen der Nordsee in Schranken zu halten. Das Ausmaß der Überschwemmungen, welche die Zerstörung dieser Hauptschleuse Hollands nach sich ziehen würde, war unübersehbar.

»Ja, Mister Danilow, Sie haben richtig vermutet.« Samuelson mußte wissen, daß sein Leben in Gefahr war, aber es war ihm nicht das geringste anzumerken. »Ja, ich habe es auf den Haringvliet-Damm abgesehen.«

Van Effen nickte nur einmal kurz. »Deshalb also die Atomsprengkörper. Ich hoffe, daß sie unterwegs schon in die Luft gehen und Ylvisaker und seine Freunde zum Mond schießen.«

»Ein höchst unliebenswürdiger Wunsch, um es gelinde auszudrücken.« Samuelson nippte an seinem Glas. Wenn ihm diese Szene peinlich war, verstand er es hervorragend zu verbergen. »Ich sehe, Sie tragen heute Ihre Smith & Wesson, Mister Danilow. Zweifellos sind auch Ihre Freunde bewaffnet. Romero, Leonardo und ich tragen keine Waffen – wir haben uns das zum Prinzip gemacht. Wenn Sie mich also abknallen wollen, gäbe es nichts, was ich dagegen unternehmen könnte. Aber würden Sie es nicht auch ziemlich unfair finden, einen Menschen nur aufgrund eines ebenso grauenhaften wie unbegründeten Verdachts zu erschießen?« Samuelson schien das Ganze sichtlich zu genießen.

»Gut, reden Sie weiter.«

»Die nuklearen Sprengkörper sollen nicht am Haringvliet zum Einsatz kommen – und zwar aus drei Gründen. Erstens halte ich nicht viel davon, mich selbst in die Luft zu sprengen. Zweitens bin ich daran interessiert, daß die Schleusentore nicht beschädigt werden. Drittens beabsichtige ich, den Staudamm in meinen Besitz zu bringen.«

Schweigend nahm van Effen einen Schluck aus seinem Glas, als brauchte er Zeit zum Überlegen. Er war sich jedoch nicht nur bewußt gewesen, daß Samuelson es auf den Haringvliet abgesehen hatte, sondern war gleichzeitig auch überzeugt, daß er nicht beabsichtigte, den Staudamm zu zerstören.

»Ihrem Ehrgeiz sind offenbar keine Grenzen gesetzt. Und wie gedenken Sie, dieses ambitiöse Vorhaben in die Tat umzusetzen?«

»Zur Hälfte ist das bereits geschehen. Vor etwa vierzig Stunden hat sich ein geschickter Elektriker an drei Turbogeneratoren zu schaffen gemacht. Sein Eingriff wird sich jedoch als ebenso geringfügig und schwer zu entdecken erweisen, wie er wirksam sein wird.«

»War dieser Mann ein Angestellter, der dort arbeitete?«

»Natürlich.«

»Ein Holländer?«

»Ja, Wie ich im Lauf meines Lebens feststellen mußte, haben zwanzigtausend Dollar auch auf die patriotischsten Gemüter noch nie ihre Wirkung verfehlt. Außerdem hatte der gute Mann nicht die geringste Ahnung, was wir damit beabsichtigten. Natürlich erhielt er auch die Gelegenheit, den Schaden zu entdecken und Spezialisten aus Rotterdam anzufordern, als es ihm selbst nicht gelang, den Defekt zu reparieren. Diese vier Herren sind gegenwärtig in einem behaglichen Kellerabteil unter uns untergebracht. Sie erfreuen sich bester Gesundheit und werden hervorragend verpflegt, wovon Sie sich jederzeit überzeugen können.«

»Das wird nicht nötig sein. Und dann haben Sie Ihre eigenen vier Experten antreten lassen?«

»Sehr richtig. Leider verfügen alle vier über ein mehr oder weniger umfangreiches Vorstrafenregister und haben ausnahmlos längere Gefängnisstrafen hinter sich. Andererseits sprach jedoch zu ihren Gunsten, daß sie möglicherweise die vier besten Safeknacker Hollands sind und darüber hinaus über profunde Kenntnisse auf dem Gebiet der Elektrotechnik verfügen.«

»So jemanden zu finden, dürfte nicht gerade einfach gewesen sein«, entgegnete van Effen, fügte dann jedoch hinzu: »Halt. So schwierig war das vielleicht doch nicht.« Er sah Romero Agnelli an. »Ihre Brüder im Gefängnis wissen doch sicher über jeden Kriminellen, der etwas von seinem – wie sie es nennen würden – Handwerk versteht, bestens Bescheid; einschließlich des Vorstrafenregisters der in Frage kommenden Personen.«

»Sie sind sehr fähige Männer«, erklärte Samuelson. »Allerdings verstehen sie mehr von Safes als von Elektrotechnik.«

»Ihre Aufgabe ist es natürlich«, kombinierte van Effen, »sämtliche Alarmanlagen zur Sicherung des Staudamms ausfindig zu machen und außer Betrieb zu setzen – Lichtschranken, Sensoren, Notrufknöpfe und was es sonst noch alles gibt; des weiteren herauszufinden, wo sich die Wachen aufhalten – und zwar sowohl im Dienst wie danach.«

»Außer Betrieb gesetzt haben sie die Alarmanlagen noch nicht. Dazu ist es noch zu früh. Vielleicht wird es nicht einmal nötig sein«, warf Agnelli ein. »Sonst haben Sie völlig richtig vermutet. Bezüglich einiger weniger Kleinigkeiten waren sie sich jedoch unschlüssig, so daß sie um die Genehmigung baten, einen führenden Kopf auf dem Gebiet der Turbogeneratorentechnik zu Rate ziehen zu dürfen.«

Van Effen nickte. »Und selbstverständlich haben sie diesen Mann in O'Brien gefunden, wenngleich seine Begabung auf einem etwas anderen Gebiet liegen dürfte. Ich muß schon sagen, das haben Sie wirklich klug eingefädelt.«

Samuelson machte eine abwehrende Geste. »Das haben wir alles Romero zu verdanken. Seine organisatorischen Fähigkeiten sind bewundernswert. Ist O'Brien eigentlich schon wieder zurück?«

Leonardo verließ den Raum und kam wenig später mit einem O'Brien zurück, der kaum mehr etwas mit seinem alten Selbst zu tun hatte, da ihm scheinbar über Nacht ein dichter Vollbart gewachsen war.

»Sie müssen meinen Aufzug entschuldigen«, erklärte O'Brien. Es schien ihm nicht unbeträchtliche Schmerzen zu bereiten, als er sich den Bart abzog. »Da ich jetzt mit Ihnen kommen werde, dachte ich, die plötzliche Verwandlung eines Ingenieurs in einen Oberfeldwebel der holländischen Armee könnte vielleicht Aufsehen erregen.«

»Wie sieht es aus?« wollte Samuelson wissen.

»Wir können jederzeit starten«, erwiderte O'Brien.

»Ich hätte da noch eine Frage«, schaltete sich George in das Gespräch ein. »Wie erkennen wir diese vier – äh – Kollegen am Staudamm? Wir wollen schließlich nicht den falschen Leuten unsere Schießeisen unter die Nase halten.«

»Ein berechtigter Einwand«, nickte Agnelli. »Die vier tragen hellblaue Overalls.«

»Und in ihren Werkzeugtaschen haben sie nur Werkzeug?«

»Und ein Pistölchen natürlich. Außerdem ein paar Gasgranaten. Dergleichen kann sich ja gelegentlich als recht nützlich erweisen.«

»Davon hätte ich auch gern ein paar«, bemerkte van Effen. »Von den Gasgranaten, meine ich. In einer kleinen Handtasche oder einem Koffer. Ich halte nichts von unnötiger Gewaltanwendung. Und wenn es sich als nötig erweisen sollte, den einen oder anderen der Leute, die beim Staudamm angestellt sind, in seinem Diensteifer etwas zu bremsen, würde ich das lieber mit einer kleinen Ladung Gas als mit einer Kugel besorgen.«

»Sie sprechen mir aus dem Herzen, Mister Danilow«, pflichtete ihm Samuelson bei. »Sie sollen welche bekommen.«

»Noch etwas«, fragte van Effen. »Wie wollen Sie die Anwesenheit zweier Zivilisten innerhalb eines militärischen Trupps rechtfertigen?«

»Ach so!« Auf Samuelsons Lippen breitete sich ein strahlendes Lächeln aus. »Zivilisten ja, aber keineswegs gewöhnliche Zivilisten. Sie sind zwei leitende Angehörige einer Spezialeinheit der Amsterdamer Polizei zur Terrorismusbekämpfung. Das ist doch sicher eine ausreichende Erklärung für Ihre Anwesenheit, oder nicht?«

»Eine vorzügliche Idee«, erklärte van Effen bewundernd. »Ich wollte schon immer Polizist werden. Und wie wollen Sie sich Zutritt zu der Anlage des Staudamms verschaffen, Mister Samuelson?«

»Nichts einfacher als das. Wir landen direkt auf der Fahrstraße, die über den Staudamm führt. Zuerst werden wir natürlich die für die Sicherheit des Staudamms zuständigen Stellen per Funk darauf aufmerksam machen, daß der Verdacht besteht – nichts weiter –, daß die FFF entweder von der Fluß- oder von der Meeresseite her einen Sabotageakt am Staudamm beabsichtige, weshalb sich dem Damm von der Flußseite ein paar Patrouillenboote der Wasserschutzpolizei und von der Meeresseite ein Zerstörer der Marine nähern würden. Wir selbst treffen selbstverständlich als erste ein – von hier sind es nur wenige Flugminuten bis zum Staudamm. Außerdem erteilen wir ihnen Anweisung, völlige Funkstille zu wahren.«

»Unkompliziert, aber genial. Meinen Glückwunsch«, gab van Effen seiner Anerkennung Ausdruck. »Sie haben Nerven, das muß man Ihnen lassen. Die jungen Damen werden Sie hier zurücklassen?«

»Aber nein. Wie könnte ich Kathleen und Maria das Vergnügen vorenthalten, selbst mitzuerleben, wie wir der Welt ein Schnippchen schlagen? Wir werden den hinteren Teil des Hubschraubers abtrennen und die vier jungen Damen dort unterbringen, bis wir den Staudamm in unsere Gewalt gebracht haben.«

»Haben Sie schon daran gedacht, daß die beiden anderen Mädchen um Hilfe schreien oder versuchen könnten, Kathleen und Maria zu überwältigen?«

»Das Schreien dürfte ihnen in geknebeltem Zustand ebenso schwer fallen wie der Versuch, jemanden tätlich anzugreifen, wenn die Hände auf dem Rücken gefesselt sind. Außerdem wird Joop auf sie aufpassen, und Joop kann recht gut mit Schußwaffen umgehen.«

»Sie denken an alles.« Van Effen hoffte nur, daß Joop nicht allzugut mit seiner Schußwaffe würde umgehen können.

Samuelson stand auf, trat an den Schreibtisch und nahm zwei Bögen Papier aus einer Schublade. »Hier – ein Grundriß und ein Aufriß des Haringvliet-Damms. Leonardo, holen Sie doch bitte auch die anderen her. Ich möchte, daß jeder genau weiß, was er zu tun hat, wo die einzelnen Wachen postiert sind, wo sich die dienstfreien Wachen und die Angestellten aufhalten und wo jeder einzelne Mann, der gerade Schicht hat, sich vermutlich befinden wird. Auf diese Weise können uns so gut wie keine Fehler unterlaufen.«

Leonardo verließ gerade den Raum, als Daniken zurückkam. Kurz darauf kehrte Leonardo mit Joop, Joachim und zwei weiteren Männern, die van Effen schon von ihrem vorherigen Unterschlupf her bekannt waren, wieder zurück. Außerdem erschienen noch vier ältere Männer zwischen dreißig und vierzig, die van Effen bis dahin noch nicht gesehen hatte, und zwei Wachen, die van Effen bereits kannt. Diese Gruppe machte den Eindruck, als wäre mit ihr nicht gut Kirschen essen; die Männer machten einen verbissenen und entschlossenen Eindruck. Sie versammelten sich um den Tisch. Nur zwei Leute fehlten – Willi, der vermutlich in irgendeinem Kellerverlies schmachtete, und Riordan, der derlei weltliche Dinge sicher weit unter seiner Würde fand.

Obgleich Samuelson diese Versammlung einberufen hatte, war es Romero Agnelli, der sie leitete. Er erklärte jedem einzelnen Mann genau, wohin er zu gehen und was er zu tun hatte. Außerdem bestand er darauf, daß alle ihre Uhren aufeinander abstimmten, so daß jeder genau wußte, zu welchem Zeitpunkt er sich an einem bestimmten Punkt einzufinden hatte. Das dauerte etwa fünf Minuten. Dann ging er alles noch einmal von vorne durch. Als er auch noch zu einem dritten Durchgang ansetzte, strebten van Effen und George entschlossen auf die Bar zu. Samuelson folgte ihnen mit einem Lächeln und trat hinter die Bar.

»Ihnen wird es aber schnell langweilig, Mister Danilow.«

»Ich habe mir noch nie etwas zweimal sagen lassen müssen, geschweige denn dreimal.«

»Vermutlich haben Sie recht.« Er blickte auf seine Uhr. »Langsam werde ich etwas unruhig. Der Lastwagen sollte inzwischen längst eingetroffen sein.«

»Ylvisaker macht doch eigentlich einen recht zuverlässigen Eindruck«, meinte van Effen. »Vielleicht steckt er in einem Verkehrsstau, oder er hat eine Reifenpanne oder einen Motorschaden. Vorerst würde ich mir an Ihrer Stelle noch keine allzu großen Sorgen machen. Außerdem können wir jederzeit erfahren, weshalb er sich verspätet. Sie haben doch ein Funkgerät hier im Haus. Der Leutnant kennt sich mit so etwas recht gut aus. Außerdem weiß er die Frequenz des Lasters.«

»Wenn Sie das machen könnten, Leutnant, wäre ich Ihnen sehr dankbar.» Samuelson deutete quer durch den Raum. »Dort drüben.«

Vasco nahm vor dem Funkgerät Platz, setzte sich die Kopfhörer auf und begann zu senden. Nach zwei Minuten nahm er die Kopfhörer wieder ab und kam an die Bar zurück.

»Er meldet sich nicht.«

Samuelsons Stirn legte sich in sorgenvolle Falten. »Haben Sie wirklich alles versucht?«

»Natürlich. Aber lassen Sie doch Daniken noch mal probieren.« Vascos Stimme klang gekränkt. »Vielleicht kennt er sich mit so etwas besser aus.«

»Nein, nein, Leutnant, nicht nötig«, beschwichtigte ihn Samuelson. »Sie müssen mich entschuldigen, ich bin ein wenig irritiert.«

»Meiner Meinung nach kann es dafür eigentlich nur zwei Gründe geben«, fuhr Vasco fort. »Entweder hat er einen Unfall gehabt, oder, was ich für wahrscheinlicher halte, der Stand-by-Schalter steht versehentlich auf Aus.«

Samuelsons Stirn glättete sich ein wenig. »Warum meldet er sich denn nicht, wenn er sich verspätet hat?«

»Weiß Ylvisaker, wie man mit einem Funkgerät umgeht?«

Samuelsons Stirn glättete sich noch mehr. »Ehrlich gesagt, das weiß ich nicht.« Er sah auf, als ein Mädchen in weißer Schürze auf ihn zutrat.

»Entschuldigen Sie, Mijnheer«, sagte sie. »Aber vielleicht interessiert es Sie, daß in zwei Minuten im Fernsehen eine Durchsage der Regierung gesendet wird.«

»Vielen Dank, vielen Dank.« Samuelson eilte hinter die Bar, gab Agnelli mit einer Handbewegung zu verstehen, er solle seine Instruktionsstunde abbrechen, und schaltete das Fernsehgerät ein. Nach einer halben Minute erschien der Nachrichtensprecher auf dem Bildschirm. Er war wesentlich jünger als sein Vorgänger, aber offensichtlich in derselben Schule für Grabredner ausgebildet.

»Die Regierung hat drei Durchsagen zu machen. Die erste besagt, daß die britische Regierung und Stormont übereingekommen sind, sämtliche britischen Truppen in ihre Kasernen zurückzuziehen. Da die einzelnen Truppen über ganz Nordirland verstreut sind, dürfte dies mehrere Stunden in Anspruch nehmen. Der Rückzug ist jedoch bereits eingeleitet worden. Obwohl nichts Diesbezügliches bekanntgeworden ist, darf dies dennoch als Hinweis auf Londons weitere Intentionen gedeutet werden.«

Samuelson strahlte vor Zufriedenheit.

»Die zweite Durchsage lautet, daß der Außenminister und der Verteidigungsminister Großbritanniens sowie die Oberbefehlshaber des Heeres und der Flotte nach Amsterdam unterwegs sind, um der für vierzehn Uhr in der Markerwaard angekündigten Detonation einer Atomwaffe beizuwohnen.

Die dritte Durchsage lautet, daß die Regierung sich bereiterklärt hat, für die beiden bisher noch nicht namentlich genannten Häftlinge, deren Freilassung von der FFF gefordert wurde, eine Amnestie zu erlassen.

Wir melden uns wieder um vierzehn Uhr.«

»Nun«, bemerkte van Effen. »Das klingt nach bedingungsloser Kapitulation.«

»Bisher verläuft wirklich alles nach Wunsch«, erklärte Samuelson bescheiden. »Wir werden alle nur ein Minimum an Gepäck mitnehmen und es im hinteren Teil des Hubschraubers verstauen. Eine Gruppe von Militärs, die sich im Einsatz befindet, marschiert schließlich nicht mit Koffern durch die Gegend. Mittagessen gibt es um halb eins. Wir haben also noch zweieinhalb Stunden Zeit. Ich halte es nicht für ratsam, weiter dem – zweifellos vorzüglichen – Jonge Jenever zuzusprechen, und schlage vor, daß wir uns noch etwas ausruhen. Obwohl wir heute nacht nicht hierher zurückkehren, habe ich Zimmer für Sie vorbereiten lassen; man wird sie Ihnen gleich zeigen. Leutnant, wollen Sie sich auch ein wenig hinlegen?«

»Nein, ich könnte jetzt nicht schlafen.«

»Würden Sie dann alle zwanzig Minuten nach unten kommen und versuchen, sich mit Ylvisaker in Verbindung zu setzen?«

»Wenn Sie das für zweckmäßig halten, gern. Ich gehe gleich nach oben, mache mich frisch und packe meine Sachen zusammen. In zwanzig Minuten bin ich wieder hier. Danach kann ich gleich hier unten bleiben.« Vasco grinste. »Ich werde natürlich diese Gelegenheit nicht dazu benutzen, mich über die Hausbar herzumachen. Das verspreche ich Ihnen.«

Das Zimmer, das van Effen und seinen Begleitern zugewiesen wurde, glich fast aufs Haar ihrem Zimmer in der anderen Mühle. Vasco führte seine übliche gründliche Durchsuchung durch und gab den Raum schließlich frei.

»Samuelson scheint ziemlich besorgt wegen Ylvisakers Ausbleiben«, erklärte van Effen. »Wir dürfen also wohl davon ausgehen, daß er sich mit seinen Begleitern in sicherem Gewahrsam befindet. Was aber noch wichtiger ist: Samuelson scheint inzwischen fest davon überzeugt, daß die Sache bereits gelaufen ist. Die Möglichkeit eines Scheiterns existiert für ihn nicht mehr. Eine höchst gefährliche Einstellung – gefährlich für ihn.«

»Und was glaubst du, wird er tun, wenn er mit seinem Hubschrauber auf dem Staudamm gelandet ist?« wollte George wissen.

»Er wird ihn in Besitz nehmen. Soweit ich das beurteilen kann, steht dem auch nichts im Wege. So kurz nach der Explosion in der Markerwaard dürfte das für die Regierung ein Schlag sein, der ihr zu Bewußtsein bringen wird, daß das Land endgültig der FFF ausgeliefert ist.«

»Und dann«, fiel Vasco ein, »sprengen sie ein paar Betonklumpen aus dem Staudamm, um auch ja keinen Zweifel daran zu lassen, daß sie nach wie vor nicht zum Spaßen aufgelegt sind.«

»Nichts dergleichen wird geschehen«, widersprach van Effen. »Sie brauchen gar nicht zu solch drastischen Mitteln zu greifen. Das mit den Sprengkörpern war Agnellis Idee. Und Agnelli ist nicht nur ein Organisationstalent, er ist auch sonst nicht auf den Kopf gefallen. Wenn ihr mich fragt, dient der Sprengstoff nur als eine Art Rückendeckung, für den Fall, daß etwas schiefgehen sollte.«

»Ich bin der Ansicht, daß O'Brien mit den Bedienungselementen der hydraulischen Schleusentore mindestens ebenso vertraut ist wie der Mann, der sie konzipiert und entworfen hat. Sie werden einfach die Schleusen öffnen.«

»Und falls ihnen die zuständigen Stellen die Stromversorgung vom Festland aus kappen, wenn man in diesem Fall noch von Festland sprechen kann?« warf Vasco ein. »Werden sie dann vielleicht auf den Sprengstoff zurückgreifen?«

»Im Staudamm gibt es doch sicher Notstromaggregate. Davon hat sich O'Brien bestimmt überzeugt. Schließlich haben die Schleusentore des Haringvliet-Staudamms für die Sicherheit des Landes eine entscheidende Schlüsselfunktion. Stellt euch doch nur mal vor, die Schleusentore würden bei Ebbe geöffnet, und dann käme es plötzlich zu einem Stromausfall. Dann brauchen sie eigene Aggregate, um sie bei Flut schließen zu können.«

»Was im Augenblick jedoch wichtiger ist: Samuelson und Agnelli waren so freundlich, uns ausnahmsweise einmal etwas genauer in ihre Pläne einzuweihen.«

George rieb sich die Hände. »Und jetzt werden wir unsere eigenen Pläne machen.«

»Also gut, fangen wir am besten gleich damit an.«

Ungefähr vierzig Minuten nachdem Vasco wieder ins Wohnzimmer hinuntergegangen war, gesellte sich Samuelson zu ihm. Vasco, der vor dem Funkgerät saß und in einer Zeitschrift blätterte, blickte auf, als er eintrat.

»Na, haben Sie inzwischen mehr Glück gehabt, Leutnant?«

»Leider nicht, Mister Samuelson. Ich habe es schon viermal versucht – sogar alle zehn Minuten. Aber bis jetzt hat sich niemand gemeldet.«

»Gütiger Gott, gütiger Gott!« Statt sich an den zu wenden, den er eben um seinen Beistand angerufen hatte, ging Samuelson hinter die Bar und kam mit zwei Jenevers zurück. »Ylvisaker ist längst überfällig. Was könnte ihm zugestoßen sein?«

»Darüber habe ich eben ausgiebig nachgedacht, Mister Samuelson. Ganz sicher hat er sich nicht selbst in die Luft gesprengt, sonst hätten wir davon im Fernsehen erfahren. Gehen wir einmal davon aus, daß er einen Unfall oder einen Motorschaden hatte. Gehen wir des weiteren davon aus, daß er nicht mit einem Funkgerät umgehen kann. Was hätten Sie in diesem Fall an seiner Stelle getan?«

»Von der nächsten Telefonzelle aus angerufen, um uns die Gründe für sein Ausbleiben mitzuteilen. Schließlich steht in diesem Land an jeder Straßenecke eine Telefonzelle.«

»Das ist richtig. Aber kennt Ylvisaker Ihre Telefonnummer hier?«

Samuelson starrte ihn erstaunt an und sagte schließlich: »Ylvisaker war noch nie hier. Warten Sie einen Augenblick.«

Er eilte aus dem Raum und kam binnen einer Minute mit grimmigem Gesicht wieder zurück. »Meine Leute sind einhellig der Meinung, daß Ylvisaker die Nummer dieses Hauses *nicht* kennt.«

»Aber Sie wissen doch, auf welchem Weg er fahren sollte?«

»Natürlich. Ich schicke zwei Männer in einem schnellen Wagen los, um nach ihm zu suchen. Vielen Dank, Leutnant. Freut mich, daß es hier doch noch Leute gibt, die denken können.«

»Soll ich es weiter versuchen, Mister Samuelson?«

»Besteht denn noch eine Chance, ihn zu erreichen?«

Vasco zuckte die Achseln. »Völlig ausgeschlossen ist es nicht. Außerdem habe ich im Augenblick nichts Wichtigeres zu tun.«

»Vielen Dank.« Samuelson brachte ihm noch einen Jenever. »Der wird einem Verstand, der so klar ist wie Ihrer, schon nicht schaden.«

»Sehr freundlich von Ihnen, vielen Dank. Aber wenn Sie nichts dagegen haben, würde ich ihn gern draußen auf der Veranda trinken. Hier ist es ein wenig überheizt.«

»Aber selbstverständlich, ganz wie Sie wünschen.« Mit diesen Worten verließ Samuelson den Raum.

Der Wagen war ein brauner BMW mit einem Antwerpener Nummernschild. Vasco beobachtete ihn, wie er mit den beiden Insassen verschwand. Nachdenklich trank er sein Glas leer und ging dann wieder hinein. Er setzte sich ans Funkgerät, verstellte Frequenzband und Wellenlänge und sprach dann leise auf Flämisch ins Mikrophon: »Aufnahme.« Er redete nicht länger als zwölf Sekunden und drehte dann sofort wieder auf die alte Frequenz und Wellenlänge zurück. Seine Bemühungen, Ylvisaker zu erreichen, blieben erfolglos; er vertiefte sich wieder in die Lektüre der Zeitschrift. Nach einer Weile versuchte er erneut, Ylvisaker zu erreichen; ohne Erfolg. Als Samuelson nach zwanzig Minuten wieder auftauchte, hatte Vasco noch zwei weitere erfolglose Versuche unternommen.

»Immer noch nichts?«

»Bisher nicht das geringste. Ich weiß, daß Mister Danilow prinzipiell keine unnötigen Fragen stellt. Aber als Offizier des Heeres hätte ich doch gern gewußt, wie wichtig diese Atomwaffen für Sie sind?«

»Sie haben fast ausschließlich einen psychologischen Effekt. Falls nötig, hätte ich sie sonst nur dazu benutzt, die Zugänge zum Haringvliet-Staudamm zu zerstören.«

»Wozu denn das? Kein hoher Militär der Niederlande würde auch nur im Traum daran denken, den Haringvliet-Damm anzugreifen. Mit Bombern? Ausgeschlossen. Mit Kampfflugzeugen? Niemals. Schließlich haben Sie eine Menge Luftabwehrgeschosse. Ihr Hubschrauber würde auch mit mehreren Kampfflugzeugen fertig. Und nicht zuletzt werden sich doch auch eine stattliche Anzahl von Geiseln in Ihren Händen befinden, deren Leben man nicht aufs Spiel setzen wird. Und wenn sie es mit einem Zerstörer oder Torpedobooten versuchen sollten – sie wissen ja, Ihre Bodenabwehrraketen sind wärmegesteuert und würden jedem angreifenden Boot den Garaus machen.«

»Und sie werden keine Bomber einsetzen?«

»Was hätten sie davon, den Staudamm zu bombardieren? Damit würden sie doch Ihre Drohungen gleich selbst in die Tat umsetzen.«

»Das allerdings. Na, es hat wohl keinen Sinn, es noch länger zu versuchen. Vielleicht sollten wir uns vor dem Mittagessen noch einmal kurz hinlegen.«

Vasco teilte van Effen und George in wenigen Worten mit, was in der Zwischenzeit geschehen war.

»Damit hast du Samuelson von seiner absoluten Unverwundbarkeit überzeugt«, meinte van Effen. »Außerdem werden wir uns mit zwei Mann weniger herumschlagen müssen, wenn es soweit ist. Wen hast du verständigt?«

»Die Polizei in Rotterdam.«

»Vielleicht schaffen wir es doch noch, einen Polizisten aus ihm zu machen. Was meinst du, George? Gut, noch eine Stunde bis zum Mittagessen.«

»Ich werde vorher noch ein kleines Nickerchen machen«, verkündete Vasco. »Drei Jonge Jenever hintereinander sind in Anbetracht meines angegriffenen Gesundheitszustands doch etwas viel auf einmal.«

»Wie bitte?«

»Na, ihr wißt doch selbst, wie das mit der Gastfreundschaft der Holländer ist.«

Das Essen war vorzüglich, die allgemeine Stimmung ließ zu wünschen übrig. Samuelson versuchte seine gutgelaunte Fassade aufrechtzuerhalten, aber er machte sich um den Verbleib seiner Atomsprengkörper ernsthaft Sorgen. Und da sich seine bedrückte Stimmung auch auf die anderen übertrug, herrschte während des Essens beinahe vollkommenes Schweigen.

Beim Kaffee wandte sich Samuelson an van Effen: »Halten Sie es für möglich, daß Ylvisaker und seine Leute von der Polizei oder von einem Militärkontrollposten festgenommen worden sind?«

»Das halte ich für höchst unwahrscheinlich. Wie hätte das passieren können? Sie haben doch alle erdenklichen Sicherheitsvorkehrungen getroffen. Selbst wenn dem so wäre, käme es doch letztlich nur darauf an, ob Ylvisaker und seine Männer geredet haben.«

»Sie meinen über den Haringvliet-Damm. Nein. Bis zu unserer Ankunft hier waren nur Riordan, Agnelli, Daniken und O'Brien in unser Vorhaben eingeweiht.« Auf Samuelsons Lippen breitete sich ein schwaches Lächeln aus. »Auch ich bin ein Befürworter Ihres Grundsatzes, Mister Danilow. Sie wissen schon, niemand sollte mehr wissen . . .«

»Ich will ja nicht unbedingt in den Ruf der Menschenverachtung gelangen, aber weswegen machen Sie sich dann eigentlich Sorgen?«

»Wie Sie selbst sehen können«, kommentierte der Fernsehsprecher den Filmbericht, »ist das Wetter nach wie vor katastrophal; entsprechend schlecht ist auch die Sicht. Die Regenfälle sind extrem stark, und der Wind – Stärke acht bis neun – hat sich nach Nordwesten gedreht. Wir haben vier Kameras in Position – eine bei Hoorn, eine bei Volendam, eine im Westen der Markerwaard und eine auf der gegenüberliegenden Seite in der Nähe von Lelystad. Wir bedauern die schlechte Bildqualität unserer Aufnahmen; trotz eines speziellen Regenschutzes schlägt der Regen direkt auf die Objektive der Kameras. Eine weitere Kamera ist in einem Hubschrauber untergebracht, der bei diesem Wetter schwer zu kämpfen hat. Es ist jetzt dreizehn Uhr achtundfünfzig. Nun einige Aufnahmen aus dem Hubschrauber.«

Auf dem Bildschirm erschienen düster verschwommene Bilder einer sturmgepeitschten See.

Die Aufnahmen waren sehr unruhig und stark verrissen, da der Hubschrauber im Sturm gefährlich schlingerte. Die verzerrte Stimme eines Reporters wurde eingeblendet.

»Liebe Zuschauer, wir melden uns hier aus dem Hubschrauber. Mein Kollege im Studio hat keineswegs übertrieben, als er Ihnen die Bedingungen hier über der Markerwaard schilderte. Ich kann Ihnen versichern, die einzige Person an Bord unseres Hubschraubers, die nicht mit erheblicher Übelkeit zu kämpfen hat, ist der Pilot. Wir fliegen im Augenblick in einer Höhe von siebenhundert Metern – plus-minus fünfzig Meter. In dieser Höhe befänden wir uns auch dann noch in Sicherheit, wenn die Detonation, begleitet von einer enormen Gischtentwicklung, direkt unter uns erfolgen sollte. Wir wollen es nicht hoffen. Es ist jetzt Punkt vierzehn Uhr und . . .« Seine Stimme wurde fast um eine Oktave höher. »Da! Da! Direkt unter uns! Direkt unter uns!«

Das Zoomobjektiv der Kamera holte das Geschehen auf größte Nähe heran. Die Wasseroberfläche der Markerwaard brodelte weißlich, dann stieg daraus plötzlich eine gewaltige Wassersäule senkrecht zum Himmel hoch und direkt auf die Fernsehkamera zu.

»Sehen Sie sich das an!« fuhr die aufgeregte Stimme des Reporters fort. »Sehen Sie sich das an!« Diese Aufforderung erwies sich als überflüssig; in diesem Augenblick mochte es in den Niederlanden kaum jemanden gegeben haben, dessen Augen auf etwas anderes gerichtet waren. »Und die Luft ist von Gischt erfüllt. Unser Pilot fliegt mit aller Kraft in Richtung Nordwesten, um möglichst schnell aus diesem Gebiet herauszukommen. Gegen den tosenden Nordweststurm kommen wir allerdings nur mühsam voran, aber wir hoffen, daß der Sturm das aufgewirbelte Wasser und die Gischt von uns wegtreibt.«

Van Effen sah Samuelson an. Er schien in eine Art Trance verfallen zu sein. Der einzige Teil seines Körpers, der nicht völlig erstarrt wirkte, waren seine Hände. Er hatte die Finger ineinander verschränkt und ließ die Daumen langsam kreisen.

Dann erschien wieder das Bild des Studiosprechers. »Leider sind auch die Objektive der Hubschrauberkamera durch die Gischt unbrauchbar geworden. Zu unserem Bedauern liefern auch die anderen Kameras keine befriedigenden Bilder. Die Detonation ist offensichtlich genau im Mittelpunkt der Markerwaard erfolgt.« Nun blendete sich wieder die Stimme des Reporters aus dem Hubschrauber ein. »Sie müssen diesen Bildausfall entschuldigen, aber aufgrund des starken Regens und der extremen Gischtentwicklung können wir im Augenblick so gut wie nichts sehen. Wir bewegen uns weiter in nordwestlicher Richtung. Einen Augenblick, einen Augenblick. Unsere Sicht ist wieder besser geworden.«

Die Wassersäule fiel in sich selbst zusammen. Die Kamera blieb nur kurz auf die Wassersäule gerichtet und schwenkte dann über die Umgebung der Explosionsstelle. Dabei wurde ein Wellenkreis auf der Wasseroberfläche sichtbar, dessen Mittelpunkt die Detonationsstelle bildete und der sich langsam konzentrisch ausbreitete.

»Das«, erläuterte der Reporter, »muß die erwartete Flutwelle sein. Sie sieht nicht sehr bedrohlich aus. Andererseits ist es unmöglich, von hier oben die genaue Wellenhöhe abzuschätzen.«

Das Bild wurde ausgeblendet, statt dessen war wieder der Studiosprecher zu sehen. »Wir werden nun versuchen . . . Einen Augenblick bitte, wir haben gerade Volendam.«

In Großaufnahme zeigte eine Kamera eine Wasserwoge, kaum höher als eine kleine Welle, die sich rasch auf die Küste zubewegte. Die verzerrte Funkstimme des Kommentators erklärte dazu: »Ich kann meinem Kollegen im Hubschrauber nur zustimmen. Das sieht nicht nach einer gefährlichen Flutwelle aus. Soweit ich informiert bin, nehmen diese Wellen jedoch an Höhe zu, sobald die Wassertiefe abnimmt. Warten wir also ab.«

Aber es gab nicht viel zu sehen. Als die Welle nicht einmal mehr hundert Meter vom Ufer entfernt war, schätzte der Reporter ihre Höhe auf knapp einen Meter, was ziemlich genau den Prognosen der Experten entsprach.

Samuelson ordnete mit einer kurzen Handbewegung an, den Fernseher auszuschalten.

»Ein paar Leute werden nasse Füße bekommen, das ist alles«, verkündete er zufrieden. »Jedenfalls werden mit Sicherheit keine Menschenleben zu beklagen sein. Das war doch eine recht eindrucksvolle Vorführung, finden Sie nicht auch, Mister Danilow?«

»Allerdings. Höchst eindrucksvoll.« Es stimmte. Vermutlich würde nicht ein einziges Menschenleben zu beklagen sein – zumindest nicht an diesem Tag. Aber in einigen Jahren würde sich doch herausstellen, daß der Vorfall nicht ganz ohne Folgen blieb: dann würden sich die radioaktiven Rückstände der Detonation zur Gänze über dem ohnehin schon von den Meeresfluten schwer heimgesuchten Flevoland abgelagert haben. Aber van Effen schien dies keineswegs der gegebene Zeitpunkt, Samuelson darauf aufmerksam zu machen.

»Romero, geben Sie jetzt unseren Funkspruch an den Haringvliet-Damm durch«, ordnete Samuelson an. »Und vergessen Sie nicht, ausdrücklich zu betonen, daß absolute Funkstille zu wahren ist. Wo stecken nur die beiden, die ich auf die Suche nach Ylvisaker und seinen Leuten geschickt habe?« Niemand konnte diese Frage beantworten. »Inzwischen fehlen mir schon fünf tüchtige Leute. Fünf!«

»Das ist wirklich ärgerlich, Mister Samuelson«, warf Vasco ein. »Aber am Ausgang der ganzen Sache wird es kaum etwas ändern. Wir sind immer noch siebzehn Mann. Mit dem Überraschungseffekt auf unserer Seite möchte ich wetten, daß wir den Staudamm sogar mit lediglich vier Mann kassieren könnten.«

Samuelson lächelte. »Wie tröstlich, so etwas zu hören. In zwanzig Minuten brechen wir auf.«

Zwanzig Minuten später machten sie sich startbereit. Sämtliche Soldaten waren bewaffnet und mit Marschgepäck ausgerüstet. Weder van Effen noch George waren – zumindest dem Anschein nach – bewaffnet. Sie hatten jedoch Aktentaschen bei sich, vollgestopft mit Gasgranaten. Zur Sicherheit hatte van Effen auch noch die Yves Saint Laurent-Spraydose aus seinem Toilettenbeutel eingepackt.

Als sie an Bord des Hubschraubers stiegen, wandte sich van Effen kurz an Samuelson: »Also Gas und keine Schußwaffen?«

»Richtig. Gas – keine Schußwaffen.«

12

Um vierzehn Uhr achtunddreißig setzte der Hubschrauber auf der Fahrstraße auf, die über den Haringvliet-Staudamm verlief.

Romero Agnelli, in der Uniform eines Majors und nominell der Anführer des Trupps, kletterte als erster die Stufen hinunter. Ein blonder junger Mann mit einer Hornbrille löste sich aus einer kleinen Gruppe von Beobachtern und eilte auf Agnelli zu, um ihm zur Begrüßung die Hand zu schütteln.

»Sie glauben gar nicht, wie froh ich bin, Herr Major, daß Sie da sind. Haben Sie gesehen, was diese Teufel in der Markerwaard gerade angerichtet haben?«

»Allerdings«, erwiderte Agnelli ernst. »Das habe ich gesehen.«

»Wie ernst nehmen Sie diese Drohung gegen den Haringvliet-Damm?«

»Nun«, entgegnete Agnelli, »bis jetzt ist noch gar keine Drohung ausgesprochen worden. Ehrlich gesagt, nehme ich das Ganze nicht allzu ernst. Aber als Soldat habe ich kein Recht, die Hintergründe in Frage zu stellen, um derentwillen man mich hierherbeordert hat. Die Bevölkerung des Landes ist einer Panik nahe; neunundneunzig Prozent aller gut gemeinten Hinweise und Telefonanrufe entbehren jeglicher realer Grundlage. Es könnte sich natürlich hier um eben dieses letzte eine Prozent handeln, bei dem Anlaß zur Besorgnis gegeben ist, aber, ehrlich gesagt, ich halte das für ziemlich unwahrscheinlich.« Agnelli packte den blonden Mann am Arm und führte ihn ein paar Schritte vom Hubschrauber weg. Inzwischen kletterten die Soldaten aus der Maschine und öffneten die Tür des Laderaums. »Sie haben mir noch nicht Ihren Namen genannt, Mijnheer?«

»Borodin. Max Borodin. Ich bin der leitende Ingenieur. Was um Himmels willen laden Ihre Leute denn da aus?«

»Raketen und die dazugehörigen Abschußbasen. Wir werden sie so aufstellen, daß eine in Richtung Nordsee zeigt und eine in Flußrichtung. Boden- und Luftabwehrgeschosse. Wärmegesteuert. Absolut tödlich.« Agnelli erwähnte jedoch nicht, daß die Abschußrampen auch leicht auf die Zugänge zum Staudamm gerichtet werden konnten. »Eine überflüssige Vorsichtsmaßnahme. Die FFF ist zwar eine gefährliche Gesellschaft, aber doch nicht verrückt genug, um einen Staudamm frontal anzugreifen. In Kürze werden außerdem noch ein Zerstörer und ein paar Patrouillenboote zu unserer Verstärkung anrücken. Auch diese Maßnahme halte ich für reichlich übertrieben.«

»Ob übertrieben oder nicht – mir fällt jedenfalls ein Stein vom Herzen. Wer sind übrigens die beiden Herren in Zivil?«

»Die zwei Herren sind leitende Polizeibeamte aus Amsterdam. Spezialisten für Terroristenbekämpfung. Sie wollen sich bestimmt genau umsehen, wo bei Ihren Sicherheitsvorkehrungen die schwachen Stellen stecken. Eine reine Formsache, die sie sich jedoch nicht nehmen lassen wollen. Wir lassen bei den Abschußrampen zwei Soldaten als Wachen zurück. Leutnant Danilow – das ist der nicht ganz so kräftig gebaute von den beiden –

besteht darauf, daß meine Männer uns begleiten. Verständlicherweise hätte er gern, daß sie sich ein ungefähres Bild von den Räumlichkeiten im Innern des Staudamms machen.«

Das Ganze dauerte dann zwanzig Minuten – für Mijnheer Borodin recht überraschungsreiche zwanzig Minuten, als unter anderem vier Mechaniker in hellblauen Overalls aus ihren Werkzeugkoffern plötzlich Maschinenpistolen hervorholten. Die Operation verlief ohne Blutvergießen und schmerzlos; letzteres allerdings nur, wenn man die ganze Angelegenheit von der physischen Seite her betrachtete. Borodin, seine Mitarbeiter und die Sicherheitsbeamten hatten einfach keine Chance. Sie landeten schließlich alle in einem der riesigen Kellergewölbe in den Tiefen des Staudamms. Agnelli war schon dabei, die Tür zu diesem riesigen Gefängnis abzuschließen, als van Effen ihn zurückhielt.

»Halt. Wir müssen sie erst noch fesseln. Lassen Sie von einem Ihrer Leute ein langes Seil bringen. Was ist denn mit Ihnen passiert? Sonst denken Sie doch auch immer an alles.«

»Was sollte ich denn in diesem Fall übersehen haben?«

»Sie haben die Möglichkeit außer acht gelassen, daß O'Brien nicht der einzige Mensch auf dieser Welt ist, der ein Schloß auch ohne Schlüssel knacken kann.«

Agnelli nickte. »Natürlich. Ein Seil«, rief er einem seiner Männer zu. Das Seil wurde gebracht – es hätte ausgereicht, hundert Männer damit zu fesseln. Nachdem Borodin und die gesamte Belegschaft des Staudamms sorgfältig verschnürt waren, führte Samuelson seine Leute in die Schaltzentrale des Staudamms. Van Effen und seine beiden Freunde trabten in einigem Abstand hinterher. Dabei holte van Effen eine kleine Metalldose aus der Tasche und entnahm ihr sechs Wattebällchen, die mit einer Flüssigkeit getränkt waren. Er verteilte sie an seine Begleiter und forderte sie auf, sich die Watte in die Nasenlöcher zu stopfen. Vasco zuckte zusammen.

»Was ist denn das? Schwefelsäure?«

»Du wirst dich daran gewöhnen«, tröstete ihn van Effen.

»Und was sollte dieser Unsinn, es könnten auch noch andere ohne Schlüssel Türen aufsperren? Die Chance, daß sich da unten ein zweiter O'Brien befindet, ist doch verschwindend gering.«

»Wir werden ein Seil brauchen – und nicht das kürzeste. Jedenfalls liegen da unten jetzt einige hundert Meter herum.«

Vasco warf George einen vielsagenden Blick zu. »Dieser Mann denkt doch wirklich an alles.« Er schüttelte den Kopf. »Agnelli ist nicht der einzige, der nichts übersieht.«

Sie betraten die Schaltzentrale. Der Raum war sehr weitläufig. An der Wand zu ihrer Rechten waren lange Reihen von Schaltpulten angebracht. O'Brien stand in ihrer Nähe, ohne sie jedoch zu beachten. Van Effen wußte, daß er bereits mit der Funktion der Anlage vertraut war.

»Da ist ja genau der richtige Mann, Leutnant.« Samuelsons Lächeln erstrahlte noch triumphierender. »Ich möchte mit Wieringa, dem Verteidigungsminister, sprechen.«

Ohne irgendwelche Anzeichen von Überraschung zu zeigen, überlegte Vasco kurz.

»Ich könnte mir vorstellen, daß der Herr Verteidigungsminister sich nach Volendam begeben hat. Aber eigentlich ist es einerlei, wo er sich gerade befindet. Das ist kein Problem. Wo er sich auch gerade aufhält – in seinem Büro, in einem Flugzeug oder in einem Wagen –, das nächste Telefon ist nicht weiter als einen Meter von ihm entfernt. Ich rufe das Oberkommando des Heeres an, die werden mich dann schon mit ihm verbinden.«

»Wie lange wird das ungefähr dauern?«

»Höchstens eine Minute.«

»Eine Minute nur!«

»In den Niederlanden«, entgegnete Vasco nicht ohne einen Anflug von Stolz, »hat das Militär eben Priorität.« Schon vor Ablauf der Minute konnte er Samuelson den Hörer in die Hand drücken. Samuelson nahm ihn mit der Miene eines Mannes entgegen, dessen Lebenstraum sich soeben erfüllt hatte.

»Mijnheer Wieringa? Sie sprechen mit dem Anführer der FFF, der *Fighters For Freedom.* Ich gehe davon aus, daß Sie unsere kleine Demonstration in der Markerwaard gebührend zu würdigen wissen. Nun habe ich weitere Neuigkeiten für Sie, die Ihnen vermutlich nicht sehr willkommen sein dürften. Wir haben den Haringvliet-Staudamm in unseren Besitz gebracht. Ich wiederhole: der Haringvliet-Staudamm befindet sich unter unserer Kontrolle.« Darauf trat, zumindest was Samuelson betraf, eine längere Pause ein, bis er weiter fortfuhr: »Es freut mich, zu sehen, daß Sie sich der Bedeutung dieses Umstandes bewußt sind, Mijnheer Wieringa. Alle Versuche, den Staudamm unserer Gewalt entreißen zu wollen, sei es durch nackte Gewalt oder List, werden für Holland katastrophale Folgen nach sich ziehen. Ich möchte noch hinzufügen, daß wir die Deiche am Hollandsch Diep und den Volkeral vermint haben. Wir haben an den betreffenden Stellen Beobachter aufgestellt. Sollten Sie versuchen, die Deiche durch Froschmänner überprüfen zu lassen, sehen wir uns dadurch gezwungen, diese Minen unverzüglich zu zünden.

Um sechzehn Uhr werden wir eine kleine Kostprobe dessen geben, was die Niederlande erwartet, wenn unseren Forderungen nicht stattgegeben werden sollte. Wir werden für wenige Minuten die Schleusentore des Staudamms öffnen. Es könnte sich als recht informativ erweisen, dieses Schauspiel von einem Hubschrauber aus filmen zu lassen, um der Bevölkerung der Niederlande schon einen kleinen Vorgeschmack davon zu geben, was ihr unter Umständen bevorsteht.

Ich hoffe in Ihrem eigenen Interesse, daß Sie den Verlauf der Verhandlungen mit der britischen Regierung so beschleunigen, daß wir mit einer baldigen Entscheidung bezüglich der Nordirland-Frage rechnen können.«

»Dem haben Sie's aber gezeigt, Mister Samuelson«, erklärte van Effen anerkennend. »Haben Sie die beiden Deiche tatsächlich vermint?«

Samuelson lachte. »Natürlich nicht. Weshalb auch? Diese Leute sind doch inzwischen so eingeschüchtert, daß sie jedes Wort von uns für bare Münze nehmen.«

Während Samuelson und seine Leute sich aufgeregt unterhielten und sich zu ihrem Erfolg beglückwünschten, zogen sich van Effen und seine Begleiter unauffällig an dic Wand mit den Schaltpulten zurück und öffneten ihre Taschen. Kurz darauf explodierten – im Abstand von zwei Sekunden – zehn Gasgranaten, gleichmäßig über den gesamten Raum verteilt. Ihre Wirkung war spektakulär. Binnen weniger Sekunden konnte sich keiner der Anwesenden mehr auf den Beinen halten; die meisten hatten bereits das Bewußtsein verloren, bevor sie zu Boden sanken. Van Effen fischte einen Schlüssel aus Agnellis Hosentasche, dann verließen die drei Freunde hastig den Raum und verschlossen die Tür hinter sich. Ihre Nasen waren zwar durch die Watte geschützt, aber sie konnten nur für einen gewissen Zeitraum die Luft anhalten.

»In fünf Minuten können wir wieder hinein«, erklärte van Effen. »Sie werden aber mindestens noch eine halbe Stunde schlafen.« Er gab Vasco den Schlüssel. »Hol die Seile. Schneide Borodin los und sag ihm, er soll die anderen befreien. Und erkläre ihm, was hier vorgeht.«

Vasco betrat den Keller, schnitt einen verwunderten Borodin los und reichte ihm dann das Messer.

»Befreien Sie auch die anderen. Wir sind von der Polizei – diesmal wirklich. Der Mann mit der Narbe im Gesicht ist Leutnant van Effen aus Amsterdam.«

»Van Effen?« Borodin war sichtlich verblüfft. »Aber entschuldigen Sie mal! Ich habe Leutnant van Effens Foto doch schon mehrfach in der Zeitung gesehen. Ich weiß, wie er aussieht. Dieser Mann ist auf keinen Fall van Effen.«

»Denken Sie doch mal nach. Das würde jeder beliebige Kriminelle in den Niederlanden tun.«

»Aber die FFF . . .«

»Hält gerade ihren Mittagsschlaf.« Vasco lud sich eine der unbenutzten Seilrollen auf die Schulter und verließ eilends den Raum.

Van Effen trat an den Mann heran, der die dem Meer zugewandte Abschußrampe bewachte. »Mister Samuelson möchte Sie sprechen. Und zwar sofort. Er ist in der Schaltzentrale. Ich übernehme Ihre Wache.«

Der Mann war kaum um die Ecke verschwunden, als van Effen sich auch schon dem Soldaten näherte, der die dem Fluß zugewandte Abschußrampe bewachte. Seine Hand umschloß die burgunderfarbene Yves Saint Laurent-Spraydose mit der besonderen Duftnote. Er ließ den Mann behutsam auf den Asphalt niedersinken und ging dann auf den Hubschrauber zu.

Der Mann, den van Effen zu Samuelson in die Schaltzentrale geschickt hatte, blieb stehen, als er George erblickte, der ihm aufmunternd zuwinkte.

Als er auf ihn zutrat, versetzte George ihm einen leichten Klaps in den Nacken. Der Betroffene sackte auf der Stelle, von George behutsam gestützt, zu Boden.

Van Effen zog den Vorhang zurück, mit dem das hintere Ende des Hubschraubers abgeteilt war, und sagte: »Ah, da sind Sie ja, Joop. Wie ich sehe, passen Sie gut auf die Mädchen auf.« Joop sollte noch zwei weitere Sekunden sein wachsames Auge auf die Mädchen werfen, bevor er zu Boden sank. Van Effen zog seine Smith & Wesson und richtete sie vage auf Kathleen und Maria, während er Annemarie und Julie von ihren Fesseln befreite. Dann half er den beiden Mädchen auf die Beine, nahm ihnen die Knebel ab und legte ihnen schließlich, die Schußwaffe noch immer in der Hand, die Arme um die Schultern. »Liebe Schwester. Und du, liebe Annemarie.« Kathleens und Marias Augen wurden so groß und rund wie die sprichwörtlichen Untertassen.

»Du hast dir aber reichlich Zeit gelassen«, bemerkte Julie, Tränen in den Augen.

»Dir kann man es auch nie recht machen, ja?« seufzte van Effen. »Es kam noch einiges dazwischen.«

»Ist jetzt alles vorbei?« flüsterte Annemarie. »Sind wir in Sicherheit?«

»Ja, wir haben es geschafft.«

»Ich liebe dich.«

»Das wirst du noch einmal wiederholen müssen, wenn du wieder in normaler geistiger Verfassung bist.«

Kathleen und Maria starrten sie immer noch fassungslos an. Schließlich brachte Kathleen die Frage über die Lippen: »Ist das – Ihr Bruder?«

»Ja, das ist mein Bruder«, nickte Julie. »Leutnant Peter van Effen, Leiter der Amsterdamer Kriminalpolizei.«

»Für Sie ist das sicher ein unangenehmer Schock«, wandte sich van Effen an die beiden anderen Mädchen. »Ich fürchte, daß Sie in Kürze eine noch unangenehmere Überraschung erleben. Sie betrifft die Leute, die Sie vielleicht gern sehen möchten oder die umgekehrt auch Sie gern sehen würden – das heißt, wenn sie wieder aufgewacht sind.«

Alle Mitglieder der FFF lagen noch im Tiefschlaf. Die meisten waren an Händen und Füßen gefesselt, einige wurden gerade noch sorgfältig verschnürt.

»Nicht schlecht«, nickte van Effen anerkennend. »Und was habt ihr in der Zwischenzeit sonst noch gemacht?«

»Hört euch nur den Herrn Leutnant an«, konterte Vasco mit einem Grinsen, während er mit sichtlicher Befriedigung den letzten Knoten von Samuelsons Fesseln zuzog. »Fürs erste dürften in den nächsten fünfzehn Minuten sämtliche Polizeistreifen aus Rotterdam, Dordrecht und Umgebung hier auf dem Staudamm eintreffen – übrigens eine Idee, die ausschließlich auf meinem Mist gewachsen ist.«

»Deine Beförderung wird sich wohl nicht mehr verhindern lassen,

Vasco.« Dann wandte van Effen sich an Kathleen, die mit aschfahlem, entsetztem Gesicht ihren Vater anstarrte. »Warum haben Sie sich auf so etwas eingelassen, Kathleen?«

Statt einer Antwort griff sie in ihre Handtasche und holte einen kleinen Revolver mit einem Perlmuttgriff daraus hervor. »Sie werden Mister Samuelson nicht kriegen. Sie wußten nicht, daß er mein Vater ist.«

»Doch, Kathleen, das habe ich gewußt.«

»Das haben Sie gewußt?« Ihre Stimme stockte. »Woher?«

»Julie hat es mir gesagt.«

Julie stellte sich zwischen Kathleen und van Effen. »Erst wirst du mich erschießen müssen, Kathleen. Und ich weiß genau, daß du dazu nie imstande wärst.«

Vasco trat ruhig nach vorn, nahm Kathleen den Revolver aus der plötzlich kraftlos herabhängenden Hand und steckte ihn in die Handtasche zurück.

Van Effen wiederholte seine Frage. »Warum haben Sie sich auf so etwas eingelassen, Kathleen?«

»Jetzt wird ja doch alles herauskommen, oder nicht?« Das Mädchen weinte haltlos. Vasco legte ihr tröstend den Arm um die zitternden Schultern – eine Geste, die sie ohne Widerstreben zuließ. »Mein Vater ist Engländer. Er war Oberstleutnant bei den Home Guards – allerdings nicht unter diesem Namen. Sein Vater war ein Earl, der ihm ein Vermögen hinterließ. Seine Söhne, meine Brüder, haben die Militärakademie in Sandhurst besucht. Beide sind in Nordirland gefallen; einer als Leutnant, der andere als Fähnrich. Meine Mutter wurde von einem Heckenschützen der IRA erschossen. Seither ist mein Vater ein anderer Mensch geworden.«

»So etwas habe ich mir fast gedacht. Entweder er wird in den Niederlanden vor Gericht gestellt, oder man wird ihn an die Briten ausliefern.« Van Effens Stimme klang so müde und erschöpft, wie er sich zweifelsohne auch fühlte. »In jedem Fall wird er auf verminderte Zurechnungsfähigkeit plädieren können.«

»Sie glauben, er ist verrückt?« flüsterte sie.

»Ich bin kein Arzt, um das beurteilen zu können. Aber ich glaube, daß er unter einer vorübergehenden schweren psychischen Störung leidet. – Und nun zu Ihnen, Maria. Hatten Romero und Leonardo etwas mit der Ermordung meiner Frau und meiner beiden Kinder zu tun?«

»Nein, nein, nein! Das schwöre ich. Die beiden könnten keiner Fliege etwas zuleide tun. Meine beiden anderen Brüder im Gefängnis haben alles in die Wege geleitet. Das kann ich beschwören. Sie sind böse Menschen. Das werde ich vor Gericht bezeugen. Ganz bestimmt.«

»Das könnte bedeuten, daß sie noch fünf bis zehn Jahre länger im Gefängnis sitzen müssen.«

»Ich hoffe, sie bleiben dort bis an ihr Lebensende.«

»Gegen Sie und Kathleen wird keine Anklage erhoben werden. Beihilfe zu einem Verbrechen ist eine Sache, Beihilfe unter Nötigung eine andere.

Vasco, wenn du inzwischen so freundlich wärst, die junge Dame loszulassen und Onkel Arthur anzurufen. Berichte ihm den genauen Verlauf der ganzen Geschichte. Und du, George, könntest du den Damen vielleicht zu einer kleinen Stärkung verhelfen? Hier muß es doch sicher irgendwo eine Kantine geben. Sonst dürfte auch im Hubschrauber etwas zu finden sein. Und – Vorsicht bei eventuellen Selbstmordversuchen!«

»Ich glaube nicht, daß hier noch jemand Selbstmord begehen würde«, warf Julie ein.

»Das sagt dir vermutlich dein weiblicher Instinkt. Nun, ich muß dir recht geben. Übrigens, George, wenn du fündig wirst, solltest du vielleicht auch an uns denken. Ich könnte jetzt wirklich eine kleine Stärkung vertragen.«

Mit einem Lächeln begleitete George die vier Mädchen aus dem Raum.

Vasco hatte etwa zwei Minuten telefoniert, als er sich, die Hand über der Sprechmuschel, van Effen zuwandte: »Ich glaube, Onkel Arthur möchte mit dir sprechen. Darf ich mich – äh – vielleicht – den Damen anschließen?«

»Aber selbstverständlich.« Als van Effen nach dem Hörer griff, hörte er in der Ferne zum erstenmal das Heulen der Polizeisirenen. De Graafs Glückwünsche waren überschwenglichster Natur, was nicht minder auf die Wünsche des Verteidigungsministers zutraf. Wieringa gab den Hörer schließlich wieder an den Polizeichef zurück, dem van Effen folgendes zu sagen hatte:

»Langsam habe ich es satt, Oberst de Graaf, den Laufburschen für Sie zu spielen und Ihnen die ganze Drecksarbeit abzunehmen. Ich möchte entweder eine neue Stelle oder eine Gehaltserhöhung – oder gleich beides.«

»Sie werden beides bekommen, mein Junge. Wenn Sie meinen Job übernehmen, ist die Gehaltserhöhung ohnehin damit verbunden.«

De Graaf hüstelte. »Sagen wir in sechs Monaten? Oder in einem Jahr?«

DER SANTORIN-SCHOCK

Für Tom und Rena

1

Aus dem Lautsprecher auf der Brücke der Fregatte *Ariadne* drang ein Knistern, dann läutete es zweimal, und gleich darauf ertönte O'Rourkes Stimme, ruhig, moduliert, gelassen und mit unüberhörbar irischem Akzent. O'Rourke galt allgemein als Wetterspezialist, aber gerade das war er nicht.

»Habe gerade einen merkwürdigen Besucher ausgemacht. Vierzig Meilen von hier, Position 222.«

Talbot drückte auf den Antwortknopf. »Am Himmel über uns wimmelt es nur so von merkwürdigen Besuchern, Chief. Wenigstens sechs Fluggesellschaften überqueren die Ägäis an dieser Stelle. Außerdem wissen Sie besser als wir alle, daß hier überall NATO-Flugzeuge herumschwirren. Und dann die Jagdbomber und Abfangjäger von dieser verdammten Sechsten Flotte – wenn Sie mich fragen, wissen sie die halbe Zeit nicht, wo sie sich gerade befinden.«

»Aber dieser Vogel kommt mir schon sehr merkwürdig vor.« O'Rourkes Stimme klang gelassen wie immer, als hätte ihn die abfällige Bemerkung über die Sechste Flotte, von der man ihn vorübergehend ausgeliehen hatte, nicht berührt. »Von den Airlines, die die Ägäis überfliegen, benutzt keine die Route, auf der diese Maschine fliegt. Und nach meinem Schaubild gibt es in dieser Gegend keine NATO-Flugzeuge. Die Amerikaner hätten uns vorgewarnt. Sehr aufmerksam, diese Leute, Captain. Die von der Sechsten Flotte, meine ich.«

»Ja, ja, schon richtig.« Talbot wußte recht gut, daß die Sechste Flotte ihn vorher benachrichtigt hätte, wenn eine ihrer Maschinen in ihre Nähe gekommen wäre, und zwar nicht aus Höflichkeit, sondern weil die Vorschriften es so verlangten – das wußte auch O'Rourke; aber auf seinen angestammten Flottenverband ließ O'Rourke nun einmal nichts kommen. »Ist das alles, was Sie über diesen Burschen wissen?«

»Nein. Es gibt noch zwei Dinge. Das Flugzeug kommt von Südwest und fliegt nach Nordost. Auf diesem Kurs ist mir kein Flugzeug gemeldet. Und das zweite: ich bin ziemlich sicher, daß es eine große Maschine ist. Wir müßten sie in etwa vier Minuten sehen können – ihr Kurs kreuzt sich direkt mit unserem.«

»Spielt die Größe eine Rolle, Chief? Hier kurven viele große Maschinen herum.«

»Nicht in einer Höhe von mehr als 12 000 Metern, Sir, wie diese. So hoch fliegen nur Concorde-Maschinen, und wir wissen, daß es hier keine Concordes gibt. Eine Militärmaschine, vermute ich.«

»Von unbekannter Herkunft? Ein Feindflugzeug? Könnte sein. Behalten Sie es im Auge.« Talbot blickte sich um und begegnete dem Blick seines Ersten Offiziers, Lieutenant-Commander Van Gelder. Van Gelder war ein kleiner, kräftig gebauter Mann, tiefbraungebrannt und hellblond; er schien das Leben immerzu herrlich zu finden. Er trat lächelnd neben den Captain.

»Ganz zu Ihren Diensten, Sir. Die Spionagekamera und ein Foto fürs Familienalbum?«

»Genau. Danke.« Die *Ariadne* hatte eine ungeheure, für den Uneingeweihten ziemlich verwirrende Vielzahl akustischer und optischer Aufzeichnungsgeräte an Bord, mehr als jedes andere Schiff der Royal Navy. Zu diesen Instrumenten gehörte auch das, was Van Gelder als Spionagekamera bezeichnete: eine Kamera, die mit einem Teleskop verbunden war, erfunden und gebaut von den Franzosen, eine von jener Sorte, wie sie von den Spionagesatelliten im Weltraum benutzt werden, mit denen man unter besonders günstigen Wetterbedingungen aus einer Höhe von 250 Meilen einen weißen Suppenteller ausmachen und fotografieren kann. Die Brennweite des Teleskops war beinahe grenzenlos verstellbar; in diesem Fall würde Van Gelder vermutlich eine Eins-zu-hundert-Einstellung wählen, was optisch die Wirkung hätte, daß der Eindringling – sofern es ein solcher war – scheinbar auf eine Höhe von einhundertdreißig Metern herangeholt würde. Bei dem fleckenlos blauen Julihimmel über den Kykladen war das überhaupt kein Problem.

Kaum hatte Van Gelder die Brücke verlassen, ertönte ein anderer Lautsprecher, dessen doppelter Summlaut erkennen ließ, daß die Meldung aus dem Funkraum kam. Der Mann am Ruder, Obermaat Harrison, beugte sich vor und betätigte den entsprechenden Schalter.

»Ich habe einen Notruf. Ich glaube – wiederhole, glaube –, das Schiff befindet sich unmittelbar südlich von Santorin. Das ist alles, was ich habe. Ziemlich konfus das Ganze, mit Sicherheit nicht von einem geschulten Funker. Wiederholt nur dauernd ›Mayday, Mayday, Mayday‹.« Myers, der Funker vom Dienst, wirkte verärgert; der Ton, in dem er sprach, ließ seine Überzeugung ahnen, daß jeder Funker genauso erfahren und tüchtig sein sollte wie er selbst. »Aber warten Sie einen Moment.« Es trat eine Pause ein, dann meldete sich Myers wieder. »Sie sinken, hat er gesagt. Viermal hat er das gesagt: sie sinken.«

»Ist das alles?« fragte Talbot.

»Ja, alles, Sir. Er meldet sich nicht mehr.«

»Gut, bleiben Sie auf der Notruffrequenz, Harrison, 090 oder nicht weit davon. Er kann nicht mehr als zehn, zwölf Meilen weit weg sein.« Er griff nach dem Maschinentelegraphen und rückte ihn auf volle Kraft voraus. Die *Ariadne* war mit doppelten Maschinenraum- und Brückenkontrollgeräten ausgerüstet. Im Maschinenraum gab es gewöhnlich nur eine Kontrollvorrichtung zu überwachen, die für die automatische Brennstoffzufuhr, und das auch nur, weil es so üblich war, nicht weil notwendige Gründe es verlangten. Vielleicht wanderte der diensttuende Heizer dort gerade einmal mit der Ölkanne in der Hand herum, wahrscheinlicher aber war er in eines jener fragwürdigen Magazine vertieft, mit denen die sogenannte Maschinenraumbibliothek so überreich versehen war. Der Chief

Engineer der *Ariadne*, Lieutenant McCafferty, begab sich nur selten in sein eigentliches Betätigungsfeld hinab. McCafferty, ein erstklassiger Maschinist, behauptete, er wäre allergisch gegen Dieseldunst, und pflegte mit wissender Herablassung abzuwinken, wenn es hieß, daß es im Maschinenraum wegen der leistungsstarken Abzugsgebläse praktisch unmöglich sei, einen Hauch von Dieselgeruch wahrzunehmen. An diesem Nachmittag sollte man ihn, wie fast jeden Tag um diese Zeit, achtern an Deck in einem Liegestuhl in seine Lieblingsbeschäftigung vertieft finden: die Lektüre von Detektivromanen jener Art, die mit Liebesgeschichten pikanter Art gewürzt waren.

Der Klang der Maschinen vertiefte sich – die *Ariadne* brachte es immerhin auf die respektable Leistung von 35 Knoten –, und die Brücke begann merklich zu vibrieren. Talbot griff nach einem Telefonhörer und ließ sich mit Van Gelder verbinden.

»Wir haben einen Notruf aufgefangen. Aus einer Entfernung von zehn, zwölf Meilen. Geben Sie mir Bescheid, wenn Sie dieses Flugzeug sichten, dann lasse ich die Maschine abstellen.« Die Spionagekamera hatte zwar eine Kardanaufhängung, die mit dem stärksten Stampfen und Rollen des Schiffes fertig wurde; Vibrationen dagegen vertrug sie nicht – das Ergebnis war fast immer ein total verschwommenes Bild.

Talbot begab sich an Backbord zu dem jungen Leutnant, der dort stand: ein hochgewachsener, schlanker Mann, blond, mit dicken Brillengläsern und ständig verdrießlicher Miene.

»Nun, Jimmy, was halten Sie davon? Von diesem zeitlichen Zusammentreffen zwischen einem Flieger, der vielleicht ein Feindflugzeug ist, und dem Sinken eines Schiffes? Könnte einem die Langeweile eines langen, heißen Sommernachmittags vertreiben, meinen Sie nicht?«

Der Leutnant blickte ihn ohne eine Spur von Begeisterung an. Lieutenant Lord James Denholm – Talbot nannte ihn der Einfachheit halber kurz »Jimmy« – konnte sich nur selten für etwas begeistern.

»Das gefällt mir nicht, Captain.« Denholm machte eine müde Handbewegung. »Es stört das Ebenmaß meiner Tage.«

Talbot lächelte. Die Aura aristokratischer Blasiertheit, die Denholm umgab, hatte Talbot ganz zu Beginn ihrer Bekanntschaft gereizt und irritiert – ein Gefühl, das jedoch nicht länger als eine halbe Stunde angehalten hatte. Denholm war als Marineoffizier ganz und gar ungeeignet und wäre seiner schlechten Augen wegen von jeder Marine der Welt automatisch als untauglich ausgeschlossen worden. Dennoch war er nicht aufgrund seiner guten Beziehungen zu den höchsten Kreisen der Gesellschaft an Bord der *Ariadne* – nicht weil er ein künftiger Earl war und sein Blut so blau, wie es blauer nicht sein konnte –, sondern weil er ganz ohne Frage der rechte Mann am rechten Ort war. Als Träger dreier akademischer Grade, von Oxford, UCLA und MIT, alle *summa cum laude* auf dem Gebiet der Elektrotechnik und Elektronik erworben, war Denholm als Elektronikfachmann ein unschlagbares As. Dabei war er trotz seiner Herkunft und seiner akademischen Auszeichnungen ausgesprochen bescheiden und zurückhaltend.

Zurückhaltend auch, wenn es darum ging, Einspruch zu erheben; nur deshalb hatte er sich überreden lassen, in die Navy einzutreten.

»Dieses Feindflugzeug«, wandte er sich an Talbot, »wenn es eins ist – was werden Sie dagegen unternehmen?«

»Gar nichts.«

»Aber wenn es wirklich ein Feindflugzeug ist – dann ist es hier doch auf einem Spionageflug, oder nicht?«

»Natürlich.«

»Ja, dann ...«

»Was soll ich Ihrer Ansicht nach dagegen unternehmen, Jimmy? Es abschießen? Juckt es Sie, Ihr Laserzielgerät an ihm auszuprobieren?«

»Himmel, nein.« Denholm war echt schockiert. »Ich habe mein ganzes Leben noch nie aus Wut geschossen. Um ehrlich zu sein, ich habe überhaupt noch nie geschossen.«

»Wenn ich es herunterholen wollte, ließe sich das sehr effektvoll mit einer dieser kleinen Raketen bewerkstelligen, die auf Wärme reagieren. Aber so etwas tun wir nicht. Wir sind zivilisiert. Und wir provozieren auch keine internationalen Zwischenfälle. Ein ungeschriebenes Gesetz.«

»Hört sich für mein Empfinden ziemlich unsinnig an, dieses Gesetz.«

»Ist es aber nicht. Wenn die Vereinigten Staaten oder die NATO ihre Kriegsspiele spielen, wie wir es jetzt auch gerade tun, sind uns die Sowjets ziemlich nah auf den Fersen – an Land, auf See und in der Luft. Darüber beklagen wir uns nicht. Das können wir nicht. Wenn sie ihre Spiele treiben, machen wir es nicht anders. Zugegeben, es kann dabei zu peinlichen Zwischenfällen kommen. Es ist noch gar nicht so lange her, daß die US-Navy Übungen im Japanischen Meer abhielt und ein amerikanischer Zerstörer ein russisches U-Boot ziemlich heftig rammte und beschädigte, das die Geschehnisse aus zu großer Nähe überwachte.«

»Und das war kein Zwischenfall von internationaler Bedeutung, wie Sie es gerade nannten?«

»Keineswegs. Dafür traf niemanden eine Schuld. Zwischen den beiden Kapitänen wurden Entschuldigungen ausgetauscht, und das russische Schiff wurde von einem anderen russischen Schiff in einen sicheren Hafen abgeschleppt. Nach Wladiwostok, glaube ich.« Talbot drehte den Kopf herum. »Entschuldigen Sie. Da meldet sich wieder der Funker.«

»Myers noch einmal«, sagte der Sprecher. »*Delos.* So heißt das sinkende Schiff. Sehr kurze Durchsage – Explosion, Feuer, sinkt schnell.«

»Bleiben Sie weiter auf Empfang«, sagte Talbot. Er blickte den Rudergänger an, der bereits ein Fernglas an die Augen gesetzt hatte. »Können Sie ihn ausmachen, Harrison?«

»Ja, Sir.« Harrison reichte ihm das Fernglas und zog das Steuer nach Backbord herum. »Feuer an Backbord voraus.«

Talbot entdeckte es fast sofort. Eine dünne schwarze Rauchsäule, die senkrecht in den blauen und windlosen Himmel aufstieg. Er setzte gerade das Fernglas ab, als es wieder zweimal läutete. Es war O'Rourke, der Wetterfrosch – oder richtiger gesagt, der Experte für Radarpeilungen.

»Ich fürchte, ich habe es aus den Augen verloren. Das Flugzeug, meine ich. Ich habe die Vektoren zu beiden Seiten von ihm überprüft, um zu sehen, ob es allein oder mit Eskorte fliegt, und als ich zurückschaltete, war es fort.«

»Wie ist das möglich, Chief? Haben Sie eine Ahnung«

»Nun ja . . .« O'Rourke klang unsicher. »Könnte sein, daß es explodiert ist. Aber das glaube ich nicht.«

»Ich auch nicht. Wir hatten unsere Spionagekamera auf den Anflug ausgerichtet; auf eine Explosion hätte sie mit Sicherheit reagiert.«

»Dann muß es zum Sturzflug angesetzt haben. Zu einem äußerst steilen Sturzflug. Gott weiß, warum. Ich werde es schon wiederfinden.« Das Sprechgerät schaltete sich aus.

Fast unmittelbar darauf läutete wieder ein Telefon. Es war Van Gelder.

»222, Sir. Rauch. Ein Flugzeug. Könnte das Feindflugzeug sein.«

»Ist es auch. Mit ziemlicher Sicherheit. O'Rourke hat es auf seinem Bildschirm gerade aus der Sicht verloren. Ist wahrscheinlich nur Zeitverschwendung, aber versuchen Sie trotzdem, es zu fotografieren.«

Er begab sich an Steuerbord, hob sein Fernglas und sichtete es fast sofort – eine dichte schwarze Rauchfahne mit einem rotglühenden Mittelpunkt. Es war immer noch ziemlich hoch, vier- oder fünftausend Fuß. Er wartete nicht ab, wie tief das Flugzeug wirklich absackte, sondern kehrte schnell auf die Brücke zurück und griff zum Telefonhörer.

»Lieutenant Cousteau. Schnell.« Es trat eine kurze Pause ein. »Henri? Hier ist der Captain. Ein Notfall. Lassen Sie die Barkasse und das Rettungsboot aussetzen. Mannschaft klar zum Einsatz. Melden Sie sich dann auf der Brücke.«

Er signalisierte zum Maschinenraum hinunter, auf langsame Fahrt voraus zu gehen, dann sagte er zu Harrison: »Hart Backbord. Richtung Norden.«

Denholm, der auf die Steuerbordnock hinausgetreten war, setzte gerade sein Fernglas ab und kam zurück.

»Also, ich kann dieses Feindflugzeug nicht ausmachen. Überhaupt kein Flugzeug. Nur eine große schwarze Rauchfahne. Könnte das Feindflugzeug gewesen sein – wenn es eins war.«

»Muß es gewesen sein.«

»Na, meinetwegen. Mir soll es recht sein, wenn es uns nicht zu nahe kommt«, sagte Denholm.

»Mir auch, Lieutenant. Erst recht, wenn es sich um ein Militärflugzeug handelt. Und ganz besonders, wenn es Bomben an Bord hat. Wenn Sie hinschauen, werden Sie sehen, daß wir eben drauf und dran sind, ihm auszuweichen.«

»Ah. Ausweichmanöver.« Denholm zögerte. Dann bemerkte er zweifelnd: »Nun, ja, es wird seinen Kurs ja wohl nicht ändern.«

»Tote ändern ihren Kurs nicht.«

»Nein, wahrhaftig.« Van Gelder war gerade auf die Brücke zurückgekehrt. »Und der Mann oder die Männer im Cockpit dieses Flugzeugs sind mit Sicherheit tot. Es bringt nichts, wenn ich weiter da bleibe, Sir – Gibson kann besser mit der Spionagekamera umgehen als ich, und er betätigt sie eifrig. Wir werden eine Menge Fotos für Sie haben, aber ich bezweifle, daß ihnen viel zu entnehmen sein wird.«

»So pessimistisch? Konnten Sie nichts feststellen?«

»Nur sehr wenig, fürchte ich. Ich sah das Äußere der Maschine an Backbord. Es ist ein Vier-Düsen-Jet. Aber ob Zivil- oder Militärmaschine – keine Ahnung.«

»Einen Moment bitte.« Talbot ging an Backbord hinaus, blickte nach achtern, sah die brennende Maschine – daß sie in Flammen stand, daran war nun kein Zweifel mehr – achteraus abstürzen, nun nicht mehr halb so hoch und weit wie beim ersten Mal, als er sie sah; dann kehrte er auf die Brücke zurück, gab Harrison Anweisung, auf Nordkurs zu bleiben, und wandte sich wieder Van Gelder zu.

»Das war alles, was Sie feststellen konnten?«

»Mehr oder weniger. Außer daß das Feuer eindeutig von der Radarnase ausgeht, was eine Motorenexplosion ausschließt. Von einer Rakete kann das Flugzeug auch nicht getroffen sein, weil wir wissen, daß hier weit und breit keine Maschinen mit Raketen an Bord sind – selbst wenn es welche gäbe: Raketen, die auf Wärme reagieren, und das wären die einzigen, die es in dieser Höhe hätten treffen können, hätten die Triebwerke angesteuert und nicht den Bug. Sonst wäre nur eine Explosion vorne im Flugzeug selbst denkbar.«

Talbot nickte, griff nach dem Telefonhörer und ließ sich mit dem Schiffslazarett verbinden.

»Doktor? Könnten Sie bitte dafür sorgen, daß sich einer von Ihren Leuten mit Erste-Hilfe-Ausrüstung beim Rettungsboot meldet?« Er legte einen Moment Pause ein. »Tut mir leid. Keine Zeit für weitere Erklärungen. Kommen Sie auf die Brücke.« Er blickte achtern geradeaus durch die Schwingtüren steuerbords, drehte sich um und übernahm das Ruder. »Schauen Sie sich um, Harrison. Gründlich um.«

Harrison trat an Steuerbord hinaus, blickte sich gut um – wozu er nur wenige Sekunden brauchte –, kehrte zurück und übernahm wieder das Ruder.

»Gräßlich.« Er schüttelte den Kopf. »Die sind erledigt, Sir, stimmt's?«

»Das denke ich auch.«

»Sie verfehlen uns um wenigstens eine Viertelmeile. Vielleicht sogar eine halbe.« Harrison blickte noch einmal kurz zur Tür hinaus. »Dieser Winkel, in dem sie abschmieren – eine Meile, oder anderthalb Meilen vor uns. Oder sie schlagen auf der Insel auf. Dann ist es aus mit ihnen, Sir.«

»Ja, wahrhaftig.« Talbot blickte durch die Brückenfenster geradeaus voraus. Die Insel Santorin – oder Thera, wie sie auch hieß – lag etwa vier Meilen entfernt; Cap Akrotiri war direkt nördlich, der Berg Elias, der höchste Punkt der Insel – etwa sechshundert Meter hoch –, nordöstlich zu sehen. Dazwischen, ungefähr fünf Meilen weiter fort, hing träge eine dünne, bläuliche Rauchsäule in der Luft, die an dem wolkenlosen Himmel kaum auszumachen war. Sie markierte die Lage des Städtchens Thera, des einzigen größeren Ortes auf der Insel. »Aber der Schaden würde sich auf das Flugzeug beschränken. Der Südwestzipfel der Insel ist kahl. Ich glaube, da wohnt niemand.«

»Was wollen wir unternehmen, Sir? Über der Stelle stoppen, wo es untergeht?«

»Irgend so etwas. Das können Sie selbst entscheiden. Vielleicht auch eine viertel oder halbe Meile weiter auf dem Kurs, den es verfolgte. Das müssen wir abwarten. Schließlich, Harrison, weiß ich nicht mehr als Sie. Vielleicht geht es beim Aufprall in tausend Stücke, oder es übersteht ihn und bewegt sich unter Wasser noch ein Stück weiter. Nicht weit, würde ich vermuten – wenn es seine Nase verloren hat. *Number One*«, wandte er sich an Van Gelder, »was für eine Wassertiefe haben wir hier?«

»Soweit ich weiß, ist die Fünf-Faden-Grenze im Süden der Insel ungefähr eine halbe Meile vor der Küste. Im übrigen fällt der Boden hier ziemlich steil ab. Ich muß das im Kartenraum nachprüfen. Im Augenblick haben wir schätzungsweise zwei- oder dreihundert Faden Tiefe. Wollen Sie einen Echolot-Check, Sir?«

»Ja, bitte.« Van Gelder eilte davon und stieß beim Hinausgehen fast mit Lieutenant Cousteau zusammen. Cousteau war ein unbekümmerter junger Mann Anfang Zwanzig, stets dienstbeflissen und einsatzbereit und ein äußerst tüchtiger Seemann. Talbot winkte ihm, steuerbords an Deck hinauszukommen.

»Haben Sie das gesehen, Henri?«

»Ja, Sir.« Cousteaus übliche Fröhlichkeit und gute Laune waren wie weggeblasen. Er starrte in unfreiwilliger Faszination auf das Flugzeug in Rauch und Flammen, das sich nun in etwa dreihundert Meter Höhe direkt querab befand. »Was für eine scheußliche Geschichte.«

»Ja, gräßlich.« Der Schiffsarzt Andrew Grierson war zu ihnen getreten. Grierson trug weiße Shorts und darüber ein weites buntes Hawaiihemd, offenbar betrachtete er das als angemessene Tagesbekleidung für einen Sommertag in der Ägäis. »Darum haben Sie also nach Moss und seiner Erste-Hilfe-Box gefragt.« Moss vertrat ihn in der Leitung des Schiffslazaretts. »Vielleicht sollte ich selbst mitfahren.« Grierson war ein West-Highland-Schotte, wie man sofort an seinem Akzent erkannte, einem Akzent, den er nie zu verbergen versuchte. »Wenn es Überlebende gibt, was ich für verdammt unwahrscheinlich halte, kenne ich mich mit Dekompressionsproblemen aus, von denen Moss nichts versteht.«

Talbot spürte, daß die Vibrationen unter seinen Füßen sich verstärkten. Harrison hatte die Fahrt beschleunigt und steuerte etwas weiter in östlicher Richtung. Talbot dachte nicht weiter darüber nach; er hatte volles Vertrauen zu seinem Steuermann.

»Sorry, Doktor, aber für Sie gibt es wichtigere Dinge zu erledigen.« Er deutete Richtung Osten. »Schauen Sie mal dort links vom Flugzeug.«

»Jetzt sehe ich es. Das hätte mir schon früher auffallen müssen. Da sinkt etwas, verflixt noch mal.«

»So ist es. Dieses Etwas ist die *Delos*, eine Privatjacht, vermute ich, und sie sinkt, wie Sie schon sagten. Explosion und Feuer. Ein Feuer, das heftig um sich greift, glaube ich. Verbrennungen, Verletzungen.«

»Wir leben in schwierigen Zeiten«, sagte Grierson. In Wirklichkeit führte Grierson ein selten sorgloses und problemloses Leben, aber Talbot dachte, dies sei kaum der richtige Zeitpunkt, ihn darauf hinzuweisen.

»Die Maschine gibt keine Geräusche mehr von sich«, sagte Cousteau. »Die Triebwerke sind abgestellt.«

»Sie meinen, es gibt Überlebende? Nein, das glaube ich nicht. Die Explosion hat vielleicht das Cockpit zerstört, und in dem Fall stellen sich die Triebwerke automatisch ab.«

»Also zerschellt sie, oder geht sie unter?« sagte Grierson. »Dumme Frage. Das werden wir gleich wissen.«

Van Gelder gesellte sich zu ihnen. »Ich hätte die Tiefe hier auf achtzig Faden geschätzt. Das Echolot sagt siebzig. Ist auch gleichgültig, jedenfalls wird es flacher.«

Talbot nickte und schwieg. Alle schwiegen, niemandem war nach Reden zumute. Das Flugzeug, die Quelle der dichten Rauchsäule, befand sich nun weniger als dreißig Meter über der Wasserfläche. Gleich darauf tauchte der Rauch- und Feuerball ins Wasser und verschwand. Selbst in diesem Moment wurde das Flugzeug nicht sichtbar. Es versank hinter einer fünfzehn Meter hohen Wasser- und Gischtfontäne. Man hörte keinen Aufprall, und es zerbarst auch nicht; als der Wasser- und Gischtvorhang in sich zusammenfiel, sah man nur die leere See und merkwürdig kleine Wellen, kaum mehr als ein Kräuseln, die sich vom Aufprallpunkt kreisförmig ausdehnten.

Talbot berührte Cousteau am Arm. »Jetzt sind Sie an der Reihe, Henri. Was ist mit dem Funkgerät an Bord des Rettungsbootes?«

»Gestern überprüft, Sir. Funktioniert.«

»Wenn Ihnen etwas auffällt, Ihnen oder sonstwem, sagen Sie's uns. Ich glaube, Sie werden das Funkgerät nicht brauchen. Wenn wir stoppen, gehen Sie zu Wasser und ziehen Kreise. Ich denke, wir werden eine halbe Stunde später zurück sein.« Cousteau ging, und Talbot wandte sich an Van Gelder. »Wenn wir stoppen, sagen Sie dem Echolotmann, er soll mir die genaue Tiefe durchgeben.«

Fünf Minuten später war das Rettungsboot im Wasser und entfernte sich von der Bordwand der *Ariadne*. Talbot gab das Signal für volle Fahrt voraus, und das Schiff ging auf Ostkurs.

Van Gelder legte den Hörer auf. »Dreißig Faden, sagt das Echolot. Ein Faden mehr oder weniger.«

»Danke. Doktor?«

»Hundertachtzig Fuß«, sagte Grierson. »Da muß ich mich nicht mal am Kinn kratzen. Die Antwort ist nein. Selbst wenn sich jemand lebend aus dem Rumpf retten könnte – was ich sowieso nicht für möglich halte –, würde er kurz nach dem Auftauchen sterben. Taucherkrankheit. Geplatzte Lungen. Sie würden nicht wissen, daß sie auf dem ganzen Weg nach oben ausatmen müssen. Ein erfahrener Taucher mit Atemgerät könnte es vielleicht schaffen. An Bord dieses Flugzeugs gab es jedoch wohl keine erfahrenen Taucher. Die Frage ist ohnehin rein akademisch. Ich bin ganz Ihrer Ansicht, Captain. Die Menschen an Bord der Maschine sind tot.«

Talbot nickte und griff nach einem Telefon.

»Myers? Funkspruch an General Carson. Unidentifiziertes viermotoriges Flugzeug zwei Meilen südlich von Cap Akrotiri, vor Santorin, ins Meer gestürzt. Vierzehn Uhr fünfzehn. Unklar, ob Militär- oder Zivilmaschine. Erstmals ausgemacht in Höhe von 43 000 Fuß. Unfallursache offenbar Explosion an Bord. Zur Zeit keine weiteren Daten bekannt. Keine NATO-Flugzeuge in der Nähe gemeldet. Ist Ihnen etwas bekannt? Sylvester. Verschlüsseln Sie mit Code B.«

»Wird gemacht, Sir. Wohin?«

»Rom. Gleichgültig, wo er ist, er wird es zwei Minuten später haben.«

»Nun, ja«, meinte Grierson, »sofern bekannt ist, daß man das gleich an ihn weitergeben sollte.« Carson war der Oberbefehlshaber der NATO-Streitkräfte in Südeuropa. Grierson hob das Fernglas an die Augen und blickte zu der Rauchsäule hinüber, die nun kaum noch vier Meilen entfernt am Himmel aufstieg. »Eine Jacht, wie Sie sagen, und ein prächtiges Feuerwerk, das sie sich da leisten. Wenn's noch Überlebende gibt, wird's ihnen wohl mächtig warm werden. Wollen Sie längsseits gehen, Captain?«

»Längsseits?« Talbot blickte Denholm an. »Was schätzen Sie, wie hoch ist der Wert der elektronischen Einrichtung, die wir an Bord haben?«

»Zwanzig Millionen. Vielleicht auch fünfundzwanzig. Eine Menge Zeugs auf jeden Fall.«

»Da haben Sie Ihre Antwort, Doktor. Das Ganze ist mir schon einmal kaputtgegangen. Und es kann leicht noch einmal kaputtgehen. Nein, ich werde nicht längsseits gehen. Aber Sie werden es. In der Barkasse. Die ist ersetzbar. Die *Ariadne* nicht.«

»Nun, vielen Dank. Und welche furchtlose Seele ...«

»Ich bin sicher, für Number One wird es ein Vergnügen sein, Sie hinüberzufahren.«

»Hm. Also. Number One, sagen Sie Ihren Männern, sie sollen Overalls, Handschuhe und Schutzmasken tragen. Verbrennungen von brennendem Diesel können höchst unangenehm sein. Das gilt auch für Sie. Ich gehe – mich auf diesen Opfergang vorbereiten.«

»Und vergessen Sie Ihre Schwimmweste nicht.«

Grierson würdigte ihn keiner Antwort.

Nachdem sie ungefähr die Hälfte der restlichen Strecke zu der brennenden Jacht zurückgelegt hatten, rief Talbot wieder im Funkraum an.

»Haben Sie die Meldung durchgegeben?«

»Durchgegeben und Empfang bestätigt bekommen.«

»Irgend etwas Neues von der *Delos*?«

»Nein, nichts.«

»Delos«, sagte Denholm, »liegt ungefähr achtzig Meilen nördlich von hier. Ich glaube, die Kykladen werden für mich in Zukunft auch nicht mehr sein, was sie mal waren.« Er seufzte. Elektronikfachmann oder nicht, er betrachtete sich in erster Linie selbst als klassischen Philologen, und tatsächlich konnte er fließend sowohl Lateinisch als auch Griechisch lesen. Die alten Kulturen der Römer und Griechen waren ihm vertraut, was auch die umfangreiche Bibliothek in seiner Kabine belegte. Er liebte es, aus diesen Werken zu zitieren, und zitierte auch nun:

»Die Inseln der Griechen, die Inseln der Griechen,
Wo Sappho voll Leidenschaft liebte und sang,
Wo die Künste gediehen, des Kriegs und des Friedens,
Wo Delos emporstieg und Phoebus entsprang,
Ewiger Sommer . . .«

»Wir haben verstanden, was Sie damit sagen wollen, Lieutenant«, meinte Talbot. »Wir werden morgen darüber weinen. Fürs erste müssen wir uns mit den Problemen dieser armen Menschenseelen da drüben auf dem Vorschiff befassen. Ich zähle fünf.«

»Ich auch.« Denholm ließ das Fernglas sinken. »Warum winken sie so wild? Sie können doch nicht annehmen, daß wir sie noch nicht gesichtet haben.«

»Natürlich haben sie uns gesehen. Erleichterung, Lieutenant. Warten auf die Rettung. Aber es muß noch einen Grund geben. Ihr Winken wirkt irgendwie verzweifelt. Wie eine primitive Form von Zeichensprache. Was sie damit sagen wollen, ist wohl: ›Zum Teufel, nun holen Sie uns schon hier herunter, und zwar schnell.‹«

»Vielleicht befürchten sie eine weitere Explosion?«

»Vielleicht. Harrison, ich möchte, daß wir steuerbords von ihnen stoppen. Und zwar in sicherer Entfernung, verstehen Sie.«

»Hundert Meter, Sir?«

»Ja, gut.«

Die *Delos* war – oder war es gewesen – eine prächtige Jacht. Stromlinienförmig, an die dreißig Meter lang und bis vor kurzem, wie man noch sehen konnte, von blendendem Weiß. Jetzt hatten Rauch und Dieselöl sie geschwärzt. In den Deckaufbauten waren die Brücke untergebracht, ein Salon, ein Speiseraum und ein weiterer Raum, der vielleicht die Kombüse war. Der immer noch dichte Rauch über dem erhöhten Achterdeck und die Flammen, die auch jetzt noch an die zwei Meter hoch schlugen, ließen darauf schließen, wo es brannte – nämlich mit Sicherheit im Maschinenraum. Direkt hinter dem Feuer hing noch immer ein kleines Motorboot an einem Bootskran, das durch die Explosion oder das Feuer vermutlich nicht mehr voll einsatzfähig war.

»Ziemlich merkwürdig, finden Sie nicht, Lieutenant?« sagte Talbot.

»Merkwürdig?« fragte Denholm vorsichtig zurück.

»Ja. Man kann sehen, daß die Flammen kleiner werden. Man sollte meinen, daß sich dadurch auch die Gefahr einer weiteren Explosion verringert.« Talbot trat auf die Backbordseite hinaus. »Und fällt Ihnen nicht auf, daß das Wasser fast schon bis ans Deck reicht?«

»Ich sehe, daß sie drauf und dran ist unterzugehen.«

»Genau. Wenn Sie an Bord eines Kahns wären, der jeden Moment in die Luft fliegen oder Sie mit in die Tiefe reißen kann, was wäre dann Ihre natürliche Reaktion?«

»Nichts wie weg, Sir. Aber ich kann sehen, daß ihr Motorboot beschädigt ist.«

»Da haben Sie recht. Aber eine Jacht von dieser Größe ist bestimmt mit zusätzlichem Rettungszeug versehen. Nicht mit einem Carley-Floß vielleicht, aber sicherlich mit einem aufblasbaren Schlauchboot. Und jeder umsichtige Captain hätte genug Schwimmgürtel und -westen für die Passagiere und seine Mannschaft an Bord. Ich sehe sogar zwei Rettungsgürtel vorn an der Brücke. Aber sie haben nicht das getan, was einem einleuchten würde, nämlich das Schiff verlassen. Ich frage mich, warum.«

»Keine Ahnung, Sir. Aber es ist verdammt komisch.«

»Wenn wir diese verzweifelten Seeleute gerettet und an Bord gebracht haben, werden Sie, Jimmy, vergessen, daß Sie Griechisch können.«

»Sie meinen, daß ich es sprechen kann, nicht aber, daß ich es verstehe?«

»Genau.«

»Commander Talbot, Sie sind hinterhältig und mißtrauisch.«

»Das bringt mein Beruf so mit sich, Jimmy.«

Harrison brachte die *Ariadne* ungefähr hundert Meter von der *Delos* entfernt steuerbords zum Stehen. Van Gelder legte ab und war schnell längsseits des Vorderdecks der *Delos*. Zwei Bootshaken um die Pfosten des Sicherheitsgeländers an der Reling hielten sie in Position. Da die Barkasse und der Bug der sinkenden Jacht sich fast auf gleicher Höhe befanden, dauerte die Übernahme der sechs Überlebenden nur wenige Sekunden – der sechste hatte sich erst auf der Barkasse zu den fünf anderen gesellt, die Talbot gezählt hatte. Sie boten alle wirklich ein Bild des Jammers, so traurig und verdreckt, daß man weder ihr Alter noch ihr Geschlecht noch ihre Nationalität ausmachen konnte.

»Spricht jemand von Ihnen Englisch?« fragte Van Gelder.

»Wir alle.« Der Sprecher war klein und untersetzt, mehr konnte man im Moment nicht über ihn sagen. »Einige unter uns nur ein wenig. Aber es reicht.« Er sprach mit starkem Akzent, war aber gut zu verstehen. Van Gelder blickte Grierson an.

»Ist jemand von Ihnen verletzt, oder hat einer Verbrennungen?« fragte Grierson. Alle schüttelten den Kopf und verneinten murmelnd. »Dann gibt es hier für mich nichts zu tun, Number One. Sie sollen heiß duschen, sich gründlich reinigen, mit Seife. Und etwas anderes anziehen natürlich.«

»Wer ist hier der Chef?« fragte Van Gelder.

»Ich.« Es war derselbe Mann.

»Ist noch jemand an Bord?«

»Drei Leute. Ich fürchte, sie werden nicht mitkommen.«

»Heißt das, daß sie tot sind?« Der Mann nickte.

»Ich sehe mal nach.«

»Nein, nein!« Er packte Van Gelder mit seiner öligen Hand am Arm. »Das ist zu gefährlich. Viel zu gefährlich. Ich verbiete es Ihnen.«

»Sie können mir gar nichts verbieten.« Wenn Van Gelder nicht lächelte, was nicht oft vorkam, konnte er ziemlich furchteinflößend wirken. Der Mann zog seine Hand zurück. »Wo sind diese Leute?«

»In dem Durchgang zwischen dem Maschinenraum und den Kabinen im Heck. Wir haben sie noch rausgeholt nach der Explosion, bevor das Feuer begann.«

»Riley«, sagte Van Gelder zu einem der Matrosen. »Begleiten Sie mich an Bord. Wenn Sie glauben, daß die Jacht im Begriff ist, unterzugehen, rufen Sie mich.« Er nahm eine Taschenlampe und wollte gerade an Bord der *Delos* steigen, als ihn jemand mit einer Schutzbrille in der Hand zurückhielt. Van Gelder lächelte. »Danke, Doktor. Daran hatte ich jetzt nicht gedacht.«

Er sprang an Bord der Jacht, eilte zum Heck und stieg den achteren Niedergang hinunter. Unten war alles voll Rauch, aber mit Hilfe der Taschenlampe hatte er keine allzu großen Schwierigkeiten, die drei fehlenden Leute ausfindig zu machen, die alle in einer Ecke kauerten. Rechts von ihm befand sich das Schott zum Maschinenraum, das sich unter der Wucht der Explosion etwas verzogen hatte. Es kostete ihn einige Kraftanstrenung, es zu öffnen. Übelriechender Qualm schlug ihm entgegen, legte sich ihm auf den Hals und die Augen, und er begann zu husten. Er setzte die Schutzbrille auf, sah aber immer noch nichts außer der roten Glut eines Feuers, das im Begriff schien, zu verlöschen, und dessen Ursache nicht zu erkennen war. Er zog das Schott wieder zu – er war ziemlich sicher, daß es im Maschinenraum sowieso nichts Lohnendes für ihn zu sehen gab – und beugte sich herab, um die drei Toten näher anzusehen. Sie sahen alles andere als schön aus, doch er zwang sich, sie dennoch so gründlich wie möglich zu untersuchen. Bei dem dritten Toten verharrte er ziemlich lange – dreißig Sekunden waren unter den gegebenen Umständen eine lange Zeit –, und als er sich wieder aufrichtete, sah er verwirrt und nachdenklich aus.

Die Tür zur hinteren Kabine ließ sich leicht öffnen. Da war etwas Rauch, aber nicht so viel, daß er die Brille hätte aufsetzen müssen. Die Kabine war luxuriös eingerichtet und tadellos sauber und ordentlich, was Van Gelder im Handumdrehen änderte. Er zog ein Laken von einer der Kojen, breitete es auf dem Boden aus, riß die Schränke und Schubladen auf, packte mehrere Arme voll Kleider und Wäsche - um eine Auswahl zu treffen, reichte die Zeit nicht, doch selbst wenn es anders gewesen wäre, hätte er nicht anders handeln und überlegt wählen können, denn es waren alles Frauenkleider –, ließ sie auf das Laken fallen, knotete die vier Ecken zusammen, schleppte das Ganze den Niedergang hinauf und übergab es Riley.

»Legen Sie das in die Barkasse. Ich will noch schnell einen Blick in die vorderen Kabinen werfen. Der Niedergang dazu ist vermutlich weiter vorne im Salon unter der Brücke.«

»Ich glaube, Sie müssen sich beeilen, Sir.«

Van Gelder antwortete nicht. Es war nicht nötig, ihm zu erklären, warum er schnell machen mußte – das Meer begann bereits am Oberdeck über Bord zu plätschern. Er ging in den Salon, entdeckte auf Anhieb den Niedergang und stieg schnell zum Mittelgang hinab.

Er schaltete seine Taschenlampe an – denn natürlich funktionierte das elektrische Licht nicht mehr. Zu beiden Seiten des Ganges gingen Türen ab, und auch am Ende befand sich eine. Die erste Tür an Backbord ließ sich öffnen und führte in einen Raum, in dem Proviant verstaut war; die Tür gegenüber an Steuerbord war verschlossen. Van Gelder schenkte ihr weiter keine Beachtung; die *Delos* sah nicht aus wie ein Schiff ohne reichlich bestückte Bar. Hinter den anderen Türen lagen vier Kabinen und zwei Badezimmer. Alle waren leer. Wie schon vorher, breitete Van Gelder auch hier ein Laken aus – diesmal im Durchgang –, warf mehrere Arme voll Kleidung darauf, knotete es zusammen und hastete zurück an Deck.

Die Barkasse war nicht mehr als dreißig Meter weit von der *Delos* entfernt, als diese, immer noch auf ebenem Kiel, ganz allmählich untertauchte und zu sinken begann. Es passierte ganz undramatisch – nur ein Strom Luftblasen stieg auf, nichts weiter, und der wurde kleiner und immer kleiner und versiegte schon wieder nach kaum mehr als zwanzig Sekunden.

Talbot stand an Deck, als die Barkasse mit den sechs Überlebenden zurückkehrte. Er blickte voller Sorge die jämmerlichen und ungepflegt wirkenden Gestalten vor sich an.

»Mein Gott, Sie sehen mitgenommen aus! Sind das alle, Number One?«

»Alle Überlebenden, Sir. Drei sind tot. War nicht mehr genug Zeit, ihre Leichen zu bergen.« Er deutete auf die Person direkt neben ihm. »Dies ist der Eigentümer.«

»Andropulos«, stellte der Mann sich vor. »Spyros Andropulos. Sind Sie der Captain?«

»Ja. Commander Talbot. Mein Beileid, Mr. Andropulos.«

»Danke, Commander. Wir sind Ihnen zutiefst dankbar . . .«

»Mit Verlaub, Sir, das hat Zeit. Das Wichtigste zuerst. Und als erstes müssen Sie sich mal gründlich waschen. Und umziehen. Das ist ein Problem. Wegen der Kleider. Wir werden welche für Sie auftreiben.«

»Dafür ist gesorgt«, sagte Van Gelder. Er deutete auf die beiden Lakenknäuel. »Damen. Herren.«

»Damit haben Sie sich einen Orden verdient, Number One. – Sagten Sie ›Damen‹?«

»Ja, Commander«, bestätigte Andropulos. Er warf einen Blick auf die Gestalten neben sich. »Meine Nichte und ihre Freundin.«

»Aha. Ja, ich glaube, da müssen wir um Entschuldigung bitten. Aber unter den gegebenen Umständen . . .«

»Charial«, sagte eine unverkennbar weibliche Stimme. »Ich heiße Irene Charial. Und dies ist meine Freundin Eugenia.«

»Da bleibt mir nur zu wünschen, wir wären uns unter glücklicheren Umständen begegnet. Lieutenant Denholm wird Sie in meine Kabine bringen. Das Bad ist nur klein, aber es gibt da alles, was Sie brauchen. Wenn Sie sie zu mir zurückbringen, Lieutenant, möchte ich, daß man sie als das wiedererkennt, was sie sind.« Er wandte sich zu einem stämmigen, dunkelhaarigen Mann um, der wie die meisten Leute in seiner Mannschaft keine Rangabzeichen trug. »McKenzie, kümmern Sie sich um die vier Herren hier. Sie wissen, was Sie zu tun haben.«

»Zu Ihren Diensten, Sir. Wollen Sie mich bitte begleiten, meine Herren?«

Auch Grierson entfernte sich. Van Gelder und Talbot blieben zurück. »Können wir diese Stelle wiederfinden?« fragte Van Gelder.

»Kein Problem.« Talbot blickte ihn fragend an und deutete nordostwärts. »Ich habe das Kloster und die Radarstation auf dem Berg Elias angepeilt. Das Echolot zeigt achtzehn Faden Tiefe. Der Sicherheit halber werden wir noch eine Markierungsboje ausbringen.«

General Carson legte das Blatt Papier, das er eben gelesen hatte, zur Seite und blickte den Colonel an, der ihm gegenübersaß.

»Was halten Sie davon, Charles?«

»Könnte ganz harmlos sein. Ohne Bedeutung. Sorry, das nützt nichts. Mein Gefühl sagt mir, da ist etwas faul. Vielleicht würde es einen weiterbringen, wenn man einen Seemann dazu hören könnte.«

Carson lächelte und drückte auf einen Knopf. »Wissen Sie, ob Vizeadmiral Hawkins im Hause ist?«

»Ja, er ist da, Sir«, antwortete eine Frauenstimme. »Wollen Sie ihn nur sprechen, Sir, oder ihn auch sehen?«

»Auch sehen, Jean. Würden Sie ihn bitten, zu mir zu kommen?«

Vizeadmiral Hawkins war ziemlich jung für einen Mann seines Ranges. Er war klein, hatte ein wenig Übergewicht, eine ziemlich rosige Gesichtsfarbe und strahlte Gutmütigkeit aus. Er sah nicht sonderlich intelligent aus, war es aber. Er galt weithin als einer der brillantesten Köpfe in der Royal Navy. Er nahm auf dem Stuhl Platz, auf den Carson gedeutet hatte, und überflog die Meldung.

»Verstehe, verstehe.« Er legte das Blatt wieder hin. »Aber Sie hätten mich nicht hergebeten, um meine Meinung zu hören, wenn die Sache so einfach wäre. Sylvester ist einer der Codenamen für die Fregatte HMS *Ariadne.* Eines der Schiffe unter Ihrem Kommando, Sir.«

»In Ordnung, David. Das weiß ich natürlich. Aber vergessen Sie nicht, ich bin nur eine simple Landratte. Merkwürdiger Name, finden Sie nicht? Ein Schiff der Royal Navy mit griechischem Namen.«

»Eine Geste der Höflichkeit gegenüber den Griechen, Sir. Wir führen mit ihnen gemeinsam hydrographische Untersuchungen durch.«

»Tatsächlich?« General Carson fuhr sich mit einer Hand durch sein angegrautes Haar. »Ich wußte noch gar nicht, daß ich unter die Hydrographen gegangen bin.«

»Sind Sie ja auch nicht, Sir. Aber ich zweifle nicht daran, daß das Schiff eine solche Untersuchung durchführen könnte, wenn es von ihm verlangt würde. Die *Ariadne* verfügt über eine Funkausrüstung, mit der sie mit jedem Winkel unserer Erde, und sei er noch so fern, Meldungen austauschen kann. Sie verfügt über Teleskope und optische Gerätschaften, mit denen sich die hervorstechenden Merkmale jedes Satelliten feststellen lassen, selbst solcher in erdsynchroner Umlaufbahn in zweiundzwanzigtausend Meilen Höhe. Sie verfügt über eine Weitstrecken- und Überwasser-Radaranlage, die zu den fortschrittlichsten auf der ganzen Welt gehört. Und sie hat eine Echolot- und Ortungsanlage, die ein gesunkenes Objekt am Boden des Meeres genauso leicht ausmachen kann wie ein im Hinterhalt lauerndes U-Boot. Die *Ariadne*, Sir, stellt Augen und Ohren Ihrer Flotte dar.«

»Gut, das zu wissen, muß ich sagen. Sehr beruhigend. Aber ist der Kommandant der *Ariadne* auch – hm –, was seine Fähigkeiten anbelangt, begabt genug, das Ausrüstungspotential, über das er verfügt, richtig einzusetzen?«

»Ganz gewiß, Sir. Für eine so außergewöhnlich komplexe Aufgabe braucht man einen außergewöhnlich qualifizierten Mann. Commander Talbot ist überragend begabt. Sorgsam ausgewählt für diesen Job.«

»Von wem?«

»Von mir.«

»Verstehe.« Carson dachte kurz nach. »Colonel, ich glaube, wir sollten General Simpson ins Bild setzen.« Simpson war Carsons einziger Vorgesetzter in Europa.

»Etwas anderes bleibt uns wohl nicht zu tun, Sir.«

»Sind Sie auch dieser Ansicht, David?«

»Nein, General. Ich glaube, das ist Zeitverschwendung. Wenn Ihnen nichts in dieser Richtung bekannt ist, ist General Simpson, da bin ich verdammt sicher, auch nichts davon bekannt. Dies ist nur eine Vermutung, eine wilde Vermutung, wenn Sie so wollen, die sich auf nichts stützt, aber ich habe so einen merkwürdigen Verdacht, Sir – so ein komisches Gefühl, Sir –, daß es sich bei diesem Flugzeug um eines der unsrigen handelt – ein amerikanisches. Um einen Bomber, da bin ich ziemlich sicher, der vielleicht noch auf der Geheimliste steht – er flog immerhin ungewöhnlich hoch.«

»Vielleicht hat sich die *Ariadne* getäuscht.«

»Die *Ariadne* täuscht sich nicht. Dafür verwette ich Amt und Leben.« Seine ausdruckslose, unerregte Stimme wirkte völlig überzeugend. »Commander Talbot ist nicht der einzige übermäßig begabte Mann an Bord. Da sind wenigstens dreißig weitere der gleichen Kategorie. Ein Elektronikspezialist zum Beispiel, der auf seinem Gebiet allen so unglaublich weit voraus ist, daß keines Ihrer vielgerühmten hochtechnologischen Wunderkinder in Silicon Valley auch nur ansatzweise zu begreifen vermöchte, wovon er eigentlich redet.«

Carson hob eine Hand. »Verstanden, David, verstanden. Ein amerikanischer Bomber also. Ein ganz besonderer Bomber, weil er eine ganz besondere Fracht an Bord gehabt haben muß. Was glauben Sie denn, was es war?«

Hawkins lächelte leicht. »Ich bin kein Hellseher, Sir. Menschen oder

Fracht. Sehr geheime, sehr wichtige Fracht oder sehr geheime und sehr wichtige Leute. Es gibt nur eine Stelle, wo man Ihnen darüber Auskunft geben kann; wenn die sich weigert, könnte damit die ganze Zukunft der NATO auf dem Spiele stehen, und derjenige, der für diese negative Entscheidung letztlich verantwortlich ist, wird sich wohl nur gegenüber dem Präsidenten der Vereinigten Staaten zu verantworten haben. Es ist nicht damit zu rechnen, daß der Betreffende sich noch lange auf einem verantwortungsvollen Posten halten wird.«

Carson stöhnte. »Etwas quengelig gesagt, wenn Sie erlauben, David: Sie haben leicht reden. Sie sind britischer Offizier. Ich dagegen bin Amerikaner.«

»Das ist mir wohl bewußt, Sir.«

Carson blickte den Colonel an, der eine Weile schwieg, dann bedächtig zweimal nickte. Carson drückte auf einen Knopf auf seinem Schreibtisch.

»Jean?«

»Ja, Sir?«

»Verbinden Sie mich mit dem Pentagon. Sofort.«

2

»Bedrückt Sie etwas, Vincent?« Vincent war Van Gelders Vorname. Sie saßen zu dritt in der Offiziersmesse – Talbot, Van Gelder und Grierson.

»Mich verwirrt etwas, Sir. Ich verstehe nicht, warum Andropulos und die anderen das Schiff nicht früher verlassen haben. Ich habe zwei aufblasbare Beiboote an Deck bemerkt. Noch aufgerollt, zugegebenermaßen, aber diese Dinger lassen sich im Handumdrehen öffnen und mit den dazugehörigen Gaszylindern aufblasen. Auch Rettungsgürtel und Schwimmwesten waren vorhanden. Sie hatten keinerlei Anlaß, an Deck des brennenden Schiffs zu bleiben. Sie hätten jederzeit von Bord gehen können. Ich will nicht sagen, daß die Jacht sie mit in den Abgrund hätte reißen können, aber mit Sicherheit wäre es zeitweilig für sie doch recht ungemütlich geworden.«

»Derselbe Gedanke ist mir auch schon gekommen. Ich sagte es eben auch schon zu Andrew. Merkwürdig. Vielleicht hatte Andropulos einen Grund dafür. Sonst noch etwas?«

»Er versuchte mich davon abzuhalten, an Bord seiner Jacht zu gehen. Vielleicht aus Sorge um meine Gesundheit. Doch das glaube ich nicht. Außerdem wüßte ich gern, wie es zu der Explosion im Maschinenraum gekommen ist. Eine Luxusjacht wie diese muß einen Maschinisten an Bord gehabt haben – das läßt sich ja ziemlich leicht feststellen –, und da darf man wohl davon ausgehen, daß die Maschinen gut gewartet wurden und sich in einwandfreiem Zustand befanden. Mir ist unklar, wie es da zu einer Explosion kommen konnte. Wir müssen dazu McCafferty befragen.«

»Deswegen waren Sie also so daran interessiert, festzuhalten, an welcher Stelle die *Delos* gesunken ist. Sie meinen, jemand, der über Sprengstoffe und ihre Wirkung Bescheid weiß, könnte feststellen, wo die Explosion stattfand und was sie verursacht hat? Ich bin sicher, daß es jemanden gibt, der das kann. Und der zugleich feststellen kann, was die Unglücksursache beim Absturz einer Maschine war, die in der Luft explodierte – diese Leute kennen sich mit solchen Dingen viel besser aus als die Navy. Sprengstoffexperten haben wir an Bord, aber keine Experten, was die Wirkungsweise von Sprengstoffen anbelangt. Doch selbst wenn wir die hätten, fehlten uns noch Taucher, die es – abgesehen von Ihnen und von mir – gewohnt sind, in einer Tiefe von mehr als dreißig Metern zu arbeiten. Wir könnten jemanden von einem Tauchschiff oder Bergungsfahrzeug ausborgen, aber der würde aller Wahrscheinlichkeit nach wiederum nichts über die Wirkungsweise von Sprengstoffen wissen. Doch das ist nicht wirklich ein Problem. Es wäre für jedes Hebeschiff ein Leichtes, den Rumpf eines Flugzeugs zu bergen.« Talbot blickte Van Gelder nachdenklich an. »Aber Sie bedrückt noch etwas anderes, ja?«

»Ja, Sir. Die drei Toten an Bord der *Delos* – oder, um es genauer zu sagen, einer von ihnen. Darum habe ich den Arzt hinzugebeten. Die drei waren so rußverschmiert und schwarz, daß sich nur schwer feststellen ließ, was sie angehabt hatten, aber zwei von ihnen schienen weiß gekleidet gewesen zu sein, während der dritte offenbar einen marineblauen Overall getragen hatte. Ein Maschinist würde niemals Weiß tragen. Nun, ich gebe zu, unser Maschinist, Lieutenant McCafferty, ist da eine Ausnahme; aber der zählt nicht, der geht sowieso nie in die Nähe seiner Maschinen. Jedenfalls ging ich von der Vermutung aus, daß der Mann im Overall der Maschinist war, und er war es auch, der mir besonders auffiel. Er hatte eine üble klaffende Wunde am Hinterkopf, als wäre er damit gegen einen sehr harten, sehr scharfen Gegenstand geflogen.«

»Oder von einem Gegenstand getroffen worden?« fragte Grierson.

»Oder auch das. Ich weiß nicht. Die forensische Seite der Frage ist nicht meine Stärke, fürchte ich.«

»War sein Hinterkopf zerschmettert?«

»Sein Hinterkopf? Nein. Wenigstens bin ich ziemlich sicher, daß er das nicht war. Ich meine, er wäre dann aufgeplatzt oder breiig gewesen, oder? Das war er nicht.«

»Ein solcher Schlag hätte eine starke Prellung hervorrufen müssen. Ist Ihnen etwas in der Art aufgefallen?«

»Schwer zu sagen. Er hatte ziemlich dichtes Haar. Aber er war blond. Nein, ich glaube nicht, daß da so etwas war.«

»Hatte er stark geblutet?«

»Nein, überhaupt nicht. Da bin ich sicher.«

»Haben Sie in seiner Kleidung Löcher bemerkt?«

»Nein, nicht soweit ich sehen konnte. Er ist nicht erschossen worden, wenn es das ist, was Sie meinen, und darauf wollten Sie wohl, glaube ich, hinaus. Wer sollte einen Toten noch erschießen wollen? Sein Genick war gebrochen.«

»Tatsächlich?« Grierson wirkte überrascht. »Der Arme hat einiges durchgemacht, finden Sie nicht auch?«

»Was halten Sie davon, Andrew?« fragte Talbot.

»Ich weiß nicht, was ich davon halten soll. Zu der Kopfwunde und dem Genickbruch kann es natürlich gleichzeitig gekommen sein. Aber wenn die beiden Verletzungen nicht gleichzeitig erfolgt sind, dann kann es sich auch – wie Vincent ganz offenbar glaubt – um einen Mordfall handeln.«

»Würde eine Untersuchung der Leiche uns denn überhaupt weiterbringen?«

»Die Möglichkeit besteht. Ich habe da jedoch große Zweifel. Aber eine Untersuchung der Schotts im Maschinenraum würde uns weiterbringen.«

»Indem man nachsieht, ob es da irgendwelche scharfen Kanten oder Vorsprünge gibt, die eine solche Kopfverletzung hätten verursachen können?« Grierson nickte. »Nun, falls wir dieses Schiff jemals bergen, können wir vielleicht zwei Fliegen mit einer Klappe schlagen: die Ursache der Explosion klären und die Todesursache dieses Mannes.«

»Vielleicht sogar drei Fliegen«, sagte Van Gelder. »Es wäre interessant, die Zahl und Lage der Treibstofftanks im Maschinenraum zu kennen. Es gibt, glaube ich, zwei Anordnungen, die üblich sind – im einen Fall gibt es nur einen Haupt-Treibstofftank, der querschiffs am vorderen Schott befestigt ist, dann ist der Kessel oder sind die Kessel auf der einen Seite der Maschine und die Batterien auf der anderen, außerdem ist ein Wassertank backbords und einer steuerbords – oder es gibt zwei Treibstofftanks, auf jeder Seite einen, und der Wassertank befindet sich vorne. In dem Fall sind die beiden Treibstofftanks miteinander verbunden, damit das Gleichgewicht des Schiffes erhalten bleibt.«

»Ein übler Verdacht, Number One«, sagte Talbot. »Ziemlich übel. Sie würden dabei wohl davon ausgehen, daß Sie nur einen Treibstofftank vorfinden, während Andropulos behaupten wird, er hätte das Schiff nicht verlassen, weil er befürchtete, der zweite Treibstofftank könne jeden Moment in die Luft fliegen, und weil er nicht wollte, daß seine lieben Passagiere in einem Meer brennenden Öls schwämmen, das natürlich auch die Gummiboote zerstört hätte.«

»Tut mir leid, Sir. Ich dachte, mir wäre dieser Gedanke zuerst gekommen.«

»Ist er ja auch. Wenn die Passagiere sich gesäubert haben, versuchen Sie doch mal an diese junge Dame, Irene Charial, allein heranzukommen und herauszufinden, ob sie etwas über die Anordnung im Maschinenraum weiß. Ganz beiläufig, Vincent, mit engelhafter Unschuldsmiene – daß Ihnen letzteres gelingt, da habe ich allerdings meine Zweifel. Es ist auch denkbar, daß sie den Raum nie betreten hat und nichts darüber weiß.«

»Ebensogut ist es möglich, daß ihr das alles bekannt ist, Sir, und daß sie mir etwas Falsches erzählt. Miß Charial ist Andropulos' Nichte.«

»Der Gedanke ist mir auch schon gekommen. Wenn Andropulos jedoch nicht alles in seiner Person vereinigt, was er könnte, dann gibt es aller Wahrscheinlichkeit nach in der übrigen Schiffsmannschaft eine Person, die sein Vertrauen hat, und ich würde vermuten, daß es ein Mann ist. Ich sage nicht, daß es so ist, denn Sie kennen sich mit den Griechen aus, nicht ich. Und wir dürfen auch nicht vergessen, daß Andropulos ganz unschuldig sein kann, daß seine Weste so rein ist wie frischgefallener Schnee und daß es für alle Vorkommnisse eine völlig vernünftige Erklärung gibt. Ein Versuch kann jedenfalls nicht schaden, und man weiß ja nie, Vincent – vielleicht entpuppt sie sich als klassische griechische Schönheit.«

Aus der Tatsache, daß das Beiboot still im Wasser lag und daß Cousteau, die Hand untätig an der Ruderpinne, kein besonderes Interesse für irgend etwas zeigte, war ersichtlich, daß sein Warten vergeblich gewesen war, was er auch bei seiner Rückkehr auf die Brücke bestätigte.

Talbot rief im Funkpeilraum an. »Haben Sie die genaue Lage des Flugzeugs geortet?«

»Ja, Sir. Wir befinden uns zur Zeit genau darüber. Laut Ortung in achtzehn Faden Tiefe. Das ist das Echolot vom Oberteil des Rumpfes. Wahrscheinlich liegt es etwa zwanzig Faden tief. Das Flugzeug liegt in der gleichen Richtung, wie es abgestürzt ist – Nordosten nach Südwesten. Von dort unten sind ziemlich merkwürdige Geräusche zu vernehmen, Sir. Könnten Sie es einrichten, nach unten zu kommen?«

»Ja, ich komme.« Aus Gründen, die ihm selber am besten bekannt waren, zog Halzman, sein Sonar-Obermaat, es vor, seine Meinung nicht dem Telefon anzuvertrauen. »In ein oder zwei Minuten.« Er wandte sich Van Gelder zu. »Veranlassen Sie, daß McKenzie ungefähr mittschiffs eine Markierungsboje zu Wasser bringt. Sagen Sie ihm, er soll das Gewicht vorsichtig herunterlassen. Ich möchte nicht, daß es zu hart auf dem Rumpf des Flugzeugs aufschlägt, für den Fall, daß es damit überhaupt in Berührung kommt. Wenn das geschehen ist, möchte ich, daß wir ankern. Mit zwei Ankern. Einem Heckanker in nordwestlicher Richtung, ungefähr hundert Meter von der Boje entfernt, und einem Buganker, ungefähr gleich weit in südöstlicher Richtung.«

»Ja, Sir. Gestatten Sie mir den Vorschlag, es umgekehrt zu machen?«

»Natürlich, Sie haben recht. Ich hatte eben ganz unseren alten Freund vergessen. Er hat wohl heute einen Ruhetag, was? Natürlich andersherum.« Der »alte Freund«, auf den er anspielte und den auch Van Gelder offenbar im Sinne hatte, war der Meltemi, der in den britischen Navigationsrichtlinien als »die Etesien« bezeichnet wird. Das ist ein Wind, der in den Kykladen – und tatsächlich fast in der ganzen Ägäis – den ganzen Sommer über stetig weht, und zwar aus dem Nordwesten und gewöhnlich nur am Nachmittag und frühen Abend. Falls er aufkommen sollte, würde die *Ariadne* ruhiger auf dem Wasser reiten, wenn sie mit dem Bug im Wind läge.

Talbot ging zum Sonarraum hinunter, der nur ein Deck tiefer etwas achteraus lag. Er war gegen alle Außengeräusche isoliert und nur matt erleuchtet. Er enthielt drei Bildschirme, zwei Schalttafeln und vor allem eine beträchtliche Anzahl stark wattierter Abhörmuscheln. Halzman erblickte ihn in einem Spiegel über seinem Kopf – von solchen Spiegeln gab es mehrere in diesem Raum, da man das Sprechen hier ebenso auf ein Mindestmaß beschränkte wie jede weitere Geräuschverursachung –, nahm seine Kopfhörer ab und deutete auf den Stuhl neben sich.

»Nehmen Sie diese Kopfhörer da, Sir. Ich dachte, es dürfte für Sie von Interesse sein, eine Minute zu horchen.«

Talbot setzte sich und setzte die Kopfhörer auf. Nach ungefähr fünfzehn Sekunden nahm er sie wieder ab und wandte sich Halzman zu, der seine ebenfalls abgesetzt hatte.

»Ich höre nicht das Geringste.«

»Mit Verlaub, Sir, als ich eine Minute sagte, meinte ich genau das. Eine Minute. Sie müssen erst so lange hinhören, bis Sie die Stille wahrnehmen, dann hören Sie es.«

»Was immer das heißen soll, ich werde es versuchen.« Talbot lauschte erneut, und fast unmittelbar vor Ablauf einer Minute beugte er sich vor und runzelte die Stirn. Nach weiteren dreißig Sekunden setzte er die Kopfhörer wieder ab.

»Ein Tickgeräusch. Merkwürdig, Halzman, Sie hatten recht. Erst nimmt man die Stille wahr, und danach hört man es. Tick ... tick ... tick ..., einmal alle zwei, drei Sekunden. Sehr regelmäßig, sehr leise. Sind Sie sicher, daß es vom Flugzeug kommt?«

»Ganz sicher, Sir.«

»Haben Sie so etwas schon einmal gehört?«

»Nein, Sir. Ich habe schon viele hundert Stunden damit verbracht, Echolot- und anderen Unterwasserhorchgeräten zu lauschen, aber dies hier ist mir neu.«

»Ich habe ein ziemlich gutes Gehör, aber ich brauchte doch eine Weile, bis ich etwas zu hören glaubte. Es ist ein sehr, sehr schwaches Geräusch, nicht wahr?«

»Ja, das ist es. Ich mußte den Lautstärkerregler voll aufdrehen, bevor ich es bemerkte – normalerweise ist es nicht zu empfehlen, so etwas zu tun, unter falschen Voraussetzungen können einem dabei die Trommelfelle platzen. Warum ist es so leise? Nun, das Geräusch kann natürlich schon von Anbeginn an so schwach sein. Ich habe darüber nachgedacht, Sir – ich hatte gerade nichts anderes, worüber ich nachdenken mußte. Es ist entweder ein mechanisches oder elektrisches Gerät. Und was es auch ist, es muß sich in einem versiegelten oder wasserdichten Behälter befinden. Ein mechanisches Gerät könnte natürlich auch im Wasser funktionieren, wenn es ganz davon bedeckt ist, aber wenn es so wäre, würde das Geräusch fast vollständig überdeckt. Ein elektrisches Gerät müßte total gegen Seewasser abgedichtet sein. Die Stromversorgung des Flugzeugs hat natürlich aufgehört zu funktionieren, also muß es über eine eigene Stromversorgung verfügen, eine batteriebetriebene wahrscheinlich. So oder so, ob mechanisch oder elektrisch ausgelöst, müssen die Geräuschimpulse erst den wasserdichten Behälter und dann noch den Flugzeugrumpf durchdringen.«

»Haben sie irgendeine Vorstellung, was es sein könnte?«

»Nein, nicht die geringste. Es ist eine Zweieinhalbsekunden-Sequenz – das habe ich gemessen. Ich kenne keine Uhr oder Weckapparatur, die über einen solchen Rhythmus verfügt. Sie, Sir?«

»Nein, ich auch nicht. Meinen Sie, es ist eine Art Zeitbombe?«

»Darüber habe ich auch schon nachgedacht, Sir, aber ich habe es wieder verworfen.« Halzman lächelte. »Vielleicht bin ich da voreingenommen wegen all dieser billigen und scheußlichen Videofilme, die wir an Bord haben, mit all ihren Spezialtricks und ihrer Pseudowissenschaftlichkeit. Ich weiß nur eins mit Sicherheit, Sir, daß da unten auf dem Meeresboden ein mysteriöses Flugzeug liegt. Was für eine Ladung es an Bord hat, weiß nur der liebe Gott.«

»Da haben Sie recht. Ich glaube, wir sollten es fürs erste dabei belassen. Lassen Sie es von einem Ihrer Leute, sagen wir mal, alle fünfzehn Minuten einmal nachprüfen.«

Als Talbot auf die Brücke zurückkehrte, konnte er die Markierungsboje unmittelbar hinter dem Schiff sanft in dem Kielwasser auf und ab tanzen sehen, das Van Gelder erzeugte, der die *Ariadne* langsam auf Nordwestkurs brachte. Kurz darauf stoppte er, manövrierte hin und her, bis er glaubte, mit dem Bug ungefähr hundert Meter von der Boje entfernt zu sein, ließ den Anker ausbringen, schaltete auf langsame Rückwärtsfahrt und ließ die Kette beim Rückwärtslaufen fieren. Bald war auch der Heckanker ausgebracht und die *Ariadne* wieder in ihrer Ausgangslage. Die Markierungsboje stieß mittschiffs an Backbord leicht gegen die Außenhaut.

»Saubere Arbeit«, sagte Talbot. »Sagen Sie, Number One, wie gut sind Sie im Rätsellösen?«

»Nicht zu gebrauchen. Schon das einfachste Kreuzworträtsel ist mir zu hoch.«

»Egal. Wir fangen mit dem Sonargerät ein merkwürdiges Geräusch auf. Sie sollten es sich auch mal anhören, vielleicht können Sie feststellen, was es ist. Ich bin damit überfordert.«

»Schon geschehen. Bin in zwei, drei Minuten wieder da.«

Es vergingen jedoch zwanzig Minuten, bis er auf die Brücke zurückkehrte. Talbot war solange allein; da das Schiff keine Fahrt machte, hatte Harrison sich in die Messe zurückgezogen.

»Das waren lange zwei Minuten, Vincent, und warum sehen Sie so erfreut aus?«

»Ich weiß wirklich nicht, wie Sie das machen, Sir. Unglaublich. Sie haben doch nicht zufällig schottisches Blut?«

»Nicht einen Tropfen, soviel ich weiß. Doch wie soll ich das verstehen, Number One?«

»Ich dachte, Sie hätten vielleicht das zweite Gesicht. Sie hatten recht. Eine klassische griechische Schönheit. Irene. Miß Charial, meine ich. Merkwürdig, wissen Sie, sie ist naturblond. Ich dachte, all diese heißblütigen jungen südländischen Frauen hätten rabenschwarzes Haar.«

»Das kommt daher, daß Sie ein so behütetes Leben geführt haben, Vincent. Sie sollten mal eines Tages nach Andalusien gehen. Sevilla. An einer Straßenecke sehen Sie eine dunkelhäutige maurische Schöne, an der nächsten Ecke eine nordische Blonde. Doch über Pigmentierung können wir uns später unterhalten. Was haben Sie herausgefunden?«

»Genug, hoffe ich. Es ist eine Kunst, Sir, diese beiläufige Annäherungsmethode. In der Befragung, meine ich. Sie wirkt ehrlich und ziemlich offen, nicht kindlich-naiv, wenn Sie wissen, was ich meine, aber ziemlich geradeheraus. Machte wirklich nicht den Eindruck, als hätte sie irgend etwas zu verbergen. Sagt, sie kenne den Maschinenraum nicht gut, sei aber einige Male dagewesen. Wir kamen auch auf die Frage des Treibstoffs zu sprechen – ich fragte mich einfach laut, nur so, aus purer Neugierde, dachte sie hoffentlich –, was wohl die Ursache der Explosion gewesen sein könne. Scheint so, als hätte ich mich geirrt, als ich sagte, es gebe zwei Arten, wie man die Treibstoff- und Wassertanks normalerweise anbringe. Offenbar gibt es noch eine dritte. Zwei große Tanks links und rechts der Maschine, einer für Treibstoff, der andere für Wasser. Wie groß, weiß ich nicht, da hat sie sich ein wenig vage ausgedrückt – es gibt keinen Grund für sie, so etwas zu wissen –, aber wenigstens mehrere tausend Liter, sagt sie. Falls es einen Ersatztank mit Treibstoff gab, so wußte sie nichts davon. Ich bin gespannt, Sir, zu hören, wie Mr. Andropulos seine Entscheidung rechtfertigt, das Schiff nicht zu verlassen.«

»Das bin ich auch. Dürfte interessant werden. Meinen Glückwunsch jedenfalls. Gute Arbeit.«

»War keine Mühe, Sir.« Van Gelder suchte mit prüfenden Blicken den Horizont ab. »Merkwürdig, finden Sie nicht auch, Sir? Ich meine, sind wir die einzigen, die das SOS gehört haben? Ich hätte gedacht, der Horizont wäre inzwischen schwarz von Schiffen, die von allen Seiten kommen.«

»So merkwürdig ist das in Wirklichkeit gar nicht. Fast alle Schiffe, die um diese Jahreszeit hier herumkreuzen, sind Privatjachten und Fischerboote. Viele davon haben gar keine Funkanlage an Bord, und selbst die eine haben, werden mit ziemlicher Sicherheit nicht immerzu die Notruffrequenz eingeschaltet haben.«

»Aber wir haben es.«

»Diesmal bin ich Ihnen voraus. Auf der *Delos* – oder wenigstens Andropulos – *war bekannt*, daß wir immer die Notruffrequenz eingeschaltet haben und daß wir automatisch durch ein Läuten oder einen Summton alarmiert werden, wenn die Notruffrequenz benutzt wird. Das läßt auf zweierlei schließen. Erstens wußte er, daß dies ein Marineschiff ist, und zweitens, daß wir in der Nähe sind.«

»Ist Ihnen klar, was Sie da sagen, Sir? Sorry, ich wollte nicht unhöflich sein. Aber die Schlußfolgerungen daraus, Sir. Ich muß sagen, die gefallen mir ganz und gar nicht.«

»Mir auch nicht. Läßt alle möglichen interessanten Spekulationen zu, nicht wahr?« Er wandte sich um, da McKenzie auf die Brücke kam. »Und wie geht es nun Ihren ölverschmierten Überlebenden, Chief?«

»Sie sind wieder sauber. Und haben trockene Sachen an. Ich glaube allerdings nicht, daß einer von ihnen es schafft, auf die Liste der zehn bestangezogenen Leute zu kommen.« Er blickte Van Gelder an. »Ich schätze, Sie hatten nicht viel Zeit, Sir, die Sachen auszusuchen und farblich aufeinander abzustimmen. Sie sehen ein bißchen merkwürdig aus, muß ich sagen, aber ganz ordentlich. Ich dachte mir, daß Sie sie sehen wollen, Captain – Mr. Andropulos scheint es gar nicht abwarten zu können, Sie zu sehen –, und ich weiß, daß Sie keine Leute auf der Brücke mögen, die hier nicht hingehören. Deswegen habe ich mir erlaubt, die vier Herren und die beiden jungen Damen in die Offiziersmesse zu bringen. Ich hoffe, das ist Ihnen recht, Sir.«

»Ja, gut. Würden Sie bitte noch dem Doktor und Lieutenant Denholm ausrichten, sie möchten sich zu uns gesellen. Und schicken Sie einige Ihrer Leute herauf, damit sie hier Ausschau halten. Wer weiß, vielleicht fällt unser Radar für einen Tag aus.«

Die sechs Überlebenden der *Delos* standen etwas linkisch und schweigend herum, als Talbot und Van Gelder die Offiziersmesse betraten. Die vier Männer boten, wie McKenzie schon angedeutet hatte, einen ziemlich seltsamen Anblick. Sie sahen aus, als hätten sie einen Secondhandshop geplündert; die Sachen, die sie anhatten, paßten nicht recht zusammen und saßen schlecht oder gar nicht. Ganz im Gegenteil dazu waren die beiden jungen Damen wie aus dem Ei gepellt: in weißen Blusen und weißen Röcken – sie hätten gerade so aus den Seiten von *Vogue* herausspaziert sein können.

»Bitte«, sagte Talbot. »Nehmen Sie Platz. Bevor wir miteinander reden, schlage ich vor, das Wichtigste zu klären. *First things first.* Sie haben eine schreckliche Erfahrung hinter sich und sind nur mit Glück dem Tod entronnen. Ich kann mir vorstellen, daß Sie einer kleinen Stärkung nicht abgeneigt sind.« Er läutete, und ein Steward kam herein. »Jenkins, Erfrischungen. Fragen Sie die Herrschaften, was sie möchten.« Jenkins tat, wie geheißen, und ging wieder.

»Ich bin der Captain«, sagte Talbot. »Talbot. Dies ist Lieutenant-Commander Van Gelder. Ah!« Die Tür ging auf. »Und das sind Dr. Grierson, den Sie bereits kennengelernt, dessen Dienste Sie aber Gott sei Dank nicht benötigt haben, und Lieutenant Denholm.« Er sah den kleinen, untersetzten Mann an, er ihm gegenübersaß. »Wenn ich recht verstanden habe, Sir, sind Sie Mr. Andropulos, der Eigner.«

»Ja, Captain, das bin ich.« Andropulos hatte schwarzes Haar, schwarze Augen, weiße Zähne und einen tiefbraunen Teint. Er sah aus, als hätte er sich an diesem Morgen nicht rasiert, aber vielleicht sah er immer so aus. Er sprang auf, nahm Talbots Hand und schüttelte sie heftig. Er strahlte eindeutig so etwas wie menschliche Wärme und Gutmütigkeit aus. »Worte können nicht sagen, wie dankbar wir Ihnen sind. Das war knapp, Captain, sehr knapp. Wir verdanken Ihnen unser Leben.«

»Soweit würde ich nicht gehen, aber ich muß zugeben, Sie saßen ganz schön in der Klemme. Ich möchte Ihnen mein tiefes Beileid aussprechen, sowohl zum Verlust Ihrer Mannschaftsmitglieder als auch Ihrer Jacht.«

»Die Jacht ist nicht schlimm. Ich kann mir jederzeit eine neue kaufen. Oder, nun ja, Lloyd's of London kann es. Natürlich ist es schlimm, eine alte Freundin wie die *Delos* zu verlieren, aber noch schlimmer, viel schlimmer ist es, diese drei Leute von meiner Mannschaft zu verlieren. Sie waren schon viele Jahre bei mir. Und ich schätzte sie sehr.«

»Was waren das für Leute?«

»Mein Maschinist, mein Küchenchef und mein Steward. Alle viele Jahre bei mir.« Andropulos schüttelte den Kopf. »Sie werden mir schrecklich fehlen.«

»War es nicht merkwürdig, daß Ihr Küchenchef und Steward im Maschinenraum waren?«

Andropulos lächelte traurig. »Nicht an Bord der *Delos*, Captain. Wir hielten uns nicht an die Vorschriften für ein Schiff der Royal Navy. Die beiden pflegten nach dem Mittagessen immer einen kleinen Drink mit dem Maschinisten einzunehmen. Sie hatten natürlich meine Erlaubnis dazu, aber sie zogen es vor, es diskret zu tun – und wo hätten sie das diskreter tun können als im Maschinenraum? Ach, die Armen, ihre Diskretion hat sie das Leben gekostet.«

»Welch eine Ironie des Schicksals. Würden Sie mich bitte mit den anderen Herrschaften bekannt machen?«

»Ja, natürlich, natürlich. Dies ist ein lieber Freund von mir, Alexander.« Alexander war ein hochgewachsener Mann mit schmalem, ernstem Gesicht und schwarzen, kalten Augen, der so aussah, als könnte er niemandes Freund sein. »Und das ist Aristoteles, mein Kapitän.« Andropulos ließ offen, ob Aristoteles der Vor- oder Nachname war. Der Mann hatte wachsame Augen und blickte ernst drein, sah aber im Gegensatz zu Alexander so aus, als wäre er von Zeit zu Zeit zu einem Lächeln fähig. »Und das ist Achmed.« Er gab keine Erklärung dazu ab, was Achmed von Beruf war. Er war jung, hatte ein freundliches Gesicht und war mehr oder weniger jederzeit zu einem Lächeln bereit. Talbot blieb keine Zeit, sich über dessen Nationalität den Kopf zu zerbrechen. Ihm war nur klar, daß Achmed kein Grieche war.

»Aber ich vergesse mich selbst. Bedauerlich, bedauerlich. Überhaupt, was für Manieren! Als erstes hätte ich natürlich die Damen vorstellen sollen. Dies ist meine Nichte, Irene.« Van Gelder hatte sich nicht geirrt, was sie anbelangte, dachte Talbot. Er hatte nur nichts von ihren großen grünen Augen erzählt und von ihrem betörenden Lächeln. »Und dies ist Eugenia.« Diese Eugenia, dachte Talbot, kam Van Gelders Vorstellung von einer heißblütigen südländischen Schönen schon näher. Sie war ein wenig dunkelhäutig, schwarzhaarig und hatte leuchtend braune Augen. Und auch sie war ziemlich hübsch. Es schien Talbot, als könnte Van Gelder vielleicht Schwierigkeiten bekommen, sich zu entscheiden.

»Da beglückwünsche ich Sie, Mr. Andropulos«, sagte Talbot galant, »und auch uns. So reizende Passagiere haben wir noch nie an Bord der *Ariadne* gehabt. Ah. Der Steward.«

Andropulos nahm sein Glas – einen Scotch, der nicht eben klein war – und kippte die Hälfte in einem Schluck hinunter.

»Meine Güte, das konnte ich jetzt brauchen. Vielen Dank, Captain, vielen Dank. Ich bin nicht mehr der Jüngste und auch nicht mehr der Robusteste. Das Alter, es verschont eben niemanden.« Er schüttete den Rest seines Drinks hinunter und seufzte.

»Jenkins, noch einen Scotch für Mr. Andropulos«, sagte Talbot. »Diesmal einen etwas größeren.« Jenkins blickte ihn ausdruckslos an, schloß für einen Moment die Augen und ging hinaus.

»Die *Ariadne*«, sagte Andropulos. »Ziemlich ausgefallen, finden Sie nicht? Ein griechischer Name für ein britisches Schiff.«

»Eine Höflichkeitsgeste Ihrer Regierung gegenüber, Sir. Wir führen zusammen mit Ihren Landsleuten hydrographische Vermessungen durch.« Talbot hielt es nicht für sinnvoll zu sagen, daß die *Ariadne* noch nie hydrographische Vermessungen vorgenommen hatte und daß sein Schiff nur auf den Namen *Ariadne* getauft worden war, um die Griechen daran zu erinnern, daß sie ein multinationales Schiff war, und um die immer noch zögernde griechische Regierung zu überzeugen, daß die NATO letztlich gar nicht so eine schlechte Sache war.

»Hydrographisch, sagen Sie. Sind wir deshalb vorne und hinten vertäut – liegen hier fest, um Peilungen vorzunehmen?«

»Liegen fest, ja, aber in diesem Fall nicht wegen hydrographischer Messungen. Wir haben einen ziemlich turbulenten Nachmittag hinter uns, und im Augenblick liegen wir über einem Flugzeug verankert, das ungefähr zur selben Zeit ins Meer stürzte, als wir Ihr SOS auffingen.«

»Ein Flugzeug? Abgestürzt? Großer Gott! Was – was für ein Flugzeug?«

»Wir haben keine Ahnung. Es war so von Rauch umhüllt, daß es unmöglich war, irgend etwas Genaueres zu erkennen.«

»Aber doch sicher – ich meine, glauben Sie, es war ein großes Flugzeug?«

»Kann sein.«

»Aber dann war es vielleicht ein großer Jet. Womöglich mit *mehreren hundert* Passagieren.« Falls Andropulos wußte, daß es kein Jet mit Hunderten von Passagieren an Bord war, dann verriet er es jedenfalls mit keiner Miene.

»Durchaus möglich.« Talbot hielt es nicht für klug, Andropulos zu sagen, daß es wahrscheinlich ein Bomber war und kein Flugzeug mit Hunderten von Passagieren an Bord.

»Soll – soll das heißen, Sie haben die Absturzstelle verlassen, um uns zu Hilfe zu kommen?«

»Eine ganz vernünftige Entscheidung, glaube ich. Wir waren ziemlich sicher, daß es an Bord der *Delos* Überlebende gab, und ebenso sicher, daß an Bord des Flugzeugs niemand mehr am Leben war.«

»Vielleicht aber doch. Ich meine, Sie waren ja nicht da und konnten es nicht sehen.«

»Mr. Andropulos.« Talbot ließ in den Ton seiner Stimme eine gewisse Kälte einfließen. »Wir sind, wie ich hoffe, weder gefühllos noch dumm. Bevor wir diese Stelle verließen, haben wir eine Barkasse zu Wasser gelassen, damit sie die Gegend absuchte. Es gab keine Überlebenden.«

»Oh, Gott«, sagte Irene Charial. »Ist das nicht furchtbar? All diese Leute tot, und wir haben nichts anderes im Sinn, als mit uns selbst Mitleid zu haben. Ich will ja nicht neugierig sein, Captain, und ich weiß, es geht mich nichts an, aber warum bleiben Sie hier vor Anker? Ich meine, jetzt kann ja wohl keine Hoffnung mehr bestehen, daß noch Überlebende auftauchen.«

»Nein, keine Hoffnung, Miß Charial. Wir bleiben hier, um die Stelle zu markieren, bis das Bergungsschiff eintrifft.« Er log sie nur ungern an, aber er hielt es nicht für ratsam, ihr zu sagen, daß gar kein Bergungsschiff auf dem Weg zur Absturzstelle war und daß außer ihnen die Flugzeugkatastrophe seines Wissens auch nur noch einigen Leuten im NATO-Hauptquartier in Italien bekannt war. Genauer gesagt, wollte er es vor allem ihren Begleitern verheimlichen.

»Aber – aber es wird zu spät sein, um noch jemanden zu retten.«

»Dazu ist es schon zu spät, kleines Fräulein. Aber sie werden Taucher hinunterschicken, um festzustellen, ob es ein Passagierflugzeug war oder nicht und, wenn möglich, auch um die Unglücksursache zu ermitteln.« Bei seinen letzten Worten beobachtete er unauffällig Andropulos und war ziemlich sicher, ein Aufflackern von Interesse in seinen Augen gesehen zu haben.

Andropulos' Kapitän, Aristoteles, ergriff zum ersten Mal das Wort. »In welcher Tiefe liegt das Flugzeug, Captain?«

»Siebzehn, achtzehn Faden. Etwas mehr als dreißig Meter oder so.«

»Dreißig Meter«, sagte Andropulos. »Selbst wenn es ihnen gelingt, hineinzukommen – und dafür gibt es keine Garantie –, wird es nicht schwierig sein, sich darin hin und her zu bewegen und etwas zu erkennen?«

»Daß sie hereinkommen, kann ich versprechen. Dafür gibt es Schweißbrenner. Äußerst leistungsfähige Unterwasser-Schweißbrenner. Aber mit all diesen Dingen brauchen sie sich gar nicht abzumühen. Die Taucher werden einige Stropps mit hinunternehmen. Für ein Bergungsschiff wird es kein Problem sein, den Rumpf zu heben. Danach können sie das Flugzeug in aller Muße gründlich untersuchen.« Diesmal war dem Gesicht von Andropulos keinerlei Gemütsregung anzusehen. Talbot fragte sich, ob es Andropulos aufgefallen war, daß man ihn beobachtete, ob sich sein Gesichtsausdruck veränderte.

Jenkins kam herein und übergab Talbot einen versiegelten Umschlag. »Aus dem Funkraum, Sir. Myers sagt, es sei dringend.«

Talbot nickte, öffnete den Umschlag, zog ein Blatt Papier heraus und las es. Dann steckte er es ein und stand auf.

»Entschuldigen Sie mich, meine Damen und Herren. Ich muß auf die Brücke. Würden Sie mich bitte begleiten, Number One? Wir sehen uns um sieben Uhr zum Dinner wieder.«

Sobald sie draußen waren, meinte Van Gelder: »Sie sind wirklich ein schrecklicher Lügner, Sir. Ein schrecklich guter Lügner, meine ich.«

»Andropulos kann es auch nicht gerade schlecht.«

»Er hat darin Übung. Er oder Sie, wer kann es besser – nun, das könnte knapp ausgehen, um eines seiner Worte zu verwenden. Oh, danke.« Er faltete das Papier auseinander, das Talbot ihm gereicht hatte. »›Höchst wichtig, daß Sie in nächster Nähe des gesunkenen Flugzeugs bleiben. Stop. Komme morgen in aller Frühe zu Ihnen. Stop. Hawkins.‹ Ist das nicht der Vizeadmiral, Sir?«

»Er und kein anderer. Höchst wichtig. Und kommt hergeflogen. Was schließen Sie daraus?«

»Daß er etwas weiß, was wir nicht wissen.«

»Genau. Übrigens haben Sie vergessen, mir von Ihrem Besuch im Funkraum zu berichten.«

»Tut mir leid, Sir. Ich war mit meinen Gedanken woanders.«

»Bei jemand anderem, nicht woanders. Kann ich verstehen, nachdem ich sie gesehen habe. Also?«

»Das Geräusch aus dem Flugzeug? Dieses Tick . . . Tick . . . Tick? Kann alles mögliche sein. Halzman meinte, es könnte eine Zeitschaltuhr sein. Kann sein, daß er recht hat. Ich will ja nicht unken, Sir. Aber ich glaube, es gefällt mir ganz und gar nicht.«

»Mir gefällt es auch nicht sonderlich. Also, auf in den Funkraum.«

»Hatten Sie nicht gesagt, Sie wollten auf die Brücke?«

»Das war nur wegen Andropulos. Je weniger dieser Kerl weiß, desto besser. Ich glaube, er ist schlau, gerissen und ständig auf der Lauer, was kleinste Abweichungen vom Üblichen anbelangt.«

»Sind Sie deshalb nicht auf die Explosion im Maschinenraum eingegangen?«

»Ja. Kann natürlich sein, daß ich ihm damit in höchstem Maße unrecht tue. Nach allem, was ich weiß, kann er auch so rein und unverdorben sein wie der junge Morgen.«

»Das glauben Sie doch nicht wirklich, Sir.«

»Nein.«

Myers war allein im Funkraum. »Noch eine Meldung nach Rom«, sagte Talbot. »Wieder Code B. An Vizeadmiral Hawkins. ›Nachricht erhalten. Raten Ihnen dringend, schnellstens zu kommen. Heute nacht. Melde wiederholt bestätigte Tickgeräusche aus dem Flugzeug, alle zweieinhalb Sekunden. Könnte Zeitschaltuhr sein. Erbitte sofortigen Rückruf.‹«

»Ein Tickgeräusch. Vielleicht eine Zeitschaltuhr, laut Talbot?« Vizeadmiral Hawkins stand neben Carsons Stuhl, als der General wieder und wieder die Meldung las, die Hawkins ihm gerade gebracht hatte.

»Eine Zeitschaltuhr. Was das bedeuten kann, darüber brauchen wir nicht weiter zu reden.« Carson blickte aus seinem Hochhausbüro hinaus über die Dächer von Rom, schaute dann den Colonel an, der ihm gegenüber am Schreibtisch saß, und schließlich Hawkins. Er drückte einen Knopf auf seinem Schreibtisch. »Verbinden Sie mich mit dem Pentagon.«

Auch der Vorsitzende des Komitees der Stabschefs stand vor einem Schreibtisch, während der Mann, der dahinter saß, die Meldung las, die der General ihm gerade überreicht hatte. Er las sie dreimal, legte sie bedächtig auf den Schreibtisch, strich glättend darüber und blickte den Generalinspekteur an. Sein Gesicht sah angestrengt, müde und alt aus.

»Wir wissen, was das bedeutet oder bedeuten könnte. Wenn etwas schiefgeht, wird das weltweit verheerende Folgen haben, General.«

»Dessen bin ich mir vollauf bewußt, Sir. Abgesehen davon, daß es weltweit Empörung auslösen wird, werden wir die Parias sein, die Aussätzigen der Welt.«

»Und keine Spur einer sowjetischen Beteiligung.«

»Nicht die geringste. Keinerlei Beweis, weder direkt noch indirekt. Vor den Augen der Welt sind sie schuldlos. Meine erste Reaktion ist, daß sie wirklich keine Schuld trifft. Bei genauerem Überlegen sind sie es auch. Ich sehe keine Möglichkeit, sie damit in Verbindung zu bringen. Die Last der Verantwortung liegt ganz allein bei uns, Sir.«

»Wir tragen die Schuld. Und die Welt wird uns dafür verurteilen.« Der General antwortete nicht. »Keine Vorschläge vom Komitee der Stabschefs?«

»Keine, die uns viel nützen, glaube ich. Keinen, der überhaupt etwas taugt, schroff gesagt. Wir müssen uns ganz auf unsere Leute da draußen verlassen. *Carte blanche,* Sir?«

»Uns bleibt keine andere Wahl. Wie gut sind Ihre Leute im Mittelmeer?«

»Es sind meine besten überhaupt. Keine Floskeln, Sir. Das ist mein Ernst.«

»Und dieses britische Schiff an Ort und Stelle?«

»Die Fregatte *Ariadne*? Ist wirklich ein Schiff ganz besonderer Art, wie man mir bedeutet hat. Ob sie mit dieser Sache fertig wird, weiß niemand. Zu viele Unwägbarkeiten.«

»Sollen wir sie abziehen?«

»Das zu entscheiden, ist nicht meine Sache, Sir.«

»Ich weiß.« Er schwieg eine Weile, dann sagte er: »Es ist vielleicht unsere einzige Hoffnung. Die bleibt uns noch.«

»Ja, Mr. President.«

Talbot war mit Van Gelder allein auf der Brücke, als der Funkraum sich meldete.

»Ich habe Sprechkontakt mit Rom, Sir. Wo wollen Sie das Gespräch hinhaben?«

»Hierher.« Er bedeutete Van Gelder mit einer Geste, einen Hörer aufzunehmen. »Hier Talbot.«

»Hawkins. Ich breche in Kürze mit zwei Zivilisten nach Athen auf. Wir rufen Sie von dort aus an und geben unsere ungefähre Ankunftszeit durch. Wir werden auf der Insel Santorin landen. Sorgen Sie dafür, daß für uns bei unserer Ankunft eine Barkasse bereitsteht.«

»Ja, Sir. Fahren Sie mit einem Taxi rüber nach Athinios – da ist eine neue Anlegestelle, ungefähr zwei Meilen südlich des Hafens von Thera.«

»Nach meiner Karte ist es näher zum Hafen von Thera.«

»Auf Ihrer Karte ist aber vielleicht nicht zu sehen, daß man nur per Maultier über einen Saumpfad an einer Steilklippe dahin hinuntergelangt. An einem Steilhang, der über zweihundert Meter hoch ist, um es genauer zu sagen.«

»Vielen Dank, Talbot. Sie haben mir das Leben gerettet. Sie haben meine beiden *bêtes noires* nicht vergessen, meine alten Fehler. Bis heute abend also.«

»Was für *bêtes noires*?« fragte Van Gelder. »Was für alte Fehler?«

»Er mag keine Pferde. Und ich könnte mir vorstellen, daß sich diese ablehnende Haltung auch auf Maultiere erstreckt. Und er leidet an Akrophobie.«

»Hört sich an, als wäre es sehr unangenehm, darunter zu leiden. Und was ist das?«

»Schwindelanfälle. Höhenangst. Hätte fast dazu geführt, daß man ihn nicht in die Navy aufgenommen hätte. Er hatte eine starke Abneigung dagegen, die Takelage aufzuentern.«

»Dann kennen Sie ihn also gut?«

»Ziemlich gut. Nun zu heute abend. Normalerweise würde ich den jungen Henri dazu abkommandieren, jemanden abzuholen. Aber bei Vizeadmiral Hawkins und den beiden Zivilisten in seiner Begleitung, die ohne Zweifel auch hohe Persönlichkeiten und nicht irgend jemand sind, ist das etwas anderes. Also machen wir es mit Stil. Ich dachte an Sie.«

»Wird mir ein Vergnügen sein, Sir.«

»Und erzählen Sie ihnen alles über das Flugzeug, die *Delos* und die Überlebenden. Auch von unserem Verdacht in bezug auf die Geretteten. Das spart uns Zeit, wenn sie hier sind.«

»Wird gemacht. Da wir gerade von den Überlebenden sprechen, Sir, wollen Sie, daß ich sie mit an Land nehme und da absetze?«

»Sind Sie nicht recht bei Trost, Number One?«

»Doch vollkommen. Ich habe nicht einen Moment angenommen, daß Sie sie aus den Augen haben wollen. Und wir könnten die beiden jungen Damen auch nicht gut auf diesem kahlen Eiland da absetzen.«

»Nur gut, daß die Inselbewohner Sie nicht hören konnten. In Thera wohnen vierzehnhundert Leute, und es gibt jede Menge Touristenquartiere. Doch um noch einmal auf unsere Überlebenden zurückzukommen, ganz zu schweigen von unseren anderen drei Gästen – wir müssen uns überlegen, wie wir sie alle unterbringen. Der Admiral kann die Admiralskabine haben – es ist bestimmt das erste Mal, daß ein Admiral sie benutzt. Dann haben wir noch drei freie Kabinen. Sie können meine haben, ich werde hier schlafen. Die übrigen, na, das machen Sie schon.«

»Fünf Minuten«, sagte Van Gelder zuversichtlich.

Zurück war er aber erst in fünfundvierzig. »Hat doch etwas länger gedauert, als ich dachte. Eine schwierige Angelegenheit.«

»Wer hat meine Kabine bekommen?«

»Irene. Und meine hat Eugenia.«

»Um das zu lösen, haben Sie eine Dreiviertelstunde gebraucht?«

»Entscheidungen, Entscheidungen. Das Ganze verlangt etwas Feingefühl und ein wenig Finesse.«

»Wahrhaftig, Sie leben nicht schlecht, Captain«, sagte Andropulos. Er nahm einen Schluck roten Bordeaux. »Oder ist dies ein besonderer Luxus – uns zuliebe?«

»Nein, Standardverpflegung. Das versichere ich Ihnen.« Andropulos, der eine bemerkenswerte Schwäche für Scotch hatte, wie Grierson ihm erzählt hatte, wirkte entspannt, ja fast schon geschwätzig. Talbot wäre dennoch jede Wette eingegangen, daß er stocknüchtern war. Er redete offen über dieses und jenes, brachte aber nicht einmal den Wunsch zum Ausdruck, an Land gebracht zu werden. Er und Talbot hatten, soviel war klar, wenigstens eines gemeinsam – sie wollten beide, daß Andropulos an Bord der *Ariadne* blieb.

Jenkins kam herein und sprach leise mit Van Gelder, der Talbot anblickte.

»Ein Anruf aus dem Funkraum, Sir. Soll ich ihn entgegennehmen?« Talbot nickte. Van Gelder eilte hinaus und kam eine Minute später wieder.

»Der Anruf hat sich verzögert, Sir. Es gab Schwierigkeiten, zu uns durchzukommen. Sie werden in einer knappen halben Stunde da sein. Ich glaube, ich sollte jetzt lieber gleich aufbrechen.«

»Ich erwarte heute abend noch Gäste«, sagte Talbot. »Ich muß Sie daher bitten, für einige Zeit nach ihrem Eintreffen nicht in die Offiziersmesse zu kommen. Es wird nicht allzu lange dauern. Zwanzig Minuten höchstens.«

»Gäste?« sagte Andropulos. »So spät noch? Wer denn, um alles in der Welt?«

»Tut mir leid, Mr. Andropulos. Dies ist ein Schiff der Royal Navy. Es gibt gewisse Dinge, über die ich mit Zivilisten nicht reden kann.«

3

Vizeadmiral Hawkins kam als erster die Gangway hinauf. Er schüttelte Talbot herzlich die Hand. Der Admiral hielt nicht viel von förmlichen Ehrenbezeigungen.

»Freut mich, Sie wiederzusehen, John. Oder vielmehr, es wäre mir eine Freude, wenn die Umstände anders wären. Wie geht es Ihnen, alter Junge?«

»Gut, Sir. Auch in Anbetracht der Umstände.«

»Und den Kindern? Der kleinen Fiona und Jimmy?«

»Bestens, danke, Sir. Sie sind sehr schnell angereist.«

»Was bleibt einem anderes übrig, wenn einem der Teufel im Nacken sitzt? Und er ist mir dicht auf den Fersen.« Er wandte sich zu den beiden Männern um, die ihm die Gangway hinauf gefolgt waren. »Professor Benson. Dr. Wickram. Meine Herren, Commander Talbot, der Kommandant der *Ariadne.*«

»Wenn Sie mich bitte begleiten wollen, meine Herren. Ich lasse Ihre Sachen in Ihre Quartiere bringen.« Talbot führte sie in die Offiziersmesse und lud sie ein, Platz zu nehmen. »Möchten Sie, daß ich von meinem Sonderrecht Gebrauch mache?«

»Ja, gern.« Talbot drückte auf eine Klingel, und Jenkins kam herein. »Zwei Gin Tonic für diese Herren«, sagte Hawkins. »Mit viel Eis. Es sind Amerikaner. Und einen großen Scotch mit Wasser für mich. Quartiere, sagten Sie. Was für Quartiere?«

»Sie waren wohl seit Ihrem Amtsantritt nicht mehr an Bord eines Schiffes, Sir. Aber Sie werden das nicht vergessen haben. Für einen Admiral gibt es eine Admiralskabine. Die unsere ist noch nie benutzt worden.«

»Wunderbar, einfach wunderbar. Ich fühle mich geehrt. Und meine beiden Freunde?«

»Beide Einzelkabinen. Auch noch nie benutzt. Ich denke, sie werden sich arrangieren. Ich würde gerne einige meiner Offiziere hinzuziehen, Sir.«

»Aber natürlich. An wen haben Sie gedacht?«

»Surgeon-Commander Grierson.«

»Kenne ich«, sagte Hawkins. »Sehr kluger Bursche.«

»Lieutenant Denholm. Unser elektronisches Wunderkind. Sie sind ihm ja, wie ich weiß, bereits begegnet, Sir.«

»Ja, das bin ich.« Er blickte seine beiden Begleiter an und grinste breit. »Da müssen Sie genau aufpassen, was Sie sagen und tun. Lieutenant Denholm gehört von Geburt an dem Hochadel an. Er ist ein echter Lord. Zum Fürchten blasiert und aristokratisch. Aber lassen Sie sich nicht täuschen. Er hat einen messerscharfen Verstand. Wie ich schon zu General Carson sagte, ist er ein solches As auf seinem Gebiet, der Elektronik, und den anderen so weit voraus, daß Ihre *High-Tech*-Wunderknaben in Silicon Valley nicht mal ansatzweise verstehen würden, wovon er überhaupt redet.«

»Dann Lieutenant McCafferty, unser Chefmaschinist, und Lieutenant-Commander Van Gelder, den Sie schon kennengelernt haben.«

»Bin ihm heute erstmals begegnet. Macht einen guten Eindruck auf mich. Einen sehr guten. Fiel mir gleich auf, wirkte sehr tüchtig.«

»Ist er auch. Ja, noch mehr als das. Wenn ich morgen wegen Krankheit ausfiele, müßten Sie sich keine Sorgen machen. Er könnte die *Ariadne* jederzeit übernehmen, ohne daß Sie es überhaupt bemerken.«

»Diese Worte aus Ihrem Munde sind soviel wert wie ein halbes Dutzend Empfehlungen von anderen. Ich werde es mir merken.«

Nach der Vorstellung der vier Offiziere blickte Hawkins Talbot und seine Führungsmannschaft an und sagte: »Sie werden sich natürlich fragen, meine Herren, warum ich diese beiden Zivilisten mitgebracht habe. Als erstes möchte ich Ihnen sagen, wer sie sind, und wenn ich Ihnen dann den Grund unseres Besuches erklärt habe, werden Sie verstehen, warum sie bei uns sind. Ganz nebenbei möchte ich sagen, wie außerordentlich froh ich bin, sie hier bei mir zu haben. Sie verlassen fast nie ihren Heimatstaat Kalifornien; es war so etwas wie ein glücklicher Zufall, daß die beiden gerade an einer internationalen Konferenz in Rom teilnahmen. – Dies ist Professor Alec Benson.«

Benson war ein großer, ruhiger Mann Anfang Sechzig, grauhaarig und mit rosigem, fröhlichem Gesicht; er trug ein Sportsakko, eine Flanellhose und ein Polohemd, alles in verschiedenen Grautönen und so abgetragen, bequem und zerknittert, als hätte er es von seinem Großvater geerbt. »Professor Benson ist der Leiter der seismologischen Abteilung des California Institute of Technology in Pasadena. Er ist überdies Geologe und Vulkanforscher. Ob die Erde birst, bebt oder sich sonstwie bewegt, das ist sein Gebiet. Er gilt allgemein und weltweit als der führende Experte auf diesem Sektor – er leitete gerade eine internationale Seismologentagung in Rom, als ich ihn so unsanft da herausriß. Ich nehme an, Sie wissen alle, was Seismologie ist.«

»So ungefähr«, sagte Talbot. »Eine Art Wissenschaft – oder, vielleicht besser gesagt, ein Studienzweig zur Erforschung der Ursachen und Auswirkungen von Erdbeben.«

»Eine Art Wissenschaft?« sagte Hawkins. »Sie betrüben mich. Es ist eine Wissenschaft.«

»Ich bin sicher, das war nicht beleidigend gemeint. Und ich habe es auch nicht so aufgefaßt«, sagte Benson gleichmütig. »Der Commander hat völlig recht. Es ist noch weit davon entfernt, eine Wissenschaft zu sein. Wir tappen immer noch am Rande dieses Gebiets herum.«

»Also gut. Dr. Wickram ist Physiker und, was seinen Bereich anbelangt, ebenso berühmt wie Professor Benson. Sein Spezialgebiet ist Atomphysik.«

Talbot blickte Dr. Wickram an, dessen äußere Erscheinung in starkem Kontrast zu der von Benson stand. Er war dünn, dunkelhaarig und tadellos gekleidet; er trug einen blauen Anzug, ein weißes Hemd mit Button-down-Kragen und eine schwarze Krawatte, deren Begräbnisfarbe gut zu seinem meist tiefernsten Gesicht paßte. »Erstreckt sich Ihr Interesse an Atomphysik auch auf Atomwaffen, Dr. Wickram?« fragte Talbot.

»Nun, ja, freilich.«

»Da muß ich Ihnen und dem Professor meine Anerkennung aussprechen. Für so etwas müßte es so etwas wie eine Verdienstmedaille für Zivilisten geben. Vizeadmiral Hawkins handelt aus Pflichterfüllung. Bei Ihnen beiden jedoch hätte man annehmen können, daß Sie lieber in Rom geblieben wären. Ich meine, ist es da nicht sicherer?«

Hawkins räusperte sich. »Es würde Ihnen doch wohl nicht im Traume einfallen, Ihrem Vorgesetzten den Wind aus den Segeln zu nehmen, oder?«

»Nie im Leben, Sir.«

»Nun zur Sache. Wir haben Ihre beiden Meldungen empfangen. Die erste gab Anlaß zu etwas Sorge, die zweite war zutiefst alarmierend.«

»Wegen dieser ›Tick-tick-tick‹-Geschichte, Sir?«

»Ja, genau. Wir haben beide Meldungen ans Pentagon weitergegeben, die zweite ging außerdem auch ans Weiße Haus. Ich meine, konsterniert wäre ein treffender Ausdruck für die Reaktion da. Es ist natürlich nur eine Vermutung. Aber die Schnelligkeit, mit der sie auf die zweite Meldung antworteten, war meines Erachtens ein Zeichen dafür, wie tief beunruhigt sie waren. Normalerweise kann es ewig dauern – manchmal Monate –, bis man vom Pentagon auch nur das Fragment einer Information erhält. Dieses Mal dauerte es nur Minuten. Als ich die Antwort las, konnte ich das nur zu gut verstehen.« Hawkins machte eine Pause, vermutlich der dramatischen Wirkung zuliebe.

»Ich auch«, sagte Talbot.

»Wie meinen Sie das?«

»Wenn ich im Pentagon oder im Weißen Haus säße, wäre ich auch beunruhigt, wenn ein Bomber oder ein Frachtflugzeug der US Air Force mit einer Ladung Bomben an Bord plötzlich im Meer verschwände. Vor allem, wenn die Bomben – oder Raketen – an Bord des Flugzeugs zu den Nuklearwaffen zählten. Und erst recht, wenn es Wasserstoffbomben wären.«

»Ach, zum Teufel mit Ihnen, Talbot, müssen Sie einen alternden Vizeadmiral der kleineren Freuden des Lebens berauben? Jetzt haben Sie mir die Pointe verdorben.«

»Das war nicht eben schwer zu erraten, Sir. Wir hatten uns schon gedacht, daß es ein Bomber war. Zivilflugzeuge fliegen nicht in der Höhe, in der wir die Maschine ausmachten – außer der Concorde. Es wäre ziemlich dumm von uns gewesen, wenn wir nicht entsprechende Vermutungen angestellt hätten. Und Bomber haben gewöhnlich Bomben an Bord. Die Reaktion der Amerikaner ließ eindeutig darauf schließen, daß es ein amerikanisches Flugzeug war. Und Sie wären nicht in solcher Windeseile und in Begleitung eines Nuklearexperten hergekommen, wenn die Bomben nicht zu einer ziemlich üblen Sorte zählten. Und mir fällt keine üblere ein als Wasserstoffbomben.«

»Kann einem auch nicht einfallen. So gesehen, wie Sie es darstellen, hätte ich mir eigentlich denken sollen, daß Sie es erraten haben. Selbst das Pentagon weiß nicht, was für ein Flugzeug das war, oder gibt es nicht preis. Man vermutet dort, es war ein neueres Modell des C141 Starlifter-Frachtflugzeugs. Es hatte auf den Azoren zwischengelandet und befand sich auf dem Weg nach Griechenland. Aus Ihrer ersten Meldung schlossen wir, daß Sie das Flugzeug ins Meer stürzen sahen, es aber nicht identifizieren konnten. Wieso nicht?«

»Number One, zeigen Sie dem Admiral, wieso nicht.«

Van Gelder zog einen Stoß Fotos hervor und reichte sie Hawkins, der sie einmal schnell und dann noch einmal langsamer durchblätterte. Er blickte seufzend auf.

»Sehr aufschlußreich vermutlich, wenn man sich mit dem Wirkungsschema von Rauch und Flammen auskennt. Auf mich trifft das nicht zu. Alles, was ich erkennen kann, ist meines Erachtens das äußere Backbordtriebwerk, und das bringt einen nicht weiter. Und es gibt keinerlei Hinweis, was die Ursache des Feuers gewesen sein mag.«

»Ich glaube, Van Gelder ist da anderer Ansicht als Sie, Sir«, sagte Talbot. »Er glaubt, daß das Feuer von der Rumpfnase ausging und von einer Explosion an Bord verursacht wurde. Ich stimme da mit ihm überein. Das Flugzeug wurde mit Sicherheit nicht von einem Flugabwehrgeschoß von Bord eines Schiffes heruntergeholt. Das hätten wir gewußt. Die einzige Alternative ist eine Rakete, die auf Wärme reagiert. Dagegen spricht jedoch zweierlei. Eine solche Rakete hätte auf die Triebwerke gezielt, nicht auf den Rumpf. Und, was noch wichtiger ist, es waren weit und breit keine Schiffe da. Wir hätten sie mit unserem Radar geortet. Es war auch keine Rakete, die von einem Flugzeug kam. Ich muß den Admiral wohl nicht daran erinnern, daß die Radaranlage an Bord der *Ariadne* zu den fortschrittlichsten auf der ganzen Welt gehört.«

»Das entspricht vielleicht nicht dem Tatsachenbefund, Sir.« Denholms Stimme klang ehrerbietig, aber nicht zaudernd. »Aber Raketen lassen sich doch so ohne weiteres nicht ausschließen. Dies ist keine widersprüchliche Meinung, ich ziehe nur eine weitere Möglichkeit in Erwägung.«

»Erwägen Sie nur, Lieutenant«, sagte Hawkins. »Jedes Licht, das Licht in das Dunkel unserer Unkenntnis bringen kann – und so weiter . . .«

»Ich bin nicht sicher, ob ich mich so gut als Feuerbake eigne, Sir. Ich weiß nur eines: Ich teile nicht die Ansicht, daß die Sowjets, was den technologischen Fortschritt anbelangt, noch immer hinter dem Westen herhinken. Ob dieser Glaube mit Bedacht von offizieller Seite genährt wird, weiß ich nicht. Ich gebe zu, daß die Sowjets ein gewisses Maß an Zeit und Mühe aufwenden, um dem Westen militärische Geheimnisse zu entlocken. Ich sage ›ein gewisses Maß‹, weil sie sich nicht gar so arg anstrengen müssen; es scheint so etwas wie einen ständigen Nachschub an Wissenschaftlern zu geben, sowohl amerikanischen als auch britischen, die in Zusammenarbeit mit Leuten, die nicht unbedingt etwas mit Spionage zu tun haben müssen, gerne bereit sind, den Sowjets alles, was sie wollen, zu verkaufen – vorausgesetzt, der Preis stimmt. Dies ist, glaube ich, zum Beispiel bei der Computertechnik der Fall, in der sie dem Westen noch unterlegen sind. Beim Radar ist es, glaube ich, nicht der Fall.

Auf diesem Gebiet ist im Westen wohl die britische Firma Plessey führend. Sie hat ein revolutionär neues Radarsystem entwickelt, das System Typ 966, mit dem die Flugzeugträger der Invincible-Klasse, die Zerstörer vom Typ 42 der Sheffield-Klasse und die neuen Typ-23-Fregatten der Norfolk-Klasse ausgerüstet sind oder ausgerüstet werden sollen. Dieses neue Radarsystem kann nicht nur Luft- und Wasserraketen entdecken und verfolgen, sondern auch . . .«

Hawkins räusperte sich. »Entschuldigen Sie, Denholm, daß ich Sie unterbreche. Sie mögen ja Kenntnis davon haben, aber das fällt doch sicher unter die Kategorie Geheiminformationen?«

»Wenn es so wäre, Sir, würde ich nicht einmal in diesem Kreis darüber reden. Dies ist öffentliche Information. Wie ich gerade sagen wollte, ist man auch in der Lage, Seadart- und Seawolf-Raketen im Flug zu steuern und mit großer Treffsicherheit auf ihr Ziel zu lenken. Soweit ich weiß, sind diese Geräte auch praktisch immun gegen Radarstörsender und -fallen. Wenn Plessey so etwas geschafft hat, haben die Sowjets es vielleicht auch. Sie neigen nicht dazu, dergleichen an die große Glocke zu hängen. Aber ich glaube, sie haben das Know-how.«

»Und Sie glauben auch, daß in diesem Fall eine Rakete die Unglücksursache war?« fragte Hawkins.

»Keineswegs, Sir. Ich will nur sagen, daß die Möglichkeit besteht. Kann durchaus sein, daß der Captain und Lieutenant-Commander Van Gelder recht haben. Leider verstehe ich nichts von Sprengstoffen. Vielleicht gibt es Raketen von so begrenzter Sprengkraft, daß der Schaden, den sie anrichten, überschaubar bleibt. Bei einer normalen Rakete würde ein Flugzeug wohl nicht mit relativ unversehrtem Rumpf im Meer versinken, sondern in tausend Stücke zerplatzen. Noch einmal, ich weiß es einfach nicht. Ich frage mich nur, wie die Sicherheitsmaßnahmen auf der Luftwaffenbasis in den Vereinigten Staaten aussahen, auf der dieses Flugzeug gestartet ist.«

»Die Sicherheitsmaßnahmen? Im Falle eines hochgefährdeten Flugzeugs? Hundertprozentig.«

»Admiral, glauben Sie wirklich, daß es so etwas wie hundertprozentige Sicherheit gibt?« Der Admiral antwortete nicht, sondern nippte schweigend an seinem Whisky. »Im letzten Jahr hat es vier größere Flugzeugunfälle gegeben, und alle vier Maschinen waren von Flugplätzen aus gestartet, die man für absolut sicher hielt. In allen vier Fällen fanden die Terroristen die strengsten Sicherheitsmaßnahmen kinderleicht zu umgehen.«

»Das waren Zivilflughäfen. In diesem Fall wird es sich wohl um eine streng geheime US Air Force-Basis gehandelt haben. Mit ausschließlicher US Air Force-Besatzung, sorgfältig ausgesucht für ihre jeweilige Position, gründlich durchleuchtet, Vergangenheit ausgiebig untersucht und alle mit Lügendetektortests geprüft.«

»Bei allem Respekt dem Vizeadmiral und unseren amerikanischen Freunden gegenüber: Lügendetektor- oder, genauer gesagt, Polygraphtests sind Unsinn. Jeder einigermaßen intelligente Mensch kann dahingehend trainiert werden, den Polygraphtest zu überlisten, der ja auf ziemlich primitiven Messungen beruht, wie Pulsschlag, Blutdruck und Schweißabsonderung. Man kann lernen, richtige, falsche oder schlicht irritierende Antworten zu geben, ohne daß der Untersuchungsbeamte einen Unterschied feststellen kann.«

»Wird Ihren Vorstellungen von Elektronik nicht gerecht, wie?«

»Das hat mit Elektronik nichts zu tun, Sir. Polygraphen sind Überbleibsel aus der Pferde-und-Kutschen-Zeit. Sie benutzten vorhin das Wort hochgefährdet, Sir. Die *Ariadne* ist, wenn ich es mal so sagen darf, extrem hoch gefährdet. Und wie viele Mitglieder ihrer Besatzung sind je einem Lügendetektortest unterworfen worden? Nicht eines.«

Hawkins blickte eine Weile sein Glas an, dann schaute er zu Talbot auf. »Wie schnell könnten Sie mit dem Pentagon Kontakt aufnehmen, wenn es sich als nötig erweisen sollte?«

»Umgehend. Also gut, in einer halben Minute. Jetzt gleich?«

»Nein. Warten Sie. Ich muß erst darüber nachdenken. Das Problem ist, daß selbst das Pentagon Schwierigkeiten hat, genaueres von der Air Force-Basis zu erfahren, die meines Wissens irgendwo in Georgia liegt. Daran ist das Pentagon im Grunde selbst schuld, aber man kann natürlich nicht erwarten, daß es das zugibt. Die Leute in den Generalstäben sind so sehr auf absolute Geheimhaltung gedrillt, daß keiner von ihnen bereit ist, etwas zu enthüllen ohne die Erlaubnis des befehlshabenden Offiziers der Air Force-Basis, eines Schiffs oder was auch immer. In diesem speziellen Falle scheint der befehlshabende Offizier eine menschliche Seite zu besitzen und sich vierundzwanzig Stunden vom Dienst beurlaubt zu haben. Und kein Mensch scheint zu wissen, wo er steckt.«

»Ist ein wenig von Nachteil, Sir, finden Sie nicht, für den Fall, daß in der nächsten halben Stunde ein Krieg ausbricht?« sagte Van Gelder.

»Nein. Die Basis bleibt voll einsatzbereit. Aber die strengen Vorschriften, was die Freigabe geheimer Informationen betrifft, werden deswegen nicht aufgehoben.«

»Sie würden hier aber nicht sitzen«, sagte Talbot, »wenn sie nicht mit *etwas* herausgerückt wären.«

»Natürlich nicht. Was sie mitgeteilt haben, ist zwar vage und unvollständig, aber äußerst betrüblich. In einer Stellungnahme heißt es, es seien zwölf Nuklearwaffen an Bord, in einer anderen ist von fünfzehn die Rede. Ob es sich um Raketen oder Bomben handelt, geht daraus nicht hervor. Sicher ist, daß es sich um Wasserstoffwaffen der Monsterkategorie handelt, von zwölf bis fünfzehn Megatonnen. Außerdem hieß es, die Maschine habe zwei gewöhnliche Atombomben an Bord gehabt.«

»Ich glaube, ich werde gegen eine selbstauferlegte Regel verstoßen und mir auch einen Scotch genehmigen«, sagte Talbot. Eine halbe Minute lang herrschte Schweigen, dann sagte er ruhig: »Das sieht schlimmer aus, als ich es mir je hätte träumen lassen.«

»Träumen?« sagte Grierson. »Das ist ein Alptraum.«

»Traum oder Alptraum«, meinte Denholm, »das spielt keine Rolle, wenn wir als Dunstpartikel in der Stratosphäre um die Erde kreisen.«

»Eine Wasserstoffbombe, Dr. Wickram«, sagte Talbot. »Nennen wir es so. Besteht die Möglichkeit, daß sie plötzlich ohne äußere Einwirkung explodiert?«

»Von sich aus? Nein, unmöglich. Der Präsident der Vereinigten Staaten muß auf einen Knopf drücken, ein weiterer Mann an der Abschußstelle auf einen anderen. Die Radiofrequenzen sind so himmelweit verschieden, daß die Chance, jemand könnte die richtige Kombination treffen, bei eins zu mehreren Milliarden liegt.«

»Besteht eine Möglichkeit – sagen wir von eins zu einer Milliarde –, daß die Sowjets diese Kombination kennen?«

»Nein.«

»Sie halten es also für unmöglich, daß sie von selber losgeht. Gibt es etwas anderes, eine andere Form äußerer Einwirkung, wodurch sie detonieren könnte?«

»Das weiß ich nicht.«

»Heißt das, Sie können es nicht sagen oder Sie sind sich nicht sicher?«

»Ich bin nicht sicher. Wenn sich ganz in der Nähe eine ziemlich starke Explosion ereignet, könnte sie vielleicht mit hochgehen. Wir wissen es einfach nicht.«

»Diese Möglichkeit hat man nie untersucht? Ich meine, es hat keine Experimente gegeben?«

»Ich hoffe, nein«, sagte Denholm. »Wenn so ein Experiment erfolgreich verliefe, möchte ich zu der Zeit nicht dreißig oder vierzig Meilen weit weg davon sein.«

»Das ist eine Sache.« Dr. Wickram lächelte erstmals zaghaft, aber es war ein ziemlich frostiges Lächeln. »Die andere ist die, ganz offen gesagt, daß wir nie damit gerechnet haben, daß eine solche Möglichkeit eintritt. Ich denke, wir hätten durchaus ein Experiment durchführen können – ohne so drastische Folgen, wie Lieutenant Denholm sie anschnitt. Man könnte eine sehr kleine Atombombe in der Nähe einer anderen zünden. Selbst eine Ladung herkömmlichen Sprengstoffs in unmittelbarer Nachbarschaft einer kleinen Atombombe würde schon reichen. Geht die kleine Atombombe hoch, so wäre es mit einer Wasserstoffbombe nicht anders. Schließlich wird die Kernfusion in einer Wasserstoffbombe, wie jeder weiß, durch die Kernspaltung einer Atombombe ausgelöst.«

»Gibt es für Wasserstoffbomben eine Zeitschaltvorrichtung, vor allem mit verzögernder Wirkung?« fragte Talbot.

»Nein.« Die Entschiedenheit seiner Stimme ließ keinen Raum für weitere Fragen.

»Nach dem, was Vizeadmiral Hawkins berichtet hat, besteht die Möglichkeit, daß sich einige gewöhnliche Atombomben an Bord des gesunkenen Flugzeugs befinden. Könnte es sein, daß sie mit Zeitschaltuhren ausgerüstet sind?«

»Wiederum, ich weiß es nicht. Ist nicht mein Gebiet. Aber ich sehe keinen Grund, warum sie es nicht sein könnten.«

»Aus welchem Grund könnte man das machen?«

»Keine Ahnung. Das liegt im Bereich des Spekulativen, Captain, da ist eine Vermutung von Ihnen genausoviel wert wie eine von mir. Das einzige, was mir dazu einfällt, wäre eine Mine, eine Seemine. Würde jeden vorüberfahrenden Flugzeugträger säuberlich in seine Einzelteile zerlegen, nehme ich an.«

»Das ist zu klein gedacht«, sagte Van Gelder. »Eine Wasserstoffmine würde, glaube ich, einen ganzen Flottenverband, der in seine Nähe kommt, unschädlich machen.«

»Was für einen Flottenverband? Einen von uns? In Kriegs- wie in Friedenszeiten, das Meer ist für alle da.«

»Nicht das Schwarze Meer. Nicht in Kriegszeiten. Ist aber etwas weit hergeholt. Wie ließe sich eine solche Mine aktivieren?«

»Da muß ich Sie enttäuschen, auch das weiß ich nicht. Mit Minen kenne ich mich nicht aus.«

»Nun, früher gab es magnetisch ausgelöste Minen und akustisch reagierende. Durch das Entmagnetisieren von Schiffen sind Magnetminen *passé*. Also akustische. Durch das Maschinengeräusch eines vorüberfahrenden Schiffes ausgelöst. Interessant, nicht wahr? Ich meine, wir sind, seit wir das Ticken zum ersten Mal gehört haben, einige Male darüber hinweggefahren, und es ist nichts passiert. Bis jetzt. Also besagt das Tickgeräusch nicht, daß die Mine darauf eingestellt ist, jederzeit hochzugehen. Vielleicht ist sie nicht aktiviert, solange das Ticken anhält. Auch möglich, daß sie in die Luft geht, sobald das Ticken aufhört, wann immer das sein mag. Das Dumme ist, wir haben nicht den leisesten Schimmer, was das Ticken überhaupt in Gang gebracht hat. Ich kann mir einfach nicht vorstellen, daß es irgendwie absichtlich geschehen ist. Es muß durch die Explosion in Gang gesetzt worden sein, die den Flugzeugabsturz bewirkt hat, oder durch den Aufprall auf dem Wasser.«

»Sehr beruhigend, was Sie das ausführen«, bemerkte Hawkins mit rauher Stimme.

»Ich gebe zu, Sir, daß die Möglichkeiten, die da zur Wahl stehen, nicht sonderlich attraktiv sind. Meine eigenen Schlußfolgerungen, die in diesem Fall wahrscheinlich wertlos sind, laufen darauf hinaus, daß dies Ticken eine Art Gnadenfrist signalisiert – ich meine, daß die Mine nicht explodieren kann, solange das Ticken anhält, und daß sie auch nicht losgehen wird, sobald das Ticken aufhört, aber im Anschluß daran vom Geräusch vorbeifahrender Schiffe ausgelöst werden kann. Nur eine Vermutung, Sir, aber nicht gänzlich unbegründet. Ich gehe davon aus, daß eine solche Mine sowohl von einem Überwasserschiff als auch von einem Flugzeug versenkt werden könnte. Wenn das zutrifft, wäre das Schiff sicher gerne eine Anzahl von Meilen weit weg, bevor die Mine losgeht. Also würde man die Zeitschaltvorrichtung in dem Moment in Gang setzen, in dem man sie über Bord wirft. Ich bin sicher, Sir, daß das Pentagon uns darüber Aufschluß geben könnte.«

»Ja, ganz sicher«, meinte Hawkins. »Ihre Ausführungen scheinen mir sehr einleuchtend. Nun, Captain, was schlagen Sie vor, was wir in diesem Falle tun?«

»Ich dachte eigentlich, Sir, daß Sie hergekommen sind, um mir zu sagen, was ich tun *soll*.«

»Nein. Keineswegs. Ich bin nur gekommen, um mich mit der Lage vertraut zu machen und mich im Austausch gegen Informationen, die ich Ihnen liefere, von Ihnen über die Situation in Kenntnis setzen zu lassen.«

»Soll das heißen, Admiral – vorsichtig ausgedrückt, Sie verstehen –, ich sei an der Entscheidung beteiligt?«

»Nicht daran beteiligt. Sie allein entscheiden, verdammt noch mal. Ich zeichne gegen. Das ist alles.«

»Ich danke Ihnen. Meine erste Entscheidung – oder Vorschlag, wenn Sie so wollen, mit allem Respekt – ist, daß Sie und Ihre beiden Begleiter sofort wieder nach Rom abreisen. Es hilft hier niemandem und wäre ein erheblicher Verlust für die Wissenschaft wie für die Marine, wenn Sie drei beschlössen, sich selbst aufzuopfern. Und solange ich befugt bin, die Entscheidungen zu fälllen, gibt es für Sie hier nichts zu tun, das ich und meine Crew nicht auch tun könnten. Lieutenant-Commander Van Gelder steht Ihnen sofort zu Diensten.«

»Der Lieutenant-Commander wird warten müssen. Wenigstens, was mich anbelangt. Ihre Logik ist überzeugend, aber mir ist momentan nicht sehr nach Logik zumute. Ich gebe Ihnen jedoch recht, was meine beiden Freunde hier betrifft. Sie könnten morgen wieder auf ihrer internationalen Konferenz in Rom sein, ohne daß ihre Abwesenheit jemandem aufgefallen wäre. Wir haben kein Recht, das Leben von Zivilisten auf Spiel zu setzen.«

»Sie erwähnen da gerade etwas ganz Entscheidendes, Admiral.« Benson paffte genüßlich an einer arg verrußten Pfeife. »Nämlich, daß wir Zivilisten sind. Und Zivilisten lassen sich nicht vom Militär herumkommandieren. Ich für meinen Teil ziehe die Ägäis Rom vor.«

»Ganz meine Meinung«, schloß Wickram sich ihm an. »Lächerlich. Absurd.«

»Sie scheinen bei Ihren beiden Freunden nicht mehr ausrichten zu können als ich bei Ihnen dreien.« Talbot zog zwei Blatt Papier aus der Innentasche. »Dann bitte ich Sie, das abzuzeichnen, Sir.«

Hawkins nahm die Blätter, blickte Talbot nachdenklich an, überflog die beiden Seiten und las anschließend eines laut vor.

»›Erbitten schnellstens nächstgelegenes Bergungs- oder Hebeschiff auf Position 36.21 Nord, 25.22 Ost südlich Cap Akrotiri auf Santorin, um gesunkenes Flugzeug und gesunkene Jacht zu bergen. Erbitten weiter umgehend per Flugzeug zwei Tiefseetaucher mit Tauchausrüstung für vier, wiederhole, vier, nach Santorin. Priorität One Double A. Gezeichnet Vizeadmiral Hawkins.‹« Hawkins blickte Benson und Wickram an. »Diese Nachricht geht an Konteradmiral Blyth an Bord der HMS *Apollo.* Konteradmiral Blyth ist Einsatzleiter der europäischen Seestreitkräfte im östlichen Mittelmeerraum. Priorität One Double A bedeutet: Lassen Sie alles andere stehen und liegen, dies hat absolut Vorrang. Admiral Hawkins, denke ich, bin ich selbst. Warum die Bitte um vier Tauchausrüstungen, Captain?«

»Van Gelder und ich sind erfahrene Taucher, Sir. Ehemalige U-Boot-Besatzungsmitglieder.«

»Verstehe. Die zweite Nachricht geht an den Verteidigungsminister in Athen. ›Erbitten dringende Kontaktaufnahme mit Flugkontrolle Athen zwecks Auskunft über Flugzeug, vermutlich amerikanischer Herkunft, das heute 14.15 h südlich von Santorin abstürzte. Hat es um Fluganweisungen und Landeerlaubnis in Athen oder auf anderem griechischem Flughafen ersucht? Bitten ferner darum, Auskunft einzuholen bei Polizei und Geheimdienst, ob dort ein gewisser Spyros Andropulos bekannt ist, Eigner einer Jacht namens *Delos.*‹ Auch diese Meldung ist, wie ich nicht ohne Stolz vermerke, von mir unterzeichnet. In der Tat, Captain, ich habe Ihnen vor ein, zwei Minuten großes Unrecht angetan. Ich dachte, Sie hätten sich mit dem Problem, das uns hier auf den Nägeln brennt, noch nicht selber befaßt. Dabei haben Sie das sehr wohl. Und zwar sehr gekonnt und schon eine ganze Weile vor meiner Ankunft. Noch zwei Fragen.«

»Zum Flugzeug und Andropulos?« Hawkins nickte. »In 43 000 Fuß Höhe brauchte der Pilot niemanden von seinem Vorhandensein in Kenntnis zu setzen. Er wußte, daß er da oben allein war. Aber sobald er mit dem Abstieg begann, sah es gänzlich anders aus. Er konnte nicht eben erpicht darauf sein, mit jemandem zusammenzustoßen, erst recht nicht mit einer Ladung, wie er sie an Bord hatte. Und natürlich würde er um Landeerlaubnis bitten.«

»Aber wieso Griechenland?«

»Weil die Flugroute, auf der er sich befand, als wir ihn erstmals orteten, ihn nach Ankara in der Türkei oder einen Flughafen ganz in der Nähe davon geführt hätte. Nun ist die Türkei – nominell wenigstens – Mitglied der NATO. Aber ich bin sicher, daß die Amerikaner bei Ankara keinen Luftstützpunkt haben. In Griechenland dagegen haben sie sowohl das eine wie das andere. Also Griechenland. Was Andropulos angeht, glauben einige meiner Offiziere und ich, daß er ein undurchsichtiger und mit Vorsicht zu genießender Geselle ist. Wir haben den Verdacht, daß er über den Absturz des Flugzeugs vielleicht etwas weiß, wovon wir nicht wissen, daß er es weiß, wenn Sie mir folgen können. Er sagt, die *Delos* sei infolge einer Explosion gesunken. Aber es ist die alte Frage: Fiel er, oder wurde er gestoßen? Mit anderen Worten, war die Explosion Zufall oder Absicht? Wenn wir die *Delos* bergen könnten, ließe sich das feststellen.«

»Ja, das ließe es sich wohl. Doch immer der Reihe nach. Erst mal das Dringendste.« Hawkins warf noch einmal einen kurzen Blick auf die Meldungen, zog einen Stift hervor, unterzeichnete und reichte Talbot die Papiere zurück. »Da Sie sich all das, wie ich vermute, schon einige Zeit vor meiner Abreise von Rom überlegt haben, warum haben Sie die Meldungen dann nicht von sich aus verschickt?«

»Ein kleiner bescheidener Commander hat einem Konteradmiral Blyth keine Vorschriften zu machen. Dazu fehlt mir die Befugnis. Sie haben sie. Deshalb bat ich darum, daß Sie so schnell wie möglich herkommen. Danke für Ihre Unterschrift, Sir. Das war der einfache Teil. Jetzt kommt der schwierige.«

»Wieso?« fragte Hawkins alarmiert. »Was für ein schwieriger Teil?«

»Haben wir moralisch das Recht, die Mannschaft des Bergungsschiffes, von den Tauchern gar nicht zu reden, der Gefahr auszusetzen, daß sie, wie

Lieutenant Denholm es so elegant formulierte, mit uns zusammen als Dunstpartikel in der Stratosphäre um die Erde kreisen?«

»Ah, ja. Da haben Sie natürlich recht. Was meinen *Sie*?«

»Ich kann mich nur wiederholen. Auch das ist nichts, was ein kleiner bescheidener Commander zu entscheiden hätte. Das kann nur ein Admiral.«

»Du lieber Gott! Wenn was schiefgeht, haben Sie sich nichts vorzuwerfen, die ganze Welt wird alles mir anlasten.«

»Wenn was schiefgeht, Sir, werden wir uns, glaube ich, kaum noch viel zu sagen haben, wenn wir als Dunstpartikel da oben herumschweben.«

»Da haben Sie recht. Das war eine unwürdige Bemerkung. Niemand übernimmt gern die Verantwortung für solche Entscheidungen. Schicken Sie die Meldungen hinaus.«

»Geht in Ordnung, Sir. Lieutenant Denholm, bitten Sie Myers her.«

»Man hat mir berichtet«, sagte Hawkins, »daß der Präsident der Vereinigten Staaten – ich will mich nicht mit ihm vergleichen – mit einem ähnlichen Problem konfrontiert war wie ich eben. Er hat den Vorsitzenden der Chiefs of Staff gefragt, ob er die *Ariadne* abziehen solle, die sich, wie sie beide sehr wohl wußten, über dem abgestürzten Flugzeug befand. Der General hat darauf geantwortet, getreu der alten und ehrenwerten amerikanischen Tradition, den Schwarzen Peter weiterzugeben, daß nicht er das zu entscheiden habe. Der Präsident entschied, die *Ariadne* solle an Ort und Stelle bleiben.«

»So. – Da könnte ich natürlich gallenbitter reagieren und sagen, der Präsident habe es ja leicht, so nobel und hochsinnig zu handeln; schließlich riskiere er nicht, mit seinem Sessel im Oval Office hochzugehen, wenn die Geschichte da unten in die Luft fliegt. Aber das werde ich nicht tun. Ich beneide ihn nicht darum, eine solche Entscheidung fällen zu müssen. Vermute ich richtig, daß er seine Entscheidung begründet hat?«

»Ja. Das sei das Beste für die meisten Menschen.«

Myers trat ein. Talbot reichte ihm die beiden Meldungen.

»Schicken Sie diese gleich los. Beide mit Code B verschlüsselt. Hängen Sie in beiden Fällen an: ›Erbitte sofortige, wiederhole, sofortige, Bestätigung.‹« Kaum hatte Myers den Raum verlassen, sagte Talbot: »Wenn ich richtig informiert bin, Admiral, haben Sie als Oberkommandierender der Seestreitkräfte im östlichen Mittelmeerraum die Befugnis, die Weisungen des Präsidenten außer Kraft zu setzen?«

»Ja.«

»Haben Sie das schon einmal getan?«

»Nein. Sie werden mich fragen, warum. Aus den gleichen Gründen, aus denen der Präsident seine Entscheidung fällte. Man muß immer an das Wohlergehen der meisten Menschen denken. Aber was soll die Frage, Captain? Sie würden diesen Ort selbst dann kaum verlassen, wenn ich Ihnen das direkt befehlen würde.«

»Mir macht nur die Begründung ein wenig zu schaffen – es sei das Beste für die meisten. Mit einem Bergungsschiff, das, wie ich zugeben muß, ganz allein meine Idee war, erhöht man die Gefahr für eine Anzahl von Menschen.«

»Ich glaube, Ihnen ist nicht recht klar, wie groß die Anzahl von Menschen ist, die in diesem Fall gefährdet sind. Ich denke, Professor Benson kann Ihnen darüber Aufschluß geben. Kann uns allen darüber Aufschluß geben. Denn ich weiß da auch nicht so ganz Bescheid. Darum ist der Professor hier.«

»Der gute Professor«, sagte Benson, »ist zur Zeit nicht in Höchstform. Er ist hungrig.«

»Wie rücksichtlos von uns«, sagte Talbot. »Natürlich. Abendessen also, sagen wir, in zwanzig Minuten?«

»Mir würde ein Sandwich durchaus reichen.« Talbot blickte Hawkins und Wickram an, die ihm beide zunickten. Er drückte auf eine Klingel.

»Genau weiß ich das alles auch nicht«, sagte Benson. »Einige Fakten sind unbestreitbar. Eines davon ist die heiße Ladung, über der wir hier sitzen. Je nachdem, welcher Schätzung des Pentagons Sie Glauben schenken wollen, liegen da unten zwischen 144 und 225 Megatonnen hochexplosiver Ladung. Nicht daß der Unterschied zwischen dem niedrigsten und höchsten Schätzwert irgendwie von Bedeutung wäre. Die Explosion von einem Pfund Sprengstoff in dieser Offiziersmesse würde uns alle töten. Wir sprechen aber hier über die Sprengkraft von, sagen wir, viereinhalb Millionen Pfund. Der menschliche Verstand kann das nicht mehr fassen. Alles, was wir mit Gewißheit sagen können, ist, daß es die größte von Menschen ausgelöste Explosion in der Geschichte wäre, was sich gar nicht so schlimm anhört, wenn man es so schnell dahinsagt, wie ich es gerade getan habe.

Die Auswirkungen einer solchen Explosion sind gänzlich unbekannt, aber unsagbar gräßlich, wie optimistisch man in seinen Vermutungen auch sein mag. Die Explosion könnte die Erdkruste zum Bersten bringen, was katastrophale Auswirkungen hätte. Sie könnte einen Teil der Ozonschicht zerstören, was dazu führen könnte, daß die ultravioletten Strahlen der Sonne uns entweder bräunen oder braten, je nachdem, wie groß das Loch ist, das sie in die Stratosphäre sprengt; sie könnte auch das Einsetzen eines nuklearen Winters hervorrufen, was ja zur Zeit gerade eines der Lieblingsthemen unter Wissenschaftlern und Laien ist. Und *last, but not least* die wirklich keineswegs gering einzuschätzenden Folgen von *Tsunami*, verheerenden Flutwellen, die normalerweise von Unterwasserbeben hervorgerufen werden; solche *Tsunami* haben den Tod von Zehntausenden von Menschen bewirkt, wenn sie niedrig gelegene Küstenregionen trafen.«

Benson streckte langsam die Hand nach einem Glas aus, das Jenkins ihm brachte. Talbot sagte: »Falls Ihre Ausführungen ein Versuch sind, uns zu ermutigen, so ist er Ihnen nicht besonders geglückt, Professor.«

»Ah, jetzt geht es mir besser, viel besser.« Benson setzte aufseufzend sein Glas ab. »Das habe ich gebraucht. Es gibt Zeiten, da bin ich in der Lage, mir selbst Angst einzujagen. Ermutigen? Das alles war erst die Hälfte. Die andere Hälfte ist Santorin. Genaugenommen stellt Santorin die größere

Hälfte dar. Die Menschen sind ja schon sehr begabt, was blinde, mutwillige Zerstörung anbelangt, aber die Natur übertrifft sie noch allemal.«

»Santorin?« fragte Wickram. »Wer oder was ist Santorin?«

»Unwissenheit, George, Bildungmangel. Sie und Ihre Physikerkollegen sollten von Zeit zu Zeit mal einen Blick aus Ihrem Elfenbeinturm werfen. Santorin liegt kaum zwei Meilen weit entfernt von der Stelle, wo wir uns zur Zeit befinden. Heißt schon seit vielen Jahrhunderten so. Offiziell heißt die Insel heute, wie vor fünftausend Jahren auf der Höhe ihrer Zivilisation, Thera.

Die Insel hat, unter welchem Namen auch immer, eine sehr turbulente seismische und vulkanische Vergangenheit. Keine Angst, George, ich habe nicht die Absicht, mich nun ausgiebig über mein altes Steckenpferd auszulassen; nur kurz höchstens, gerade lange genug, um Ihnen eine Vorstellung davon zu geben, wie viele Menschen hier im Zusammenhang mit der Formel ›das Beste für die meisten‹ gemeint sein könnten.

Es herrscht ziemlich allgemein die Vorstellung, Erdbeben und Vulkanausbrüche seien zwei Seiten einer Medaille. Das ist nur bedingt richtig. Erdbeben, vor allem die größeren, werden dadurch ausgelöst, daß zwei Erdplatten – Teile der Erdkruste, die frei auf dem geschmolzenen, flüssigen Magma darunter schwimmen – miteinander in Berührung kommen, eine Platte mit einer anderen zusammenstößt, zwei Platten sich reiben oder eine sich unter oder über die andere schiebt. Die einzigen zwei aufgezeichneten Riesenerdbeben der Geschichte waren von dieser Art – in Ecuador 1906 und in Japan 1933. Ähnlicher Art, aber weniger gewaltig – doch immer noch sehr stark – waren die Erdbeben von San Francisco und im kalifornischen Owens Valley, die auch durch Bewegungen der Erdkruste und nicht vulkanisch bedingt waren.

Zwar liegen praktisch alle 500 bis 600 aktiven Vulkane der Welt – vielleicht hat sich jemand mal die Mühe gemacht, sie zu zählen, ich habe es nicht – in der Nähe konvergenter Erdplattengebiete. Aber es ist auch erwiesen, daß sie selten etwas mit Erdbeben zu tun haben. Es hat gerade in den letzten Jahren drei größere Vulkanausbrüche in solchen Grenzgebieten gegeben: Mount St. Helens im Staate Washington, El Chichón in Mexiko und nordwestlich von Bogotá in Kolumbien. Der letztere – der sich erst im November 1985 ereignete – war besonders schrecklich. Der Nevado del Ruiz, ein über fünftausend Meter hoher Vulkan, der die letzten vierhundert Jahre mehr oder weniger geschlafen hat, brach plötzlich aus und löste in seinen oberen Regionen eine Schnee- und Eisschmelze aus, was wiederum eine Schlammlawine von schätzungsweise fünfundsiebzig Millionen Kubikmetern zur Folge hatte. In deren Weg lag die Stadt Armero. Dort starben 25 000 Menschen. Doch worauf ich hinauswollte: Keiner dieser Vulkanausbrüche war von einem Erdbeben begleitet. Das gleiche gilt für Vulkane, die nicht in der Nähe bekannter tektonischer Grenz- und Randgebiete liegen. Der Vesuv etwa, auch wenn er Pompeji und Herculaneum begrub, Stromboli, der Ätna und die beiden eng beieinanderliegenden Vulkane auf Hawaii haben noch keine Erdbeben ausgelöst.

Die wirklich faulen Äpfel im großen seismischen Haufen sind die sogenannten thermalen Hot spots. Stellen in der Erdkruste, aus denen Magma austritt, geschmolzene Lava, und die Vulkane entstehen lassen oder Erdbeben auslösen oder beides. Wir reden viel über diese Hot spots, aber wir wissen im Grunde nur wenig über sie. Wir wissen nicht einmal, ob sie ortsgebunden und lokal begrenzt sind oder wandern und sich ausdehnen und den tektonischen Platten bei ihren Verschiebungen praktisch als Gleitmittel dienen. Was wir wissen ist, daß sie extrem unangenehme Auswirkungen haben können. Einer von ihnen war schuld am größten Erdbeben dieses Jahrhunderts.«

»Sie verwirren mich, Professor«, sagte Hawkins. »Sie erwähnten eben die wirklich großen Beben, die in Japan und Ecuador. Aber die sind festgehalten, registriert. Dieses nicht?«

»Doch, natürlich. Aber Länder wie Rußland und China sind ziemlich zurückhaltend, was die Herausgabe näherer Informationen anbelangt. Sie haben die verrückte Vorstellung, man könnte Naturkatastrophen ihrem politischen System anlasten.«

»Darf ich fragen, woher Sie dann davon wissen?«

»Ja, sicher. Regierungen mögen es vorziehen, anderen Regierungen gegenüber Stillschweigen zu bewahren, aber wir Wissenschaftler sind ein unheilbar geschwätziges Volk. Dieses Erdbeben ereignete sich in der Provinz Tangshan im Nordosten Chinas und war das einzig bekannte Beben, das sich in einem dichtbesiedelten Gebiet ereignete. In diesem Fall waren auch die Großstädte Peking und Tientsin betroffen. Ausgelöst wurde das Beben zweifellos von aufsteigender Magma. Unseres Wissens gibt es keine tektonischen Randzonen in der Gegend. Aber vielleicht gibt es da doch ein altes Randgebiet, das bis dahin schlummerte. Die Katastrophe ereignete sich am 27. Juli 1976.«

»Also erst in jüngster Zeit«, sagte Hawkins. »Gestern sozusagen. Gab es Tote, Verwundete?«

»Zwischen sechshundert- und siebenhunderttausend Tote, an die achthunderttausend Verletzte. Können auch in beiden Fällen hunderttausend mehr oder weniger gewesen sein. Falls das kaltschnäuzig und herzlos klingt, war das nicht meine Absicht. Ab einer bestimmten willkürlichen Grenze – hunderttausend, zehntausend, ja schon tausend, das hängt ganz davon ab, wieviel Herz und Geist fassen können – spielt die Zahl keine Rolle mehr. Vor allem, wenn man es mit gesichtslosen Unbekannten in einem weit entfernten Land zu tun hat.«

»Ich vermute«, sagte Hawkins, »das war dann die größte Naturkatastrophe dieser Art?«

»Im Hinblick darauf, wie viele Menschenleben sie kostete, wahrscheinlich ja. Wir können nicht ganz sicher sein. Wir wissen nur eines mit Sicherheit: Tangshan steht in der Rangordnung erdgeschichtlicher Katastrophen an dritter Stelle. Vor rund hundert Jahren flog die Insel Krakatau in Indonesien in die Luft. Das war ein ziemlich lauter Knall, im wortwörtlichen Sinne – die Explosion war noch mehrere tausend Meilen weit weg zu hören. Dabei wurde so viel vulkanisches Material in die Stratosphäre geschleudert, daß die Welt noch mehr als drei Jahre danach aufregende Sonnenuntergänge zu sehen bekam. Kein Mensch weiß, wie hoch die Flutwelle war, die durch die Eruption ausgelöst wurde. Wir wissen lediglich, daß die drei großen Inseln am Rande der Javasee – Sumatra, Java und ein Teil von Borneo – und fast alle kleineren Inseln in diesem Seegebiet nicht höher als siebzig Meter über dem Meeresspiegel liegen. Die Toten sind nie gezählt worden. Vielleicht ist es auch besser so.«

»Und vielleicht ist es auch besser, daß wir nicht wissen, worauf Sie nun gerade hinauswollen«, sagte Talbot. »Der Weg, den Sie uns entlangführen, gefällt mir gar nicht.«

»Mir auch nicht«, seufzte Benson und nahm noch einen Schluck Gin. »Ist einem von Ihnen schon einmal das Wort ›*kalliste*‹ begegnet?«

»Natürlich«, sagte Denholm. »Heißt ›das Schönste‹. Ist sehr alt. Ein Wort aus homerischen Zeiten.«

»Alle Achtung.« Benson beäugte ihn durch den Qualm seiner Pfeife. »Ich dachte, Sie sind der Elektronikfachmann?«

»Lieutenant Denholm ist von Haus aus klassischer Philologe«, sagte Talbot. »Elektronik ist nur sein Hobby.«

»Ah so!« Benson machte eine Bewegung mit seinem Daumen. »Kalliste – so hieß diese Kleine da, bevor aus ihr Thera beziehungsweise Santorin wurde. Einen unpassenderen Namen für sie kann ich mir nicht vorstellen. Diese hübsche Kleine ging nämlich 1450 vor Christus in die Luft, und die zerstörerische Kraft der Eruption war viermal so groß wie beim Ausbruch des Krakatau. Wo vorher die Kegelspitze eines Vulkans gewesen war, befand sich anschließend eine kreisförmige Vertiefung – wir nennen sie Caldera – von etwa dreißig Quadratmeilen, in die sich die See ergoß. Bewegte Zeiten, meine Herren, bewegte Zeiten.

Unglücklicherweise befinden wir uns noch mitten drin in diesen bewegten Zeiten. Santorin hat eine sehr turbulente seismische Vergangenheit, die sich bis in unsere Tage erstreckt. Alten Mythen zufolge soll übrigens 2500 vor Christus eine noch stärkere Eruption stattgefunden haben. Doch was hier nach 1450 vor Christus geschah, war auch nicht ohne. 236 vor Christus trennte eine weitere Eruption die Insel Therasia vom Nordwesten Theras. Vierzig Jahre später entstand die kleine Insel Palaia – Alt-Kameni. Seither hat es immer wieder neue Ausbrüche gegeben, sind weitere Inseln und vulkanische Erhebungen entstanden und später wieder verschwunden. Ende des sechzehnten Jahrhunderts versank die Südküste von Thera mit dem Hafen Eleusis im Meer; sie ist bis heute verschwunden geblieben. Und noch in jüngster Zeit, 1956 erst, zerstörte ein Erdbeben die Hälfte aller Häuser an der Westküste der Insel. Santorin ruht, wie man fürchtet, auf sehr unsicherem Boden.«

»Was geschah genau 1450 vor Christus?« fragte Talbot.

»Bedauerlicherweise haben unsere Vorfahren vor fünfunddreißig Jahrhunderten offenbar nicht viele Gedanken an die Nachwelt verschwendet, womit ich sagen will, sie haben keine die Neugier ihrer Nachfahren befriedigenden Aufzeichnungen hinterlassen. Man kann ihnen das kaum übelnehmen, sie hatten damals dringendere Dinge und Probleme zu bewältigen, als daß sie sich um solche Sachen hätten kümmern können. Einem Bericht zufolge bewirkte die Explosion eine Flutwelle, die an die fünfundfünfzig Meter hoch war. Ich weiß nicht, wer das errechnet hat. Ich glaube es nicht. Es stimmt zwar, daß die Wasserhöhe an der Küste Alaskas infolge von *Tsunami*, erdbebenbedingten Flutwellen, über hundert Meter gestiegen ist, aber das geschieht nur, wenn der Meeresboden nahe der Küste abflacht; auf dem tiefen Meer sind *Tsunami*, obwohl sie mit unglaublichen Geschwindigkeiten dahinrollen können – mit zwei- ja vielleicht sogar dreihundert Meilen in der Stunde –, kaum mehr als ein Kräuseln der Wasseroberfläche.

Die Experten – und als Experte läßt sich in weiterem Sinne jeder bezeichnen, der über das, worüber er redet, Bescheid zu wissen vorgibt – sind zutiefst zerstritten, was die Ereignisse damals anbelangt. Das ist ein archäologisches Minenfeld. Es kann sein, daß die Eruption die Kykladen zerstört hat. Es kann auch sein, daß sie die minoische Kultur auf Kreta ausgelöscht hat. Es kann weiter sein, daß sie eine Flutwelle auslöste, die ägäischen Inseln und die niedrig gelegenen Küstengebiete Griechenlands und der Türkei überflutet hat; daß sie die vielleicht noch tiefer gelegenen Teile Ägyptens überflutet hat, das Nilbett hinaufgeströmt ist, das Wasser des Roten Meeres zurückgedrängt und damit den Israeliten die Flucht vor Pharao ermöglicht hat. Das ist eine Meinung. 1950 hat ein Wissenschaftler namens Immanuel Velikovsky für beträchtlichen Wirbel unter Historikern, Theologen und Astronomen gesorgt, indem er allen Ernstes die Meinung vertrat, die Überschwemmung sei dadurch ausgelöst worden, daß Venus sich von Jupiter entfernt habe und der Erde ungemütlich nahe gekommen sei. Es war eine sehr gelehrte und fundierte Abhandlung, die seinerzeit ein großes Echo fand, inzwischen jedoch auf heftige Ablehnung stößt. Aus beruflicher Eifersucht, Neid? Weil die Theorie anderen Wissenschaftlern nicht in den Kram paßte? Ein Scharlatan also? Unwahrscheinlich – der Mann war ein Freund und Kollege Albert Einsteins. Und dann war da natürlich noch Edmund Halley, der durch den nach ihm benannten Kometen berühmt wurde – auch er war ziemlich fest davon überzeugt, daß die Flutwelle durch den Vorbeiflug eines Kometen ausgelöst wurde.

Doch kommen wir auf unsere jetzige Lage zurück. Es gibt vier Dinge, die als gesichert gelten können, oder so gut wie gesichert. Erstens: Santorin ist so stabil wie der sprichwörtliche Wackelpudding. Zweitens: Es liegt über einer Thermalspalte. Drittens: Es liegt mit ziemlicher Sicherheit über einer alten tektonischen Randzone, die in ostwestlicher Richtung quer durchs Mittelmeer verläuft – da, wo die Erdplatten Afrikas und Asiens gegeneinanderstoßen. Schließlich, und das ist unbestreitbar, befinden wir uns über einer Sprengladung von ungefähr 200 Millionen Tonnen TNT. Wenn das hochgeht, wird es nach meinem Dafürhalten sehr wahrscheinlich – ich glaube, ich sollte unvermeidlich sagen – dazu kommen, daß sowohl die Thermalspalte als auch die zur Zeit gerade ruhige Erdbebenzone entlang dem tektonischen Graben wieder aktiv wird. Alles übrige überlasse ich Ihrer Phantasie.« Benson leerte sein Glas und blickte sich erwartungsvoll um. Talbot drückte auf eine Klingel.

Hawkins sagte: »Dazu reicht meine Vorstellungskraft nicht.«

»Die reicht bei niemandem von uns. Zum Glück. Denn das, worüber wir hier reden, eine Verbindung zwischen einer gewaltigen thermonuklearen Detonation, einem Vulkanausbruch und einem Erdbeben, liegt außerhalb des Erfahrungshorizontes der Menschheit. Deswegen können wir uns so etwas nicht vorstellen, aber wir können mit Sicherheit davon ausgehen, daß die Wirklichkeit schlimmer sein wird als unsere schlimmsten Alpträume. Der einzige Trost ist natürlich, daß wir das alles nicht mehr miterleben, gleichgültig ob Alptraum oder Wirklichkeit.

Ein solches Ausmaß an potentieller Vernichtungskraft übersteigt alle Vermutungen bei weitem, läßt sie vergleichsweise bescheiden erscheinen. Mit ›Vernichtung‹ meine ich die totale Auslöschung von Leben, ausgenommen vielleicht einige Formen von Leben unter der Erde und im Wasser. Was Lava, Vulkanschlacken, Staub und Asche nicht schaffen, werden die Druckwellen, das Feuer und die *Tsunami* tun. Sofern es überhaupt Überlebende gibt – und das auf einem Gebiet von vielen tausend Quadratmeilen –, wird der starke radioaktive Niederschlag ihnen den Garaus machen. Da noch über solche Dinge wie Nuklearwinter zu reden oder daß man von der ultravioletten Strahlung bei lebendigem Leibe gebraten wird, scheint mir unnötig.

Da sehen Sie, Commander Talbot, was wir meinen, wenn wir über so etwas wie die besten Aussichten für die meisten Menschen reden. Was spielt es für eine Rolle, ob hier draußen zwei Schiffe liegen oder zehn, ob wir hier zu zweihundert sind oder zweitausend? Jeder Mann, jedes Schiff, der oder das jetzt noch zu uns stößt, vergrößert vielleicht – vielleicht! –, wenn auch nur minimal, unsere Aussichten auf Erfolg, diese verdammten Dinger da unten auf dem Meeresboden außer Gefecht zu setzen. Was sind schon zweitausend angesichts der unvorstellbaren Zahl von Menschen, die früher oder später – eher früher – untergehen werden, wenn diese Dinger da unten losgehen, ohne daß wir etwas dagegen unternehmen können?«

»Sie haben eine nette Art, sich auszudrücken, Professor, und einem alles richtig zu verdeutlichen. Nicht daß die *Ariadne* die Absicht gehabt hätte, sich irgendwohin abzusetzen, aber es tut doch gut, gute Gründe dafür zu haben, an Ort und Stelle auszuharren.« Talbot überlegte kurz. »Damit ist wenigstens auch noch ein kleineres Problem gelöst. Wir haben sechs Überlebende von der Jacht *Delos* an Bord. Ich hatte daran gedacht, drei unschuldig Betroffene unter ihnen an Land zu setzen, aber das scheint sich nun zu erübrigen.«

»Nun, ja. Ob sie sich hier an Bord befinden oder auf Santorin, bevor sie, wie Lieutenant Denholm sich auszudrücken beliebte, in unserer Gesellschaft als Dunstpartikel durch die Sphäre schweben, dürfte gleich sein.«

Talbot nahm einen Hörer ab, verlangte eine Nummer, lauschte kurz und legte wieder auf.

»Der Radarraum. Immer noch das gleiche. Tick ... tick ... tick ...«
»Aha«, sagte Benson. »Tick ... tick ... tick ...«

4

»Hatten Sie ein angenehmes Tête-à-tête mit Mr. Andropulos, Sir?«
Vizeadmiral Hawkins war gerade mit seinen beiden Wissenschaftlern auf Talbots Wunsch auf die Brücke gekommen.
»Angenehm? Das hängt ganz davon ab, was Sie damit meinen, John?«
»Ich meine, waren Sie geziemend beeindruckt?«
»Geziemend unbeeindruckt, für meinen Teil. Interessiert, das ja, aber gänzlich unbeeindruckt. Ich meine, von dem Mann und seinem Charakter, nicht was seine außerordentliche Schwäche für Hochprozentiges anbelangt. So wie er sich darstellt, ist seine Weste noch weißer als frischgefallener Schnee. Ein Mann, der so offen und ehrenhaft wirkt, muß etwas zu verbergen haben.«
»Und er nuschelte auch an den falschen Stellen«, sagte Benson.
»Nuschelte?«
»Ja, Captain. Sprach undeutlich und schwerfällig an den falschen Stellen, um uns weiszumachen, daß er betrunken wäre. Vielleicht hätte man es ihm in seiner Muttersprache, dem Griechischen, abgenommen, aber nicht im Englischen. Stocknüchtern, glaube ich. Und gerissen. Jedenfalls gerissen genug, diese beiden charmanten jungen Damen in seiner Begleitung hinters Licht zu führen. Denn das tut er, glaube ich.«
»Und sein Busenfreund Alexander«, sagte Hawkins, »der ist offenbar nicht so schlau. Vielleicht ist er, als was er sich ausgibt – ein bezahltes Mannschaftsmitglied. Könnte allerdings auch ein Capo sein, von der Mafia. Er war ziemlich ungerührt, als ich ihnen mein Beileid ausdrückte, weil sie drei Mannschaftsmitglieder verloren haben. Andropulos sagte, er sei untröstlich, weil er drei treue, hochgeschätzte Freunde verloren habe. Das hat uns schon Van Gelder erzählt. Vielleicht war er wirklich untröstlich, vielleicht auch nicht. In Anbetracht der Tatsache, daß ich ihn, genau wie Sie, für einen gerissenen Lügner und einen meisterhaften Schauspieler halte, glaube ich das eher nicht. Vielleicht hat er Gewissensbisse und macht sich Vorwürfe, weil er an ihrem Tod schuldig ist. Doch auch das glaube ich nicht. Womit ich nicht sagen will, daß er nicht an ihrem Tod schuldig ist. Ich meine nur, daß sein Gewissen ihn kalt läßt. Das einzig Neue, das ich aus ihm herausbekommen habe, ist, daß er seine Jacht verlassen hat, weil er glaubte, sein Reservetreibstofftank könne in die Luft fliegen. Sehr undurchsichtig, Ihr neuer Freund.«
»Ja. Sehr geheimnisvoll. Ein Multimillionär. Vielleicht auch Multimultimillionär. Doch nicht, wie gewohnt, aus dem griechischen Tankergeschäft – der Markt ist kaputt, hat seinen Boden verloren. Er ist ein internationaler Geschäftsmann mit Verbindungen zu vielen Ländern.«

»Davon hat mir Van Gelder nichts erzählt«, sagte Hawkins.

»Kein Wunder, konnte er auch nicht. Er wußte nichts davon. Doch Ihr Name unter einer Nachricht, Admiral, garantiert bemerkenswert schnelle Auskünfte. Wir haben vor fünfundzwanzig Minuten Antwort auf unsere Anfrage beim griechischen Verteidigungsministerium erhalten.«

»Ein Geschäftsmann? In welcher Art von Geschäft?«

»Das haben sie offengelassen. Ich wußte, daß Sie danach fragen würden, deshalb habe ich sofort diesbezüglich noch einmal nachgefragt.«

»Natürlich in meinem Namen.«

»Natürlich, Sir. Wäre es um etwas anderes gegangen, hätte ich selbstverständlich erst Ihre Erlaubnis eingeholt. Aber hierbei handelt es sich um dieselbe Sache. Die Antwort ist vor wenigen Minuten eingetroffen, eine Auflistung von zehn verschiedenen Ländern, mit denen er Geschäfte macht.«

»Noch mal: was für Geschäfte?«

»Das war wieder nicht erwähnt.«

»Äußerst merkwürdig. Was halten Sie davon?«

»Zu dieser Auskunft muß der Außenminister seine Genehmigung erteilt haben. Vielleicht hat er auch ein wenig Zensur geübt. Schließlich gehört er der Regierung an. Ich vermute, daß der undurchsichtige Mr. Andropulos Freunde in der Regierung hat.«

»Der undurchsichtige Mr. Andropulos wird von Minute zu Minute undurchsichtiger.«

»Vielleicht, Sir. Vielleicht auch nicht – wenn Sie sich die Liste der zehn ausländischen Handelspartner ansehen, mit denen er Geschäfte macht. Vier davon sitzen in Städten, die Ihnen vermutlich von besonderem Interesse erscheinen werden – Tripolis, Beirut, Damaskus und Bagdad.«

»Ach.« Hawkins dachte kurz nach. »Waffenhandel?«

»Natürlich, Sir. Ist nichts Illegales am Waffengeschäft – England und Amerika mischen da auch mit. Aber alle Regierungen verhalten sich da ganz pharisäerhaft und würden nie öffentlich zugeben, etwas damit zu tun zu haben. Sie würden es nie tun, um nicht der Geschäftemacherei mit dem Tode bezichtigt zu werden. Das wäre eine einleuchtende Erklärung dafür, daß die griechische Regierung so geheimnisvoll und zurückhaltend reagiert.«

»Ja, das könnte sein.«

»Nur eines kommt mir merkwürdig vor: Warum fehlt Teheran auf der Liste?«

»Richtig, ja. Die Iraner brauchen noch dringender Waffen als alle anderen – mit Ausnahme der Afghanen vielleicht. Aber Waffenhändler spezialisieren sich nicht darauf, Flugzeuge in der Luft explodieren zu lassen.«

»Ich verstehe das alles nicht, Sir. Der Irrgarten von Hampton Court ist dagegen ein Kinderspiel. Ich habe das Gefühl, daß wir eine ganze Weile brauchen werden, um herauszubekommen, was es damit auf sich hat. Zum Glück haben wir im Moment dringendere Probleme, mit denen wir uns befassen müssen.«

»Zum Glück?« Hawkins verdrehte die Augen himmelwärts.

»Ja, Sir.« Er wandte sich an Van Gelder. »Vincent? Ich nehme an, Jenkins weiß inzwischen, wonach es den Admiral und seine beiden Freunde gelüstet.«

»Sie schließen sich uns nicht an?« fragte Benson.

»Lieber nicht. Wir rechnen damit, daß wir heute nacht noch viel zu tun kriegen.« Er wandte sich wieder an Van Gelder. »Und befehlen Sie den sechs Schiffbrüchigen, sich in ihre Kabinen zu begeben und bis auf Widerruf dort zu bleiben. Stellen Sie Wachposten auf, die dafür sorgen, daß diese Anweisungen befolgt werden.«

»Ich glaube, ich sollte lieber gehen und mich selbst darum kümmern, Sir.«

»Gut. Mir selbst fehlt im Augenblick das nötige Taktgefühl.«

»Glauben Sie, sie werden sich mit dieser – äh – Einkerkerung abfinden?« fragte Hawkins.

»Einkerkerung? Nennen wir es doch lieber Schutzhaft. Ich möchte nicht, daß sie sehen, was hier in den nächsten Stunden vor sich geht. Ich erkläre Ihnen gleich, warum.

Das Verteidigungsministerium hatte noch eine weitere Information für uns. Über den Bomber. Er hatte tatsächlich Kontakt mit der Flugkontrolle in Athen und von dort die Anweisung erhalten, über der Insel Amorgos – die liegt ungefähr vierzig Meilen nordöstlich von hier – seinen Kurs zu ändern und in Richtung Nord-Nord-West weiterzufliegen. Zwei Jagdflugzeuge – US Air Force F15 – stiegen auf, um ihm entgegenzufliegen und ihm Geleitschutz zu geben.«

»Haben Sie hier irgendwo in der Nähe ein solches Flugzeug bemerkt?«

»Nein, Sir. War auch nicht zu erwarten. Der Treffpunkt sollte über Euböa sein. Das Flugziel war nicht Athen, sondern Thessaloniki. Vermutlich haben die Amerikaner da in der Gegend eine Raketenbasis. Ich weiß nichts davon.

Auch Admiral Blyth von der *Apollo* hat sich gemeldet. Wir haben Glück – doppeltes Glück. Ein Bergungsschiff, das sich auf dem Weg nach Piräus befand, wird nach Santorin umgeleitet. Mit Tauchercrews, Bergungsgerätschaft, allem Drum und Dran. Sie werden es kennen, Sir. Die *Kilcharran.*«

»Ja, die kenne ich. Ein Hilfsschiff der Flotte. Untersteht nominell meinem Kommando. Ich sage ›nominell‹, weil ich auch den Captain kenne. Einen Kerl namens Montgomery. Ein bärbeißiger Ire, der nicht viel von den Vorschriften der Royal Navy hält. Ist hier nicht weiter bedeutend. Ein hervorragender Mann, was seinen Job anbelangt. Einen besseren könnte man sich bei dieser Sache nicht wünschen. – Was ist die zweite gute Nachricht?«

»Es ist bereits ein Flugzeug auf dem Weg nach Santorin; an Bord befinden sich zwei Taucher mit Ausrüstung für vier. Sehr erfahrene Leute, wie man mir sagte, ein Oberbootsmann und ein Maat. Ich habe Cousteau an Land geschickt, damit er sie abholt. Sie müßten in ungefähr einer halben Stunde hier sein.«

»Hervorragend, ganz hervorragend. Und wann rechnen Sie mit der *Kilcharran*?«

»Gegen fünf Uhr morgens, Sir.«

»Bei Zeus, die Chancen bessern sich. Haben Sie etwas vor?«

»Ja. Mit Ihrer Erlaubnis, Sir.«

»Ach, hören Sie auf damit.«

»Ja, Sir. Damit werden auch Ihre beiden Fragen beantwortet – warum Van Gelder und ich nichts trinken und warum die sechs Schiffbrüchigen –, nun, sicherheitshalber eingesperrt sind. Wenn Cousteau mit den Tauchern und der Ausrüstung kommt, werden Van Gelder und ich mit ihnen hinuntersteigen und uns das Flugzeug ansehen. Ich bin ziemlich sicher, daß wir nicht viel ausrichten können. Aber wir werden feststellen können, wie groß der Schaden ist, werden mit etwas Glück auch dies tickende Monster finden, und wenn wir noch mehr Glück haben, wird es uns gelingen, es zu befreien. Ich weiß schon jetzt, daß uns nicht so viel Glück beschieden sein wird, aber der Versuch lohnt. Unter den gegebenen Umständen, Sir, wären Sie doch der erste, der zustimmt, daß alles einen Versuch wert ist.«

»Ja, ja, aber Sie werden entschuldigen, wenn ich ein wenig die Stirn runzele. Sie und Van Gelder sind die beiden wichtigsten Leute an Bord dieses Schiffes.«

»Nein, das sind wir nicht. Falls uns persönlich etwas zustoßen sollte, und ich wüßte nicht, was das sein sollte, sind Sie immer noch da, und Sie sind es gewohnt, sozusagen mit der linken Hand eine ganze Flotte zu befehligen. Daß Ihnen eine simple Fregatte große Schwierigkeiten bereiten sollte, leuchtet mir nicht ein. Und falls etwas passiert, das einer Katastrophe gleichkommt, wird sich ohnehin keiner mehr große Sorgen machen.«

»Sie sind ein kaltblütiger Nun-Sie-wissen-schon-was, Commander«, sagte Wickram.

Hawkins seufzte. »Nein, nicht kaltblütig, Dr. Wickram. Eher ein Mann mit eiskaltem Verstand. Und wenn Sie wieder raufkommen, was dann?«

»Dann fahren wir los und schauen uns die *Delos* an. Dürfte hochinteressant sein. Vielleicht hat Andropulos einen Fehler gemacht, Admiral, als er Ihnen erklärte, er habe befürchtet, daß sein Reservetank in die Luft fliegen könnte. Als er das sagte, konnte er nicht ahnen, daß wir uns die *Delos* näher anschauen würden. Darum ist er nun eingesperrt. Er muß ja nicht wissen, daß wir Taucher an Bord haben. Und ich möchte erst recht nicht, daß er mitbekommt, wenn ich mit den Tauchern in Richtung *Delos* aufbreche. Falls sich herausstellt, daß es gar keinen Reservetank gab, müssen wir noch besser auf ihn aufpassen. Auf ihn, aber auch auf seinen guten Freund Alexander und auf seinen Skipper Aristoteles. Daß dieser junge Seemann, Achmed oder wie er heißt, oder eines der beiden Mädchen mit der Sache zu tun hatte, kann ich mir nicht denken. Ich glaube, man hat sie nur zur Tarnung mitgenommen, um dem Ganzen einen glaubwürdigen Anstrich zu geben, wenn Sie so wollen. Auf alle Fälle sollten wir lange vor Ankunft der *Kilcharran* zurück sein.« Er wandte sich um zu Denholm, der eben auf die Brücke gekommen war. »Nun, Jimmy, was treibt Sie von den Fleischtöpfen fort?«

»Wenn ich so sagen darf, Sir, ohne mir was zu vergeben, ich versuche, ein gutes Beispiel zu geben. Mir ist da gerade eine Idee gekommen, Sir. Würden Sie mich bitte entschuldigen, Admiral?«

»Ich denke, daß jede Idee, die Ihnen kommt, junger Mann, es wohl wert ist, daß man sie anhört. Diesmal nichts aus der griechischen Literatur, möchte ich wetten. Diesmal – äh – eher etwas, das mit Ihrem Hobby zu tun hat. Elektronik, stimmt's?«

»Nun, ja, richtig, Sir.« Denholm schien ein wenig überrascht. Er blickte Talbot an. »Diese Atombombe da unten, die da so tickt ... Haben Sie die Absicht oder wenigstens die Hoffnung, sie von den anderen trennen zu können?«

»Wenn es machbar ist.«

»Und dann, Sir?«

»Immer eines nach dem anderen, Jimmy. Weiter sind meine Überlegungen bisher noch nicht gediehen.«

»Würden wir den Versuch unternehmen, sie zu entschäfen?« Denholm blickte Wickram an. »Glauben Sie, man könnte sie entschärfen, Sir?«

»Ehrlich, ich weiß es nicht, Lieutenant. Ich habe einen schrecklichen Verdacht, aber ich bin mir nicht sicher. Ich hatte eigentlich die Vorstellung, das läge mehr auf Ihrem Gebiet ... Auf dem der Elektronik, meine ich. Ich weiß zwar, wie man diese verdammten Waffen baut, aber ich verstehe nichts von diesen raffinierten Auslösemechanismen.«

»Das tue ich auch nicht. Nicht, solange ich nicht weiß, wie sie funktionieren. Dazu brauchte ich einen Plan, ein graphisches Schema. Sie sagten, Sie hätten einen bösen Verdacht. Was für einen Verdacht, Sir?«

»Daß man die Bombe nicht entschärfen kann. Um ehrlich zu sein, ich bin sicher, daß sich das Ganze nicht rückgängig machen läßt. Und es gibt noch etwas, das ich mit Sicherheit weiß. Nämlich, daß ich nicht versuchen werde, es zu tun.«

»Da sind wir uns einig. Aber was für Möglichkeiten blieben uns dann noch?«

»Darf ein totaler Ignorant einen Vorschlag wagen?« fragte Benson. »Warum bringen wir das Ganze nicht an einen sicheren Ort, hundert Meilen weit weg von hier, und versenken es im tiefen blauen Meer?«

»Ein verführerischer Gedanke, Professor«, sagte Denholm, »aber nicht sehr brauchbar. Wir können mit hundertprozentiger Sicherheit davon ausgehen, daß der Auslösemechanismus von Batterien gespeist wird. Die Nife-Batterien der neuesten Generation können Monate, ja Jahre unbenutzt bleiben und trotzdem auf Anhieb anspringen, wenn es von ihnen verlangt wird. Man kann nicht ein ganzes Gebiet des Mittelmeers auf Jahre hinaus für allen Schiffsverkehr sperren.«

»Ich schickte meinem Vorschlag voraus, daß ich nichts von diesen Dingen verstehe. Nun, wer A sagt, muß auch B sagen. Noch ein zweifellos lächerlicher Vorschlag. Wir bringen das Ding dennoch an einen Ort, wie eben erwähnt, und lassen es da hochgehen.«

Denholm schüttelte den Kopf. »Ich fürchte, dann haben wir immer noch zwei Probleme zu klären. Das erste ist: Wie bekommen wir sie dahin?«

»Wir transportieren sie hin.«

»Gut. Wir transportieren sie hin. Oder versuchen wenigstens, sie dahin zu transportieren. Doch unterwegs hört das Ticken plötzlich auf. Der Auslösemechanismus horcht auf und sagt sich: ›Halt! Was höre ich da? Schiffsmaschinen.‹ Und wamm! Ohne jede Vorwarnung.«

»Daran hatte ich nicht gedacht. Wir könnten sie – da spricht der Optimist aus mir – vielleicht in Schlepp nehmen.«

»Unser kleiner Lauscher da unten hat seine Horcher immer noch auf Empfang gestellt, und wir können nicht wissen, wie gut sein Gehör ist. Maschinengeräusche würden die Bombe natürlich hochgehen lassen. Ebenso ein Generator. Auch ein Hebekran würde vielleicht schon einen ausreichenden Impuls liefern, womöglich sogar die Kaffeemühle in der Kombüse.«

Talbot sagte: »Sind Sie nur deshalb zu uns auf die Brücke gekommen, Jimmy, um uns mit Tröstungen Ihrer Spezialmarke Hiobsbotschaft zu erbauen?«

»Ganz so ist es nicht, Sir. Mir sind da nur zwei Ideen gekommen. Die eine ist Ihnen vielleicht auch schon selber gekommen. Doch was die andere angeht, wissen Sie über die Sache vielleicht nicht Bescheid. Die Bombe an ihren Bestimmungsort zu bringen, dürfte relativ leicht sein. Mit einem Segelboot. Davon gibt es hier in der Gegend genug. Ägäische Lugger.«

Talbot warf Hawkins einen Blick zu. »Man kann nicht an alles denken. Ich vergaß zu erwähnen, Sir, daß Lieutenant Denholm nicht nur Altgriechisch studiert hat, sondern auch ein Kenner der ägäischen Kleinschiffahrt ist. Er hat hier immer seine Sommer verbracht – nun, bis wir ihn uns geschnappt haben.«

»Ich hätte keine Ahnung, wie ich mit diesen Luggern oder Kaïkis fertig werden sollte. Um ehrlich zu sein, ich könnte nicht mal ein Dingi segeln, selbst wenn man mich dafür bezahlen würde. Aber ich habe mich mit diesen Dingern befaßt. Die meisten kommen von der Insel Samos oder aus Bodrum in der Türkei. Vor dem Krieg – dem Ersten Weltkrieg natürlich – waren es reine Segelboote. Heute sind sie fast alle mit Motor ausgerüstet, die meisten zusätzlich mit einigen Segeln. Es gibt aber auch welche, die sowohl mit Motoren als auch mit einem kompletten Satz Segeln ausgerüstet sind. Das sind die vom Typ Trehandiri und Perama, und davon gibt es auch einige in den Kykladen. Ein Schiff dieser Art wäre ideal für unsere Zwecke. Denn diese Boote haben einen flachen Kiel, nur wenig Tiefgang und keinen Ballast und sind daher praktisch kaum windwärts zu segeln. Aber in diesem Fall würde das keine Rolle spielen. Der Wind kommt hier vornehmlich von Nordwesten, und das offene Meer liegt südöstlich von hier.«

»Nützlich, das zu wissen«, sagte Talbot. »Wirklich sehr von Vorteil. Hm – Sie kennen nicht zufällig jemanden mit so einem Boot?«

»Doch, ich kenne jemanden.«

»Großartig! Das ist noch mal genausoviel wert wie all Ihre Ausführungen.« Talbot unterbrach sich, da Van Gelder auf die Brücke kam. »Pflicht erfüllt, Number One?«

»Ja, Sir. Andropulos wollte nicht so recht. Auch Alexander und Aristoteles nicht. Um ehrlich zu sein, sie haben sich schlichtweg geweigert zu gehen. Verstoß gegen ihre Rechte als freie griechische Staatsbürger oder irgend so etwas. Wollten wissen, wer das befohlen hat. Ich sagte, Sie. Sie verlangten, Sie zu sprechen. Ich sagte, morgen früh. Daraufhin noch mehr Empörung und Geschimpfe. Ich ließ mich mit ihnen nicht auf eine Diskussion ein. Rief einfach McKenzie und einige seiner Leute zu Hilfe. Die führten sie mit Gewalt ab. Ich habe McKenzie gesagt, er brauche keine Wachen aufzustellen, er solle einfach die Türen abschließen und die Schlüssel einstecken. Sie werden deswegen von der griechischen Regierung zu hören bekommen, Sir.«

»Na bestens. Ich wünschte, ich wäre dabei gewesen. Und die beiden jungen Damen?«

»Nett und einsichtig. Kein Problem.«

»Sehr gut. Nun, Jimmy, Sie sagten, Sie hätten zwei Ideen gehabt. Was war die zweite?«

»Dabei geht es um das zweite Problem, das der Professor anschnitt. Die Detonation. Wir könnten es natürlich versuchen, indem wir eine Wasserstoffbombe darauf werfen, aber da wir uns dazu in nächster Nähe aufhalten müßten, wäre es, glaube ich, keine sehr gute Idee.«

»Glaube ich auch nicht. Also?«

»Könnte sein, daß das Pentagon die Antwort darauf hat. Trotz schwacher Proteste weiß doch jeder, daß das Pentagon die NASA kontrolliert – die National Aeronautics and Space Administration. Der NASA wiederum untersteht angeblich das Kennedy Space Center. ›Angeblich‹ ist hier das Schlüsselwort. Denn das stimmt nicht. Das Kennedy Space Center untersteht EG & G, einem größeren Verteidigungsunternehmen. EG & G – Dr. Wickram wird sicherlich viel mehr darüber wissen als ich – betreibt solche Sachen wie Atombombentests und die sogenannten Star Wars. Doch was viel wichtiger ist: Sie sind dabei, etwas zu entwickeln, oder haben es bereits entwickelt, das sie Krytron nennen, eine elektronische Fernauslösung, mit der sich Atombomben zünden lassen. Ein Wort des Admirals ins Ohr des Pentagons könnte Wunder wirken.«

Hawkins räusperte sich. »Diese kleine Information, Lieutenant, ist natürlich, genau wie Ihre anderen kleinen Kenntnisse, öffentlich bekannt und Allgemeingut?«

»Genauso ist es, Sir.«

»Sie erstaunen mich. Höchst interessant. Wirklich höchst interessant. Könnte vielleicht ein Teil der Antwort auf unsere Probleme sein, denken Sie nicht auch, Commander?« Talbot nickte. »Der Sache sollten wir, glaube ich, sofort nachgehen. Ah! Da kommt er ja gerade.«

Myers war soeben eingetreten und überreichte Talbot ein Papier. »Antwort auf Ihre letzte Mitteilung ans Pentagon, Sir.«

»Danke. Nein, gehen Sie nicht. Wir müssen ihnen gleich eine neue Meldung schicken.« Talbot reichte das Blatt an Hawkins weiter.

»›Sicherheit auf Bomberbasis‹«, las Hawkins, »›gilt zu 99,9 Prozent als gewährleistet. Aber so unwahrscheinlich es auch sein mag, es besteht eine Chance von eins zu zehntausend, daß die Sicherheitsvorkehrungen unterlaufen werden. Könnte sein, daß wir es hier mit dieser einen Chance zu tun haben.‹ Nun, ist das nicht entzückend! Absolut unbrauchbare, unergiebige Auskunft. ›Flugzeug hatte fünfzehn H-Bomben von je fünfzehn Megatonnen an Bord und drei Atombomben, alle drei mit Zeitschaltvorrichtungen ausgerüstet.‹ Na, vorzüglich. Da haben wir es also mit drei tickenden Monstern zu tun.«

»Bei etwas Glück nur mit einem«, sagte Talbot. »Das Sonar meldet nur eines. Höchst unwahrscheinlich, daß alle drei vollkommen im Gleichklang ticken. Ohnehin rein akademisch, diese Frage. Ein solches tickendes Monster oder hundert – die großen Dinger gingen so oder so hoch.«

»Sie wissen nun auch, wie groß sie sind, heißt es weiter«, fuhr Hawkins fort. »Einhundertfünfzig Zentimeter mal fünfzehn. Ziemlich klein für eine Atombombe, meiner Meinung nach. 4000 Kilotonnen. Ist das viel, Dr. Wickram?«

»Nach heutigen Maßstäben lächerlich klein. Nicht einmal halb so groß wie die Hiroshima-Bombe. Wenn die Bombe die da angegebene Sprengkraft hat, ist sie, was ihre Ausmaße angeht, sehr groß.«

»Es heißt hier weiter, sie sei für Marinezwecke entworfen und gebaut. Das ist, vermute ich, eine nette Art zu sagen, daß es sich um Minen handelt. Sie haben also recht, Dr. Wickram.«

»Das würde auch die Ausmaße der Bombe erklären. Die Zeitschaltvorrichtung wird eine ganz erhebliche Menge an Platz einnehmen. Und dann müssen sie natürlich mit Gewichten versehen sein, damit sie keinen Auftrieb bekommen.«

»Das wirklich häßliche Ende kommt noch«, sagte Hawkins. »Wenn das Ticken aufhört, ist die Zeitschaltuhr abgelaufen und der Auslösemechanismus, der durch äußere Einwirkungen aktiviert wird, wird in Betrieb gesetzt. Damit meinen sie vermutlich Maschinengeräusche. Es sieht also so aus, als hätten Sie in der Beziehung recht, Van Gelder. Als eine Art freundliches Lebewohl teilen sie uns dann noch mit, daß der Zeitschaltmechanismus, wenn er erst einmal in Betrieb ist, offenbar irreversibel, nicht mehr zu stoppen oder rückgängig zu machen ist.« Die letzten Worte wurden allgemein mit Stillschweigen aufgenommen. Keiner hielt es für nötig, sich dazu zu äußern; die Fakten leuchteten allen ein.

»Eine Meldung ans Pentagon, Myers. ›Erbitten dringend Auskunft über Entwicklungsstadium des EG & G Krytron‹ – schreibt sich K-r-y-t-r-on, ja, Lieutenant? – ›Atombomben-Zündungsmechanismus.‹« Talbot legte eine Pause ein. »Fügen Sie noch hinzu: ›Sofern funktionierendes Modell vorhanden, sofortige Zusendung mit Gebrauchsanweisung dringend erforderlich.‹ Reicht das, Admiral?« Hawkins nickte. »Unterzeichnet Admiral Hawkins.«

»Wir müssen den Leuten im Pentagon einige Kopfschmerzen bereiten«, meinte Hawkins recht zufrieden. »Nach dieser Meldung werden sie wohl noch ein paar Aspirin nehmen müssen.«

»Ein paar Aspirin reichen da nicht«, meinte Van Gelder. »Da sind schon einige schlaflose Nächte angesagt.«

»Sie führen doch etwas im Schilde, Van Gelder, stimmt's?«

»Ja, Sir. Denen da drüben ist wahrscheinlich gar nicht klar, welches Schreckenspotential die Situation hier auf Santorin in sich birgt – was hier alles zusammenkommt mit all diesen Wasserstoffbomben, diesen heißen Erdspalten, den Vulkanen und Erdbebengefahren, ich meine, was für katastrophale Folgen hier im Bereich des Möglichen liegen. Wenn Professor Benson ihnen in Kurzform den Vortrag, den er uns vorhin in der Offiziersmesse hielt, als Lagebericht schickte, würde ihnen das vielleicht erst recht zu denken geben.«

»Wie bösartig Sie sind, Van Gelder. Und welch wahrhaft phantastischer Vorschlag! Da werden die Köpfe am Potomac heute nacht nicht zur Ruhe kommen. Was meinen Sie, Professor?«

»Bin mit Vergnügen dabei.«

Als Lieutenant Cousteau mit den beiden Tauchern und ihrer Ausrüstung von Santorin zurückkehrte, war die *Ariadne* mehr oder weniger in tiefes Dunkel gehüllt. Aus Sorge über den kleinen boshaften Lauscher am Meeresboden hatte Talbot Denholm um Rat gefragt, wie sich Lärm vermeiden ließe. Denholm hatte ihm gegenüber in aller Deutlichkeit seine Empfehlungen ausgesprochen, mit dem Ergebnis, daß an Bord des Schiffes die Benutzung aller maschinell betriebenen Geräte verboten worden war, von Generatoren bis zu Elektrorasierern. Nur die Notbeleuchtung, das Radargerät, das Sonar und der Seefunk funktionierten noch normal – und allesamt genauso gut wie sonst, schließlich war bei ihnen auch von Anfang an eingeplant, daß sie batteriebetrieben arbeiten konnten. Das Tickgeräusch in dem abgestürzten Flugzeug wurde nun ständig vom Sonar überwacht.

Die beiden Taucher, Oberbootsmann Carrington und Obermaat Grant, waren einander merkwürdig ähnlich, beide um die dreißig, mittelgroß und kräftig gebaut; beide lächelten oft, und dennoch umgab sie eine Aura von fachkundiger Sicherheit. Sie besprachen sich mit Talbot und Van Gelder in der Offiziersmesse.

»Das ist alles, was ich über die Lage da unten weiß«, sagte Talbot, »und das ist, weiß der Himmel, erschreckend wenig. Ich möchte drei Dinge wissen: wie groß der Schaden ist, wo das Ticken herkommt und ob es möglich ist, diese Atombombe, oder was immer es ist, da fortzuholen; aber ich bin jetzt schon überzeugt, daß es unmöglich ist. Sind Sie sich über die damit verbundenen Gefahren im klaren und darüber, daß ich Ihnen nicht befehlen kann, diesen Auftrag auszuführen? Wie gefällt Ihnen diese Aussicht, Oberbootsmann?«

»Das Ganze gefällt mir ganz und gar nicht, Sir«, antwortete Carrington ungerührt. »Bill Grant und ich fühlen uns beide nicht zu Helden berufen.

Wir werden da unten mit aller Vorsicht zu Werke gehen. Um uns brauchen Sie sich keine Sorgen zu machen, eher schon darum, wie Ihren Leuten zumute ist. Wenn uns ein Fehler passiert, werden sie sich im weiten Blau des Jenseits, oder wo auch immer, zu uns gesellen. Ich weiß, daß Sie mit uns hinunter wollen, Sir, aber ist das wirklich nötig? Wir verfügen beide über ziemlich viel Erfahrung, wie man sich in Wracks bewegt, ohne irgendwo gegenzustoßen; wir sind beide alte Torpedomaaten, und der Umgang mit Sprengstoffen ist, könnte man sagen, unser Geschäft. Nicht gerade mit Sprengladungen der Art, wie die da unten, das gebe ich zu, aber wir kennen uns doch soweit aus, daß wir nicht durch Zufall eine Bombe auslösen.«

»Und Sie meinen, wir täten das?« Talbot lächelte. »Sehr taktvoll von Ihnen, Oberbootsmann. Sie glauben also, wir könnten aus Versehen irgendwo gegenstoßen, auf einen Zündmechanismus treten oder irgend etwas dergleichen? Wenn Sie ›nötig‹ sagen, meinen Sie damit ›klug‹? Da kann ich nur auf unsere Taucherfahrung hinweisen.«

»Wir wissen, daß Sie erfahrene Taucher sind, Sir. Ich denke, Sie werden verstehen, daß wir diskret einige Erkundigungen eingezogen haben, als wir hörten, um was es sich bei dieser Sache handelt. Uns ist bekannt, daß Sie ein U-Boot befehligt haben und daß Lieutenant-Commander Van Gelder seinerzeit Ihr Erster Wachoffizier war. Uns ist auch bekannt, daß Sie beide auf der *HMS Dolphin* durch die Unterwasserluke ausgestiegen sind und Ihre Tauchkünste mehr als ausreichend unter Beweis gestellt haben. Nein, wir befürchten keineswegs, daß Sie uns behindern oder irgendwo gegenstoßen könnten.« Carrington drehte zum Zeichen seines Einverständnisses seine Handflächen nach außen. »Über wieviel Batteriestrom verfügen Sie, Sir?«

»Über recht viel, solange es um lebensnotwendige und nicht motorbetriebene Geräte geht. Für mehrere Tage.«

»Wir werden drei mit Gewichten versehene Flutlichter hinunterlassen bis ungefähr sieben Meter über dem Meeresboden. Die müßten das Flugzeug ausreichend anstrahlen. Jeder von uns nimmt überdies eine starke Taschenlampe mit. Dann haben wir noch eine kleine Tasche mit Geräten zum Schneiden und Sägen mit, ebenso Scheren. Wir haben auch einen Schneidbrenner mit, der unter Wasser jedoch schwerer zu benutzen ist, als die meisten Leute sich vorstellen können, und weil wir nun erstmal hinabtauchen, um alles genau zu erkunden, nehmen wir ihn vorerst nicht mit. Am liebsten arbeiten wir mit *closed-circuit*-Sauerstoffgeräten, Sauerstoff und Stickstoff fünfzig zu fünfzig, mit Kohlendioxyd-Absorber. In einer Tiefe von dreißig Metern, in der wir uns etwa befinden werden, könnten wir uns so über eine Stunde ohne Risiko einer Sauerstoffvergiftung oder Taucherkrankheit aufhalten. Das ist natürlich eine rein akademische Überlegung. Sofern wir in das Flugzeug hineinkommen und der Rumpf nicht zerschmettert ist, müßten uns eigentlich einige Minuten ausreichen, um alles in Erfahrung zu bringen, was wir wissen wollen.

Noch zwei Bemerkungen zu den Taucherhelmen. An den Kinnpartien befinden sich Schalter; wenn man darauf drückt, kann man sich von Taucher zu Taucher unterhalten. Mit einem zweiten Druck lassen sie sich wieder ausschalten. Und über den Ohren befinden sich zwei Anschlußkontakte, in die man Geräte einstöpseln kann, die wie Stethoskope wirken.«

»Ist das alles?«

»Ja.«

»Dann kann es losgehen?«

»Ein letzter Check, Sir?« Carrington brauchte nicht weiter auszuführen, was für einen Check er meinte.

Talbot hob den Hörer ab, redete kurz und legte wieder auf.

»Unser Freund arbeitet noch.«

Das Wasser war warm und ruhig und so klar, daß sie die Flutlichter in der Tiefe schon sehen konnten, bevor sie unter die dunkle Oberfläche der Ägäis tauchten. Mit Carrington an der Spitze folgten sie dem Seil der Markierungsboje über fünfzehn Meter tief hinunter und verharrten dann.

Die drei Lampen waren über dem gesunkenen Bomber zur Ruhe gekommen und tauchten den Rumpf und die beiden Tragflächen in grelles Licht. Die linke Tragfläche war nur noch teilweise mit dem Rumpf verbunden – es war zwischen dem inneren Triebwerk und dem Rumpf jedoch fast ganz abgetrennt und um dreißig Prozent gegenüber der Normallage nach hinten gebogen. Das Heckteil war so gut wie völlig zerstört. Der Rumpf selbst, oder das, was von oben davon zu sehen war, schien unversehrt. Die Nase des Flugzeugs war in Dunkelheit gehüllt.

Sie stiegen weiter hinab, bis ihre Füße die Oberhaut des Rumpfes berührten, bewegten sich dann halb gehend, halb schwimmend zum Bug vor, schalteten ihre Taschenlampen ein und blickten durch die zerschmetterten Frontscheiben ins Cockpit. Der Pilot und der Copilot saßen noch auf ihren Sitzen. Sie mußten auf der Stelle tot gewesen sein. Carrington blickte Talbot an und schüttelte den Kopf, dann ließ er sich vor der Bugspitze auf den Meeresboden gleiten.

Das Loch in der Flugzeugwand war ungefähr kreisrund und an den Rändern nach außen verbogen und ausgezackt, ein schlüssiger Beweis dafür, daß die Explosion innen erfolgt war; das Loch maß etwa einen Meter fünfzig im Durchmesser. Langsam und vorsichtig, um ihre Taucheranzüge nicht zu beschädigen, bewegten sie sich nacheinander in ein Abteil hinein, das knapp einen Meter zwanzig hoch, aber etwa sieben Meter lang war und sich von der Bugspitze unterhalb des Cockpits bis noch ein Stück dahinter erstreckte. An beiden Seiten dieses Raumes befanden sich alle möglichen Maschinen und Metallboxen, sämtlich derart zerstört und zerfetzt, daß ihre ursprüngliche Funktion nicht mehr zu erkennen war.

Nach etwa zwei Dritteln der Raumlänge war eine Luke nach oben aufgesprengt. Durch diese Öffnung gelangte man unmittelbar hinter die Sitze der beiden Piloten. Hinter diesen befand sich, was noch von einem kleinen Funkraum übrig war, in dem ein Mann scheinbar friedlich schlafend vorgelehnt über verschränkten Armen ruhte, die Finger der einen Hand noch auf den Tasten des Funkgeräts. Dahinter führten vier kleine Stufen zu einer ovalen Tür, die in eine solide Stahlwand eingelassen war. Die Tür war mit acht Klampen gesichert, von denen sich einige unter dem Druck der Explosion verzogen hatten und festsaßen. Mit einem Hammer, den Carrington in seiner Werkzeugtasche bei sich hatte, gelang es ihm bald, sie zu lockern.

Hinter der Tür befand sich das Frachtabteil, nüchtern, kahl, funktionell und offensichtlich nur für einen einzigen Zweck gedacht, den Transport von Raketen. Sie waren mit schweren stählernen Klemmen an längsseits angebrachten dicken Stahlbalken befestigt, die in den Boden und die Seiten des Flugzeugrumpfes eingelassen waren. Das Wasser im Frachtraum war mit Öl vermischt, aber selbst in dem unheimlichen, wabernden gelblichen Licht sahen die Dinger weder besonders bedrohlich noch angsteinflößend aus. Schlank, grazil, an beiden Enden in rechteckigen Metallboxen gelagert, wirkten sie ganz unschuldig. Dabei enthielt eine wie die andere fünfzehn Megatonnen hochexplosive Sprengkraft.

Im ersten Frachtraum befanden sich sechs davon. Nur der Form halber, nicht wegen bestimmter Erwartungen horchten Talbot und Carrington einen Zylinder nach dem anderen mit ihren Stethoskopen ab. Das Ergebnis war negativ, wie sie es erwartet hatten; Dr. Wickram war ganz sicher gewesen, daß keine von ihnen einen Zeitschaltmechanismus hatte.

Auch im mittleren Frachtraum befanden sich sechs Raketen. Drei davon waren genauso groß wie die im vorderen Abteil, die anderen drei waren nicht länger als einen Meter fünfzig. Das mußten die Atombomben sein. Als er die dritte mit dem Stethoskop abhörte, winkte Carrington Talbot zu sich heran. Talbot kam und horchte auch. Er brauchte nicht lange. Die Zweieinhalb-Sekunden-Sequenz des Tickgeräuschs entsprach genau der, die sie im Sonarraum gehört hatten.

Sie führten ihre Routinetests auch im hinteren Frachtraum durch, horchten die restlichen sechs Raketen ab und fanden, wie erwartet, gar nichts. Carrington näherte sich mit seinem Taucherhelm dem von Talbot.

»Genug?«

»Ja. Genug.«

»Das hat nicht lange gedauert«, meinte Hawkins.

»Lange genug, um herauszufinden, was wir wissen wollten. Die Raketen sind da, vollständig und ganz den Angaben des Pentagons entsprechend. Von den Bomben ist nur eine scharf. Drei Tote an Bord. Das ist alles, mit Ausnahme des Wichtigsten überhaupt: Der Bomber ist infolge einer Explosion an Bord abgestürzt. Irgendein freundlicher Mensch hatte unterhalb des Cockpitdecks eine Bombe versteckt. Das Pentagon wird sich freuen, zugegeben zu haben, es bestehe eine Chance von eins zu zehntausend, daß die Sicherheitsvorkehrungen unterlaufen worden sein könnten. Diese schwache Möglichkeit ist eingetreten. Damit erheben sich einige interessante Fragen, Sir, finden Sie nicht? Wer? Was? Warum? Wann? Nach dem Wo brauchen wir nicht zu fragen, das ist uns bereits bekannt.«

»Ich will mich ja nicht bitter oder rachlüstern äußern«, sagte Hawkins,

»denn das bin ich nicht. Na ja, ein wenig vielleicht doch. Das sollte die Herren auf Foggy Bottom oder wo immer in die Schranken verweisen und dafür sorgen, daß sie in Zukunft ein wenig höflicher und hilfsbereiter sind. An der Lage, in der wir uns hier befinden, ist also nicht nur ein amerikanisches Flugzeug schuld, sondern die Verantwortung trägt letztlich auch noch jemand in Amerika. Falls sie jemals herausfinden, wer der Schuldige ist, und das ist nicht gänzlich ausgeschlossen, werden etliche Leute hochrote Gesichter bekommen, und damit meine ich nicht nur den Halunken, der uns das hier eingebrockt hat. Ich möchte wetten, daß es ein Insider war, ein Insider, der ziemlich hoch oben sitzt und freien Zugang zu geheimen Informationen hat, auch zu so gut gehüteten Geheimnissen wie der Zusammensetzung einer solchen Ladung, Bestimmungsort, Abflugzeit und Ankunft. Glauben Sie nicht auch, Commander?«

»Ich sehe keine andere Erklärung dafür. Gut, daß das nicht meine Sorge ist. Denn das ist *ihr* Problem. *Wir* haben es hier mit einem viel größeren Problem zu tun.«

»Wie wahr, wie wahr«, seufzte Hawkins. »Was ist nun also der nächste Schritt? Ich meine, wie gehen wir vor, um diese verdammte Bombe zu bergen?«

»Ich glaube, da sollten Sie Oberbootsmann Carrington fragen, Sir, nicht mich. Carrington und Grant sind unsere Experten.«

»Ziemlich heikle Sache, Sir«, sagte Carrington. »Ein Loch in den Rumpf zu schneiden, das groß genug ist, um die Bombe da durch zu bergen, ist recht einfach. Aber bevor wir die Bombe herausholen können, müßten wir sie von ihren Klemmen befreien, und das ist das große Problem. Diese Klemmen sind aus Stahl gefertigt und mit einem Verschluß versehen. Dafür brauchen wir einen Schlüssel, und wo der steckt, wissen wir nicht.«

»Vielleicht«, meinte Hawkins, »haben sie ihn auf der Raketenbasis, auf die diese Bomben gebracht werden sollten.«

»Bei allem Respekt, Sir, aber das halte ich für unwahrscheinlich. Die Klemmen mußten ja auf der Air Force-Basis, wo die Bomben geladen wurden, verschlossen werden. Also mußten sie den Schlüssel dort haben. Viel einleuchtender wäre, glaube ich, daß sie den Schlüssel mitgenommen haben. Das dumme ist nur: So ein Schlüssel ist sehr klein, und der Bomber da unten ist ziemlich groß.

Ohne Schlüssel läßt sich so eine Klemme auf zwei Weisen lösen. Zum ersten chemisch, mit einem Metallweichmacher oder mit einem Ätzmittel. Mit Metallweichmachern arbeiten Zauberkünstler, die bei ihren Bühnenauftritten Löffel verbiegen oder so.«

»Zauberkünstler?« sagte Hawkins. »Scharlatane, meinen Sie.«

»Was auch immer. Die Arbeitsweise bleibt sich gleich. Sie nehmen eine farblose Paste, die über die merkwürdige Eigenschaft verfügt, daß sie die Molekularstruktur von Metall verändert und dieses biegbar macht. Ein Ätzmittel ist einfach eine starke Säure, die sich durch den Stahl hindurchfrißt. Davon gibt es jede Menge auf dem Markt. Aber in diesem Fall haben sowohl Weichmacher als auch Ätzmittel einen Nachteil: Man kann sie nicht unter Wasser verwenden.«

»Sie sagten, es gebe zwei Methoden, die Klemmen zu lösen«, sagte Hawkins. »Welches ist die zweite?«

»Mit einem Schweißbrenner, Sir. Wird mit jeder Klemme im Handumdrehen fertig. Noch schneller fertig ist jedoch, fürchte ich, derjenige, der ein solches Gerät bedient. Diese Schweißbrenner entwickeln eine enorme Hitze, und ich könnte mir vorstellen, daß man schon beim Gedanken daran, einen solchen Schweißbrenner bei einer Atombombe betätigen zu müssen, reif für die Klapsmühle werden könnte.«

Hawkins blickte Wickram an. »Irgendein Kommentar?«

»Nein. Keiner.«

»Ich will mich ja nicht beklagen, Carrington«, sagte Hawkins. »Aber Ihre Ausführungen sind nicht sehr ermutigend. Es läuft wohl darauf hinaus, daß Sie uns vorschlagen, auf das Eintreffen der *Kilcharran* zu warten und darauf, daß diese das verdammte Ding hochholt.«

»Ja, Sir.« Carrington zögerte. »Aber die Sache hat auch einen Haken.«

»Auch einen Haken?« sagte Talbot. »Sie meinen, daß das Ticken aufhören könnte, während die *Kilcharran* mit ihrem Hebekran in aller Eile den Bomber heraufhievt?«

»Ja, Sir.«

»Ein Bagatellproblem. Es gibt kein Bagatellproblem gleich welcher Art, das die an Bord der *Ariadne* versammelte Intelligenz nicht zu lösen vermöchte.« Er wandte sich an Denholm. »Wissen Sie, was da zu tun ist, Lieutenant?«

»Ja, Sir.«

»Und was, Sir?« Carringtons Stimme klang zweifelnd, wenn nicht sogar ganz und gar ungläubig, was jedoch verzeihlich war; Lieutenant Denholm sah nicht aus wie jemand, der in solchen Dingen Rat weiß.

Talbot lächelte. »Vorsichtig gesagt, Oberbootsmann, man sollte Lieutenant Denholms Fähigkeiten in diesen Dingen nicht anzweifeln. Er kennt sich im Bereich Elektrik und Elektronik besser aus als jeder andere im Mittelmeerraum.«

»Es ist ganz einfach, Chef«, sagte Denholm. »Wir koppeln die gesamte Batteriekraft der *Ariadne* mit der von der *Kilcharran*. Die Winden der *Kilcharran* arbeiten wahrscheinlich mit Dieselmotor. Vielleicht gelingt es uns, sie auf Elektroantrieb umzustellen, vielleicht aber auch nicht. Wenn nicht, ist es auch nicht schlimm. Wir haben elektrisch betriebene Ankerwinden an Bord der *Ariadne*.«

»Ja, aber – wenn Sie einen Ihrer beiden Anker lösen, würden Sie doch anfangen zu treiben, oder nicht.«

»Nein, das würden wir nicht. Ein Bergungsschiff verfügt normalerweise über vier schräg ausgeworfene Anker, mit denen es sich genau über jeder beliebigen Stelle des Meeresbodens vertäuen läßt. Wir machen die *Ariadne* einfach an der *Kilcharran* fest. Das ist alles.«

»Ich schneide wohl nicht eben gut ab, wie? Dennoch ein letzter Einwand, Sir. Ein dummer wahrscheinlich. Ein Anker ist nur ein Anker. Dieser Bomber hingegen wiegt mit seiner Ladung vermutlich über hundert Tonnen. Ich meine, das ist ein ganz schönes Gewicht.«

»An Bord von Bergungsschiffen gibt es Luftkissen. Wir befestigen sie am Rumpf des Flugzeugs und blasen sie mit Preßluft auf, bis Auftriebs- und Schwerkraft sich ausgleichen.«

»Ich gebe auf«, sagte Carrington, »und beschränke mich lieber aufs Tauchen.«

»Also drehen wir Däumchen, bis die *Kilcharran* eintrifft«, sagte Hawkins. »Sie jedoch vermutlich nicht, Commander?«

»Nein. Ich denke, ich werde mir mal die *Delos* anschauen, Sir.«

5

Sie waren ungefähr eine Meile weit gerudert, als Talbot auf der *Ariadne* anrief. Er sprach kurz, hörte einen Moment zu und wandte sich dann an McKenzie, der an der Ruderpinne saß.

»Ruder rein. Die Uhr tickt noch, also können wir, glaube ich, den Motor starten. Erst mal langsam. Aus dieser Entfernung könnten wir die Bombe vermutlich nicht zünden, selbst wenn sie schon scharf wäre, aber keine unnützen Risiken. Kurs 095.«

Sie waren zu neunt im Boot – Talbot, Van Gelder, die beiden Taucher, McKenzie und die vier Seeleute, die sie bisher gerudert hatten und erst wieder für die letzte Meile der Rückfahrt gebraucht wurden.

Etwa vierzig Minuten später ging Van Gelder mit einem tragbaren Suchscheinwerfer nach vorne in den Bug. In einer so klaren Nacht wie dieser konnte man mit der Lampe über eine Meile weit sehen; sie war jedoch wahrscheinlich gar nicht nötig, denn am Himmel strahlte ein Dreiviertel-Mond, und Talbot konnte mit seinem Nachtfernglas deutlich das Kloster und die Radarstation auf dem Berg Elias ausmachen. Van Gelder kehrte binnen Minuten zurück und reichte den Scheinwerfer an McKenzie weiter.

»Da. Genau an Backbord, Chief.«

»Ja. Ich sehe sie«, sagte McKenzie. Im vereinten Licht des Mondes und des Scheinwerfers war die gelbe Boje klar zu sehen. »Soll ich ankern?«

»Nicht nötig«, sagte Talbot. »Keine Strömung, die der Rede wert wäre, und kein Wind. Machen Sie einfach an der Boje fest.«

McKenzie tat, wie ihm geheißen, und die vier Taucher ließen sich seitlich über Bord gleiten und standen knapp über eine Stunde nach Verlassen der *Ariadne* auf dem Deck der *Delos*. Carrington und Grant verschwanden im vorderen Niedergang, Talbot und Van Gelder nahmen den hinteren.

Talbot machte sich nicht die Mühe, die hintere Kabine zu besichtigen. Da waren die beiden Mädchen untergebracht gewesen, und er wußte, daß es da nichts Interessantes für ihn zu entdecken gab. Er sah sich den toten Maschinisten an beziehungsweise den Mann, den Van Gelder wegen des blauen Overalls für den Maschinisten gehalten hatte, und unterzog die Rückseite seines Kopfes einer sorgfältigen Untersuchung. Der Hinterkopf war nicht eingeschlagen, und in der Umgebung der tiefen offenen Wunde in der Kopfhaut gab es keine Anzeichen von einer Prellung oder von Blut. Er gesellte sich wieder zu Van Gelder, der schon in den Maschinenraum vorgedrungen war.

Jetzt gab es da natürlich keinen Rauch mehr und auch nur noch geringfügige Spuren von Öl. Im Licht der Taschenlampen war die Sicht gut, so gut, wie man sie sich nur wünschen konnte, und so brauchten sie nur zwei Minuten, um ihre Untersuchungen durchzuführen – wenn man nicht gerade nach einem versteckten Maschinenschaden sucht, gibt es in einem Maschinenraum nicht eben viel zu finden. Auf dem Rückweg nach draußen öffneten sie einen Werkzeugkasten und entnahmen ihm beide je ein langes, schlankes Stemmeisen.

Als sie auf der Brücke anlangten, fanden sie, daß diese genauso aussah, wie sie es von der Brücke einer solchen Jacht erwartet hätten – überladen mit einer Vielzahl teurer und großenteils überflüssiger Navigationshilfen, aber ansonsten völlig unauffällig. Nur eines zog Talbots Aufmerksamkeit an: ein Holzschrank am hinteren Schott. Er war abgeschlossen, aber da er davon ausging, daß Andropulos ihn nun nicht mehr brauchen würde, stemmte Talbot ihn mit dem Brecheisen auf. Er enthielt nichts weiter als die Schiffspapiere und das Schiffstagebuch.

Eine Tür an Backbord desselben Schotts führte in eine Mischung aus Funkraum und Kartenzimmer. Der Kartenraumteil enthielt nichts, das da nicht hingehört hätte; das galt auch für einen abgeschlossenen Schrank, den Talbot in der gleichen rüden Manier öffnete wie den auf der Brücke: Er enthielt nichts als Segelhandbücher. Andropulos schien sich daran gewöhnt zu haben, Schränke abzuschließen. Das Funkgerät war ein Standard-RCA-Gerät. Sie kehrten um.

Sie fanden Carrington und Grant im Salon, wo die beiden bereits auf sie warteten. Carrington trug etwas bei sich, das einem Kofferradio glich. Grant hatte eine schwarze Metallbox, die etwa 35 mal 45 Zentimeter maß und sieben bis acht Zentimeter hoch war. Carrington näherte sich mit seinem Taucherhelm dem von Talbot.

»Alles, was wir gefunden haben. Alles, was von Interesse sein könnte, meine ich.«

»Wir haben genug gefunden.«

»Ihre Untersuchungen scheinen unter dem Motto ›Eile tut not‹ zu stehen, Commander«, sagte Hawkins. Er saß mit einem Glas in der Hand Talbot gegenüber am Tisch in der Offiziersmesse. »Sie haben auf Ihre Untersuchungen unter Wasser wirklich bemerkenswert wenig Zeit verschwendet.«

»Man kann in sehr kurzer Zeit hochinteressante Dinge herausfinden, Sir. Zu viele sogar, was einige Leute betrifft.«

»Meinen Sie damit unsere schiffbrüchigen Freunde?«

»Wen sonst? Fünf Dinge, Sir. Van Gelder hatte recht: Bei der klaffenden Wunde am Kopf des Maschinisten fanden sich weder Anzeichen von einer Prellung noch von Blut. Eine Untersuchung des Maschinenraums ergab, daß es da weder Vorsprünge, Winkelträger noch scharfe metallische Kanten gab, von denen die Verletzung herrühren konnte. Indizienbeweise, ich weiß. Aber sie sprechen dafür, daß der Maschinist mit einem schweren metallischen Instrument erschlagen wurde. Davon gibt es im Maschinenraum mehr als genug. Wir haben natürlich keinerlei Beweise dafür, wer der Täter war.

Zweitens hat Ihnen der Eigentümer der *Delos*, fürchte ich, einen Bären aufgebunden, Admiral. Er hat behauptet, er habe die *Delos* aufgegeben, weil er befürchtet habe, der Reservetank könne auch explodieren. Einen solchen Tank gibt es nicht.«

»Ach, interessant. Sieht für Andropulos nicht gerade gut aus.«

»In der Tat. Er könnte natürlich noch immer behaupten, er habe sich im Maschinenraum nicht so ausgekannt und einfach angenommen, daß es einen Reservetank geben müsse. Oder er habe in der Panik aus Sorge um seine geliebte Nichte ganz vergessen, daß es einen solchen Tank nicht gibt. Er ist ein gewiefter Bursche, das steht fest. Und wir wissen, daß er ein recht guter Schauspieler ist und sich vor Gericht beherzt und glaubhaft verteidigen könnte. Aber er hätte wohl kaum überzeugende Argumente zu seiner Verteidigung dafür zur Hand, wenn man ihm zur Last legte, daß die Explosion nicht einfach so von sich aus erfolgte – es sei denn, man betrachtet die Explosion einer Bombe, wahrscheinlich einer Plastikbombe, unter dem Haupttreibstofftank als naturgegeben.«

»Möchte wissen, wie er sich da herausreden will. Sie sind sich Ihrer Sache ganz sicher?«

»Wir sind gebrannte Kinder, Sir«, sagte Van Gelder. »Der Captain und ich kennen uns mittlerweile mit der Wirkung von Sprengstoff bei Metallen recht gut aus. Bei dem Bomber war das Metall des Rumpfes nach außen verbogen. Hier war das Metall des Treibstofftanks nach innen verbogen.«

»Wir sind natürlich keine Sprengstoffexperten, Sir«, sagte Talbot. »Aber es sieht so aus, als wäre Andropulos das auch nicht.« Er nickte Carrington und Grant zu. »Aber diese beiden Herren da – die kennen sich damit aus. Wir haben uns unterwegs darüber unterhalten. Sie haben den Verdacht, daß Andropulos – oder, falls nicht Andropulos, dann vielleicht Alexander oder Aristoteles – aus amateurhafter Unkenntnis einen entscheidenden Fehler begangen hat. Sie sagen, der Schurke, der das getan hat, gleichgültig wer, hätte etwas nehmen müssen, das sie als nach innen gerichtete Hohlladung oder so ähnlich bezeichnen, und sie sagten ferner, er hätte das Ganze mit einer magnetischen Klemme an der Unterseite des Tanks befestigen müssen, dann wäre die Sprengladung zu neunzig Prozent nach oben losgegangen. Es scheint so, als hätte er nicht über solche Mittel verfügt.«

Hawkins blickte Carrington an. »Sind Sie sich dessen sicher, Chief?«

»So sicher, wie man es nur sein kann, Sir. Wir wissen, daß er keine Hohlladung benutzt haben kann. Die Sprengladung muß flach, rund oder zylindrisch gewesen sein; jedenfalls ist sie gleichförmig in alle Richtungen losgegangen. Grant und ich sind überzeugt, daß er die Jacht nicht absichtlich versenken wollte, sondern einfach aus Unkenntnis ein Loch in den Boden gesprengt hat.«

»Wenn es dabei nicht drei Tote gegeben hätte, könnte man das fast als komisch empfinden. So wie es ist, muß man einräumen, daß das Leben voller kleiner Ironien und Tücken steckt. Was ist das, was Sie da vor sich haben, Carrington?«

»Eine Art Funkgerät, Sir. Habe es aus der Kapitänskajüte.«

Talbot blickte Denholm an. »Ein normales Radio?«

»Nicht ganz.« Denholm nahm das Radio und untersuchte es kurz. »Ein Sender-Empfänger. Das heißt, man kann damit sowohl senden als auch empfangen. Davon gibt es hier in der Gegend Hunderte, Tausende; sie sind hier üblich im Bord-Land-Funkverkehr auf Privatjachten. Werden auch bei geologischen und seismologischen Untersuchungen verwendet und beim Häuserbau. Auch zur Fernauslösung von Explosionen.« Er legte eine Pause ein und blickte kurzsichtig in die Runde. »Ich will ja nicht unken, aber damit ließe sich auch die Zündung einer Sprengladung an Bord eines amerikanischen Bombers auslösen.«

Es trat eine kurze Stille ein, dann sagte Hawkins: »Ich will mich nicht beklagen, Denholm, aber Sie haben eine Neigung, die Dinge immer noch mehr zu komplizieren.«

»Ich habe gesagt ›ließe sich die Zündung auslösen‹, Sir, nicht ›damit ist die Zündung ausgelöst worden‹. Doch wenn ich es recht bedenke, würde ich angesichts der mysteriösen und unerklärlichen Umstände die letztere Formulierung vorziehen. Wenn es so wäre, würde uns das natürlich noch mehr Rätsel aufgeben. Wie konnte Andropulos oder wer sonst immer wissen, wann und von wo dieser Bomber losfliegen würde? Woher kannte er die Radiofrequenz, mit der sich die Sprengladung zünden ließ? Und dann ist da natürlich auch noch die Frage nach dem Warum.«

Diesmal dauerte das Schweigen erheblich länger. Schließlich meinte Hawkins: »Vielleicht tun wir Andropulos unrecht. Vielleicht ist Alexander der Hauptschurke.«

»Unmöglich, Sir«, erklärte Van Gelder entschieden. »Andropulos hat uns die Lüge mit dem Reservetank aufgetischt. Er steht in Verbindung mit den großen Waffenhandelszentren. Die Tatsache, daß Alexander das Radio in seiner Kabine hatte, ist ohne Bedeutung. Ich könnte mir vorstellen, daß Irene Charial hin und wieder ihren Onkel in seiner Kabine besuchte und daß er nicht von ihr gefragt werden wollte: ›Wozu brauchst du noch ein zweites Radio in deiner Kabine, Onkel?‹ Ich kann mir kaum denken, daß es ihr je in den Sinn gekommen wäre, Alexander zu besuchen. Also hatte Alexander das Radio bei sich in Verwahrung.«

»Sie sprachen die Möglichkeit eines Insiders auf dieser Air Force-Basis in Amerika an, Sir«, sagte Talbot. »Ich glaube, wir müssen in Begriffen einer ganzen Truppe von Insidern denken. Würden Sie bitte Meldungen ans Pentagon, den Air Force Intelligence Service und die CIA aufsetzen? Schön scharf und ätzend? Ich könnte mir vorstellen, Sir, daß die da drüben inzwischen der Gedanke an weitere Meldungen von der *Ariadne* das Fürchten lehrt. Daß Sie nach Washington gehen und an einem Beliebtheitswettbewerb teilnehmen, hätte, glaube ich, wenig Sinn.«

»Ja, ja, die Pfeil' und Schleudern des wütenden Geschicks . . . Wir sind es gewohnt, daß man uns unrecht tut. Was haben Sie da in diesem Kasten?«

»Den hat Obermaat Grant in Andropulos' Kabine gefunden. Wir haben ihn noch nicht geöffnet.« Er öffnete die beiden Federbügel, was nicht ganz einfach war, und hob den Deckel hoch. »Wasserdicht, Donnerwetter!« Er besah sich den Inhalt. »Sagt mir nichts.«

Hawkins nahm ihm den Kasten aus der Hand, nahm einige Blatt Papier heraus und ein Taschenbuch, betrachtete sie kurz und schüttelte den Kopf. »Ich kann auch nichts damit anfangen. Denholm?«

Denholm blätterte in den Papieren herum. »Griechisch, natürlich. Sieht aus wie eine Liste von Namen, Adressen und Telefonnummern. Aber ich werde nicht schlau daraus.«

»Ich dachte, Sie können Griechisch.«

»Ja. Kann ich auch. Aber kein verschlüsseltes Griechisch. Und das ist das hier – verschlüsselt.«

»Verschlüsselt! O verdammt, zur Hölle damit!« Hawkins wirkte sehr aufgebracht. »Das könnte wichtig sein. Lebenswichtig.«

»Höchstwahrscheinlich, Sir.« Denholm sah sich das Taschenbuch an. »Homers *Odyssee.* Ich könnte mir denken, daß es nicht rein zufällig mit hier drin war. Wenn wir wüßten, was für eine Verbindung zwischen diesen Gesängen und dem besteht, was auf diesen Blättern steht, dann wäre es kinderleicht, den Code zu knacken. Aber wir kennen den Schlüssel nicht. Den hat Andropulos in seinem Kopf. Anagramme und Worträtsel sind nicht meine Stärke. Ich bin kein Kryptologe.«

Hawkins blickte nachdenklich Talbot an. »Sie haben nicht zufällig einen Codeknacker in Ihrer bunten Crew an Bord?«

»Nicht, daß ich wüßte. Und mit Sicherheit niemanden, der einen griechischen Code knacken könnte. Dürfte jedoch nicht allzu schwierig sein, einen zu finden, könnte ich mir denken. Das griechische Verteidigungsministerium und dessen Secret Service müssen einen Entschlüsselungsspezialisten in ihrem Stab haben. Nur einen Funkspruch und eine halbe Flugstunde weit weg von hier, Sir.«

Hawkins warf einen Blick auf seine Uhr. »Es ist zwei Uhr morgens. Um diese Zeit liegen alle gottesfürchtigen Kryptologen im Bett.«

»Alle gottesfürchtigen Admirale auch«, sagte Denholm. »Übrigens, meinem Freund Wotherspoon hat es nichts ausgemacht, daß ich ihn vor einer Stunde aus dem Bett aufgescheucht habe . . .«

Talbot sagte: »Wer ist Wotherspoon, wenn ich mal vorsichtig fragen darf?«

»Professor Wotherspoon. Mein Freund mit dem ägäischen Lugger. Sie haben mich doch gebeten, mit ihm Kontakt aufzunehmen, erinnern Sie sich? Lebt auf Naxos, sieben bis acht Segelstunden von hier. Er hat sich gleich auf den Weg gemacht mit seiner *Angelina.*«

»Sehr anständig von ihm, muß ich sagen. *Angelina*? Was für ein merkwürdiger Name.«

»Das sollten Sie ihn lieber nicht hören lassen, Sir. Ist der Name seines Luggers. Alter, ehrwürdiger griechischer Name. Auch der Name seiner Frau. Einer entzückenden Person.«

»Ist er – wie soll ich es audrücken? – ein wenig exzentrisch?«

»Das hängt ganz davon ab, was Sie darunter verstehen. Er findet, daß alle anderen etwas exzentrisch sind.«

»Ein Professor? Was für ein Professor?«

»Der Archäologie. Das hat er gelehrt. Jetzt ist er emeritiert.«

»Emeritiert? Ach du lieber Himmel! Ich meine, haben wir ein Recht, einen älteren Archäologen in diese Sache hineinzuziehen?«

»Das sollten Sie ihn auch nicht hören lassen, Sir. Er ist kein älterer Herr. Sein Alter Herr hat ihm ein Vermögen hinterlassen.«

»Haben Sie ihn auch gewarnt, wie gefährlich das Ganze ist?«

»So offen, wie ich konnte. Schien ihn zu amüsieren. Sagte, seine Vorfahren hätten bei Agincourt und Crécy gekämpft. Oder etwas in dieser Art.«

»Was man einem pensionierten Archäologen zumuten kann, ist auch einem griechischen Kryptologen zuzumuten«, meinte Hawkins. »Auch wenn ich diese Schlußfolgerung nicht ganz nachvollziehen kann. Wenn Sie also so gut sein würden, Commander?«

»Wir werden gleich einen Funkspruch nach Athen senden. Zwei Dinge noch, Sir. Ich schlage vor, wir lassen Andropulos und seine Freunde zum Frühstück wieder heraus und dann auf freiem Fuß. Sicher, wir haben etliches, was sie belastet, aber wir haben noch keine schlüssigen Beweise, und die drei A's – Andropulos, Aristoteles und Alexander – sind so verschwiegen und werden, da können wir sicher sein, sich uns nicht offenbaren und uns nichts verraten. Aber vielleicht reden sie offener, wenn sie unter sich sind. Lieutenant Denholm wird sich unauffällig in ihrer Nähe aufhalten und ihnen lauschen. Sie wissen nicht, daß er Griechisch genauso gut spricht wie sie selber. Number One, würden Sie bitte McKenzie auftragen, die vier Seeleute, die heute nacht mit uns unterwegs waren, unter Androhung schärfster Strafen zu ermahnen, daß sie unter gar keinen Umständen darüber reden dürfen, daß wir auf der *Delos* waren. Und noch eines. Wenn dieser Kryptograph eintrifft, das wird nicht unbemerkt bleiben.«

»Das ist kein Kryptograph«, sagte Van Gelder. »Lieutenant Denholm in allen Ehren, aber das ist ein ziviler Elektronikfachmann, der herkommt, um irgendeinen abstrusen Fehler in der Elektronik zu reparieren, mit dem Denholm nicht fertig wird. Das ist auch ein hervorragender Vorwand dafür, daß er Denholms Kabine benutzt, wenn er sich ans Entschlüsseln begibt.«

»Hm. Vielen Dank!« Denholm lächelte und wandte sich an Talbot.

»Wenn Sie erlauben, Sir, würde ich mich dann jetzt gerne zurückziehen und etwas schlafen, bevor dieser Hochstapler kommt.«

»Gute Idee. Vizeadmiral Hawkins, Professor Benson, Dr. Wickram, ich schlage vor, Sie folgen seinem Beispiel. Ich verspreche Ihnen, daß wir Sie wachrütteln, wenn sich neue widrige Umstände ergeben.«

»In Ordnung«, sagte Hawkins. »Nach einem gemeinsamen Schlummertrunk. *Und* nachdem Sie Ihren Funkspruch nach Athen geschickt haben und ich eine den Umständen angemessen aufrüttelnde Meldung an den Vorsitzenden der Joint Chiefs of Staff in Washington aufgesetzt habe.«

»Aufrüttelnd?«

»Natürlich. Warum soll ich der einzige sein, der an Schlaflosigkeit leidet? Ich werde ihm mitteilen, daß wir allen Grund zu der Annahme haben, an Bord des Bombers habe sich eine eingeschmuggelte Sprengstoffladung befunden. Die Detonation sei per Funk ausgelöst worden und der Bösewicht, der dafür verantwortlich sei, befinde sich vermutlich hier in unseren Händen. Grund zu der Annahme, nicht Beweise. Ich werde den Namen Andropulos erwähnen und Auskunft verlangen, woher er wissen konnte, wann und von wo der Bomber abflog. Wie er wissen konnte, was er geladen hatte? Wie es möglich war, daß diese Sprengladung an Bord geschmuggelt wurde? Woher er wissen konnte, mit welcher Radiowellenlänge sie gezündet werden konnte? Ich werde vorschlagen, unsere Befürchtungen sofort weiterzugeben ans Weiße Haus, den Air Force Intelligence Service, die CIA und das FBI. Ich werde zu verstehen geben, daß Andropulos Informationen der höchsten, strengsten Geheimhaltungsstufe von einem sehr hochstehenden Beamten bekommen haben muß, was die Zahl derer, unter denen sie ihre Nachforschungen anzustellen hätten, stark eingrenze. Ferner werde ich zu verstehen geben, daß sich der Verräter wahrscheinlich in seinem eigenen Verantwortungsbereich, dem Pentagon, befindet.«

»Das wird wirklich einigen Wirbel machen. Deutlicher geht's nicht, könnte man sagen.« Talbot legte eine Pause ein. »Aber ist Ihnen schon mal der Gedanke gekommen, Admiral Hawkins, daß Sie damit auch Ihre eigene Karriere aufs Spiel setzen?«

»Nur wenn ich mich irre.«

»Nur wenn wir uns irren.«

»Unter den Umständen ist das nebensächlich. Sie würden nicht anders handeln.«

»Fünf Uhr, Sir.« Talbot erwachte in seiner Kabine hinter der Brücke und sah Van Gelder über sich gebeugt. »Die *Kilcharran* ist nur noch drei Meilen von uns entfernt.«

»Was sagt das Sonar?«

»Das Ticken ist noch da, Sir. Captain Montgomery sagt, er wird seine Maschinen stoppen, wenn er eine halbe Meile weiter ist. Kann uns klar sehen und schätzt, daß er mehr oder weniger längsseits von uns zum Liegen kommt. Er sagt, wenn er übers Ziel hinausschießt, will er einen Seeanker benutzen oder einen Heckanker ausbringen, und wenn er es nicht bis zu uns schafft, will er eine Mannschaft mit Seil zu uns rüberschicken. Seinen Worten nach zu schließen, scheint er sowohl die eine als auch die andere Möglichkeit nur für entfernt denkbar zu halten. Er wirkt nicht eben schüchtern oder so, als hätte er Komplexe.«

»Das gleiche entnahm ich auch den Worten des Admirals. Ist unser Kryptologe eingetroffen?«

»Ja. Heißt Theodor. Spricht perfekt Englisch, ist aber vermutlich Grieche. Hat sich in Denholms Kabine niedergelassen. Denholm ist oben in der Offiziersmesse und versucht, noch ein wenig Schlaf zu bekommen.« Van Gelder verstummte und nahm von einem Seemann, der in der Tür erschienen war, ein Blatt Papier entgegen, warf einen kurzen Blick darauf und reichte es wortlos an Talbot weiter. Auch er überflog es, murmelte lautlos etwas vor sich hin und schwang seine Beine an Deck.

»Seinen Versuch, noch ein wenig Schlaf zu bekommen, muß er auf später verschieben. Sagen Sie ihm, er soll sofort zu uns in die Admiralskabine kommen.«

Vizeadmiral Hawkins saß im Pyjama und mit Kissen im Rücken gegen seine Kojenrückwand gelehnt da, blickte finster auf die Meldung in seiner Hand und reichte sie dann an Denholm weiter. »Pentagon. Kein Absender. Dieses Krytron-Gerät, von dem Sie sprachen.«

»Wenn ich ein aufbrausender Mensch wäre, was ich nicht bin, würde mich dies hier mit Sicherheit zur Weißglut bringen.« Denholm las die Nachricht noch einmal. »›Krytron-Versuchsgerät scheint lieferbar. Versuchen Expedierung mit schnellstmöglicher Zoll- und Flugsicherungsabfertigung.‹ Welch krauses Amtskauderwelsch, Sir. Der Verfasser ist entweder unwissend und dumm, oder er hält sich für schlau. Vermutlich alles auf einmal. Was meint er mit ›versuchen‹? Entweder es geht oder es geht nicht. Was meint er mit ›scheint‹? Entweder er weiß es oder er weiß es nicht. Und entweder ist es lieferbar oder nicht. Expedierung? Heißt, sich um eine beschleunigte Abfertigung bemühen. Das Pentagon expediert nicht. Es verlangt sofortige Erledigung. Das gleiche gilt für ›schnellstmöglich‹. Auch hier müßte es heißen sofortige. Was heißt Zoll- und Flugsicherungsabfertigung? Das Pentagon kriegt da alles durch, was es will. Und was meinen sie mit ›Versuchsgerät‹? Entweder es funktioniert oder es funktioniert nicht. Und diese Formulierung ›scheint lieferbar‹ – hat das nicht etwas völlig Vages an sich? Unverständliches, schwülstiges Amtskauderwelsch, Sir.«

»Jimmy hat recht, Sir«, sagte Talbot. »Das ist empörend. Abwimmel- und Hinhaltemanöver. In Wirklichkeit heißt das nichts anderes, als daß sie ihr neuestes Spielzeug nicht einmal ihrem engsten Verbündeten anvertrauen wollen, weil wir es dem erstbesten Russen verkaufen könnten, der uns über den Weg läuft.«

»Das ist stark!« sagte Denholm. »Wirklich großartig. Die Amerikaner drängen den Contras in Nicaragua und den Rebellen, die in Angola gegen das marxistische Regime kämpfen, ihre Stinger-Boden-Luft-Raketen regelrecht auf. Es ist kein Geheimnis, daß sich in diesen Guerillabanden ein gehöriger Prozentsatz an Leuten befindet, die ebenso schlimm und unerfreulich sind wie die Regierungen, die sie angeblich bekämpfen. Und es ist auch bekannt, daß diese Leute nicht zögern würden, diese 60 000-Dollar-Raketen zu einem Bruchteil dessen, was sie gekostet haben, an jeden Terroristen, der gerade des Wegs kommt, zu verkaufen, der wiederum nicht zaudern würde, eine dieser Raketen auf eine vorüberfliegende Boeing 747 abzufeuern, am liebsten eine mit fünfhundert Amerikanern an Bord. Aber das findet die amerikanische Regierung mit ihren *Ad-hoc*-Reaktionen, die sie als auswärtige Regierung ausgibt, völlig in Ordnung. Aber es ist für sie undenkbar, das Krytron den Händen ihres ältesten Verbündeten anzuvertrauen. – Das macht mich krank.«

»Mich macht es wütend«, sagte Hawkins. »Erteilen wir ihnen doch mal eine Lektion, was deutliches, unmißverständliches Englisch heißt. ›Nicht namentlich abgezeichnete Nachricht erhalten. Sinnloses Amtskauderwelsch, um uns hinzuhalten. Verlangen sofortige, wiederhole, sofortige, wiederhole nochmals, sofortige Zusendung des Krytron oder sofortige, wiederhole, sofortige, wiederhole nochmals, sofortige Erklärung, warum nicht möglich. Absender obiger Nachricht und alle für weitere Verzögerungen zuständige Personen werden im Eventualfall direkt verantwortlich gemacht für Tausende von Todesopfern. Können Sie sich die Reaktion vorstellen, wenn die Welt erfährt, daß Amerika nicht nur die Schuld an diesem möglichen Desaster trägt, sondern daß die Verräter mit ziemlicher Sicherheit in den höchsten militärischen Rängen Amerikas zu suchen sind? Eine Kopie dieses Funkspruchs geht direkt an den Präsidenten der Vereinigten Staaten.‹ Das müßte reichen, meinen Sie nicht auch?«

»Sie hätten es vielleicht noch ein wenig stärker formulieren können, Sir«, sagte Talbot, »aber ich hätte den Rest der Nacht damit verbringen müssen, darüber nachzudenken, wie. Sie sprachen früher davon, daß die Sache einigen Köpfen am Potomac eine schlaflose Nacht bereiten sollte. Ich denke, jetzt kann man davon ausgehen, daß am Potomac Köpfe rollen werden. Wenn ich an Ihrer Stelle wäre, Sir, würde ich mich für einige Zeit nicht in Washington blicken lassen – womit ich meine, Sie sollten es für den Rest Ihres Lebens nicht tun.« Er erhob sich. »In ein paar Minuten kommt die *Kilcharran* längsseits. Gehe ich recht in der Annahme, daß Sie es nicht sonderlich eilig haben, Captain Montgomery zu begrüßen?«

»Ja, mit der Annahme haben Sie recht. Ist eben keine christliche Nächstenliebe in mir.« Er blickte auf seine Uhr. »Fünf Uhr fünfzehn. Meine Empfehlungen an den Captain. Und richten Sie ihm aus, ich erwarte ihn zum Frühstück. Sagen wir, um acht Uhr dreißig. Hier in meiner Kabine.«

Captain Montgomery brachte es fertig, die *Kilcharran* durch Zufall oder Können – Talbot war sicher, durch Können – absolut fehlerlos genau direkt neben der *Ariadne* zum Stillstand kommen zu lassen. Talbot stieg hinüber – die Decks befanden sich ziemlich genau auf einer Höhe – und begab sich auf die Brücke. Captain Montgomery war ein großer, stämmiger Mann mit buschigem, schwarzem Bart, weißen Zähnen, leicht gebogener Nase und humorvollen Augen; er hätte trotz seiner makellos geschnittenen Uniform mit vier goldenen Tressen an beiden Ärmeln leicht als wohlhabender, freundlicher karibischer Pirat des achtzehnten Jahrhunderts durchgehen können. Er streckte ihm eine Hand entgegen.

»Sie müssen Commander Talbot sein.« Seine Stimme war tief, die irische Aussprache des Englischen unüberhörbar. »Willkommen an Bord. Hat sich die Situation irgendwie verschlechtert?«

»Nein. Aber die einzig mögliche Verschlechterung, Captain, mag ich mir auch nicht vorstellen.«

»Mit Recht. Mir würde man auch sehr nachtrauern auf den Mountains of Mourne. Da sind wir ganz groß, im Weinen, Jammern und Wehklagen. – Tickt diese Atombombe noch, oder was immer es ist?«

»Ja. Das könnte man, denke ich, wohl auch als Verschlechterung der Lage bezeichnen, wenn das Ticken aufhört. Sie hätten nicht herkommen sollen, Captain. Sie hätten sich in den Golf von Korinth verdrücken sollen – da hätten Sie eine Chance gehabt.«

»Das habe ich nicht eine Sekunde in Erwägung gezogen. Das hat weder mit Heroismus zu tun noch damit, daß ich keinen Spaß am Leben hätte. Ich konnte nur einfach nicht den Gedanken ertragen, was dieser Kerl da über mich sagen würde.«

»Meinen Sie Vizeadmiral Hawkins?«

»Genau den. Beschimpft mich und macht mich schlecht, wo er nur kann, möchte ich wetten.«

»Kann man eigentlich nicht sagen.« Talbot lächelte. »Er hat allerdings, wohlgemerkt, beiläufig einige Bemerkungen darüber fallen lassen, daß Sie etwas gegen bestimmte Marinevorschriften hätten. Er hat aber auch gesagt, daß Sie der Beste auf Ihrem Gebiet sind.«

»Na ja. Ein fairer Mann und ein verdammt guter Admiral – aber erzählen Sie ihm ja nicht, daß ich das gesagt habe. Ich schlage vor, Kaffee in meiner Kabine, Commander. Und vielleicht besitzen Sie dann die Freundlichkeit, mir alles zu erzählen, was Sie wissen.«

»Das dürfte nicht lange dauern.«

»Elf Uhr nachts«, sagte der Präsident. »Wieviel Uhr ist es da drüben?«

»Sechs Uhr früh. Wir haben sieben Stunden Zeitdifferenz.«

»Ziemlich unverblümt, dieser Admiral Hawkins.« Der Präsident blickte nachdenklich auf die beiden Meldungen, die vor ihm auf dem Schreibtisch lagen. »Sie kennen ihn selbstverständlich?«

»Ziemlich gut, Sir.«

»Ein tüchtiger Mann, General?«

»Außerordentlich tüchtig.«

»Auch außerordentlich hartnäckig und zäh, wie mir scheint.«

»Da haben Sie zweifelsohne recht, Sir. Aber das muß man auch sein, wenn man die Seestreitkräfte der NATO im Mittelmeer befehligt.«

»Und Sie – kennen Sie ihn, John?« Diese Frage richtete sich an John Heiman, den Verteidigungsminister, die einzige sonst noch anwesende Person.

»Ja. Nicht so gut wie der General, aber doch gut genug, um der Beurteilung des Generals zuzustimmen.«

»Ein Jammer, daß ich ihn nie kennengelernt habe. Wer hat ihn für diesen Job vorgeschlagen, General?«

»Das übliche NATO-Komitee.«

»Dem Sie natürlich auch angehörten?«

»Ja. Ich war der Vorsitzende.«

»Ah. Der Mann mit der entscheidenden Stimme?«

»Nein, eine solche Stimme gab es nicht. Die Entscheidung war einstimmig.«

»Verstehe. Er scheint eine ziemlich schlechte Meinung vom Pentagon zu haben.«

»Das sagt er eigentlich nicht. Allerdings scheint er tatsächlich von einer Person im Pentagon oder auch mehreren eine sehr schlechte Meinung zu haben. Zumindest hegt er einen bösen Verdacht.«

»Bringt Sie in eine etwas unglückliche Lage. Ich meine, das muß doch für einigen Wirbel im Taubenschlag des Pentagons gesorgt haben.«

»Ganz recht, Mr. President. Einige haben sich mächtig aufgeregt. Andere haben eine Stinkwut im Bauch. Wieder andere scheinen ernsthaft darüber nachzudenken. Insgesamt könnte man von einer allgemeinen, aber doch gefaßten Konsterniertheit sprechen.«

»Und Sie persönlich? Neigen Sie dazu, dieser unerhörten Unterstellung Glauben zu schenken?«

»Und das Undenkbare für denkbar zu halten? Mir bleibt keine andere Wahl, oder? Jeder Instinkt in mir sagt nein, es kann nicht sein. Dies sind alles Freunde von mir, langjährige Kollegen, alles ehrenwerte Männer. Aber der Instinkt kann einen täuschen, Mr. President. Der gesunde Menschenverstand und das bißchen, was ich an geschichtlichen Kenntnissen besitze, sagen mir, daß jeder Mensch seinen Preis hat. Ich muß dem nachgehen. Die Untersuchung ist bereits eingeleitet. Ich hielt es für klug, nicht die Nachrichtendienste der Streitkräfte damit zu befassen. Also das FBI. Dem Pentagon macht es nichts aus, vom FBI überprüft zu werden. Es ist eine extrem schwierige und delikate Angelegenheit, Sir.«

»Ja. Man kann schlecht zu einem Flottenadmiral gehen und ihn fragen, was er in der Nacht von Freitag, dem dreizehnten, gemacht hat. Ich wünsche Ihnen Glück.« Der Präsident blickte auf ein Blatt Papier, das vor ihm lag. »Ihre Antwort hinsichtlich des Krytron, die Hawkins' Zorn so erregt hat, scheint böse manipuliert worden zu sein.«

»Ja. Sehr böse. Dieser Sache muß ich auch nachgehen.«

»Dieses Krytron – ist es einsatzbereit?«

»Ja.«

»Und schon auf den Weg gebracht?« Der General schüttelte den Kopf. Der Präsident drückte auf einen Knopf, und ein junger Mann kam herein.

»Nehmen Sie bitte diese Meldung für den General hier auf. ›Krytron unterwegs. Wären sehr dankbar, von Ihnen über Ihre Einschätzung der Lage und die von Ihnen ergriffenen Maßnahmen auf dem laufenden gehalten zu werden. Sind uns über den extremen Ernst, die Gefahren und die Schwierigkeiten der Situation voll im klaren. Garantieren Ihnen persönlich volle und sofortige, wiederhole, sofortige, wiederhole nochmals, sofortige, Unterstützung und Kooperation bei allen von Ihnen verfügten Maßnahmen.‹ Das müßte reichen. Unterzeichnen Sie mit meinem Namen.«

»Ich hoffe, er würdigt das dreimalige ›sofortige‹«, sagte der General.

»Acht Uhr vierzig, Sir«, sagte McKenzie. »Der Admiral bittet um Entschuldigung, aber er möchte Sie gerne sprechen. Er ist in seiner Kabine, zusammen mit Captain Montgomery.«

Talbot bedankte sich, stand auf, wusch sich den Schlaf aus dem Gesicht und den Augen und machte sich auf den Weg zur Kabine des Admirals. Hawkins winkte ihm leger hemdsärmelig, sich zu ihm und Montgomery an den Frühstückstisch zu setzen.

»Kaffee? Tut mir leid, Sie zu stören, aber diese Zeiten sind uns gesandt, um uns hart zu prüfen.« Für einen hartgeprüften Mann wirkte Hawkins erstaunlich frisch, ausgeruht und entspannt, und er sprach seinem Frühstück kräftig zu. »Captain Montgomery berichtet mir gerade, welche Fortschritte er macht, und ich dachte, Sie würden sich das vielleicht auch gerne anhören. Übrigens, unser Freund, die Zeitschaltuhr, tickt noch fröhlich vor sich hin.«

»Wir machen Fortschritte«, sagte Montgomery. »Langsam, aber stetig – langsam, weil die Gegenwart Ihres Freundes, der Zeitschaltuhr, wie der Admiral das nennt, sich etwas verzögernd auswirkt. Wahrscheinlich sind einige unserer Vorsichtsmaßnahmen im akustischen Bereich völlig überflüssig. Aber wir haben es hier mit einer Teufelsmaschine zu tun, die wir nicht kennen, und wir müssen auf diese Teufelsmaschine über Gebühr Rücksicht nehmen. Unser eigenes Sonargerät ist nun auf diese Maschine ausgerichtet, und der Sonarraum der *Kilcharran* steht plötzlich im Mittelpunkt des Interesses.

Wir haben bisher zwei Dinge erreicht. Erstens: Indem wir die Batteriereserven unserer beiden Schiffe miteinander gekoppelt haben, verfügen wir über mehr als genug elektrische Leistung, um das Wrack zu heben. Ihr junger Lieutenant, dieser Denholm, sieht aus wie eine Romangestalt von P. G. Wodehouse, und er redet auch so, aber er weiß zweifellos, was er sagt. Ihr Maschinist, dieser McCafferty, ist auch keine Flasche, und meiner ist auch nicht auf den Kopf gefallen. Das ist jedenfalls kein Problem. Zweitens: Wir haben die Backbordtragfläche des Bombers abgetrennt.«

»Sie haben was?« fragte Talbot.

»Nun, Sie wissen ja, wie es ist.« Montgomery hörte sich fast so an, als wollte er sich entschuldigen. »Die Tragfläche war sowieso zu drei Vierteln abgetrennt, und ich dachte mir, daß weder Sie noch die US Air Force weiter Verwendung dafür hätten. Also haben wir sie ganz abgetrennt.« Obwohl er sich ein wenig entschuldigend anhörte, wurde doch deutlich, daß er nicht im geringsten bedauerte, was ganz allein seine Entscheidung gewesen war; er war schließlich der einzige Experte an Ort und Stelle und hatte nicht die Absicht, irgend jemanden um Rat zu fragen. »Eine schwere Entscheidung und eine knifflige Operation. Soweit ich weiß, ist bei einem großen Jet bisher noch nie unter Wasser eine Tragfläche abgetrennt worden. Darin sind die Treibstofftanks untergebracht, und obwohl es ziemlich wahrscheinlich schien, daß auch die Treibstoffleitungen kaputtgingen und der Treibstoff auslief, als die Fläche zum Teil abriß, konnte man sich dessen doch keineswegs sicher sein. Und um es noch einmal zu sagen, soweit ich weiß, war noch nie jemand mit dem Problem konfrontiert, was passiert, wenn der Strahl eines Schneidbrenners unter Wasser auf einen Tank mit Treibstoff trifft. Aber meine Leute sind sehr vorsichtig zu Werke gegangen. Es war kein Treibstoff mehr da, und es gab daher auch keine Komplikationen. Und nun, in diesem Moment, befestigen meine Leute Luftkissen und Hebeschlaufen am Flugzeug.

Das Entfernen der Tragfläche bringt uns zwei Vorteile, einen kleineren und einen größeren. Der kleinere besteht darin, daß mit der Fläche auch zwei schwere Düsentriebwerke entfallen; allerdings bin ich davon überzeugt, daß wir auch das Ganze ohne Probleme hätten heben können. Der zweite Vorteil besteht darin, daß die Fläche, wenn wir sie drangelassen hätten, gegen den Boden der *Kilcharran* gestoßen wäre und den Rumpf gekippt hätte, vielleicht sogar in einem so unglücklichen Winkel, daß es den Zugang zu dieser verdammten Bombe erschwert oder gar unmöglich gemacht hätte.«

»Gut gemacht, Captain, sehr gut«, sagte Hawkins. »Aber wenn mich nicht alles täuscht, ist da immer noch ein Problem. Wenn der Bomber an die Wasseroberfläche kommt, wird er dann nicht durch das Eigengewicht der anderen Tragfläche und das Gewicht der beiden Düsentriebwerke entsprechend in die andere Richtung kippen?«

Montgomery lächelte auf eine freundlich tolerante Art, die jeden normalen Menschen vermutlich zur Weißglut gebracht hätte. Gottlob war Hawkins kein normaler Mensch.

»Kein Problem«, sagte Montgomery. »Wir bringen auch unter dieser Tragfläche ein Luftkissen an. Wenn der Rumpf auftaucht, sind die Flächen noch unter Wasser – Sie wissen ja, wie tief sie bei den modernen Jets angebracht sind. Im ersten Stadium des Auftauchens wird sich nur das Rumpfoberteil über Wasser befinden – und wenn wir über der Stelle, wo diese Bombe liegt, ein rechteckiges Loch hineinschneiden, möchte ich, daß sich soviel Wasser wie möglich darunter befindet, damit sich die Hitze der Schneidbrenner verteilt. Nachdem wir dieses Loch hineingeschnitten haben, werden wir den Rumpf so weit herausheben, daß der größte Teil des Wassers ablaufen kann.«

»Wie lange wird das dauern, diese Luftkissen aufzublasen und die Maschine hochzuholen?«

»Eine Stunde oder zwei. Ich weiß es nicht.«

»Eine Stunde oder zwei?« Hawkins unternahm keinen Versuch, sein Erstaunen zu verbergen. »Ich hätte gedacht, nur einige wenige Minuten. Sie wissen es nicht, sagen Sie. Ich hätte vermutet, das ließe sich ziemlich genau berechnen.«

»Normalerweise ja.« Montgomerys massive Zurückhaltung war genauso provozierend wie seine freundliche Nachsicht. »Aber normalerweise würden wir auch mit starken Diesel-Kompressor-Maschinen arbeiten. Mit Rücksicht auf dies hübsche kleine Ding da unten auf dem Meeresboden lassen wir das lieber und arbeiten mit Strom. Aber auch nur mit gebremster Kraft. Folglich weiß man nicht genau, wie lange es dauert. Könnte ich vielleicht noch etwas Kaffee haben?« Montgomery betrachtete die Unterhaltung offenbar als beendet.

Van Gelder klopfte an die offene Tür und trat mit einer Meldung in der Hand ein. Er reichte sie Hawkins.

»Für Sie, Admiral. Kam vor zwei Stunden oder so. Nicht so wichtig. Deswegen wollte ich Sie nicht wecken.«

»Sehr klug von Ihnen, mein Junge.« Hawkins las sie und reichte sie breit grinsend an Talbot weiter. Der warf ebenfalls einen Blick darauf, lächelte und las sie laut vor.

»Gut, gut«, bemerkte Talbot dann. »Direkter Funkverkehr mit dem Präsidenten. Vielleicht, Sir, könnten Sie doch die Pennsylvania Avenue hinuntergehen, ohne daß man Sie gleich in Ketten legt – oder was man sonst da drüben zu machen pflegt. Viel wichtiger noch: Sie bekommen das Krytron. Und dann dieses großartige Gelöbnis von Kooperationswilligkeit! Ihre Entrüstung – jemand, der nicht so wohlmeinend wäre, könnte von hohem Poker reden – hat sich also bezahlt gemacht. Mir gefällt diese ›Wiederhole sofort‹-Geschichte. Der Präsident scheint so etwas wie Humor zu haben.«

»Ja, das scheint er wahrhaftig. Man muß ihm sehr dankbar sein, daß er sich persönlich eingeschaltet hat. Sehr befriedigend, wirklich. Ich entnehme dem hier, daß er weitere Informationen wünscht. Würden Sie sich bitte darum kümmern?«

»Ja, natürlich. Betonung, wie gehabt, auf angespannter Situation und Gefahren?«

»Natürlich.«

»Noch etwas Neues, Sir«, sagte Van Gelder zu Talbot. »Ich hatte gerade ein recht interessantes Gespräch mit Irene Charial.«

»Das kann ich mir denken. Schließlich befinden sich Andropulos und Co. nun wieder in Freiheit. Wie geht es ihnen heute morgen?«

»Sie sind noch ein wenig verstimmt, Sir. Wenigstens was Andropulos und Alexander angeht. Der Koch dagegen war guter Laune. Und sie schienen ein wenig aufzutauen, als ich sie fröhlich griechisch plaudernd allein ließ, Denholm mitten unter ihnen – natürlich ohne ein Wort von dem zu verstehen, das sie sprachen. Irene war nicht da.«

»Aha. Also eilten Sie sorgengequält zu meiner Kabine rauf, um sich nach ihrem Gesundheitszustand zu erkundigen.«

»Genau. Ich war mir sicher, daß Sie das von mir verlangen würden, Sir. Sie sah so aus, als hätte sie nicht sonderlich gut geschlafen, und brachte das auch mir gegenüber zum Ausdruck. Wirkte besorgt, sogar verängstigt. Anfangs schien sie große Hemmungen zu haben, darüber zu reden, was sie bekümmerte. Unangebrachte Loyalität, würde ich sagen.«

»Ja, würde ich auch«, sagte Talbot. »Das heißt, wenn ich wüßte, worüber Sie geredet haben.«

»Entschuldigung. Es stellte sich heraus, daß sie wissen wollte, ob Onkel Adam eine Funkmeldung durchgegeben habe. Es scheint – «

»Onkel Adam?«

»Adamantios Andropulos. Daran sind allein seine Eltern schuld. Sie und ihre Freundin Eugenia – die Eltern der beiden leben in Piräus, die beiden Mädchen studieren an der Universität in Athen – scheinen allabendlich zu Hause angerufen zu haben. Sie wollte, daß ihre Eltern über das Schiffsunglück informiert würden –und daß sie sich nun in Sicherheit an Bord eines Schiffes der Royal Navy befänden und bald nach Hause kämen.«

»Ich hoffe, das stimmt«, sagte Hawkins.

»Ich auch, Sir. Ich habe ihr erklärt, daß wir keinerlei Meldungen herausgesandt hätten und daß ihr Onkel schließlich Geschäftsmann sei – ich hielt es für besser nicht zu erwähnen, daß er, wie wir bereits wüßten, steinreich sei – und es vielleicht vorziehen würde, das Ganze etwas herunterzuspielen und nicht an die große Glocke zu hängen, daß er die Jacht vermutlich durch eigenes Verschulden verloren habe. Sie sagte, das sei keine Entschuldigung dafür, daß man nicht die nächsten Angehörigen der drei Besatzungsmitglieder, die an Bord der *Delos* ums Leben gekommen seien, benachrichtigt habe. Ich fragte sie, ob sie mit ihm darüber gesprochen habe, und sie sagte nein. Sie verhielt sich in bezug auf diesen Punkt ein wenig ausweichend. Ich schließe daraus, daß sie entweder nicht sehr viel über ihren Onkel Adam weiß oder daß sie das, was sie weiß, nicht sonderlich kümmert.« Van Gelder zog ein Blatt Papier aus einer Tasche hervor. »Ich sagte ihr, sie solle ihre Nachricht aufschreiben und ich würde dafür sorgen, daß sie hinausginge.«

Talbot blickte auf das Papier. »Griechisch. Vielleicht hat dieser Onkel Adam . . .«

»Sie plagt das gleiche häßliche Mißtrauen wie mich, Sir. Ich habe Jimmy deswegen vom Frühstückstisch aufgescheucht. Ist ganz harmlos, sagt er.«

»Ich habe da eine bessere Idee. Bringen Sie die beiden jungen Damen in den Funkraum. Über die Rundfunkstation Piräus läßt sich ziemlich leicht eine Telefonverbindung mit dem Festland herstellen. Dann können sie direkt mit ihren Verwandten reden.«

»Und ganz zufällig hält sich Jimmy auch da auf?«

»Es ist schon so, wie Sie sagen: Uns plagt das gleiche häßliche Mißtrauen. Bevor Sie das machen, sollten wir aber, glaube ich, mal nachschauen, wie unser jüngster Rekrut vorankommt.«

»Ach, unser Bordkryptologe. Theodor.«

»Ja. Theodor. Nachdem wir ihn besucht und die beiden jungen Damen ihre Telefonate erledigt haben, möchte ich, daß Sie Irene Charial beiseite nehmen.«

»Um sie in eine lockere Unterhaltung zu verwickeln?«

»Was sonst? Sie und ihr Onkel scheinen nicht gerade ein Herz und eine Seele zu sein, und sie wird sich Ihnen gegenüber zu Dank verpflichtet fühlen, weil Sie ihr gestattet haben, mit ihren Eltern zu telefonieren. Finden Sie soviel wie möglich über Andropulos heraus. Finden Sie heraus, was sie über ihn denkt. Versuchen Sie, etwas über sein Geschäft oder seine Geschäfte in Erfahrung zu bringen. Finden Sie heraus, mit wem er Geschäfte macht und mit wem er befreundet ist und was sie über diese Leute denkt, vorausgesetzt natürlich, daß sie ihnen je begegnet ist. Außerdem wäre es interessant zu wissen, wohin ihn seine Reisen führen – womit ich nicht seine Kreuzfahrten mit der Jacht meine, wenn sie bei ihm ist – und was der Grund dieser Reisen ist.«

»Im Grund verlangen Sie also von mir, Sir, daß ich Irene mit gerissenen und hinterhältigen Fragen überhäufe, ihr zusetze, sie in Widersprüche verwickele, wenn Sie so wollen, und einem süßen, harmlosen Mädchen wider seinen Willen Informationen entlocke?«

»Ja.«

»Wird mir ein Vergnügen sein, Sir.«

Theodor war ein fröhlicher, rundlicher Mann Ende Vierzig mit fahlem Gesicht und dicken geschliffenen Brillengläsern; letztere waren vermutlich eine Folge lebenslanger Beschäftigung mit abstrusen Codes.

»Sie sind wohl gekommen, um zu sehen, ob ich Fortschritte mache, meine Herren. Es freut mich, Ihnen berichten zu können, daß ich welche mache. Hat einige Zeit gedauert, bis ich den Schlüssel fand, die Verbindung zwischen dem Code und der *Odyssee.* Von da an war es einfach. Diese Papiere bestehen aus drei verschiedenen Teilen, und ich habe jetzt den ersten Teil zu etwa zwei Dritteln durchgearbeitet.«

»Und – sind Sie dabei auf etwas Interessantes gestoßen?« fragte Talbot.

»Auf etwas Interessantes? Es ist faszinierend, Captain, faszinierend. Kontostände, Bankguthaben, wenn Sie so wollen. Er scheint überall in der Welt Geldvorräte zu haben. Interessehalber zähle ich alles zusammen, so wie es kommt. Er hat es mir ziemlich leicht gemacht, alles in US-Dollar angegeben. Bisher ist es, lassen Sie mich sehen, zwei-achtzig. Ja, zwei-achtzig. Dollar.«

»Damit könnte man sich zur Ruhe setzen«, sagte Van Gelder.

»Ja, wahrhaftig. Zwei-achtzig. Mit sechs Nullen dahinter.«

Talbot und Van Gelder blickten einander schweigend an, dann beugten sie sich über Theodors Schulter, um einen Blick auf die von ihm addierten Zahlen zu werfen. Nach einigen Sekunden richteten sie sich wieder auf, blickten einander an und beugten sich noch einmal vor.

»Zweihundertachtzig Millionen Dollar«, sagte Talbot. »Damit könnte man sich wahrhaftig zur Ruhe setzen, Vincent.«

»Wenn man ein bißchen knausern und sparen würde, könnte es reichen. Wissen Sie, wo er diese Bankkonten unterhält, Theodor? Städte, Länder, meine ich.«

»Bei einigen, ja, weil er da Namen und Adressen angegeben hat, bei anderen nicht. Was die letzteren angeht, verfügt er vielleicht über eine Art Zusatzcode, den ich nicht habe oder den er vielleicht auswendig weiß. Ja, ich vermute, er weiß ihn auswendig. Bei der Hälfte der Konten weiß ich einfach nicht, wo sie sind. Da weiß ich nur die Beträge, das ist alles.«

»Könnten Sie uns einige davon zeigen?« fragte Talbot.

»Natürlich.« Theodor zeigte auf einige Einträge, blätterte einige Seiten weiter und deutete auf einige andere. »Nur Zahlen, wie ich schon sagte. Wie Sie sehen, steht nur hinter jeder Zahl ein anderer Großbuchstabe, der mir aber nichts sagt. Vielleicht sagen sie aber Andropulos etwas.«

Talbot blätterte die Seiten noch einmal durch. »Fünf Buchstaben, nur fünf, kehren regelmäßig wieder – Z, W, V, B und G. Angenommen, Sie wären ein geldgieriger Mensch und wollten ein sicheres Konto bei einer Bank, die so bösartigen Leuten wie Polizei und Steuerfahndern keinen Einblick gewährt, welches Land würden Sie dann wählen?«

»Die Schweiz.«

»Der gleiche, nicht eben originelle Gedanke ist, glaube ich, auch Andropulos gekommen – zumindest, was die Hälfte seiner Guthaben angeht. Z könnte für Zürich stehen. W? Für Winterthur vielleicht. V? Dazu fällt mir so auf Anhieb nichts ein.«

»Vevey?« schlug Van Gelder vor. »Am Genfer See?«

»Kann ich mir nicht vorstellen. Nicht gerade das, was man als internationales Bankenzentrum bezeichnen könnte. Ah! Jetzt habe ich's. Liegt nicht in der Schweiz, könnte es aber durchaus sein. Vaduz. Liechtenstein. Ich verstehe nicht viel von solchen Dingen. Ich weiß nur eines: Ist Geld, Bargeld, erst einmal in den Tresoren von Vaduz verschwunden, tritt es nie wieder in Erscheinung. B, das könnte Bern oder Basel sein – Andropulos würde das natürlich wissen. G muß Genf sein. Wie finden Sie mich, Number One?«

»Großartig. Ich bin sicher, daß Sie recht haben. Leider, leider muß ich nur darauf hinweisen, Sir, daß wir damit immer noch nicht die Namen und Adressen dieser Banken kennen.«

»Richtig. Dafür haben wir die Namen und Adressen anderer Banken. Haben Sie eine Aufstellung der Städte, wo diese Banken sind?«

»Brauche ich nicht«, sagte Theodor. »Das habe ich im Kopf. Sie sind überall. Westen, Osten und dazwischen. Orte ganz unterschiedlicher Art wie Miami, Tijuana, Mexico City, Bogotá, Bangkok, Islamabad, Kabul. Warum jemand in Kabul über geheime Geldreserven verfügen muß, ist mir unklar. Das Land ist durch den Krieg zerrissen, und die Russen sind die Herren und Herrscher über das Kapital.«

»Andropulos scheint überall Freunde zu haben«, sagte Talbot. »Warum sollten die armen Russen draußen in der Kälte bleiben? Sind das so ziemlich alle?«

»Es gibt noch eine ganze Reihe anderer«, sagte Theodor. »Meist kleinere Guthaben. Bis auf eine Ausnahme. Das größte Bankguthaben überhaupt.«

»Wo das?«

»Washington D. C.«

»Ach!« Talbot schwieg einige Minuten. »Was halten Sie davon, Number One?«

»Ich stehe gerade im Begriff, von nichts mehr nichts zu halten. Mein Gehirn hat so etwas wie Urlaub genommen. Aber meine Augen arbeiten noch, so oder so, einigermaßen, könnte man sagen. Und ich glaube, ich sehe so etwas wie einen schwachen, hellen Schimmer am Ende des Tunnels.«

»Ich glaube, wenn wir das alles etwas genauer durchdenken, könnte dieser Schimmer ein heller Lichtstrahl werden. Um wieviel Geld handelt es sich da?«

»Achtzehn Millionen Dollar.«

»Achtzehn Millionen Dollar«, sagte Van Gelder. »Du meine Güte! Mit achtzehn Millionen Dollar kann man selbst in Washington D. C. eine Menge anfangen.«

6

Die *Angelina* war, um es so wohlwollend wie möglich zu sagen, ein ziemlich auffallendes Schiff. Ein Achtzigtonner, aus dem Kiefernholz der Wälder von Samos erbaut und am Rumpf von einem strahlenden Weiß, das stark – manche hätten gesagt, so grell, daß es schon wehtat – von dem zinnoberroten Schandeck abstach. Mittschiffs breit und tief im Wasser gelegen, verfügte sie über ein kräftig ausgebildetes Heck und einen Bug mit gebogenem Vordersteven, der sich hoch über das Deck erhob. Für ein Segelschiff war sie gut ausgerüstet mit einem Hauptsegel und einer Fock sowie zwei zusätzlichen Stagsegeln. Hätte man sie so belassen, wie sie ursprünglich gebaut worden war, wäre die *Angelina*, ein typisches Boot der *Tehandiri*-Klasse, nicht nur auffallend, sondern sogar schön gewesen. Aber leider hatte man sie nicht in ihrem alten Zustand belassen.

Der Eigentümer, Professor Wotherspoon, war zwar ein verschworener Traditionalist, aber auch daran interessiert, daß seine Gäste es bequem hatten. Nicht damit zufrieden, den erheblichen Stauraum des Schiffs – schließlich war es ursprünglich als Frachtschiff gebaut – in Kabinen und Badezimmer umzuwandeln, hatte er an Deck auch noch Aufbauten errichten lassen wie Brücke, Salon und Kombüse, die zugegebenermaßen zwar praktisch waren, den ästhetischen Gesamteindruck des Schiffes jedoch erheblich beeinträchtigten.

Kurz vor zehn Uhr morgens legte die *Angelina* bei einem Meltemi, der beinahe schon als Flaute zu bezeichnen war, mit fast schlaffen Segeln steuerbords an der *Ariadne* an. Talbot stieg, von Denholm begleitet, das Fallreep hinunter, um den Eigner zu begrüßen.

Als erstes fiel Talbot an Wotherspoon auf, daß er überhaupt nicht wie ein Professor oder ein Archäologe aussah; allerdings mußte Talbot sich eingestehen, daß er im Grunde nicht wußte, wie ein Professor oder Archäologe auszusehen hat. Wotherspoon war groß und hager, hatte buschiges, struppiges Haar und ein tiefbraungebranntes Gesicht; mit seiner humorigen Art und seiner locker-legeren Ausdrucksweise wäre er der letzte gewesen, den man als beschaulichen Wanderer in akademischen Gefilden angesiedelt hätte. Er war mit Sicherheit nicht älter als vierzig. Seine Frau, die kastanienbraunes Haar und strahlende haselnußbraune Augen hatte, wirkte noch mindestens zehn Jahre jünger als er und war, wie es schien, gleichfalls Archäologin.

Nachdem Denholm sie alle miteinander bekannt gemacht hatte, sagte Talbot: »Ich bin Ihnen dankbar, Professor. Es war sehr freundlich von Ihnen, herzukommen. Um nicht zu sagen mutig. Sind Sie sich darüber im klaren, daß Sie hier eine gute Chance haben, vorzeitig ins Jenseits zu gelangen? Hat Lieutenant Denholm Sie über die Gefahren aufgeklärt?«

»Auf eine vorsichtige und vage Art. Er ist sehr verschlossen, seit er in die britische Kriegsmarine eingetreten ist.«

»Ich bin nicht eingetreten. Man hat mich eingezogen.«

»Er hat angedeutet, daß wir uns in Dunst auflösen könnten. Ach, wissen Sie, man wird es mit der Zeit etwas leid, sich immer mit der Antike zu befassen. Es ist viel interessanter, aktiv am Geschehen beteiligt zu sein.«

»Das Interesse könnte recht kurzlebiger Natur sein. Teilt Mrs. Wotherspoon Ihr kurzlebiges Interesse?«

»›Angelina‹, bitte. Wir hatten kürzlich eine sehr prüde und propere Schweizerin bei uns zu Besuch, und sie bestand darauf, mich immer als Madame Professor Wotherspoon anzureden. Entsetzlich. Nein, ich kann nicht behaupten, daß ich den manchmal recht extravaganten Enthusiasmus meines Mannes in jedem Fall teile. Aber er hat leider einen für Professoren typischen Fehler. Er ist schrecklich zerstreut. Irgendeiner muß sich um ihn kümmern und auf ihn aufpassen.«

Talbot lächelte. »Schrecklich für eine so junge und hübsche Frau. Also nochmals vielen Dank, Ihnen beiden vielen Dank. Es wäre mir eine Freude, wenn Sie uns beim Lunch Gesellschaft leisten würden. Inzwischen überlasse ich Sie Lieutenant Denholm, der Sie über das volle Ausmaß unseres Problems in Kenntnis setzen wird – vor allem auch der Gefahren, die Ihnen bei Tisch bevorstehen.«

»Schwermut und Verzagtheit«, sagte Van Gelder. »Zu jemandem, der so jung und hübsch ist wie Sie, paßt es nicht recht, schwermütig und verzagt zu sein. Was ist los mit Ihnen, Irene?«

Irene Charial blickte so mürrisch und verdrossen über die Heckreling der *Ariadne*, wie jemand ihres Alters und ihres Aussehens es überhaupt fertigbrachte.

»Lieutenant-Commander Van Gelder, ich bin nicht in der Stimmung für Schmeicheleien.«

»Vincent. Eine Schmeichelei ist ein unaufrichtiges Kompliment. Wie kann das, was der Wahrheit entspricht, eine Schmeichelei sein? Aber Sie haben recht mit dem Wort ›Stimmung‹. Sie sind schlechter Laune. Sie sind besorgt, aufgebracht. Was bereitet Ihnen Sorgen?«

»Nichts.«

»Ihre Schönheit hält Sie nicht davon ab zu flunkern. Das können Sie kaum als Schmeichelei bezeichnen, oder?«

»Nein.« Ein flüchtiges Lächeln erhellte ihre grünen Augen. »Nicht so richtig.«

»Ich weiß, daß Sie sich in einer sehr unangenehmen Lage befinden. Aber wir versuchen alle, das Beste daraus zu machen. Oder haben Ihre Eltern etwas gesagt, das Sie aufgeregt hat?«

»Nein. Und das wissen Sie recht gut.« Van Gelder wußte es tatsächlich. Denholm hatte ihm das versichert.

»Ja, da haben Sie recht. Sie waren schon heute morgen bei unserer ersten Begegnung nicht eben fröhlich gestimmt. Irgend etwas macht Ihnen zu schaffen. Ein schreckliches Geheimnis, das Sie mir nicht verraten können?«

»Sind Sie gekommen, um mich auszuhorchen?«

»Ja. Sie auszuhorchen und auszuforschen. Ihnen mit geschickten, gerissenen, hinterlistigen Fragen Informationen zu entlocken, die Sie sonst nicht herausrücken würden.« Nun blickte Van Gelder betreten und betrübt drein. »Ich fürchte, ich bin nicht sehr gut in solchen Dingen.«

»Das glaube ich allerdings auch. Dieser Mann hat Sie zu mir geschickt, stimmt's?«

»Welcher Mann?«

»Jetzt sind Sie nicht ehrlich. Commander Talbot. Ihr Captain. Ein kalter Mensch. Abweisend. Humorlos.«

»Er ist weder kalt noch abweisend. Und er verfügt über eine ganze Menge Humor.«

»Humor? Davon habe ich bisher nichts bemerkt.«

»Das erstaunt mich nicht weiter.« Van Gelder hatte aufgehört zu lächeln. »Vielleicht hat er gedacht, bei Ihnen sei er sowieso verschwendet.«

»Vielleicht hat er recht.« Sie schien nicht beleidigt zu sein. »Vielleicht finde ich momentan auch nicht sonderlich viel zum Lachen. Aber mit dieser anderen Sache habe ich recht. Er ist unnahbar, abweisend. Ich bin schon früher Leuten wie ihm begegnet.«

»Das möchte ich ebenso bezweifeln wie Ihre Fähigkeit, Menschen zu beurteilen. Das scheint nicht Ihre Stärke zu sein.«

»Oh.« Sie zog einen Schmollmund. »Aus und vorbei mit Schmeichelei und Charme, ja?«

»Ich bin kein Schmeichler. Und ich habe nie behauptet, ein Charmeur zu sein.«

»Ich wollte Sie nicht kränken. Bitte. Ich finde an einer Offizierslaufbahn nichts auszusetzen. Aber er lebt nur für zwei Dinge – die Royal Navy und die *Ariadne.*«

»Sie armes irregeleitetes Wesen.« Van Gelder sprach ganz leidenschaftslos. »Aber wie sollten Sie es auch besser wissen? John Talbot lebt nur für zwei Dinge – seine Tochter und seinen Sohn. Fiona, sechs Jahre alt, und Jimmy, drei. Er liebt sie abgöttisch. Ich auch. Ich bin ihr Onkel, Onkel Vincent.«

»Oh.« Sie schwieg eine Weile. »Und seine Frau?«

»Tot.«

»Das tut mir leid.« Sie faßte seinen Arm. »Zu sagen, daß ich das nicht wußte, ist noch lange keine Entschuldigung. Los, fahren Sie fort. Nennen Sie mich dumm und ungehobelt.«

»Ich schmeichle nicht. Ich umgarne Sie nicht – und ich lüge nicht.«

»Aber Sie wissen geschickt mit Komplimenten umzugehen.« Sie lehnte sich auf die Reling und blickte hinaus aufs Meer. Nach einiger Zeit sagte sie, ohne sich zu ihm umzusehen: »Sie sind hier wegen Onkel Adam, stimmt's?«

»Ja. Wir kennen ihn nicht, wir trauen ihm nicht, und wir finden ihn höchst verdächtig. Bitte verzeihen Sie mir, daß ich so über Ihren nächsten Angehörigen rede.«

»Er ist nicht mein nächster Angehöriger.« Sie hatte sich zu ihm umgewandt. Ihre Stimme hatte weder heftig geklungen, noch hatte ihr Gesicht starke Bewegung erkennen lassen. *»Ich* kenne ihn auch nicht, *ich* traue ihm auch nicht, und *ich* finde ihn auch höchst verdächtig.«

»Wenn Sie ihn nicht kennen, was um alles in der Welt hatten Sie dann auf seiner Jacht zu tun?«

»Auch das ist schon verdächtig, vermutlich. Nein, nicht wirklich. Es gibt drei Gründe dafür, denke ich. Er kann einen sehr gut zu etwas überreden. Er scheint wirklich sehr an unserer Familie zu hängen – an meinem jüngeren Bruder, meiner Schwester und mir –, denn er überhäuft uns immer mit Geschenken, auch sehr teuren Geschenken, und es wäre mir unpassend erschienen, seine Einladung abzulehnen. Außerdem gab es Dinge, die mich reizten – ich weiß praktisch nichts über ihn, weder was er geschäftlich tut, noch warum er soviel Zeit im Ausland verbringt, in allen möglichen fremden Ländern. Und dazu kommt noch, daß Eugenia und ich im Grunde unseres Herzens Snobs sind und es uns vielleicht reizte, an einer Kreuzfahrt auf einer richtigen Luxusjacht teilzunehmen.«

»Nun, die Gründe sind schon ziemlich überzeugend. Aber doch nicht einleuchtend genug, um zu erklären, warum Sie mitfuhren, wenn Sie ihn nicht mögen.«

»Ich habe nicht gesagt, daß ich ihn nicht mag. Ich habe gesagt, ich traue ihm nicht. Das ist nicht das gleiche. Und es ist erst seit dieser Reise, daß ich ihm nicht traue.«

»Und wieso erst seit jetzt?«

»Wegen Alexander.« Sie tat so, als schüttele es sie. »Würden Sie Alexander trauen?«

»Ehrlich gesagt, nein.«

»Und Aristoteles ist fast genauso schlimm. Die drei hockten Stunden um Stunden zusammen und redeten, meist im Funkraum. Und immer wenn Eugenia oder ich in die Nähe kamen, verstummten sie. Warum bloß?«

»Das liegt doch klar auf der Hand, oder nicht? Sie wollten nicht, daß Sie mitbekamen, worüber sie sprachen. Waren Sie jemals zusammen mit ihm auf Geschäftsreise im Ausland?«

»Großer Gott, nein.« Schon der Gedanke daran schien sie zu erschrekken.

»Auch nicht mit der *Delos?*«

»Ich war vorher nur einmal auf der *Delos*. Zusammen mit meinem Bruder und meiner Schwester. Bei einem kurzen Ausflug nach Istanbul.«

Er würde seinem Captain nichts sehr Sensationelles zu berichten haben, dachte Van Gelder. Sie kannte ihren Onkel kaum. Sie wußte nicht, was für Geschäfte er machte. Sie hatte ihn nie auf seinen Reisen begleitet. Und wenn sie ihm nicht traute, so nur um Alexanders willen. Und dieses Mißtrauen teilte sie vermutlich mit den meisten Menschen, die Alexander je begegnet waren. Van Gelder unternahm einen letzten Versuch.

»Der Bruder Ihrer Mutter, nicht wahr?« Sie nickte. »Was hält sie von ihm?«

»Sie spricht nie schlecht über ihn. Aber sie spricht überhaupt nie schlecht über jemanden. Sie ist eine wunderbare Frau, eine wunderbare Mutter. Sie ist nicht einfältig oder so, nur eben sehr gutgläubig, sie brächte es einfach nicht übers Herz, schlecht über jemanden zu reden.«

»Offenbar ist sie Alexander nie begegnet. Und Ihr Vater?«

»Er spricht auch nie über Onkel Adam, aber aus anderen Gründen. Mein Vater ist ein sehr aufrichtiger, sehr ehrlicher Mann; er leitet eine große Baufirma. Aber auch er redet nicht über meinen Onkel. Ich bin nicht so vertrauensselig wie meine Mutter. Ich habe das Gefühl, daß mein Vater Onkel Adam oder die Geschäfte, die er betreibt, entschieden ablehnt. Vielleicht auch beides. Ich glaube, sie haben schon seit Jahren nicht mehr miteinander geredet.« Sie zuckte mit den Schultern und lächelte leicht. »Sorry, mit mehr kann ich Ihnen nicht dienen. Sie haben nichts Neues herausbekommen, stimmt's?«

»Doch. Daß ich Ihnen trauen kann.«

Diesmal war ihr Lächeln herzlich, echt und freundlich. »Sie schmeicheln nicht, Sie umgarnen einen nicht und Sie lügen nicht. Aber Sie sind galant.«

»Ja«, sagte Van Gelder. »Das bin ich, glaube ich.«

»Sir John«, sagte der Präsident, »Sie haben mich in eine äußerst unangenehme Lage gebracht. Ich spreche, verstehen Sie, mehr in Sorge als im Zorn.«

»Ja, Mr. President. Ich bin mir darüber im klaren, und es tut mir leid. Es ist für Sie natürlich kein Trost zu wissen, daß die Lage für mich ebenso unangenehm ist.« Wenn die Lage für Sir John Travers, den britischen Botschafter in den Vereinigten Staaten, wirklich ebenso unangenehm war, so ließ er sich das nicht anmerken. Aber Sir John war in der Welt der Diplomatie auch bekannt für sein *savoir-faire*, seine monolithische Ruhe und seine Fähigkeit, selbst in den anstrengendsten und schwierigsten Situationen völlig gelassen zu bleiben. »Ich bin nichts weiter als Bote. Erster Kategorie allerdings.«

»Wer zum Teufel ist dieser Hawkins überhaupt?« Richard Hollison, stellvertretender Chef des FBI, war nicht so gelassen wie Sir John, hielt seinen deutlich erkennbaren Ärger aber einigermaßen unter Kontrolle. »Es gefällt mir nicht besonders, daß ein Ausländer dem Weißen Haus, dem Pentagon und dem FBI Vorschriften macht, wie sie ihr Gewerbe zu betreiben haben.«

»Hawkins ist Vizeadmiral der Royal Navy.« Der General war der vierte und einzige weitere Anwesende. »Ein außerordentlich fähiger Mann. Ich wüßte keinen amerikanischen Marineoffizier, den ich unter den gegebenen, ziemlich aussichtslosen Umständen lieber an seiner Stelle wüßte. Und ich muß wohl nicht darauf hinweisen, daß die Situation auch für mich höchst unangenehm ist. Ich will mich ja nicht übermäßig wichtig machen, aber das Pentagon ist, verdammt noch mal, *meine* Angelegenheit.«

»Richard Hollison«, sagte Sir John, »ich kenne Sie nun schon etliche Jahre. Sie sind für Ihre Zähigkeit und Härte, aber auch für Ihre Fairneß bekannt. Seien Sie in diesem Fall fair. Admiral Hawkins befindet sich, wie der General eben schon erwähnte, in einer Lage, wo er mit fast aussichtslosen Umständen fertig werden muß, und das verlangt ihm beinahe unmögliche Entscheidungen ab, wie Sie in Ihrer Position gewiß besser wissen als die meisten anderen. Er macht niemandem Vorschriften. Er hat nur, um eine Nachricht direkt in die Hände des Präsidenten zu spielen, ohne daß jemand in der Regierung oder im Pentagon sie vorher zu sehen bekam, es vorgezogen, das Pentagon und alle üblichen Kommunikationswege zu umgehen. Sicherlich weiß das Pentagon bereits, daß da Untersuchungen im Gange sind, aber Hawkins wollte nicht ans Licht kommen lassen, daß sein Finger in bestimmte Richtungen zeigt. Wenn man vorhat, eine Katze unter Tauben auszusetzen oder einen Adler in einem Taubenschlag loszulassen, dann schickt man nicht vorher eine Postkarte, um seine Absicht zu verkünden.«

»Ja, das sehe ich ein«, sagte Hollison. »Müde und resigniert, aber ich akzeptiere das. Verlangen Sie jedoch nicht von mir, daß ich es gutheiße.«

»Ob einem das nun paßt oder nicht, man muß sich damit abfinden«, sagte der Präsident. »Ich auch.« Er blickte ohne Begeisterung auf das Blatt Papier, das vor ihm auf dem Tisch lag. »Wenn ich es recht verstehe, hat dieser Adamantios Andropulos, der vorübergehend Admiral Hawkins' Gast ist – ich könnte mir denken, daß Admiral Hawkins ihn sogar dann noch als ›Gast‹ bezeichnen würde, wenn er an Bord des Schiffes angekettet im Kielraum läge –, hat dieser Andropulos also ein Konto bei einer Bank in Washington; Namen und Adressen sind angegeben, und wir sollen nun so nett sein und ein paar Erkundigungen einziehen, ob er in letzter Zeit etwas davon ausgegeben hat und, wenn es so ist, an wen. Ich weiß, daß dies im Bereich Ihrer Möglichkeiten liegt, Richard. Die Frage ist nur, wie lange werden Sie dazu brauchen?«

»Das hängt ganz davon ab, wie viele falsche Namen, wie viele Scheinfirmen, wie viele der üblichen Geldwaschanlagen zwischengeschaltet sind. Der Schurke, sofern es einen solchen gibt, hat vielleicht ein Nummernkonto in der Äußeren Mongolei. Unwahrscheinlich, das gebe ich zu, aber Sie verstehen, was ich meine, ja? Eine Stunde oder drei. Ich brauche mich wohl nicht in aller Form zu verabschieden. Entschuldigen Sie mich bitte, Mr. President. Entschuldigen Sie mich, meine Herren.« Hollison eilte davon.

»Die Army und die Marineinfanterie wird es freuen, zu erfahren – wenn sie es erfahren –, daß Admiral Hawkins sie einer näheren Betrachtung nicht für wert erachtet«, fuhr der Präsident fort. »Nur die Air Force und die Navy. Die Air Force, das kann ich unter den gegebenen Umständen verstehen. Aber es wäre interessant zu wissen, warum er meint, daß die Navy sein Interesse verdient hat. Er gibt keinerlei Erklärungen dazu.« Der Präsident seufzte. »Vielleicht traut er selbst mir nicht. Oder er weiß vielleicht etwas, das wir nicht wissen.«

»Wenn das der Fall ist – daß er etwas weiß, das wir nicht wissen«, sagte Sir John ruhig, »dann wird er uns das, da bin ich sicher, zu gegebener Zeit mitteilen.«

Der Mann, über den im Weißen Haus debattiert wurde, verweilte gerade beim gleichen Thema.

»Die geflügelte Karosse der Zeit, John. Den Rest des Zitats habe ich vergessen, aber an den Ausdruck ›geflügelt‹ erinnere ich mich.« Hawkins lehnte sich mit einem Glas eisgekühlten Limonensafts in der Hand in einem bequemen Sessel zurück, und so gelang es ihm, den Eindruck eines Mannes zu erwecken, der so viel Zeit hat, wie er will. »So viel zu tun, und so wenig Zeit, es zu tun. Wie steht es da um die *Ariadne* angesichts der Gleichgültigkeit der restlichen Welt?«

»Ich denke, man könnte sagen, Sir, daß der Patient den Umständen entsprechend gute Fortschritte macht. Unser Schreiner ist an Bord der *Angelina* und baut gerade nach den Maßen, die wir vom Pentagon erhalten haben, ein Transportgerüst mit zwei Hängeklemmen, in denen die Bombe selbst bei schlechtestem Wetter gut aufgehoben ist, was wir, wie Sie ja selbst sehen können, heute nun wirklich nicht zu erwarten haben.«

»Ja, wahrhaftig.« Der Admiral blickte durch das Fenster seiner Kabine. »Ganz und gar das falsche Wetter, John. Angesichts der apokalyptischen Aufgabe, mit der wir uns zu befassen haben, könnten wir wohl mit Recht wenigstens Sturm, Regen, Donner, Blitz, Gewitter und all die übrigen widrigen Wetterbedingungen erwarten, mit denen King Lear bei seinem Gang über die verdorrte Heide zu tun hatte. Aber was haben wir? Eine brennend heiße Julisonne, einen wolkenlosen blauen Himmel und eine weindunkle

See, auf der sich nicht einmal ein leichtes Kräuseln zeigt. Wahrhaft enttäuschend. Um nicht zu sagen: in höchstem Maße beunruhigend ist auch, daß diese Windstille wahrscheinlich anhält und die *Angelina* dann eine Woche braucht, um nur den halben Weg zum Horizont zurückzulegen.«

»Darüber brauchen wir uns, glaube ich, keine Sorgen zu machen, Sir. Zwischen Anfang Juli und Mitte September ist das Wetter hier höchst zuverlässig und voraussagbar. Es ist jetzt elf Uhr fünfundvierzig. Der Meltemi – oder die Etesien, wie der Wind auch heißt – kann jeden Augenblick von Nordwesten her einsetzen. Im Laufe des Nachmittags erreicht er Stärke fünf oder sechs, manchmal auch sieben. Gegen Abend legt er sich dann wieder, aber er soll auch schon ganze Nächte hindurch geweht haben. Der Meltemi wird der ideale Wind für die *Angelina* sein. Diese Lugger sind, wie Denholm schon sagte, hoffnungslos schlecht beim Segeln scharf am Wind, aber in diesem Fall wird der Wind direkt von achtern kommen und die *Angelina* runter zur Straße von Kasos östlich des östlichsten Zipfels von Kreta bringen.«

»Hört sich gut an. Hm, aber *selbst wenn* Montgomery es schafft, diesen Bomber zu heben, ein Loch in den Rumpf zu schneiden, ohne uns alle ins Jenseits zu befördern, die Atombombe herauszuholen und sie in der Transportvorrichtung der *Angelina* sicher festzulaschen – was passiert, wenn das Ding hochgeht, bevor er die Straße von Kasos erreicht?«

»Dann ist es um Wotherspoon und seine Mannschaft geschehen. Für uns ist das Risiko gering. Ich habe mich mit Dr. Wickram darüber unterhalten. Er scheint davon überzeugt zu sein, daß die Wasserstoffbomben von sich aus stabil und sicher sind – und schließlich baut er ja diese verdammten Dinger. Er sagt, sie würden mit hundertprozentiger Sicherheit hochgehen, wenn in nächster Nähe eine Atombombe explodierte. Die Auswirkungen einer weiter entfernten Explosion jedoch sollten wir nicht überbewerten, selbst wenn es nur einige wenige Meilen wären. Schließlich hätten diese Bomben auch die Auswirkungen der Explosion vorne im Bug des Bombers und sogar den Aufprall des Flugzeugs auf dem Wasser bei hoher Geschwindigkeit überstanden. Außerdem würde sich jede Meile Wasser, die dann – hoffentlich – zwischen den beiden Bomben läge, dämpfend auswirken.«

»Für die Leute an Bord der *Angelina* wird sich nichts dämpfend auswirken. Schluß. Aus. Ende. Was motiviert einen Mann wie ihn, John? Offenbar ist er unglaublich wagemutig – aber, hm, ist er ganz gesund?«

»Wenn Sie damit meinen, ob er nicht recht bei Trost ist, nun, dann sind wir das alle nicht. Er ist so normal wie Sie oder ich. Er ist im Grunde seines Herzens ein Romantiker, ein geborener Abenteurer; vor zweihundert Jahren wäre er irgendwo am anderen Ende der Welt gewesen, um beim Aufbau eines Imperiums mitzuhelfen.«

»Mag ja sein. Aber der Gedanke, daß er vielleicht an unserer Stelle sterben könnte, ist dennoch schrecklich.«

»Er wird nicht für uns sterben. Denn ich fahre auf der *Angelina* mit. Zusammen mit Vincent Van Gelder.«

Hawkins stellte sein Glas ab und starrte ihn an. »Wissen Sie, was Sie da sagen? *Ich* weiß es, und ich bin der Ansicht, Sie haben den Verstand verloren. Sind Sie wahnsinnig? Sie und Van Gelder? Ganz und gar wahnsinnig?«

»Van Gelder besteht darauf mitzukommen. Und ich bestehe darauf, diese Fahrt zu machen. Das ist alles.«

»Ich verbiete das kategorisch.«

»Bei allem Respekt, Admiral, aber Sie werden mir gar nichts verbieten. Haben Sie im Ernst geglaubt, ich würde eine solche Sache nur zur Hälfte erledigen? Haben Sie im Ernst geglaubt, ich ließe ihn so davonsegeln? Ich möchte Sie daran erinnern, daß ich immer noch der Captain dieses Schiffes bin und daß mir auf See nicht einmal ein Admiral das Kommando abnehmen oder mir Befehle erteilen kann, von denen ich glaube, daß sie für das Schiff von Nachteil sind.«

»Meuterei!« Hawkins deutete mit einer kurzen, ablehnenden Handbewegung auf sein Glas Zitronensaft. »Haben wir nicht etwas Stärkeres da?«

»Doch, natürlich.« Talbot ging an den Barschrank des Admirals und bereitete ihm einen Drink, während Hawkins mit leerem Blick eine Stelle an der Decke anstarrte, die tausend Meilen weit weg zu sein schien. »Ein großer Scotch mit Wasser. Ohne Eis.«

»Danke.« Hawkins kippte den Drink fast zur Hälfte hinunter. »Meuterei, in der Tat!«

»Ja, Sir. Trotzdem, Sie können mich deswegen nicht an der Rahnock aufhängen. Es ist meine Rahnock. – Sie haben Angelina noch nicht gesehen – ich meine, die Frau des Professors, nicht den Lugger. Aber das kommt noch. Ich habe die beiden zum Lunch an Bord gebeten. Jung, ziemlich hübsch, mit einem netten Sinn für Humor und sehr vernarrt in ihren Mann. Das muß sie sein – in ihn vernarrt, meine ich –, um etwas zu tun, das sie eindeutig gar nicht tun will, nämlich sich mit ihrem Mann auf so eine Fahrt zu begeben und auch noch die Bombe an Bord des Luggers zu nehmen.«

»Es wird mir sicher eine Freude sein, ihre Bekanntschaft zu machen.« Hawkins nahm einen zweiten Schluck von seinem Drink. »Was hat sie noch damit zu tun, wenn wir die Sache in der Hand haben?«

»Oh, sie wird nicht auf dem Lugger bleiben und mit der Bombe mitfahren. Übrigens auch Wotherspoon nicht und seine beiden Matrosen. Sie werden alle an Bord der *Ariadne* bleiben. Wotherspoon werden wir wohl mit Gewalt zurückhalten müssen. Aber das ist kein Problem. Van Gelder und ich werden die *Angelina* hinunter und durch die Straße von Kasos segeln. Zwei kleine Medaillen werden reichen.«

Hawkins schwieg eine Weile. Dann sagte er: »Wie soll man Ihnen beiden ein posthum verliehenes Viktoriakreuz oder einen anderen Orden anheften, wenn Sie als Dunstpartikel in der Stratosphäre kreisen?«

»Immer ein Problem nach dem anderen. Wir können diese Frau nicht mitreisen lassen.«

»Du lieber Himmel, nein. Das würde ich mir nie verzeihen. Daran habe ich nicht einmal im Traum gedacht. Einer muß die *Ariadne* heil nach Hause bringen, stimmt's? Die Sache mit der *Angelina* haben wir geregelt. Jetzt also zur *Kilcharran*. Ich habe eben mit Captain Montgomery gesprochen. Er läßt gerade versuchsweise die Hebeschlaufen anziehen, und er schätzt, daß der Bomber mit Hilfe der Luftkissen eine Art Schwebezustand erreicht. Noch zwanzig Minuten oder eine halbe Stunde höchstens, und er wird mit dem Heben beginnen. Ich nehme an, das wollen Sie nicht verpassen, Sir.«

»Nein, wahrhaftig nicht. Wie sagte schon Walter de la Mare? ›Betrachte alles, als wäre es das letzte, auf das mit Wohlgefallen dein Auge fällt; es könnte das letzte sein, das du siehst.‹ Es könnte also das letzte sein, das ich sehe?«

»Ich hoffe nicht, Sir. Abgesehen von dem Lugger und der Bergung des Bombers müssen wir noch drei weitere Dinge abwarten. Die Reaktion auf die Nachricht, die wir über unsere Botschaft in Washington an den Präsidenten geschickt haben; das könnte einige Zeit dauern, denn selbst die kooperativsten Banken – und Banken sind praktisch von ihrer Bestimmung her verschwiegen und hassen den Gedanken an Kooperation –, also selbst die kooperativsten Banken werden zögern, Informationen gleich welcher Art über ihre wichtigsten Kunden herauszurücken; wichtige Kunden mögen so etwas nicht. Zugegeben, Luftwaffengeneräle und Admirale sind in bezug auf Finanzstärke wahrscheinlich nicht sehr bedeutend, aber sie sind es im Hinblick auf Prestige und Macht und werden daher vermutlich überproportional viel Einfluß haben. Ich hoffe, wir haben da drüben nicht zu viele Leute vor den Kopf gestoßen. Dann, und damit rechne ich schon sehr bald, müßten wir eigentlich bald eine Antwort vom griechischen Geheimdienst auf unsere Bitte um eine Aufstellung sämtlicher Orte bekommen, mit denen Andropulos in den letzten Jahren Geschäfte, gleich welcher Art, gemacht hat. Und dann müssen wir natürlich auch noch auf das Eintreffen dieses Krytrons aus Amerika warten.«

»Das zu einem x-beliebigen Zeitpunkt eintreffen kann. Ich meine, wir haben keine Ahnung, wann es kommt, stimmt's? Haben die Amerikaner Überschallflugzeuge?«

»Natürlich. Aber nur Jagdflugzeuge. Die nächste Möglichkeit aufzutanken wäre für sie auf den Azoren, und ich bin ziemlich sicher, daß kein Jäger die fast zweitausend Meilen bis dahin fliegen könnte. Das ist eine Frage der Tankkapazität. Außerdem ist es auch nicht absolut notwendig, daß wir dieses Gerät bekommen, bevor wir mit der Bombe aufbrechen – immer noch vorausgesetzt natürlich, wir brechen mit ihr auf. Wir könnten die Bombe auch immer noch versenken, die Stelle mit einer Boje markieren, alle Schiffe warnen, sich von der Stelle fernzuhalten, das Eintreffen des Krytrons abwarten, dann zurückkehren und die Bombe hochgehen lassen.«

»Aber es wäre doch viel angenehmer, wenn man das Ganze mit einem Schlag erledigen könnte.« Hawkins dachte einen Moment nach, dann lächelte er. »Wieviel Uhr ist es jetzt in Washington?«

»Vier Uhr morgens, glaube ich.«

»Großartig, großartig. Eine kurze Nachricht. Fragen Sie an, wie es transportiert wird und wann mit dem Eintreffen zu rechnen ist. Geben Sie ihnen etwas zu tun.« Talbot hob den Hörer ab und diktierte die Meldung.

»Ich habe Ihren Ersten Offizier schon lange nicht mehr gesehen«, sagte Hawkins. »Wie ich höre, versucht er der Nichte von Andropulos Geheimnisse zu entlocken?«

»Vincent erledigt das, was man ihm aufträgt, normalerweise schnell und gründlich. Wenn der Auftrag mit Irene Charial zu tun hat, braucht er allerdings anscheinend etwas länger.«

»Es ist noch gar nicht so lange her, da hätte ich für so etwas auch mehr Zeit gebraucht. Ah!« Van Gelder war im Türrahmen erschienen. »Wir haben gerade über Sie gesprochen, junger Mann. War ein schwieriges Gespräch, das sich länger hinzog, wie?«

»Man muß so etwas mit Feingefühl angehen, Sir. Aber sie hat mir alles erzählt, was sie weiß.« Er blickte Talbot vorwurfsvoll an. »Ich entdecke eine Spur Skepsis in Ihrem Gesicht, Sir. Die ist nicht berechtigt, das versichere ich Ihnen. Ich glaube ihr, ich traue ihr, und ich habe mich nicht von ihren grünen Augen bezirzen lassen, weil ich zu der Zeit im Dienst war.«

»Hinterhältigkeit und List sind zwar nicht besonders vornehm, Vincent, erfüllen aber ihren Zweck.«

»So war es ganz und gar nicht. Ich habe ihr gesagt, daß Sie mich zu ihr geschickt haben, um sie in die Falle zu locken, zu unvorsichtigen, unbedachten Äußerungen zu verleiten und sich selbst zu verraten. Seither kommen wir bestens miteinander zurecht.«

Talbot lächelte. »Ein ganz neuer Weg, etwas hintenherum herauszukriegen. Was weiß sie denn?«

»Nichts. Ich garantiere Ihnen, Sie wären zu demselben Schluß gekommen, Sir. Sie kennt ihren Onkel kaum, nur flüchtig, oberflächlich. Sie hat kein Vertrauen zu ihm. Sie hält ihn für höchst verdächtig. Ebenso Alexander. Aber dazu ist ja nicht sonderlich viel Scharfsinn erforderlich. Sie weiß nichts über seine Geschäfte. Sie ist nie mit ihm auf Reisen gewesen. Ihr Vater, den sie abgöttisch liebt und vor dem sie sehr viel Respekt hat, mißtraut ihm auch – er und Andropulos reden schon seit Jahren nicht mehr miteinander. Sie ist überzeugt, daß ihr Vater eine ganze Menge über ihren Onkel und seine Geschäfte weiß, aber er weigert sich, darüber zu reden.«

»Hört sich so an, als wäre es gut, ihren Vater jetzt bei uns an Bord zu haben«, sagte Hawkins. »Ich habe das Gefühl, wir könnten von ihm sehr interessante Dinge erfahren.«

»Da bin ich sicher, Sir. Eines ist merkwürdig – sie ist überzeugt, daß ihr Onkel wirklich sehr an ihr hängt.«

Hawkins lächelte. »Es kommt mir so vor, als wäre es schwer, die junge Dame nicht zu mögen. Übrigens, ganz beiläufig und ohne Anspielung auf irgend etwas: auch Massenmörder hingen, wie man weiß, an kleinen Wesen.«

»Ich glaube kaum, daß er ein Massenmörder ist, Sir.«

»Und sie ist mit Sicherheit kein kleines Wesen.« Er blickte Talbot nachdenklich an. »Ist Ihnen ein Gedanke gekommen, John?«

»Ja.« Talbot blickte einen Moment lang geistesabwesend durchs Fenster hinaus, dann sah er wieder Hawkins an. »Woher wissen wir eigentlich, daß er kein Massenmörder ist?«

Hawkins blickte immer noch fragend. »Sie machen normalerweise nicht solche Bemerkungen. Jedenfalls nicht ohne guten Grund. Denken Sie an etwas Bestimmtes?«

»Ich glaube, ja. Aber es ist noch so weit weg, daß ich es nicht greifen kann. Das kommt noch.« Er drehte sich um; Denholm hatte gerade den Raum betreten. »Habe ich Sie nicht schon einmal so etwas gefragt wie: Was zieht Sie weg von den Fleischtöpfen?«

»Pflicht, Sir.«

»Admiral, ist Ihnen eigentlich schon aufgefallen, wie pflichtbewußt die Offiziere der *Ariadne* sind?« sagte Talbot. »Jimmy, ich dachte, Sie wollten sich unauffällig auf die Lauer legen und die Ohren spitzen?«

»Das habe ich auch getan. Mich unauffällig auf die Lauer gelegt. Und die Ohren gespitzt. Ich habe außerdem Mr. Andropulos und seinen Freund zum Trinken animiert und mit starken Getränken versorgt.«

»Zu dieser frühen Stunde?« fragte Hawkins.

»Befehl vom Captain, Sir. Ich hoffe, Captain, daß die Admiralität meine Barrechnung übernehmen wird.«

»So gewaltig?«

»Nicht so gewaltig wie ihr Durst. Sie haben sich mittlerweile ein wenig entspannt. Sind offenbar beide zu dem Schluß gelangt, daß ich ein bißchen blöd bin. Sie sind ziemlich sicher, daß ich nicht ein Wort Griechisch verstehe, verhalten sich aber immer noch vorsichtig. Machen viele versteckte Anspielungen, sprechen dabei aber vorsichtshalber in mazedonischem Dialekt.«

»Den Sie schon auf dem Schoß Ihrer Mutter gelernt haben?«

»Nein, etwas später. Aber er ist mir vertraut. Ich weiß nicht, ob Sie das als gute Neuigkeit betrachten oder schlechte, Sir, aber Andropulos weiß, daß Wasserstoffbomben an Bord des Flugzeugs sind. Und er weiß auch, daß es fünfzehn sind.«

Es trat ein längeres Schweigen ein, währenddessen die drei anderen Männer im Raum darüber nachdachten, was aus Denholms Worten zu folgern war. Schließlich sagte Hawkins: »Gute Neuigkeiten *und* schlechte. Eine gute Neuigkeit für uns, eine schlechte für Andropulos. Gut gemacht, mein Junge. Sehr gut.«

»Ich kann mich dem nur anschließen, Sir«, meinte Talbot. »Lieutenant Denholm ist eine Fehlbesetzung sowohl als klassischer Philologe wie auch als Elektronikoffizier. Er wäre der richtige Mann für MI-5. Andropulos kann unmöglich an Bord der *Ariadne* von der Existenz dieser Bomben erfahren haben. Also wußte er es vorher. Das ist der Beweis, den wir brauchen. Der Beweis für unsere fast sichere Überzeugung, daß Andropulos das Pentagon angezapft hat.«

»Ich möchte darauf hinweisen, Sir«, bemerkte Denholm, »daß das Wort ›Wasserstoffbomben‹ nicht gefallen ist. Außerdem steht nur meine Aussage gegen ihre.«

»Das spielt keine Rolle, wir sind hier nicht vor Gericht. Es kommt auch nicht zu einer Gegenüberstellung. Wichtig ist nur, daß wir es wissen. Und daß sie nicht wissen, daß wir es wissen.«

»Dann habe ich meinen Zwecke erfüllt? Oder soll ich weiter auf Horchposten gehen?«

»Weiterhorchen, natürlich. Die drei A's müssen irgendwelche Pläne schmieden. Wir wissen nun, warum sie an Bord der *Ariadne* wollten. Aber wir wissen nicht, was sie jetzt vorhaben. Nehmen Sie also Ihr Zechgelage wieder auf.«

»Zechgelage?« Denholm klang verbittert. »Ich habe eine Absprache mit Jenkins, derzufolge ich Unmengen von Tonic water, Lemon und Eis zu mir nehme. Gräßlich.« Er machte Anstalten zu gehen, aber Talbot hielt ihn fest, weil gerade ein Seemann hereinkam und ihm ein Papier übergab.

»Sie können ruhig mit anhören, was hier drinsteht.« Er überflog das Blatt. »Dies ist eine Antwort auf unsere Bitte an den griechischen Geheimdienst, uns eine ausführliche Auflistung aller Orte zu geben, mit denen Andropulos ihres Wissens entweder Geschäfte getätigt hat oder in Kontakt stand. Keine Namen, keine Adressen, nur Orte. Vierzig oder fünfzig, in der Tat. Diese Liste wurde nicht spontan und kurzfristig erstellt. Der griechische Geheimdienst muß schon seit längerem, seit Jahren vermutlich, ein mehr als flüchtiges Interesse an Andropulos haben. Ich frage mich, warum. Ungefähr die Hälfte aller Orte sind mit Sternchen versehen. Auch da frage ich mich, warum. Haben sie das für sich selbst, zu ihrer eigenen Information gemacht, oder wollten sie uns damit etwas signalisieren?«

Er gab das Papier an Hawkins weiter, der es einen Moment studierte und sagte: »Ich kenne all diese Orte, die mit einem Sternchen versehen sind. Aber ich sehe keinen Bezug zu unserer jetzigen Situation. Ich kann sie nicht einmal irgendwie entfernt mit unserem Problem in Verbindung bringen. Ich könnte schwören, daß keiner dieser Orte etwas mit Wasserstoffbomben zu tun hat.«

»Ich auch«, meinte Talbot. »Vielleicht geht es um etwas anderes. So ernst die Lage, in der wir uns befinden, auch ist, vielleicht sind die Wasserstoffbomben dennoch nicht der größte Anlaß zur Sorge. Das heißt, sofern man sich überhaupt etwas vorstellen kann, das zu noch mehr Sorge Anlaß geben könnte als unsere gegenwärtige Situation. Könnte ich das bitte zurückhaben, Sir?« Er setzte sich an seinen Schreibtisch, schrieb einige Anmerkungen aufs Papier und blickte dann auf.

»Bangkok, Islamabad, Kabul, Bogotá, Miami, Mexico City, Tijuana, San Diego, die Bahamas, Ocho Rios, Ankara, Sofia – im Falle der beiden letzteren hat Andropulos auf beide gegnerischen Seiten gesetzt, die türkischen Minderheitengruppen in Bulgarien haben es momentan wirklich schwer, aber das stört Andropulos nicht bei seinen Geschäftsinteressen – und Amsterdam. Worauf läßt diese Liste schließen?«

»Rauschgift«, meinte Van Gelder.

»Drogen. Heroin, Kokain, Marihuana, was Sie wollen. Jetzt noch ein paar Orte. Teheran, Bagdad – auch hier setzte Andropulos wieder auf die beiden gegnerischen Pferde; der Iran und der Irak führen nun schon seit Jahren Krieg miteinander, dann Tripolis, Damaskus, Beirut, Athen, Rom, Ost-Berlin, New York und London. Fällt Ihnen dazu etwas ein?«

»Ja«, antwortete wiederum Van Gelder. »Terrorismus. Ich bin mir nur nicht ganz sicher, was New York und London in dieser Liste verloren haben.«

»Ich glaube mich zu erinnern, daß es da zwei Versuche gegeben hat – einen auf dem John F. Kennedy-Airport, einen in Heathrow –, Bomben an Bord von Flugzeugen zu schmuggeln. Beide Versuche schlugen fehl. Ich glaube, man kann mit einiger Sicherheit davon ausgehen – wahrscheinlich wäre es sogar verbrecherisch nachlässig, es nicht zu tun –, daß die Terroristen, die diese Anschläge geplant haben, sich noch in London und New York aufhalten. Jimmy, würden Sie mal bitte Ihre Kabine aufsuchen und zusammen mit Theodor und allen weiteren Ergebnissen seiner kryptologischen Forschungen zurückkehren?«

Hawkins sagte: »Ich hoffe allen Ernstes, daß Sie nicht denken, was ich glaube, daß Sie denken, wenn Sie mir zu folgen vermögen.«

»Kann schon sein, Sir, daß ich das gleiche denke wie Sie, wenn *Sie mir* zu folgen vermögen.«

»Sie meinen also, Andropulos sei so eine Art Weltkoordinator des Rauschgifthandels? Meinten Sie das vorhin mit Ihrer Bemerkung, daß wir ja gar nicht wissen, ob er ein Massenmörder ist?«

»Ja, Sir. Was sonst kann diese Auflistung von Kontakten in Drogenhandelszentren bedeuten? Wie sonst kann er seine Riesenreichtümer angesammelt haben – und wir haben längst noch nicht alles zusammengezählt.«

»Wir haben keine echten Beweise dafür.«

»Das hängt ganz davon ab, was Sie als Beweis ansehen. Alle Indizien sprechen dafür. Wie weit reicht Ihre Bereitwilligkeit, alles noch als Zufall anzusehen? Unendlich?«

»Und Sie meinen ferner, er habe auch mit dem Terrorismus zu tun? Daß er seine Riesengewinne aus dem Drogenhandel benutzt, um seine terroristischen Tätigkeiten zu finanzieren?«

»Das wäre möglich, glaube ich aber nicht. Ich könnte mir denken, daß er diese beiden Geschäfte im Tandemverfahren abwickelt.«

»Drogenschmuggel ist eine Sache. Terrorismus eine ganz andere. Unvereinbar. Welten voneinander entfernt. Nicht auf einen Nenner zu bringen.«

»Man widerspricht nur ungern einem Vorgesetzten, Sir. Aber ich fürchte, Sie irren sich. Vincent, würden Sie den Admiral bitte aufklären. Sie wissen schon, worüber.«

»Nur allzugut, Sir. Oktober 1984, Admiral. Unsere letzte U-Boot-Patrouille. Nordatlantik. Ungefähr zweihundert Meilen westlich vor der irischen Küste. Ich sehe alles deutlich vor mir, als wäre es erst gestern gewesen. Man hatte uns befohlen, uns an einer bestimmten Position auf die Lauer zu legen und ein kleines amerikanisches Schiff zu beobachten, aber nicht abzufangen, das sich auf dem Weg von den Staaten nach Irland befand und zu einem bestimmten Zeitpunkt auf einem bestimmten Kurs eine bestimmte Stellen passieren sollte. Weder die Mannschaft des Schiffes noch der Kapitän, ein gewisser Captain Robert Anderson, der sich meines Wissens immer noch auf freiem Fuß befindet, wußten etwas davon, daß man sie von einem Weltraumsatelliten aus seit ihrem Auslaufen aus einem amerikanischen Hafen beobachtet hatte. Wir fuhren das Periskop aus, identifizierten das Schiff und holten das Periskop wieder ein. Sie haben uns nie zu Gesicht bekommen. Es war ein New-England-Trawler, die *Valhalla*, mit Heimathafen Cloucester, Massachusetts, aus dem sie einige Tage vorher ausgelaufen war. Sie übergab ihre Ladung einem irischen Schlepper, der *Marita Ann*, die ordnungsgemäß von der irischen Küstenwache aufgebracht wurde.

Die Ladung bestand ausschließlich aus militärischer Hardware – Gewehren, Maschinengewehren, Schrotflinten, Pistolen, Handgranaten, Raketen und, daran erinnere ich mich, über 70 000 Pfund Munition, und alles war für die IRA bestimmt. Es sollte der größte Waffenschmuggelcoup der IRA überhaupt werden. Aber er mißlang aufgrund der ›Operation Kobold‹, bei der die CIA, unser MI-5 und der irische Geheimdienst ein gesundes – oder ungesundes, je nach Sichtweise – Interesse an den Aktionen von Noraid entwickelte, einer irisch-amerikanischen Gruppe, die sich darauf spezialisierte – und, soweit ich weiß, immer noch darauf spezialisiert ist –, amerikanische Waffen zu kaufen und sie der IRA nach Nordirland zu bringen.

Ungefähr zur gleichen Zeit legte ein in Panama registriertes Frachtschiff namens *Ramsland*, das von derselben Gang gechartert war wie die *Valhalla*, im Hafen von Boston an, wo sie prompt von der Küstenwache der Vereinigten Staaten beschlagnahmt wurde. Die *Ramsland* hatte geheime Kammern unter Deck, die der Küstenwache aber bekannt waren. Sie enthielten nicht weniger als dreißig Tonnen Marihuana. Ein weiterer Schmuggelrekord. Die Einnahmen aus den Verkäufen des Rauschgifts sollten natürlich dazu dienen, die terroristischen Aktivitäten der IRA zu finanzieren.«

»Wir fingen dann an, uns ziemlich stark für diese Verbindung von Rauschgift und Terrorismus zu interessieren«, fuhr Talbot fort, »und zogen diskret einige Erkundigungen ein. Daraufhin wurden mindestens noch fünf weitere Drogen-Terrorismus-Verbindungen aufgedeckt und zerschlagen. Man nimmt an, daß es noch erheblich mehr Verbindungen dieser Art gab und gibt, die aber nicht aufgeflogen sind. Warum sollte Andropulos die Ausnahme von der Regel sein?«

»Sie sehen einen ziemlich zerknirschten Admiral vor sich«, sagte Hawkins. »Wir leben, also lernen wir. Sie beide sollten sich mit Denholm zusammentun und Ihre Dienste dem MI-5 anbieten. Ah, da kommt ja unser Mann!«

Denholm trat zusammen mit Theodor ein, der Talbot einige Papiere überreichte. Talbot warf einen Blick darauf und gab sie dann an Hawkins weiter.

»Ah, ja«, räusperte sich Hawkins. »Was für ein interessanter Zufall. Oder, in Anbetracht dessen, was ich eben erfahren habe, eher kein Zufall. Fünfzehn der vom griechischen Geheimdienst mit einem Sternchen versehenen Orte stehen auch auf Ihrer Liste. Aber hier sind auch die Namen und Adressen angegeben. Ist das nicht großartig? Captain, mir ist etwas aufgefallen. Einen der mit einem Sternchen versehenen Orte haben Sie zu erwähnen vergessen. Washington D. C. Fällt das unter R wie Rauschgifthandel oder unter T wie Terrorismus?«

»Weder – noch. Unter B wie Bestechung. Sind Sie mit der Liste bald durch, Theodor?«

»Zu zwei Dritteln, würde ich sagen.«

»Und dann haben Sie es geschafft?«

»Nein, Captain. Es gibt noch eine Liste.«

»Es wäre sehr befriedigend, wenn die noch neue Enthüllungen enthielte, aber das ist wohl zuviel verlangt. Wie lange sind Sie jetzt auf und hier, Theodor?«

»Seit drei Uhr letzte Nacht. Drei Uhr dreißig. Ich weiß es nicht genau. Ich war ein bißchen benommen. Wenn ich gewußt hätte, was heute morgen auf mich zukommt, wäre ich gestern abend nicht auf diese Geburtstagsparty gegangen.«

»Und jetzt geht es schon auf Mittag zu. Sieben Stunden haben Sie sich also das Gehirn zermartert, dabei waren Sie gleich von Anfang an nicht eben in bester Verfassung. Sie müssen erschöpft sein. Aber ich wäre Ihnen dankbar, wenn Sie wenigstens die angefangene Liste fertig bearbeiten könnten. Danach, Jimmy, schlage ich vor, daß Theodor einen Drink bekommt, eine Kleinigkeit zu essen und danach etwas Schlaf. In dieser Reihenfolge.« Die beiden gingen zusammen hinaus. »Wenn es Ihnen recht ist, Admiral, schlage ich vor, daß Vincent, sobald Theodor mit seiner Liste fertig ist, mit dem griechischen Geheimdienst Kontakt aufnimmt und ihm eine Auflistung der Orte zusammen mit den dazugehörigen Namen und Adressen schickt. Das könnte sie weiterbringen.«

»Und was, meinen Sie, könnte der griechische Geheimdienst in dieser Sache tun?«

»Sehr wenig, glaube ich. Aber sie könnten die Liste mit größter Dringlichkeit an Interpol weiterleiten. Zugegeben, die Macht von Interpol reicht nicht weltweit. In Tripolis, Teheran und Beirut ist ihr Einfluß, würde ich sagen, gleich Null. Und sie sind eher eine Informations-Sammel- und Ausgabestelle als eine mit verfügender Gewalt. Aber sie wissen mehr über die Bösewichter dieser Welt als jede andere Behörde. Und fragen Sie an, ob es einen Verdacht gibt – Verdacht, keine Beweise –, daß Andropulos mit Waffenhandel zu tun hat?«

»Wird erledigt, Sir. Soll ich mit ›Admiral Hawkins‹ unterschreiben?«

»Ja, natürlich.«

Hawkins schüttelte den Kopf. »Admiral Hawkins hier, Admiral Hawkins da. Es scheint so, als unterschriebe er alles. Oder als fälschte jemand seine Unterschrift. Ich glaube, ich sollte auf meine Barschecks achtgeben.

7

Der schwere Stahlhebekran ragte mittschiffs der *Kilcharran* in einem Winkel, der ungefähr um dreißig Grad von der Senkrechten abwich, außenbords in die Höhe. Von der Winsch am Fuß des Hebekrans lief das Kabel bis zur Spitze des Krans hinauf und fiel dann senkrecht in die See hinunter. Das untere Ende des Kabels war an einem schweren Metallring befestigt, der sich ungefähr sieben Meter über dem Rumpf des gesunkenen Flugzeugs befand; an diesem Ring waren über zwei kürzere Kabel die beiden Hebeschlaufen befestigt, die am Bug und Heck des Bombers festgemacht waren.

Die Winsch drehte sich mit einer Langsamkeit, die von den meisten Zuschauern als quälend empfunden wurde. Es stand genug elektrische Kraft zur Verfügung, um die Trommel der Winde dreimal so schnell laufen zu lassen, aber Captain Montgomery hatte es nicht eilig. Wie er da so neben der Winsch stand, ließ er ungefähr so viel Angst und nervöse Spannung erkennen wie ein Mann, der an einem Sommernachmittag mit geschlossenen Augen in einem Gartenliegestuhl sitzt. Es war zwar kaum denkbar, daß sich eine Schlaufe gelockert hätte und abrutschen könnte, aber es war immerhin möglich, und Montgomery zog es vor, lieber nicht daran zu denken, was passieren könnte, wenn das Flugzeug abrutschte und schwer gegen den Schiffsboden schlug. Deswegen stand er einfach geduldig da, bediente selber die Steuerung der Winsch und lauschte über aufgesetzte Kopfhörer den beiden Tauchern, die das Flugzeug bei seinem Aufstieg von drei Metern pro Minute begleiteten.

Nach ungefähr fünf Minuten war durch die nun leicht windgekräuselte Oberfläche der See undeutlich der grotesk aussehende Rumpf des Flugzeugs zu erkennen – grotesk, weil die linke Tragfläche fehlte. Drei weitere Minuten später tauchte der Ring aus dem Wasser auf. Montgomery zentrierte das Winschrad, zog die Bremse an, ging zum Schanzdeck, blickte über die Reling und wandte sich an den Offizier, der neben ihm stand.

»Zu nahe dran. Der Rumpf wird unten gegenschlagen. Müssen ihn etwas weiter ausbringen. Noch mehr Fender raus, vorne und hinten . . .« Die *Kilcharran* war seitlich bereits mit Girlanden gummiüberzogener Fender behängt. »Und legen Sie Taue bereit, um die Nase und das Heck des Flugzeugs festzumachen.« Er kehrte zur Winsch zurück, drückte vorsichtig einen Hebel nach vorne und fuhr den Hebekran langsam herunter, bis er ungefähr in einem Winkel von vierzig Grad über die Bordwand des Schiffes ragte. Das Flugzeug, das nun in etwa sieben Meter Tiefe deutlich auszumachen war, entfernte sich träge von der Bordwand des Schiffes. Montgomery ließ die Winsch weiter aufspulen, und bald durchstieß der Rumpf des Flugzeugs die Wasseroberfläche. Er stoppte die Winsch, als das Oberteil einen knappen halben Meter aus dem Wasser ragte. Die Steuerbordtragfläche befand sich noch unter Wasser. Montgomery wandte sich zu Admiral Hawkins um.

»Bisher war es simpel und leicht. Mit ein bißchen Glück sollte es genauso glatt weiterlaufen. Wir trennen aus der oberen Rumpfhälfte das Stück, auf das es ankommt, heraus und bringen gleichzeitig seitlich unter dem Rumpf und unter der Tragfläche weitere Schwimmkissen an. Dann heben wir das Ganze weiter hoch, so daß der Rumpf beinahe aus dem Wasser kommt, und gehen hinein.« Das Telefon klingelte, und er nahm den Hörer ab, bedankte sich bei dem Anrufer und legte wieder auf. »Ja, vielleicht ist es doch nicht ganz so unkompliziert. Anscheinend hat die Bombe zu ticken aufgehört.«

»Jetzt eben?« Hawkins wirkte nicht sonderlich beunruhigt und schon gar nicht fassungslos. »Ich hätte mir einen besseren Zeitpunkt und einen besseren Ort denken können. Aber daß es so kommt, war abzusehen. Also ist das Ding jetzt scharf.«

»Richtig. Trotzdem, es gibt keinen Grund, nicht fortzufahren wie geplant.«

»Was bleibt uns anderes übrig? Wir müssen alle an Bord beider Schiffe warnen. Es dürfen keinerlei Maschinen benutzt werden; kein Krach und kein Knallen, alle müssen sich leise auf Zehenspitzen bewegen. Das wissen natürlich schon alle, aber ich könnte mir denken, daß sie von nun an doppelt vorsichtig sein werden.«

Außenbords wurde ein Fallreep hinuntergelassen, bis eine Sprosse auf dem Rumpf des Flugzeugs lag. Carrington und Grant stiegen hinunter und vermaßen die Außenhaut des Flugzeugs vom Cockpit bis zu der entscheidenden Stelle mit einem Meßband – die entsprechende Entfernung innen, vom Cockpit bis zu der Stelle, an der die Bombe lag, hatten sie schon vorher ausgemessen. Diese Stelle im Flugzeugdeck rieben sie mit Werg aus dem Maschinenraum trocken und markierten anschließend ein schwarzes Rechteck auf der Außenhaut für die beiden Männer, die bereits mit Schweißbrennern neben ihnen standen.

»Wie lange wird es dauern?« fragte Hawkins.

»Das läßt sich nur schätzen«, antwortete Montgomery. »Eine Stunde, vielleicht auch etwas länger. Wir wissen nicht, wie dick oder stabil die Rumpfhaut ist. Auch nicht, wie dick oder stabil die Seitenverstrebungen sind. Ich weiß nur eines, nämlich daß wir mit der kleinstmöglichen Flamme arbeiten werden – selbst mit entsprechend reduzierter Leistungskraft entsteht noch eine erhebliche Hitze in dem Luftraum und im Wasser darunter. Und ich brauche wohl nicht zu erwähnen, daß noch nie jemand vorher so etwas gemacht hat.«

»Hilft es, die Dinge zu beschleunigen, wenn Sie hier herumstehen und die Arbeiten überwachen – oder, was vielleicht eher zutrifft, nur zuschauend verfolgen? Bringt uns das die Lösung der großen Unbekannten?«

»Nicht im geringsten. Ah! Lunch?«

»Ob wir nun hier sind oder in der Offiziersmesse der *Ariadne*, das macht auch keinen Unterschied, wenn das Ding hochgeht. Oder?«

»Genau. Die eine Tausendstelsekunde hier, die nächste Tausendstelsekunde schon dort. Der zum Tode Verurteilte nahm ein herzhaftes Frühstück zu sich. In unserem Falle: Lunch.«

Der Lunch war nicht festlich-fröhlich, verlief aber auch nicht in so trüber Stimmung, wie man es angesichts der Tatsache hätte erwarten können, daß alle am Tisch Anwesenden sich darüber im klaren waren, daß sie auf einer Zeitbombe saßen, die nun zu ticken aufgehört hatte. Es wurde reichlich und viel geredet, aber keineswegs in der Art zwanghafter nervöser Plauderei von Leuten, die sich in Lebensgefahr wissen. Professor Wotherspoon äußerte sich offen und oft zu allen Themen, die zur Sprache kamen, aber nicht aus Geschwätzigkeit, sondern weil er es von Natur aus liebte, sich mit anderen zu unterhalten und Gedanken auszutauschen. Auch Andropulos war alles andere als schweigsam, schien aber nur eines im Kopf zu haben: das Geheimnis um den Bomber, der eben aus der Tiefe emporgehoben wurde. Man hatte ihn nicht aufgefordert, an Bord der *Kilcharran* zu kommen, aber er hatte von der *Ariadne* aus verfolgen können, was da vorging. Er schien verständlicherweise zutiefst daran interessiert zu sein, was sich da tat und was weiter mit dem Bomber geschehen sollte, aber er war klug genug, keine bohrenden Fragen zu stellen oder zu verraten, daß er wußte, um was es ging. Talbot fing über den Tisch hinweg einen Blick von Admiral Hawkins auf, der ihm fast unmerklich zunickte. Es war klar, daß sie Andropulos nicht völlig über das im dunkeln lassen konnten, was geschah.

»Wir haben Sie noch nicht über alles in Kenntnis gesetzt, das wir inzwischen erfahren haben«, begann Talbot. »Das geschah nicht aus Nachlässigkeit, und wir brauchen uns für unser Schweigen auch nicht zu entschuldigen. Es geschah einzig aus der Sorge, Sie nicht unnötig zu beunruhigen, vor allem die beiden jungen Damen. Aber ein Mann wie Sie muß ein lebhaftes Interesse an internationalen Angelegenheiten haben, und schließlich sind Sie Grieche und Mitglied der NATO und haben daher ein Recht darauf, informiert zu werden.« So offen und ruhig, wie Talbot redete, wäre wohl niemand so schnell auf die Idee gekommen, daß Andropulos seiner Ansicht nach nur an internationalen Verbrechen interessiert war, daß ihm Griechenland und die NATO völlig gleichgültig waren und daß er im übrigen nur das erfahren würde, was er, Talbot, ihm zu erzählen bereit war.

»Dieses Flugzeug war ein amerikanischer Bomber; er hatte eine tödliche Ladung an Bord, unter anderem auch Wasserstoff- und Atombomben, die mit ziemlicher Sicherheit für eine NATO-Raketenbasis irgendwo in Griechenland bestimmt waren.« In Andropulos' Gesicht wich der erste Ausdruck verblüffter Fassungslosigkeit schnell dem grimmigen Verstehens. »Wir können nur Vermutungen über die Unglücksursache anstellen. Es könnte eine Explosion in der Maschine gewesen sein. Andererseits kann es auch sein, daß sich eine Vielzahl verschiedener Waffen an Bord befand, und daß eine davon nicht ganz in Ordnung war. Wir wissen es nicht und werden es wahrscheinlich auch nie herausfinden. Die Besatzung ist natürlich ums Leben gekommen.«

Andropulos schüttelte den Kopf. Seine hellen, unschuldig dreinblickenden Augen hatten sich vor Trauer getrübt. »Mein Gott, wie schrecklich, wie tragisch.« Er legte eine Pause ein und dachte nach. »Aber es gibt Terroristen auf der Welt.« Er sprach über Terroristen, als wären es Lebewesen von einem anderen Stern. »Ich weiß, es klingt unvorstellbar: könnte es sich dabei um einen Fall von Sabotage handeln?«

»Ausgeschlossen. Dieses Flugzeug kam von einer streng geheimen Air Force-Basis mit hundertprozentigen Sicherheitsvorkehrungen. Unachtsamkeit, Nachlässigkeit, das kann sein. Aber daß jemand mit Absicht eine Sprengladung an Bord geschmuggelt haben könnte, ist einfach unvorstellbar. Es läßt sich nur unter höherer Gewalt einordnen.«

»Ich wünschte, ich hätte ebensoviel Vertrauen in unsere Mitmenschen wie Sie.« Andropulos schüttelte noch einmal den Kopf. »Es gibt Unmenschen, Monster, denen keine Tiefe zu tief ist, um sie nicht auszuloten. Aber wenn Sie sagen, es war aufgrund der äußeren Gegebenheiten unmöglich, dann muß und will ich es Ihnen schon glauben. Ich möchte nicht zu den Menschen zählen, die auf so entsetzlichen Vorstellungen beharren und sie weiterverfolgen. Was vorbei ist, ist vorbei. Aber was geschieht nun weiter, Captain?«

»Um das zu entscheiden, müssen wir erst ins Flugzeug gelangen. Wenn ich richtig unterrichtet bin, kann ein Aufprall und eine Explosion, wie sie hier offenbar stattgefunden haben, bei Nuklearwaffen zu schwerwiegenden Störungen in den höchst empfindlichen Zündsicherungsmechanismen führen.«

»Verfügen denn Sie – oder jemand in Ihrer Mannschaft – über die Erfahrung, um so etwas beurteilen zu können?«

»Nein, weder ich noch sonst jemand aus meiner Mannschaft. Aber zwei Stühle weiter neben Ihnen sitzt ein Mann, der das kann. Dr. Wickram ist Atomphysiker. Sein Spezialgebiet sind Nuklearwaffen. Wir können von Glück sagen, daß wir ihn an Bord haben.«

»Ja, wahrhaftig, das nenne ich einen glücklichen Zufall.« Andropulos lehnte sich vor und beugte sich zu Wickram hinüber. »Davon wußte ich noch gar nichts, daß Sie ein Experte in diesen Angelegenheiten sind. Ich hoffe, Sie können uns aus diesem schrecklichen Dilemma heraushelfen.«

»Schreckliches Dilemma wäre wohl zuviel gesagt, Mr. Andropulos«, meinte Talbot. »Eher ein Problem, sagen wir mal.« Er drehte sich um, da Denholm, der nicht am Lunch teilgenommen hatte, eingetreten war. »Lieutenant?«

»Entschuldigen Sie bitte die Störung, Sir. Lieutenant McCafferty läßt Sie fragen, ob Sie es einrichten könnten, zu ihm in den Maschinenraum zu kommen.«

Sobald sie draußen waren, fragte Talbot: »Was ist denn los im Maschinenraum, Jimmy?«

»Nichts. Das Lügen wird einem mit der Zeit nur zur zweiten Natur. Eine Nachricht vom Pentagon, Sir, und einige interessante Neuigkeiten von Theodor.«

»Ich dachte, der hat sich zur Ruhe begeben.«

»Er hat es sich anders überlegt, Sir. Kann uns auch nur recht sein, wie Sie sicherlich zugeben werden.« Er holte ein Blatt Papier hervor. »Die Nachricht aus Washington.«

»›Krytron unterwegs per Direktflug New York–Athen mit Concorde.‹ Tatsächlich, da drüben macht jemand seinen ganzen Einfluß geltend. Kommt mir so vor, als hätte der Präsident da seine Hand im Spiel. Ich stelle mir die Entrüstung von hundert oder noch mehr Europareisenden vor, die man auf der Rollbahn vom John F. Kennedy Airport ausgeladen hat, um statt dessen ein winziges elektrisches Gerät an Bord zu nehmen. Sie werden natürlich nie erfahren, warum man sie ausgeladen hat. – Es geht hier weiter: ›Volle Kooperation von British Airways und den spanischen und italienischen Behörden.‹«

»Wieso Spanien und Italien?« fragte Denholm. »Man braucht keine Erlaubnis, um Länder zu überfliegen, mit denen man freundschaftliche Beziehungen unterhält. Man muß nur die Air Control benachrichtigen, das ist alles.«

»Außer, könnte ich mir denken, wenn man sie mit Überschallknall in ihrer friedlichen Ruhe stört. Die Botschaft endet: ›Eintreffen vermutlich drei Uhr nachmittags Ortszeit.‹ In gut einer Stunde. Wir müssen dafür sorgen, daß auf dem Flughafen von Athen ein Flugzeug bereitsteht. – Wollen sehen, was Theodor für uns hat. Etwas Wichtiges, möchte ich wetten.«

Theodor hatte tatsächlich etwas von Bedeutung herausgefunden, wenn auch nicht gleich auf Anhieb zu erkennen war, wie schwerwiegend es war.

»Ich habe mich über die dritte und letzte Liste hergemacht, Captain«, sagte Theodor. »Und der sechste Name, auf den ich gestoßen bin, ist dieser: George Skepertzis. Gefolgt von der vollständigen Anschrift in Washington. Und unter der Adresse steht, wie Sie sehen, Ref. KK, TT. Damit kann ich überhaupt nichts anfangen.«

»Ich auch nicht«, sagte Talbot. »Sie, Lieutenant?«

»Vielleicht. Skepertzis ist ein griechischer Name, das ist sicher. Könnte ein Landsmann von Andropulos sein. Und wenn unser Freund Kontakte zum Pentagon hat, kann man mit Sicherheit wetten, daß er nicht an sie schreibt, an ihren Namen und per Adresse Pentagon. Ich könnte mir denken, daß Andropulos für so etwas einen Mittelsmann einsetzt.«

»Ja, damit muß man rechnen. Wahrscheinlich haben Sie recht. Also schicken Sie eine Nachricht an die Bank und fragen Sie an, ob sie Konten unter diesen Initialen unterhält, und eine weitere Anfrage ans FBI, ob es Luftwaffengenerale oder Admirale mit solchen Initialen gibt. Ist natürlich ein Schuß ins Dunkle, aber wer weiß, vielleicht trifft er sein Ziel. Und für den Fall, daß er auch nur entfernt an eine gesunde Nachtruhe denkt, schikken Sie noch eine Meldung an den Präsidenten persönlich, via FBI, daß dieses Ticken aufgehört hat und die Atombombe nun also scharf ist. Wir werden das vorher noch mit dem Admiral absprechen. Könnten Sie ihn bitten, zu uns zu kommen? Und bitten Sie auch Number One und Dr. Wickram dazu. Ich würde sagen, auf der Brücke. Ich bin sicher, daß Ihnen auf dem Weg zur Offiziersmesse eine plausible Ausrede einfällt.«

»Da brauche ich nicht groß nachzudenken, Sir. Das ist mir schon zur Gewohnheit geworden.«

»Das wäre nur fair.« Hawkins schob die drei Funkmeldungen beiseite, die Talbot aufgesetzt hatte. »Das griechische Verteidigungsministerium stellt eine Maschine bereit für den Zeitpunkt, wenn die Concorde landet. Wenn die geschätzte Ankunftszeit einigermaßen stimmt, sollte dieses Krytron ungefähr um drei Uhr dreißig auf Santorin eintreffen. Und selbst wenn Ihre Männer nach Cap Akrotiri rudern müssen und von dort zurück, sollten wir das Gerät bis fünf an Bord haben. Es besteht auch durchaus eine Chance, daß bei den Anfragen beim FBI und bei der Bank in Washington etwas Positives herauskommt. Was die Nachricht angeht, daß die Bombe jetzt scharf ist, sehen wir mit Neugier der Reaktion des Präsidenten entgegen. Schicken Sie das alles gleich los. – Sie haben aber noch etwas anderes auf dem Herzen, Captain, etwas Dringendes, vermute ich?«

»Wie Sie selbst schon einmal vor gar nicht so langer Zeit bemerkten, Sir, läuft uns die Zeit davon. Fragen, Sir, und wir sollten versuchen, schnell eine Antwort auf sie zu finden. Warum hat Andropulos so zurückhaltend reagiert und uns nicht mit mehr Fragen über den Bomber gelöchert? Weil er – bis auf das tickende Gerät – schon fast alles wußte, was es da zu wissen gab, und weil er keinen Anlaß sah, Fragen zu stellen, wenn er die Antworten schon kannte.

Warum zeigte er sich so wenig erstaunt, daß Dr. Wickram gerade in einem so kritischen Moment an Bord ist? Selbst die unschuldigsten Gemüter hätte das sehr verwundert, und sie hätten sich dahingehend geäußert, daß es doch ein äußerst bemerkenswerter Zufall sei, daß Dr. Wickram gerade in dem Moment hier auftaucht, in dem er am dringendsten gebraucht wird.

Was geht bloß in diesem gerissenen, berechnenden Gehirn vor, wenn er sieht, wie wir die Bombe aus dem Flugzeugrumpf herausholen – angenommen natürlich, es kommt überhaupt dazu? Und wie stillen wir seine Neugier?«

»Die letzten beiden Fragen kann ich beantworten, und ich kann auch meine Anwesenheit hier erklären«, sagte Wickram. »Ich habe inzwischen Zeit gehabt, nachzudenken, obwohl das gar nicht so viel Nachdenken erforderte. Sie haben gehört, daß an Bord des Bombers Wasserstoffbomben seien. Sie wußten nicht, wie gefährlich sie sind, und beorderten deshalb einen Experten her. Das bin ich. Der Experte erklärt Ihnen, daß die Gefahr, die besteht, ziemlich groß ist. Es gibt keine Möglichkeit, zu verhindern, daß langsam aber stetig ein gewisser Prozentsatz an Radioaktivität aus den Wasserstoffbomben entweicht. Und davon befinden sich fünfzehn Stück an Bord des Flugzeugs. Diese Radioaktivität speichert sich in der Atombombe, die ganz anders konstruiert ist, bis ein kritisches Stadium erreicht ist. Dann gute Nacht, uns allen. Alles eine Frage der Masse, tatsächlich.«

»Ist das wirklich so der Fall?«

»Wie zum Teufel soll ich das wissen? Ich habe es eben erfunden. Klingt aber einigermaßen wissenschaftlich und einleuchtend. Der Normalbürger versteht nichts von Nuklearwaffen. Wer wird da schon das Wort eines weltbekannten Atomphysikers anzweifeln? Und der – für den Fall, daß Ihnen Commander Talbots Worte entfallen sind – bin ich.«

Talbot lächelte. »Das würde mir nicht im Traum einfallen, Dr. Wickram. Hervorragend. Nächste Frage. Was haben Andropulos' verschlüsselte Listen an Bord der *Ariadne* verloren?«

»Nun, zunächst einmal«, sagte Hawkins, »haben Sie sie selbst an Bord gebracht. Kein Grund, sich so zurückhaltend auszudrücken, Captain. Meinten Sie in Wirklichkeit etwas anderes?«

»Ja, die Frage war falsch gestellt. Warum hat er sie an Bord der *Delos* zurückgelassen? Hat er sie vergessen? Unwahrscheinlich. Nicht etwas so Wichtiges. Weil er glaubte, sie würden nie aufgefunden? Möglich, aber auch nicht wahrscheinlich. Weil er dachte, selbst wenn sie jemand fände, würde der Finder nicht erkennen, daß es sich um einen verschlüsselten Text handele, und ihn nicht zu entschlüsseln versuchen? Schon wahrscheinlicher. Aber der eigentliche Grund war, glaube ich, daß er es für zu riskant hielt, sie an Bord der *Ariadne* zu bringen. Wenn er versucht hätte, sie allein aus dem Wrack zu retten, wäre das an sich schon auffällig und verdächtig gewesen. Also zog er es vor, sie zurückzulassen und später durch einen Taucher zurückholen zu lassen. Diese Möglichkeit kann er von Anfang an in Betracht gezogen haben; wenn es so war, hätte er die Sachen wohl kaum in einer Kartonmappe aufgehoben. Vielmehr entschied er sich für eine wasserdichte Metallbox.

Um die Metallbox vom Boden des Meeres heraufzuholen, hätte man Tauchercrews oder ein Bergungsschiff gebraucht. Das ist nur eine Vermutung. Ich glaube, daß die *Delos* unterging, war Zufall, nicht Absicht. Wahrscheinlich hat sich Andropulos nie vergegenwärtigt, daß man ein Bergungsschiff brauchen würde. Aber ein solches Schiff wäre für andere Zwecke gut gewesen, etwa um Atomwaffen aus einem gesunkenen Bomber zu holen, denke ich. Den hätten sie – wer immer sie sind – nie irgendwo über dem Kretischen Becken abstürzen lassen – das ist das Meer zwischen dem Peloponnes im Westen, dem Dodekanes im Osten, den Kykladen im Norden und Kreta im Süden. Da ist das Meer größtenteils zwischen 500 und 2300 Metern tief – viel zu tief, um etwas zu bergen. Vielleicht sollte das Flugzeug genau da abstürzen, wo es abgestürzt ist. Und vielleicht sollte dieses hypothetische Bergungsschiff da sein, wo wir dann unpassenderweise waren.«

»Etwas weit hergeholt, aber möglich«, meinte Hawkins. »Man muß schließlich alles in Erwägung ziehen. Sie würden also gerne wissen, ob hier oder irgendwo in der Nähe ein Tauchboot oder Bergungsschiff registriert ist, vorübergehend liegt oder herumkreuzt. Richtig?« Talbot nickte. »Das herauszufinden ist kein Problem.«

»Iraklion auf Kreta?«

»Natürlich. Die US Air Force Base ist unsere Hauptstation für elektronische Überwachung in diesem Bereich. Sie arbeiten mit AWACS und anderen Radarflugzeugen, um die Sowjets, Libyen und die militärischen Bewegungen in anderen Ländern zu überwachen. Die griechische Luftwaffe tut das gleiche, aber mit Phantom- und Mirage-Flugzeugen. Ich kenne den Kommandeur des Stützpunktes ziemlich gut. Ein Funkspruch genügt. Entweder finden sie das in Kürze heraus oder haben die Antwort schon parat. Eine Sache von einigen Stunden höchstens.«

»Ich will mich ja nicht beklagen«, sagte Captain Montgomery zu Talbot. Tatsächlich klang seine Stimme jedoch etwas wehleidig. »Aber das hätte uns nun wirklich erspart bleiben können.« Er deutete auf eine dicke schwarze Wolkenwand, die von Nordwesten heraufzog. »Wir haben schon Windstärke 5, und wir fangen schon an zu schaukeln. Den Reisebüros wird das auch ganz und gar nicht gefallen. Angesagt ist ein goldener Sommertag in der goldenen Ägäis.«

»Windstärke 5 ist hier in dieser Gegend zu dieser Jahreszeit nachmittags nicht ungewöhnlich. Regen ist allerdings selten. Aber es sieht so aus, als bekämen wir in Kürze eine ganze Menge davon. Die Wettervoraussage ist schlecht, und das Barometer verkündet nichts Gutes.« Talbot blickte über die Reling der *Kilcharran*. »Was Sie wirklich unglücklich macht, ist das da.«

Tatsächlich schaukelte Montgomerys Schiff überhaupt nicht. Exakt nach Nordwesten ausgerichtet lag es völlig ruhig, was man von dem Flugzeug, das längsseits festgemacht war, nicht sagen konnte. Da es viel kürzer war und zu neun Zehnteln unter Wasser lag, stampfte es kräftig und zerrte an den Trossen, mit denen es an Bug und Heck an der *Kilcharran* verlascht war. Für das Arbeitsteam auf dem Flugzeugrumpf wurde es immer schwieriger, gleichzeitig das Metall aufzuschweißen und das Gleichgewicht zu halten; von Zeit zu Zeit überspülten die Wellen auch die Stelle, an der sie arbeiteten. Es war bereits soweit, daß sie mehr Zeit für ihre eigene Sicherheit brauchten, als daß sie ihre Schneidbrenner zum Einsatz bringen konnten.

»Nicht so sehr unglücklich, eher ärgerlich. Wir kommen kaum noch vorwärts, und es war schon unter guten Bedingungen mühsam genug. Der Rumpf und die Querverstrebungen vor allem erwiesen sich als stärker als erwartet. Wenn sich die Lage nicht bessert – und wenn ich mir anschaue, was da auf uns zukommt, sieht es nicht so aus –, muß ich unser Schneidbrennerteam zurückziehen. Nicht weil es für sie gefährlich wird, sondern des Flugzeugs wegen. Es gibt keine Möglichkeit festzustellen, wie lädiert Bug und Heck sind, aber ich mag mir nicht ausmalen, was passiert, wenn das eine oder das andere sich abtrennt.«

»Dann wollen Sie es wohl achtern an einem Schlepptau treiben lassen?«

»Mir bleibt keine andere Wahl. Ich werde eine Art Korbgeflecht um

Bug und Tragfläche des Flugzeugs legen lassen, das Ganze dann an einem Tau festmachen – einem dicken, das federartig reagiert – und es eine Kabellänge entfernt hinter uns treiben lassen. Vorher muß ich den Admiral informieren.«

»Nicht nötig. Er pfuscht Experten nie ins Handwerk. Aber da kommt mir ein unerfreulicher Gedanke, Captain. Was passiert, wenn es sich losreißt?«

»Dann schicken wir ein Boot aus – ein Ruderboot natürlich –, um es mit einem Anker zu sichern.«

»Und wenn der nicht hält?«

»Durchlöchern wir die Luftkissen und versenken es. Wir können es nicht wild in der Gegend herumtreiben und den ganzen Krempel hochgehen lassen, kaum daß ein motorisiertes Schiff in Hörweite gelangt.«

»Und wenn es sinkt, wo es ist, sitzen wir hier natürlich weiter fest.«

»Man kann nun mal nicht alles haben.«

»Also gut«, sage Hawkins, »Montgomery bleibt gar nichts anderes übrig. Wann will er damit anfangen?«

»Jetzt gleich, jeden Moment. Vielleicht wollen Sie mit ihm reden. Ich habe ihm versichert, daß Sie einverstanden wären. Aber er würde es vielleicht lieber von Ihnen selbst hören?«

»Natürlich«, sagte Hawkins. »Wie sieht die Wettervorhersage aus?«

»Schlecht. Haben Sie etwas von der Bank in Washington gehört, vom FBI oder von Iraklion?«

»Nein, nichts. Wir haben nur eine Menge unverlangter dummer Beileidsbezeugungen erhalten, von allen möglichen Staatsoberhäuptern, Präsidenten, Premiers und so weiter, die uns einerseits ihr Mitgefühl ausdrükken und andererseits im nächsten Atemzug fragen, warum wir nichts unternehmen. Möchte wissen, wie das durchgesickert ist.«

»Ich weiß nicht, Sir. Aber interessiert mich eigentlich auch nicht.«

»Mich auch nicht.« Er deutete auf einige Papiere auf seinem Schreibtisch. »Wollen Sie sie lesen? Sie wissen noch nicht, daß dieses Ticken aufgehört hat.«

»Nein, ich will sie nicht lesen.«

»Das habe ich mir schon gedacht. Was machen Sie nun als nächstes, John?«

»Letzte Nacht habe ich kaum geschlafen. Kann sein, daß ich nächste Nacht auch nicht viel Schlaf kriege. Die Zeit ist günstig. Nichts zu tun momentan.«

»Gute Idee. Ich werde Ihrem Bespiel folgen, sobald ich von der *Kilcharran* zurück bin.«

Als Talbot kurz nach sechs Uhr abends auf die Brücke trat, hätte noch hellichter Tag sein müssen. Aber der Himmel war so finster, daß es auch schon späte Dämmerstunde hätte sein können. Van Gelder und Denholm erwarteten ihn bereits.

»Bei dem Wetter«, meinte Talbot, »könnte man fast sagen: ›Hüter, ist die Nacht schier hin?‹ – Alles in Ordnung und unter Kontrolle, während Captain Drake in seiner Hängematte schlummerte?«

»Wir sind nicht faul gewesen«, sagte Van Gelder. »Auch Captain Montgomery nicht. Er hat den Bomber eine Kabellänge entfernt in südöstlicher Richtung ausgebracht. Stampft ziemlich stark – wir haben Windstärke 6 oder 7 –, scheint aber stabil zu sein und nicht auseinanderzubrechen. Er hat ein Blinklicht darauf anbringen lassen, um prüfen zu können, daß er sich nicht losreißt, und um Spinner daran zu hindern, ihn zu klauen. Allerdings kann ich mir kaum vorstellen, daß jemand in der Nähe verrückt genug wäre, das zu versuchen. Ich rate Ihnen jedenfalls davon ab, sich da hinauszubegeben, um selber nach dem Rechten zu schauen, Sir. Sie könnten leicht fortgespült werden.« Van Gelders Ratschlag war überflüssig. Der Regen, der von dem schwarzen, bleiernen Himmel herabfiel, war von sintflutartiger, tropischer Stärke; die dicken warmen Tropfen spritzten an Deck fünfzehn Zentimeter hoch.

»Ich verstehe, was Sie meinen.« Er warf einen Blick auf eine braune Metallbox, die auf dem Deck lag. »Was ist das?«

»Voilà!« Denholm hob die Box an dem Griff, der oben eingelassen war, hoch und öffnete den Deckel mit dem gleichen Schwung, mit dem ein Bühnenzauberer sein neuestes Kunststück vorführt. *»Pièce de résistance.«* Das, was vermutlich das Bedienungsfeld war, oben auf dem Dekkel der Box, sah ungemein unbeeindruckend und altmodisch aus und erinnerte mit zwei kalibrierten Skalen, einigen Knöpfen, darunter einem zum Drücken, und zwei halbkugelförmigen orangenen Kuppeln, die in die Oberfläche eingelassen waren, an ein Vorkriegsradio.

»Das Krytron, nehme ich an«, sagte Talbot.

»Ja, nichts Geringeres. Ein dreimaliges Hoch auf den Präsidenten. Hat sein Wort wirklich gehalten.«

»Ausgezeichnet. Wirklich ausgezeichnet. Da wollen wir nur hoffen, daß wir es auch unter, sagen wir mal, optimalen Umständen zum Einsatz bringen können.«

»›Optimal‹ ist das richtige Wort«, sagte Denholm. »Ganz simpel, das Gerät – jedenfalls was die Bedienung angeht. Innen ist es wahrscheinlich verflixt kompliziert. Dieses Modell hier – vermutlich gibt es noch andere – arbeitet mit einer Vierundzwanzig-Volt-Batterie.« Er legte den Finger auf einen der Knöpfe. »Ich drücke hier drauf – und *hey presto!*«

»Wenn Sie versuchen, mich nervös zu machen, Jimmy, so ist Ihnen das gelungen. Nehmen Sie den Finger von diesem verdammten Knopf.«

Denholm drückte ihn einige Male herunter. »Keine Batterie drin, Sir. Die müssen wir erst einsetzen. Kein Problem. Und unter diesen orangenen Halbkugeln befinden sich zwei Schalter, die um 180 Grad gedreht werden müssen. Extra entworfen, sehen Sie, für unvorsichtige Spaßmacher wie mich. Eine zusätzliche Sicherheitsmaßnahme ist, daß man die Kugeln nicht herausschrauben kann. Ein kurzer harter Schlag mit einem leichten metallenen Gegenstand, so heißt es in der Gebrauchsanweisung, und die Dinger zersplittern. Vermutlich ebenfalls mit Absicht so entworfen, damit man nicht auf die Idee kommt, die Deckel abzuschrauben und an den Schaltern herumzuspielen. Konstruiert, wenn Sie mir folgen können, zum einmaligen Gebrauch. Die Schalter liegen nur ein einziges Mal frei: unmittelbar bevor man auf den Knopf drückt.«

»Und wann werden Sie die Batterie einsetzen?«

»Als zusätzliche Sicherheitsmaßnahme – Sicherheitsmaßnahme *meinerseits* – erst unmittelbar vor Gebrauch. Hier sind Positiv- und Negativ-Anschlüsse. Wir benutzen Krokodilklemmen mit Federdruck. Zwei Sekunden, um die Klemmen anzubringen. Drei Sekunden, um die Kuppeln einzuschlagen und die Schalter umzustellen. Eine Sekunde, um auf den Knopf zu drücken. Könnte nicht einfacher sein. Voraussetzung ist nur eine winzige Kleinigkeit, Sir – daß wir die Atombombe haben, nur sie allein, weit, weit weg von allem, und daß wir selbst in sicherer Entfernung sind, wenn wir sie zünden.«

»Sie verlangen nicht sehr viel, Jimmy.« Talbot blickte in den peitschenden Regen hinaus und auf die dunkle und nun mit weißen Schaumkronen bedeckte See. »Vielleicht müssen wir noch etwas warten – eine Stunde oder zwei, optimistisch geschätzt, oder, wenn man schwarz sieht, die ganze Nacht. Vorher ist nicht einmal daran zu denken, daß wir uns von hier fortbewegen. Noch etwas?«

»Ich wiederhole, wir waren nicht faul inzwischen«, sagte Van Gelder. »Wir haben eine Nachricht erhalten von der Iraklion Air Base. Da ist – oder war – eine Tauchermannschaft mit ihrem Schiff ganz in der Nähe, sofern man sagen kann, daß die Westspitze Kretas ganz in der Nähe von Iraklion liegt.«

»Ist – oder war?«

»War. Das Schiff lag für einige Tage draußen vor der Suda-Bucht vor Anker und ist offenbar heute morgen abgefahren. Wie Sie wissen, ist die Suda-Bucht eine strengen Sicherheitsvorkehrungen unterliegende griechische Marinebasis und stark bewachtes militärisches Sperrgebiet. Selbst harmlos kreuzende Jachten werden da alles andere als gern gesehen. In der Suda Bay hat man sich natürlich für diesen Burschen interessiert. Mißtrauen gehört zum Geschäft, vor allem, wenn in der Nähe gerade NATO-Operationen durchgeführt werden.«

»Und haben sie etwas herausgefunden?«

»Herzlich wenig. Das Schiff hieß *Taormina* und war in Panama registriert.«

»Ein sizilianischer Name? Aber das hat nichts zu bedeuten. Panama – da registriert man, weil es kostengünstiger ist. Einige der erfolgreichsten Reeder der Welt haben da ihre Schiffe registriert. Außerdem ist es keine Kunst, Schiffsnamen und Heimathafen in kürzester Zeit zu wechseln – das einzige, was man dazu braucht, sind ein paar Töpfe Farbe und ein paar Schablonen. Woher kamen sie denn?«

»Das wußten sie nicht. Das Schiff hatte außerhalb des Hafens geankert und brauchte sich deshalb weder beim Zoll noch bei den Hafenbehörden zu melden. Aber sie wußten, daß es ungefähr in nordöstlicher Richtung davongefahren ist, und das ist zufälligerweise der Kurs, den es hätte nehmen müssen, um nach Santorin zu kommen. Und da die Suda-Bucht noch nicht einmal hundert Meilen von hier entfernt ist, hätte selbst ein langsames Schiff hier in dieser Gegend sein können, bevor der Bomber abstürzte. Es könnte also sein, daß Sie mit Ihrer Vermutung recht hatten, Sir. Das einzige Problem ist, daß wir das Schiff nirgends bemerkt haben.«

»Das könnte Zufall gewesen sein. Vielleicht hat die *Delos* sie auch gewarnt und geraten, fernzubleiben. Haben die in Iraklion etwas davon erwähnt, daß sie nach dem Schiff Ausschau halten wollten?«

»Nein. Jimmy und ich haben uns darüber unterhalten, aber wir hielten es nicht für wichtig genug, um Sie – und den Admiral – in Ihrer Ruhe zu stören.«

»Wahrscheinlich ist es nicht wichtig. Wir sollten es dennoch versuchen. Unter normalen Bedingungen aber. In welcher Richtung liegt Iraklion von hier aus gesehen? Ungefähr genau südlich?«

»In etwa.«

»Mit zwei Flugzeugen, einem, das in einem Bogen gen Norden, und einem zweiten, das Richtung Osten fliegt, sollten sie diesen Burschen, wenn er irgendwo hier in dieser Gegend ist, in einer halben Stunde, wahrscheinlich weniger, ausgemacht haben. Das gehört zu einem dringend notwendigen NATO-Manöver, verstehen Sie. Aber die Bedingungen sind nicht normal. Reine Zeitverschwendung bei einem Wetter wie diesem mit praktisch null Sichtweite. Das ist eine Möglichkeit, die wir uns für besseres Wetter aufheben müssen. Sonst noch etwas?«

»Ja. Wir haben sowohl von der Bank in Washington als auch vom FBI gehört. Mit gemischten Ergebnissen, könnte man sagen. Unter den Initialen KK, sagt die Bank, hat sie einen gewissen Kyriakos Katzanakis.«

»Klingt äußerst vielversprechend. Noch griechischer geht es ja wohl kaum.«

»Und unter TT haben sie einen Thomas Thompson. Noch angelsächsischer geht es eigentlich auch nicht. Das FBI teilte uns mit, unter diesen Initialen gebe es keine hohen Offiziere im Pentagon – womit vermutlich Admirale und Air Force-Generale gemeint sind und, draußen, Vizeadmirale und Generalleutnants.«

»Scheint auf den ersten Blick enttäuschend. Könnte aber auch eine Stufe in der Geldwaschanlage sein zur Vertuschung dessen, woher sie das Geld haben. Das FBI hatte keinen Kontakt mit der Bank? Nein, natürlich nicht. Wir haben ihm gegenüber ja nichts von der Bank erwähnt. War ein Versäumnis unsererseits. Nein, ein Fehler meinerseits. Die Bank muß Adressen für die Herren KK und TT haben; das sind zwar vermutlich nur Hoteladressen, aber sie könnten uns vielleicht weiterbringen. Und dann haben wir noch etwas versäumt, und auch dafür bin ich allein verantwortlich. Wir haben dem FBI nicht den Namen und die Adresse dieses George Skepertzis mitgeteilt. Wir werden das gleich nachholen. Es gibt immerhin eine winzige Chance, daß das FBI eine Verbindung zwischen Skepertizis,

KK und TT erkennen kann. – Und wie hat der Präsident darauf reagiert, daß das Ticken aufgehört hat?«

»Er scheint zu keinen Reaktionen mehr fähig zu sein.«

Montgomery nippte an seinem Drink, blickte finster durch sein Kajütfenster, zuckte zusammen und wandte den Blick ab. »Das Wetter hat sich im Laufe der letzten halben Stunde verschlechtert, Commander Talbot.«

»Noch schlechter kann es kaum geworden sein.«

»In solchen Dingen kenne ich mich aus«, seufzte Montgomery. »Macht mich ganz krank vor Heimweh nach den Mourne Mountains. In den Mourne Mountains regnet's sehr viel. Glauben Sie, daß sich das in absehbarer Zeit aufklärt?«

»Nicht vor Mitternacht.«

»Und auch das ist optimistisch geschätzt, möchte ich meinen. Bis wir diesen verdammten Bomber längsseits verholt, das Loch in den Rumpf geschnitten, das Ganze aus dem Wasser gehievt und die Bombe herausgeholt haben, fängt es an zu dämmern. Mindestens. Könnte auch leicht sein, daß es darüber Vormittag wird. Sie werden sicher verstehen, daß ich Ihre freundliche Einladung zum Dinner ablehne. Ein kleiner, früher Imbiß für mich, dann ab in die Koje. Könnte sein, daß ich irgendwann mitten in der Nacht aufstehen muß. Ich werde meine Leute die ganze Nacht über an Heck Wache halten lassen und ihnen auftragen, das Flugzeug genau im Auge zu behalten und mich zu wecken, sobald das Wetter sich ihrer Ansicht nach soweit bessert, daß man mit dem Verholen des Flugzeugs anfangen kann.«

Dr. Wickram sagte: »Wie finden Sie die kurze Zusammenfassung der Rede, die ich eigentlich wider meiner Natur heute abend bei Tisch halten werde? Nicht zuviel, würde ich denken, nicht zu wenig?«

»Perfekt. Vielleicht nur im Ton etwas schicksalsschwerer?«

»Eine halbe Oktave tiefer, meinen Sie? Merkwürdig, wie leicht man sich an einen so verlogenen Ton gewöhnt.«

»An Bord der *Ariadne* ist das wirklich wie eine ansteckende Krankheit. Man kann sich nicht dagegen wehren.«

»Ich habe mich gerade mit Eugenia unterhalten«, sagte Denholm. »Ich dachte, ich sollte Sie darüber in Kenntnis setzen.«

»Darüber, daß Sie Ihre Pflicht vernachlässigt – und nicht auf Horchposten gelegen haben, meinen Sie?«

»Man wird es leid, immerzu Leute auszuhorchen. Nein, ich meinte das, was sie mir gesagt hat.«

»Sie haben also privat mit ihr gesprochen?«

»Ja, Sir. In ihrer Kabine. Das heißt, in Number Ones Kabine.«

»Sie setzen mich in Erstaunen, Jimmy.«

»Wenn ich so sagen darf, Sir, mit angemessenem Ernst, wir haben rein theoretisch über alle möglichen Dinge diskutiert. Sehr klug, dieses Mädchen. Hat zwei Prüfungen mit Auszeichnung bestanden. Sprachen und Literatur, Alt- und Neugriechisch.«

»Aha! Also ergaben sich sprachliche Gemeinsamkeiten, nicht wahr?«

»So kann man das nicht sagen, Sir, weil ich nur Englisch gesprochen habe. Ich hatte den Eindruck, daß sie überzeugt war, ich spräche nicht ein Wort Griechisch.«

»Das heißt, sie ist nicht mehr davon überzeugt? Ist offenbar eine gute Beobachterin, die junge Dame? Hat offenbar ein verstehendes Aufflakkern bemerkt, als etwas auf Griechisch gesagt wurde und Sie eigentlich keine Reaktion hätten zeigen dürfen? Ich habe den Verdacht, daß Sie in Ihrer jugendlichen Unbefangenheit einer weiblichen List aufgesessen sind.«

»Wie würden Sie reagieren, Sir, wenn jemand sagt, an Ihrem Schuh kröche gerade ein Skorpion hoch?«

Talbot lächelte.

»Das hat sie natürlich auf griechisch gesagt. Und Sie haben schnell nachgesehen, wo das gräßliche Vieh saß. Darauf wäre jeder reingefallen. Ich hoffe, es hat Sie nicht zu sehr gegrämt und gekränkt?«

»Nicht wirklich, Sir. Sie ist sehr nett. Und hat große Angst. Wollte sich mir anvertrauen.«

»Ach, die Tage, als hübsche junge Damen sich mir anvertrauen wollten, scheinen vorüber zu sein.«

»Ich glaube, sie hat ein wenig Angst vor Ihnen, Sir. Genau wie Irene. Sie wollte mit mir über Andropulos reden. Frauengeschwätz, natürlich – sie hat offenbar sonst niemanden auf dem Schiff, mit dem sie sprechen könnte. Das ist, denke ich, nicht ganz fair. Die beiden scheinen sehr eng miteinander befreundet zu sein. Irene scheint ihr das Gespräch, das sie heute morgen mit Number One hatte, ziemlich wörtlich wiedergegeben zu haben; und sie hat ihr erzählt, daß sie Vincent gesagt hat, was sie über ihren Onkel Adam weiß. Es hat den Anschein, daß Eugenia mehr über diesen Onkel Adam weiß als seine Nichte. Kann ich einen Drink haben, Sir? Ich habe Unmengen Tonic und Lemon in mich hineingekippt.«

»Bedienen Sie sich. Und hat sie Ihnen etwas enthüllt, ja?«

»Ich weiß nicht, ob man es so bezeichnen kann, Sir, aber ich bin sicher, daß Sie es interessant finden werden. Eugenias Vater scheint sehr viel mit Irenes Vater gemeinsam zu haben – offenbar sind sie eng miteinander befreundet –, sie sind beide reiche Geschäftsleute, kennen beide Andropulos und scheinen ihn beide für einen Gauner zu halten. Gut, soweit ist das alles nichts Neues. Wir glauben ja alle, daß er ein Gauner ist. Aber Eugenias Vater ist im Gegensatz zu Irenes bereit, sich offen und ausführlich über Andropulos auszulassen. Eugenia redet darüber aber nicht mit Irene, weil sie ihre Gefühle nicht verletzen will.« Denholm kostete seinen Drink und stöhnte zufrieden. »Es sieht so aus, als hätte Adamantios Andropulos einen krankhaften Haß auf die Amerikaner. Wer würde denken, daß ein so charmanter, liebenswürdiger, gebildeter und zivilisierter Mann einen krankhaften Haß auf jemanden hat?«

»Ich schon. Nun, wir wissen alle, daß er ein kluger Mann ist. Also muß er einen Grund haben.«

»Hat er. Zwei sogar. Sein Sohn und sein einziger Neffe. Offenbar hat er sie abgöttisch geliebt. Eugenia ist davon ziemlich überzeugt. Und sie sagt, Andropulos habe ohne Zweifel auch Irene und sie selbst sehr gerne, aber die beiden scheinen dieses Gefühl – und darüber bin ich froh, das sagen zu können – nicht zu erwidern.«

»Was ist mit seinem Sohn und seinem Neffen?«

»Sind unter höchst merkwürdigen Umständen verschwunden. Wurden nie wieder gesehen. Andropulos ist überzeugt, daß sie von der CIA erledigt wurden.«

»Die CIA steht in dem Ruf, ob mit Recht oder nicht, Leute, die sie für unerwünscht hält, auszulöschen. Aber sie haben, wiederum ob berechtigt oder nicht, meist einen Grund dazu. Kennt Eugenias Alter Herr den Grund?«

»Ja. Er sagt – und ist davon überzeugt –, daß die beiden jungen Männer Heroinhändler waren.«

»Nun, hm. Das deckt sich mit allem, was wir ohnehin schon und in ständig zunehmendem Maße vermutet haben. Jimmy, es gibt Zeiten, da halte ich die CIA für eine verfluchte Saubande.«

Die Atmosphäre beim Dinner war spürbar steifer als beim Lunch. Die Unterhaltung floß nicht so ungezwungen; vor allem Hawkins, Talbot und Van Gelder schienen mehr als sonst still in sich hineinzuhorchen und leeren Blickes auf eine Stelle zu starren, die in weiter Ferne lag. Es war nichts Greifbares, und nur ein sehr sensibler Mensch hätte bemerkt, daß etwas nicht in Ordnung war. Andropulos bewies, daß er nicht zu diesen Leuten gehörte.

»Ich will mich ja nicht in ihre Angelegenheiten einmischen, meine Herren, und vielleicht irre ich mich auch, das tue ich häufig. Aber kann es sein, daß ich heute abend am Tisch so etwas wie Unbehagen, ja Spannung verspüre?« Sein Lächeln war ebenso offen und kindlich-naiv wie seine Worte frei und ehrlich. »Oder bilde ich mir das nur ein? Überrascht Sie meine Frage? Commander Talbot?«

»Nein, nicht wirklich.« Das einzige, was Talbot erstaunt hatte, war, daß Andropulos so lange gebraucht hatte, bis er ihn ansprach. »Sie sind ein sehr aufmerksamer Beobachter, Mr. Andropulos. Ich bin etwas enttäuscht, muß ich sagen. Ich hatte gedacht – oder gehofft –, daß wir unsere Sorge besser zu verbergen gewußt hätten.«

»Sorge, Captain?«

»Eine leichte Besorgnis. Nicht wirklich Sorge. Aber es gibt keinen Grund, warum Sie nicht ebensoviel wissen sollten wie wir.« Genau wie Dr. Wickram schon gesagt hatte, dachte Talbot – es war nicht viel Übung dazu notwendig, daß einem Verlogenheit zur zweiten Natur wurde. Es gab Gründe über Gründe, warum Andropulos nicht über den gleichen Kenntnisstand verfügen sollte wie sie. »Sie wissen ja wohl, daß uns das schlechte Wetter gezwungen hat, unsere Arbeiten an dem Bomber zu verschieben?«

»Ich habe bemerkt, daß er nun einige hundert Meter achternaus auf den

Wellen reitet. Arbeiten? Was für Arbeiten, Captain? Wollen Sie versuchen, diese häßlichen Waffen zu bergen?«

»Nur eine. Eine Atombombe.«

»Und warum nur eine?«

»Dr. Wickram? Würden Sie bitte so freundlich sein, das zu erklären?«

»Natürlich. So gut ich kann jedenfalls. Wir befinden uns in einer Situation, die höchst kompliziert und bedenklich ist, weil wir es weitgehend mit Unbekannten zu tun haben. Sie wissen sicherlich, daß es zu einer Atomexplosion kommt, wenn sich eine kritische Masse von Uran und Plutonium angesammelt hat. Nun gibt es keine Möglichkeit, zu verhindern, daß bei den Wasserstoffbomben langsam, aber stetig eine gewisse Menge Radioaktivität austritt. Und an Bord des Flugzeugs befinden sich fünfzehn Stück dieser Art.

Diese Radioaktivität speichert sich in der Atombombe, die gänzlich anders konstruiert ist, bis die für eine Atombombe kritische Menge erreicht ist. Dann macht die Atombombe *wumm!* Dummerweise machen die Wasserstoffbomben aufgrund einer Reaktion, die wir sympathetische Detonation nennen, auch *wumm!* Was dann mit uns geschieht, will ich hier nicht weiter ausmalen.

Normalerweise werden Atom- und Wasserstoffbomben, weil diese Gefahr allgemein bekannt ist, nie gemeinsam gelagert, wenigstens nie für längere Zeit. Vierundzwanzig Stunden gelten noch als sicher, und ein Flugzeug kann sie leicht über lange Strecken zusammen transportieren. Danach müßten sie natürlich gleich wieder getrennt verwahrt werden. Was nach vierundzwanzig Stunden passiert, wissen wir einfach nicht; es gibt allerdings Leute – und zu denen zähle auch ich –, die glauben, daß sich die Lage danach rapide verschlechtert.

Das ist übrigens der Grund, warum ich den Captain gebeten habe, alle Maschinen und Generatoren zu stoppen. Es ist eine erwiesene Tatsache, daß akustische Schwingungen das Erreichen einer kritischen Phase beschleunigen.«

Wickrams tiefe, feierliche und Autorität ausstrahlende Stimme wirkte absolut überzeugend. Hätte er es nicht besser gewußt, dachte Talbot, nämlich daß Wickram nur wissenschaftlich verbrämten Unsinn redete, dann hätte er ihm selbst jedes Wort geglaubt.

»Deshalb ist es, wie Sie leicht erkennen können, höchst dringend, daß wir die Atombombe sobald wie möglich aus dem Flugzeug holen und wegbringen – per Segelboot natürlich. Darum liegt die *Angelina* längsseits. Denn die gefährlich angereicherte Masse wird sich nur langsam abbauen. – Wir werden sie an einen weit, weit entfernten Ort bringen. Und da werden wir sie sanft auf dem Meeresboden absetzen.«

»Und wie wollen Sie das machen?« fragte Andropulos. »Sie sanft auf dem Meeresboden absetzen, meine ich. Es könnte sein, daß das Meer an der Stelle an die tausend Meter tief ist, oder sogar noch mehr. Würde die Bombe ihren Fall nicht auf dem Weg nach unten beschleunigen?«

Wickram lächelte nachsichtig. »Ich habe diese Sache mit Captain Montgomery von der *Kilcharran* besprochen.« Tatsächlich hatte er mit niemandem darüber gesprochen. »Wir werden ein Luftkissen an der Bombe befestigen und es aufblasen, bis eine Art *leicht* negativer Schwebezustand eintritt. Dann wird die Bombe *leicht* wie eine Feder auf den Meeresboden hinunterschweben.«

»Und dann?«

»Und dann nichts weiter.« Wenn Wickram sich in Gedanken vorstellte, wie ein Passagierdampfer über eine Atombombe hinwegfuhr, die scharf war, dann ließ er sich das jedenfalls nicht anmerken. »Sie wird da unten im Laufe der Jahre, ja vielleicht Jahrhunderte, verrotten und verrosten. Vielleicht wird sie einigen vorüberschwimmenden Fischen ein leichtes Magengrimmen bereiten. Ich weiß es nicht. Ich weiß nur eines: wenn wir dieses verfluchte Ding nicht schleunigst loswerden, wird es uns mehr als nur leichtes Magendrücken bereiten. Besser also, daß einige unter uns – die mit der Bergung der Bombe befaßt sind – eine schlaflose Nacht haben, als daß wir alle die ewige Ruhe finden.«

8

Talbot zuckte zusammen, richtete sich halbwegs in seiner Koje auf und blinzelte zu dem Licht an der Decke hin, das plötzlich in seiner Kajüte brannt. Van Gelder stand im Eingang.

»Zwei Uhr dreißig. Eine unchristliche Zeit, Vincent. Es muß sich wohl etwas tun. Hat sich das Wetter gebessert? Holt Captain Montgomery das Flugzeug ein?«

»Ja, Sir. Aber da ist noch etwas anderes, Dringenderes. Jenkins ist verschwunden.«

Talbot schwang seine Füße an Deck. »Jenkins? Ich frage nicht: Wieso kann er verschwunden sein? Wenn Sie es sagen, wird es so sein. Sie haben ihn natürlich schon gesucht?«

»Natürlich. Mit vierzig Freiwilligen. Sie wissen ja, wie beliebt Jenkins ist.« Talbot wußte es. Jenkins, der Messesteward, der schon seit fünfzehn Jahren bei der Marine war – ein Mann, dessen Ruhe und Tüchtigkeit sich mit einem ausgeprägten Sinn für Humor paarten –, wurde von allen, die ihn kannten, sehr geschätzt.

»Kann Brown Licht in diese Sache bringen?« Marinesergeant Brown, ein Mann wie ein Felsen und so handfest wie Chief McKenzie, war Jenkins' bester Freund auf dem Schiff. Die beiden tranken nach getaner Arbeit gerne zusammen ein Gläschen in der Kombüse, was zwar verboten war, von Talbot jedoch stillschweigend geduldet wurde. Selbst bei den Elite-Royal-Marines hätte man nur schwerlich zwei Männer wie diese gefunden.

»Nein, Sir. Sie gingen gemeinsam hinunter zur Mannschaftsmesse.

Brown legte sich dann aufs Ohr, während Jenkins einen Brief an seine Frau zu schreiben begann. Das war das letzte Mal, daß Brown ihn gesehen hat.«

»Und wer hat sein Fehlen bemerkt?«

»Carter. Sie wissen ja, wie er zu jeder Tages- und Nachtzeit herumschnüffelt. Er ging zur Offiziersmesse hinauf und zur Kombüse, fand ihn da nicht, kehrte zur Mannschaftsmesse zurück und weckte Brown. Sie führten eine kurze Suche durch. Wieder nichts. Dann kamen sie zu mir.«

»Es ist wohl sinnlos zu fragen ob Ihnen dazu etwas einfällt?«

»Ja, sinnlos. Brown scheint davon überzeugt zu sein, daß er nicht mehr an Bord ist. Er sagt, Jenkins sei nie somnambul gewesen, habe nur in Maßen getrunken und sehr an seiner Frau und seinen beiden Töchtern gehangen. Er habe keine Probleme gehabt – da ist Brown ganz sicher – und auch keine Feinde hier an Bord. Wenigstens nicht unter der Mannschaft. Brown ist ferner überzeugt, daß Jenkins irgend etwas bemerkt oder gesehen hat, das er nicht hätte bemerken sollen. Auch wenn man sich nur schwer vorstellen kann, wie so etwas möglich war, während er in der Messe saß und an seine Frau schrieb. Sein Verdacht konzentrierte sich sofort auf Andropulos und Co. – ich hatte das Gefühl, daß er sich mit Jenkins oft über sie unterhalten hat –, und er war drauf und dran, in Andropulos' Kabine zu stürzen und ihn zusammenzuschlagen. Ich hatte etwas Mühe, ihn davon abzuhalten, ich hatte auch, im Vertrauen gesagt, selber nicht übel Lust dazu.«

»Eine verständliche Reaktion.« Talbot schwieg eine Weile. »Ich weiß nur nicht, was Andropulos oder seine Freunde damit zu tun haben oder was für einen Grund sie haben sollten, ihn umzubringen. Glauben Sie, es besteht eine winzige Chance, daß er an Bord der *Kilcharran* gegangen ist?«

»Es gibt nicht den geringsten Grund für ihn, so etwas zu tun. Aber der Gedanke ist uns auch schon gekommen. Ich habe Danforth – den Oberbootsmann der *Kilcharran* – gebeten, mal nachzuschauen; also schnappte er sich einige seiner Leute und suchte mit ihnen das Schiff ab. Auf einem Bergungsschiff gibt es nicht viele Möglichkeiten, wo man sich verstecken – oder versteckt werden – könnte. Sie haben nicht mal zehn Minuten gebraucht, um sich davon zu überzeugen, daß er nicht bei ihnen an Bord war.«

»Ja, im Moment können wir da nichts tun. Ich habe überhaupt das unbehagliche Gefühl, daß wir da nicht mehr viel tun können. Lassen Sie uns mal nachschauen gehen, wie Captain Montogomery vorankommt.«

Der Wind hatte nachgelassen, wehte jetzt nur noch mit Stärke 3, die See war noch kabbelig; auch der Regen hatte nachgelassen, aber nur wenig, er war jetzt nicht mehr sintflutartig, nur noch stark. Montgomery stand in wassertriefendem Ölzeug an der Winde. Das Flugzeug, das immer noch ungemütlich heftig auf und nieder stampfte, näherte sich langsam aber stetig. Die Schweißercrew, die ebenfalls Ölzeug trug, stand mit ihrem Gerät an der Reling bereit.

Talbot fragte: »Glauben Sie, daß Ihre Männer sich darauf werden halten können?«

»Es wird nicht einfach sein. Das Flugzeug müßte allerdings etwas ruhiger liegen, wenn wir es erst vorne und hinten festgemacht haben. Und wir werden natürlich auch die Männer mit Tauen sichern. Dieser verwünschte Regen ist der Arbeit natürlich auch nicht förderlich. Ich denke, wir werden dennoch vorankommen, aber nur langsam. Der entscheidende Punkt ist, daß wir nicht wissen ob und wann sich das Wetter weiter bessern wird. Hat keinen Sinn, daß Sie weiter hierbleiben, Commander. Es ist besser, Sie legen sich wieder aufs Ohr. Ich gebe Ihnen Bescheid, wenn wir das Loch da hineingeschnitten haben und im Begriff stehen, das Ding aus dem Wasser zu ziehen.« Er wischte sich den Regen aus den Augen. »Ich habe gehört, Sie haben Ihren Chief Steward verloren. Verdammt komisch, finden Sie nicht? Halten Sie es für möglich, daß es ein Verbrechen war?«

»Im Augenblick halte ich fast alles für möglich und habe fast jeden in Verdacht. Van Gelder und ich sind uns darin einig, daß er nicht durch Zufall abhanden gekommen sein kann, also war es Absicht, aber nicht seine Absicht. Ja, ein Verbrechen. Aber wie das Verbrechen aussah und wer dahintersteckte, wissen wir nicht.«

Es hätte schon hell werden sollen, als Van Gelder kurz nach halb sieben Uhr morgens Talbot weckte. Doch der Himmel war immer noch wolkenverhangen und dunkel, und im Laufe der letzten vier Stunden hatte weder der Wind nachgelassen noch der stetig trommelnde Regen.

»So sieht also einer Ihrer atemberaubend schönen Sonnenaufgänge in der Ägäis aus«, sagte Talbot. »Captain Montgomery hat es also offenbar geschafft, das Loch in den Rumpf des Flugzeugs schneiden zu lassen?«

»Ja. Schon vor vierzig Minuten. Er hat bereits den Rumpf weiter als zur Hälfte aus dem Wasser geholt.«

»Wie werden die Winsch und der Kran mit der Belastung fertig?«

»Die Belastung ist, glaube ich, nicht sehr groß. Er hat vier weitere Luftkissen unter dem Rumpf und der Tragfläche anbringen lassen und läßt die Preßluft die Hauptlast der Arbeit verrichten. Er läßt anfragen, ob Sie hinzukommen wollen. Ach, und noch etwas, wir haben eine Nachricht vom griechischen Geheimdienst über Andropulos bekommen.«

»Scheint nicht sehr aufregend gewesen zu sein.«

»Nein. Sie ist interessant, bringt uns aber nicht wirklich weiter. Bestätigt nur, daß unser Verdacht, was Onkel Adam angeht, alles andere als grundlos war. Sie haben unsere Meldungen an Interpol weitergegeben. Es scheint so – sie haben das Ganze mit sehr vorsichtigen Worten verkleidet –, als hätten sich der griechische Geheimdienst und Interpol schon seit mehreren Jahren stark für Andropulos interessiert. Beide sind sicher, daß unser Freund an illegalen Geschäften beteiligt ist, aber sie haben nicht die nötigen Beweise dafür. Andropulos arbeitet mit Mittelsmännern, die wiederum mit Mittelsmännern arbeiten und so weiter, bis die Spur entweder im Sande verrinnt oder, was auch gelegentlich vorkommt, bei irgendwelchen Gesellschaften endet, Deckadressen in Panama oder auf den Bahamas, in denen er viel Geld stecken hat. Die Banken weigern sich hartnäkkig, Briefe oder Telegramme an ihn entgegenzunehmen; sie tun tatsächlich so, als hätten sie noch nie von ihm gehört. Auch von den Schweizer Banken ist keine Kooperation zu erwarten. Sie legen ihre Bücher nur offen, wenn der Kontoinhaber eines Verbrechens überführt ist, das auch in der Schweiz als solches angesehen wird. Und bisher ist das nicht der Fall.«

»Illegale Geschäfte? Was für illegale Geschäfte?«

»Rauschgifthandel. Die Nachricht endet mit einer Bitte – klingt allerdings eher nach einer Forderung, so wie sie es formuliert haben –, daß wir diese Informationen mit äußerster und absoluter Vertraulichkeit behandeln.«

»Was für Informationen? Sie haben uns doch nichts mitgeteilt, was wir nicht schon selber gewußt oder geahnt hätten. Nichts, keinerlei Informationen über das, was wir wirklich wissen wollten. Wer ist – entweder in der Regierung, im Staatsdienst oder in den höheren Rängen der Streitkräfte – Andropulos' mächtiger Beschützer oder Freund? Vielleicht wissen sie es nicht, wahrscheinlicher aber ist, daß sie es uns nicht verraten wollen. Neues aus Washington?«

»Nein. Kein Wort. Vielleicht arbeitet das FBI nachts nicht.«

»Wahrscheinlicher ist, daß andere Leute keine Nachtarbeit leisten. Die haben da drüben elf Uhr dreißig Ortszeit. Da sind alle Banken geschlossen und alle Bankangestellten auf und davon, bis morgen früh. Da kann es Stunden dauern, bis wir von ihnen zu hören bekommen.«

»Gleich haben wir's«, sagte Captain Montogmery. »Wir hören auf zu hieven, sobald der Wasserspiegel unter das Niveau des Kabinenraumbodens sinkt. So kriegen wir keine nassen Füße, wenn wir reingehen.«

Talbot blickte über die Seite, auf einen Mann, der – einen Schneidbrenner in der Hand und mit baumelnden Beinen – am Rand des rechteckigen Loches saß, daß sie in den Flugzeugrumpf geschnitten hatten.

»Wir werden nicht nur nasse Füße haben, bis wir an Ort und Stelle sind. Wir müssen erst durch das Abteil unterm Cockpit, und darin wird noch eine Menge Wasser sein.«

»Das verstehe ich nicht«, sagte Montgomery. »Ich denke, wir schlüpfen einfach durch das Loch hinein, das wir in den Rumpf geschnitten haben.«

»Das wäre in Ordnung, wenn wir uns auf den Laderaum beschränken wollten. Aber von da aus kommt man nicht ins Cockpit. Dazwischen ist eine schwere Tür, die ins Schott eingelassen und nur von außen zu öffnen ist. Wenn wir die Riegel betätigen wollen, müssen wir es von der auf der Cockpit gelegenen Seite aus tun. Und dazu müssen wir erst durch den noch gefluteten Raum.«

»Warum sollten wir die Tür überhaupt öffnen wollen?«

»Weil die Klemmen, die die Atombombe sichern, mit Vorhängeschlössern versehen sind. Wo würden Sie als erstes einen Schlüssel für die Vorhängeschlösser suchen?«

»Ah! In den Taschen der Toten natürlich.«

»Es reicht, Captain«, rief der Mann oben auf dem Rumpf. »Das Deck ist klar.«

Montgomery zentrierte die Winsch und zog die Bremse an, dann überprüfte er die hinten und vorne angelegten Sicherheitstrossen. Als sie zu seiner Zufriedenheit justiert waren, sagte er: »Wird nicht lange dauern, meine Herren. Will nur schnell selber einen Blick hineinwerfen.«

»Van Gelder und ich kommen mit. Wir haben unsere Taucheranzüge mitgebracht.« Talbot versuchte zu sehen, wie hoch das ausgezackte Loch im Bug des Flugzeugs über dem Meeresspiegel lag. »Unsere Taucherhelme brauchen wir, glaube ich, nicht.«

Es stellte sich heraus, daß sie die Helme wirklich nicht brauchten. Der Raum unter dem Cockpit stand nur noch zu zwei Dritteln unter Wasser. Sie wateten bis zu der geöffneten Luke und stemmten sich hinter den Pilotensitzen hoch. Montgomery warf einen Blick auf die beiden toten Männer und preßte einen Moment lang die Augen zu.

»Wie gräßlich, was für eine abscheuliche Schweinerei! Und wenn man dann bedenkt, daß dieser Schurke, der dafür verantwortlich ist, noch frei herumläuft.«

»Aber Sie sagten doch selbst, es gebe keine Beweise, ihn zu überführen.«

»Andropulos wird nie vor Gericht kommen. Vincent, würden Sie so freundlich sein, diese Tür da zu öffnen und Captain Montgomery zu zeigen, wo sich unser Freund befindet?«

»Mit aller Vorsicht, würde ich sagen. Vielleicht mag es unser Freund nicht, wenn man zu forsch ist und hämmert oder klopft.« Van Gelder zog einen großen Gelenkhakenschlüssel hervor. »Mit Gefühl. Kommen Sie nicht mit, Sir?«

»Gleich. Ich komme gleich nach.« Sie gingen voraus, und Talbot machte sich an die unangenehme Aufgabe, die Taschen der Toten zu durchsuchen. Er fand nichts. Er prüfte alle Regale, alle Schränke und Fächer. Wieder nichts. Er folgte Montgomery und Van Gelder und gesellte sich zu ihnen.

»Nichts, Sir?«

»Nein, nichts. Auch im Cockpit habe ich nichts gefunden.«

Montgomery zog ein Gesicht. »Sie haben also die Taschen der Toten durchsucht? Na, besser Sie als ich. Dies ist ein großes Flugzeug, sehr groß, und der Schlüssel könnte – sofern er sich überhaupt an Bord befindet – überall versteckt sein. Ich sehe nicht viele Chancen, ihn zu finden. Also müssen wir uns etwas anderes einfallen lassen. Ihr Number One meinte, wir sollten es mit Ätzen versuchen. Wäre es nicht einfacher, wir versuchten es mit einer altmodischen Stahlsäge?«

»Das würde ich nicht empfehlen, Sir«, sagte Van Gelder. »Wenn Sie das ausprobieren, wäre ich lieber einige hundert Meilen weit weg. Ich weiß nicht, ob dieses Gerät klug genug ist, zwischen dem Krächzen einer Säge und dem Stampfen einer Schiffsmaschine zu unterscheiden.«

»Vincent hat recht«, sagte Talbot. »Selbst wenn es nur eine Chance von eins zu eintausend wäre – nach allem, was wir wissen, können die Chancen auch eins zu eins stehen –, wäre das Risiko es nicht wert, daß man es eingeht. Bisher hat das Schicksal es gut mit uns gemeint, aber wenn wir *Lady Luck* zu sehr herausfordern, könnte sie uns das übelnehmen.«

»Sie meinen also, wir sollten es mit Ätzen versuchen? Da habe ich meine Bedenken.« Montgomery musterte die Klemmen aus nächster Nähe. »Vielleicht hätte ich an Bord schon einige Vorabtests durchführen sollen, aber ich hätte nie damit gerechnet, daß diese Klemmen so dick sind, und dazu, wie ich befürchte, aus gehärtetem Stahl. Das einzige Ätzmittel, das ich an Bord habe, ist Schwefelsäure. Reine Schwefelsäure, H_2SO_4, Dichte 1,8 – Vitriol, wenn Sie wollen –, wirkt auf viele Stoffe stark ätzend; deshalb hebt man es gewöhnlich in Glasballons auf, die gegen Säure immun sind. Aber ich glaube, dieses Metall wäre ein schweres Fressen für sie. Mit Geduld und Ausdauer könnte man es, glaube ich, schon schaffen, aber es würde Stunden dauern.«

»Was meinen Sie, Vincent?« fragte Talbot.

»Ich bin kein Experte. Aber ich könnte mir denken, daß Captain Montgomery recht hat. Also keine Ätzmittel. Keine Stahlsägen. Keine Schweißbrenner.« Van Gelder hob den großen Gelenkhakenschlüssel, den er an der Hand hatte, in die Höhe. »Also dies hier.«

Talbot sah sich die Klemmen an und wie sie montiert waren. Dann nickte er. »Natürlich. Genau. Wir waren nicht sehr schlau, wie? Ich zumindest nicht.« Er sah sich an, wie die Klemmen seitlich am Rumpf und auf dem Boden befestigt waren. Die Basen der vier unteren Klemmenstützen saßen jeweils auf zwei Bolzen und wurden von schweren, etwas über vier Zentimeter dicken Muttern gehalten. »Wir lassen die Klemmen *in situ* und lösen statt dessen ihre Verankerungen. Probieren Sie mal, wie fest die Muttern sitzen, ja?«

Van Gelder setzte den Gelenkhakenschlüssel, an einer der Muttern an, justierte den Griff und drückte. Die Mutter war groß und fest angezogen, aber ein Gelenkhakenschlüssel hat eine beträchtliche Hebelwirkung. Die Mutter ließ sich drehen.

»Einfach«, sagte Van Gelder.

»Tatsächlich.« Talbot verglich die Länge der Klemmenstützen mit der Größe des Loches über ihnen im Rumpf. »Aber ich halte es für nicht so einfach, die Bombe da oben durch das Loch zu bekommen. Mit diesen Stützstreben haben wir nicht genug Spielraum. Wir müssen das Loch vergrößern. Ist das machbar, Captain?«

»Kein Problem. Wir müssen den Rumpf nur wieder in seine vorige Position herunterlassen. Ich bin wie Van Gelder der Meinung, daß wir kein Risiko eingehen sollten. Ich möchte, daß sich im Frachtraum soviel Wasser wie möglich befindet, damit sich die Hitze der Schweißgeräte verteilt. Es wird zwei Stunden dauern, vielleicht sogar länger, aber lieber zwei, drei Stunden Verspätung hier als zwanzig Jahre zu früh – na, Sie wissen schon, wo.«

»Soll ich die Muttern jetzt schon lösen?« fragte Van Gelder.

»Nein. Im Moment liegen wir ziemlich ruhig. Aber wenn der Rumpf wieder in seine alte Lage gebracht wird und es womöglich wieder auffrischt – dann wäre es wohl nicht so gut, wenn eine scharfe Atombombe lose hier unten herumrollt.«

Talbot und Van Gelder waren wieder an Bord der *Ariadne* und befanden sich allein in der Offiziersmesse, als ein Seemann aus dem Funkraum eintrat und Talbot eine Nachricht überreichte. Talbot las sie und gab sie an Van Gelder weiter, der sie zweimal las und dann etwas überrascht seinen Vorgesetzten ansah. »Sieht so aus, als hätte ich das FBI ganz zu Unrecht verdächtigt. Es scheint so, als ob es doch auch nachts arbeitet.«

»Und was noch besser ist, es scheint keine Bedenken zu haben, auch andere, etwa Bankmanager, mitten in der Nacht aus dem Schlaf zu reißen und zur Arbeit anzuhalten. Dieser Meldung ist zu entnehmen, daß Andropulos' geheimnisvoller Freund George Skepertzis die beiden noch rätselhafteren Herren Kyriakos Katzanakis und Thomas Thompson kennt.«

»Wenn GS auf die Konten von KK und TT jeweils eine Million Dollar einzahlt und ihnen schon vorher kleinere Beträge zukommen ließ, ist daraus zu schließen, daß sie mehr als flüchtige Bekannte sind. Bedauerlicherweise scheint der einzige Mensch, der sie identifizeren könnte, der Bankbeamte, der die Konten gerade dieser drei Herren führte, versetzt worden zu sein. Es heißt hier, sie stellen diesbezüglich weitere Nachforschungen an, was immer das heißen mag.«

»Das heißt, da bin ich sicher, daß das FBI diesen unglückseligen Bankangestellten aus dem Bett holt und ihm eine Menge anderer Leute zur Identifizierung vorführt.«

»Ich kann mir kaum vorstellen, daß Generale und Admirale freiwillig zur Inspektion antreten.«

»Das brauchen sie auch nicht. Das FBI oder das Pentagon müssen Bilder von ihnen haben.« Talbot blickte aus dem Fenster. »Jetzt fängt es doch an, hell zu werden. Und der Regen hat auch nachgelassen, es ist kaum noch mehr als ein Nieseln – ich schlage vor, wir setzen uns mit der Iraklion Air Base in Verbindung und bitten sie mal, nach dem Taucherschiff *Taormina* Ausschau zu halten.«

Talbot und Van Gelder saßen gerade mit den beiden Wissenschaftlern beim Frühstück, als ein Bote von der *Kilcharran* eintraf. Das Loch im Rumpf des Bombers sei vergrößert, meldete er, und Captain Montgomery stehe im Begriff, das Flugzeug wieder hochzuhieven. Ob sie Lust hätten, dabeizusein? Er habe ausdrücklich nach Lieutenant-Commander Van Gelder gefragt.

»Ich persönlich bin gar nicht gefragt«, meinte Van Gelder. »Sondern nur mein zuverlässiger Gelenkhakenschlüssel. Als ob er nicht selbst ein Dutzend davon an Bord hätte.«

»Ich möchte das nicht verpassen«, sagte Hawkins. Er blickte Benson und Wickram an. »Sie, meine Herren, sicherlich auch nicht. Dies wird schließlich ein historischer Moment sein, wenn zum erstenmal im Laufe der Geschichte eine scharfe Atombombe an Deck eines Schiffes verladen wird.«

»Haben Sie ein Problem, Captain Montgomery?« fragte der Admiral. Montgomery hatte die Winsch gestoppt, stand über die Reling gebeugt und blickte auf den Flugzeugrumpf hinunter, der auf seine alte Höhe hochgehievt worden war, so daß sich das Frachtdeck gerade über dem Meeresspiegel befand. »Sie wirken ein wenig verzagt.«

»Ich wirke nicht verzagt, Admiral, ich sehe nachdenklich aus. Wir sind gerade im Begriff, die Bombe aus dem Flugzeug herauszuhieven. Danach werden wir sie an Bord der *Angelina* verladen. Und dann segelt die *Angelina* auf und davon. Richtig?« Hawkins nickte. Montgomery befeuchtete seinen Zeigefinger und hielt ihn hoch. »Um auf und davon zu segeln, braucht man Wind. Unglücklicherweise hat sich der Meltemi aber völlig gelegt.«

»Ja, wahrhaftig«, sagte Hawkins. »Sehr rücksichtslos. Das muß ich schon sagen. Nun, wenn wir es schaffen, die Bombe an Bord der *Angelina* zu bekommen, ohne uns in Fetzen zu sprengen, müssen wir sie eben einfach abschleppen.«

»Wie das, Sir?« fragte Van Gelder.

»Mit dem Beiboot der *Ariadne.* Natürlich nicht mit dem Motor. Wir rudern.«

»Wie sollen wir wissen, ob das schlaue kleine Gehirn der Bombe da zwischen dem wiederholten Knirschen der Ruder und dem Pulsieren eines Motors unterscheiden kann? Schließlich ist dies Ding in erster Linie darauf angelegt, daß es auf Geräusche reagiert.«

»Dann müssen wir eben auf eine alte List zurückgreifen und die Riemen umwickeln.«

»Aber die *Angelina* hat eine Wasserverdrängung von mindestens achtzig Tonnen, Sir. Selbst bei bestem Willen und mit den kräftigsten Rücken der Welt schaffte man nicht mal eine Seemeile pro Stunde – vorausgesetzt, daß die Männer ununterbrochen mit voller Kraft rudern. Selbst die stärksten und durchtrainiertesten Rennruderteams – Oxford, Cambridge, Thames Tideway – erreichen nach etwa zwanzig Minuten einen Zustand totaler Erschöpfung. Und da wir nicht die Oxbridge Blues sind, läge unser Leistungslimit vermutlich eher bei zehn Minuten. Bei einer halben Seemeile, wenn wir Glück haben. Und danach werden die Phasen, nach denen die Erschöpfung eintritt, natürlich immer kürzer. Kumulierende Wirkung, wenn Sie mir folgen können, Sir. Eine Viertelmeile pro Stunde. Bis zur Straße von Kasos sind es an die hundert Meilen. Selbst wenn wir davon ausgehen, daß wir Tag und Nacht rudern, was wir nicht können, und wenn wir nicht die Möglichkeit von Herzanfällen einkalkulieren, würde es mindestens vierzehn Tage dauern, bis wir die Straße von Kasos erreichen.«

»Sie verfügen wirklich über eine besondere Begabung, einen zu ermutigen«, meinte Hawkins. »Nicht zu überbieten. Sie schäumen vor Optimismus. Professor Wotherspoon, Sie leben hier in der Gegend und segeln hier. Was meinen Sie?«

»Die letzte Nacht war sehr untypisch. Aber dieser Morgen ist ganz normal. Null Wind. Die Etesien – oder der Meltemi, wie wir diese Winde hier nennen – erheben sich erst gegen Mittag. Blasen von Norden oder Nordosten.«

»Und wenn der Wind nun statt dessen von Süden oder Südwesten kommt?« fragte Van Gelder. »Das würden die Ruderer nie schaffen, gegen ihn anzurudern und voranzukommen. Da könnte eher das Gegenteil eintreten. Können Sie sich vorstellen, daß die *Angelina* auf die Felsen von Santorin zutreibt?«

»Ermutigung Marke Hiobsbotschaft«, sagte Hawkins. »Wäre es zuviel verlangt, wenn ich Sie bitte, damit aufzuhören?«

»Nicht Hiob, Sir, und auch nicht Ermutigung nach seiner Art. Ich sehe mich selbst eher in der Rolle der Kassandra.«

»Wieso Kassandra?«

»Das war die schöne Tochter des Priamus, des Königs von Troja«, erklärte Denholm. »Die Prophezeiungen der Prinzessin stimmten zwar immer, doch Apollo hatte ihr das Schicksal bestimmt, daß man ihr nie glaubte.«

»Ich mache mir nicht viel aus griechischer Mythologie«, sagte Montgomery. »Hätte er von Kobolden oder Wichtelmännchen gesprochen, hätte ich vielleicht aufgehorcht. Doch so, wie die Dinge liegen, heißt es zupakken. Mr. Danforth –«, wandte er sich an seinen Oberbootsmann, »stellen Sie ein halbes Dutzend Männer oder auch ein Dutzend ab und lassen Sie von ihnen die *Angelina* auf unsere Backbordseite verholen. Sobald wir die Bombe da rausgeholt haben, können wir den Flugzeugrumpf vorziehen, und die *Angelina* kann noch weiter nach vorne verholt werden, bis sie seinen Platz einnimmt.«

Auf Montgomerys Befehl wurde der Haken des Krans von dem Hebering gelöst, und der Kran schwenkte leicht nach achtern, bis der Haken mitten über der rechteckigen Öffnung baumelte, die in den Rumpf geschnitten worden war. Montgomery, Van Gelder und Carrington stiegen die Gangway hinab auf die Oberhaut des Rumpfes, Van Gelder mit seinem Gelenkhakenschlüssel, Carrington mit zwei verstellbaren Taukränzen, an die je zwei dünnere Tauenden geknüpft waren, eines etwa zwei Meter fünfzig, das andere ungefähr viermal so lang. Van Gelder und Carrington ließen sich in die Luke hinab, schlangen die Taukränze um die konisch zulaufenden Enden der Mine und sicherten sie, während Montgomery oben blieb und den Winschführer dirigierte, bis die Hebegabel direkt mitten über der Mine stand. Der Haken senkte sich herab und verharrte schließlich ungefähr einen Meter über der Mine.

Die Schraubenmuttern der acht Sicherheitsklemmen boten Van Gelders Gelenkhakenschlüssel kaum mehr als symbolischen Widerstand. Es dauerte noch nicht einmal drei Minuten, und die Atombombe war frei von allen Fesseln, mit denen sie an der Innenwand des Flugzeugs festgemacht war; kaum anderthalb Minuten später war sie auch schon hochgezogen, langsam und äußerst vorsichtig, bis sie frei über dem Rumpf schwebte. Die beiden längeren Tauenden, die an den Taukränzen befestigt waren, wurden aufs Deck der *Kilcharran* geschleudert, wo sie festgemacht wurden, um sicherzugehen, daß die Mine parallel zur Bordwand des Schiffes blieb.

Montgomery kletterte an Bord und übernahm wieder die Winsch. Er hievte die Mine weiter in die Höhe, bis sie fast auf einer Höhe mit dem Schiffsdeck war, und brachte sie dann vorsichtig längsseits, bis sie außenbords an den Gummifendern der *Kilcharran* zur Ruhe kam. Dieses Manöver war nötig, um sicherzugehen, daß die Mine nicht gegen die Backbordwanten des Fockmastes der *Angelina* schlug, wenn diese längsseits verholt wurde.

Es schien unendlich lange zu dauern – tatsächlich war es etwas mehr als eine halbe Stunde –, bis die *Angelina* längsseits lag. Den Flugzeugrumpf fortzuziehen, um Platz für den Lugger zu schaffen, war leicht zu bewerkstelligen gewesen, aber schließlich ruhte er auch in einer Art gewichtslosem Schwebezustand auf Luftkissen, und so hätte auch ein Mann allein die Aufgabe bewältigen können. Die *Angelina* hingegen hatte eine Wasserverdrängung von achtzig Tonnen; das Dutzend Männer, die abkommandiert waren, das Schiff zu verholen, mußte sich stark anstrengen, um es in Bewegung zu bringen. Und die Mühe, die ihnen das bereitete, bewies zugleich Van Gelders Behauptung, daß es praktisch unmöglich war, sie mit dem Beiboot der *Ariadne* nur mit Ruderkraft irgendwohin zu schleppen. Aber schließlich lag die *Angelina* doch längsseits, und die Mine wurde langsam und sanft herabgelassen auf das vorbereitete Ruhelager und dort mit Klemmen festgemacht.

»Routine«, sagte Montgomery zu Hawkins. Wenn er etwas wie Erleichterung und Befriedigung empfand, was schließlich nur menschlich gewesen wäre, so ließ er sich davon nichts anmerken. »Es hätte nichts schiefgehen dürfen, und es ist auch nichts schiefgegangen. Alles, was wir jetzt noch brauchen, ist eine kleine Brise Wind, damit der Lugger Fahrt aufnimmt und all unsere Sorgen somit verpuffen.«

»Womöglich fangen unsere Sorgen jetzt erst richtig an«, meinte Van Gelder.

Hawkins blickte ihn mißtrauisch an. »Und wie ist diese rätselhafte Bemerkung zu verstehen, wenn ich mal fragen darf?«

»Die kleine Brise Wind haben wir bereits, Sir.« Van Gelder feuchtete einen Zeigefinger an und hielt ihn hoch. »Leider kommt sie aber nicht von Nordwesten, sondern von Südosten. Ein Vorbote des Euros, fürchte ich.« Van Gelder fuhr in einem Ton geselliger Unterhaltung fort. »Ich habe letzte Nacht von diesem Wind gelesen. Er tritt in den Sommermonaten nur selten auf, ist aber nicht unbekannt. Professor Wotherspoon wird das sicherlich bestätigen.« Wotherspoon tat das mit einem ernsten Kopfnicken. »Kann äußerst unangenehm werden, sehr stürmisch. Mit Böen bis zu einer Windstärke von 7 oder 8. Ich kann nur vermuten, daß die Funker auf der

Kilcharran und der *Ariadne* – wie soll ich mich ausdrücken? – in ihrer Wachsamkeit etwas nachgelassen haben. Ist verständlich nach allem, was sie durchgemacht haben. Der Euros ist mit Sicherheit in der Wettervorhersage angekündigt worden. Und wenn dieser Wind weiter zunimmt, und nach dem, was im Buch steht, wird er das tun, wird jeder Versuch, die *Angelina* irgendwohin zu segeln oder zu rudern, damit enden, daß sie – nein, nicht gegen die Felsen von Santorin, wie ich dachte, sondern – gegen die von Sifnos oder Folegandros prallt, die, glaube ich, nur dünn besiedelt sind. Wenn der Euros aber weiter nach Osten dreht, was er, wie ich gelesen habe, bisweilen auch tut, dann würde die *Angelina* auf Milos stranden. Und Milos hat fünftausend Einwohner, heißt es in dem Buch.«

»Van Gelder«, sagte Hawkins, »ich halte mich wirklich zurück. Die Rolle eines römischen Kaisers liegt mir eigentlich nicht. Aber Sie wissen ja wohl, was mit den Leuten geschah, die dem Kaiser Unglücksbotschaften überbrachten?«

»Man machte sie einen Kopf kürzer. So war es immer und überall, Sir. Der Prophet gilt nichts im eigenen Lande.«

An diesem Morgen hatten es die Verkünder von Unglücksbotschaften auf beiden Seiten des Atlantiks schwer.

Der Präsident der Vereinigten Staaten war kein junger Mann mehr, und an diesem Morgen um halb sechs im Oval Office war ihm jedes Jahr seines Alters anzusehen. Die Besorgnis zog tiefe Furchen in sein Gesicht, und sein stets sonnengebräunter Teint wirkte ein wenig grau. Aber er war verhältnismäßig munter, und seine Augen waren so klar, wie man es von einem älteren Mann, der die ganze Nacht kein Auge zugetan hatte, erwarten konnte.

»Meine Herren, ich fange an, mit mir selbst – und mit uns – ebensoviel Mitleid zu empfinden wie mit den armen Leuten draußen bei Santorin.« Die Herren, an die er diese Worte richtete, waren der Vorsitzende der Joint Chiefs of Staff, Richard Hollison vom FBI, John Heiman, der Verteidigungsminister, und Sir John Travers, der britische Botschafter. »Ich glaube, ich sollte mich in aller Förmlichkeit dafür entschuldigen, daß ich Sie zu dieser unchristlich frühen Stunde hier zusammengerufen habe, aber der Sinn für Förmlichkeiten ist mir, offen gesagt, vergangen. Ich stehe selbst unbestritten ganz oben auf der Liste derer, die ich bemitleide.« Er blätterte in einigen Papieren, die auf seinem Schreibtisch lagen. »Admiral Hawkins und seine Männer sitzen auf einer tickenden Zeitbombe, und es sieht aus, als hätten sich alle Elemente und Gegebenheiten der Natur gegen jeden ihrer Versuche verschworen, sich dieses Krebsgeschwürs zu entledigen. Ich hatte angenommen, mit seinem letzten Bericht wäre der absolute Tiefpunkt erreicht. Bedauerlicherweise habe ich mich geirrt.« Er blickte sorgenvoll zu Hollison hinüber. »Sie hatten kein Recht, mir das anzutun, Richard.«

»Es tut mir leid, Mr. President.« Es war durchaus möglich, daß es Hollison mit seinen Worten ernst war, aber wenn dies so war, verbarg es sich ganz und gar hinter dem Ausdruck und Ton zorniger Verbitterung. »Dies sind nicht nur schlechte oder verdammt schlechte, sondern einfach niederschmetternde Nachrichten. Niederschmetternd für Sie, niederschmetternd für mich, am niederschmetterndsten für den General. Ich kann es eigentlich immer noch nicht recht fassen.«

»Ich wäre ja gern bereit zu verstehen«, sagte Sir John Travers, »und ich wäre auch bereit, Ihre allgemeine Niedergeschlagenheit zu teilen – wenn ich nur die geringste Ahnung hätte, wovon Sie reden.«

»Entschuldigen Sie«, sagte der Präsident. »Das geschah nicht aus Nachlässigkeit. Wir hatten nur noch nicht die Zeit dazu. Richard, der Botschafter hat die entscheidenden Unterlagen noch nicht gesehen. Könnten sie ihn bitte so knapp wie möglich über alles ins Bild setzen?«

»Das dürfte nicht allzu lange dauern. Es ist eine verdammt häßliche Geschichte, Sir John, weil sie ein übles Licht – wie übel, fängt selbst mir jetzt erst langsam an zu dämmern – auf die Amerikaner im allgemeinen und auf das Pentagon im besonderen wirft.

Dic Schlüsselgestalt in diesem Spiel ist ein gewisser Adamantios Spyros Andropulos, von dem Sie vielleicht schon gehört haben und der, wie sich schnell herausgestellt hat, in internationalem Ausmaß verbrecherisch tätig ist. Wie Sie wissen, wird er zur Zeit an Bord der Fregatte *Ariadne* festgehalten. Er ist unglaublich reich – ich rede hier nur von einigen hundert Millionen Dollar, doch nach allem, was ich weiß, könnten es auch Milliarden sein –, und er hat überall auf der ganzen Welt auf Konten unter falschem Namen Geld, gewaschenes Geld, hinterlegt. Ferdinand Marcos von den Philippinen und Duvalier von Haiti sind – beziehungsweise waren – schon sehr gut in solchen Dingen, aber man ist ihnen auf die Schliche gekommen. Sie hätten dafür einen Könner wie Andropulos engagieren sollen.«

»Ein so großer Könner ist er nun wohl auch wieder nicht, Richard«, meinte Sir John. »Schließlich sind Sie auch ihm auf die Schliche gekommen.«

»Ein einmaliger Glücksfall bei einer Chance von eins zu einer Million; so etwas widerfährt einem nur einmal im Leben. Wären hier nicht ganz außergewöhnliche Umstände zusammengekommen, hätte er sein Geheimnis mit ins Grab genommen. Übrigens bin ich ihm gar nicht auf die Schliche gekommen – wie hätte ich das auch tun können? –, uns gebührt keinerlei Verdienst daran. Daß man ihm auf die Schliche gekommen ist, war nur durch Verkettung zweier Umstände möglich: einmal einer gewaltigen Portion Glück, zum anderen einer gewaltigen Portion Scharfsinn von seiten der Leute an Bord der *Ariadne*. Ich habe mich übrigens veranlaßt gesehen, meine voreingenommene Meinung über Admiral Hawkins zu revidieren. Er hat nachdrücklich betont, das Ganze sei nicht sein Verdienst, sondern allein das des Captains und zweier Offiziere der *Ariadne*. Dazu gehört schon was, um so etwas so hervorzuheben.

Unter den offenbar zahllosen Gelddepots in aller Welt besaß Andropulos auch eines über achtzehn Millionen Dollar bei einer Bank in Washington, das er dort über einen Mittelsmann namens George Skepertzis angelegt hatte. Dieser Mittelsmann wiederum hat jeweils eine Million Dollar auf die Konten zweier Herren weiterüberwiesen, die bei der Bank unter den Namen Thomas Thompson und Kyriakos Katzanakis laufen. Diese Namen sind natürlich erfunden – Männer dieses Namens gibt es nicht. Der einzige Bankangestellte, der die drei hätte identifizieren können, weil er als einziger mit der Führung der drei Konten betraut war, hat die Bank verlassen. Wir konnten ihn jedoch ausfindig machen; verständlicherweise war er etwas ungehalten, daß wir ihn um Mitternacht aus dem Bett geholt habe. Wir zeigten ihm eine ganze Reihe von Fotos. Zwei Männer erkannte er gleich wieder, aber niemand auf den Fotos ähnelte auch nur entfernt dem Mann namens George Skepertzis.

Er war jedoch in der Lage, uns einige weitere sehr wertvolle Informationen über Skepertzis zu geben, der ihn in gewissen Grenzen ins Vertrauen gezogen hatte. Das hatte er ohne großes Risiko tun können – schließlich hatte er allen Grund zu der Annahme, sämtliche Spuren verwischt zu haben. Das war vor ungefähr zwei Monaten. Er wollte Auskunft haben über Bankverbindungen in einigen bestimmten Städten in den Vereinigten Staaten und in Mexiko. Der Bankangestellte – sein Name ist Bradshaw – gab ihm so viele Informationen, wie er konnte. Er brauchte ungefähr eine Woche, um alles herauszufinden, was Skepertzis wissen wollte. Ich könnte mir denken, daß er für seine Mühen gut entlohnt wurde, auch wenn er nichts davon erwähnt hat. Wir hätten ihm keinerlei Verbrechen vorwerfen können – und hätten das auch gar nicht gewollt, selbst wenn wir es gekonnt hätten.

Bradshaw lieferte unserem Mann die Namen und Adressen der Banken, um die es diesem ging. Wir verglichen sie mit den Listen von Andropulos' Bankverbindungen, die wir gerade von der *Ariadne* und vom griechischen Geheimdienst erhalten hatten – und noch einer dritten, die von Interpol stammt. Skepertzis hatte Erkundigungen über Banken in fünf Städten eingeholt, und es wird Sie sicherlich nicht erstaunen zu erfahren, daß alle fünf sich auch auf den Listen, die Andropulos betrafen, wiederfanden.

Wir ließen sofort Nachforschungen anstellen, Bankiers – höhere Bankbeamte – haben eine tiefe Abneigung dagegen, daß man sie mitten in der Nacht aus dem Schlaf reißt, aber unter unseren etwa achttausend FBI-Agenten in den Vereinigten Staaten haben wir einige zähe Burschen, die es sogar schaffen, äußerst gesetzestreuen Bürgern Gottesfurcht einzuflößen. Und wir haben auch einige gute Freunde in Mexiko. Dabei stellte sich heraus, daß unser Freund Skepertzis in allen fünf Städten Bankkonten unterhält. Alle unter seinem eigenen Namen.«

»Jetzt sind Sie mir voraus«, sagte der Präsident. »Das ist mir neu. Wann haben Sie das herausgefunden?«

»Erst vor gut einer halben Stunde. Tut mir leid, Mr. President, aber ich hatte bis jetzt einfach keine Zeit, Ihnen alles im einzelnen zu berichten. In zwei dieser Banken – in Mexico City und San Diego – stießen wir auf Gold. In beiden Banken wurde jeweils eine Dreiviertelmillion Dollar auf die Konten eines gewissen Thomas Thompson und eines gewissen Kyriakos Katzanakis überwiesen. Wie sehr die beiden glaubten, vor Nachforschungen sicher zu sein, zeigt sich schon daran, daß sie sich nicht einmal die Mühe machten, ihre Namen zu wechseln. Nicht daß das auf die Dauer eine Rolle gespielt hätte – nachdem wir dazu übergegangen waren, einige Fotos in Umlauf zu bringen. Noch ein letzter Punkt, der Sie interessieren wird. Vor zwei Wochen erhielt die Bank in Mexico City einen Wechsel über zwei Millionen Dollar zugunsten von George Skepertzis, und zwar von einer angesehenen oder angeblich angesehenen Bank in Damaskus, Syrien. Eine Woche später wurde der gleiche Betrag an einen gewissen Philip Trypanis in Griechenland überwiesen. Wir haben den Namen der Bank in Athen und haben den griechischen Geheimdienst gebeten, herauszufinden, wer oder was dieser Trypanis ist oder wer sich hinter ihm verbirgt, für wen er den Strohmann abgibt. Ich gehe jede Wette ein, daß er ein Kumpan von Andropulos ist.«

Es trat Stille ein, eine Stille, die länger andauerte, tief und unheilschwanger. Der Präsident unterbrach sie schließlich.

»Eine spannende Geschichte, nicht wahr, Sir John?«

»Spannend. Ja, in der Tat. Richard hat sie sehr treffend bezeichnet – niederschmetternd.«

»Ja, aber – haben Sie gar keine Fragen dazu?«

»Nein.«

Der Präsident blickte ihn ziemlich fassungslos an. »Nicht einmal eine kleine Frage?«

»Nein, nicht einmal eine, Mr. President.«

»Aber wollen Sie gar nicht wissen, wer sich hinter Thompson und Katzanakis verbirgt?«

»Nein, das will ich lieber nicht. Wenn wir schon überhaupt über sie reden müssen, wäre es mir lieber, wir bezeichneten sie nur als ›der General‹ und ›der Admiral‹.« Er blickte Hollison an. »Ist das auch Ihre Meinung, Richard?«

»Ja. Leider. Ein General und ein Admiral. Ihr Admiral Hawkins, Sir John, ist smarter als die meisten seinesgleichen.«

»Dem würde ich zustimmen. Aber seien Sie fair sich selbst gegenüber. Er hatte Zugang zu Informationen, die Sie bisher nicht hatten. Und auch ich genieße Vorzüge, die Ihnen nicht zur Verfügung stehen. Sie stecken mitten im Wald. Ich stehe außen davor und schaue hinein.

Zwei Punkte, meine Herren. Als Vertreter der Regierung Ihrer Majestät bin ich verpflichtet, über alles, was irgendwie von Bedeutung ist, dem Foreign Office und dem Kabinett Bericht zu erstatten. Aber wenn mir bestimmte Informationen einfach fehlen, bestimmte Namen etwa, kann ich nicht gut über sie Bericht erstatten, oder? Als Botschafter steht es mir frei, über sehr viele Dinge Stillschweigen zu bewahren. In diesem besonderen Falle etwa würde ich es vorziehen, eben das zu tun: Stillschweigen zu bewahren.

Der zweite Punkt. Sie alle scheinen davon überzeugt zu sein, daß diese

Angelegenheit, dieser Verrat auf höchster Ebene, wenn Sie so wollen, notgedrungen an die Öffentlichkeit kommen muß. Ich habe nur eine einzige Frage dazu: Wieso muß es das?«

»Wieso? Wieso?« Der Präsident schüttelte den Kopf, als wäre er verblüfft oder sprachlos über die Naivität der Frage. »Du lieber Gott, Sir John, es wird gezwungenermaßen herauskommen. Es ist unvermeidlich. Wie sollten wir diese Dinge alle einfach wegerklären? Wenn wir etwas verkehrt gemacht haben, wenn wir uns schuldig gemacht haben, müssen wir uns in aller Ehrlichkeit und Offenheit zu unseren Fehlern bekennen. Wir müssen aufstehen und uns zur Rechenschaft ziehen lassen.«

»Wir sind nun schon einige Jahre miteinander befreundet, Mr. President. Freunde dürfen doch offen reden, oder?«

»Natürlich, natürlich.«

»Ihre Einstellung, Mr. President, gereicht Ihnen sehr zur Ehre, ist aber kaum eine angemessene Reaktion auf das, was sich glücklicher- oder unglücklicherweise in der internationalen Diplomatie tut. Ich spreche hier nicht von Täuschung und Hinterlist. Ich rede über das, was praktisch richtig und politisch klug ist. Sie sagen, es läßt sich nicht vermeiden, daß es herauskommt. Das stimmt sicherlich – aber nur, wenn der Präsident der Vereinigten Staaten es so beschließt. Wie sollen wir das alles *weg*erklären, fragen Sie. Ganz einfach. Wir tun es nicht. Nennen Sie mir einen Grund, warum wir das Ganze an die Öffentlichkeit zerren oder alles offen eingestehen sollten, wofür Sie anscheinend plädieren, und ich werde Ihnen ein halbes Dutzend Gründe nennen – Gründe, die mindestens ebenso stichhaltig sind, wenn nicht sogar mehr –, warum wir das nicht tun sollten.« Sir John legte eine Pause ein, als müßte er seine Gedanken ordnen. In Wirklichkeit wartete er nur ab, ob einer seiner vier Zuhörer Einspruch erhob. Er hatte sich seine Argumente längst zurechtgelegt.

»Ich glaube, Mr. President, es könnte uns nicht schaden, wenn wir uns anhören, was Sir John zu sagen hat«, meinte Hollison und lächelte. »Wer weiß, vielleicht können wir etwas daraus lernen. Als langjähriger Leiter der Botschaft eines erfahrenen Außenministeriums wird Sir John, nehme ich an, im Laufe der Jahre einige wertvolle Erfahrungen gesammelt haben.«

»Danke, Richard. Offen gesagt und ohne diplomatische Floskeln, Mr. President, haben Sie sogar die Pflicht, die Sache nicht an die große Glocke zu hängen. Es gibt nichts, was Sie damit gewinnen könnten; aber es gibt sehr viel zu verlieren. Bestenfalls geht es damit ab, daß in der Öffentlichkeit eine Menge schmutziger Wäsche gewaschen wird, ohne daß es irgend etwas bringt; schlimmstenfalls liefern Sie Ihren Feinden Munition von unschätzbarem Wert. Wenn Sie, schlecht beraten, wenn ich so sagen darf, derart offene Geständnisse ablegen, werden Sie bestenfalls überhaupt nichts erreichen und schlimmstenfalls ein dickes schwarzes Minus für Sie selbst, für das Pentagon und für die Amerikaner überhaupt. Das Pentagon setzt sich, davon bin ich überzeugt, aus ehrenwerten Männern zusammen. Gewiß gibt es darunter einige fehlgeleitete, inkompetente, sogar regelrecht dumme – aber nennen Sie mir eine große und mächtige bürokratische Einrichtung, die nicht ihren Anteil an solchen Leuten hat. Das einzige, das letztlich zählt, ist, daß da auch wirkliche Ehrenmänner sind, und ich sehe keinerlei Rechtfertigung dafür, daß man den Ruf ehrenwerter Männer in den Dreck zieht, nur weil man zwei faule Äpfel im Korb gefunden hat.

Sie selbst, Mr. President, wären dabei in einer besonders prekären Lage. Sie haben einen erheblichen Teil Ihrer Amtszeit der Bekämpfung des Terrorismus in jeder Art und Form gewidmet. Wie werden Sie vor den Augen der Welt dastehen, wenn herauskommt, daß zwei hohe Offiziere Ihrer Streitkräfte materiellen Gewinns wegen terroristische Tätigkeiten aktiv unterstützt haben? Sie werden die beiden betreffenden Herren vielleicht kaum kennen, aber man wird sie in Ihre Nähe spielen; man wird sie in den Status von Beratern erheben, die großes Vertrauen genießen, und das dürfte noch nicht alles sein. Schlimmstenfalls wird man Ihnen nicht nur vorwerfen, daß sich unter Ihrem Schutz und Schirm Männer befanden, die an terroristischen Aktionen beteiligt waren, sondern daß Sie sie sogar in die Lage versetzt hätten, neue terroristische Glanzleistungen zu vollbringen. Sehen Sie nicht schon die verleumderischen Schlagzeilen auf den ersten Seiten der Sensationsblätter in aller Welt vor sich? Wenn die mit Ihnen fertig sind, werden Sie in die Geschichte eingehen als Inbegriff der Verlogenheit und Heuchelei, der angeblich so noble und hohen Prinzipien huldigende Präsident, der in seiner Laufbahn ausgerechnet das Grundübel förderte, das zu zerstören er geschworen hatte. Überall in der Welt, wo Amerika unbeliebt oder gefürchtet ist aufgrund seiner Macht, seines Einflusses und seines Reichtums – in den meisten Ländern also, ob Ihnen das nun gefällt oder nicht –, wird Ihr Ruf ruiniert sein. Da Sie hier in Ihrem Heimatland so außerordentlich populär sind, werden Sie hier überleben. Aber ich kann mir kaum vorstellen, daß Ihnen das Freude machen wird. Ihre Kampagne gegen den Terrorismus würde eine nicht wieder rückgängig zu machende Schlappe erleiden. Als treibende Kraft für Gerechtigkeit, Sitte und Anstand wären Sie unwiderruflich am Ende. Ohne jede Rücksicht auf diplomatische Floskeln ausgedrückt, Sir: um so vorzugehen, wie Sie es vorhaben, müßten Sie ziemlich verrückt sein.«

Der Präsident starrte eine Weile vor sich hin, dann sagte er mit fast klagender Stimme: »Glaubt sonst noch jemand, daß ich verrückt bin?«

»Kein Mensch glaubt, daß Sie verrückt sind«, sagte der General. »Am wenigsten von allen, würde ich sagen, Sir John. Er bringt nur zum Ausdruck, was sonst unser Außenminister, der heute leider nicht da ist, deutlich klarlegen würde. Beide Herren halten viel von pragmatischer Logik und wenig von nicht genug durchdachten, übereilten Aktionen. Vielleicht bin ich nicht der ideale Ratgeber in dieser Frage. Ich wäre natürlich mehr als froh, wenn der Ruf des Pentagons so wenig angekratzt würde wie irgend möglich; aber bevor man vom Dach des Empire State Building herunterspringt, sollte man darüber nachdenken, was für fatale und irreparable Folgen das haben kann.«

»Dazu kann ich nur bestätigend nicken«, sagte John Heiman, der Verteidigungsminister. »Wenn ich dazu zwei Metaphern anführen und miteinander in Verbindung bringen darf, so bleibt uns die Wahl zwischen zwei Möglichkeiten. Wir können schlafende Hunde ruhen lassen oder die Furien des Krieges wecken. Schlafende Hunde haben noch nie jemandem geschadet, die Furien des Krieges hingegen sind unberechenbar. Statt über den Feind herzufallen, könnten sie sich auch, und in unserem Fall hielte ich das für sehr wahrscheinlich, auf uns stürzen und uns böse zurichten.«

Der Präsident blickte Hollison an. »Richard?«

»Sie spielen gerade das Pokerspiel Ihres Lebens, Mr. President. Und Sie haben nur einen Trumpf in der Hand, und der heißt ›Stillschweigen‹.«

»Also steht es vier zu eins, ja?«

»Nein, Mr. President«, sagte Heiman, »das tut es nicht, und das wissen Sie auch. Es steht fünf zu null.«

»Ja, vermutlich, vermutlich.« Der Präsident strich sich mit einer Hand müde übers Gesicht. »Und wie inszenieren wir dieses massive Stillschweigen, Sir John?«

»Entschuldigen Sie, Mr. President, aber da kann ich Ihnen nicht helfen. Wenn man mich nach meiner Meinung fragt, halte ich damit, wie Sie gesehen haben, nicht hinterm Berge. Aber ich kenne die Regeln, und eine davon lautet, daß ich mich nicht in die Politik eines souveränen Staates einmischen darf. Die Entscheidungen müssen Sie und Ihr Kabinett fällen.«

Ein Bote trat ein und reichte dem Präsidenten ein Blatt Papier. »Nachricht von der *Ariadne*, Mr. President.«

»Dagegen muß ich mich nicht erst wappnen«, sagte der Präsident. »Was Nachrichten von der *Ariadne* anbelangt, bin ich ständig gewappnet. Eines Tages bekomme ich von diesem Schiff auch eine gute Botschaft.« Er las die Nachricht. »Diesmal natürlich noch nicht. ›Atommine aus Bomber geborgen und heil auf Segelboot *Angelina* verfrachtet.‹ Großartig. So weit, so gut. Aber dann: ›Unerwartetes Umspringen des Windes um 180 Grad verhindert geplanten Segeltörn. Erwartete Verzögerung drei bis sechs Stunden. H-Waffen aus Bomberluke werden derzeit auf *Kilcharran* verladen. Erwarten, bis Einbruch der Nacht damit fertig zu sein.‹ Ende der Nachricht. Nun, was bedeutet das für uns?«

»Das bedeutet für Sie, Mr. President«, sagte Sir John Travers, »einige Stunden Atempause.«

»Und das heißt?«

»Nichtstun. Nichtstun auf höchster Ebene. Im Augenblick läßt sich nichts tun, das sich lohnen würde. Ich denke nur laut.« Er musterte den General mit einem langen Blick. »Sagen Sie, General, diese beiden Herren im Pentagon, wissen die, daß wir sie im Verdacht haben? Ich korrigiere mich. Wissen sie, daß wir Beweise für ihren Verrat haben?«

»Nein. Und ich stimme mit Ihnen in bezug darauf, was Sie gerade sagen wollen, völlig überein. Es würde niemandem nützen und nichts bringen, sie jetzt, in diesem Moment, darüber zu informieren.«

»Ganz recht. Wenn Sie erlauben, Mr. President, werde ich mich jetzt zurückziehen und über Probleme der Politik und der internationalen Diplomatie nachdenken. Mit Hilfe eines Kissens.«

Der Präsident lächelte – ein Lächeln, das bei ihm immer seltener wurde. »Was für eine glänzende Idee! Genau das werde ich auch tun. Es ist kurz vor sechs, meine Herren. Darf ich vorschlagen, daß wir uns hier gegen zehn Uhr dreißig wieder zusammenfinden?«

Um zwei Uhr dreißig am selben Nachmittag trat Van Gelder mit einer Nachricht in der Hand auf die Brücke der *Ariadne* zu Talbot.

»Funkspruch von Iraklion, Sir. Besagt, daß eine Phantom der griechischen Air Force das Bergungsschiff *Taormina* knapp zehn Minuten nach Abheben von der Basis ausgemacht hat. Und zwar unmittelbar östlich der Insel Avgó, die nach meiner Karte ungefähr vierzig Meilen nordöstlich von Iraklion liegt. Sehr günstig gelegen für eine Durchfahrt durch die Straße von Kasos.«

»In welcher Richtung fuhr sie?«

»In gar keiner. Um keinen Verdacht zu erregen, wollte der griechische Pilot nicht in ihrer Nähe bleiben. Aber seinem Bericht zufolge lag die *Taormina* regungslos im Wasser.«

»Auf der Lauer. Auf der Lauer. Worauf, fragt man sich da. Apropos Lauer – was macht Jimmy im Augenblick?«

»Als ich ihn das letzte Mal sah, hing er in der Nähe zweier junger Damen in der Offiziersmesse herum. Nicht pflichtvergessen, das kann ich Ihnen versichern. Die drei A's haben sich in ihre Kabinen zurückgezogen, wahrscheinlich für die Dauer des restlichen Nachmittags. Die jungen Damen sprachen davon, daß sich ihr Benehmen nicht eben wenig gewandelt hat. Sie hätten aufgehört, darüber zu reden, in welch mißlicher Lage sie sich befänden. Genau genommen hätten sie überhaupt aufgehört, öffentlich über irgend etwas zu reden. Sie wirkten ungewöhnlich ruhig, gelassen und nicht sehr besorgt; das könne bedeuten, daß sie sich innerlich mit ihrem Schicksal, ganz gleich, was es für sie bereithält, abgefunden haben. Oder daß sie sich mit irgendwelchen Plänen tragen. Mit was für Plänen, konnte ich allerdings nicht einmal ansatzweise herausfinden.«

»Was würden Sie vermuten, Vincent?«

»Daß sie vorhaben, irgendwie aktiv zu werden. Etwas zu unternehmen. Ich weiß, es ist nicht mehr als eine bloße Vermutung, aber es wäre doch möglich, daß sie sich heute nachmittag ausruhen wollen, weil sie damit rechnen, im Laufe der nächsten Nacht nicht viel Ruhe zu bekommen.«

»Ich habe so ein merkwürdiges Gefühl, als würden wir heute nacht auch nicht viel zur Ruhe kommen.«

»Aha! Das zweite Gesicht, Sir? Ihr nicht existierendes schottisches Blut bricht mächtig in Ihnen durch?«

»Wenn es stärker in mir durchbricht, gebe ich Ihnen rechtzeitig Bescheid. Ich mache mir nur ständig Gedanken über das Verschwinden von Jenkins.« Ein Telefon läutete, und Talbot nahm den Hörer auf. »Eine Nachricht für den Admiral? Vom Pentagon? Bringen Sie sie herauf.« Talbot legte auf und blickte durch die vorderen Scheiben der Brücke.

Die *Angelina* lag, um sie vor den derben Stößen der an die vier Fuß hohen Wellen zu schützen, friedlich im stillen Wasser zwischen dem Bug der *Ariadne* und dem Heck der *Kilcharran*, wohin man sie verlegt hatte.

»Da wir nun schon gerade vom Pentagon sprachen – vor einer Stunde hatten wir mitgeteilt, bis zum Einbrechen der Nacht mit dem Umladen der H-Bomben fertig zu sein. Und was ist? Windstärke 6, und der Rumpf des Flugzeugs liegt eine Kabellänge entfernt nordwestlich von hier. Gott allein weiß, wann wir mit dem Umladen fertig sein werden. Meinen Sie, wir sollten sie entsprechend informieren?«

»Nein, Sir, das glaube ich nicht. Der Präsident der Vereinigten Staaten ist viel älter als wir, und was er in letzter Zeit an Nachrichten von der *Ariadne* bekommen hat, kann seinem Herzen nicht gutgetan haben.«

»Da mögen Sie recht haben. Ah, danke, Myers.«

»Verdammt merkwürdige Nachricht, Sir, wenn Sie mich fragen. Kann absolut gar nichts damit anfangen.«

»Diese Dinge sind uns gesandt, um uns zu prüfen.« Talbot wartete, bis Myers fort war, dann las er die Nachricht vor.

»›Kuckucke im Nest entdeckt. Unwiderlegbare Beweise für Verbindung mit ihrem großzügigen Wohltäter. Herzliche Glückwünsche an Admiral Hawkins und die Offiziere der *Ariadne*‹.«

»Sie wissen es also. Endlich«, sagte Van Gelder.

»Sie kommen als letzter, Sir John«, sagte der Präsident. »Ich muß Ihnen mitteilen, daß wir schon entschieden haben, was wir tun werden.«

»Das war vermutlich eine sehr schwierige Entscheidung, Mr. President. Wahrscheinlich die schwerste, die Ihnen je abverlangt wurde.«

»Ja. Jetzt, da sie unwiderruflich gefallen ist, kann man Ihnen ja nicht mehr vorwerfen, daß Sie sich in die Angelegenheiten eines anderen Staates einmischen. Was hätten Sie gemacht? Sir John?«

»Ganz einfach. Das gleiche wie Sie. Keinerlei Informationen – an nichts und niemanden. Bis auf zwei Leute. Und diese in Kenntnis setzen lassen, daß der Präsident sie auf unbestimmte Zeit vom Dienst suspendiert hat, bis die Untersuchungen aller gegen sie erhobenen Vorwürfe abgeschlossen sind.«

»Oh, zum Teufel mit Ihnen, Sir John.« Der Präsident sagte das ohne Eifer. »Und ich habe, statt zu schlafen, Stunden um Stunden mit meinem Gewissen gerungen, um zum gleichen Ergebnis zu kommen.«

»Es mußte darauf hinauslaufen, Sir. Sie hatten keine andere Wahl. Und ich muß noch eines hinzufügen: für uns ist es ziemlich leicht, zu einer Entscheidung zu gelangen. Sie hingegen, Sie ganz allein, müssen den Befehl erteilen.«

»Ohne Ihrer Intelligenz zu nahe treten zu wollen – Ihnen ist doch sicher klar, was ein solcher Befehl bedeutet?«

»Völlig klar. Jetzt, da meine Meinung nicht mehr verlangt ist, kann ich ja ruhig sagen, daß ich genauso entschieden hätte. Es ist ein Todesurteil, und es wird für Sie kein Trost sein, daß niemand von Ihnen verlangt, dieses Todesurteil zu vollstrecken oder seine Vollstreckung anzuordnen.«

9

»Manhattan Project?« sagte Admiral Hawkins. »Was um alles in der Welt meint sie mit ›Manhattan Project‹?«

»Ich weiß nicht«, antwortete Denholm. »Eugenia weiß es auch nicht. Sie hat diese Worte nur aufgeschnappt, als sie die Offiziersmesse betrat. Andropulos, Alexander und Aristoteles waren allein dort. Sie haben das Stichwort zweimal fallen lassen, und sie fand es so merkwürdig – ich empfinde es auch so –, daß sie es an mich weitergab. Als sie ihre Anwesenheit bemerkten, haben sie das Thema gewechselt. Sie meinte, was immer das auch gewesen sein mag, worüber sie sprachen, es schien sie in höchstem Maße zu amüsieren.«

Talbot frage: »Auch Alexander?«

»Humor, Sir, ist nicht Alexanders Stärke. Kein Mensch hat ihn je lächeln sehen, seit er an Bord kam. Übrigens war er es, der über diese Sache sprach. Vielleicht lacht er nicht über seine eigenen Witze.«

»Ich weiß, Sie verstehen etwas von solchen Dingen, Denholm«, sagte Hawkins. »Fällt Ihnen nichts dazu ein?«

»Nichts, Sir. Das einzige, was einem auf Anhieb und schnell – viel zu schnell – dazu einfällt, ist die Sache mit der Atombombe. ›Manhattan Project‹ – das war bekanntlich jener immens lang andauernde, immens komplizierte und immens teure Prozeß, der zur Erfindung der Atombombe führte. ›Manhattan‹ war nur ein Codewort. Tatsächlich fanden die Forschungsarbeiten in New Mexico und Nevada oder sonstwo statt. Tut mir leid, Sir, aber was ›Manhattan Project‹ in unserer gegenwärtigen Situation bedeuten könnte – keine Ahnung.«

»Wenigstens geht es mir da nicht allein so«, sagte Hawkins. Er nahm zwei Papiere von dem Schreibtisch seiner Admiralskabine auf und reichte sie Denholm. »Diese beiden Nachrichten sind eingetroffen, seit wir uns das letzte Mal sahen. Was sie besagen, wird Ihnen, denke ich, schon klar sein.«

»Oh! Hier eine direkt vom Weißen Haus. ›Zwei Ihrer menschenfreundlichen Wohltäter leider nicht mehr bei uns. A starb bei einem Autounfall.‹« Denholm blickte auf. »Erst kürzlich, ja? Wohltäter A ist also vermutlich Admiral X oder General Y, ja? Stolperte er, sprang er oder wurde er gestoßen? Das ist hier die Frage.« Er blickte nochmals auf das Papier in seiner Hand. »Und Wohltäter B ist einfach verschwunden, sehe ich. Und vermute wiederum: Wohltäter B war X oder Y. Welch ein unglücklicher Zufall für uns.« Denholm blickte von Hawkins zu Talbot. »Nach der Vorsicht, mit der das Ganze formuliert ist, nehme ich an, daß diese Nachrichten nicht laut herausposaunt werden sollen.«

»Das glaube ich auch«, sagte Hawkins. »Wir haben bereits veranlaßt, das das Original des verschlüsselten Funkspruchs vernichtet wird.«

»Weiter darüber nachzudenken, wieso sie so urplötzlich verschieden sind, bringt also wohl nichts, wenn ich recht verstehe, Sir?«

»So ist es. Es bringt nicht nur nichts, es ist auch sinnlos. Sie haben sich in ihre Schwerter gestürzt. Zynismus liegt mir im Grunde fern – aber was sie da getan haben, ist vermutlich das einzig Ehrenhafte, das sie seit langem getan haben. Und die zweite Nachricht, Denholm?«

»Die von Iraklion. Interessant, Sir. Der letzte Anlaufhafen der *Taormina* scheint Tobruk gewesen zu sein. Außerdem sieht es so aus, als wäre das Schiff zwar in Panama registriert, aber meistens in Tobruk stationiert gewesen. Das ist äußerst interessant. Höchst interessant. Vor allem angesichts der Tatsache, daß dieser große unbekannte Wohltäter der Menschheit, der da unten in unserer Offiziersmesse sitzt, über beträchtliche geschäftliche Interessen in Tripolis verfügt. Das Ganze ist höchst frustierend, Sir.«

»Was?«

»Daß wir keinerlei Indizien gegen ihn haben, schon gar keine Beweise.«

»Ich habe so ein Gefühl«, sagte Talbot, »als brauchten wir weder Indizien noch Beweise gegen ihn. Andropulus wird nie vor ein Gericht kommen.«

Hawkins blickte ihn einige Augenblicke lang nachdenklich an. »Das sagen Sie nun schon zum zweiten Mal, Captain. Haben Sie Zugang zu Informationen, die wir nicht haben?«

»Nein, nein, keineswegs, Sir. Vielleicht habe ich nur blindes Vertrauen zu dieser blinden Göttin der Gerechtigkeit. Sie wissen schon, zu dieser Dame mit Waage und Schwert.« Talbot lächelte. »Vielleicht habe ich aber auch, wie Van Gelder nicht müde wird zu behaupten, einige Restspuren Hochlandblut in mir. Das heißt, ich bin hellseherisch begabt, habe das zweite Gesicht oder sonst irgend so etwas Albernes. Aber da kommt er ja selbst.«

»Ein Funkspruch vom griechischen Geheimdienst«, sagte Van Gelder. Er streckte ihnen das Papier, das er in der Hand hielt, entgegen.

»Sagen Sie es mir lieber selber«, sagte Hawkins. »Behutsam. Ich werde allmählich allergisch gegen schlechte Neuigkeiten.«

»Sie sind gar nicht so schlecht, Sir. Nicht für uns jedenfalls. Es heißt darin, daß einer ihrer Beamten, der für den Mittleren Osten und nordafrikanische Angelegenheiten zuständig war – sie geben hier mit Bedacht offenbar seinen Namen nicht preis; ich vermute, er ist ein Minister und wir könnten das Ganze leicht herausfinden, ohne daß uns das jedoch irgendwie weiterbrächte –, also daß dieser Beamte zu einem Routinebesuch nach Chania geflogen sei, einer Stadt ganz in der Nähe der Luftwaffenbasis in der Suda-Bucht. Er sei dort jedoch nie angekommen. Doch genau um die gleiche Zeit, zu der er dort hätte eintreffen sollen, habe ein griechisches Mirage-Flugzeug, das Patrouille flog, eine ganz ähnliche Maschine wie die, in der er flog – viel zu ähnlich, als daß es nicht dieselbe Maschine gewesen sein mußte –, direkt über Iraklion hinwegfliegen sehen.«

»Also«, meinte Talbot, »haben Sie sich die Karte angesehen und sind zu dem Schluß gelangt, daß es woandershin unterwegs war. Und wohin?«

»Nach Tobruk.«

»Und Sie gelangten ferner zu dem Schluß, daß er von dort nicht mehr zurückkehren würde?«

»Angesichts der Unbeständigkeit, die das Wesen des Menschen nun einmal auszeichnet, würde ich nicht damit rechnen. Der griechische Geheimdienst ist auch dahintergekommen, daß der abgängige Minister, sofern er ein Minister war, bei derselben Bank in Athen ein Konto unterhielt, die Philip Trypanis in Anspruch nahm. Es sieht so aus, als wären sie, um es etwas gängig auszudrücken, diesem Mr. Trypanis nun dicht auf den Fersen. Ob sie diesen Mr. Trypanis schnappen oder nicht, scheint für uns nicht so wichtig zu sein.«

»Ich könnte mir denken«, sagte Hawkins, »daß die gute Laune unseres Menschenfreundes da unten in der Offiziersmesse inzwischen doch merklich getrübt wäre, wenn er wüßte, was mit seinem Freund in der Regierung hier geschehen ist und welche Schicksale seine Freunde A und B – oder X und Y – in Washington erlitten haben. Und wenn er wüßte, daß wir von der *Taormina* wissen und daß ihr eigentlicher Heimathafen Tobruk ist, müßte ihn das richtig nachdenklich stimmen. War das alles, Van Gelder?«

»Zu dem Thema, ja, Sir. Captain Montgomery, Professor Wotherspoon und ich haben uns übers Wetter unterhalten.«

»Ja, und?« Hawkins beäugte ihn voller Mißtrauen. »Erzählen Sie mir nur nicht, daß Kassandra Sie schon wieder in ihren Klauen hatte.«

»Nein, Sir. Der Euros hat sich gelegt. Vollkommen. Wir gehen davon aus, daß es jetzt nur noch eine Frage der Zeit ist, bis sich das Wetter wieder normalisiert. Das wird vermutlich schon sehr bald sein. Die neuesten Wettervorhersagen besagen das gleiche. Die *Angelina* liegt zur Zeit zwischen unserem Schiff und der *Kilcharran*, mit dem Bug Richtung Nordwesten. Wenn der Meltemi aufkommt, der ja aus Nordwesten bläst, werden wir sie aus ihrer jetzigen Position nicht fortsegeln können. Es wäre daher klug, sie jetzt längsseits zu verholen.«

»Ja, natürlich«, sagte Talbot. »Bitte veranlassen Sie das gleich, Number One. Und danach versammeln wir uns zum letzten Abendmahl.«

Van Gelder blickte durch die offene Tür nach draußen. »Es wird schon dunkel, Sir. Wollen Sie nicht doch vielleicht lieber bis zum Morgengrauen warten und erst dann lossegeln?«

»Ich würde nichts lieber tun als das. Aber wir haben unseren Mitmenschen gegenüber eine Verpflichtung.«

»Und müssen tapfer, edelmütig und zur Selbstaufopferung bereit sein?«

»Je früher wir aufbrechen, desto eher werden die Häupter am Potomac zur Ruhe kommen. Ganz zu schweigen von denen an Bord der *Kilcharran* und der *Ariadne*.«

Denholm blickte von Talbot zu Van Gelder. Auf seinem Gesicht lag ein gewisser Ausdruck von Ungläubigkeit.

»Verstehe ich Sie recht, Captain, daß Sie und Lieutenant-Commander Van Gelder auf der *Angelina* mitfahren?«

Talbot schüttelte den Kopf. »Vermutlich mußte es soweit kommen, Number One. Daß jüngere Offiziere uns unsere seemännischen Fähigkeiten absprechen.«

»Ich verstehe nicht, Sir. Warum um alles in der Welt wollen Sie und Number One an Bord der *Angelina* mitfahren? Ich meine . . .«

»Wir wollen nicht an Bord der *Angelina* mitfahren. Wir werden die *Angelina* führen. Professor Wotherspoon und seine Frau bleiben hier. Das weiß er natürlich noch nicht. Der gute Professor wird toben, aber man kann es nicht jedem recht machen.«

»Verstehe, Sir. Ja, verstehe. Das hätte ich mir eigentlich denken müssen. Ich würde sie gerne begleiten, Sir.«

»Ja und nein. Sie werden uns begleiten, aber nicht an Bord der *Angelina.* Sie begleiten uns mit der Barkasse. Sie werden den Motor aber erst starten, wenn wir wenigstens drei Meilen weit weg sind. Wissen Sie, wir möchten nicht, daß es vorzeitig zum großen Knall kommt.«

»Und dann folgen wir Ihnen in dieser Entfernung?«

»Weniger folgen als umkreisen. Und natürlich immer im Sicherheitsabstand von drei Meilen. Ihre Aufgabe besteht natürlich darin, alle Schiffe zu warnen und davon abzuhalten, uns nichtsahnend zu nahe zu kommen.«

»Und später sollen wir Sie dann zurückschleppen?«

»Wenn wir die Mine versenkt haben und weit genug fortgesegelt sind, um in sicherer Entfernung zu sein, werden wir die Maschine anwerfen und umkehren. Ein Schlepper könnte nicht schaden. Vielleicht holt uns ja auch der Admiral mit der *Ariadne* ab. Das haben wir noch nicht entschieden, und es ist momentan auch nicht so wichtig. Aber was ich Ihnen jetzt zu sagen habe, ist wichtig. Sie nehmen Oberbootsmann McKenzie, Marinesergeant Brown und Obermaat Myers zur Bedienung des Funkgeräts mit. Außerdem nehmen Sie, und das ist das wichtigste von allem, den Krytron-Fernzünder mit und verstecken ihn gut. Unter den Planken des Ruderhauses, würde ich vorschlagen. Geben Sie Myers Anweisung, den kleinsten Sender-Empfänger mitzunehmen, den er auftreiben kann, und ihn an derselben Stelle zu verstecken. Und sorgen Sie dafür, daß die Planken anschließend wieder richtig festgenagelt werden.

»Darf ich nach dem Grund für diese übertriebenen Sicherheitsvorkehrungen fragen, Sir?«

»Nein, das dürfen Sie nicht, und zwar aus dem einfachen Grund, daß ich Ihnen nicht sagen kann, warum. Ich kann nur sagen, daß man auf alle Eventualitäten gefaßt sein muß. Das Dumme mit dem Unvorhersehbaren ist, daß es nicht vorhersehbar ist. Sie verstehen?«

»Ich glaube, ja, Sir.«

»Dann schlage ich vor, Sie gehen jetzt und trommeln Ihre Crew zusammen. Und achten Sie um Gottes willen darauf, daß niemand Sie mit dem Krytron unterm Arm herumlaufen sieht.«

Nachdem Denholm fort war, meinte Hawkins: »Manchmal, Captain, glaube ich mit Bedauern feststellen zu müssen, daß Sie nicht immer die Wahrheit sagen. Ich meine, die Wahrheit, die ganze Wahrheit und nichts als die Wahrheit.«

»Dem schließe ich mich an, Sir«, sagte Van Gelder. »Sie geben damit unseren jungen Offizieren ein sehr schlechtes Beispiel.«

Talbot lächelte. »›Sei so keusch wie Eis, so rein wie Schnee, und du wirst der Verleumdung nicht entgehen.‹ So oder so ähnlich. Als Kapitän wird man mit der Zeit immun gegen Ungerechtigkeiten dieser Art. Ich habe so ein merkwürdiges Gefühl – okay, okay, Vincent, einigen wir uns auf einige winzige Tropfen Hochlandgewächs –, also ein merkwürdiges Gefühl, als würde Andropulos heute abend bei Tisch beiläufig die entscheidende Frage stellen. Ich schlage vor, wir lassen Dr. Wickram heraufkommen.«

Andropulos kam am Abend bei Tisch tatsächlich beiläufig auf die entscheidende Frage zu sprechen, aber er hatte keine Eile damit. Erst als sie schon mit dem Hauptgericht fertig waren, sagte er: »Wir wollen uns nicht einmischen und Ihnen Fragen zu reinen Marineangelegenheiten stellen, die uns nichts angehen, Captain. Aber was immer hier passiert, betrifft, direkt oder indirekt, auch uns, und schließlich sind wir auch nur Menschen und sehr, sehr neugierig. Wir können alle sehen, daß die *Angelina* jetzt längsseits liegt und bei ihr an Deck diese äußerst suspekte Atommine mitsamt ihrer Halterung vertäut ist. Ich dachte, Sie hätten vor, so schnell wie möglich mit ihr auf und davon zu segeln?«

»Genau das werden wir auch tun, Mr. Andropulos. Zur gegebenen Zeit, das heißt, sobald wir zu Ende gegessen haben. Werden Sie Ihres Lebens erst wieder froh, wenn sie außer Sichtweite ist?«

»Ich gebe zu, daß ich mich erheblich erleichtert fühlen werde, wenn ich die *Angelina* am Horizont verschwinden sehe, und bei klarem Himmel und fast Vollmond müßte das eigentlich bald möglich sein. Egoistisch? Feige? Vielleicht, vielleicht auch nicht.« Andropulos seufzte. »Ich sehe mich nicht in der Rolle eines Helden.«

»Ich mich auch nicht. Kein vernünftiger Mensch tut das.«

»Aber ja – diese Atommine ist doch sicher noch immer sehr unstabil, oder nicht?«

»Sie ist jetzt, glaube ich, nicht mehr ganz so gefährlich wie vorher. Aber warum fragen Sie mich? Sie sitzen direkt neben unserem Experten.«

»Natürlich. Dr. Wickram. Wie sehen Sie das, Sir?«

»Der Captain hat ganz recht. Ich hoffe zumindest, daß es so ist. Die bei den H-Bomben austretende Radioaktivität, von denen man die Atommine ja inzwischen entfernt hat, hat nur eine sehr begrenzte Reichweite. Sie hat nun keinerlei Wirkung mehr auf die Atommine, so daß diese nun allmählich anfangen müßte, sich wieder zu stabilisieren. Aber ich muß betonen: das ist ein langsamer Prozeß.«

»Wie lang wird es dauern, bevor sie sich wieder ganz stabilisiert hat? Ich meine: wann erreicht sie einen Zustand, in dem ein Schiff vorbeifahren kann, ohne daß etwas passiert?«

»Hm, ja. Nun ja.« Wickrams Reaktion war eine Art verbales Achselzukken. »Wie ich schon früher sagte, bewegen wir uns *da* auf unerforschtem Terrain; aber ich habe *da* einige Berechnungen angestellt. Schwierige, hochkomplizierte mathematische Berechnungen, mit denen ich Sie nicht belasten will. Meinen Schätzungen nach müßte die Mine spätestens in zwölf Stunden wieder ganz sicher sein. Vielleicht auch schon in sechs Stunden. Bei allem, was zeitlich darunter liegt, hm – ist das Risiko untragbar hoch.«

»Zur Hölle mit Ihnen, Talbot«, sagte Wotherspoon. Seine Stimme war ruhig und beherrscht, doch die elfenbeinfarbenen Knöchel seiner zu Fäusten geballten Hände verrieten, wie erregt er war. »Das ist *mein* Schiff, von dem Sie reden. Nicht Eigentum Ihrer verdammten Navy!«

»Darüber bin ich mir im klaren, Professor, und es tut mir wirklich verdammt leid.« Talbot befand sich mit Hawkins, Wotherspoon und dessen Frau in der Admiralskabine. »Aber Sie kommen nicht mit. Dachten Sie im Ernst, daß die Royal Navy müßig dastehen und zusehen würde, wie Zivilpersonen für uns ihr Leben riskieren?« Talbot lächelte. »Wir erfüllen damit nicht nur unsere Pflicht, wir werden dafür auch noch bezahlt.«

»Das ist nicht nur verfluchte Willkür, das ist Piraterie! *Hijacking!* Die Art von illegaler Tätigkeit, die zu vernichten Sie geschworen haben. Vermutlich sind Sie auch bereit, mich mit Gewalt zurückzuhalten?«

»Wenn es sein muß, ja.« Talbot nickte zum Eingang hin, der im Dunkeln lag. Wotherspoon drehte sich um und erblickte, halb versteckt in der Dunkelheit, drei große Gestalten. Als er sich wieder umwandte, war er im wahrsten Sinne des Wortes sprachlos vor Wut. »Das wäre das letzte Mittel, zu dem wir greifen würden«, sagte Talbot. »Und es wird auch gar nicht nötig sein.« In seiner Stimme wurde eine gewisse Kühle spürbar. »Offen gesagt, Wotherspoon, meine Hauptsorge gilt gar nicht Ihrem Wohlergehen. Sie verhalten sich meiner Ansicht nach in höchstem Maße egoistisch und rücksichtslos. Wie lange sind Sie jetzt verheiratet, Mrs. Wotherspoon?«

»Wie lange . . .« Sie versuchte zu lächeln, aber es wollte ihr nicht recht gelingen. »Nicht ganz sechs Monate.«

»Noch nicht einmal sechs Monate. Und Sie wollen Ihre Frau dieser Gefahr aussetzen und sie vielleicht – die Gefahr besteht durchaus –, vielleicht in den Tod schicken, und das nur aus verletztem, halsstarrigem Stolz. Da dürfen Sie stolz auf sich sein, Mr. Wotherspoon. – Wollen Sie wirklich diese Fahrt antreten, Mrs. Wotherspoon?«

»Angelina«, berichtigte sie ihn automatisch und mußte lächeln, da sie selbst merkte, wie unpassend das unter den gegebenen Umständen war. »Sie bringen mich in eine unmögliche Lage.«

Sie schwieg. Dann fuhr sie schnell fort: »Nein. Das stimmt nicht. Das tun Sie nicht. Ich will diese Fahrt *nicht* antreten. Und ich will auch nicht, daß James es tut. Unsere Sache ist es, nach antiken Gegenständen zu suchen. Nicht Gewalt und Tod. Ich bin, weiß der Himmel, keine Amazone, und wenn hier irgendwo Drachen darauf warten, getötet zu werden, so will ich trotzdem nicht, daß mein Mann den heiligen Georg spielt. *Bitte*, James.«

Hawkins ergriff zum ersten Mal das Wort. »Ich appelliere nicht an Ihre

Gefühle, Professor. Ich bitte Sie nur darum, sich mal in Captain Talbots Lage zu versetzen. Ich denke, Sie werden mir zustimmen, daß ihm keine andere Möglichkeit bleibt.«

»Ja«, sagte Wotherspoon und öffnete seine Fäuste. »Das sehe ich ein.«

»Ich denke, wir sollten drei Nachrichten rausschicken, John«, meinte Hawkins, nachdem die Wotherspoons gegangen waren. »Eine ans Weiße Haus, eine an General Carson in Rom und eine an Konteradmiral Blyth. An alle drei die gleiche Nachricht, und natürlich verschlüsselt. Was halten Sie von: ›Wetter hat sich beruhigt. Günstiger Nordwestwind. *Angelina* mit Mine an Bord segelklar. Verladung der H-Waffen auf *Kilcharran* macht gute Fortschritte.‹ Das müßte doch reichen, oder?«

»Ja. Großartig. Es dürfte sie alle ziemlich umhauen.«

»Ich gebe zu, wir haben sie in letzter Zeit nicht eben mit guten Nachrichten überhäuft.«

Oben am Kopf der Gangway, von deren Fuß man sowohl leicht auf den Bug der Barkasse der *Ariadne* gelangte als auch aufs Heck der *Angelina*, die bereits ihre Segel gesetzt hatte, stand ein Grüppchen interessierter Zuschauer versammelt, darunter auch Andropulos, der alles, was vorging, mit besonderer Aufmerksamkeit verfolgte.

»Wann ist es denn soweit?« fragte er Talbot.

»In zehn Minuten ungefähr.«

Andropulos schüttelte den Kopf, als könne er es nicht fassen. »Und dann nehmen all unsere Sorgen ein Ende?«

»Sieht fast so aus, nicht wahr?«

»Ja, wirklich. Aber sagen Sie, warum liegt die Barkasse da?«

»Ganz einfach. Sie wird uns begleiten.«

»Sie wird Sie begleiten? Das verstehe ich nicht. Wird denn nicht das Motorengeräusch ...?«

»Die Bombe zünden? Das Boot wird erst ablegen, wenn wir drei Meilen weit weg sind. Es wird uns dann, immer in drei Meilen Abstand, umkreisen und alle Schiffe warnen, die uns zu nahe kommen könnten. Wenn wir nun schon so weit gelang sind, wollen wir kein Risiko eingehen, Mr. Andropulos.«

»Der Gedanke an eine solche Vorsichtsmaßnahme wäre mir nie gekommen. Ach, ich fürchte, ich werde nie ein Mann der Tat werden.«

Talbot schenkte ihm ein Lächeln, das Andropulos als freundlich mißverstand. »Man kann nicht alles sein und es allen recht machen, Sir.«

»Sind Sie startbereit, Captain?« fragte Hawkins, der sich gerade zu ihnen gesellt hatte.

»Sozusagen, Sir. Einige Minuten noch. Die Segel sind schon ganz schön prall, nicht wahr?«

»*Sie* fahren mit, Captain?« fragte Andropulos etwas verwirrt.

»Natürlich. Ich wollte schon immer mal Skipper an Bord eines ägäischen Luggers sein. Sie wirken etwas verwirrt, Mr. Andropulos?«

»Bin ich auch. War ich auch. Im ersten Moment wenigstens. Jetzt schon nicht mehr.« Er blickte auf das Deck der *Angelina* hinunter, wo Van Gelder ein Fall am Focksegel befestigte. »Und Lieutenant-Commander Van Gelder wird Sie natürlich begleiten. Nur das Beste vom Besten, was, Captain? Handverlesen, nur von Ihnen selbst, so viel ist klar. Gratuliere. Und Respekt. Dieses Unternehmen scheint doch viel gefährlicher zu sein, als Sie uns eingestehen wollten. So gefährlich, daß sie einige Ihrer eigenen Leute dafür abgestellt haben.«

»Unsinn, Mr. Andropulos, Sie übertreiben. Also, Admiral, wir machen uns auf den Weg. Wenn wir von einem Mittelwert des von Dr. Wickram angesetzten Zeitlimits ausgehen, sollten wir in rund neun Stunden in der Lage sein, uns der Bombe zu entledigen – morgen früh um sechs also. Wenn der Wind anhält – wofür es natürlich keine Garantie gibt –, müßten wir dann schon ein beträchtliches Stück des Wegs zur Straße von Kasos zurückgelegt haben.«

Hawkins nickte. »Und wenn wir Glück haben – obwohl ich nicht einsehe, was Glück mit der Sache zu tun hat –, können wir Sie morgen am Nachmittag einsammeln. Wir werden bei Captain Montgomery bleiben, bis die H-Waffen an Bord seines Schiffes sind und der Zerstörer eingetroffen ist, den ich angefordert habe, damit er ihn abholt und nach Thessaloniki begleitet. Das sollte morgen früh so zwischen neun und zehn sein. Danach werden wir uns auf die Suche nach Ihnen begeben.« Er wandte sich um. »Sie gehen, Mr. Andropulos? Ich hätte gedacht, Sie wollten diesen historischen Augenblick persönlich miterleben.«

»Das will ich auch. Ich wollte ihn nur auch festhalten. Ich gehe nur meine gute treue Leica holen. Na ja, Lieutenant Denholms treue Leica, um ehrlich zu sein. Er hat sie mir vor einer Stunde geliehen.«

Talbot sprach noch kurz mit Hawkins, verabschiedete sich von ihm, kletterte die Gangway hinunter, wechselte noch einige Worte mit Denholm an Bord der Barkasse und ging dann an Bord der *Angelina*. Van Gelder hatte bereits die Bugleine eingeholt und aufgeschossen. Talbot beugte sich über die Klampe am erhöhten Achterdeck, um das gleiche mit der Heckleine zu tun, als er eine gewisse Unruhe und Aufregung über sich bemerkte und aufblickte.

Andropulos war zurückgekehrt, aber nicht mit seiner treuen Leica, sondern mit einer vermutlich ebenso treuen, aber weitaus unangenehmeren Navy Colt 44, deren Mündung er gegen die Schläfe der völlig verschreckten Angelina Wotherspoon preßte. Hinter ihm ragten drohend Alexander und Aristoteles auf, beide gleichermaßen bewaffnet wie er – die Mündungen ihrer Pistolen gegen die Schläfen von Irene Charial und ihrer Freundin Eugenia gerichtet, die beide nicht einen Deut glücklicher aussahen als Angelina. Eine Pistolenmündung an der Schläfe zu spüren, ist selbst für die Hartgesottensten unter den Hartgesottenen eine unangenehme Erfahrung.

»Legen Sie noch nicht ab, Captain«, sagte Andropulos. »Wir kommen mit.«

»Was in aller Welt bezwecken Sie mit diesem Schurkenstreich?« In

Hawkins' Ausdrucksweise spiegelte sich gleichermaßen Schock und Wut. »Sind Sie von allen guten Geistern verlassen?«

»Nein. Wir sind nicht von allen guten Geistern verlassen. Wir sind nur im Begriff, Sie zu verlassen.«

»Ich verstehe nicht«, sagte Hawkins. »Ich verstehe das einfach nicht. Ist das der Lohn dafür, daß wir Ihnen das Leben gerettet und Ihnen unsere Gastfreundschaft gewährt haben?«

»Oh, wir danken Ihnen für Ihre Sorge und Ihr Entgegenkommen. Wir wollen Ihre Gastfreundschaft jedoch nicht überstrapazieren oder Ihnen länger zur Last fallen.« Er stieß Angelina so hart mit der Pistole, daß sie aufschrie. »Nach Ihnen, Mrs. Wotherspoon.«

Die sechs stiegen im Gänsemarsch die Gangway hinunter und an Bord der *Angelina.* Andropulos änderte die Richtung seiner Mündung und zielte nun statt auf Angelina auf Talbot und Van Gelder.

»Keine Dummheiten«, sagte er. »Weder aus Heldenmut noch aus Ritterlichkeit. Schon gar nicht aus Ritterlichkeit. Das hätte die verheerendsten Folgen, für Sie und die drei Damen.«

»Soll das ein Witz sein?« fragte Talbot.

»Ah! Sollte ich da etwa einen Verlust an Gelassenheit bemerken, einen Riß in der unerschütterlichen Ruhe? Wenn ich an Ihrer Stelle wäre, Captain, würde ich nicht davon ausgehen, daß ich scherze.«

»Das tue ich auch nicht.« Talbot unternahm keinerlei Versuche, seine Bitterkeit zu verbergen. »Ich habe Sie für einen reichen Geschäftsmann und einen Ehrenmann gehalten. Aber ich denke, wir lernen alle aus unseren Fehlern.«

»Für Sie ist es zu spät, aus Ihren Fehlern zu lernen. In einer Beziehung haben Sie aber recht – ich gebe gern zu, daß ich ein reicher Mann bin. Sehr reich. Und was den zweiten Vorwurf anbelangt?« Er zuckte die Achseln. »Ehrenhaftigkeit ist eine Sache der Betrachtungsweise. Doch verschwenden wir keine Zeit. Erteilen Sie dem jungen Mann da« – Denholm stand kaum zwei Meter weit weg am Bug der Barkasse – »Befehl, sich genau an seine Anweisungen zu halten. Anweisungen, die Sie, Captain, bereits erteilt haben, wenn ich richtig unterrichtet bin. Das heißt, er soll seinen Motor nicht anlassen, bevor wir drei Meilen weit weg sind, und dann soll er uns in ebendieser Entfernung umkreisen, um zu verhindern, daß sich uns gegen unseren Willen jemand nähert.«

»Lieutenant Denholm ist sich über seine Befehle genau im klaren.«

»Wenn das so ist, dann fahren Sie los.«

Der Wind war frisch, aber nicht stark, und es dauerte eine ganze Weile, bis die *Angelina* eine Geschwindigkeit von drei bis vier Knoten erreichte. Nur allmählich ließ sie die *Ariadne* hinter sich, es dauerte wenigstens eine Viertelstunde, bis sie eine Meile weit entfernt war.

»Hervorragend«, sagte Andropulos. »Tut gut, wenn alles irgendwie nach Plan verläuft, finden Sie nicht?« Seine Stimme verriet keine übermäßige Befriedigung. »Sagen Sie, Commander Talbot, würden Sie mir glauben, wenn ich sagte, daß ich meine Nichte und ihre Freundin Eugenia wirklich gern mag und sogar an Mrs. Wotherspoon gleich viel Gefallen finden könnte?«

»Ich weiß nicht, warum ich Ihnen das glauben sollte, und verstehe auch nicht, wieso mich das berühren sollte. Könnte natürlich sein.«

»Und würden Sie mir glauben, wenn ich sagte, ich würde ihnen kein Haar krümmen?«

»Leider ja.«

»Leider?«

»Andere würden Ihnen nicht glauben, oder sie wären unsicher, ob sie es glauben sollen oder nicht. Deswegen eignen sie sich hervorragend als Geiseln.«

»Genau. Ich brauche Ihnen nicht zu sagen, daß ich ihnen nichts antun werde.« Er blickte Talbot nachdenklich an. »Merkwürdig, es scheint Sie nicht sonderlich zu interessieren, warum ich das tue.«

»Doch, es interessiert mich sehr. Aber man wird kein reicher Geschäftsmann, indem man sinnlos daherredet. Wenn ich Sie fragen würde, würden Sie mir genau das erzählen, was Sie mir erzählen wollen. Nicht mehr, nicht weniger.«

»Stimmt genau. Jetzt etwas ganz anderes. Die drei jungen Damen stellen für mich keine Bedrohung dar. Mit Ihnen und Van Gelder ist das etwas anderes. Meine beiden Freunde und ich halten Sie für höchst gefährlich. Wir trauen Ihnen zu, daß Sie hinterlistige und gerissene Pläne auskochen und sie unter Anwendung von Gewalt in die Tat umzusetzen bereit wären – wenn Sie sich die kleinste Erfolgschance versprächen. Sie werden daher verstehen, daß ich Sie fesseln lassen muß. Ich bleibe hier am Ruder. Sie beide werden sich in Begleitung der drei Damen in den Salon begeben, wo Aristoteles, der sehr kunstfertig Knoten zu machen weiß, wie Sie sehen werden, Sie an Armen und Beinen fesseln wird, während Alexander, der ebenso kunstfertig mit seiner Pistole umzugehen weiß wie Aristoteles mit Stricken, dafür sorgt, daß alles ganz ruhig und friedlich geschieht.«

Hawkins beugte sich über Professor Wotherspoon, der, rücklings halb hochgestützt, in der Offiziersmesse auf einem Sofa lag. Wotherspoon war benommen und gab Geräusche von sich, die eine Mischung zwischen Stöhnen und Fluchen waren. Er bemühte sich verzweifelt, die Augen aufzubekommen, was ihm auch schließlich mit Hilfe der Finger gelang.

»Was zum Teufel ist passiert?« Die Umstehenden mußten sich anstrengen, um seine Worte zu verstehen, denn diese glichen eher einem asthmatischen Krächzen. »Wo bin ich?«

»Hier, nehmen Sie das zu sich.« Hawkins legte ihm einen Arm um die Schulter und hielt ihm ein Glas Brandy an die Lippen. Wotherspoon nippte daran, würgte und schluckte dann alles in einem Zug hinunter.

»Was ist geschehen?«

»Sie haben einen Schlag von hinten auf den Kopf bekommen«, sagte Grierson, »und zwar kräftig. Mit einem Revolvergriff vermutlich.«

Wotherspoon richtete sich mühsam auf. »Wer?«

»Andropulos«, sagte Hawkins. »Oder einer seiner kriminellen Begleiter. Kann ich ihm noch einen Brandy geben, Doktor?«

»Na ja, eigentlich nicht«, antwortete Grierson. »Aber in diesem Falle würde ich sagen, ja. Ich weiß, Professor, Ihr Hinterkopf muß Ihnen höllisch weh tun. Aber fassen Sie ihn nicht an. Prellung, blutig geschlagen, eine Beule, aber kein Bruch.«

»Andropulos ist mit Ihrem Boot auf und davon«, sagte Hawkins. »Mit der Atombombe natürlich. Er hat auch Geiseln genommen.«

Wotherspoon nickte und zuckte zusammen, da ihm das große Schmerzen verursachte. »Und eine davon ist meine Frau?«

»Bedauerlicherweise. Außerdem Irene Charial und deren Freundin Eugenia. Wir konnten es nicht verhindern.«

»Haben Sie es versucht?«

»Hätten Sie es versucht, wenn Sie gesehen hätten, wie jemand den Lauf eines Colts an die Schläfe Ihrer Gattin hält? Und die Läufe zweier weiterer Revolver an die Schläfen der beiden anderen Damen?«

»Wohl kaum.« Wotherspoon schüttelte den Kopf. »Ich versuche nur, mich mit meiner Situation abzufinden. Mit einem Kopf wie ein überreifer Kürbis, der jeden Moment im Begriff ist zu bersten, ist das nicht leicht. Und was ist mit Talbot und Van Gelder?«

»Wissen wir natürlich nicht. In Eisen gelegt, gefesselt oder sonst etwas in der Art vermutlich.«

»Oder für immer aus dem Weg geräumt. Was, in Gottes Namen, steckt hinter alldem, Admiral? Ist dieser Andropulos übergeschnappt?«

»Nach seinen eigenen Maßstäben hält er sich wahrscheinlich für völlig normal. Wir haben allen Grund zu der Annahme, daß er schon seit langem verbrecherisch tätig ist, und zwar höchst professionell und auf einer Ebene von bisher unbekannten internationalen Ausmaßen. Seine Spezialität scheinen Terrorismus und Drogen zu sein. Aber wir haben keine Zeit, jetzt ausführlicher darauf einzugehen. Lieutenant Denholm fährt gleich mit seiner Barkasse los. Fühlen Sie sich in der Lage, ihn zu begleiten?«

»Um sie zu verfolgen? Ihr Boot zu entern und sie zu fassen? Aber klar doch.«

»Wie Sie schon selbst ganz richtig bemerkten, Professor – Ihr Kopf scheint noch nicht ganz hundertprozentig zu funktionieren. Wenn sich die Barkasse der *Angelina* um mehr als zwei Meilen nähert, würde ihr Motorengeräusch vermutlich die Atombombe zünden.«

»Ja, Sie haben ganz recht, ich bin wohl nicht in meiner Bestform. Aber es könnte nicht schaden, einige Gewehre oder Pistolen mitzunehmen, falls Sie noch einige übrig haben. Nur für alle Fälle.«

»Nein, keine Feuerwaffen. Sie wissen, wen eine der ersten Kugeln treffen würde, wenn es zu einem Schußwechsel käme.«

»Sie haben wirklich eine heitere Art, einem Dinge zu verdeutlichen. Es ist noch nicht einmal eine Stunde her, daß Sie mich um jeden Preis daran hindern wollten, mitzufahren. Sie scheinen Ihre Meinung geändert zu haben, Admiral.«

»Nein, es ist nicht meine Meinung, die sich geändert hat. Die Umstände haben sich geändert.«

»Wie schnell sich doch die Gegebenheiten ändern«, sagte der Präsident, »und schon sehen die Dinge ganz anders aus. Ich würde nicht behaupten, daß ich diesen Lunch genossen hätte. Aber noch vor zwei Stunden hätte ich mir kaum vorstellen können, daß ich überhaupt noch etwas hätte essen mögen. Natürlich, der Gedanke an diesen Verrat wird uns noch lange zusetzen, aber die diskrete, wenn auch tragische Lösung des Pentagon-Problems enthebt uns einer großen Sorge.« Er schwenkte das Blatt Papier, das er in der Hand hielt. »Was wirklich zählt, ist das hier. Die gute *Angelina* ist mit dieser verdammten Atombombe an Bord auf Südostkurs gegangen. Und mit jeder Sekunde, die vergeht, vergrößert sich die Entfernung zwischen ihr und den Schrecken von Santorin um einen Meter – oder sind es sogar zwei? Es ist jedenfalls nicht zuviel behauptet, meine Herren, daß eine Katastrophe unvorstellbaren Ausmaßes noch einmal verhindert werden konnte.« Er erhob sein Glas. »Auf Sie, Sir John. Und die Royal Navy.«

Der Präsident hatte kaum sein Glas wieder auf den Tisch gestellt, als ein Bote eintraf. Der Präsident schaute ihn kurz an, blickte fort und sah wieder zurück. Jede Spur von Befriedigung war aus seinem Gesicht gewichen.

»Schlechte Neuigkeiten, Johnson?«

»Leider ja, Mr. President.«

»Die schlimmsten? Denkbar schlimmsten?«

»Nein, die nicht. Aber doch ziemlich schlecht.«

Der Präsident nahm die Nachricht entgegen, las sie in Ruhe, blickte dann auf und sagte: »Unsere Freude war wohl doch etwas voreilig, fürchte ich. Die *Angelina* ist entführt worden.«

Niemand fragte zurück: »Entführt?« Niemand sagte überhaupt etwas. Es schien so, als gäbe es nichts zu sagen.

»Die Nachricht lautet: ›*Angelina* mitsamt scharfer Bombe entführt von Andropulos und seinen zwei Kumpanen. Fünf Geiseln in ihrer Gewalt – Commander Talbot, Lieutenant-Commander Van Gelder und die drei Frauen, unter ihnen die Nichte von Andropulos. *Angelina* kann nicht aus eigener Kraft zu größerem Gefahrenherd zurückkehren. Werden Sie stündlich auf dem laufenden halten. Unsere größte Sorge derzeit: die Befreiung der Geiseln.‹«

»O mein Gott, mein Gott«, murmelte Sir John. »Wie gräßlich! Völlig ohne Sinn und Verstand. Da haben wir also diesen Verrückten – oder dieses wahnwitzige Genie, wer weiß schon, wieviel Wahrheit in dieser alten Maxime steckt, daß das nur zwei Seiten einer Medaille sind –, und er fährt einfach so mit einer scharfen Atombombe an Bord in der Levante herum. Weiß er eigentlich, daß sie scharf ist? Offenbar nicht. Und wo kommen die drei Damen her? Was hatten sie an Bord einer Königlichen Fregatte zu suchen? Und warum, um alles in der Welt, sollte dieser Schurke ausgerechnet seine eigene Nichte entführen? Und wieso den Captain der Fregatte und einen seiner ranghöchsten Offiziere? Und wohin – im Namen all dessen, was einem heilig ist – hofft er, dieses Schiff mitsamt seiner Ladung und seinen Gefangenen zu segeln? Er muß doch wissen, daß er nun von jedem Schiff und jedem Flugzeug der NATO gesucht wird. Aber daß er so etwas vorhat, ist offensichtlich. Seine lange und außerordentlich erfolgreiche verbrecherische Laufbahn beweist, daß er ein gerissener Fuchs ist und geradezu brillant, was Planung anbelangt. Er muß eine große Sache vorhaben. Man darf ihn nicht unterschätzen. Das sollten wir aus dem Schaden, den er uns zugefügt hat, und dem, was wir über ihn wissen, inzwischen gelernt haben. Ein widerlicher Kerl, wahrhaftig, aber einer, der genau weiß, was er tut.«

»Das kann man wohl sagen«, bestätigte der Präsident. »Bleibt nur zu hoffen, daß Commander Talbot noch genauer weiß, was er zu tun hat.«

»Ich habe so ein ungutes Gefühl«, sagte Sir John, »als wäre Talbot im Augenblick nicht in der Lage, etwas zu tun.«

10

Um Mitternacht Ortszeit im östlichen Mittelmeergebiet war Commander Talbot tatsächlich nicht in der Lage, irgend etwas, was es auch immer sei, zu unternehmen. Tatsächlich war seine Lage – auf einem Sofa im Salon der *Angelina*, an den Knöcheln gefesselt und die Hände hinter dem Rücken zusammengebunden – so, daß es nicht aussah, als könne er in absehbarer Zeit etwas Entscheidendes tun. Van Gelder hockte in ebenso unbequemer Haltung am anderen Ende des Sofas. Ihnen gegenüber saß Aristoteles und hielt ganz und gar unnötigerweise eine Pistole auf sie gerichtet. Die drei Damen befanden sich weiter hinten im Salon in kleineren Sesseln – gleichfalls in nicht sehr bequemer Lage. Sie hatten seit zwei Stunden oder noch länger kein Wort mehr miteinander gesprochen. Es schien auch nicht viel zu geben, worüber sie hätten reden können; außerdem waren sie alle mit eigenen Überlegungen beschäftigt.

Talbot sagte: »Richten Sie Andropulos aus, daß ich ihn sprechen möchte.«

»Ach ja, jetzt gleich?« Aristoteles ließ das Glas sinken, an dem er nippte. »Sehen Sie, Captain, Sie befinden sich hier nicht in einer Position, in der Sie Befehle erteilen können.«

»Würden Sie Ihrem Captain bitte Grüße von mir ausrichten und ihm sagen, daß ich ihn gerne sprechen würde?«

»So ist es schon besser.« Aristoteles stand auf, stieg die wenigen Stufen zum Ruderhaus hinauf und sagte etwas auf griechisch. Andropulos war gleich darauf zur Stelle. Auch er war unnötigerweise bewaffnet. Er wirkte entspannt, zuversichtlich, ja sogar fröhlich.

»Als Sie sich an Bord meines Schiffes befanden«, sagte Talbot, »haben wir Ihnen jeden Wunsch erfüllt. Gleichgültig, was Sie wollten, Sie brauchten nur darum zu bitten. Ich wünschte, ich könnte das gleiche über griechische Gastfreundschaft sagen. Über Ihre Art griechischer Gastfreundschaft zumindest.«

»Ich glaube, ich habe Sie verstanden. Es ist vielleicht nicht leicht für Sie, zuzuschauen, wie Aristoteles langsam, aber stetig eine Flasche Retsina leert. Haben Sie Durst?«

»Ja.«

»Da läßt sich leicht Abhilfe schaffen.«

Es dauerte nicht lange, und Aristoteles hatte ihre Fesseln neu geknüpft, so daß Talbots linke und Van Gelders rechte Hand lose, aber sicher miteinander verbunden waren und beide in der jeweils freien Hand ein Glas hielten.

»Sie machen mich allmählich mißtrauisch, Captain«, sagte Andropulos. »Sie scheinen ganz und gar unbesorgt, sowohl was Ihre unmittelbare Vergangenheit anbelangt, als auch, was Ihre Zukunftsaspekte angeht. Das kommt mir äußerst merkwürdig vor.«

»Daran ist überhaupt nichts Merkwürdiges. Viel merkwürdiger finde ich da schon Ihr Benehmen. Allerdings muß ich zugeben, daß ich nicht die geringste Ahnung habe, was hier gespielt wird. Ich verstehe einfach nicht, warum Sie, ein sehr reicher und, wie ich vermute, sehr angesehener Geschäftsmann, plötzlich beschließen, die vom Gesetz gegebenen Grenzen zu überschreiten. Und ich brauche Ihnen wohl nicht erst zu sagen, daß Sie just das mit der Entführung der *Angelina* getan haben. Ich habe auch keinerlei Erklärung dafür, warum Sie Ihre geschäftliche Laufbahn aufs Spiel setzen und womöglich sogar eine Gefängnisstrafe riskieren sollten, auch wenn ich keine Zweifel hege, daß es bei soviel Geld, wie Sie haben, nicht allzu schwierig sein dürfte, das Recht Ihrem Wunsch entsprechend zu beugen. Am wenigsten verstehe ich aber, wie Sie glauben können, damit ungeschoren davonzukommen. Um sechs, vielleicht auch erst sieben, morgen früh, wird jedes Schiff und jedes Flugzeug der NATO nach Ihnen Ausschau halten, und Sie müssen sich doch darüber im klaren sein, daß es nicht lange dauern dürfte, bis man Sie ausfindig gemacht hat.«

»Die Royal Navy mit ihrem berüchtigten Signal: Aufspüren, angreifen und vernichten. Aufspüren, ja. Vernichten, nein.« Andropulos wirkte gänzlich unbekümmert. »Nicht mit der Ladung und mit so erlesenen Geiseln an Bord. Und was das angeht, daß ich meine Karriere als Geschäftsmann aufs Spiel setze – nun, ich glaube, es gibt im Leben jedes Menschen einen Punkt, wo er alte, ausgefahrene Wege verlassen und neue beschreiten sollte. Meinen Sie nicht, Captain?«

»Was mich angeht, nein. Und was Sie anbelangt, ist es vielleicht weniger eine Frage des freien Willens als der Notwendigkeit. Es ist ja immerhin möglich – schwer vorstellbar, aber möglich –, daß alles, was Sie bisher getan haben, schon Schritte auf dem Weg des Verbrechens waren und daß Ihre Vergangenheit Sie jetzt einholt. Aber das ist natürlich reine Spekulation. Ich weiß wirklich nichts, und, ehrlich gesagt, es interessiert mich auch gar nicht. Könnte ich vielleicht noch etwas Wein haben?«

»Was hast du mit uns vor?« fragte Irene Charial bemüht ruhig, aber ihrer Stimme war ihre Nervosität anzumerken.

»Sei nicht albern, mein Kleines. Dir wird gar nichts geschehen. Das habe ich, wie du sehr wohl gehört hast, auch vorhin zu Commander Talbot gesagt, als wir an Bord kamen. Undenkbar, daß dir durch mein Verschulden ein Leid geschieht.«

»Wohin bringst du uns?«

»Nirgendwohin. Ach, meine Kleine, das klingt vielleicht ein wenig theatralisch. Zu meinem großen Bedauern muß ich mich für den Rest meines Lebens von dir trennen. Oje, das hört sich auch nicht viel besser an. Ich werde euch in Kürze auf die Barkasse der *Ariadne* umsteigen lassen und dir für immer Lebewohl sagen.«

»Und die beiden Offiziere? Wirst du sie erschießen oder ihnen wieder die Hände fesseln und sie dann über Bord werfen?«

»Nun hören Sie aber auf, Irene«, sagte Van Gelder. »Setzen Sie diesem Mann bloß keine Ideen in den Kopf.«

»Ich hätte von meiner Nichte auch mehr Intelligenz erwartet«, sagte Andropulos. »Wenn ich die Absicht gehabt hätte, mich dieser beiden Herren für immer zu entledigen, hätte ich das gleich getan, als wir an Bord kamen.«

»Wie willst du sie daran hindern, daß sie dir nachstellen, dich verfolgen? Sie könnten, wie du weißt, Hilferufe aussenden.«

»Gott im Himmel«, sagte Van Gelder. »Wirklich erschreckend, welch geringe Anforderungen die Universitäten heute an Leute stellen, die sie zum Studium zulassen.«

»Ich fürchte, ich muß Van Gelder und Ihrem Onkel recht geben«, sagte Talbot. »Sie sind reichlich naiv.« Er bewegte die Finger, als drückte er eine Pistole ab. »Paff! Motor kaputt. Paff! Funkgerät kaputt.«

Andropulos lächelte. »Ganz recht. Mit zweimal paff läßt sich alles regeln.«

Denholm blickte zu dem Lichtflackern im Norden hinüber. »Was meldet die *Angelina*, Myers?«

»›Stoppen Sie zwei Meilen südöstlich von uns und stellen Sie den Motor ab.‹ Was soll ich darauf antworten, Sir?«

»›Wird gemacht.‹ Uns bleibt ja gar keine andere Wahl.« Er wartete, bis Myers seine Antwort hinausgeschickt hatte, dann fragte er: »Wie sehen die neuesten Nachrichten über die *Taormina* aus?« Die *Ariadne* hatte den Funksprechverkehr zwischen der *Angelina* und der *Taormina* im Laufe der letzten drei Stunden überwacht und die Position der *Taormina* auf etwa hundert Meter genau ausgerechnet.

»Sie befindet sich eben zehn Meilen nördlich der Insel Avgo und bewegt sich ziemlich langsam Richtung Norden.«

»Nähert sich mit gebotener Vorsicht, würde man wohl unter glücklicheren Umständen sagen.« Die *Ariadne* hatte Andropulos' Warnspruch an die *Taormina* aufgefangen. »Wie lange wird es noch dauern, bis sie miteinander in Berührung kommen?«

»Drei Stunden, oder etwas mehr oder weniger. Etwas mehr, würde ich denken, wenn die *Angelina* zwischendurch bei uns halt gemacht hat.«

»Lieutenant, glauben Sie, daß sie vorhaben, uns zu versenken?« fragte Wotherspoon.

»Ich wäre Ihnen dankbar, Professor, wenn Sie so etwas nicht einmal in Erwägung ziehen würden.«

Unter den wachsamen Blicken dreier Männer mit drei Pistolen fingen McKenzie und Brown die Tauenden der *Angelina* auf, als diese längsseits kam, und machten sie fest. Als erster kam Andropulos selbst an Bord, gefolgt von Angelina Wotherspoon, die – so hatte es den Anschein – ganz wild darauf zu sein schien, den Professor zu erwürgen. Ihnen folgten die beiden jungen Frauen, sodann Talbot und Van Gelder, beide noch die Hände hinterm Rücken gebunden, und schließlich Alexander und Aristoteles, letzterer mit einer Tasche unterm Arm.

»Wir bleiben nicht lange«, verkündete Andropulos. »Da sind nur ein, zwei Dinge zu erledigen, dann sind wir gleich wieder fort.«

»Darf man fragen, was Sie da in dieser Tasche haben?« fragte Wotherspoon. »Eine Zeitbombe?«

»Die Menschen haben heute so wenig Vertrauen zueinander«, sagte Andropulos. Er rüttelte leicht an der Tasche, und ein leises Klingeln ertönte. »Um Ihnen die Zeit zu verkürzen, während Sie auf Hilfe warten. Das war, um ehrlich zu sein, Commander Talbots Idee. Etwas zu trinken für Sie, Professor. Und das da, denke ich, ist Ihr Funkgerät.«

»Tun Sie mir einen letzten Gefallen«, bat Talbot. »Sich und uns allen. Schießen Sie es nicht mit einer Kugel entzwei. Zerschlagen Sie es vorsichtig mit dem Griff Ihres Revolvers. Und das gleiche gilt für den Motor. Es gehört nicht viel dazu, den Verteiler und die Zündkerzen unbrauchbar zu machen.« Er wies mit den Augen auf die scharfe Atombombe in ihrer Halterung. »Ich bin mir ganz und gar nicht sicher, wie unser Freundchen da auf den Knall eines Pistolenschusses reagieren würde.«

»Guter Grund und gut bemerkt«, sagte Andropulos. »Wir wissen eben nicht, wie temperamentvoll die Kleine da ist.« Er faßte die Pistole am Lauf, stemmte die Schutzplatte des Funkgeräts auf und hieb mit dem Pistolengriff auf die Transistoren. Um den Motor zu zerstören, brauchte er kaum mehr Zeit. Als nächstes wandte er seine Aufmerksamkeit der Signallampe zu, zerstörte sie gründlich und fragte Myers dann: »Haben Sie noch eine zweite, eine Ersatzlampe?«

Myers fluchte leise, und Andropulos richtete seine Waffe auf ihn. Talbot sagte: »Seien Sie kein Narr, Myers. Geben Sie sie ihm.«

Myers gab ihm mit verkniffenem Mund eine kleine Handsignallampe. Andropulos zerschlug das Glas und warf die Lampe ins Wasser. Dann richtete er seine Aufmerksamkeit auf einen kleinen Metallkasten, der an der Wand des Ruderhauses angebracht war. »Die Leuchtraketen da. Über Bord mit ihnen, bitte.« Er schwieg einen Moment, als dächte er nach. »Motor, Funkgerät, Signallampen, Leuchtraketen. Nein, sonst gibt es für Sie wohl keine Möglichkeiten mehr, mit anderen in Verbindung zu treten oder Kontakt aufzunehmen. Ganz abgesehen davon, daß hier niemand ist, mit dem Sie Kontakt aufnehmen könnten. Ich bin jedoch sicher, daß Sie nicht zu lange warten und leiden müssen, bevor man Sie aufliest.« Er wandte sich zu Irene Charial um. »Also dann, meine Liebe, leb wohl.«

Sie antwortete nicht, blickte ihn nicht einmal an. Andropulos zuckte die Achseln, stieg aufs Deck der *Angelina* und verschwand im Ruderhaus. Alexander und Aristoteles folgten ihm, holten die Leinen ein, mit denen sie das Schiff an der Barkasse festgemacht hatten, und stießen mit Bootshaken ab. Die *Angelina* begann langsam Fahrt zu machen und segelte auf Südostkurs davon. McKenzie nahm sein Seemannsmesser und durchtrennte damit die Stricke, mit denen Talbot und Van Gelder an den Handgelenken gefesselt waren. »Diese Knoten«, sagte er, »hat offenbar jemand geknüpft, der was davon versteht.«

»Das kann man wohl sagen.« Talbot bewegte seine schmerzenden und geschwollenen Gelenke und warf einen Blick zu der Tasche hinüber, die Aristoteles mit an Bord gebracht hatte. »Trotzdem. Wenn ich beide Hände benutze, könnte ich vielleicht einiges halten.«

»Ist das alles, was Sie zu sagen haben?« fragte Irene Charial und schaute ihn an.

»Seien Sie bitte beim Einschenken nicht kleinlich.«

Sie starrte ihn weiter unverwandt an, blickte dann schließlich fort und griff nach der Tasche. Wotherspoon fragte: »Sind Sie sicher, daß alles in Ordnung ist, Captain? Wie können Sie nur so ruhig sein? Das ist nicht normal. Sie haben verloren. Verloren auf der ganzen Linie!«

»Man kann es so sehen.« Der Wind war frisch, der Himmel wolkenlos, und der Mond war voll, ungewöhnlich groß und hell und überzog die See mit einem langen, goldenen Streifen. Selbst aus der Entfernung von einer halben Meile war jede Kleinigkeit an Bord der *Angelina* deutlich er erkennen. »Die Weltöffentlichkeit wird allerdings sagen, daß Andropulos verloren hat. Andropulos und seine beiden Freunde.« Irene Charial starrte ihn immer noch verständnislos an. »Es geht eben nie etwas genau so aus, wie man es sich vorstellt.«

»Ich nehme an, Sie wissen, wovon Sie reden.« Wotherspoons Tonfall ließ keinen Zweifel daran, daß Talbot seiner Meinung nach nicht wußte, wovon er sprach. »Sie haben da in einer verdammten Klemme gesteckt, wenn ich so sagen darf, Captain. Er hätte Sie und Van Gelder leicht umbringen lassen können.«

»Er hätte es versuchen können. Aber dann hätte er selber dran glauben müssen. Er und seine Kumpane.«

»Ihnen waren die Hände hinter dem Rücken gefesselt. Und Van Gelder auch.« Wotherspoon glaubte ihm offenbar nicht. »Wie hätten Sie . . .«

»Oberbootsmann McKenzie und Marinesergeant Brown sind hochqualifizierte Scharfschützen mit Spezialausbildung. Die einzigen an Bord der *Ariadne.* Mit Handfeuerwaffen sind sie absolut tödlich. Darum haben wir sie mitgenommen. Andropulos und seine beiden Freunde wären gestorben, ohne daß ihnen auch nur klar geworden wäre, was sie getroffen hat. Los, zeigen Sie es ihm, Oberbootsmann.«

McKenzie griff unter den kleinen Kartentisch, holte zwei Navy Colts hervor und reichte sie wortlos Wotherspoon. Einige Sekunden lang herrschte Schweigen, dann blickte dieser auf und fragte tonlos: »Sie *wußten*, daß die da waren?«

»Ich habe sie selbst da hingetan.«

»Sclbst hingctan.« Er schüttelte den Kopf, als könnte er es nicht fassen. »Sie hätten diese Waffen *benutzen* können.«

»Sie damit töten können, meinen Sie?«

»Nein. So weit hätten Sie ja nicht gehen müssen. Aber sie verwunden. Oder wenigstens gefangennehmen.«

»Wie lauteten Ihre Befehle, Oberbootsmann?«

»Erschießen.«

»Erschießen.« Diese Nacht war offenbar dazu angetan, daß man schwieg. »Aber Sie haben es nicht getan. Warum nicht?«

»Ich hielt es für besser, es nicht zu tun.«

Irene Charial verschränkte die Arme und schauderte, als fröstelte ihr leicht in der Abendbrise. Auch Eugenia und Angelina Wotherspoon starrten Talbot mit großen Augen an. Seine Worte hingen noch in der Luft – wie der Nachklang eines unausgesprochenen Todesurteils.

Talbot wandte sich an Myers. »Das Radio bitte, Chief.«

»Zwei Minuten, Sir.« Myers ging nach achtern, kehrte mit Hammer und Meißel zurück und begann damit die Decksplanken des Ruderhauses zu bearbeiten. Er zerrte eine knarrende Planke hoch, griff darunter und holte ein kleines Kompaktradio mit eingebautem Sprechgerät hervor. »Sie müssen hier hineinsprechen, Sir. Die Antwort kommt aus der Box. Vorher müssen Sie natürlich die Kurbel betätigen.« Talbot nickte und drehte an dem Handgriff.

»Hier *HMS Ariadne.*« Die Stimme war sehr deutlich und klar und ganz ohne Zweifel die von Admiral Hawkins.

»Hier Talbot, Sir. Die drei Frauen, Van Gelder und ich sind nun wieder an Bord der Barkasse. Wohlbehalten und unverletzt. Andropulos und seine beiden Freunde sind schon wieder fort, Kurs Südost.«

»Na ja, Gott sei Dank. Trotzdem, Talbot, Sie haben wieder richtig vermutet. Haben Sie einen Entschluß gefaßt, wie Sie vorgehen wollen?«

»Ja, Sir.«

»Nur für die Akten – wollen Sie, daß ich Ihnen direkt Befehl dazu erteile?«

»Offiziell oder inoffiziell, einen Befehl brauche ich dazu nicht. Trotzdem vielen Dank. Haben Sie eine Vorstellung, wann sie zusammentreffen, Sir?«

»Ja. Bei ihren jetzigen Geschwindigkeiten – die *Taormina* läßt sich immer noch treiben – treffen sie in ungefähr zwei Stunden zusammen. Um drei Uhr dreißig.«

»Danke, Sir. Ich rufe in einer Stunde wieder an.«

»Die *Taormina*?« fragte Wotherspoon. »Wer oder was zum Teufel ist die *Taormina*?«

»Ein Bergungsschiff, an dem Andropulos interessiert ist. Will sagen, daß es ihm wahrscheinlich gehört.«

»Commander Talbot?« Irene Charial sprach sehr leise.

»Ja?«

»Admiral Hawkins sagte, ›Sie haben wieder richtig vermutet.‹ Was meinte er damit?«

»Genau das, was er gesagt hat, vermutlich.«

»Bitte.« Sie bemühte sich zu lächeln, aber es gelang ihr nicht. »Sie scheinen alle zu glauben, daß ich nicht sehr klug bin, aber das habe ich nicht verdient.«

»Tut mir leid, ich verstehe Sie nicht.«

»Ich fange an zu glauben, daß Sie nicht zu den Leuten gehören, die sich auf Vermutungen verlassen.« Sie blickte auf die beiden Waffen. »Sie haben nicht nur vermutet, daß die hier waren. Und ich glaube, Sie wußten auch, daß mein Onkel und die beiden anderen bewaffnet waren.«

»Ja, ich wußte es.«

»Aber woher?«

»Jenkins, unser Steward in der Offiziersmesse, war gerade im Begriff, einen Brief an seine Familie zu schreiben. Aus irgendeinem Grund, vielleicht hatte er etwas vergessen, ging er noch einmal nach oben in die Offiziersmesse. Dabei erwischte er Ihren Onkel oder seine Kumpane dabei, wie sie gerade einen Kasten vor der Offiziersmesse öffneten. Ein solcher Kasten gehört zur Standardausrüstung der meisten Marineschiffe und enthält 44er Colts. Deshalb töteten sie Jenkins und warfen ihn über Bord. Tut mir leid, Irene – ich weiß, wie schrecklich das alles für Sie sein muß.«

Diesmal brachte sie ein Lächeln zuwege. »Ja, schrecklich, aber nicht so schrecklich, wie ich schon gedacht hatte. Haben Sie auch damit gerechnet, daß mein Onkel versuchen würde, die *Angelina* zu entführen?«

»Ja.«

»Und Sie beide als Geiseln mitzunehmen?«

»Ja.«

»Auch, daß er uns Frauen an Bord als Geiseln mitnehmen würde?«

»Nein. Ich bin jemand, der Vermutungen anstellt und Chancen gegeneinander abwägt. Aber ich würde nie ein solches Risiko eingehen. Wenn ich damit auch nur im Traum gerechnet hätte, hätte ich sie an Ort und Stelle umbringen lassen. An Bord der *Ariadne.*«

»Ich habe Sie falsch eingeschätzt, Captain. Sie reden viel über Töten und Tötenlassen, aber ich glaube, Sie sind im Grunde ein friedfertiger Mensch.«

»So weit würde ich nie gehen, das von mir zu behaupten«, sagte Talbot lächelnd. »Sie haben mich falsch eingeschätzt?«

»Irene weiß Menschen ziemlich gut einzuschätzen, Sir«, sagte Van Gelder. »Sie hielt Sie für eine Art Monster, grausam und unmenschlich.«

»So etwas habe ich nie behauptet! Aber als Sie sich an Bord der *Angelina* mit meinem Onkel unterhielten, sagten Sie, Sie verstünden das alles nicht. Das stimmt nicht, nicht wahr? Sie wußten über alles Bescheid.«

»Stimmt. Sie haben ganz recht. Vermutungen sind meine große Stärke. Ich muß allerdings zugeben, daß Lieutenant-Commander Van Gelder mir eine große Hilfe war; auch Lieutenant Denholm ist in solchen Dingen recht gut. Irgendwann müssen wir Sie wohl oder übel über Ihren Onkel aufklären, denke ich. Also können wir es ebensogut gleich tun. Es hört sich vielleicht übertrieben an, ist es aber nicht, daß er einer der größten Verbrecher, wenn nicht überhaupt der größte Verbrecher schlechthin und ein gnadenloser, kaltblütiger Killer ist. Er hat sich auf Drogenhandel und Terrorismus spezialisiert, zwei Bereiche, die er konkurrenzlos beherrscht. Gott allein weiß, wie viele hundert, ja tausend Menschenleben auf sein Konto gehen. Wir wissen über ihn und darüber, wie er sich schuldig gemacht hat, Bescheid, und zwar jenseits aller Zweifel; aber es könnte Monate, ja Jahre dauern, die nötigen Beweise dafür beizubringen. Bis es soweit wäre, wäre er längst untergetaucht. Und das bereitet er gerade vor. Sein Untertauchen. Doch schon das, was er sich in den letzten paar Tagen hat zuschulden kommen lassen, ist nicht eben wenig. Er hat den Maschinisten, den Koch und den Steward an Bord der *Delos* getötet oder töten lassen. Sie wußten zuviel. Was das genau war, werden wir nie herausfinden.«

»Wie, in Gottes Namen, können Sie das wissen?« Aus ihrem Gesicht war alle Farbe gewichen, es war ganz von Entsetzen gezeichnet. Nicht Trauer oder Schrecken, sondern einfach Entsetzen, Schock. »Wie, um alles in der Welt, können Sie so etwas behaupten oder gar beweisen?«

»Van Gelder und ich sind zum Wrack der *Delos* hinuntergetaucht. Er hat seine Jacht nur hochgehen lassen, um an Bord der *Ariadne* zu kommen. Sie sollten natürlich nichts davon wissen, daß wir das Wrack untersucht haben. Und Ihr Onkel wußte, zu seinem Pech, auch nichts davon. Außerdem ist er schuld daran, daß im Laufe der letzten Stunden ein sehr hoher General und ein sehr hoher Admiral, beide Amerikaner, Selbstmord begangen haben. Er weiß nichts davon, aber wenn er es wüßte, würde es ihn wohl auch höchstens eine Minute Schlaf kosten.« Er schaute McKenzie an. »Chief, dieser Retsina schmeckt abscheulich. Haben Sie nicht etwas Besseres für Ihren Captain?«

»Ja, er ist ziemlich scheußlich, Sir. Ich habe ihn gekostet. Bei allem Respekt vor Professor Wotherspoon, aber an diese griechischen Weine muß man sich wohl erst gewöhnen. Da im Ruderhaus scheinen sich in einem Schrank eine Flasche Scotch und eine Flasche Gin zu befinden. Keine Ahnung, wie die da hingekommen sind. Sergeant Brown scheint zu glauben, daß sie auf Ihrer Rechnung in der Offiziersmesse stehen.«

»Ich bringe Sie beide später vors Kriegsgericht. Doch fürs erste stehen Sie hier nicht so untätig herum.«

»Er wird sterben, nicht wahr, Sir?« fragte Brown. »Tut mir leid, Miß, aber wenn auch nur die Hälfte von dem stimmt, was der Captain da erzählt hat, dann ist er ein Unmensch und gehört nicht in eine menschliche Welt. Und ich glaube, daß *alles* stimmt, was der Captain erzählt hat.«

»Ich weiß, daß Jenkins Ihr bester Freund war, Sergeant, und ich kann Ihnen gar nicht sagen, wie leid es mir tut. Ja, er wird sterben, und zwar durch seine eigene Hand. Er wird sich selbst richten.« Talbot wandte sich an Eugenia. »Sie haben gehört, daß er einmal vom ›Manhattan Project‹ gesprochen hat?«

»Ja. Aber ich wußte nicht, was er damit meinte.«

»Das wußten wir zuerst auch nicht. Aber wir haben es herausgefunden. Andropulos war nicht an den Wasserstoffbomben interessiert. Eine Wasserstoffbombe ist sinnlos als Waffe des Terrorismus. Mit ihr läßt sich nichts erreichen, und kein Terrorist würde es wagen, sich zu ihr zu bekennen. Außerdem ist es für Terroristen unmöglich, sie zu transportieren. Er war jedoch an Atomminen interessiert, und er wußte, daß sich drei an Bord des Flugzeugs befanden. Sein ursprünglicher Plan dürfte gewesen sein, sie auf den Zufahrtswegen zu den großen Seehäfen der Welt wie San Francisco, New York, London oder Rotterdam zu versenken und die jeweiligen Länder davon in Kenntnis zu setzen. Er wollte ihnen mitteilen, daß er die Minen durch ein bestimmtes vorab eingestelltes Funksignal fernzünden könne und daß jeder Versuch, die Bomben zu orten, zu entfernen oder unschädlich zu machen, diese vielleicht auslösen und das Suchschiff dabei natürlich zerstören würde.

Auf diese Weise hätte er mit Erfolg den ganzen Seehandel und Passagierverkehr mit diesen Häfen lahmgelegt. Außerdem hätte die Sache den Vorteil einer reinen Weste gehabt; wäre es nämlich zu einer Explosion gekommen, hätte man die Schuld natürlich dem Land zugeschoben, vor dessen Tür die Explosion erfolgt wäre, und nicht den Terroristen. Die Manhattan-Project-Mine wäre irgendwo im Ambrose Channel in der Zufahrt zur Lower New York Bay deponiert worden. Es war ein phantastischer Plan, typisch für einen brillanten, aber fehlgeleiteten Intellekt. Er hatte nur einen Nachteil. Er hätte nicht funktioniert. Andropulos konnte das nicht wissen. Wohl aber wir.«

»Wie in aller Welt konnten Sie das wissen?« fragte Wotherspoon.

»Darauf komme ich später zurück. Also – Andropulos bekommt seine Bombe. Perfekt für seine Zwecke geeignet, denkt er. Aber da war eine Sache, von der er nichts wußte. Der Absturz des Flugzeugs löste in einer der Minen einen Zeitzündermechanismus aus. Wenn dieser Mechanismus abgelaufen war, war die Mine scharf und bereit, beim ersten Motorengeräusch eines Schiffes hochzugehen. Beim erstbesten Motorengeräusch überhaupt, um genau zu sein. Diese Mine an Bord der *Angelina* ist scharf. Aber Andropulos ist auf diesen Unsinn hereingefallen, den Wickram ihm aufgetischt hat: daß sie durch die radioaktive Strahlung der Wasserstoffbomben zeitweise außer Kontrolle geraten sei. Sie ist für immer außer Kontrolle geraten und bereit, jeden Moment hochzugehen. Chief, Sie sind merkwürdig unaufmerksam.«

»Sorry, Sir.« McKenzie reichte ihm ein Glas Scotch. »Sie müssen schon entschuldigen, Sir. Eine solche Geschichte bekommt man nicht oft zu hören.«

Talbot kostete seinen Drink. »Ich kann nur hoffen, daß Sie nie wieder so etwas zu hören bekommen.«

»Und was wird nun geschehen?« fragte Wotherspoon.

»Es gibt zwei Möglichkeiten. Er könnte versuchen, die Mine auf die *Taormina* umzuladen, deren Maschinengeräusch sie dann alle ins Jenseits befördern würde. Aber die Mannschaft der *Taormina* selbst ist ja wahrscheinlich ganz unschuldig. Oder er könnte versuchen, mit ihr an Bord bis nach Tobruk zu segeln, seinem Heimathafen. Vergessen Sie nicht, daß er mit Sicherheit glaubt, das tun zu können. Seines Wissens befindet sich die Welt noch im Glauben, daß er fünf Geiseln an Bord hat. Dann würde die Mine beim ersten Geräusch einer Schiffsmaschine oder eines Motors an Land hochgehen. Wie viele unschuldige Menschen würden dann sterben? Zehntausend? Wenigstens. Lieutenant Denholm, ich bin es allmählich leid, immer nur mich selbst zu hören. Sie sind der Elektronikfachmann der *Ariadne.* Würden Sie bitte dieses Mustergerät vorführen und erklären, wozu es dient.«

»Es heißt Krytron«, sagte Denholm. »Sieht eigentlich aus wie ein kleines und etwas altmodisches Kofferradio, nicht wahr? Auf dieses Ding spielte der Captain an, als er sagte, Andropulos hätte sich vielleicht nicht so darum bemüht, in den Besitz einer Atombombe zu kommen, wenn er von der Existenz dieses Instruments gewußt hätte. Man muß nur ein paar simple Handgriffe durchführen – dabei ist es im Grunde genommen ein höchst komplizierter Mechanismus, von dem ich praktisch auch nichts verstehe –, um einen elektronischen Impuls auf einer bestimmten Wellenlänge auszusenden und damit eine Atombombe zu zünden. Wenn Andropulos also diese Mine im Ambrose Channel deponiert hätte, wäre es möglich gewesen, sie aus beinahe jeder beliebigen Entfernung zu zerstören, ohne daß ein Schiff oder ein Flugzeug sich in ihre Nähe hätte begeben müssen.«

»Darf man fragen, wie Sie in den Besitz dieses Geräts gelangt sind?« wollte Wotherspoon wissen.

»Wir haben in Amerika darum gebeten. Es ist gestern angekommen.«

»Das läßt zwei Rückschlüsse zu. Sie wußten schon vorher, daß es dieses Gerät gibt. Und Sie wußten schon seit einiger Zeit, was Andropulos vorhatte. Wußte außer Ihnen sonst noch jemand davon?«

»Der Captain schätzt es nicht, wenn seine Offiziere plaudern.«

Wotherspoon wandte sich an Talbot. »Sie wollen also die *Angelina* in die Luft jagen? Meine *Angelina*?«

»Nun ja. Ich denke aber, man wird Sie dafür entschädigen.«

»Wie entschädigen?«

»Wie soll ich das wissen? Meine Position ist nicht hoch genug, als daß ich Ihnen irgend etwas versprechen könnte. Ich muß mit dem Admiral reden.«

»Müssen Sie es so machen?« fragte Irene. »Sie haben doch ein Funkgerät. Könnten Sie ihm nicht sagen, er solle die Bombe über Bord werfen, und ihn später festnehmen lassen?«

»Abgesehen davon, daß er mir gar nicht glauben würde, könnte ich es nicht tun. Wie ich Ihnen schon sagte, würde es Monate, ja Jahre dauern,

Beweise gegen ihn zu sammeln. Ich schlage vor, daß Sie und Eugenia mit Ihren Vätern sprechen. Sie werden feststellen, daß diese das, was ich gleich zu tun beabsichtige, richtig finden werden. Man soll einen tollwütigen Hund nicht frei in der Gegend herumlaufen lassen.«

»Das meinten Sie wohl damit, als Sie nicht nur einmal, sondern mehrfach erwähnten, daß Andropulos nie vor ein Gericht kommen würde«, sagte Van Gelder.

»Sein Urteil ist schon gesprochen.«

Um zwei Uhr dreißig morgens rief Talbot auf der *Ariadne* an und ließ sich mit dem Admiral verbinden.

»Es ist zwei Uhr dreißig, Sir. Sind inzwischen alle Wasserstoffbomben heil an Bord der *Kilcharran*?«

»Ja.«

»Also kann's losgehen. Noch zwei kleine Probleme, Sir. Professor Wotherspoon scheint ziemlich verärgert zu sein über den bevorstehenden Untergang der *Angelina*.«

»Sagen Sie ihm, es geschähe im Dienst einer guten Sache.«

»Ja, Sir. Meinen Sie, das Verteidigungsministerium könnte sich dazu aufraffen, ihm den Schaden zu ersetzen?«

»Ganz sicher.«

»Er sagte aber, daß er im Bad vergoldete Wasserhähne hätte.«

»Gütiger Gott! Und das andere kleine Problem? Muß wohl wirklich sehr klein sein.«

»Eine Bagatelle, Sir. Würden Sie mit mir einig sein, daß die Besatzung der *Ariadne* nach all diesen nervenaufreibenden Geschehnissen etwas Landurlaub verdient hat?«

»Daran habe ich auch schon gedacht. Eine Woche, habe ich gedacht. Welchen Ort schlagen Sie vor?«

»Piräus, Sir. Ich hielte es für eine nette Geste, die beiden jungen Damen nach Hause zurückzubringen. Und Professor Wotherspoon und seine Frau könnten sich nach vergoldeten Wasserhähnen umschauen. Wir rufen Sie in fünf Minuten wieder an.«

Talbot legte den Telefonhörer auf und sagte zu McKenzie und Brown: »Bringen Sie zwei lange Ruder aus und richten Sie den Bug genau nach Südosten aus. Nun, Professor, was halten Sie von dem großzügigen Angebot des Admirals?«

»Ich bin sprachlos.«

»Das können Sie wohl auch sein. Die Admiralität ist nämlich nicht verpflichtet, Ihnen Ersatz zu leisten. Aber Sie sollten wissen, daß Andropulos ohnehin die Absicht hatte, die *Angelina* zu versenken. Lieutenant Denholm, geben Sie mir bitte das Krytron.«

»Das zu bedienen ist meine Aufgabe, Sir. Sie haben doch wohl nicht vergessen, daß ich Ihr Elektronikfachmann bin.«

»Ihre Aufgabe ist es aber auch, die Wünsche Ihrer Vorgesetzten zu respektieren«, sagte Van Gelder. »Nun geben Sie es mir.«

Talbot streckte den Arm aus und nahm das Krytron an sich, das Denholm inzwischen an eine Batterie angeschlossen hatte. »Von Ihnen beiden wird es keiner bedienen. Wenn wir nach Piräus kommen, werden sich die beiden jungen Damen moralisch verpflichtet fühlen, mit Ihnen die Universität und andere kulturelle Veranstaltungen zu besuchen. Vielleicht würden sie sich nicht recht wohl fühlen in Gegenwart eines Mannes, der diesen Knopf betätigt hat.«

Talbot schlug die beiden orangenen Kuppeln mit dem Hammer ein, drehte die Schalter auf 180 Grad herum und drückte auf den Knopf.

»›Commander Talbot hat es für richtig befunden, die *Angelina* durch Zünden der Atommine hochgehen zu lassen. Er hatte dazu meine hundertprozentige Unterstützung. Andropulos und seine beiden Freunde befanden sich zu der Zeit an Bord der *Angelina*.‹«

Der Präsident schüttelte fassungslos den Kopf und legte die Nachricht aus der Hand. »Dieser Commander Talbot. Ein wahrhaft skrupelloser, aber hochintelligenter Mann.«

»Skrupellos nicht, Sir«, korrigierte ihn Sir John. »Ein angenehmer, rücksichtsvoller Mensch. Wenn er skrupellos wäre, hätte er vielleicht eine Stadt oder ein Schiff mit draufgehen lassen. Aber hochintelligent? Ja, da kann ich nur zustimmen.«

DAS GEHEIMNIS DER SAN ANDREAS

VORWORT

Die Handlung dieses Romans wird von drei miteinander verquickten Elementen bestimmt: der britischen Handelsmarine und ihren Schiffsbesatzungen, den Liberty-Schiffen – und jenen Einheiten der deutschen Wehrmacht unter Wasser, auf See und in der Luft, die den Auftrag hatten, die Schiffe und Besatzungen der Handelsmarine aufzuspüren und zu vernichten.

1. Bei Kriegsausbruch im September 1939 befand sich die britische Handelsmarine in der Tat in einem beklagenswerten Zustand – »erbärmlich« wäre vielleicht ein treffenderer Ausdruck. Die meisten ihrer Schiffe waren alt, eine beträchtliche Anzahl war nicht seetüchtig, und einige waren kaum mehr als rostende, von ständigen Maschinenschäden heimgesuchte Hulke. Dennoch befanden sich diese Schiffe noch in verhältnismäßig guter Verfassung im Vergleich zu den Lebensbedingungen der Männer, die das Unglück hatten, auf diesen Schiffen angeheuert zu haben.

Die Ursache für die arge Vernachlässigung von Schiffen und Besatzungen ließ sich in einem Wort zusammenfassen: Geldgier. Die Großreeder von damals – und von dieser Sorte gibt es noch heute nicht wenige – waren habgierig, geizig und völlig ihrem Idol ergeben: Gewinne um jeden Preis, solange sie diesen Preis nicht selbst zu zahlen hatten. Die Parole des Tages hieß Zentralisierung – die Zusammenfassung überbordender Monopole in einigen gierigen Klauen. Während den Besatzungen die Heuer gekürzt und ihre Lebensbedingungen auf das Existenzminimum herabgedrückt wurden, setzten die Schiffseigner Fett an; das galt auch für einige der Direktoren dieser Reedereien und eine beträchtliche Anzahl bevorzugter Aktionäre.

Die Machtbefugnisse der Schiffseigner, die natürlich im Hintergrund blieben, waren nahezu unumschränkt. Ihre Flotten waren ihre Satrapien, ihre Lehen, und die Besatzungen waren ihre Leibeigenen. Ein Leibeigener, der gegen die bestehende Ordnung aufbegehrte, stürzte sich selbst ins Unglück. Ihm blieb nichts anderes übrig, als sein Schiff zu verlassen, was buchstäblich ein Sprung ins Leere war: Abgesehen von der Tatsache, daß er automatisch auf eine schwarze Liste gesetzt wurde, war die Arbeitslosigkeit in der Handelsmarine hoch, und die wenigen freien Stellen waren nur für willige Leibeigene bestimmt. An Land war die Arbeitslosigkeit noch höher, und selbst wenn das nicht der Fall gewesen wäre, ist es Seeleuten schon immer schwergefallen, an Land heimisch zu werden. Für den rebellierenden Leibeigenen gab es nirgends eine Zuflucht. Daß Leibeigene rebellierten, kam nur sehr selten vor. Die weitaus meisten kannten ihren Stand und strebten nicht nach Höherem. Amtliche Darstellungen tendieren dazu, diese Zustände zu beschönigen oder sie zu ignorieren – eine verständliche Kurzsichtigkeit. Die Behandlung der Besatzungen der Handelsmarine zwischen den Kriegen und sogar noch im Zweiten Weltkrieg ist kein Ruhmesblatt in den Annalen der britischen Seefahrt.

Aufeinanderfolgende Regierungen zwischen den Kriegen kannten die Lebensbedingungen in der Handelsmarine recht gut – sie hätten außergewöhnlich dumm sein müssen, um nicht auf sie aufmerksam zu werden – und erließen deshalb, um ihr Gesicht zu wahren, eine Reihe von Verordnungen mit Mindestanforderungen in bezug auf Unterkunft, Verpflegung, Hygiene und Sicherheit. Regierungen wie Schiffseigner waren sich völlig darüber im klaren – die Eigner zweifellos händereibend –, daß Verordnungen keine Gesetze und deshalb nicht einklagbar sind. Die Empfehlungen wurden fast gänzlich ignoriert. Ein gewissenhafter Kapitän, der sie durchzusetzen versuchte, mußte damit rechnen, bald ohne Schiff dazustehen.

Augenzeugenberichte über die Lebensbedingungen an Bord von Schiffen der Handelsmarine in den Jahren unmittelbar vor dem Zweiten Weltkrieg – es gibt keinen Grund, diesen Berichten nicht zu glauben, zumal sie in ihrer Aussage deprimierend übereinstimmen – schildern die Besatzungsunterkünfte als so primitiv und miserabel, daß sie jeder Beschreibung spotteten. Gesundheitsinspektoren stellten Fälle fest, in denen die Besatzungsunterkünfte nicht einmal für Tiere, geschweige denn für Menschen geeignet gewesen wären. Die Unterkünfte waren beengt und ohne jeglichen Komfort. Die Decks waren naß, die Kleidung der Männer war naß, und die Matratzen und Decken, wo solcher Luxus geboten wurde, waren im allgemeinen durchweicht. Sanitäre Einrichtungen reichten vom Primitiven bis zum Nichtexistenten. Überall war es kalt, und Heizmöglichkeiten – abgesehen von rauchenden, stinkenden Kohleöfen – waren ebenso selten wie Lüftungsvorrichtungen. Und das Essen, das in keinem Armenhaus geduldet worden wäre, wie es in einem Erlebnisbericht hieß, war noch scheußlicher als die Unterkünfte.

Das oben Ausgeführte mag manchen Lesern unglaubwürdig erscheinen, aber das ist es keineswegs. Dem Londoner Institut für Hygiene und Tropenmedizin oder dem Statistischen Amt ist noch niemals vorgeworfen worden, ungenaue und übertriebene Angaben zu machen. Ersteres stellte in einem vor dem Krieg erstellten Bericht fest, daß die Sterblichkeit von Seeleuten unter 55 Jahren das Doppelte des Durchschnittswerts der restlichen männlichen Bevölkerung betrug, und vom letzteren veröffentlichte Statistiken zeigten, daß die Sterblichkeit von Seeleuten aller Altersstufen um 47 Prozent über dem Landesdurchschnitt lag. Die Killer waren Tuberkulose, Gehirnschlag und Magen- oder Zwölffingerdarmgeschwüre.

Die hauptsächliche Todesursache war zweifellos die Tuberkulose. Sieht man sich heutzutage in Westeuropa um, wo Lungenheilstätten glücklicherweise rasch verschwinden, kann man sich kaum vorstellen, welch schreckliche Geißel die Tuberkulose vor einer Generation war. Dabei ist die Tuberkulose weltweit keineswegs ausgerottet; in vielen Entwicklungsländern bleibt sie dieselbe schreckliche Geißel und hauptsächliche Todesursache, wie sie zu Anfang unseres Jahrhunderts in Westeuropa und Nordamerika noch der Killer Nummer eins gewesen ist. Das ist nicht mehr der Fall, seit die Wissenschaft Mittel entwickelt hat, um den Tuberkelbazillus zu bändigen und zu vernichten. Aber 1939 war das noch immer sehr wohl der Fall: die Entdeckung der chemotherapeutischen Wirkstoffe Rifampin, Para-Aminosalicylsäure, Isoniazid und vor allem Streptomyzin lag noch in ferner Zukunft.

Auf diese schwindsüchtigen, schlecht untergebrachten und miserabel verpflegten Seeleute griff Großbritannien zurück, als es darum ging, Lebensmittel, Erdöl, Waffen und Munition an seine Küsten und die seiner Verbündeten zu transportieren. Das war der unverzichtbare Versorgungsweg, die Arterie, die Lebensader, von der Großbritannien abhängig war. Ohne diese Schiffe und Männer wäre Großbritannien bestimmt untergegangen. Dabei verdient festgehalten zu werden, daß die Arbeitsverträge dieser Männer beendet waren, sobald Torpedo, Mine oder Bombe trafen. Im Krieg wie im Frieden sorgten die Eigner bis zum bitteren Ende dafür, daß sie Gewinne machten: der Seemann erhielt ab sofort keine Heuer mehr, wenn sein Schiff unterging – gleichgültig wo, wie oder unter welchen unvorstellbaren Umständen. Sank das Schiff eines Eigners, weinte er ihm keine Träne nach, denn seine Schiffe waren versichert, meistens hoch überversichert; sank das Schiff eines Seemanns, wurde er fristlos entlassen.

Regierung, Admiralität und Reedereien der damaligen Zeit hätten über ihr Verhalten zutiefst beschämt sein müssen. Wenn sie es waren, verbargen sie ihre Beschämung mannhaft. Verglichen mit Prestige, Ruhm und Gewinnen waren die Lebensbedingungen und die Schrecken des Todes der Schiffsbesatzungen in der Tat höchst nebensächliche Erwägungen.

Es wäre nicht recht, die britische Bevölkerung zu verdammen. Mit Ausnahme der Angehörigen und Freunde von Männern in der Handelsmarine und den großartigen freiwilligen Hilfsorganisationen, die zur Unterstützung von Überlebenden gegründet wurden – solche humanitären Lappalien kümmerten weder Schiffseigner noch Regierung –, gab es nur sehr wenige, die wußten oder auch nur vermuteten, welche Zustände in der Handelsmarine herrschten.

2. Als ein Versorgungsweg, eine Arterie, eine Lebensader waren die Liberty-Schiffe ein wichtiger Teil der britischen Handelsmarine. Ohne sie wäre Großbritannien sicherlich in die Knie gezwungen worden. Alle Nahrungsmittel, alles Öl, alle Waffen und Munition, die Länder in Übersee – vor allem die Vereinigten Staaten – bereitwillig liefern wollten, waren wertlos ohne Schiffe, mit denen sie transportiert werden konnten. Nach kaum zwei Kriegsjahren drängte sich die deprimierende Erkenntnis auf, daß es angesichts der tödlichen Abnutzung der britischen Handelsflotte schon bald und unweigerlich keine Schiffe mehr geben würde, die irgend etwas transportieren konnten, und daß Großbritannien unaufhaltsam bis zur Kapitulation ausgehungert werden würde. Im Jahre 1940 zweifelte selbst Winston Churchill an den britischen Überlebens- oder gar Siegeschancen. Die Verzweiflung hielt charakteristischerweise nicht lange an, aber der Himmel allein wußte, daß Churchill Grund dazu hatte.

Seit 900 Jahren war nur Großbritannien von allen Ländern der Welt niemals besetzt worden; doch in den dunkelsten Tagen des Zweiten Weltkriegs erschien eine Invasion nicht nur gefährlich nahe, sondern geradezu unvermeidbar. Blickt man heute aus einem Abstand von über vier Jahrzehnten zurück, erscheint es unvorstellbar und unmöglich, daß das Land durchgehalten hat; wäre die Wahrheit damals an die Öffentlichkeit gelangt, hätte es das höchstwahrscheinlich nicht geschafft.

Die britischen Schiffsverluste waren erschreckend und überstiegen selbst die lebhafteste Vorstellungskraft. In den ersten elf Kriegsmonaten verlor Großbritannien 1 500 000 BRT Schiffsraum. Anfang 1941 lagen die durchschnittlichen Verluste in einigen Monaten bei fast 500 000 BRT. Im Jahre 1942, der dunkelsten Periode der Schlacht im Atlantik, wurden 6 250 000 BRT Schiffsraum versenkt. Selbst in Tag- und Nachtschichten konnten die britischen Werften nur einen Bruchteil dieser Verluste ausgleichen. Das sowie die Tatsache, daß die Zahl der einsatzbereiten deutschen U-Boote in diesem schweren Jahr von 91 auf 212 stieg, ließ erwarten, daß die britische Handelsmarine irgendwann aufhören würde zu existieren, falls nicht ein Wunder geschah.

Dieses Wunder hieß Liberty-Schiffe. Für jeden, der sich an die damalige Zeit erinnern kann, verbindet sich mit dem Begriff Liberty-Schiffe automatisch der Name Henry Kaiser. Kaiser war ein amerikanischer Ingenieur, der zu diesem Zeitpunkt bereits eine eindrucksvolle Karriere hinter sich hatte. Er hatte eine wichtige Rolle beim Bau der Hoover- und Coulee-Staudämme sowie der San-Francisco-Brücke gespielt. Ob Henry Kaiser imstande gewesen wäre, ein Ruderboot zu konstruieren, ist fraglich – aber darauf kam es nicht an. Wahrscheinlich gab es damals auf der ganzen Welt keinen Mann, der eine klarere Vorstellung vom Fertigteilbau auf der Basis eines wiederholbaren Standardentwurfs hatte, und er zögerte nicht, Bauteile bei Fabriken in den Vereinigten Staaten zu bestellen, die Hunderte von Kilometern vom Meer entfernt lagen. Diese Baugruppen wurden zu Werften transportiert, um dort zusammengebaut zu werden – ursprünglich nach Richmond in Kalifornien und später zu weiteren von ihm kontrollierten Werften. Kaisers Produktionszeiten grenzten ans Unglaubliche. Für den Bau von Handelsschiffen erreichte er, was Henry Fords Fließbänder für den Ford Modell T bewirkt hatten. Vor ihm hatte noch niemand an die Serienfertigung großer, seegehender Schiffe gedacht.

In weiten Kreisen herrschte die verständliche, aber irrige Auffassung vor, die Liberty-Schiffe seien in den Konstruktionsbüros von Kaisers Werften entstanden. Entwurf und Prototypen stammten in Wirklichkeit aus England – von den Konstrukteuren der Werft J.L.Thompson in North Sands, Sunderland. Die Urahnin einer in der Tat sehr langen Baureihe, die *Embassage*, lief 1935 vom Stapel; der Zusatz »Liberty« entstand erst sieben Jahre später und galt nur für einige der von Kaiser gebauten Schiffe. Die 9300 BRT große *Embassage*, deren Merkmale ein schräger Bug, ein rundes Heck und drei kohlebefeuerte Dreifach-Expansions-Dampfmaschinen waren, hätte bei einem Schönheitswettbewerb keine Chancen gehabt, aber die Werft J.L.Thompson hatte auf diesem Gebiet keinen Ehrgeiz. Sie hatte sich vorgenommen, ein modernes, zweckmäßiges und wirtschaftliches Frachtschiff zu bauen – und das war ihr gelungen. Bis Kriegsausbruch wurden weitere 24 Schiffe dieses Typs gebaut.

Diese Schiffe wurden in Großbritannien, den Vereinigten Staaten und Kanada gebaut, die weitaus meisten auf Kaisers Werften. Der Schiffsrumpf blieb in allen Fällen unverändert, aber die Amerikaner – und nur die Amerikaner – führten zwei Änderungen ein, die sie für Verbesserungen hielten. Eine dieser Änderungen, die Umstellung von Kohle- auf Ölfeuerung, mag tatsächlich eine Verbesserung gewesen sein; die andere, die sich auf die Unterbringung von Offizieren und Mannschaften auswirkte, war es gewiß nicht. Während Briten und Kanadier die ursprüngliche Konstruktion beibehielten, entschieden die Amerikaner sich dafür, die gesamte Besatzung – und die Kommandobrücke – in Aufbauten um den Schornstein herum unterzubringen. Nachträglich erwies sich das als Fehler.

Diese Schiffe waren bewaffnet – recht und schlecht. Sie besaßen 10,2-cm-Geschütze und einige Flugabwehrgeschütze, beide nicht sonderlich wirkungsvoll; dazu kamen Bofors und Oerlikons mit schneller Schußfolge. In geübten Händen waren die Oerlikons tödliche Waffen, aber es gab nicht viele geübte Hände an Bord. Zur weiteren Ausrüstung gehörten sonderbare Geräte wie raketengetriebene Fallschirme und Seilsperren mit Sprengsätzen und Berührungszündern, die für die Benutzer ebenso gefährlich waren wie für die Flugzeuge, die sie zum Absturz bringen sollten. Einige wenige dieser Schiffe hatten auch von Katapulten startende Hurricanes an Bord, die auf britischer Seite den japanischen Kamikazefliegern am nächsten kamen: sie konnten natürlich nicht wieder auf ihren Schiffen landen. Sie hatten die Wahl zwischen Fallschirmabsprung und Wasserung. Im arktischen Winter war ihre Überlebenschance nicht sonderlich hoch.

3. In der Luft, auf dem Wasser und unter Wasser setzten die Deutschen – oft mit brillanter Taktik, stets mit Zähigkeit und Skrupellosigkeit – alle in ihrer Macht stehenden Mittel ein, um die alliierten Konvois zu vernichten.

Gegen Geleitzüge setzten die Deutschen hauptsächlich fünf Flugzeugtypen ein. Ihr herkömmlicher Standardbomber war die Dornier Do 217, die in festgelegten Höhen anflog und ihre Bomben nach einem feststehenden Schema warf; die Maschinen dieses Baumusters waren nützliche Flugzeuge und hatten ihre Erfolge, aber sie waren nicht besonders wirkungsvoll.

Weit gefürchteter – in aufsteigender Ordnung – waren die Heinkel He 115, die Heinkel He 111 und die Junkers Ju 87. Die He 115 war ein Torpedoflugzeug, das dicht über dem Meeresspiegel anflog; ihr Pilot klinkte den Torpedo im letztmöglichen Augenblick aus und nützte die Gewichtserleichterung dazu aus, seine Maschine vor dem angegriffenen Schiff hochzuziehen. Diese Flugzeuge erwiesen sich als ungewöhnlich beschußfest. Wenn die Flakbedienungen auf den Handelsschiffen sie über ihre Oerlikons, Bofors oder Pom-poms hinweg anvisierten, erzeugte der Gedanke

»ich kriege ihn, oder er kriegt mich« nicht gerade die kühle Gelassenheit, die unter den gegebenen Umständen nützlich gewesen wäre. Im arktischen Winter befanden sich diese Torpedoflugzeuge nicht selten im Nachteil: der Auslösemechanismus ihrer Torpedos konnte vereisen, und ihr schwer beladenes Flugzeug war dann nicht mehr imstande, das Ziel zu übersteigen. Für die Besatzungen der jeweiligen Handelsschiffe machte das kaum einen Unterschied, denn wenn der Torpedo ihr Schiff noch am Flugzeug hängend traf, war das Ergebnis ebenso vernichtend, wie wenn die He 115 ihn zuvor abgeworfen hätte.

Die He 111 benutzte Gleitbomben. Sie waren höchst wirksam, setzten die Piloten weit geringerer Gefahr aus und waren nach dem Abwurf praktisch nicht mehr abzuschießen. Zum Glück für die britische Handelsmarine besaßen die Deutschen nicht allzu viele dieser hochspezialisierten Flugzeuge.

Das Sturzkampfflugzeug Junkers Ju 87 mit seinen V-förmigen Knickflügeln wurde am meisten gefürchtet. Die Stukas flogen im allgemeinen in großer Höhe in geschlossenem Verband an und kippten nacheinander in fast senkrechtem Sturzflug zum Angriff ab. Seeleute und Soldaten – die Deutschen setzten die Ju 87 auf allen Kriegsschauplätzen ein –, die diese Angriffe überlebt haben, erinnern sich noch vierzig Jahre später an das dämonische Heulen, wenn die Stukapiloten ihre Sirenen einschalteten, während sie ins Ziel stürzten. Dieses Sirenengeheul war nervenzerrüttend und beeinträchtigte die Zielsicherheit der Flakbedienungen erheblich. Die Royal Navy versuchte anfangs, Stukapiloten mit Flakscheinwerfern zu blenden, bis sie darauf aufmerksam gemacht wurde, daß die Piloten, die diese Taktik durchschauten, Schutzbrillen mit dunklen Gläsern aufsetzten, um die blendend hellen Lichtquellen in stecknadelkopfgroße Lichtpunkte zu verwandeln, mit deren Hilfe sie ihre Ziele noch präziser ansteuern konnten. Aus deutscher Sicht hatten die Stukas nur einen Nachteil: ihrer geringen Einsatzreichweite wegen konnten sie lediglich Geleitzüge angreifen, die nördlich von Norwegen nach Murmansk und Archangelsk liefen.

Das wirkungsvollste deutsche Kampfflugzeug war jedoch seltsamerweise die ursprünglich von Focke-Wulf als Verkehrsflugzeug konstruierte FW 200 Condor. Diese Maschine konnte 250-kg-Bomben tragen und verfügte über eine ziemlich starke Bewaffnung; wenn die Bomben durch Zusatztanks ersetzt wurden, war sie ein äußerst leistungsfähiger Fernaufklärer. Für die damalige Zeit – Anfang der vierziger Jahre, nach nur vier Jahrzehnten Motorflug – war ihre Reichweite beachtlich. Fast täglich flogen Condors von Trondheim im besetzten Norwegen an der Westküste der Britischen Inseln entlang und weiter ins besetzte Frankreich. Noch wichtiger war jedoch, daß sie über der Barentssee, der Grönlandsee und – für die Alliierten am schädlichsten – der zu Recht gefürchteten Dänemarkstraße zwischen Grönland und Island aufklären konnten. Durch die Dänemarkstraße liefen alle aus Kanada und den Vereinigten Staaten kommenden Rußlandgeleitzüge; für diese Konvois war das Erscheinen einer Condor gleichbedeutend mit einer unabwendbaren Katastrophe.

Die hoch fliegende, für Flakfeuer unerreichbare FW 200 umkreiste den Geleitzug, während ihre Besatzung die Anzahl der Schiffe, Kurs und Geschwindigkeit des Konvois und seine genaue Position feststellte. Diese Beobachtungen wurden über Funk an die Bodenstationen Altafjord oder Trondheim gemeldet und von dort aus nach Lorient in der Bretagne übermittelt, wo Admiral Karl Dönitz, wahrscheinlich der beste U-Boot-Führer aller Zeiten, sein Hauptquartier hatte. Von Lorient aus wurden die Informationen an das oder die ständig wachsenden Wolfsrudel gefunkt, die zugleich Anweisungen erhielten, wo und wann sie sich aufstellen sollten, um den Geleitzug abzufangen.

In bezug auf Überwasserstreitkräfte waren die Deutschen bei Kriegsausbruch mehr als ausreichend gerüstet. Nach den Bestimmungen des 1937 geschlossenen englisch-deutschen Flottenabkommens durfte Deutschland ebenso viele U-Boote wie England bauen – aber nur 35 Prozent der britischen Tonnage bei Überwasserschiffen. Tatsächlich bauten die Deutschen jedoch doppelt so viele U-Boote und ignorierten die 35-Prozent-Regelung völlig. *Deutschland, Admiral Graf Spee* und *Admiral Scheer* waren auf dem Papier 10 000-Tonnen-Kreuzer; in Wirklichkeit waren sie schnelle und kampfstarke Panzerschiffe mit weit größerer Tonnage, als für sie angegeben wurde. *Scharnhorst* und *Gneisenau*, Schlachtkreuzer mit 26 000 Tonnen Verdrängung, wurden 1938 in Dienst gestellt, und im selben Jahr wurden auf der Hamburger Werft Blohm & Voss *Bismarck* und *Tirpitz* auf Kiel gelegt. Diese beiden waren die besten und kampfstärksten jemals gebauten Schlachtschiffe – eine noch heute gültige Feststellung. Ihre Verdrängung war vertraglich auf 35 000 Tonnen beschränkt; in Wirklichkeit betrug sie jedoch 53 000 Tonnen.

Die *Bismarck* erlebte eine kurze, aber spektakuläre Karriere, die *Tirpitz* überhaupt keine. Sie verbrachte den Krieg in Verstecken im Norden Norwegens, wo sie trotzdem einen sehr nützlichen Zweck erfüllte, indem sie Großkampfschiffe der britischen Home Fleet blockierte, weil zu befürchten war, daß das riesige Schlachtschiff seinen Ankerplatz im Altafjord verlassen und in den Atlantik durchbrechen würde. An diesem Ankerplatz wurde die *Tirpitz* schließlich von R.A.F.-Lancasters mit Zehntonnenbomben versenkt.

Obwohl Großbritannien sehr viel mehr Schlachtschiffe besaß, waren sie einzeln ihren deutschen Gegnern nicht gewachsen. Dies zeigte sich auf tragische Weise, als die *Bismarck* den Schlachtkreuzer *Hood*, den Stolz und Liebling der Royal Navy, mit einer einzigen Salve versenkte.

Unter Wasser setzten die Deutschen Minen und U-Boote ein. Keine drei Monate nach Kriegsausbruch hatten sie eine recht unangenehme Waffe zur Einsatzreife entwickelt: die Magnetmine. Im Gegensatz zur herkömmlichen Mine, die mit dem Schiff in Berührung kommen mußte, um zu detonieren, wurde die Magnetmine durch das Magnetfeld des Schiffsrumpfs gezündet. Diese Minen, die von Schiffen oder Flugzeugen gelegt werden konnten, versenkten in den ersten vier Tagen nach ihrer Einführung nicht weniger als 15 Schiffe. Die Tatsache, daß davon fast ausschließlich Neutrale betroffen waren, schien die Deutschen nicht sonderlich zu kümmern: Magnetminen sind eine clevere Erfindung, aber nicht clever genug, um zwischen neutralen und feindlichen Schiffen zu unterscheiden. Den Briten gelang es, eine dieser Minen intakt zu bergen; sie zerlegten sie – ein lebensgefährlicher Auftrag für die damit Befaßten – und entwickelten elektronische Geräte, mit deren Hilfe Minensucher die Magnetmine aus respektvoller Entfernung hochgehen lassen konnten.

Natürlich waren die deutschen U-Boote die gefährlichsten Feinde der britischen Handelsmarine, deren Verluste in den ersten dreieinhalb Kriegsjahren fast das Maß des Vorstellbaren überstiegen. Erst im Frühsommer 1943 konnte diese Bedrohung einigermaßen unter Kontrolle gebracht werden, aber es dauerte noch bis Ende 1944 – nachdem insgesamt 480 deutsche U-Boote vernichtet worden waren –, bevor diese heimlichen Verfolger und lautlosen Killer als ernst zu nehmende Faktoren ausgeschaltet waren.

Die U-Boote waren in der Kriegs- und Nachkriegszeit unvermeidbar *das* Objekt für Haßgefühle, und ihre Besatzungen wurden als verschlagene, heimtückische und eiskalte Mörder dargestellt, Nazis bis zum letzten Mann, die ahnungslosen Unschuldigen nachstellten, lautlos und unsichtbar zu ihnen aufschlossen, ihre Opfer gnaden- und bedenkenlos vernichteten und ebenso lautlos und unsichtbar wieder abliefen. In gewissem Maße traf diese Auffassung sogar zu. Begründet wurde sie gleich am ersten Kriegstag, als der Passagierdampfer *Athenia* torpediert wurde. Die *Athenia* konnte unmöglich für etwas anderes gehalten werden, als sie tatsächlich war: ein friedliches Passagierschiff voller Zivilisten – Männer, Frauen und Kinder. Das muß dem Kommandanten des deutschen U-Boots, das die *Athenia* versenkte, bekannt gewesen sein. Es gibt jedoch keine Unterlagen dafür, daß er jemals wegen dieses Angriffs gemaßregelt worden wäre.

Die gleiche Skrupellosigkeit hätte man natürlich alliierten U-Boot-Besatzungen vorwerfen können – allerdings in geringerem Ausmaß, was jedoch nur darauf zurückzuführen war, daß sich ihnen weit weniger Ziele boten.

Das von den deutschen U-Boot-Besatzungen gezeichnete Bild ist falsch. Es mag unter ihnen skrupellose Nazis gegeben haben, aber sie waren nur eine verschwindend kleine Minderheit; im allgemeinen wurden die Männer durch großen Stolz auf die Traditionen der Kaiserlichen Marine motiviert. Gewiß gab es Akte der Brutalität einzelner Kommandanten, aber auch Akte der Humanität, Ritterlichkeit und Barmherzigkeit. Unbestreitbar waren der große persönliche Mut dieser Männer und ihre Bereitschaft zur Selbstaufopferung. Dies zeigt sich schon daran, daß von insgesamt rund 40 000 deutschen U-Boot-Fahrern fast 30 000 auf See blieben – die erschreckendste Gefallenenquote der Seekriegsgeschichte. Obgleich die Taten dieser Besatzungen nicht zu billigen waren, sollten die Männer selbst nicht verdammt werden. Gewiß waren sie skrupellos – das erforderte die Art ihres Auftrags –, aber sie waren unglaublich tapfer.

So sahen also die Verhältnisse aus, unter denen die Seeleute der Handelsmarine leben und sterben mußten; das waren auf der anderen Seite ihre Gegner, die darauf aus waren, sie zu vernichten. Die Chancen, daß die Handelsschiffsbesatzungen ihre miserablen Lebensbedingungen einerseits und die feindlichen Angriffe andererseits heil überstanden, waren in der Tat gering: die Männer befanden sich in einer klassischen Verlierersituation. Unter diesen Umständen war es eine erstaunliche und häufig vorkommende Tatsache, daß Männer, die zwei oder drei Torpedoangriffe und Versenkungen überlebt hatten, sich sofort nach ihrer Heimkehr nach Großbritannien auf die Suche nach einem Schiff machten, auf dem sie wieder zur See fahren konnten. Der Definition nach waren diese Männer Nichtkombattanten, aber ihr Stehvermögen, ihre Zähigkeit und ihre Entschlossenheit – über Wörter wie Tapferkeit und Mut hätten sie nur gelacht – waren nicht geringer als die der Männer, von denen sie gejagt wurden.

1

In der Stunde vor Tagesanbruch erloschen die Lichter der *San Andreas*: geräuschlos, undramatisch, ohne irgendwelche Vorwarnung – wie bei jedem plötzlichen und unerwarteten Stromausfall in einer Großstadt. Solche Stromausfälle waren selten, aber sie kamen vor und erweckten keine außergewöhnliche Besorgnis hinsichtlich der Manövrierfähigkeit und Navigation des Schiffs. Auf der Kommandobrücke blieben die Kompaßbeleuchtung, die Kartenlampe und die Telefonverbindung zum Maschinenraum unbeeinträchtigt, weil sie wegen ihrer niedrigeren Betriebsspannung einen eigenen Generator hatten. Die Deckenbeleuchtung war an den Hauptgenerator angeschlossen, was jedoch keine Rolle spielte, weil sie ohnehin ausgeschaltet war: die Brücke war – wie jede Kommandobrücke – nachts abgedunkelt. Das einzige Gerät, das wirklich versagte, war das Klarsichtfenster, eine unmittelbar vor dem Rudergänger angeordnete runde Scheibe, die mit hoher Umdrehungszahl rotierte und auch bei Regen und Schnee klare Sicht bot. Der Dritte Offizier Batesman machte sich trotzdem keine Sorgen. Soviel er wußte, befand sich in hundert Seemeilen Umkreis weder Land noch ein anderes Schiff – mit Ausnahme der Fregatte H.M.S. *Andover*. Er hatte keine Ahnung, wo die Fregatte war, aber das war unwichtig, denn die Fregatte wußte stets, wo *er* war: sie war mit einem hochmodernen Radargerät ausgerüstet.

In Operationssaal und Aufwachraum gingen die Dinge ihren gewohnten Gang. Obwohl Meer und Himmel draußen noch immer dunkel waren, war es keineswegs früh am Morgen: in diesen hohen Breiten und zu dieser Jahreszeit brach der Tag – oder was sich als Tag ausgab – erst gegen 10 Uhr an. In diesen beiden Räumen, den wichtigsten Räumen des Lazarettschiffs, denn das war die *San Andreas*, schaltete sich automatisch die von Akkumulatoren gespeiste Notbeleuchtung ein, wenn die Hauptstromversorgung ausfiel. In den übrigen Schiffsräumen bestand die Notbeleuchtung aus tragbaren Nickel-Cadmium-Lampen: eine Drehbewegung am Sockel dieser Lampen sorgte für den geringen Bedarf an Helligkeit.

Anlaß zur Besorgnis gab jedoch der Ausfall der Beleuchtung auf dem Oberdeck. Der Rumpf der *San Andreas* war weiß gestrichen – oder war vielmehr weiß gewesen, aber der Lauf der Zeit und Graupeln, Hagel, Schnee und Eisnadeln arktischer Stürme hatten den Farbton des Anstrichs in eine Mischung aus schmutzigem Weiß und ebenso schmutzigem Hellgrau verwandelt. Ein grünes Band lief um den gesamten Rumpf. Auf beide Seiten sowie auf Vor- und Achterdeck waren große rote Kreuze gemalt worden. Nachts wurden diese roten Kreuze von starken Scheinwerfern angestrahlt; in dieser Jahreszeit dauerte die Nacht zwanzig von vierundzwanzig Stunden.

Die Meinungen über den Wert dieser Scheinwerfer waren geteilt. Nach den Bestimmungen der Genfer Konvention boten die roten Kreuze Schutz vor feindlichen Angriffen, und deshalb neigten diejenigen an Bord, die noch keine feindlichen Angriffe erlebt hatten, dazu, an die Wirksamkeit der Genfer Konvention zu glauben. Aber die Besatzungsmitglieder, die auf der *San Andreas* gefahren waren, bevor sie aus einem Liberty-Frachter für ihre gegenwärtige Aufgabe umgebaut worden war, betrachteten diese Konvention äußerst mißtrauisch. Nachts wie ein Weihnachtsbaum beleuchtet zu fahren, widerstrebte sämtlichen Instinkten von Männern, denen jahrelang eingetrichtert worden war, schon eine auf dem Oberdeck angezündete Zigarette könne die Aufmerksamkeit eines deutschen U-Boots erregen. Sie trauten den Scheinwerfern nicht. Sie trauten den roten Kreuzen nicht. Vor allem trauten sie den U-Booten nicht. Ihr Argwohn war durchaus gerechtfertigt: wie sie wußten, hatten andere Lazarettschiffe weniger Glück gehabt, als sie bisher gehabt hatten, und ob alle diese Angriffe Absicht oder Zufall gewesen waren, hatte sich nie feststellen lassen. Auf hoher See gibt es keine Gerichte und keine unparteiischen Zeugen. Aus Rücksicht oder weil es ihr zwecklos erschien, diskutierte die Schiffsbesatzung dieses Thema nie mit denen, die sich ihrer Meinung nach Illusionen hingaben – den Ärzten, Oberschwestern, Krankenschwestern und Krankenpflegern.

Die mit einem Rouleau abgedunkelte Steuerbordtür zur Brücke wurde geöffnet, und eine Gestalt kam mit einer Taschenlampe in der Hand herein. »Captain?« fragte Batesman.

»Hier! Irgendwann kommt der Tag, an dem ich in Ruhe zu Ende frühstücken kann. Machen Sie etwas Licht, Dritter?«

Kapitän Bowen war mittelgroß, hatte ziemliches Übergewicht und ein fröhliches weißbärtiges Gesicht mit grünblauen Augen. Bowen war längst über das Pensionsalter hinaus, aber er hatte nie seine Versetzung in den Ruhestand beantragt und war auch nie dazu aufgefordert worden. Die Handelsmarine hatte schwere Verluste an Schiffen und Besatzungen erlitten, und ein neues Schiff ließ sich in einem Bruchteil der für die Ausbildung eines Kapitäns erforderlichen Zeit bauen. Es gab nicht mehr allzu viele Männer vom Schlage Bowens, die noch unverdrossen Dienst taten.

Die drei Notlampen gaben nicht viel mehr Licht, als drei Kerzen gegeben hätten, aber es genügte, um zu zeigen, wie rasch der Mantel des Kapitäns in den wenigen Sekunden, die er für den Weg von der Kajüte zur Brücke gebraucht hatte, vollgeschneit war. Er ließ ihn von den Schultern gleiten, schüttelte ihn ins Freie aus und schloß dann hastig die Tür.

»Der verdammte Generator hat wieder einen seiner Anfälle«, sagte Bowen; es schien ihn nicht sonderlich aufzuregen. »Das Klarsichtfenster funktioniert natürlich nicht mehr. Keine Chance. Sowieso wertlos. Starker Schneefall, Wind dreißig Knoten und Sicht null.« In Bowens Tonfall schwang eine gewisse Befriedigung mit, nach deren Grund weder Batesman noch Hudson, der Rudergänger, zu fragen brauchten. Alle drei hatten nur wenig Vertrauen zur Genfer Konvention und wußten recht gut, daß sie bei diesen Verhältnissen von keinem Flugzeug, Schiff oder U-Boot gesichtet werden konnten. »Schon mit dem Maschinenraum gesprochen?«

»Nein, noch nicht.« Batesmans Antwort klang so nachdrücklich, daß Bowens lächelte. Der Leitende Ingenieur Patterson, ein Nordostler aus dem Raum Newcastle, war stolz auf seine zweifellos verhandenen Fähigkeiten, dazu notorisch reizbar und aufbrausend und konnte es nicht vertragen, von einem so niedrigen Dienstgrad wie einem Dritten Offizier zu Dingen seines Aufgabenbereichs befragt zu werden. »Ich hole Ihnen den Leitenden an den Apparat, Sir.«

Bowen griff nach dem Hörer und sagte: »Ah, John. Auf dieser Reise haben wir nicht viel Glück, was?... Überlastungsschalter?... Kollektorbürsten?... Sicherung? Ah! Gut, dann das Notstromaggregat – ich hoffe, daß wir diesmal Treibstoff haben.« Kapitän Bowen sprach in scheinbar besorgtem Ton, und Batesman lächelte: die ganze Besatzung wußte, daß der Leitende Ingenieur keinerlei Sinn für Humor besaß. Bowens Hinweis auf Treibstoff bezog sich auf einen Vorfall, zu dem es einmal gekommen war, als die Hilfsmaschine während Pattersons Freiwache ausgefallen war und der wachhabende junge Ingenieur vergessen hatte, den Treibstoffhahn des Notdiesels zu öffnen. Pattersons Kommentar kam wie erwartet. Bowen hielt den Hörer mit schmerzlicher Miene einen Viertelmeter von seinem Ohr entfernt, sprach nochmals kurz hinein, hängte dann ein und meinte diplomatisch: »Patterson hat diesmal mehr Schwierigkeiten als sonst, den Kurzschluß ausfindig zu machen, glaube ich. Zehn Minuten, sagt er.«

Nur zwei Minuten später klingelte das Telefon.

»Schlechte Nachrichten, darauf wette ich.« Bowen nahm den Hörer ab, hörte kurz zu und sagte dann: »Sie wollen mich sprechen, John? Aber wir reden doch schon miteinander... Aha. Ja, ich verstehe. Bis gleich!« Er hängte ein. »Der Leitende will mir etwas zeigen.«

Bowen stieg jedoch nicht, wie Batesman erwartet hatte, in den Maschinenraum hinunter. Statt dessen begab er sich in seinen Wohnraum, den eine Minute später auch der Leitende Ingenieur betrat. Patterson, ein großer, hagerer Mann mit nichtssagendem Gesicht und permanentem Bartschatten, neigte wie viele humorlose Männer dazu, häufig zu lächeln – meist jedoch im unpassenden Augenblick. Diesmal lächelte er nicht. Er kramte drei Stücke einer schwarzen Masse, die wie Kohle aussah, aus seiner Jackentasche und legte sie auf dem Tisch des Kapitäns zu einem länglichen Gebilde zusammen.

»Was ist das Ihrer Meinung nach?«

»John, ich bin nur ein schlichter Seemann. Eine Kollektorbürste für einen Generator oder dergleichen?«

»Genau.« Pattersons grimmige Miene wirkte weitaus überzeugender als sein Lächeln.

»Daher der Stromausfall?«

»Das hat nichts mit dem Stromausfall zu tun. Der Überlastungsschalter hat angesprochen. Irgendwo ist ein Kurzschluß. Jamieson ist unterwegs, um ihn zu suchen. Er dürfte ihn bald gefunden haben.«

Das nahm Bowen ihm ohne weiteres ab. Jamieson, der Zweite Ingenieur, war ein hochintelligenter junger Mann und überdies Mitglied des Instituts der Elektroingenieure. »Diese Bürste stammt also aus dem Generator des Notdiesels«, stellte Bowen fest. »Sie ist in drei Stücke zerbrochen, und Sie scheinen darüber unglücklich zu sein, woraus ich schließe, daß das ungewöhnlich ist.«

»Ungewöhnlich? Das gibt es überhaupt nicht! Ich weiß zumindest von keinem vergleichbaren Fall. Die Bürste wird durch Federdruck gleichmäßig an den Kollektor gepreßt. Sie kann unmöglich auf diese eigenartige Weise zerbrochen sein.«

»Und jetzt ist es doch passiert. Alles passiert irgendwann zum erstenmal.« Bowen berührte die Bruchstücke mit dem Zeigefinger. »Ein Einzelfall? Pfusch bei der Herstellung?«

Patterson gab keine Antwort. Er griff in die Brusttasche seiner Jacke, holte eine kleine Blechschachtel heraus, nahm den Deckel ab und legte sie auf den Tisch neben die zerbrochene Kollektorbürste. Form und Größe der beiden Bürsten in der Blechschachtel entsprachen der Stromabnehmerkohle, die er zusammengefügt hatte. Bowen betrachtete sie, schob die Unterlippe vor und warf dem Leitenden Ingenieur einen fragenden Blick zu.

»Ersatzbürsten?« Patterson nickte. Bowen griff nach einer, behielt aber nur die Hälfte zwischen den Fingern: die andere Hälfte blieb in der Blechschachtel liegen.

»Unsere beiden einzigen Ersatzbürsten«, stellte Patterson fest.

»Die andere brauche ich mir wohl gar nicht erst anzusehen?«

»Richtig. Beide Generatoren sind während unserer Liegezeit in Halifax überprüft worden und waren tadellos in Ordnung – und wir haben den Notdiesel seither schon zweimal benutzt.«

»Eine zerbrochene Bürste könnte ein außergewöhnlicher Zufall sein. Drei zerbrochene erfordern nicht einmal, daß wir uns nachdenklich das Kinn reiben, John. Wir haben einen böswilligen Spinner unter uns.«

»Spinner! Einen Saboteur meinen Sie.«

»Ja, so könnte man's ausdrücken. Zumindest jemanden, der es nicht gut mit uns meint. Oder mit der *San Andreas.* Aber ein Saboteur? Ich weiß nicht recht. Saboteure sind auf verschiedene Formen umfangreicher Zerstörungen spezialisiert. Das Zerbrechen dreier Kollektorbürsten läßt sich kaum als umfangreiche Zerstörung bezeichnen. Und falls der dafür Verantwortliche nicht übergeschnappt ist, wird er die *San Andreas* nicht auf den Meeresgrund schicken, solange er selbst an Bord ist. – Warum, John, warum nur?«

Die beiden saßen noch immer da und grübelten über diese Frage nach, als angeklopft wurde und Jamieson hereinkam. Der junge, rothaarige Zweite Ingenieur wirkte ernst und besorgt, wie es eigentlich gar nicht seine Art war.

»Der Maschinenraum hat mir gesagt, daß Sie hier zu finden seien. Ich hab's für richtig gehalten, sofort herzukommen . . .«

»Als Überbringer schlechter Nachrichten«, stellte Kapitän Bowen fest.

»Sie haben zwei Dinge entdeckt: den Ort des Kurzschlusses und den Beweis dafür, daß – sagen wir mal – Sabotage vorliegt?«

»Verdammt noch mal, wie . . . Entschuldigung, Sir, aber haben Sie . . .«

»Sagen Sie's ihm, John«, forderte Bowen den Leitenden Ingenieur auf.

»Das ist nicht nötig. Die zerbrochenen Bürsten sind aufschlußreich genug. Was haben Sie entdeckt, Peter?«

»Im Vorschiff führt ein Bleimantelkabel durch ein Schott. Die Halterungen auf beiden Seiten der Kabeldurchführung durchs Schott schienen sich gelockert zu haben.«

»Normale Schiffsvibrationen«, warf Bowen ein. »Erschütterungen bei schwerem Wetter – ein weiches Bleikabel ist bald durchgewetzt.«

»Blei ist zäher, als Sie denken, Sir. In diesem Fall haben zwei Hände den Abnutzungsprozeß beschleunigt. Aber das hat keine große Rolle gespielt. Unter der Bleihülle ist die Gummiisolierung des Kabels weggeschmort.«

»Was man bei einem Kurzschluß erwarten würde?«

»Richtig, Sir. Aber ich kenne den Geruch von elektrisch verschmortem Gummi – er riecht auf keinen Fall nach Schwefel. Irgendein Schlaukopf hat mit einem oder mehreren Zündholzköpfen gearbeitet, um diesen Effekt zu erzielen. Ich habe Ellis mit der Reparatur beauftragt. Sie ist ganz einfach, und er müßte in ein paar Minuten fertig sein.«

»So einfach ist das also, die Stromversorgung eines Schiffes lahmzulegen!«

»Beinahe, Sir. Unser Mann hatte nur noch eine weitere Kleinigkeit zu erledigen. Vor dem Schott befindet sich ein Sicherungskasten, und er hatte die entsprechende Sicherung vor Beginn der Arbeit herausgeschraubt. Nun ist er an den Kasten gegangen, hat einen Kurzschluß verursacht – mit einer Isolierzange, einem isolierten Schraubenzieher oder dergleichen – und dann die Sicherung wieder hineingeschraubt. Hätte er die Sicherung schon vor dem Kurzschluß hineingeschraubt, wäre sie durchgebrannt und hätte den Rest des elektrischen Systems intakt gelassen. Zumindest theoretisch, denn es kommt gelegentlich vor, daß eine Sicherung nicht wie vorgesehen durchschmilzt.« Jamieson lächelte schwach. »Wenn ich zufällig Schnupfen gehabt hätte, wäre er vielleicht damit durchgekommen.«

Das Telefon klingelte. Kapitän Bowen nahm den Hörer ab und übergab ihn Patterson, der kurz zuhörte. »Klar«, sagte er dann. »Am besten sofort.« Er gab den Telefonhörer zurück. »Maschinenraum. Es gibt gleich wieder Strom.«

Etwa eine halbe Minute verstrich, bevor Kapitän Bowen milde feststellte: »Wissen Sie, ich glaube, daß der Strom doch nicht wiederkommt.«

Jamieson stand auf. »Wohin wollen Sie?« fragte Bowen.

»Das weiß ich noch nicht, Sir. Zuerst in den Maschinenraum, um Ellis, den Handscheinwerfer und den Spannungsprüfer zu holen. Wo ich dann anfange, weiß ich noch nicht. Unser Samtpfötchen scheint mehr als nur einen Pfeil im Köcher zu haben.«

Das Telefon klingelte erneut. Bowen nahm den Hörer ab, ohne sich zu melden, und gab ihn Patterson, der kurz zuhörte und dann sagte: »Danke.

Mr. Jamieson kommt runter.« Er gab den Hörer zurück. »Wieder das gleiche. Ich frage mich nur, wie viele Kurzschlüsse unser Freund vorbereitet hat. Anscheinend wartet er nur auf die Gelegenheit, sie zu aktivieren.«

Jamieson zögerte an der Tür. »Behalten wir diese Sache für uns?«

»Auf keinen Fall!« antwortete Bowen nachdrücklich. »Wir machen sie überall an Bord bekannt. Samtpfötchen, wie Sie ihn nennen, ist dann zugegebenerweise gewarnt und vorsichtiger, aber das Wissen, daß wir einen Saboteur unter uns haben, wird bewirken, daß jeder seinen Nachbarn beobachtet und sich fragt, wie ein Saboteur wohl aussehen mag. Das müßte unseren Mann zumindest vorsichtiger machen, und wenn wir Glück haben, gelingt es uns auf diese Weise, seinen Handlungsspielraum einzuschränken.«

Der Zweite Ingenieur nickte zustimmend und ging.

»John, ich glaube, Sie sollten die Wache im Maschinenraum verdoppeln«, sagte Bowen. »Oder zumindest zwei bis drei zusätzliche Leute heranziehen – allerdings nicht zum Maschinendienst, versteht sich.«

»Ja, ich verstehe. Sie halten es für möglich, daß . . .«

»Nehmen wir einmal an, Sie wollten Sabotage verüben, ein Schiff außer Gefecht setzen – wo würden Sie damit anfangen?«

Patterson stand auf, ging zur Tür und blieb dort wie Jamieson noch einmal stehen. »Warum?« fragte er.

»Das weiß ich auch nicht. Aber ich habe ein unangenehmes Gefühl, was das Wo und Wann betrifft. Hier oder in unmittelbarer Nähe, und früher, als wir glauben, schneller, als wir uns wünschen würden. Ich weiß nicht, ich habe da ein ungutes Gefühl.« Patterson warf ihm einen langen forschenden Blick zu und schloß leise die Tür hinter sich.

Bowen griff nach dem Telefonhörer, wählte eine einzige Nummer und sagte: »Archie, bitte in meine Kabine.« Er hatte den Hörer kaum aufgelegt, als das Telefon erneut klingelte. Diesmal war die Brücke am Apparat. Batesman fühlte sich hörbar unbehaglich.

»Der Schneesturm läßt allmählich nach, Sir. Die *Andover* kann uns jetzt sehen. Sie will wissen, warum wir ohne Lichter fahren. Ich habe gemeldet, daß wir einen Stromausfall haben, aber eben ist über Funk angefragt worden, warum die Reparatur so verdammt lange dauert.«

»Sabotage.«

»Entschuldigung, Sir?«

»Sabotage. S wie Sally, A wie Arthur, B wie Bobby, O wie . . .«

»Großer Gott! Wieso . . . ich meine, warum?«

»Ich weiß nicht, warum.« Kapitän Bowen sprach mit einiger Zurückhaltung. »Teilen Sie das der *Andover* mit. Ich erzähle Ihnen alles, was ich weiß – übrigens so gut wie nichts. Hier – in meiner Kabine. In fünf Minuten.«

Archie McKinnon, der Bootsmann, kam herein. Kapitän Bowen betrachtete seinen Bootsmann – wie viele andere Kapitäne ihre Bootsleute – als das wichtigste Besatzungsmitglied an Bord. McKinnon kam von den Shetlandinseln, war etwa 1,85 Meter groß und entsprechend gebaut, Anfang Vierzig, mit ziegelroter Gesichtsfarbe, blaugrauen Augen und strohblondem Haar. Seine Augen- und Haarfarbe hatte er ziemlich sicher von Wikingervorfahren geerbt, die vor einem Jahrtausend über seine Heimatinsel gezogen waren.

»Nehmen Sie Platz«, forderte Bowen ihn auf. Er seufzte. »Archie, wir haben einen Saboteur an Bord.«

»Tatsächlich?« Der Bootsmann stieß keinen überraschten Fluch aus; er zog nicht einmal die Augenbrauen hoch. »Und was hat er bisher angestellt, Captain?«

Bowen berichtete ihm, was der Saboteur bisher angestellt hatte, und fügte hinzu: »Können Sie damit mehr anfangen als ich – nämlich gar nichts?«

»Wenn Sie's nicht können, Captain, kann ich's auch nicht.«

Die hohe Meinung, die der Kapitän von seinem Bootsmann hatte, beruhte auf Gegenseitigkeit. »Er will das Schiff nicht versenken, solange er selbst an Bord ist und die Wassertemperatur unter null Grad liegt. Er will das Schiff auch nicht stoppen – dazu hätte ein cleverer Mann ein halbes Dutzend Möglichkeiten. Ich habe das Gefühl, daß es ihm nur darum gegangen ist, die Scheinwerfer, die uns – zumindest bei Nacht – als Lazarettschiff kenntlich machen, zum Erlöschen zu bringen.«

»Und weshalb sollte er das tun wollen, Archie?« Es gehörte zu dem zwischen beiden Männern herrschenden stillschweigenden Einverständnis, daß der Kapitän ihn stets mit »Bootsmann« ansprach – außer wenn sie allein waren.

»Ja ...« McKinnon überlegte. »Wie Sie wissen, bin ich kein Hochländer und stamme auch nicht von den Western Islands, so daß ich nicht behaupten kann, mit dem zweiten Gesicht begabt zu sein.« In seinem Tonfall klang eine Mischung aus leichter Verachtung und gelinder Überlegenheit an, aber der Kapitän unterließ es, darüber zu lächeln: er wußte, daß die Shetländer sich im Grunde genommen nicht als Schotten betrachteten und lediglich ihren Heimatinseln unerschütterlich die Treue hielten. »Aber ich habe wie Sie eine gute Nase für faule Sachen, und diese hier scheint oberfaul zu sein. In einer halben Stunde – na ja, vielleicht erst in vierzig Minuten – ist für jeden zu erkennen, daß wir ein Lazarettschiff sind.« Er machte eine Pause und starrte den Kapitän nachdenklich an. Sein Gesichtsausdruck verriet eine gewisse Überraschung – das äußerste an Gefühlsregung, das der Bootsmann sich gestattete. »Ich weiß nicht warum, aber ich habe das Gefühl, daß irgend jemand uns vor Tagesanbruch angreifen wird. Wahrscheinlich bei Tagesanbruch.«

»Ich könnte auch keinen Grund dafür nennen, Archie, aber ich habe denselben Verdacht. Alarmieren Sie die Besatzung. Klar für einen Seenotfall. Teilen Sie den Leuten mit, daß wir einen illegalen Elektriker unter uns haben.«

Der Bootsmann grinste. »Damit sie sich gegenseitig im Auge behalten können? Ich glaube nicht, daß wir den Mann unter der Besatzung finden werden, Captain. Unsere Leute sind schon so lange zusammen ...«

»Ich hoffe und glaube es nicht. Ich möchte es auch nicht glauben. Aber es muß jemand gewesen sein, der sich an Bord auskennt. Die Heuer unserer Männer ist nicht gerade fürstlich. Sie würden sich wundern, Archie, wie sehr ein Beutel Geld die Loyalität eines Mannes beeinflussen kann.«

»Nach fünfundzwanzig Jahren auf See wundert mich so leicht nichts mehr. Ich denke zum Beispiel an die Überlebenden, die wir vergangene Nacht von dem Tanker gerettet haben ... nun, es sind nicht viele dabei, mit denen ich Blutsbrüderschaft schließen möchte.«

»Na, na, Bootsmann! Etwas mehr christliche Nächstenliebe, wenn ich bitten darf. Das war ein griechischer Tanker – Griechenland gehört angeblich zu unseren Verbündeten, falls Sie das vergessen haben –, dessen Besatzung vermutlich aus Griechen besteht. Na ja, aus Griechen, Zyprioten, Libanesen, Hottentotten, wenn Sie wollen. Sie können nicht erwarten, daß alle wie Shetländer aussehen. Und mir ist auch nicht aufgefallen, daß einer von ihnen einen Beutel Geld geschleppt hätte.«

»Nein, das nicht. Aber einige von ihnen haben Koffer getragen.«

»Und manche von ihnen haben Mäntel angehabt, und mindestens drei von ihnen haben sogar Krawatten getragen. Und warum auch nicht? Nach dem Minentreffer hat die *Argos* sich noch sechs Stunden lang schwimmend erhalten: reichlich Zeit für jedermann, seine weltliche Habe zusammenzupacken – oder das wenige zusammenzuraffen, was griechische Seeleute zu besitzen scheinen. Die Vorstellung, daß ein sinkender griechischer Tanker in der Barentssee einen ausgebildeten Saboteur, der noch dazu einen Beutel Geld bei sich hat, als Besatzungsmitglied gehabt haben soll, kommt mir doch etwas weit hergeholt vor, Archie.«

»Richtig, das ist keine Kombination, die man normalerweise erwarten würde. Alarmieren wir auch das Lazarett?«

»Ja. Wie steht's da unten?« Der Bootsmann wußte unweigerlich über alles Bescheid, was sich an Bord der *San Andreas* ereignete – selbst in den Bereichen, für die er nicht zuständig war.

»Dr. Singh und Dr. Sinclair haben bis vorhin operiert. Einen Mann mit einem Beckenbruch, einen anderen mit großflächigen Verbrennungen. Die beiden liegen jetzt im Aufwachraum und dürften sich bald erholen. Schwester Magnusson ist bei ihnen.«

»Ehrlich, Archie, Sie scheinen gut informiert zu sein!«

»Schwester Magnusson ist Shetländerin«, sagte der Bootsmann, als sei damit alles erklärt. »In der Krankenabteilung A liegen sieben Patienten, alle transportunfähig. Am schlechtesten geht's dem Ersten der *Argos*, aber auch für ihn besteht keine Lebensgefahr, sagt Janet.«

»Janet?«

»Schwester Magnusson.« Der Bootsmann war nicht leicht aus dem Gleichgewicht zu bringen. »In Abteilung B liegen zehn Genesende. Die Überlebenden der *Argos* haben die Kojen an Backbord.«

»Ich gehe jetzt hinunter. Sie informieren inzwischen die Besatzung. Sobald Sie damit fertig sind, kommen Sie ebenfalls ins Krankenrevier – und bringen ein paar Männer mit.«

»Krankenrevier?« Der Bootsmann betrachtete die Decke im Wohnraum des Kapitäns. »Benutzen Sie diesen Ausdruck lieber nicht, wenn Schwester Morrison dabei ist.«

Bowen lächelte. »Ah, die berühmt-berüchtigte Schwester Morrison! Gut, ins Lazarett. Zwanzig Kranke und Verwundete. Ganz zu schweigen von Oberschwestern, Schwestern und Krankenpflegern, die . . .«

»Und Ärzten.«

»Und Ärzten, die in ihrem Leben noch keinen scharfen Schuß gehört haben. Eine üble Sache, Archie.«

»Sie erwarten das Schlimmste, Captain?«

»Jedenfalls«, sagte Bowen nachdrücklich, »nicht das Beste.«

Das Lazarett der *San Andreas* war luftig und geräumig – eine bemerkenswerte, aber keineswegs überraschende Tatsache, denn die *San Andreas* war in erster Linie ein Lazarett und erst dann ein Schiff. Weit über die Hälfte des Raums unter Deck war für ihre medizinischen Einrichtungen reserviert. Der Ausbau wasserdichter Schotten – ein Lazarettschiff brauchte theoretisch keine wasserdichten Schotten – hatte nicht nur den Eindruck größerer Geräumigkeit erzeugt, sondern sie auch wirklich geschaffen. Darin untergebracht waren die beiden Krankenabteilungen, ein Operationssaal, der Aufwachraum, ein Lagerraum, die Schiffsapotheke, eine Kombüse – von der Schiffsküche für die Besatzung getrennt –, Kabinen für Ärzte und Pflegepersonal, zwei Messen – eine fürs Personal, die andere für genesende Patienten – und ein kleiner Aufenthaltsraum. Dorthin war Kapitän Bowen jetzt unterwegs.

Im Aufenthaltsraum traf er drei Personen beim Tee an: Dr. Singh, Dr. Sinclair und Schwester Morrison. Dr. Singh war ein freundlicher Pakistaner mittleren Alters, der einen Kneifer trug – er gehörte zu den wenigen Menschen, die sich mit dieser altmodischen Sehhilfe wirklich wohl zu fühen schienen. Er war ein hochqualifizierter Chirurg, der Wert darauf legte, mit seinem Doktortitel angesprochen zu werden. Dr. Sinclair, aschblond und ebenso liebenswürdig wie sein Kollege, war 26 Jahre alt und hatte im zweiten Jahr als Assistenzarzt in einem großen Krankenhaus aufgehört, um sich freiwillig zum Dienst in der Handelsmarine zu melden. Niemand hätte Schwester Morrison jemals vorwerfen können, liebenswürdig zu sein; sie war ungefähr so alt wie Sinclair und hatte kastanienbraunes Haar, große braune Augen und volle Lippen, was alles nicht recht zu ihrem gewohnheitsmäßig abweisenden Gesichtsausdruck, der Nickelbrille, die sie gelegentlich aufsetzte, und einem unverkennbaren Anflug aristokratischer Hochnäsigkeit paßte. Kapitän Bowen fragte sich, wie sie aussehen mochte, wenn sie lächelte; dann fragte er sich, ob sie jemals lächelte.

Er setzte ihnen kurz auseinander, weshalb er gekommen war. Ihre Reaktionen fielen aus wie erwartet. Schwester Morrison schürzte die Lippen, Dr. Sinclair zog die Augenbrauen hoch, und Dr. Singh sagte lächelnd: »Du liebe Zeit! Ein Saboteur oder Saboteure, ein Spion oder Spione an Bord eines britischen Schiffs. Unvorstellbar.« Er überlegte kurz. »Andererseits ist nicht alles an Bord hundertprozentig britisch. Ich zum Beispiel ...«

»Ihr Reisepaß beweist das Gegenteil.« Bowen lächelte. »Da Sie operiert haben, während unser Saboteur anderswo tätig gewesen ist, kommen Sie automatisch nicht als einer der Verdächtigen in Frage. Bedauerlicherweise können wir überhaupt keine Liste von mehr oder minder verdächtigen Personen aufstellen. Übrigens haben wir eine ganze Anzahl von Leuten an Bord, die keine gebürtigen Briten sind, Dr. Singh. Wir haben zwei Inder – Laskaren –, zwei Goaner, zwei Singhalesen, zwei Polen, einen Puertoricaner, einen Iren und einen Italiener, der als Bürger eines Feindstaats irgendwo in einem Internierungslager sitzen müßte. Und die Überlebenden der *Argos*, die natürlich ausnahmslo keine Briten sind.«

»Vergessen Sie mich nicht«, warf Schwester Morrison eisig ein. »Ich bin eine halbe Deutsche.«

»Tatsächlich? Obwohl Sie Margaret Morrison heißen?«

Sie schürzte die Lippen – eine Geste, die bei ihr ganz natürlich wirkte. »Woher wissen Sie, daß ich mit Vornamen Margaret heiße?«

»Als Kapitän habe ich die Besatzungslisten. Und Sie gehören zur Besatzung, ob's Ihnen paßt oder nicht. Aber das ist alles unwichtig. Spione oder Saboteure können jede Staatsbürgerschaft haben, und je weniger Verdacht auf sie fällt – in diesem Fall, weil sie Briten sind –, desto wirkungsvoller können sie arbeiten. Doch das ist im Augenblick, wie gesagt, irrelevant. Relevant ist lediglich, daß der Bootsmann in ein paar Minuten mit einigen seiner Leute hier unten aufkreuzen wird. Sollte eine Notlage entstehen, übernimmt er den Befehl – außer über Transport und Versorgung der Schwerverwundeten, versteht sich. Den Bootsmann kennen Sie wohl alle?«

»Ein bewundernswerter Mann«, antwortete Dr. Singh. »Sehr beruhigend, sehr kompetent; ich könnte mir niemand vorstellen, den ich in kritischen Situationen lieber in meiner Nähe hätte.«

»Wir kennen ihn alle.« Schwester Morrison konnte nicht nur die Lippen schürzen, sondern auch sehr kalt sprechen. »Er ist weiß Gott oft genug hier unten.«

»Ja – und?«

»Mir gefällt es nicht, daß ein gewöhnlicher Seemann eine meiner Krankenschwestern belästigt.«

»Mr. McKinnon ist kein gewöhnlicher Seemann. Er ist ein außergewöhnlicher Seemann und hat in seinem Leben noch keinen Menschen belästigt. Holen Sie Janet doch her, damit wir hören, ob sie Ihre lächerlichen Anschuldigungen bestätigt!«

»Sie ... Sie kennen ihren Namen?«

»Natürlich weiß ich ihren Namen.« Bowens Stimme klang müde. Er hielt es für unpassend, jetzt zu erwähnen, daß er den Namen Janet vor fünf Minuten zum ersten Mal gehört hatte. »Die beiden kommen von derselben Insel und haben sich viel zu erzählen. Es wäre nützlich, Miß Morrison, wenn Sie soviel Interesse für Ihr Personal aufbrächten wie ich für meine Besatzung.«

Bowen fand, er habe sich damit einen guten Abgang verschafft, aber er war nicht sonderlich stolz auf sich selbst. Trotz seines barschen Tonfalls hatte er Schwester Morrison eigentlich sogar gern, weil er vermutete, daß sie lediglich eine Rolle spielte – und das aus gutem Grund. Aber sie war nicht Archie McKinnon, mit dem man über alles reden konnte.

Der Erste Offizier, ein gewisser Geraint Kennet – ein ungewöhnlicher Name, der seiner Aussage nach jedoch aus einem uralten Adelsgeschlecht stammte –, erwartete Bowens Rückkehr auf der Brücke. Kennet war ein Waliser: sehr schlank, mit schmalem Gesicht, schwarzhaarig und sehr respektlos.

»Haben Sie sich verlaufen, Mr. Kennet?« fragte Bowen.

»Wenn die Stunde schlägt, Sir, ist Kennet auf dem Posten. Von Jung-Jamie hier höre ich von Alarmen und Suchaktionen.« Mit »Jung-Jamie« war Batesman gemeint. »Soviel ich verstanden habe, sind finstere Dinge im Gange.«

»Sie haben richtig verstanden. Wie finster sie sind, weiß ich noch nicht.« Bowen schilderte, was bisher geschehen war. »Es handelt sich also um zwei Kurzschlüsse, wenn man sie so nennen will, und um einen dritten, der im Augenblick untersucht wird.«

»Und es wäre wohl naiv, zu vermuten, daß der dritte nichts mit den beiden anderen zu tun hat?

»Sehr naiv.«

»Das verheißt nichts Gutes.«

»Donnerwetter, was für prächtiges Englisch man in Waliser Schulen lernt!«

»Ganz recht, Sir. Sie sind zu einer Schlußfolgerung gekommen – vielleicht zu keiner allzu erfreulichen?«

Das Telefon klingelte. Batesman nahm den Hörer ab und gab ihn Bowen, der kurz zuhörte, dem Anrufer dankte und wieder einhängte.

»Jamieson. Diesmal im Kühlraum. Wie kann jemand in den Kühlraum gelangen? Der Koch hat den einzigen Schlüssel.«

»Kleinigkeit«, meinte der Erste Offizier. »Ein Saboteur, der sein Handwerk versteht, dürfte ein erfahrener Einbrecher sein oder wenigstens einen Satz Dietriche in der Tasche haben. Bei allem Respekt, Sir – ich glaube nicht, daß das der springende Punkt ist. Wann schlägt er wieder zu?«

»Ja, wann? Samtpfötchen – das ist Jamiesons Spitzname für ihn – scheint ein Schurke mit Erfindungsgabe und Weitblick zu sein. Ich halte es für sehr wahrscheinlich, daß er mit etlichen weiteren Überraschungen aufwarten kann. Jamieson stimmt mir darin zu. Sollte es beim nächsten Einschalten wieder einen Kurzschluß geben, will er sämtliche elektrischen Leitungen systematisch überprüfen.«

»Sämtliche Leitungen an Bord? Das kann verdammt lange dauern! Dabei fällt mir übrigens ein, daß . . .«

Funkoffizier Spenser erschien mit einem Spruchvordruck in der Hand an der Tür zur Funkstation. »Funkspruch von der *Andover*, Sir.«

Bowen las ihn laut vor: »Weiteres Fehlen von Lichtern sehr nachteilig. Größte Beeilung notwendig. Ist Saboteur gefaßt?«

»Das ist das Stichwort für einen leichten Wutanfall, glaube ich«, warf Kennet ein.

»Idiot!« sagte Bowen. »Ich meine Commander Warrington, den Kommandanten der *Andover*. Spenser, funken Sie: ›Sollten Sie Geheimdienstler oder Kriminalbeamte an Bord haben, sind sie mir willkommen. Andernfalls Funksprüche überflüssig. Was sollen wir Ihrer Meinung nach tun?‹«

»Ein unter diesen Umständen sehr bescheidener Funkspruch, Sir«, stellte Kennet fest. »Wie ich vorhin sagen wollte ...«

Das Telefon klingelte erneut. Batesman nahm den Hörer ab, meldete sich, hörte kurz zu, hängte ein und wandte sich an den Kapitän.

»Maschinenraum, Sir. Ein weiterer Kurzschluß. Jamieson und Dritter Offizier Ralson überprüfen bereits alle Leitungen.«

Bowen holte seine Pfeife aus der Tasche und schwieg. Er machte den Eindruck eines Mannes, dem es im Augenblick die Sprache verschlagen hat. Nur Kennet war nicht sprachlos, aber Kennet war nie um Worte verlegen.

»Auf dieser Brücke kann man anscheinend keinen Satz zu Ende bringen! Sind Sie schon zu irgendeiner Schlußfolgerung gelangt, Sir, und sei sie noch so unerfreulich?«

»Schlußfolgerung – nein. Ahnung, Verdacht – ja. Unerfreulich – ja. Ich gehe jede Wette ein, daß wir bis oder bei Tagesanbruch von irgend jemandem angegriffen werden.«

»Glücklicherweise«, sagte Kennet, »wette ich nur selten. Außerdem würde ich nicht gegen meine eigene Überzeugung wetten, die ganz der Ihren entspricht, Sir.«

»Wir sind ein Lazarettschiff, Sir«, warf Batesman ein. Es klang nicht einmal hoffnungsvoll.

Bowen bedachte ihn mit einem mürrischen Blick. »Wenn Ihnen die Leiden der Verwundeten und Sterbenden gleichgültig sind, dann sind wir ein Kriegsschiff, wenn auch ein unbewaffnetes. Was tun wir schließlich? Wir transportieren unsere Kranken und Verwundeten in die Heimat, kurieren sie und schicken sie dann wieder an die Front oder auf See, damit sie erneut gegen die Deutschen kämpfen können. Wenn Sie Ihr Gewissen ein bißchen strapazieren, läßt sich daraus die Schlußfolgerung ziehen, daß derjenige, der ein Lazarettschiff seinen Heimathafen erreichen läßt, praktisch den Feind begünstigt. Oberleutnant Lemp hätte uns ohne zu zögern torpediert.«

»Oberleutnant wer?«

»Lemp. Der Mann, der die *Athenia* versenkt hat. Er wußte, daß die *Athenia* nur Zivilisten an Bord hatte, Männer, Frauen und Kinder, die – auch das wußte er recht gut – nie wieder gegen Deutschland würden kämpfen können. Finden Sie nicht auch, Dritter, daß die *Athenia* erheblich mehr Mitleid verdient hätte als wir?«

»Ich wollte, Sie würden nicht so reden, Sir. Batesman war jetzt nicht nur so mürrisch, wie der Kapitän es gewesen war, sondern geradezu trübselig. »Woher wissen wir, daß dieser Lemp nicht irgendwo dort draußen hinter der Kimm lauert?«

»Keine Angst!« warf Kennet ein. »Oberleutnant Lemp hat sich schon längst zu seinen Vorfahren gesellt, für die man nicht sonderlich viel Mitgefühl empfinden kann. Möglicherweise hat er jedoch einen Zwillingsbruder oder ein paar Seelenverwandte dort draußen. Wie der Captain so richtig angedeutet hat, leben wir in unsicheren Zeiten.«

Batesman sah zu Bowen hinüber. »Gestatten Sie, Captain, daß ich den Ersten Offizier auffordere, die Klappe zu halten?«

Kennet grinste breit, aber sein Grinsen verschwand schlagartig, als das Telefon erneut klingelte. Batesman wollte nach dem Hörer greifen, aber Bowen kam ihm zuvor. »Das ist Sache des Kapitäns, Dritter. Vielleicht ist die Meldung für einen jungen Mann wie Sie zu schwer zu ertragen.« Er hörte zu, quittierte die Mitteilung mit einem Fluch und hängte ein. Als er sich umdrehte, machte er ein angewidertes Gesicht; auch seine Stimme klang angewidert.

»In der verdammten Offizierstoilette!«

»Samtpfötchen?« fragte Kennet.

»Wer denn sonst? Vielleicht der Weihnachtsmann?«

»Eine gute Wahl«, sagte Kennet verständnisvoll. »Sehr vernünftig. Wo sonst könnte man in solcher Ruhe, Ungestörtheit und fast unbegrenzt lange arbeiten, ohne eine Unterbrechung befürchten zu müssen? Vielleicht hat er sogar Zeit gehabt, ein Kapitel eines Kriminalromans zu lesen, wie es die Gewohnheit eines ungenannten jungen Offiziers an Bord dieses Schiffes sein soll.«

»Der Dritte Offizier hat recht«, stellte Bowen fest. »Halten Sie bitte die Klappe?«

»Ja, Sir. Jamieson?«

»Ja.«

»Dann müßten wir demnächst von Ralson hören.«

»Jamieson hat bereits von ihm gehört. Diesmal in der Seemannstoilette an Backbord.«

Kennet hatte ausnahmsweise keinen Kommentar dazu abzugeben, und auf der Brücke herrschte fast eine Minute lang Schweigen – aus dem einfachen Grund, daß sich keine Bemerkung zu lohnen schien. Dieses Schweigen wurde, wie zu erwarten, von Kennet gebrochen.

»In ein paar Minuten können unsere ehrenwerten Ingenieure ihre Suche ebensogut einstellen. Oder bin ich der einzige, der gemerkt hat, daß der Tag anbricht?«

Tatsächlich stand die Morgendämmerung am Himmel. Im Südosten – an Backbord querab – war der bisher schwarze Himmel dunkelgrau geworden und wurde ständig heller. Der Schneefall hatte völlig aufgehört, der Wind war auf 20 Knoten zurückgegangen, und die *San Andreas* stampfte in dem von Nordwesten heraufkommenden Seegang.

»Soll ich zwei zusätzliche Ausgucke aufziehen lassen, Sir?« fragte Kennet. »Auf jeder Nock einen?«

»Und was können diese Ausgucke tun? Dem Gegner Fratzen schneiden?«

»Viel mehr können sie nicht, das steht leider fest. Aber falls jemand es auf uns abgesehen hat, müßte er bald angreifen. Bei einer hoch fliegenden Condor zum Beispiel kann man fast beobachten, wie die Bomben aus den Schächten fallen, und hat sogar eine Chance, ihnen auszuweichen.« Kennet sprach nicht sonderlich überzeugt.

»Und wenn's ein U-Boot, Stuka, Kampfflugzeug mit Gleitbombe oder Torpedoflugzeug ist?«

»Dann können sie uns trotzdem warnen, damit wir Zeit für ein Gebet haben. Wahrscheinlich ein sehr kurzes Gebet, versteht sich, aber immerhin ein Gebet.«

»Wie Sie wollen, Mr. Kennet.«

Kennet telefonierte, und innerhalb dreier Minuten erschienen seine Ausgucke auf der Brücke: in Dufflecoats und bis zu den Augen vermummt, wie der Erste Offizier angeordnet hatte. McGuigan und Jones, ein Ire und ein Waliser, waren noch Jungen von wenig mehr als achtzehn Jahren. Kennet gab Marinegläser an sie aus und wies ihnen ihre Posten an: Jones auf der Backbordnock, McGuigan auf der Steuerbordnock. Nur wenige Sekunden, nachdem die Backbordtür sich hinter ihnen geschlossen hatte, riß Jones sie wieder auf.

»Ein Schiff, Sir! An Backbord achtern.« Seine Stimme klang aufgeregt. »Ein Kriegsschiff, glaube ich.«

»Immer mit der Ruhe«, wehrte Kennet ab. »Ich bezweifle, daß es die *Tirpitz* ist.« Kaum ein halbes Dutzend Leute an Bord wußten, daß sie nachts von der *Andover* eskortiert worden waren. Er trat auf die Nock hinaus und kam fast augenblicklich zurück. »Der gute Hirte«, sagte er. »Drei Meilen.«

»Es ist schon fast hell«, sagte Kapitän Bowen. »Vielleicht haben wir uns getäuscht, Mr. Kennet.«

Das Schiebefenster in der Tür zur Funkstation wurde mit einem Knall hochgeschoben, und Spensers Gesicht erschien.

»*Andover*, Sir. Bandit, Bandit, Bandit ... fünfundvierzig Grad ... Entfernung zehn Meilen ... Höhe fünftausend Fuß.«

»Aha!« rief Kennet aus. »Ich hab's doch gewußt! Volle Kraft voraus, Sir?« Bowen nickte, und Kennet betätigte den Maschinentelegrafen.

»Ausweichmanöver?« Bowen lächelte halb. Tatsachen, selbst unwillkommene Tatsachen, bedeuten nach vorausgegangener Ungewißheit stets eine Erleichterung. »Tippen Sie auf eine Condor?«

»Das steht außer Zweifel, Sir. In diesen Gewässern fliegt nur die Condor.« Kennet schob die Tür zur Backbordnock zurück und blickte zum Himmel auf. »Die Wolkendecke ist jetzt ziemlich dünn. Wir müßten unseren Freund anfliegen sehen – er muß praktisch genau achteraus sein. Gehen wir auf die Nock hinaus, Sir?«

»In einer Minute, Mr. Kennet. In zwei Minuten. Wir wollen doch möglichst lange im Warmen bleiben. Wenn das Schicksal es so will, erfrieren wir noch früh genug. Sagen Sie, Mr. Kennet, sind Ihnen irgendwelche tiefschürfenden Gedanken gekommen?«

»Mir ist alles Mögliche eingefallen, aber ich kann nicht behaupten, daß meine Gedanken besonders tiefschürfend sind.«

»Wie, zum Teufel, kann uns diese Condor Ihrer Meinung nach aufgespürt haben?

»Ein U-Boot? Es könnte aufgetaucht und mit Altafjord in Funkverbindung getreten sein.«

»Nein, kein U-Boot. Das Sonar der *Andover* hätte es geortet. Kein Flugzeug, kein Überwasserschiff, das steht felsenfest.«

Kennet runzelte sekundenlang die Stirn und lächelte dann. »Samtpfötchen«, sagte er langsam. »Ein Funkgerät!«

»Vielleicht nicht einmal das. Ein kleines Gerät, vermutlich mit Strom aus unserem Bordnetz betrieben, das einen Dauerton als Peilzeichen sendet.«

»Falls wir diesen Angriff überleben, kämmen wir also das gesamte Schiff durch?«

»Allerdings! Wir...«

»*Andover*, Sir.« Das war wieder Spenser. »Vier Banditen, wiederhole, vier Banditen ... dreihundertzehn Grad ... Entfernung acht Meilen ... Höhe dreitausend Fuß.«

»Was haben wir bloß angestellt, um das zu verdienen?« fragte Kennet düster. »Wir haben mehr recht gehabt, als wir gedacht haben, Sir. Torpedoflugzeuge oder Gleitbomber, das steht fest, die aus der Dunkelheit im Nordwesten angreifen und uns als Silhouette am Morgenhimmel vor sich haben.«

Die beiden Männer traten auf die Backbordnock hinaus. Die *Andover* lag weiterhin an Backbord achtern, aber sie hatte den Abstand zur *San Andreas* auf weniger als zwei Seemeilen verringert. Eine tiefe Wolkenbank in ungefähr gleicher Entfernung behinderte die Sicht nach achtern.

»Hören Sie was, Mr. Kennet? Sehen Sie irgendwas?«

»Nein, nichts. Diese verdammte Wolke! Doch, ich höre was – eine Condor!«

»Richtig, eine Condor.« Das Orgeln der vier BMW-Motoren einer Focke-Wulf FW 200 war für jeden unverkennbar, der es einmal gehört hatte. »Und ich fürchte, Mr. Kennet, daß sie sich Ihr Ausweichmanöver für ein andermal aufheben müssen. Der Bursche fliegt offenbar sehr tief an.«

»Ja, er fliegt tief an – und ich weiß auch warum!« Kennet schien sehr erbittert zu sein, was ungewöhnlich für ihn war. »Er will einen Präzisionsangriff fliegen. Er hat Befehl, uns zu stoppen oder bewegungsunfähig zu machen, ohne uns zu versenken. Ich möchte wetten, daß Samtpfötchen sich völlig sicher fühlt.«

»Sie haben recht, Mr. Kennet. Er könnte uns stoppen, indem er den Maschinenraum bombardiert, aber das hieße zugleich, daß wir sinken würden. Ah, da kommt er!«

Die Focke-Wulf Condor stieß aus der Wolke heraus genau aufs Heck der *San Andreas* zu. Sämtliche Geschütze der *Andover*, die eingesetzt werden konnten, hatten das Feuer eröffnet, sobald die FW 200 aus der Wolkenbank auftauchte, und die Steuerbordseite der *Andover* war sekundenschnell in Rauch gehüllt. Für eine Fregatte verfügte sie über eine beachtliche Fla-Bewaffnung: zwei 10,2-cm-Flak, zehn 2-cm-Flak, Oerlikons und die ebenso tödlichen Boulton-Paul-Drehtürme, die 960 Schuß in der Minute abgaben. Die Focke-Wulf mußte zahlreiche Treffer erhalten haben; aber das Stehvermögen der großen Maschine war geradezu legendär. Die Viermotorige flog unbeirrbar weiter – jetzt nur mehr fünfzig Meter über dem Meeresspiegel. Der Motorenlärm schwoll zu einem ohrenbetäubenden Donnern an.

»Hier haben ehrliche Seeleute nichts verloren, Mr. Kennet.« Kapitän Bowen mußte schreien, um gehört zu werden. »Aber jetzt ist's wohl zu spät . . .«

»Das glaube ich allerdings auch, Sir.«

Zwei Bomben, nur zwei, lösten sich von der inzwischen qualmenden Condor und fielen in weitem Bogen.

2

Hätten die Amerikaner den ursprünglichen Entwurf für die Unterbringung der Besatzung an Bord von Liberty-Schiffen beibehalten, wären wenigstens die Folgen der unvermeidbaren Tragödie auf ein Mindestmaß beschränkt geblieben. Die ursprünglichen Pläne hatten vorn und achtern Besatzungsunterkünfte vorgesehen; Henry Kaisers Konstrukteure hatten in ihrer Weisheit – in blinder Torheit, wie sich zeigen sollte – beschlossen, *alle* Wohnräume für Schiffsführung und Besatzung sowie die Kommandobrücke in einem einzigen Aufbau unterzubringen.

Der Bootsmann und Dr. Sinclair kamen auf dem Oberdeck an, bevor die Condor die *San Andreas* erreichte. Im nächsten Augenblick gesellte sich Patterson zu ihnen. Für ihn hatte das Sperrfeuer der *Andover* wie eine Serie schwerer Hammerschläge gegen die Seite seines Maschinenraums geklungen.

»Deckung!« rief der Bootsmann. Zwei um ihre Schultern gelegte starke Arme preßten sie auf die Deckplanken. Die Focke-Wulf hatte die *San Andreas* vor ihren Bomben erreicht, und der Bootsmann war sich darüber im klaren, daß die FW 200 mit Maschinenkanonen und -gewehren bewaffnet war, die sie bei Tiefangriffen einsetzen konnte, wenn es die Gelegenheit erforderte. Diesmal schwiegen ihre Waffen jedoch – möglicherweise weil ihre Bedienungen Befehl hatten, nicht zu schießen, wahrscheinlicher jedoch, weil sie bereits tot waren, denn es war klar, daß die Condor, die eine riesige schwarze Rauchfahne hinter sich herzog – ob aus Rumpf oder Motoren war unmöglich festzustellen –, selbst tödlich getroffen war.

Zwei Bomben mit Aufschlagzündern, keine panzerbrechenden Bomben, schlugen vor und hinter dem Schornstein ein, detonierten gleichzeitig, nachdem sie die ungepanzerten Decken der Besatzungswohnräume durchschlagen hatten, drückten die zertrümmerten Schotts nach außen und erfüllten die Luft mit kreischenden Glas- und Metallsplittern, von denen jedoch keiner die drei in Deckung liegenden Männer erreichte. Der Bootsmann hob vorsichtig den Kopf und beobachtete ungläubig, wie der scheinbar intakte, aber an seinem Fuß abgescherte Schornstein langsam an Backbord über Bord ging. Falls ein Klatschen zu hören gewesen wäre, ging es im anschwellenden Dröhnen weiterer Flugzeugmotoren unter.

»In Deckung bleiben!« Der Bootsmann blieb an Deck ausgestreckt und drehte nur den Kopf nach rechts. Sie flogen zu viert nebeneinander an: Heinkel-Torpedoflugzeuge, noch eine halbe Meile entfernt, keine zehn Meter über der See und mit Kurs auf die Steuerbordseite der *San Andreas.* Zehn Sekunden, dachte er, höchstens zwölf, dann bekommen die Toten in dem Schlachthaus, das einmal unsere Aufbauten waren, reichlich Gesellschaft. Warum schießt die Flak der *Andover* nicht mehr? Er drehte den Kopf nach links, um zu der Fregatte hinüberzusehen, und erkannte sofort, weshalb das Feuer eingestellt worden war. Die Geschützbedienungen der *Andover* konnten das Motorengeräusch der anfliegenden He 115 unmöglich überhören – aber ebenso unmöglich konnten sie die Maschinen sehen. Die *San Andreas* lag genau zwischen der Fregatte und den angreifenden Torpedoflugzeugen, die jetzt unterhalb der Höhe ihres Oberdecks flogen.

McKinnon drehte den Kopf wieder nach rechts und stellte zu seiner augenblicklichen Verblüffung fest, daß dies nicht mehr der Fall war. Die He 115 stiegen höher, um die *San Andreas* zu überfliegen, was sie Sekunden später taten: nur wenige Meter über Deck, je zwei auf beiden Seiten der zerschmetterten Aufbauten. Die *San Andreas* war nicht das Angriffsziel der Torpedoflugzeuge gewesen, sondern hatte ihnen lediglich als Schild gedient; ihr Angriff galt der Fregatte, und die He 115 hatten bereits die halbe Entfernung zwischen dem Lazarettschiff und der *Andover* zurückgelegt, bevor die verblüfften Verteidiger an Bord der Fregatte begriffen, welche Gefahr ihnen drohte.

Als sie die Lage erfaßten, war ihre Reaktion scharf und heftig. Die Hauptbewaffnung der Fregatte war buchstäblich wertlos. Das Richten größerer Geschütze dauert stets einige Zeit, die nicht zur Verfügung steht, wenn ein sich schnell bewegendes Ziel schon sehr nahe ist. Die 2-cm-Flak sowie die Fla-MGs schossen natürlich aus allen Rohren, aber Torpedoflugzeuge sind schwierig zu treffenden Ziele – nicht zuletzt deshalb, weil die Geschützbedienungen nur allzu gut wußten, daß der Tod nur noch Sekunden von ihnen entfernt war, was ihre Zielsicherheit nicht gerade erhöhte.

Die He 115 waren keine 300 Meter mehr von der *Andover* entfernt, als der linke Flügelmann der Kette steil hochzog und eine Linkskurve flog, um am Heck der Fregatte vorbeizuziehen. Daß der Fluzeugführer oder seine Maschine getroffen worden waren, war nicht anzunehmen; vermutlich war, was gelegentlich vorkam, der Auslösemechanismus eingefroren, so daß der Torpedo sich nicht abwerfen ließ. Fast im gleichen Augenblick ging die mittlere der drei verbliebenen Maschinen in einen flachen Gleitflug über, bis sie auf der Wasseroberfläche aufschlug – offenbar war der Pilot getroffen worden. Doch das war ein Pyrrhussieg. Die beiden anderen He 155 lösten ihre Torpedos aus und zogen hoch, um die *Andover* zu überfliegen.

Drei Torpedos trafen die Fregatte fast gleichzeitig: die beiden, die vorschriftsmäßig abgeworfen worden waren, und der des in flachem Winkel in die See gestürzten Flugzeugs. Alle drei Torpedos detonierten ohne lauten Knall oder starke Druckwelle, weil das Meer die hör- und spürbaren Auswirkungen der Explosionen dämpfte. Sie erzeugten jedoch einen sechzig, achtzig Meter hoch aufsteigenden Geiser aus Seewasser und Gischt, der dann langsam in sich zusammenfiel. Als die Wassersäule endlich verschwand, hatte die *Andover* schwere Schlagseite und lag tief im Wasser. Innerhalb von zwanzig Sekunden sank die Fregatte mit leisem Zischen, als ihr Maschinenraum vollief, erstaunlich wenige Blasen hinterlassend.

»Mein Gott, wie entsetzlich!« Dr. Sinclair war leicht schwankend auf die Beine gekommen. Als Arzt war ihm der Tod vertraut, aber nicht in dieser schrecklichen Form; er war noch immer leicht benommen und begriff nicht recht, was um ihn herum vorging. »Um Himmels willen, das große Flugzeug kommt wieder zurück!«

Das große Flugzeug, die FW 200 Condor, kam tatsächlich zurück, aber es konnte ihnen nicht mehr gefährlich werden. Die Condor, die aus mindestens drei ihrer vier Motoren schwarze Rauchfahnen hinter sich herzog, flog einen Halbkreis und näherte sich dabei der *San Andreas*. Kaum fünf Schiffslängen von ihr entfernt berührte sie den Meeresspiegel, verschwand kurz darunter und kam wieder in Sicht. Die starke Rauchentwicklung hatte aufgehört.

»Gott hab sie selig«, sagte Patterson. Er war fast unnatürlich ruhig. »Zuerst ein Lecksuchtrupp, um zu kontrollieren, ob wir Wasser machen, obwohl ich das nicht glaube.«

»Ja, Sir.« Der Bootsmann warf einen Blick auf die Überreste der Aufbauten. »Vielleicht auch einen Feuerlöschtrupp. Dort drinnen sind massenhaft Decken, Matratzen, Kleidungsstücke und Papiere – weiß der Teufel, was davon bereits schwelt.«

»Glauben Sie, daß es da drinnen Überlebende gibt?«

»Darüber möchte ich nicht einmal Vermutungen anstellen, Sir. Falls es welche gibt, können wir – und sie – dem Himmel danken, daß wir ein Lazarettschiff sind.«

Patterson wandte sich an Dr. Sinclair und schüttelte ihn leicht. »Doktor, wir brauchen Ihre Hilfe.« Er nickte zu den Aufbauten hinüber. »Sie und Dr. Singh – und die Krankenpfleger. Ich schicke ein paar Männer mit Brechstangen und Vorschlaghämmern herauf.«

»Und mit einem Schneidbrenner?« fragte der Bootsmann.

»Natürlich!«

»Wir haben genügend Geräte und Medikamente an Bord, um ein kleines Krankenhaus auszustatten«, stellte der Arzt fest. »Aber falls es da drinnen Überlebende gibt, brauchen wir fürs erste nur ein paar Morphiumspritzen.« Er schien sich wieder gefangen zu haben. »Die Krankenschwestern lassen wir aus dem Spiel?«

»Unbedingt!« Patterson nickte heftig. »Ich würde selbst nicht gern dort reingehen. Falls es Überlebende gibt, werden sie später noch genug Scheußliches zu sehen bekommen.«

»Erlaubnis, das Rettungsboot zu Wasser zu lassen, Sir?« fragte McKinnon.

»Wozu denn?«

»Vielleicht gibt's Überlebende der *Andover.*«

»Überlebende! Sie ist binnen dreißig Sekunden gesunken.«

»Die *Hood* ist in einer Sekunde in die Luft geflogen. Trotzdem hat's drei Überlebende gegeben.«

»Natürlich, natürlich. Ich bin kein Seemann, Bootsmann. Sie brauchen keine Erlaubnis von mir.«

»Doch, Sir.« Der Bootsmann deutete auf die Aufbauten. »Alle Deckoffiziere sind da drinnen. Damit fällt das Kommando Ihnen zu.«

»Großer Gott!« Dieser Gedanke, diese Erkenntnis war Patterson ganz neu. »Eine schaurige Art, das Kommando zu übernehmen!«

»Und weil wir gerade von Kommando sprechen, Sir: die *San Andreas* folgt keinen Steuerbefehlen mehr. Sie dreht rasch nach Backbord. Die Steuersäule auf der Brücke muß beschädigt worden sein.«

»Die Steuerung ist im Augenblick unwichtig. Ich lasse die Maschinen stoppen.«

Drei Minuten später nahm McKinnon das Gas weg und legte mit dem Motorrettungsboot neben dem Schlauchboot an, das nahe der Untergangsstelle der Condor auf den Wellen tanzte. In dem Schlauchboot waren nur zwei Männer – die übrigen Besatzungsmitglieder mußten mit der Focke-Wulf versunken sein. Einer der Männer, fast noch ein Junge, der sehr seekrank war und ihnen ängstlich entgegensah – er hat alles Recht, ängstlich zu sein, dachte der Bootsmann –, saß aufrecht und klammerte sich an eine Halteleine. Der andere lag auf dem Boden des Schlauchboots auf dem Rücken. Seine Fliegerkombination war auf der linken Brustseite, am linken Oberarm und am rechten Oberschenkel blutdurchtränkt. Der Verwundete hielt die Augen geschlossen.

»Verdammt noch mal!« Vollmatrose Ferguson, der mit starkem Liverpooler Akzent sprach und dessen Narbengesicht beredt von in Hafenkneipen verlorenen und gewonnenen Schlachten kündete, starrte den Bootsmann mit einer Mischung aus Ungläubigkeit und Empörung an. »Jesus, Bootsmann, Sie wollen diese Schweinehunde doch nicht etwa retten? Die haben eben versucht, uns zu versenken. Uns! Ein Lazarettschiff!«

»Möchten Sie denn nicht wissen, *warum* sie ein Lazarettschiff bombardiert haben?«

»Stimmt auch wieder.« Ferguson bekam das Schlauchboot mit einem Bootshaken zu fassen und zog es längseits.

»Spricht einer von euch beiden Englisch?«

Der Verwundete öffnete die Augen; auch die schienen blutunterlaufen zu sein. »Ja, ich.«

»Sie scheinen schwer verwundet zu sein. Bevor wir versuchen, Sie ins Boot zu holen, muß ich wissen, wo Sie verwundet sind.«

»Linker Arm, linke Schulter, glaub' ich, rechter Oberschenkel. Und mit meinem rechten Fuß scheint was nicht in Ordnung zu sein.« Er sprach fließend Englisch – ganz ohne deutschen, aber mit leichtem südenglischem Akzent.

»Sie sind der Flugzeugführer der Condor?«

»Ja. Wollen Sie mich trotzdem an Bord nehmen?«

Der Bootsmann nickte Ferguson und den beiden Seeleuten zu, die er mitgenommen hatte. Die drei Männer brachten den verwundeten Piloten so vorsichtig wie möglich an Bord, aber da Schlauchboot und Rettungsboot stark schlingerten, war es unmöglich, wirklich vorsichtig zu sein. Sie legten ihn im Heck, wo McKinnon am Ruder saß, auf den Bootsboden. Der andere Überlebende hockte wie ein Häufchen Elend mittschiffs. Der Bootsmann gab Gas und steuerte auf die Stelle zu, an der seiner Schätzung nach die *Andover* untergegangen war. Ferguson blickte auf den Verwundeten herab, der mit ausgebreiteten Armen bewegungslos auf dem Rücken lag. Die roten Flecken wurden größer. Möglicherweise blutete der Deutsche noch immer stark; vielleicht aber breiteten die Flecken sich nur aus, weil seine Fliegerkombination von Meerwasser durchweicht war.

»Meinen Sie, daß er erledigt ist, Bootsmann?«

McKinnon beugte sich nach vorn, berührte den Hals des Flugzeugführers an der Seite und ertastete nach einigen Sekunden den Puls: einen schnellen, schwachen und unregelmäßigen Pulsschlag, aber immerhin einen Puls.

»Bewußtlos. Ohnmächtig geworden. Das Rüberholen kann nicht leicht für ihn gewesen sein.«

Ferguson betrachtete den Piloten mit einem gewissen widerstrebenden Respekt. »Er ist vielleicht ein verdammter Mörder, aber er ist auch ein verdammt zäher Mörder. Er muß starke Schmerzen gehabt haben, aber er hat keinen Laut von sich gegeben. Wär's nicht besser, wenn wir ihn zuerst zum Schiff zurückbringen würden? Damit er 'ne Chance hat?«

»Daran hab' ich auch schon gedacht. Nein. Vielleicht gibt's doch Überlebende der *Andover* – und wenn es welche gibt, haben sie nicht mehr lange zu leben. Die Wassertemperatur liegt um null Grad, eher etwas darunter. Bei solchen Temperaturen lebt man nur wenige Minuten. Falls überhaupt jemand mit dem Leben davongekommen ist, ist jede Minute kostbar. Diese Chance sind wir ihnen schuldig. Außerdem dauert die Rückfahrt zur *San Andreas* nicht lange.«

Das nach Backbord drehende Lazarettschiff hatte inzwischen einen Halbkreis beschrieben und verringerte seine Fahrt bis zum Stillstand. Patterson hatte dieses Manöver bestimmt befohlen, um die im Augenblick steuerlose *San Andreas* so nahe wie möglich an die Untergangsstelle der *Andover* heranzubringen.

Nur eine mitleiderregende Ansammlung von Treibgut und Wrackteilen zeigte, wo die Fregatte gesunken war: Holzteile, einige Fässer, Rettungsinseln, Schwimmwesten und Rettungsringe – alle leer – und vier Männer. Drei der Männer bildeten eine kleine Gruppe. Einer von ihnen, der eine graue Wollmütze über den Kopf gezogen hatte, hielt den Kopf eines anderen, der bewußtlos oder tot war, aus dem Wasser; mit der freien Hand winkte er dem näher kommenden Rettungsboot zu. Alle drei Männer trugen Schwimmwesten und wasserdichte Schutzanzüge, denen sie es verdankten, daß sie nach einer Viertelstunde im eisigen Wasser der Barentssee noch am Leben waren.

Alle drei wurden an Bord gezogen. Der junge Mann ohne Kopfbedekkung, den der Mann mit der Wollmütze über Wasser gehalten hatte, war bewußtlos. McKinnon stellte fest, daß er allen Grund hatte, bewußtlos zu sein: über der rechten Schläfe hatte er eine häßliche Beule, aus der noch immer Blut sickerte. Der dritte Mann trug eine unter den herrschenden Umständen höchst seltsam anmutende Kopfbedeckung: die goldbestickte Schirmmütze eines Commanders der Royal Navy. Die Mütze war völlig durchweicht. Der Bootsmann wollte sie abnehmen, überlegte sich die Sache jedoch anders, als er sah, daß sie hinten blutig war; wahrscheinlich klebte sie an seinem Kopf. Der Commander war bei vollem Bewußtsein. Er hatte dem Bootsmann höflich für die Rettung aus Seenot gedankt, aber seine Augen waren leer, fiebrig glänzend und ausdruckslos. McKinnon führte seine Hand am Gesicht des anderen vorbei, ohne die geringste Reaktion wahrzunehmen. Der Commander war – zumindest vorläufig – blind.

Obwohl McKinnon wußte, daß er damit seine Zeit vergeudete, steuerte er auch auf den vierten im Wasser treibenden Mann zu und drehte dann fünf Meter vor ihm ab. Obwohl das Gesicht des anderen tief im Wasser lag, war er nicht ertrunken, sondern erfroren, denn er trug keinen Schutzanzug. Der Bootsmann nahm wieder Kurs auf die *San Andreas* und berührte den Commander sanft an der Schulter.

»Wie fühlen Sie sich, Commander Warrington?«

»Was? Wie ich mich fühle? Woher wissen Sie, daß ich Commander Warrington bin?«

»Sie tragen noch Ihre Mütze, Sir.« Der Commander wollte danach greifen, aber McKinnon hinderte ihn daran. »Lieber nicht, Sir. Sie bluten aus einer Kopfwunde, und Ihre Mütze ist festgeklebt. Aber in einer Viertelstunde haben wir Sie im Lazarett. Da gibt's reichlich Ärzte und Krankenschwestern für solche Verletzungen, Sir.«

»Lazarett.« Warrington schüttelte den Kopf, als könne er dann klarer denken. »Ah, natürlich! Die *San Andreas.* Sie kommen von ihr, stimmt's?«

»Ja, Sir. Ich bin der Bootsmann.«

»Was ist passiert, Bootsmann? Mit der *Andover*, meine ich.« Warrington berührte seine Stirn. »Ich bin immer noch ein bißchen benommen.«

»Kein Wunder, Sir. Drei Torpedos, die fast gleichzeitig hochgegangen sind. Sie müssen von der Brücke gefallen oder über Bord geschwemmt worden sein, als Ihr Schiff gesunken ist. Es hat schwere Schlagseite gehabt, Sir, und ist in knapp zwanzig Sekunden gesunken.«

»Wie viele von uns . . . nun, wie viele haben Sie gefunden?«

»Leider nur drei, Sir.«

»Großer Gott, nur drei! Wissen Sie das bestimmt, Bootsmann?«

»Leider ganz bestimmt, Sir.«

»Mein Signalgast . . .«

»Ich bin hier, Sir.«

»Ah, Hedges. Dem Himmel sei Dank! Wer ist der dritte?«

»Der Navigationsoffizier, Sir. Er hat einen scheußlichen Schlag gegen den Kopf bekommen.«

»Und der Erste Offizier?« Hedges gab keine Antwort; er hatte das Gesicht in den Händen vergraben und schwankte von einer Seite zur anderen.

»Hedges ist auch ein bißchen durcheinander, fürchte ich, Commander. Hat der Erste Offizier eine rote Schwimmweste getragen?« Warrington nickte. »Dann haben wir ihn gefunden, Sir. Tut mir leid, aber er ist erfroren.«

»Das sieht ihm ähnlich, was? Daß er erfroren ist, meine ich.« Warrington lächelte schwach. »Er hat immer über uns und unsere Schutzanzüge gelacht. Er hatte eine Hasenpfote als Glücksbringer in der Tasche und behauptete, sie ersetze jeden Schutzanzug . . .«

Dr. Singh kam dem Bootsmann als erster entgegen, als McKinnon aus dem Rettungsboot kletterte. Hinter ihm standen Patterson, zwei Krankenpfleger und zwei Heizer. Der Bootsmann starrte die Heizer an und fragte sich im ersten Augenblick, was sie an Deck zu suchen hatten; in der nächsten Sekunde jedoch wurde ihm klar, daß sie Angehörige der Decksmannschaft vertreten mußten, weil es an Bord vielleicht nicht mehr viele Seeleute gab. Ferguson und seine beiden Kameraden hatten den Feuerlöschtrupp gebildet und waren vielleicht die einzigen Überlebenden; die gesamte übrige Decksmannschaft hatte sich zum Zeitpunkt des Angriffs in den Aufbauten aufgehalten.

»Fünf«, sagte Dr. Singh. »Nur fünf Mann. Nur fünf von der Fregatte und dem Flugzeug.«

»Richtig, Doktor. Und selbst die haben eigentlich noch Pech gehabt. Drei von ihnen sind in ziemlich schlechter Verfassung. Der Commander macht den besten Eindruck, aber ich glaube, daß es ihn am schlimmsten erwischt hat. Er scheint erblindet zu sein und ist am Hinterkopf verletzt. Das hängt miteinander zusammen, stimmt's, Doktor?«

»Ach, du lieber Gott! Ja, das hängt zusammen. Wir müssen versuchen, unser Bestes zu tun.«

»Kommen Sie einen Augenblick mit, Bootsmann?« forderte Patterson ihn auf. McKinnon folgte ihm, als er davonging. Sie hatten die halbe Entferung zu den zerschmetterten Aufbauten zurückgelegt, bevor Patterson stehenblieb.

»Steht's so schlecht, Sir?« fragte der Bootsmann. »Ein Gespräch ohne Lauscher? Ich meine, wir müssen doch irgend jemandem trauen.«

»Ja, natürlich.« Patterson wirkte erschöpft und sprach langsam. »Aber verdammt wenigen. Nicht nach allem, was ich in den Aufbauten gesehen habe. Nicht nach dem, was ich inzwischen rausgekriegt habe. Aber fangen wir mit den wichtigen Dingen an. Der Rumpf ist intakt. Wir haben kein Leck. Damit habe ich allerdings auch nicht gerechnet. Wir sind dabei, ein Notruder im Maschinenraum einzurichten; voraussichtlich können wir das Ruder später wieder von der Brücke aus bedienen, die am wenigsten beschädigt ist. In der Mannschaftsmesse hat's einen kleinen Brand gegeben, der aber inzwischen gelöscht ist.« Er nickte zu den zerschmetterten und verbogenen Aufbauten vor ihnen hinüber. »Wir können nur um ruhiges Wetter beten. Jamieson sagt, daß bei hohem Seegang die ganzen Aufbauten über Bord gehen können. Möchten Sie sich drinnen umsehen?«

»Mögen? Bestimmt nicht! Aber ich werde wohl müssen.« Der Bootsmann zögerte, bevor er widerstrebend die Frage stellte, die er stellen mußte. »Wie viele sind's bisher, Sir?«

»Bis jetzt haben wir dreizehn Tote gefunden.« Patterson verzog das Gesicht. »Ich habe mich dafür entschieden, sie vorerst zu lassen, wo sie sind. Möglicherweise gibt es noch Überlebende.«

»Sie haben welche geborgen?«

»Fünf. Mit ziemlich schweren Verletzungen, zumindest einige von ihnen. Sie sind im Lazarett.« Er ging durch die schief in ihren Angeln hängende achterliche Tür in die Aufbauten voraus. »Hier arbeiten zwei Trupps mit Schneidbrennern. Die Arbeit geht verdammt langsam voran. Keine herabgestürzten Träger, keine Wrackteile, nur verbogene und aufgewölbte Türen. Einige von ihnen sind einfach aus den Angeln gerissen worden. Wie diese hier.«

»Der Kühlraum. Nun, hier zumindest hat sich niemand aufgehalten. Aber in diesem Kühlraum lagert ein Dreiwochenvorrat an Fleisch, Fisch und Molkereiprodukten; in ein paar Tagen werden wir damit anfangen müssen, das Zeug über Bord zu kippen.« Sie gingen langsam weiter. »Der zweite Kühlraum ist unbeschädigt, Sir, aber ich bezweifle, daß eine Obst- und Gemüsediät sonderlich gut ankommen wird ... Mein Gott!«

Der Bootsmann starrte in die den Kühlräumen gegenüberliegende Schiffsküche. Die Herdplatten bildeten einen eigenartig schiefen Winkel, aber die Schränke und die beiden Küchentische waren unbeschädigt. McKinnons entsetzter Ausruf galt jedoch nicht der Einrichtung, sondern den beiden Männern, die wie schlafend auf dem Fußboden lagen. Sie schienen unverletzt zu sein; man mußte genau hinsehen, um zu erkennen, daß sie aus Nase und Ohren geblutet hatten.

»Netley und Spicer«, sagte der Bootsmann leise. »Sind sie tot?«

»Schädelbruch. Augenblicklich, sagt Dr. Sinclair.«

McKinnon schüttelte den Kopf und ging weiter.

»Lagerraum für Konserven«, stellte er fest. »Unbeschädigt. Das war zu erwarten. Und hier der Wein- und Schnapsvorrat – keine einzige Flasche zerbrochen!« McKinnon machte eine Pause. »Wenn Sie gestatten, Sir, wär's jetzt eine gute Idee, die Schnapsvorräte anzubrechen. Einen kräftigen Schluck Rum für jedermann – oder zumindest für die Leute, die hier drinnen arbeiten. Ziemlich scheußliche Arbeit, und in der Royal Navy wird Rum ausgegeben, wenn scheußliche Arbeit zu tun ist.«

Patterson lächelte schwach, aber sein Blick blieb kalt. »Ich hab' gar nicht gewußt, daß Sie bei der Royal Navy waren, Bootsmann.«

»Zwölf Jahre. Als Buße für meine Sünden.«

»Eine ausgezeichnete Idee!« stimmte Patterson zu. »Ich bin Ihr erster Gast.« Sie stiegen einen verbogenen, aber noch benutzbaren Niedergang zum nächsten Deck hinauf. Der Bootsmann trug eine Flasche Rum in der rechten und ein halbes Dutzend an einem Draht aufgereihter Blechbecher in der linken Hand. Das Wohndeck der Besatzung bot keinen erfreulichen Anblick. Der Korridor war entschieden S-förmig und das Deck so aufgewölbt, daß es förmlich Wellen schlug. Am vorderen Ende des Korridors waren zwei Schweißbrennertrupps damit beschäftigt, verzogene Türen aufzuschweißen. Auf dem kurzen Stück zwischen dem Anfang des Korridors und der Stelle, wo die beiden Trupps arbeiteten, befanden sich acht Türen: vier, die schief in ihren Angeln hingen, und vier, die aufgeschweißt worden waren. Sieben der Kabinen waren belegt gewesen, und die zwölf Männer lagen noch dort, wo der Tod sie überrascht hatte. In der achten Kabine fanden sie Dr. Sinclair, der sich über einen auf dem Fußboden liegenden Verletzten beugte und ihm Morphium injizierte. Daß der Verletzte bei vollem Bewußtsein war, zeigte sich vor allem darin, daß er ununterbrochen gotteslästerlich fluchte.

»Wie geht's, Chips?« fragte der Bootsmann. Chips war Rafferty, der Schiffszimmermann. »Ich liege im Sterben.« Dann sah er die Rumflasche in McKinnons Hand und wirkte sofort nicht mehr todgeweiht. »Aber ich könnte mich schnell erholen ...«

»Dieser Mann liegt nicht im Sterben«, stellte Dr. Sinclair richtig. »Er hat einen glatten Schienbeinbruch, sonst nichts. Keinen Rum – Morphium und Alkohol passen nicht zusammen. Später.« Er richtete sich auf und versuchte zu lächeln. »Aber ich könnte einen Schluck vertragen, wenn Sie so freundlich wären, Bootsmann – einen Doppelten.« Sein angestrengtes, blasses Gesicht ließ keinen Zweifel daran, daß er einen brauchte: Dr. Sinclair hatte erst wenig Praxis, und in dieser kurzen Zeit war nichts passiert, das ihn auf diese Bilder des Grauens hätte vorbereiten können. McKinnon schenkte ihm einen halben Becher Rum ein, versorgte Patterson und sich und gab Flasche und Blechbecher dann an die Männer mit den Schweißbrennern und die beiden Krankenpfleger weiter, die mit einer Tragbahre in Bereitschaft standen. Die beiden sahen nicht besser aus als Dr. Sinclair, aber sie lebten merklich auf, als sie die Rumflasche sahen.

Auf dem nächsthöheren Deck befanden sich die Offizierswohnräume. Auch sie waren schwer beschädigt – aber nicht so vernichtend wie die Besatzungsunterkünfte. Patterson blieb vor der ersten Kabine stehen. Ihre Tür war eingedrückt, und die Einrichtung sah aus, als habe darin ein Verrückter mit einem Vorschlaghammer gewütet. McKinnon wußte, daß es Pattersons Kabine war.

»Ich bin nicht gern im Maschinenraum, Sir«, meinte der Bootsmann, »aber auch das hat manchmal seine Vorteile.« Er warf einen Blick in die leere und fast ebenso stark beschädigte Kabine des Zweiten Ingenieurs gegenüber. »Wenigstens ist Mr. Ralson nicht hier gewesen. Wo ist er, Sir?«

»Er ist tot.«

»Er ist tot«, wiederholte McKinnon langsam.

»Als die Bomben fielen, war er noch in der Besatzungstoilette, um den Kurzschluß zu reparieren.«

»Das tut mir aufrichtig leid, Sir.« Der Bootsmann wußte, daß Ralson Pattersons einziger guter Freund an Bord gewesen war.

»Ja«, antwortete Patterson vage. »Er hatte eine junge Frau und zwei kleine Kinder – eigentlich noch Babys.«

Der Bootsmann schüttelte den Kopf und sah in die nächste Kabine, die dem Zweiten Offizier gehörte. »Zumindest ist Mr. Rawlings nicht hier ...«

»Nein, er ist nicht hier. Er ist oben auf der Brücke.« Der Bootsmann warf ihm einen prüfenden Blick zu, wandte sich dann ab und verschwand in der Kapitänskabine, die der anderen gegenüberlag und seltsamerweise fast unbeschädigt zu sein schien. McKinnon trat an einen kleinen hölzernen Wandschrank, holte sein Messer aus der Tasche, klappte die Ahle heraus und setzte ihre Spitze unmittelbar unterhalb des Schlosses an.

»Einbruchdiebstahl, Bootsmann?« Aus der Stimme des Leitenden Ingenieurs sprach Verwunderung, aber kein Tadel. Er kannte McKinnon gut genug, um zu wissen, daß der andere nichts ohne Grund tat.

»Einbruchdiebstahl kommt nur bei verschlossenen Türen und Fenstern in Frage, Sir. Das hier ist lediglich Sachbeschädigung.« Die Schranktür sprang auf. Der Bootsmann griff in den Wandschrank und brachte zwei Pistolen zum Vorschein. »Navy Colts, Kaliber fünfundvierzig. Verstehen Sie etwas von Schußwaffen, Sir?«

»Ich hab' mein Leben lang noch keine in der Hand gehabt. *Sie* verstehen etwas von Waffen – wie von Rum?«

»Ich verstehe etwas von Waffen. Sie brauchen nur diesen kleinen Stift reinzudrücken – so! Dann ist die Pistole entsichert. Das ist alles, was man von Waffen wissen muß.« Er betrachtete den aufgebrochenen Schrank und dann die Waffen, bevor er den Kopf schüttelte. »Kapitän Bowen hätte nichts dagegen gehabt, glaub' ich.«

»Hat. Nicht hätte gehabt. Hat.«

McKinnon legte die beiden Pistolen vorsichtig auf Bowens Schreibtisch. »Soll das heißen, daß der Captain nicht tot ist?«

»Er ist nicht tot. Auch der Erste Offizier lebt.«

Der Bootsmann starrte Patterson vorwurfsvoll an. »Das hätten Sie mir früher sagen können, Sir.«

»Ja, natürlich! Ich hätte Ihnen alles Mögliche mitteilen können. Aber wir sind uns wohl darüber einig, Bootsmann, daß wir im Augenblick beide kaum wissen, wo uns der Kopf steht. Die beiden liegen im Lazarett; sie haben ziemlich schwere Verbrennungen an Kopf und Oberkörper davongetragen, aber sie schweben nach Dr. Singhs Auskunft nicht in Lebensgefahr. Daß sie draußen auf der Backbordnock gestanden haben, hat ihnen das Leben gerettet – dort waren sie außerhalb des Kernbereiches der Detonation.«

»Woher kommen dann die schweren Verbrennungen, Sir?«

»Das weiß ich auch nicht. Sie können kaum sprechen; ihre Köpfe sind so mit Mullbinden umwickelt, daß sie wie ägyptische Mumien aussehen. Ich habe den Captain gefragt, und er hat etwas gemurmelt, das wie Exxex oder Wessex oder so ähnlich geklungen hat.«

Der Bootsmann nickte. »Wessex, Sir. Raketen. Notsignale. Auf der Brücke sind zwei Sätze. Der Detonationsdruck muß den Zündmechanismus ausgelöst haben, so daß sie alle hochgegangen sind. Wirklich verdammtes Pech!«

»Verdammtes Glück, wenn Sie mich fragen, Bootsmann. Jedenfalls im Vergleich zu praktisch allen anderen in den Aufbauten.«

»Haben Sie . . . Weiß er schon, wie's hier aussieht?«

»Ich wollte ihn vorläufig nicht damit belasten. Er hat noch etwas anderes mehrmals wiederholt, als wäre es wichtig: ›Eilzeichen, Eilzeichen‹ oder so ähnlich. Das hat er immer wieder gemurmelt. Vielleicht war er nicht bei vollem Bewußtsein; vielleicht habe ich das Wort auch nicht richtig verstanden. Die Verbände lassen bei beiden nur den Mund frei, aber auch die Lippen sind ziemlich stark verbrannt. Und sie haben natürlich eine Morphiumspritze bekommen. ›Eilzeichen‹ – sagt Ihnen das irgendwas?«

»Nein, im Augenblick nicht.«

Ein junger, ziemlich kleinwüchsiger Heizer erschien an der Tür zur Kapitänskabine. McCrimmon, ein Mittzwanziger, war keine sehr liebenswerte Erscheinung; zu seinen charakteristischen Zügen gehörten ständiges Kaugummikauen, Aufsässigkeit, finsterer Gesichtsausdruck und unflätige Ausdrucksweise. In diesem Augenblick waren alle vier Eigenarten an ihm zu beobachten.

»Da unten sieht's wirklich beschissen aus! Wie auf 'nem gottverdammten Friedhof!«

»Für Sie weiterhin der Zweite Ingenieur, McCrimmon.« Patterson sah zu dem Bootsmann hinüber. »Eine gute Idee, die der Zweite da gehabt hat. Im Maschinenraum braucht er keine zusätzlichen Leute – wir müssen nur die Ruderanlage behelfsmäßig instand setzen. Und an Deck, Bootsmann?«

»Zwei Ausgucke, obwohl der Teufel weiß, wonach sie Ausschau halten sollen. Zwei Ihrer Leute, Sir, die beiden Krankenpfleger und die Vollmatrosen Ferguson und Curran. Curran ist – oder war früher – Segelmacher.

Ich beneide ihn nicht um seinen Job, aber ich bin bereit, ihm dabei zu helfen. Curran weiß selbst, was er alles mitbringen muß. Ich schlage vor, Sir, daß wir die Mannschaftsmesse ausräumen.«

»Als Leichenhalle?«

»Ja, Sir.«

»Haben Sie gehört, McCrimmon? Wie viele Männer?«

»Acht, Sir.«

»Acht. Zwei Ausgucke. Die beiden Vollmatrosen sollen Segeltuch heraufbringen und was sonst noch benötigt wird. Die anderen vier räumen die Mannschaftsmesse aus. Versuchen Sie lieber nicht selbst, ihnen zu sagen, was ihnen bevorsteht, sonst werden Sie vielleicht über Bord geworfen. Bestellen Sie dem Zweiten Ingenieur, was ich gesagt habe, und er kann sie dafür einteilen. Wenn sie fertig sind, sollen sie sich bei mir melden – hier oder auf der Brücke. Sie auch, McCrimmon. So – und jetzt los!« McCrimmon verschwand.

Der Bootsmann deutete auf die beiden Pistolen auf dem Schreibtisch. »Ich frage mich, was McCrimmon sich dabei gedacht hat.«

»Wahrscheinlich kennt er solche Dinger längst. Jamieson hat den richtigen Mann ausgesucht: McCrimmon ist ein zäher Bursche ohne allzu großes Zartgefühl. Irisch-schottischer Abstammung, in den Slums von Glasgow aufgewachsen. Er hat auch schon gesessen. Wenn der Krieg nicht wäre, säße er vermutlich längst wieder.«

Der Bootsmann nickte und öffnete einen weiteren kleinen Wandschrank – diesmal mit dem Schlüssel. Das Schränkchen enthielt in samtgefütterten Fächern mehrere Flaschen. McKinnon entnahm ihm eine Flasche Rum und legte sie auf Kapitän Bowens Koje.

»Auch dagegen dürfte der Captain nichts einzuwenden haben«, meinte Patterson. »Für die Männer mit den Tragbahren?«

»Ja, Sir.« McKinnon zog eine Schreibtischschublade nach der anderen auf und fand das Gesuchte in der dritten Schublade: zwei Ledermappen, die er Patterson übergab. »Das Gebetbuch und der Text für die Trauerfeier, Sir. Ich glaube, daß der Trauergottesdienst genügen wird. Irgendwer muß den Text verlesen.«

»Großer Gott, ich bin doch kein Geistlicher, Bootsmann!«

»Nein, Sir. Aber Sie sind der kommandierende Offizier.«

»Großer Gott!« wiederholte der andere. Er legte die Mappen beinahe ehrfürchtig auf Bowens Schreibtisch. »Ich sehe mir den Text später an.«

»›Eilzeichen‹«, sagte McKinnon langsam. »Davon hat der Captain gesprochen, stimmt's? ›Eilzeichen‹.«

»Richtig.«

»Er hat versucht, Peilzeichen zu sagen. *Peilzeichen!* Das hätte mir früher einfallen müssen – aber deshalb ist Kapitän Bowen eben Kapitän, und ich bin es nicht. Wie hat die Condor uns Ihrer Meinung nach in der Dunkelheit aufgespürt? Gut, es wurde bereits hell, als sie uns angriff, aber sie muß schon nachts auf Kurs gewesen sein. Woher hat der Pilot unseren Standort gekannt?«

»U-Boot?«

»Nein. Das Sonar der *Andover* hätte jedes U-Boot entdeckt.« Der Bootsmann wiederholte das Wort, das Kapitän Bowen zu sagen versucht hatte.

»Aha!« Patterson nickte. »Ein Peilsignal von unserem Freund, dem Saboteur.«

»Samtpfötchen, wie Mr. Jamieson ihn nennt. Er hat nicht nur für Kurzschlüsse in unserem Leitungsnetz gesorgt, sondern auch ein ständiges Peilzeichen gesendet, das den Schiffsort verraten hat. Die Condor hat genau gewußt, wo wir zu finden waren! Ich weiß nicht, ob die Maschine selbst mit einem Peilempfänger ausgerüstet war – ich verstehe nicht genug von Flugzeugen –, aber das Peilsignal hätte auch von einer Landstation aufgenommen werden können, die dann unsere Position an die Condor weitergemeldet hat.«

»Natürlich, Bootsmann, Sie haben recht!« Patterson betrachtete die beiden Pistolen. »Eine für mich, eine für Sie.«

»Wie Sie wollen, Sir.«

»Stellen Sie sich nicht dümmer, als Sie sind! Wer sollte sie sonst bekommen?« Der Leitende Ingenieur griff nach einer der Waffen. »Ich hab' noch nie eine echte Pistole in der Hand gehabt und erst recht nicht damit geschossen. Aber wissen Sie, Bootsmann, mir würd's nichts ausmachen, einmal abzudrücken. Nur einmal!«

»Mir auch nicht, Sir.«

Der Zweite Offizier Rawlings lag neben dem Steuerstand. Auf welche Weise er den Tod gefunden hatte, war klar zu erkennen: ein großer Metallsplitter hatte ihn nahezu enthauptet. »Wo ist der Rudergänger?« erkundigte sich der Bootsmann. »Gehört er auch zu den Überlebenden?«

»Das weiß ich nicht. Ich weiß nicht, wer Dienst gehabt hat. Vielleicht hatte Rawlings ihn weggeschickt, um irgendwas holen zu lassen. Aber außer Kapitän und Erstem Offizier hat's hier oben zwei weitere Überlebende gegeben – McGuigan und Jones.«

»McGuigan und Jones? Was hatten die beiden hier oben zu suchen?«

»Soviel ich weiß, hatte Mr. Kennet sie heraufgerufen und als Ausgucke auf beiden Nocks postiert. Wahrscheinlich haben sie deshalb wie Kapitän Bowen und Mr. Kennet überlebt. Sie liegen ebenfalls im Lazarett.«

»Schwer verletzt?«

»Unverletzt, glaube ich. Die beiden haben nur einen Schock erlitten.«

Der Bootsmann trat auf die Backbordnock hinaus, und Patterson folgte ihm. Die Nock war völlig unbeschädigt. McKinnon zeigte auf einen einstmals grauen, jetzt aber rauchgeschwärzten und ausgeglühten Metallkasten dicht unterhalb des Windschutzes. Der Deckel und eine Seitenwand waren abgesprengt.

»Das war der Kasten für die Wessex-Raketen«, sagte der Bootsmann.

Sie gingen wieder hinein. McKinnon trat auf die Funkstation zu, deren Schiebetür zur Brücke nicht mehr vorhanden war.

»An Ihrer Stelle würde ich nicht reinsehen«, warnte Patterson ihn.

»Die Männer müssen den Anblick auch ertragen, stimmt's?«

Funkoffizier Spenser lag an Deck, aber er war nicht mehr zu erkennen. Was da lag, war eine amorphe Masse aus Knochen, Fleisch und zerfetzten, blutgetränkten Kleidungsstücken; wären nicht Uniformteile zu identifizieren gewesen, hätte es sich um die zerschmetterten Überreste irgendeines Tiers handeln können. Als der Bootsmann sich abwandte, sah Patterson, daß er unter seiner Sonnenbräune blaß geworden war.

»Die erste Bombe muß unmittelbar unter ihm detoniert sein«, stellte der Bootsmann fest. »Mein Gott, so was hab' ich noch nie gesehen! Ich kümmere mich selbst um ihn. Dritter Offizier Batesman? Ich weiß, daß er Wachoffizier war. Haben Sie eine Ahnung, wo er ist, Sir?«

»Im Kartenraum. Ich möchte Ihnen auch davon abraten, dort hineinzugehen.«

Batesman war gerade noch erkennbar. Er hockte zusammengesunken auf seinem Stuhl und war in halb liegender Haltung nach vorn gesunken, so daß sein Kopf mit dem entstellten Gesicht auf einer blutbefleckten Seekarte ruhte. McKinnon kehrte auf die Brücke zurück.

»Ich glaube, für ihre Angehörigen ist es nur ein schwacher Trost, zu hören, daß sie alle auf der Stelle tot gewesen sind. Ich kümmere mich auch um ihn. Das kann ich den Männern nicht zumuten.« Der Bootsmann spähte durch die zersplitterten Fenster der Kommandobrücke nach vorn. Wenigstens brauchen wir jetzt kein Klarsichtfenster mehr, überlegte er sich dabei. »Der Wind dreht auf Ost zurück«, stellte er geistesabwesend fest. »Das bedeutet mehr Schnee. Vielleicht macht er uns wenigstens für die Wölfe unsichtbar – falls welche in der Nähe lauern.«

»Glauben Sie etwa, daß sie zurückkommen, um uns zu erledigen?« Der Leitende Ingenieur zitterte am ganzen Leib, aber das kam nur daher, daß er die Wärme des Maschinenraums gewöhnt war. Die Temperatur auf der Brücke betrug etwa 14 Grad minus, und der Wind wehte beständig mit 20 Knoten.

»Schwer zu sagen, Sir. Aber ich glaub's eigentlich nicht. Selbst eines dieser Torpedoflugzeuge hätte uns versenken können, wenn der Pilot sich wirklich Mühe gegeben hätte. Die Condor übrigens auch ...«

»Ihr Angriff war ziemlich erfolgreich, wenn Sie mich fragen!«

»Nicht im entferntesten so erfolgreich, wie er hätte sein können. Ich weiß, daß die Focke-Wulf Condor normalerweise 250-Kilo-Bomben trägt. Drei bis vier dieser Bomben im Reihenwurf hätten genügt, um uns zu versenken. Wahrscheinlich hätten schon zwei ausgereicht. Sie hätten unsere Aufbauten weggefegt, anstatt sie nur zu demolieren.«

»Da spricht wieder die Royal Navy, was, Bootsmann?«

»Ich kenne mich mit Sprengstoffen aus, Sir. Das hier sind bestenfalls 50-Kilo-Bomben gewesen. Glauben Sie nicht auch, Sir, daß wir dem Flugzeugführer der Condor einige interessante Fragen zu stellen haben werden, sobald er wieder bei Bewußtsein ist?«

»In der Hoffnung, einige interessante Antworten zu bekommen, was?

Vor allem auch auf die Frage, warum er überhaupt ein Lazarettschiff bombardiert hat.«

»Nun, vielleicht.«

»Was meinen Sie mit vielleicht?«

»Es gibt eine Möglichkeit – eine sehr entfernte, wie ich zugebe –, daß er nicht gewußt hat, daß er ein Lazarettschiff angreift.«

»Unsinn, Bootsmann! Natürlich hat er das gewußt. Wie groß muß ein rotes Kreuz denn noch sein, damit man's aus der Luft erkennt?«

»Ich versuche nicht, irgendwelche Ausreden für ihn zu erfinden, Sir.« McKinnons Stimme klang etwas schärfer als bisher, und Patterson runzelte die Stirn – nicht wegen dieses Tonfalls, sondern weil es dem Bootsmann ganz und gar nicht ähnlich sah, ohne Grund einen schärferen Ton anzuschlagen. »Es war noch nicht richtig Tag, Sir. Aus größerer Höhe wirkt alles dunkler als auf Meereshöhe. Um das zu erkennen, braucht man nur einmal ins Krähennest aufzuentern.« Da Patterson noch nie einen Mast bis zum Krähennest erstiegen hatte, konnte er sich nicht zu McKinnons Behauptung äußern. »Da er genau von achtern angeflogen ist, kann er die Kreuze am Rumpf nicht gesehen haben, und wegen seiner niedrigen Flughöhe ist auch das rote Kreuz auf dem Vordeck unsichtbar gewesen – die Aufbauten haben es verdeckt.«

»Und das rote Kreuz auf dem Achterdeck? Das *muß* er selbst bei schlechten Lichtverhältnissen gesehen haben!«

»Nicht bei dem Rauch, den Sie bei voller Fahrt erzeugt haben.«

»Ja, das ist natürlich möglich.« Patterson war offenbar nicht recht davon überzeugt und beobachtete ziemlich ungeduldig, wie der Bootsmann das jetzt wertlose Handrad drehte und das Kompaßhaus sowie den Reservekompaß – beide irreparabel zertrümmert – begutachtete.

»Müssen wir noch länger hier oben bleiben?« fragte der Leitende Ingenieur. »Hier gibt's im Augenblick nichts zu tun, und ich erfriere noch. Ich schlage vor, wir gehen in die Kapitänskabine.«

»Das wollte ich eben auch vorschlagen, Sir.«

Die Temperatur in der Kabine lag etwa beim Gefrierpunkt; dennoch war es erheblich wärmer als auf der Brücke. Patterson trat geradewegs an den Barschrank und holte eine Flasche Scotch heraus.

»Was Sie können, kann ich auch. Das können wir dem Captain später erklären. Und was mich betrifft – ich brauche eine Stärkung.«

»Als vorbeugendes Mittel gegen Lungenentzündung?«

»Ja. Trinken Sie einen Schluck mit?«

»Gern, Sir. Ich kann mir denken, daß ich ihn in der nächsten Stunde brauchen werde. Glauben Sie, daß die Ruderanlage sich reparieren läßt, Sir?«

»Warum nicht? Natürlich nur behelfsmäßig. Ich setze Jamieson darauf an.«

»Das ist nicht so wichtig. Ich weiß, daß alle Telefone gestört sind, aber die Reparatur sollte nicht allzu lange dauern, und Sie richten einen provisorischen Ruderstand im Maschinenraum ein. Das gleiche gilt für die

Stromversorgung – es dauert bestimmt nicht lange, bis ein paar Kabel verlegt sind. Aber damit können wir erst anfangen, wenn diese Decks ... nun ja, wenn sie gesäubert sind.«

Patterson kippte sein halbes Glas. »Sie können die *San Andreas* nicht von der Brücke aus steuern. Die paar Minuten dort oben haben mir gereicht! Nach einer Viertelstunde wäre jeder steifgefroren.«

»Schiffsführung ist nur von der Kommandobrücke aus möglich. Aber zugegeben, die Kälte ist ein Problem. Deshalb werden wir die Fensteröffnungen verschalen. Der Zimmermann hat eine Menge Sperrholz in seiner Werkstatt.«

»Sperrholz ist nicht durchsichtig.«

»Stimmt. Wir setzen ein paar Fenster in die Holzverschalung ein.«

»Schön, schön«, stimmte Patterson zu. Der Scotch hatte seinen Kreislauf offenbar wieder in Schwung gebracht. »Wir brauchen bloß noch einen Glaser und ein paar Quadratmeter Fensterglas – was wir beides nicht haben.«

»Auf einen Glaser können wir verzichten. Wir brauchen auch kein zugeschnittenes Glas oder genau eingepaßte Scheiben. Ihre Elektriker haben doch bestimmt massenhaft Isolierband?«

»Tausende von Metern, aber keine Fensterscheiben!«

»Fensterscheiben brauchen wir auch nicht. Uns genügt Glas. Ich weiß, wo erstklassiges Glas zu finden ist. Auf den Instrumentenwagen und Nachttischen im Lazarett.«

»Ah! Sie haben's erfaßt, Bootsmann!«

»Ja, Sir. Ich nehme an, daß Schwester Morrison sie Ihnen überlassen wird.«

Patterson lächelte, was selten genug vorkam. »Immerhin bin ich der kommandierende Offizier, wenn auch nur sehr vorläufig.«

»Ganz recht, Sir. Ich möchte nur nicht dabeisein, wenn Sie sie in Eisen legen. Aber das sind Kleinigkeiten. Drei andere Punkte machen mir größere Sorgen. Erstens: das Funkgerät ist nur noch Schrott. Wir können mit niemand in Verbindung treten, und niemand kann Verbindung mit uns aufnehmen. Zweitens: die Kompasse sind wertlos. Ich weiß, daß Sie einen Kreiselkompaß haben einbauen lassen, aber der hat nie richtig funktioniert, stimmt's? Drittens: am schlimmsten ist das Navigationsproblem.«

»Navigation? Navigation! Was heißt da Problem?«

»Sie ist das allergrößte Problem, wenn man von A nach B gelangen will. Wir haben – hatten – vier Nagivationsoffiziere an Bord der *San Andreas.* Zwei von ihnen sind tot, und die beiden anderen sind dick verbunden. Wie ägyptische Mumien, haben Sie selbst gesagt. Auch Commander Warrington hätte navigieren können, aber er ist blind, und wenn ich Dr. Singhs Blick richtig gedeutet habe, dürfte er wohl nie wieder sehen können.« Der Bootsmann machte eine Pause und schüttelte dann den Kopf. »Und um das Faß zum Überlaufen zu bringen, Sir, haben wir den Navigationsoffizier der *Andover* an Bord – aber er hat eine schwere Gehirnerschütterung und liegt in einer Art Koma, was Dr. Singh besser beurteilen kann. Ein

Pokerspieler, der solche Karten in die Hand bekäme, würde sich wahrscheinlich eine Kugel durch den Kopf jagen. Vier Navigationsoffiziere, die nicht sehen können; und wer nichts sieht, kann auch nicht navigieren. Deshalb ist's so verdammt schade um das Funkgerät! In hundert oder zweihundert Seemeilen Umkreis gibt es garantiert irgendein englisches Kriegsschiff, das uns einen Navigationsoffizier leihen könnte. Oder können Sie navigieren, Sir?«

»Ich? Navigieren?« Patterson wirkte regelrecht gekränkt. »Ich bin für die Maschine zuständig. Aber was ist mit Ihnen, McKinnon? Sie sind Seemann und waren zwölf Jahre bei der Royal Navy.«

»Selbst wenn ich hundert Jahre bei der Royal Navy gewesen wäre, könnte ich nicht navigieren, Sir. Ich war Torpedomaat. Wenn Sie einen Torpedo abschießen, eine Wasserbombe werfen, eine Mine sprengen oder einfache Elektroreparaturen vornehmen lassen möchten, bin ich Ihr Mann. Aber von der Bedienung eines Sextanten habe ich keine Ahnung. Weshalb die Höhe der Sonne, des Mondes – falls das auch gemacht wird – oder anderer Gestirne gemessen wird, ist mir ein Rätsel. Auch mit Ausdrücken wie Mißweisung oder Deklination oder Rektaszension kann ich überhaupt nichts anfangen.

Wir haben einen kleinen Taschenkompaß in dem Rettungsboot, mit dem ich vorhin unterwegs war, aber der ist wertlos. Das Ding ist natürlich ein Magnetkompaß, und ich weiß, daß der magnetische Nordpol nicht einmal in der Nähe des geographischen Nordpols liegt. Soviel ich mich erinnere, ist er rund tausend Meilen von ihm entfernt. In Kanada, in Baffin-Land oder irgendwo da oben. Das bedeutet, daß der magnetische Nordpol in den Breiten, in denen wir uns jetzt befinden, eher westlich als nördlich liegt.« Der Bootsmann trank einen kleinen Schluck Scotch und musterte Patterson über den Rand seines Glases hinweg. »Mit einem Wort, wir haben die Orientierung verloren.«

»Wie trostreich!« Patterson starrte mißmutig in sein Glas, bevor er ohne große Hoffnung fragte: »Könnten wir nicht mittags den Sonnenstand beobachten? Dann wüßten wir, wo Süden ist.«

»Wie das Wetter sich im Augenblick entwickelt, werden wir die Sonne mittags nicht einmal *sehen.* Und wo sollen wir Greenwich-Zeit ablesen – vielleicht von unseren Armbanduhren? Das Chronometer ist nämlich ebenfalls zertrümmert, was aber keine Rolle spielt, weil wir ohnehin keine Sextantenmessung durchführen können. Nehmen wir einmal an, wir befänden uns mitten auf dem Atlantik, wo wir ohne weiteres sein könnten, und wüßten, wo Süden ist – wie sollte uns das helfen, nach Aberdeen zu gelangen, das meines Wissens unser Zielhafen ist? Selbst wenn wir genau feststellen könnten, wo Süden liegt, hätten wir hier im Norden mit zwanzigstündiger Dunkelheit zu rechnen, und der Autopilot ist ebenso zertört wie alles andere auf der Brücke. Wir würden selbstverständlich nicht im Kreis fahren – das ließe sich mit dem Handkompaß verhindern –, aber wir würden trotzdem nicht wissen, welchen Kurs wir steuern.«

»Wenn ich mal eine Aufmunterung brauche, weiß ich jetzt, an wen ich mich *nicht* wenden darf, Bootsmann. Wäre uns denn geholfen, wenn wir ungefähr wüßten, wo wir sind?«

»Das wäre nützlich; aber wir wissen nur, daß wir irgendwo nördlich oder nordwestlich von Norwegen stehen. Jedenfalls in einem Seegebiet von mindestens fünfzigtausend Quadratkilometern ... Ich sehe nur zwei Möglichkeiten, Sir. Kapitän und Erster Offizier müssen gewußt haben, wo die *San Andreas* zuletzt gestanden hat. Wenn sie reden können, sagen sie's uns bestimmt.«

»Ja, natürlich! Wir sind nicht sonderlich schlau, was? Zumindest ich nicht. Aber was heißt ›wenn‹? Der Captain hat vor zwanzig Minuten ganz verständlich sprechen können.«

»Das war vor zwanzig Minuten. Sie wissen selbst, wie schmerzhaft Verbrennungen sein können. Dr. Singh hat den beiden bestimmt schmerzstillende Mittel gegeben, die manchmal erst in so hohen Dosen wirken, daß man davon k.o. ist.«

»Und die zweite Möglichkeit?«

»Das Kartenhaus. Mr. Batesman hat unseren Kurs auf der Seekarte abgesetzt – er hat den Bleistift noch in der Hand. Ich sehe selbst nach.«

Patterson verzog das Gesicht. »Lieber Sie als ich.«

»Vergessen Sie Samtpfötchen nicht, Sir.« McKinnon legte die Hand auf seine Arbeitsjacke, in deren Innentasche die Pistole steckte. »Und den Text für die Trauerfeier.«

Patterson starrte die Ledermappe angewidert an. »Und wo soll ich die inzwischen ablegen? Auf dem Operationstisch?«

»Im Lazarett gibt es vier leere Kabinen, Sir. Für hochrangige Verwundete oder Genesende. Im Augenblick haben wir keine an Bord.«

»Ah! Gut, dann in zehn Minuten.«

Der Bootsmann war in fünf Minuten zurück, der Leitende Ingenieur in fünfzehn. Pattersons trübselige Stimmung war beinahe mit Händen zu greifen.

»Kein Glück, Sir?«

»Nein, verdammt noch mal! Sie haben richtig vermutet. Die beiden sind ruhiggestellt und kommen vielleicht erst nach Stunden wieder zu sich. Und sobald sie aufzuwachen beginnen, gibt Dr. Singh ihnen wieder eine Spritze. Sie haben anscheinend versucht, sich die Verbände vom Gesicht zu reißen. Er hat ihnen die Hände dick verbinden lassen – selbst ein Bewußtloser, sagt der Arzt, kann versuchen, sich an gereizten Stellen zu kratzen. Außerdem haben sie auch Verbrennungen an den Händen – keine schweren, aber immerhin genug, um die Verbände zu rechtfertigen.«

»Die Krankenbetten haben Riemen, mit denen man die Handgelenke festbinden kann.«

»Richtig, davon hat Dr. Singh auch gesprochen. Er hat Bedenken geäußert, weil er sich nicht vorstellen kann, wie Kapitän Bowen reagieren würde, wenn er beim Aufwachen feststellen müßte, daß er auf seinem eigenen Schiff gefesselt ist. Der fehlende Rudergänger war übrigens Hudson.

Mehrere Rippenbrüche und eine perforierte Lunge. Nach Auskunft des Arztes geht's ihm verdammt schlecht. Was haben Sie erreicht?«

»Soviel wie Sie, Sir. Nichts. Neben ihm lagen zwei Kursdreiecke, so daß anzunehmen ist, daß er eben einen Kurs auf der Seekarte absetzen wollte.«

»Und auf der Karte ist nichts zu erkennen?«

»Das ist keine Seekarte mehr, sondern nur noch ein blutgetränkter Fetzen.«

3

Es schneite heftig, und aus Osten wehte ein eisiger Wind, als sie die Gefallenen in der fast stygischen Dunkelheit des frühen Nachmittags dem Meer übergaben. Sie hatten sogar eine Art Beleuchtung; der Saboteur, mit dem Erfolg seiner morgendlichen Tätigkeit vermutlich mehr als zufrieden, ruhte sich jetzt auf seinen Lorbeeren aus. Die Scheinwerfer auf dem Hauptdeck brannten wieder, aber im Schneesturm war ihr Licht schwach, flackernd und wenig wirksam; es verstärkte nur den düsteren Eindruck des Beisetzungskommandos, das seine makabre Aufgabe so rasch wie möglich hinter sich bringen wollte, und es betonte das geisterhafte Aussehen des knappen Dutzends schneebedeckter Trauernder. Mit einer Taschenlampe in der Hand verlas der Leitende Ingenieur Patterson den für Beisetzungen auf See vorgesehenen Text, aber er hätte ebensogut die neuesten Börsenkurse vorlesen können, weil kein Wort zu verstehen war. Die in Segeltuch eingenähten Gefallenen rutschten nacheinander unter dem Union Jack die schräggehaltene Planke hinunter und verschwanden lautlos im eisigen Wasser der Barentssee. Kein Trompetensignal, kein Zapfenstreich – nicht bei der Handelsmarine; das einzige Requiem war das klagende und einsame Heulen des Windes um die vereisten Wanten und durch die in den Aufbauten klaffenden Löcher.

Das vor Kälte zitternde und blaugefrorene Beisetzungskommando und die übrigen Besatzungsmitglieder zogen sich in den einzigen an Bord der *San Andreas* noch verbliebenen warmen Gemeinschaftsraum zurück: in den Aufenthaltsraum zwischen Krankenabteilungen und Kabinen.

»Wir alle stehen tief in Ihrer Schuld, Mr. McKinnon«, sagte Dr. Singh. Er hatte an der Beisetzung teilgenommen, und seine Zähne klapperten noch immer. »Sehr rasch, sehr tüchtig. Es muß eine grausige Arbeit gewesen sein.«

»Ich hatte drei willige Helfer«, antwortete der Bootsmann. »Für sie war es schlimmer als für mich.« Er sah zu Patterson hinüber. »Ich hätte einen Vorschlag, Sir.«

»Wie bei der Royal Navy?«

»Nein, Sir. Wie bei den Hochseefischern. Wir sind hier in den Gewässern der arktischen Trawler. Ich schlage vor, daß wir auf die Gefallenen trinken.«

»Einverstanden! Aber nicht aus traditionellen oder emotionalen Gründen.« Dr. Singhs Zähne klapperten immer noch. »Aus medizinischen. Ich weiß nicht, wie es bei Ihnen steht, aber meine roten Blutkörperchen haben etwas Aufmunterung nötig.«

Der Bootsmann sah zu Patterson hinüber, der zustimmend nickte. McKinnon drehte sich um und winkte einen schmächtigen, sommersprossigen Jungen heran, der in respektvoller Entfernung bereitstand. »Wayland!«

Wayland kam herangehastet. »Ja, Mr. McKinnon, Sir?«

»Geh mit Mario in den Weinraum. Holt ein paar Erfrischungen.«

»Ja, Mr. McKinnon, Sir. Sofort, Mr. McKinnon, Sir.« Der Bootsmann hatte es längst aufgegeben, Wayland Day dazu zu bewegen, ihn anders anzureden.

»Danke, das ist nicht nötig, Mr. McKinnon«, warf Dr. Singh ein. »Wir haben hier unten eigene Vorräte.«

»Natürlich zu medizinischen Zwecken?«

»Natürlich.« Der Arzt sah Wyland nach, der in der Küche verschwand. »Wie alt ist der Junge eigentlich?«

»Er behauptet, siebzehn oder achtzehn Jahre alt zu sein. Angeblich weiß er sein genaues Alter selbst nicht. Jedenfalls schwindelt er. Ich bezweifle, daß er sich schon rasieren muß.«

»Eigentlich untersteht er Ihnen, nicht wahr? Als Messejunge, soviel ich weiß. Dabei verbringt er seine Zeit fast ausschließlich hier.«

»Das stört mich nicht, Doktor, wenn Sie nichts dagegen haben.«

»Nein, nein, durchaus nicht! Er ist ein fleißiger Junge, willig und hilfsbereit.«

»Dann kann er hier bleiben. Außerdem haben wir keine Messe mehr. Macht er einer Ihrer Schwestern schöne Augen?«

»Sie unterschätzen den Jungen. Er himmelt keine Geringere als Schwester Morrison an. Natürlich aus respektvoller Entfernung.«

»Großer Gott!« sagte der Bootsmann.

Mario kam herein und balancierte auf einer Hand in Schulterhöhe ein prachtvolles Silbertablett mit Flaschen und Gläsern, was unter den herrschenden Umständen keine schlechte Leistung war, weil die *San Andreas* spürbar schlingerte. Er stellte das Tablett mit unnachahmlicher Grazie auf den Tisch, ohne daß auch nur ein Gläserklirren zu hören gewesen wäre. Woher das Tablett stammte, blieb ungeklärt und Marios Geheimnis. Wie es der weitverbreiteten Vorstellung von einem Italiener entsprach, war Mario schwarzhaarig und trug einen prächtigen Schnauzbart; ob er auch die traditionellen blitzenden Augen besaß, ließ sich nicht feststellen, weil er stets eine Sonnenbrille trug. Marion hatte Übergewicht, war unbestimmbaren Alters und gab vor, Oberkellner im Savoy Grill gewesen zu sein, was vielleicht sogar stimmte. Jedenfalls hatte Mario, der nach Kapitän Bowens Überzeugung in ein Kriegsgefangenen- oder Internierungslager gehört hätte, eine ungewöhnlich wechselvolle Karriere hinter sich.

Nach zwei Fingerbreiten Scotch, die seinen roten Blutkörperchen offenbar wieder auf die Beine halfen, erkundigte sich Dr. Singh: »Und nun, Mr. Patterson?«

»Mittagessen, Doktor. Ein sehr verspätetes Mittagessen, aber niemand ist damit geholfen, wenn wir Hunger leiden. Ich fürchte, daß es in Ihrer Küche zubereitet und hier serviert werden muß.«

»Schon veranlaßt. Und danach?«

»Danach müssen wir zusehen, daß wir in Gang kommen.« Patterson sah zu McKinnon hinüber. »Wir könnten den Kompaß aus dem Rettungsboot provisorisch im Maschinenraum aufstellen. Unser Notruder funktioniert bereits.«

»Das wäre zwecklos, Sir. In Ihrem Maschinenraum gibt's so viel Metall, daß jeder Magnetkompaß verrückt spielen würde.« McKinnon schob seinen Stuhl zurück und stand auf. »Ich lasse das Mittagessen ausfallen, glaub' ich. Mr. Patterson, wir sind uns doch darüber einig, daß wir als erstes eine Telefonverbindung zwischen Kommandobrücke und Maschinenraum sowie Lichtstrom zur Beleuchtung der Brücke brauchen?«

»Die Arbeiten sind schon im Gange, Bootsmann«, sagte Jamieson.

»Danke, Sir. Aber das Mittagessen muß trotzdem warten.« Er wandte sich erneut an den Leitenden Ingenieur. »Wir müssen die Brücke verschalen und etwas Licht reinlassen. Danach könnten wir versuchen, einige der Kabinen in den Aufbauten wieder bewohnbar zu machen, Sir, indem wir für Heizung und Beleuchtung sorgen. Auch auf der Brücke könnte ein wenig Wärme nicht schaden.«

»Die Sache mit der Heizung können Sie dem Maschinenpersonal überlassen – sobald wir eine Kleinigkeit gegessen haben, meine ich. Brauchen Sie Helfer, Bootsmann?«

»Danke, Ferguson und Curran genügen mir.«

»Nun, dann bleibt nur noch ein Problem zu lösen.« Patterson betrachtete die Decke über sich. »Die Sache mit dem Glas für die Fenster auf der Brücke.«

»Ganz recht, Sir. Ich dachte, Sie hätten . . .«

»Kleinigkeit!« Patterson machte eine wegwerfende Handbewegung, um anzudeuten, wie belanglos diese Kleinigkeit war. »Sie brauchen nur danach zu fragen, Bootsmann.«

»Aber ich dachte, Sie . . . Vielleicht habe ich mich doch getäuscht.«

»Um was geht es denn?« wollte Dr. Singh wissen.

»Ich bräuchte ein paar Glasplatten von den Instrumentenwagen oder Nachttischen in den Krankenabteilungen. Dr. Singh, vielleicht könnten Sie . . .«

»Nein, nein!« wehrte Dr. Singh rasch und entschieden ab. »Dr. Sinclair und ich sind für den Operationssaal zuständig und versorgen die von uns operierten Patienten, aber in den Krankenabteilungen haben wir nichts zu sagen.« Er wandte sich an seinen Kollegen. »Nicht wahr, Dr. Sinclair?«

»Ganz recht, Sir.« Auch der junge Arzt antwortete rasch und entschieden.

Der Bootsmann betrachtete Patterson und die beiden Ärzte mit ausdrucksloser Miene. Dann öffnete er die Tür zur Krankenabteilung B. Dort gab es zehn Patienten und zwei Krankenschwestern – eine Brünette und eine Blondine. Die brünette Schwester Irene war kaum zwanzig, stammte aus Nordirland und war hübsch, schwarzäugig und so warmherzig und fröhlich, daß es niemand eingefallen wäre, sie mit ihrem Nachnamen anzusprechen, den ohnehin niemand zu kennen schien. Sie sah auf, als der Bootsmann hereinkam, und begrüßte ihn erstmals nicht mit einem Lächeln. Er klopfte ihr leicht auf die Schulter und ging quer durch die Abteilung auf Schwester Magnusson zu, die eben den Armverband eines Matrosen erneuerte.

Janet Magnusson war einige Jahre älter als Irene und etwas größer. Sie hatte etwas Windzerzaustes an sich, das an Wikinger denken ließ, und war unbestreitbar attraktiv; wie der Bootsmann hatte sie strohblondes Haar und blaugraue Augen, aber zum Glück nicht seinen ziegelroten Teint. Wie Schwester Irene lächelte sie gern; doch schien auch ihr das Lächeln vorerst vergangen zu sein. Sie richtete sich auf, als der Bootsmann herankam, streckte eine Hand aus und berührte seinen Arm.

»Es war schrecklich, nicht wahr, Archie?«

»Jedenfalls nichts, was ich noch mal tun möchte. Ich bin froh, daß du nicht dabei warst, Janet.«

»Ach, ich meine nicht die Beisetzung. Du hast doch die am schlimmsten Zugerichteten selbst eingenäht, stimmt's? Der Funkoffizier soll völlig zerfetzt gewesen sein.«

»Eine Übertreibung. Von wem hast du das?«

»Von Johnny Holbrook. Dem jungen Krankenpfleger, der Angst vor dir hat.«

»Vor mir hat keiner Angst«, sagte der Bootsmann geistesabwesend. Er sah sich in der Krankenabteilung um. »Hier hat's einige Veränderungen gegeben ...«

»Wir haben einige der Genesenden ausquartieren müssen. Man hätte glauben können, sie würden in den Tod geschickt! Oder zumindest nach Sibirien. Dabei fehlt ihnen gar nichts mehr. Sie sind keine richtigen Simulanten, aber sie haben gern in weichen Betten gelegen und sich verwöhnen lassen.«

»Und wer hat sie verwöhnt, wenn nicht du und Irene? Sie haben es nur nicht ertragen, von euch getrennt zu werden. Wo ist die Löwin?«

Janet warf ihm einen mißbilligenden Blick zu. »Sprichst du von Schwester Morrison?«

»Richtig, das ist die Löwin, die ich meine. Ich muß sie in ihrer Höhle am Bart packen.«

»Du kennst sie nicht, Archie. Sie ist in Wirklichkeit sehr nett. Maggie ist meine Freundin. Wirklich!«

»Maggie?«

»Außer Dienst immer. Sie ist in der Abteilung nebenan.«

»Maggie! Großer Gott! Ich dachte, sie hätte was gegen dich, weil sie was gegen mich hat. Jedenfalls hat sie was dagegen, daß ich mit dir rede.«

»Unsinn! Übrigens noch was, Archie.«
»Ja?«
»Eine Löwin hat keinen Bart.«
Der Bootsmann würdigte sie keiner Antwort. Er ging in die Krankenabteilung A hinüber. Schwester Morrison war nirgends zu sehen. Von den acht Patienten waren nur zwei – McGuigan und Jones – bei Bewußtsein. McKinnon trat zwischen ihre Betten und erkundigte sich: »Wie geht's, Jungs?«
»Ach, uns geht's prima, Bootsmann«, antwortete McGuigan. »Wir haben hier eigentlich nichts verloren.«
»Ihr bleibt hier, bis ihr entlassen werdet, verstanden?« Beide erst achtzehn. Er fragte sich eben, wie lange sie brauchen würden, um den Anblick des fast enthauptet am Ruderstand liegenden Zweiten Offiziers Rawlings zu verarbeiten, als Schwester Morrison durch die zweite Tür hereinkam.
»Guten Tag, Schwester Morrison.«
»Guten Tag, Mr. McKinnon. Bei der Visite, wie ich sehe.«
Der Bootsmann ärgerte sich über ihre Bemerkung, begnügte sich aber damit, ein nachdenkliches Gesicht zu machen – ohne daran zu denken, daß sein nachdenklicher Gesichtsausdruck unter bestimmten Umständen ziemlich beunruhigend wirken konnte.
»Ich muß mit Ihnen reden, Schwester.« Er sah sich in der Abteilung um. »Keine sehr lebhafte Gesellschaft, was?«
»Ich glaube kaum, daß Frivolitäten hier angebracht sind, Mr. McKinnon.« Ihre Lippen waren nicht so zusammengepreßt, wie sie hätten sein können, aber in den Augen hinter der Nickelbrille gab es keine Spur von Wärme.
McKinnon starrte Schwester Morrison zehn, fünfzehn Sekunden lang an, bis sie deutliche Anzeichen von Unbehagen erkennen ließ. Wie die meisten Leute an Bord – mit Ausnahme des ängstlichen Johnny Holbrook – hielt sie den Bootsmann für unkompliziert, fröhlich und darüber hinaus für etwas beschränkt. Jetzt genügte ein Blick auf dieses kalte, harte, ausdruckslose Gesicht, um ihr zu zeigen, wie sehr sie sich in ihm getäuscht hatte. Das war ein beunruhigendes Erlebnis.
»Ich bin nicht in der Stimmung für Frivolitäten, Schwester«, sagte der Bootsmann langsam. »Ich habe soeben fünfzehn Männer dem Meer übergeben. Bevor ich sie beisetzen konnte, mußte ich sie in Segeltuch einnähen. Bevor ich das tun konnte, mußte ich die Fetzen, aus denen sie nur noch bestanden, zusammensuchen. Dann habe ich sie eingenäht. Danach habe ich sie beigesetzt. Bei der Zeremonie habe ich Sie nicht gesehen, Schwester.«
McKinnon war sich durchaus darüber im klaren, daß er nicht so mit ihr hätte sprechen dürfen; er spürte darüber hinaus, daß die Ereignisse dieses Vormittags ihn mehr mitgenommen hatten, als er geglaubt hatte. Unter normalen Umständen hätte er sich nicht so leicht provozieren lassen – aber die Umstände waren ungewöhnlich und die Provokation zu groß gewesen.
»Ich bin gekommen, um Sie um einige Glasplatten von Servierwagen

und Nachttischen zu bitten. Ich brauche sie dringend – und bestimmt nicht aus belanglosen Gründen. Oder bestehen Sie auf einer ausführlichen Begründung?«

Schwester Morrison äußerte sich nicht dazu. Sie reagierte nicht dramatisch, sank nicht auf einen Stuhl, tastete nicht nach einem Halt. Nur ihre Gesichtsfarbe veränderte sich: sie errötete.

Der Bootsmann nahm die Glasplatten von McGuigans und Jones' Nachttischen, sah sich nach Instrumentenwagen um, fand keinen, nickte Schwester Morrison zu und ging in die Abteilung B zurück. Janet Magnusson starrte ihn verblüfft an.

»Bist du deshalb hergekommen?« McKinnon nickte wortlos. »Und Maggie – Schwester Morrison – hatte nichts dagegen?«

»Praktisch nichts. Habt ihr Tabletts mit herausnehmbaren Glasplatten?«

Patterson und die anderen saßen bereits beim Mittagessen, als der Bootsmann mit fünf Glasplatten unter dem Arm zurückkam. Patterson wirkte leicht überrascht.

»Keine Schwierigkeiten, Bootsmann?«

»Man muß nur danach fragen. Ich brauche Werkzeug für die Arbeiten auf der Brücke.«

»Schon erledigt«, sagte Jamieson. »Ich komme gerade aus dem Maschinenraum. Meine Leute haben einen Kasten mit Material und Werkzeug auf die Brücke geschafft – Bolzen, Muttern, Schrauben, Isolierband, Elektrobohrer und Handkreissäge.«

»Ah, besten Dank! Aber ich brauche auch Strom.«

»Strom haben Sie. Nur aus einem Kabel, versteht sich. Und natürlich Licht. Das Telefon dauert noch etwas länger.«

»Danke, Mr. Jamieson.« Der Bootsmann wandte sich an Patterson. »Noch etwas, Sir. In unserer Besatzung sind ziemlich viele Nationalitäten vertreten. Vielleicht hat der griechische Tankerkapitän – Andropoulos, nicht wahr? – auch eine gemischte Mannschaft. Ich könnte mir vorstellen, Sir, daß einer unserer Leute sich mit jemand von der griechischen Besatzung verständigen kann. Vielleicht könnten Sie mal nachfragen, Sir.«

»Und was würde das nützen, Bootsmann?«

»Kapitän Andropoulus kann navigieren.«

»Natürlich, natürlich. Immer die Navigation, was, Bootsmann?«

»Ohne sie sind wir aufgeschmissen, Sir. Glauben Sie, daß sie Naseby und Trent – die beiden Männer, die mit mir hier unten waren, als wir angegriffen wurden – einsetzen könnten? Das Wetter verschlechtert sich, Sir, und auf dem Hauptdeck bildet sich Eis. Würden Sie veranlassen, daß die beiden Sicherheitsleinen von hier bis zum Decksaufbau spannen?«

»Das Wetter verschlechtert sich?« fragte Dr. Singh. »Wie sehr, Mr. McKinnon?«

»Ziemlich, fürchte ich. Das Barometer auf der Brücke ist zertrümmert, aber ich glaube, daß das zweite in der Kapitänskabine noch funktioniert.

Ich lese es später ab.« Er brachte den aus dem Rettungsboot mitgenommenen Handkompaß zum Vorschein. »Dieses Ding ist ziemlich wertlos, aber es zeigt immerhin Richtungsänderungen an. Wir liegen mit der Backbordseite zum Wind in den Wellentrögen; das heißt, daß Wind und Seegang von Backbord querab einfallen. Die Windrichtung ändert sich rasch – mindestens um fünf Grad, seit wir hier heruntergekommen sind. Im Augenblick haben wir Nordostwind. Aus Erfahrung läßt sich sagen, daß er starken Schneefall, hohen Seegang und sinkende Temperaturen mit sich bringt.«

»Nicht der kleinste Lichtstrahl in der Dunkelheit, Mr. McKinnon?« fragte Dr. Singh.

»Ein winziger Lichtblick, Doktor. Wenn die Außentemperatur weiter sinkt, bleibt es im Kühlraum kalt, so daß unsere Fleisch- und Fischvorräte nicht verderben. Aber wir haben einen schändlichen Menschen – oder gar mehrere – an Bord, sonst befänden wir uns nicht in dieser Lage. Sie machen sich Sorgen wegen Ihrer Patienten, nicht wahr – vor allem um die in Abteilung A?«

»Telepathie, Mr. McKinnon. Sollten die Bedingungen sich erheblich verschlimmern, besteht die Gefahr, daß sie aus ihren Betten fallen – und ich möchte es möglichst vermeiden, Verwundete in ihren Betten festzubinden.«

»Und ich möchte möglichst vermeiden, daß die Aufbauten über Bord gehen.«

Jamieson hatte seinen Stuhl zurückgeschoben und stand auf. »Meine Prioritäten stimmen, nicht wahr, Bootsmann?«

»Allerdings, Mr. Jamieson. Vielen Dank!«

Dr. Singh lächelte. »Schon wieder Telepathie?«

Der Bootsmann erwiderte sein Lächeln. Dr. Singh schien wirklich der rechte Mann am rechten Platz zu sein. »Ich glaube, er will mit den Männern reden, die dabei sind, eine Telefonleitung von der Brücke zum Maschinenraum zu legen.«

»Und dann drücke ich auf den Knopf«, stellte der Leitende Ingenieur fest.

»Richtig, Sir. Und dann laufen wir nach Südwesten. Warum, brauche ich Ihnen nicht zu erklären.«

»Aber einer Landratte könnten Sie es erklären«, warf Dr. Singh ein.

»Selbstverständlich. Dafür sprechen zwei Gründe. Kurs Südwest bedeutet, daß Wind und Seegang aus Nordost genau von achtern kommen. Das verhindert alles Schlingern, so daß Sie Ihre Patienten nicht in Zwangsjacken zu stecken brauchen. Natürlich stampft das Schiff etwas, aber nicht allzu stark, und Mr. Patterson kann dieses Stampfen sogar noch verringern, indem er die Fahrt des Schiffes dem Seegang anpaßt. Der zweite große Vorteil liegt darin, daß wir bei Südwestkurs auf Hunderte von Seemeilen kein Land vor uns haben, an dem wir stranden könnten. Und jetzt entschuldigen Sie mich bitte, Gentlemen.« Der Bootsmann ging mit seinen Glasplatten und dem Handkompaß.

»Er denkt an alles, was?« meinte Dr. Singh. »Kompetent, nicht wahr, Mr. Patterson?«

»Kompetent? Er ist mehr als nur das. Garantiert der beste Bootsmann, mit dem ich je zur See gefahren bin – und ich habe noch keinen schlechten Bootsmann kennengelernt. Wenn wir jemals Aberdeen erreichen – und dank McKinnon sehe ich unsere Chancen dazu eher optimistisch –, bin ich bestimmt nicht der Mann, dem Sie dafür danken müssen.«

Der Bootsmann traf auf der jetzt durch zwei grelle Bogenlampen hell beleuchteten Kommandobrücke die Vollmatrosen Curran und Ferguson an, die genügend Sperrholz für den Bau einer bescheidenen Hütte heraufgebracht hatten. Keiner der beiden Männer konnte richtig gehen. Sie waren bis zu den Ohren eingemummt, hatten Wollmützen und Kapuzen tief in die Stirn gezogen und trugen so viele Pullover, Hosen und Jacken übereinander, daß sie kaum noch watscheln konnten. Mit weißen Pelzmänteln hätten sie täuschende Ähnlichkeit mit einem Eisbärenpaar gehabt, das seit Jahren keine Diät mehr hielt. Auch so waren sie bereits weiß: der Schnee, den der Wind fast waagrecht vor sich hertrieb, wehte ungehindert durch die gähnenden Löcher herein, an deren Stelle einmal die Brückenfenster an Backbord und das Fenster in der Tür zur Backbordnock gewesen waren.

Keineswegs besser wurden die Verhältnisse auf der Brücke durch die Tatsache, daß das Schlingern des Schiffs sich hier oben, etwa zwölf Meter über dem Lazarett, erheblich stärker bemerkbar machte – so stark, daß man Mühe hatte, sich auf den Beinen zu halten. Der Bootsmann legte seine Glasscheiben vorsichtig in die entfernteste Ecke der Brücke und beschwerte sie, damit sie nicht übers Deck rutschten. Das Schlingern störte ihn nicht weiter, aber das Knarren und Ächzen der Stützkonstruktion und die gelegentlichen starken Vibrationen, von denen die Brücke erschüttert wurde, beunruhigten McKinnon sehr.

»Curran! Schnell zum Leitenden Ingenieur Patterson! Sie finden ihn im Lazarett. Bestellen Sie ihm, daß er Fahrt aufnehmen und das Schiff in den Wind oder aus dem Wind drehen soll. Aus dem Wind ist besser – das hieße Ruder hart Steuerbord. Sagen Sie ihm auch, daß die Aufbauten jede Minute über Bord gehen können.«

Für einen Mann, der Befehle im allgemeinen nur langsam ausführte und überdies durch dicke Kleidung in seiner Beweglichkeit behindert war, verschwand Curran erstaunlich behende. Entweder gehörte er zu den Männern, die sich in kritischen Situationen bewähren, oder er wollte nur nicht mehr auf der Brücke sein, wenn sie in die Barentssee kippte.

Ferguson zog zwei Schallagen herunter, um sprechen zu können. »Schwierige Arbeitsbedingungen, Bootsmann. Eigentlich sogar unmögliche. Haben Sie die Temperatur gesehen?«

McKinnon warf einen Blick auf das unbeschädigt gebliebene Brückenthermometer. »Siebzehn Grad«, las er ab.

»Richtig! Aber siebzehn Grad unter Null – und das bei diesem Wind! Schon mal was vom Abkühlungsfaktor gehört?«

Der Bootsmann reagierte beherrscht. »Ja, Ferguson, ich weiß, was der Abkühlungsfaktor besagt.«

»Bei jedem Knoten Windgeschwindigkeit sinkt die auf der Haut spürbare Temperatur um ein Grad.« Ferguson wollte auf irgend etwas hinaus, und soviel er wußte, hatte der Bootsmann keine Ahnung von dem Abkühlungsfaktor. »Der Wind weht mit mindestens dreißig Knoten. Das bedeutet rund *sechzig* Grad Kälte auf dieser Brücke. Sechzig Grad!« Als das Schiff in diesem Augenblick besonders weit überholte, krachte es irgendwo in den Aufbauten lauter als zuvor. Dieses Krachen war eher ein Kreischen, und man brauchte nicht viel Phantasie, um sich vorzustellen, wie Metall unter Schwerbelastung riß.

»Ich befehle Ihnen nicht, auf der Brücke zu bleiben, wenn Sie gehen wollen«, sagte der Bootsmann ruhig.

»Sie versuchen, mich beim Ehrgefühl zu packen, damit ich bleibe, was? Sie versuchen, an mein besseres Ich zu appellieren? Na, dann lassen Sie sich gesagt sein: ich hab' kein besseres Ich, Kumpel!«

»An Bord dieses Schiffes sagt niemand ›Kumpel‹ zu mir«, wies McKinnon ihn milde zurecht.

»Bootsmann.« Ferguson machte keine Anstalten, seine angedeutete Drohung wahrzumachen; er wirkte nicht einmal unentschlossen. »Krieg' ich dafür 'ne Gefahrenzulage? Oder wenigstens Überstunden?«

»Einen kräftigen Schluck von Captain Bowens bestem Malzwhisky kriegen Sie. Ich schlage vor, daß wir unsere letzten Minuten sinnvoll verbringen. Kommen Sie, fangen wir mit dem Ausmessen an.«

»Schon fertig!« Ferguson hielt ein Stahlmaßband hoch und bemühte sich sichtlich, nicht befriedigt zu grinsen. »Curran und ich haben die Fensteröffnungen bereits ausgemessen. Die Maße stehen hier auf diesem Stück Sperrholz.«

»Schön, schön.« Der Bootsmann prüfte Elektrobohrer und Handkreissäge. Beide funktionierten. »Alles klar, Ferguson? Wir schneiden die Sperrholzplatten mit zehn Zentimeter Übermaß zu, damit sie reichlich überlappen. Dann bohren wir zwei Zentimeter von den Fensterrändern entfernt Löcher durch den Stahl und zugleich durch die dagegengehaltenen Platten.«

»Der Stahl ist zehn Millimeter stark. Das dauert bis nächste Woche, bis das letzte Loch gebohrt ist.«

McKinnon kramte in der Werkzeugkiste und richtete sich mit drei Sätzen Bohrern in Metallhalterungen auf. Den ersten Satz ließ er wieder fallen. Den zweiten Satz, dessen Bohrer blaue Spitzen hatten, zeigte er Ferguson. »Wolframkarbid. Bohrt Stahl wie Butter. Mr. Jamieson denkt eben an alles.« Er machte eine Pause und legte den Kopf schief, als horche er auf irgend etwas – eine rein automatische Reaktion, weil der Wind alle von achtern kommenden Geräusche mit sich fortgetragen hätte. Trotzdem war das Vibrieren, das durch die Aufbauten ging, unverkennbar. Der Bootsmann sah zu Ferguson hinüber, der mit einer Grimasse reagierte, die an ein Grinsen erinnerte.

Der Bootsmann trat an die Tür zur Steuerbordnock und blicke aus der leeren Fensteröffnung. Es schneite so stark, daß die von der *San Andreas* weglaufenden Wogen nur schemenhaft sichtbar waren. Das Schiff schlingerte weiterhin in den Wellentrögen. Ein großes Schiff, das einige Zeit ohne Fahrt gelegen hat, kann gewaltig lange brauchen, bis es dem Ruder wieder gehorcht; doch nach einer weiteren Minute spürte McKinnon eine träge einsetzende Ruderwirkung. Das war nicht zu sehen, aber zu fühlen: zu dem Schlingern, an das sie sich seit einigen Stunden gewöhnt hatten, kam jetzt ein deutliches Stampfen.

McKinnon trat von der Tür zurück. »Wir drehen nach Steuerbord. Mr. Patterson hat sich dazu entschlossen, mit dem Wind zu laufen. Bald haben wir Seegang und Schnee hinter uns. Schön, schön.«

»Schön, schön!« wiederholte Ferguson, und sein Tonfall ließ erkennen, daß das keineswegs seine ehrliche Überzeugung war. In Wirklichkeit fühlte er sich aus gutem Grund sehr unbehaglich. Die *San Andreas* lief fast genau nach Süden, und die an Backbord gegen ihr Heck prallenden Brecher ließen sie heftig rollen, gieren und stampfen; und das deutlich lautere Knirschen und Ächzen der Aufbauten war wenig geeignet, Fergusons Stimmung zu heben. »Warum sind wir nicht einfach geblieben, wo wir waren, verdammt noch mal?«

»Das merken Sie in einer Minute.« Tatsächlich trat die Wirkung nach einer Minute ein: das Rollen und Gieren hörte völlig auf und mit ihm die Geräusche in den Aufbauten; die nun etwa nach Südwest laufende *San Andreas* lag jetzt erheblich ruhiger im Wasser. Sie stampfte noch leicht, aber dieses Stampfen war im Vergleich zu ihren vorigen Bewegungen so minimal, daß es nicht der Rede wert war. Ferguson, der nun nicht mehr befürchten mußte, im nächsten Augenblick mit den Aufbauten über Bord zu gehen – der Schneesturm kam so genau von achtern, daß keine Flocke mehr die Brücke erreichte –, wirkte zutiefst erleichtert.

Kurz nachdem der Bootsmann und Ferguson damit begonnen hatten, Sperrholzplatten zuzuschneiden, kamen vier weitere Männer auf die Brücke: Jamieson, Curran, McCrimmon und ein Heizer namens Stephen. Stephen war ein Pole, den jedermann beim Vornamen rief; bisher hatte noch keiner versucht, seinen Nachnamen Przynyszewski auszusprechen. Jamieson trug ein Telefon, Curran zwei Elektroradiatoren, McCrimmon zwei Heizstrahler und Stephen zwei Kabelspulen mit einem dicken und einem dünnen Gummikabel, die er im Gehen abrollte.

»Na, so ist's schon viel besser, Bootsmann«, stellte Jamieson zufrieden fest. »Die reinste Vergnügungsreise, könnte man sagen. Auch da unten ist die Stimmung erheblich besser. Einige haben sogar ihren Appetit wiederentdeckt. Und weil wir gerade von Appetit sprechen – wie steht's mit Ihrem? Sie sind wahrscheinlich der einzige an Bord, der heute kein Mittagessen gekriegt hat.«

»Das halte ich leicht aus.« Der Bootsmann nickte zu McCrimmon und Stephen hinüber, die bereits dabei waren, die Heizkörper an das dicke Kabel anzuschließen. »Besten Dank für die Heizkörper. Die können wir in ein, zwei Stunden gut brauchen, wenn es uns gelungen ist, die frische Luft auszusperren.«

»Sogar sehr gut, glaub' ich.« Jamieson schüttelte sich. »Verdammt frisch hier oben! Was zeigt das Thermometer an?«

McKinnon warf einen Blick auf das Brückenthermometer. »Minus neunzehn Grad. In ein paar Minuten um zwei Grad gefallen. Ich fürchte, Mr. Jamieson, uns steht eine sehr kalte Nacht bevor.«

»Nicht im Maschinenraum«, stellte Jamieson fest. Er schraubte die Unterseite des Telefons ab und machte sich daran, den Apparat mit dem dünnen Kabel zu verbinden. »Mr. Patterson hält das Telefon für überflüssigen Luxus; er behauptet, Sie wollten es nur, um sich mit jemand unterhalten zu können, wenn Sie sich langweilen. Seiner Meinung nach ist es ein Kinderspiel, mit Wind und Wellen zu laufen: das könnte er stundenlang, ohne mehr als zwei bis drei Grad vom Kurs abzukommen, sagt er.«

»Das glaube ich. Aber auf diese Weise sehen wir Aberdeen nie wieder. Sie können Mr. Patterson bestellen, daß der Wind dreht – und wenn er weit genug dreht und wir weiter mit dem Wind laufen, machen wir irgendwann ein kleines Loch in den Norden von Norwegen und ein großes in die *San Andreas*.«

Jamieson grinste. »Gut, das erkläre ich dem Leitenden. Ich bezweifle, daß er an diese Möglichkeit gedacht hat – mir ist sie jedenfalls nicht eingefallen.«

»Schicken Sie mir Naseby herauf, Sir, wenn Sie runtergehen? Er ist ein erfahrener Rudergänger.«

»Klar, wird gemacht. Brauchen Sie hier oben noch mehr Leute?«

»Nein, Sir. Wir drei kommen allein zurecht.«

»Das können Sie selbst am besten beurteilen.« Der Zweite Ingenieur schraubte das Telefon wieder zusammen, drückte auf den Rufknopf, sprach kurz und legte den Hörer auf. »Funktioniert einwandfrei. Fertig, McCrimmon? Stephen?« Als die beiden nickten, telefonierte Jamieson erneut mit dem Maschinenraum, ließ den Strom einschalten und wies McCrimmon und Stephen an, einen Radiator und einen Heizstrahler anzustellen. »Brauchen Sie McCrimmon noch als Läufer, Bootsmann?«

Der Bootsmann nickte zum Telefon hinüber. »Dank Ihnen habe ich meinen Läufer.«

McCrimmons Heizstrahler glühte bereits kirschrot. Stephen nahm die Hand von seinem Radiator und nickte.

»Ausgezeichnet! Ihr könnt sie vorläufig wieder abstellen. Samtpfötchen scheint für heute Schluß gemacht zu haben, Bootsmann. Wir gehen jetzt hinunter und sehen zu, welche Kabinen wir bewohnbar machen können. Das werden nicht allzu viele sein, fürchte ich. Bewohnbar sind sie nur – sobald sie aufgeräumt sind, was unsere Jungs bereits in Angriff genommen haben –, wenn wir die Heizung wieder in Gang bringen können. Das ist entscheidend. Leider sind die meisten Türen aus den Angeln gerissen und aufgeschweißt worden, und es hat wenig Zweck, die Heizung instand zu setzen, wenn wir nicht auch die Türen ersetzen können. Aber wir tun unser

Bestes.« Jamieson drehte das nutzlose Handrad. »Sobald wir unten und Sie hier oben fertig sind – und sobald die Temperatur für mich und andere Treibhauspflanzen aus dem Maschinenraum erträglich ist –, kommen wir rauf und nehmen uns die Ruderanlage vor.«

»Eine langwierige Reparatur, Sir?«

»Hängt davon ab, wie groß die Schäden unter Deck sind. Nageln Sie mich nicht darauf fest, Bootsmann, aber ich sehe eine gute Chance, daß wir sie bis heute abend instand gesetzt haben – auf unsere gewohnt primitive Art, wie Sie vielleicht sagen würden. Damit wir ein bißchen mehr Spielraum haben, nenne ich lieber keine Uhrzeit...«

Die Temperatur auf der Brücke sank stetig weiter, und da zunehmende Kälte Menschen körperlich und geistig langsamer werden läßt, brauchten McKinnon und seine beiden Männer weit über zwei Stunden für ihre Arbeit; wäre die Temperatur einigermaßen normal gewesen, hätten sie vermutlich nur eine Stunde gebraucht. Als ihre Arbeit zu drei Vierteln getan war, hatten sie alle vier Heizkörper angestellt, worauf die Temperatur allmählich gestiegen war – allerdings sehr langsam.

McKinnon war mit dem Resultat ihrer Arbeit sehr zufrieden. Sie hatten fünf Sperrholzplatten festgeschraubt – jeweils mit einer eingesetzten rechteckigen Glasscheibe, einer großen und vier kleineren. Die große Scheibe saß in der Mitte genau vor dem Platz des Rudergängers; zwei der anderen waren rechts und links von ihr montiert, während die beiden übrigen die Scheiben in den Türen zu den Nocken ersetzten. Die Ritzen zwischen Glas und Sperrholz sowie zwischen Holz und Stahl waren mit Hartleys Kitt, einem normalerweise zur Abdichtung wetterfester Außenanschlüsse verwendeten gelben Plastikmaterial, abgedichtet worden. Nun war die Kommandobrücke so zugfrei wie überhaupt möglich.

Ferguson packte das Werkzeug zusammen und hüstelte. »Vorhin war doch von einem kräftigen Schluck von Captain Bowens bestem Malzwhisky die Rede...«

McKinnon betrachtete ihn und Curran. Ihre Gesichter waren blaugefroren, und beide Männer zitterten vor Kälte; obwohl sie sonst ständig etwas zu beanstanden hatten, hatten sie diesmal gearbeitet, ohne sich ein einziges Mal zu beklagen.

»Den habt ihr euch verdient.« Er wandte sich an Naseby. »Was liegt an?«

Naseby warf einen verächtlichen Blick auf den Handkompaß.

»Zwo-zwanzig, wenn man diesem Ding trauen kann. Das dürfte ungefähr stimmen. Folglich hat der Wind in den letzten paar Stunden um fünf Grad gedreht. Wegen fünf Grad belästigen wir den Maschinenraum noch nicht?«

George Naseby, ein stämmiger, schweigsamer, schwarzhaariger und dunkelhäutiger Yorkshiremann – er stammte aus Whitby, Captain Cooks Heimatstadt –, war McKinnons anderes Ich und bester Freund. Obwohl er auf seinen beiden letzten Schiffen selbst als Bootsmann gefahren war, hatte er sich dazu entschlossen, auf der *San Andreas* anzuheuern, nur um mit McKinnon zusammenzusein. Obwohl er keinen offiziellen Dienstgrad hatte, betrachtete ihn jeder vom Kapitän abwärts als die Nummer zwei der Decksmannschaft.

»Deswegen belästigen wir ihn nicht. Bei weiteren fünf bis zehn Grad müssen wir ihn allerdings belästigen. Komm, wir gehen nach unten – das Schiff kommt ein paar Minuten allein zurecht. Dann lasse ich dich von Trent ablösen.«

Der Flüssigkeitsspiegel in der Scotchflasche des Kapitäns war rapide gesunken – Ferguson und Curran hatten ihre eigenen Vorstellungen von einem kräftigen Schluck Whisky. McKinnon, der sich mit erheblich weniger zufriedengab, begutachtete unterdessen Bowens Sextanten, Thermometer und Barometer. Soweit der Bootsmann es beurteilen konnte, war der Sextant unbeschädigt – er stand in einem mit Samt ausgekleideten Holzkasten, dessen Auspolsterung ihn vor dem Detonationsdruck geschützt hatte. Auch das Thermometer schien noch zu funktionieren: Die Quecksilbersäule stand auf minus acht Grad, was nach McKinnons Schätzung ungefähr der Kabinentemperatur entsprach. Der Wohnraum des Kapitäns gehörte zu den wenigen Kabinen, die noch eine unbeschädigte Tür besaßen, und Jamieson hatte bereits einen Elektroradiator anschließen lassen.

Er gab Naseby das Thermometer, forderte ihn auf, es auf eine der Nokken zu hängen, und konzentrierte sich dann auf das Barometer. Auch dieses Instrument funktionierte normal: als McKinnon mit dem Fingerknöchel ans Glas klopfte, machte die schwarze Nadel einen Ruck nach links.

»Neunundzwanzig Komma fünf«, sagte der Bootsmann. »Neunhundertneunundneunzig Millibar – und es fällt weiter.«

»Nicht gut, was?« meinte Ferguson.

»Nein. Allerdings brauchen wir kein Barometer, um das zu erkennen . . .«

Der Bootsmann verließ die Kabine und ging nach achtern zu den Offizierswohnräumen. Am Ende des Korridors begegnete er Jamieson.

»Wie kommen Sie voran, Sir?«

»Wir sind so ziemlich fertig. Fünf Kabinen sind wieder halbwegs bewohnbar – für Leute, die keine hohen Ansprüche stellen.«

McKinnon klopfte an die Stahlwand neben ihm. »Wie stabil sind die Aufbauten Ihrer Meinung nach, Sir?«

»Höchst labil. Unter den gegenwärtigen Umständen nicht gefährdet, aber soviel ich mitgekriegt habe, rechnen Sie mit einer Änderung dieser Umstände.«

»Wenn der Wind weiter dreht und wir diesen Kurs halten, trifft der Seegang unser Heck mehr an Steuerbord und läßt uns häßlich rollen und gieren. Ich habe mir überlegt, ob Sie . . .«

»Ich weiß, was Sie sich überlegt haben. Ich bin Schiffsingenieur, Bootsmann, kein Werftingenieur. Ich sehe mir die Sache an. Vielleicht können wir die schwächsten Stellen durch ein paar angeschraubte oder aufgeschweißte Stahlplatten verstärken. Vielleicht, wie gesagt. Garantie kann ich Ihnen nicht geben. Als erstes müssen wir uns um die Ruderanlage auf der Brücke kümmern. Wie sieht's dort oben aus?«

»Zugfrei. Vier Heizkörper. Ideale Arbeitsbedingungen.«

»Temperatur?«

»Fünfzehn Grad.«

»Über oder unter Null?«

»Unter.«

»Ideal! Vielen Dank, Bootsmann.«

In der Personalmesse des Lazaretts traf McKinnon vier Leute an: Patterson, Dr. Singh und die Schwestern Janet Magnusson und Irene. Die Krankenschwestern hatten dienstfrei – die *San Andreas* hatte wie alle Lazarettschiffe zwei Schichten Pflegepersonal an Bord. Der Bootsmann trat an die Essensausgabe, bestellte Kaffee und Sandwiches, nahm bei den anderen Platz und erstattete dem Leitenden Ingenieur Bericht. »Und was haben Sie erreicht, Sir?« fragte er anschließend. »Auf der Suche nach einem Dolmetscher, meine ich.«

Patterson machte ein finsteres Gesicht. »Bei unserem Glück?«

»Ich hab' eigentlich nicht im Ernst damit gerechnet, Sir. Nicht bei unserem Glück, wie Sie so richtig sagen.« Er sah zu Janet Magnusson hinüber. »Wo ist Schwester Morrison?«

»Im Aufenthaltsraum.« Ihr Tonfall und ihr Blick waren kühl. »Sie ist ganz durcheinander. Du hast sie aufgeregt.«

»Sie hat *mich* aufgeregt.« McKinnon winkte ungeduldig ab. »Weiberlaunen! Die sind jetzt besonders unangebracht. Wenn sie überhaupt jemals angebracht sind.«

»Kommen Sie, kommen Sie!« Dr. Singh lächelte. »Ich glaube, Sie sind beide nicht ganz fair. Schwester Morrison hat sich nicht in einen Schmollwinkel zurückgezogen, wie Sie zu glauben scheinen, Mr. McKinnon, und wenn Sie sich ziemlich unglücklich fühlt, ist daran nicht in erster Linie der Bootsmann schuld, Schwester. Zwischen ihr und Mr. Ullmann hat es Meinungsverschiedenheiten gegeben.«

»Ullmann?« wiederholte der Bootsmann.

»Leutnant Karl Ullmann, soviel ich weiß. Der Pilot der Condor.«

»Er ist bei Bewußtsein?«

»Sogar sehr! Er ist nicht nur bei Bewußtsein, er will sogar aufstehen. Eine bemerkenswert rasche Erholung. Drei Schußverletzungen, lauter Fleischwunden, alle nur oberflächlich. Er hat natürlich viel Blut verloren, aber wir haben eine Transfusion vorgenommen. Man kann nur hoffen, daß unser englisches Blut sich mit seinem arischen verträgt ... Schwester Morrison war jedenfalls mit mir bei Ullmann, als er wieder zu sich kam. Sie hat ihn als dreckigen Nazimörder beschimpft. Keine gute Voraussetzung für ein ideales Verhältnis zwischen Krankenschwester und Patient.«

»Nicht sonderlich taktvoll, das gebe ich zu«, sagte Patterson. »Wie hat er darauf reagiert?«

»Sehr ruhig. Milde, könnte man sagen. Er hat geantwortet, er sei kein Nazi und habe in seinem Leben noch keinen Menschen ermordet. Sie hat einfach dagestanden, ihn mit Blicken durchbohrt – falls Sie sich vorstellen können, daß Schwester Morrison jemand wütend anstarrt – und ...«

»Das kann ich mir sehr gut vorstellen!« sagte der Bootsmann nachdrücklich. »Mich starrt sie auch an. Sogar oft.«

»Vielleicht hast du einiges mit Leutnant Ullmann gemeinsam«, warf Schwester Magnusson ein.

»Bitte!« Dr. Singh hob abwehrend die Hand. »Leutnant Ullmann hat seinem Bedauern Ausdruck gegeben und von den Wechselfällen des Kriegs gesprochen; aber er hat nicht gerade nach Sack und Asche verlangt. Ich habe das Gespräch dann abgebrochen, weil ich mir davon keine fruchtbare Diskussion versprach. Sie dürfen nicht zu streng über Schwester Morrison urteilen, Bootsmann. Sie ist keine Xanthippe und erst recht kein zanksüchtiger Drache. Aber sie empfindet stark und hat nun einmal ihre eigene Art und Weise, ihre Empfindungen auszudrücken.«

McKinnon wollte sich dazu äußern, fing Janets noch immer ziemlich unfreundlichen Blick auf und überlegte sich die Sache anders. »Wie geht's Ihren übrigen Patienten, Doktor?«

»Dem anderen Flieger – einem Bordschützen namens Helmut Winterstein – fehlt weiter nichts; er ist ein verängstigter Junge, der damit gerechnet hat, bei Tagesanbruch erschossen zu werden. Commander Warrington ist schwer verletzt, wie Sie ganz richtig vermutet haben, Mr. McKinnon. Wie schwer, kann ich nicht sagen. Er hat einen Schädelbasisbruch, dessen Ausmaß nur durch eine Operation festgestellt werden könnte. Ich bin kein Gehirnchirurg. Wir müssen abwarten, bis er in ein Lazarett an Land überführt werden kann; dort läßt sich der Druck aufs Sehzentrum verringern und zugleich feststellen, ob er jemals wieder sehen können wird.«

»Der Navigationsoffizier der *Andover*?«

»Leutnant Cunningham?« Dr. Singh schüttelte den Kopf. »Tut mir leid – in mehr als einer Beziehung dürfte damit Ihre letzte Hoffnung schwinden –, aber dieser junge Mann dürfte für einige Zeit außer Gefecht gesetzt sein. Er liegt im Koma. Unsere Röntgenaufnahmen zeigen einen Schädelbruch – und nicht nur einen Haarriß. Puls, Atmung und Temperatur liefern keinen Hinweis auf organische Schäden. Er wird überleben.«

»Können Sie ungefähr sagen, wann er wieder zu sich kommen wird, Doktor?«

Der Arzt seufzte. »Wäre ich ein Assistenzarzt im ersten Jahr, würde ich eine recht zuversichtliche Schätzung wagen. Leider liegt meine Assistentenzeit schon fünfundzwanzig Jahre zurück. Zwei Tage, zwei Wochen, zwei Monate – ich weiß es einfach nicht. Was die anderen betrifft, sind Kapitän und Erster Offizier noch ruhiggestellt, und sobald sie aufwachen, bekommen sie von mir eine weitere Beruhigungsspritze. Hudson, der Mann mit der perforierten Lunge, scheint sich gefangen zu haben – zumindest sind die inneren Blutungen zum Stehen gekommen. Raffertys Schienbeinbruch ist versorgt und dürfte keine weiteren Probleme aufwerfen. Die beiden verletzten Besatzungsmitglieder der *Argos*, der Mann mit dem Bekkenbruch und der andere mit den Verbrennungen, liegen noch im Aufwachraum, weil die Abteilung A voll ist und sie dort am besten aufgehoben sind. Und zwei junge Matrosen, deren Namen ich nicht weiß, habe ich wieder entlassen.«

»Jones und McGuigan.«

»Richtig! Die beiden haben ihren Schock rasch überwunden. Soviel ich gehört habe, können sie von Glück sagen, daß sie noch leben.«

»Wir können alle von Glück sagen, daß wir noch leben.« McKinnon nickte dankend, als Mario ihm Kaffee und Sandwiches servierte, und sah dann zu Patterson hinüber. »Glauben Sie, daß es nützlich wäre, Sir, mit Leutnant Ullmann zu reden?«

»Falls Ihre Überlegungen auch nur halbwegs zutreffen, könnte das durchaus nützlich sein, Bootsmann. Jedenfalls kann's nicht schaden.«

»Tut mir leid, aber damit werden Sie noch etwas warten müssen«, erklärte Dr. Singh ihnen. »Der Leutnant ist aktiver gewesen – oder hat sich aktiver gefühlt –, als ihm gutgetan hätte. Er hat eine Beruhigungsspritze bekommen, aber in ein, zwei Stunden können Sie mit ihm reden. Handelt es sich um etwas Dringendes, Mr. McKinnon?«

»Möglicherweise. Oder zumindest um etwas Wichtiges. Vielleicht kann er uns erklären, warum wir alle das Glück haben, noch zu leben. Wenn wir das wissen, können wir vielleicht voraussehen oder wenigstens vermuten, was uns noch bevorsteht.«

»Sie glauben also, daß der Feind noch nicht mit uns fertig ist?«

»Das würde mich allerdings wundern, Doktor.«

McKinnon, der jetzt in der Messe allein war, hatte eben seine dritte Tasse Kaffee ausgetrunken, als Jamieson und drei seiner Männer in die Hände blasend und zähneklappernd hereinkamen. Der Zweite Ingenieur trat an die Essensausgabe, bestellte vier Kaffee und setzte sich dann neben McKinnon.

»Ideale Arbeitsbedingungen, haben Sie gesagt, Bootsmann. Sozusagen wie die Made im Speck. Die Temperatur steigt wirklich steil an – jetzt sind's da oben schon fast zehn Grad. Unter Null, versteht sich.«

»Gut, Sir. Wie sieht's mit der Ruderanlage aus?«

»Instand gesetzt. Zumindest notdürftig. Nicht allzu viel Arbeit. Das Handrad hat ziemlich viel Spiel, aber Trent sagt, er kommt damit zurecht.«

»Ausgezeichnet! Vielen Dank. Wir steuern wieder von der Brücke aus?«

»Ja. Ich habe den Maschinenraum angewiesen, die Finger von dem Notruder zu lassen. Der Leitende wirkte ziemlich enttäuscht – er glaubt anscheinend, besser steuern zu können als die Brücke. Was steht als nächstes auf der Tagesordnung?«

»Nichts. Nichts für mich, meine ich.«

»Ah, ich weiß, was Sie meinen! Müßiggang ist aller Laster Anfang, stimmt's? Wir sehen uns nachher an, ob sich die Aufbauten etwas verstärken lassen – sobald wir wieder ein bißchen aufgetaut sind.«

»Natürlich, Sir.« Der Bootsmann sah sich um. »Übrigens fällt mir gerade auf, daß Dr. Singh sich nicht die Mühe macht, den Wandschrank mit dem Alkoholvorrat des Lazaretts abzusperren.«

»Interessant! Ein Schuß Whisky im Kaffee könnte nicht schaden, was?«

»Ich würde ihn empfehlen, Sir. Vielleicht beschleunigt er das Auftauen.«

Der Zweite Ingenieur blinzelte ihm zu, stand auf und trat an den Wandschrank.

Jamieson trank seine zweite Tasse Kaffee mit einem Schuß Whisky aus und warf McKinnon einen prüfenden Blick zu. »Haben Sie Sorgen, Bootsmann?«

»Ja.« McKinnon stützte beide Hände auf die Tischplatte, als wolle er aufstehen. »Die Schiffsbewegung hat sich geändert. Vor ein paar Minuten hat das Schiff etwas zu gieren angefangen, nicht allzu stark, so als hätte Trent eine leichte Kurskorrektur vorgenommen, aber jetzt giert es verdammt stark. Vielleicht ist die Ruderanlage wieder ausgefallen.«

Der Bootsmann sprang auf, und Jamieson blieb dicht hinter ihm. Als sie das mit einer Eisschicht überzogene Hauptdeck erreichten, griff McKinnon nach einer Sicherheitsleine und blieb kurz stehen.

»Gieren und Stampfen gleichzeitig!« rief er laut. Er mußte schreien, um den orkanartigen Sturm zu übertönten. »Zwanzig Grad vom Kurs abgekommen, vielleicht sogar dreißig. Da oben ist irgendwas ganz und gar nicht in Ordnung!«

Als sie die Brücke erreichten, zeigte sich tatsächlich, daß dort etwas ganz und gar nicht in Ordnung war. »Ich muß mich bei Ihnen entschuldigen, Mr. Jamieson«, sagte McKinnon. »Es war also doch nicht die Ruderanlage . . .«

Trent lag unmittelbar hinter dem Steuerstand, dessen Handrad sich willkürlich mal hierhin, mal dorthin drehte, je nachdem, wie das Ruder vom Seegang bewegt wurde. Der auf dem Rücken Liegende atmete, das stand außer Zweifel – seine Brust hob und senkte sich in langsamem Rhythmus. McKinnon beugte sich über ihn, um sein Gesicht zu betrachten, sah genauer hin, schnüffelte, verzog angewidert die Nase und richtete sich auf.

»Chloroform.« Er griff nach dem Handrad und machte sich daran, die *San Andreas* auf Kurs zurückzubringen.

»Und das hier!« Jamieson bückte sich, hob den Kompaß auf und zeigte ihn McKinnon. Das Glas war zersplittert, die Magnetnadel abgebrochen. »Samtpfötchen hat wieder zugeschlagen.«

»Sieht so aus, Sir.«

»Das scheint Sie nicht sonderlich zu überraschen, Bootsmann?«

»Mir war sofort klar, was passiert sein mußte. Wir haben noch einige Rudergänger an Bord. Aber das war unser einziger Kompaß.«

4

»Wer uns das eingebrockt hat, muß Zugang zur Ambulanz oder zur Schiffsapotheke gehabt haben«, stellte Patterson fest. Er saß mit Jamieson und McKinnon im Aufenthaltsraum des Lazaretts.

»Damit ist uns nicht geholfen, Sir«, antwortete McKinnon.

»Seit zehn Uhr morgens hatte die gesamte Besatzung – mit Ausnahme der Verwundeten, der Bewußtlosen und der Ruhiggestellten – Zugang zu diesen Räumen. An Bord gibt es keinen Menschen, der nicht im Lazarett gewesen ist, um zu essen, zu schlafen oder sich ein bißchen auszuruhen.«

»Vielleicht sehen wir die Sache nicht im richtigen Licht«, meinte Jamieson. »Warum sollte jemand den Kompaß zertrümmern wollen? Dahinter kann nicht nur stecken, daß wir daran gehindert werden sollen, einen bestimmten Kurs zu steuern. Ich halte es für sehr wahrscheinlich, daß Samtpfötchen nach wie vor sein Peilzeichen sendet, so daß die Deutschen genau wissen, wo wir stehen.«

»Vielleicht hofft er, uns in Panik versetzen zu können«, sagte McKinnon. »Vielleicht hofft er, daß wir unsere Fahrt herabsetzen, statt im Kreis zu fahren, was leicht passieren kann, wenn das Wetter sich weiter verschlechtert, die See kabbelig wird und wir keinen Kompaß haben. Vielleicht ist ein deutsches U-Boot in der Nähe, und er will verhindern, daß wir uns allzu weit davon entfernen. Es gibt sogar eine noch schlimmere Möglichkeit. Bisher haben wir stets angenommen, Samtpfötchen habe nur einen Sender – aber was ist, wenn er auch einen Empfänger hat, wenn er mit dem Altafjord, einem U-Boot oder sogar einem Seeaufklärer vom Typ Condor in Verbindung steht? Vielleicht ist ein englisches Kriegsschiff in unserer Nähe, mit dem wir natürlich auf keinen Fall Verbindung aufnehmen sollen. Nun, das könnten wir auch nicht, aber sein Radar könnte uns aus zehn bis fünfzehn Seemeilen Entfernung orten.«

»Zu viele ›wenn‹, ›aber‹ und ›vielleicht‹!« Patterson sprach mit dem Nachdruck eines Mannes, dessen Entschluß feststeht. »Wie vielen Personen an Bord trauen Sie, Bootsmann?«

»Wie vielen ich ...« McKinnon machte eine nachdenkliche Pause. »Uns dreien hier – und Naseby. Und dem Pflegepersonal. Ich habe keinen besonderen Grund, diesen Leuten zu trauen – andererseits auch keinen, ihnen zu mißtrauen –, aber ich *weiß*, daß sie alle hier unten waren, als Trent auf der Brücke überfallen wurde. Folglich scheiden sie aus.«

»Zwei Ärzte, sechs Krankenschwestern, drei Krankenpfleger und wir vier. Das sind insgesamt fünfzehn.« Jamieson lächelte. »Und alle anderen sind verdächtig?«

Der Bootsmann gestattete sich ein schwaches Lächeln. »Es ist schwierig, sich halbe Kinder wie Jones, McGuigan und Wayland Day als Meisterspione vorzustellen. Aber ich würde für keinen der anderen meine Hand ins Feuer legen. Anders ausgedrückt: Ich habe keinen Grund, ihnen zu vertrauen, wenn es um Leben oder Tod geht.«

»Was ist mit der Besatzung der *Argos*?« fragte Patterson.

»Ich weiß, daß das lächerlich klingt, Sir. Aber wer kann für diese Leute geradestehen? Ich traue einfach keinem.« Der Bootsmann runzelte die Stirn. »Vermute ich richtig, daß Sie die Absicht haben, sämtliche Kabinen und alles Gepäck an Bord zu durchsuchen?«

»Sie vermuten richtig, Bootsmann.«

»Entschuldigen Sie, Sir, aber damit würden wir unsere Zeit vergeuden. Wer so clever ist wie Samtpfötchen, der dürfte auch klug genug sein, nichts herumliegen zu lassen – zumindest nirgends, wo sich auch nur entfernt eine Verbindung zu ihm herstellen ließe. An Bord gibt es Hunderte von Verstecken, und wir sind keine ausgebildeten Sucher. Andererseits ist eine großangelegte Suchaktion natürlich besser als nichts. Aber ich sehe schon im voraus, was wir finden werden, Mr. Patterson: nichts.«

Sie fanden nichts. Sie durchsuchten sämtliche Unterkünfte, alle Schränke und Schubladen, alle Koffer und Seesäcke, alle Ecken und Winkel – und fanden nichts. Zu einem ziemlich peinlichen Auftritt kam es, als Kapitän Andropoulos, ein stämmiger, schwarzbärtiger und offenbar cholerischer Mann, dem eine der für Genesende bestimmten Kabinen zugewiesen worden war, sich lautstark und handgreiflich gegen eine Durchsuchung seiner Kabine wehrte. McKinnon, der kein Griechisch sprach, fand einen Ausweg aus dieser Situation, indem er dem Kapitän seine Pistole an die Schläfe setzte. Danach war Andropoulos, der vermutlich einsah, daß McKinnon nicht zu seinem eigenen Vergnügen unterwegs war, die Hilfsbereitschaft in Person. Er begleitete den Bootsmann sogar und wies seine Besatzung an, ihr Gepäck durchsuchen zu lassen.

Die beiden Singhalesen in der Lazarettküche kochten hervorragend, und Dr. Singh, der ein Weinkenner zu sein schien, servierte einen Bordeaux, der einem Feinschmeckerlokal Ehre gemacht hätte; aber das Essen und – was erstaunlicher war – der Wein wurden an diesem Abend nicht recht gewürdigt. Die Stimmung war gedrückt. Ein gewisses Unbehagen, vielleicht sogar eine Art Heimlichtuerei war unverkennbar. Natürlich war es ein Schock gewesen, hören zu müssen, daß es an Bord einen Saboteur gab; noch viel unangenehmer war es jedoch gewesen, sein Gepäck und sein sonstiges Eigentum durchsuchen lassen zu müssen, um den Verdacht zu entkräften, man selbst könne dieser Saboteur sein. Sogar das Lazarettpersonal schien sich unbehaglich zu fühlen. Seine Kabinen und sein Gepäck waren nicht durchsucht worden, so daß es nicht offiziell von jeglichem Verdacht freigesprochen war. Diese Reaktion mochte irrational sein, aber sie war unter den herrschenden Umständen begreiflich.

Patterson, der nicht aufgegessen hatte, schob seinen Teller zurück und fragte Dr. Singh: »Wie steht's mit diesem Leutnant Ullmann? Ist er wach?«

»Sogar hellwach!« antwortete Dr. Singh beinahe gereizt. »Er hat sich verblüffend rasch erholt. Wollte gleich mit uns essen. Das hab' ich ihm natürlich verboten. Warum?«

»Der Bootsmann und ich möchten kurz mit ihm sprechen.«

»Das können Sie jederzeit.« Der Arzt überlegte kurz. »Ich sehe nur zwei kleine Schwierigkeiten. Schwester Morrison hat Dienst – sie hat Schwester Maria abgelöst, damit sie zu Abend essen kann.« Dr. Singh nickte zum unteren Ende des Tischs hinüber, wo eine blonde junge Frau mit auffällig hohen Backenknochen beim Essen saß. Wie Stephen Przybyszewski stammte auch sie aus Polen, und da ihr Nachname Szarzynski ein ähnlicher Zungenbrecher wie Stephens Familienname war, wurde sie stets nur Schwester Maria genannt.

»Das überleben wir«, entschied Patterson. »Und die zweite Schwierigkeit?«

»Kapitän Bowen. Er ist wie Leutnant Ullmann nicht leicht ruhigzustellen. Er kommt zwischendurch immer wieder für längere Zeit zu Bewußtsein und ist dann sehr schlechter Laune. Wer hätte den Kapitän jemals übelgelaunt erlebt?«

Patterson stand auf. »Wenn ich der Kapitän wäre, hätte ich auch keine Lust, zu singen und zu tanzen. Kommen Sie, Bootsmann.«

Kapitän Bowen war wach, sogar hellwach, und tatsächlich in äußerst gereizter Stimmung. Schwester Morrison saß auf einem Hocker neben seinem Bett. Sie wollte aufstehen, aber Patterson forderte sie mit einer Handbewegung zum Sitzenbleiben auf.

Leutnant Ullmann hatte die rechte Hand unter dem Kopf und lag halb sitzend in seinem Bett; auch er wirkte hellwach.

»Wie fühlen Sie sich, Captain?«

»Wie ich mich fühle, Leitender?« Bowen erklärte Patterson kurz und mit drastischen Worten, wie er sich fühlte. Hätte er nicht gewußt, daß Schwester Morrison an seinem Bett saß, hätte er sich vermutlich noch drastischer ausgedrückt. Er hob eine verbundene Hand vor den Mund, als er husten mußte. »Wir sitzen schön in der Tinte, was, Leitender?«

»Na ja, die Dinge könnten besserstehen.«

»Sie könnten gar nicht schlechterstehen.« Kapitän Bowen sprach verschwommen und undeutlich; seine verbrannten, mit Blasen bedeckten Lippen mußten beim Sprechen stark schmerzen. »Schwester Morrison hat mir alles erzählt. Sogar der Bootskompaß zertrümmert. Samtpfötchen.«

»Samtpfötchen?«

»Er ist weiter aktiv. Der Saboteur ...«

»Die Saboteure!« warf McKinnon ein.

»Archie!« Bezeichnend für die Gemütsverfassung des Kapitäns war die Tatsache, daß er den Bootsmann erstmals in Gegenwart anderer mit dem Vornamen angeredet hatte. »Sie sind also auch hier?«

»Unkraut verdirbt nicht, Sir.«

»Wer hat Wache, Bootsmann?«

»Naseby, Sir.«

»Gut, das ist in Ordnung. Saboteure?«

»Es gibt mehr als nur einen, Sir. Es müssen mehrere sein. Das weiß ich genau. Ich weiß nicht, woher ich das weiß, aber ich weiß es ...«

»Davon haben Sie mir bisher kein Wort gesagt«, stellte Patterson fest.

»Ich habe auch erst jetzt darüber nachgedacht. Und es gibt an Bord noch jemand, über den ich erst jetzt nachgedacht habe: Kapitän Andropoulos.«

»Der griechische Tankerkapitän?« fragte Bowen. »Was ist mit ihm?«

»Nun, Sir, Sie wissen wahrscheinlich, daß wir gewisse Schwierigkeiten mit der Navigation haben?«

»*Gewisse*? Von Schwester Morrison habe ich's anders gehört!«

»Gut, dann eben große Schwierigkeiten. Wir haben geglaubt, Kapitän Andropoulos könnte uns helfen, wenn wir mit ihm reden könnten. Aber das können wir nicht. Vielleicht brauchen wir es auch nicht. Vielleicht genügt es schon, wenn wir ihm einfach Ihren Sextanten zeigen und ihm eine Seekarte geben. Das dumme ist nur, daß die Seekarte ruiniert ist. Blutflekken.«

»Macht nichts«, antwortete Bowen. »Wir haben alle Karten mehrfach an Bord. Sie finden sie in dem Fach unter dem Tisch oder im Kartenschrank an der Rückwand des Kartenraums.«

»Gut. Ich bin in einer Viertelstunde wieder da«, versprach der Bootsmann.

McKinnon brauchte erheblich länger, und als er zurückkam, verrieten sein finsterer Gesichtsausdruck und die Tatsache, daß er den Sextanten in seinem Kasten und die Seekarte unter dem Arm hatte, daß hier ein Mann kam, der einen Fehlschlag zu melden hatte.

»Er will nicht?« fragte Patterson. »Oder schon wieder Samtpfötchen?«

»Samtpfötchen. Kapitän Andropoulos lag laut schnarchend in seiner Koje. Ich habe versucht, ihn wachzurütteln, aber da hätte ich ebensogut einen Sack Kartoffeln schütteln können. Ich habe zuerst angenommen, der Unbekannte, der Trent außer Gefecht gesetzt hat, habe auch Andropoulos heimgesucht, aber er roch nicht nach Chloroform. Ich habe Dr. Singh geholt. Er stellte fest, daß jemand den Kapitän mit einem starken Mittel betäubt hat.«

»Betäubt!« Bowen versuchte, sein Erstaunen auszudrücken, aber er brachte nur ein Krächzen heraus. »Um Himmels willen, nimmt denn das kein Ende mehr? Betäubt? Wie kann er betäubt worden sein, verdammt noch mal?«

»Offenbar ganz leicht, Sir. Dr. Singh weiß nicht, welches Mittel benutzt worden ist, aber er glaubt, daß Andropoulos es mit einer Speise oder einem Getränk zu sich genommen hat. Wir haben Achmed, den Oberkoch, gefragt, ob der Kapitän etwas anderes als wir alle gegessen hat; er hat diese Frage verneint, aber hinzugefügt, er habe ihm anschließend noch einen Kaffee serviert. Kapitän Andropoulos hat offenbar eigene Vorstellungen von einem guten Kaffee: halb Kaffee, halb Cognac. Nach Dr. Singhs Auskunft hätte soviel Cognac den Geschmack jedes ihm bekannten Betäubungsmittels überdeckt. Auf dem Nachttisch des Kapitäns stand eine Kaffeetasse. Sie war leer.«

»Hm.« Patterson machte ein nachdenkliches Gesicht. »Und der Kaffeesatz? Ich verstehe natürlich nichts von solchen Dingen, aber hätte Dr. Singh nicht die Kaffeereste und den Satz in der Tasse analysieren können?«

»Die Tasse war ausgespült, Sir. Der Kapitän könnte sie selbst ausgewaschen haben, aber ich glaube eher, es war Samtpfötchen, der seine Spur verwischt hat. Es wäre zwecklos gewesen, herausbekommen zu wollen, ob jemand beim Betreten oder Verlassen der Kabine von Kapitän Andropoulos gesehen worden ist.«

»Keine Verständigungsmöglichkeit, was?« erkundigte sich Patterson.

»Richtig. Zum fraglichen Zeitpunkt waren nur Leute aus seiner Besatzung in seiner Nähe.«

»Gut, nehmen wir also an, daß unser Saboteur wieder am Werk war, was leider sehr wahrscheinlich ist«, sagte Patterson. »Wie kann er sich ein so starkes Betäubungsmittel verschafft haben, verdammt noch mal?«

»Woher hat er schon das Chloroform gehabt? Ich vermute, daß Samtpfötchen mit allen notwendigen Dingen gut ausgerüstet ist. Vielleicht ist er nicht nur auf chemischem Gebiet beschlagen, sondern weiß auch, wonach er in der Schiffsapotheke greifen muß.«

»Nein!« widersprach Bowen. »Ich habe Dr. Singh ausdrücklich gefragt. Die Schiffsapotheke ist ständig abgesperrt.«

»Ganz recht, Sir«, bestätigte McKinnon. »Aber falls dieser Mann ein Profi ist, dürfte zu seiner Ausrüstung auch ein Satz Nachschlüssel gehören.«

»Das geht doch nun wirklich zu weit«, murmelte Bowen vor sich hin. »Wir sitzen wirklich schön in der Tinte! Wenn das Wetter sich weiter verschlechtert, was es offenbar tut, können wir irgendwo enden. Wahrscheinlich an der norwegischen Küste . . .«

»Darf ich etwas sagen, Captain?« fragte Leutnant Ullmann.

Bowen drehte den Kopf ruckartig zur Seite – eine Bewegung, die ihn vor Schmerzen stöhnen ließ. »Ist das Leutnant Ullmann?« Seine Stimme klang abweisend.

»Ja, Sir. Ich kann navigieren.«

»Sehr freundlich von Ihnen, Leutnant.« Bowen versuchte sich im Ton eisiger Ablehnung, aber seine verbrannten Lippen machten nicht mit. »Sie sind der letzte Mensch, an den ich mich hilfesuchend wenden würde. Was Sie verübt haben, war ein Verbrechen gegen die Menschlichkeit.« Er schwieg einige Sekunden lang, weil ihm das Sprechen schwerfiel. »Wenn wir nach England zurückkommen, werden Sie erschossen! Sie und navigieren? Da sei Gott davor!«

»Ich verstehe, wie Ihnen zumute ist, Sir«, warf McKinnon ein. »Wegen seiner Bomben sind fünfzehn Mann tot. Wegen seiner Bomben liegen Sie verwundet hier. Nicht nur Sie, sondern auch der Erste Offizier, Hudson und Rafferty. Aber ich finde trotzdem, daß Sie ihn anhören sollten.«

Der Kapitän schien übermäßig lange zu schweigen. Wie groß seine Achtung vor dem Bootsmann war, zeigte sich schon daran, daß es vermutlich keinem anderen gelungen wäre, ihn so lange zum Nachdenken zu zwingen. Als Bowen wieder sprach, war seine Stimme heiser vor Erbitterung. »In der Not frißt der Teufel Fliegen. Das steckt dahinter, stimmt's?« McKinnon gab keine Antwort. »Außerdem ist die Navigation eines Flugzeugs etwas anderes als die eines Schiffes.«

»Ich kann ein Schiff navigieren«, sagte Ullmann. »Vor dem Krieg war ich auf der Marineschule. Ich habe das Patent als Navigationsoffizier.« Er lächelte kurz. »Natürlich habe ich es nicht bei mir, aber ich besitze es. Außerdem habe ich oft genug vom Flugzeug aus Sternorte bestimmt. Das ist schwieriger als von der Brücke eines Schiffes aus. Nochmals: ich kann navigieren.«

»Ausgerechnet Sie – Sie Monster!« Schwester Morrisons Stimme klang noch eisiger als die des Kapitäns, was vielleicht daran lag, daß ihre Lippen nicht verbrannt waren. »Ich bin sicher, daß er navigieren kann, Captain Bowen. Und ich bin ebenso sicher, daß er uns auf dem kürzesten Weg nach Altafjord, Bergen oder Trondheim navigiert – jedenfalls nach Norwegen.«

»Das ist eine sehr törichte Unterstellung, Schwester«, sagte Ullmann. »Mr. McKinnon ist vielleicht kein Navigator, aber er ist als Seemann erfahren genug, um mit einem Blick auf die Sonne oder den Polarstern festzustellen, ob das Schiff auf Südostkurs liegt oder nach Südwesten steuert.«

»Ich traue ihm trotzdem nicht über den Weg«, beharrte Schwester Morrison. »Ich traue ihm erst recht nicht, wenn es stimmt, was er sagt.« Ihr Blick war eisig, ihr Mund zusammengepreßt; man konnte den Eindruck gewinnen, sie hätte ihren Beruf verfehlt und bewiese jetzt ihre Eignung zur strengen Lehrerin – mit Ullmann in der wenig kleidsamen Rolle eines zitternden Drittkläßlers, der seine Hausaufgaben nicht gemacht hat. »Sehen Sie doch, was mit Trent passiert ist. Sehen Sie, was er mit dem griechischen Kapitän gemacht hat. Warum sollte Mr. McKinnon nicht das gleiche passieren?«

»Bei allem Respekt, Schwester«, sagte McKinnon in einem Tonfall, der einen deutlichen Mangel an Respekt verriet, »muß ich leider wiederholen, was Leutnant Ullmann gesagt hat. Was Sie da vorbringen, ist in der Tat eine törichte Unterstellung. Sie ist aus zwei Gründen unsinnig. Erstens ist Naseby ebenfalls Bootsmann – und noch dazu ein sehr guter. Ich habe allerdings nicht angenommen, daß Sie das wissen.« Der Bootsmann betonte das Wort »Sie« unnötig. »Auch Trent, Ferguson und Curran kennen den Unterschied zwischen Nord und Süd. Der Leitende Ingenieur und Mr. Jamieson können ebenfalls die Himmelsrichtungen auseinanderhalten. Und von der Besatzung sind sicher ein halbes Dutzend Männer dazu in der Lage. Wollen Sie etwa behaupten, Leutnant Ullmann könne durch eine Geheimmethode, die anscheinend nur Sie sich vorstellen können, alle diese Leute außer Gefecht setzen?«

Schwester Morrisons Lippen bildeten einen schmalen Strich. »Und der zweite Grund?« fragte sie.

»Wenn Sie Leutnant Ullmann für einen Komplizen der Leute halten, die in letzter Konsequenz für den Abschuß seines Flugzeugs verantwortlich sind, bei dem er beinahe ums Leben kam ... ja, wenn Sie das für möglich halten, dann glauben Sie alles.«

Wenn man sich überhaupt beschwichtigend räuspern kann, gelang Patterson jetzt dieses Kunststück. »Ich glaube, Captain, der Leutnant ist vielleicht doch nicht ganz der Schurke, für den Sie und Schwester Morrison ihn offenbar halten.«

»Kein Schurke! Dieser elende ...« Bowen machte eine Pause. Als er weitersprach, klang seine Stimme ruhig, fast nachdenklich. »So etwas sagen Sie nicht ohne Grund, Leitender. Wie kommen Sie darauf?«

»Der Bootsmann hat zuerst davon gesprochen, und ich bin im Grunde seiner Meinung. Bootsmann, erzählen Sie dem Captain, was Sie mir auseinandergesetzt haben.«

»Ich habe Zeit gehabt, mir darüber Gedanken zu machen«, sagte McKinnon. »Sie nicht, Captain. Nach allem, was ich von Dr. Singh gehört habe, muß es bei Ihren Schmerzen verdammt mühsam sein, überhaupt einen klaren Gedanken zu fassen. Ich bin davon überzeugt, Sir, daß der Leutnant von seiner Luftwaffe hereingelegt worden ist.«

»Hereingelegt? Was soll das heißen, verdammt noch mal?«

»Ich glaube nicht, daß er gewußt hat, daß er ein Lazarettschiff angreift. Jetzt weiß er's natürlich. Aber als er seine Bomben abwarf, hat er es nicht gewußt.«

»Er hat es nicht gewußt! Darf ich darauf hinweisen, Bootsmann, daß Flugzeugführer sehr gute Augen haben müssen? Unsere großen roten Kreuze ...«

»Ich bezweifle, daß er sie gesehen hat, Sir. Die Scheinwerfer waren ausgefallen. Es war noch halb dunkel. Weil er von achtern anflog, hat er die Kreuze an den Seiten nicht sehen können, und er flog so niedrig, daß die Aufbauten das rote Kreuz auf dem Vordeck verdeckt haben müssen. Was das Kreuz auf dem Achterdeck betrifft, haben wir zu diesem Zeitpunkt soviel Rauch gemacht, daß es eingenebelt gewesen sein muß. Und schließlich kann ich mir beim besten Willen nicht vorstellen, daß Leutnant Ullmann einen so selbstmörderischen Tiefangriff auf die *San Andreas* geflogen hätte, wenn er gewußt hätte, daß ganz in der Nähe eine englische Fregatte stand. Ich hätte seine Überlebenschancen nicht sehr hoch eingeschätzt.«

»Ich auch nicht!« stellte Leutnant Ullmann nachdrücklich fest.

»Und nun die ausschlaggebende Tatsache, Sir: die vier Torpedoflugzeuge. Ich weiß, Sir, Sie können sie weder gesehen noch gehört haben, weil Sie schon bewußtlos waren. Aber der Leitende Ingenieur und ich haben sie beobachtet. Sie sind uns absichtlich ausgewichen. Sie haben uns überflogen und nur die *Andover* angegriffen. Was halten Sie davon, Sir? Eine Condor greift uns an – mit ungewöhnlich leichten Bomben –, und die Torpedoflugzeuge, die uns den Rest hätten geben können, konzentrieren sich ausschließlich auf die Fregatte. Die Heinkel-Piloten haben gewußt, daß die *Andover* in unserer Nähe war; Leutnant Ullmann hat es nicht gewußt. Bei der deutschen Luftwaffe scheint in diesem Fall die Rechte nicht gewußt zu haben, was die Linke tat. Ich bin mehr denn je davon überzeugt, daß der Leutnant hereingelegt wurde – von seinen eigenen Vorgesetzten und von dem Saboteur, der dafür gesorgt hat, daß unsere Scheinwerfer nicht brannten.« McKinnon machte eine kurze Pause, bevor er hinzufügte: »Außerdem sieht er nicht aus wie ein Mann, der ein Lazarettschiff bombardieren würde.«

»Verdammt noch mal, wie soll ich beurteilen können, wie er aussieht?« fragte Bowen gereizt. »Auch ein Milchgesicht mit einer Harfe kann ein Massenmörder sein, wenn er auch noch so unschuldig wirkt. Aber ich stimme Ihnen darin zu, Bootsmann, daß dieser Fall einige sehr merkwürdige Fragen aufwirft. Fragen, die sehr merkwürdige Antworten zu erfordern scheinen. Finden Sie nicht auch, Schwester?«

»Ja, vielleicht.« Das klang zweifelnd, widerstrebend.

»Mr. McKinnon könnte recht haben.«

»Er hat recht!« sagte der Erste Offizier plötzlich mit fester Stimme.

»Mr. Kennet!« Bowen drehte sich nach dem anderen Bett um und fluchte vernehmlich, als Kopf und Nacken ihn daran erinnerten, daß rasche Bewegungen nicht ratsam waren. »Ich habe geglaubt, Sie schliefen . . .«

»Ich bin hellwach, Sir. Mir ist nur nicht nach Reden zumute. Aber der Bootsmann hat recht. Er muß recht haben.«

»Hm. Na ja.« Bowen drehte sich vorsichtig nach Ullmann um. »Ich halte Ihren Angriff nach wie vor für unentschuldbar, aber vielleicht sind Sie doch nicht der gemeine Mörder, für den wir Sie gehalten haben. – Bootsmann, der Leitende hat mir hinterbracht, daß Sie in meiner Kabine das Mobiliar zertrümmern.«

»Nicht mehr als unbedingt sein mußte, Sir. Ich konnte die Schlüssel nicht finden.«

»Sie liegen in der linken hinteren Ecke der linken Schreibtischschublade. Sehen Sie im rechten Schubfach unter meiner Koje nach. Da finden Sie ein Chronometer. Vielleicht funktioniert es noch.«

»Ein Ersatzchronometer, Sir?«

»Viele Kapitäne haben eines an Bord. Ich habe stets eines in meiner Kabine gehabt. Wenn der Sextant die Detonation überstanden hat, ist es vielleicht auch unbeschädigt geblieben. Der Sextant ist doch in Ordnung, nicht wahr?«

»Soweit ich das beurteilen kann.«

»Darf ich ihn mir kurz ansehen?« fragte Leutnant Ullmann. Er untersuchte das Gerät. »Einwandfrei!«

McKinnon ging hinaus und nahm den Sextanten und die Seekarte mit.

Als der Bootsmann zurückkam, lächelte er zufrieden. »Ihr Chronometer ist heil, Sir. Ich habe Trent wieder ans Ruder beordert und Naseby in Ihrer Kabine postiert. Dort kann er den Aufgang zur Brücke überwachen und sich vor allem jeden Unbefugten greifen, der in Ihre Kabine einzudringen versucht. Ich habe ihm gesagt, daß dazu lediglich Mr. Patterson, Mr. Jamieson und ich befugt sind.«

»Ausgezeichnet!« sagte Bowen. »Leutnant Ullmann, vielleicht benötigen wir Ihre Dienst doch noch.« Er machte eine Pause. »Sie sind sich natürlich darüber im klaren, daß Sie sich selbst in die Gefangenschaft navigieren?«

»Nicht vor ein Hinrichtungskommando?«

»Das wäre ein schlimmer Lohn für Ihre – sagen wir: professionellen Dienste. Nein.«

»Lieber ein lebendiger Kriegsgefangener als ein in seinem Schlauchboot erfrorener Toter, der ich gewesen wäre, wenn Mr. McKinnon mich nicht aufgefischt hätte.« Ullmann setzte sich in seinem Bett auf. »Gut, meinetwegen können wir gleich gehen . . .«

McKinnon legte ihm eine Hand auf die Schulter. »Tut mir leid, Leutnant, soweit ist es noch nicht.«

»Weil der Doktor mich nicht rausläßt?«

»Er wäre bestimmt nicht sonderlich glücklich, aber das ist nicht der eigentliche Grund. Schneesturm. Sicht Null. Keine Sterne – und heute nacht kommen auch keine mehr heraus.«

»Ah.« Ullmann ließ sich zurücksinken. »Ich fühle mich ohnehin nicht so energiegeladen.«

In diesem Augenblick gingen zum drittenmal an diesem Tag die Lichter aus. McKinnon ließ seine Taschenlampe aufleuchten, machte die Notbeleuchtung ausfindig, schaltete sie ein und warf Patterson einen nachdenklichen Blick zu.

»Ist was passiert?« wollte Bowen wissen.

»Entschuldigung, Sir«, sagte Patterson. Er hatte vergessen, daß der Kapitän nicht sehen konnte. »Schon wieder Stromausfall!«

»Schon wieder? Mein Gott!« Bowens Stimme klang weniger sorgenvoll und wütend als einfach angewidert. »Kaum bilden wir uns ein, ein Problem gelöst zu haben, stehen wir schon vor dem nächsten. Samtpfötchen, möchte ich wetten.«

»Vielleicht, Sir«, stimmte McKinnon zu. »Vielleicht auch nicht. Ich glaube nicht, daß die Lichter ausgegangen sind, weil irgend jemand betäubt oder chloroformiert worden ist. Ich kann mir nicht vorstellen, daß der Strom ausgefallen ist, weil jemand unsere Außenscheinwerfer zum Erlöschen bringen wollte – bei der draußen herrschenden miserablen Sicht wäre das zwecklos. Falls es sich wieder um Sabotage handelt, muß sie einen anderen Grund haben.«

»Ich sehe mal nach, ob sie im Maschinenraum mehr wissen«, schlug Patterson vor. »Sieht so aus, als ob Mr. Jamieson wieder Arbeit bekäme.«

»Er arbeitet in den Aufbauten«, sagte McKinnon. »Ich wollte sowieso raufgehen. Ich sage ihm, daß Sie ihn sprechen wollen. Treffen wir uns wieder hier, Sir?« Patterson nickte und verließ eilig die Krankenabteilung.

Auf dem Hauptdeck wurden die Sicherheitsleinen nicht mehr unbedingt gebraucht; aber sie erwiesen sich als wertvolle Führungshilfen: ohne Deckscheinwerfer und im Schneesturm sah McKinnon buchstäblich nicht die Hand vor Augen. Er machte halt, als er mit jemand zusammenprallte.

»Wer ist das?« fragte der Bootsmann scharf.

»McKinnon? Jamieson. Nicht Samtpfötchen. – Er hat wieder zugeschlagen.«

»Sieht so aus, Sir. Mr. Patterson bittet Sie, in den Maschinenraum zu kommen.«

In den Aufbauten traf der Bootsmann drei Maschinisten an, die damit beschäftigt waren, auf dem Hauptdeck Verstärkungen einzuschweißen. Der grelle Lichtschein der Acetylen-Sauerstoff-Flamme wirkte fast gespenstisch in der ringsum herrschenden Dunkelheit. Zwei Decks höher stieß er im Wohnraum des Kapitäns auf Naseby, der mit entschlossener Miene eine am vorderen Ende mit einem Tuch umwickelte Handspeiche in der Faust hielt.

»Keine Besucher, George?«

»Kein Besuch, Archie. Aber anderswo scheint sich jemand rumgetrieben zu haben.«

Der Bootsmann nickte, stieg zur Brücke hinauf, sprach kurz mit Trent und kam wieder herunter. An der Tür der Kapitänskabine blieb er stehen und warf Naseby einen fragenden Blick zu. »Fällt dir was auf?«

»Ja, mir fällt was auf. Mir fällt auf, daß die Maschine weniger Umdrehungen macht, daß wir Fahrt verlieren. Zur Abwechslung vielleicht eine Bombe im Maschinenraum?«

»Nein, das hätten wir im Lazarett gespürt.«

»Eine Gasgranate wäre ebenso wirkungsvoll.«

»Du bist schon fast so schlimm wie ich«, stellte McKinnon fest.

Der Bootsmann fand Patterson und Jamieson in der Messe des Lazaretts. Zu seiner vorübergehenden Überraschung saß Ferguson bei den beiden Ingenieuren. Aber McKinnons Überraschung hielt nicht lange vor.

»Im Maschinenraum ist alles in Ordnung?« erkundigte er sich.

»Ja«, bestätigte Patterson. »Wir sind vorsichtshalber auf halbe Fahrt gegangen. Wie haben Sie das erraten?«

»Ferguson haust gemeinsam mit Curran in der Zimmermannswerkstatt im Vorschiff. Folglich muß irgendwas in Bugnähe passiert sein. Normalerweise wäre mindestens ein Seebeben nötig, um Ferguson aus seiner Koje zu vertreiben – oder was er da vorn als Koje benützt.«

Ferguson wirkte und sprach regelrecht gekränkt. »Ich wollte gerade ein bißchen schlafen, als Curran und ich die Explosion hörten. Wir haben sie auch gespürt. Genau unter uns. Weniger eine Explosion als ein lautes Klirren und Scheppern. Jedenfalls was Metallisches. Curran hat gerufen, daß wir auf 'ne Mine gelaufen oder torpediert worden sind, aber ich hab' ihm gesagt, daß er keinen Blödsinn reden soll, weil wir nicht mehr darüber reden könnten, wenn tatsächlich 'ne Mine oder 'n Torpedo unter uns hochgegangen wäre. Dann bin ich nach achtern gelaufen – so schnell man auf diesem Deck, das die reinste Eisbahn ist, eben rennen kann.«

»Sie glauben also, daß wir ein Leck in der Bordwand haben?« fragte der Bootsmann Patterson.

»Ich weiß nicht, was ich glauben soll. Aber wenn wir ein Leck haben, ist es sicherer, die Fahrt herabzusetzen, um die Beschädigung nicht noch größer zu machen. Zu langsam laufen dürfen wir auch nicht, denn sobald das Schiff dem Ruder nicht mehr gehorcht und schlingert oder giert, wird die Belastung der Leckstelle noch größer. Der Kapitän hat doch den Generalplan in seiner Kabine?«

»Das weiß ich nicht. Ich nehme es an, aber wir brauchen ihn nicht. Ich kenne die Konstruktion – und Mr. Jamieson kennt sie bestimmt auch.«

»Aha! Das heißt wohl, daß ich sie nicht kenne?«

»Das habe ich nicht gesagt, Sir. Ich will's mal so ausdrücken: wenn ich jemals einen Leitenden Ingenieur in den Bilgen herumkriechen sehe, wäre es das erste Mal. Außerdem müssen Sie an Deck bleiben, Sir. Wenn dringende Entscheidungen zu treffen sind, hat der kommandierende Offizier nichts in den Bilgen verloren.«

Patterson seufzte. »Ich frage mich oft, Bootsmann – wo liegt die Grenze zwischen gesundem Menschenverstand und Diplomatie?«

»Hier müßte es Ihrer Meinung nach sein, Bootsmann?«

»Hier muß es sein, Sir.« Jamieson und der Bootsmann standen mit Ferguson und McCrimmon im Farben- und Lampenraum, einem Raum auf dem untersten Deck an der Backbordseite des Vorschiffs. Vor sich hatten sie eine mit acht Vorreibern geschlossene Tür in einem wasserdichten Schott. McKinnon legte die flache Hand zuerst oben und dann unten an die Tür. »Normale Temperatur oben – na ja, fast normal –, fast null Grad unten. Auf der anderen Seite steht Seewasser, Sir – nicht mehr als einen halben Meter hoch, nehme ich an.«

»Das ist logisch«, stimmte Jamieson zu. »Wir sind hier nur einen Meter unter der Wasserlinie, und mehr läßt die komprimierte Luft nicht herein. Das ist natürlich einer der Ballasträume.«

»Dies ist der Ballastraum, Sir.«

»Und dies hier ist der Farben- und Lampenraum.« Jamieson deutete auf eine in der Bordwand eingeschweißte unregelmäßig geformte Stahlplatte. »Der Leitende hat den Russkis, wie er die Werftarbeiter genannt hat, nie recht getraut.«

»Schon möglich, Sir. Aber ich kann mir nicht vorstellen, daß russische Werftarbeiter im Ballastraum eine Zeitbombe gelegt haben sollen.«

Tatsächlich waren russische Werftarbeiter an Bord der *San Andreas* gewesen, die als Frachter *Ocean Belle* – *Ocean* war ein häufig gebrauchter Vorsatz für amerikanische Liberty-Schiffe – aus Halifax in Neuschottland ausgelaufen war. Zu dieser Zeit war die *Ocean Belle* weder Fisch noch Fleisch, sondern lediglich ein zu drei Vierteln fertiggestelltes Lazarettschiff. Ihre Bewaffnung war bereits ausgebaut, die Laderäume waren leer, und ihre Schotten waren zum größten Teil auf- oder ganz herausgeschnitten worden; Operationsraum, Kabinen für das Pflegepersonal und Schiffsambulanz waren fertiggestellt und voll ausgestattet; die Schiffsapotheke war nahezu komplett, an der Küche mußte noch gearbeitet werden; Krankenabteilungen, Aufwachraum und Messen waren noch nicht in Angriff genommen. Das aus England herübergekommene Pflegepersonal war bereits an Bord.

Von der britischen Admiralität traf der Befehl ein, die *Ocean Belle* solle sich dem nächsten in Halifax zusammengestellten schnellen Geleitzug nach Nordrußland anschließen. Kapitän Bowen hatte sich nicht geweigert – einen Admiralitätsbefehl konnte man nicht verweigern –, aber er hatte so energisch Einspruch dagegen erhoben, daß dieser Protest einer Weigerung gleichkam. Der Teufel solle ihn holen, sagte er, wenn er mit einer Schiffsladung Zivilisten nach Rußland fahre. Damit meinte er das Pflegepersonal – rund ein Dutzend Ärzte, Schwestern und Krankenpfleger, die man kaum als Schiffsladung bezeichnen konnte. Darüber hinaus ignorierte Bowen geflissentlich die Tatsache, daß die gesamte Besatzung vom Kapitän abwärts ebenfalls aus Zivilisten bestand.

Bowen hatte behauptet, das Pflegepersonal bestehe aus andersgearteten Zivilisten. Dr. Singh hatte ihn darauf aufmerksam gemacht, daß 90 Prozent der Ärzte und Sanitäter bei den Landstreitkräften gleichfalls Zivilisten seien, die nur eine andere Uniform trügen; auch das Personal an Bord seines Schiffes trug eine andere Uniform, die eben zufällig weiß sei. Daraufhin hatte der Captain sein letztes Argument vorgebracht: Er habe nicht die Absicht, mit Frauen – damit waren die Krankenschwestern gemeint – durch ein Kriegsgebiet zu fahren.

Der unterdessen bis zur Weißglut gereizte Kommandant des Geleitschutzes wies Bowen nachdrücklich auf drei Punkte hin, die ihm von der Admiralität nachdrücklich klargemacht worden waren. Erstens: Tausende von Frauen und Kindern seien durch Kriegsgebiete gefahren, während sie als Flüchtlinge in die Vereinigten Staaten oder nach Kanada gebracht worden waren. Zweitens: Im laufenden Jahr hatten sich die deutschen U-Boots-Verluste im Vergleich zu den beiden Vorjahren vervierfacht, während die Verluste der alliierten und neutralen Handelsmarinen um 80 Prozent zurückgegangen waren. Drittens: Die Russen hatten dringend darum gebeten oder vielmehr darauf bestanden, daß möglichst viele alliierte Verwundete aus ihren überfüllten Lazaretten in Archangelsk abtransportiert würden. Kapitän Bowen hatte kapituliert, was er von Anfang an hätte tun sollen, und die noch tarngrau gestrichene *Ocean Belle*, die jedoch ausreichend weiße, rote und grüne Farbe mitführte, war mit dem Geleitzug ausgelaufen.

Was Eismeerkonvois nach Nordrußland betraf, war dieser Geleitzug außergewöhnlich problemlos gewesen. Kein einziges Handelsschiff und kein einziges Geleitfahrzeug war verlorengegangen. Es hatte nur zwei Zwischenfälle gegeben – und die *Ocean Belle* war in beide verwickelt gewesen. Irgendwo südlich von Jan Mayen waren sie einem altehrwürdigen Zerstörer der V-und-W-Klasse begegnet, der mit Maschinenschaden gestoppt lag. Dieser Zerstörer hatte zum Geleit des vorigen Konvois gehört und sich um die Rettung der Überlebenden eines brennenden Frachters bemüht. Das war gegen 14.30 Uhr – lange nach Sonnenuntergang – gewesen, und das Rettungsunternehmen war durch einen kurzen Luftangriff unterbrochen worden.

Der Angreifer war nicht gesichtet worden, hatte jedoch seinerseits keine Mühe gehabt, den Zerstörer auszumachen, dessen Silhouette sich von dem brennenden Frachter abhob. Vermutlich war es ein Seefernaufklärer des Typs FW 200 Condor gewesen; er hatte keine Bomben geworfen, sondern sich damit begnügt, die Brücke mit MG-Feuer einzudecken, wobei die Funkstation zerstört worden war. Als dann einige Stunden später ein Maschinenschaden auftrat – ein Schaden, der nichts mit der Condor zu tun hatte, denn die Schiffe der V-und-W-Klasse waren veraltet, wurden übermäßig beansprucht und erlitten häufig Maschinenschäden –, hatte der Zerstörer keine Verbindung mehr zu dem weitergelaufenen Geleitzug herstellen können.*

Die verwundeten Überlebenden wurden an Bord der *Ocean Belle* gebracht. Der Zerstörer mit seiner Besatzung und den verletzten Überlebenden wurde von einem Zerstörer der S-Klasse in Schlepp genommen. Später kam die Meldung, daß beide Schiffe unbehelligt in Scapa Flow eingetroffen seien.

Drei Tage später waren sie irgendwo vor dem Nordkap auf eine ebenso altehrwürdige *Kingfisher*-Korvette gestoßen, die in diesen Gewässern absolut nichts zu suchen hatte. Sie lag mit gestoppten Maschinen so tief im Wasser, daß ihre Poop bereits überspült war. Auch sie hatte Überlebende an Bord: die Geretteten einer russischen U-Boot-Besatzung, die aus dem im brennenden Öl bedeckten Meer aufgefischt worden waren.**

Auch die Russen, die fast alle schwere Verbrennungen erlitten hatten,

* Solange während des Kriegs Eismeerkonvois nach Murmansk und Archangelsk fuhren, blieb der Einsatz von Rettungsschiffen ein Streitpunkt zwischen der Royal Navy auf See und der Royal Navy an Land – der Admiralität in London also, deren Verhalten in den langen Jahren der Rußlandgeleitzüge nicht gerade ein Ruhmesblatt darstellte. In der Anfangszeit war der Einsatz von Rettungsschiffen die Regel, nicht die Ausnahme. Nach der Versenkung der *Zafaaran* und der *Stockport*, die mit ihrer gesamten Besatzung sowie zahlreichen von anderen versenkten Schiffen geretteten Überlebenden untergingen, untersagte die Admiralität den weiteren Einsatz von Rettungsschiffen.

Diese Bestimmung wurde jedoch stillschweigend umgangen. Bei vielen Geleitzügen erklärte eines der Fahrzeuge des Geleits – im allgemeinen ein Zerstörer oder ein kleineres Schiff – sich freiwillig zum Rettungsschiff, was der Geleitzugkommandant stillschweigend duldete oder geflissentlich übersah. Die Rettungsschiffe übernahmen in der Tat eine gefährliche Aufgabe. Daß der Geleitzug stoppte oder die Geleitschiffe den Konvoi verließen, kam unter keinen Umständen in Frage, so daß das Rettungsschiff fast immer allein und schutzlos zurückblieb. Der Anblick eines gestoppt neben einem sinkenden Handelsschiff liegenden englischen Kriegsschiffs erwies sich für viele U-Boot-Kommandanten als unwiderstehliches Ziel.

** Daß die Russen zum damaligen Zeitpunkt einige wenige U-Boote im Nordpolarmeer operieren ließen, wurde weder anerkannt noch gemeldet. Eines von ihnen dürfte die *Tirpitz* so schwer beschädigt haben, daß sie an ihren Liegeplatz im Altafjord zurückkehren mußte.

wurden an Bord der *Ocean Belle* gebracht, während die englische Besatzung von einem Geleitzerstörer übernommen wurde. Danach wurde die Korvette durch Artilleriebeschuß versenkt. Während dieses Transfers hatte die *Ocean Belle* an Backbord knapp unterhalb der Wasserlinie zwei Lecks erhalten: im Farben- und Lampenraum sowie im Ballastraum. Die Ursache dieser Schäden hatte sich nie feststellen lassen.

Der Geleitzug war nach Archangelsk weitergelaufen, aber die *Ocean Belle* hatte Murmansk angesteuert, weil weder Kapitän Bowen noch der Geleitschutzkommandant es für ratsam gehalten hatten, die *Ocean Belle* in ihrem gegenwärtigen Zustand – mit Wasser im Vorschiff und leichter Schlagseite nach Backbord – weiter fahren zu lassen als unbedingt nötig. In Murmansk gab es kein Trockendock, aber die Russen erwiesen sich als Meister der Improvisation – dazu hatten sie sich während des Krieges gezwungenermaßen entwickeln müssen. Sie fluteten die Tanks im Achterschiff, lenzten die im Vorschiff und luden den aus Betonblöcken bestehenden vorderen Ballast aus, bis der Farben- und Lampenraum sowie der Ballastraum knapp oberhalb der Wasserlinie lagen. Danach dauerte es nur ein paar Stunden, bis die Lecks mit Stahlplatten zugeschweißt waren. Durch Nachfüllen der vorderen Tanks und Einladen des Ballasts war die *Ocean Belle* zuletzt wieder auf ebenen Kiel gekommen.

Während diese Reparaturen durchgeführt wurden, hatte ein kleines Heer russischer Werftarbeiter in drei Schichten Tag und Nacht geschuftet, um die Lazaretteinrichtung – Krankenabteilungen, Messen, Küche und Schiffsapotheke – fertigzustellen. Kapitän Bowen war über alle Maßen erstaunt. Bei seinen früheren Besuchen in den beiden russischen Häfen hatte er bei seinen Verbündeten, die alles Material, das ihrem um sein Überleben kämpfenden Land unter größten Opfern zugeführt wurde, mit Tränen der Dankbarkeit hätten begrüßen müssen, nichts als Verdrossenheit, Gleichgültigkeit, ausgeprägten Mangel an Kooperation und gar nicht selten ausgesprochene Feindseligkeit erlebt. Er konnte sich diesen verblüffenden Gezeitenwechsel nur mit der Tatsache erklären, daß die Russen sich von ganzem Herzen dafür erkenntlich zeigen wollten, daß die *Ocean Belle* ihre verwundeten U-Boot-Fahrer heimgebracht hatte.

Als sie wieder ausliefen, waren sie ein Lazarettschiff: Bowens eigene Besatzung hatte während des kurzen Aufenthalts in Murmansk mit aller Kraft den Neuanstrich in Angriff genommen. Sie fuhren jedoch nicht, wie jedermann erwartet hatte, weiter durchs Weiße Meer, um in Archangelsk Verwundete aufzunehmen. Der Befehl der Admiralität besagte eindeutig, so schnell wie möglich den schottischen Hafen Aberdeen anzulaufen.

Jamieson setzte den Deckel des Verteilerkastens wieder auf, nachdem er den Ballastraum von der Hauptstromversorgung abgeklemmt hatte. Er klopfte mit einem Fingerknöchel an die wasserdichte Tür. »Ein Kurzschluß irgendwo da drinnen – durch die Explosion oder das Seewasser verursacht – hätte eine Sicherung durchbrennen lassen müssen. Das ist aber nicht passiert. Folglich gibt's irgendwo noch eine Sicherung, an der sich jemand zu schaffen gemacht hat. Wahrscheinlich ist sie mit einem Draht überbrückt. Aber das spielt auch keine Rolle. Ich hab' keine Lust, sie mühsam zu suchen. McCrimmon, gehen Sie in den Maschinenraum und bestellen Sie, daß sie den Generator versuchen sollen.«

Auch McKinnon klopfte an die Tür. »Und was tun wir hier?«

»Ja, was?« Jamieson setzte sich auf einen Farbkübel und überlegte. »Soweit ich das sehe, gibt es drei Möglichkeiten. Wir können einen Kompressor herschaffen, ein Loch durchs Schott bohren und das eingedrungene Seewasser mit Preßluft hinausbefördern, was eine gute Idee wäre, wenn wir genau wüßten, in welcher Höhe sich das Leck befindet. Aber das wissen wir nicht. Außerdem ist zu befürchten, daß die Preßluft aus dem Ballastraum entweicht, bevor wir unsere Leitung an das Bohrloch anschließen können. Dann hätten wir nur noch mehr Wasser im Ballastraum. Oder wir können das Schott verstärken. Die dritte Möglichkeit ist, überhaupt nichts zu tun. Ich bin für diese dritte Möglichkeit. Das Schott ist ziemlich massiv. Wir müßten natürlich die Fahrt herabsetzen. Kein Schott hält den Wasserdruck bei voller Fahrt aus, wenn wir ein Leck so groß wie ein Scheunentor haben.«

»Ein Leck wie ein Scheunentor wäre unpraktisch«, bestätigte der Bootsmann. »Ich sehe lieber mal nach, glaub' ich.«

McKinnon war stark unterkühlt und ziemlich mitgenommen, als er – halb aus eigener Kraft kletternd, halb mit Hilfe der an der Rettungsleine Ziehenden – aufs Vordeck der *San Andreas* zurückkehrte, die mit gestoppter Maschine bei schwerem Seegang weit überholte. Im fahlen Lichtschein der wieder brennenden Bogenlampen an Deck bildeten sie ein eigenartiges Quartett: Jamieson, Ferguson und McCrimmon, drei völlig eingeschneite, geisterhafte Gestalten; McKinnon ein naßglänzendes Wasserungeheuer, dessen Gummianzug, Tauchermaske und Unterwasserlampe bei minus 30 Grad schon mit einer dünnen Eisschicht überzogen waren.

Auf ein Zeichen von Jamieson verschwand McCrimmon im Maschinenraum, während Ferguson die Strickleiter einholte.

Der Zweite Ingenieur faßte McKinnon am Arm und führte den Stolpernden, von dessen Taucheranzug bei jeder Bewegung Eis abplatzte, in den Windschutz der Aufbauten, wo McKinnon sein Atemgerät ablegte. Seine Zähne klapperten unkontrollierbar.

»Ziemlich schlimm da unten, Bootsmann?«

»Daran liegt's nicht, Sir. Dieser verdammte Gummianzug!« Er tastete nach einem Riß in Taillenhöhe. »Ich hab' ihn mir an einem scharfen Metallstück aufgerissen. Ab hier ist der Anzug voll Wasser . . .«

»Großer Gott! Dann erfrieren Sie, Mann! Los, los, beeilen Sie sich!« Jamieson war McKinnon in der demolierten Kabine des Bootsmanns behilflich, den Taucheranzug abzustreifen.

»Haben Sie das Leck gefunden?«

»Es war nicht leicht zu finden, weil's eben kein Scheunentor ist. Nur ein etwa faustgroßes Loch mit gezackten Rändern.«

Jamieson grinste zufrieden. »Dann hat es sich also gelohnt, daß wir eine Lungenentzündung riskiert haben. Ich gehe auf die Brücke. Wir sehen uns dann in der Kapitänskabine.«

Als McKinnon, der jetzt trockene Kleidung trug, aber noch immer heftig zitterte, zu Jamieson und Naseby in die Kapitänskabine kam, befand die *San Andreas* sich wieder auf Kurs und nahm stetig Fahrt auf. Der Zweite Ingenieur schob ihm ein Glas Scotch über den Tisch.

»Die Vorräte des Captains schwinden dahin, fürchte ich, Bootsmann. Das hier dürfte die Gefahr einer Lungenentzündung nicht vergrößern – ich habe das Wasser weggelassen. Ich habe über unsere neue Leitung ins Lazarett mit Mr. Patterson und dem Kapitän gesprochen. Als ich ihm gemeldet habe, daß Sie bei diesem Wetter über Bord gegangen sind, hat er mir nicht aufgetragen, Ihnen dafür zu danken; ich soll Ihnen nur ausrichten, daß Sie verrückt sind.«

»Kapitän Bowen täuscht sich selten, das steht leider fest.« McKinnons Hände zitterten so stark, daß er etwas Scotch aus seinem Glas verschüttete. »Irgendwelche Anweisungen vom Captain oder Mr. Patterson?«

»Nein. Beide sagen, daß sie durchaus damit zufrieden sind, das Deck Ihnen zu überlassen.«

»Das ist nett von ihnen. In Wirklichkeit wollen sie damit sagen, daß ihnen gar keine andere Wahl bleibt – dafür kommen nur George und ich in Frage.«

»George?«

»Entschuldigung, Sir. Mein Freund George Naseby. Er ist ebenfalls Bootsmann. Wir sind seit zwanzig Jahren befreundet und oft auf demselben Schiff gefahren.«

»Das wußte ich nicht.« Jamieson warf Naseby einen nachdenklichen Blick zu. »Aber man sieht Ihnen beiden an, daß Sie sich gut verstehen. Haben Sie schon Anordnungen für den Brückendienst getroffen, Bootsmann?«

»Das wollte ich gerade tun, Sir. George und ich lösen uns hier oben ab und bewachen sozusagen den Familienschmuck. Auf der Brücke wechseln sich Trent, Ferguson und Curran als Rudergänger ab. Sie bekommen Anweisung, mich zu wecken – falls ich gerade schlafe –, sobald das Wetter aufklart.«

»Und dann tritt Leutnant Ullmann auf?«

»Richtig! Wenn Sie gestatten, Sir, möchte ich einen Vorschlag machen. Ich würde gern die Lazarettausgänge bewachen lassen, um sicherzugehen, daß nachts keine Schlafwandler durchs Schiff schleichen.«

»Aber wer soll die Wächter bewachen?«

»Das ist allerdings ein Problem, Sir. Als Wachposten möchte ich Jones, McGuigan, McCrimmon und Stephen vorschlagen. Wenn sie nicht erstklassige Schauspieler sind, sind die beiden ersten zu jung und unschuldig, um Verbrecher zu sein. McCrimmon ist möglicherweise kriminell veranlagt, aber ich glaube, daß er ein ehrlicher Verbrecher ist. Und Stephen macht einen vertrauenswürdigen Eindruck. Außerdem wird er bestimmt nie vergessen, daß er von einem englischen Minensucher aus der Nordsee gerettet wurde.«

»Davon hab' ich auch nichts gewußt! Sie scheinen sich in meiner eigenen Abteilung besser auszukennen als ich. Gut, Sie können Stephen und McCrimmon haben.« Jamieson machte eine Pause. »Unser ›Bordsaboteur‹ dürfte wohl nicht so leicht aufgeben, was?«

»Ich wäre überrascht, wenn er's täte. Sie doch auch?«

»Natürlich. Ich frage mich nur, mit welcher Art von Sabotage er uns bei seinem nächsten Versuch überraschen wird.«

»Schwer zu sagen, Sir. Aber dabei fällt mir noch was anderes ein: Der Mann, der den zweiten Ausgang des Lazaretts überwacht, könnte zugleich den Eingang zur Krankenabteilung A im Auge behalten.«

»Zur Abteilung A? Mit lauter Bettlägerigen? Wozu?«

»Der oder die Unbekannten, die sich alle Mühe geben, uns aufzuhalten und dafür sorgen, daß wir die Orientierung verlieren, könnten es für eine sehr gute Idee halten, Leutnant Ullmann außer Gefecht zu setzen.«

»Damit haben Sie allerdings recht! Ich bleibe heute nacht selbst in der Abteilung A. Da ist noch ein Bett frei. Falls ich einschlafe, kann die Nachtschwester mich wachrütteln, sobald jemand hereinkommt, der da nichts zu suchen hat.« Jamieson schwieg einige Sekunden lang. »Was steckt hinter dieser ganzen Sache, Bootsmann?«

»Das wissen Sie so gut wie ich, glaube ich, Sir. Irgend jemand hat es darauf abgesehen, das Kommando über die *San Andreas* zu übernehmen. Ich kann mir nur beim besten Willen nicht vorstellen, *warum* es jemand auf ein Lazarettschiff abgesehen haben sollte.«

»Das ist mir auch unbegreiflich. Sie rechnen mit einem U-Boot?«

»Es müßte schon eines sein, nicht wahr? Aus der Luft kann man kein Schiff kapern, meine ich, und die *Tirpitz* werden sie kaum unseretwegen auslaufen lassen.« McKinnon schüttelte den Kopf. »Ein U-Boot? Jedes Fischerboot mit ein paar entschlossenen, bewaffneten Männern könnte uns jetzt nach Belieben kapern.«

5

Obwohl McKinnon fest geschlafen hatte, war er auf der Stelle wach, als Naseby ihn an der Schulter rüttelte, und schwang die Beine über den Rand von Kapitän Bowens Koje.

»Wie spät ist es, George?«

»Sechs Uhr. Curran ist eben von der Brücke heruntergekommen. Er sagt, daß der Schneesturm völlig aufgehört hat.«

»Sterne?«

»Davon hat er nichts gesagt.«

Der Bootsmann zog einen zweiten Pullover, seinen Dufflecoat und Seestiefel an, stieg zur Brücke hinauf, sprach kurz mit Curran und trat auf die

Steuerbordnock hinaus. Schon wenige Sekunden später wünschte er sich, irgendwo anders zu sein; zusammengekrümmt, den orkanartigen Wind im Rücken, stand er hustend und keuchend da und spürte die eiskalte Luft schmerzhaft in den Bronchien. Er knipste seine Taschenlampe an und richtete sie auf das Thermometer. Es zeigte minus 23 Grad an. Im Verein mit dem Sturm entsprach das wegen des Auskühlungsfaktors auf bloßer Haut einer Kälte von rund minus 45 Grad.

McKinnon richtete sich langsam auf und blickte über das Vorschiff. Im Lichtschein der Bogenlampen, die das rote Kreuz auf dem Vorderdeck beleuchteten, war sofort zu erkennen, daß Curran mit seiner Meldung, der Schneesturm habe aufgehört, recht gehabt hatte. Vor dem dunkelblauen Himmelshintergrund leuchteten die Sterne übernatürlich klar. Der Bootsmann bedeckte Mund und Nase mit der behandschuhten Rechten, bevor er kehrtmachte und nach achtern blickte.

Anfangs konnte er nichts erkennen, weil der schneidende Wind ihm Tränen in die Augen trieb. Er duckte sich in den Windschatten der Nockbrüstung, holte mit ungelenken Fingern eine Schutzbrille aus der Manteltasche, setzte sie unter der Kapuze seines Dufflecoats auf und kam wieder hoch. Indem er die Brillengläser mit dem Handschuh abrieb, konnte er zumindest zeitweise erkennen, was achteraus vorging.

Die Wogen – das Wetter hatte sich noch nicht so weit verschlechtert, daß die Seen kreuz und quer durcheinanderliefen – waren dreieinhalb bis fünf Meter hoch, auf ihren Leeseiten mit Gischt gefleckt und halb unter Wasserstaub verborgen, weil der Wind ihre Kämme zerriß. Die Sterne leuchteten so strahlend wie über dem Vorschiff, und McKinnon brauchte nicht lange, um an Steuerbord achteraus den Polarstern zu finden. Der Wind drehte nicht weiter nach Norden, und die *San Andreas* lief weiterhin nach Südwest oder Südsüdsest, soweit sich das im Augenblick beurteilen ließ.

McKinnon verschwand wieder im Ruderhaus, schloß dankbar die Tür zur Brücke hinter sich und dachte kurz nach. Der gegenwärtige Kurs, davon konnte man beruhigt ausgehen, war gefahrlos; andererseits durfte man nicht darauf bauen, daß man ihn beibehalten konnte. Das Wetter in dieser grauen Übergangszone zwischen Barentssee und Nordpolarmeer war notorisch unbeständig. Beispielsweise hatte McKinnon nicht damit gerechnet, daß es noch in dieser Nacht aufklaren würde – das hatte er auch gesagt; auch gab es keine Garantie dafür, daß der Himmel sternenklar blieb und der Wind nicht noch weiter nach Norden drehte. Der Bootsmann stieg zwei Decks tiefer, suchte in den jetzt größtenteils verlassenen Mannschaftskabinen einen Arm voll warmer Kleidung zusammen und machte sich auf den Weg ins Lazarett.

Als McKinnon das gefährlich eisglatte Hauptdeck überquerte, was nur mit Hilfe der Sicherheitsleine möglich war, wurde ihm eindringlich und schmerzlich klar, daß bereits eine Veränderung im Gange war – eine Veränderung, die er wenige Minuten zuvor auf der Steuerbordnock nicht wahrgenommen hatte. Spitze Eisnadeln bohrten sich in seine ungeschützten Hautstellen. Das war ein schlechtes Vorzeichen.

In der Lazarettmesse stieß er auf Jones und McGuigan, die ihm versicherten, während ihrer Wache habe niemand das Lazarett verlassen. McKinnon betrat die Krankenabteilung B, an deren Ende Janet Magnusson mit aufgestützen Ellbogen an ihrem Tisch saß. Sie hatte das Kinn in die Hände gelegt und die Augen geschlossen.

»Aha!« sagte der Bootsmann. »Im Dienst eingeschlafen, Schwester Magnusson!«

Sie schrak hoch, blinzelte und versuchte, die Empörte zu spielen. »Eingeschlafen? Natürlich nicht!« Sie starrte die Kleidungsstücke über seinem Arm an. »Um Himmels willen, was willst du mit dem ganzen Zeug? Bist du unter die Lumpensammler gegangen, Archie? Nein, du brauchst's mir nicht zu sagen. Die Sachen sind für den armen Mann da drinnen bestimmt. Maggie ist auch drinnen – das wird ihr nicht gefallen.«

»Was deine teure Maggie betrifft, glaube ich fast, daß es ihr nur recht ist, wenn Leutnant Ullmann ein bißchen leiden muß. Keine Krokodilstränen für Schwester Morrison und den Leutnant!«

»Archie!« Sie war aufgesprungen. »Dein Gesicht! Du blutest ja . . .«

»Da das den Leutnant und mich betrifft, dürfte es deiner Busenfreundin gefallen.« McKinnon wischte sich das Blut aus dem Gesicht. »An Deck ist es scheußlich.«

»Archie.« Sie betrachtete ihn zweifelnd. Ihre müden Augen verrieten Besorgnis.

»Schon gut, Janet.« Er legte ihr kurz eine Hand auf die Schulter und ging in die Krankenabteilung A weiter. Schwester Morrison und Leutnant Ullmann waren wach und tranken Tee – die Krankenschwester an ihrem Tisch, Ullmann im Bett sitzend. Der deutsche Pilot schien tatsächlich, wie Dr. Singh festgestellt hatte, ein erstaunliches Erholungsvermögen zu besitzen. Jamieson, der angezogen auf dem noch freien Bett lag, öffnete ein Auge, als McKinnon an ihm vorbeikam.

»Morgen, Bootsmann. Wir haben doch Morgen, stimmt's?«

»Zwanzig nach sechs, Sir.«

»Großer Gott! Reiner Egoismus – ich habe sieben Stunden geschlafen. Wie stehen die Dinge?«

»Eine ruhige Nacht an Deck und auf der Brücke. Hier unten auch?«

»Offenbar – ich bin jedenfalls nicht wachgerüttelt worden.« Er betrachtete die Kleidungsstücke, die McKinnon mitgebracht hatte, und sah dann zu Ullmann hinüber. »Sterne?«

»Ja, Sir. Zumindest vorläufig. Ich glaube nicht, daß sie lange sichtbar bleiben.«

»Mr. McKinnon!« Schwester Morrisons Stimme klang eisig mit einem strengen Unterton – wie immer, wenn sie mit dem Bootsmann sprach. »Haben Sie wirklich vor, den armen Mann aus dem Bett zu zerren und in diese Nacht hinauszuschleppen? Er hat mehrfache Schußverletzungen.«

»Ich weiß, daß er mehrfach verwundet ist. Haben Sie vergessen, daß ich ihn aufgefischt habe?« McKinnons angeborene Höflichkeit ließ ihn unweigerlich im Stich, wenn er es mit Schwester Morrison zu tun hatte.

»Dann ist er also jetzt ein armer Mann. Das ist immerhin besser als ein gemeiner Nazi-Mörder. Und was meinen Sie mit ›dieser Nacht‹?«

»Natürlich das Wetter!« Sie hatte tatsächlich die Fäuste geballt. Jamieson betrachtete schweigend die Decke.

»Was wissen Sie vom Wetter? Sie sind die ganze Nacht nicht draußen gewesen. Das hätte ich nämlich erfahren.« McKinnon kehrte ihr demonstrativ den Rücken zu und wandte sich an Ullmann. »Wie fühlen Sie sich, Leutnant?«

»Habe ich die Wahl?« Ullmann lächelte schwach. »Mir geht's ganz gut. Wenn es anders wäre, käme ich trotzdem mit. Urteilen Sie nicht zu streng über die Krankenschwester, Bootsmann – selbst Florence Nightingale war im Verkehr mit schwierigen Patienten ziemlich kurz angebunden –, aber sie übersieht meinen natürlichen Egoismus. Schließlich bin ich auch an Bord dieses Schiffs.« Er kletterte steif aus dem Bett und machte sich mit McKinnons und Jamiesons Hilfe daran, warme Sachen über seinen Schlafanzug zu ziehen – eine Szene, die Schwester Morrison mißbilligend beobachtete. Mißbilligung verriet auch das Trommeln ihrer Fingerspitzen auf der Tischplatte.

»Ich glaube«, sagte sie dann, »wir sollten Dr. Singh hinzuziehen.«

McKinnon drehte sich langsam um und betrachtete sie; als er sprach, war seine Stimme so ausdruckslos wie sein Gesicht. »Ich bezweifle, daß es eine große Rolle spielt, was Sie glauben, Schwester. Ich schlage vor, daß Sie Kapitän Bowen dort drüben wachrütteln und sich von ihm sagen lassen, wie hoch er Ihre Meinung einschätzt.«

»Der Kapitän hat ein starkes Schlafmittel bekommen. Sobald er aufwacht, werde ich mich bei ihm über Ihre Frechheit beschweren.«

»Frechheit?« McKinnon zuckte gleichmütig die Achseln. »Ich glaube, daß sie ihm lieber ist als Dummheit – die Dummheit einer Anwesenden, die sich alle Mühe gibt, die *San Andreas* und ihre gesamte Besatzung zu gefährden. Wirklich schade, daß wir keine Eisen an Bord haben ...«

Sie funkelte ihn an, schien etwas sagen zu wollen und wandte sich erst ab, als Dr. Sinclair in die Krankenabteilung kam. Der Arzt, verschlafen und ungekämmt, betrachtete die Szene, die sich ihm bot, mit gelindem Staunen.

»Dr. Sinclair! Gott sei Dank, daß Sie gekommen sind!« Schwester Morrison sprach hastig und drängend auf ihn ein. »Diese ... diese Männer wollen Gestirnhöhen oder Navigation oder irgend etwas, und sie bestehen trotz aller meiner Proteste darauf, einen Schwerverwundeten auf die Brücke zu schleppen, und ...«

»Ja, ich sehe, was geschieht«, bestätigte Dr. Sinclair gelassen. »Aber dafür, daß der Leutnant verschleppt wird, leistet er nicht allzu viel Widerstand, nicht wahr? Und selbst mit größter Phantasie kann man ihn nicht als Schwerverwundeten bezeichnen. Aber ich stimme mit Ihnen darin überein, Schwester, daß er ständig unter ärztlicher Aufsicht stehen sollte.«

»Ah! Besten Dank, Doktor.« Schwester Morrison hätte sich beinahe ein Lächeln gestattet. »Er muß also wieder ins Bett?«

»Nein, nicht ganz. Ein Dufflecoat, ein Paar Seestiefel, meine Arzttasche und ich werden ihn nach oben begleiten. Auf diese Weise befindet er sich ständig unter ärztlicher Aufsicht.«

Obwohl die drei Männer Leutnant Ullmann so gut wie möglich behilflich waren, dauerte es länger, als McKinnon erwartet hatte, bis sie die Kabine des Kapitäns erreicht hatten. Dort sank der Deutsche schwer auf einen Stuhl.

»Vielen Dank, Gentlemen.« Er war auffällig blaß und atmete flach und übermäßig schnell. »Tut mir leid, daß ich Ihnen soviel Mühe gemacht habe. Ich bin anscheindend doch nicht so fit, wie ich geglaubt habe.«

»Unsinn!« widersprach Dr. Sinclair energisch. »Sie haben sich ausgezeichnet gehalten. Schuld ist nur das minderwertige englische Blut, das wir Ihnen gestern früh eingepumpt haben, sonst nichts.« Er schenkte ihm ein Glas aus Bowens Vorrat ein. »Hochwertiges schottisches Blut. Für die Wirkung garantiere ich!«

Ullmann lächelte schwach. »Ist Alkohol nicht schlecht, weil er die Poren erweitert?«

»Sie sind nicht so lange im Freien, daß Ihre Poren dagegen protestieren können.«

Auf der Brücke setzte McKinnon dem Deutschen eine Schutzbrille auf und vermummte ihn dann so, daß kein Quadratzentimeter Gesichtshaut dem Wind und der Kälte ausgesetzt blieb. Als er mit ihm fertig war, war Leutnant Ullmann so gut wie möglich vor dem Wetter geschützt: zwei Wollmützen, zwei Schals und die zugebundene Kapuze des Dufflecoats sorgten dafür.

McKinnon trat auf die Steuerbordnock hinaus, hängte eine elektrische Lampe mit Verlängerungskabel an den Windschutz, kam zurück, griff nach dem Sextanten, nahm Ullmann am rechten Arm – dem unverletzten Arm – und führte ihn hinaus. Obwohl der Deutsche so eingemummt war, obgleich McKinnon ihn gewarnt hatte und obwohl Ullmann bereits auf ihrem kurzen Weg übers Hauptdeck zu spüren bekommen hatte, was ihn hier oben erwartete, war er nicht auf die wilde Kraft des Sturms vorbereitet, der ihn erfaßte, sobald er die Steuerbordnock betrat. Seine geschwächten Glieder waren ebenso unvorbereitet. Ullmann machte zwei kurze, rasche Schritte vorwärts, bekam noch die Reling zu fassen und wäre vermutlich zusammengeklappt, wenn der Bootsmann nicht zugegriffen hätte.

Von McKinnon gestützt, bestimmte Ullmann drei Gestirnshöhen im Süden, Westen und Norden und kritzelte die Meßwerte unbeholfen auf ein Stück Papier. Die beiden ersten Messungen klappten verhältnismäßig schnell und problemlos; die in Richtung Norden durchgeführte dritte dauerte länger und war weit schwieriger, weil Ullmann seine Schutzbrille und den Sextanten immer wieder von Eisnadeln befreien mußte. Als er fertig war, gab er McKinnon den Sextanten zurück, stützte sich mit beiden Ellbogen auf die Reling, starrte in Richtung Achterdeck und wischte gelegentlich mechanisch mit dem Handschuhrücken über seine Brille. Nach etwa zwanzig Sekunden packte McKinnon ihn an seinem unverletzten Arm, schleppte ihn buchstäblich in den Schutz des Ruderhauses zurück und knallte die Tür hinter ihm zu. Nachdem er Jamieson den Sextanten übergeben hatte, schlug er Ullmanns Kapuze zurück, nahm ihm die Schutzbrille ab und wickelte ihn aus den Schals.

»Entschuldigen Sie, Leutnant, aber alles zu seiner Zeit – Wachträume auf der Nock oder eine Schiffsbesichtigung sind im Augenblick nicht zu empfehlen.«

»Der Schornstein . . .« Ullmann wirkte leicht benommen. »Was ist mit Ihrem Schornstein?«

»Er ist über Bord gekippt.«

»Aha. Er ist über Bord gekippt. Heißt das etwa, daß ich . . .«

»Was geschehen ist, ist geschehen«, meinte Jamieson philosophisch. Er drückte dem Leutnant ein Glas in die Hand. »Damit Sie besser rechnen können.«

»Danke. Ja.« Ullmann schüttelte den Kopf, als könne er dann klarer denken. »Ja. Meine Berechnungen.«

So schwach er war und obwohl er ständig zitterte – die Temperatur auf der Brücke erreichte unterdessen fast behagliche 15 Grad unter Null –, ließ Ullmann keinen Zweifel daran, daß er seine Sache als Navigator ausgezeichnet verstand.

Mit Hilfe von Seekarte, Stechzirkel, Kursdreiecken, Bleistift und Chronometer brachte er seine Berechnungen in erstaunlich kurzer Zeit zu Ende und trug ein winziges Kreuz in die Seekarte ein, nachdem er im Navigationshandbuch nachgeschlagen hatte.

»Wir stehen hier. Ungefähr wenigstens. Achtundsechzig Grad fünf Minuten Nord, sieben Grad zwanzig Minuten Ost – ziemlich genau westlich der Lofoten. Unser Kurs ist zweihundertachtzehn Grad. Darf man sich nach unserem Zielhafen erkundigen?«

Jamieson grinste. »Offen gesagt, Leutnant Ullmann, Sie könnten uns nicht viel nützen, wenn Sie ihn nicht wüßten. Aberdeen.«

»Ah, Aberdeen! Da gibt es ein ziemlich berühmtes Gefängnis, nicht wahr? Peterhead, stimmt's? Ich bin gespannt, was für Zellen sie dort haben.«

»Das ist ein Zivilgefängnis. Für Schwerverbrecher und Rückfällige. Ich kann mir nicht vorstellen, daß Sie dort enden werden. Oder in irgendeinem Gefängnis.« Der Zweite Ingenieur warf ihm einen neugierigen Blick zu. »Woher kennen Sie Peterhead, Leutnant?«

»Ich kenne Schottland ziemlich gut – und England noch besser.« Ullmann ließ sich nicht weiter darüber aus. »Gut, nach Aberdeen. Wir halten diesen Kurs, bis wir querab von Trondheim sind, und laufen dann nach Süden bis auf die Höhe von Bergen – oder auf die Höhe Ihrer Heimatinseln, wenn Ihnen das lieber ist, Mr. McKinnon.«

»Woher wissen Sie, daß ich ein Shetländer bin?«

»Einige Angehörige des Pflegepersonals haben anscheinend nichts dagegen, sich mit mir zu unterhalten. Dann laufen wir nach Westen. Das sind nur die groben Umrisse; die Details werden nacheinander eingearbeitet. Die Sache ist in Wirklichkeit recht einfach und problemlos.«

»Natürlich ist alles ganz einfach«, stimmte Jamieson zu.

»Ein Klavierkonzert von Rachmaninoff ist auch einfach, wenn man Konzertpianist ist.«

Ullmann lächelte. »Sie überschätzen meine Fertigkeiten, Mr. Jamieson. Das einzige Problem dürfte sich ergeben, wenn wir einen Hafen anlaufen wollen. Das ist natürlich nur bei Tageslicht möglich. In dieser Jahreszeit sind die Nordseenebel verdammt häufig – und im Nebel kann ich ohne Funkgerät und Kompaß nicht navigieren.«

»Mit etwas Glück ist das kein unlösbares Problem«, antwortete McKinnon. »Auch im Krieg ist der Schiffsverkehr an der Ostküste so dicht, daß wir kaum Mühe haben dürften, ein anderes Schiff zu sichten, das uns in den Hafen geleitet.«

»Richtig!« stimmte Ullmann zu. »Ein Lazarettschiff ist nicht leicht zu übersehen – vor allem nicht, wenn sein Schornstein fehlt.« Er trank einen Schluck aus seinem Glas, dachte kurz nach und fragte dann: »Haben Sie die Absicht, mich ins Lazarett zurückzubringen?«

»Natürlich«, bestätigte Dr. Sinclair. »Da gehören Sie hin. Warum fragen Sie danach?«

Ullmann sah zu Jamieson hinüber. »Sie erwarten natürlich weitere Standortbestimmungen von mir?«

»Erwarten, Leutnant? Wir sind darauf angewiesen, daß Sie für uns navigieren!«

»Wahrscheinlich in nicht allzu langen Abständen, wenn Wolken oder Schneeverhältnisse es zulassen. Wir wissen nie, wann Seegang oder Windrichtung sich ändern. Der springende Punkt ist, daß ich keine rechte Lust habe, mich jetzt ins Lazarett zurückzuschleppen und dann jedesmal wieder auf die Brücke zu kommen, um Gestirnshöhen zu messen. Könnte ich mich nicht einfach in der Kapitänskabine hinlegen?«

»Keine Einwände«, entschied Jamieson. »Dr. Sinclair?«

»Das ist eigentlich nur vernünftig. Leutnant Ullmann ist nicht schwer verwundet, und diese Lösung könnte zu seiner Genesung beitragen. Ich komme alle zwei bis drei Stunden herauf und sehe nach ihm.«

»Bootsmann?«

»Einverstanden. Schwester Morrison dürfte ebenfalls einverstanden sein, nehme ich an.«

»Ich bekomme dann natürlich Gesellschaft?«

»Gesellschaft?« fragte Dr. Sinclair. »Sie meinen eine Krankenschwester, Leutnant?«

»Nein, ich meine keine Krankenschwester. Bei aller Hochachtung vor Ihren jungen Damen glaube ich nicht, daß mir eine von ihnen viel helfen könnte, wenn dieser Kerl, den Sie Samtpfötchen nennen, hier heraufkäme, um den Sextanten zu entwenden oder zu zertrümmern. In meinem jetzigen Zustand könnte ich wahrscheinlich nicht mal eine entschlossen angreifende Fliege abwehren. Außerdem würde der Kerl natürlich etwaige Augenzeugen beseitigen müssen, was mir keineswegs angenehm wäre.«

»Kein Problem, Leutnant«, versicherte ihm der Bootsmann. »Dazu müßte er erst Naseby oder mich beseitigen, was vermutlich *ihm* keineswegs angenehm wäre.« McKinnon schlug sich mit der rechten Faust in die linke Hand. »Uns wär's allerdings nur recht . . .«

Dr. Sinclair schüttelte trübselig den Kopf. »Das wird Schwester Morrison ganz und gar nicht gefallen. Ein weiterer Versuch, ihre Autorität zu untergraben. Schließlich ist der Leutnant ihr Patient, nicht meiner.«

»Auch das ist kein Problem«, meinte McKinnon. »Erzählen Sie ihr einfach, der Leutnant sei über Bord gefallen.«

»Und wie geht's Ihren Patienten heute morgen, Sir?« McKinnon frühstückte mit Dr. Singh.

»Keine dramatischen Veränderungen, Bootsmann. Der Zustand der beiden *Argos*-Besatzungsmitglieder im Aufwachraum ist unverändert. Es geht ihnen so gut, wie es einem mit einem Beckenbruch und schweren Verbrennungen gehen kann. Auch der Zustand von Commander Warrington und seinem Navigationsoffizier hat sich kaum verändert – Cunningham liegt weiterhin im Koma und wird intravenös ernährt. Hudsons Zustand hat sich stabilisiert; seine Lungenblutung ist zum Stehen gekommen. Erster Offizier Kennet befindet sich ganz entschieden auf dem Weg der Besserung, obwohl nur der Himmel weiß, wie lange es noch dauert, bis wir ihm den Gesichtsverband abnehmen können. Gewisse Sorgen macht mir eigentlich nur Kapitän Bowen. Sein Zustand ist keineswegs kritisch, nicht einmal ernst, nur besorgniserregend. Sie haben ihn zuletzt noch in voller Aktion erlebt, wie er in alle Richtungen getobt und gewettert hat. Jetzt ist er eigenartig ruhig, beinahe lethargisch. Oder vielleicht ist er nur beruhigt und entspannt, weil er jetzt Position und Kurs seines Schiffes kennt. Das haben Sie ausgezeichnet gemacht, Bootsmann.«

»Nicht mein Verdienst, Sir. Leutnant Ullmann hat beste Arbeit geleistet.«

»Das können Sie besser beurteilen als ich. Kapitän Bowen scheint jedenfalls in einer zumindest philosophischeren Stimmung zu sein. Ich schlage vor, daß Sie mitkommen und ihn besuchen.«

Die Stimmung eines Mannes, dessen Gesicht völlig unter Mullbinden verschwindet, ist schwierig zu beurteilen. Der Captain hatte das Mundstück einer ziemlich übel riechenden Bruyérepfeife zwischen den verbrannten Lippen, aber es ließ sich kaum beurteilen, ob ihm die Pfeife schmeckte oder nicht. Als er McKinnons Stimme hörte, nahm er sie aus dem Mund.

»Schwimmen wir noch, Bootsmann?« Seine Aussprache war deutlicher als am Vortag und offenbar nicht mehr so mühsam.

»Nun, Sir, ich sehe unsere Lage unterdessen etwas weniger schwarz. Es hat keine weiteren Alarme oder Zwischenfälle mehr gegeben. Soweit ich das beurteilen kann, ist Leutnant Ullmann ein erstklassiger Fachmann – ich glaube, daß Sie nicht zögern würden, ihn als Navigationsoffizier zu akzeptieren. Er hat vorerst Ihre Kabine bezogen, Sir, aber das – und die Gründe dafür – haben Sie sicher schon erfahren.«

»Da plündert er meine rasch dahinschwindenden Vorräte, was?«

»Er hat sich einen Schluck genehmigt, Sir. Den hat er auch gebraucht. Durch seine Verwundungen und den Blutverlust ist er sehr geschwächt, und die Kälte auf der Nock war mörderisch – schlimmer als alles, was ich bisher in der Arktis erlebt habe. Als ich ihn zuletzt sah, hat er nicht geplündert, sondern fest geschlafen.«

»Solange er gute Arbeit leistet, darf er plündern, soviel er mag. Sagen Sie ihm meinen aufrichtigen Dank.«

»Wird gemacht, Sir. Haben Sie irgendwelche Anweisungen für mich?«

»Anweisungen, Bootsmann. *Anweisungen?* Wie könnte ich Ihnen Anweisungen geben?«

»Das kann ich nicht beurteilen, Sir. Ich war nie Kapitän.«

»Aber jetzt sind Sie's, verdammt noch mal! Ich bin nicht imstande, jemandem Anweisungen zu erteilen. Tun Sie einfach, was Sie für das Beste halten – und soviel ich bisher gehört habe, scheint Ihr Bestes recht gut zu sein.« Bowen machte eine wegwerfende Handbewegung. »Von Archie McKinnon hätte ich allerdings auch nichts anderes erwartet.«

»Danke, Sir. Ich werde mir Mühe geben.« Der Bootsmann wandte sich ab und wollte die Krankenabteilung verlassen.

Aber er wurde von Schwester Morrison aufgehalten, die ihn mit einem Blick musterte, als hielte sie es ausnahmsweise für möglich, einen Angehörigen der menschlichen Rasse vor sich zu haben.

»Wie geht's ihm, Mr. McKinnon?«

»Dem Leutnant? Er schläft. Er ist viel schwächer, als es den Anschein hat, aber das würde er niemals zugeben. Ein tapferer Mann. Und ein guter Navigator. Und ein Gentleman. Wenn er erklärt, nicht gewußt zu haben, daß die *San Andreas* ein Lazarettschiff ist, glaube ich ihm hundertprozentig. Ich glaube nicht vielen Menschen hundertprozentig.«

»Davon bin ich überzeugt.« Die Rückkehr zu ihrer früheren Strenge blieb vorübergehend. »Ich glaub's eigentlich auch nicht mehr recht. Ich glaub's nicht mehr, und damit Schluß!«

»Das freut mich.« McKinnon lächelte ihr zu – zum erstenmal, wie er mit einiger Verblüffung feststellte. »Schwester Magnusson hat mir erzählt, daß Sie von der Ostküste stammen. Wäre es unverschämt, sich zu erkundigen, wo Sie geboren sind?«

»Natürlich nicht.« Sie lächelte, und McKinnon wurde sich mit noch größerem Erstaunen darüber klar, daß sie ihm soeben zum ersten Mal zugelächelt hatte. »In Aberdeen. Warum?«

»Merkwürdig. Leutnant Ullmann scheint Aberdeen gut zu kennen. Er hat jedenfalls schon vom Zuchthaus Peterhead gehört und keine allzu große Lust, dort zu enden.«

Schwester Morrison machte einige Augenblicke lang ein besorgtes Gesicht. »Steht ihm denn das bevor?«

»Natürlich nicht! Wenn er unser Schiff heil nach Aberdeen bringt, kriegt er wahrscheinlich einen Orden. Sind Ihre Eltern beide aus Aberdeen, Schwester?«

»Nur mein Vater. Meine Mutter ist aus Kiel.«

»Kiel?«

»Ja. Aus Deutschland. Haben Sie das nicht gewußt?«

»Woher hätte ich das wissen sollen?«

»Ich bin eine halbe Deutsche.« Sie lächelte wieder. »Sie sind nicht überrascht, Mr. McKinnon? Vielleicht schockiert?«

»Nein, ich bin nicht schockiert. Ich habe in dieser Beziehung selbst Schwierigkeiten. Meine Schwester Jean ist mit einem Italiener verheiratet. Ich habe eine Nichte und einen Neffen, zwei *bambini*, die vor dem Krieg kein Wort Englisch mit ihrem alten Onkel reden konnten.«

»Das muß die Verständigung ziemlich erschwert haben . . .«

»Zum Glück nicht. Ich spreche Italienisch.«

Sie nahm ihre Brille ab, als wolle sie ihn genauer betrachten. »Sie sprechen Italienisch, Mr. McKinnon?«

»Ja. Und Spanisch. Und etwas Deutsch. Sie sprechen doch bestimmt auch Deutsch – dann können Sie mich jederzeit auf die Probe stellen. Überrascht, Schwester? Schockiert?

»Nein.« Sie schüttelte langsam den Kopf und lächelte zum dritten Mal. McKinnon wurde nachdrücklich klar, daß eine lächelnde Margaret Morrison ein ganz anderer Mensch war als die Schwester Morrison, die er kennengelernt zu haben glaubte. »Nein, wirklich nicht.«

»Sie stammen aus einer Familie von Seefahrern, Schwester?«

»Ja.« Diesmal war sie überrascht. »Woher wissen Sie das?«

»Ich hab's nicht gewußt. Aber es war aus der Verbindung mit Kiel zu erraten. Viele britische Seeleute kennen Kiel gut – ich zum Beispiel auch. Früher hat dort die eleganteste Regatta Europas stattgefunden. Ihr Vater stammt aus Aberdeen. Ein Fischer? Ein Seemann irgendwelcher Art?«

»Ein Seemann irgendwelcher Art.«

»Welcher Art?«

»Nun . . .« Sie zögerte.

»Nun, was?«

»Er ist Kapitän zur See in der Royal Navy.«

»Großer Gott!« McKinnon starrte sie gelinde erstaunt an und rieb sich dann sein unrasiertes Kinn. »Dann muß ich Sie in Zukunft wohl respektvoller behandeln, Schwester Morrison.«

»Ich glaube kaum, daß das nötig sein wird, Mr. McKinnon.« Das klang sehr förmlich, aber ihr Lächeln entschärfte ihre Worte. »Jetzt nicht mehr.«

»Wer Sie so hört, könnte glauben, Sie schämten sich, die Tochter eines Kapitäns der Royal Navy zu sein.«

»Keineswegs! Ich bin sehr stolz auf meinen Vater. Aber meine Rolle als seine Tochter kann auch schwierig sein. Sie wissen, was ich meine?«

»Ja, ich verstehe.«

»Gut, Mr. McKinnon.« Die Brille war wieder aufgesetzt, und Schwester Morrison befand sich wieder im Dienst. »Sie sehen Leutnant Ullmann nachher oben?« McKinnon nickte. »Richten Sie ihm bitte aus, daß ich in ein, zwei Stunden hinaufkomme, um nach ihm zu sehen.«

McKinnon blinzelte, was so ziemlich der einzige Gefühlsausdruck war, den er sich jemals gestattete. »Sie?«

»Ja. ich.« Wäre es nicht unmodern gewesen, stolz den Kopf zurückzuwerfen, so hätte sie es getan.

»Aber Dr. Sinclair hat doch gesagt, er würde nach ihm sehen . . .«

»Dr. Sinclair ist Arzt und nicht Krankenschwester.« Schwester Morrisons Tonfall deutete an, daß es keine große Ehre sei, ein Arzt zu sein. »Ich bin für die Pflege des Leutnants verantwortlich. Wahrscheinlich müssen seine Verbände gewechselt werden.«

»Wann genau wollen Sie kommen?«

»Spielt das eine Rolle? Ich finde mich selbst zurecht.«

»Nein, Schwester, das tun Sie nicht! Sie haben keine Vorstellung davon, wie es da oben aussieht. Wir haben Windstärke acht, die Temperatur liegt bei minus fünfundzwanzig Grad, und das Hauptdeck ist die reinste Eisbahn. Niemand kommt ohne meine Erlaubnis nach oben – und schon gar keine Krankenschwester! Sie rufen an, wenn Sie fertig sind, und ich hole Sie hier ab.«

»Ja, Mr. McKinnon«, antwortete sie förmlich. Aber dann lächelte sie schwach. »Wenn Sie befehlen, bleibt nicht viel Raum für Diskussionen.«

»Entschuldigung. Nichts für ungut. Bevor Sie anrufen, ziehen Sie bitte so viel warme Kleidung an, wie Sie für nötig halten. Und dann noch einmal so viel.«

Janet Magnusson war in der Krankenabteilung B, als McKinnon hindurchging. Sie musterte ihn prüfend: »Was ist mir dir los, Archie?«

»Tut Buße, Schwester Magnusson, denn das Ende ist nah!«

»Um Himmels willen, was soll das heißen?«

»Stell dir vor, der Drache nebenan . . .« Er zeigte mit dem Daumen auf die Abteilung A. »Sie hat mich eben . . .«

»Drache? Maggie? Gestern war sie eine Löwin.«

»Drache. Sie hat aufgehört, Feuer zu speien. Sie hat mich *angelächelt.* Zum ersten Mal seit dem Auslaufen aus Halifax. Angelächelt! Gleich viermal. Das bringt einen ganz durcheinander.«

»Da hast du's!« Sie rüttelte ihn an den Schultern. »Das freut mich wirklich! Gibst du zu, daß du sie falsch eingeschätzt hast?«

»Ich geb's zu. Aber ich glaube, daß sie mich vielleicht auch ein bißchen falsch eingeschätzt hat.«

»Ich hab' dir gesagt, daß sie nett ist, Archie. Weißt du das noch?«

»Klar weiß ich das noch. Und sie ist wirklich nett.«

»Sehr nett. Sehr, *sehr* nett.«

McKinnon warf ihr einen mißtrauischen Blick zu. »Was soll das wieder heißen?

»Sie hat dich angelächelt.«

Der Bootsmann schnaubte verächtlich und ging.

Leutnant Ullmann war wach, als McKinnon in die Kapitänskabine zurückkam.

»Die Pflicht ruft, Mr. McKinnon. Eine weitere Ortsbestimmung?«
»Seien Sie unbesorgt, Leutnant. Keine Sterne. Der Himmel ist bedeckt. Das kündigt weiteren Schnee an, glaube ich. Nun, wie fühlen Sie sich?«
»Recht gut. Zumindest solange ich liege. Körperlich recht gut, meine ich.« Er tippte sich an die Stirn. »Hier oben nicht so gut. Ich habe viel überlegt und nachgedacht.«
»Haben Sie sich den Kopf darüber zerbrochen, warum Sie hier liegen?«
»Ja.«
»Das haben wir doch alle getan! Zumindest ich habe nichts anderes getan, als darüber nachzudenken. Ich bin allerdings nicht weit damit gekommen. Ich bin zu gar keinem Ergebnis gekommen, um es ganz ehrlich zu sagen.«
»Ich weiß nicht, ob es uns weiterhilft – Sie können mich meinetwegen auch nur für neugierig halten, wenn Sie wollen –, aber würden Sie mir vielleicht schildern, was sich auf der *San Andreas* seit dem Auslaufen aus Halifax zugetragen hat? Natürlich sollen Sie keine militärischen Geheimnisse verraten!«
McKinnon schüttelte grinsend den Kopf. »Ich weiß keine. Außerdem – was täten Sie damit, wenn ich Ihnen welche verriete?«
»Richtig! Was eigentlich?«
Der Bootsmann faßte die Ereignisse an Bord der *San Andreas* seit Beginn ihrer Reise in Neuschottland zusammen. Ullmann hörte aufmerksam zu und nickte dann.
»Gut, jetzt wollen wir sehen, ob ich noch zählen kann«, sagte der Deutsche. »Soviel ich mitbekommen habe, sind sieben verschiedene Gruppen an den Vorgängen auf der *San Andreas* beteiligt gewesen – tatsächlich an Bord, meine ich. Angefangen hat alles mit Ihrer eigenen Besatzung. Dann sind die verwundeten Überlebenden des mit Maschinenschaden treibenden Zerstörers dazugekommen. Die nächste Gruppe waren die verwundeten russischen U-Boot-Fahrer von der Korvette, die anschließend versenkt werden mußte. Dann haben Sie in Murmansk Verwundete an Bord genommen. Auf der Rückreise haben Sie die Überlebenden der *Argos*, drei Mann von der *Andover* sowie Winterstein und mich aufgefischt. Das sind insgesamt sieben Gruppen.«
»Das sind sieben.«
»Die Überlebenden von dem treibenden Zerstörer und der sinkenden Korvette können wir außer Betracht lassen. Daß sie an Bord dieses Schiffes kamen, ist reiner Zufall. Commander Warrington und seine beiden Leute kommen ebensowenig in Frage wie Helmut Winterstein und ich. Damit wären nur noch Ihre Besatzung, die Überlebenden der *Argos* und die Verwundeten übrig, die Sie in Murmansk an Bord genommen haben.«
»Ich könnte mir keine unwahrscheinlichere Ansammlung von Verdächtigen vorstellen.«
»Ich auch nicht, Bootsmann. Aber hier geht es nicht um Vorstellungsgabe, sondern um Logik. Nur eine dieser drei Gruppen kommt in Frage. Nehmen wir einmal die Verwundeten, die Sie in Murmansk an Bord ge-

nommen haben. Einer von ihnen könnte zu Sabotageakten angestiftet worden sein. Ich weiß, daß das absurd klingt, aber der Krieg selbst ist absurd, und unter absurden Umständen passieren die unglaublichsten Dinge. Nach meiner Auffassung steht jedenfalls fest, daß die Lösung dieses Rätsels nicht im Bereich des Offenkundigen liegt. Wie viele Kranke und Verwundete bringen Sie aus Rußland in die Heimat zurück?«

»Siebzehn.«

»Kennen Sie zufällig die Art ihrer Verwundungen?«

McKinnon warf dem Leutnant einen forschenden Blick zu. »So ungefähr.«

»Lauter Schwerverwundete?«

»Wir haben keine Schwerverwundeten und erst recht keine in Lebensgefahr schwebenden Patienten an Bord. Solche Fälle wären in Murmansk geblieben. Es geht ihnen nicht besonders, könnte man sagen.«

»Und sie sind bettlägerig? Unbeweglich?«

»Zumindest die Verwundeten.«

»Dann sind nicht alle verwundet?«

»Nur acht von ihnen.«

»Großer Gott! Acht! Soll das etwa heißen, daß neun von ihnen *nicht* verwundet sind?«

»Das hängt davon ab, was Sie unter ›verwundet‹ verstehen. Drei Mann haben schwere Erfrierungen, drei weitere Tuberkulose, und die restlichen drei hatten Nervenzusammenbrüche. Diese Rußlandgeleitzüge fordern einen ziemlich hohen Tribut, Leutnant – in vielerlei Beziehung.«

»Sie haben keinen Grund, unsere U-Boote und unsere Luftwaffe zu lieben, Mr. McKinnon.«

Der Bootsmann zuckte mit den Schultern. »Dafür greifen wir Hamburg mit tausend Bombern an.«

Ullmann seufzte. »Jetzt ist wohl nicht die rechte Zeit, darüber zu philosophieren, daß ein zweifaches Unrecht noch längst kein Recht schafft. Wir haben's also mit neun Verwundeten zu tun, die sich alle auf dem Schiff bewegen können?«

»Die Männer mit den Erfrierungen sind buchstäblich ans Bett gefesselt. Solche Unmengen von Verbänden haben Sie noch nie gesehen! Aber die anderen sechs . . . also gut, die sind so gut zu Fuß wie Sie und ich. Nein, das stimmt nicht ganz! So gut wie ich – und verdammt viel besser als Sie.«

»Das wären also sechs Mann, die auf den Beinen sind«, stellte der Leutnant fest. »Ich verstehe nicht viel von Medizin, aber ich weiß zufällig, wie schwierig es ist, die Schwere eines Tuberkulosefalls richtig einzuschätzen. Außerdem weiß ich, daß Tb-Kranke selbst im fortgeschrittenen Stadium noch durchaus beweglich sind. Was die Nervenzusammenbrüche betrifft, sind sie leicht genug zu simulieren. Einer dieser drei Männer kann so vernünftig sein, wie wir es sind – oder zu sein glauben. Vielleicht sind sogar alle drei gesund.« Ullmann machte eine nachdenkliche Pause. »Aber ich brauche Ihnen nicht zu erzählen, Mr. McKinnon, daß es Männer gibt, die von der dumpfen Brutalität, der Abscheulichkeit des Kriegs so angewidert sind, daß ihnen jedes Mittel recht ist, um nicht weiter daran teilnehmen zu müssen. Drückeberger, wie sie im allgemeinen und oft zu Unrecht genannt werden. Viele von ihnen haben ganz einfach genug und können nicht mehr ertragen . . .«

»Ja, ich weiß. Leutnant, ich bin kein von Natur aus neugieriger Mensch, aber darf ich Ihnen eine persönliche Frage stellen?«

»Selbstverständlich.«

»Ihr Englisch ist viel besser als meines. Dazu kommt noch, daß man bei Ihnen nicht den Eindruck hat, einen Ausländer vor sich zu haben, der Englisch spricht. Sie sprechen Englisch wie jemand, der eine englische Privatschule besucht hat. Eigenartig.«

»Nicht sehr. Sie sind ein scharfer Beobachter, Mr. McKinnon, das muß man Ihnen lassen. Ich habe eine englische Privatschule besucht. Meine Mutter ist Engländerin. Mein Vater war lange Jahre Attaché der deutschen Botschaft in London.«

»Donnerwetter!« McKinnon schüttelte lächelnd den Kopf. »Das ist wirklich zuviel! Zwei Schocks dieser Art innerhalb von zwanzig Minuten.«

»Wenn Sie mir verraten würden, wovon Sie reden . . .«

»Schwester Morrison. Sie sollten sich mit ihr zusammentun. Ich habe vorhin erfahren, daß sie eine halbe Deutsche ist.«

»Mein Gott! Tatsächlich?« Ullmann war nicht gerade sprachlos, aber doch sehr erstaunt. »Sie hat natürlich eine deutsche Mutter. Was für ein ungewöhnlicher Zufall! Ich sage Ihnen, Bootsmann, das könnte Probleme aufwerfen. Weil sie meine Krankenschwester ist, meine ich. Schließlich haben wir Krieg. Internationale Verwicklungen, wenn Sie verstehen, was ich meine.«

»Das verstehe ich nicht, und ich sehe auch keine Probleme. Übrigens kommt sie bald herauf, um Sie zu besuchen.«

»Sie besucht mich? Den brutalen Nazi-Mörder?«

»Vielleicht hat sie sich die Sache inzwischen anders überlegt.«

»Unter Zwang, versteht sich.«

»Der Besuch ist ihre Idee, und sie läßt sich nicht davon abbringen.«

»Wahrscheinlich kommt sie mit einer Spritze. Mit einer tödlichen Dosis Morphium oder dergleichen. Aber zurück zu unseren sechs marschfähigen Unverwundeten. Damit wird die Auswahl schon größer, was? Ein zur Sabotage angestifteter Drückeberger oder ein Tb-Patient. Wie gefällt Ihnen das?«

»Überhaupt nicht! Wie viele Spione oder Saboteure haben wir Ihrer Meinung nach mit den Überlebenden der *Argos* an Bord genommen? Ein weiterer törichter Gedanke, das ist mir klar, aber Sie haben mehr oder weniger selbst gesagt, daß wir nach dummen Antworten auf dumme Fragen suchen. Und weil wir gerade bei dummen Fragen sind – hier ist noch eine: Woher wissen wir, daß die *Argos* wirklich auf eine Mine gelaufen ist? Tanker sind bekanntlich sehr widerstandsfähig und stark unterteilt – und die *Argos* war mit leeren Tanks auf der Heimreise. Tanker sind schwer zu versenken, selbst beladene Tanker haben Torpedotreffer überstanden. Wir *wissen* jedenfalls nicht bestimmt, daß die *Argos* auf eine Mine gelaufen ist. Woher wissen wir also, daß sie nicht sabotiert worden ist, damit ein Saboteur oder mehrere Saboteure an Bord der *San Andreas* gelangen konnten? Wie gefällt Ihnen das?«

»Ebenfalls überhaupt nicht! Aber Sie wollen doch nicht im Ernst behaupten, Kapitän Andropoulos hätte sein Schiff absichtlich ...«

»Was Kapitän Andropoulos betrifft, will ich nicht das geringste behaupten. Ich kenne ihn nicht; vielleicht ist er der größte Schurke, der heutzutage die sieben Weltmeere befährt. Ich bin bereit, über die verrücktesten Antworten auf unsere Fragen nachzudenken; aber ich kann mich nicht mit der Idee anfreunden, daß ein Kapitän sein Schiff aus irgendeinem Grund opfern würde. Aber einer oder mehrere Männer, denen die *Argos* nichts bedeutet, könnten das kaltlächelnd getan haben. Interessant wäre die Frage, ob Andropoulos in Murmansk zusätzliche Besatzungsmitglieder angeheuert hat – zum Beispiel Landsleute, die von einem anderen versenkten Schiff gerettet worden sind. Bedauerlicherweise sprechen Andropoulos und seine Besatzung nur Griechisch, das außer ihnen niemand beherrscht.«

»Ich spreche etwas Griechisch – Altgriechisch –, das ich in der Schule gelernt habe; aber damit kommen wir auch nicht weiter, fürchte ich. Was hätten wir davon, wenn wir herausbekämen, daß in Murmansk ein Mann oder mehrere Männer neu an Bord der *Argos* gekommen sind? Sie würden nur die gekränkte Unschuld spielen und vorgeben, gar nicht zu wissen, wovon wir reden. Was könnten wir ihnen dann anhaben?« Ullmann schwieg fast eine Minute lang und sagte dann plötzlich: »Die russischen Werftarbeiter!«

»Welche russischen Werftarbeiter?«

»Die das Leck in der Bordwand zugeschweißt und den Innenausbau des Lazaretts fertiggestellt haben. Vor allem die Schweißer.«

»Was ist mit ihnen?«

»Augenblick!« Ullmann dachte weiter nach. »Ich weiß nicht, wie viele Verdächtige es jetzt an Bord der *San Andreas* gibt, aber ich bin ganz sicher, daß der ursprüngliche Saboteur ein Mitglied Ihrer eigenen Besatzung gewesen ist.«

»Wie kommen Sie darauf, verdammt noch mal? Aber gut – auch das würde mich nicht mehr überraschen.«

»Die *San Andreas* hat dieses Leck erhalten, als sie längsseits der sinkenden Korvette lag, die später durch Artilleriebeschuß versenkt wurde. Stimmt das?«

»Richtig.«

»Wie ist das passiert?«

»Ich habe Ihnen doch gesagt, daß wir das selbst nicht wissen. Kein Torpedo, keine Mine, nichts dergleichen. Ein Zerstörer hat an der einen Seite der Korvette gelegen und ihre Besatzung an Bord genommen, während wir an der anderen die verwundeten russischen U-Boot-Fahrer an Bord geholt haben. Bevor wir die Leinen loswerfen konnten, gab es im Inneren der Korvette mehrere Explosionen. In einem Fall ist ein Kessel geplatzt, bei den anderen könnte es sich um detonierende Munition gehandelt haben, weil an Bord ein Brand ausgebrochen war. Gleichzeitig muß die *San Andreas* beschädigt worden sein ...«

»Ich behaupte, daß in Wirklichkeit alles ganz anders gewesen ist. Ich behaupte, daß ein vertrauenswürdiges Mitglied Ihrer Besatzung damals im Ballastraum an Backbord eine Sprengladung gezündet hat. Ich behaupte weiter, daß dieser Saboteur genau gewußt hat, wieviel Sprengstoff er nehmen mußte, um sicherzugehen, daß das Schiff nicht sank, aber andererseits so stark beschädigt war, daß es den nächsten Hafen anlaufen mußte, in dem es repariert werden konnte – in diesem Fall Murmansk.«

»Das kling logisch. So könnte es gewesen sein. Aber ich bin noch nicht davon überzeugt.«

»Hat in Murmansk irgend jemand das Leck zu sehen bekommen? Hat irgend jemand Gelegenheit gehabt, sich über Größe und Entstehungsweise zu informieren?«

»Nein.«

»Hat jemand versucht, es zu besichtigen?«

»Ja. Mr. Kennet und ich.«

»Aber Sie haben es nicht zu sehen bekommen, stimmt's? Sie haben es nicht besichtigt, weil die Russen Sie daran gehindert haben.«

»Richtig. – Woher wissen Sie das?«

»An der Reparaturstelle war die halbe Bordwand mit Planen abgedeckt, nicht wahr?«

»Allerdings.« McKinnon war plötzlich sehr nachdenklich geworden.

»Haben die Russen Ihnen einen Grund dafür genannt?«

»Die Planen sollten Wind und Schnee abhalten.«

»Hat's dort viel Wind und Schnee gegeben?«

»Nein, eigentlich recht wenig.«

»Haben Sie verlangt, wenigstens einen Blick unter die Abdeckung werfen zu dürfen?«

»Ja, das haben wir getan. Die Russen wollten uns nicht hinlassen. Sie haben behauptet, das sei zu gefährlich und behindere den Fortgang der Reparaturarbeiten. Mr. Kennet und ich haben nicht darauf bestanden, weil wir die Sache nicht für so wichtig hielten. Dazu hatten wir auch keinen Grund. Wenn Sie die Russen auch nur ein bißchen kennen, wissen Sie wahrscheinlich, wie stur sie selbst bei lächerlichsten Kleinigkeiten sein können. Außerdem haben sie uns einen Gefallen getan, und wir hatten keinen Grund, mißtrauisch zu sein.« McKinnon hob abwehrend die Hand. »Schon gut, schon gut, Leutnant, Sie brauchen nicht noch deutlicher zu werden. Man braucht kein Ingenieur oder Metallurg zu sein, um ein Loch zu erkennen, das von innen nach außen gesprengt worden ist.«

»Und kommt es Ihnen jetzt auch merkwürdig vor, daß das zweite Leck ausgerechnet in genau diesem Ballastraum aufgetreten ist?«

»Nein, jetzt nicht mehr. Offenbar haben unsere tapferen – unsere, nicht Ihre – Verbündeten im Ballastraum eine Sprengladung mit ausreichend langer Zündschnur zurückgelassen. Sie haben recht, Leutnant.«

»Wir brauchen also nur noch ein Mitglied Ihrer Besatzung aufzuspüren, das mit Sprengstoffen umgehen kann. Kennen Sie vielleicht einen Mann dieser Art, Mr. McKinnon?«

»Ja.«

»Was?« Ullmann stützte sich auf einen Ellbogen. »Wen?«

McKinnon sah zur Decke auf. »Mich.«

»Das hilft uns weiter.« Ullmann ließ sich in die Koje zurücksinken. »Das hilft uns wirklich weiter!«

6

Kurz nach 10 Uhr morgens setzte erneut Schneefall ein. McKinnon hatte eine weitere Viertelstunde in der Kapitänskabine verbracht und war erst gegangen, als er sah, daß es dem Leutnant schwerfiel, die Augen offenzuhalten; danach hatte er nacheinander mit Naseby, Patterson und endlich mit Jamieson gesprochen, der das Einschweißen von Verstärkungen in die Aufbauten überwachte. Alle drei waren mit ihm der Auffassung, daß Ullmanns Theorie über den bisherigen Ablauf der Ereignisse höchstwahrscheinlich zutreffe. Alle drei hatten dem Bootsmann jedoch auch bestätigt, daß dieses neue Wissen, falls es wirklich Wissen war, ihnen auf keine Weise weiterhalf. Als dann der Schnee kam, war McKinnon auf die Brücke zurückgegangen.

Er öffnete die Tür zur Steuerbordnock mit der gebotenen Umsicht, aber der Sturm hatte solche Kraft, daß ihm die Tür trotz aller Vorsicht aus der Hand gerissen wurde und krachend gegen die Außenwand des Ruderhauses prallte. Der Wind trieb die vorerst noch wenigen Schneeflocken fast waagrecht über die Aufbauten. Es war unmöglich, im Schneegestöber etwas zu erblicken, aber als McKinnon ihm den Rücken zukehrte und nach vorn über den Schiffsbug sah, konnte er feststellen, daß der Seegang sich verändert hatte. Das Morgengrauen stand jetzt am Himmel, und in seinem Licht war zu erkennen, daß das letzte Gleichmaß der Wellen verschwunden war. Die weißgeäderten, schaumgekrönten Seen waren jetzt zerklüftete Wasserwälle, die in unberechenbarem, formlosem Durcheinander bald hierhin, bald dorthin wogten. Selbst wenn er diese Entwicklung nicht mit eigenen Augen gesehen hätte, wäre sie zu spüren gewesen: das Deck unter seinen Füßen begann auf ziemlich beunruhigende Weise zu zittern und zu schwanken. Die Kälte war beißend. Obwohl McKinnon Bärenkräfte besaß, fiel es ihm schwer, die Tür zur Steuerbordnock hinter sich zu schließen, als er ins Ruderhaus zurücktrat.

Gerade als er ein bedrücktes Gespräch mit Trent, dem Rudergänger, führte, klingelte das Telefon. Schwester Morrison. Sie erklärte McKinnon, sie sei jetzt bereit, nach oben in die Kapitänskabine zu kommen.

»Das kann ich nicht empfehlen, Schwester. An Deck ist es im Augenblick ziemlich unangenehm.«

»Ich darf Sie daran erinnern, daß Sie mir Ihr Versprechen gegeben haben.« Das klang so streng wie zu ihrer besten Zeit.

»Ja, ich weiß. Aber die Verhältnisse haben sich seither verschlimmert.«

»Hören Sie, Mr. McKinnon . . .«

»Gut, ich komme! Aber auf Ihre Verantwortung.«

In der Krankenabteilung B empfing Janet Magnusson ihn mit mißbilligendem Blick. »In einem Lazarett haben Schneemänner nichts verloren.«

»Ich bin nur auf der Durchreise. Sozusagen als barmherziger Samariter. Zumindest bildet deine störrische Freundin sich ein, diese Rolle spielen zu müssen.«

Sie verzog keine Miene. »Leutnant Ullmann?«

»Wer sonst? Ich komme gerade von ihm. Er sieht ganz passabel aus, finde ich. Und sie finde ich blöd.«

»Dein Fehler ist, daß du keine feineren Gefühle kennst, Archie McKinnon. Jedenfalls nicht, was Krankenbetreuung angeht. In anderer Beziehung wahrscheinlich auch nicht. Und blöd ist sie nur, weil sie nette Dinge über dich gesagt hat.«

»Über mich? Sie kennt mich nicht.«

»Wahr, Archie, nur allzu wahr.« Janet lächelte zuckersüß. »Aber Captain Bowen kennt dich.«

McKinnon dachte kurz über einen passenden Kommentar zu Kapitänen nach, die mit Krankenschwestern tratschen, wußte keinen und ging in die Abteilung A hinüber. Schwester Morrison, die wie empfohlen eingemummt war, erwartete ihn bereits. Auf dem Tisch neben ihr stand eine kleine schwarze Ledertasche. McKinnon nickte ihr zu.

»Nehmen Sie bitte die Brille ab, Schwester.«

»Warum?«

»Da spricht der Schürzenjäger aus ihm«, warf Kennet ein. Er schien fast wieder so unbekümmert fröhlich wie früher zu sein. »Wahrscheinlich findet er Sie ohne Brille hübscher.«

»Draußen ist kein Wetter für einen Eisbären, Mr. Kennet, von einem Schürzenjäger ganz zu schweigen. Wenn die Dame nicht die Brille absetzt, nimmt der Wind ihr diese Arbeit ab.«

»Wie steht's mit dem Wind, Bootsmann?« wollte Kapitän Bowen wissen.

»Windstärke elf, Sir. Schneesturm. Minus zweiundzwanzig Grad. Neunhundertneunzig Millibar.«

»Und die Wellen sind höher geworden?« Selbst im Lazarett war das Zittern des Schiffsrumpfs unverkennbar.

»Etwas, Sir.«

»Schwierigkeiten, Bootsmann?«

»Keine, wenn man davon absieht, daß die Schwester hier zum Selbstmord entschlossen zu sein scheint.«

Als sie aufs Hauptdeck hinaustraten, rang Schwester Morrison erschrokken nach Luft. Obwohl sie sich auf Wind und Kälte eingestellt hatte, konnte sie weder die wilde Kraft dieses Sturms und des starken Schneetreibens noch die scheinbar die Lungen versengende Wirkung des abrupten Temperatursturzes um über 30 Grad vorausgeahnt haben. McKinnon vergeudete keine Zeit. Er packte Schwester Morrison mit einer Hand, umklammerte mit der anderen die Sicherheitsleine und ließ sich mit ihr buchstäblich über das tückisch eisglatte Deck bis in den Windschutz der Aufbauten blasen. Sobald der Sturm ihnen nichts mehr anhaben konnte, schlug Schwester Morrison die Kapuze ihres Dufflecoats zurück, stand keuchend da und tastete vorsichtig ihre Rippen ab.

»Nächstes Mal, Mr. McKinnon – falls es ein nächstes Mal gibt –, höre ich auf Sie. Mein Gott, ich hätte mir niemals träumen lassen, daß ... nein, das hätte ich mir nicht träumen lassen! Und meine Rippen!« Sie betastete sie vorsichtig, als wolle sie sich davon überzeugen, daß sie noch da waren. »Ich habe ganz gewöhnliche Rippen wie jedermann. Sie haben sie mir gebrochen, glaube ich.«

»Das sollte mir leid tun«, versicherte McKinnon. »Aber ich bezweifle, daß Sie lieber über Bord gegangen wären. Und es wird leider ein nächstes Mal geben. Wir müssen gegen den Wind zurück, was bestimmt weit schlimmer wird.«

»Besten Dank, vorläufig hab ich's noch nicht eilig, wieder zurückzukommen.«

McKinnon führte Schwester Morrison zu den Wohnräumen der Besatzungsmitglieder hinauf. Sie blieb kurz stehen, um den eingedrückten Gang, die schiefen Wände und die aus den Angeln gerissenen Türen zu betrachten.

»Hier sind sie also gestorben.« Ihre Stimme klang heiser. »Wenn man's sieht, versteht man sofort, wie sie gestorben sein müssen. Grausig ... nein, grausig kann nicht das richtige Wort dafür gewesen sein. Gott sei Dank, daß ich's nie gesehen habe. Und Sie haben alles aufräumen lassen.«

»Ich hatte Helfer.«

»Ich weiß, wer sich die schlimmsten Fälle allein vorgenommen hat. Mr. Spenser, Mr. Rawlings, Mr. Batesman – das waren die am schrecklichsten zugerichteten Toten, nicht wahr? Ich weiß, Sie haben es nicht zugelassen, daß jemand anders sich um sie gekümmert hat, Johnny Holbrook hat Janet davon erzählt, und sie hat's mir weitererzählt.« Sie fuhr zusammen. »Hier ist's mir unheimlich! Wo ist der Leutnant?«

McKinnon führte sie ein Deck höher in die Kapitänskabine, in der Naseby den ruhenden Ullmann bewachte.

»Nochmals guten Morgen, Leutnant. Ich habe eben eine Kostprobe des Wetters mitbekommen, dem Mr. McKinnon Sie ausgesetzt hat. Es war schauderhaft. Wie fühlen Sie sich?«

»Mies, Schwester. Ziemlich mies. Ich brauche Fürsorge und Zuwendung, glaube ich.«

Sie schlüpfte aus Ölzeug und Dufflecoat. »Ich finde, daß Sie nicht sehr krank aussehen.«

»Das ist alles nur äußerlich. Ich fühle mich sehr schwach. Ich will mir keineswegs selbst etwas verschreiben, aber ich brauche ein Tonikum, ein Stärkungsmittel.« Er streckte eine schlaffe Hand aus. »Wissen Sie, was das Wandschränkchen dort drüben enthält?«

»Nein, das weiß ich nicht.« Ihr Tonfall war streng. »Aber ich kann's mir denken.«

»Na ja, ich hab' mir gedacht, vielleicht ... unter den Umständen ... Sie wissen schon ...«

»Das ist Kapitän Bowens privater Bestand.«

»Darf ich wiederholen, was der Kapitän zu mir gesagt hat?« warf McKinnon ein. »›Solange Leutnant Ullmann navigiert, darf er meine Vorräte plündern‹ – oder so ähnlich.«

»Im Augenblick sehe ich ihn aber nicht navigieren. Aber gut, meinetwegen soll er einen Drink haben. Einen ganz kleinen.« McKinnon schenkte ein und gab ihm das Glas mit Scotch; Schwester Morrisons Gesichtsausdruck zeigte deutlich, daß der Bootsmann und sie von dem Wort »klein« gänzlich unterschiedliche Begriffe hatten.

»Komm, George«, forderte McKinnon Naseby auf. »Hier haben wir nichts verloren.«

Schwester Morrison wirkte leicht überrascht. »Sie brauchen nicht zu gehen.«

»Wir können kein Blut sehen. Oder leidende Menschen, wenn man so will.«

Ullmann setzte sein Glas ab. »Sie wollen uns Samtpfötchen ausliefern?«

»George, wenn du draußen wartest, gehe ich rauf und löse Trent als Rudergänger ab. Wenn Sie zurückwollen, Schwester, wissen Sie, wo ich zu finden bin.«

McKinnon hatte damit gerechnet, daß Schwester Morrisons Samariterdienst zehn Minuten, höchstens eine Viertelstunde dauern würde. Statt dessen verstrichen fast vierzig Minuten, bevor sie auf der Brücke erschien. McKinnon betrachtete sie mitfühlend.

»Schwieriger als erwartet, Schwester? Sein mieser Zustand ist wohl doch nicht nur ein Scherz gewesen?«

»Ihm fehlt eigentlich nur sehr wenig. Vor allem seine Zunge ist ganz in Ordnung. Wie dieser Mann reden kann!«

»Er hat nicht gegen eine stumme Wand gesprochen, stimmt's?«

»Wie meinen Sie das?«

»Na ja«, antwortete McKinnon, »er hätte nicht so lange geredet, wenn Sie nicht so lange zugehört hätten.«

Schwester Morrison schien es nicht eilig zu haben, ins Lazarett zurückzukommen. Sie schwieg eine Zeitlang, bevor sie mit schwachem Lächeln sagte: »Ich finde Ihre Reaktion – also gut, nicht aufreizend, aber ärgerlich. Die meisten Leute würden sich dafür interessieren, was wir miteinander besprochen haben.«

»Es interessiert mich auch. Ich bin nur nicht neugierig. Wenn Sie's mir erzählen wollen, würden Sie's mir erzählen. Würde ich Sie danach fragen, ohne daß Sie's mir erzählen wollten, würden Sie's mir nicht erzählen. Gut, ich möchte, daß Sie's mir erzählen.«

»Ich weiß nicht, ob das aufreizend ist oder nicht.« Schwester Morrison machte eine Pause. »Warum haben Sie Leutnant Ullmann gesagt, daß ich eine deutsche Mutter habe?«

»Das ist kein Geheimnis, stimmt's?«

»Nein.«

»Und Sie schämen sich dieser Tatsache keineswegs. Das haben Sie mir selbst gesagt. Weshalb sind Sie dann ... ah! Warum habe ich Ihnen nicht gesagt, daß ich's ihm erzählt habe? *Das* meinen Sie mit Ihrer Frage. Tut mir leid, aber das ist mir einfach nicht in den Sinn gekommen.«

»Sie hätten mir wenigstens sagen können, daß er eine englische Mutter hat.«

»Darauf bin ich auch nicht gekommen. Das ist ebenso unwichtig. Mir ist es gleichgültig, welche Staatsbürgerschaft jemand hat. Ich habe Ihnen von meinem italienischen Schwager erzählt. Er ist Pilot wie Ullmann – und übrigens auch Leutnant. Wenn er es für seine Pflicht hielte, mich zu bombardieren, würde er keine Sekunde zögern. Dabei ist er wirklich ein feiner Kerl.«

»Sie sind sehr nachsichtig, Mr. McKinnon.«

»Nachsichtig?« Er warf ihr einen überraschten Blick zu. »Ich habe ihm nichts nachzusehen. Ich meine, er hat mich bisher noch nie bombardiert.«

»Das habe ich nicht gemeint. Selbst wenn er's täte, würden Sie nicht schlecht von ihm denken.«

»Woher wissen Sie das?«

»Ich weiß es eben.«

McKinnon verfolgte das Thema nicht weiter. »Scheint kein sonderlich interessantes Gespräch gewesen zu sein. Jedenfalls nichts, was einen vierzig Minuten lang fesseln könnte.«

»Außerdem hat er sich ein Vergnügen daraus gemacht, mir zu beweisen, daß er britischer ist als ich. Vom Blutanteil her, meine ich. Er hat mit fünfzig Prozent angefangen und gestern noch zwei britische Blutkonserven dazubekommen.«

McKinnon nickte höflich. »Ach, gewiß.«

»Gut, das ist im Grunde genommen auch nicht interessant. Er hat dann erzählt, daß sein Vater meinen kennt.«

»Ah! Das *ist* interessant. Augenblick! Ullmann hat gesagt, daß sein Vater Attaché der deutschen Botschaft in London war. Er hat nicht erwähnt, ob sein Vater Handelsattaché oder Kulturattaché oder sonstwas gewesen ist. Hat er Ihnen etwa zufällig erzählt, daß sein Vater der deutsche Marineattaché in London war?«

»Richtig.«

»Dann sind Ullmann und Sie praktisch Blutsbrüder. Oder Bruder und Schwester. Merken Sie sich meine Worte, Schwester«, fuhr McKinnon ernst fort. »Ich erkenne darin einen Wink des Schicksals. Etwas Vorausbestimmtes, nicht wahr?«

»Pfui!«
»Und beide Väter sind aktiv?«
»Ja.« Das klang unglücklich.
»Finden Sie es nicht komisch, daß Ihre jeweiligen Väter die Meere durchstreifen und sich überlegen, wie sie den anderen umbringen können?«
»Das finde ich überhaupt nicht komisch!«
»Ich habe ›komisch‹ auch nicht in diesem Sinn gebraucht.« Hätte jemand McKinnon jemals prophezeit, daß er Margaret Morrison eines Tages als jammervolle Gestalt erleben würde, hätte er am Geisteszustand des anderen gezweifelt; jetzt nicht mehr. Er fand ihre plötzliche Niedergeschlagenheit unerklärlich. »Keine Angst, Schwester. Dazu kommt's nie.« Er wußte selbst nicht recht, was er damit meinte.
»Natürlich nicht.« Das klang keineswegs überzeugt. Sie wollte weitersprechen, zögerte, starrte das Deck vor ihren Füßen an und hob dann langsam den Kopf. Ihr Gesicht blieb im Halbschatten, aber McKinnon glaubte zu erkennen, daß sie Tränen in den Augen hatte. »Ich habe heute einiges über Sie gehört...«
»Oh? Nichts Schmeichelhaftes, möchte ich wetten. Heutzutage darf man keinem Menschen mehr ein Wort glauben. Was haben Sie gehört, Schwester?«
»Ich wollte, Sie würden mich nicht Schwester nennen!« Ihre Gereiztheit war ebenso ungewohnt wie ihre Niedergeschlagenheit.
McKinnon zog höflich die Augenbrauen hoch. »Schwester? Aber das sind Sie doch.«
»Nicht so, wie Sie's aussprechen. Entschuldigung, so habe ich's nicht gemeint – bei Ihnen klingt es nicht anders als bei anderen. Es kommt mir vor wie in diesen billigen amerikanischen Filmen, wo der Mann mit dem Revolver alle Frauen ›Schwester‹ nennt.«
Der Bootsmann grinste. »Ich möchte natürlich nicht mit einem Gangster verwechselt werden. Miß Morrison?«
»Sie kennen meinen Vornamen.«
»Ja. Ich weiß aber auch, daß Sie etwas sagen wollten, sich die Sache anders überlegt haben und jetzt Zeit zu gewinnen versuchen.«
»Nein. Ja. Nun, eigentlich nein. Was ich sagen will, ist schwierig auszudrücken. Ich bin in solchen Dingen etwas unbeholfen.« Sie holte tief Luft. »Ich habe heute morgen von der Sache mit Ihrer Familie gehört. Unmittelbar bevor wir heraufgekommen sind. Das tut mir leid, schrecklich leid.«
»Janet?«
»Ja.«
»Das ist kein Geheimnis.«
»Ein deutscher Bomberpilot hat sie umgebracht.« Sie starrte ihn sekundenlang an und schüttelte dann den Kopf. »Dann erscheint ein weiterer deutscher Bomberpilot, der wieder unschuldige Zivilisten angreift, und Sie sind der erste, der ihn in Schutz nimmt.«
»Versuchen Sie bitte nicht, mir einen Heiligenschein oder Engelsflügel

anzuheften. Was hätte ich denn Ihrer Meinung nach tun sollen? Mich an einem Unschuldigen rächen?«

»Sie? Reden Sie doch keinen Unsinn! Gut, vielleicht habe ich Unsinn geredet, aber Sie wissen genau, was ich meine. Ich habe auch gehört, daß der mehrfach ausgezeichnete Maat McKinnon mit einem Halswirbelbruch in einem Lazarett in Malta lag, als er die traurige Nachricht erhielt. Ihr U-Boot war von einem italienischen Bomber versenkt worden. Sie scheinen feindliche Bomber geradezu magisch anzuziehen.«

»Das hat Janet nicht gewußt.«

Margaret Morrison lächelte. »Kapitän Bowen und ich haben uns angefreundet.«

»Kapitän Bowen«, sagte McKinnon leidenschaftslos, »ist ein schwatzhaftes altes Weib.«

»Kapitän Bowen ist ein schwatzhaftes altes Weib. Mr. Kennet ist ein schwatzhaftes altes Weib. Mr. Patterson ist ein schwatzhaftes altes Weib. Mr. Jamieson ist ein schwatzhaftes altes Weib. Sie alle sind schwatzhafte alte Weiber.«

»Du liebe Güte! Das ist ein sehr schwerer Vorwurf, Schwester. Entschuldigung, Margaret.«

»Schwatzhafte alte Weiber sprechen leise oder flüstern. Wenn zwei oder drei von ihnen oder sogar alle vier beisammen sind, sprechen sie leise oder flüstern. Man spürt die Spannung, man kann ihre Angst – nein, das ist nicht das richtige Wort, ihre Nervosität – beinahe riechen. Warum flüstern sie?«

»Vielleicht haben sie Geheimnisse.«

»Damit können Sie mich nicht abspeisen!«

»Wir haben Saboteure an Bord.«

»Das weiß ich. Das wissen wir alle. Die Flüsterer wissen, daß wir alle das wissen.« Sie starrte ihn prüfend an. »Auch damit können Sie mich nicht abspeisen. Trauen Sie mir nicht?«

»Doch, ich traue Ihnen. Wir werden gejagt. Irgend jemand an Bord der *San Andreas* betreibt einen Sender, der ein ständiges Peilsignal ausstrahlt. Die deutschen Flugzeuge und U-Boote wissen genau, wo wir sind. Irgend jemand hat's auf uns abgesehen. Irgend jemand will das Kommando über die *San Andreas* übernehmen.«

Sie sah ihm lange in die Augen, als suche sie darin eine Antwort auf eine Frage, die sie nicht formulieren konnte. McKinnon schüttelte den Kopf. »Tur mir leid, aber mehr weiß ich auch nicht«, versicherte er ihr. »Das müssen Sie mir glauben.«

»Ich glaube Ihnen. Wer könnte dieses Peilsignal ausstrahlen?«

»Jeder! Ich vermute, daß der Unbekannte zu unserer eigenen Besatzung gehört. Vielleicht ist er auch ein Überlebender der *Argos*. Auch die Patienten, die wir in Murmansk an Bord genommen haben, kommen in Frage. Alle drei Ideen klingen lächerlich, aber eine von ihnen muß weniger lächerlich sein als die beiden anderen. Ich weiß nur nicht, welche.«

»Weshalb sollte uns irgend jemand aufbringen wollen?«

»Wenn ich das wüßte, könnte ich eine Menge offener Fragen beantworten!«

»Wie würden Sie die *San Andreas* aufbringen?«

»Mit einem U-Boot. Das wäre die einzige Möglichkeit. Die Deutschen haben hier keine Überwasserschiffe, und ein Flugzeug kommt dafür nicht in Frage. Wissen Sie, was die Flüsterer vermutlich tun? Sie beten darum, daß es nie zu schneien aufhört. Unsere einzige Hoffnung liegt darin, nicht entdeckt zu werden. Wir können Gott nur bitten, wie man früher zu sagen pflegte, seine Hand nicht von uns abzuziehen.«

»Und wenn er's doch tut?«

»Dann sind wir erledigt.«

»Sie wollen also überhaupt nichts *tun*?« Das klang ziemlich ungläubig. »Sie wollen nicht einmal *versuchen*, irgendwas zu tun?«

McKinnon hatte sich bereits vor einigen Stunden überlegt, was er im Ernstfall tun würde, aber dies schien weder der geeignete Zeitpunkt noch der rechte Ort für eine Erläuterung seines Entschlusses zu sein. »Was erwarten Sie von mir, verdammt noch mal? Soll ich sie mit einer Salve aus altbackenem Brot und faulen Kartoffeln versenken? Haben Sie vergessen, daß wir ein Lazarettschiff sind? Kranke, Verwundete und Zivilisten.«

»Aber es muß doch irgendwas geben, daß Sie tun können!« Ihr Tonfall klang fast verzweifelt. »Sie, der hochdekorierte Maat McKinnon!«

»Der hochdekorierte Maat McKinnon«, antwortete er gelassen, »möchte überleben, um ein andermal wieder kämpfen zu können.«

»Sie sollen jetzt kämpfen!« Ihre Stimme drohte umzuschlagen. »Kämpfen Sie! Kämpfen Sie! Kämpfen Sie!« Dann schlug sie ihre Hände vors Gesicht.

McKinnon legte ihr einen Arm um die Schultern und betrachtete die Zitternde sprachlos erstaunt. Trotz seiner fast unerschöpflichen Erfindungsgabe und obwohl er sonst fast jedes Problem lösen konnte, mit dem er es zu tun bekam, wußte er keine Erklärung für ihr eigenartiges Benehmen. Er suchte nach beschwichtigenden, tröstenden Worten, fand jedoch keine, weil er sich nicht darüber im klaren war, weshalb er beschwichtigend oder tröstend auf sie einreden sollte. Auch die Wiederholung von Floskeln wie »Schon gut, schon gut, Kopf hoch!« schien nicht angezeigt zu sein, so daß McKinnon schließlich nur sagte: »Ich hole Trent rauf und bringe Sie wieder hinunter.«

Als sie nach einem besonders schlimmen Marsch übers Hauptdeck zwischen Aufbauten und Lazarett – sie mußten sich gegen den Schneesturm vorankämpfen – unten angekommen waren, führte er sie in den kleinen Aufenthaltsraum und machte sich auf die Suche nach Janet Magnusson. »Am besten gehst du rüber und kümmerst dich um deine Freundin Maggie«, erklärte er ihr, als er sie gefunden hatte. »Sie ist ziemlich durcheinander.« McKinnon hob abwehrend die Hand. »Nein, Janet, ich bin unschuldig. Ich habe sie nicht aus der Fassung gebracht.«

»Aber du warst mit ihr zusammen, als sie aus der Fassung geriet«, warf Janet ihm vor.

»Sie ist nur über mich enttäuscht.«

»Enttäuscht?«

»Sie will, daß ich Selbstmord verübe. Ich bin da anderer Meinung.«

Janet tippte sich an die Stirn. »Einer von euch beiden ist hier oben nicht ganz richtig. Ich kann mir schon denken, wer von euch beiden.« McKinnon nahm in der Messe Platz, während Janet im Aufenthaltsraum verschwand. Sie kam etwa fünf Minuten später zurück und setzte sich ihm gegenüber. Ihre Miene wirkte besorgt.

»Entschuldige, Archie. Du kannst nichts dafür. Und keiner von euch beiden spinnt. Sie hat eben Deutschen gegenüber ambivalente Gefühle.«

»Ambi ... was?«

»Zwiespältige Gefühle. Daß ihre Mutter Deutsche ist, macht alles nur schwieriger. Maggie hat einiges durchgemacht. Sie hat sehr schlimme Dinge erlebt. Oh, ich weiß, daß es bei dir ähnlich gewesen ist, aber du bist anders.«

»Natürlich bin ich anders! Ich kenne keine feineren Gefühle.«

»Ach, sei doch still! Was ich dir erzähle, solltest du eigentlich gar nicht erfahren – ich weiß es als einzige, glaube ich. Vor einem knappen halben Jahr hat Maggie ihren Verlobten und ihren einzigen Bruder verloren. Beide wurden über Hamburg abgeschossen. Nicht im selben Flugzeug, nicht einmal während desselben Angriffs. Aber innerhalb weniger Wochen.«

»Du lieber Gott.« McKinnon schüttelte langsam den Kopf und schwieg einige Sekunden lang. »Die Ärmste! Das erklärt natürlich einiges.« Er stand auf, trat an den Wandschrank mit Dr. Singhs Alkoholvorräten und kam mit einem Glas zurück. »McKinnons legendäre Willenskraft. Warst du mit Maggie zusammen, als das passierte, Janet?«

»Ja.«

»Du hast sie also schon früher gekannt?«

»Natürlich. Wir sind seit vielen Jahren befreundet.«

»Dann hast du die beiden Jungen also auch gekannt?« Sie gab keine Antwort. »Gut gekannt, meine ich?« Janet schwieg noch immer, hielt ihren Kopf mit dem flachsblonden Haar gesenkt und schien ihre auf dem Tisch ruhenden gefalteten Hände anzustarren. McKinnon war eher verärgert, als er eines ihrer Handgelenke ergriff und leicht daran rüttelte. »Janet.«

Sie hob den Kopf. »Ja, Archie?« In ihren Augen glänzten unvergossene Tränen.

»Ach, du liebe Güte.« McKinnon seufzte. »Du also auch!« Er schüttelte erneut den Kopf und schwieg nochmals einige Sekunden lang. »Hör zu, Janet, diese Jungen haben gewußt, was sie taten. Sie haben die Risiken gekannt. Sie haben gewußt, daß die deutsche Flak und die deutschen Nachtjäger sich alle Mühe geben würden, sie abzuschießen. Das haben sie dann auch getan. Und ich möchte dich daran erinnern, daß es sich dabei nicht nur um Angriffe auf Punktziele gehandelt hat – unsere Maschinen haben Bombenteppiche geworfen, und du weißt, was das bedeutet. Wenn ihr euch selbst beweint, Maggie und du, könnt ihr ebensogut um die Tausenden von unschuldigen Toten weinen, die von unserer Air Force in Hamburg umgebracht wurden. Ihr könnt ebensogut um die gesamte Menschheit weinen!«

Über Janets Wangen liefen zwei Tränen. »McKinnon, du bist ein herzloses Ungeheuer!«

»Ganz wie du meinst.« Er stand auf. »Falls mich jemand sucht, bin ich auf der Brücke.«

Die Mittagszeit war vorüber, und der Wind nahm weiter an Stärke zu, bis er mit der heulenden Gewalt wehte, die sonst ein Kennzeichen der Hurrikane und Taifune tropischer Zonen der Erde ist. Gegen 14 Uhr, als das Tageslicht, das bestenfalls ein graues Halbdunkel gewesen war, wieder zu schwinden begann, waren die querab und vor der *San Andreas* zu erkennenden turmhohen Sturzseen – des Schneesturms wegen war eine Beobachtung nach achtern von den Nocken aus nicht möglich – so weiß wie der im Orkan vorbeitreibende Schnee. Die formlosen Tröge zwischen den hoch aufragenden Wasserwällen waren groß genug, um ein Einfamlilienhaus zu verschlingen. Die *San Andreas* war in Schwierigkeiten. Mit 9300 BRT war sie kein kleines Schiff; der Bootsmann hatte die Fahrt verringern lassen, bis sie gerade noch steuerbar war, aber sie war trotzdem in Schwierigkeiten, deren Ursachen weder mit der Schiffsgröße noch der Wellenhöhe zu tun hatten, denn normalerweise hätte die *San Andreas* diesen Sturm mühelos abwettern können. Daß McKinnon sich Sorgen machte, hatte zwei andere Gründe.

Der erste Grund war der Eisansatz. Bei Seegang kann ein Schiff entweder als steif oder weich bezeichnet werden. Ist es steif, setzt es dem Rollen Widerstand entgegen und richtet sich nach dem Rollen rasch wieder auf; ist es dagegen weich, rollt es leicht und richtet sich nur langsam und widerstrebend auf. Weichheit entsteht, wenn ein Schiff topplastig wird, indem sein Schwerpunkt sich nach oben verlagert. Die Hauptursache dafür ist Eisansatz. Je dicker die Eisschicht auf den oberen Decks wird, desto mehr nimmt die Weichheit zu; ist das Eis schließlich dick genug, richtet sich das Schiff nach dem Rollen nicht mehr auf, sondern es kentert und sinkt. Selbst speziell für den Einsatz in der Arktis gebaute seetüchtige, seegehende Trawler sind dem fast unmerklichen, tödlichen Würgegriff des Eises erlegen; für im hohen Norden operierende Flugzeugträger bedeutet Eis auf ihren großflächigen Flugdecks eine ständige Bedrohung ihrer Stabilität.

McKinnon machte sich wegen des zunehmenden Eisansatzes auf den Decks der *San Andreas* große Sorgen. Im Schneesturm hatte Preßschnee eine gewisse Eisdecke gebildet, die sich jedoch in Grenzen hielt, weil der starke Wind den meisten Schnee – außer im Windschatten der Aufbauten – einfach weggeblasen hatte. Aber die *San Andreas* hatte in den letzten Stunden große Mengen Seewasser und Gischt übergenommen, die zu Eis gefroren waren, noch bevor sie die Decks überflutet hatten. Das Schiff befand sich zwischendurch immer wieder auf ebenem Kiel, aber es begann immer häufiger abrupt zu rollen und richtete sich danach jedesmal etwas langsamer auf als zuvor. McKinnon wußte, daß die kritische Belastungsgrenze noch lange nicht erreicht war; er wußte jedoch auch, daß sie unweigerlich erreicht werden würde, falls die äußeren Bedingungen sich nicht bald änderten.

Aus eigener Kraft ließ sich nicht viel dagegen unternehmen: Vorschlaghämmer und Brechstangen hätten nur minimale Wirkung gehabt, und die mit dieser Arbeit beschäftigten Leute wären vermutlich sehr bald über Bord gegangen, weil es bei diesem Seegang fast unmöglich war, auf den eisglatten Decks das Gleichgewicht zu bewahren. McKinnon bedauerte ausnahmsweise, auf einem ölgefeuerten Schiff amerikanischer Bauart statt auf einem englischen Schiff mit Kohlefeuerung zu sein. Auf die Decks gestreute Kesselasche hätte erheblich dazu beigetragen, das Eis schmelzen zu lassen. Mit Dieselöl jedoch war nichts anzufangen.

Noch größere Sorgen machten McKinnon die Aufbauten. Außer wenn die *San Andreas* sich auf ebenem Kiel befand, knirschte und ächzte das überbelastete Metall, als wolle es gegen seine Qualen lautstark protestieren, und sobald das Schiff in die Tiefe eines Wellentrogs klatschte, schwankten die gesamten Aufbauten deutlich wahrnehmbar. Auf dem höchsten Punkt – der Kommandobrücke, auf der McKinnon stand – schätzte er die Ausschläge auf jeweils zehn bis fünfzehn Zentimeter. Das war ein höchst unangenehmes Gefühl, das zum Nachdenken anregte. Wie tief und steil mußte ein Wellental sein, damit die Scherkräfte so stark wurden, daß die Aufbauten der *San Andreas* über Bord gingen? Diese Überlegung veranlaßte McKinnon dazu, Leutnant Ullmann in der Kapitänskabine aufzusuchen.

Ullmann, dessen Mittagessen aus Sandwiches und Scotch bestanden hatte, saß nach einem mehrstündigen Mittagsschlaf in der Koje des Kapitäns und schien in angemessen philosophischer Gemütsverfassung zu sein.

»Wer diesem Schiff den Namen *San Andreas* gegeben hat«, sagte er, »hat es richtig getauft. Sie wissen natürlich, daß die San-Andreas-Verwerfung ein berühmtes – oder berüchtigtes – Erdbebengebiet ist.« Ullmann hielt sich am Rand seiner Koje fest, als das Schiff in einen Wellentrog tauchte und höchst beunruhigend erzitterte. »Im Augenblick komme ich mir vor, als erlebte ich ein Erdbeben.«

»Das ist Mr. Kennets Idee gewesen. Mr. Kennet hat gelegentlich einen etwas eigenartigen Sinn für Humor. Vor einer Woche hatte dieses Schiff noch den Namen *Ocean Belle.* Als wir unseren grauen Anstrich durch Weiß, Grün und Rot, die Farben des Roten Kreuzes, ersetzt haben, war Mr. Kennet der Meinung, wir sollten auch den Schiffsnamen ändern. Unser Schiff ist in Richmond gebaut worden. Richmond liegt an Haywards Verwerfung, einer Abzweigung der San-Andreas-Verwerfung. Er war der Meinung, *San Andreas* sei ein viel romantischerer Name als *Ocean Belle.* Und er hat es für eine amüsante Idee gehalten, dem Schiff den Namen eines potentiellen Katastrophengebiets zu geben.« McKinnon lächelte schwach. »Ich frage mich, ob er das noch immer für eine amüsante Idee hält ...«

»Nun, seit ich ihn bombardiert habe, hat er reichlich Zeit gehabt, sich darüber Gedanken zu machen. Ich möchte beinahe wetten, daß er sich die Sache inzwischen anders überlegt hat.« Ullmann klammerte sich erneut fest, als die *San Andreas* schwerfällig in ein weiteres Wellental klatschte. »Das Wetter wird nicht besser, Mr. McKinnon?«

»Das Wetter wird nicht besser. Darüber wollte ich mit Ihnen reden, Leutnant. Wir haben Windstärke zwölf. Bei Dunkelheit und Schneesturm – er ist so heftig wie je zuvor – ist die Sicht absolut Null. Eine astronomische Ortsbestimmung dürfte auf Stunden hinaus unmöglich sein. Ich glaube, daß Sie im Lazarett weit besser aufgehoben wären.«

»Ausgeschlossen! Ich müßte gegen einen Orkan, einen wütenden Schneesturm ankämpfen, um ins Lazarett zu gelangen. Ein Mann in meinem geschwächten Zustand? Kommt nicht in Frage!«

»Dort unten ist es wärmer, Leutnant. Behaglicher.«

»Du liebe Güte, Mr. McKinnon, wie konnten Sie nur die größte Verlokkung übersehen – all die hübschen Krankenschwestern? Nein, besten Dank. Ich ziehe den Wohnraum des Kapitäns vor, vom Scotch des Kapitäns ganz zu schweigen. In Wirklichkeit befürchten Sie natürlich, die Aufbauten könnten jeden Augenblick über Bord gehen, und wollen mich hier rausholen, bevor das passiert. Habe ich recht?«

»Zugegeben.« McKinnon berührte die Außenwand der Kapitänskabine. »Die Stabilität läßt zu wünschen übrig.«

»Aber Sie bleiben natürlich hier oben?«

»Das ist mein Job.«

»Undenkbar! Die Ehre der deutschen Luftwaffe steht auf dem Spiel. Wenn Sie bleiben, bleibe ich auch.«

McKinnon widersprach nicht. Auf nicht ganz erklärliche Weise freute er sich sogar über Ullmanns Entscheidung. Er klopfte ans Barometer und zog die Augenbrauchen hoch. »Drei Millibar?«

»Gestiegen?«

»Gestiegen.«

»Dann gibt's also noch Hoffnung.«

»Eine Wetterbesserung dauert noch Stunden – falls sie überhaupt eintritt. Die Aufbauten können trotzdem jeden Augenblick über Bord gehen. Selbst wenn's nicht dazu kommt, ist der Schnee unsere einzige wirkliche Hoffnung.«

»Und wenn der Schneefall aufhört?«

»Dann kommen Ihre U-Boote.«

»Davon sind Sie überzeugt?«

»Ja. Sie denn nicht?«

»Doch, ich bin's leider auch.«

Drei Stunden später, kurz nach 17 Uhr und viel früher, als McKinnon erwartet hatte, besserte sich das Wetter – zunächst kaum merklich, dann immer rascher. Der Sturm flaute auf Windstärke sechs ab, die sich überstürzenden Seen des frühen Nachmittags bildeten wieder erkennbare Wogenreihen, die *San Andreas* befand sich die meiste Zeit auf ebenem Kiel, der Eisansatz auf den Decks bildete keine Gefahr mehr, und das Ächzen und Knirschen der Aufbauten war verstummt. Das Beste aus McKinnons Sicht war jedoch die Tatsache, daß der Schnee unvermindert dicht fiel. Er glaubte ziemlich sicher zu wissen, daß ein Angriff – falls es überhaupt dazu kam – in der kurzen Tageslichtperiode gegen Mittag erfolgen würde, aber er war sich auch darüber im klaren, daß ein entschlossener U-Boot-Kommandant nicht zögern würde, bei Mondschein anzugreifen. Seiner Erfahrung nach waren die meisten U-Boot-Kommandanten in der Tat sehr entschlossen – und der Mond würde scheinen. Bei Tageslicht nützte ihnen der Schnee wenig, aber in der Dunkelheit stellte er buchstäblich eine Sicherheitsgarantie dar.

McKinnon ging in die Kapitänskabine hinauf – wo er Leutnant Ullmann mit einer teuren Havanna – Kapitän Bowen, der im allgemeinen Pfeife rauchte, genehmigte sich ein Zigarre pro Tag – und einem ebenso teuren Malzwhisky antraf, die beide zweifellos zu seiner verhältnismäßig gelockerten Stimmung beitrugen.

»Ah, Mr. McKinnon! So ist's schon besser. Das Wetter, meine ich. Von Minute zu Minute besser. Schneit's noch immer?«

»Stark. Das hat natürlich seine Vor- und Nachteile. Eine astronomische Ortsbestimmung ist unmöglich, aber dafür haben wir wenigstens nichts von Ihren Freunden zu befürchten.«

»Freunden? Ich überlege mir bereits seit einiger Zeit, wer meine Freunde sind.«

Er machte eine wegwerfende Handbewegung, was mit einem Whiskyglas in der einen Hand und einer Zigarre in der anderen nicht einfach war. »Ist Schwester Morrison etwa krank?«

»Nicht, daß ich wüßte.«

»Ich bin angeblich ihr Patient. Was sie da tut, könnte man fast als kriminelle Nachlässigkeit bezeichnen. Was ist, wenn ich hier verblute?«

»Das wollen wir natürlich nicht.« McKinnon lächelte. »Ich hole sie Ihnen her.«

Er rief im Lazarett an, und als er nach unten kam, stand Schwester Morrison schon bereit. »Ist was passiert?« erkundigte sie sich. »Geht's ihm nicht gut?«

»Er fühlt sich grausam vernachlässigt und hat von Verbluten gesprochen. In Wirklichkeit ist er guter Laune, raucht eine Zigarre, trinkt Malzwhisky und scheint bei bester Gesundheit zu sein. Er langweilt sich nur oder ist einsam oder beides und will mit jemandem reden.«

»Er kann immer mit Ihnen reden.«

»Als ich jemand sagte, hab' ich nicht irgend jemand gemeint. Ich bin nicht Margaret Morrison. Diese Piloten der Luftwaffe sind wirklich gerissen. Wenn Sie nicht kommen, kann er Sie wegen Vernachlässigung Ihrer Dienstpflichten belangen.«

McKinnon begleitete sie in die Kapitänskabine, forderte sie auf, ihn im Lazarett anzurufen, wenn sie fertig sei, nahm die Besatzungslisten aus dem Schreibtisch des Kapitäns mit und machte sich auf die Suche nach Jamieson. Gemeinsam verbrachten sie fast eine halbe Stunde damit, die Papiere aller Angehörigen der Decksmannschaft und des Maschinenraums zu überprüfen und sich daran zu erinnern, was sie über die Vergangenheit dieser Männer wußten und was andere Besatzungsmitglieder über sie gesagt hatten. Nachdem sie die Listen und ihr Gedächtnis durchforstet hatten, schob Jamieson die Listen von sich weg, lehnte sich in seinem Stuhl zurück und seufzte.

»Was halten Sie davon, Bootsmann?«

»Dasselbe wie Sie, Sir. Nichts. Ich wüßte nicht mal, wen ich verdächtigen sollte. Es gibt nicht nur keine passenden Kandidaten für die Rolle des Saboteurs, sondern überhaupt niemand, der auch nur entfernt in Frage käme. Ich glaube, wir könnten beide vor Gericht für die ganze Bande als Leumundszeugen aussagen. Aber wenn wir Leutnant Ullmanns Theorie akzeptieren – und das tun Sie, Mr. Patterson, Naseby und ich –, daß einer unsrer Leute die Sprengladung im Ballastraum gezündet haben muß, während wir längsseits der Korvette lagen, muß er in diesen Listen stehen. Oder es war jemand vom Pflegepersonal.«

»Vom Pflegepersonal?« Jamieson schüttelte den Kopf. »Das Pflegepersonal ... Schwester Morrison als seefahrende Mata Hari? Ich habe soviel Phantasie wie jeder andere, Bootsmann, aber das übersteigt meine Vorstellungskraft.«

»Meine natürlich auch. Wir würden beide auch fürs Pflegepersonal die Hand ins Feuer legen. Aber es *muß* jemand gewesen sein, der schon beim Auslaufen aus Halifax an Bord der *Ocean Belle* war. Wenn wir eines Tages in Pension gehen, Mr. Jamieson, versuchen wir am besten nicht, als Kriminalbeamte bei Scotland Yard unterzukommen.« McKinnon machte eine Pause. »Darüber hinaus gibt's natürlich die Möglichkeit, daß dieser Unbekannte mit einem Überlebenden der *Argos* oder einem der neun Invaliden, die wir in Murmansk an Bord genommen haben, unter einer Decke steckt.«

»Von denen wir überhaupt nichts wissen.«

»In der Tat, soweit es die Besatzung der *Argos* betrifft. Was die Invaliden angeht, haben wir natürlich ihre Namen, Dienstgrade und Nummern. Einer der Tb-Kranken, ein gewisser Hartley, ist Maschinenmatrose. Er müßte sich mit Elektrotechnik auskennen. Und Simons, der angeblich einen Nervenzusammenbruch erlitten hat, ist Torpedomechaniker. Er versteht also etwas von Sprengstoffen.«

»Zu offenkundig, Bootsmann.«

»Viel zu offenkundig. Vielleicht sollen wir das viel zu Offenkundige übersehen.«

»Kennen Sie die beiden? Haben Sie schon mit ihnen gesprochen.?«

»Ja. Ich nehme an, daß sie Ihnen auch aufgefallen sind. Es handelt sich um die beiden Rothaarigen.«

»Ah, diese beiden! Rauhe, ehrliche Seeleute. Sehen überhaupt nicht wie Kriminelle aus. Aber das dürfte ein Merkmal vieler begabter Verbrecher sein. Daß sie nicht kriminell aussehen, meine ich.« Jamieson seufzte. »Ich bin ganz Ihrer Meinung, Bootsmann. Die Kriminalpolizei hat in der Tat keine Konkurrenz von uns zu befürchten.«

»Allerdings nicht.« McKinnon stand auf. »Ich glaube, ich gehe jetzt lieber und rette Schwester Morrison aus Leutnant Ullmanns Klauen.«

Schwester Morrison befand sich nicht in den Klauen des Leutnants und ließ auch kein Bedürfnis erkennen, von McKinnon gerettet zu werden. »Muß ich schon gehen?« fragte sie.

»Natürlich nicht. Ich wollte Ihnen nur sagen, daß ich auf der Brücke bin, wenn Sie mich brauchen.« Er sah von Ullmann zu Schwester Morrison hinüber. »Sie haben ihn also retten können?«

Im Vergleich zu den Verhältnissen, die dort noch vor wenigen Stunden geherrscht hatten, war die Steuerbordnock jetzt fast ein Hort der Ruhe und des Friedens. Der Sturm war auf höchstens Windstärke vier abgeflaut, und die See, zwar noch immer kein Dorfteich, hatte sich soweit beruhigt, daß die *San Andreas* nur noch selten um mehr als einige Grad rollte. Das waren die Aktiva. Zu den Passiva gehörte die Tatsache, daß der Schneefall soweit zurückgegangen war, daß McKinnon das von den Scheinwerfern angestrahlte rote Kreuz auf dem Vorschiff unter der milchigen Eisschicht deutlich erkennen konnte. Er ging ins Ruderhaus zurück und rief Patterson im Maschinenraum an. »Hier ist der Bootsmann, Sir. Der Schneefall läßt nach. Wahrscheinlich hört er bald ganz auf. Ich bitte um Erlaubnis, alle Außenscheinwerfer auszuschalten. Der Seegang ist noch zu hoch, als daß ein U-Boot uns aus Sehrohrtiefe ausmachen könnte, aber falls es auftaucht und wir die roten Kreuze noch anstrahlen, wenn es nicht mehr schneit, sind wir von seinem Turm aus meilenweit sichtbar.«

»Das wollen wir nicht, stimmt's? Lichter aus!«

»Noch etwas, Sir. Könnten Sie einige Ihrer Leute an Deck schicken, damit sie mit Vorschlaghämmern, Brechstangen und sonstigem Werkzeug einen eisfreien Trampelpfad zwischen Lazarett und Brücke herstellen? Ein Meter Breite müßte genügen.«

»Wird gemacht!«

Als Margaret Morrison eine Viertelstunde später noch immer nicht erschienen war, trat der Bootsmann erneut auf die Nock hinaus. Der Schneefall hatte völlig aufgehört. Die Wolkendecke war teilweise aufgerissen und ließ einige Sterne erkennen, wenn auch der Polarstern verborgen blieb. Es war weiterhin so dunkel, daß McKinnon nach dem Ausschalten der Scheinwerfer nicht einmal das Vorschiff erkennen konnte. Er kehrte ins Ruderhaus zurück und ging dann in die Kapitänskabine hinunter.

»Es schneit nicht mehr, Leutnant, und am Himmel stehen ein paar Sterne – nicht viele, leider auch nicht der Polarstern, aber immerhin ein paar. Ich weiß nicht, wie lange sie sichtbar bleiben, deshalb wär's vielleicht gut, wenn Sie die Gelegenheit nützen würden. Ich nehme an, daß es Schwester Morrison gelungen ist, Ihre Blutung zum Stehen zu bringen.«

»Eine Blutung hat's nie gegeben«, stellte sie fest. »Das wissen Sie genau, Mr. McKinnon.«

»Ja, Schwester.«

Sie zuckte zusammen und lächelte dann.

»Der Wind ist ziemlich abgeflaut«, sagte McKinnon, während er Ullmann beim Anziehen half. »Aber die warmen Sachen brauchen Sie trotzdem so nötig wie zuvor. Die Temperatur liegt bei minus zwanzig Grad Celsius.«

»Darf seine Krankenschwester ihn begleiten? Schließlich hat Dr. Sinclair ihn auch begleitet.«

»Natürlich. Ich möchte Ihnen allerdings nicht raten, mit auf die Nock zu gehen.« McKinnon nahm Sextant und Chronometer mit und begleitete die beiden auf die Brücke. Diesmal schaffte Ullmann es allein. Er trat auf beide Nocken hinaus und entschied sich dann dafür, seine Messungen von der Steuerbordnock aus vorzunehmen. Dazu brauchte er länger als beim ersten Mal, denn er mußte die Höhen mehrerer Sterne messen – vermutlich, weil der Polarstern verdeckt war. Er kam wieder herein, arbeitete eine Zeitlang mit der Seekarte und sah dann auf.

»Befriedigend. Unter den Umständen sehr befriedigend. Nicht meine Navigation, sondern der Kurs, den wir gehalten haben. Ich weiß natürlich nicht, ob wir ihn ständig gehalten haben, aber das spielt keine Rolle. Wir stehen jetzt südlich vom Polarkreis: ziemlich genau bei sechsundsechzig Grad zwanzig Minuten Nord, vier Grad zwanzig Minuten Ost. Kurs zweihundertdreizehn Grad, was offenbar bedeutet, daß der Wind in den letzten zwölf Stunden nur um fünf Grad gedreht hat. Diesen Kurs können wir weiterhin halten, Mr. McKinnon. Mit Seegang und Wind von achtern müßten wir die Nacht überstehen; selbst wenn wir ein wenig vom Kurs abkommen, laufen wir nicht Gefahr, irgendwo zu stranden. Morgen um diese Zeit setzen wir einen südlicheren Kurs ab.«

»Besten Dank, Leutnant«, antwortete McKinnon. »Sie haben sich Ihr Abendessen verdient, wie man so schön sagt. Ich lasse es Ihnen übrigens innerhalb der nächsten Viertelstunde heraufbringen. Sie haben auch eine ungestörte Nachtruhe verdient – ich werde Sie heute nacht nicht wieder stören.«

»Habe ich mir nicht auch etwas anderes verdient? Da draußen war es verdammt kalt, Mr. McKinnon.«

»Der Kapitän hätte bestimmt nichts dagegen. Solange Sie navigieren ...« Er wandte sich an die Krankenschwester. »Kommen Sie mit nach unten?«

»Ja, ja, das muß sie natürlich!« warf Ullmann ein. »Wie egoistisch von mir!« Falls er Gewissensbisse hatte, machten sie sich nicht allzu stark bemerkbar. »All Ihre übrigen Patienten ...«

»Meinen übrigen Patienten geht's ausgezeichnet. Schwester Maria versorgt sie. Ich bin dienstfrei.«

»Dienstfrei! Das ist ja noch schlimmer! Sie sollten sich ausruhen, meine Liebe, oder schlafen.«

»Danke, ich bin hellwach. Kommen *Sie* mit nach unten? Die Lage ist nicht mehr kritisch, das Schiff liegt völlig ruhig, und Sie haben soeben erfahren, daß Sie heute nacht nicht mehr benötigt werden.«

»Hmmmm.« Der Leutnant machte eine nachdenkliche Pause. »Ich glaube, ich bleibe doch lieber hier oben. Für den Fall einer unvorhergesehenen Krise, verstehen Sie?«

»Fliegeroffiziere sollten nicht schwindeln. Ich verstehe natürlich. Die einzig vorhersehbare Krise besteht darin, daß Ihnen der Stoff ausgeht, und Sie kommen nur deshalb nicht mit nach unten, weil wir im Lazarett zu den Mahlzeiten keinen Malzwhisky servieren.«

Ullmann schüttelte betrübt den Kopf. »Ich bin zutiefst verletzt.«

»Verletzt!« sagte Schwester Morrison. Sie saßen wieder in der Messe des Lazaretts. »Verletzt.«

»Das ist er tatsächlich, glaube ich.« McKinnon betrachtete sie nachdenklich amüsiert. »Und Sie auch.«

»Ich? Ach, wirklich?«

»Ja, wirklich. Sie sind verletzt, weil Sie glauben, daß er den Scotch Ihrer Gesellschaft vorzieht. Das stimmt doch?« Als sie keine Antwort gab, fuhr McKinnon fort: »Wenn Sie das glauben, haben Sie eine ziemlich schlechte Meinung von sich selbst und dem Leutnant. Sie sind heute abend ungefähr eine Stunde lang mit ihm zusammen gewesen. Was hat er in dieser Zeit getrunken?«

»Nichts.« Ihre Stimme klang ruhiger.

»Nichts. Er ist kein Trinker, und er ist ein sensibler Junge. Er ist sensibel, weil er ein Feind ist, weil er ein Gefangener, ein Kriegsgefangener ist, und er ist natürlich vor allem sensibel, weil er jetzt sein Leben lang mit dem Bewußtsein herumlaufen wird, daß er fünfzehn unschuldige Menschen getötet hat. Sie haben ihn gefragt, ob er mit nach unten käme. Aber er wollte nicht danach gefragt, sondern dazu überredet oder sogar abkommandiert werden. Die Frage, ob er mitkäme, läßt auf Gleichgültigkeit schließen, und in seiner augenblicklichen Gemütsverfassung hat er sie vermutlich sogar für eine Zurückweisung gehalten. Und was passiert dann? Die Oberschwester verdrängt ihr weibliches Mitgefühl und ihre Intuition und bringt ein paar sarkastische Bemerkungen an, die Margaret Morrison niemals gemacht hätte. Ein Fehler, der sich jedoch leicht korrigieren läßt.«

»Wie?« Ihre Frage enthielt das stillschweigende Eingeständnis, daß tatsächlich ein Fehler gemacht worden war.

»Nehmen Sie ihn bei der Hand und sagen Sie, daß es Ihnen leid tut. Oder sind Sie zu stolz dazu?«

»Zu stolz?« Sie wirkte unsicher, verwirrt.

»Zu stolz, weil er Deutscher ist? Hören Sie, ich weiß von der Sache mit Ihrem Verlobten und Ihrem Bruder; sie tut mir schrecklich leid ...«

»Janet hätte Ihnen nicht davon erzählen dürfen.«

»Unsinn! Sie haben schließlich auch nichts dagegen gehabt, daß sie Ihnen von meiner Familie erzählt hat.«

»Aber das ist noch nicht alles.« Ihre Stimme klang erregt. »Sie haben gesagt, daß die beiden, ohne mit der Wimper zu zucken, Tausende von unschuldigen Menschen umgebracht haben, und daß . . .«

»So habe ich mich nie ausgedrückt. Das kann Janet nicht gesagt haben. Sie tun genau das, was Sie dem Leutnant vorgeworfen haben: Sie schwindeln! Außerdem weichen Sie bewußt vom Thema ab. Okay, die bösen Deutschen haben also zwei Menschen umgebracht, die Sie gekannt und geliebt haben. Ich frage mich nur, wie viele Hunderte sie umgebracht haben, bevor sie abgeschossen wurden. Aber das spielt weiter keine Rolle, nicht wahr? Sie haben diese Leute nicht einmal dem Namen nach gekannt. Wie können Sie Menschen beweinen, die Sie niemals kennengelernt haben – Ehepaare, Liebende und Kinder, alle ohne Gesichter oder Namen? Das wäre doch lächerlich, nicht wahr? Statistiken sind so langweilig. Sagen Sie, hat Ihr Bruder Ihnen jemals erzählt, wie ihm zumute gewesen ist, wenn er mit seinem Lancaster-Bomber gestartet ist, um die Landsleute seiner Mutter abzuschlachten? Aber er hat sie natürlich nicht gekannt, und deshalb war alles in Ordnung, stimmt's?«

»Sie sind ein Scheusal!« flüstere Margaret Morrison.

»Sie halten mich für ein Scheusal. Janet hält mich für ein herzloses Ungeheuer. *Ich* halte euch beide für große Heuchlerinnen.«

»Heuchlerinnen?«

»Sie wissen schon – Dr. Jekyll und Mr. Hyde. Die Krankenschwester und Margaret Morrison. Janet ist genauso schlimm. Ich leiste mir wenigstens keine doppelte Moral.« McKinnon wollte gehen, aber sie hielt ihn am Arm fest und starrte ihm forschend in die Augen.

»Das ist nicht Ihr Ernst gewesen, stimmt's? Daß Janet und ich Heuchlerinnen sind?«

»Nein.«

»Sie sind wirklich gerissen. Schon gut, schon gut, ich sage ihm, daß es mir leid tut.«

»Ich hab' gewußt, daß Sie das tun würden, Margaret Morrison.«

»Nicht Schwester Morrison?«

»Sie sehen eigentlich nicht wie Mrs. Hyde aus.« McKinnon machte eine Pause. »Wann hätten Sie heiraten wollen?«

»Letztes Jahr im September.«

»Janet und Ihr Bruder . . . Die beiden sind ziemlich gut befreundet gewesen, was?«

»Ja. Hat sie Ihnen das erzählt?«

»Nein, das war nicht nötig.«

»Richtig, die beiden waren ziemlich gut befreundet.« Sie schwieg einige Sekunden lang. »Es hätte eine Doppelhochzeit werden sollen.«

»Oh, verdammt«, sagte McKinnon und ging davon. Er überprüfte sämtliche Verdunklungsvorrichtungen im Lazarett – selbst von der verhältnismäßig geringen Beobachtungshöhe eines U-Boot-Turms aus war der Lichtschein aus einem unverdunkelten Bullauge meilenweit zu erkennen –, ging in den Maschinenraum hinunter, sprach kurz mit Patterson, kam in die Messe zurück, aß zu Abend und betrat dann die Krankenabteilungen. In Abteilung B sah Janet Magnusson ihm ohne sonderliche Begeisterung entgegen.

»Du kannst's wohl nicht lassen?«

»Nein.«

»Weißt du überhaupt, wovon ich rede?«

»Nein, das weiß ich nicht – und es ist mir völlig gleichgültig. Ich vermute, daß du von deiner Freundin Maggie und dir selbst sprichst. Ihr tut mir natürlich beide leid, schrecklich leid, und morgen, oder wenn wir nach Aberdeen kommen, werde ich bittere Tränen um Vergangenes weinen. Aber nicht jetzt, Janet. Im Augenblick habe ich wichtigere Dinge im Kopf – zum Beispiel auch, wie wir's schaffen sollen, überhaupt nach Aberdeen zu kommen.«

»Archie.« Sie legte ihm eine Hand auf den Arm. »Ich will mich nicht einmal entschuldigen. Merkst du nicht, daß ich nur pfeife, weil ich mich im Dunkeln fürchte? Ich mag gar nicht an morgen denken.« Der Schauder, der ihr über den Rücken zu laufen schien, war vielleicht nur gespielt. »Mir ist ganz komisch zumute. Ich habe mit Maggie gesprochen. Morgen passiert's, nicht wahr, Archie?«

»Ja, wenn du unter morgen die helle Tageszeit verstehst. Vielleicht schon heute nacht, wenn der Mond durch die Wolken kommt.«

»Maggie sagt, daß es ein U-Boot sein muß. Das hast du ihr erklärt.«

»Anders geht's nicht.«

»Wie gefällt dir der Gedanke, gefangengenommen zu werden?«

»Ganz und gar nicht.«

»Aber du wirst es wohl, stimmt's?«

»Hoffentlich nicht!«

»Wie kannst du darauf hoffen? Maggie sagt, daß du dich ergeben willst. Sie hat's nicht ausdrücklich gesagt, weil sie weiß, daß wir Freunde sind – wir *sind* doch Freunde, Mr. McKinnon?«

»Wir sind Freunde, Miß Magnusson.«

»Nun, sie hat's nicht ausdrücklich gesagt, aber ich glaube, daß sie dich für einen Feigling hält.«

»Ein sehr – wie sagt man doch gleich, scharfsinnig? –, ein sehr scharfsinniges Mädchen, unsere Maggie.«

»Sie ist nicht so scharfsinnig wie ich. Glaubst du wirklich, daß wir eine Chance haben, Aberdeen zu erreichen?«

»Ja, wir haben eine.«

»Und danach?«

»Ah, die clevere Janet Magnusson! Falls ich keine Zukunftspläne habe, sehe ich keine Zukunft für uns. Das steckt doch dahinter, nicht wahr? Aber ich sehe eine Zukunft und habe auch schon Pläne dafür geschmiedet. Ich nehme meinen ersten Urlaub seit 1939 und fahre für ein paar Wochen heim auf die Shetlands. Wann bist du zuletzt zu Hause auf den Shetlands gewesen?«

»Seit Jahren nicht mehr.«

»Kommst du mit, Janet?«

»Natürlich.«

McKinnon ging in die Abteilung A hinüber und blieb vor dem Tisch stehen, an dem Schwester Morrison saß. »Wie geht's dem Kapitän?«

»Ziemlich gut, nehme ich an. Ein bißchen still und lustlos. Aber warum fragen Sie mich danach? Fragen Sie ihn selbst.«

»Ich möchte Ihre Erlaubnis als Oberschwester dieser Abteilung einholen, kurz mit ihm die Station verlassen zu dürfen.«

»Sie wollen mit ihm hinausgehen – wozu denn?«

»Ich muß mit ihm reden.«

»Sie können hier mit ihm reden.«

»Ich kann mir vorstellen, wie Sie uns böse und mißtrauisch anstarren würden, wenn wir uns flüsternd unterhalten würden, und welche bösen und mißtrauischen Fragen ich anschließend zu beantworten hätte. Meine liebe Margaret, wir haben Staatsgeheimnisse zu besprechen.«

»Sie trauen mir nicht, was?«

»Damit haben Sie mir diese dumme Frage schon zum zweiten Mal gestellt. Meine Antwort ist die gleiche. Ich habe Vertrauen zu Ihnen. Rückhaltloses Vertrauen. Ich vertraue auch Mr. Kennet dort drüben. Aber hier liegen fünf weitere Männer, von denen ich nicht weiß, ob ich ihnen vertrauen kann.«

Der Bootsmann führte Kapitän Bowen aus der Krankenabteilung A und kam schon zwei Minuten später mit ihm zurück. Nachdem Margaret Morrison ihn wieder ins Bett gesteckt hatte, sagte sie zu McKinnon: »Das muß die kürzeste Geheimkonferenz der Geschichte gewesen sein.«

»Wir sind Männer, die wenig Worte machen.«

»Und das ist das einzige Kommuniqué, das ich zu erwarten habe?«

»Nun, das ist Diplomatie auf höchster Ebene. Geheimhaltung heißt die Parole.«

Als McKinnon die Abteilung B betrat, wurde er von Janet Magnusson aufgehalten. »Was hat das alles zu bedeuten? Deine Geheimnistuerei mit dem Kapitän, meine ich.«

»Ich habe nicht unter vier Augen mit dem Kapitän gesprochen, um anschließend allen Patienten in Abteilung B davon zu erzählen. Ich bin zum Schweigen verpflichtet.«

Margaret Morrison kam herein, sah von einem zum anderen und fragte: »Na, war er bei dir auskunftsfreudiger als bei mir, Janet?«

»Auskunftsfreudig! Er behauptet, zum Schweigen verpflichtet zu sein. Das hat er sich nur ausgedacht, möchte ich wetten.«

»Bestimmt!« Sie wandte sich an McKinnon. »Was haben Sie mit dem Kapitän angestellt?«

»Angestellt? Ich habe nichts angestellt.«

»Gut, dann eben besprochen. Er hat sich verändert, seitdem er wieder zurück ist. Er wirkt geradezu fröhlich.«

»Fröhlich? Wie wollen Sie das feststellen? Von seinem Gesicht ist doch praktisch nichts zu sehen!«

»Das läßt sich auch auf andere Weise erkennen. Er sitzt im Bett, reibt sich die Hände und hat schon zweimal laut ›Aha!‹ gesagt.«

»Das überrascht mich nicht. Man braucht ein besonderes Talent, um Herz und Verstand der Kranken und Niedergeschlagenen anzusprechen. Das ist eine Gabe. Manche von uns besitzen sie.« Er starrte die beiden nacheinander an. »Und manche von uns besitzen sie nicht.«

Die beiden Krankenschwestern wechselten einen erstaunten Blick, als er sie stehenließ.

Um 2 Uhr wurde McKinnon von Trent geweckt. »Mondschein, Bootsmann.«

Der Mond schien allerdings, wie McKinnon mißmutig feststellen mußte, als er auf die Backbordnock hinaustrat: ein zu drei Vierteln voller Mond, der übernatürlich hell leuchtete. Mindestens die Hälfte des Nachthimmels war wolkenfrei. Die Sicht über der jetzt fast glatten See war so gut, daß er mühelos die Kimm ausmachen konnte. Und wenn er den Horizont erkennen konnte – darüber war sich der Bootsmann völlig im klaren –, mußte ein U-Boot die *San Andreas* aus zehn Seemeilen Entfernung ausmachen können, vor allem wenn sie sich als Silhouette vor dem Mondschein abhob. McKinnon fühlte sich nackt und sehr verwundbar. Er ging nach unten, weckte Curran, wies ihn an, sich als Ausguck auf der Steuerbordnock zu postieren, fand Naseby, dem er den Auftrag gab, sich davon zu überzeugen, daß die Seiltrommeln und Davits der Motorrettungsboote eisfrei und funktionsfähig waren, kehrte auf die Backbordnock zurück und suchte alle zwei bis drei Minuten mit seinem Marineglas die See ab. Aber die Meeresfläche bis zur Kimm blieb auf wunderbare Weise leer.

Die *San Andreas* selbst bot einen bemerkenswerten Anblick. Das ganz mit Eis und Schnee bedeckte Schiff glitzerte, leuchtete und funkelte im hellen Mondschein mit Ausnahme eines schmalen Mittelstreifens, der bei dem abgeknickten Schornstein begann und sich bis zum Heck fortsetzte – ein brauner Film aus Ölrückständen und Abgasen. Die Ladebäume auf Vor- und Achterdeck waren riesige glitzernde Weihnachtsbäume, mit dick gerippten wolligen Blöcken und Drahtseilen geschmückt, und die Ankerketten auf der Back hatten sich in große flauschige Seile aus weichster Watte verwandelt. Das Ganze war eine seltsame und schöne Welt, die fast zauberhaft, geradezu ätherisch wirkte; aber man brauchte nur an die tödlichen Gefahren zu denken, die unter der See lauerten, um diese Schönheit, diesen Zauber nicht mehr zu empfinden.

Eine Stunde verging, und ringsum blieb alles still und friedlich. Als eine weitere Stunde verstrich, ohne daß etwas Unangenehmes passierte, wollte McKinnon ihrem großen Glück kaum trauen. Und bevor die dritte ereignislose Stunde zu Ende war, hatten sich erneut Wolken vor den Mond geschoben, und es begann wieder zu schneien. Der Schneefall war nur leicht, aber er reichte mit der Wolkendecke, die den Mond verbarg, völlig aus, um die *San Andreas* in segensreiche Anonymität zurücksinken zu lassen. McKinnon gab Ferguson, der jetzt Wache hatte, den Auftrag, ihn zu wekken, falls es zu schneien aufhörte, und ging nach unten, um noch ein wenig zu schlafen.

Er wachte gegen 9 Uhr auf. Für McKinnon war das eine ungewöhnlich späte Stunde, aber er machte sich deswegen keine Sorgen, weil es erst in einer Stunde hell werden würde. Als er das Hauptdeck überquerte, stellte er fest, daß die Verhältnisse in den vergangenen vier Stunden die gleichen geblieben waren: längere Wellen mit weißen Schaumkämmen, etwa Windstärke drei und noch immer leichter Schneefall. McKinnon glaubte nicht ans zweite Gesicht, aber er spürte in den Knochen, daß diese Ruhe den Vormittag nicht überdauern würde.

Unter Deck sprach er nacheinander mit Jones, McGuigan, Stephen und Johnny Holbrook. Sie hatten sich bei der Überwachung der Ein- und Ausgänge des Lazaretts paarweise abgewechselt und konnten beschwören, daß nachts niemand an Bord unterwegs gewesen war – und daß ganz sicher niemand das Lazarett verlassen hatte.

McKinnon frühstückte mit Dr. Singh, Dr. Sinclair, Patterson und Jamieson – Dr. Singh kam ihm ungewöhnlich müde und überanstrengt vor –, und dann betrat er die Krankenabteilung, in der er Janet Magnusson antraf. Sie war blaß und hatte Ringe unter den Augen.

Er starrte sie besorgt an.

»Was ist mit dir, Janet?«

»Ich hab' nicht schlafen können. Ich hab' letzte Nacht kein Auge zugetan. Das ist alles deine Schuld!«

»Natürlich. Alles ist immer meine Schuld. Hauptregel Nummer eins: wenn etwas schiefgeht, ist der Bootsmann daran schuld. Was soll ich diesmal verbrochen haben?«

»Du hast gesagt, daß das U-Boot angreifen würde, sobald der Mond rauskommt.«

»Ich habe gesagt, daß es angreifen *könnte* ...«

»Wo ist da der Unterschied? Ich habe fast die ganze Nacht lang aus dem Bullauge in meiner Kabine gestarrt – nein, Mr. McKinnon, ich habe das Licht *nicht* eingeschaltet gelassen –, und als der Mond gegen zwei Uhr rauskam, habe ich den Angriff jeden Augenblick erwartet. Und als er hinter Wolken verschwunden ist, habe ich gefürchtet, er würde wieder sichtbar werden. Der Mond. Ein U-Boot. Deine Schuld!«

»Eine gewisse Logik, das muß ich zugeben. Natürlich eine verdrehte Logik, aber ziemlich genau das, was man von einer Frau erwarten kann. Trotzdem tut's mir leid.«

»Aber *du* siehst blendend aus. Ausgeruht. Entspannt. *Und* du bist heute morgen sehr spät unterwegs. Unser treuer Hüter schläft im Dienst.«

»Dein treuer Hüter hat letzte Nacht selbst etwas Schlaf verloren«, stellte McKinnon fest. »Ich komme gleich zurück. Muß mit dem Kapitän sprechen.«

Diesmal hatte Schwester Maria in der Abteilung A Dienst. McKinnon sprach kurz mit dem Kapitän und dem Ersten Offizier, bevor er Bowen fragte: »Noch immer davon überzeugt, Sir?«

»Mehr denn je, Archie. Wann wird's hell?«

»In einer Viertelstunde.«

»Ich wünsche Ihnen alles Gute.«

»Das wünschen Sie am besten uns allen.«

McKinnon kam in die Abteilung A zurück und fragte Janet: »Wo ist deine Freundin?«

»Sie macht einen Krankenbesuch bei Leutnant Ullmann.«

»Sie hätte nicht allein gehen dürfen.«

»Das hat sie nicht getan. Du hast geschlafen, deshalb hat dein Freund Naseby sie abgeholt.«

McKinnon starrte sie mißtrauisch an. »Du findest irgendwas amüsant.«

»Sie ist heute morgen schon zum zweiten Mal da oben.«

»Liegt er etwa im Sterben oder sonstwas?«

»Ich bezweifle, daß sie so häufig lächeln würde, wenn ein Patient im Sterben läge.«

»Ah! Die große Aussöhnung, was?«

»Sie hat ihn zweimal ›Karl‹ genannt.« Janet lächelte. »Das könnte man als Aussöhnung werten, nicht wahr?«

»Großer Gott! Karl. Dieser ruchlose, schlimme Nazimörder.«

»Sie hat gesagt, daß du sie aufgefordert hast, sich wieder mit ihm zu vertragen. Nein, du hast es ihr befohlen. Deshalb rechnest du dir diese Entwicklung wahrscheinlich als Verdienst an, nicht wahr?«

»Ehre, wem Ehre gebührt«, sagte McKinnon geistesabwesend. »Aber sie soll sofort runterkommen. Dort oben ist's zu gefährlich.«

»Morgengrauen.« Ihre Stimme klang ganz ruhig. »Diesmal bist du deiner Sache sicher, Archie?«

»Diesmal bin ich meiner Sache sicher. Das U-Boot kommt bei Tagesanbruch.«

Das deutsche U-Boot kam bei Tagesanbruch.

7

Es war gerade erst hell geworden, als das U-Boot – in gefledktem Tarnanstrich aus verschiedenen Grautönen und kaum eine halbe Seemeile entfernt – plötzlich hinter einem vorbeiziehenden Schneeschauer sichtbar wurde. Es lief aufgetaucht, und auf seinem Turm waren deutlich drei Gestalten zu unterscheiden; drei weitere bemannten das Geschütz auf dem Vorschiff. Das U-Boot lief genau auf Parallelkurs zur *San Andreas* und verfolgte sie möglicherweise schon stundenlang. Es lief an Steuerbord querab, so daß es die *San Andreas* zwischen sich und dem allmählich heller werdenden Himmel im Süden hatte. Die Türen zu den beiden Nocken waren in offener Stellung arretiert. McKinnon griff nach dem Telefon, verlangte vom Maschinenraum volle Kraft voraus, drehte das Handrad nach Steuerbord und begann, den Abstand zu dem U-Boot kaum merklich zu verringern.

Naseby und er waren auf der Brücke allein. Sie waren sogar als einzige in den Aufbauten zurückgeblieben; McKinnon hatte alle anderen, auch den lautstark protestierenden Leutnant Ullmann, erst vor zehn Minuten nach unten ins Lazarett geschickt. Naseby brauchte er aus zwei Gründen. Im Gegensatz zu ihm selbst war Naseby ein erfahrener Signalmaat und hatte einen Blinkscheinwerfer betriebsklar gemacht; noch wichtiger war jedoch, daß McKinnon damit rechnete, schon bald auf der Brücke unter Beschuß zu geraten, und einen fähigen Rudergänger in seiner Nähe haben wollte – für den Fall, daß er selbst ausfiel.

»Laß dich nicht blicken, George«, forderte McKinnon ihn auf. »Aber versuche, sie im Auge zu behalten. Sie übermitteln bestimmt gleich eine Nachricht.«

»Dich können sie sehen«, stellte Naseby fest.

»Vielleicht sind mein Kopf und meine Schultern über der Nock zu erkennen. Vielleicht auch nicht. Das spielt keine Rolle. Wichtig ist nur, daß sie sich einbilden werden, für mich unsichtbar zu sein. Vergiß nicht, sie stehen vor einem dunklen Hintergrund und haben keinen Grund zu der Annahme, daß wir damit rechnen, aufgebracht zu werden. Außerdem soll der Rudergänger den Kompaß beobachten und seinen Kurs halten – ich habe also keinen Grund, die See um uns herum abzusuchen.« Er fühlte die Aufbauten erzittern, als Patterson auf volle Fahrt ging, drehte das Handrad noch etwas weiter nach Steuerbord, griff nach einem Blechbecher auf dem zertrümmerten Kompaßhaus und gab vor, daraus zu trinken. »Das ist praktisch ein Naturgesetz, George. Nichts ist beruhigender als der Anblick eines Ahnungslosen, der morgens behaglich seinen Tee trinkt.«

Eine ganze Minute lang, die McKinnon wie eine Viertelstunde erschien, passierte nichts. Die Aufbauten vibrierten jetzt ziemlich stark, so daß der Bootsmann wußte, daß die *San Andreas* volle Fahrt machte. Sie hatten sich dem U-Boot um mindestens hundert Meter genähert, aber der U-Boot-Kommandant ließ nicht erkennen, daß er diese Tatsache bemerkt hatte. Hätte McKinnon seine ursprüngliche Fahrtstufe beibehalten, wäre er des scharfen Eindrehens wegen etwas hinter dem U-Boot zurückgeblieben; indem er die Fahrt erhöht hatte, war es ihm gelungen, seine Position beizubehalten. Der U-Boot-Kommandant hatte keinen Grund, mißtrauisch zu sein – kein vernünftiger Mensch konnte einem harm- und wehrlosen Lazarettschiff gegenüber Mißtrauen hegen.

»Er blinkt, George«, stellte McKinnon fest.

»Ich sehe ihn. ›Stopp!‹ sagt er. ›Maschinen stoppen oder ich versenke Sie.‹ Was soll ich antworten, Archie?«

»Nichts.« McKinnon steuerte die *San Andreas* weitere drei Grad nach Steuerbord, griff erneut nach seinem Becher und gab vor, daraus zu trinken. »Kümmere dich nicht um ihn.«

»Kümmere dich nicht um ihn!« wiederholte Naseby aufgebracht. »Du hast doch auch gesehen, was er geblinkt hat. Er will uns versenken!«

»Er lügt, George. Er hat uns nicht so lange verfolgt, nur um uns zu versenken. Er will uns lebend gefangennehmen. Außerdem will er uns nicht nur nicht torpedieren – er kann's auch gar nicht, es sei denn, sie hätten Torpedos erfunden, die Haken schlagen können. Wie will er uns also zum Stoppen zwingen? Mit der kleinen Kanone, die er auf dem Vorschiff hat? Die ist nicht viel größer als eine leichte Flak.«

»Laß dich warnen, Archie. Der Mann ist bestimmt verdammt wütend.«

»Er hat keinen Grund, wütend zu sein. Wir haben sein Blinksignal nicht gesehen.«

Naseby ließ sein Marineglas sinken. »Ich muß dir leider auch mitteilen, daß er im Begriff ist, seine kleine Kanone zu gebrauchen.«

»Klar tut er das. Der klassische Warnschuß vor den Bug, um unsere Aufmerksamkeit zu wecken. Wenn er *wirklich* auf sich aufmerksam machen will, schießt er vielleicht sogar in den Bug . . .«

Die beiden Granaten schlugen nur wenige Meter vor dem Bug der *San Andreas* ein; die erste verschwand lautlos in den Wellen, die zweite detonierte beim Aufschlag. Der Detonationsknall und das scharfe Krachen des U-Boot-Geschützes machten es unmöglich, die Existenz des U-Boots noch länger zu ignorieren.

»Zeig dich, George«, forderte der Bootsmann Naseby auf.

»Sag ihm, daß er das Schießen einstellen soll, und frag ihn, was er will.«

Naseby trat auf die Steuerbordnock hinaus und übermittelte die Anfrage; die Antwort kam sofort.

»Er bleibt dabei«, berichtete Naseby. »Der Blinkspruch lautet: ›Stoppen Sie, oder Sie werden versenkt‹.«

»Kein Mann, der viele Worte macht. Sag ihm, daß wir ein Lazarettschiff sind.«

»Hältst du ihn etwa für blind?«

»Es ist noch längst nicht richtig hell, und unsere Steuerbordseite liegt im Schatten. Vielleicht glaubt er, daß wir glauben, daß er das rote Kreuz nicht sehen kann. Sag ihm, wir stehen unter dem Schutz der Genfer Konvention. Vielleicht können wir an sein besseres Ich appellieren.«

Naseby klapperte seinen Blinkspruch, wartete die Antwort ab und wandte sich dann trübselig an McKinnon. »Er hat kein besseres Ich.«

»Das haben nicht viele U-Boot-Kommandanten. Was hat er geantwortet?«

»Im Nordmeer gilt keine Genfer Konvention.«

»Auf hoher See gibt's heutzutage keinen Anstand mehr. Versuchen wir's mal mit seinem Sinn für Patriotismus. Sag ihm, daß wir gerettete deutsche Seeleute an Bord haben.«

Während Naseby diesen Blinkspruch übermittelte, rief McKinnon im Maschinenraum an und verlangte langsame Fahrt voraus. Naseby drehte sich in der Tür um und schüttelte betrübt den Kopf.

»Sein Patriotismus ist so schwach entwickelt wie sein Anstand. Er hat geantwortet: ›Überprüfen Nationalitäten durch Prisenkommando. Schieße in zwanzig Sekunden.‹«

»Übermittle ihm: ›Sie brauchen nicht zu schießen. Wir stoppen. Beobachten Sie Kielwasser.‹«

Naseby übermittelte diese Mitteilung. »So, daß hat er jedenfalls mitgekriegt«, stellte er danach fest. »Er beobachtet bereits unser Heck durchs Glas. Ich glaube übrigens, daß er auf uns zuhält. Nur ganz leicht, versteht sich, aber doch erkennbar.«

»Richtig!« bestätigte McKinnon. Er drehte das Handrad noch ein wenig weiter nach Steuerbord. »Sollte ihm etwas auffallen, macht er dafür wahrscheinlich seine eigene Annäherung an uns verantwortlich – nicht unsere an ihn. Beobachtet er noch immer unsere Hecksee?«

»Ja.«

»Die Schaumspur dürfte unterdessen ziemlich in sich zusammengefallen sein. Das müßte ihn zufriedenstellen.«

»Er hat das Glas abgesetzt«, meldete Naseby. »Jetzt kommt der nächste Blinkspruch.«

Aus der Nachricht ging nicht hervor, ob der U-Boot-Kommandant zufriedengestellt war, aber sie enthielt zumindest keine weiteren Drohungen. »Er sagt, daß wir vernünftig gehandelt haben«, berichtete Naseby. »Und wir sollen augenblicklich das Fallreep fieren.«

»Bestätigen! Ferguson soll das Fallreep fieren – aber nur bis etwa zweieinhalb Meter Höhe über dem Wasser. Curran und Trent sollen das Rettungsboot ausschwingen und in gleicher Höhe über dem Wasser abbremsen.«

Naseby übermittelte diese Anweisungen und fragte dann: »Glaubst du, daß wir das Rettungsboot brauchen werden?«

»Das weiß ich, ehrlich gesagt, selbst noch nicht. Aber falls wir's brauchen, ist keine Sekunde Zeit zu verlieren.« McKinnon telefonierte mit dem Maschinenraum und ließ Patterson an den Apparat holen.

»Leitender? Hier ist der Bootsmann. Wie Sie wissen, sind wir mit der Fahrt etwas runtergegangen, aber das ist nur eine vorläufige Maßnahme. Das U-Boot hält auf uns zu. Wir lassen das Fallreep und das Rettungsboot zu Wasser, das Fallreep auf Anweisung des U-Boots, das Rettungsboot auf meinen Befehl ... Nein, das Rettungsboot können sie nicht sehen – es wird an Backbord zu Wasser gelassen. Sobald Boot und Fallreep dicht über der See hängen, werde ich volle Kraft voraus verlangen. Noch eine Bitte, Sir. Falls ich unser Boot aussetzen muß, wäre ich Ihnen dankbar, wenn Sie Mr. Jamieson erlauben würden, mich zu begleiten. Mit Ihrer Pistole.« Er hörte kurz zu, während es in dem Hörer an seinem Ohr knackte, und antwortete dann: »Dafür gibt's zwei Gründe, Sir. Ich möchte Mr. Jamieson mitnehmen, weil er außer Ihnen und Naseby der einzige Besatzungsangehörige ist, dem ich trauen kann. Und Sie wissen verdammt gut, Sir, warum Sie nicht statt Mr. Jamieson mitkommen können. Sie sind der kommandierende Offizier und dürfen die *San Andreas* nicht verlassen.«

»Du hättest mich fragen können«, meinte Naseby, nachdem McKinnon den Hörer aufgelegt hatte.

Der Bootsmann starrte ihn eisig an. »Und wer soll diesen verdammten Kahn steuern, wenn ich von Bord gehe?«

Naseby nickte seufzend. »Da hast du natürlich auch wieder recht ...

Da drüben wird anscheinend ein Prisenkommando zusammengestellt, Archie. Auf dem Turm sind jetzt drei weitere Männer zu erkennen. Alle mit Maschinenpistolen bewaffnet – oder wie man die Dinger nennt.«

»Wir haben schließlich keine Rosen erwartet. Was ist mit dem Fallreep? Wenn es sich nicht bald bewegt, wird der U-Boot-Kommandant noch mißtrauisch. Oder schlimmer: er wird ungeduldig.«

»Nein, das glaube ich nicht. Zumindest nicht so schnell. Ich kann Ferguson sehen, folglich muß der U-Boot-Kommandant ihn ebenfalls beobachten können. Ferguson hat offenbar Schwierigkeiten; er bearbeitet die Seiltrommel mit einem Hammer. Vereisung, nehme ich an.«

»Siehst du mal nach, wie die beiden anderen mit dem Boot vorankommen?«

Naseby durchquerte das Ruderhaus, trat auf die Backbordnock und war Sekunden später zurück. »Das Rettungsboot ist gefiert. Es hängt ungefähr zweieinhalb Meter über dem Wasser, wie du's verlangt hast.« Er stand wieder auf der Steuerbordnock, beobachtete das U-Boot durchs Glas und drehte sich dann nach McKinnon um.

»Weißt du, was ich komisch finde? Die Kerle dort drüben scheinen alle eine Art Gasmaske zu tragen.«

»Gasmasken? Hast du dich nicht getäuscht?«

»Natürlich hab' ich mich nicht getäuscht! Sie tragen alle eine hufeisenförmige Schwimmweste, aus der auf der linken Brustseite ein gerippter Schlauch ragt. Im Augenblick haben sie die Masken nicht angelegt, aber sie baumeln am unteren Ende des Schlauchs. Seit wann setzen deutsche U-Boote Gas ein?«

»Das tun sie überhaupt nicht. Was hätte ein U-Boot von einem Gasangriff?« McKinnon ließ sich Nasebys Glas geben, betrachtete kurz die U-Boot-Besatzung und gab das Glas zurück. »Das sind Tauchretter, George, auch als Draeger-Lunge bekannt. Das Gerät arbeitet mit einer Sauerstoffflasche und einem Kohlendioxidfilter und hat lediglich den Zweck, die Rettung aus gesunkenen U-Booten zu ermöglichen.«

»Kein Gas?« Naseby wirkte vage enttäuscht.

»Kein Gas.«

»Das U-Boot dort drüben sieht nicht gerade gesunken aus, finde ich.«

»Manche U-Boot-Kommandanten bestehen darauf, daß ihre Besatzungen die Dinger auf Tauchfahrt ständig tragen. In diesen Gewässern allerdings ziemlich sinnlos, finde ich. Die Meerestiefe beträgt hier mindestens zweitausend Meter, vielleicht sogar dreitausend. Aus solchen Tiefen gibt's keine Rettung mehr – auch mit einer Draeger-Lunge nicht. Wie kommt Ferguson voran?«

»Überhaupt nicht, soweit ich sehen kann. Er hämmert noch immer an der Seiltrommel herum . . . Augenblick! Jetzt hat er den Hammer weggelegt und greift nach dem Auslösehebel. Das Fallreep bewegt sich, Archie. Es kommt herunter.«

»Aha!« McKinnon verlangte volle Kraft voraus.

Einige Sekunden verstrichen, bevor Naseby meldete: »Halb unten.«

Danach vergingen wieder einige Sekunden, bevor Naseby in dem gleichen nüchternen Tonfall sagte: »Jetzt ist es unten, Archie. Ungefähr zweieinhalb Meter über dem Wasser. Ferguson hat es gesichert.«

McKinnon nickte und drehte das Handrad bis zum Anschlag nach Steuerbord. Mit Hartruder begann die *San Andreas* zu drehen – anfangs nur schwerfällig, dann mit zunehmender Geschwindigkeit.

»Willst du deinen Kopf als Zielscheibe hinhalten, George?«

»Nein, eigentlich nicht.« Naseby kam ins Ruderhaus zurück, schloß die Tür hinter sich und spähte durch das kleine in die Tür eingesetzte Fenster. Die nicht mehr in Wellenrichtung laufende *San Andreas* begann leicht zu rollen und zu gieren; ihre Aufbauten vibrierten geradezu besorgniserregend, während das Schiff Fahrt aufnahm.

»Willst du nicht lieber in Deckung gehen?«

»Gleich, Archie, gleich! Glaubst du, daß sie auf dem U-Boot eingeschlafen sind?«

»Das wohl nicht. Aber wahrscheinlich reiben Sie sich die Augen und wollen ihnen nicht trauen.«

Abgesehen von der Tatsache, daß sich niemand an Bord des U-Boots die Augen rieb, hatte McKinnon mit seiner Vermutung den Nagel auf den Kopf getroffen. Der deutsche Kommandant und seine Besatzung reagierten außergewöhnlich langsam, was unter den herrschenden Umständen jedoch begreiflich war. Die U-Boot-Besatzung hatte den verständlichen, aber unverzeihlichen Fehler gemacht, in ihrer Aufmerksamkeit in genau dem Augenblick nachzulassen, in dem ihre Wachsamkeit am schärfsten hätte sein müssen. Der Anblick des auf ihren Befehl gefierten Fallreeps mußte sie jedoch davon überzeugt haben, daß die Besatzung der *San Andreas* keinerlei Widerstand leisten konnte oder wollte – daß das Anbordgehen lediglich noch eine Formalität war. Außerdem war aus der Seekriegsgeschichte kein Fall bekannt, in dem ein Lazarettschiff als Waffe eingesetzt worden war. Das war undenkbar. Menschen brauchen Zeit, um das Undenkbare zu denken.

Die *San Andreas* hatte inzwischen so weit gedreht, daß sie das U-Boot in 45 Grad an Steuerbord hatte. Naseby trat von der Tür zur Steuerbordnock an das nächste in die Sperrholzplatten eingelassene kleine Fenster an der Vorderfront des Ruderhauses.

»Sie zielen jetzt mit ihrer kleinen Kanone, Archie.«

»Dann gehen wir lieber beide in Deckung.«

»Nein. Sie zielen nicht auf die Brücke, sondern aufs Achterschiff. Ich weiß nicht, was sie ...« Naseby brachte den angefangenen Satz nicht zu Ende, sondern rief laut: »Nein! Nein! Deckung!« Er warf sich auf McKinnon und riß ihn mit zu Boden. Im nächsten Augenblick ratterten mehrere MGs gleichzeitig los, so daß das Ruderhaus vorn und an Steuerbord von Hunderten von Kugeln getroffen wurde. Die Stahlwände wurden nicht durchschlagen, aber alle vier Fenster zersplitterten. Dieser Geschoßhagel hielt nur eine Viertelminute an und hatte kaum aufgehört, als das U-Boot-Geschütz dreimal rasch hintereinander schoß. Die irgendwo im Achterschiff einschlagenden und detonierenden Granaten ließen die *San Andreas* jedesmal erzittern.

McKinnon kam wieder auf die Beine und übernahm das Ruder. »Hätte ich noch gestanden, wäre ich jetzt ein toter Mann. Ich bedanke mich morgen bei dir.« Er starrte das mittlere Fenster vor ihm an. Die Scheibe war durchlöchert, von Sprüngen durchzogen, abgeschürft und völlig blind. »George?«

Aber Naseby brauchte keine Anweisungen. Er hielt bereits den Feuerlöscher in der Hand und schlug die Scheibe mit zwei kurzen Schlägen heraus. Er blickte vorsichtig mit einem Auge über den leeren Fensterrahmen, stellte fest, daß die *San Andreas* auf den Bug des U-Boots zulief und richtete sich mit der instinktiven Reaktion eines Mannes auf, der erkennt, daß alle Gefahr vorüber ist.

»Der Turm ist leer, Archie. Sie sind alle verschwunden. Verdammt komisch, was?«

»Daran ist überhaupt nichts komisch«, antwortete der Bootsmann trokken. »Im allgemeinen verschwindet man nach unten und schließt das Turmluk, wenn man tauchen will. In diesem Fall dürfte Alarmtauchen befohlen worden sein.«

»Alarmtauchen?«

»Dem Kommandanten bleibt nichts anderes übrig. Er weiß, daß seine Feuerkraft nicht ausreicht, um uns aufzuhalten, und er kann seine Torpedos nicht einsetzen. Darum flutet er jetzt sämtliche Tauchtanks, um möglichst noch vor uns wegzutauchen.«

»Aber er hat seine Geschützbedienung an Deck gelassen!«

»Richtig, das hat er getan. Auch in diesem Punkt hatte er keine andere Wahl. Ein U-Boot ist wertvoller als drei Menschenleben. Siehst du, wie sie ihre Tauchretter aufblasen? Die werden ihnen nicht viel helfen, wenn sie in unsere Schraube geraten. Siehst du mal nach, George, ob achtern Rauch oder Flammen zu erkennen sind?«

»Warum telefonierst du nicht?«

McKinnon zeigte schweigend auf das Telefon vor der Steuersäule, das durch ein MG-Geschoß zertrümmert worden war. Naseby nickte wortlos und trat nacheinander auf beide Nocken hinaus.

»Nichts. Von außen ist jedenfalls nichts zu erkennen.« Naseby sah nach vorn, wo das U-Boot kaum noch hundert Meter von ihnen entfernt war. »Es verschwindet, Archie. Vor- und Achterschiff sind schon überspült.«

»Das sehe ich selbst.«

»Und es dreht nach Steuerbord weg.«

»Das sehe ich auch. Eine verzweifelte Notlösung. Der Kommandant hofft, sein U-Boot soweit drehen zu können, daß wir es nur streifen. Das könnte sein Boot vielleicht sogar überstehen, glaube ich.«

»Der Rumpf ist untergetaucht. Ob er's noch schafft?«

»Er hat sich zu spät entschlossen.« McKinnon stellte den Maschinentelegraphen auf volle Kraft zurück und drehte gleichzeitig das Ruder etwas nach Backbord. Fünf Sekunden später, als der Turm des U-Boots eben unter den Wellen verschwand, rammte der Steven der *San Andreas* den U-Boot-Rumpf etwa zehn Meter vor dem Turm. Das Lazarettschiff erzitterte auf ganzer Länge, aber die tatsächlichen Auswirkungen des Rammstoßes blieben gering. Etwa drei Sekunden lang glaubten die beiden Männer auf der Brücke zu spüren, wie Stahl über Stahl knirschte; dann ging der Kontakt abrupt verloren.

»Aha«, sagte Naseby, »so wird's also gemacht, was?« Er machte eine Pause. »Das U-Boot ist bestimmt aufgerissen. Wenn unsere Schraube an die Trümmer gerät . . .«

»Ausgeschlossen! Wir haben das U-Boot tief unter Wasser gedrückt – und seine Tauchzellen stehen offen. Wir können nur hoffen, daß wir nicht allzu stark beschädigt sind.«

»Du hast gesagt, der U-Boot-Kommandant hätte keine andere Wahl gehabt. Wir hatten auch keine. Glaubst du, daß es Überlebende geben wird?«

»Keine Ahnung«, antwortete McKinnon. »Das dürfte sich bald herausstellen. Ich bezweifle, daß sie noch Zeit gehabt haben, die Schotten dichtzumachen. Falls das nicht mehr gelungen ist, sinkt das Boot unaufhaltsam weiter. Wenn jemand aussteigen will, muß er's versuchen, bevor achtzig Meter Wassertiefe erreicht sind – aus größerer Tiefe hat sich meines Wissens noch niemand aus einem U-Boot retten können.«

»Müssen sie durch den Turm raus?«

»Das ist zu vermuten. Das Boot hat einen vorderen Notausstieg – eigentlich der Zugang zum Geschütz. Aber die vordere Bootshälfte dürfte vollgelaufen sein, so daß dieser Ausstieg unbenutzbar ist. Vielleicht gibt's achtern einen zweiten, das weiß ich nicht. Der Turm wäre vermutlich am günstigsten, wenn wir ihr Boot nicht gerammt hätten.«

»Wir haben es aber nicht in der Nähe des Turms gerammt«, wandte Naseby ein.

»Das ist gar nicht nötig gewesen. Der von rund zehntausend Tonnen Stahl ausgehende Druck ist verdammt wirkungsvoll. Möglicherweise klemmt das Turmluk. Ob es sich mit Bordmitteln aufstemmen läßt, kann ich nicht beurteilen. Es kann aber auch – was noch schlimmer wäre – leckgesprungen sein, und wenn sich Hunderte von Litern Wasser pro Sekunde in die Zentrale ergießen, kommt kein Mensch mehr raus; dann sind vermutlich alle längst bewußtlos. Ich gehe jetzt an Deck. Du steuerst einen Vollkreis, gehst weiter volle Kraft zurück, bis die Fahrt aus dem Schiff ist, und drehst dann bei. Ich lasse das Motorboot einsetzen, sobald die Fahrt sich weit genug verringert hat.«

»Was willst du mit dem Boot, wenn's doch keine Überlebenden gibt?«

McKinnon zog ihn mit sich auf die Backbordnock hinaus und deutete nach achtern, wo drei Männer im Wasser trieben. »Das ist die Geschützbedienung. Soviel ich gesehen habe, tragen sie nur Arbeitsanzüge und Ölzeug. Vielleicht auch Pullover, aber das macht nicht viel Unterschied. Wenn wir sie noch fünf oder zehn Minuten im Wasser lassen, sind sie erfroren.«

»Laß sie drin! Diese drei Schweinehunde haben uns achtern dreimal getroffen. Vielleicht sind die Granaten sogar im Lazarett detoniert!«

»Ich weiß, George, ich weiß. Aber ich möchte wetten, daß in der Genfer Konvention auch darüber etwas steht.«

McKinnon schlug ihm leicht auf die Schulter und ging nach unten.

Unmittelbar vor dem Decksausgang des Lazaretts wurde er von einem halben Dutzend Männer erwartet: Patterson, Jamieson, Curran, Trent, McCrimmon und Stephen. »Ich glaube, es hat eine Kollision gegeben, Bootsmann«, sagte Patterson.

»Ja, Sir. Mit einem deutschen U-Boot.«

»Und?«

McKinnon zeigte nach unten. »Ich kann nur hoffen, daß wir nicht hinterherfahren. Kollisionsschott, Sir?«

»Ja, natürlich. Sofort!« Der Leitende Ingenieur nickte McCrimmon und Stephen zu, die wortlos verschwanden.

»Und als nächstes, Bootsmann?«

»Wir haben achtern drei Treffer abbekommen, Sir. Sind im Lazarett Schäden aufgetreten?«

»Einige. Alle drei Granaten sind im Lazarettbereich eingeschlagen. Eine scheint detoniert zu sein, als sie die Wand zwischen den Krankenabteilungen A und B durchschlug. Es hat Verwundete gegeben, aber keine Toten. Dr. Sinclair ist dabei, sie zu versorgen.«

»Nicht Dr. Singh?«

»Er war mit den beiden Verletzten von der *Argos* im Aufwachraum. Die Tür klemmt, und wir können nicht hinein.«

»Ist dort drinnen eine Granate detoniert?«

»Das scheint niemand zu wissen.«

»Das scheint ... Aber der Aufwachraum liegt doch neben der Abteilung A! Sind da drinnen alle taub?«

»Ja! Die erste Granate ist zwischen den beiden Abteilungen detoniert. Davon sind tatsächlich alle taub geworden.«

»Dann muß der Aufwachraum eben noch warten. Was ist mit der dritten Granate passiert?«

»Die ist nicht detoniert.«

»Wo ist sie?«

»In der Messe. Sie rollt dort herum.«

»Sie rollt dort herum«, wiederholte McKinnon entgeistert. »Das ist ja wunderbar! Nur weil sie nicht beim Aufschlag detoniert ist ...« Er sprach nicht weiter, sondern wandte sich an Curran: »Ein paar Leinen ins Motorboot. Vergeßt eure Messer nicht.« Dann verschwand er unter Deck und kam eine halbe Minute später mit dem sehr kleinen, sehr harmlos wirkenden Blindgänger zurück. Er warf ihn über Bord; dann fragte er Jamieson: »Sie haben Ihre Pistole, Sir?«

»Ich habe meine Pistole. Wozu wollen Sie die Leinen, Bootsmann?«

»Aus demselben Grund wie Ihre Pistole, Sir. Um die Geretteten einzuschüchtern. Um sie notfalls fesseln zu können. Falls es Überlebende gibt, sind sie uns bestimmt nicht sehr wohlgesonnen, weil wir ihr Boot und ihre Kameraden auf dem Gewissen haben.«

»Aber die Leute sind unbewaffnet. Sie sind U-Bootfahrer.«

»Das dürfen sie nicht glauben, Sir! Viele Offiziere tragen Pistolen. Auch viele Maate, soviel ich weiß.«

»Was könnten sie uns anhaben, selbst wenn sie bewaffnet wären?«

»Sie könnten uns als Geiseln nehmen. Und wenn ihnen das gelänge, könnten sie die *San Andreas* vielleicht doch noch aufbringen.«

»Sie trauen nicht vielen Menschen, was?« meinte Jamieson beinahe bewundernd.

»Doch, ich traue einigen. Ich gehe nur nicht gern unnütze Risiken ein.«

Das Motorboot war kaum fünfzig Meter von der noch im Wasser treibenden Geschützbedienung des deutschen U-Boots entfernt, als Jamieson McKinnon anstieß und nach Steuerbord zeigte.

»Blasen! Lauter kleine Blasen.«

»Ja, ich sehe sie. Vielleicht kommt da jemand rauf.«

»Ich dachte, die Leute kämen immer in einer einzigen großen Luftblase heraus?«

»Nein, niemals. Die große Luftblase entsteht vielleicht, wenn sie die Schleuse verlassen. Aber sie fällt sofort in sich zusammen.«

McKinnon nahm das Gas weg, während sie sich den im Wasser Treibenden näherten.

»Eben ist einer aufgetaucht«, stellte Jamieson fest. »Nein, sogar zwei!«

»Richtig. Sie tragen Schwimmwesten. In denen halten sie sich eine Zeitlang.« McKinnon ließ den Motor im Leerlauf tuckern und wartete, während Curran, Trent und Jamieson die Geschützbedienung ins Boot hievten. Die drei jungen Deutschen – eigentlich fast noch Kinder – zitterten vor Kälte und bemühten sich sehr, nicht ängstlich zu wirken.

»Durchsuchen wir sie?« fragte Jamieson. »Fesseln wir sie?«

»Großer Gott, nein! Sehen Sie sich ihre Hände an, wie blau und steifgefroren sie sind. Damit hätten sie sich nicht einmal am Boot festhalten können – wie sollten sie da den Abzug einer Waffe betätigen, selbst wenn sie ihr Ölzeug aufknöpfen könnten, was sie aber nicht können?«

McKinnon gab wieder Gas und steuerte die beiden aus dem U-Boot aufgetauchten Männer an. Sekunden später erschien etwa zweihundert Meter weiter eine dritte Gestalt an der Wasseroberfläche.

Die beiden Männer, die sie ins Boot holten, schienen in guter Verfassung zu sein. Einer von ihnen war ein schwarzhaariger, dunkeläugiger Mann Ende Zwanzig, dessen hageres Gesicht einen intelligenten, wachsamen Ausdruck trug. Der andere war sehr jung, sehr blond und sehr ängstlich.

»Dienstgrad und Name?« fragte McKinnon den älteren Mann auf Deutsch.

»Obersteuermann Dönitz.«

»Dönitz? Sehr passend.« Großadmiral Dönitz war der Befehlshaber der deutschen U-Boote. »Haben Sie eine Waffe bei sich, Dönitz? Falls Sie behaupten, keine zu haben, und ich eine bei Ihnen finde, muß ich Sie erschießen, weil Sie bewiesen haben, daß man Ihnen nicht trauen kann. Sind Sie bewaffnet?«

Dönitz zuckte die Achseln, griff unter seine Jacke und brachte eine wasserdicht verpackte Pistole zum Vorschein.

»Und Ihr Kamerad?«

»Frank ist unser Koch.« Dönitz sprach fließend Englisch. »Ihm dürfen Sie keine Bratpfanne und erst recht keine Waffe anvertrauen.«

McKinnon glaubte ihm und steuerte den dritten im Wasser Treibenden an. Als sie näherkamen, erkannte er, daß der Mann zumindest bewußtlos war; sein Kopf war nach vorn gesunken, so daß sein Gesicht im Wasser lag. Der Grund dafür war leicht zu erkennen: sein Tauchretter war nur zum Teil aufgeblasen, und der Sauerstoff füllte den Nacken der Schwimmweste, so daß sein Gesicht ins Wasser gedrückt wurde. McKinnon beugte sich aus dem Boot, bekam den Mann an der Schwimmweste zu fassen, legte die andere Hand unter sein Kinn und hob den Kopf aus dem Waser.

Er betrachtete das Gesicht nur wenige Sekunden lang; dann fragte er Dönitz: »Wer ist das?«

»Heißmann, unser Erster Offizier.«

McKinnon ließ das Gesicht ins Wasser zurückklatschen. Dönitz starrte ihn mit einer Mischung aus Zorn und Verblüffung an.

»Wollen Sie ihn denn nicht ins Boot holen? Vielleicht ist er nur bewußtlos.«

»Ihr Erster Offizier ist tot.« McKinnons Tonfall ließ keinen Widerspruch zu. »Sein Mund ist voller Blut. Geplatzte Lungen. Er hat nicht daran gedacht, auf dem Weg nach oben Sauerstoff auszuatmen.«

Dönitz nickte langsam. »Vielleicht hat er nicht gewußt, daß man das tun muß. Ich hab's auch nicht gewußt, aber ich hab's unwillkürlich getan. Heutzutage bleibt leider nicht viel Zeit für Rettungsübungen.« Er warf McKinnon einen forschenden Blick zu. »Woher wußten *Sie* das? Sie sind kein U-Boot-Fahrer.«

»Ich war einer – zwölf Jahre lang.«

»Da ist noch einer, Bootsmann!« rief Curran vom Bug aus. »Eben aufgetaucht. Genau vor uns.«

McKinnon erreichte den im Wasser um sich Schlagenden in kaum einer Minute; er ließ ihn an Bord hieven und auf den Bootsboden legen. Der Gerettete nahm dort eine seltsame Haltung ein: er zog die Knie bis zur Brust an, umklammerte sie mit beiden Händen und versuchte, von einer Seite zur anderen zu rollen. Er hatte offensichtlich starke Schmerzen. McKinnon öffnete ihm den Mund, sah hinein und schloß ihn vorsichtig wieder.

»Der hat wenigstens gewußt, daß man beim Auftauchen Sauerstoff ausatmen muß.« Der Bootsmann nickte Dönitz zu. »Sie kennen ihn natürlich auch?«

»Selbstverständlich. Oberleutnant Klaussen.«

Ihr Kommandant?« Nachdem Dönitz genickt hatte, fuhr McKinnon fort. »Er scheint starke Schmerzen zu haben, aber ich glaube nicht, daß er lebensgefährlich verletzt ist. Wie Sie sehen, hat er eine Platzwunde an der Stirn – wahrscheinlich hat er sich beim Aussteigen den Kopf am Lukenrand angeschlagen. Damit ist sein Zustand allerdings noch nicht erklärt, denn er muß auf dem Weg nach oben bei Bewußtsein gewesen sein, sonst hätte er nicht vorschriftsmäßig ausgeatmet. Sind Sie nachts getaucht oder aufgetaucht gefahren?«

»Aufgetaucht. Die ganze Nacht.«

»Dann kommt eine Vergiftung durch Kohlendioxid nicht in Frage, weil die Konzentration nicht gefährlich hoch werden kann, solange das Turmluk offen ist.« McKinnon steuerte mit Vollgas auf die nur wenige hundert Meter von ihnen entfernt gestoppt liegende *San Andreas* zu. »Vielleicht hat er sich aus sehr großer Tiefe gerettet; vielleicht ist er in größerer Tiefe ausgestiegen als jemals ein U-Boot-Fahrer vor ihm. Wir haben Ärzte an Bord. Ich glaube nicht, daß sie eine Behandlungsmethode wissen – ein gewöhnlicher Arzt dürfte sein Leben lang keinen Fall dieser Art zu Gesicht bekommen. Aber sie können etwas gegen die Schmerzen tun.«

Das Motorboot lief dicht am Bug der *San Andreas* vorbei, der seltsamerweise unbeschädigt zu sein schien. Daß er beschädigt war, zeigte jedoch die Buglastigkeit der *San Andreas*. Ihr Bug lag mindestens fünfzehn Zentimeter tiefer im Wasser, womit freilich gerechnet werden mußte, wenn das Vorschiff bis zum Kollisionsschott vollgelaufen war; und das mußte der Fall sein.

McKinnon legte am Fallreep an und half dann mit, den halb bewußtlosen U-Boot-Kommandanten an Bord zu schaffen. An Deck erwartete ihn Patterson, hinter dem Dr. Sinclair und drei Maschinisten standen.

»Das hier ist der U-Boot-Kommandant«, erklärte McKinnon dem Arzt. »Möglicherweise leidet er an der Taucherkrankheit – Sie wissen schon, an Stickstoffvergiftung.«

»Aber wir haben keine Druckkammer an Bord, in die wir ihn legen könnten, Bootsmann.«

»Ich weiß, Sir. Jedenfalls hat er starke Schmerzen, gegen die Sie vielleicht etwas tun können. Den beiden anderen geht's ganz gut; sie brauchen nur trockene Sachen.« Er wandte sich an Jamieson, der eben an Deck gekommen war. »Würden Sie bitte das Umziehen überwachen, Sir?«

»Ich soll also darauf achten, daß sie nichts an sich haben, das sie nicht an sich haben sollten?«

McKinnon nickte lächelnd und wandte sich an Patterson. »Wie steht's mit dem Kollisionsschott, Sir?«

»Es hält. Ich hab's mir selbst angesehen. Es ist verbogen und ausgebeult, aber es hält.«

»Wenn Sie gestatten, Sir, ziehe ich mir einen Taucheranzug an und sehe selbst nach.«

»Jetzt? Hat das nicht Zeit bis später?«

»Nein. Ich fürchte, daß wir keine Minute mehr verlieren dürfen. Wir müssen annehmen, daß das U-Boot bis zu dem Augenblick, in dem es uns die Aufforderung zum Stoppen übermittelt hat, mit Trondheim in Funkverbindung stand. Es wäre töricht von uns, etwas anderes anzunehmen. Samtpfötchen ist immer noch unter uns. Die Deutschen wissen genau, wo wir sind. Aus irgendwelchen Gründen, die sie selbst am besten kennen, haben sie uns bisher sozusagen mit Samthandschuhen angefaßt. Vielleicht fühlen sie sich jetzt veranlaßt, sie auszuziehen; ich kann mir nicht vorstellen, daß Admiral Dönitz begeistert ist, wenn eines seiner U-Boote von einem Lazarettschiff versenkt wird. Ich glaube, wir sollten so schnell wie möglich von hier verschwinden, Sir. Das Schwierige daran ist nur, daß wir uns darüber klar werden müssen, ob wir mit voller Kraft voraus oder voller Kraft zurück weiterlaufen wollen.«

»Ah, ganz recht. Das stimmt natürlich.«

»Ja, Sir. Wenn wir ein einigermaßen großes Leck im Bug haben, kann ich mir nicht vorstellen, daß die Schotten dem Wasserdruck bei voller Fahrt voraus lange standhalten. In diesem Fall müßten wir das Schiff über den Achtersteven steuern. Das wäre mir durchaus nicht recht. Wir wären nicht nur langsamer, sondern hätten es auch verdammt schwer, die *San Andreas* auf Kurs zu halten. Aber auch das wäre zu schaffen. Ich weiß von einem Tanker, der ungefähr siebenhundert Seemeilen von seinem Bestimmungshafen entfernt mit einem deutschen U-Boot kollidiert ist. Er hat die gesamte restliche Strecke über den Achtersteven geschafft. Aber ich habe keine große Lust, das bis Aberdeen zu versuchen – vor allem nicht, wenn das Wetter sich verschlechtert.«

»Sie machen mich nervös, Bootsmann! Aber Sie haben recht. Wir dürfen keine Minute mehr verlieren. Wie lange brauchen Sie für Ihre Besichtigung?«

»Nur so lange, wie es dauert, Anzug und Maske anzulegen, damit zu tauchen und wieder heraufzukommen. Höchstens zwanzig Minuten.«

McKinnon war schon nach einer Viertelstunde zurück. Am Fallreep erwartete ihn Patterson.

»Wir können weiterlaufen, Sir«, berichtete der Bootsmann. »Mit voller Kraft voraus, glaube ich.«

»Gut, gut. Dann ist der Schaden wohl nur geringfügig? Wie klein ist das Leck?«

»Das Leck ist durchaus nicht klein! Es ist groß wie ein Scheunentor. Aber in unserem Bug steckt ein unregelmäßig geformtes Stück des U-Boots – ungefähr zwei mal zweieinhalb Meter groß. Es scheint das Leck ziemlich sicher abzudichten, und ich könnte mir vorstellen, daß es um so fester an Ort und Stelle gehalten wird, je schneller wir laufen.«

»Und was ist, wenn wir stoppen oder zurückgehen müssen oder in schweres Wetter geraten – ich meine, wenn dieser Leckstopfen rausfällt?«

»Ich wäre Ihnen dankbar, Sir, wenn Sie diese Möglichkeit nicht erwähnen würden.«

8

»Und was tust du hier?« McKinnon blickte auf Janet Magnusson herab, die sehr blaß auf – nicht in – dem Bett lag, das ihrem Schreibtisch, an dem sie sonst immer saß, am nächsten war.

»Ich ruhe mich um diese Zeit immer ein wenig aus.« Sie versuchte, einen sarkastischen Ton in ihre Stimme zu legen, aber das klang nicht überzeugend, und sie lächelte, wenn auch nur schwach. »Ich bin schwer verwundet, Archie McKinnon. Und das ist deine Schuld!«

»Du lieber Gott!« McKinnon setzte sich auf die Bettkante und legte eine Hand auf ihre Schulter. »Das tut mir aber leid. Wie . . .«

»Nicht da!« Sie schob seine Hand weg. »Da bin ich verwundet.«

»Entschuldigung.« Er sah zu Dr. Sinclair auf. »Wie schwer ist die Verletzung?«

»Schwester Magnusson hat eine unbedeutende Schnittwunde an der rechten Schulter. Von einem Granatsplitter.« Sinclair deutete auf ein unregelmäßig geformtes Loch in etwa anderthalb Metern Höhe an der Wand und auf die von Einschlägen übersäte Decke. »Da scheinen die meisten Splitter eingeschlagen zu sein. Aber Schwester Magnusson hat neben ihrem Platz gestanden und einen großen Teil der Druckwelle abbekommen. Sie ist auf das Bett gefallen, auf dem sie jetzt liegt – es war glücklicherweise nicht belegt, aber wir haben zehn Minuten gebraucht, um sie wieder zu sich zu bringen. Ein leichter Schock, sonst nichts.«

»Faulenzerin.« McKinnon stand auf. »Ich komme später noch mal vorbei. Sonst noch jemand verletzt, Dr. Sinclair? In dieser Abteilung, meine ich.«

»Die beiden da hinten. Seeleute von der *Argos.* Einer an der Brust, der andere am Bein. Die Granatsplitter sind von der Decke abgeprallt, aber sie haben nicht mehr viel Kraft gehabt. Ich habe sie nicht einmal herausschneiden müssen. Ein Pflasterverband hat genügt.«

McKinnon betrachtete den Mann, der unruhig und vor sich hinmurmelnd im Bett gegenüber lag. »Oberleutnant zur See Klaussen, der U-Boot-Kommandant. Wie geht's ihm?«

»Wie Sie sehen, ist er noch bewußtlos. Was ihm fehlt, kann ich nicht beurteilen. Ich neige allerdings zu Ihrer Theorie, daß er aus sehr großer Tiefe aufgetaucht sein muß. Falls diese Vermutung zutrifft, betrete ich mit seiner Behandlung absolutes Neuland. Tut mir leid, aber das ist die Wahrheit.«

»Das braucht Ihnen nicht leid zu tun, Sir. Jedem anderen Arzt würde es ähnlich gehen. Ich glaube, daß sich bisher noch niemand aus größerer Tiefe als fünfundsiebzig oder achtzig Meter hat retten können. Falls Klaussen das geglückt ist – nun, das ist dann eben Neuland. Darüber kann's noch keine Literatur geben.«

»Archie!«

McKinnon drehte sich um. Janet Magnusson stützte sich auf einen Ellbogen.

»Janet, du sollst dich doch ausruhen.«

»Ich stehe auf! Was hast du mit dem Meißel und dem Hammer vor?«

»Ich will versuchen, eine klemmende Tür zu öffnen.«

»Aha.« Janet schwieg einige Sekunden lang und biß sich auf die Unterlippe. »Die Tür zum Aufwachraum, nicht wahr?«

»Ja.«

»Dr. Singh und die beiden Männer der *Argos* – der mit den schweren Verbrennungen und der andere mit dem Beckenbruch – sie sind dort drinnen, nicht wahr?«

»Ja, wahrscheinlich.«

»Warum holst du sie dann nicht raus?« erkundigte sie sich aufgebracht. »Warum stehst du hier und schwatzt, anstatt was zu unternehmen?«

»Das ist nicht ganz fair, Schwester Magnusson«, widersprach Jamieson, der mit McKinnon hereingekommen war und jetzt neben Dr. Sinclair stand, mit leichtem Tadel in der Stimme »Unternehmen? Der Bootsmann tut bereits mehr als alle anderen zusammen!«

»Ich glaube, daß die Sache vielleicht keine große Eile hat, Janet«, sagte McKinnon. »Seit einer Dreiviertelstunde haben immer wieder Leute an diese Tür geklopft, ohne eine Antwort zu bekommen. Das braucht noch nichts zu bedeuten, aber es hätte keinen Sinn gehabt, die Tür aufzubrechen, ohne einen Arzt in der Nähe zu haben, und Dr. Sinclair hat eben erst seine Patienten versorgt.«

»In Wirklichkeit meinst du, daß die drei Männer im Aufwachraum keinen Arzt mehr brauchen, nicht wahr, Archie?«

»Ich hoffe sehr, daß ich mich irre, aber das befürchte ich tatsächlich.«

Sie sank aufs Bett zurück. »Mr. Jamieson hat recht gehabt. Entschuldige, Archie.«

»Du brauchst dich nicht zu entschuldigen.« McKinnon wandte sich ab und ging in die Krankenabteilung A hinüber. Sein erster Blick fiel auf Margaret Morrison. Sie war noch blasser als Janet und saß an ihrem Schreibtisch, während Schwester Maria ihr behutsam einen Kopfverband anlegte. McKinnon ging nicht gleich zu ihr, sondern trat an Ullmanns Bett. Der Leutnant saß ans Kopfende gelehnt da; Bowen und Kennet lagen in ihren Betten auf dem Rücken.

»Drei weitere Opfer«, meinte Dr. Sinclair. »Na ja, Pechvögel wäre vielleicht treffender. Während die Druckwelle in Abteilung B nach oben gerichtet war, sind die Splitter hier nach unten gegangen.«

McKinnon starrte Ullmann an. »Was ist mit Ihnen los?« Der Deutsche trug einen dicken Halsverband.

»Das kann ich Ihnen sagen«, warf Dr. Sinclair ein. »Er hat wieder mal verdammtes Glück gehabt. Ein Granatsplitter hat ihm den Hals an der Seite aufgeschnitten. Einen Zoll weiter rechts, und er hätte auch die Halsschlagader durchtrennt – und Ullmann wäre verblutet.«

Der Leutnant erwiderte McKinnons Blick ausdruckslos. »Ich glaubte, Sie hätten uns runtergeschickt, weil's hier unten sicherer ist.«

»Richtig, das habe ich geglaubt. Ich war überzeugt, daß nur die Kommandobrücke beschossen werden würde. Ich will mich nicht rausreden, aber ich glaube, ich habe damit recht gehabt. Wahrscheinlich ist die Geschützbedienung in Panik geraten. Ich bin sicher, daß Klaussen nicht befohlen hat, auf den Schiffsrumpf zu schießen.«

»Klaussen?«

»Oberleutnant zur See, der Kommandant. Er lebt, aber sein Zustand scheint ziemlich kritisch zu sein.«

»Wieviel Überlebende?«

»Sechs.«

»Und alle anderen haben Sie auf Grund geschickt.«

»Ich bin der Schuldige, falls Sie das meinen. Ich fühle mich allerdings nicht sonderlich schuldig. Aber verantwortlich dafür, ja.«

»Gleiche Brüder, gleiche Kappen. Verantwortlich, aber nicht schuldig.« Ullmann zuckte die Achseln und schien das Gespräch nicht fortsetzen zu wollen. McKinnon trat an das Bett des Kapitäns.

»Ich habe mit Bedauern gehört, daß Sie erneut verwundet sind, Sir.«

»Kennet und ich – beide am linken Oberschenkel. Nach Dr. Sinclairs Auskunft nur ein Kratzer, und da ich ihn nicht selbst begutachten kann, muß ich ihm wohl glauben. Aber es fühlt sich nicht wie ein Kratzer an, das kann ich Ihnen sagen. Archie, mein Junge, Sie haben's also geschafft! Ich hab' gewußt, daß Sie es schaffen würden. Wenn diese dummen Verbände nicht wären, würde ich Ihnen jetzt die Hand schütteln. Meinen Glückwunsch! Sie sind bestimmt sehr mit sich zufrieden.«

»Durchaus nicht, Sir. Falls es an Bord Überlebende gegeben hat, denen es gelungen ist, einen wasserdichten Raum zu erreichen, ersticken sie jetzt auf dem Grund der Norwegischen See.«

»Das stimmt natürlich. Aber Sie dürfen sich keine Vorwürfe machen, Archie. Wir oder sie. Unangenehm, aber trotzdem gut gemacht.« Bowen wechselte das Thema. »Wir nehmen wieder Fahrt auf, stimmt's? Dann ist der Schaden vorn wohl begrenzt?«

»Leider nicht, Sir. Wir haben ein beträchtliches Leck. Aber darin steckt ein großes Stück der Außenhaut des U-Boots. Wir müssen hoffen, daß es darin bleibt.«

»Wir können nur beten, Bootsmann, wir können nur beten. Und unabhängig davon, wie Ihnen jetzt zumute ist, darf ich Ihnen versichern, daß alle an Bord tief in Ihrer Schuld stehen.«

»Ich muß jetzt weiter, Sir.«

Er wandte sich ab, sah zu Margaret Morrison hinüber und erkundigte sich bei Dr. Sinclair: »Ist sie verletzt? Schwer, meine ich?«

»Sie hat das meiste abbekommen, aber es ist nicht gefährlich, verstehen Sie. Schwester Morrison hat an Captain Bowens Bett gesessen und ist zweimal getroffen worden. Sie hat eine häßliche Rißwunde am rechten Oberarm und eine kleine Platzwunde am Kopf, die Schwester Maria ihr gerade verbunden hat.«

»Gehört sie nicht ins Bett?«

»Ja. Ich habe versucht, sie ins Bett zu schicken, aber ich kann Ihnen sagen, daß mir ein Versuch reicht. Möchten Sie's nicht versuchen?«

»Nein, besten Dank!« McKinnon ging zu Margaret Morrison hinüber, deren braune Augen ihn vorwurfsvoll anblickten

»Das ist alles Ihre Schuld, Archie McKinnon!«

Der Bootsmann seufzte. »Das hat Janet auch schon gesagt«, gab er zu. »Allen recht getan, ist eine Kunst, die keiner kann. Tut mir leid.«

»Das soll es auch! Damit meine ich allerdings nicht diese Sachen hier.« Sie deutete auf ihre Verbände. »Ich kann nur sagen, daß die körperlichen Schmerzen im Vergleich zu den seelischen leicht zu ertragen sind. Sie haben mich getäuscht! Unser hochgeachteter Bootsmann tut genau das, was er mir vorgeworfen hat – er schwindelt.«

»Du lieber Gott! Der bedauernswerte Bootsmann wieder auf der Anklagebank. Was habe ich diesmal verbrochen?«

»Sie haben dafür gesorgt, daß ich mir sehr, sehr dumm vorkomme.«

»Ich? Das hätte ich nie getan!«

»Doch, das haben Sie getan. Erinnern Sie sich noch daran, wie Sie auf der Brücke – natürlich im Scherz – vorgeschlagen haben, das angreifende U-Boot mit einer Salve von altbackenem Brot und faulen Kartoffeln zu versenken? Oder so ähnlich.«

»Ah!«

»Richtig, ah! Denken Sie noch an die emotionale Szene auf der Kommandobrücke – was mich betrifft, war sie so emotional, daß ich mich winde, wenn ich daran zurückdenke –, als ich Sie angefleht habe, zu kämpfen? Daran erinnern Sie sich doch?«

»Ich glaube schon.«

»Er glaubt schon! Sie hatten sich bereits zum Kampf entschlossen, stimmt's?«

»Äh, ja.«

»Äh, ja«, imitierte sie ihn. »Sie waren bereits entschlossen, das U-Boot zu rammen?«

»Ja.«

»Warum haben Sie mir das nicht gesagt, Archie?«

»Sie hätten es beiläufig jemandem erzählen können, der es – natürlich unabsichtlich – ebenso beiläufig Samtpfötchen weitererzählt hätte, der es dann keineswegs beiläufig dem U-Boot-Kommandanten mitgeteilt hätte, der seinerseits dafür gesorgt hätte, nie in eine Position zu kommen, in der er gerammt werden konnte. Sie hätten es sogar – ebenfalls unabsichtlich – Samtpfötchen selbst erzählen können.«

Sie war sichtlich gekränkt. »Das heißt also, daß Sie mir nicht trauen. Dabei haben Sie gesagt, Sie hätten Vertrauen zu mir.«

»Ich vertraue Ihnen rückhaltlos. Das habe ich ausdrücklich gesagt.«

»Aber warum . . .«

»Das ist eben der Unterschied zwischen damals und jetzt. Damals waren Sie noch Schwester Morrison. Ich hab' nicht gewußt, daß es eine Margaret Morrison gab. Jetzt weiß ich's«

»Ah!« Sie schürzte die Lippen, lächelte dann aber sichtlich besänftigt. »Ich verstehe.«

McKinnon nickte ihr aufmunternd zu, bevor er mit Dr. Sinclair und Jamieson zur Tür des Aufwachraums ging. Der Zweite Ingenieur hatte eine elektrische Bohrmaschine, einen Hammer und einige Holzpflöcke mitgebracht. »Haben Sie den Einschlag gesehen, als Sie vorhin das Leck im Vorschiff besichtigt haben?« fragte er McKinnon.

»Ja. Ziemlich genau an der Wasserlinie – ungefähr eine Handbreit darüber. Vielleicht steht der Raum unter Wasser. Vielleicht auch nicht. Das ist schwer zu sagen.«

»Wie hoch?«

»Möglicherweise kniehoch.«

Jamieson schloß die Bohrmaschine an und betätigte den Schalter. Der Wolframkarbidbohrer fraß sich mühelos in den dicken Stahl der Tür. »Was passiert, wenn dahinter Wasser steht?« wollte Dr. Sinclair wissen.

»Dann schlägt man einen dieser Holzpflöcke ein und bohrt das nächste Loch ein Stück höher.«

»Durch!« sagte Jamieson. Er zog den Bohrer zurück. »In Ordnung.«

McKinnon schlug mit seinem Hammer zweimal auf die Türklinke. Der stählerne Griff bewegte sich keinen halben Zentimeter weit. Beim dritten Schlag brach er ab und fiel klirrend aufs Deck.

»Schade«, meinte der Bootsmann. »Aber rein müssen wir trotzdem.«

Jamieson zuckte mit den Schultern. »Schweißbrenner?«

»Ja, bitte.« Der Zweite Ingenieur verschwand und kam wenige Minuten später mit dem Schweißbrenner und einer Handlampe zurück. Hinter ihm erschien McCrimmon, der die Gasflaschen auf einer Sackkarre transportierte. Jamieson ließ die Acetylenflamme aufzischen und begann, einen Halbkreis aus der Tür herauszuschneiden, wo sich zuvor die Klinke befunden hatte.

»Wir können natürlich nur vermuten, daß die Tür an dieser Stelle klemmt«, sagte Jamieson hinter der Schutzmaske.

»Sollte sie sich nicht öffnen lassen, schneiden wir sie um die Angeln herum auf. Aber ich glaube nicht, daß das nötig sein wird. Schließlich ist die Tür weder verzogen noch ausgebeult. Meistens klemmt nur das Schloß.«

Als Jamieson sich endlich aufrichtete, war der Vorraum mit beißendem Rauch angefüllt. Er schlug mit der Faust mehrmals gegen das herausgeschnittene Schloß und gab dann achselzuckend auf.

»Ich weiß, daß ich durch bin, aber das verdammte Ding will nicht rausfallen.«

»Der Riegel klemmt noch im Türrahmen.« McKinnon holte mit seinem Hammer aus. Ein Schlag genügte, um das halbkreisförmige Metallstück nach innen fallen zu lassen. Nach einem weiteren Schlag öffnete sich die Tür einige Zentimeter weit. Der nächste Schlag erzielte bereits eine handbreite Öffnung. McKinnon legte den Hammer weg und stemmte sich gegen die Tür, bis sie quietschend und knarrend aufging. Dann nahm er McCrimmon die Handlampe ab und betrat den Aufwachraum.

Auf dem Deck stand Wasser – allerdings nicht viel, etwa fünf Zentimeter. Wände und Decke waren mit Einschlägen von Granatsplittern übersät. Der Granateinschlag war ein gezacktes Loch in der Außenwand, etwa dreißig Zentimeter über dem Deck.

Die beiden Männer von der *Argos* lagen in ihren Betten, während Dr. Singh mit auf die Brust gesunkenem Kopf in einem kleinen Lehnstuhl saß. Alle drei schienen unverletzt. Der Bootsmann hielt die Handlampe näher an Dr. Singhs Gesicht. Obwohl der Arzt von zahlreichen Granatsplittern getroffen sein mußte, hatte keiner sein Gesicht entstellt. Die einzige verdächtigen Anzeichen waren kleine Blutungen aus Ohren und Nase. McKinnon übergab die Lampe Dr. Sinclair, der sich über seinen toten Kollegen beugte. »Großer Gott! Dr. Singh.« Er untersuchte ihn flüchtig und richtete sich dann auf. »Daß das diesem ausgezeichneten Arzt, diesem gütigen Menschen zustoßen mußte!«

»Haben Sie etwas anderes erwartet, Dr. Sinclair?« fragte McKinnon.

»Nein, eigentlich nicht. So oder so ähnlich hat's aussehen müssen.« Der Arzt untersuchte auch die beiden Männer in ihren Betten, schüttelte den Kopf und wandte sich ab. »Trotzdem ist es ein ziemlicher Schock.«

Der Bootsmann nickte. »Ja, ich weiß. Ich möchte nicht, daß Sie mich für pietätlos halten, Doktor – aber Sie brauchen diese drei wohl nicht mehr? Ich meine, Sie wollen keine Obduktion oder dergleichen durchführen, stimmt's?«

»Nein, nein, natürlich nicht! Der Tod muß augenblicklich eingetreten sein. Gehirnblutung. Sie haben nichts mehr gespürt; aber das ist uns ein schwacher Trost.« Er machte eine Pause. »Ich schlage vor, daß Sie sich den Tascheninhalt der beiden ansehen, Bootsmann. Ihre Sachen hängen in dem Schrank dort drüben. Sonst müßten wir Kapitän Andropoulos um die Angaben bitten.«

»Sie meinen Namen, Geburtsdaten und so weiter, Sir?«

»Ja. Ich muß die Totenscheine ausstellen.«

»Gut, ich kümmere mich darum.«

»Danke, Bootsmann.« Dr. Sinclair versuchte ein Lächeln, das ziemlich kläglich mißlang. »Den schlimmsten Teil überlasse ich wie üblich Ihnen.« Damit verschwand er – ein Mann, der froh war, nicht länger bleiben zu müssen. Der Bootsmann wandte sich an Jamieson.

»Können Sie McCrimmon entbehren, Sir?«

»Natürlich.«

»McCrimmon, suchen Sie Curran und Trent und sagen Sie ihnen, was passiert ist. Curran weiß, wie groß die Segeltuchstücke sein müssen.«

»Auch Nadeln und Faden, Bootsmann?«

»Curran ist Segelmacher. Das können Sie ihm überlassen. Und Sie können ihm sagen, daß es diesmal saubere Arbeit ist.«

»Saubere Arbeit?« wiederholte Jamieson, als McCrimmon gegangen war. »Eine scheußliche Arbeit! Für Sie bleibt immer das Schlimmste, McKinnon. Ich weiß wirklich nicht, wie Sie das schaffen. Wenn's irgendwas Scheußliches oder Unangenehmes zu tun gibt, sind Sie auf jedermanns Liste die Nummer eins.«

»Nein, diesmal nicht. Diesmal sind Sie die Nummer eins auf meiner Liste, Sir. Irgend jemand muß es dem Kapitän sagen. Irgend jemand muß es Mr. Patterson sagen. Und vor allem muß irgend jemand – was bei weitem das schlimmste ist – es dem Pflegepersonal sagen.« McKinnon schüttelte den Kopf. »Das ist eine Aufgabe, vor der ich mich gern drücken würde.«

»Unsere Mädchen! Mein Gott, daran hab' ich noch gar nicht gedacht. Das ist auch keine Aufgabe, um die ich mich reiße. Wär's nicht besser, wenn Sie – ich meine – Sie kennen sie doch so gut, Bootsmann . . .«

»Nein, das wäre nicht besser, Sir.« McKinnon deutete ein Lächeln an. »Als Offizier würden Sie doch bestimmt nicht auf die Idee kommen, einem Untergebenen einen Auftrag zu erteilen, den Sie selbst nicht durchführen möchten.«

»Einem Untergebenen? Das ist gut! Schön, mir soll niemand nachsagen können, ich hätte mich vor einer Pflicht gedrückt, aber von nun an tun Sie mir ein bißchen weniger leid.«

»Ja. Sir. Und noch etwas: veranlassen Sie, daß Ihre Leute dieses Loch hier zuschweißen, sobald die Toten fortgeschafft sind? Schweißpraxis haben sie in letzter Zeit weiß Gott reichlich gehabt.«

»Allerdings! Hoffentlich ist das die letzte Reparaturstelle.«

Nachdem Jamieson gegangen war, sah McKinnon sich im Aufwachraum um, ohne etwas Bestimmtes zu suchen. Sein Blick fiel auf einen ziemlich großen Holzkasten, dessen Deckel sich durch die Druckwelle der detonierenden Granate einen Spalt weit geöffnet hatte. McKinnon stemmte den Deckel mit einiger Mühe hoch und starrte den Kasteninhalt sekundenlang an. Dann klappte er den Deckel wieder zu, holte seinen Hammer und klopfte den Kastendeckel damit fest. Auf dem Deckel stand in großen roten Buchstaben HERZSTILLSTAND.

Ein wenig erschöpft nahm McKinnon am Tisch in der Messe Platz. Die beiden verletzten Krankenschwestern, die aussahen, als gehörten sie ins Bett – sie waren von Schwester Maria und Schwester Irene abgelöst worden –, saßen ebenso dort wie Leutnant Ullmann, der die überstandene Lebensgefahr bereits wieder völlig vergessen zu haben schien. Dr. Sinclair, Patterson und Jamieson saßen am anderen Tischende. Der Bootsmann warf Ullmann einen prüfenden Blick zu und wandte sich an Dr. Sinclair.

»Ich will Ihre fachliche Kompetenz natürlich nicht anzweifeln, Sir – aber ist der Leutnant wirklich gesund genug, um hier zu sitzen?«

»Meine fachliche Kompetenz spielt hier keine Rolle.« Der Schock über den Tod seines Kollegen saß Dr. Sinclair offenbar noch immer in den Knochen. »Der Leutnant ist wie Oberschwester Morrison und Schwester Magnusson unkooperativ, intransigent und regelrecht ungehorsam. Die drei würden wahrscheinlich behaupten, ihren Zustand selbst beurteilen zu können. Er ist übrigens, was Leutnant Ullmann betrifft, keineswegs kritisch. Seine Halsverletzung läßt sich kaum als Fleischwunde klassifizieren. Sie hat nur anfangs stark geblutet.«

»Wären Sie dann bereit, Leutnant, wieder eine Standortbestimmung vorzunehmen? Wir haben seit letzter Nacht keine mehr gemacht.«

»Ich stehe zu Ihrer Verfügung, Bootsmann.« Falls der Leutnant Ressentiments hegte, weil McKinnon für den Tod seiner Landsleute verantwortlich war, ließ er sie sich nicht anmerken. »Jederzeit. Ich schlage vor, daß wir kurz vor Mittag hinaufgehen.«

»Sind Sie mit dem Aufwachraum fertig, Bootsmann?« fragte Patterson. Als McKinnon nickte, fuhr er fort: »Es ist bestimmt ermüdend, ständig unseren Dank abwehren zu müssen; ich erspare Ihnen das. Wann bestatten wir die drei?«

»Das müssen Sie entscheiden, Sir.«

»Am frühen Nachmittag, bevor es wieder dunkel wird.« Patterson lachte humorlos. »Meine Entscheidung! Leitender Ingenieur Patterson ist der richtige Mann, wenn es um unwichtige Entscheidungen geht. Ich kann mich jedenfalls nicht daran erinnern, entschieden zu haben, das deutsche U-Boot zu rammen.«

»Ich habe mit Kapitän Bowen darüber gesprochen, Sir.«

»Ah!« Das war Margaret Morrison. »*Das* war also das Thema Ihrer Zweiminutenkonferenz!«

»Richtig. Der Kapitän war einverstanden.«

»Und wenn er nicht einverstanden gewesen wäre?« erkundigte Janet sich. »Hättest du das U-Boot trotzdem gerammt?«

»Er war nicht nur einverstanden, sondern geradezu begeistert«, antwortete McKinnon geduldig. »Sehr begeistert. Ohne Leutnant Ullmann zu nahe treten zu wollen: Der Kapitän war den Deutschen nicht allzu freundlich gesinnt. Zumindest nicht in diesem Augenblick.«

»Du weichst mir aus, Archie McKinnon! Beantworte gefälligst meine Frage! Hättest du das U-Boot auch gerammt, wenn der Kapitän sich dagegen ausgesprochen hätte?«

»Ja. Aber das braucht er nicht unbedingt zu erfahren.«

»Schwester Magnusson.« Der Leitende Ingenieur lächelte Janet zu, damit sie seine Äußerung nicht als Tadel begriff. »Ich finde, Mr. McKinnon hat weder ein Verhör noch Kritik verdient, sondern eher Dank und Anerkennung für seinen mutigen Einsatz.« Patterson stand auf, trat an den Wandschrank und kam mit einer Flasche Scotch und mehreren Gläsern zurück. Er schenkte McKinnon einen Drink ein und stellte ihm das Glas hin. »Das wäre ganz im Sinne Dr. Singhs, glaube ich.«

»Danke, Sir.« McKinnon betrachtete das Glas. »Scotch braucht er jetzt nicht mehr.«

Am Tisch herrschte Schweigen. Dann sagte Janet: »Das war eine ziemlich unfreundliche Bemerkung, Archie.«

»Findest du? Vielleicht. Vielleicht auch nicht.« McKinnon schien sich nicht entschuldigen zu wollen. Er hob sein Glas und trank einen kleinen Schluck. »Von Scotch hat er was verstanden, unser Dr. Singh.«

Diesmal dauerte das Schweigen länger. Es wurde von Dr. Sinclair gebrochen, dem es offenbar auf die Nerven ging.

»Wir teilen natürlich Mr. Pattersons Gefühle, Mr. McKinnon. Sie haben Ihre Sache ausgezeichnet gemacht. Aber Sie haben doch einiges riskiert, nicht wahr?«

»Ich habe das Leben aller Menschen an Bord aufs Spiel gesetzt, meinen Sie?«

»Das habe ich nicht gesagt.« Seine Miene ließ erkennen, daß er es gedacht, aber nur nicht ausgesprochen hatte.

»Das Ganze war ein kalkuliertes Risiko«, erklärte McKinnon ihm. »Allerdings kein unvernünftig hohes Risiko. Ich glaube, meine Chancen waren bei weitem besser. Meiner Überzeugung nach hatte das U-Boot Befehl, uns anzuhalten, aber nicht zu versenken; ich glaube übrigens auch, daß die Geschützbedienung eigenmächtig das Feuer auf die *San Andreas* eröffnet hat.

Oberleutnant Klaussen, der U-Boot-Kommandant, war der falsche Mann zur falschen Zeit am falschen Ort. Er war übermüdet oder unreif oder unerfahren oder unfähig oder überheblich – vielleicht sogar alles zusammen. Ein erfahrener U-Boot-Kommandant hätte es nie gewagt, in weniger als einer halben Seemeile Abstand auf Parallelkurs zu gehen. Er hätte einige Meilen Abstand halten müssen, um notfalls rasch tauchen zu können; von da aus hätte er ein Boot der *San Andreas* anfordern müssen, um es mit einem bewaffneten Prisenkommando zurückzuschicken. Daran hätten wir ihn nicht hindern können. Oder er hätte, was noch besser gewesen wäre, von achtern aufkommen können, was ein Rammen unmöglich gemacht hätte – dann hätte er die Möglichkeit gehabt, seine Leute übers Fallreep an Bord zu schicken. Aber er war zu zuversichtlich, zu selbstbewußt, zu gutgläubig. Als er sah, daß unser Fallreep herunterkam, hat er geglaubt, das Spiel sei zu Ende. Er ist nicht einmal auf die Idee gekommen, daß ein Lazarettschiff auch als Kriegsschiff eingesetzt werden kann. Und er war so blind oder so dumm, daß er nicht gemerkt hat, daß unser Abstand sich seit der ersten Verbindungsaufnahme stetig verringert hat. Kurz gesagt: Er hat alle nur möglichen Fehler auf einmal gemacht. Es wäre schwierig gewesen, für diesen Auftrag einen ungeeigneteren Mann zu finden.«

Als McKinnon schwieg, entstand eine lange, unbehagliche Pause. Mario hatte allen eingeschenkt, doch nur der Bootsmann hatte getrunken. Dann ergriff Dr. Sinclair nochmals das Wort.

»Nach allem, was Sie ausgeführt haben, muß der U-Boot-Kommandant tatsächlich der falsche Mann für diese Aufgabe gewesen sein. Und Sie haben ihn ausmanövriert. Aber Gefahr bestand wohl trotzdem. Bei der Kollision, meine ich. Das U-Boot hätte uns versenken können – und nicht umgekehrt. Unser Schiffsrumpf besteht nur aus dünnen Stahlplatten; der Druckkörper eines U-Boots ist viel stärker.«

»Dr. Sinclair, ich würde mir nicht anmaßen, Sie in medizinischen Dingen zu belehren.«

Der Arzt lächelte. »Womit Sie sagen wollen, daß ich mir nicht anmaßen soll, Sie in nautischen Dingen zu belehren. Aber Sie sind Bootsmann auf einem Schiff der Handelsmarine, Mr. McKinnon.«

»Richtig. Aber davor war ich zwölf Jahre U-Boot-Fahrer.«

»Auch das noch!« Der Arzt schüttelte den Kopf. »Heute ist wirklich nicht Dr. Sinclairs Tag.«

»Ich weiß von verhältnismäßig vielen Kollisionen zwischen Handelsschiffen und U-Booten. In fast allen Fällen handelte es sich um Zusammenstöße zwischen eigenen Schiffen – oder im Frieden zwischen U-Booten und nichtsahnenden Ausländern. Das Ergebnis war in allen Fällen das gleiche: Das Überwasserschiff ist dabei besser weggekommen.

Das erscheint unlogisch, aber es läßt sich an einem Beispiel erklären. Stellen Sie sich eine dickwandige hohle Glaskugel vor – mit einer Wandstärke von etwa einem Zentimeter. Sie würde den Druck in hundert Meter Wassertiefe aushalten, ohne zu implodieren. Aber an der Wasseroberfläche genügt schon ein leichter Hammerschlag, um sie zerspringen zu lassen. Das gleiche gilt für den Druckkörper eines U-Boots. Er widersteht dem hohen Druck in großen Tiefen, aber an der Oberfläche genügt ein kurzer scharfer Schlag, wie vom Bug eines Handelsschiffs, um ihn aufplatzen zu lassen. Außerdem werden die Chancen des U-Boots nicht dadurch besser, daß das Handelsschiff unter Umständen viele tausend Tonnen verdrängt und hohe Fahrt macht. Andererseits kann selbst ein kleines Fahrzeug wie ein Trawler ein U-Boot versenken. Das beweist, daß das Ganze nicht so gefährlich war, wie es ausgesehen haben mag. Ich habe nie am Ausgang des Unternehmens gezweifelt.«

»Danke, Sie haben mich überzeugt, Mr. McKinnon. Vor Ihnen sitzt ein reumütiger Schuster, der in Zukunft bei seinem Leisten bleiben wird.«

»Ist Ihr U-Boot jemals gerammt worden?« wollte Patterson wissen.

»Nein, sonst säße ich wahrscheinlich nicht hier. Ich kenne allerdings genügend Fälle dieser Art. Wir U-Boot-Fahrer lebten nach dem Wahlspruch: ›Gott schütze mich vor meinen Freunden, mit meinen Feinden werde ich schon selber fertig.‹ In den zwanziger Jahren wurde ein englisches U-Boot – das aus dem Ersten Weltkrieg stammende M1 – vor Devon versehentlich von einem Handelsschiff gerammt. Dabei ist die gesamte Besatzung umgekommen. Wenig später wurde das amerikanische U-Boot S-1 von dem italienischen Passagierdampfer *City of Rome* gerammt. Die gesamte Besatzung fand den Tod. Wieder einige Zeit später kam es vor Cape Cod zu einer Kollision zwischen einem anderen amerikanischen U-Boot und einem Zerstörer der Küstenwache. Auch dieses Boot ging mit der ganzen Besatzung verloren. Das englische U-Boot *Poseidon* wurde von einem japanischen Schiff versenkt – durch einen Unfall vor der nordchinesischen Küste. Von den zahlreichen Überlebenden starben einige später an der Taucherkrankheit. In den ersten Kriegsjahren wurde die französische *Surcouf*, das größte U-Boot der Welt – so groß, daß es als U-Kreuzer bezeichnet wurde –, in der Karibik von einem Schiff des von ihr begleiteten Konvois gerammt und versenkt. Die *Surcouf* hatte eine Besatzung von hundertfünfzig Mann, von denen keiner gerettet werden konnte.« McKinnon fuhr sich mit einer Hand über die Augen. »Es hat noch mehr Unfälle dieser Art gegeben, von denen ich die meisten vergessen habe. Ja, zum Beispiel die *Umpire*. Das war 1941, glaube ich. Sie sank nach der Kollision mit einem lächerlich kleinen Trawler.«

»Sie haben uns überzeugt, wie Dr. Sinclair gesagt hat«, stellte Patterson fest, »Sie haben uns restlos überzeugt. Ich akzeptiere, daß unser Risiko nicht allzu hoch war. Sie müssen es einfach mit uns aushalten, Mr. McKinnon. Auf diesem Gebiet sind wir alle Amateure. Wir kannten die wahren Verhältnisse nicht. Sie haben sie gekannt. Daß das U-Boot jetzt auf dem Meeresboden liegt, beweist diese Tatsache zur Genüge.« Er machte eine Pause. »Allerdings scheint mir, Bootsmann, daß Sie mit Ihrer Leistung selbst nicht ganz zufrieden sind.«

»Allerdings nicht.«

Patterson nickte. »Ja, ich verstehe. Die Verantwortung für den Tod so vieler Männer tragen zu müssen – nun, das ist kein schöner Gedanke.«

McKinnon betrachtete ihn gelinde erstaunt. »Was geschehen ist, läßt sich nicht mehr ändern. Das U-Boot ist mitsamt seiner Besatzung gesunken. Das ist kein Anlaß für eine Jubelfeier, aber auch kein Grund, in Sack und Asche zu gehen. Das nächste alliierte Handelsschiff, das im Fadenkreuz von Klaussens Periskop erschienen wäre, hätte sich sicher dort wiedergefunden, wo sein U-Boot jetzt liegt. Nein, in dieser Beziehung habe ich mir nichts vorzuwerfen.«

»Aber warum . . .« Der Leitende Ingenieur wußte offensichtlich nicht, was er denken sollte. »Der Teufel hole diese Diskussion über das Für und Wider! Ich finde, daß Sie sich ausgezeichnet geschlagen haben, kein Grund zu falscher Bescheidenheit.« Patterson sah sich am Tisch um. »Ich trinke auf unseren Bootsmann – und auf unseren verstorbenen Dr. Singh.«

»Ich bin nicht so bescheiden, wie Sie glauben. Ich habe nichts dagegen, einen Schluck auf mein eigenes Wohl zu trinken.« McKinnon betrachtete die anderen sechs nacheinander. »Aber ich denke nicht im Traum daran, auf Samtpfötchen anzustoßen!«

McKinnon verstand es von Mal zu Mal besser, verblüfftes Schweigen zu provozieren. Diesmal dauerte es viel länger und war viel unbehaglicher als zuvor. Die anderen starrten ihn an, wechselten fragende Blicke und konzentrierten sich dann stirnrunzelnd wieder auf McKinnon. Auch diesmal brach Janet das Schweigen.

»Du weißt hoffentlich, was du da sagst, Archie? Bist du deiner Sache wirklich sicher?«

»Ja, leider. Dr. Sinclair, im Aufwachraum stand ein Beatmungsgerät zur Anwendung bei Herzstillständen. Gibt es an Bord noch ein weiteres Gerät dieser Art?«

»Ja. In der Ambulanz.«

»Und Sie hatten strikte Anweisung, im Bedarfsfall zuerst das Gerät in der Ambulanz zu benutzen?«

»Richtig!« Dr. Sinclair starrte ihn verständnislos an. »Woher wissen Sie das?«

»Weil ich schlau bin.« Der sonst so ruhige und keineswegs emotionale Bootsmann machte keinen Versuch, seine Erbitterung zu verbergen.

»Nachdem alles vorüber ist, bin ich sehr schlau.« Er schüttelte den Kopf. »Ich will Sie nicht länger damit langweilen, daß ich Ihnen erzähle, wie dumm ich war. Ich schlage Ihnen allen vor, sich das Beatmungsgerät aus dem Aufwachraum anzusehen. Es steht jetzt in der Krankenabteilung A neben dem Tisch der Schwester vom Dienst. Der Deckel ist geschlossen, aber das Schloß ist beschädigt; mit etwas Mühe läßt es sich aufstemmen...«

Die anderen starrten einander an, standen dann auf, gingen hinaus und kehrten binnen einer Minute wieder zurück. Sie nahmen schweigend Platz und blieben wortlos sitzen. Was sie gesehen hatten, hatte ihnen die Sprache verschlagen.

»Hübsch, was?« fragte McKinnon. »Ein leistungsfähiges Funkgerät. Sagen Sie, Dr. Sinclair, hat Dr. Singh sich manchmal im Aufwachraum eingeschlossen?«

»Tut mir leid, das weiß ich nicht.« Der Arzt schüttelte heftig den Kopf, als wolle er damit die letzten Zweifel vertreiben. »Das kann er natürlich getan haben...«

»Aber er war häufig allein in diesem Raum?«

»Ja, häufig – und immer allein. Er bestand darauf, sich persönlich um die beiden Verletzten zu kümmern. Das war sein gutes Recht; schließlich hatte er sie operiert.«

»Natürlich. Nachdem ich das Funkgerät entdeckt hatte – ich weiß noch immer nicht, was mich auf die Idee gebracht hat, den verdammten Kasten aufzumachen –, habe ich mir das von Mr. Jamieson herausgeschweißte Türschloß angesehen. Alle Teile waren geölt. Wenn Dr. Singh sich im Aufwachraum einsperrte, war draußen nicht das leiseste Klicken zu hören – selbst wenn jemand ganz in der Nähe gestanden und gehorcht hätte, wozu nicht der geringste Anlaß bestand. Sobald er die Tür hinter sich abgeschlossen und sich davon überzeugt hatte, daß seine Patienten ruhiggestellt waren – falls sie das nicht waren, konnte er ihnen rasch eine Spritze geben –, konnte er nach Herzenslust funken. Ich glaube allerdings, daß er das Gerät nur selten benutzt hat: Es hatte vor allem den Zweck, ständig ein Peilzeichen zu senden.«

»Ich kann's noch immer nicht glauben!« Patterson sprach so langsam, als habe er Mühe, sich aus einem Trancezustand zu befreien. »Natürlich ist es wahr, es muß wahr sein, aber das macht es nicht glaubhafter. Er war ein so guter, freundlicher Mensch – und ein guter Arzt, nicht wahr, Dr. Sinclair?«

»Ein ausgezeichneter Arzt. Daran besteht kein Zweifel. Und ein brillanter Chirurg.«

»Das war Dr. Crippen wahrscheinlich auch«, stellte McKinnon fest. »Ich finde die Sache so verwirrend wie Sie, Mr. Patterson. Ich habe keine Ahnung, aus welchen Motiven heraus er gehandelt hat – wahrscheinlich werden wir es nie mehr erfahren. Er war sehr vorsichtig und hat keinerlei Spuren hinterlassen. Ohne die schießwütige Geschützbedienung des U-Boots hätten wir wohl niemals erfahren, wer Samtpfötchen war. Sein

Verrat hängt möglicherweise mit seiner Abstammung zusammen – er war Inder, und ich glaube, daß gebildete Inder wenig Grund haben, die britische Herrschaft zu lieben. Vielleicht hat er auch religiöse Gründe gehabt. Außer Nationalität, Politik und Religion gibt es Dutzende von weiteren Gründen, die einen Mann zum Verräter machen können. Woher stammen diese Beatmungsgeräte, Dr. Sinclair?«

»Sie wurden in Halifax in Neuschottland an Bord gebracht.«

»Ja, ich weiß. Aber können Sie mir sagen, woher sie stammen?«

»Keine Ahnung. Ist das wichtig?«

»Möglicherweise schon. Wir wissen nämlich nicht, ob Dr. Singh das Funkgerät nachträglich eingebaut hat oder ob der Kasten bereits mit eingebautem Funkgerät angeliefert wurde. Ich möchte wetten, daß das Funkgerät schon eingebaut war. An Bord wäre der Einbau sehr schwierig gewesen. Dr. Singh hätte das Funkgerät auf die *San Andreas* schmuggeln und das Beatmungsgerät unauffällig von Bord schaffen müssen.«

»Ich weiß tatsächlich nicht, woher diese Geräte stammen«, stellte Dr. Sinclair fest. »Aber ich weiß, aus welchem Land sie kommen: aus Großbritannien.«

»Woran sehen Sie das?«

»An der Beschriftung.«

»Gibt es in Großbritannien viele Firmen, die solche Geräte herstellen?«

»Auch das weiß ich nicht. Diese Frage stellt sich nie. Ein Beatmungsgerät ist ein Beatmungsgerät. Wahrscheinlich gibt es dafür nur wenige Hersteller.«

»Die Firma dürfte sich leicht feststellen lassen – und ich nehme keinen Augenblick an, daß der Kasten die Fabrik bereits mit eingebautem Funkgerät verlassen hat.« Er sah zu Patterson hinüber. »Der Marinenachrichtendienst dürfte sich sehr dafür interessieren, welchen Weg dieses Gerät zwischen dem Hersteller und der *San Andreas* zurückgelegt hat und wo es zwischendurch Aufenthalte gab.«

»Allerdings! Und wo der Umbau vorgenommen wurde, dürfte sich leicht feststellen lassen. Eigentlich verdammt leichtsinnig von den Saboteuren, sich eine solche Blöße zu geben!«

»Im Grunde genommen nicht, Sir. Sie haben einfach nicht damit gerechnet, enttarnt zu werden.«

»Wahrscheinlich haben Sie recht. Sagen Sie, Bootsmann, warum haben Sie einen so umständlichen Anlauf genommen, als es vorhin darum ging, uns von Dr. Singh zu erzählen?«

»Weil's mir wie Ihnen ergangen ist, Sir – ich hatte alle Mühe, für wahr zu halten, was ich mit eigenen Augen sah. Außerdem haben Sie alle Dr. Singh sehr geschätzt, und niemand ist gern der Überbringer schlechter Nachrichten.« Er sah zu Jamieson hinüber. »Wie lange würde es dauern, Sir, um am Schwesterntisch in der Abteilung A einen Klingelknopf zu montieren, mit dem die wachhabende Schwester auf der Brücke und im Maschinenraum Alarm geben könnte?«

»Das dauert nicht lange.« Jamieson machte eine kurze Pause. »Ich kann mir denken, daß Sie einen Grund für diesen Wunsch haben. Dürfen wir ihn erfahren?«

»Sicher! Die Schwester vom Dienst soll uns benachrichtigen können, sobald ein Unbefugter die Krankenabteilung A betritt. Dieser Unbefugte weiß nicht mehr, als wir im Augenblick wissen: Er weiß nicht, ob das Funkgerät betriebsbereit ist oder nicht. Er muß annehmen, daß es funktioniert und daß wir möglicherweise imstande sind, einen SOS-Ruf an die Royal Navy zu senden. Die Deutschen legen natürlich größten Wert darauf, daß dieser Hilferuf nicht gesendet wird, daß wir allein und ohne Geleitschutz bleiben. Sie wollen uns aufbringen. Und deshalb wird der Eindringling alles in seiner Macht Stehende tun, um das Funkgerät zu zerstören.«

»Moment! Moment!«, sagte Patterson. »Eindringling? Unbefugter? Welcher Unbefugte? Dr. Singh ist tot.«

»Ich habe keine Ahnung, wer dieser Mann ist. Ich weiß nur, daß es ihn geben muß. Wie Sie sich vielleicht erinnern werden, hatte ich schon früher den Verdacht, daß wir nicht nur ein Samtpfötchen an Bord haben. Jetzt bin ich meiner Sache ganz sicher.« McKinnon wandte sich an den Arzt. »Dr. Sinclair, eine Frage: In der Stunde, bevor Leutnant Ullmann uns mit seiner Focke-Wulf angriff – und sogar noch danach –, haben Sie und Dr. Singh die beiden inzwischen toten Seeleute von der *Argos* operiert. Das stimmt doch?«

»Ja, natürlich.« Dr. Sinclair konnte sich offensichtlich nicht erklären, worauf McKinnon hinauswollte.

»Hat Dr. Singh den Operationssaal zwischendurch verlassen?«

»Nein, keine Sekunde lang.«

»Trotzdem hat sich in diesem Zeitraum irgend jemand an Sicherungskästen und elektrischen Leitungen zu schaffen gemacht. Also muß es an Bord ein Samtpfötchen Nummer zwei geben.«

Nach kurzem Schweigen meinte Jamieson: »Wir sind nicht gerade hell, was? Sie haben natürlich recht! Darauf hätten wir selbst kommen müssen.«

»Darauf wären Sie bestimmt noch gekommen. Ich habe auch eben erst daran gedacht.«

»Einwand!« sagte Patterson. »Oder vielmehr eine Frage, Mr. McKinnon. Wenn das Funkgerät zerstört wird, können die Deutschen uns nicht mehr anpeilen, stimmt's?«

»Das können sie auch jetzt nicht«, antwortete der Bootsmann geduldig. »Die Stromzufuhr ist unterbrochen. Und selbst wenn es nicht so wäre, wäre die Zerstörung des Funkgeräts das bei weitem geringere Übel. Samtpfötchen Nummer zwei will unter allen Umständen verhindern, daß die Royal Navy hinter der Kimm auftaucht und auf uns zudampft. Vielleicht hat er irgendwo ein zweites Funkgerät versteckt, obwohl ich das nicht recht glaube. Dr. Sinclair, würden Sie bitte das zweite Beatmungsgerät in der Ambulanz überprüfen? Ich bin allerdings sicher, daß es in Ordnung ist.«

»Immerhin können wir uns mit dem Gedanken trösten«, meinte der Arzt, »daß die Deutschen nicht mehr wissen, wo wir sind.«

»Darauf würde ich nicht wetten wollen, Doktor. Ich würde sogar dagegen wetten. Getauchte U-Boote können nicht funken; aber wir wissen, daß unser Verfolger uns aufgetaucht beschattet und vermutlich ständigen Funkkontakt mit seiner Leitstelle gehabt hat. Die Deutschen kennen also unsere Position und unseren Kurs zum Zeitpunkt der Versenkung ihres U-Boots. Ich wäre nicht einmal überrascht, wenn wir schon jetzt von einem weiteren U-Boot beschattet würden – aus irgendeinem unerklärlichen Grund scheinen wir für die Deutschen verdammt wichtig zu sein. Und Sie dürfen nicht vergessen, daß die Tageslichtdauer zunimmt, je weiter wir nach Südwest laufen. Der Himmel ist nur leicht bewölkt – und solange es hell ist, müssen wir damit rechnen, von einer Focke-Wulf Condor oder einem anderen Aufklärer gesichtet zu werden.«

Patterson betrachtete ihn mürrisch. »Sie sind ein ausgezeichneter Überbringer von Hiobsbotschaften, Bootsmann.«

McKinnon lächelte. »Tut mir leid, Sir. Ich wäge nur unsere Chancen ab ...«

»Chancen!« wiederholte Janet. »Du gibst uns kaum eine Chance, Aberdeen zu erreichen, stimmt's, Archie?«

McKinnon drehte die Handflächen nach oben. »Ich bin kein Spieler, und in unserem Fall gibt es zuviel unbekannte Faktoren. Eine Vermutung kann so gut sein wie die andere. Aber ich behaupte nicht, daß wir keine Chance haben. Ich glaube sogar, daß wir gute Aussichten haben, es zu schaffen.« Er machte eine Pause. »Noch drei wichtige Punkte. Ich mache jetzt eine Runde bei Kapitän Andropoulos und seinen Leuten. Das Wort ›Radio‹ dürfte ziemlich allgemein verständlich sein. Falls mich niemand versteht, komme ich vielleicht mit Zeichensprache weiter. Die meisten Besatzungsmitglieder der *Argos* haben überlebt; vielleicht ist ein Funker unter ihnen. Er kann sich das Funkgerät ansehen und feststellen, ob wir damit senden können. Leutnant Ullmann, ich wäre Ihnen dankbar, wenn Sie rechtzeitig auf die Brücke kommen würden, um mittags unseren Standort zu bestimmen. Und der dritte Punkt: Sollten in der Abteilung A irgendwann die Lichter ausgehen, muß die Schwester vom Dienst sofort auf den Alarmknopf drücken.«

McKinnon wollte aufstehen, blieb dann aber doch sitzen und griff nach seinem Glas, aus dem er erst einen kleinen Schluck getrunken hatte.

»Nun, vielleicht ist doch ein Trinkspruch auf den Verschiedenen angebracht. Oder vielmehr eine alte keltische Verwünschung. Möge sein Schatten heut nacht auf der dunklen Seite der Hölle wandeln.« Er hob sein Glas. »Auf Samtpfötchen!«

McKinnon leerte sein Glas allein.

9

Keine zehn Minuten nach McKinnons Ankunft auf der Kommandobrücke klingelte das Telefon.

»Jamieson«, meldete sich der Zweite Ingenieur. »Auf diesem verdammten Schiff passiert andauernd was! Schon wieder ein Unfall.«

»Unfall?«

»Nun, ein absichtlich herbeigeführter Unfall. Einen Überfall, hätte ich sagen sollen. Ihr Freund Limassol.«

Den Namen »Limassol« hatte McKinnon dem Mann gegeben, der, wie sich herausstellte, der Funker der *Argos* gewesen war. Außer dieser Tatsache hatte der Bootsmann lediglich herausbekommen, daß der Mann aus Limassol auf Zypern stammte.

»Was ist mit meinem Freund Limassol?«

»Er ist überfallen und niedergeschlagen worden.«

»So.« McKinnon war kein Mann, der zu Gefühlsausbrüchen neigte. »Das war zu erwarten. Wer hat ihn überfallen und niedergeschlagen?«

»Sie müßten eigentlich wissen, daß das eine unsinnige Frage ist, Bootsmann. Woher zum Teufel soll ich wissen, wer ihn niedergeschlagen hat? Kein Mensch weiß, was an Bord der *San Andreas* vorgeht! Der Erste Offizier hat sich als guter Prophet erwiesen, als er dem Schiff seinen neuen Namen gab. Ein gottverdammtes Katastrophengebiet!« Jamieson holte tief Luft. »Ich kann Ihnen nur schildern, was ich gehört habe. Schwester Maria hatte Dienst, als Limassol sich daran machte, das Funkgerät zu überprüfen. Nach ein paar Minuten ist er aufgestanden und hat pantomimisch den rechten Zeigefinger in die linke Handfläche gebohrt. Schwester Maria hat richtig vermutet, daß er Werkzeug wollte, und nach Wayland Day geschickt, um ihn in den Maschinenraum führen zu lassen. Da hat er von mir das gewünschte Werkzeug und einen Spannungsprüfer bekommen. Er machte den Eindruck eines Mannes, der genau wußte, was er zu tun hatte. Auf dem Rückweg ist er dann im Gang vor der Messe überfallen und niedergeschlagen worden. Mit einem harten, schweren Gegenstand.«

»Wie hart, wie schwer?«

»Bleiben Sie bitte am Apparat. Wir haben ihn hier in der Abteilung A in ein Bett gelegt. Dr. Sinclair kümmert sich noch um ihn. Er kann Ihnen besser Auskunft geben als ich. Moment mal!«

Einen Augenblick später meldete sich der Arzt. »Bootsmann? Verdammt noch mal, damit wäre die Existenz von Samtpfötchen Nummer zwei bewiesen – ein an sich überflüssiger Beweis, aber ich hätte ihn nicht so rasch und gewalttätig erwartet. Der Kerl fackelt nicht lange, was? Er ist gefährlich und gewalttätig, handelt aus eigener Initiative und denkt offenbar auf derselben Wellenlänge wie wir.«

»Und Limassol?«

»Dem geht's ziemlich schlecht, um es zurückhaltend auszudrücken. Irgendein Metallgegenstand, wahrscheinlich ein Brecheisen. Ich vermute, daß der Angreifer ihn damit erschlagen wollte. Bei den meisten Menschen wäre ihm das vermutlich gelungen, aber dieser Limassol hat, wie es scheint, einen Schädel wie ein Elefant. Er hat natürlich einen Schädelbruch. Wir röntgen ihn später noch. An sich überflüssig, aber die Röntgenaufnahme ist Vorschrift. Das Gehirn scheint nicht verletzt zu sein, aber etwaige Schäden zeigen sich vielleicht erst später. Zwei Tatsachen lassen sich allerdings schon jetzt feststellen, Mr. McKinnon: Er wird mit dem Leben davonkommen, aber er kann weder Ihnen noch sonst jemand in absehbarer Zeit irgend etwas nützen.«

»Wie Dr. Singh von Commander Warrington sagte – zwei Stunden, zwei Tage, zwei Wochen, zwei Monate?«

»So ungefähr. Das ist schwer vorauszusagen. Selbst wenn er sich sehr rasch erholt, wäre er für die nächsten Tage außer Gefecht gesetzt. Sie können auf keinen Fall mit ihm rechnen, wenn Sie weitere Pläne machen.«

»Im Augenblick mache ich keine Pläne, Doktor.«

»Das kann ich mir vorstellen. Allzu viele Möglichkeiten stehen uns nicht mehr offen, glaube ich. Mr. Jamieson möchte Sie nochmals sprechen.«

Der Zweite Ingenieur meldete sich erneut. »Vielleicht war es auch meine Schuld, Bootsmann. Wenn ich ein bißchen schneller und klarer gedacht hätte, hätte ich diese Geschichte möglicherweise verhindern können.«

»Woher hätten Sie wissen sollen, daß Limassol überfallen werden würde?«

»Richtig, das konnte ich nicht wissen. Aber ich hätte mitgehen sollen – nicht zu seinem Schutz, sondern um zu sehen, wie er das Funkgerät instand setzt. Dann wären wir nicht nur auf einen einzigen Mann mit Fachkenntnissen angewiesen gewesen.«

»Samtpfötchen hätte vermutlich auch Sie überfallen und außer Gefecht gesetzt«, wandte McKinnon ein. »Es hat keinen Zweck, Sir, sich Vorwürfe zu machen. Die Milch ist verschüttet, aber Sie waren nicht schuld daran. Lassen Sie mir nur ein wenig Zeit, dann stelle ich fest, daß alles McKinnons Schuld war.«

Er hängte ein und informierte Naseby, der den Rudergänger abgelöst hatte, und Leutnant Ullmann, der sich nach eigener Aussage so wohl fühlte, daß er nicht mehr als Bettlägeriger geführt werden wollte, mit kurzen Worten über sein Gespräch mit Jamieson und Dr. Sinclair.

»Ziemlich beunruhigend«, meinte Ullmann. »Unser Freund scheint erfinderisch, geistesgegenwärtig und außerordentlich tatkräftig zu sein. Ich sage ›beunruhigend‹, weil mir eben eingefallen ist, daß *er* – und nicht Dr. Singh – Samtpfötchen Nummer eins gewesen sein könnte. Wenn es so ist, müssen wir auf zahlreiche weitere Unannehmlichkeiten gefaßt sein. Jedenfalls scheint dadurch die Besatzung der *Argos* auszuscheiden: Da keiner der Männer Englisch spricht, können sie von dem Funkgerät in der Krankenabteilung A nichts gewußt haben.«

McKinnon verzog mißmutig das Gesicht. »Die Tatsache, daß keiner von ihnen ein Wort Englisch zu verstehen scheint – sie verstehen es alle recht gut, einen ausdruckslos anzustarren, wenn man sie auf Englisch anspricht –, schließt leider nicht aus, daß der eine oder andere von ihnen besseres Englisch spricht als ich. Die Besatzung der *Argos* scheidet also leider keineswegs aus. Das gilt natürlich auch für unsere eigene Besatzung und für die neun Invaliden, die wir in Murmansk an Bord genommen haben.«

»Und woher hätten diese Leute wissen wollen, daß der Kasten mit dem eingebauten Funkgerät aus dem Aufwachraum in die Abteilung A gebracht worden ist? Davon haben nur – Moment mal – sieben Personen gewußt. Nämlich die sieben, die heute vormittag an einem Tisch saßen. Ob einer von uns davon gesprochen hat?«

»Nein.« McKinnon schien sich seiner Sache ganz sicher zu sein.

»Ohne es zu wollen?«

»Auch das nicht.«

»Sie haben soviel Vertrauen zu uns?« Ullmann lächelte humorlos. »Oder liegt es daran, daß Sie irgend jemandem vertrauen *müssen*?«

»Ja, ich habe Vertrauen zu Ihnen.« McKinnon winkte müde ab. »Der springende Punkt ist, daß gar keiner davon sprechen mußte. Das ganze Schiff weiß, daß Dr. Singh und die beiden Leute von der *Argos* tot sind. Schließlich sollen sie in einer halben Stunde beigesetzt werden. Jeder weiß auch, daß sie durch die Detonation einer Granate im Aufwachraum umgekommen sind. Und Samtpfötchen Nummer zwei, der gewußt haben muß, wo das Funkgerät versteckt war, wird vermuten, daß es bei dieser Gelegenheit entdeckt worden ist. Daß es mir aufgefallen ist, war allerdings reiner Zufall.«

»Aber wie erklären Sie sich den Überfall auf den Funker?« wollte Ullmann wissen.

»Leider ganz einfach.« McKinnon wirkte und sprach verbittert. »Samtpfötchen brauchte nicht zu wissen, wo das Funkgerät versteckt war; er brauchte nur zu wissen, daß wir uns dafür interessierten.

Als ich nach unten kam, um den Funker der *Argos* zu suchen, saß die griechische Besatzung wie üblich in einer Ecke zusammen. Die Leute waren nicht allein in der Messe – einige der Invaliden aus Murmansk und ein paar Männer von unserer eigenen Besatzung waren gleichfalls unten –, aber von den anderen war keiner so nahe, daß er uns hätte belauschen können. Allerdings ist nicht viel gesprochen worden. Ich habe nur mehrmals ›Radio‹ gesagt – eben laut genug, um gehört zu werden –, und der Mann aus Limassol hat mich fragend angesehen. Dann habe ich mit dem rechten Zeigefinger in die linke Handfläche getippt, als bediente ich eine Morsetaste. Danach habe ich die Kurbel eines imaginären Generators gedreht. Alles das können nur die Leute von der *Argos* gesehen haben. Und dann habe ich einen dummen Fehler gemacht. Ich habe eine Hand hinters Ohr gelegt, als versuchte ich, irgendwas zu hören.

Unterdessen hatte Limassol begriffen, um was es ging, und war aufgestanden. Aber Samtpfötchen Nummer zwei hatte gleichfalls mitbekommen, wovon die Rede war. Eine kleine Handbewegung – und schon war er informiert! Er ist nicht nur gewalttätig und gefährlich, sondern auch sehr gewieft. Eine unangenehme Kombination.«

»Allerdings!« bestätigte Ullmann. »Sie haben recht, Mr. McKinnon, aber ich sehe trotzdem keinen Grund zu Selbstanklagen. Ich habe vorhin das richtige Wort gebraucht: beunruhigend, höchst beunruhigend.«

»Weißt du zufällig noch, wer in der Messe war, als du mit den Griechen gesprochen hast?« wollte Naseby wissen.

»Ja. Alle wachfreien Besatzungsmitglieder. Von der Decksmannschaft hatten nur zwei Wache – du hier oben und Trent in der Kapitänskabine, wo er auf Sextant und Chronometer aufgepaßt hat. Dann die wachfreien Leute aus dem Maschinenraum. Zwei Köche und Mario. Sieben der Invaliden, die wir in Murmansk an Bord genommen haben – die drei angeblichen Tb-Kranken, die drei angeblichen Nervenzusammenbrüche und einer der Männer mit Erfrierungen. Aber der ist so verbunden, daß er kaum laufen kann, und kommt deshalb ganz sicher nicht in Frage. Und die Krankenschwestern kommen auch nicht in Frage. Übrigens glaube ich jetzt, daß Sie doch recht haben, Leutnant: Die Besatzung der *Argos* scheidet ziemlich sicher aus.«

»Na, das ist immerhin etwas!« meinte Ullmann. »Vorhin haben Sie sie noch verdächtigt, was mir einigermaßen rätselhaft vorkam, nachdem wir uns bei unserer langen Aussprache in Kapitän Bowens Kabine mehr oder minder darauf geeinigt hatten, die Besatzung der *Argos* aus dem Spiel zu lassen. Wie Sie sich vielleicht erinnern werden, kam dieser Vorschlag von Ihnen.«

»Ja, ich weiß. Demnächst sehe ich wahrscheinlich in meinen Rasierspiegel und sage: *Dir* traue ich auch nicht! Richtig, das war mein Vorschlag, aber ich hatte noch immer einen winzigen Zweifel. Schon damals habe ich angenommen, daß es einen zweiten Saboteur an Bord geben müßte; aber sicher bin ich erst seit einer knappen halben Stunde. Die Zündung der Sprengladung im vorderen Ballastraum, als wir längsseits der sinkenden Korvette lagen, muß das Werk von Samtpfötchen Nummer zwei gewesen sein. Und es ist geradezu undenkbar – in meinen Augen der entscheidende Punkt –, daß ein Besatzungsmitglied der *Argos* versuchen würde, einen Landsmann und Kameraden zu ermorden.«

»Das ist immerhin etwas«, meinte Naseby. »Das engt den Kreis der Verdächtigen auf unsere Besatzung ein, stimmt's?«

»Ja, auf unsere Besatzung – und mindestens sechs angeblich Invalide aus Murmansk.«

Naseby schüttelte mitfühlend den Kopf. »Archie, diese Reise gibt dir noch den Rest, fürchte ich. So mißtrauisch habe ich dich noch nie erlebt.«

»Wenn unser Überleben davon abhängt, daß ich auf garstige Weise mißtrauisch bin, George, soll's mir nicht darauf ankommen. Wie du weißt, haben wir Halifax in würdeloser Hast verlassen müssen – mit einem kaum zur Hälfte in ein Lazarettschiff umgebauten Frachter. Warum eigentlich? Um nach Archangelsk zu kommen – und zwar so schnell wie möglich. Aber nach dem kleinen Unfall, als wir längsseits der Korvette lagen, war es plötzlich ebenso wichtig, daß wir statt dessen Murmansk anliefen. Warum?«

»Nun, wir waren buglastig und hatten leichte Schlagseite.«

»Wir hatten aufgehört, Wasser zu machen, das Wetter war gut, wir hätten das Weiße Meer erreichen und ohne Schwierigkeiten in Archangelsk anlegen können. Aber nein – wir mußten unbedingt Murmansk anlaufen. Warum das?«

»Damit die Russen die Sprengladung im Ballastraum anbringen konnten.« Ullmann grinste spöttisch. »Unsere tapferen Verbündeten, wie Sie selbst gesagt haben.«

»Ja, ich weiß. Ich wollte, ich hätte sie nie so bezeichnet. Wir alle machen Fehler, ich bin da keine Ausnahme, und das war einer meiner größten. Aber diese Sprengladung ist nicht von den Russen, sondern von Ihren Leuten angebracht worden.«

»Von Deutschen? Ausgeschlossen!«

»Leutnant, wenn sie sich einbilden, daß es in Murmansk und Archangelsk nicht von deutschen Spionen und Agenten wimmelt, leben Sie in Alices Wunderland.«

»Gut, das ist möglich. Aber sich in eine russische Werftarbeiterkolonne einzuschleichen – das ist ausgeschlossen!«

»Es ist keineswegs ausgeschlossen, aber vielleicht gar nicht notwendig. Menschen lassen sich beeinflussen, und obwohl man vielleicht nicht wirklich behaupten kann, jeder Mann hätte seinen Preis, gibt es immer welche, die käuflich sind.«

»Sie sprechen von einem russischen Verräter?«

»Warum nicht? Sie haben Ihre Verräter. Wir haben unsere Verräter. Jedes Land hat seine Verräter.«

»Weshalb hätten wir – die Deutschen – an Bord der *San Andreas* eine Sprengladung anbringen wollen?«

»Tut mir leid, das weiß ich nicht. Ich weiß auch nicht, weshalb die Deutschen uns angegriffen, überwacht und aufzubringen versucht haben – ohne sich ernstlich zu bemühen, uns zu versenken –, seit wir das Nordkap passiert haben. Ich halte es für sehr wahrscheinlich, daß deutsche Agenten einen oder mehrere der Invaliden, die wir in Murmansk an Bord genommen haben, auf ihre Seite gebracht haben. Ein angeblich psychisch kranker oder an den Folgen eines Nervenzusammenbruchs leidender Patient, der den Krieg und die See gründlich satt hat, wäre der ideale Verräter; sein Judaslohn brauchte nicht allzu hoch gewesen sein.«

»Einspruch, Mr. McKinnon! Die Entscheidung, die *San Andreas* aus dem Konvoi auszugliedern, ist ganz plötzlich gefallen. Man kann einen Mann nicht über Nacht als Verräter anwerben.«

»Richtig. Zumindest höchst unwahrscheinlich. Vielleicht hat die andere Seite schon vor ein bis zwei Wochen gewußt, daß wir nach Murmansk umgeleitet werden würden.«

»Wie kann sie das gewußt haben?« fragte Ullmann erstaunt.

»Das weiß ich nicht. Ich kann mir auch nicht erklären, wieso jemand in Halifax schon vor langem gewußt hat, daß Dr. Singh ein Funkgerät brauchen würde.«

»Und es kommt Ihnen nicht merkwürdig vor, daß die Russen, die angeblich nicht für die Anbringung der Sprengladung verantwortlich waren, die *San Andreas* ausschließlich zum Nutzen Ihrer geheimnisvollen deutschen Agenten nach Murmansk gelotst haben sollen?«

»Das sind nicht meine Agenten, aber geheimnisvoll sind sie jedenfalls. Meine Antwort lautet auch diesmal: Ich weiß es nicht.« McKinnon seufzte. »Schade, wirklich schade. Gleich ist's Mittag, Leutnant. Ich hole den Sextanten und das Chronometer.«

Leutnant Ullmann richtete sich von der Seekarte auf. »Wir haben unseren Kurs erstaunlich gut gehalten – nach wie vor 213 Grad. Und genau vierundsechzig Grad nördlicher Breite. Im Idealfall müßten wir jetzt nach Süden laufen, aber wir sind schon jetzt zu nahe bei Trondheim, und dieser Kurs würde den Abstand weiter verringern. Ich schlage vor, daß wir unseren gegenwärtigen Kurs bis in die Nacht beibehalten und erst gegen Mitternacht auf Südkurs gehen. Dann müßten wir morgen die Ostküste Ihrer Heimatinseln erreichen, Mr. McKinnon. Ich lege den Kurs später fest.«

»Sie sind der Navigator«, stimmte McKinnon zu.

In auffälligem Kontrast zu den Wetterverhältnissen, die vor achtundvierzig Stunden bei der Massenbeisetzung geherrscht hatten, war das Wetter diesmal beinahe freundlich. Der Wind erreichte kaum Stärke drei, der Seegang war so niedrig, daß die *San Andreas* fast ständig auf ebenem Kiel lief, und die Wolkendecke bestand lediglich aus einem breiten Streifen weißer, flauschiger Schäfchenwolken vor einem blaßblauen Himmel. McKinnon, der an der Steuerbordreling der *San Andreas* stand, fand diese Wetterbesserung keineswegs tröstlich: ihm wäre der alles verhüllende Schneesturm viel lieber gewesen.

Die einzigen Zeugen der Bestattung – außer dem Bootsmann – waren Patterson, Jamieson, Dr. Sinclair, zwei Heizer und zwei Matrosen, die die eingenähten Leichen heraufgebracht hatten. Sonst hatte niemand den Wunsch geäußert, an der Beisetzung teilzunehmen. Aus offenkundigen Gründen würde niemand Dr. Singh eine Träne nachweinen, und die beiden toten Besatzungsmitglieder der *Argos* hatte nur Dr. Sinclair gekannt – jedoch lediglich als Narkotisierte auf dem Operationstisch.

Dr. Singh wurde ohne weiteres Zeremoniell über Bord gekippt – ihn begleiteten keine Segenswünsche auf seiner Reise ins Jenseits. Für die Leichen der beiden griechischen Seeleute leierte Patterson den vorgedruckten Text herunter. Dann glitten auch sie über Bord.

Patterson klappte die Ledermappe zu. »Zwei Bestattungen auf See sind zwei zuviel. Hoffentlich gibt's keine dritte!« Er warf McKinnon einen fragenden Blick zu. »Vermute ich richtig, daß wir mühselig und beladen weitermachen wie bisher?«

»Mehr können wir im Augenblick nicht tun, Sir. Leutnant Ullmann schlägt vor, daß wir auf Südkurs gehen, um dann direkt nach Aberdeen zu laufen. Er weiß, wovon er redet. Aber das dauert noch etwa zwölf Stunden.«

»Was Sie für richtig halten.« Patterson betrachtete den weiten Horizont. »Kommt es Ihnen nicht ziemlich merkwürdig vor, Bootsmann, daß wir seit fast drei Stunden nicht mehr belästigt oder zumindest nicht mehr überwacht worden sind? Da das U-Boot sich seither nicht mehr gemeldet haben kann, muß die andere Seite schon sehr begriffsstutzig sein, wenn sie nicht vermutet, daß irgend etwas mit ihm passiert sein muß.«

»Ich halte Admiral Dönitz' Flottillenchef in Trondheim keineswegs für begriffsstutzig. Vielmehr habe ich das Gefühl, daß er und sein Stab unsere Position genau kennen. Soviel ich gehört habe, sind die neuesten deutschen U-Boote unter Wasser sehr schnell. Das würde bedeuten, daß uns eines mit Hilfe seines Horchgeräts überwachen kann, ohne daß wir etwas davon ahnen.« Der Bootsmann suchte wie Patterson – aber viel gründlicher und langsamer – die Kimm ab und spähte dann nach Backbord. »Wir werden bereits überwacht.«

»Was? Wie meinen Sie das?«

»Hören Sie nichts?«

Patterson legte den Kopf schief und nickte dann. »Doch! Ja, ich höre etwas!«

»Condor«, stellte McKinnon fest. »Eine Focke-Wulf.« Er streckte den Arm aus. »Ich sehe sie! Sie kommt genau aus Ost, und Trondheim liegt jetzt ziemlich genau östlich von uns. Der Pilot weiß genau, wo wir stehen. Das hat er – vermutlich über Trondheim – von dem U-Boot erfahren, das uns überwacht.«

»Ich dachte, ein U-Boot müßte auftauchen, um senden zu können?«

»Nein. Es braucht nur seine Antenne aus dem Wasser zu strecken. Einige Seemeilen von uns entfernt wäre sie schon nicht mehr zu erkennen. Außerdem hält das U-Boot wahrscheinlich weit mehr Abstand.«

»Was die Condor wohl vorhat?«

»Das können wir nur vermuten, Sir. Leider sind wir in die Überlegungen der Marine- und Luftwaffenkommandeure in Trondheim nicht eingeweiht. Ich vermute, daß sie keinen Versuch machen werden, uns zu erledigen – nachdem sie sich bisher so große Mühe gegeben haben, uns nicht zu versenken. Wollten sie uns versenken, wäre ein Torpedo des U-Boots, das meiner Überzeugung nach irgendwo dort draußen lauert, mehr als genug. Wollten sie uns andererseits aus der Luft versenken, würden sie keine Condor einsetzen, die eigentlich ein Aufklärer ist. Eine Heinkel He 115 oder He 111 oder Stukas mit Zusatztanks wären dafür weit besser geeignet – Trondheim ist nur reichlich dreihundert Kilometer von hier entfernt.«

»Welchen Auftrag hat der Pilot sonst?« Die Condor war bis auf zwei Seemeilen herangekommen und ging jetzt rasch tiefer.

»Er soll Informationen sammeln.« McKinnon sah zur Brücke auf und erkannte Naseby, der auf der Backbordnock stand und die von achtern anfliegende Condor beobachtete. Er legte die Hände als Schalltrichter an den Mund und rief: »George!« Naseby drehte sich um.

»Runter mit dir, runter!« McKinnon machte die entsprechende Handbewegung. Naseby hob zustimmend den Arm und verschwand im Ruderhaus. »Kommen Sie, Mr. Patterson, wir verschwinden jetzt auch. Schnellstens!«

Patterson wußte, wann er keine Zeit mit überflüssigen Fragen vergeuden durfte. Er hastete voraus. Zehn Sekunden später waren sie alle in Deckung – mit Ausnahme des Bootsmanns, der an der demolierten Tür stehenblieb.

»Informationen?« fragte Patterson. »Was für Informationen?«

»Augenblick!« Der Bootsmann trat rasch an die Reling, sah ein, zwei Sekunden nach achtern und kehrte in Deckung zurück.

»Noch eine halbe Meile«, berichtete McKinnon. »Langsam, sehr langsam, keine zwanzig Meter hoch. Informationen? Zum Beispiel Einschläge im Schiffsrumpf oder in den Aufbauten, irgend etwas, das darauf schließen läßt, daß wir im Kampf mit einem U-Boot gestanden haben. Aber an Backbord ist nichts zu sehen.«

Patterson wollte noch etwas sagen, aber seine Antwort ging in dem hämmernden Stakkato mehrerer MGs unter – und in dem Geschoßhagel, mit dem die Aufbauten der *San Andreas* sekundenlang überschüttet wurden. Das Geräusch der vier riesigen Flugmotoren schwoll zu einem gewaltigen Crescendo, als die FW 200 keine fünfzig Meter entfernt an ihnen vorbeiröhrte. Einige Sekunden später war wieder alles verhältnismäßig still.

»Jetzt weiß ich, warum Sie Naseby in Deckung geschickt haben«, stellte Jamieson fest.

»Informationen!« wiederholte der Leitende Ingenieur aufgebracht, fast gekränkt. »Eine verdammt komische Methode, Informationen zu sammeln. Haben Sie nicht gesagt, sie würden uns nicht angreifen?«

»Ich habe gesagt, daß sie uns höchstwahrscheinlich nicht versenken wollen. Aber eine Dezimierung unserer Besatzung käme ihnen natürlich gelegen. Je mehr sie uns schwächen, desto eher sind wir ihnen auf Gnade oder Ungnade ausgeliefert. Eine ganz logische Rechnung.«

»Glauben Sie, daß sie die gewünschten Informationen bekommen haben?«

»Davon bin ich sogar überzeugt. Sie können sich darauf verlassen, daß wir während des Vorbeiflugs aus der Condor von einem Dutzend Augen aufmerksam gemustert worden sind. Das Leck im Bug haben sie nicht gesehen, weil es unter Wasser liegt, aber etwas anderes, das vorn ebenfalls unter Wasser liegt, können sie nicht übersehen haben: unsere Ladelinie. Wenn die Besatzung nicht gerade kurzsichtig ist, muß sie gesehen haben, daß wir buglastig sind. Und wenn sie nicht begriffsstutzig ist, muß sie daraus den Schluß ziehen, daß wir etwas gerammt haben oder von etwas getroffen worden sind. Ein Minen- oder Torpedotreffer kommt nicht in Frage, weil wir dann nicht mehr schwimmen würden. Die Deutschen müssen sofort erkannt haben, daß wir irgendwas gerammt haben, und sie werden nicht lange herumrätseln, was es gewesen sein könnte.«

»Mist!« sagte Jamieson. »Unerfreuliche Aussichten, was, Bootsmann?«

»Allerdings, Sir. Das ändert einiges, nicht wahr? Die Frage ist nun, was das deutsche Oberkommando für wichtiger hält, glaube ich. Geht es ihm darum, uns mehr oder weniger lebend zu vereinnahmen – oder nimmt es Rache für die Versenkung seines U-Boots?«

»Wofür es sich auch entscheidet – wir können nichts dagegen unternehmen«, stellte Patterson fest. »Ich schlage vor, daß wir zum Mittagessen gehen.«

»Ich bin dafür, noch einen Augenblick zu warten, Sir.« McKinnon horchte sekundenlang nach draußen und sagte dann: »Die Condor kommt zurück!«

Tatsächlich kam die Viermotorige, wie zuvor dicht über der Wasseroberfläche fliegend, zurück. Ihr zweiter Vorbeiflug war praktisch ein Spiegelbild des ersten: anstatt an Backbord vom Heck zum Bug zu fliegen, röhrte sie an Steuerbord vom Bug zum Heck vorbei und überschüttete die Aufbauten der *San Andreas* erneut mit einem Geschoßhagel aus ihren MGs. Etwa zehn Sekunden danach verließ McKinnon seine Deckung und trat an die Backbordreling.

Die Condor flog in der Richtung, aus der sie gekommen war, und stieg dabei stetig.

»Schön, schön«, sagte Jamieson. »Wir sind mit einem blauen Auge davongekommen, schätze ich. Aber die drei Einschläge an Steuerbord müssen sie gesehen haben, nicht wahr, Bootsmann?«

»Die können sie nicht übersehen haben, Sir.«

»Halten Sie's für möglich, daß der Pilot nur Höhe gewinnen will, bevor er zurückkommt, um die Rechnung mit Bomben zu begleichen?«

»Er könnte uns aus fünfzig Metern Höhe bombardieren, ohne selbst im geringsten gefährdet zu sein.«

»Oder vielleicht hat er gar keine Bomben an Bord?«

»Doch, er hat. Nur die Focke-Wulfs, die auf dem großen Halbkreis von Trondheim an den Britischen Inseln vorbei nach Lorient in Frankreich fliegen oder bis zur Dänemark-Straße aufklären, haben keine Bomben. Sie sind statt dessen mit Zusatztanks ausgerüstet. Die nicht als Fernaufklärer eingesetzten Maschinen tragen stets Bomben – im allgemeinen 250-Kilo-Bomben, nicht die kleineren, die Leutnant Ullmann geworfen hat. Der Condor-Pilot steht natürlich in Funkverbindung mit Trondheim. Er hat dorthin gemeldet, weshalb das U-Boot sich nicht mehr meldet, und ist trotzdem angewiesen worden, uns in Ruhe zu lassen. Zumindest vorläufig.«

»Sie haben recht«, bestätigte Patterson. »Er kommt tatsächlich nicht zurück. Merkwürdig! Er hätte den ganzen Tag – zumindest bis Einbruch der Dunkelheit – über uns kreisen und unseren Standort nach Trondheim melden können. Statt dessen fliegt er davon. Warum wohl?«

»Leicht zu erklären, Sir. Daß die Condor davonfliegt, beweist endgültig, daß wir von einem U-Boot überwacht werden. Es wäre unsinnig, uns von einem U-Boot *und* einem Flugzeug beobachten zu lassen.«

»Können wir gegen dieses verdammte U-Boot nicht irgendwas unternehmen?«

»Nun, wir können es nicht rammen, weil wir nicht wissen, wo es steht, und sein Kommandant taucht bestimmt nicht auf, weil er inzwischen erfahren haben dürfte – oder schon sehr bald erfahren wird –, was seinem Kollegen zugestoßen ist. Vielleicht ergibt sich die Möglichkeit, ihn abzuschütteln. Wir könnten dafür sorgen, daß der Horchkontakt abreißt, indem wir unsere Maschinen und Generatoren stillegen, aber das dürfte nicht lange vorhalten. Der U-Boot-Kommandant würde einfach sein Sehrohr ausfahren, den Horizont absuchen und uns wieder festnageln.«

»Die Methode funktioniert also nicht bei Tageslicht – aber vielleicht in der Dunkelheit?«

»Ja, und ich finde, wir sollten es zumindest versuchen. Sobald es dunkel ist, liegen wir eine halbe Stunde lang still und laufen danach mit langsamer Fahrt auf neuem Kurs ab. Je weniger Krach wir dabei machen, desto größer sind die Aussichten, nicht geortet zu werden. Wahrscheinlich dauert's fast eine Stunde, bis wir wieder volle Fahrt erreichen. Das Ganze ist ein Glücksspiel – und selbst wenn wir dabei gewinnen, sind wir noch längst nicht über den Berg. Das U-Boot meldet einfach über Funk nach Trondheim, daß der Kontakt zu uns abgerissen ist. Die dortigen Stellen kennen nach wie vor unseren ungefähren Standort, und eine Condor mit ein paar Dutzend Fallschirm-Leuchtbomben kann binnen sehr kurzer Zeit ein erstaunlich großes Seegebiet absuchen.«

»Sie stärken meine Moral ganz gewaltig«, stellte Jamieson ironisch fest. »Aber ich verstehe die Taktik der Deutschen nicht. Warum schicken sie eine Condor her, die dann zurückfliegt, um möglicherweise, wie Sie angedeutet haben, nachts zurückzukommen? Warum bleibt sie nicht ständig in unserer Nähe und wird von einer zweiten Condor abgelöst? Das gibt doch keinen Sinn.«

»Ich finde doch, Sir. Obwohl wir noch weit von Aberdeen entfernt sind, dürften die deutschen Stellen in Norwegen im Augenblick darüber entscheiden, ob sie erneut versuchen sollen, uns anzuhalten. Ich habe das Gefühl, daß sie es versuchen werden. Aber eine Condor kann uns nicht stoppen, ohne uns zu versenken oder manövrierunfähig zu machen. Für mich steht fest, daß es den Deutschen gerade darum nicht zu tun ist. Das U-Boot kann in einer Seemeile Abstand auftauchen, unseren Kurs sorgfältig beobachten und das Lazarett und unsere Aufbauten in aller Ruhe beschießen, bis wir die weiße Flagge zeigen.«

»Sie sind mir wirklich ein großer Trost, Bootsmann!«

Als McKinnon auf die Brücke kam, setzte Naseby das Marineglas ab und hielt es ihm hin.

»Sieh mal durch die Steuerbordtür, Archie. Du brauchst gar nicht auf die Nock rauszugehen. Ziemlich genau querab. Nordwest, würde ich sagen.«

McKinnon setzte das Glas an die Augen, suchte das betreffende Gebiet etwa zehn Sekunden lang ab und gab Naseby sein Glas zurück.

»Anderthalb Meilen, schätze ich. Sieht wie ein Spiegel aus, aber es ist natürlich keiner, sondern das Sehrohr eines deutschen U-Boots, in dem sich die Sonne spiegelt. Das nennt man psychologische Kriegführung, George.«

»Meinst du, Archie?«

»Natürlich sollen wir dieses Aufblitzen sehen. Natürlich rein zufällig. Natürlich ist es nur eine Unachtsamkeit des Kommandanten. Langsam, ganz langsam Backbordruder, George, bis wir mehr oder weniger nach Osten laufen; dann diesen Kurs halten. Ich suche inzwischen den Leitenden und hole seine Erlaubnis ein.«

Er fand Patterson in der Messe, schilderte ihm die Lage und bat um Erlaubnis, nach Osten zu laufen.

»Wie Sie meinen, Bootsmann. Aber das bringt uns der Heimat nicht gerade näher, was?«

»Es macht die Deutschen glücklich, Sir. Und damit macht es auch mich glücklich. Solange wir Kurs auf Norwegen nehmen, wohin sie uns anscheinend mit Gewalt lotsen wollen, statt nach Schottland zu laufen, haben wir von ihnen nichts zu befürchten, weil wir genau das tun, was sie von uns erwarten. Nach Einbruch der Dunkelheit heißt's natürlich wieder volle Fahrt voraus in Richtung Schottland.«

»Zufriedenstellend, Bootsmann, wirklich sehr zufriedenstellend. Geben wir das öffentlich bekannt?«

»Ich schlage vor, daß Sie Mr. Jamieson und Leutnant Ullmann informieren, Sir. Den anderen würde das Gerede über weitere U-Boote höchstens den Appetit verderben.«

10

»Erlaubt die Stationsschwester, daß ich mit Kapitän Bowen spreche?«

»Der Kapitän liegt im übernächsten Bett.« Margaret Morrison warf dem Bootsmann einen prüfenden Blick zu. »Oder geht es um ein weiteres Gespräch unter vier Augen?«

»Na ja, die Sache ist ziemlich privat . . .«

»Wollen Sie etwa schon wieder ein U-Boot rammen?«

»Ich will mein Leben lang nichts mehr mit U-Booten zu tun haben!« versicherte McKinnon nachdrücklich. »Heldentum bringt uns nur vorzeitig in ein nasses Grab.« Er nickte zu dem Bett hinüber, in dem Oberleutnant Klaussen lag. Der U-Boot-Kommandat bewegte sich unruhig und murmelte Unverständliches. »Tut er das die ganze Zeit?«

»Ständig. Er redet dauernd vor sich hin.«

»Sagt er zwischendurch auch etwas Verständliches?«

»Nichts, gar nichts.«

McKinnon führte den Kapitän zu einem Sessel in dem kleinen Aufenthaltsraum neben der Messe.

»Mr. Patterson und Mr. Jamieson sind auch hier, Sir. Ich wollte, daß sie hören, was ich vorzuschlagen habe und wozu Sie Ihre Erlaubnis geben müßten. Ich möchte drei Vorschläge machen.

Der erste betrifft unser Reiseziel. Müssen wir unbedingt nach Aberdeen, Sir? Ich meine, wie gußeisern sind die Anweisungen der Admiralität?«

Der Kapitän äußerte sich treffend, aber nicht druckreif über die Admiralität und fügte hinzu: »Die Sicherheit der *San Andreas* und aller Leute an Bord ist wichtiger als alles andere. Sollte diese Sicherheit irgendwie gefährdet sein, laufe ich mit der *San Andreas* jeden sicheren Hafen der Welt an – und die Admiralität soll der Teufel holen! Wir sind hier; die Admiralität sitzt in London. Wir befinden uns in Lebensgefahr; der Admiralität droht höchstens die Gefahr, in Whitehall vom Stuhl zu fallen.«

»Ja. Sir.« Der Bootsmann lächelte schwach. »Ich habe diese Frage für ziemlich überflüssig gehalten, aber ich mußte sie trotzdem stellen.«

»Warum?«

»Weil ich davon überzeugt bin, daß es in Murmansk deutsche Spione gibt.« McKinnon erläuterte die Gründe, die er Leutnant Ullmann vor einer Stunde auseinandergesetzt hatte. »Wenn die Deutschen so gut über uns und unsere bisherige Route informiert sind, wissen sie bestimmt auch, daß wir Befehl haben, Aberdeen anzulaufen. Solange wir diesen Kurs halten, arbeiten wir den Deutschen förmlich in die Hände. Sie wissen ständig, wo sie uns zu suchen haben. Das wäre für sie ein Geschenk des Himmels.

Noch wichtiger – zumindest aus meiner Sicht – ist die Frage, *warum* die Deutschen sich so sehr für uns interessieren. Das stellt sich vermutlich erst heraus, nachdem wir irgendeinen sicheren Hafen erreicht haben. Aber wäre es nicht denkbar, daß dieser unbekannte Faktor, den die Deutschen für sehr wertvoll zu halten scheinen, für uns noch wertvoller ist? Ich glaube – ohne meine Ansicht stichhaltig beweisen zu können –, daß die Deutschen lieber auf diese wertvolle Beute verzichten würden, als sie uns zu gönnen. Ich habe den unangenehmen Verdacht, daß sie vor Peterhead ein oder zwei U-Boote stationiert haben, um uns nicht näher als fünfundzwanzig bis dreißig Seemeilen an Aberdeen herankommen zu lassen. Das könnte nur eines bedeuten: Torpedos.«

»Das genügt, Bootsmann«, sagte Jamieson. »Sie haben mich überzeugt. Sie sehen einen Passagier vor sich, der Aberdeen sofort von der Liste unserer Kreuzfahrtziele gestrichen haben möchte.«

»Ich glaube auch, daß Sie recht haben«, stimmte auch Bowen zu. »Vielleicht sogar hundertprozentig. Selbst wenn die Chancen dafür nur zehn Prozent wären, hätten wir nicht das Recht, dieses Risiko einzugehen. Ich muß mir Vorwürfe machen, Bootsmann. Eigentlich bin ich der Kapitän. Warum bin ich nicht auf diese Idee gekommen?«

»Weil Sie mit anderen Dingen beschäftigt waren, Sir.«

»Und welches Licht wirft das auf mich?« fragte Patterson.

»Das alles ist mir selbst erst vorhin eingefallen, Sir. Als Mr. Kennet und ich in Murmansk an Land gingen, müssen wir irgend etwas übersehen haben. Das ist die einzig mögliche Erklärung. Ich begreife nur nicht, weshalb die Russen uns nach Murmansk dirigiert und dort bei der Reparatur des Lecks und beim Einbau des Lazaretts so prompte, einwandfreie Arbeit geleistet haben. Könnte ich diese Frage beantworten, wäre mir auch alles andere klar – zum Beispiel auch, weshalb die Russen so hilfsbereit und zuvorkommend waren, während ihr Verhalten sonst zwischen Unfreundlichkeit und ausgesprochener Feindseligkeit schwankt. Aber diese Frage kann ich eben nicht beantworten.« – »Wir können nur Vermutungen anstellen«, sagte Bowen. »Da Sie Zeit gehabt haben, über diese Punkte nachzudenken, Bootsmann, haben Sie sich bestimmt auch Gedanken über Ausweichhäfen gemacht. Sichere Häfen. Schlupfwinkel, wenn Sie so wollen.«

»Ja, Sir. Island oder die Orkneyinseln – das heißt Reykjavik oder Scapa Flow. Reykjavik hat den Nachteil, eineinhalbmal weiter entfernt zu sein als Scapa Flow; andererseits entfernen wir uns mit jeder Seemeile, die wir nach Westen laufen, aus dem Wirkungsbereich der Heinkels und Stukas. Nehmen wir dagegen Kurs auf Scapa Flow, sind wir für die in Bergen stationierten Heinkels und Stukas ständig erreichbar. Scapa Flow hat darüber hinaus den Nachteil, daß die Einfahrt durch unüberwindliche Minensperren gesichert ist, seit Kapitänleutnant Prien dort die *Royal Oak* versenkt hat. Andererseits ist es natürlich ein Vorteil, daß Royal Navy und R.A.F. dort Stützpunkte haben. Ich weiß es nicht bestimmt, aber ich halte es für sehr wahrscheinlich, daß die Air Force das Seegebiet um die Orkneyinseln regelmäßig überwachen läßt – schließlich ist dort die Home Fleet stationiert. Ich weiß auch nicht, wie weit diese Patrouillentätigkeit auf See hinausreicht – fünfzig, hundert oder noch mehr Seemeilen. Aber ich glaube, daß wir gute Aussichten hätten, schon weit vor Scapa Flow von einem Flugzeug gesichtet zu werden.

»Womit wir praktisch in Sicherheit wären, nicht wahr, Bootsmann?«

»Das wäre zuviel behauptet, Sir. Schließlich müssen wir an die U-Boote denken.« McKinnon machte eine Pause. »Ich sehe vier Vorteile, falls unsere Wahl auf Scapa Flow fällt. Kein britischer Pilot würde ein britisches Lazarettschiff angreifen. Wir würden wahrscheinlich von einem Patrouillenflugzeug gesichtet, das dann umgehend Jagdschutz anfordern würde – und nur ein ausgesprochen lebensmüder deutscher Bomberpilot würde es riskieren, sich mit Hurricanes oder Spitfires anzulegen. Das Patrouillenflugzeug würde außerdem über Funk Scapa Flow verständigen, damit die Minensperre für uns geöffnet wird. Darüber hinaus würde vermutlich ein Zerstörer, eine Fregatte oder eine Sloop entsandt – jedenfalls irgendein schnelles Fahrzeug mit reichlich Wasserbomben, um ein etwa in der Nähe lauerndes deutsches U-Boot zu vertreiben.«

»Keine sehr verlockende Alternative«, stellte Bowen fest. »Ungefähr drei Tage bis Scapa Flow, was?«

»Wenn es uns gelingt, das U-Boot, das uns meiner Überzeugung nach beschattet, abzuschütteln. Fünf Tage bis Reykjavik.«

»Was passiert, wenn es uns nicht gelingt, unseren Verfolger abzuschütteln? Müssen die Deutschen nicht verdammt mißtrauisch werden, wenn sie sehen, daß wir Kurs auf Scapa Flow nehmen?«

»Falls sie es schaffen, in unserer Nähe zu bleiben, nehmen sie in den nächsten Tagen noch keine Kursänderung wahr. So lange bleiben wir auf unserem bisherigen Kurs nach Aberdeen. Erst auf Höhe der Insel Fair drehen wir nach Südwest ab und laufen nach Scapa Flow.«

»Das ist eine Chance. Das ist immerhin eine Chance. Wofür stimmen Sie, Mr. Patterson?«

»Ich glaube, ich überlasse die Entscheidung unserem Bootsmann.«

»Ganz meine Meinung!« stimmte Jamieson zu.

»Nun?«

»In Scapa Flow wäre mir wohler, Sir.«

»Das gilt für uns alle, denke ich. Gut, damit wäre der erste Vorschlag erledigt, Bootsmann. Nummer zwei?«

»Das Lazarett hat sechs Ausgänge, Sir – drei nach vorn und drei nach achtern. Glauben Sie nicht, daß es besser wäre, die gesamte Besatzung – natürlich mit Ausnahme des Wachpersonals im Maschinenraum und auf der Brücke – im Lazarett zusammenzufassen? Wir wissen, daß der zweite Saboteur nach wie vor an Bord ist, und ich hielte es für gut, seinen möglichen Tätigkeitsbereich auf diese Weise zu beschränken. Ich schlage vor, daß wir vier dieser Türen, je zwei vorn und achtern, unbenützbar machen und vor die beiden restlichen Türen Wachposten stellen.«

»Sie wollen die Türen zuschweißen?« fragte Jamieson.

»Nein, Sir. Eine Bombe könnte das Lazarett treffen. Die beiden noch benutzbaren Türen könnten sich verziehen und klemmen. Dann säßen alle hier unten fest. Wir schließen die Türen wie üblich und klopfen nur die Vorreiber mit ein paar Hammerschlägen fest.«

»Aber vielleicht hat Samtpfötchen einen eigenen Vorschlaghammer?« wandte Patterson ein.

»Er würde niemals wagen, ihn zu benutzen. Beim ersten Schlag von Metall auf Metall hätte er die gesamte Besatzung auf dem Hals.«

»Richtig, richtig.« Patterson seufzte. »Ich werde offenbar alt. Haben Sie noch einen dritten Vorschlag?«

»Ja, Sir. Er betrifft Sie. Ich glaube, daß es nicht schaden würde, wenn Sie alle Leute an Bord zusammenrufen und ihnen erklären würden, was hier vorgeht. Bei Kapitän Andropoulos und seinen Leuten wird Ihnen das allerdings nicht gelingen. Aber ich glaube, daß die meisten noch keine Ahnung haben, was sich im Augenblick abspielt. Erzählen Sie ihnen von Dr. Singh, dem Funkgerät und dem Überfall auf Limassol. Erklären Sie ihnen, daß noch ein weiterer Saboteur an Bord sein Unwesen treibt, und daß wir vier Ausgänge gesperrt haben, um ihn in seiner Bewegungsfreiheit zu behindern. Und fordern Sie sie bitte auf, sich gegenseitig scharf zu beobachten und im Interesse ihres eigenen Überlebens verdächtige Wahrnehmungen sofort zu melden. Vielleicht behindert das Samtpfötchen entscheidend – und unsere Leute sind beschäftigt.«

»Glauben Sie wirklich, Bootsmann«, fragte Bowen, »daß diese Maßnahmen – die Sperrung der Ausgänge und die Unterrichtung der Besatzung – Samtpfötchen an weiteren Sabotageakten hindern werden?«

»Wenn ich an unsere bisherigen Mißerfolge denke«, antwortete McKinnon trübselig, »habe ich allerdings meine Zweifel.«

Der Nachmittag und der frühe Abend – obwohl sie nun rund 300 Seemeilen südlich des Polarkreises standen, brach der Abend in diesen Breiten noch immer sehr früh herein – verstrichen so friedlich, wie McKinnon erwartet hatte. Das U-Boot war nirgends zu sehen, aber er hatte ohnehin nicht damit gerechnet, daß es sich zeigen würde. Am Himmel erschien kein Fernaufklärer, was McKinnons Verdacht bestätigte, daß der Gegner sie unter Wasser belauerte, und von Osten dröhnten keine Heinkels oder Stukas heran – der Zeitpunkt für den Gnadenstoß war noch nicht gekommen.

Eine halbe Stunde nach Sonnenuntergang war die Nacht so dunkel, wie sie in diesen Breiten überhaupt werden konnte. Der Himmel war zum Teil wolkenverhangen, teils dunstig; nur einige blasse Sterne waren zu sehen.

»Jetzt ist es soweit, George«, sagte McKinnon auf der Brücke zu Naseby. »Ich gehe nach unten. Sobald die Maschinen stoppen – das dürfte in sieben bis acht Minuten der Fall sein –, gehst du auf Gegenkurs. Unser Kielwasser dürfte auch bei Dunkelheit zu erkennen sein. Danach – nun, danach können wir nur hoffen, daß du einen bekannten Stern findest. Ich bin in zehn bis zwölf Minuten zurück.«

Auf dem Weg nach unten kam McKinnon an der Kapitänskabine vorbei. Sextant und Chronometer wurden nicht mehr bewacht: Da zwei der vorderen Ausgänge des Lazaretts unbenutzbar waren und der dritte scharf kontrolliert wurde, konnte kein Unbefugter das Hauptdeck und somit die Brücke erreichen. An Deck war es so finster, daß der Bootsmann sich an der Sicherheitsleine entlangtasten mußte, um ins Lazarett zu gelangen. Stephen, der junge polnische Heizer, hielt dort Wache. McKinnon schickte ihn zu seinen Kameraden in die Messe. Dort erwartete Patterson den Bootsmann.

»Alle hier, Sir?«

»Alle – sogar Curran und Ferguson.« Diese beiden hatten sich in der Zimmermannswerkstatt im Vorschiff verkrochen. »Aufruhrakte pflichtgemäß verlesen. Wer das leiseste Geräusch macht, nachdem die Maschinen gestoppt sind, wird sofort zum Schweigen gebracht. Die Leute wissen, daß sie nur noch flüstern dürfen. Sagen Sie, Bootsmann, ist es tatsächlich wahr, daß moderne Horchgeräte noch das Geräusch von Messer und Gabel auf einem Teller aufnehmen können?«

»Tut mir leid, ich weiß nicht, wie empfindlich die Horchgeräte eines modernen U-Boots sind. Aber ich weiß, daß das Klirren eines Schraubenschlüssels, der auf ein Stahldeck fällt, mühelos gehört werden kann. Sowas darf also unter keinen Umständen passieren!«

McKinnon machte einen Rundgang durch die beiden Krankenabteilungen, überzeugte sich davon, daß alle wußten, daß striktes Schweigen herrschen mußte, und ging dann in den Maschinenraum hinunter. Dort erwarteten ihn nur Jamieson und McCrimmon. Der Zweite Ingenieur schaltete eine Notlampe ein.

»Gleich jetzt, Bootsmann?«

»Dunkler wird's heute nacht nicht mehr, Sir.«

Schon als McKinnon in die Messe zurückkam, war die Drehzahl der Schrauben spürbar abgefallen. Er nahm an einem Tisch neben dem Leitenden Ingenieur Platz und wartete schweigend, bis die Maschine zum Stillstand gekommen und das Surren des Generators verstummt war. Das tiefe Schweigen und der schwache Lichtschein der Notbeleuchtung ließen die Szene unheimlich und bedrohlich zugleich wirken.

»Ist nicht zu befürchten, daß der U-Boot-Kommandant glaubt, sein Horchgerät sei defekt?« flüsterte Patterson.

»Nein, Sir«, antwortete McKinnon ebenso leise. »Man braucht kein besonders guter Horcher zu sein, um zu erkennen, wann eine Maschine langsamer läuft und schließlich ganz stoppt.«

Jamieson und McCrimmon erschienen mit je einer Notlampe in der Hand. Jamieson setzte sich neben den Bootsmann.

»Jetzt brauchen wir eigentlich nur noch einen Bordpfarrer, Mr. McKinnon.«

»Ein paar Gebete können nicht schaden, Sir. Vor allem ein Gebet, daß Samtpfötchen nicht noch irgendwo einen Sender versteckt hat, der automatisch ein Peilsignal sendet.«

»Bitte! Davon wollen wir nicht einmal reden.« Der Zweite Ingenieur schwieg einige Sekunden lang, dann fragte er: »Wir holen über, stimmt's?«

»Richtig, Sir. Naseby steuert einen Halbkreis und geht auf Gegenkurs.«

»Aha.« Jamieson machte ein nachdenkliches Gesicht. »Damit der U-Boot-Kommandant an uns vorbei ins Leere läuft. Wir machen einfach kehrt. Aber tut er das nicht auch? Ich meine, müßte das nicht seine erste Reaktion sein?«

»Ich habe – ganz ehrlich gesagt – keine Ahnung, wie seine erste, zweite oder zehnte Reaktion aussehen könnte. Vielleicht hält er unseren Kurswechsel für einen so durchsichtigen Trick, daß er diese Möglichkeit nicht einmal berücksichtigt. Vielleicht glaubt er sogar, daß wir geradewegs zur norwegischen Küste weiterlaufen, was so lächerlich ist, daß es ihm schon wieder wahrscheinlich vorkommen könnte. Oder wir könnten nach Nordost in die Barentssee zurücklaufen. Das würde nur ein Verrückter tun, aber wir könnten ja auch darauf spekulieren, daß er uns für verrückt hält. Und schließlich ist es möglich – eine von vielen Alternativen –, daß er sich ausrechnet, daß wir unsere Fahrt nach Aberdeen fortsetzen, sobald *wir* uns ausrechnen, außerhalb der Reichweite seines Horchgeräts zu sein. Oder daß wir irgendeinen Hafen im Norden Schottlands anlaufen. Oder auf den Orkney- oder Shetlandinseln. Es gibt eben zahlreiche Möglichkeiten, und ich halte es für wahrscheinlich, daß er sich für die falsche entscheidet.«

»Ja, ich verstehe«, stimmte Jamieson zu. »Was ich jetzt sage, Bootsmann, ist anerkennend, nicht etwa tadelnd gemeint: Sie sind ein Schlitzohr!«

»Hoffentlich ist der Kapitänleutnant, der das U-Boot dort draußen kommandiert, kein noch größeres Schlitzohr!« Er wandte sich an Patterson. »Ich gehe nach oben zu Naseby und sehe mal nach, ob irgendwo ein Lebenszeichen zu erkennen ist.«

»Lebenszeichen? Rechnen Sie etwa damit, daß das U-Boot irgendwo in der Nähe aufgetaucht ist und nach uns Ausschau hält?«

»Leicht möglich, Sir.«

»Aber es ist doch dunkel, haben Sie gesagt.«

»Das U-Boot hat einen Suchscheinwerfer. Vielleicht sogar zwei.«

»Und Sie glauben, daß der Kommandant sie einsetzt?« warf Jamieson ein.

»Das ist möglich, aber nicht wahrscheinlich. Er muß inzwischen erfahren haben, wie es seinem Kollegen heute morgen ergangen ist.«

Patterson legte ihm eine Hand auf den Arm. »Sie denken doch wohl nicht ... äh ... an eine weitere Kollision?«

»Um Himmels willen, nein! Ich glaube nicht, daß die *San Andreas* einen zweiten Rammstoß überstehen würde. Davon weiß der U-Boot-Kommandant natürlich nichts; aber er glaubt möglicherweise, daß wir verzweifelt genug sind, um alles zu versuchen.«

»Und das sind wir nicht?«

»Bis zum Grund der Norwegischen See ist es verdammt weit.« McKinnon machte eine nachdenkliche Pause. »Was wir im Augenblick wirklich brauchen, wäre ein hübscher kleiner Schneesturm.«

»Sie denken noch immer an eine Condor und an die Fallschirmleuchtbomben. Stimmt's, Bootsmann?«

»Das ist kein Gedanke, der sich leicht verscheuchen läßt.« Er wandte sich an Jamieson. »Können wir in einer halben Stunde wieder Fahrt aufnehmen, Sir?«

»Gut, in einer halben Stunde. Aber zunächst ganz langsam, stimmt's?«

»Wenn es Ihnen recht ist, Sir.«

McKinnon beobachtete die See vom Hauptdeck aus an Steuerbord und Backbord, aber alles war dunkel, ruhig und still. Er stieg zur Kommandobrücke hinauf; doch selbst von dieser höheren Warte aus war nichts zu erkennen – kein tastender Lichtfinger eines Suchscheinwerfers, nichts.

»Na, George, das ist mal 'ne Abwechslung. Alles still, alles friedlich.«

»Ist das ein gutes oder schlechtes Zeichen?«

»Das kannst du dir aussuchen. Wir machen noch ziemlich Fahrt, nicht?«

»Ja. Wir sind wieder in unserem Kielwasser. Und ich erkenne ein paar Sterne – einer an Backbord über dem Vorschiff, die anderen an Steuerbord. Ich weiß natürlich nicht, um welche es sich handelt, aber mit ihrer Hilfe müßten wir mehr oder weniger auf Westkurs bleiben, bis wir keine Fahrt mehr machen.«

»Was noch einige Zeit dauern dürfte.«

Nach einer knappen Viertelstunde lag die *San Andreas* gestoppt im Wasser, und eine Viertelstunde später nahm sie wieder Fahrt auf – wenn auch nur ganz langsam. Auf der Brücke waren keine Maschinengeräusche zu hören; daß die Maschinen wieder liefen, spürte man nur an einem schwachen Vibrieren der Aufbauten. Einige Minuten später fragte McKinnon: »Läßt sie sich schon steuern, Georgie?«

»Gerade so eben. Wir sind ungefähr zehn Grad vom Kurs abgekommen. Nach Süden. In ein paar Minuten halten wir wieder Westkurs. Ich bin gespannt, ob das gutgeht.«

»Du bist gespannt, ich bin gespannt, wir alle sind gespannt. Sind wir allein auf See – oder haben wir Gesellschaft, die nicht die Absicht hat, sich bemerkbar zu machen? Ich kann nur hoffen, daß wir allein sind. Sobald eine gewisse Entfernung überschritten ist, sind eine ganz langsam laufende Maschine und langsame Schraubenumdrehungen für ein U-Boot nur noch ganz schwach zu hören. Weit besser zu hören wäre der Generator – deshalb bleibt unter Deck noch eine Viertelstunde lang die Notbeleuchtung eingeschaltet.«

Knapp eine halbe Stunde nach McKinnons Ankunft auf der Brücke schrillte das Telefon. Naseby meldete sich und gab den Hörer an den Bootsmann weiter.

»Bootsmann? Hier ist Abteilung A, Sinclair am Apparat. Ich möchte Sie bitten, kurz runterzukommen.« Dr. Sinclair schien müde oder entmutigt oder beides zu sein. »Samtpfötchen hat wieder zugeschlagen. Es hat einen kleinen Unfall gegeben. Aber Sie brauchen sich nicht vor Eile den Hals zu brechen – verletzt ist niemand.«

»Es hat schon zu lange keinen Unfall mehr gegeben.« McKinnon fühlte sich ebenso abgekämpft wie der Arzt. »Was ist passiert?«

»Das Funkgerät ist demoliert.«

»Wunderbar! Gut, ich komme – ganz gemütlich.« Er hängte den Hörer ein. »Samtpfötchen ist wieder am Werk, George. Das Funkgerät in Abteilung A ist anscheinend nicht mehr ganz so gut wie früher.«

»Verdammt noch mal.« Das war kein erschrockener, entsetzter oder wütender Ausruf, sondern lediglich ein resignierter Seufzer. »Warum hat niemand den Klingelknopf gedrückt?«

»Das dürfte sich herausstellen, wenn ich unten bin. Ich schicke Trent, damit er dich ablöst. An deiner Stelle würde ich mir anschließend einen Schluck von Kapitän Bowens Scotch gönnen. Das Leben an Bord der *San Andreas* ist wie das Leben überall sonst, George: ein verdammter Mist nach dem anderen.«

In der Krankenabteilung A fiel McKinnons Blick nicht zuerst auf das demolierte Funkgerät in dem offenen Holzkasten, sondern auf Margaret Morrison, die mit geschlossenen Augen auf einem Bett lag, während Janet Magnusson sich über sie beugte. Der Bootsmann sah zu Dr. Sinclair hinüber, der trübselig auf dem Stuhl der diensthabenden Schwester hockte.

»Ich dachte, es wäre niemand verletzt?«

»Nicht im medizinischen Sinn, obwohl Schwester Morrison in diesem

Punkt vielleicht anderer Meinung wäre. Sie ist chloroformiert worden, aber sie dürfte sich in ein paar Minuten wieder erholt haben.«

»Chloroformiert? Samtpfötchen ist nicht besonders ideenreich.«

»Er ist ein ganz brutaler Kerl! Diese junge Frau ist erst vor kurzem verletzt worden – einmal sogar ziemlich schlimm –, aber der Kerl muß gefehlt haben, als die menschlichen Gefühle ausgeteilt wurden.«

»Haben Sie von einem Verbrecher, der versucht hat, einen Mann mit einem Brecheisen zu erschlagen, Behutsamkeit und zarte Empfindungen erwartet?« McKinnon trat neben den Schreibtisch und starrte die zertrümmerten Überreste des Funkgeräts an. »Ich will Ihnen die nächstliegenden Fragen ersparen. Natürlich weiß niemand, was passiert ist, weil es selbstverständlich keine Augenzeugen gegeben hat.«

»Ja, so könnte man's ausdrücken. Schwester Magnusson hat den Überfall entdeckt und gemeldet, falls Ihnen das weiterhilft.«

McKinnon sah zu ihr hinüber. »Warum bist du rübergekommen? Hast du irgendwas gehört?«

Sie richtete sich von dem Bett auf und betrachtete ihn mißbilligend.

»Du bist wirklich ein kalter Fisch, Archie McKinnon! Die Ärmste liegt betäubt hier, das Funkgerät ist zertrümmert, und du siehst nicht einmal aufgebracht oder verärgert, schon gar nicht wütend aus. Ich bin wütend!«

»Ja, das merkt man. Aber Margaret erholt sich bald wieder, und das Funkgerät ist restlos unbrauchbar. Ich halte es für sinnlos, mich über Dinge zu ärgern, an denen ich nichts ändern kann, und mein bißchen Verstand ist mit anderen Dingen beschäftigt. Hast du irgendwas gehört?«

»Du bist unverbesserlich! Nein, ich habe nichts gehört. Ich bin nur rübergekommen, um mich mit ihr zu unterhalten. Sie war an ihrem Tisch zusammengebrochen. Ich habe sofort Dr. Sinclair geholt und wir haben sie auf dieses Bett gelegt.«

»Aber irgend jemand muß doch irgendwas gesehen haben! Die Patienten können nicht alle geschlafen haben.«

»Nein. Der Kapitän und der Erste Offizier waren wach.« Sie lächelte. »Aber wie Ihnen vielleicht schon aufgefallen ist, Mr. McKinnon, haben Kapitän Bowen und der Erste Offizier Kennet die Augen verbunden.«

»Wart nur, bis wir zu Hause auf den Shetlands sind!« drohte McKinnon ihr halblaut. »In Lerwick halten sie sehr viel von mir . . .« Sie machte einen Schmollmund, und er wandte sich an Bowen. »Haben Sie irgendwas gehört, Captain?«

»Nur ein leises Klirren – wie von Glas. Kein sehr lautes Geräusch.«

»Sie, Mr. Kennet?«

»Das gleiche, Bootsmann. Ein leises Klirren.«

»Ja, das ist verständlich. Man braucht keinen Vorschlaghammer, um ein paar Radioröhren zu zerdrücken. Dafür genügt ein Stiefelabsatz.« McKinnon wandte sich erneut an Janet. »Aber Margaret hat bestimmt nicht geschlafen. Sie müßte ihn – nein, auf diesem Weg ist er natürlich nicht reingekommen! Dazu hätte er deine Abteilung durchqueren müssen. Ich bin heute nicht sonderlich hell, was?«

»Nein, das bist du nicht.« Ihr Lächeln war diesmal keineswegs boshaft. »Heute abend sind wir nicht ganz so luchsäugig wie sonst, stimmt's?«

McKinnon drehte sich um und sah über Margaret Morrisons Schreibtisch hinweg. Die Tür zum Aufwachraum stand etwa eine Handbreit offen. Der Bootsmann nickte langsam.

»Das ist nur logisch. Warum sollte sich jemand die Mühe machen, diese Tür hinter sich zu schließen, wenn jeder, der nicht ganz blind ist – mich muß er dabei vergessen haben –, sehen kann, daß er nur auf diesem Weg reingekommen sein kann. Messe, Seitengang, Operationssaal, Aufwachraum, Krankenabteilung A – so einfach war das. Alle Türen waren selbstverständlich unversperrt. Warum hätten sie auch abgeschlossen sein sollen? Nachträglich brauchen wir sie allerdings nicht mehr abzusperren.« McKinnon sah sich um. »Weiß irgend jemand, wann das gewesen ist – zwischen dem Anlaufen der Maschinen und dem Aufflammen der normalen Beleuchtung?«

»Das dürfte hinkommen«, bestätigte Dr. Sinclair. »Zeitpunkt und Gelegenheit waren geradezu ideal. Ungefähr zehn Minuten nach dem Anlaufen der Schiffsmaschinen, aber fünf Minuten bevor der Generator zugeschaltet wurde, hat Mr. Patterson den Leuten erlaubt, sich zu unterhalten und zu bewegen, solange sie laute Geräusche vermieden. Die Notbeleuchtung brennt bestenfalls ziemlich schwach, alle haben aufgeregt durcheinandergeschwatzt – aus Erleichterung, nehme ich an, in der Hoffnung, daß wir dem U-Boot entwischt seien, aus Dankbarkeit dafür, daß wir noch heil waren, und so weiter –, und dabei gab es natürlich einige Bewegung. Es wäre ein Kinderspiel gewesen, in diesem allgemeinen Durcheinander unbeobachtet zu verschwinden und nach einer Minute ebenso unbeobachtet zurückzukommen.«

»Ja, so muß es gewesen sein«, stimmte der Bootsmann zu. »Irgendein Besatzungsmitglied, einer der Leute aus Murmansk – jeder, der sich da draußen aufgehalten hat. Wir sind der Identität des Mannes mit dem Schlüssel zur Schiffsapotheke noch keinen Schritt nähergekommen. Captain, Mr. Kennet, mich wundert, daß Sie nicht nach Schwester Morrison gerufen haben. Sie müssen das Chloroform doch gerochen haben?«

»Unsinn, Archie!« widersprach Janet. »Du siehst doch, daß auch ihre Nasen verbunden sind. Was könntest du mit einem Taschentuch vor der Nase riechen?«

»Das stimmt nicht ganz, Schwester«, sagte Bowen. »Ich hab's gerochen, aber der Geruch war nur ganz schwach. Leider riecht's in einer Krankenabteilung so häufig medizinisch und antiseptisch, daß ich nicht weiter darauf geachtet habe.«

»Aber er kann nicht mit einem chloroformgetränkten Schwamm in die Messe zurückgekommen sein. Seine Hände hätten auch danach riechen müssen. Augenblick, ich bin gleich wieder da!«

Der Bootsmann betrat den Aufwachraum, leuchtete ihn mit der mitgenommenen Notlampe aus und ging dann in den Operationssaal weiter, wo er Licht machte. Nachdem er in einem Abfalleimer in der Ecke fast augenblicklich gefunden hatte, was er suchte, kehrte er in die Abteilung A zurück.

»Ein Schwamm – wie erwartet stark nach Chloroform riechend –, eine aufgebrochene Ampulle und ein Paar Gummihandschuhe. Völlig wertlos.«

»Aber nicht für Samtpfötchen!« warf Dr. Sinclair ein.

»Für uns wertlos. Als Beweismaterial wertlos. Damit kommen wir nicht weiter.« McKinnon setzte sich halb auf den Schreibtisch und beobachtete leicht irritiert Oberleutnant Klaussen, der unaufhörlich Unverständliches murmelte.

»Spricht er noch immer vor sich hin? Ohne Pause?«

Der Arzt nickte. »Unaufhörlich«, bestätigte er.

»Das muß einen doch auf die Dauer nervös machen. Nicht nur die anderen Patienten, sondern auch die Schwester vom Dienst. Warum stellt ihr sein Bett nicht in den Aufwachraum?«

»Weil die zuständige Schwester – nämlich Margaret, falls du's vergessen haben solltest – nicht will, daß er abgeschoben wird.« Janet war betont ruhig und geduldig. »Er ist ihr Patient, sie möchte ihn im Auge behalten können, und sein Gemurmel stört sie nicht. Sonst noch Fragen, Archie?«

»Ich soll mich verziehen oder den Mund halten oder losgehen und was Vernünftiges tun, stimmt's? Aber was soll ich tun? Den Privatdetektiv spielen?« Er schüttelte trübselig den Kopf. »Aussichtslos! Ich warte hier, bis Margaret wieder zu sich kommt...«

»Immerhin ein anständiger Zug von dir.«

»Ich will ihr nur ein paar Fragen stellen.«

»Das hätte ich mir denken können! Was für Fragen, Archie? Für mich steht fest, daß der Täter sich unbemerkt angeschlichten und sie betäubt hat, bevor sie etwas von seiner Anwesenheit ahnte. Sonst hätte sie auf den Klingelknopf gedrückt oder um Hilfe gerufen. Sie hat weder das eine noch das andere getan. Du kannst ihr keine Fragen stellen, die wir nicht auch beantworten könnten.«

»Weil ich kein Glücksspieler bin, wette ich jetzt nicht mit dir, sondern lasse dir dein Geld. Frage Nummer eins: Woher hat Samtpfötchen gewußt – und er muß es gewußt haben –, daß außer Kapitän Bowen und Mr. Kennet, die im Augenblick blind sind, alle Patienten der Abteilung A geschlafen haben? Hätte er befürchten müssen, daß jemand wach sein könnte, hätte er diesen Überfall auf Schwester Morrison niemals gewagt. Woher hat er das also gewußt?«

»Ich – weiß es nicht.« Janet war sichtlich verwirrt. »Daran hab' ich gar nicht gedacht. Aber ich möchte wetten, daß noch niemand daran gedacht hat!«

»Verständlich. Daran denken nur dumme, alte Bootsleute. Du bist schon in der Defensive, Janet. Frage Nummer zwei: Wer hat's ihm gesagt?«

»Das weiß ich auch nicht.«

»Aber vielleicht weiß es Maggie. Frage Nummer drei: Wer von unserer

Besatzung oder welcher Passagier hat sich fürsorglich nach dem Gesundheitszustand der Patienten in Abteilung A erkundigt?«

»Woher soll ich das wissen?«

»Aber Maggie könnte es wissen, stimmt's? Schließlich wäre sie für unseren Fragesteller die logische Gesprächspartnerin gewesen, nicht wahr? Und du hast behauptet, alle Fragen so gut wie sie beantworten zu können! Unsinn! Frage Nummer vier.«

»Archie, du benimmst dich wie ein Staatsanwalt. Aber ich habe nichts verbrochen ...«

»Rede keinen Blödsinn! Du sitzt nicht auf der Anklagebank. Die vierte Frage ist die wichtigste. Wie wir aus schlimmer Erfahrung wissen, ist Samtpfötchen kein Dummkopf. Er muß damit gerechnet haben, daß Maggie von irgendwem gefragt werden würde: ›Mit wem haben Sie über den Gesundheitszustand Ihrer Patienten gesprochen, Schwester Morrison?‹ Er muß damit gerechnet haben, daß Maggie ihn identifizieren konnte. Deshalb meine Frage: Warum hat er ihr nicht die Kehle durchgeschnitten, um seine Anonymität zu wahren, nachdem er sie betäubt hatte? Ein scharfes Messer ist so lautlos wie ein Chloroformschwamm. Das wäre eine logische Tat gewesen, nicht wahr, Janet? Aber er hat's nicht getan. Warum hat er sie nicht ermordet?«

Janet Magnusson war kreidebleich geworden, und als sie jetzt sprach, war ihre Stimme kaum lauter als ein Flüstern.

»Schrecklich«, sagte sie leise. »Schrecklich, schrecklich.«

»Bin ich damit gemeint? Ich muß sagen, es paßt gut zu der Charakterisierung, die du zuletzt für mich gefunden hattest – ein ›herzloses Ungeheuer‹.«

»Nicht du, Archie, nicht du.« Ihre Stimme klang noch immer unsicher. »Ich meine die Frage – den Gedanken, die Möglichkeit. Das – das hätte so passieren können, nicht wahr, Archie?«

»Ich bin ziemlich erstaunt, daß es nicht so gekommen ist. Aber ich glaube, es läßt sich aufklären, sobald Maggie wieder wach ist.«

Danach herrschte Schweigen, bis Kapitän Bowen das Wort ergriff.

»Sehr ritterlich von Ihnen, Bootsmann, daß Sie der jungen Dame keine Vorhaltungen machen, weil sie ihre Fragen nun doch nicht beantworten konnte. Falls das für Ihre Freundin Janet ein Trost ist: mir ist auch keine einzige dieser Fragen im voraus eingefallen.«

»Danke, Sir!« sagte sie erleichtert. »Sehr freundlich von Ihnen. Jetzt ist mir gleich viel wohler. Siehst du, Archie, ich bin doch nicht so dumm!«

»Das hat kein Mensch behauptet.« McKinnon wandte sich an den Arzt. »Wie lange dauert's noch, bis sie aufwacht, Dr. Sinclair?«

»Fünf Minuten, fünfzehn, fünfundzwanzig? Schwer zu sagen. Die Aufwachzeit ist individuell verschieden. Und selbst wenn sie wieder bei Bewußtsein ist, müssen Sie damit rechnen, daß sie noch eine Zeitlang benommen und außerstande ist, klar zu denken und möglicherweise schwierige Fragen zu beantworten.«

»Verständigen Sie mich bitte, wenn's soweit ist. Ich bin auf der Brücke.«

11

Eine halbe Stunde später betrat McKinnon den kleinen Aufenthaltsraum neben der Messe, in dem Margaret Morrison ihn erwartete. Sie war ernst und blaß, wirkte aber durchaus gefaßt. Er setzte sich ihr gegenüber.

»Na, wie fühlen Sie sich jetzt?«

»Ein bißchen schwindlig.« Sie deutete ein Lächeln an. »Aber Dr. Sinclair hat sich mehr für meinen Geisteszustand interessiert. Der ist in Ordnung, glaube ich.«

»Wunderbar! Das ist vielleicht der falsche Ausdruck nach allem, was Sie mitgemacht haben; aber ich neige eher dazu, Ihnen zu gratulieren, als Mitleid mit Ihnen zu haben.«

»Ja, ich weiß. Janet hat's mir erzählt. Ich spiele nicht gern das zarte Frauchen, das leicht erschrickt, Archie, aber – nun, er hätte es tun können, nicht wahr? Er hätte mir die Kehle durchschneiden können, meine ich.«

»Er hätte es tun können. Er hätte es tun müssen.«

»Archie!«

»Entschuldigung, das war nicht sehr gut ausgedrückt, was? Er hätte es tun müssen, um sich selbst zu schützen. Vielleicht hat er sich damit selbst einen Strick gedreht.«

»Tut mir leid, aber ich verstehe nicht, was das heißen soll.« Sie lächelte, um ihn nicht zu kränken. »Ich glaube, daß niemand Sie ganz versteht. Janet behauptet, Sie seien ein ganz gerissener Kerl.«

»Und wäre ich weiß wie Schnee – und so weiter. Nur die wahrhaft Ehrlichen werden auf diese Weise verleumdet. Ein Kreuz, das man tragen muß.«

»Es fällt mir schwer, Sie in der Rolle des Märtyrers zu sehen. Janet hat gesagt, daß Sie mir eine Menge Fragen stellen wollen.«

»Keine ganze Menge. Nur eine. Gut, ein paar, aber alle zum gleichen Thema. Wo waren Sie heute nachmittag, als wir gestoppt haben?«

»Drüben in der Messe. Dann bin ich hineingegangen, um Schwester Irene abzulösen – kurz bevor die Beleuchtung abgeschaltet wurde.«

»Hat sich jemand nach dem Gesundheitszustand Ihrer Patienten in der Abteilung A erkundigt?«

»Ja, gewiß.« Sie schien leicht überrascht zu sein. »Ich werde oft nach Patienten gefragt. Das ist natürlich, stimmt's?«

»Heute am späten Nachmittag, meine ich.«

»Ja. Ich habe die Fragen beantwortet.«

»Sind Sie auch gefragt worden, ob einzelne Patienten schlafen?«

»Nein. Das war auch nicht nötig, wenn ich es mir recht überlege. Ich erinnere mich, daß ich gesagt habe, nur der Kapitän und der Erste Offizier seien wach. Das war als eine Art Scherz gemeint.« Sie machte eine Pause, berührte ihre Lippen mit dem Handrücken und verzog das Gesicht. »Ah, ich verstehe! Das war kein gelungener Scherz: er hat mir eine halbstündige unfreiwillige Narkose eingebracht, nicht wahr?«

»Das stimmt leider. Wer hat diese Frage gestellt?«

»Wayland Day.«

»Aha! Unser Messejunge – unser ehemaliger Messejunge, müßte ich eigentlich sagen – und Ihr getreuer Schatten und Anbeter aus der Ferne.«

»Nicht immer so fern, wie sie vielleicht glauben. Das kann gelegentlich ein bißchen lästig sein.« Sie lächelte und wurde dann plötzlich ernst. »Aber Sie sind auf der falschen Fährte, Archie. Er ist manchmal ein wenig lästig, aber er ist nur ein Junge – und ein sehr netter dazu. Das wäre undenkbar!«

»Ich weiß noch gar nicht, auf wessen Fährte ich bin. Aber ich stimme Ihnen zu: das wäre undenkbar. Unser Wayland würde sich an nichts beteiligen, was Ihnen schaden könnte. Wer waren die anderen an Ihrem Tisch? In Hörweite, meine ich.«

»Woher wissen Sie, daß noch jemand an meinem Tisch gesessen hat?«

»Margaret Morrison ist zu gescheit, um dumm zu sein.«

»Ja, das war dumm. Maria saß neben mir . . .«

»Sie scheidet aus«, stellte McKinnon fest. »Wer noch?«

»Stephen, der polnische Heizer. Seinen Nachnamen kann ich nicht aussprechen – das kann keiner. Außerdem Jones und McGuigan, die meistens mit Wayland zusammenstecken – wahrscheinlich weil sie die Jüngsten an Bord sind. Und zwei Matrosen, Curran und Ferguson – ich kenne sie kaum, weil sie sich so selten blicken lassen. Und zwei der Patienten, die wir in Murmansk an Bord genommen haben, glaube ich. Ihre Namen kenne ich nicht.«

»Sie *glauben* sich zu erinnern?«

»Nein, ich erinnere mich deutlich. Es liegt nur daran, daß ich ihre Namen nicht weiß. Aber ich weiß, daß der eine ein Tb-Fall ist und der andere einen Nervenzusammenbruch gehabt hat.«

»Würden Sie die beiden wiedererkennen?«

»Sogar ganz leicht. Beide sind rothaarig.«

»Maschinenmatrose Hartley und Torpedomechaniker Simons.« McKinnon stand auf und öffnete die Tür des Aufenthaltsraums. »Wayland!«

Sekunden später erschien Wayland Day und nahm respektvoll Haltung an. »Sir?«

»Sieh zu, daß du Mr. Patterson und Mr. Jamieson findest – und Leutnant Ullmann. Ich lasse sie bitten, hierher zu kommen.«

»Ja, Sir. Sofort, Mr. McKinnon, Sir.«

Margaret Morrison warf dem Bootsmann einen amüsierten Blick zu. »Woher haben Sie gewußt, daß Wayland in der Nähe sein würde?«

»Haben Sie schon mal versucht, an einem sonnigen Tag Ihren Schatten loszuwerden? Ich kann bestimmte Dinge vorhersagen, ohne deshalb gleich das zweite Gesicht zu besitzen. Zum Beispiel, daß Leutnant Ullmann als erster aufkreuzen wird.«

»Ach, seien Sie doch still! Haben meine Antworten Ihnen etwas genützt? Wieder eine dumme Frage, nicht wahr? Sie müssen etwas genützt haben, sonst hätten Sie die drei nicht hergebeten.«

»Sie waren sogar sehr nützlich. Es gibt nur noch eine weitere kleine Komplikation, aber mit der werden wir auch fertig ... Ah, Leutnant Ullmann! Freut mich, daß Sie so rasch gekommen sind. Nehmen Sie bitte Platz.« Ullmann setzte sich neben Margaret Morrison, während McKinnon angelegentlich die Decke betrachtete.

»Das ist wirklich nicht nötig!« stellte sie irritiert fest. Ullmann zog die Augenbrauen hoch. »Was soll das heißen, Margaret?«

»Der Bootsmann hat einen merkwürdigen Sinn für Humor.«

»Durchaus nicht! Sie mag nur nicht, daß ich recht hatte.« Er sah sich um, begrüßte Patterson und den Zweiten Ingenieur mit einem Nicken, stand auf und schloß nachdrücklich die Tür.

»Ist die Sache so ernst?« fragte Patterson.

»Ich möchte vermeiden, daß jemand uns belauscht, Sir.« McKinnon faßte den Inhalt seiner Gespräche mit den beiden Krankenschwestern zusammen und fuhr dann fort: »Eine dieser in Hörweite von Schwester Morrison sitzenden neun Personen hat also erfahren, daß in Abteilung A nur Kapitän Bowen und Mr. Kennet wach waren, und dieses Wissen entschlossen genutzt. Einverstanden?«

Niemand widersprach.

»Schwester Maria scheidet aus, finde ich. Nicht aus einem bestimmten Grund, sondern weil das unvorstellbar wäre.«

»Unvorstellbar!« bestätigten Patterson und Jamieson wie aus einem Munde.

»Stephen? Auch nicht. Er ist so pro-britisch, daß er uns alle beschämt; und er wird nie vergessen, daß die Royal Navy ihn damals in der Nordsee aufgefischt hat.«

Margaret Morrison sah überrascht auf. »Das wußte ich nicht.«

»Wir auch nicht, Schwester, obwohl er zum Maschinenpersonal gehört. Das hat uns erst der Bootsmann erzählt. Offenbar hat er in allen Ecken und Winkeln seine Agenten.« Patterson wirkte leicht gekränkt.

»Wayland Day, Jones und McGuigan. Auch nicht. Die drei sind fast noch Kinder und haben noch nicht genug gesündigt, um sich als Saboteurlehrlinge zweiter Klasse zu qualifizieren. Folglich bleiben vier Verdächtige übrig, mit denen wir uns befassen müssen.

Curran und Ferguson scheiden ebenfalls aus. Ich kenne die beiden. Sie sind arbeitsscheue Drückeberger von der schlimmsten Sorte und besitzen weder die Energie, noch das Interesse oder die Intelligenz, um für Sabotageakte in Frage zu kommen. Außerdem stecken sie meistens in der Zimmermannswerkstatt im Vorschiff, die sie so selten verlassen, daß sie kaum wissen können, was sonst an Bord vorgeht. Der endgültige Beweis ist natürlich die Tatsache, daß die beiden bestimmt nicht so dumm sind, im Ballastraum eine Sprengladung zu zünden, während sie in der Zimmermannswerkstatt genau darüber schlafen. Damit bleiben Simons und Hartley übrig: zwei der Kranken – oder angeblich Kranken –, die wir in Murmansk an Bord genommen haben. Finden Sie nicht auch, daß wir sie herholen sollten, Mr. Patterson?«

»Allerdings, Bootsmann! Die Sache wird langsam interessant.«

McKinnon öffnete die Tür. »Wayland!«

Wayland Day war diesmal noch prompter zur Stelle. McKinnon gab ihm seine Anweisungen und fügte hinzu: »Die beiden sollen in fünf Minuten hier antreten. Sag ihnen, daß sie ihre Seefahrtsbücher mitbringen sollen.« Er schloß die Tür und sah zu Margaret Morrison hinüber.

»Möchten Sie jetzt gehen?«

»Nein, das möchte ich nicht. Warum sollte ich auch? Ich bin an dieser Sache so interessiert und von ihr so betroffen wie Sie.« Daß sie bei diesen Worten ihre Kehle berührte, war eine ganz und gar unbewußte Geste. »Sogar mehr, würde ich sagen.«

»Vielleicht steht Ihnen Unerfreuliches bevor.«

»Ein Verhör nach Art der Gestapo, was?«

»Wie die beiden behandelt werden, hängt einzig und allein von Mr. Patterson ab. Ich bezweifle, daß Mr. Patterson viel von Daumenschrauben und Streckbänken hält. So was gehört nicht zur Standardausrüstung eines Maschinenraumes.«

Sie starrte ihn eisig an. »Ironie steht Ihnen nicht.«

»Mir scheint überhaupt nicht viel zu stehen.«

»Hartley und Simons«, sagte Jamieson. »Die hatten wir schon auf unserer Liste – mehr oder weniger. Erinnern Sie sich noch, Bootsmann?«

»Ja, ich weiß. Ich erinnere mich aber auch daran, daß wir uns einig waren, daß die Kriminalpolizei keine Konkurrenz von uns zu befürchten hätte.«

»Ich muß Ihnen etwas mitteilen«, warf Ullmann ein. »Entmutigend, aber ich darf es nicht verschweigen. Ich bin während der ganzen Zeit, in der nur die Notbeleuchtung gebrannt hat, hier gewesen. Mit ihren roten Haaren sind diese beiden Männer unverkennbar. Keiner von ihnen hat in dem bewußten Zeitraum seinen Platz verlassen.«

»Aha!« Margaret Morrison wirkte sichtlich befriedigt. »Das spricht gegen Ihre Theorie, nicht wahr, Mr. McKinnon?«

McKinnon schüttelte den Kopf. »Traurig, Schwester, sehr traurig. Sie würden mir gern nachweisen, daß ich unrecht habe, stimmt's? Ich habe das eigenartige Gefühl, daß dieser Nachweis noch geführt werden wird, bevor unsere Reise zu Ende ist. Aber bestimmt nicht von Ihnen!«

Margaret Morrison konnte ausgesprochen hartnäckig sein. Sie setzte ihre strengste Oberschwesternmiene auf und drängte: »Sie haben doch gehört, was der Leutnant gesagt hat – keiner der beiden Männer hat im entscheidenden Zeitraum seinen Platz verlassen.«

»Das hätte mich allerdings auch sehr gewundert.« Margaret Morrisons sprödes Stirnrunzeln wich zuerst sichtlicher Verwirrung, dann vorsichtigem Mißtrauen. McKinnon sah zu Ullmann hinüber. »Leutnant, wir haben es nicht nur mit Samtpfötchen Nummer zwei zu tun, sondern mit Samtpfötchen Nummer zwei und drei. Wir waren uns darüber einig, daß Nummer zwei, ein Mitglied unserer Besatzung, die Sprengladung im Ballastraum gezündet haben muß, als wir längsseits der sinkenden Korvette lagen. Aber kein verdächtiges Besatzungsmitglied hat sich in Hörweite von Schwester Morrison befunden. Folglich richtet sich der Verdacht gegen Hartley oder Simons – vielleicht sogar gegen beide.

Die Sache ist schlau eingefädelt worden. Wir hatten keinen vernünftigen Grund, Hartley und Simons mit den Vorfällen auf der *San Andreas* in Verbindung zu bringen, denn als die erste Sprengladung im Ballastraum gezündet wurde, waren die beiden noch in Murmansk im Lazarett, wo einer oder beide sich haben anwerben lassen. Selbstverständlich durfte keiner von ihnen während des Überfalls auf Schwester Morrison seinen Platz verlassen. Das wäre zu auffällig gewesen.«

Ullmann tippte sich an die Stirn. »Mir ist bisher nur klar, daß Leutnant Ullmann heute nicht sonderlich hell ist. Aber wenn Sie mir einen anständigen Knüppel über den Kopf hauen, erkenne ich den entscheidenden Punkt so schnell wie jeder andere. Natürlich haben Sie recht! Das liegt auf der Hand.« Er sah Margaret Morrison an. »Finden Sie nicht auch?«

Ihr sonst so blasses Gesicht war leicht gerötet. »Vermutlich hat er recht ...«

»Da gibt's nichts zu vermuten!« stellte der Bootsmann nachdrücklich fest. »Die Informationen müssen lange – sogar ziemlich lange – vor dem Stoppen der Maschinen weitergegeben worden sein. Wie lange vor dem Stoppen hat Wayland Day sich nach den Patienten in Ihrer Abteilung erkundigt?«

»Das weiß ich nicht mehr.«

»Kommen Sie, Margaret! Merken Sie nicht, wie wichtig das ist?«

»Eine Viertelstunde vorher?« meinte sie unsicher. »Vielleicht zwanzig Minuten. Das kann ich nicht bestimmt sagen.«

»Natürlich können Sie das nicht. Schließlich sieht niemand alle fünf Minuten auf die Uhr. Aber ist einer von diesen beiden Männern in den bewußten fünfzehn bis zwanzig Minuten hinausgegangen und wiedergekommen?«

»Ja.« Sie sprach sehr leise.

»Welcher?«

»Das weiß ich nicht. Ich weiß es wirklich nicht! Glauben Sie mir bitte! Ich weiß, daß ich zuvor gesagt habe, ich könnte sie leicht identifizieren ...«

»Bitte, Margaret – ich glaube Ihnen natürlich. Sie haben gemeint, daß Sie die beiden als Paar identifizieren könnten, nicht als Einzelperson. Sie sind sich ungewöhnlich ähnlich, beide haben rotes Haar, und Sie haben nicht einmal ihre Namen gekannt.«

Sie lächelte ihm dankbar zu, ohne sich jedoch weiter zu äußern.

Patterson rieb sich das Kinn. »Ja, Sie haben recht, Bootsmann. Außerdem bin ich schon deshalb von Ihrer Theorie überzeugt, weil es keine andere Erklärung gibt. Aber was dieses Verhör betrifft ... Wie Mr. Jamieson und Sie glaube ich eigentlich nicht, daß an mir ein Kriminalbeamter verlorengegangen ist. Wie fangen wir die Sache an?«

»Ich schlage vor, daß wir als erstes ihre Angaben zur Person überprüfen, um zu sehen, ob sie wirklich das sind, für was sie sich ausgeben. Hartley behauptet, Maschinenmatrose zu sein. Ihn überlasse ich Ihnen. Simons gibt sich als Torpedomechaniker aus. Mit ihm spreche ich selbst.« McKinnon sah auf die Uhr. »Die fünf Minuten sind vorbei.«

Patterson forderte die beiden Männer nicht auf, Platz zu nehmen. Er betrachtete sie einige Sekunden lang kühl und nachdenklich, bevor er sagte: »Ich bin Leitender Ingenieur Patterson. Ich vertrete im Augenblick den Kapitän dieses Schiffes und habe Ihnen einige Fragen zu stellen. Die Gründe dafür erfahren Sie später. Wer von Ihnen ist Maschinenmatrose Hartley?«

»Ich, Sir.« Hartley war etwas größer und etwas stämmiger als Simons; sonst war die Ähnlichkeit der beiden Männer bemerkenswert. Daß Margaret Morrison sie nicht auseinanderhalten konnte, erschien nur verständlich.

»Sie behaupten, Maschinenmatrose zu sein. Können Sie das beweisen?«

»Beweisen?« Hartley war sichtlich verblüfft. »Was meinen Sie mit ›beweisen‹, Sir? Nicht mit Lehrgangsbescheinigungen, falls Sie das meinen.«

»Würden Sie eine praktische Prüfung bestehen?«

»Eine praktische Prüfung?« Hartley nickte erleichtert. »Natürlich, Sir! Ich war noch nie in Ihrem Maschinenraum, aber das spielt keine Rolle. Ich kenne mich überall aus. Nehmen Sie mich in Ihren Maschinenraum mit, und ich benenne Ihnen jedes beliebige Teil. Das kann ich sogar mit verbundenen Augen – ich brauche die Teile nur zu berühren. Ich kann Ihnen sagen, wozu es dient, und es zerlegen und wieder zusammenbauen.«

Gut.« Patterson sah zu dem Zweiten Ingenieur hinüber. »Was halten Sie davon?«

»Das wäre Zeitvergeudung, Sir.«

»Richtig, ganz meiner Meinung.« Er nickte dem Bootsmann zu, der Simons ansprach.

»Sie sind Torpedomechaniker Simons?«

»Ja. Und wer sind Sie?« McKinnon musterte das schmale arrogante Gesicht und hielt es für unwahrscheinlich, daß sie jemals Blutsbrüder werden könnten.

»Ich bin der Bootsmann dieses Schiffs.«

»Ich beantworte keine Fragen von Angehörigen des Deckspersonals der Handelsmarine.«

»Doch, doch, das tun Sie!« erklärte Patterson ihm. »Mr. McKinnon handelt in meinem Auftrag, und wer ihm eine Antwort verweigert, der verweigert sie mir. Haben Sie das verstanden?«

»Nein.«

»Nein, Sir – wenn Sie mit einem Vorgesetzten sprechen«, ermahnte McKinnon ihn mit sanfter Stimme.

Simons grinste verächtlich. Im nächsten Augenblick krümmte er sich würgend und nach Atem ringend zusammen, weil ihn die Faust des Bootsmanns in der Magengrube getroffen hatte. McKinnon beobachtete ausdruckslos, wie er sich langsam wieder aufrichtete, und sagte zu Patterson: »Darf ich einen Vorschlag machen, was diesen Mann betrifft, Sir? Er ist offensichtlich verdächtig.«

»Das stimmt, Sie dürfen.«

»Eisen, Wasser und Brot, bis wir anlegen, oder ein privates Verhör durch mich.«

»Eisen!« keuchte Simons. »Das dürfen Sie nicht! Sie dürfen mich nicht in Eisen legen!«

»Doch, ich darf Sie in Eisen legen lassen – und ich tu's nötigenfalls auch.« Pattersons Stimme klang eisig desinteressiert. »Ich befehlige dieses Schiff. Wenn ich's für richtig halte, kann ich Sie über Bord werfen lassen. Sollte sich herausstellen, daß Sie ein Spion sind, kann ich Sie als Spion erschießen lassen. Das gestatten die im Kriege gültigen Bestimmungen.«

In Wirklichkeit sagten die Kriegsbestimmungen nichts dergleichen aus, aber Patterson rechnete damit, daß Simons das nicht wußte.

»Mir genügt ein privates Verhör«, warf McKinnon ein.

»Archie, Sie können doch nicht...«, begann Margaret Morrison entsetzt.

»Ruhe!« Patterson wandte sich erneut an den Rothaarigen. »Ich gebe Ihnen den guten Rat, ein paar einfache Fragen zu beantworten, Simons. Das wäre nur zu Ihrem Besten.« Simons machte ein finsteres Gesicht und schwieg.

»Sie sind Torpedomechaniker?« begann McKinnon.

»Klar bin ich das!«

»Können Sie's beweisen?«

»Wie mein Kumpel Hartley hier hab' ich keine Bescheinigungen bei mir. Und sie haben keine Torpedos an Bord, mit denen Sie mich auf die Probe stellen können. Übrigens wüßten Sie sowieso nicht, wo bei 'nem Aal hinten und vorn ist...«

»Wo sind Sie stationiert?«

»Portsmouth.«

»Wo haben Sie sich als Torpedomechaniker qualifiziert?«

»Natürlich in Portsmouth.«

»Wann?«

»Anfang 1943.«

»Zeigen Sie mir Ihr Seefahrtsbuch.« McKinnon blätterte kurz darin und sah dann zu Simons auf. »Sehr neu und sehr sauber.«

»Manche Leute passen eben auf ihr Zeug auf.«

»Aber auf Ihr altes Buch haben Sie nicht so gut aufgepaßt, was?«

»Wie meinen Sie das, verdammt noch mal?«

»Dieses Buch ist neu ausgestellt, gestohlen oder sogar gefälscht.«

»Um Himmels willen, ich weiß überhaupt nicht, wovon Sie reden!«

»Doch, das wissen Sie genau.« Der Bootsmann warf das Seefahrtsbuch auf den Tisch. »Das ist eine Fälschung, Sie sind ein Lügner, und Sie sind kein Torpedomechaniker. Zu Ihrem Pech war ich Torpedomaat in der

Navy, Simons. Anfang 1943 – und lange vorher und nachher – sind in Portsmouth keine Torpedomechaniker ausgebildet worden. Sie hatten ihre Schule im Roedean College bei Brighton – vor dem Krieg die führende britische Mädchenschule. Sie sind ein Schwindler und Spion, Simons! Wie heißt Ihr Komplize an Bord der *San Andreas?*«

»Ich weiß überhaupt nicht, wovon Sie reden.«

»Gedächtnisverlust.« McKinnon stand auf und warf Patterson einen fragenden Blick zu. »Bitte um Erlaubnis, ihn einzusperren, Sir.«

»Erlaubnis erteilt, Bootsmann!«

»Ich laß mich nicht einsperren, verdammt noch mal!« brüllte Simons. »Ich verlange, daß . . .« Er stieß einen Schrei aus, als McKinnon ihm einen Arm auf den Rücken drehte.

»Sie bleiben hier, Sir?« erkundigte sich McKinnon. Patterson nickte wortlos. »Ich brauche nicht lange. Fünf bis zehn Minuten. Hartley kann wohl gehen?«

»Ja, natürlich. Tut mir leid, Maschinenmatrose. Aber wir mußten uns Gewißheit verschaffen.«

»Ich verstehe, Sir.« Aber man sah Hartley an, daß er überhaupt nichts verstand.

»Sie verstehen vorläufig nichts. Wir erklären es Ihnen später.« Hartley verließ den Raum. Simons und McKinnon folgten ihm, wobei McKinnon dem Verdächtigen weiter den Arm auf den Rücken gedreht hielt.

»Zehn Minuten!« sagte Margaret Morrison. »Er will zehn Minuten brauchen, um einen Mann einzusperren!«

»Schwester Morrison«, sagte Patterson ernst. Sie sah ihn an. »Ich bewundere Sie als Krankenschwester. Ich finde Sie als Menschen sympathisch. Aber ich möchte Sie bitten, sich nicht in Dinge einzumischen oder über Dinge zu urteilen, von denen Sie nichts verstehen. Der Bootsmann ist vielleicht nur ein Bootsmann, aber er arbeitet auf einer Ebene, von der Sie nichts wissen. Ohne ihn wären Sie längst gefangen oder tot. Anstatt ihn ständig zu kritisieren, sollten Sie lieber dankbar dafür sein, daß es auf dieser Welt noch ein paar Männer seines Schlages gibt! Sie . . .« Er sprach nicht weiter, sondern machte sich im stillen Vorwürfe, als er unter ihren gesenkten Lidern Tränen hervorquellen sah.

McKinnon stieß Simons vor sich her in eine leere Kabine, sperrte die Tür ab, steckte den Schlüssel ein, drehte sich um und verpaßte Simons einen weiteren, allerdings viel kräftigeren Magenhaken. Simons stolperte rückwärts über das Linoleum, krachte gegen die Wand und rutschte zu Boden. McKinnon zog ihn hoch, preßte seinen rechten Arm an die Wand und traf den Bizeps mit einer vernichtenden Geraden. Simons schrie auf, versuchte den Arm zu bewegen und konnte ihn nicht einmal anwinkeln: er war bis zu den Fingerspitzen gelähmt. Der Bootsmann wiederholte diesen Vorgang am linken Arm und ließ Simons dann wieder zu Boden gleiten.

»Von mir aus können wir unbegrenzt lange weitermachen.« McKinnons Stimme klang leidenschaftslos, beinahe freundlich. »Ich habe vor, dich von den Schultern abwärts mit den Fäusten und notfalls mit Tritten zu bearbeiten. Spuren im Gesicht gibt's bei mir nicht. Ich hab' was gegen Spione, ich hab' was gegen Verräter, und ich hab' vor allem was gegen Leute, an deren Händen das Blut Unschuldiger klebt!«

Der Bootsmann kam in den Aufenthaltsraum zurück und nahm wieder Platz. »Vier Minuten«, stellte Ullmann nach einem Blick auf seine Armbanduhr fest. »Alle Achtung, Sie halten Wort, Mr. McKinnon!«

»Ich hab' mich eben ein bißchen beeilt.« Er betrachtete Margaret Morrison und die noch immer sichtbaren Tränenspuren. »Was ist los?«

»Nichts. Nur diese ganze schreckliche, brutale, unmenschliche Sache...«

»Ja, eine scheußliche Geschichte.« McKinnon warf ihr einen nachdenklichen Blick zu, schien etwas sagen zu wollen und überlegte es sich dann doch anders. »Simons ist plötzlich gesprächig geworden und hat freiwillig ausgepackt.«

»Gesprächig?« wiederholte Margaret Morrison ungläubig. »Freiwillig?«

»Man sollte Menschen eben nie nach Äußerlichkeiten beurteilen. Er heißt übrigens nicht Simons, sondern Braun – mit ›au‹, nicht ›ow‹.«

»Bestimmt ein Deutscher«, meinte Patterson.

»Sein Name klingt danach, aber er war tatsächlich in der Royal Navy. Sein Seefahrtsbuch ist eine Fälschung – er hat es von irgendwem in Murmansk bekommen. Mehr konnte er dazu nicht sagen; ich vermute, daß dieser Unbekannte zu dem Spionagering gehört hat, den es dort offenbar geben muß. Er ist kein Torpedomechaniker, sondern als Krankenpfleger ausgebildet, was recht gut zu dem zweimal benutzten Chloroform und der Betäubung von Kapitän Andropoulos paßt.« McKinnon warf zwei Schlüssel auf den Tisch. »Dr. Sinclair kann sicher bestätigen, daß das die Schlüssel zur Schiffsapotheke sind.«

»Donnerwetter!« sagte Jamieson. »Das nenne ich schnelle Arbeit, Bootsmann! Braun muß wirklich sehr gesprächig gewesen sein.«

»Allerdings, Sir. Er hat mir sogar verraten, wer Samtpfötchen Nummer zwei ist.«

»Tatsächlich?«

»Erinnern Sie sich noch daran, Margaret, daß ich erst vor wenigen Minuten davon sprach, wie leicht es passieren könnte, daß mir noch auf dieser Reise nachgewiesen wird, daß ich einmal unrecht gehabt habe. Der Beweis dafür hat nicht lange auf sich warten lassen. Samtpfötchen Nummer zwei ist McCrimmon.«

»McCrimmon!« Jamieson war halb aufgestanden. »McCrimmon. Dieser dreckige kleine Mistkerl!«

»Sie sitzen neben einer jungen Dame.« McKinnons Tadel klang mild.

»Ah, ganz recht! Entschuldigung, Schwester.« Jamieson ließ sich zurücksinken. »Aber... McCrimmon!«

»Ich glaube, daß das hauptsächlich mein Fehler war, Sir. Ich habe ausdrücklich gesagt, er sei zwar ein Krimineller, aber meiner Überzeugung nach ein vertrauenswürdiger Krimineller. Das war eine krasse Fehleinschätzung. Aber ich habe immerhin zur Hälfte recht gehabt.«

»Ich kann mir gut vorstellen, daß es McCrimmon gewesen ist.« Patterson sprach ganz ruhig, ohne sich anmerken zu lassen, ob er innerlich erregt war. »Ich hab' den Kerl nie leiden können. Widerspenstig, aggressiv, ständig fluchend. Er hat zweimal in Barlinnie, dem Zuchthaus bei Glasgow, eingesessen. In beiden Fällen wegen Straßenraubs. Ich könnte mir vorstellen, daß er nicht zum ersten Mal ein Brecheisen in der Hand gehabt hat, um einen Menschen niederzuschlagen. Die Royal Navy hätte einen Mann mit seinen Vorstrafen niemals angenommen. Das legt den Schluß nahe, daß unser Standard niedriger ist.« Er machte eine nachdenkliche Pause. »Ziehen wir ihn aus dem Verkehr?«

»Das ist eben die Frage. Ich würde mich liebend gern ein bißchen mit ihm unterhalten. Aber ich fürchte, Mr. Patterson, daß wir nichts Brauchbares an Informationen aus ihm rausholen können. Die Leute, die ihn angeworben haben, waren bestimmt viel zu schlau, um einem Subjekt wie McCrimmon mehr zu erzählen, als er unbedingt wissen mußte. Sie haben ihm ganz sicher nicht verraten, was sie letzten Endes vorhaben, was sie erreichen wollen. Vermutlich hat's geheißen: ›Tu dies oder das – und hier ist dein Geld.‹ Und wenn wir ihm seine Freiheit lassen, Sir, können wir jede seiner Bewegungen beobachten, ohne daß er weiß, daß er überwacht wird. Möglicherweise hat er noch einen Trumpf im Ärmel und liefert uns wertvolle Hinweise, wenn wir ihn in Aktion beobachten. Ich kann mir nicht vorstellen, welche, aber ich habe das Gefühl, daß wir ihm noch ein bißchen Handlungsfreiheit lassen sollten.«

»Einverstanden! Wenn er unbedingt an den Galgen kommen will, soll er sich den Strick selbst drehen.«

Leutnant Ullmann hatte einen Stern entdeckt, der zur Ortsbestimmung dienen konnte. Er stand neben McKinnon auf der Brücke, während die *San Andreas* mit voller Fahrt voraus nach Westen lief. Die Wolkendecke war aufgelockert, der Wind schwach und die See verhältnismäßig ruhig. Ullmann hatte den Polarstern, der gerade ausreichend lange sichtbar gewesen war, »geschossen« und daraus errechnet, daß sie ihre Mittagsposition inzwischen wieder fast genau erreicht hatten. Er war auf der Brücke geblieben, wo er sich am liebsten aufzuhalten schien – außer wenn Margaret Morrison dienstfrei hatte, wie dem Bootsmann bereits aufgefallen war.

»Glauben Sie, daß wir das U-Boot jetzt abgeschüttelt haben, Mr. McKinnon?«

»Es ist nirgends zu sehen, das steht fest. Aber daß wir es nicht sehen können, beweist noch lange nicht, wie ich immer wieder betone, daß es nicht irgendwo in der Nähe lauert. Aber ich gebe zu, ich habe auch das eigenartige Gefühl, daß wir unseren Verfolger vielleicht abgeschüttelt haben.«

»Ich habe großen Respekt vor Ihren sogenannten eigenartigen Gefühlen.«

»Ich habe nur ›vielleicht‹ gesagt. Das wissen wir erst bestimmt, wenn die erste Condor ihre Fallschirm-Leuchtbomben abwirft, um uns zu suchen.«

»Müssen Sie immer wieder von solchen Dingen reden? Und was ist, wenn wir das U-Boot abgehängt haben und die Focke-Wulf uns nicht findet? Wie lange wollen Sie diesen Kurs halten?«

»Je länger, desto besser, glaube ich. Wenn sie uns aus den Augen verloren haben, glauben sie vermutlich, daß wir wieder Kurs auf Aberdeen genommen haben. Soviel wir wissen, haben sie keinen Grund zu der Annahme, daß wir einen anderen Hafen ansteuern. Sie dürften also annehmen, daß wir nach Südsüdwest laufen und nicht genau nach Westen. Ich habe neulich gehört, Leutnant Ullmann – ich weiß nur nicht mehr, von wem –, daß es Deutsche gibt, die manchmal stur eingleisig denken.«

»Unsinn! Sehen Sie sich unsere Dichter und Denker, unsere Komponisten und Philosophen an.« Ullmann schwieg einige Sekunden lang, und McKinnon konnte sich vorstellen, wie er in der Dunkelheit vor sich hinlächelte. »Nun ja, manchmal vielleicht. Ich hoffe aufrichtig, daß dies eine dieser Gelegenheiten ist. Je länger sie das Seegebiet in Richtung Aberdeen absuchen, während wir weiter nach Westen laufen, desto geringer sind ihre Chancen, uns zu finden. Wir halten diesen Kurs also noch ein, zwei Stunden lang?«

»Sogar länger. Ich schlage vor, daß wir ihn die ganze Nacht hindurch halten und dann kurz vor Tagesanbruch Scapa Flow ansteuern.«

»Einverstanden. Das bedeutet, daß die Shetlandinseln an Steuerbord bleiben. Vielleicht kommen sie sogar kurz in Sicht. Schade, daß Sie im Vorbeifahren keinen kurzen Abstecher nach Hause machen können.«

»Den hebe ich mir für später auf. Zeit zum Abendessen, Leutnant.«

»Schon? Das darf ich nicht verpassen. Kommen Sie mit?«

»Warum eigentlich nicht? Curran, telefonieren Sie nach unten, daß Ferguson raufkommen soll. Sagen Sie ihm, daß er die See nach allen Richtungen beobachten soll, verstanden?«

»Wird gemacht, Bootsmann. Worauf soll er besonders achten?«

»Leuchtbomben.«

McKinnon traf Jamieson an der Tür zur Messe und nahm ihn beiseite.

»Hat unser Mann inzwischen wieder irgendwas angestellt, Sir?«

»Nein, garantiert nicht. Leitender Patterson und ich haben die Sache durchgesprochen. Wir haben uns entschlossen, das Maschinenpersonal ins Vertrauen zu ziehen – bis auf Reilly, der als einziger mit McCrimmon zu reden scheint. Sieht man einmal von Reilly ab, würde McCrimmon jeden Unbeliebtheitswettbewerb mühelos gewinnen. Er ist ein verhaßter Mann im Maschinenraum. Wir haben mit unseren Leuten einzeln gesprochen, ihnen die Lage auseinandergesetzt und sie aufgefordert, mit niemandem an Bord darüber zu sprechen. Auf diese Weise steht McCrimmon in Maschinenraum und Messe unter ständiger Beobachtung.« Jamieson warf dem Bootsmann einen prüfenden Blick zu. »Wir hielten das für eine gute Idee. Sie scheinen anderer Meinung zu sein.«

»Ich bin mit allem einverstanden, was Sie und Mr. Patterson für richtig halten.«

»Verdammt noch mal!« meinte Jamieson sichtlich verärgert. »Ich hab' dem Leitenden vorgeschlagen, zuerst mit Ihnen darüber zu reden, aber er war fest davon überzeugt, Sie würden das für eine gute Idee halten.«

»Ich weiß nicht recht, was ich davon halten soll, Sir«, erwiderte McKinnon zweifelnd. »Es scheint eine gute Idee zu sein. Aber – nun, McCrimmon ist vielleicht ein Halunke, aber er ist ein schlauer Halunke. Sie dürfen nicht vergessen, daß er bisher unentdeckt geblieben ist und nicht einmal verdächtigt worden wäre, wenn uns nicht dieser glückliche Zufall geholfen hätte. Daß er ein brutaler, gewalttätiger und widerwärtiger Kerl mit einer Vorliebe für Brechstangen ist, bedeutet noch nicht, daß er kein Gespür für atmosphärische Veränderungen in seiner Umgebung hat. Ihm kann durchaus auffallen, daß seine Kollegen einerseits zu krampfhaft unbefangen und andererseits verstohlen wachsam sind. Und müßte Reilly nicht auch unter Beobachtung stehen, wenn er als einziger mit ihm zu reden scheint?«

»Sie sehen die Sache zu schwarz, Bootsmann. Nehmen wir einmal an, er hätte den Verdacht, beobachtet zu werden: wäre das nicht geradezu eine Garantie für zukünftiges Wohlverhalten?«

»Schon möglich, Sir. Oder aber eine Garantie dafür, daß er unter allen Umständen darauf achten wird, daß niemand in seiner Nähe ist, wenn er etwas tut, das er nicht tun sollte. Und genau das wollten wir eigentlich vermeiden. Solange er glauben konnte, nicht verdächtigt zu werden, hätte er sich vielleicht verraten. Damit ist jetzt nicht mehr zu rechnen.« McKinnon sah zu ihrem Tisch hinüber. »Wo ist Mr. Patterson?«

Jamieson machte ein unbehagliches Gesicht. »Er behält die Sache im Auge.«

»Er behält die Sache im Auge? Er behält McCrimmon im Auge, wollten Sie sagen. Seit wir hier an Bord sind, hat Mr. Patterson noch kein Abendessen versäumt. Das wissen Sie, das weiß ich – und Sie können Gift darauf nehmen, daß McCrimmon das auch weiß! Wenn er auch den leisesten Verdacht hegt, wir könnten den leisesten Verdacht hegen, dann schrillen bei ihm jetzt sämtliche Alarmglocken.«

»Vielleicht haben Sie recht«, stimmte Jamieson langsam zu. »Vielleicht war es doch keine so gute Idee.«

Patterson war nicht der einzige, der an diesem Abend am Tisch fehlte. Janet Magnusson hatte Dienst, und Dr. Sinclair war gemeinsam mit Schwester Maria damit beschäftigt, Kapitän Bowen einen frischen Kopfverband anzulegen. Wie berichtet wurde, ließ der Kapitän diese schwierige und schmerzliche Prozedur keineswegs stumm leidend über sich ergehen.

»Glaubt Dr. Sinclair, daß der Kapitän wieder sehen können wird?« wollte Jamieson wissen.

»Er ist da ziemlich sicher«, antwortete Margaret Morrison. »Ich glaub's auch. Aber es dauert noch ein paar Tage. Seine Lider sind voller Brandblasen.«

»Und Ihre übrigen Patienten schlafen wie gewöhnlich?« Als die Krankenschwester zusammenzuckte und den Kopf schüttelte, fuhr Jamieson hastig fort: »Entschuldigung, das war keine besonders taktvolle Frage, was?«

Sie lächelte. »Nein, nein, schon gut. Ich brauche nur ein, zwei Tage, um Simons und McCrimmon zu vergessen. Wie üblich ist nur Mr. Kennet wach. Vielleicht auch Oberleutnant Klaussen; aber das ist schwer zu sagen. Er liegt keine Sekunde still und murmelt ständig vor sich hin.«

»Nach wie vor Unverständliches?« fragte McKinnon.

»Richtig. Alles natürlich auf Deutsch – bis auf ein englisches Wort, das er so oft wiederholt, als verfolge es ihn im Delirium. Merkwürdig, wie oft hier von Schottland die Rede ist.« Sie sah zu Ullmann hinüber. »Sie kennen Schottland gut. Wir sind nach Schottland unterwegs. Ich bin eine halbe Schottin. Janet und Archie, die sich als Shetländer bezeichnen, sind in Wirklichkeit Schotten.«

»Und vergessen Sic dcn Mann mit dem Chloroform nicht!« warf McKinnon ein.

Sie verzog das Gesicht. »Ich wollte, Sie hätten mich nicht an ihn erinnert!«

»Entschuldigung. Dumm von mir. Und was hat Klaussen mit Schottland zu tun?«

»Er wiederholt ständig das Wort Edinburgh.«

»Ah! Edinburgh, das ›Athen des Nordens‹!« Ullmann spielte den Begeisterten. »Das kenne ich gut, sogar sehr gut. Besser als die meisten Schotten, möchte ich wetten. Edinburgh Castle. Der Holyrood-Palast. Das Nationalmonument. Die Princes Gardens, Princes Street, die prächtigste von allen ...«

Er machte eine Pause und fragte dann scharf: »Mr. McKinnon? Was ist los?«

Die beiden anderen starrten den Bootsmann an. Seine Augen waren die eines Mannes, der Dinge in weiter Ferne sieht, und die Fingerknöchel der Hand, mit der er sein Glas hielt, zeichneten sich weiß ab. Plötzlich zerbrach das Weinglas, und der Rotwein lief übers Tischtuch.

»Archie!« Die Krankenschwester griff über den Tisch nach seinem Handgelenk. »Archie! Was ist passier?«

»Oh, wie dumm von mir!« Seine Stimme klang ruhig, emotionslos: der Bootsmann hatte sein Gleichgewicht wiedergefunden. Er wischte sich das Blut mit einer Papierserviette ab. »Entschuldigung.«

Sie drehte sein Handgelenk um, bis die Handfläche sichtbar wurde. »Sie haben sich geschnitten. Sogar ziemlich schlimm!«

»Das spielt keine Rolle. Edinburgh, was? Er wiederholt es ständig. Es geht ihm offenbar nicht aus dem Sinn. Und ich werde ebenfalls bis an mein Lebensende daran denken – weil ich so blind, so gottverdammt abgrundtief dumm gewesen bin!«

»Wie können Sie so was sagen? Wenn Sie etwas sehen, das uns entgangen ist, sind wir noch dümmer als Sie.«

»Nein, denn ich weiß etwas, das Sie nicht wissen.«

»Was denn?« Ihre Stimme klang neugierig, aber vor allem besorgt. »Was wissen Sir Archie?«

McKinnon lächelte. »Margaret, ich sollte meinen, daß gerade Sie wüßten, wie gefährlich es sein kann, allzu offen zu reden. Bringen Sie bitte Kapitän Bowen in den Aufenthaltsraum?«

»Das kann ich nicht. Er bekommt gerade einen neuen Kopfverband.«

»Ich finde, Sie sollten tun, was Mr. McKinnon verlangt, Margaret.« Damit hatte Ullmann sie erstmals in Gegenwart anderer mit ihrem Vornamen angesprochen. »Irgend etwas sagt mir, daß der Kapitän keine zweite Einladung brauchen wird.«

»Und bringen Sie Ihre Freundin mit«, forderte der Bootsmann sie auf. »Was ich zu sagen habe, dürfte sie ebenfalls interessieren.«

Margaret Morrison warf ihm einen langen, nachdenklichen Blick zu, nickte dann und ging wortlos hinaus. McKinnon sah ihr mit ebenso nachdenklicher Miene nach, bevor er sich an Jamieson wandte. »Ich glaube, Sie sollten einen Ihrer Leute losschicken und Mr. Patterson bitten, ebenfalls in den Aufenthaltsraum zu kommen.«

Kapitän Bowen erschien in Begleitung von Dr. Sinclair, dem nichts anderes übrigblieb, als mit in den Aufenthaltsraum zu kommen, weil Bowens Kopfverband erst zur Hälfte erneuert war.

»Es sieht so aus, als müßten wir unsere bisherige Planung erneut umstoßen«, begann McKinnon. Er wirkte etwas resigniert, was jedoch nur auf die Tatsache zurückzuführen war, daß Janet seine zerschnittene Handfläche fest verband. »Jetzt steht fest, daß die Deutschen uns versenken werden, wenn sie uns nicht aufbringen können. Die *San Andreas* ist kein Lazarettschiff mehr, sondern eher ein Schatzschiff. Wir haben ein Millionenvermögen in Gold an Bord. Ich weiß nicht, wieviel Gold, aber ich schätze seinen Wert auf zwanzig bis dreißig Millionen Pfund Sterling.«

Die anderen schwiegen. Es war nicht einfach, sich zu dieser scheinbar grotesken Behauptung zu äußern, und die ruhige Gewißheit des Bootsmanns trug nicht dazu bei, die überraschten, zweifelnden oder ungläubigen Ausrufe zu provozieren, die man sonst hätte erwarten können.

»Es handelt sich natürlich um russisches Gold – wahrscheinlich als Gegenleistung für Lieferungen im Rahmen des Leih- und Pachtvertrags. Die Deutschen würden es natürlich nur allzu gern vereinnahmen, denn Gold bleibt Gold, selbst wenn es aus Rußland stammt; aber wenn sie es nicht kriegen können, werden sie unter allen Umständen dafür sorgen, daß die Briten es auch nicht bekommen. Und das nicht nur aus Bosheit oder Enttäuschung, obwohl auch diese Motive eine Rolle spielen dürften. Entscheidend ist jedoch etwas anderes: die britische Regierung muß wissen, daß wir dieses Gold transportieren. Man braucht nur einen Augenblick darüber nachzudenken, um zu erkennen, daß es sich um ein gemeinsames Unternehmen unserer und der sowjetischen Regierung handeln muß.«

»Ein Lazarettschiff als Goldfrachter!« Jamieson schüttelte ungläubig den Kopf. »Zu einer solchen Perfidie wäre keine britische Regierung imstande!«

»Darüber kann ich nicht urteilen, Sir. Aber ich stelle mir vor, daß unsere Regierung so perfide sein kann wie jede andere – und es gibt massenhaft perfide Regierungen. Moralische Erwägungen rangieren in Kriegszeiten ganz hinten, glaube ich – falls sie überhaupt existieren. Meiner Überzeugung nach würde die britische Regierung die Russen verdammt mißtrauisch beobachten und unser Verschwinden so ungünstig wie nur möglich deuten. Vielleicht käme sie zu dem Schluß, die Russen selbst hätten die *San Andreas* nach dem Auslaufen aufgebracht, ihre Besatzung beseitigt, das Gold ausgeladen und das Schiff versenkt. Möglich wäre auch, daß sie zu dem Schluß käme, die Russen hätten sich gar nicht erst die Mühe gemacht, das Gold an Bord zu bringen, sondern der *San Andreas* auf der Rückreise aufgelauert. Schließlich haben sie eine U-Boot-Flottille in Murmansk und Archangelsk.

Für welche dieser beiden Möglichkeiten die britische Regierung sich entscheidet – und ich halte es für sehr wahrscheinlich, daß nur diese beiden in Frage kommen –, spielt keine Rolle. Das Ergebnis bleibt das gleiche und würde die Deutschen entzücken. Die britische Regierung wird glauben, von den Russen betrogen worden zu sein, und bei zukünftigen Abmachungen äußerst mißtrauisch sein. Sie wird natürlich nichts beweisen können, aber sie kann etwas anderes tun: sie kann ihre Hilfslieferungen an Rußland verringern oder sogar einstellen. Womöglich wäre das eine wirksamere Methode, die alliierten Lieferungen an die Sowjetunion zu unterbinden, als der Einsatz sämtlicher deutschen U-Boote in Nordatlantik und Nordpolarmeer.«

Nach einer ziemlich langen Pause sagte Bowen: »Ein sehr plausibles Drehbuch, Bootsmann, attraktiv – falls das in diesem Zusammenhang das richtige Wort ist – und sogar überzeugend. Aber das Ganze hängt entscheidend von einem Punkt ab. Weshalb glauben Sie, daß wir dieses viele Gold an Bord haben?«

»Das glaube ich nicht nur, Sir, ich weiß es! Erst vor wenigen Minuten, als wir uns zum Abendessen hingesetzt hatten, hat Schwester Morrison zufällig erwähnt, wovon Oberleutnant Klaussen im Delirium ständig spricht. Er wiederholt auffällig oft ein Wort: Edinburgh. Schwester Morrison hat den Eindruck, daß dieses Wort ihn förmlich verfolgt. Ich kann mir verdammt gut vorstellen, warum es ihn quält. Vor nicht allzu langer Zeit versenkte ein deutsches U-Boot den britischen Kreuzer *Edinburgh* auf der Fahrt von Rußland nach England. Die *Edinburgh* hatte Goldbarren im Wert von mindestens zwanzig Millionen Pfund Sterling an Bord ...«

»Großer Gott!« Bowens Stimme war kaum mehr als ein heiseres Flüstern. »Sie haben recht, Archie, bei Gott, Sie haben wirklich recht!«

»Alles paßt beinahe zu gut zusammen, Sir. Klaussen ist eingebleut worden, er dürfe auf keinen Fall dem Beispiel seines berühmten Vorgängers nacheifern, der die *Edinburgh* versenkt hatte. Das – die Versenkung der *Edinburgh*, meine ich – erklärt zugleich die ziemlich hinterlistige Entscheidung, das Gold auf der *San Andreas* zu verschiffen. Jeder Kreuzer, jeder Zerstörer kann versenkt werden. Lazarettschiffe dagegen dürfen laut Genfer Konvention nicht angegriffen werden.«

»Ich wollte, ich hätte Ihnen früher davon erzählt!« warf Margaret Morrison ein. »Er hat das Wort Edinburgh gemurmelt, seitdem er bei uns eingeliefert worden ist. Ich hätte begreifen müssen, daß es eine besondere Bedeutung hat.«

»Sie haben keinerlei Grund, sich Vorwürfe zu machen«, wehrte McKinnon ab. »Warum hätte Ihnen dieses Wort etwas sagen sollen? Patienten im Delirium brabbeln alles Mögliche. Hätten wir das schon früher gewußt, so hätte das auch nichts geändert. Wichtig ist nur, daß wir darauf gekommen sind, bevor es zu spät war. Ich hoffe jedenfalls, daß es noch nicht zu spät ist. Etwaige Vorwürfe könnten nur mir gelten. Ich wußte von der Versenkung der *Edinburgh* – wahrscheinlich als einziger an Bord – und hätte selbst daran denken müssen. Aber es hat keinen Zweck, nachträglich zu jammern.«

»So paßt alles nahtlos zusammen, nicht wahr?« meinte Jamieson. »Das ist die Erklärung dafür, warum die Russen Mr. Kennet und Sie nicht hinter die Plane sehen ließen, hinter der sie das Leck repariert haben. Sie sollten nicht sehen, daß der ausgeladene Ballast durch völlig andersartigen Ballast ersetzt wurde. Vermutlich wußten Sie, wie der ursprüngliche Ballast ausgesehen hat?«

»Nein, merkwürdigerweise nicht. Ich bin auch davon überzeugt, daß Mr. Kennet den ursprünglichen Ballast nicht gekannt hat.«

»Das konnten die Russen nicht wissen, deshalb wollten sie kein Risiko eingehen. Natürlich hätten sie die Goldbarren grau anstreichen können – oder welche Farbe der ursprüngliche Ballast sonst gehabt hat –, aber Form und Größe der Goldbarren wären bestimmt anders gewesen. Daher die Aufschrift ›Zutritt verboten!‹ auf der Plane. Und das Gold erklärt alles, was seither passiert ist.« Jamieson machte eine Pause, zögerte und nickte dann, als sei er zu einem Entschluß gekommen. »Finden Sie nicht auch, Bootsmann, daß McCrimmon ein gewisses Problem darstellt?«

»Im Grunde nicht. Er ist ein Doppelagent.«

»Verdammt!« Jamieson war sichtlich enttäuscht. »Ich hatte gehofft, ausnahmsweise als erster die Lösung eines Problems gefunden zu haben.«

»Ein Kopf-an-Kopf-Rennen«, beschwichtigte McKinnon ihn. »Mir ist die gleiche Frage zur gleichen Zeit eingefallen. Das ist die einzig mögliche Antwort, nicht wahr? Soviel ich weiß, wimmelt es in der Geschichte der Spionage von Doppelagenten. McCrimmon ist nur einer von vielen. Seine eigentlichen Auftraggeber – seine einzigen wirklichen Auftraggeber – sind die Deutschen. Vielleicht bekommen wir heraus, vielleicht auch nicht, wie sie es geschafft haben, ihn bei den Russen einzuschleusen – gelungen ist es ihnen jedenfalls. Gewiß, die Sprengladung im Ballastraum hat er im Auftrag der Russen gezündet – aber die Deutschen hatten noch größeres Interesse daran als die Russen. Beide brauchten unbedingt einen Grund, um die *San Andreas* nach Murmansk umzuleiten: die Russen, um das Gold einzuladen, und die Deutschen, weil sie Simons – oder Braun – an Bord bringen wollten.«

»Eine verworrene Geschichte«, meinte Bowen, »aber nicht mehr so verworren, wenn man die Spuren verfolgt. Das ändert einiges, nicht wahr, Bootsmann?«

»Das glaube ich allerdings auch, Sir.«

»Haben Sie schon eine Vorstellung davon, wie unser Kurs – ich gebrauche dieses Wort in seiner doppelten Bedeutung – aussehen sollte?«

»Ich stehe Vorschlägen aufgeschlossen gegenüber.«

»Von mir haben Sie keine zu erwarten. Bei allem Respekt vor Dr. Sinclair – seine Bemühungen haben einen Verstand blockiert, der schon zuvor nicht sonderlich gut funktioniert hat.«

»Mr. Patterson?« fragte McKinnon. »Mr. Jamieson?«

»Nein, nein!« wehrte Jamieson ab. »Ich werde mich nicht wieder aufs Glatteis locken lassen. Es schadet meinem Selbstbewußtsein, wenn mir in aller Ruhe gesagt wird, warum mein brillanter Plan nichts taugt, und weshalb es viel besser wäre, Ihrem Vorschlag entsprechend zu handeln. Außerdem bin ich Ingenieur. Was haben Sie also vor?«

»Gut, aber auf Ihre Verantwortung! Ich habe vor, unseren augenblicklichen Kurs – genau zweihundertsiebzig Grad – bis gegen Mitternacht beizubehalten. Auf diese Weise entfernen wir uns aus dem Aktionsbereich der Heinkels und Stukas. Nicht, daß ich mir deshalb allzu große Sorgen mache: sie greifen selten nachts an, und wenn wir, wie wir vermuten, das uns verfolgende deutsche U-Boot tatsächlich abgehängt haben, wissen sie nicht, wo sie uns suchen sollen.

Um Mitternacht bitte ich den Leutnant, einen neuen Kurs nach Aberdeen abzusetzen. Hoffentlich sind um diese Zeit ein paar brauchbare Sterne sichtbar. Dadurch kämen wir der Ostküste der Shetlandinseln ziemlich nahe, nicht wahr, Leutnant?«

»Sogar sehr nahe, würde ich sagen. Praktisch auf Rufweite. Sie können Ihrer Heimat ein letztes Lebewohl zuwinken, Mr. McKinnon.«

»Mr. McKinnon winkt keiner Insel ein Lebewohl zu«, stellte Janet Magnusson nachdrücklich fest. »Er braucht Urlaub, wie er mir selbst gesagt hat, er hat Heimweh, und in Lerwick ist er zu Hause. Stimmt's, Archie?«

»Genau, Janet.« McKinnon ließ sich nicht anmerken, ob er sich darüber ärgerte, daß sie ihm seine Ankündigung vorweggenommen hatte. »Ich hab' mir überlegt, Captain, daß es vielleicht keine schlechte Idee wäre, Lerwick anzulaufen und nachzusehen, woraus unser Ballast wirklich besteht. Das hätte, meine ich, zwei Vorteile. Wir wissen jetzt, daß die Deutschen uns eher versenken werden, als uns einen britischen Hafen erreichen zu lassen. Je weiter wir nach Süden laufen, desto größer ist die Wahrscheinlichkeit, daß wir angegriffen werden. Deshalb laufen wir so wenig wie möglich nach Süden. Sollten wir darüber hinaus von einem deutschen Flugzeug oder U-Boot aufgespürt werden, kann es bestätigen, daß wir uns weiterhin auf direktem Kurs nach Aberdeen befinden, so daß die andere Seite glauben muß, noch reichlich Zeit zur Verfügung zu haben.

Wir drehen im geeigneten Augenblick nach Westen ab, umrunden Bard Point und gelangen auf Nordwest- und Nordkurs nach Lerwick. Zwischen dieser Kursänderung und dem Einlaufen in den Hafen liegt nicht viel mehr als eine Stunde, und die in Bergen stationierten deutschen Bomber würden erheblich länger brauchen, um Lerwick zu erreichen.«

»Klingt ganz gut, finde ich«, meinte Jamieson.

»Ich wollte, ich könnte das gleiche behaupten. Die Sache hat Ähnlichkeit mit einer Patentlösung. Deshalb ist es möglich, daß die Deutschen sich ausrechnen werden, daß wir genau das vorhaben. Es ist sogar wahrscheinlich. Das Ganze ist eher ein Akt der Verzweiflung, aber es scheint noch das kleinste Übel zu sein, das ich mir vorstellen kann; irgendwann müssen wir einen Ausbruchsversuch wagen.«

»Wie ich schon immer sage, Bootsmann«, antwortete Jamieson. »Es ist wirklich ein Trost, Sie in der Nähe zu haben!«

12

Es wurde allmählich Mitternacht, ohne daß die Condors kamen. Abgesehen von zwei Männern, die im Maschinenraum Wache gingen, Naseby und Trent auf der Kommandobrücke, Leutnant Ullmann und McKinnon in der Kapitänskabine und zwei Nachtschwestern schlief alles an Bord oder schien zu schlafen oder hätte eigentlich schlafen sollen. Der Wind hatte nach Norden gedreht und zu Stärke vier aufgefrischt; mäßig hoher Seegang ließ die *San Andreas* schlingern, während sie in stetiger Fahrt nach Westen lief; aber das Schlingern war nicht heftig genug, um Beschwerden zu verursachen.

In der Kapitänskabine sah Leutnant Ullmann von der Seekarte auf, die er studiert hatte, und warf einen Blick auf die Uhr.

»Zehn vor zwölf. Die genaue Zeit spielt allerdings keine Rolle – wir korrigieren unseren Kurs unterwegs. Ich schlage vor, daß wir noch einmal den Schiffsort bestimmen und dann Kurs auf die Shetlands nehmen.«

Der Tag brach an, ein kalter, grauer, windiger Morgen, aber die Condors zeigten sich noch immer nicht. Um 10 Uhr kam ein ziemlich müder McKinnon – er hatte seit 4 Uhr am Ruder gestanden – nach unten, um zu frühstücken. In der Messe traf er Jamieson an, der eine Tasse Kaffee trank.

»Eine friedliche Nacht, Bootsmann. Sieht so aus, als hätten wir sie abgeschüttelt, nicht wahr?«

»Ja, so sieht's aus.«

»Weshalb so skeptisch?« Jamieson betrachtete ihn prüfend. »Höre ich wirklich einen zweifelnden Unterton in Ihrer Stimme? Wir haben die ganze Nacht nichts vom Feind gehört oder gesehen. Da hätten wir doch allen Grund, mit den gegenwärtigen Umständen zufrieden zu sein?«

»Sicher, Sir, das bin ich auch. Die Gegenwart ist völlig in Ordnung. Nur die Zukunft macht mir Sorgen. Im Augenblick ist es nicht nur ruhig und friedlich, sondern zu verdammt ruhig und friedlich. Das ist die sprichwörtliche Ruhe vor dem Sturm. Spüren Sie das nicht auch, Sir?«

»Nein, durchaus nicht!« Jamieson starrte in seine Tasse und runzelte die Stirn. »Ich habe jedenfalls nichts dergleichen gespürt, bis Sie aufgekreuzt sind und mich aus der Ruhe gebracht haben. Als nächstes sagen Sie mir wahrscheinlich, daß ich mich Illusionen hingebe.«

»Das wäre leicht übertrieben, Sir.«

»Zu ruhig, zu friedlich? Vielleicht haben Sie recht. Wieder Katz und Maus – wobei wir natürlich die Rolle der Maus zu spielen haben? Die anderen haben uns festgenagelt und warten nur den geeigneten Augenblick ab, um zuzuschlagen?«

»Richtig. Ich habe vorhin sechs Stunden lang am Ruder gestanden und reichlich Zeit gehabt, darüber nachzudenken, obwohl zwei Minuten hätten genügen müssen. Wenn sich jemand Illusionen hingegeben hat, bin ich es. Wie viele Focke-Wulf Condor dürften die Deutschen auf den Flugplätzen Trondheim und Bergen stationiert haben, Sir?«

»Keine Ahnung. Jedenfalls zu viele für meinen Geschmack, das steht fest.«

»Für meinen auch. Drei oder vier Fernaufklärer könnten in gemeinsamem Einsatz binnen weniger Stunden zehn- bis fünfzehntausend Quadratkilometer absuchen – je nach Flughöhe und Sichtverhältnissen. Sie müßten uns aufspüren können – uns, das wertvollste Schiff in den Gewässern von Norwegen. Aber sie haben es nicht getan; sie haben es nicht mal versucht! Weshalb nicht?«

»Weil sie wissen, wo wir stehen. Weil es uns nicht gelungen ist, das deutsche U-Boot nach Einbruch der Dunkelheit abzuschütteln.«

McKinnon nickte und stützte sein Kinn in beide Hände. Sein Frühstück stand unberührt vor ihm.

»Sie haben Ihr Bestes getan, Bootsmann. Eine Erfolgsgarantie hätte niemand geben können. Sie dürfen sich jetzt keine Vorwürfe machen.«

»Doch, das muß ich sogar! Darin bringe ich's allmählich zur Meisterschaft. Aber in diesem Fall nicht aus dem Grund, den Sie vermuten. Mit ein bißchen Glück hätten wir das U-Boot gestern abend abschütteln müssen. Das ist uns nicht gelungen. Wir haben den Faktor X vergessen.«

»Das klingt wie ein Werbespruch, Bootsmann. Faktor X – das Geheimnis der neuesten Schönheitscreme.«

»Ich will damit sagen, Sir, daß der U-Boot-Kommandant eine Möglichkeit hatte, uns auf jeden Fall wieder aufzuspüren, auch wenn es uns gelungen wäre, außer Reichweite seines Horchgeräts zu gelangen. Er konnte uns ohne Horchgerät und ohne Condors finden, weil jemand rechtzeitig für ein Reservegerät gesorgt hat.«

»Ein Reservegerät?« Jamieson stellte die Tasse sehr vorsichtig ab. »Soll das heißen, daß wir einen zweiten dieser verdammten Peilsender an Bord haben?«

»Fällt Ihnen eine andere Lösung ein, Sir? Unser Glück hat uns leichtsinnig werden lassen. Wir sind in den schlimmen Fehler verfallen, den Gegner zu unterschätzen. Singh, McCrimmon oder Simons – vielleicht sogar alle drei – waren klüger als wir. Jedenfalls klug genug, um darauf zu setzen, daß wir gerade das Augenfällige übersehen würden, weil es eben so offensichtlich war. Höchstwahrscheinlich ist dieses zweite Gerät kein normales Funkgerät, sondern nur ein einfacher Sender von der Größe einer Damenhandtasche.«

»Aber wir haben das Schiff doch schon durchsucht, Bootsmann! Sogar sehr gründlich. Wenn wir dabei nichts entdeckt haben, ist auch jetzt nichts zu finden. Ich meine, Peilsender entstehen doch nicht plötzlich aus dem luftleeren Raum . . .«

»Natürlich nicht. Aber es kann einen an Bord gegeben haben, bevor wir unsere Suche begonnen haben. Er kann rechtzeitig in Sicherheit gebracht worden sein. Es ist durchaus möglich, daß alle drei Samtpfötchen mit dieser Suchaktion gerechnet haben. Gewiß, wir haben das Lazarett, die Kabinen, die Lagerräume, die Messe und sonstige Räumlichkeiten durchsucht – aber sonst nichts.«

»Ja, aber wo würden Sie . . .« Jamieson sprach nicht weiter und machte ein nachdenkliches Gesicht.

»Richtig, Sir, daran habe ich auch gedacht. Die Aufbauten sind im Augenblick kaum mehr als ein leerstehender Fuchsbau.«

»Allerdings!« Jamieson schob seine Tasse zurück und stand auf. »Auf zum fröhlichen Jagen! Ich nehme am besten ein paar meiner Leute mit.«

»Würden sie einen Peilsender erkennen, wenn er ihnen in die Hände fiele? Ich weiß nicht, ob ich einen erkennen würde.«

»Dafür bin ich zuständig. Meine Leute brauchen mir nur jedes Gerät zu bringen, das nichts an Bord eines Schiffs verloren hat.«

Nachdem Jamieson verschwunden war, überlegte McKinnon sich, daß der Zweite Ingenieur vermutlich am ehesten imstande war, einen Peilsender zu erkennen.

Kaum zehn Minuten später kam Jamieson in die Messe zurück – übers ganze Gesicht grinsend und offensichtlich sehr befriedigt.

»Der unfehlbare Instinkt eines echten Spürhundes, Bootsmann! Ich bin gleich beim ersten Versuch fündig geworden. Ein Volltreffer . . .«

»Wo?«

»Gerissene Kerle! Wahrscheinlich haben sie das Versteck für besonders witzig gehalten und sich eingebildet, wir würden dort zuletzt suchen. Was wäre besser für einen Peilsender geeignet als eine zerstörte Funkstation? Sie haben ihren Sender sogar an einen unbeschädigt gebliebenen Akku angeschlossen und eine Behelfsantenne gebaut. Allerdings würde wohl niemand auf den ersten Blick vermuten, daß das eine Sendeantenne sein könnte.«

»Meinen Glückwunsch, Sir. Das nenne ich prompte Arbeit! Der Sender ist noch an Ort und Stelle?«

»Ja. Mein erster Impuls war natürlich, das verdammte Ding rauszureißen. Aber dann hat die Vernunft gesiegt. Wenn die Deutschen dieses Peilsignal empfangen, hören sie uns auch mit ihrem Horchgerät.«

»Ganz recht. Und wenn wir den Sender unbrauchbar gemacht und Maschinen und Generator gestoppt hätten, hätten sie ihr Sehrohr ausgefahren und uns mühelos geortet.« McKinnon machte eine Pause. »Später gibt's bestimmt eine bessere Gelegenheit, den Peilsender stillzulegen.«

»Sie meinen wohl nachts, Bootsmann – falls wir bis dahin überhaupt noch schwimmen?«

»Ich bin nicht ganz sicher, Sir. Wie Sie eben angedeutet haben, hängt alles davon ab, in welcher Verfassung wir bei Einbruch der Dunkelheit sind.«

Jamieson starrte McKinnon prüfend an; sein nachdenklicher Blick war leicht ungläubig, aber er stellte keine weiteren Fragen.

McKinnon, der sich in die leere Kabine neben Kapitän Andropoulos zurückgezogen hatte, schlief fest, als Johnny Holbrook ihn um 12.30 Uhr an der Schulter rüttete.

»Mr. Naseby ist am Telefon, Sir.«

Der Bootsmann setzte sich in der Koje auf, rieb sich die Augen und starrte den jungen Krankenpfleger, der wie Wayland Day einen Heidenrespekt vor ihm hatte, nicht gerade freundlich an.

»Hätte nicht jemand anders mit ihm reden können?«

»Tut mir leid, Sir. Er wollte ausdrücklich mit Ihnen sprechen.«

McKinnon betrat die Messe, in der einige der anderen bereits beim Mittagessen saßen. Patterson, Jamieson und Dr. Sinclair unterhielten sich mit Margaret Morrison und Schwester Irene. Der Bootsmann griff nach dem Telefonhörer.

»George, du hast mich aus einer besseren Welt holen lassen.«

»Entschuldige, Archie. Ich wollte dich nur benachrichtigen. Wir haben Gesellschaft.« Naseby hätte ebensogut übers Wetter reden können.

»Aha!«

»Steuerbord. Abstand etwa zwei Seemeilen. Nicht völlig aufgetaucht, glaub' ich. Wir sollen stoppen, sonst schießt er.«

»So.«

»Außerdem droht er, uns zu versenken, falls wir unseren Kurs ändern.«

»Tatsächlich?«

»Ja, das hat er gesagt. Vielleicht ist das sogar sein Ernst. Soll ich auf ihn zuhalten?«

»Ja.«

»Volle Fahrt voraus?«

»Wird sofort veranlaßt. Ich bin in einer Minute bei dir.« Er hängte den Hörer ein.

»Donnerwetter!« sagte Margaret Morrison. »Eine spannende Unterhaltung. Und so aufschlußreich, wenn ich das mal so sagen darf.«

»Wir Bootsleute machen nicht viel Worte. Mr. Patterson, könnten wir volle Kraft voraus haben?« Der Leitende Ingenieur nickte, stand auf und ging ans Telefon.

»Weitere Fragen sind wohl überflüssig?« erkundigte Jamieson sich in resigniertem Tonfall.

»Leider, Sir. Tut mir leid, daß Sie beim Mittagessen gestört werden.«

»Sie haben sich wieder für ihre gewohnte – äh – direkte Taktik entschieden?« fragte Dr. Sinclair.

»Uns bleibt gar nichts anderes übrig. Der Mann will uns versenken, wenn wir nicht stoppen.«

»Er sagt bestimmt gleich mehr, wenn er sieht, daß wir auf ihn zuhalten«, stellte Jamieson fest. »Er wird sagen, daß die Besatzung der *San Andreas* aus einer Horde unheilbarer Geisteskranker besteht.«

»Damit könnte er leicht recht haben.« Als McKinnon gehen wollte, legte Ullmann ihm eine Hand auf den Arm.

»Ich komme mit!«

»Bitte nicht, Leutnant. Ich bezweifle, daß es unserem neuen Bekannten gelingen wird, uns zu versenken, aber er wird es versuchen. Sein Hauptziel dürfte die Brücke sein, das steht fest. Wollen Sie alles wieder verderben, was Dr. Sinclair und das Pflegepersonal mühsam mit Catgut und Verbandmaterial erreicht haben? Das wäre egoistisch. Margaret?«

»Sie bleiben, wo Sie sind, Karl Ullmann!«

Ullmann machte ein finsteres Gesicht, zuckte die Achseln, lächelte dann und blieb sitzen.

Als McKinnon die Brücke erreichte, begann die *San Andreas* bereits mit Hartruder nach Steuerbord zu drehen. Naseby sah sich kurz um, als der Bootsmann hereinkam.

»Übernimmst du das Ruder, Archie? Er sendet gerade wieder.«

Naseby trat auf die Steuerbordnock. Im Turm des deutschen U-Boots benutzte jemand tatsächlich einen Blinkscheinwerfer; er morste jedoch so langsam, daß McKinnon vermutete, daß dort ein Signalgast, der kein Englisch konnte, einen vorgesagten Buchstaben nach dem anderen sendete. Vor dem Turm drängten sich drei Männer an dem U-Boot-Geschütz zusammen, das auf die *San Andreas* gerichtet zu sein schien, soweit das aus der Ferne zu erkennen war. Kurze Zeit später war die Übermittlung des Blinkspruchs beendet.

»Was sagt er, George?«

»›Bisherigen Kurs halten. Stoppen Sie oder ich schieße.‹«

»Antworte, daß wir ein Lazarettschiff sind, und erinnere ihn an die Genfer Konvention.«

»Er achtet überhaupt nicht darauf!«

»Tu's trotzdem! Lenke ihn ab, damit wir Zeit gewinnen. Die Regeln besagen, daß niemand auf einen schießt, solange man sich mit ihm unterhält.«

Naseby begann mit dem Blinkspruch, kam aber schon im nächsten Augenblick mit einem Satz ins Ruderhaus zurück. Das Mündungsfeuer des

Geschützes war ebenso unverkennbar wie der krachende Einschlag und die Detonation der Granate in den Aufbauten irgendwo unter ihnen. Naseby warf McKinnon einen vorwurfsvollen Blick zu.

»Dic halten sich nicht an unsere Regeln, Archie.«

»Sieht so aus, George. Kannst du feststellen, wo sie uns getroffen haben?«

Naseby trat auf die Steuerbordnock hinaus und verrenkte sich den Hals. »Mannschaftsmesse«, berichtete er knapp. »Na ja, die ehemalige Mannschaftsmesse. Da war natürlich keiner.«

»Darauf haben sie nicht gezielt, das kannst du mir glauben! Windstärke vier stört uns kaum, aber ein U-Boot ist bei solchem Wetter eine verdammt labile Geschützplattform. Das gefällt mir nicht sonderlich, George. Auf diese Weise treffen sie alles Mögliche, nur nicht ihr eigentliches Ziel. Wir können nur hoffen, daß der nächste Schuß so hoch über die Brücke geht, wie der vorige unter ihr gesessen hat.«

Die nächste Granate ging genau durchs Ruderhaus. Sie zertrümmerte das vordere Fenster an Steuerbord – eine der Scheiben, die ersetzt worden waren, nachdem Klaussens MG-Schützen sie zerschossen hatten –, durchschlug die dünne Metallwand zwischen Kommandobrücke und ehemaliger Funkstation und detonierte unmittelbar dahinter. Die hölzerne Schiebetür, die in Hunderte von gezackten Holzsplittern zerfetzt wurde, flog nach vorn durchs Ruderhaus, und der Detonationsdruck ließ die beiden Männer torkeln – McKinnon gegen den Ruderstand, Naseby gegen einen kleinen Kartentisch. Aber die rasiermesserscharfen Granatsplitter waren in die entgegengesetzte Richtung geflogen, so daß beide unverletzt blieben. Naseby holte keuchend Luft, nachdem der Detonationsdruck seine Lungen leergepreßt hatte. »Sie schießen sich allmählich ein, Archie.«

»Zufall!« Die *San Andreas*, deren Aufbauten wieder ziemlich heftig zu vibrieren begannen, während sie Fahrt aufnahm, lief jetzt genau auf den Turm des noch über eine Seemeile entfernten U-Boots zu. »Der nächste Schuß verfehlt die Brücke bestimmt meilenweit.«

Tatsächlich verfehlte die nächste Granate das ganze Schiff und schlug Hunderte von Metern achteraus ins Meer ein, ohne beim Aufschlag zu detonieren.

Die vierte Granate traf die *San Andreas* irgendwo am Bug. Die genaue Einschlagstelle war von der Brücke aus nicht zu erkennen, weil das Vordeck sich nicht sichtbar aufwölbte. Daß die Granate Schaden angerichtet hatte, stand jedoch außer Zweifel: das laute Rasseln, mit dem die Kette eines der beiden Buganker ausrauschte, um auf den Grund der Norwegischen See zu sinken, mußte meilenweit zu hören sein. Das Rasseln verstummte so plötzlich, wie es begonnen hatte; der Bolzen, der das letzte Kettenglied festhalten sollte, mußte gebrochen sein.

»Macht nichts!« entschied Naseby. »Wer ankert schon bei drei- bis vierhundert Meter Wassertiefe?«

»Wen kümmert der Anker? Die Frage ist nur: haben wir ein Leck?«

Eine weitere Granate detonierte im Vorschiff der *San Andreas*. Diesmal stand außer Zweifel, wo sie eingeschlagen hatte, denn an Backbord wölbte sich ein kleiner Teil des Vordecks fast einen Viertelmeter hoch auf.

»Keine Ahnung, ob wir ein Leck haben oder nicht«, antwortete Naseby. »Ich hab' jedenfalls keine Lust, jetzt nachzusehen. Nicht, solange sie ihr Feuer aufs Vorschiff konzentrieren, was sie offenbar tun. Wir kommen immer näher, deshalb schießen sie immer sicherer. Sie scheinen auf die Wasserlinie zu zielen. Aber sie können uns doch nicht versenken wollen? Und wissen sie nicht, daß da vorn das Gold ist?«

»Ich weiß nicht, was sie wissen. Vermutlich nur, daß wir Gold an Bord haben – das genaue Versteck braucht sie nicht zu interessieren. Außerdem wird das Gold durch ein paar Granatsplitter nicht weniger wertvoll. Wir müssen für alles dankbar sein: solange wir geradewegs auf sie zuhalten, ist es sehr unwahrscheinlich, daß unser Lazarett getroffen wird.«

Die nächste Granate schlug im Vorschiff ein und detonierte an fast derselben Stelle wie die vorhergegangene. Das bereits aufgewölbte Deck wurde erneut fast einen Viertelmeter in die Höhe gedrückt.

»Dort sind der Farben- und Lampenraum und die Zimmermannswerkstatt«, bemerkte Naseby geistesabwesend.

»Daran hab' ich eben gedacht.«

»Waren Curran und Ferguson vorhin unten in der Messe?«

»Darüber hab' ich eben nachgedacht. Ich erinnere mich nicht, die beiden gesehen zu haben, obwohl das kein Beweis dafür ist, daß sie nicht unten waren. Andererseits sind sie solche Faulenzer, daß ihnen zuzutrauen ist, daß sie aufs Mittagessen verzichten, um eine Stunde pennen zu können. Ich hätte sie warnen sollen.«

»Du hattest keine Zeit, irgend jemanden zu warnen.«

»Ich hätte jemanden hinschicken können. Ich habe geglaubt, die Deutschen würden ihr Feuer auf die Brücke konzentrieren, aber ich hätte die beiden trotzdem warnen lassen sollen. Meine Schuld.« Er machte eine Pause, kniff die Augen zusammen, um besser sehen zu können, und sagte: »George, ich glaube, sie drehen ab.«

Naseby hatte sein Glas an die Augen gesetzt. »Richtig! Im Turm steht ein Mann, wahrscheinlich der Kommandant, mit einem Handlautsprecher. Und die Geschützbedienung schwenkt ihr Geschütz in die Längsachse des Boots. – Bedeutet das, was ich vermute, Archie?«

»Nun, der Turm ist leer, und die Geschützbedienung klettert eilig ins Luk, deshalb muß es wohl bedeuten, was du vermutest.«

»Aber wir sind noch fast eine Meile von ihnen entfernt!«

»Der Kommandant geht kein Risiko ein, was nur verständlich ist. Er ist kein Dummkopf wie Klaussen.«

Einige Sekunden beobachteten sie schweigend das tauchende U-Boot. Sein Deck wurde bereits überspült und verschwand rasch unter Wasser.

»Übernimmst du das Ruder, George? Ruf den Leitenden an, sag ihm, was passiert ist, und bitte ihn, auf halbe Fahrt zurückzugehen. Dann zurück auf unseren bisherigen Kurs. Ich gehe nach vorn und sehe nach, ob irgendwelche Räume vollgelaufen sind.«

Naseby sah ihm nach und wußte, daß der Bootsmann erst in zweiter Linie an vollgelaufene Räume dachte. McKinnon wollte vor allem feststellen, ob Curran und Ferguson es tatsächlich vorgezogen hatten, ihre Mittagspause zu verschlafen.

McKinnon war nach etwa zehn Minuten zurück. Er brachte eine Flasche Scotch und zwei Gläser mit, und sein Gesicht war ernst.

»Die beiden haben wohl Pech gehabt?« erkundigte sich Naseby.

»Vom Schicksal im Stich gelassen, George. Von McKinnon im Stich gelassen.«

»Archie, du mußt damit aufhören! Hör bitte auf, dir Vorwürfe zu machen. Was geschehen ist, läßt sich nicht mehr ändern.« Janet hatte ihn abgefangen, als er die Messe betrat – er war mit Naseby heruntergekommen und hatte Trent als Rudersmann und Jones und McGuigan als Ausguck auf der Brücke zurückgelassen –, und in eine Ecke gezogen. »Ach, ich weiß, daß das trivial, meinetwegen auch bedeutungslos klingt. Und wenn du eine weitere triviale, bedeutungslose Feststellung hören willst, weiß ich gleich noch eine: damit kannst du die Toten nicht wieder lebendig machen.«

»Wahr, nur allzu wahr.« Der Bootsmann lächelte humorlos. »Wenn wir von den Toten sprechen wollen – und von den Toten soll man bekanntlich nur Gutes sagen –, so waren die beiden keine besonders wertvollen Mitglieder der menschlichen Gesellschaft. Aber beide waren verheiratet und Familienväter. Was würden sie denken, wenn sie wüßten, daß der tapfere Bootsmann sie in seinem Eifer, ein deutsches U-Boot zu rammen, schlichtweg vergessen hat?«

»Das beste wäre, wenn du sie vergessen würdest. Ich weiß, das klingt grausam, aber laß die Toten ihre Toten begraben. Wir leben – und wenn ich wir sage, meine ich nicht nur dich und mich, sondern alle an Bord. Du bist den Lebenden gegenüber verpflichtet. Siehst du denn nicht, daß alle Menschen auf diesem Schiff, vom Kapitän und Mr. Patterson abwärts, auf dich angewiesen sind? Wir verlassen uns darauf, daß du uns nach Hause bringst.«

»Ach, hör schon auf!«

»Bringst du mich nach Hause, Archie?«

»Nach Scalloway? Ein Katzensprung. Natürlich!«

Sie trat einen halben Schritt zurück, legte ihr Hände mit ausgestreckten Armen auf seine Schultern, blickte ihm forschend in die Augen und lächelte dann.

»Weißt du, Archie, ich glaube wirklich, daß du das schaffst.« McKinnon erwiderte ihr Lächeln. »Das freut mich.« Er glaubte selbst zwar nicht daran, aber er hielt es für wenig sinnvoll, Trübsal zu verbreiten.

Sie setzten sich mit Patterson, Jamieson und Ullmann an einen Tisch. Der Leitende Ingenieur schob ihm ein gefülltes Glas hin. »Das haben Sie verdient, glaub' ich, Bootsmann. Gut gemacht!«

»In Wirklichkeit nicht ganz so gut. Mir blieb im Grunde gar keine andere Wahl. Ich kann nicht sagen, daß mir der U-Boot-Kommandant leid tut, aber er steht vor einem fast unlösbaren Problem. Da er Befehl hat, uns nicht zu versenken, kann er bestenfalls versuchen, die *San Andreas* zu beschädigen. Wir halten auf ihn zu, und er muß tauchen. So einfach ist das.«

»Ja, wenn Sie die Geschichte so darstellen. Wie ich höre, sind Sie auf der Brücke nur knapp mit dem Leben davongekommen.«

»Hätte die Granate die Stahlwand durchschlagen und wäre im Ruderhaus detoniert, wären Naseby und ich erledigt gewesen. Aber sie kam durchs Fenster. Das war reines Glück.«

»Und wie sieht's vorn aus?«

»Drei Einschläge. Alle über der Wasserlinie. Zusammen mit der Beschädigung durch das U-Boot – an der wir allerdings selbst schuld sind – haben die Werftarbeiter einiges zu reparieren, wenn wir ins Trockendock kommen. Das Kollisionsschott ist dicht. Das war die gute Nachricht. Die schlechte Nachricht, an der allein ich schuld bin ...«

»Archie!« sagte Janet scharf.

»Schon gut. Sie haben es bestimmt schon gehört: Curran und Ferguson sind tot.«

»Ja, ich weiß. Verdammtes Pech für die beiden. Damit sind's jetzt zwanzig.« Patterson überlegte kurz. »Glauben Sie, daß diese Situation noch einige Zeit anhalten wird?«

»Welche Situation, Sir?«

»Daß die Deutschen versuchen, uns zu stoppen, anstatt uns zu versenken.«

McKinnon zuckte mit den Schultern. »Den Deutschen kommt es mehr darauf an, die Russen bei unserer Regierung in Mißkredit zu bringen, als die Goldladung zu erbeuten. Wie die Dinge im Augenblick stehen, versuchen sie, beides gleichzeitig zu erreichen. Ihre Habsucht ist eben auch nicht zu unterschätzen.«

»Und solange die anhält, sind wir also verhältnismäßig sicher?«

»Ja, vor einer Versenkung. Aber nicht davor, aufgebracht zu werden.«

»Aber Sie haben doch eben gesagt ...«

»Die Deutschen brauchen nur ein zweites U-Boot heranzuholen, dann sind wir erledigt. Gegen zwei U-Boote haben wir keine Chance. Halten wir auf das eine zu, läuft das andere parallel zu uns und deckt uns mit Granaten ein. Natürlich nicht den Maschinenraum, denn wir sollen mit eigener Kraft nach Norwegen laufen können, sondern das Lazarett. Nach dem ersten Treffer hier unten ziehen wir die weiße Fahne auf – was wir vernünftigerweise schon vor dem ersten Schuß tun sollten. Wenn ich wieder auf die Brücke gehe, nehme ich ein schönes großes Bettlaken mit.«

»Manchmal wünschte ich mir, Bootsmann«, sagte Jamieson, »Sie behielten Ihre Gedanken für sich.«

»Ich habe nur eine Frage beantwortet, Sir. Und ich habe noch eine weitere Frage, wenn Sie so wollen. Von dem Plan, die *San Andreas* als Goldfrachter einzusetzen, kann nur eine Handvoll Leute gewußt haben. Ein, zwei Minister, ein, zwei Admirale. Bestimmt nicht mehr. Ich frage mich, wer der Verräter ist, der uns verkauft hat. Wenn wir die Heimat erreichen, und wenn dann irgend ein Prominenter unerklärlicherweise Selbstmord verübt, wissen wir, wer es gewesen ist.« McKinnon stand auf. »Jetzt müssen Sie mich bitte entschuldigen – ich habe noch zu tun.«

»Was hast du zu tun, Archie?« fragte Janet. »Hast du nicht schon genug gearbeitet?«

»Ein Bootsmann hat immer Arbeit. Routinedinge, Janet, alles Routinedinge.« Er verließ die Messe.

»Routinedinge?« wiederholte Janet. »Was für Routinedinge?«

»Curran ist tot«, antwortete Jamieson.

Sie machte ein verständnisloses Gesicht. »Ja, ich weiß . . .«

»Curran war Segelmacher. Er hätte die Toten einnähen müssen.«

Janet stand hastig auf und verließ den Tisch. Patterson musterte Jamieson aufgebracht.

»Manchmal wünschte ich mir, Zweiter, Sie behielten Ihre Gedanken für sich. Wie wenig taktvoll Ihre Antwort gewesen ist, hätte wohl ein Blinder sehen können!«

»Sie haben recht. Zartgefühl? Ein Wasserbüffel hätte sich geschickter angestellt.«

13

Patterson brachte seine Ansprache zu Ende – das Ritual der Bestattung war für ihn fast schon Routine geworden –, die Planken wurden gehoben, und die in Segeltuch eingenähten Leichen Currans und Fergusons glitten ins eisige Wasser der Norwegischen See. In diesem Augenblick verstummte das Geräusch der Maschinen, und die *San Andreas* verlor an Fahrt. Fast die gesamte Besatzung hatte sich an Deck eingefunden – die beiden Toten waren allgemein beliebt gewesen. Unter Deck waren die Köche und Stewards, das Pflegepersonal und drei Heizer. Trent und Jones waren auf der Brücke.

Jamieson reagierte als erster. »Sieht so aus, als hätten wir einen Fehler gemacht«, sagte er. Dann ging er davon – allerdings nicht rasch, sondern mit der Miene eines Mannes, der wußte, daß in diesem Fall keine besondere Eile geboten war.

Patterson und McKinnon folgten ihm. »Was hat er damit gemeint?« wollte Patterson wissen. »Welchen Fehler sollen wir gemacht haben?«

»Er hat sich sehr zurückhaltend ausgedrückt, Sir. Eigentlich wollte er sagen, daß der allwissende Bootsmann einen weiteren Fehler gemacht hat. Wer hat unten Wache gehabt?«

»Nur Stephen, der junge Pole.«

»Hoffentlich geht er nicht als nächster über Bord.«

Patterson blieb stehen und hielt McKinnon am Arm fest. »Was soll das heißen? Und was meinen Sie mit ›schwerem Fehler‹?«

»Eins hängt mit dem anderen zusammen.« Der Bootsmann sprach monoton. »Vielleicht bin ich übermüdet. Vielleicht arbeitet mein Verstand nicht sonderlich gut. Ist Ihnen aufgefallen, wer nicht an der Bestattung teilgenommen hat, Sir?«

Patterson starrte ihn einige Sekunden lang an, bevor er sagte: »Das Pflegepersonal. Die Stewards. Das Küchenpersonal. Die Männer auf der Brücke.« Seine Hand umklammerte den Arm des Bootsmanns. »Und McCrimmon!«

»Ganz recht. Und wer ist auf die glänzende Idee gekommen, McCrimmon frei herumlaufen zu lassen?«

»Die Sache hat sich einfach nicht wie erwartet entwickelt. Sie können nicht an alles denken. Das kann kein Mensch! Dieser McCrimmon ist ein gerissener Bursche. Glauben Sie, daß wir ihm etwas nachweisen können?«

»Mit Sicherheit nicht! Trotzdem möchte ich ihn mit Ihrer Erlaubnis einsperren, Sir.« McKinnon schüttelte den Kopf und lächelte bitter. »Es gibt nichts Besseres, als den Brunnen abzudecken, nachdem das Kind hineingefallen ist.«

Stephen lag auf Grätings, unter denen das noch immer aus einer durchtrennten Treibölleitung spritzende Bunkeröl hin und her schwappte. Hinter dem rechten Ohr hatte er eine rasch anschwellende Beule, die leicht blutete. Dr. Sinclair, der ihn untersucht hatte, richtete sich auf.

»Ich lasse ihn ins Lazarett bringen. Wir müssen den Schädel röntgen, obwohl ich nicht glaube, daß er einen Schädelbruch hat. Wahrscheinlich hat er nur kräftige Kopfschmerzen, wenn er wieder aufwacht.« Der Arzt warf einen Blick auf die beiden neben Stephen liegenden Werkzeuge. »Sie wissen, wer das war, Bootsmann?«

»Ja.«

»Die Rohrzange, mit der er niedergeschlagen wurde, und die Axt, mit der die Treibölleitung durchtrennt worden ist. Vielleicht sind Fingerabdrücke daran.«

»Nein.« McKinnon stieß mit dem Stiefel ein Knäuel Putzwolle an. »Damit hat er seine Fingerabdrücke abgewischt.« Er sah zu Patterson hinüber. »Die Leitung läßt sich ersetzen, Sir?«

»Natürlich! Wie lange dauert das, Zweiter?«

»Ein bis zwei Stunden«, antwortete Jamieson prompt.

»Kommen Sie bitte mit, Mr. Patterson?«

»Mit Vergnügen, Bootsmann.«

»Ihnen ist doch klar, daß Sie ihn hätten erschlagen können?« erkundigte der Bootsmann sich im Gesprächston.

McCrimmon, der in der Messe auf einer Bank hockte, sah unverschämt grinsend zu ihm auf.

»Wovon reden Sie überhaupt, verdammt noch mal?«

»Von Stephen.«

»Stephen? Was ist mit Stephen?«

»Ich rede von Stephen und seinem Schädelbruch.«

»Ich verstehe noch immer nicht, worauf Sie hinauswollen«, behauptete der Heizer. »Schädelbruch? Woher hat er 'nen Schädelbruch?«

»Weil Sie im Maschinenraum waren und ihn niedergeschlagen haben. Außerdem haben Sie da unten die Treibölleitung durchtrennt.«

»Unsinn! Ich sitze seit einer Viertelstunde auf diesem Platz hier!«

»Dann müssen Sie gesehen haben, wer in den Maschinenraum runtergegangen ist. Sie sind Heizer, McCrimmon. Die Maschinen bleiben stehen, und Sie gehen nicht mal runter, um nach dem Rechten zu sehen?«

McCrimmon kaute schmatzend seinen Kaugummi. »Sie wollen mir bloß was anhängen! Was für Beweise haben Sie?«

»Genügend«, stellte Patterson fest. »Sie stehen unter Arrest, McCrimmon. Sobald wir wieder zu Hause sind, werden Sie wegen Mordes und Landesverrats vor Gericht gestellt, verurteilt und garantiert erschossen.«

»Reden Sie doch keinen Stuß!« wehrte McCrimmon verächtlich ab. »Ich hab' nichts getan, und Sie können mir nicht das geringste nachweisen.« Aber sein ohnehin schon blasses Gesicht war noch blasser geworden.

»Das brauchen wir gar nicht«, behauptete McKinnon. »Ihr Freund Simons oder Braun, oder wie er sonst heißt, hat gesungen wie ein Kanarienvogel. Er ist scharf darauf, als Kronzeuge aufzutreten, weil er hofft, dann mit weniger als lebenslänglich davonzukommen.«

»Dieser Mistkerl!« McCrimmon sprang auf und griff mit der rechten Hand in seinen Overall.

»Finger weg!« fuhr Patterson ihn an. »Was immer Sie da haben, lassen Sie's stecken! Sie können nicht von Bord flüchten, McCrimmon – und der Bootsmann erledigt Sie mit einer Hand.«

»Her damit!« verlangte McKinnon. Er streckte eine Hand aus, in die der Heizer sehr langsam und vorsichtig sein Messer mit dem Griff voraus legte.

»Sie haben noch längst nicht gewonnen.« Sein Gesichtsausdruck war zugleich ängstlich und bösartig. »Wer zuletzt lacht, lacht am besten!«

»Schon möglich.« Der Bootsmann betrachtete ihn prüfend. »Sie wissen etwas, das wir nicht wissen?«

»Kann sein.«

»Zum Beispiel, daß in der Funkstation ein Peilsender versteckt ist?«

McCrimmon wollte sich auf den Bootsmann stürzen, schrie auf und brach zusammen. McKinnons Faust hatte ihm das Nasenbein zertrümmert.

Patterson starrte den Bewußtlosen an und sah dann zu McKinnon auf. »Hat Sie das erleichtert?«

»Ich hätte es wahrscheinlich nicht tun sollen, aber – nun, ich gebe zu, daß es mich in gewisser Weise erleichtert hat.«

»Mich auch«, gestand Patterson ein.

Ein nur scheinbar endloser Tag ging in den Abend und die Nacht über, ohne daß die Deutschen erneut versucht hätten, die *San Andreas* aufzubringen. Das Lazarettschiff machte wieder Fahrt – auf direktem Kurs nach Aberdeen.

Stephen war längst wieder bei Bewußtsein und hatte – wie Dr. Sinclair vorausgesagt hatte – lediglich kräftige Kopfschmerzen. Dr. Sinclair hatte McCrimmons zertrümmertes Nasenbein einigermaßen gerichtet, aber das wäre eine Aufgabe für einen Spezialisten gewesen, und Dr. Sinclair war kein Schönheitschirurg.

Leutnant Ullmann, der eine Seekarte vor sich auf dem Tisch ausgebreitet hatte, rieb sich nachdenklich das Kinn und musterte McKinnon, der ihm in der Kapitänskabine gegenübersaß.

»Bisher haben wir Glück gehabt. Glück? Ich hätte nie gedacht, daß ich das einmal an Bord eines britischen Schiffs sagen würde. Warum werden wir in Ruhe gelassen?«

»Weil wir tatsächlich Glück gehabt haben. Ihre Landsleute haben kein zweites U-Boot in der Nähe gehabt, und unser Freund, der uns beschattet, hat keine Lust zu einem weiteren Versuch, uns aufzubringen. Außerdem befinden wir uns immer noch auf direktem Kurs nach Aberdeen. Die Deutschen wissen, wo wir stehen, und haben keinen Grund zu der Annahme, daß wir nicht nach Aberdeen wollen. Sie können nicht wissen, was bei uns an Bord passiert ist.«

»Wahrscheinlich haben Sie recht.« Ullmann starrte auf die Seekarte und klopfte sich mit einem Fingernagel leicht gegen die oberen Schneidezähne. »Falls heute nacht nichts passiert, ist's morgen soweit. Davon bin ich überzeugt. Das spüre ich.«

»Ja, ich weiß.«

»Was wissen Sie?«

»Morgen ist es soweit. Ihre Landsleute sind nicht auf den Kopf gefallen. Morgen passieren wir die Shetlandinseln. Sie werden mit der Möglichkeit rechnen, daß wir uns entschließen, Lerwick oder einen anderen Hafen anzulaufen, und entsprechend handeln.«

»Flugzeuge? Condors?«

»Möglich«, antwortete McKinnon knapp.

»Hat die Air Force dort Jäger stationiert?«

»Das nehme ich an. Aber ich weiß es nicht sicher. Ich war seit Jahren nicht mehr dort.«

»Die Luftwaffe weiß sicher Bescheid. Wenn dort Hurricanes oder Spitfires stationiert sind, riskiert sie keine Condor.«

»Sie könnte sie von einigen Messerschmitts begleiten lassen.«

»Und sonst wäre wohl ein Torpedo fällig?«

»Das ist eine Möglichkeit, über die ich nicht gern nachdenke.«

»Ich auch nicht«, gab Ullmann zu. »Ein Torpedo hat etwas sehr Endgültiges an sich.« Er machte eine Pause. »Wissen Sie, eigentlich brauchen wir nicht nach Süden an Bressay vorbeizulaufen und Bard Head zu umrunden. Wir könnten durch den Nordkanal fahren. Das Dorf am Kanaleingang heißt Maryfield, nicht wahr?«

»Da bin ich geboren.«

»Dann kennen Sie sich dort aus. Um so besser. Wenn wir scharf abdrehen, um den Nordkanal zu erreichen, müssen wir also mit einem Torpedo rechnen?«

»Ja«, bestätigte McKinnon einsilbig.

»Aber wenn wir an Bressay vorbei stetig nach Süden weiterdampfen, glauben die anderen vielleicht, daß wir wie zuvor nach Aberdeen unterwegs sind?«

»Das können wir nur hoffen, Leutnant. Eine Garantie dafür gibt's nicht. Mehr können wir nicht tun.«

»Wir können also überhaupt nichts tun?«

»Doch – wir können hier untergehen und zu Abend essen.«

»Vielleicht unser Henkersmahl?«

McKinnon hielt die Daumen hoch, lächelte und schwieg.

Das Abendessen fand verständlicherweise in ziemlich gedrückter Stimmung statt. Vor allem Patterson war nachdenklicher als sonst.

»Haben Sie schon mal überlegt, Bootsmann, daß wir diesem U-Boot davonlaufen könnten? Ohne gleich die Kessel platzen zu lassen, könnten wir zwei, drei Knoten mehr aus diesem Kahn rausholen.«

»Ja, Sir. Das könnten Sie bestimmt.« Die in der Luft liegende Spannung war fast mit Händen zu greifen. »Ich bin aber auch davon überzeugt, daß das U-Boot diese Leistungssteigerung sofort wahrnehmen würde. Der Kommandant würde erkennen, daß wir wissen, daß er nach wie vor in unserer Nähe ist und uns beschattet. Er würde einfach auftauchen – dadurch würde das U-Boot schneller – und uns erledigen. Wahrscheinlich hat er mindestens ein Dutzend Torpedos an Bord. Wie viele davon würden uns wohl verfehlen?«

»Vielleicht wäre schon der erste ein Volltreffer.« Patterson seufzte. »Ratlose Leute machen ziemlich ratlose Vorschläge. Sie könnten sich ruhig etwas optimistischer äußern, Bootsmann.«

»Rast nach schwerer Arbeit«, warf Jamieson ein. »Hafen nach stürmischer See. Aber für uns gibt's keine Rast, Bootsmann. Keinen sicheren Hafen. Meinen Sie das?«

»Muß wohl so sein, Sir.« Er deutete auf Janet Magnusson. »Aber ich habe dieser Dame versprochen, sie heimzubringen.«

Janet lächelte ihm zu. »Sehr nett von dir, Archie McKinnon. Aber leider geschwindelt.«

McKinnon erwiderte ihr Lächeln. »O ihr Kleingläubigen!«

Ullmann nahm als erster einen Stimmungswandel wahr. »Ist Ihnen etwas eingefallen, Mr. McKinnon?«

»Ja. Ich hoffe es zumindest.« Er sah zu Margaret Morrison hinüber. »Würden Sie Kapitän Bowen bitten, in den Aufenthaltsraum zu kommen?«

»Schon wieder eine Geheimbesprechung? Ich dachte, es gäbe keine Spione oder Saboteure mehr an Bord?«

»Damit rechne ich eigentlich nicht. Aber ich will nichts riskieren.« McKinnon sah sich am Tisch um. »Ich möchte Sie alle zu diesem Gespräch einladen.«

Am nächsten Morgen kurz nach Tagesanbruch – in diesen Breiten noch immer ziemlich spät – blickte Leutnant Ullmann durch die Tür zum Steuerbordnock zu einer flachen Insel hinüber, die zwischen Schneeregenschauern immer wieder sichtbar wurde.

»Das ist Unst, ja?«

»Richtig, das ist Unst.« Obwohl McKinnon nur wenige Stunden geschlafen hatte, wirkte er ausgeruht, unverkrampft und beinahe fröhlich.

»Und danach weinen Shetländer sich in der Fremde die Augen aus?«

»Ganz recht.«

»Ich möchte niemand kränken, Mr. McKinnon, aber das ist wahrscheinlich die kahlste, düsterste und unwirtlichste Insel, die mir jemals unter die Augen gekommen ist.«

»Heimat, süße Heimat«, sagte McKinnon ungerührt. »Schönheit liegt im Blick des Betrachters, Leutnant. Außerdem wirkt bei solchem Wetter keine Landschaft strahlend schön.«

»Das ist der zweite Punkt! Ist das Wetter hierzulande immer so scheußlich?«

McKinnon betrachtete die schiefergraue See, die geschlossene Wolkendecke und den Schneeregen mit zufriedener Miene. »Ich finde das Wetter großartig.«

»Im Blick des Betrachters, wie Sie so richtig gesagt haben. Ich bezweifle, daß ein Condor-Flugzeugführer Ihrer Meinung wäre.«

»Höchstwahrscheinlich nicht.« McKinnon deutete nach vorn. »Dicht neben dem Bug an Steuerbord. Das ist Fetlar.«

»Aha!« Ullmann blickte auf die Seekarte. »Bis auf ein, zwei Seemeilen genau da, wo wir sein müßten. Wir haben ganz ordentliche Arbeit geleistet, Mr. McKinnon.«

»Wir? Sie, wollten Sie sagen. Sie haben hervorragend navigiert, Leutnant. Die Admiralität sollte Ihnen einen Orden verleihen.«

Ullmann lächelte. »Ich weiß nicht recht, ob der Reichsmarschall das billigen würde ... Weil wir gerade dabei sind: Sie benötigen meine Dienste wohl nicht mehr? Als Navigator, meine ich?«

»Mein Vater war Fischer. Ich habe meine ersten vier Jahre auf See auf seinem Boot in diesen Gewässern verbracht. Hier die Orientierung zu verlieren, wäre für mich verdammt schwierig.«

»Das kann ich mir vorstellen.« Ullmann trat auf die Steuerbordnock hinaus, blickte einige Sekunden lang nach achtern, kam hastig ins Ruderhaus zurück, zitterte sichtlich und klopfte den Schnee von seiner Jacke.

»Der Himmel – soweit er überhaupt zu sehen ist – wird im Norden ziemlich schwarz. Und der Wind frischt etwas auf. Dieses scheußliche Wetter scheint noch eine Zeitlang anzuhalten. Damit haben Sie aber nicht rechnen können!«

»Ich bin kein Hexenmeister. Und auch kein Wahrsager. Der Blick in die Zukunft gehört leider nicht zu meinen Spezialitäten.«

»Gut, dann haben wir eben zur rechten Zeit Glück gehabt.«

»Glück könnten wir allerdings gebrauchen. Zumindest ein bißchen.«

Fetlar lag an Steuerbord querab, als Naseby heraufkam, um McKinnon am Ruder abzulösen. Der Bootsmann trat auf die Steuerbordnock hinaus, um das Wetter selbst zu begutachten. Da die *San Andreas* fast genau nach Süden lief, kam der Nordwind ziemlich exakt von achtern. Die dort stehenden Wolken waren dunkel und drohend, aber McKinnon achtete nicht lange darauf. Er war – zunächst nur andeutungsweise, dann aber ganz eindeutig – auf etwas weit Bedrohlicheres aufmerksam geworden. Er trat ins Ruderhaus zurück und wandte sich an Ullmann.

»Erinnern Sie sich daran, daß wir vorhin von Glück gesprochen haben?« Der Deutsche nickte. »Damit ist es jetzt aus«, erklärte McKinnon. »Ich habe eine Condor gehört.«

Ullmann äußerte sich nicht dazu. Er trat wortlos auf die Steuerbordnock hinaus, um zu horchen, und kam nach einer halben Minute wieder herein.

»Ich höre nichts.«

»Das hängt mit den Schwankungen des Windes zusammen. Ich habe sie deutlich gehört. Nordöstlich von uns. Ich bin davon überzeugt, daß der Pilot vermeiden wollte, von uns gehört zu werden. Ihre Landsleute sind sehr vorsichtig oder äußerst mißtrauisch – oder vielleicht beides. Sie müssen damit rechnen, daß wir versuchen, einen Hafen auf den Shetlands zu erreichen. Deshalb ist das U-Boot vor Tagesanbruch aufgetaucht und hat eine Condor angefordert. Der Pilot hat bestimmt Anweisung, außerhalb unserer Hör- und Sichtweite zu bleiben. Das tut er, bis das U-Boot meldet, daß wir plötzlich unseren Kurs geändert haben. Dann kommt er uns besuchen.«

»Um uns zu erledigen«, warf Naseby ein.

»Rosenblätter wirft er jedenfalls nicht ab.«

»Du glaubst also nicht mehr, daß die Deutschen Torpedoflugzeuge oder Stukas schicken, die uns versenken sollen?«

»Nein. Sie wären nicht rechtzeitig da und könnten auch nicht schon früher kommen und in unserer Nähe warten. Dafür fehlt ihnen die Reichweite. Aber die Viermotorige da draußen kann uns notfalls den ganzen Tag lang überwachen. Übrigens wissen wir natürlich nicht, ob da nur eine Condor kreist. Vielleicht sind's in Wirklichkeit zwei oder drei. Du darfs nicht vergessen, daß wir ein sehr, sehr wichtiges Ziel sind.«

»Eine Gabe, die nur wenige besitzen«, meinte Ullmann trübselig. »Diese Fähigkeit, Menschen aufzuheitern und ihnen das Herz leichter zu machen.«

»Ganz meiner Meinung!« Naseby wirkte so deprimiert wie Ullmann. »Verdammt noch mal, mir wär's lieber, wenn du vorhin nicht rausgegangen wärst!«

»Soll ich die Last meiner Geheimnisse ganz allein tragen? Wir brauchen es ja nicht weiterzuerzählen. Wozu Trübsinn und Verzweiflung verbreiten, wenn wir die Tatsachen ohnehin nicht ändern können?«

»Selige Unwissenheit, was?« erkundigte Naseby sich. Als McKinnon nickte, fügte er hinzu: »Davon könnte ich auch 'ne Portion brauchen.«

Als sie kurz nach Mittag eine Gruppe kleiner, undeutlich erkennbarer Inseln passierten, die McKinnon als Skerries bezeichnete, gingen Ullmann und er nach unten und ließen Naseby und McGuigan auf der Brücke zurück. Der Schneeregen hatte nachgelassen, aber nicht ganz aufgehört. Auch der Wind war abgeflaut. Die Sichtweite schwankte zwischen zwei und vier Seemeilen. Die Wolkenuntergrenze lag bei etwa 600 Metern, und irgendwo darüber lauerte die unsichtbare Condor. McKinnon hatte sie nicht wieder gehört, aber er bezweifelte keinen Augenblick, daß sie noch da war.

Kapitän Bowen und Kennet saßen in ihren Betten, und der Bootsmann wechselte einige Worte mit ihnen und Margaret Morrison. Alle gaben sich betont gelassen, aber die in der Luft liegende Spannung war unverkennbar. Sie wäre noch viel höher gewesen, wenn die anderen von der über den Wolken patrouillierenden Condor gewußt hätten.

In der Messe traf er Patterson und Dr. Sinclair. »Ein Vormittag ohne Alarm und Ablenkungen – merkwürdig, nicht wahr, Bootsmann?« meinte Dr. Sinclair.

»Hoffentlich bleibt es dabei.« McKinnon fragte sich, ob der Arzt die Condor als alarmierend oder ablenkend einstufen würde. »Das Wetter ist auf unserer Seite. Schneeregen, schlechte Sicht – kein Nebel, aber Dunst – und tiefhängende Wolken.«

»Das klingt vielversprechend. Vielleicht erreichen wir die glücklichen Inseln doch noch.«

»Das hoffen wir. Weil wir gerade bei den glücklichen Inseln sind – haben Sie schon Vorbereitungen für den Abtransport unserer Verwundeten getroffen, damit wir sie schnellstens von Bord bringen können?«

»Ja. Kein Problem, Bootsmann. Rafferty braucht eine Tragbahre. Das gleiche trifft auf vier der Männer zu, die wir in Murmansk an Bord genommen haben – zwei mit Beinverletzungen, zwei mit Erfrierungen. Insgesamt also fünf. Kein Problem!«

»Klingt gut. Mr. Patterson, die beiden Ganoven McCrimmon und Simons – wir müssen sie fesseln. Zumindest müssen wir ihnen die Hände auf den Rücken binden, bevor wir sie an Land schaffen.«

»Sofern wir Gelegenheit haben, sie an Land zu schaffen. Damit müssen wir bis zuletzt warten, Bootsmann. Die beiden sind in der Wolle gefärbte Verbrecher, aber wir wollen nicht daran schuld sein, daß sie mit dem Schiff absaufen.«

»Reden Sie bitte nicht von solchen Dingen!« verlangte Dr. Sinclair.

»Wie Sie wünschen, Sir. Haben die beiden zu essen bekommen? Das ist mir allerdings ziemlich gleichgültig.«

»Nein«, antwortete der Arzt. »Simons behauptet, ihm sei der Appetit vergangen, und McCrimmon hat zu große Schmerzen, um essen zu können. Das glaube ich ihm. Er kann kaum die Lippen bewegen, um zu sprechen. Er sieht aus, als hätte er mit einem Vorschlaghammer Bekanntschaft gemacht, Bootsmann.«

»Mir kommen die Tränen.«

McKinnon aß rasch und stand wieder auf. »Ich muß Naseby ablösen.«

»Wann wechseln wir den Kurs, Bootsmann?« fragte Patterson.

»In ungefähr zwei Stunden, Sir. Vielleicht schon früher, wenn ich einen Schneeschauer oder eine Nebelwand sehe, in der wir verschwinden können. Sie oder Mr. Jamieson sind dann im Maschinenraum?«

»Wahrscheinlich beide.« Patterson seufzte. »Wir können nur hoffen, daß die Sache klappt, Bootsmann.«

»Mehr können wir nicht tun, Sir.«

Kurz nach 15 Uhr beschloß McKinnon, der mit Naseby und Ullmann auf der Brücke stand, den Kurswechsel zu wagen. »Im Augenblick ist nichts zu sehen«, sagte er zu Ullmann, »aber wir stehen doch ziemlich genau vor der Südspitze von Bressay?«

»Ja, das müßte stimmen. Genau westlich von uns.«

»Ewig können wir das Unvermeidliche nicht hinausschieben.« McKinnon griff nach dem Telefonhörer. »Mr. Patterson? Jetzt, wenn's recht ist. George, hart Steuerbord. Kurs West!«

»Und woher soll ich wissen, wo Westen ist?«

McKinnon öffnete die Tür zur Steuerbordnock und klemmte sie fest. »Jetzt wird's kalt – und feucht –, aber wenn du den Wind auf der rechten Seite spürst, liegst du richtig.« Er betrat die zertrümmerte Funkstation, legte den Peilsender still, kam ins Ruderhaus zurück und trat auf die Backbordnock hinaus.

Das Wetter war unverändert. Graue Wolken, graue See, Schneeregenschauer und schlechte Sicht mit Sichtweiten bis zu zwei Seemeilen. Als McKinnon ins Ruderhaus zurückkam, ließ er auch die zweite Tür offen, so daß der Wind hindurchpfeifen konnte.

»Man fragt sich«, meinte Ullmann, »was der U-Boot-Kommandant jetzt wohl denken mag.«

»Wahrscheinlich nichts sehr Erfreuliches. Alles hängt davon ab, ob er sich bei der Verfolgung auf den Peilsender verlassen hat oder auf sein Horchgerät – oder auf beides. Wenn er sich nach dem Peilzeichen orientiert hat, dürfte er gebührend Abstand gehalten haben, um ungesehen seine Antenne ausfahren zu können. In diesem Fall könnten wir außer Reichweite seines Horchgeräts gewesen sein. Und wenn das der Fall war, kann er glauben, der Sender habe versagt. Schließlich hat er keinen Grund zu der Annahme, wir könnten den Peilsender entdeckt haben und McCrimmon auf die Schliche gekommen sein.«

Die *San Andreas* machte weiter gute Fahrt nach Westen.

»Er ist in der Zwickmühle«, sagte McKinnon. »Keine Position, in der ich sein möchte. Wofür entscheidet er sich? Geht er mit der Fahrt herauf und bleibt auf unserem bisherigen Kurs, weil er hofft, uns auf diese Weise einzuholen? Oder glaubt er, daß wir den nächsten Hafen anlaufen wollen, und legt sich vor Bard Head auf die Lauer, um uns abzufangen? Alles hängt davon ab, wie gerissen er ist.«

»Schlecht abzuschätzen«, meinte Ullmann.

»Ich weiß, was er tun kann!« warf Naseby ein. »Wir vermuten nur, daß er uns nicht mit einem Horchgerät verfolgt hat. Wenn er so gerissen ist wie du, Archie, steuert er einen Abfangkurs – und fordert die Condor auf, unter die Wolken zu gehen und uns zu suchen.«

»Ich hab' schon befürchtet, daß du das sagen würdest.«

Eine Viertelstunde verstrich in bedrückendem Schweigen, dann trat McKinnon auf die Backbordnock hinaus. Er blieb nicht lange im Freien.

»Du hast recht gehabt, George«, gab der Bootsmann resigniert zu. »Er ist da draußen und sucht uns. Die Motoren der Condor sind deutlich zu hören. Sie hat uns noch nicht gefunden. Aber das kommt noch, darauf können wir uns leider verlassen. Der Flugzeugführer braucht nur lange genug Suchschleifen zu fliegen, dann muß er uns zwangsläufig entdecken. Danach ein Funkspruch ans U-Boot und ein Bombenteppich für uns, bevor das U-Boot uns den Fangschuß gibt.«

»Kein sehr erfreulicher Gedanke«, stellte Naseby fest.

Ullmann trat auf die Backbordnock hinaus und kam fast augenblicklich zurück. Er nickte nur schweigend.

McKinnon griff nach dem Telefonhörer. »Mr. Patterson? Bitte äußerste Kraft voraus. Die Condor sucht unter den Wolken nach uns, und es ist nur eine Frage von Minuten, bis sie uns entdeckt. Ich möchte so schnell wie möglich von hier verschwinden.«

»Du bist nicht so schnell wie die Condor«, stellte Naseby fest.

»Das ist mir leider klar, George. Aber ich habe nicht die Absicht, hier stillzuliegen, während der Pilot anfliegt und seine Bomben wirft. Wir können es wenigstens mit ein paar Ausweichmanövern versuchen.«

»Außerdem ist er verdammt viel wendiger als wir. An deiner Stelle würd' ich's mit ein paar Gebeten versuchen.«

Die Condor brauchte weitere zwanzig Minuten, um sie zu entdecken. Aber sie fand die *San Andreas* und verlor keine Zeit, ihre Anwesenheit hör- und spürbar zu machen. Sie flog in klassischer Manier von achtern an: so tief, wie Naseby vorausgesagt hatte, kaum höher als 100 Meter über dem Meeresspiegel. Naseby legte das Ruder hart Backbord, aber er hätte sich die Mühe sparen können. Die Condor war – wie er ebenfalls festgestellt hatte – weit wendiger als sie.

Die Bombe, der Größe nach jedenfalls keine 250-Kilo-Bombe, durchschlug das Hauptdeck knapp zwanzig Meter vor den Aufbauten, detonierte mit einem Feuerblitz und ließ ölig schwarze Flammenzungen aufsteigen.

»Merkwürdig«, meinte Naseby.

Der Bootsmann schüttelte den Kopf. »Keineswegs, George. Habgier.«

»Habgier?« Ullmann warf ihm einen fragenden Blick zu und nickte dann. »Gold.«

»Sie haben die Hoffnung nicht aufgegeben. Wie weit ist es noch bis Bard Head?«

»Vier Seemeilen?«

»Das könnte ungefähr stimmen. Wenn sie's bis dahin nicht geschafft haben, uns zu stoppen, versenken sie uns.«

»Und wenn wir stoppen?«

»Dann warten sie, bis das U-Boot da ist und uns ein Prisenkommando an Bord schickt.«

»Traurig«, meinte Naseby. »Dieser Hang zu materiellen Werten.«

»Ich glaube«, sagte McKinnon, »daß sie in ein bis zwei Minuten zurückkommen, um uns diesen Hang erneut zu beweisen.«

Tatsächlich flog die FW 200 eine steile Kurve und kam dann zurück, um die *San Andreas* an Backbord zu überfliegen.

»Manche von euch Condor-Piloten«, sagte McKinnon zu Ullmann, »sind sehr entschlossen und zielstrebig.«

»Ja, aber manchmal wünscht man sich, es wäre anders.«

Der zweite Angriff war eine genaue Wiederholung des ersten. Der Flugzeugführer – oder sein Bombenschütze – verstand sein Handwerk offenbar ausgezeichnet: die zweite Bombe schlug an derselben Stelle im Vorschiff ein – mit genau derselben Wirkung.

»Das sind keine besonders schweren Bomben», stellte McKinnon fest, »aber viel mehr davon vertragen wir nicht. Noch ein Treffer, dann müssen wir aufstecken.«

»Sie wollen das weiße Bettlaken setzen?«

»Richtig! Ich hab's gleich mitgebracht. Es ist mir ernst damit. Ich wäre ... Halt, ich höre einen Flugmotor!«

»Den hab' ich schon lange gehört«, antwortete Ullmann. »Made in Germany.«

»Nein, der nicht! Er klingt völlig anders. Das ist ein Jäger! Mein Gott, wie konnte ich nur so dumm sein? Oder wie konnten Sie nur so dumm sein? Oder der Pilot dieser Condor? Auf der Insel gibt es natürlich eine Radarstation. Wahrscheinlich starren die Inseln von solchen Stationen. Sie haben uns natürlich geortet; sie haben natürlich die Condor erfaßt. Und dann haben sie jemanden losgeschickt, der nach dem Rechten sehen soll. Nein, nicht nur einen – ich höre zwei!« McKinnon schaltete die Scheinwerfer ein, mit denen die roten Kreuze auf dem Hauptdeck und am Rumpf der *San Andreas* beleuchtet wurden. »Ich möchte nicht, daß sie uns mit der *Tirpitz* verwechseln.«

»Jetzt sehe ich sie«, sagte Ullmann. Seine Stimme war ausdruckslos.

»Ich auch.« McKinnon sah zu Ullmann hinüber und versuchte, sich nicht anmerken zu lassen, in welcher Hochstimmung er sich befand. »Sie erkennen sie?«

»Ja. Hurricanes.«

»Tut mir leid, Leutnant.« Das Bedauern in der Stimme des Bootsmanns war aufrichtig. »Aber Sie wissen, was das bedeutet?«

»Ja. Leider.«

Der einseitige Kampf dauerte nicht lange. Die Hurricanes setzten sich hinter die Condor und schossen gleichzeitig: eine von oben, die andere von unten. Die FW 200 explodierte nicht in der Luft; sie stürzte, eine lange Rauchfahne hinter sich herziehend, steil ins Meer und verschwand unter den Wellen. Leutnant Ullmanns Gesicht blieb so ausdruckslos wie zuvor.

Die beiden Jagdflugzeuge kehrten zur *San Andreas* zurück und begannen sie zu umkreisen: eines in unmittelbarer Nähe, das andere in etwa einer Seemeile Abstand. Obwohl nicht recht zu erkennen war, was sie gegen ein angreifendes U-Boot hätten ausrichten können, war ihre Anwesenheit ungemein beruhigend.

McKinnon trat auf die Backbordnock hinaus und winkte der das Schiff in der Nähe umkreisenden Maschine zu. Die Hurricane wackelte mit den Tragflächen.

Als McKinnon im Maschinenraum anrief, meldete sich Jamieson. »Ich glaube, Sie können auf normale Fahrt zurückgehen, Sir. Die Condor ist weg.«

»Weg? Wohin?« Jamiesons Stimme klang verblüfft.

»Ins Meer gestürzt. Zwei Hurricanes haben sie abgeschossen.«

Die Hurricanes blieben in der Nähe, bis die *San Andreas* auf etwa eine Seemeile an Bard Head herangekommen war.

Dann tauchte eine schmale, waffenstarrende Fregatte aus der Abenddämmerung auf und glitt mühelos längsseits. McKinnon stand an Deck.

Ein Mann an Bord der Fregatte – vermutlich der Kommandant – benutzte einen Handlautsprecher.

»Brauchen Sie Schutz und Hilfe?«

»Jetzt nicht mehr.«

»Sind Sie schwer beschädigt?«

»Ziemlich. Ein paar Bomben- und Granattreffer. Aber damit kommen wir allein zurecht. Irgendwo in der Nähe lauert ein U-Boot.«

»Nicht mehr lange! Es ist bestimmt schon auf der Flucht. Was sehen Sie auf meiner Poop?«

»Aha! Wasserbomben.«

»So, so!« Der bärtige Commodore schüttelte verwundert den Kopf und betrachtete die in der Halle des kleinen Hotels Versammelten. »Ihre Story ist natürlich unmöglich, aber nach allem, was ich mit eigenen Augen gesehen habe, muß ich Ihnen schon glauben. Ihre Besatzung und die Passagiere sind versorgt, Mr. Patterson?«

»Ja, Sir. Hier und in benachbarten Häusern. Wir haben alles, was wir brauchen.«

»Und im Kabinett oder in der Admiralität gibt es also eine hochgestellte

Persönlichkeit, die geplaudert hat. Dürfte nicht lange dauern, bis sie aufgespürt ist. Bootsmann, Sie sind, was diese Goldgeschichte betrifft, ganz sicher?«

»Meine Pension gegen Ihre, Sir. Ich könnte mir vorstellen, daß der Unterschied beträchtlich ist.« Er stand auf, griff nach Janet Magnussons Hand und zog sie hoch. »Aber jetzt müssen Sie uns bitte entschuldigen. Ich habe dieser Dame versprochen, sie nach Hause zu bringen.«